Umwelthinweis:
Dieses Buch wurde auf chlor- und säurefreiem Papier gedruckt.

Nachtgeflüster 1 – 5

NEW YORK TIMES
BESTSELLER AUTOREN

SILHOUETTE™
Band 95027
1. Auflage: September 2011

SILHOUETTE™ BÜCHER
erscheinen in der Cora Verlag GmbH & Co. KG,
Valentinskamp 24, 20350 Hamburg
im Vertrieb von
MIRA® Taschenbuch
Geschäftsführer: Thomas Beckmann

Konzeption/Reihengestaltung: fredebold&partner gmbh, Köln
Umschlaggestaltung: pecher und soiron, Köln
Redaktion: Stefanie Kruschandl
Titelabbildung: pecher und soiron, Köln;
Thinkstock/Getty Images, München
Satz: Buch-Werkstatt GmbH, Bad Aibling
Druck und Bindearbeiten: CPI – Ebner & Spiegel, Ulm
Printed in Germany
Dieses Buch wurde auf FSC®-zertifiziertem Papier gedruckt.
ISBN 978-3-89941-887-3

Nora Roberts

Der gefährliche Verehrer

Roman

Aus dem Amerikanischen von
M. R. Heinze

NEW YORK TIMES
BESTSELLER AUTOREN

1. KAPITEL

„Also, ihr Nachteulen, es geht auf Mitternacht zu, und ihr hört KHIP. Macht euch bereit für fünf Hits in Folge. Hier spricht Cilla O'Roarke, und, Darling, diesen Hit sende ich nur für dich."

Ihre Stimme war wie ein guter Whisky, glatt und kraftvoll. Weich und gleichzeitig rau schien sie direkt wie für die Ätherwellen geschaffen zu sein. Jeder Mann in Denver, der sein Radio auf ihre Frequenz eingestellt hatte, musste glauben, dass sie nur zu ihm sprach.

Cilla zog den Schalter am Mischpult auf und schickte den ersten der fünf versprochenen Hits zu ihren Hörern hinaus. Musik erfüllte die Sendekabine. Sie hätte die Kopfhörer abnehmen und sich drei Minuten und zweiundzwanzig Sekunden Stille gönnen können. Sie bevorzugte jedoch mitzuhören. Ihre Vorliebe für Musik war nur einer der Gründe für ihren Erfolg im Radio.

Ihre Stimme war ein natürliches Attribut. Mit Sprechen hatte sie ihren ersten Job bekommen – bei einer kleinen, mit wenig Geld ausgestatteten Radiostation im ländlichen Georgia –, ohne Erfahrung, ohne Empfehlungsschreiben und mit einem brandneuen Highschool-Diplom. Und es war ihr absolut klar, dass sie ihrer Stimme wegen diesen Posten bekommen hatte. Wegen ihrer Stimme und wegen ihrer Bereitschaft, so gut wie gratis zu arbeiten, Kaffee zu kochen und gleichzeitig als Empfangsdame des Senders zu fungieren. Zehn Jahre später bestand ihre Qualifikation ganz sicher nicht mehr nur aus ihrer Stimme, die allerdings noch immer oft genug die Dinge zu ihren Gunsten wendete.

Cilla hatte nie die Zeit gefunden, den Collegeabschluss in Kommunikation zu erlangen, den sie nach wie vor anstrebte. Aber sie konnte jetzt als Technikerin, Nachrichtensprecherin, Interviewerin und Programmdirektorin einspringen – und hatte es auch getan. Sie besaß ein enzyklopädisches Gedächtnis für Songs und Künstler und Respekt vor beiden. Das Radio war seit einem Jahrzehnt ihr Zuhause, und sie liebte es.

Cillas lässige, kokettierende Persönlichkeit in ihren Sendungen stand oft in einem krassen Gegensatz zu der tüchtigen, organisierten und ehrgeizigen Frau, die kaum mehr als sechs Stunden schlief und hauptsächlich im Gehen aß. Die öffentliche Cilla O'Roarke war eine sexy Radioprinzessin, die sich unter Berühmtheiten mischte und einen mit Glamour und Aufregung erfüllten Job hatte. Die private Frau verbrachte täglich durchschnittlich zehn Stunden im Sender oder mit Arbeit für den Sender, war wild entschlossen, ihre jüngere Schwester durch das College zu bringen, und hatte seit zwei Jahren samstagabends keine Verabredung mehr gehabt. Und wollte auch keine.

Sie legte ihre Kopfhörer beiseite und überprüfte noch einmal ihren täglichen Fahrplan für ihren nächsten Fünfzehn-Minuten-Block. Für den Zeitraum eines Top-Ten-Hits war es still in der Sendekabine. Es gab nur Cilla und die Lichter und Anzeigegeräte am Mischpult. So mochte sie es am liebsten.

Als sie vor sechs Monaten die Stellung bei KHIP in Denver annahm, hatte sie um die Sendezeit zwischen zehn Uhr abends und zwei Uhr nachts gerungen, die für gewöhnlich einem Anfänger-Discjockey vorbehalten war. Mit ihrem steigenden Erfolg und zehnjähriger Erfahrung im Rücken hätte sie einen der wichtigen Tagesblöcke haben können, zu denen die meisten Zuhörerzahlen erreicht wurden. Sie bevorzugte jedoch die Nacht, und in den letzten fünf Jahren hatte sie sich einen Namen für diese einsamen Stunden gemacht.

Sie war gern allein, und sie schickte gern ihre Stimme und Musik zu all denen hinaus, die nachts lebten.

Mit einem Blick auf die Uhr setzte Cilla wieder ihre Kopfhörer auf. Zwischen dem Ausblenden von Hit Nummer vier und der Einleitung zu Hit Nummer fünf gab sie mit sanfter Stimme die Sendererkennung und die Frequenz durch. Nach einer kurzen Pause, in der sie eine Kassette mit aufgezeichneten Nachrichten einlegte, wollte sie dann mit ihrem Lieblingsteil der Show beginnen, dem Hörerwunschtelefon.

Sie genoss es zu beobachten, wie die Lichter am Telefon leuchteten, genoss es, die Stimmen zu hören. Das entführte sie jede Nacht für fünfzig Minuten aus ihrer Sendekabine und bewies ihr, dass da draußen Menschen waren, echte Menschen mit echtem Leben, die ihr zuhörten.

Sie zündete sich eine Zigarette an und lehnte sich auf ihrem Drehstuhl zurück. Das war jetzt ihr letzter ruhiger Moment für die ganze nächste Stunde.

Sie wirkte nicht wie eine in sich ruhende Frau. Auch sah sie nicht wie eine schillernde Femme fatale aus, trotz ihrer Stimme. Für beides zeigte sich zu viel Energie in ihrem Gesicht und in ihrem langen, nervösen Körper. Ihre Nägel waren nicht bemalt, genau wie ihr Mund. In ihrem Zeitplan fand sie selten Gelegenheit, sich zu schminken. Ihre dunklen brandybraunen Augen waren fast geschlossen, während sie ihrem Körper erlaubte, sich aufzuladen. Ihre Wimpern waren lang, ein Erbe von ihrem verträumten Vater. Im Gegensatz zu den seidigen Wimpern und der blassen, glatten Haut waren ihre Züge scharf und eckig. Sie war mit einer Wolke dichter, welliger, schwarzer Haare gesegnet, die sie rücksichtslos zurückkämmte und zusammenband oder mit Rücksicht auf die Kopfhörer hochsteckte.

Mit einem Blick auf die Anzeige der abgelaufenen Zeit zerstieß Cilla die Zigarette, nahm einen Schluck Wasser und machte das Mikro auf. Das ON-AIR-Zeichen leuchtete grün.

„Das war für alle Liebenden da draußen, ob sie heute Nacht jemanden zum Kuscheln bei sich haben oder sich nur jemanden wünschen. Bleiben Sie an den Apparaten. Hier ist Cilla O'Roarke, Denver. Sie hören KHIP. Wir melden uns wieder mit unserem Hörerwunschtelefon." Als sie das Band für eine Werbeeinschaltung anlaufen ließ, blickte sie auf. „Hey, Nick. Wie geht's?"

Nick Peters, der Collegestudent, der im Sender als Praktikant arbeitete, schob seine Brille mit der dunklen Fassung höher und grinste. „Ich habe den Literaturtest mit Auszeichnung bestanden."

„Gut gemacht." Dankbar nahm sie ihm die Henkeltasse mit dampfendem Kaffee ab, die er ihr anbot. „Schneit es noch?"

„Hat vor etwa einer Stunde aufgehört."

Sie nickte und entspannte sich ein wenig. Sie hatte sich Sorgen um Deborah, ihre jüngere Schwester, gemacht.

„Die Straßen sind wahrscheinlich katastrophal."

„Nicht so schlimm. Wollen Sie was zum Kaffee dazuhaben?"

Sie warf ihm ein flüchtiges Lächeln zu und war in Gedanken zu beschäftigt, um die Anbetung in seinen Augen zu bemerken. „Nein, danke. Nehmen Sie sich ein paar von den trockenen Doughnuts, bevor Sie Schluss machen." Sie drückte eine Taste und sprach wieder in das Mikro.

Während sie die Sponsoren des Senders verlas, beobachtete er sie.

Er wusste, dass es hoffnungslos war, sogar dumm, aber er war rasend in sie verliebt. Für ihn war sie die schönste Frau der Welt, und neben ihr wirkten die Frauen auf dem College wie ein müder Abklatsch dessen, was eine richtige Frau sein sollte. Sie war stark, erfolgreich, sexy. Und sie wusste kaum, dass es ihn gab. Wenn sie ihn überhaupt zur Kenntnis nahm, dann mit einem zerstreut freundlichen Lächeln oder einer Geste.

Seit mehr als drei Minuten kratzte er seinen Mut zusammen, um sie um eine Verabredung zu bitten. Und er malte sich aus, wie es sein musste, wenn sie ihre Aufmerksamkeit einen ganzen Abend nur auf ihn richtete.

Sie merkte absolut nichts. Hätte sie gewusst, welchen Weg seine Gedanken einschlugen, Cilla wäre mehr amüsiert als geschmeichelt gewesen. Nick war knapp einundzwanzig, chronologisch gesehen sieben Jahre jünger als sie. Und Jahrzehnte jünger in jeder anderen Hinsicht. Sie mochte ihn. Er war bescheiden und tüchtig, und er scheute sich nicht vor langen Stunden harter Arbeit.

Während der letzten paar Monate hatte sie sich an den Kaffee gewöhnt, den er ihr brachte, bevor er den Sender verließ. Und an das Bewusstsein, ganz allein zu sein, wenn sie ihn trank.

Nick sah auf die Uhr. „Ich … äh … wir sehen uns morgen."

„Hmmm? Oh, na klar. Gute Nacht, Nick." In dem Moment, in dem er durch die Tür war, vergaß sie ihn. Sie drückte einen der aufleuchtenden Knöpfe am Telefon. „KHIP. Sie sind auf Sendung."

„Cilla?"

„Ja, wer spricht da?"

„Ich bin Kate."

„Von wo rufen Sie an, Kate?"

„Von daheim – hier drüben in Lakewood. Mein Mann ist Taxifahrer. Er macht Spätschicht. Wir beide hören uns jede Nacht Ihre Sendung an. Könnten Sie ‚Peaceful, Easy Feeling' für Kate und Ray spielen?"

„Wird gemacht, Kate. Halt das Feuer zu Hause am Brennen." Sie drückte den nächsten Knopf. „KHIP. Sie sind auf Sendung."

Alles lief glatt. Cilla nahm wie gewöhnlich die Anrufe entgegen, notierte die Titel und die Widmungen. Die Wände des kleinen Studios waren voll mit Regalen, in denen LPs, 45er und CDs so geordnet und beschriftet waren, dass man sie leicht fand. Nach etlichen Anrufen machte sie stets eine Pause mit Werbeeinschaltungen und Ankündigungen des Senders, um Zeit zum Zusammenstellen des ersten Blocks von Songs zu haben.

Einige der Anrufer meldeten sich öfters, und mit denen plauderte sie dann eine Weile. Einige waren nur einsam und riefen an, um den Klang einer anderen Stimme zu hören. Dazwischen gab es gelegentlich einen Verrückten, den sie mit einem Scherz aus der Leitung drängte oder den sie einfach unterbrach. In all den Jahren, in denen sie mit Telefonanrufen zu tun hatte, konnte sie sich nicht an einen einzigen langweiligen Moment erinnern.

Sie genoss das Plaudern und Scherzen mit Anrufern ungemein. In der Sicherheit der Kontrollkabine war sie fähig, sich in einer Weise zu entspannen und eine lässige Beziehung zu Fremden herzustellen, wie sie das nie von Angesicht zu Angesicht konnte. Niemand, der ihre Stimme hörte, hätte geahnt, dass sie schüchtern und unsicher war.

„KHIP. Sie sind auf Sendung."

„Cilla."

„Ja. Sie müssen lauter sprechen, Partner. Wie heißen Sie?"

„Spielt keine Rolle."

„Okay, Mr X." Sie rieb ihre plötzlich feuchten Handflächen an ihrer Jeans. Ihr Instinkt sagte ihr, dass es mit diesem Anrufer Ärger geben würde. Ihr Finger schwebte über dem Sieben-Sekunden-Verzögerungsschalter. „Haben Sie einen Wunsch?"

„Ich will, dass du bezahlst, du Schlampe. Ich werde dich bezahlen lassen. Wenn ich mit dir fertig bin, wirst du mir dafür danken, dass ich dich töte. Das wirst du nie vergessen!"

Cilla erstarrte, verwünschte sich dafür und unterbrach ihn mitten in einem Schwall von Obszönitäten. Durch äußerste Selbstkontrolle verhinderte sie, dass ihre Stimme zitterte. „Wow! Da scheint wohl jemand heute Nacht ein wenig sauer zu sein. Hören Sie, wenn das Officer Marks war, ich schwöre, ich bezahle diese Strafzettel wegen falschen Parkens. Und jetzt kommt der Song für Joyce und Larry."

Sie ließ Springsteens letzte Hit-Single anlaufen, lehnte sich zurück und nahm die Kopfhörer mit zitternden Händen ab.

Albern. Sie stand auf, um den nächsten Block zusammenzustellen. Nach all diesen Jahren hätte sie nun wirklich nicht über einen obszönen Anruf erschrecken dürfen. Es gab nur selten eine Schicht, in der nicht wenigstens ein solcher Anruf kam. Sie hatte gelernt, mit Sonderlingen, Tobenden, mit Anträgen und Drohungen genauso geschickt umzugehen, wie sie gelernt hatte, das Mischpult zu bedienen.

Das alles gehört zum Job, ermahnte sie sich. Das gehört dazu, wenn man in der Öffentlichkeit steht, besonders während einer Nachtschicht, in der die Verrückten noch verrückter werden.

Doch sie ertappte sich dabei, wie sie über ihre Schulter blickte, durch das dunkle Glas des Studios zu dem trübe erleuchteten Korridor dahinter. Dort waren nur Schatten und Stille. Unter ihrem dicken Sweater fröstelte ihre Haut von kaltem Schweiß. Sie war allein. Völlig allein.

Und der Sender ist abgeschlossen, erinnerte sie sich selbst, während sie den nächsten Titel ansagte. Der Alarm war eingeschaltet. Falls er losging, würden die feinsten Leute von Denver nach der Polizei schreien. Sie war hier so sicher wie in einem Banksafe.

Doch sie starrte auf die blinkenden Lichter am Telefon, und sie hatte Angst.

Es hatte zu schneien aufgehört, aber der Geruch von Schnee hing noch in der kalten Märzluft. Während sie fuhr, hatte Cilla das Fenster zwei Zentimeter weit geöffnet und das Radio auf volle Lautstärke gestellt. Die Verbindung von Wind und Musik beruhigte sie.

Cilla war nicht überrascht, dass Deborah noch wach war und auf sie wartete. Sie bog in die Einfahrt des Hauses, das sie erst vor sechs Monaten gekauft hatte, und stellte mit Ärger und Erleichterung fest, dass alle Lichter brannten.

Ärger, weil es bedeutete, dass Deborah wach geblieben war und sich sorgte. Erleichterung, weil die stille Vorortstraße so leer wirkte und Cilla sich so verletzlich fühlte. Sie schaltete den Motor und zugleich Jim Jacksons sanfte Nachtsendung aus. Beim Einsetzen der totalen Stille schlug ihr das Herz bis zum Hals herauf.

Sich selbst verwünschend, schlug sie die Wagentür zu, wickelte sich in ihren Mantel und jagte die Stufen hinauf. Deborah kam ihr an der Tür entgegen.

„Hey, hast du nicht morgen um neun einen Kurs?“ Um Zeit zu

gewinnen, schälte Cilla sich aus ihrem Mantel und hängte ihn in den Schrank. Sie roch heiße Schokolade und Möbelpolitur. Es brachte sie zum Seufzen. Deborah stürzte sich immer aufs Putzen, wenn sie angespannt war. „Wieso bist du so spät noch auf?"

„Ich habe es gehört! Cilla, dieser Mann ..."

„Ach, komm schon, Baby." Cilla drehte sich um und schlang die Arme um ihre Schwester. In ihrem schlichten weißen Hausmantel kam Deborah ihr noch immer wie zwölf vor. Es gab niemanden, den Cilla mehr geliebt hätte. „Bloß noch ein harmloser Verrückter in einer irren Welt."

„Er klang nicht harmlos, Cilla." Obwohl sie ein ganzes Stück kleiner war, hielt Deborah Cilla fest. Es gab eine Ähnlichkeit zwischen ihnen – um den Mund. Beide hatten einen vollen, leidenschaftlichen und störrischen Mund. Doch Deborahs Züge waren weicher, runder, nicht so eckig. Ihre Augen mit den dichten Wimpern waren von einem leuchtenden Blau. Jetzt waren sie von Sorge erfüllt. „Ich finde, du solltest die Polizei verständigen."

„Die Polizei?" Weil ihr diese Möglichkeit überhaupt nicht in den Sinn gekommen war, konnte Cilla lachen. „Ein obszöner Anruf, und du willst mich zu den Cops jagen? Für was für eine Sorte Frau der neunziger Jahre hältst du mich eigentlich?"

Deborah rammte ihre Hände in ihre Taschen. „Das ist kein Scherz."

„Okay, es ist kein Scherz. Aber, Deb, wir wissen doch beide, wie wenig die Polizei wegen eines hässlichen Anrufs bei einem Radiosender mitten in der Nacht unternehmen kann."

Mit einem ungeduldigen Seufzer wandte Deborah sich ab. „Er hat wirklich gefährlich geklungen. Es hat mir Angst eingejagt."

„Mir auch."

Deborahs Lachen kam rasch und klang nur ein wenig gepresst. „Du hast nie Angst."

Ich habe immer Angst, dachte Cilla, lächelte jedoch. „Diesmal schon. Es ist mir so in die Knochen gefahren, dass ich den Verzögerungsschalter nicht rechtzeitig gedrückt habe, sodass der Anruf über den Sender gegangen ist." Flüchtig überlegte sie, was für einen Anpfiff sie für diesen kleinen Fehler am nächsten Tag bekommen würde. „Aber er hat nicht noch einmal angerufen, was beweist, dass es eine einmalige Angelegenheit war. Geh ins Bett." Sie strich über die dunklen, zerzausten Haare ihrer Schwester. „Du wirst nie die beste Anwältin von Colorado, wenn du die ganze Nacht wach bleibst."

„Ich gehe, wenn du gehst."

Obwohl sie genau wusste, dass es noch einige Stunden dauern würde, bis ihr Geist und ihr Körper sich beruhigt hatten, legte Cilla einen Arm um die Schultern ihrer Schwester. „Abgemacht."

Er hielt den Raum dunkel, abgesehen von ein paar klecksenden Kerzen. Er mochte ihr mystisches, spirituelles Leuchten und ihren träumerisch-religiösen Duft. Der Raum war klein, aber er war voll von Erinnerungsstücken – Trophäen aus seiner Vergangenheit. Briefe, Schnappschüsse, eine Ansammlung von kleinen Porzellantieren, vergilbte Bänder. Ein Jagdmesser mit einer langen Klinge lag über seinen Knien, schimmerte matt in dem flackernden Licht. Eine gut geölte 45er Automatik lag neben seinem Ellbogen auf einem gestärkten Häkeldeckchen.

In seiner Hand hielt er ein Bild in einem Rosenholzrahmen. Er starrte darauf, sprach damit, weinte bittere Tränen. Das war der einzige Mensch, den er je geliebt hatte, und alles, was ihm geblieben war, war dieses Bild, das er an seine Brust drückte.

John. Unschuldiger, vertrauensseliger John. Betrogen von einer Frau. Benutzt von einer Frau. Verraten von einer Frau.

Liebe und Hass verbanden sich, während er sich vor und zurück wiegte. Sie würde bezahlen. Sie würde den höchsten Preis bezahlen. Aber zuerst wollte er sie leiden lassen.

Der Anruf – ein einzelner hässlicher Anruf – kam jede Nacht. Am Ende der Woche war Cilla mit ihren Nerven am Ende. Sie konnte nicht mehr darüber scherzen, weder in der Sendung noch außerhalb. Sie war nur dankbar, dass sie inzwischen seine Stimme erkannte, diese raue, zum Zerreißen angespannte Stimme mit der unterschwelligen Wut, und sie unterbrach die Verbindung schon nach den ersten Worten.

Dann saß sie da, gepeinigt von dem Wissen, dass er wieder anrufen würde, dass er da war, direkt auf der anderen Seite eines dieser blinkenden Lichter, bereit, sie zu quälen.

Was hatte sie bloß getan?

Nachdem sie um zwei Uhr nachts die aufgezeichneten Nachrichten und die Werbespots eingelegt hatte, stützte Cilla ihre Ellbogen auf den Tisch und ließ den Kopf in ihre Hände sinken. Sie schlief selten gut und tief, und in der letzten Woche hatte sie kaum richtig geschlafen. Sie wusste, dass man es allmählich merkte, an ihren Nerven, ihrer Konzentration.

Was hatte sie bloß getan?

Die Frage verfolgte sie. Was konnte sie bloß getan haben, dass jemand sie hasste? Sie hatte den Hass in der Stimme erkannt, den tief sitzenden Hass. Sie wusste, dass sie manchmal mit Leuten kurz angebunden und ungeduldig sein konnte. Es gab auch Gelegenheiten, bei denen sie taktlos war. Aber sie hatte nie absichtlich jemanden verletzt. Wofür sollte sie bezahlen? Welches Verbrechen – real oder eingebildet – hatte sie begangen, dass jemand seine Rache gegen sie richtete?

Aus den Augenwinkeln heraus sah sie seine Bewegung. Einen Schatten zwischen den Schatten auf dem Korridor. Panik schoss in ihr hoch, und sie sprang auf und stieß sich die Hüfte an der Mischkonsole. Die Stimme, die sie vor knapp zehn Minuten abgeschnitten hatte, echote noch in ihrem Kopf. Starr vor Angst beobachtete sie, wie sich der Knauf an der Studiotür drehte.

Es gab kein Entkommen. Mit trockenem Mund machte sie sich auf einen Kampf gefasst.

„Cilla?"

Mit hämmerndem Herzen sank sie langsam auf ihren Stuhl und verwünschte ihre Nerven. „Mark!"

„Tut mir leid, ich habe Sie wohl erschreckt."

„Bloß zu Tode." Es kostete sie Anstrengung, den Manager des Senders anzulächeln. Er war Mitte dreißig, und er war schlichtweg sagenhaft. Seine dunklen Haare waren sorgfältig gestylt, ziemlich lang und ließen sein glattes, gebräuntes Gesicht jünger erscheinen. Wie stets gab er sich betont hip. „Was machen Sie hier um diese Zeit?"

„Wir müssen mehr tun, als nur über diese Anrufe zu sprechen."

„Wir hatten doch gerade erst vor zwei Tagen eine Besprechung. Ich sagte Ihnen …"

„Sie sagten mir", stimmte er zu. „Es ist Ihre Art, mir und allen anderen etwas zu sagen."

„Ich nehme keinen Urlaub." Sie wirbelte mit ihrem Stuhl zu ihm herum. „Ich habe keinen Platz, wo ich hinfahren könnte."

„Jeder hat einen Platz, wo er hinfahren kann." Er hob eine Hand, bevor sie sprechen konnte. „Ich diskutiere über diesen Punkt nicht mehr. Ich weiß, dass es für Sie schwer zu schlucken ist, aber ich bin der Boss."

Sie zerrte an dem Saum ihres Sweatshirts. „Was werden Sie denn machen? Mich feuern?"

Er wusste nicht, dass sie bei dieser Herausforderung den Atem anhielt. Obwohl er seit Monaten mit ihr zusammenarbeitete, hatte er ihre Oberfläche nie tief genug angekratzt, um herauszufinden, wie wackelig ihr Selbstwertgefühl war. Hätte er ihr jetzt gedroht, hätte sie kapituliert. Er wusste jedoch nur, dass ihre Sendung neues Leben in den Sender gepumpt hatte. Die Einschaltquoten schossen nach oben.

„Das würde doch keinem von uns nützen." Während sie den angehaltenen Atem ausstieß, legte er seine Hand auf ihre Schulter. „Sehen Sie, ich mache mir Sorgen um Sie, Cilla. Wir alle tun das."

Es rührte sie, und wie immer überraschte es sie. Der redet doch nur. Im Moment wenigstens. Sie rollte ihren Stuhl zu den Plattenspielern und bereitete den nächsten Musikblock vor.

„Ich sehe nicht zu, wie jemand von meinen Leuten bedrängt wird. Ich habe die Polizei gerufen."

Sie sprang von ihrem Stuhl hoch. „Verdammt, Mark! Ich sagte Ihnen …"

„Sie sagten mir." Er lächelte. „Fangen wir doch nicht wieder so an. Sie sind wertvoll für den Sender. Und ich würde uns gern als Freunde betrachten."

Sie setzte sich und streckte ihre in Stiefeln steckenden Füße von sich. „Sicher. Warten Sie." Um Konzentration bemüht, ging sie mit einer Senderangabe und dem Intro für den nächsten Song auf Sendung. Sie deutete auf die Uhr. „Sie haben drei Minuten und fünfzehn Sekunden, um mich zu überzeugen."

„Sehr einfach, Cilla. Was dieser Kerl macht, verstößt gegen das Gesetz. Ich hätte mich nie von Ihnen dazu überreden lassen dürfen, es so lange hinzunehmen."

„Wenn wir ihn ignorieren, wird er aufhören."

„Auf Ihre Art klappt das nicht." Er legte erneut eine Hand auf ihre Schulter und massierte geduldig ihre verspannten Muskeln. „Also versuchen wir es auf meine Art. Entweder sprechen Sie mit den Cops, oder Sie nehmen außer der Reihe Urlaub."

Geschlagen blickte sie hoch und schaffte ein Lächeln. „Schubsen Sie Ihre Frau auch so herum?"

„Ständig." Er grinste, beugte sich herunter und drückte ihr einen Kuss auf die Stirn. „Sie liebt das."

„Entschuldigung."

Cilla zuckte zurück und erkannte, dass man das leicht mit schlechtem Gewissen verwechseln konnte. Die beiden Personen in der Tür der Sendekabine betrachteten sie mit professioneller Distanziertheit.

Die Frau wirkte wie ein Modefoto, mit einer Flut von dunkelroten Haaren, die ihr bis auf die Schultern flossen, und kleinen eleganten Saphiren in ihren Ohren, die farblich zu ihren Augen passten. Sie hatte die zarte Porzellanhaut einer echten Rothaarigen, besaß einen kleinen, kompakten Körper und trug ein gut geschnittenes Kleid in wilden Blau- und Grüntönen.

Der Mann neben ihr sah aus, als hätte er gerade einen Monat lang Vieh über die Prärie getrieben. In seinen zerzausten, blonden Haaren leuchteten sonnengebleichte Strähnchen, und sie fielen über den Kragen eines blauen Jeanshemdes. Seine Jeans war abgewetzt, saß tief auf den Hüften und schmiegte sich, an den Säumen ausgefranst, um lange Beine. Er lehnte schlaksig im Türrahmen, während die Frau Haltung angenommen hatte. Seine Stiefel waren verschrammt, aber er trug ein klassisch geschnittenes Tweedjackett über seinem zerknitterten Hemd.

Er lächelte nicht. Cilla ertappte sich dabei, wie sie ihn anstarrte und sein Gesicht länger als nötig betrachtete. Seine Wangen fielen ein, und er hatte ein ganz leichtes Grübchen am Kinn. Seine gebräunte Haut spannte sich über den Knochen seines Gesichts, und sein noch immer nicht lächelnder Mund war breit und fest. Seine Augen waren von einem klaren Smaragdgrün und so eindringlich auf ihr Gesicht gerichtet, dass sie unruhig wurde.

„Mr Harrison." Die Frau sprach zuerst. Cilla dachte, dass in ihren Augen Belustigung flackerte, als sie vortrat. „Ich hoffe, wir haben Ihnen genug Zeit gelassen."

Cilla warf Mark einen mörderischen Blick zu. „Sie haben mir gesagt, Sie hätten sie gerufen. Sie haben mir nicht gesagt, dass sie schon draußen warten."

„Jetzt wissen Sie es." Er ließ seine Hand auf ihrer Schulter liegen, jetzt allerdings mehr zum Bändigen und weniger zum Trösten. „Das ist Miss O'Roarke."

„Ich bin Detective Grayson. Das ist mein Partner, Detective Fletcher."

„Vielen Dank, dass Sie gewartet haben." Mark winkte sie und ihren Partner herein. Der Mann stieß sich träge vom Türrahmen ab.

„Detective Fletcher und ich sind daran gewöhnt. Wir könnten etwas mehr Informationen gebrauchen."

„Wie Sie wissen, hat Miss O'Roarke hier im Sender mehrere beunruhigende Anrufe erhalten."

„Vulgäre Anrufe", warf Cilla ein, verärgert, weil über ihren Kopf hinweg gesprochen wurde. „Mark hätte Sie damit nicht belästigen sollen."

„Wir werden dafür bezahlt, belästigt zu werden." Boyd Fletcher stützte seine schmale Hüfte gegen den Tisch. „Hier arbeiten Sie also."

In seinen Augen schimmerte gerade genug Unverschämtheit, dass ihre Nackenhaare sich aufstellten. „Ich wette, Sie sind ein verteufelt guter Detective."

„Cilla." Mark, müde und sich wünschend, zu Hause bei seiner Frau zu sein, sah sie finster an. „Wir wollen doch zusammenarbeiten." Er ignorierte sie wieder und wandte sich an die Detectives. „Die Anrufe begannen während der Sendung am letzten Dienstag. Keiner von uns hat groß darauf geachtet, aber sie gingen weiter. Der letzte kam heute um null Uhr fünfunddreißig."

„Haben Sie Aufnahmen?" Althea Grayson hatte bereits ihr Notizbuch hervorgezogen.

„Ich habe nach dem dritten Anruf begonnen, mitzuschneiden." Bei Cillas überraschtem Blick zuckte Mark bloß die Schultern. „Eine Vorsichtsmaßnahme. Ich habe die Bänder in meinem Büro."

Boyd nickte Althea zu. „Geh mit. Ich nehme Miss O'Roarkes Aussage auf."

„Wir müssen zusammenarbeiten", sagte Mark zu Cilla und führte Althea hinaus.

In der eintretenden Stille klopfte Cilla eine Zigarette aus ihrer dünner werdenden Packung und steckte sie mit raschen, ruckartigen Bewegungen an. Boyd sog den Duft verlangend ein. Er hatte erst vor sechs Wochen, drei Tagen und zwölf Stunden aufgehört.

„Langsamer Tod", bemerkte er.

Cilla betrachtete ihn durch den Rauch. „Sie wollten eine Aussage."

„Ja." Neugierig griff er nach einem der Schalter, um damit zu spielen. Automatisch schlug sie seine Finger zur Seite.

„Hände weg."

Boyd grinste. Er hatte das eindeutige Gefühl, dass sie von sich selbst genau wie von ihren Geräten sprach.

Sie legte einen bekannten Hit auf. Nachdem sie ihr Mikro aufgezogen hatte, sagte sie den gerade ausklingenden Song ab – den Titel, den Künstler, die Sendererkennung und ihren Namen. In einem lässigen Rhythmus leitete sie zu dem nächsten Song über. „Bringen wir es schnell hinter uns", sagte sie zu ihm. „Ich mag keine Gesellschaft während meiner Schicht."

„Sie sind nicht ganz das, was ich erwartet habe."

„Wie bitte?"

Nein, wirklich nicht, dachte er. Sie war verdammt viel mehr, als er erwartet hatte. „Ich habe Ihre Sendung gehört", meinte er leichthin. „Ein paarmal." Mehr als ein paarmal. Er hatte mehr als ein paar Stunden Schlaf verloren, indem er dieser Stimme zugehört hatte. Flüssiger Sex. „Ich habe mir ein Bild gemacht, wissen Sie. Eins siebzig." Er ließ seinen Blick beiläufig von ihrem Scheitel über ihren Körper bis zur Sohle ihrer Stiefel gleiten. „Ziemlich gut geschätzt. Aber ich habe Sie als Blondine gesehen, Haare bis zur Taille, blaue Augen, große … Persönlichkeit." Er grinste wieder und genoss den Ärger in ihren Augen. Große braune Augen, wie er feststellte. Eindeutig anders und viel ansprechender als seine Fantasie.

„Tut mir leid, Sie zu enttäuschen."

„Ich sagte nicht, dass ich enttäuscht bin."

Sie nahm einen langen, bedächtigen Zug und blies den Rauch dann absichtlich in seine Richtung. Wenn sie etwas konnte, dann war es, einen aufdringlichen Mann zu entmutigen.

„Wollen Sie nun eine Aussage oder nicht, Schlaukopf?"

„Deshalb bin ich hier." Er holte einen Block und einen Bleistiftstummel aus seiner Jackentasche. „Los."

In knappen, leidenschaftslosen Worten ging sie jeden Anruf durch, nannte die Zeiten, beschrieb den Inhalt. Dabei arbeitete sie weiter, schob Kassetten mit Werbeeinschaltungen ein, sagte eine CD an, tauschte die Alben aus und suchte neue heraus.

Boyd hob die Augenbrauen, während er schrieb. Er würde sich natürlich die Bänder anhören, aber er hatte das Gefühl, dass sie ihm wortwörtlich alles wiedergab. In seinem Job hatte er Hochachtung vor einem guten Gedächtnis.

„Sie sind jetzt schon wie lange in der Stadt? Sechs Monate?"

„Mehr oder weniger."

„Irgendwelche Feinde gemacht?"

„Einen Vertreter, der mir eine Enzyklopädie andrehen wollte. Ich habe ihm die Tür vor den Kopf geknallt."

Boyd schoss ihr einen Blick zu. Sie versuchte, es leicht klingen zu lassen, aber sie hatte ihre Zigarette ausgedrückt und kaute jetzt auf ihrem Daumennagel. „Irgendwelche Liebhaber abserviert?"

„Nein."

„Haben Sie einen?"

Zorn blitzte wieder in ihren Augen auf. „Sie sind der Detective. Finden Sie es doch heraus."

„Würde ich auch – wenn es persönlich wäre." Seine Augen richteten erneut einen so direkten, so vollständig persönlichen Blick auf sie, dass sie feuchte Hände bekam. „Im Moment mache ich nur meinen Job. Eifersucht und Zurückweisung sind starke Motive. Laut Ihrer Aussage hatten die meisten seiner Worte mit Ihren sexuellen Gewohnheiten zu tun."

Unverblümtheit mochte ihre starke Seite sein, aber sie wollte ihm nicht eröffnen, dass ihre einzige sexuelle Gewohnheit die Enthaltsamkeit war. „Ich habe im Moment keine Beziehung", erklärte sie ruhig.

„Gut." Ohne hochzublicken, machte er sich noch eine Notiz. „Das war eine persönliche Bemerkung."

„Hören Sie, Detective …"

„Kühlen Sie sich ab, O'Roarke", sagte er sanft. „Es war eine Bemerkung, kein Antrag." Seine dunklen, geduldigen Augen schätzten sie ein. „Ich bin im Dienst. Ich brauche eine Liste der Männer, mit denen Sie auf persönlicher Ebene Kontakt hatten. Halten wir uns vorerst an die letzten sechs Monate. Den Vertreter können Sie weglassen."

„Ich habe keine Beziehung." Sie ballte die Fäuste, während sie aufstand. „Ich hatte auch keine. Ich habe auch nicht das Verlangen nach einer Beziehung."

„Niemand hat jemals behauptet, Verlangen könnte nicht einseitig sein." In diesem Moment war er verdammt sicher, dass sein Verlangen sehr einseitig war.

Sie war plötzlich unbeschreiblich müde, fuhr sich mit den Fingern durch die Haare und rang um Geduld. „Jeder muss doch erkennen, dass dieser Kerl sich an eine Stimme aus dem Radio gehängt hat. Er kennt mich nicht einmal. Wahrscheinlich hat er mich auch nie gesehen. Er hat sich ein Bild von mir gemacht", warf sie ihm seine eigenen Worte zurück an den Kopf. „Mehr bin ich nicht für ihn. In diesem Job passiert das ständig. Ich habe nichts getan."

„Das habe ich auch nicht behauptet."

In seiner Stimme schwang jetzt kein spöttischer Ton mit. Die plötzliche Sanftheit darin ließ Cilla herumwirbeln und heftig gegen die drohenden Tränen anblinzeln. Überarbeitet, sagte sie sich. Überdreht. Über... alles Mögliche. Mit dem Rücken zu ihm kämpfte sie um Selbstbeherrschung.

Tough, dachte er. Sie war eine toughe Lady. Die Art, wie sie ihre Hände an den Seiten ballte, während sie mit ihren Emotionen kämpfte, war viel ansprechender, viel sexier, als gebrochene Seufzer und hilflose Gesten je hätten sein können.

Er wäre gern zu ihr gegangen, hätte gern ein tröstendes Wort gesagt oder mit der Hand über ihr Haar gestrichen. Aber wahrscheinlich hätte sie ihm glatt die Hand abgebissen.

„Ich möchte, dass Sie über die letzten paar Monate nachdenken. Vielleicht fällt Ihnen etwas ein, auch wenn es klein und unbedeutend ist, das uns weiterbringt." Sein Ton hatte sich wieder verändert, war jetzt knapp. Knapp und frei von Gefühlen. „Wir können nicht jeden Mann im Großraum Denver verhören. So klappt das nicht."

„Ich weiß, wie Cops arbeiten."

Er zog die Augenbrauen bei der Bitterkeit in ihrer Stimme zusammen. Da steckte noch mehr dahinter, aber jetzt war nicht der richtige Zeitpunkt, um nachzuhaken.

„Sie würden die Stimme wiedererkennen, wenn Sie sie hören?“

„Ja.“

„Irgendetwas Bekanntes daran?“

„Nichts.“

„Glauben Sie, die Stimme war verstellt?“

Sie bewegte unruhig die Schultern, hatte sich jedoch unter Kontrolle, als sie sich wieder an ihn wandte. „Er spricht unterdrückt und leise. Es ist … äh … wie ein Zischen.“

„Haben Sie was dagegen, wenn ich morgen während der Sendung hier drinnen sitze?“

Cilla warf ihm einen langen Blick zu. „Eine ganze Menge.“

Er neigte den Kopf. „Dann gehe ich eben zu Ihrem Boss.“

Gereizt griff sie nach ihren Zigaretten. Er legte seine harte Hand auf ihre. Sie blickte auf ihre miteinander verschlungenen Finger, geschockt, weil ihr Puls sein Tempo bei der Berührung verdoppelt hatte.

„Lassen Sie mich meinen Job machen, Cilla. Es wird rundherum leichter, wenn Sie Detective Grayson und mich die Dinge in die Hand nehmen lassen.“

„Niemand nimmt mein Leben in die Hand.“ Sie riss ihre Hand zurück und steckte sie entschlossen in die Tasche.

„Nur einen kleinen Teil davon.“ Bevor sie ihn daran hindern konnte, schob er ihr die Haare hinter das Ohr. „Gehen Sie heim und schlafen Sie. Sie sehen kaputt aus.“

Sie wich zurück und zwang sich zum Lächeln. „Danke, Schlaukopf. Ich fühle mich schon viel besser.“

Obwohl sie ihm grollte, konnte sie nicht verhindern, dass er sie erwartete, sobald sie sich abgemeldet und das Studio an den Nachtmoderator übergeben hatte. Ihr Mangel an Begeisterung hinderte ihn auch nicht daran, sie nach draußen zu ihrem Wagen zu begleiten, sie daran zu erinnern, dass sie ihre Tür abschloss, und zu warten, bis sie weggefahren war. Irritiert von der Art, wie er sie angesehen hatte – und wie sie reagiert hatte –, beobachtete sie ihn im Rückspiegel, bis er nicht mehr zu sehen war.

„Das hat mir nun gerade noch gefehlt“, murmelte sie leise. „Ein Cowboy-Cop.“

Sekunden später gesellte Althea sich zu Boyd auf dem Parkplatz. Sie hatte die Bänder und Marks Aussage in der Tasche. „Also, Fletcher …" Sie legte ihm freundschaftlich die Hand auf die Schulter. „Wie lautet das Urteil?"

„Sie ist hart wie Stahl, starrsinnig und stachelig wie ein Kaktus." Mit den Händen in den Taschen wippte er auf den Zehenspitzen. „Ich schätze, das muss Liebe sein."

2. KAPITEL

Sie war gut, fand Boyd, während er seinen bitteren Kaffee trank und Cilla bei der Arbeit beobachtete. Sie bediente das Mischpult mit einer automatischen Leichtigkeit, die lange Erfahrung verriet – schaltete auf Musik, auf aufgezeichnete Ankündigungen, auf ihr eigenes Mikro. Ihr Timing war perfekt, ihre Präsentation glatt. Und ihre Fingernägel waren total heruntergekaut.

Sie war ein Nervenbündel und voller Feindseligkeit. Die Nervosität versuchte sie zu verstecken. Bei der Feindseligkeit gab sie sich keine Mühe. In den zwei Stunden, die sie jetzt zusammen in der Kabine waren, hatte sie kaum ein Wort mit ihm gesprochen. Gar nicht so einfach, wo der Raum doch knapp drei mal drei Meter maß.

Ihm war's egal. Als Cop war er daran gewöhnt, irgendwo zu sein, wo er nicht erwünscht war. Und er war gerade widerborstig genug, um es zu genießen.

Er mochte seinen Job. Ärger, Feindseligkeit und Streitlust störten ihn nicht. Mit negativen Empfindungen wurde man viel leichter fertig als mit einer 45er-Kugel. Er hatte beides schon ausprobiert.

Obwohl ihm die Bezeichnung Philosoph nicht gefallen hätte, war es seine Gewohnheit, alles bis auf den Grund zu analysieren. Die Ursache dafür war ein elementarer Glaube an Richtig und Falsch. Oder – obwohl er gezögert hätte, es so zu formulieren – an Gut und Böse.

Boyd war klug genug zu wissen, dass Verbrechen sich oft lohnten, sogar sehr gut lohnten. Genugtuung bereitete ihm dabei seine Rolle, dafür zu sorgen, dass sie sich nicht lange lohnten. Er war ein geduldiger Mann. Ob es sechs Stunden oder sechs Monate dauerte, um einen Täter zur Strecke zu bringen, das Ergebnis war das gleiche. Die Guten gewannen.

Er streckte seine langen Beine aus und blätterte weiter in seinem Buch, während Cillas Stimme ihn umgarnte. Ihre Stimme ließ ihn an Schaukeln auf Veranden denken, an heiße Sommernächte und die Geräusche eines langsam dahinströmenden Flusses. In direktem Gegensatz dazu standen die von ihr ausgehende Spannung und die rastlose Energie. Er gab sich damit zufrieden, Ersteres zu genießen und sich über Letzteres seine Gedanken zu machen.

Cilla blickte auf ihre Uhr, räusperte sich und schaltete ihr Mikro ein. „Hallo, Denver, hier ist Cilla O'Roarke für KHIP. Sie hören den heißesten Sender in den Rockies. Das ist Ihre Chance, ihn noch heißer zu machen. Unser Wunschtelefon ist offen. Ich spiele, was Sie hören wollen. Rufen Sie mich an unter 555-KHIP, das ist 555-5447."

Ihr Finger zitterte leicht, als sie den ersten erleuchteten Knopf drückte.

„Hier ist Cilla O'Roarke. Sie sind auf Sendung."

„Hi, Cilla, hier ist Bob, unten in Englewood."

Sie schloss die Augen und schauderte vor Erleichterung. Ein regelmäßiger Anrufer. „Hey, Bob. Wie geht's?"

„Großartig. Meine Frau und ich feiern heute Nacht unseren fünfzehnten Hochzeitstag."

„Und alle haben damals gesagt, das wird nicht lange halten. Was kann ich für euch spielen, Bob?"

„Wie wäre es mit ‚Cherish' für Nancy von Bob."

„Gut gewählt. Auf die nächsten fünfzehn Jahre, Bob."

Den Stift in der Hand, nahm sie den zweiten Anruf an, dann den dritten. Boyd beobachtete, wie sie sich nach jedem Anruf mehr verspannte. Sie plauderte und scherzte. Und wurde blasser. In der ersten Unterbrechung zog sie eine Zigarette aus dem Päckchen und fummelte mit einem Streichholz herum. Schweigend nahm Boyd ihr die Streichhölzer ab und zündete eines für sie an.

„Sie halten sich gut."

Sie nahm einen schnellen, knappen Zug. Geduldig schweigend wartete er auf ihre Antwort. „Müssen Sie mich beobachten?"

„Nein." Dann lächelte er. Es war ein langes, träges Lächeln, auf das sie gegen ihren Willen reagierte. „Ein Mann hat ein Recht auf ein paar kleine Vorteile nebenbei."

„Wenn das hier das Beste ist, was Sie kriegen können, Schlaukopf, sollten Sie sich eine andere Arbeit suchen."

„Ich mag diese." Er stützte seinen Fuß mit dem Knöchel auf sein anderes Knie. „Ich mag sie sehr."

Cilla fand, dass es einfacher war, sich mit ihm zu unterhalten, als auf die blinkenden Lichter am Telefon zu starren und sich Sorgen zu machen. „Sind Sie schon lange Cop?"

„Geht auf zehn Jahre zu."

Sie betrachtete ihn und versuchte, sich dadurch zu entspannen, dass sie sich auf sein Gesicht konzentrierte. Er hatte ruhige Augen. Dunkel und ruhig. Augen, die eine Menge gesehen und gelernt hatten, damit zu leben. Er hatte eine stille Kraft an sich von der Art, zu der Frauen – manche Frauen – sich hingezogen fühlten. Er würde beschützen und verteidigen. Er würde keinen Kampf beginnen, aber er würde einen beenden.

Es ging glatt, so glatt, dass sie anfing, sich zu entspannen. Sie nahm Anruf um Anruf entgegen und verfiel in ihren alten, eingespielten Rhythmus. Schrittweise begann sie, die Musik und deren Fluss wieder zu genießen. Die pulsierenden Lichter am Telefon wirkten nicht mehr bedrohlich. Um zwölf Uhr fünfundvierzig war sie sicher, es problemlos zu schaffen.

Nur eine Nacht, sagte sie sich. Wenn er heute Nacht nicht anruft, ist es vorbei. Sie sah auf die Uhr, beobachtete, wie die Sekunden vorbeitickten. Noch acht Minuten, dann übergab sie die Ätherwellen an Jackson, konnte heimfahren, ein langes heißes Bad nehmen und wie ein Baby schlafen.

„KHIP, Sie sind auf Sendung."

„Cilla."

Das zischende Wispern schoss Eis durch ihre Adern. In einem Reflex wollte sie die Verbindung unterbrechen, aber Boyd schlang seine Finger um ihr Handgelenk und schüttelte den Kopf. Einen Moment kämpfte sie gegen die Panik. Seine Hand blieb fest, seine Augen ruhig und beständig.

Boyd beobachtete, wie sie um Selbstkontrolle kämpfte, bis sie eine Kassette mit Werbung in das Gerät rammte. Die fröhlichen Sprüche wurden gesendet, während sie den Anruf auf die Studiolautsprecher legte.

„Ja." Stolz brachte sie dazu, ihre Augen auf Boyd gerichtet zu lassen. „Hier ist Cilla. Was wollen Sie?"

„Gerechtigkeit. Ich will nur Gerechtigkeit."

„Wofür?"

„Ich will, dass du darüber nachdenkst. Ich will, dass du darüber nachdenkst und dir den Kopf zerbrichst und schwitzt, bis ich zu dir komme."

„Warum?" Ihre Hand krümmte sich unter Boyds Fingern. In einer instinktiv beruhigenden Geste verschränkte er seine Finger mit den ihren. „Wer sind Sie?"

„Wer ich bin?" Es kam ein Lachen, das ihr einen Schauer über den Rücken jagte. „Ich bin dein Schatten, dein Gewissen. Dein Henker. Du musst sterben. Wenn du begreifst, erst wenn du begreifst, werde ich es beenden. Aber das wird nicht schnell gehen. Das wird nicht leicht sein. Du wirst für das bezahlen, was du getan hast."

„Was habe ich denn getan?", rief sie. „Um Himmels willen, was habe ich denn getan?"

Er spuckte einen Schwall Obszönitäten aus, der sie benommen und angeekelt zurückließ, als er die Verbindung unterbrach. Ohne ihre Hand loszulassen, drückte Boyd eine Zahlenreihe am Telefon.

„Habt ihr den Anruf verfolgt?", fragte er und unterdrückte einen Fluch. „Ja. Gut." Ärgerlich legte er den Hörer auf „Nicht lang genug." Er berührte Cillas bleiche Wange. „Sind Sie okay?"

Sie konnte ihn wegen des Summens in ihren Ohren kaum hören, nickte jedoch. Mechanisch zog sie ihr Mikro auf und wartete, bis die Werbeeinschaltung ausblendete.

„Das wär's dann für diese Nacht. Es ist ein Uhr siebenundfünfzig. Tina Turner rockt mit Ihnen bis zwei. Mein Freund Jackson wird allen Schlaflosen bis sechs Uhr Gesellschaft leisten. Hier ist Cilla O'Roarke für KHIP. Denk daran, Darling, wenn du heute von mir träumst, träume gut."

Fest stieß sie sich von der Mischkonsole ab. Sie brauchte nur aufzustehen, sagte sie zu sich selbst. So einfach war das. Sie tat es jede Nacht ihres Lebens. Aber sie blieb sitzen. Sie blieb sitzen, weil sie Angst hatte, ihre Beine würden sie nicht tragen.

Jackson kam durch die Tür herein und blieb zögernd stehen. Er trug eine Baseballmütze, um seine verheilende Haartransplantation zu verdecken. „Hey, Cilla." Er blickte von ihr zu Boyd und zu ihr zurück. „Harte Nacht, wie?"

Cilla raffte sich auf und klebte ein sorgloses Lächeln in ihr Gesicht. „Ich hatte schon bessere." Jeden Muskel angespannt, stemmte sie sich hoch. „Ich habe die Hörer für dich angewärmt, Jackson."

„Nimm's leicht, Kleines."

„Na klar." Das Summen in ihren Ohren wurde lauter, als sie die Kabine verließ, um ihren Mantel vom Ständer zu holen. Die Korridore waren dunkel, und nur von der Lobby fiel ein schwacher Lichtschimmer von der Sicherheitsbeleuchtung herein. Desorientiert blinzelte sie. Sie bemerkte es nicht einmal, als Boyd sie am Arm ergriff und nach draußen führte.

Die kalte Luft half. Sie machte lange, durstige Züge und stieß sie wieder in dünnen weißen Dampfwolken aus. „Mein Wagen ist da drüben“, sagte sie, als Boyd sie zum entgegengesetzten Ende des Platzes zog.

„Sie sind nicht in der Verfassung zu fahren.“

„Es geht mir gut.“

„Fantastisch. Dann gehen wir tanzen.“

„Hören Sie …“

„Nein, Sie hören.“ Er war zornig, wütend. Er hatte es bis zu diesem Moment nicht bemerkt. Sie zitterte, und trotz des eisigen Windes waren ihre Wangen totenblass. Das Abhören der Bänder war nicht das Gleiche gewesen wie das Dabeisein, als der Anruf kam, zu sehen, wie das Blut aus ihrem Gesicht wich und ihre Augen glasig vor Entsetzen wurden, ohne dass er etwas tun konnte, um es zu verhindern. „Sie sind reif zum Wegschmeißen, O'Roarke, und ich lasse Sie nicht hinter das Lenkrad eines Autos.“ Er blieb neben seinem Wagen stehen und riss die Tür auf. „Steigen Sie ein. Ich bringe Sie nach Hause.“

Sie warf ihre Haare mit einer Kopfbewegung zurück. „Der Wahlspruch ‚Dienen und Schützen‘, richtig?“

„Sie haben es kapiert. Jetzt steigen Sie ein, bevor ich Sie wegen Herumhängens verhafte.“

Weil ihre Knie sich wie Gelee anfühlten, gab sie nach. Sie wollte schlafen, allein in einem kleinen, stillen Raum. Sie wollte schreien. Noch schlimmer, sie wollte weinen. Stattdessen wandte sie sich an Boyd, sobald er sich auf den Fahrersitz schob.

„Wissen Sie, was ich noch mehr hasse als Cops?“

„Vermutlich werden Sie es mir sagen.“

„Männer, die Frauen herumkommandieren, weil sie Männer sind. Ich halte das nicht für kulturelle Zurückgebliebenheit, sondern schlicht für Dummheit. Wie ich das sehe, sind das zwei Punkte, die gegen Sie sprechen, Detective.“

Er beugte sich zu ihr und drängte sie bewusst auf ihrem Sitz zurück. Für einen Moment bezog er enorme Genugtuung daraus, wie sich ihre Augen überrascht weiteten und ihre Lippen sich in einem erstickten Protest öffneten. Die Genugtuung wäre noch größer gewesen, hätte er seinem Impuls nachgegeben und diesen sturen, frechen Mund mit seinen Lippen verschlossen. Er war sicher, sie würde genauso schmecken, wie sie klang – heiß, sexy und gefährlich.

Stattdessen zog er den Sitzgurt um sie herum und ließ ihn einschnappen.

Sie stieß den Atem heftig aus, als er sich wieder dem Lenkrad zuwandte. Als er in ihre Einfahrt bog, ließ sie schon ihren Sicherheitsgurt aufschnappen. „Danke fürs Mitnehmen, Schlaukopf."

Bevor sie zu ihrer Tür jagen konnte, war er neben ihr. „Ich brauche Ihre Schlüssel."

Sie hatte sie bereits in der Hand und umklammerte sie. „Wozu?"

„Damit ich Ihnen morgen Ihren Wagen bringen lassen kann."

Sie klapperte mit den Schlüsseln und runzelte die Stirn, während sie unter dem Licht über der Haustür stand. Boyd fragte sich, wie es wohl war, sie nach einer normalen Verabredung heimzubringen. Dann würde er seine Hände bestimmt nicht in den Taschen lassen, und er würde bestimmt diesem Verlangen nachgeben und sie vor der Tür küssen.

Von wegen vor der Tür. Er wäre mit ihr schon durch die Tür. Und dann hätte es als Abschluss des Abends mehr als einen Gutenachtkuss gegeben.

Aber es war keine Verabredung. Und jeder Narr konnte erkennen, dass es zwischen ihnen nichts annähernd Normales geben würde. Irgendetwas schon, das versprach er sich selbst. Aber nichts, das auch nur entfernt nach Normalität aussah.

„Schlüssel!", wiederholte er.

Nachdem sie ihre Möglichkeiten durchgespielt hatte, entschied Cilla, dass dies das Beste war. Vorsichtig löste sie einen einzelnen Schlüssel von dem Ring, der wie ein großer Notenschlüssel geformt war. „Danke."

„Warten Sie." Er stützte die Hand gegen die Tür, nachdem sie aufgeschlossen hatte. „Sie bitten mich nicht auf eine Tasse Kaffee hinein?"

Sie wandte nur den Kopf. „Nein."

Sie duftet wie die Nacht, dachte er. Dunkel, tief, gefährlich. „Das ist rundheraus unfreundlich."

Humor flackerte wieder auf. „Ich weiß. Bis dann."

Boyd wühlte in den Papieren auf seinem Schreibtisch und runzelte finster die Stirn. Der O'Roarke-Fall war sicher nicht seine einzige Aufgabe, aber er konnte seine Gedanken nicht davon weglenken. Nicht von O'Roarke, dachte er und wünschte sich kurz, aber heftig eine Zigarette.

Der alte Cop, der einen Meter von ihm entfernt saß, rauchte wie ein Schlot, während er mit einem Informanten redete. Boyd atmete tief ein und wünschte sich, den Rauch so hassen lernen zu können wie andere Nichtraucher.

Stattdessen marterte er sich weiterhin damit, dass er den verführerischen Duft einsog – diesen und weniger ansprechende Gerüche eines Polizeireviers. Überhitzten Kaffee, überhitzte Haut, billiges Parfüm, das zwei Straßenmädchen umgab.

Es half ihm nichts, dass in den vergangenen drei Tagen Priscilla Alice O'Roarke wie ein Stachel in seinen Gedanken gesteckt hatte. Keine Anstrengung reichte aus, um sie abzuschütteln. Das mochte daher kommen, dass seine Partnerin und er Stunden mit ihr während der Sendung in der Kabine verbracht hatten. Es mochte daher kommen, dass er sie ohne ihre Abwehr gesehen hatte. Es mochte daher kommen, dass er flüchtig ihre kurze Reaktion auf ihn verspürt hatte.

Es mochte daher kommen ... oder auch nicht.

Er war kein Mann, dessen Ego leicht durch die Zurückweisung einer Verabredung beschädigt wurde. Er wusste, dass er nicht jeder Frau gefallen konnte. Die Tatsache, dass er in seinen dreiunddreißig Jahren einer gehörigen Anzahl Frauen gefallen hatte, reichte ihm.

Das Problem war, dass er sich auf eine Frau fixiert hatte und sie nichts von ihm wissen wollte.

Er konnte damit leben.

Tatsache war, dass er einen Job zu erledigen hatte. Er hielt Cillas Lebenslauf in Händen. Ein interessantes Stück, genau wie die Frau selbst. Er zeigte ihren Weg von einem winzigen Nest in Georgia zu einem größeren Sender in Atlanta, dann nach Richmond, St. Louis und Chicago, bevor sie – offensichtlich mit den Füßen voran – bei KHIP in Denver gelandet war.

Die Lady zieht gern um, dachte er. Oder musste sie davonlaufen? Er wollte sich die Antwort direkt an der Quelle holen.

„Interessante Lektüre?“ Althea lehnte sich gegen seinen Schreibtisch. Nicht einer auf diesem Revier hätte es gewagt, wegen ihrer Beine zu pfeifen. Aber viele sahen hin.

„Cilla O’Roarke.“ Er warf den Lebenslauf auf den Tisch. „Welcher Eindruck?“

„Toughe Lady.“ Sie hatte Boyd oft wegen seiner Faszination für die schwüle Stimme aus dem Radio aufgezogen. „Macht alles gern auf ihre Art. Smart und professionell.“

Er griff nach einer Tüte mit gebrannten Mandeln und schüttelte eine in seine Hand. „Das habe ich alles schon selbst herausgefunden.“

„Na, dann hör dir das an.“ Althea griff nach der Tüte und wählte sorgfältig eine der schimmernden Mandeln aus. „Sie hat Angst bis aufs Mark und einen Minderwertigkeitskomplex eine Meile breit.“

„Minderwertigkeitskomplex!“ Boyd schnaubte kurz und stieß seinen Stuhl zurück. „Nie im Leben.“

Mit der gleichen Sorgfalt wählte Althea eine zweite Mandel. „Sie versteckt ihn hinter ein Meter dicken Stahlwänden, aber er ist da. Weibliche Intuition, Fletcher. Das ist ja dein verdammtes Glück, dass du mich hast.“

Boyd entriss ihr die Tüte, weil er wusste, dass Althea sich methodisch bis zum letzten Stück durcharbeiten würde. „Wenn diese Frau unsicher ist, fresse ich meinen Hut.“

„Du hast keinen Hut.“

„Ich besorge mir einen und fresse ihn.“ Er vergaß die Instinkte seiner Partnerin und deutete auf die Unterlagen. „Da unser Mann nicht aufhört, müssen wir losmarschieren und ihn aufspüren.“

„Die Lady ist bezüglich ihrer Vergangenheit nicht sehr aufgeschlossen.“

„Dann drängen wir eben.“

Althea überlegte einen Moment. „Willst du eine Münze werfen? Es ist nämlich ziemlich wahrscheinlich, dass sie zurückdrängen wird.“

Boyd grinste. „Damit rechne ich.“

„Heute Nacht bist du in der Sendekabine dran.“

„Dann fängst du mit Chicago an.“ Er reichte ihr die Akte. „Wir haben den Manager des Senders, den Vermieter.“ Er überflog selbst das Blatt. Er wollte weiter über das hinausgehen, was hier stand, aber er wollte bei den Fakten beginnen. „Setze deine süße überzeugende Stimme ein, dann werden sie alles ausspucken, was sie wissen.“

„Das haben schon Tausende getan.“ Sie sah kurz auf, als ein Kollege einen fluchenden Verdächtigen mit einer blutenden Nase auf einen Stuhl in der Nähe schob. Es gab ein kurzes Handgemenge und einen Schwall von Flüchen, gefolgt von leise gemurmelten Drohungen. „Himmel, wie ich diesen Ort hier liebe.“

„Ja, nichts geht über ein gemütliches Zuhause.“ Er schnappte sich den Rest seines Kaffees, bevor seine Partnerin danach greifen konnte. „Ich arbeite mich vom anderen Ende vor, von dem ersten Sender, für den sie gearbeitet hat. Thea, wenn wir nicht bald mit etwas aufwarten können, wird uns der Captain zerreißen.“

„Dann werden wir eben mit etwas aufwarten. Und nun muss ich mit Cilla zum Sender.“

„Hallo, Denver, hier ist Cilla O'Roarke auf Ihrer Station Nummer eins, KHIP. Ich bleibe von zehn bis zwei bei euch. Wir fangen damit an, dass wir einhundertneun Dollar verschenken. Und zwar kommt jetzt der Rätselsong. Wenn Sie mir den Titel, den Sänger und das Jahr nennen, sacken Sie eine Hand voll Bargeld ein. Die Nummer ist 555-5447. Schalten Sie nicht ab, denn jetzt wird gerockt.“

Die Musik dröhnte los und erfüllte sie mit Behagen. Sie hatte wieder alles unter Kontrolle.

„Elton John“, sagte Boyd hinter ihr. „Honky Cat, neunzehnhundert … zweiundsiebzig.“

Sie drehte sich ihm auf ihrem Stuhl zu. Er wirkte verdammt selbstzufrieden, fand sie. Dieses halbe Grinsen auf seinem Gesicht, die Hände in den Hosentaschen. Es war eine Schande, dass er so attraktiv aussah, eine himmelschreiende Schande. „Aber, aber, Sie überraschen mich, Schlaukopf. Erinnern Sie mich daran, dass ich Sie für ein kostenloses T-Shirt aufschreibe.“

„Ein Dinner wäre mir lieber.“

„Und mir wäre ein Porsche lieber. Aber so ist das nun mal … Hey“, sagte sie, als er ihre Hand ergriff.

„Sie haben Fingernägel gekaut." Er fuhr mit dem Daumen über ihre Knöchel und sah, wie sich ihre Augen veränderten. „Noch eine schlechte Angewohnheit."

„Ich habe noch eine Menge mehr davon."

„Gut." Anstatt sich in die Ecke zu setzen, wählte er einen Stuhl neben ihr. „Ich hatte keine Zeit, mir ein Buch mitzunehmen", erklärte er. „Ich sehe Ihnen bei der Arbeit zu."

„Warum verschwin…" Sie fluchte und drückte eine Taste. Er hatte sie fast dazu gebracht, ihren Einsatz zu verpassen. „KHIP. Kennen Sie den Rätselsong?"

Erst nach dem fünften Anruf hatte sie einen Gewinner. Sie versuchte, Boyd zu ignorieren, legte die nächste Scheibe auf und notierte Name und Adresse des Gewinners.

Sie schloss die Augen und ließ sich von der Musik durchströmen. Wie immer half es, sie zu beruhigen oder sie aufzubauen oder sie schlicht daran zu erinnern, wie viel Glück sie hatte. Sie war nicht klug und lerneifrig wie Deborah. Sie war nicht so hingebungsvoll, wie ihre Eltern gewesen waren. Sie besaß wenig mehr Ausbildung als gesetzlich vorgeschrieben war, und dennoch war sie hier, wo sie sein wollte, und tat, was sie tun wollte.

Das Leben hatte ihr eine grundlegende Lektion erteilt. Nichts dauerte ewig. Gute Zeiten oder schlechte, sie gingen vorüber. Dieser Albtraum, so schrecklich er im Moment war, würde irgendwann vorbei sein. Sie musste ihn nur durchstehen, einen Tag nach dem anderen.

„Das war Joan Jett, die Sie aufgeweckt hat, während wir uns halb zwölf nähern. Jetzt haben wir gleich für Sie die Nachrichten, und dann kommen Steve Winwood und Phil Collins, die Sie in der nächsten halben Stunde begleiten. Hier ist KHIP, und die Nachrichten werden Ihnen von Wildwood Records präsentiert."

Sie schob eine vorbespielte Kassette ein.

„Vielleicht ruft er heute nicht an."

„Vielleicht."

„Aber Sie glauben es nicht."

„Ich glaube, wir sollten einen Schritt nach dem anderen tun." Er legte seine Hand beruhigend in ihren Nacken. „Ich möchte, dass Sie ruhig bleiben und ihn länger in der Leitung halten. Stellen Sie Fragen. Ganz gleich, was er sagt, fragen Sie immer und immer weiter. Vielleicht gibt er uns mit einer Antwort einen Hinweis."

Sie nickte und arbeitete sich dann durch die nächsten zehn Minuten. „Ich möchte Ihnen eine Frage stellen", sagte sie endlich.

„In Ordnung."

Sie sah ihn nicht an, sondern nahm den letzten Schluck von dem kalten Drink, um ihre trockene Kehle anzufeuchten. „Wie lange wird man mir einen Babysitter zugestehen?"

„Darüber brauchen Sie sich keine Sorgen zu machen."

„Sagen wir mal, ich weiß so einiges darüber, wie die Polizei arbeitet." Da schwang er wieder in ihrer Stimme mit, dieser Hauch von Bitterkeit und Bedauern. „Ein paar hässliche Anrufe sorgen nicht für verdammt viel Aufmerksamkeit."

„Ihr Leben wurde bedroht", meinte er. „Es hilft, dass Sie eine Berühmtheit sind und dass es auch schon Presseberichte gegeben hat. Ich bleibe Ihnen noch eine ganze Weile erhalten."

„Kein ungetrübtes Vergnügen", murmelte sie und eröffnete das Wunschtelefon.

Der Anruf kam, wie sie es eigentlich gewusst hatte, diesmal aber sehr schnell. Bei Anruf Nummer fünf erkannte sie die Stimme, unterdrückte den Drang zu schreien und schaltete auf Musik um. Ohne es zu merken, tastete sie nach Boyds Hand.

„Sie sind hartnäckig, nicht wahr?"

„Ich will, dass du stirbst. Ich bin fast schon bereit."

„Kenne ich Sie? Ich möchte gern jeden kennen, der mich umbringen will."

Sie zuckte bei den Schimpfnamen zusammen, die er ihr entgegenspuckte, und versuchte, sich auf den beständigen Druck von Boyds Fingern an ihrem Nacken zu konzentrieren.

„Wow! Sie habe ich aber wirklich verärgert. Wissen Sie, Kumpel, wenn Ihnen meine Sendung nicht gefällt, brauchen Sie nur abzuschalten."

„Du hast ihn verführt." Weinen, angeheizt von Wut, war jetzt zu hören. „Du hast ihn verführt und aufgereizt. Du hast ihm Versprechungen gemacht. Dann hast du ihn ermordet."

„Ich ..." Sie war davon mehr schockiert als von irgendeinem Gossenausdruck, mit dem er sie belegt hatte. „Wen? Ich weiß nicht, wovon Sie sprechen. Bitte, wen ..."

Die Leitung war tot.

Während sie benommen und stumm dasaß, riss Boyd den Hörer an sich. „Glück gehabt? Verdammt." Er stand auf, rammte die Hände in die Hosentaschen und begann hin und her zu laufen. „Zehn Sekunden noch. In zehn Sekunden hätten wir ihn gehabt. Er muss wissen, dass wir angezapft haben." Sein Kopf zuckte herum, als Nick Peters eintrat, überschwappende Kaffeebecher in den Händen. „Was ist?"

„Ich ... ich ... ich ..." Sein Adamsapfel hüpfte, während er schluckte. „Mark sagte, es geht in Ordnung, wenn ich während der Show hierbleibe." Er schluckte noch einmal. „Ich dachte, Cilla will vielleicht Kaffee."

Boyd deutete mit dem Daumen zum Tisch. „Können Sie ihr durch den Rest der Sendung helfen?"

„Ich brauche keine Hilfe." Cillas Stimme war eisig ruhig. „Es geht mir gut, Nick. Machen Sie sich keine Sorgen." Ihre Hand war ruhig, als sie nach dem Mikro griff. „Das war für Chuck von Laurie, mit all ihrer Liebe." Sie warf einen gelassenen Blick auf Boyd, bevor sie die Taste am Telefon drückte. „KHIP, Sie sind auf Sendung."

Sie stand es durch. Nur das zählte. Und sie klappte nicht zusammen wie beim letzten Mal. Cilla war dafür dankbar. Sie musste lediglich alles durchdenken.

Sie hatte nicht widersprochen, als Boyd sich ans Steuer ihres Wagens setzte. Ihr Recht auf Autofahren abzugeben, war die kleinste ihrer Sorgen.

„Ich komme mit hinein", sagte Boyd, nachdem er den Wagen geparkt hatte. Sie zuckte bloß die Schultern und ging zur Tür.

Sehr bewusst hängte sie ihren Mantel auf und zog die Schuhe aus. Dann saß sie da, sagte noch immer nichts und steckte sich eine Zigarette an. Der Streifenwagen vor dem Haus hatte sie erleichtert. Deborah war in Sicherheit und schlief.

Etwas erzitterte in ihr – teils Angst, teils Verlangen. Sie wollte keines von beidem. „Was immer ich auch bin, ich bin keine Verführerin. Das ist Theater, eine Show, und es hat nichts mit Realität zu tun. Mein Exmann wäre der Erste, der Ihnen bestätigt, dass ich nicht einmal Schwung beim Sex habe", sagte sie.

Seine Augen wurden scharf. „Sie haben nie erwähnt, dass Sie verheiratet waren."

Und ich hatte es auch nicht vor, dachte Cilla, während sie sich erschöpft durch die Haare fuhr. „Das ist schon eine Million Jahre her. Was spielt das für eine Rolle?"

„Alles spielt eine Rolle. Ich will seinen Namen und seine Adresse."

„Ich weiß seine Adresse nicht. Wir haben es nicht einmal ein Jahr geschafft. Ich war damals zwanzig, mein Gott." Sie begann sich die Stirn zu reiben.

„Seinen Namen, Cilla."

„Paul. Paul Lomax. Ich habe ihn seit acht Jahren nicht gesehen – seit er sich von mir hat scheiden lassen." Sie wirbelte zu dem Fenster herum und wieder zurück. „Der Punkt ist doch, dass dieser Kerl falschliegt. Er hat sich in den Kopf gesetzt, dass ich meine Verführungskünste bei irgendeinem Kerl eingesetzt habe, aber das passt nicht."

„Er denkt da offenbar anders."

„Nun, dann denkt er falsch. Ich könnte nicht einmal einen Mann glücklich machen. Also ist es ein Witz zu glauben, ich könnte Legionen verführen."

„Das ist eine dumme Bemerkung, sogar für Sie."

„Glauben Sie, ich gebe gern zu, dass ich nur Show mache und im Bett lausig bin?" Sie unterbrach sich, während sie auf und ab lief. „Der letzte Mann, mit dem ich ausging, sagte, ich hätte Eiswasser anstatt Blut. Aber ich habe ihn nicht umgebracht." Sie beruhigte sich ein wenig und fühlte sich gegen ihren Willen erheitert. „Ich habe allerdings daran gedacht."

„Ich finde, Sie sollten die ganze Sache endlich ernst nehmen. Und ich finde, Sie sollten sich selbst endlich ernst nehmen."

„Ich nehme mich selbst sehr ernst."

„Beruflich", stimmte er zu. „Sie wissen genau, was Sie zu tun haben und wie Sie es zu tun haben. Privat ... Sie sind die erste Frau, die ich kennengelernt habe, die freiwillig zugibt, dass sie einen Mann nicht nach ihrer Pfeife tanzen lassen kann."

„Ich bin Realistin."

„Ich glaube, Sie sind ein Feigling."

Ihr Kinn ruckte hoch. „Gehen Sie zum Teufel."

Er musste etwas beweisen, ihnen beiden. „Ich glaube, Sie haben Angst davor, einem Mann nahezukommen, Angst davor, herauszufinden, was in ihm ist. Vielleicht würden Sie herausfinden, dass es etwas ist, das Sie nicht kontrollieren können."

„Das brauche ich mir von Ihnen nicht bieten zu lassen. Schaffen Sie mir nur diesen Mann vom Hals." Sie wollte an ihm vorbeistürmen, doch er fing sie am Arm ab.

„Was sagen Sie zu einem Experiment?"

„Einem Experiment?"

„Warum versuchen Sie es nicht, O'Roarke – mit mir? Ich sollte ungefährlich sein, wo Sie doch kaum meinen Anblick ertragen. Ein Test." Er ergriff ihren anderen Arm. „Geringes Risiko." Er fühlte den Zorn in ihr vibrieren, während er sie festhielt. Gut. Aus Gründen, die er noch nicht einmal entfernt klar erkannte, war er genauso wütend. „Fünf zu eins, dass ich überhaupt nichts fühle." Er zog sie ein paar Zentimeter näher. „Wollen Sie mir beweisen, dass ich mich täusche?"

3. KAPITEL

Sie waren einander nahe. Cilla hatte eine Hand in einer unbewussten abwehrenden Geste gehoben, und jetzt lagen ihre Finger gespreizt auf seiner Brust. Unter ihrer Handfläche konnte sie Boyds Herzschlag spüren, langsam und gleichmäßig. Sie konzentrierte ihren Ärger auf diesen gelassenen Rhythmus, während ihr eigener Puls stolperte und taumelte.

„Ich brauche Ihnen gar nichts zu beweisen."

Er nickte. Der kaum zurückgehaltene Zorn in ihren Augen war für ihn leichter zu ertragen als die starre Furcht. „Dann beweisen Sie es sich selbst." Er lächelte ganz bewusst, um sie zu ködern. „Was ist los, O'Roarke? Jage ich Ihnen Angst ein?"

Er drückte genau den richtigen Knopf. Sie wussten es beide. Es war ihm egal, ob sie von Ärger getrieben wurde. Hauptsache, sie bewegte sich.

Sie warf ihr Haar zurück und schob langsam, zielstrebig ihre Hand von seiner Brust auf seine Schulter. Zum Teufel mit ihm, aber sie wollte eine Reaktion erzielen. Er hob bloß eine Augenbraue und beobachtete sie mit einem leichten, um seinen Mund spielenden Lächeln.

Er will also Spielchen spielen, dachte sie. Nun, dem war sie gewachsen. Sie ließ ihren klaren Menschenverstand sausen und presste ihre Lippen auf die seinen.

Seine Lippen waren fest und kühl. Und ohne Reaktion. Sie behielt die Augen offen und beobachtete, wie seine Augen geduldig, gelassen und hassenswert amüsiert blieben. Sie ballte ihre Hand auf seiner Schulter zur Faust und riss ihren Kopf zurück.

„Zufrieden?"

„Wohl kaum." Seine Augen mochten ruhig sein. Das war Training. Aber hätte sie sich die Mühe gemacht, seinen Herzschlag zu überprüfen, hätte sie gefunden, dass er äußerst unregelmäßig war. „Sie bemühen sich nicht, O'Roarke." Er schob seine Hand an ihre Hüfte und brachte sie gerade so weit aus dem Gleichgewicht, dass sie gegen ihn schwankte. „Wollen Sie mich glauben machen, das wäre das Beste, was Sie zustande bringen?"

Zorn und Demütigung packten sie. Ihn verfluchend, drängte sie seinen Mund gegen ihre Lippen und ließ sich in den Kuss einfließen.

Seine Lippen waren noch immer fest, aber nicht mehr kühl. Sie blieben auch nicht mehr ohne Reaktion. Für einen Moment überkam sie der Drang, sich zurückzuziehen. Und dann stieg Verlangen in ihr hoch, längst vergessenes Verlangen. Eine Flut von Sehnen, ein Sturm von Begierden. Von all dem überwältigt, drängte sie sich an ihn, ließ die Kraft und die Hitze durch sie peitschen und erinnerte sich, wie es war, Leidenschaft zu kosten.

Jeder andere Gedanke, jeder andere Wunsch erlosch. Sie fühlte, wie sich sein langer harter Körper gegen sie presste, die langsamen, streichelnden Bewegungen, mit denen seine Hände an ihrem Rücken hochwanderten und in ihr Haar tauchten. Sein nicht länger geduldiger Mund nahm und nahm von dem ihren, bis das Blut in ihrem Kopf wie Donner hämmerte.

Er hatte gewusst, dass sie ihn umhauen würde. Er hatte gedacht, darauf vorbereitet zu sein. In den Tagen seit ihrem Kennenlernen hatte er sich Dutzende Male vorgestellt, sie so zu kosten. Er hatte sich vorgestellt, wie es sein musste, sie an sich zu drücken, sie seufzen zu hören, den erhitzten Duft ihrer Haut einzufangen, während er seinen Mund darübergleiten ließ.

Doch die Wirklichkeit war viel durchschlagender als jeder Traum.

Kettenblitze. Sie war genauso explosiv, so ungestüm, so lebensbedrohend. Der Strom sprang Funken sprühend und zischend von ihr auf ihn über und machte ihn atemlos, benommen und aufgewühlt. Noch während er unter dem Ansturm aufstöhnte, fühlte er, wie sie sich gegen die Kraft stemmte, die auf sie zurückschlug.

Sie erschauerte und gab einen teils protestierenden, teils verwirrten Laut von sich, während sie sich zu befreien suchte.

Er schlang ihr Haar um seine Hand. Er brauchte nur ganz leicht zu ziehen, damit sie ihren Kopf nach hinten fallen ließ und ihre Augen dunkel und verschleiert auf die seinen richtete.

Er ließ sich Zeit, während sein Blick über ihr Gesicht strich. Er wollte in ihren Augen sehen, was er gefühlt hatte. Die Reflexion war da, dieses ursprünglichste Sehnen. Er lächelte wieder, als ihre Lippen sich zitternd öffneten und ihr Atem schnell und ungleichmäßig kam.

„Ich bin noch nicht fertig“, erklärte er, zog sie wieder an sich und plünderte.

Sie musste denken, aber ihre Gedanken konnten sich nicht ihren Weg durch die Empfindungen bahnen, die sie in dünnen, seidigen Schichten zu bedecken schienen, ihre Vernunft vernebelten, ihren Willen ausschalteten. Bevor Panik die Schleier zerschneiden konnte, hob sie erneut ab, klammerte sich an ihn, öffnete sich für ihn, begehrte ihn.

Er wusste, dass er sich berauschen und doch nie genug bekommen konnte. Nicht, wenn ihr Mund heiß und feucht und von diesem Geschmack erfüllt war.

Unfähig zu widerstehen, schob er seine Hände unter ihr Sweatshirt auf der Suche nach der warmen, seidigen Haut darunter. Er nahm, eroberte, erforschte, bis sich das Verlangen in seinem Körper in Schmerz wandelte.

Zu schnell, warnte er sich selbst. Zu früh. Für sie beide. Er hielt sie ruhig fest, hob den Kopf und wartete, bis sie wieder zu sich kam.

Sie zwang sich dazu, die Augen zu öffnen, und sah nur sein Gesicht. Sie rang nach Luft und nahm nur seinen Geschmack wahr. Ihr schwindelte, und sie presste eine Hand an ihre Schläfe und ließ sie wieder sinken.

„Hören Sie, Boyd …"

„Sie können ja tatsächlich meinen Vornamen aussprechen." Bevor sie ihn stoppen konnte, strich er über ihr Haar mit einer beiläufig intimen Geste, die ihren Pulsschlag wieder hochschnellen ließ. „Soll das bedeuten, dass Sie den Vornamen eines Mannes erst benützen, wenn Sie ihn geküsst haben?"

„Es bedeutet überhaupt nichts." Sie stand auf in der Hoffnung, schneller die Kraft in ihren Beinen zurückzugewinnen, wenn sie auf und ab ging. „Offenbar sind wir vom Thema abgekommen."

„Es gibt mehr als ein Thema." Er lehnte sich zurück und fand es ein Vergnügen, ihr zuzusehen, wie sie sich bewegte. Es war schon etwas Feines, den Schwung langer weiblicher Beine zu beobachten. Während sie, vor nervöser Energie knisternd, auf und ab lief, legte er einen Arm über die Rücklehne der Couch und streckte seine Beine aus.

„Für mich gibt es nur ein Thema." Sie warf ihm einen Blick über ihre Schulter zu. „Das sollten Sie sich lieber merken."

„Okay, dann reiten wir eben auf diesem einen eine Weile herum."

Er konnte warten, hatte er doch die feste Absicht, bald wieder das Thema zu wechseln. „Sie scheinen diese verrückte Ansicht zu haben, dass Männer nur von Ihrer Stimme, von Ihrer Vorstellung angelockt werden. Ich glaube, wir haben gerade bewiesen, dass Sie falsch liegen."

„Was gerade passiert ist, beweist gar nichts." Falls es etwas gab, das sie noch zorniger machen konnte als sein träges, geduldiges Lächeln, so hatte sie es noch nicht gefunden. „Auf jeden Fall hat das nichts mit dem Mann zu tun, der mich anruft."

„Sie sind eine kluge Frau, Cilla. Benützen Sie Ihren Kopf. Er ist auf Sie fixiert, aber nicht seinetwegen. Er will Sie für etwas bezahlen lassen, das Sie einem anderen Mann angetan haben. Jemandem, den Sie kannten", fuhr er fort, als sie nach einer Zigarette griff. „Jemandem, der eine Beziehung zu Ihnen hatte."

„Ich habe Ihnen schon gesagt, dass es da niemanden gibt."

„Jetzt gibt es niemanden."

„Jetzt nicht, davor nicht, seit Jahren nicht."

Nachdem er diese erste Woge ihrer Leidenschaft erfahren hatte, fiel es ihm mehr als schwer, das zu glauben. Dennoch nickte er. „Dann hat es Ihnen nicht viel bedeutet. Vielleicht ist dies das Problem."

„Um Himmels willen, Fletcher, ich gehe nicht einmal mit Männern aus. Ich habe dazu weder die Zeit noch die Neigung."

„Über Ihre Neigungen sprechen wir später."

Ermattet wandte sie sich ab und starrte durch die Scheibe. „Verdammt, Boyd, verschwinden Sie aus meinem Leben."

„Es ist Ihr Leben, über das wir sprechen." In seiner Stimme schwang eine Schärfe mit, die sie den heftigen Kommentar zurückhalten ließ, der ihr auf der Zunge lag. „Wenn es in Denver niemanden gegeben hat, werden wir uns weiter zurückarbeiten. Aber ich will, dass Sie nachdenken, und zwar angestrengt nachdenken. Wer hat Interesse für Sie gezeigt? Jemand, der den Sender mehr als einmal anruft. Der Sie bittet, sich mit ihm zu treffen, der persönliche Fragen stellt. Jemand, der sich Ihnen genähert hat, der Sie eingeladen hat, der irgendetwas versucht hat."

Sie ließ ein kurzes humorloses Lachen hören. „Das waren Sie."

„Erinnern Sie mich daran, dass ich mich selbst überprüfen werde."

Seine Stimme war trügerisch sanft, doch Cilla hörte den Ärger und die Frustration darin. „Wer noch, Cilla?“

„Es gibt niemanden, der mich bedrängt hat.“ Sich nach einem Moment, einem einzigen Moment Seelenfrieden sehnend, presste sie ihre Handballen gegen ihre Augen. „Ich bekomme Anrufe. Aber das soll doch so sein. Manche Männer bitten mich um eine Verabredung, manche schicken sogar Geschenke. Sie wissen schon, der Pralinen-und-Blumen-Typ. Nichts Unheimliches an einem Rosenstrauß, oder?“

„Sehr viel Unheimliches an Morddrohungen, oder?“

Sie wollte ruhig und sachlich bleiben, konnte aber die Härte nicht aus ihrer Stimme verbannen. „Ich kann mich nicht an jeden erinnern, der angerufen und mit mir über die Ätherwellen geflirtet hat. Wenn ich jemanden abgewiesen habe, bleibt er abgewiesen.“

Er konnte nur den Kopf schütteln. Es war ihm unerklärlich, dass eine so kluge Frau in gewissen Situationen so naiv sein konnte. „Na schön, gehen wir die Sache von einem anderen Blickwinkel an. Im Sender arbeiten Sie mit Männern – fast nur mit Männern – zusammen.“

„Wir sind Profis“, schnappte sie und begann, an ihren Nägeln zu kauen. „Mark ist glücklich verheiratet. Bob ist glücklich geschieden. Jim ist ein Freund – ein guter.“

„Sie haben Nick vergessen.“

„Nick Peters? Was ist mit ihm?“

„Er ist verrückt nach Ihnen.“

„Was?“ Sie war so überrascht, dass sie sich umdrehte. „Das ist lächerlich. Er ist ein Kind!“

Nachdem er sie lange betrachtet hatte, stieß er einen Seufzer aus. „Sie haben es wirklich nicht bemerkt?“

Verwirrter, als sie eingestehen wollte, sagte Cilla: „Hören Sie, Schlaukopf, das bringt uns zu nichts, und ich bin …“ Ihre Worte erstarben, und ihre Hand kroch langsam an ihre Kehle.

„Da ist ein Mann auf der anderen Straßenseite. Er beobachtet das Haus.“

„Weg vom Fenster!“

„Was?“

Boyd riss sie zur Seite. „Bleiben Sie von den Fenstern weg, und halten Sie die Tür verschlossen. Öffnen Sie nicht, bevor ich zurückkomme."

Sie nickte und folgte ihm an die Tür. Sie presste die Lippen zusammen, als er seine Waffe zog. Diese Bewegung holte sie in die Realität zurück. Es war eine weniger aus Praxis als aus Instinkt heraus geschmeidige Bewegung. Zehn Jahre bei der Polizei, erinnerte sie sich. Er hatte schon früher gezogen und geschossen.

Sie wollte ihm nicht sagen, er solle vorsichtig sein. Das waren nutzlose Worte.

„Ich sehe mich draußen um. Schließen Sie die Tür hinter mir ab."

Verschwunden war der entspannte Mann, der sie in eine Umarmung gelockt hatte. Ein Blick in sein Gesicht, und sie konnte sehen, dass er ganz Cop war. Sie kriegen andere Augen, dachte sie. Augen ohne Emotionen. Es gab keinen Platz für Emotionen, wenn man eine Waffe in der Hand hielt.

„Wenn ich in zehn Minuten nicht zurück bin, rufen Sie 911 an und bitten um Hilfe. Kapiert?"

„Ja." Sie gab dem Verlangen nach, ihn am Arm zu berühren. Nachdem er hinausgeschlüpft war, schob sie den Riegel vor und wartete.

Er hatte seinen Mantel nicht geschlossen, und der heftige Wind der ersten Stunden des Tages pfiff durch sein Hemd. Seine Waffe, die sich mit seiner Körperwärme aufgeheizt hatte, lag wie angegossen in seiner Hand. Er schwenkte seinen Blick nach rechts, dann nach links und fand die Straße verlassen vor, dunkel, abgesehen von den Lichtinseln der Straßenlampen, die in regelmäßigen Abständen aufgestellt waren. Es war nichts weiter als eine ruhige Vorortgegend, friedlich schlafend in den Stunden vor der Morgendämmerung. Der Nachtwind stöhnte leise in den nackten Bäumen.

Er zweifelte nicht an Cillas Worten – hätte nicht einmal daran gezweifelt, hätte er nicht selbst einen flüchtigen Blick durch ihr Fenster auf die einsame Gestalt auf dem gegenüberliegenden Bürgersteig erhascht.

Wer immer dort gewesen war, er war jetzt weg, wahrscheinlich schon in dem Moment aufgescheucht, in dem Cilla ihn entdeckt hatte.

Wie um Boyds Gedanken zu unterstreichen, sprang ein oder zwei Querstraßen weiter ein Motor an. Er fluchte, machte sich jedoch nicht die Mühe einer Verfolgung. Bei einem derartigen Vorsprung wäre das die reinste Zeitverschwendung gewesen. Stattdessen ging er einen halben Block in beide Richtungen und umkreiste dann sorgfältig das Haus.

Cilla hatte schon die Hand am Telefon, als er klopfte.

„Alles in Ordnung. Ich bin es, Boyd."

Mit drei schnellen Schritten war sie an der Tür. „Haben Sie ihn gesehen?", fragte sie, sobald Boyd eintrat.

„Nein."

„Er war da. Ich schwöre es."

„Ich weiß." Er schloss die Tür selbst wieder ab. „Versuchen Sie sich zu entspannen. Er ist jetzt weg."

„Entspannen?" In den letzten Minuten hatte sie ausreichend Zeit gehabt, um sich von betroffen zu halb von Sinnen hochzuschaukeln. „Er weiß, wo ich arbeite, wo ich wohne. Wie soll ich mich denn je wieder entspannen? Hätten Sie ihn nicht verscheucht, wäre er womöglich …" Sie fuhr sich mit den Fingern durch die Haare. Sie wagte nicht darüber nachzudenken, was hätte passieren können.

Boyd schwieg einen Moment und beobachtete, wie sie sich langsam und schmerzlich unter Kontrolle brachte. „Warum nehmen Sie sich nicht Urlaub und bleiben ein paar Tage zu Hause? Wir sorgen dafür, dass ein Streifenwagen die Umgebung im Auge behält."

Sie sank in einen Sessel. „Wo liegt der Unterschied, ob ich hier bin oder im Sender?" Sie schüttelte den Kopf, ehe er etwas sagen konnte. „Bliebe ich zu Hause, würde ich durchdrehen, weil ich ständig daran denke und mir Sorgen mache. Bei der Arbeit habe ich wenigstens noch andere Dinge im Kopf."

Er hatte von ihr keine Zustimmung erwartet. „Wir sprechen später darüber. Im Moment sind Sie müde. Gehen Sie doch ins Bett. Ich schlafe auf der Couch."

Sie wünschte sich, stark genug zu sein, um ihm zu sagen, dass es nicht nötig war. Sie brauchte keinen Schutz. Doch die Woge der Dankbarkeit machte sie schwach. „Ich hole Ihnen eine Decke."

Deborah schlenderte aus ihrem Zimmer in einem weißen Shirt und einem dünnen blauen Morgenmantel, der bis zum halben Schenkel reichte und aufklaffte. Ihre Zehennägel waren schockrosa. Sie hatte sie am Vorabend bemalt, um sich eine Abwechslung zu gönnen, während sie für ein Examen büffelte.

Gähnend stolperte sie über einen Stiefel, fiel gegen die Couch und stieß einen unterdrückten Schrei aus, als ihre Hand auf einen warmen Körper traf.

Boyd setzte sich blitzartig auf, und seine Hand fuhr nach seiner Waffe. Aus nächster Nähe starrte er in Deborahs Gesicht – helle Haut, große blaue Augen, die Wolke dunkler Haare – und entspannte sich.

„Guten Morgen."

„Ich … Detective Fletcher?"

Er rieb sich die Augen. „Ich glaube schon."

„Tut mir leid. Ich wusste nicht, dass Sie hier sind." Sie räusperte sich und erinnerte sich verspätet daran, ihren Morgenmantel zu schließen. Sie schloss den Gürtel, blickte die Treppe hinauf und senkte automatisch ihre Stimme. Ihre Schwester schlief schon unter besten Voraussetzungen nicht tief. „Warum sind Sie hier?"

Er reckte eine Schulter, die während der beengten Nacht auf der Couch steif geworden war. „Ich sagte Ihnen doch, dass ich auf Cilla aufpassen werde."

„Ich erinnere mich." Sie zog die Augen zusammen, während sie ihn betrachtete. „Sie nehmen Ihren Job ernst."

„Das stimmt."

„Sehr gut." Sie lächelte zufrieden. In den aufwühlenden und verwirrenden Ereignissen ihrer neunzehn Jahre hatte sie gelernt, den Charakter eines Menschen rasch einzuschätzen. „Ich wollte gerade Kaffee machen. Ich muss heute früh zum Unterricht. Soll ich Ihnen auch einen bringen?"

Falls sie auch nur im Entferntesten wie ihre Schwester war, würde er keinen Schlaf mehr bekommen, bevor er nicht alle Fragen beantwortet hatte, die ihr im Kopf herumgingen. „Gern. Danke."

„Schätze, Sie möchten auch duschen. Sie sind etwa fünfzehn Zentimeter zu lang, um eine bequeme Nacht auf der Couch verbracht zu haben."

„Zwanzig." Er rieb sich den steifen Nacken. „Ich glaube, es sind eher zwanzig."

„Sie können so viel heißes Wasser verbrauchen, wie Sie wollen. Ich setze den Kaffee auf." Als sie sich zur Küche wandte, klingelte das Telefon. Obwohl sie wusste, dass Cilla noch vor dem zweiten Klingeln abheben würde, tat sie automatisch einen Schritt darauf zu. Boyd schüttelte den Kopf, hob ab und lauschte.

Die Hände in die Aufschläge ihres Morgenmantels verkrampft, beobachtete Deborah ihn. Sein Gesicht blieb ausdruckslos, aber sie sah Zorn in seinen Augen aufflackern. Wenn es auch nur kurz war, war sie doch sicher, wer am Ende der Leitung war.

Boyd unterbrach die Verbindung mechanisch und tippte eine Zahlenreihe ein. „Habt ihr was?" Er fluchte nicht einmal bei der negativen Antwort. „In Ordnung." Nachdem er aufgelegt hatte, sah er Deborah an. Sie stand neben der Couch, die Hände verkrampft, das Gesicht blass. „Ich gehe nach oben", sagte er. „Auf den Kaffee komme ich später zurück."

„Sie hat sich bestimmt aufgeregt. Ich möchte mit ihr sprechen."

Er schob die Decke beiseite und stand auf. Er trug nur seine Jeans. „Ich wäre Ihnen dankbar, wenn Sie das diesmal mir überließen."

Sie wollte widersprechen, aber etwas in seinen Augen hielt sie zurück. Sie nickte. „Also schön, aber machen Sie Ihre Arbeit gut. Sie ist nicht so tough, wie sie die Leute gern glauben macht."

„Ich weiß."

Er stieg die Treppe in den ersten Stock hinauf, ging an einer offenen Tür von einem Zimmer vorbei, in dem das Bett ordentlich gemacht war. Deborahs Zimmer, entschied er, als er das rosa und weiß gehaltene Dekor und die femininen Verzierungen aus Spitze bemerkte. An der nächsten Tür blieb er stehen, klopfte und trat ein, ohne auf eine Antwort zu warten.

Sie saß mitten auf dem Bett, die Knie an die Brust gezogen, den Kopf auf die Knie gestützt. Laken und Decken waren durcheinander und zeugten von wenigen Stunden unruhigen Schlafs.

Hier gab es keine femininen Verzierungen aus Spitze, keine weichen Pastellfarben. Cilla bevorzugte gerade Linien, Einfachheit. Als Gegensatz war die Farbenwahl aufrüttelnd und alles andere als beruhigend. Inmitten all dieser leuchtenden Schattierungen von Blau und Grün wirkte sie umso verletzlicher.

Sie blickte nicht auf, bevor er sich auf die Bettkante setzte und ihr Haar berührte. Langsam hob sie den Kopf. Er sah keine Tränen. Anstelle der erwarteten Angst fand er eine unerträgliche Erschöpfung vor, die sogar noch beunruhigender war.

„Er hat angerufen", murmelte sie.

„Ich weiß. Ich war am Nebenapparat."

„Dann haben Sie es gehört." Sie blickte weg, zum Fenster, wo sie sehen konnte, wie die Sonne sich bemühte, eine tief hängende Wolkenbank wegzubrennen. „Er war das gestern Abend draußen auf der Straße. Er sagte, er hätte mich gesehen ... uns. Bei ihm hat es so widerlich geklungen."

„Cilla ..."

„Er hat mich beobachtet!" Sie spuckte die Worte aus. „Nichts, was ich sage, nichts, was ich tue, hält ihn auf. Und wenn er mich erwischt, macht er alles, was er angekündigt hat."

„Er wird Sie nicht erwischen."

„Wie lange?", fragte sie. Ihre Finger verkrampften sich in den Laken, ihr Blick brannte sich in seine Augen. „Wie lange können Sie auf mich aufpassen? Er braucht nur zu warten. Er wird abwarten und anrufen und beobachten." Etwas in ihr brach entzwei, und sie packte das Telefon neben dem Bett und schleuderte es quer durch den Raum. Es prallte gegen die Wand und polterte klingelnd zu Boden. „Sie werden ihn nicht aufhalten. Sie haben ihn gehört. Er hat gesagt, dass ihn nichts aufhalten wird."

„Genau das will er." Boyd packte sie an den Armen und rüttelte sie einmal kurz. „Er will, dass Sie die Nerven verlieren. Er will das Bewusstsein, Sie dazu gebracht zu haben, die Nerven zu verlieren. Wenn Sie das wirklich tun, helfen Sie ihm nur."

„Ich weiß nicht, was ich tun soll", brachte sie hervor. „Ich weiß einfach nicht, was ich tun soll."

„Sie müssen mir vertrauen. Sehen Sie mich an, Cilla." Ihr Atem ging stoßweise, aber sie blickte ihm in die Augen. „Ich will, dass Sie mir vertrauen", sagte er ruhig. „Und dass Sie mir glauben, wenn ich sage, dass ich nicht zulassen werde, dass Ihnen etwas passiert."

„Sie können nicht immer da sein."

Seine Lippen lächelten ein wenig. Er lockerte seinen Griff und rieb mit seinen Händen an ihren Armen auf und ab. „Sicher kann ich das."

„Ich will ..." Sie presste die Augen fest zu. Wie sie es hasste zu bitten. Wie sie es hasste, etwas zu brauchen.

„Was?"

Ihre Lippen bebten, während sie um ein letztes Stück ihrer Selbstbeherrschung kämpfte. „Ich muss mich jetzt irgendwo festhalten." Sie atmete ungleichmäßig aus. „Bitte."

Wortlos zog er sie eng an sich und drückte ihren Kopf an seine Schulter. Ihre zu Fäusten geballten Hände pressten sich auf seinen Rücken. Sie zitterte, kämpfte gegen einen heftigen Ausbruch von Tränen an.

„Gönnen Sie sich eine Pause, O'Roarke", murmelte er. „Lassen Sie sich gehen."

„Ich kann nicht." Sie hielt die Augen geschlossen und klammerte sich an ihn. Er war fest, warm, stark. Zuverlässig. „Ich habe Angst, dass ich nicht mehr aufhören kann, wenn ich erst mal angefangen habe."

„Okay, dann versuchen wir das." Er hob ihren Kopf an und berührte sanft ihre Lippen mit den seinen. „Denken Sie an mich. Jetzt." Sein Mund berührte erneut den ihren. „Und hier." Leicht und geduldig streichelte er ihren steifen Rücken. „Nur an mich."

Sie spürte das Mitgefühl. Sie hatte nicht gewusst, dass sie es im Kuss eines Mannes finden konnte. Mehr als sanft, mehr als zärtlich beschwichtigte der Kuss ihre verschlissenen Nerven, beruhigte ihre eisigen Ängste, kühlte ihre heiße Verzweiflung. Ihre verkrampften Hände entspannten sich, Muskel um Muskel. Es gab keine Forderungen, als seine Lippen über ihr Gesicht wanderten. Nur Verständnis.

Es würde einfach sein, seinem Wunsch zu folgen. Sie dachte nur an ihn.

Zögernd hob sie ihre Hand an sein Gesicht und ließ ihre Finger über seine von Bartstoppeln raue Wange streichen. Ihr Magen entkrampfte sich. Das Hämmern in ihrem Kopf ließ nach. Sie hauchte seinen Namen in einem Seufzen und ließ sich gegen seinen Körper sinken.

Er musste vorsichtig sein. Sehr vorsichtig. Ihre vollständige Hingabe brachte sein Verlangen zum Kochen. Er ignorierte es. Im Moment brauchte sie Trost, keine Leidenschaft. Es durfte keine Rolle spielen, dass seine Sinne von ihr aufgewühlt waren, von dem weichen Nachgeben ihres Körpers, dem vollen Geschmack ihres Mundes. Es durfte keine Rolle spielen, dass die Luft dicker geworden war, sodass jeder Atemzug, den er nahm, mit ihrem Duft erfüllt war.

Er wusste, dass er sie bloß auf das Bett zwischen die zerwühlten Laken zurückzulegen brauchte. Sich über sie zu schieben brauchte. Sie würde nicht widerstehen. Vielleicht würde sie sogar die Hitze und die Ablenkung begrüßen. Den zeitlichen Aufschub. Er wollte aber viel mehr für sie sein.

Mit seinen eigenen Dämonen kämpfend, presste er seine Lippen gegen ihre Stirn, legte dann seine Wange an ihr Haar.

„Besser?"

Sie nickte, während sie stoßweise Atem holte. Sie war nicht sicher, ob sie sprechen konnte. Wie konnte sie ihm sagen, dass sie nur so bleiben wollte, seine Arme um sie geschlungen, sein Herz an ihrem schlagend? Er musste sie für eine Närrin halten.

„Ich ... äh ... wusste gar nicht, dass Sie ein so netter Kerl sein können, Fletcher."

Er wollte seufzen, grinste jedoch stattdessen. „Ich habe eben meine guten Momente."

„Ja. Nun, das ging wirklich weit über das normale Maß an Pflichterfüllung hinaus."

Vielleicht, aber nur vielleicht wollte sie gar nicht sticheln. Er zog sich zurück, legte seine Hand unter ihr Kinn. „Ich bin nicht im Dienst. Wenn ich Sie küsse, hat das nichts mit meinem Job zu tun. Kapiert?"

Sie hatte ihm danken und nicht ihn verärgern wollen. In seinen Augen stand eine Warnung, die sie die Stirn runzeln ließ. „Sicher."

„Sicher", wiederholte er, stand auf und steckte die Hände gereizt in die Hosentaschen.

Erst jetzt bemerkte sie, dass er nur seine Jeans trug, am Bund offen und tief heruntergerutscht. Das ruckartige Zusammenziehen ihres Magens hatte nichts mit Angst zu tun und machte sie für einen Moment sprachlos.

Sie wollte ihn. Nicht nur von ihm gehalten werden, nicht nur für ein paar heiße Küsse. Und sicher nicht als Trost. Sie wollte ihn im Bett, wie sie nie einen anderen Mann gewollt hatte. Sie sah ihn an – die langen, schlanken, goldenen Linien seines Oberkörpers, die schmalen Hüften, das Muskelspiel in seinen Armen, als er die Fäuste ballte –, und sie konnte sich vorstellen, wie es war, zu berühren und berührt zu werden, leidenschaftlich verschlungen im Bett herumzurollen, zu reiten und geritten zu werden.

„Was, zum Teufel, ist los mit Ihnen?"

„Wie?"

Er zog die Augen zusammen und wippte auf den Fersen, während sie ihn verwirrt anstarrte. „Schweifen Ihre Gedanken ab, O'Roarke?"

„Ich … äh …" Ihr Mund war trocken, und sie verspürte einen harten Druck im Unterleib. Was würde er sagen, wenn sie ihm gestand, wohin ihre Gedanken sie gerade geführt hatten? Sie schloss die Augen. „Oh, Mann", flüsterte sie. „Ich glaube, ich brauche Kaffee." Und einen Sprung in einen kalten See.

„Ihre Schwester hat welchen gemacht." Da saß sie vor ihm, trug ein Football-Jersey der Broncos, das zwei Nummern zu groß war. Das knallige Orange passte kaum zu verführerischen Dessous. Trotzdem, wenn er noch einen Moment hier stehen blieb, fiel er auf die Knie und flehte um Gnade. „Wie wäre es mit Frühstück?" Seine Stimme war nicht im Geringsten freundlich.

„Ich esse nie was."

„Heute schon. In zehn Minuten."

„Hören Sie, Schlaukopf …"

„Machen Sie was mit Ihren Haaren", sagte er, während er aus dem Zimmer ging. „Sie sehen schrecklich aus."

Er fand Deborah unten in der Küche, vollständig angezogen und an einer Tasse Kaffee nippend. Offenbar hatte sie auf ihn gewartet. Sobald er eintrat, sprang sie auf.

„Es geht ihr gut", sagte er knapp. „Ich mache ihr Frühstück."

Obwohl sie die Brauen hob, nickte sie. „Setzen Sie sich, und ich mache euch beiden was."

„Ich dachte, Sie müssen früh zum Unterricht."

„Den lasse ich ausfallen."

Er holte sich Kaffee. „Dann wird sie auf uns beide wütend sein."

Sie lächelte. „Sie kennen Sie schon recht gut."

„Nicht gut genug." Er trank seinen halben Kaffee und fühlte sich fast wieder menschlich. Er musste an Cilla denken. „Wie viel Zeit haben Sie noch?"

„Etwa fünf Minuten."

„Erzählen Sie mir etwas von Cillas Exmann."

„Paul?“ Überraschung lag in ihren Augen, in ihrer Stimme. „Warum? Sie glauben doch nicht, dass er was damit zu tun hat?“

„Ich überprüfe alle Möglichkeiten. Die Scheidung ... war sie freundschaftlich?“

„Gibt es das überhaupt?“

Sie ist jung, dachte Boyd, aber klug. „Sagen Sie es mir doch.“

„Nun, in diesem Fall würde ich sagen, war sie so freundschaftlich, wie es geht. Ich war erst zwölf, und Cilla hat darüber nie offen gesprochen, aber ich hatte den Eindruck, dass er die Scheidung wollte.“

Boyd lehnte sich gegen die Theke. „Warum?“

Unbehaglich bewegte Deborah ihre Schultern. „Er hatte sich in eine andere verliebt.“ Sie stieß den Atem aus und betete, dass Cilla dies hier nicht als Verrat ansehen würde. „Sie hatten eindeutig schon Probleme, als ich zu ihnen kam, um bei ihnen zu leben. Das war gleich, nachdem unsere Eltern starben. Cilla war erst ein paar Monate verheiratet, aber ... nun ja, sagen wir mal, die Flitterwochen waren vorbei. Sie war dabei, sich in Atlanta einen Namen zu machen, und Paul – er war sehr konservativ, ein richtig steifer Knochen. Er wollte Abgeordneter werden, und Cillas Image passte nicht dazu.“

„Hört sich für mich an, als wäre es genau andersherum gewesen.“

Sie lächelte und schenkte ihm Kaffee nach. „Ich weiß noch, wie hart sie gearbeitet hat, um ihren Job zusammenzuhalten, um alles zusammenzuhalten. Es war eine ziemlich schlimme Zeit für uns. Es machte nichts besser, als die Verantwortung für eine Zwölfjährige plötzlich für die beiden dazukam. Die zusätzliche Belastung ... nun ja, man könnte sagen, sie hat das Unvermeidliche beschleunigt. Zwei Monate nach meinem Einzug zog er aus und reichte die Scheidung ein. Cilla hat sich nicht gewehrt.“

Er versuchte sich vorzustellen, wie es gewesen war. Mit zwanzig hatte Cilla ihre Eltern verloren, die Fürsorge und Verantwortung für ein Mädchen übernommen und zugesehen, wie ihre Ehe in die Brüche ging. „Klingt für mich, als könne sie froh sein, den Kerl losgeworden zu sein.“

„Ich mochte ihn nie besonders. Er war harmlos und langweilig.“

„Warum hat sie ihn dann geheiratet?“

„Ich würde es für angebrachter halten, das mich zu fragen“, sagte Cilla von der Tür her.

4. KAPITEL

Sie hatte was mit ihren Haaren gemacht, nämlich sie zu einem Pferdeschwanz zusammengebunden. Dadurch blieb ihr Gesicht frei, sodass der Zorn in ihren Augen umso leichter zu erkennen war. Zu dem Jersey, in dem sie geschlafen hatte, trug sie jetzt eine gelbe Sweathose. Ihre Hände hatte sie tief in die Taschen gestopft, während sie so dastand und all ihren Ärger auf Boyd richtete.

„Cilla." Genau wissend, wann es Zeit zum Streiten und wann zum Besänftigen war, trat Deborah vor. „Wir haben bloß …"

„Ja, ich habe gehört, was ihr bloß habt." Sie lenkte ihren Blick zu Deborah. Die Schärfe ihres Zorns milderte sich. „Mach dir keine Gedanken. Es war nicht deine Schuld."

„Es geht nicht um Schuld", murmelte Deborah. „Es bedeutet uns etwas, was mit dir geschieht."

„Nichts wird mit mir geschehen. Du solltest jetzt besser losgehen, sonst kommst du zu spät. Und es sieht ganz so aus, als hätten Detective Fletcher und ich etwas auszudiskutieren."

Deborah hob die Hände und ließ sie wieder fallen, warf Boyd einen mitfühlenden Blick zu und küsste ihre Schwester auf die Wange. „In Ordnung. Um diese Uhrzeit würdest du ohnedies nicht auf Vernunft hören."

„Bestehe mit Auszeichnung", sagte Cilla bloß.

„Das habe ich vor. Ich zieh mir mit Josh einen Hamburger und einen Film rein, aber ich bin wieder da, bevor du heimkommst."

„Mach dir einen schönen Tag." Cilla wartete, ohne sich auch nur einen Zentimeter zu bewegen, bis sie hörte, wie sich die Haustür schloss. „Sie haben vielleicht Nerven, Fletcher."

Er drehte sich bloß um und holte noch eine Henkeltasse von einem Haken hinter dem Herd. „Möchten Sie Kaffee?"

„Ich mag es nicht, dass Sie meine Schwester ausquetschen."

Er füllte die Tasse und stellte sie ab. „Ich habe meine Daumenschrauben in dem anderen Anzug vergessen."

„Eines wollen wir doch klarstellen." Sie ging auf ihn zu und behielt bewusst die Hände in den Taschen, weil sie sicher war, ihn zu schlagen, falls sie sie herauszog. „Wenn Sie irgendwelche Fragen über mich haben, dann kommen Sie damit zu mir. Deborah hat mit überhaupt nichts etwas zu tun."

„Sie ist wesentlich entgegenkommender als ihre Schwester. Sind Eier im Haus?", fragte er und öffnete den Kühlschrank.

Sie unterdrückte den Wunsch, ihm die Tür gegen den Kopf zu treten. „Wissen Sie, oben im Schlafzimmer haben Sie mich einen Moment hinters Licht geführt. Ich dachte doch tatsächlich, Sie hätten ein Herz und so etwas wie Mitgefühl."

Er fand ein halbes Dutzend Eier, etwas Käse und ein paar mickrige Streifen Schinkenspeck. „Warum setzen Sie sich nicht, O'Roarke, und trinken Ihren Kaffee?"

Sie schleuderte ihm einen heftigen Fluch an den Kopf. Etwas schoss in seine Augen, etwas Gefährliches, aber er griff nach einer Pfanne und begann gelassen, den Schinkenspeck zu braten. „Sie müssen sich schon was Besseres einfallen lassen", sagte er. „Nach zehn Jahren bei der Polizei finden Sie kaum noch ein Schimpfwort, bei dem ich auch nur mit den Ohren wackle."

„Sie hatten kein Recht." Ihre Stimme hatte sich beruhigt, aber die Emotionen darin hatten sich verdoppelt. „Sie hatten kein Recht, das alles bei ihr wieder aufzurühren. Sie war ein Kind, am Boden zerstört, zu Tode verängstigt. Dieses ganze Jahr war für sie die reinste Hölle, und sie kann es wirklich nicht gebrauchen, dass Sie sie daran erinnern."

„Sie hat sich bestens gehalten." Er schlug ein Ei in eine Schüssel und zerquetschte die Schale in seiner Hand. „Ich habe den Eindruck, Sie sind die mit dem Problem."

„Lassen Sie mich bloß in Ruhe."

Er hatte ihren Arm so schnell in einem festen Griff, dass sie keine Chance hatte, ihm auszuweichen. Seine Stimme klang sanft, tödlich, mit Zorn, der an den Rändern hochzüngelte. „Ganz ausgeschlossen."

„Was damals passiert ist, hat nichts zu tun mit dem, was jetzt passiert, und was jetzt passiert, ist das Einzige, was Sie etwas angeht."

„Es ist mein Job herauszufinden, was wichtig ist und was nicht." Mit ziemlicher Anstrengung fing er sich. Er konnte sich nicht erinnern, dass ihn jemals jemand so nahe und so oft an den Rand eines

Ausbruchs getrieben hatte. „Wenn Sie wollen, dass ich die Sache ruhen lasse, dann klären Sie mich doch auf. Geschiedene Ehepartner sind bevorzugte Verdächtige."

„Es ist acht Jahre her." Sie riss sich los, und da sie ihre Hände beschäftigen musste, riss sie die Tasse zu sich heran. Der Kaffee spritzte über den Rand und auf die Theke.

„Entweder erfahre ich es von Ihnen oder von jemand anderem. Das Endergebnis ist das gleiche."

„Sie wollen, dass ich mich erkläre? Sie wollen, dass ich ganz offen bin? Sehr schön. Jetzt kommt es auch nicht mehr darauf an. Ich war zwanzig, und ich war dumm. Er war schön und charmant und klug – alles, was dumme zwanzigjährige Mädchen sich zu wünschen glauben." Sie nahm einen großen Schluck Kaffee und griff dann automatisch nach dem Lappen, um die Tropfen aufzuwischen. „Wir kannten einander nur zwei Monate. Er war sehr überzeugend, sehr romantisch. Ich heiratete ihn, weil ich etwas Stabiles und Reales in meinem Leben wollte. Und ich dachte, er würde mich lieben."

Sie war jetzt ruhiger. Sie hatte gar nicht gemerkt, wie ihr Ärger verschwunden war. Seufzend drehte sie sich um und griff automatisch nach Tellern und Besteck.

„Es klappte nicht – praktisch vom ersten Tag an. Er war körperlich von mir enttäuscht, und er war desillusioniert, als er erkannte, dass mir meine Arbeit genauso wichtig war wie ihm seine. Er hoffte, er könne mich zu einem Berufswechsel bewegen. Nicht, dass ich ganz aufhören sollte. Er war nicht gegen meine Karriere, auch nicht gegen den Rundfunk – solange es seine Pläne nicht störte."

„Was waren das für Pläne?", fragte Boyd, während er den Schinkenspeck zum Abtropfen weglegte.

„Politik. Wir hatten uns bei einer vom Sender veranstalteten Wohltätigkeitsgala kennengelernt. Er wollte auf Stimmenfang gehen, und ich habe moderiert. Das war das Grundproblem", murmelte sie. „Wir haben jeweils die offizielle Persönlichkeit des anderen kennengelernt."

„Was geschah dann?"

„Wir heirateten – zu schnell. Und alles ging schief – zu schnell. Ich überlegte mir sogar seinen Vorschlag, mich mit Einkauf oder Verkauf zu beschäftigen. Ich fand, ich sollte es zumindest versuchen.

Dann wurden meine Eltern ... ich verlor meine Eltern und holte Deborah zu uns nach Hause."

Sie unterbrach sich für einen Moment. Sie konnte nicht von dieser Zeit sprechen, konnte nicht einmal an die Ängste und den Gram, den Schmerz und den Zorn denken.

„Es muss schwer gewesen sein."

Sie wehrte die Worte mit einem Achselzucken ab. „Der Hauptpunkt war, dass ich nicht mit einer weiteren Aufregung fertigwurde. Ich musste arbeiten. Der Stress fraß unser wackeliges Fundament auf, das wir gemeinsam hatten. Er fand eine andere, die ihn glücklicher machte, und verließ mich." Sie füllte ihre Tasse mit Kaffee, den sie gar nicht mehr wollte. „Ende der Geschichte."

„Wenn an der Sache nicht mehr dran war, warum sind Sie dann heute in dem Punkt noch so empfindlich?"

Sie blickte mit nüchternen Augen hoch. „Sie waren nie verheiratet, nicht wahr?"

„Nein."

„Dann kann ich es Ihnen auch nicht erklären. Wenn Sie Paul überprüfen wollen, lassen Sie sich nicht aufhalten, aber es ist Zeitverschwendung. Ich kann Ihnen garantieren, dass er nicht einen Gedanken an mich verschwendet hat, seit ich Atlanta verlassen habe."

Er bezweifelte, dass irgendein Mann, der ihr jemals nahe gewesen war, sie völlig aus seinen Gedanken bannen konnte, aber diesen Punkt wollte er vorerst ruhen lassen. „Sie lassen Ihre Eier kalt werden."

„Ich sagte doch, dass ich kein Frühstück esse."

„Tun Sie mir den Gefallen." Er griff über den Tisch, nahm eine Gabel voll von ihrem Teller und hielt sie ihr an die Lippen.

„Sie sind eine Pest", sagte sie, nachdem sie geschluckt hatte. „Müssen Sie sich nicht im Büro melden oder sonst etwas?"

„Habe ich schon getan – gestern Abend, nachdem Sie zu Bett gegangen waren."

Sie spielte gedankenverloren mit dem Essen auf ihrem Teller und aß ein oder zwei Bissen, damit er sie in Ruhe ließ. Sie erinnerte sich daran, dass er bei ihr geblieben war, obwohl seine Dienstzeit schon längst vorbei war. Dafür schuldete sie ihm etwas. Und sie bezahlte immer ihre Schulden.

„Hören Sie, ich bin Ihnen dankbar, dass Sie hier sind, und ich weiß, dass es Ihr Job ist, alle diese persönlichen und peinlichen Fragen zu stellen. Ich möchte aber wirklich, dass Sie Deb dabei herauslassen."

„So weit ich das kann."

„Die Frühjahrsferien kommen jetzt. Ich möchte sie überreden, ans Meer zu fahren."

„Viel Glück!" Er trank und betrachtete sie über seine Tasse hinweg. „Sie könnten es am einfachsten erreichen, indem Sie mit ihr mitfahren."

„Ich laufe nicht weg." Nachdem sie ihr halb aufgegessenes Frühstück beiseitegeschoben hatte, stützte sie die Ellbogen auf den Tisch. „Nach dem Anruf heute Morgen war ich nahe dran. Ich dachte darüber nach – und hinterher war mir klar, dass es nicht aufhören wird, bevor ich es nicht zu Ende gebracht habe. Ich will mein normales Leben wiederhaben, und dazu wird es nicht kommen, bevor wir nicht wissen, wer er ist und warum er hinter mir her ist!"

„Es ist mein Job, ihn zu finden."

„Ich weiß. Deshalb habe ich mich auch zur Mitarbeit entschlossen."

Er stellte seine Tasse ab. „Tatsächlich?"

„Ja. Von jetzt an ist mein Leben ein offenes Buch. Sie fragen, ich antworte."

„Und Sie tun genau das, was man Ihnen sagt?"

„Nein." Sie lächelte. „Aber ich tue genau das, was man mir sagt, wenn es mir vernünftig erscheint." Sie überraschte sie beide, indem sie nach seiner Hand griff und sie berührte. „Sie sehen müde aus, Schlaukopf. Schlimme Nacht?"

„Ich hatte schon bessere." Er verschlang seine Finger mit den ihren, bevor sie sich zurückziehen konnte. „Sie sehen heute Morgen verdammt gut aus, Cilla."

Da war es wieder – dieses Flattern, das in ihrer Brust einsetzte und zu ihrem Magen hinuntersank. „Vor Kurzem haben Sie noch gesagt, ich würde schrecklich aussehen."

„Ich habe meine Meinung geändert. Bevor ich mich zum Dienst melde, möchte ich mit Ihnen über letzte Nacht sprechen. Über Sie und mich."

„Das ist keine gute Idee."

„Nein, ist es nicht." Dennoch ließ er ihre Hand nicht los. „Ich bin ein Cop, und Sie sind mein Auftrag. Darum kommen wir nicht herum." Sie atmete fast schon erleichtert auf, als er fortfuhr: „Genauso wenig, wie wir um die Tatsache herumkommen, dass ich Sie so sehr begehre, dass es schmerzt."

Sie wurde sehr still, so still, dass sie ihren eigenen Herzschlag in ihrem Kopf dröhnen hörte. Sehr langsam bewegte sie ihre Augen, nur ihre Augen, bis sie auf seine trafen. Jetzt sind sie nicht so ruhig, dachte sie. Ein Feuer brannte in ihnen, kaum zurückgehalten. Es war erregend, schrecklich erregend.

„Lausiges Timing", fuhr er fort, als sie nichts sagte. „Aber man kann sich wahrscheinlich nicht immer den richtigen Zeitpunkt und den richtigen Ort aussuchen. Ich werde meinen Job machen, aber Sie sollten wissen, dass ich Schwierigkeiten habe, objektiv zu bleiben. Wenn Sie wollen, dass Ihnen jemand anderer zugeteilt wird, sollten Sie das lieber jetzt sagen."

„Nein." Sie antwortete zu schnell, und sie zwang sich zu einem Rückzieher. „Ich glaube nicht, dass ich einem neuen Cop gewachsen wäre." Alles ganz leicht halten, mahnte sie sich. „Ich bin nicht wild darauf, überhaupt einen bei mir zu haben, aber an Sie habe ich mich wenigstens fast schon gewöhnt." Sie ertappte sich dabei, wie sie an ihrem Daumennagel kaute, und ließ ihre Hand in ihren Schoß sinken. „Was das andere angeht … wir sind keine Kinder. Wir können … damit umgehen."

Er wusste, dass er von ihr nicht das Eingeständnis erwarten sollte, dass das Verlangen nicht völlig einseitig war. Also wollte er noch eine Weile abwarten.

Als er aufstand, sprang sie so schnell auf, dass er lachte. „Ich will das Geschirr spülen, O'Roarke, nicht über Sie herfallen."

„Ich spüle." Sie hätte sich selbst treten können. „Der eine kocht, der andere macht sauber. O'Roarke-Regeln", erklärte sie.

„Fein. Sie haben mittags eine öffentliche Veranstaltung, richtig?"

„Woher wissen Sie das?"

„Ich habe mir Ihren Tagesplan angesehen. Planen Sie genug Zeit ein, dass wir bei mir vorbeifahren, damit ich noch duschen und mich umziehen kann."

„Ich werde mit Dutzenden von Leuten in einem Einkaufszentrum sein“, setzte sie an. „Ich glaube nicht …“

„Aber ich.“ Damit ließ er sie allein.

Boyd lag faul auf der Couch herum mit einer Zeitung und einer letzten Tasse Kaffee, als Cilla die Treppe herunterkam. Er warf ihr einen Blick zu, und der lässige Kommentar darüber, dass sie sich schnell umgezogen hatte, erstarb, bevor er seine Lippen erreichte. Er war froh, dass er schon saß.

Sie trug Rot. Ein lebhaftes, den Verkehr ins Stocken bringendes Rot. Der kurze Lederrock schmiegte sich um ihre Hüften und reichte nur bis zum halben Schenkel. Ihre übliche Jeans hatte ihm keine wahre Vorstellung davon gegeben, wie lang und wie gut geformt ihre Beine waren. Die Jacke aus dem gleichen Material wurde schräg über ihrem Körper von seitlichen Verschlüssen gehalten. Er fragte sich, was sie darunter trug.

Sie hatte etwas mit ihren Haaren gemacht. Es war noch immer zerzaust, jetzt aber kunstvoller und auf jeden Fall ansprechender. Ihr Gesicht bemerkte er endlich, als er aufstand. Sie hatte auch daran etwas getan – die Wangenknochen hervorgehoben, die Augen betont, den Lippen einen leichten Glanz verliehen.

„Macht es Ihnen etwas aus, wenn ich unseren Sender einstelle?“, fragte sie, nachdem sie in seinen Wagen gestiegen waren.

„Nein. Im Gegenteil. Er liegt auf Stationstaste drei. Vorprogrammiert.“

Erfreut schaltete sie ein. Das Morgenteam plauderte, unterstrich die Scherze mit Geräuscheffekten. Sie priesen ein demnächst stattfindendes Konzert an und versprachen, in der nächsten Stunde noch zwei Karten zu verschenken, und luden dann die Zuhörer in das Einkaufszentrum ein, um Cilla O'Roarke live und in persona zu erleben.

Als die Musik begann, entspannte Cilla sich und blickte aus dem Fenster. Der Tag versprach warm und sonnig zu werden. Vielleicht waren das die ersten Vorboten des Frühlings. Es war ihr erster Frühling in Colorado. Sie hatte eine Schwäche für diese Jahreszeit und liebte es, die Blätter knospen und wachsen und die Blumen erblühen zu sehen.

Sie konzentrierte sich auf ihre Umgebung. Sie sah große Bäume, die im Sommer Schatten spendeten, getrimmte Hecken, die für Abgeschiedenheit sorgten. Ein langer, sanft ansteigender Hang führte zu einem anmutigen dreigeschossigen Haus, das aus Stein und Holz erbaut war. Dutzende hoher, schlanker Fenster schimmerten im Sonnenschein. „Wo sind wir?"

„Bei mir zu Hause. Ich muss mich doch umziehen."

„Das ist Ihr Haus?"

„Richtig. Jedermann muss irgendwo leben."

Wie wahr, dachte sie, als sie das Tor aufstieß. Aber keiner der Cops, die sie je kennengelernt hatte, hatte so schön gewohnt. Ein langer Rundblick zeigte ihr, dass sie sich in einer alteingesessenen, etablierten und wohlhabenden Nachbarschaft befanden. In einer Country-Club-Nachbarschaft.

Verwirrt folgte sie Boyd einen Steinpfad zu einer Bogentür. Das Foyer war weitläufig, die Böden schimmerten kirschrot, die Decken waren gewölbt. An den Wänden hingen Gemälde bekannter Künstler des zwanzigsten Jahrhunderts. Eine geschwungene Treppe führte zum ersten Stock hinauf.

„Nun ja", sagte sie. „Und ich dachte, Sie wären ein ehrlicher Cop."

„Ich bin ein ehrlicher Cop." Er streifte seinen Mantel ab und warf ihn über das Geländer.

Sie hatte keine Zweifel an seiner Ehrlichkeit, aber das Haus und alles, was es repräsentierte, machte sie nervös. „Vermutlich haben Sie das alles von einem reichen Onkel geerbt."

„Großmutter." Er ergriff ihren Arm und führte sie durch einen hohen Türbogen.

Der Wohnraum wurde von einem gemauerten Kamin beherrscht. Doch hervorstechend an dem Raum war das Licht, das durch je drei Fenster an jeder Außenwand einfiel.

Antiquitäten wechselten sich mit modernen Skulpturen ab. Hinter einem anderen Bogen meinte sie, ein Speisezimmer zu sehen.

„Das muss vielleicht eine Großmutter gewesen sein."

„Sie war schon was. Sie leitete Fletcher Industries, bis sie siebzig wurde."

„Und was ist Fletcher Industries?"

Er zuckte die Schultern. „Familienbetrieb. Grundbesitz, Vieh, Bergwerke."

„Bergwerke." Sie stieß den Atem aus. „Gold?"

„Unter anderem."

Sie verschränkte ihre Finger ineinander, um nicht an ihren Nägeln zu kauen. „Warum zählen Sie dann nicht Ihr Gold und sind stattdessen ein Cop?"

„Ich bin gern ein Cop." Er ergriff ihre unruhige Hand. „Stimmt was nicht damit?"

„Nein. Aber Sie sollten sich umziehen. Ich muss zeitig da sein, um mich vorzubereiten."

„Ich brauche nicht lang."

Sie wartete, bis er gegangen war, ehe sie auf eines der Zweiersofas sank. Fletcher Industries, dachte sie. Das klang wichtig. Sogar bedeutend. Nachdem sie in ihrer Tasche nach einer Zigarette gegraben hatte, betrachtete sie erneut den Raum.

Elegant, geschmackvoll, reich. Und haushoch über ihrer Klasse.

Es war schon schwierig genug gewesen, als sie noch dachte, sie würden sich auf annähernd gleicher Ebene bewegen.

Sie gab es nicht gern zu, aber der Gedanke war irgendwo im Hintergrund ihres Kopfes vorhanden gewesen, dass vielleicht, nur vielleicht, eine Beziehung zwischen ihnen möglich war. Nein, eine Freundschaft. Sie konnte sich niemals mit jemandem ernsthaft einlassen, der bei der Polizei war.

Aber jetzt war er nicht bloß ein Cop. Er war ein reicher Cop. Sein Name stand womöglich sogar in irgendeinem gesellschaftlichen Register. Menschen, die in Häusern wie diesem lebten, hatten für gewöhnlich römische Ziffern hinter ihren Namen.

Boyd Fletcher III.

Sie war bloß Priscilla Alice O'Roarke aus einem winzigen Nest in Georgia, das nicht einmal ein Fleck auf der Landkarte war. Sicher, sie hatte etwas aus sich gemacht, und zwar aus sich heraus, aber man löste sich doch nie ganz von seinen Wurzeln.

Sie stand auf, ging zu dem Kamin und warf ihre Zigarette hinein.

Sie wünschte, er würde sich beeilen. Sie wollte aus diesem Haus verschwinden und zu ihrer Arbeit zurückkehren. Sie wollte vergessen, in welchem Schlamassel ihr Leben plötzlich steckte.

Cilla stand an den Fenstern, als Boyd zurückkam. Licht fiel auf ihr Haar, ihr Gesicht. Er hatte sie sich nie dort vorgestellt, aber als er sie so sah, wusste er, dass er sie genau dort gewollt hatte.

Es rüttelte ihn auf und erfüllte ihn mit schmerzlichem Sehnen, wie gut sie in sein Haus passte. In sein Leben. In seine Träume.

Sie wird mit sich hadern, dachte er. Sie wird kämpfen und sich dagegen wehren und wegrennen, als wäre der Teufel hinter ihr her, falls ich ihr die Chance gebe. Er lächelte, als er zu ihr ging. Er würde ihr einfach nicht die Chance geben.

„Cilla."

Erschrocken wirbelte sie herum. „Oh, ich habe Sie nicht gehört. Ich war ..."

Die Worte erstickten, als er sie an sich zog und ihren Mund gefangen nahm.

Erdbeben, Fluten, Stürme. Woher hätte sie wissen sollen, dass ein Kuss mit so zerstörerischen Naturkatastrophen in Verbindung gebracht werden konnte?

Sie wollte das nicht. Sie wollte es mehr als atmen. Sie musste ihn wegschieben. Sie zog ihn näher. Es war falsch und verrückt. Es war richtig und herrlich verrückt.

Sie presste sich an ihn, und während ihr Mund seinen wilden Forderungen antwortete, erkannte sie, dass alles, wovon sie sich eben noch hatte überzeugen wollen, eine Lüge war. Wozu musste sie erst ihre Gefühle erforschen, wenn sie alle an der Oberfläche trieben?

Sie brauchte ihn. Wie sehr sie das auch ängstigen mochte, für den Moment durchströmte sie das Wissen wie Wein. Sie schien ihr Leben lang darauf gewartet zu haben, jemanden so zu brauchen. So zu fühlen. Zitternd und stark, benommen und scharfsichtig, nachgiebig und angespannt wie eine Feder.

Seine Hände glitten über das Leder, als er sie an sich drückte. Konnte sie denn nicht sehen, wie perfekt sie zusammenpassten? Er wollte sie es sagen hören, es stöhnen hören, dass sie ihn genauso verzweifelt begehrte wie er sie.

Sie stöhnte tatsächlich, als er seine Lippen über ihren Hals streichen ließ. Das Hämmern ihres Pulses erhitzte den Duft, den sie an ihren Hals getupft hatte. Stöhnend zog er an den Verschlüssen ihrer roten Lederjacke. Darunter fand er nichts als Cilla.

Sie bog sich zurück, und der Atem stockte ihr, als er ihre Brüste umfing. Unter seiner Berührung schienen sie sich mit einer heißen, schweren Flüssigkeit zu füllen. Als ihre Knie nachgaben, klammerte sie sich an seinen Schultern fest und erschauerte, während seine Daumen ihre Nippel zu harten, pulsierenden Spitzen aufreizten.

Ohne zu denken, umschlang sie ihn, tauchte in einen tiefen intimen Kuss, der sie beide schwanken ließ. Sie zerrte an seiner Jacke, um ihn so zu berühren, wie er sie berührte. Ihre Hand glitt über das Leder seines Halfters und stieß gegen seine Waffe.

Es war wie eine Ohrfeige, wie ein Schwall Eiswasser. Als habe sie sich verbrannt, riss sie ihre Hand weg und zuckte zurück. Unsicher stützte sie sich auf einen Tisch und schüttelte den Kopf.

„Das ist ein Fehler." Sie brachte die Worte langsam hervor, als wäre sie betrunken. „Ich will mich auf nichts einlassen."

„Zu spät." Er fühlte sich, als wäre er aus vollem Lauf gegen eine Mauer geprallt.

„Nein." Bedächtig schloss sie ihre Jacke wieder. „Es ist nicht zu spät. Mir geht eine Menge im Kopf herum und dir auch."

Er rang um die Geduld, die stets Teil seiner Natur gewesen war. Zum ersten Mal seit Tagen sehnte er sich richtig nach einer Zigarette. „Und?"

„Nichts und. Ich finde, wir sollten gehen."

Er hob die Hand. „Bevor wir gehen, willst du mir da noch sagen, dass du gar nichts empfindest?"

Sie zwang sich dazu, ihn anzusehen. „Es wäre dumm abzustreiten, dass ich mich zu dir hingezogen fühle. Du weißt bereits, dass du auf mich wirkst."

„Ich möchte dich heute Nacht hierher zurückbringen."

Sie schüttelte den Kopf. Sie konnte es sich nicht einmal für einen Moment leisten, sich vorzustellen, wie es wäre, mit ihm zusammen zu sein. „Ich kann nicht. Es gibt Gründe."

„Du hast mir schon gesagt, dass es keinen anderen Mann gibt." Er trat auf sie zu, berührte sie jedoch nicht. „Und wenn es einen gäbe, würde es mich den Teufel scheren."

„Das hat nichts mit anderen Männern zu tun. Es hat mit mir zu tun."

„Genau. Warum sagst du mir nicht, wovor du Angst hast?"

„Ich habe Angst davor, das Telefon abzunehmen.“ Das stimmte, war jedoch nicht der Grund. „Ich habe Angst vor dem Schlafengehen, und ich habe Angst vor dem Aufwachen.“

Jetzt berührte er sie, nur mit einer Fingerspitze an der Wange. „Ich weiß, was du durchmachst, und glaube mir, ich würde alles tun, damit es aufhört. Aber wir beide wissen, dass das nicht der Grund ist, aus dem du vor mir zurückweichst.“

„Ich habe noch andere.“

„Nenne mir einen.“

Ärgerlich griff sie zu ihrer Handtasche. „Du bist ein Cop.“

„Und?“

Sie warf den Kopf zurück. „Meine Mutter war auch einer.“ Bevor er etwas sagen konnte, ging sie mit langen Schritten ins Foyer, um ihren Mantel zu holen.

„Cilla …“

„Lass mich einfach in Ruhe, Boyd. Ich meine es ernst.“ Sie schlüpfte in ihren Mantel. „Ich kann es mir nicht leisten, vor einer Show so aufgewühlt zu sein. Lieber Himmel, mein Leben ist auch ohne das bereits genug versaut. Wenn du keine Ruhe geben kannst, rufe ich deinen Captain an und sage ihm, dass er mir jemand anderes zuteilen soll. Und jetzt kannst du mich zum Einkaufszentrum bringen, oder ich rufe ein Taxi.“

Noch ein kleiner Stoß, und sie geriet über die Absturzkante hinaus. Jetzt war nicht der richtige Zeitpunkt für sie, um diesen Sturz zu erleben.

„Ich bringe dich hin“, sagte er. „Und ich lasse dich in Ruhe. Vorerst.“

5. KAPITEL

Er stand zu seinem Wort. Für den Rest dieses Tages und den ganzen nächsten Tag sprachen sie über nichts, das nicht direkt mit dem Fall zu tun hatte.

Und Althea war diejenige, die in den beiden folgenden Nächten bei Cilla im Studio war und die Anrufe mitverfolgte. Aber das war schon in Ordnung, redete Cilla sich ein. Das Letzte, was sie in ihrem Leben gebrauchen konnte, war ein Cop mit einem trägen Lächeln, der aus einem reichen Background kam.

Althea bot ihr eine Tasse an. „Waren zwei lausige Wochen, wie?"

„Die lausigsten."

„Wir werden ihn kriegen, Cilla."

„Daran klammere ich mich." Sie wählte die nächste Platte, ließ sich mit der Ansage Zeit. „Warum sind Sie Cop geworden?"

„Ich schätze, ich wollte auf einem Gebiet gut sein. Und das war es."

„Haben Sie einen Ehemann?"

„Nein." Althea war nicht sicher, wohin diese Fragen führten. „Viele Männer werden abgeschreckt, wenn eine Frau eine Waffe trägt." Sie zögerte und beschloss dann vorzupreschen. „Sie könnten den Eindruck bekommen haben, dass da zwischen Boyd und mir etwas ist."

„Es ist schwer, nicht diesen Eindruck zu bekommen." Cilla bat mit einer Geste um Schweigen, dann öffnete sie das Mikro, um den nächsten Song einzuleiten. „Sie beide scheinen sehr gut zusammenzupassen."

Als würde sie darüber nachdenken, saß Althea da und nippte an ihrem Kaffee. „Wissen Sie, ich hätte nicht gedacht, dass Sie in dieses Klischeedenken verfallen könnten, dass, wenn ein Mann und eine Frau zusammenarbeiten, sie auch miteinander herummachen müssen."

„Das habe ich nicht gedacht." Empört schoss Cilla auf ihrem Stuhl hoch und sank bei Altheas sanftem Lächeln wieder zurück. „Okay, ich habe es gedacht", räumte sie ein. „Schätze, Sie haben sich den Quatsch schon ziemlich oft anhören müssen."

„Nicht öfter als Sie, vermutlich." Sie machte eine das Studio umfassende Geste. „Eine attraktive Frau in einem Job, den normalerweise Männer ausüben."

Cilla wählte eine CD aus und ließ zwei Finger folgen.

Als die Anrufe eingingen, hatte Cilla Angst vor dem Telefon, Angst davor, was am anderen Ende der Leitung warten mochte. Aber sie beantwortete Anruf um Anruf, und es hörte sich an, als würde sie es mühelos erledigen. Wäre Althea nicht im Studio gewesen und hätte sie nicht gesehen, wie die Anspannung sich in Cillas Gesicht zeigte, wäre sie völlig getäuscht worden.

Sie gab den Leuten ihre Musik und ein paar Momente ihrer Zeit. Auch wenn ihre Hand unsicher war, drückten ihre Finger trotzdem die erleuchteten Tasten.

Der Klang von Cillas Stimme riss sie aus ihren Gedanken. Sie erkannte die Angst, verspürte Mitgefühl mit ihr, stand auf und massierte ihr die verkrampften Schultern. „Halten Sie ihn am Reden", wisperte sie. „Halten Sie ihn so lange wie möglich hin."

Cilla blockte ab, was er sagte. Sie hatte entdeckt, dass es ihr half, bei klarem Verstand zu bleiben, wenn sie die bösartigen Drohungen ignorierte, die Verheißungen, die das Blut gefrieren ließen. Stattdessen hielt sie ihren Blick auf die Uhr gerichtet, auf der die schon abgelaufene Zeit angezeigt wurde und freute sich grimmig zu sehen, dass bereits die Ein-Minuten-Marke überschritten und der Kerl noch immer in der Leitung war.

Sie stellte ihm Fragen, zwang sich, ihre Stimme ruhig und gelassen zu halten. Er hatte es am liebsten, wenn sie die Beherrschung verlor. Er würde ihr drohen, bis sie zu betteln anfing. Dann erst würde er zufrieden auflegen, weil er sie wieder fertig gemacht hatte.

Heute Nacht kämpfte sie darum, nichts zu hören und nur zu beobachten, wie die Sekunden wegtickten.

„Ich habe Ihnen nichts getan", sagte sie. „Sie wissen, dass ich Ihnen nichts getan habe."

„Aber ihm. Er ist tot, und zwar deinetwegen."

„Wem habe ich wehgetan? Würden Sie mir seinen Namen sagen, könnte ich ..."

„Ich will, dass du dich erinnerst. Ich will, dass du seinen Namen aussprichst, bevor ich dich töte."

Sie schloss die Augen und versuchte, ihren Kopf mit Klängen zu füllen, während er genau beschrieb, wie er sie töten wollte.

„Er muss für Sie sehr wichtig gewesen sein. Sie müssen ihn wirklich geliebt haben."

„Er war alles für mich. Alles, was ich hatte. Er war so jung. Er hatte noch sein ganzes Leben vor sich. Aber du hast ihn verletzt. Du hast ihn betrogen. Auge um Auge. Dein Leben für seines. Bald. Sehr bald."

Als er auflegte, sendete sie schnell den nächsten Song. Nach der Absage würde ihre Stimme wieder kräftig klingen. Die anderen blinkenden Lichter ignorierend, zog sie eine Zigarette heraus.

„Sie haben eine Spur." Althea legte den Hörer zurück und legte dann ihre Hand auf Cillas Schulter. „Sie haben eine Spur. Sie waren heute Nacht verteufelt gut, Cilla", sagte sie.

„Ja." Sie schloss die Augen. Jetzt brauchte sie nur noch die nächste Stunde und zehn Minuten zu überstehen. „Werden sie ihn erwischen?"

„Wir werden es bald wissen. Das ist der erste richtige Durchbruch für uns. Halten Sie sich daran fest."

Cilla wäre gern erleichtert gewesen. Sie lehnte sich zurück, während Althea sie heimfuhr, und fragte sich, warum sie diesen Schritt nicht als einen Schritt vorwärts ansehen konnte. Sie hatten den Anruf zurückverfolgt. Bedeutete das denn nicht, dass sie herausfanden, wo er wohnte? Sie mussten auf einen Namen stoßen, und sie konnten ihm ein Gesicht zuordnen, eine Person, zusammen mit einem Namen.

Sie würde hingehen und ihn sich ansehen. Dazu wollte sie sich zwingen. Sie wollte in dieses Gesicht blicken, in diese Augen, und sie wollte versuchen, das Bindeglied zu finden zwischen ihm und dem, was sie in der Vergangenheit getan hatte, um solchen Hass auszulösen.

Dann wollte sie versuchen, damit zu leben.

Sie entdeckte Boyds Wagen am Straßenrand vor ihrem Haus. Er stand auf dem Bürgersteig, den Mantel aufgeknöpft. Obwohl der Kalender anzeigte, dass es Frühling war, war die Nacht kalt genug, dass Cilla seinen Atem sehen konnte. Aber nicht seine Augen.

Cilla packte kraftvoll den Türgriff, stieß die Tür auf. Er wartete, bis sie auf ihn zukam.

„Gehen wir hinein."

„Ich will es wissen." Sie sah jetzt seine Augen und verstand. „Ihr habt ihn nicht."

„Nein." Er blickte zu seiner Partnerin. Althea erkannte die Frustration, die er grimmig unter Kontrolle hielt.

„Was ist passiert?"

„Es war eine Telefonzelle, zwei Meilen vom Sender entfernt. Keine Fingerabdrücke. Er hat alles abgewischt."

Cilla kämpfte darum, noch eine Weile durchzuhalten. „Wir sind also keinen Schritt weitergekommen."

„Doch." Er ergriff ihre Hand, um sie in der seinen zu wärmen. „Er hat seinen ersten Fehler gemacht. Er wird andere machen."

Müde blickte sie über ihre Schulter. Waren das bloß ihre überstrapazierten Nerven, oder war er irgendwo da draußen, in der Dunkelheit, nahe genug, um alles zu sehen? Nahe genug, um alles zu hören?

„Komm schon, ich bringe dich hinein. Dir ist kalt."

„Ich bin in Ordnung." Sie konnte ihn nicht mitkommen lassen. Sie musste sich gehen lassen, und dafür brauchte sie Abgeschiedenheit. „Ich will heute Nacht über nichts mehr reden. Ich will einfach ins Bett gehen. Althea, danke für die Fahrt und alles andere." Sie ging rasch zur Haustür und verschwand im Haus.

„Sie muss das erst verarbeiten", sagte Althea und legte Fletcher ihre Hand auf den Arm.

Er wollte fluchen, irgendetwas mit seinen Händen zerschlagen. Stattdessen starrte er nur auf die geschlossene Tür. „Sie will nicht, dass ich ihr helfe."

„Nein, das will sie nicht." Sie beobachtete, wie im ersten Stock das Licht anging. „Soll ich nach einem Streifenpolizisten telefonieren, damit er das Haus beobachtet?"

„Nein, ich bleibe hier."

„Du hast keinen Dienst mehr, Fletcher."

„Stimmt. Wir können die Sache als privat betrachten."

„Willst du Gesellschaft?"

Er schüttelte den Kopf. „Nein, du brauchst Schlaf."

Althea zögerte, dann seufzte sie leise. „Du übernimmst die erste Schicht. Ich schlafe ohnedies besser in einem Auto als in einem Bett."

Leichter Raureif glitzerte wie Glas auf dem Rasen. Cilla seufzte, während sie ihn von ihrem Schlafzimmerfenster aus betrachtete. In Georgia blühten jetzt die Azaleen. Es war Jahre her, dass sie sich nach einem Zuhause gesehnt hatte. In der Kälte dieses Morgens in Colorado fragte sie sich, ob sie einen Fehler gemacht hatte, indem sie durch das halbe Land gezogen war und alle Orte, alle Erinnerungen ihrer Kindheit hinter sich gelassen hatte.

Sie ließ den Vorhang zurückfallen und wandte sich ab. Sie hatte über mehr nachzudenken als über Aprilfrost. Sie hatte auch Boyds Wagen gesehen, der noch immer am Straßenrand parkte. Sie zog sich an und fand Boyd, behaglich auf ihrer Couch ausgestreckt, Zeitung geöffnet, eine Tasse dampfenden Kaffee in seiner Hand. Sein Hemd war sorglos bis zur Mitte seiner Brust aufgeknöpft und von der letzten Nacht verknittert. Seine Jacke hatte er über die Rückenlehne der Couch geworfen, aber er trug noch immer sein Schulterhalfter.

Sie hatte noch nie jemanden kennengelernt, der so mühelos mit seiner Umgebung verschmolz. Im Moment sah er aus, als würde er jeden Morgen seines Lebens an diesem Ort verbringen, hier bei ihr, die Sportseiten lesend und eine zweite Tasse Kaffee trinkend.

Er blickte zu ihr hoch. Obwohl er nicht lächelte, wirkte seine totale Entspanntheit beruhigend. „Guten Morgen."

„Guten Morgen." Verlegen ging sie auf ihn zu. Sie war nicht sicher, ob sie mit einer Entschuldigung oder einer Erklärung anfangen sollte.

„Deborah hat mich hereingelassen."

Sie nickte und wünschte sich, anstelle der Leggings eine Hose mit Taschen angezogen zu haben. Sie konnte nichts mit ihren Händen machen, außer sie ineinander zu verschränken. „Du warst die ganze Nacht hier."

„Teil des Services."

„Du hast in deinem Wagen geschlafen."

Er neigte den Kopf schräg. Ihr Ton klang fast wie ein Vorwurf. „Es war nicht das erste Mal."

„Es tut mir leid." Mit einem langen bebenden Seufzer setzte sie sich auf den Beistelltisch ihm gegenüber. Ihre Knie stießen zusammen. Er hielt das für eine freundliche Geste. Eine der freundlichsten, die sie ihm je gezeigt hatte. „Ich hätte dich ins Haus lassen sollen. Ich hätte wissen müssen, dass du bleibst. Ich schätze, ich war ..."

„Durcheinander." Er reichte ihr seinen Kaffee. „Du hattest allen Grund dazu, Cilla."

„Ja." Sie trank und zuckte ein wenig wegen des Zuckers zusammen. „Ich hatte mir selbst eingeredet, ihr würdet ihn letzte Nacht schnappen. Es hat mich ... das ist merkwürdig, aber es hat mich sogar ein wenig nervös gemacht, mir vorzustellen, dass ich ihn endlich sehen und die ganze Geschichte erfahren würde. Als wir dann hierhinkamen und du mir sagtest … Ich konnte nicht darüber sprechen. Ich konnte es einfach nicht."

„Es ist schon in Ordnung."

Ihr Lachen klang nur ein wenig bemüht. „Musst du so nett zu mir sein?"

„Wahrscheinlich nicht." Er streckte die Hand aus und berührte ihre Wange. „Wäre es besser, wenn ich dich anschreien würde?"

„Vielleicht." Unfähig zu widerstehen, hob sie ihre Hand zu der seinen. „Streiten fällt mir leichter, als vernünftig zu sein."

„Das habe ich bemerkt. Bist du je auf die Idee gekommen, dir einen Tag nur zum Entspannen freizunehmen?"

„Eigentlich nicht."

„Wie wäre es mit heute?"

„Ich wollte meinen Papierkram aufarbeiten. Und ich muss einen Klempner rufen. Wir haben eine undichte Stelle unter der Spüle." Sie ließ ihre Hand zu ihren Knien sinken, wo sie sich unruhig bewegte. „Ich bin an der Reihe mit der Wäsche. Und heute Abend lege ich die Platten auf bei diesem Klassentreffen im Stadtzentrum. Bill und Jim teilen sich meine Schicht."

„Ich habe davon gehört."

„Diese Klassentreffen … da kann es ganz hübsch wild zugehen." Sie redete nur so herum und kam sich mit jeder Sekunde alberner vor. Er hatte ihr die leere Tasse abgenommen und weggestellt und hielt jetzt ihre Hände leicht fest. „Es kann allerdings auch viel Spaß geben. Vielleicht möchtest du kommen und … ein wenig dableiben."

„Bittest du mich zu kommen und … ein wenig dazubleiben wie bei einer Verabredung?"

„Ich werde arbeiten", begann sie und lenkte dann ein. Sie verstrickte sich immer tiefer. „Ja, so ungefähr."

„In Ordnung. Kann ich dich auch so ungefähr abholen?"

„Um sieben", sagte sie. „Ich muss zeitig genug da sein, um alles vorzubereiten."

„Dann sagen wir sechs. Wir können zuerst was essen."

„Ich …" Tiefer und immer tiefer. „Also gut. Boyd, ich muss dir jetzt etwas sagen."

„Ich höre."

„Ich will noch immer keine Beziehung. Nicht ernsthaft."

„Mhm."

„Du bist völlig verkehrt für mich."

„Das ist nur einer der Punkte, in denen wir nicht einer Meinung sind." Er hielt sie fest, als er aufstand. „Lauf nicht auf und ab, Cilla. Atme nur ein paarmal tief durch."

„Ich halte es für wichtig, dass wir von Anfang an wissen, wie weit das gehen kann und wo die Grenzen sind."

„Wollen wir eine Liebesaffäre haben, Cilla, oder eine Geschäftsvereinbarung?"

Er lächelte. Sie machte ein finsteres Gesicht.

„Ich finde, wir sollten es nicht eine Liebesaffäre nennen."

„Warum nicht?"

„Weil es ... weil eine Liebesaffäre gewisse Folgen nach sich zieht."

Er kämpfte gegen das nächste Lächeln an. Es hätte ihr nicht gefallen, dass sie ihn amüsierte. „Was für Folgen?" Langsam zog er ihre Hand an seine Lippen und beobachtete sie dabei.

„Eben ..."

Sein Mund strich über ihre Knöchel, und als ihre Finger erschlafften, drehte er ihre Hand um und drückte einen Kuss mitten auf die Handfläche.

„Eben ...?", drängte er.

„Eben Folgen. Boyd ..." Sie erschauerte, als seine Zähne über ihr Handgelenk glitten.

„Ist das alles, was du mir sagen wolltest?"

„Nein. Kannst du damit aufhören?"

„Wenn ich mich ernsthaft bemühe."

Sie ertappte sich dabei, dass sie lächelte. „Nun, dann bemühe dich ernsthaft. Ich kann nicht denken."

„Gefährliche Worte." Aber er hörte zu knabbern auf.

„Ich versuche, ernst zu sein."

„Ich auch." Erneut hinderte er sie am Aufstehen. „Versuch es mit diesem tiefen Durchatmen."

„Gut." Sie tat es und fuhr dann fort: „Letzte Nacht, als ich mich in der Dunkelheit hinlegte, hatte ich Angst. Ich hörte ihn, hörte diese Stimme, alles, was er zu mir gesagt hatte. Immer und immer wieder.

Ich wusste, dass ich nicht daran denken durfte, weil ich sonst verrückt werden würde. Also habe ich an dich gedacht.“ Sie machte eine Pause und wartete auf den Mut zum Weitersprechen. „Und als ich an dich dachte, löschte das alles andere aus. Und ich hatte keine Angst mehr.“

Seine Finger umspannten ihre Hand fester. Ihre Augen waren ruhig, aber er sah, wie ihre Lippen kurz bebten, bevor Cilla sie zusammenpresste. Er wusste, dass sie wartete. Darauf, was er tun, was er sagen würde. Sie konnte nicht wissen, konnte nicht ahnen, dass er in diesem Moment, in diesem winzigen Zeitabschnitt, die Grenze überschritt, an der er entlanggewandert war, und sich in sie verliebte.

Hätte er es ihr gesagt, hätte sie ihm nie geglaubt. Manchen Frauen musste man es zeigen. Es genügte ihnen nicht, es nur zu hören. Cilla war eine von ihnen.

Langsam stand er auf und zog sie mit sich, presste sie an sich, legte ihren Kopf an seine Schulter und schlang seine Arme um sie. Er fühlte, wie sie vor Erleichterung erschauerte, als er die Umarmung ruhig hielt und nichts forderte.

Das war genau, was sie brauchte. Woher wusste er das immer? Festgehalten zu werden, einfach so, ohne Worte, ohne Versprechungen. Die solide Wärme seines Körpers zu fühlen, den festen Griff seiner Hände, den gleichmäßigen Schlag seines Herzens.

„Boyd?“

„Ja.“ Er wandte den Kopf und küsste ihr Haar.

„Vielleicht stört es mich gar nicht, dass du nett zu mir bist.“

„Wir können es ja mal ausprobieren.“

„Und vielleicht hast du mir sogar gefehlt.“

Jetzt war er an der Reihe, tief durchzuatmen, um sich zu beruhigen. „Hör mal.“ Er schob seine Hände auf ihre Schultern. „Ich muss ein paar Anrufe erledigen. Danach könnten wir beide hier ein paar Stunden wie richtige Menschen verbringen. Wenn das Telefon klingelt, werde ich mich nicht melden. Wenn jemand an die Tür kommt, warte ich, bis er wieder weggeht. Ich will nichts anderes, als dir ein Sandwich zu machen. Okay?“

„Sicher.“ Er drückte einen Kuss auf ihre Stirn. „Das ist das beste Angebot, das ich seit Jahren bekommen habe.“

6. KAPITEL

Der Ballsaal war von Lärm erfüllt – Schlagzeug, Bass, Gitarre. Lichter wirbelten, Körper zuckten, Füße stampften. Cilla heizte die Stimmung mit ihrer Mitternachtsstimme an und genoss die Ergebnisse. Lachen, Musik, laute Unterhaltung. Cilla hatte ihre Finger an den Reglern. Sie kannte keines der Gesichter, aber es war ihre Party.

Himmel, er sieht wunderbar aus, dachte Cilla, während er sich der Bar zuwandte. Seltsam, sie hatte gedacht, ein rauchgraues Jackett würde für ihren Geschmack an einem Mann zu konservativ aussehen. An ihm wirkte es. So gut, stellte sie mit einem trockenen Lächeln fest, dass die Hälfte des weiblichen Anteils der Abschlussklasse von '75 die Augen auf ihn gerichtet hielt.

Pech, Ladys, dachte sie. Er gehört mir. Zumindest heute Abend.

Ein wenig überrascht darüber, wo ihre Gedanken gelandet waren, kehrte sie in die Wirklichkeit zurück und wählte einen Zettel aus dem Stapel mit Musikwünschen neben dem Plattenteller. Ein nostalgischer Haufen, fand sie, als sie wieder einen fünfzehn Jahre alten Hit heraussuchte.

„Das ist für Rick und Sue, die Süßen von der Highschool, die seit zwölf Jahren verheiratet sind. Und dabei hieß es mal, es wäre nur eine Sandkastenliebe. Und jetzt ‚Rockin All Over The World'!"

„Hübsch gemacht", bemerkte Boyd.

Sie wandte den Kopf und lächelte. „Danke."

Er reichte ihr einen Softdrink voll Eis. „Ich habe nächstes Jahr ein Klassentreffen. Bist du schon ausgebucht?"

„Ich sehe auf meinem Terminkalender nach. Wow!" Sie sah zu, als ein paar Meter entfernt ein Paar loslegte. Andere Paare wichen zurück, als die beiden eine Spitzenvorstellung von „Dirty Dancing" gaben. „Sehr beeindruckend."

„Mmm. Tanzt du?"

„Nicht so." Sie stieß den Atem aus. „Ich wünschte, ich könnte es."

Er ergriff ihre Hand, bevor sie nach dem nächsten Zettel mit einem Musikwunsch greifen konnte.

Neue Tänzer strömten auf die Tanzfläche. Paare umschlangen einander, um sich im Takt zu wiegen. Cilla drehte sich um, wollte etwas zu Boyd sagen und fand sich an ihn gepresst wieder.

„Willst du tanzen?“, murmelte er.

Sie taten es schon. Körper schmiegte sich an Körper. Boyd nahm sie auf eine lange, erotisch langsame Drehung mit. „Ich muss arbeiten.“

„Mach eine Pause.“ Er senkte seinen Kopf und fing ihr Kinn zwischen seinen Zähnen ein. „Bis ich dich im Bett liebe, ist das hier das Zweitbeste.“

Sie würde widersprechen, da war er ganz sicher, doch sie bewegte sich mit ihm und passte ihren Körper seinen Bewegungen an. In stummer Kapitulation schlang sie ihre Arme um seinen Hals. Ihre Gesichter waren einander nahe, als er lächelte. Langsam und fest strich er mit seinen Händen über ihre Hüften, an ihren Seiten hoch bis zu ihren Brüsten, dann wieder hinunter.

Sie fühlte sich, als wäre sie vom Blitz getroffen worden.

„Du … äh … kennst ein paar nette Griffe, Schlaukopf.“

„Danke.“ Als ihre Lippen nur noch einen Hauch voneinander entfernt waren, drehte er den Kopf und ließ ihre Lippen hungrig zurück, während er an ihrem Hals knabberte. „Du duftest nach Sünde, Cilla. Das ist nur ein Punkt von vielen, die mich seit Tagen an dir zum Wahnsinn treiben.“

Sie wollte, dass er sie küsste. Sie sehnte sich danach. Sie stöhnte, als seine Hände in ihr Haar glitten und ihren Kopf zurückzogen. Ihre Augen schlossen sich in Vorfreude, aber er strich bloß mit seinen verlockenden Lippen über ihren Wangenknochen.

Atemlos klammerte sie sich an ihn und versuchte, sich durch den Nebel des Genusses zu kämpfen. Hunderte von Menschen waren um sie herum, und alle bewegten sich zu dem erotischen Rhythmus der Musik. Ich arbeite, erinnerte sie sich. Sie war eine vernünftige Frau – war zumindest immer eine gewesen – und musste heute Nacht einen Job erfüllen.

„Wenn du so weitermachst, kann ich keinen Plattenspieler mehr bedienen.“

Er fühlte ihr Herz an seinem hämmern. Es reichte nicht aus, um ihn zu befriedigen. Aber es war genug, um ihm Hoffnung zu geben. „Dann müssen wir den Tanz wohl später beenden.“

Als er sie losließ, drehte Cilla sich hastig um und griff wahllos nach einer Platte. Ein Begeisterungsschrei stieg hoch, als der Beat loshämmerte. Cilla hob ihr Haar von ihrem Nacken an, um ihn zu kühlen. Der Druck der Körper – oder der Druck eines Körpers – hatte die Temperatur hochgetrieben. Sie hatte nie die Erfahrung gemacht, was für ein gefährlicher Zeitvertreib Tanzen doch sein konnte.

„Willst du noch einen Drink?“, fragte Boyd, als sie ihr Glas leerte.

„Nein, alles in Ordnung.“ Sie fasste sich und griff nach dem obersten Wunschzettel auf dem Stapel. „Das sind nette Leute hier“, sagte sie und warf einen Blick durch den Saal. „Ich mag Klassentreffen.“

„Das habe ich mir schon gedacht.“

Sie lachte leise, als sie den Wunschzettel aufklappte. Ihr Lachen erstarb. Einen Moment dachte sie, ihr Herz wäre stehen geblieben. Vorsichtig schloss sie die Augen, aber als sie sie wieder öffnete, waren die Worte nicht verschwunden.

ICH WILL, DASS DU SCHREIST, WENN ICH DICH TÖTE.

„Cilla?“

Mit einem knappen Kopfschütteln reichte sie Boyd den Zettel.

Er ist da, dachte sie, und Panik zerrte an ihr, während sie den Saal absuchte. Irgendwo in dieser Menge lachender, plaudernder Paare beobachtete er sie. Und wartete.

Er war ihr nahe gekommen. So nahe, dass er diesen unschuldig aussehenden Zettel auf den Tisch legen konnte. Nahe genug, um ihr in die Augen sehen, vielleicht sogar lächeln zu können. Vielleicht hatte er mit ihr gesprochen. Und sie hatte es nicht gewusst. Sie hatte ihn nicht erkannt. Sie hatte nichts begriffen.

„Cilla.“

Sie zuckte zusammen, als Boyd seine Hand auf ihre Schulter legte, und sie wäre zurückgetaumelt, hätte er sie nicht gestützt. „O Gott! Ich dachte, dass er mich heute Nacht, nur diese eine Nacht, in Ruhe lässt.“

„Mach eine Pause.“

„Ich kann nicht.“ Benommen verkrampfte sie ihre Hände ineinander und starrte in den Saal. „Ich muss …“

„Ich muss telefonieren“, erklärte er. „Ich will dich da haben, wo ich dich sehen kann.“

Er könnte noch hier sein, dachte sie. Nahe genug, um sie zu berühren. Hatte er ein Messer? Dieses Messer mit der langen Klinge, das er ihr so hingebungsvoll beschrieben hatte? Wartete er auf den Moment, in dem die Musik laut war und das Gelächter einen Höhepunkt erreichte, um es ihr in den Leib zu stoßen?

„Komm schon!“

„Warte einen Moment.“ Die Fingernägel in die Handflächen grabend, beugte sie sich zu dem Mikro. „Wir machen eine kleine Pause, aber kühlt nicht ab. In zehn Minuten bin ich wieder hier, und dann rocken wir weiter.“ Mechanisch schaltete sie ihre Geräte ab. „Bleib dicht bei mir“, flüsterte sie.

Einen Arm fest um ihre Taille geschlungen, führte Boyd sie durch die Menge. Jedes Mal, wenn sie gegen jemanden stießen, erschauerte sie. Als ein Mann sich zwischen den Leuten durchdrängte und ihre Hände ergriff, hätte sie beinahe aufgeschrien.

„Cilla O'Roarke.“ Er hatte ein freundliches, nettes Gesicht, erhitzt und schweißbedeckt von einer Runde auf der Tanzfläche. Er strahlte, während Cilla starr wie eine Statue stand und Boyd sich neben ihr spannte. „Tom Collins. Nicht der Drink“, sagte er, noch immer strahlend. „Das ist mein Name. Ich bin der Vorsitzende des Komitees. Erinnern Sie sich?“

„Oh.“ Sie zwang ihre Lippen zu einem Lächeln. „Ja, sicher.“

„Ich wollte Ihnen nur sagen, wie begeistert wir sind, Sie bei uns zu haben. Sie haben hier eine Menge Fans.“ Er ließ eine ihrer Hände los, um mit seinem Arm einen Bogen zu beschreiben. „Ich bin so ziemlich Ihr größter. Es vergeht kaum eine Nacht, in der ich nicht wenigstens einen Teil Ihrer Sendung höre. Ich habe letztes Jahr meine Frau verloren.“

„Das ...“ Sie räusperte sich. „Das tut mir leid.“

„Nein, ich meine, ich habe sie richtig verloren. Kam eines Abends heim, und sie und die Möbel waren weg. Ich habe sie nie gefunden – oder das ausklappbare Sofa.“ Er lachte herzlich, während Cilla nach etwas suchte, das sie sagen konnte. „Tatsache ist, dass Ihre Show mir durch etliche ziemlich einsame Nächte geholfen hat. Ich wollte Ihnen nur danken und Ihnen sagen, dass Sie heute Abend hier einen verdammt guten Job machen.“ Er drückte ihr eine Geschäftskarte in die Hand. „Ich handele mit Haushaltsgeräten. Sie rufen mich einfach an, wenn Sie einen neuen Kühlschrank brauchen." Er blinzelte. „Ich mache Ihnen einen guten Preis."

„Danke." Es sollte lustig sein, dachte sie. Später würde es lustig sein. „Nett, Sie zu sehen, Tom."

„Das Vergnügen ist ganz meinerseits." Er sah ihr nach und strahlte erneut.

Boyd steuerte sie aus dem Ballsaal und zum nächsten Münztelefon. „Bleib bei mir, okay?"

Sie nickte und schaffte sogar ein Lächeln zu einer Gruppe Frauen, die zur Damentoilette gingen. „Es geht mir schon etwas besser. Ich setze mich einen Moment da drüben hin." Sie deutete auf eine Gruppe von Stühlen und Topfpflanzen.

Sie ging hinüber und ließ die Beine unter sich wegknicken. Es war ein Albtraum. Bebend holte sie eine Zigarette hervor. Sie beobachtete die Leute, die im Saal ein und aus gingen. Jeder von ihnen kann es sein, dachte sie und bemühte sich um einen Funken des Wiedererkennens. Würde sie ihn erkennen, wenn sie ihn sah, oder war er ein völlig Fremder?

Sie sah zu, wie Boyd den Hörer aufhängte und zu ihr kam. „Und?"

„Thea kommt vorbei und holt den Zettel. Wir schicken ihn ins Labor." Seine Hand fand die verkrampften Muskeln an ihrem Hals und besänftigte. „Ich glaube nicht, dass wir Fingerabdrücke finden werden."

„Nein." Sie schätzte es, dass er ihr keine falschen Hoffnungen machte. „Glaubst du, er ist noch hier?"

„Ich weiß es nicht. Es ist ein großes Hotel, und für diese Veranstaltung gibt es keine Sicherheitsmaßnahmen, Cilla. Sinnlos, die Leute zu befragen. Wenn du früher aufhören willst, kann ich sagen, du wärst krank geworden."

„Nein, das möchte ich nicht." Sie nahm einen letzten langen Zug von ihrer Zigarette. „Die einzige Befriedigung für mich ist, nicht zusammenzubrechen. Besonders, wenn er noch irgendwo sein sollte."

„In Ordnung. Denk während der nächsten Stunde daran, dass ich nie weiter als einen halben Meter entfernt sein werde."

Sie legte ihre Hand in seine, als sie aufstand. „Boyd, er hat seine Methode geändert, indem er eine Nachricht geschrieben hat. Was meinst du, hat das zu bedeuten?"

„Es könnte eine ganze Menge bedeuten."

„Zum Beispiel?"

„Zum Beispiel war es die bequemste Art, heute Abend mit dir Kontakt aufzunehmen. Oder er wird allmählich nachlässig."

„Oder ungeduldig", fügte sie hinzu.

„Oder ungeduldig." Er legte seine Hände an ihr Gesicht.

„Er muss zuerst durch mich hindurch, Cilla. Ich verspreche dir, das wird nicht einfach sein."

Sie brachte sich zum Lächeln. „Cops glauben gern, sie wären tough."

„Nein." Er küsste sie leicht. „Cops müssen tough sein. Komm schon, vielleicht hast du ‚Dueling Banjos' da drinnen. Du könntest es für mich um der guten alten Zeiten willen spielen."

„Vergiss es."

Cilla stand es durch. Boyd hatte es nicht bezweifelt, aber die Art, wie sie es trotz ihrer Angst schaffte, erstaunte und beeindruckte ihn. Sie stockte nicht ein einziges Mal. Doch er sah, wie sie die Menge betrachtete, die Gesichter studierte, während die Musik um sie herum tobte.

Ihre Hände bewegten sich ständig, tappten den Beat auf dem Tisch mit, arbeiteten sich durch Platten hindurch, fummelten an den Pailletten auf ihrem T-Shirt herum.

Sie würde nie ruhig sein. Sie würde nie beruhigend sein. Sie würde stets von Nervosität und Ehrgeiz getrieben durchs Leben gehen. Sie würde eine fordernde und rastlose Gefährtin abgeben.

Nicht gerade, was ihm bei den seltenen Gelegenheiten vorgeschwebt hatte, wenn er an Heirat und Familie gedacht hatte. Nicht im Geringsten, erkannte er mit einem schwachen Lächeln. Aber sie war genau, was er wollte und was er sich vorgenommen hatte zu bekommen.

Er würde sie mit seinem Leben beschützen. Das war seine Pflicht. Er würde sie ein Leben lang schätzen. Das war Liebe. Falls seine Pläne glatt liefen, würde sie bald den Unterschied erkennen.

Auch er betrachtete die Menge, studierte die Gesichter, suchte nach irgendeinem Anzeichen, irgendeiner Bewegung, die dieses schnelle Verkrampfen auslöste, das man Instinkt nannte. Aber die Musik tobte weiter. Die Partygäste lachten.

Er sah Althea hereinkommen. Er beobachtete sie und damit ging es ihm so wie den meisten Männern im Saal. Er musste lachen, als eine Frau ihrem Mann in die Rippen stieß, weil er die Rothaarige begaffte, die an der Tanzfläche entlangging.

„Du hast immer einen tollen Auftritt, Thea."

Sie zuckte nur die Schultern. Sie trug ein schlichtes, tief ausgeschnittenes, schulterfreies Cocktailkleid in Schwarz. „Ich sollte mich bei dir dafür bedanken, dass du mich von einem ärgerlich werdenden Abend gerettet hast. Meine Verabredung hatte eine Zahnbürste in der Tasche und eine Nacht voller wildem Sex im Kopf."

„Tier."

„Sind sie das nicht alle?" Sie blickte an ihm vorbei zu Cilla. Ihr Humor wurde von Sorge ersetzt. „Wie hält sie sich?"

„Sie ist unglaublich."

Althea hob eine geschwungene Augenbraue. „Partner, mein scharfer kriminalistischer Verstand führt mich zu der Annahme, dass du ernsthaft in das Objekt unseres Auftrags verknallt bist."

„Über Verknalltsein bin ich schon hinaus. Ich bin in sie verliebt." Er blickte von Cilla weg zu seiner Partnerin. Es gab nur wenige, mit denen er seine persönlichsten Gedanken teilte. „Ich denke an Heirat, Thea. Willst du meine Trauzeugin sein?"

„Du kannst auf mich zählen." Dennoch legte sie ihm die Hand auf den Arm. „Ich will nicht lästig sein, Boyd, aber du darfst dabei die Perspektive nicht verlieren. Die Lady ist in Schwierigkeiten."

Er kämpfte gegen Ärger. „Ich kann als Cop und als Mann funktionieren." Weil er nicht weiter darüber diskutieren wollte, griff er in seine Tasche. „Hier ist der Zettel."

Sie überflog die Botschaft und steckte sie ein. „Mal sehen, was die Jungs im Labor machen können."

Er nickte bloß. „Der Exmann wirkt sauber. Senator Lomax ist seit sieben Jahren verheiratet und hat die durchschnittlichen eins Komma sechs Kinder. Er war seit drei Monaten nicht von Atlanta weg."

„Ich habe endlich den Manager des Senders in Chicago erwischt. Er hatte nur Gutes über Cilla zu sagen. Ich habe seine Story überprüft, dass er in der letzten Woche seine Tochter in Rochester besucht hat. Es stimmt. Sie hat ein Mädchen bekommen. Siebeneinhalb Pfund. Er hat mir die persönlichen Daten der Discjockeys und

Angestellten gefaxt, die im Sender waren, als Cilla dort arbeitete. So weit nichts."

„Wenn ich am Montag zum Dienst komme, sehen wir uns die Sache genauer an."

„Ich wollte mir die Akte an diesem Wochenende genauer ansehen. Bleib an unserem Mädchen dran."

„Ich schulde dir einen Gefallen, Thea."

„Du schuldest mir mehr als einen Gefallen, aber wer zählt schon mit?" Sie ging und blieb einmal, dann ein zweites Mal stehen, um eine Aufforderung zum Tanzen abzulehnen. Dann erneut, um ein intimeres Angebot zurückzuweisen.

Weil eine Party höher geschätzt wurde, wenn sie mit einem heißen Höhepunkt endete, wählte Cilla die drei letzten Songs mehr nach ihrem Beat als nach ihren Gefühlen aus. Jacketts waren ausgezogen, Krawatten gelöst, und sorgfältige Frisuren hatten sich aufgelöst. Als der letzte Song endete, war die Tanzfläche gerammelt voll.

„Vielen Dank, Abschlussklasse von '75, ihr wart großartig. Ich will euch alle hier zu eurem zwanzigsten Jahrestag wiedersehen!"

„Gute Arbeit", sagte Boyd zu ihr.

Sie verstaute bereits die Schallplatten, während die Menge sich in Grüppchen aufteilte. Jetzt wurden Telefonnummern und Adressen ausgetauscht. Ein paar Abschiede würden tränenreich ausfallen. „Es ist noch nicht vorbei."

Arbeit half. Sie musste die Ausrüstung abbauen und mit Hilfe des Hotelpersonals in Boyds Wagen verstauen. Dann kam die Fahrt zum Sender und das Ausladen. Danach würde sie sich vielleicht wieder erlauben zu denken.

„Es war wirklich gute Arbeit."

Sie blickte überrascht auf. „Mark? Was machen Sie hier?"

„Ich könnte sagen, ich habe einen meiner Discjockeys überprüft." Er griff nach einer Single und lachte. „Himmel, sagen Sie nicht, dass Sie die tatsächlich gespielt haben."

„Die Scheibe war 1975 ziemlich heiß." Misstrauisch nahm sie ihm die Platte weg. „Warum sagen Sie mir nicht, was Sie hier wirklich machen?"

Mit einem nostalgischen Gefühl blickte er sich um. Er und seine Frau hatten sich auf der Highschool kennengelernt. „Ich bin hier, um meine Ausrüstung zu holen."

„Seit wann transportiert der Manager des Senders die Ausrüstung?"

„Ich bin der Boss", erinnerte er sie. „Ich kann tun, was immer ich will. Und genau jetzt …" Er blickte beiläufig auf seine Uhr. „… treten Sie Ihren Genesungsurlaub an."

Plötzlich war es sehr klar. Sie schoss Boyd einen anklagenden Blick zu. „Ich bin nicht krank."

„Sie sind krank, wenn ich sage, dass Sie es sind", entgegnete Mark. „Wenn ich Sie vor Ihrer Schicht Montagnacht im Sender sehe, sind Sie gefeuert."

„Verdammt, Mark."

„Keine Diskussion." Er milderte den Schlag. „Das ist Business, Cilla. Ich hatte schon Discjockeys, die von weniger Druck ausgebrannt waren, als Sie im Moment aushalten müssen. Ich will Sie auf lange Sicht behalten. Und es ist persönlich. Eine Menge Leute machen sich Sorgen um Sie."

„Ich werde damit fertig."

„Dann sollten Sie auch mit zwei freien Tagen fertig werden. Und jetzt raus hier."

„Aber wer wird denn …"

Boyd ergriff sie am Arm. „Du hast den Mann ge-hört."

„Ich hasse es, drangsaliert zu werden", murmelte sie, während er sie mit sich zog.

„Dein Pech. Wahrscheinlich denkst du, dass KHIP zusammenbricht, wenn du ein Wochenende nicht da bist."

Sie schoss ihm einen mörderischen Blick zu, ohne den Kopf zu drehen. „Darum geht es nicht."

„Nein, es geht darum, dass du Ruhe brauchst, und die wirst du mit mir finden."

Sie schnappte sich ihren Mantel, bevor er ihr damit helfen konnte. „Aber was soll ich denn bloß mit mir anfangen?"

„Wir lassen uns etwas einfallen."

Vor Zorn kochend, stakste sie auf den Parkplatz. Ein paar Nachzügler von dem Klassentreffen hingen bei ihren Wagen herum. Cilla ließ sich auf den Beifahrersitz fallen und machte ein finsteres Gesicht.

„Wieso redest du eigentlich von ‚wir'?"

„Weil ich durch einen sonderbaren Zufall auch das Wochenende freihabe."

Mit zusammengekniffenen Augen betrachtete sie ihn, während er gewissenhaft ihren Sicherheitsgurt einschnappen ließ. „Das riecht nach Verschwörung."

„Lass dich erst mal überraschen."

Er wählte bewusst eine Kassette mit klassischer Musik und schob sie in das Kassettengerät, bevor er vom Parkplatz fuhr.

„Mozart?", fragte sie giftig.

„Bach. Das nennt man Reinigung des Geschmacks."

Mit einem tiefen Seufzer griff sie nach einer Zigarette. Sie wollte nicht, dass Leute sich Sorgen um sie machten, wollte nicht zugeben, dass sie müde war. Sie war nicht bereit, einzuräumen, dass sie erleichtert war. „Bei diesem Zeug schlafe ich immer ein."

„Du könntest Ruhe vertragen."

Sie biss die Zähne zusammen, als sie den Anzünder eindrückte. „Ich mag es nicht, dass du zu Mark gerannt bist."

„Ich bin nicht zu Mark gerannt. Ich habe ihn angerufen und gemeint, du könntest eine Auszeit gebrauchen."

„Du weißt genau, dass ich auf mich selbst aufpassen kann, Schlaukopf."

„Deine Steuern werden dafür verwendet, dass ich auf dich aufpasse."

„Habe ich in letzter Zeit erwähnt, wie wenig ich Cops mag?"

„Nicht innerhalb der letzten vierundzwanzig Stunden."

Offenbar schluckte er keinen der Köder, die sie ihm vor der Nase baumeln ließ, sodass sie ihren Ärger nicht in einem Streit abbauen konnte. Vielleicht war es so am besten, fand sie. Sie konnte die Zeit gebrauchen, um ihren Lesestoff aufzuarbeiten. Die letzten beiden Ausgaben von „Radio and Records" warteten auf sie. Sie wollte auch eines der Gartenmagazine durchsehen, die mit der Post gekommen waren. Es wäre hübsch, Sommerblumen rings um das Haus zu pflanzen, vielleicht auch einige Büsche. Sie hatte keine Ahnung, was zu dem Klima in Denver passte.

Der Gedanke brachte sie zum Lächeln. Sie konnte einen Blumenkasten kaufen und eventuell auch einen von diesen Hängekörben. Wahrscheinlich merkte sie deshalb erst nach zwanzig Minuten, dass

Boyd in die falsche Richtung fuhr.

„Wo sind wir?“ Sie setzte sich rasch auf.

„Auf dem 70er Richtung Westen.“

„Highway 70? Was, zum Teufel, machen wir auf dem 70er?“

„Wir fahren in die Berge.“

„Die Berge.“ Benommen schob sie ihre zerzausten Haare zurück. „Welche Berge?“

„Ich glaube, sie werden die Rocky Mountains genannt“, sagte er trocken. „Du könntest unter Umständen schon von ihnen gehört haben.“

„Spar dir deine Witze. Du solltest mich nach Hause fahren.“

„Das tue ich, sozusagen. Ich fahre dich zu meinem Haus.“

„Ich habe dein Haus gesehen.“ Sie deutete mit dem Daumen. „Das ist da hinten.“

„Da wohne ich in Denver. Jetzt fahren wir zu meinem Haus in den Bergen. Das ist eine sehr bequeme kleine Holzhütte. Hübsche Aussicht. Wir bleiben übers Wochenende da.“

„Wir bleiben nirgendwo übers Wochenende.“ Sie drehte sich auf ihrem Sitz und starrte ihn wütend an. „Ich bestimme selbst, wo ich das Wochenende verbringe. Bei mir zu Hause.“

„Das machen wir nächstes Wochenende“, erwiderte er freundlich.

„Hör mal, Fletcher, als Cop solltest du wissen, dass es als Verbrechen angesehen wird, jemanden gegen seinen Willen wohin zu bringen.“

„Du kannst mich anzeigen, wenn wir zurückkommen.“

„Okay, jetzt reicht es.“ Es hatte keinen Sinn, die Beherrschung zu verlieren, ermahnte sie sich. Dagegen war er immun. „Du glaubst vielleicht, dass du das zu meinem Besten machst, aber dabei geht es auch noch um andere Menschen. Unter gar keinen Umständen lasse ich Deborah allein in diesem Haus, während dieser Irre frei herumläuft und nach mir sucht.“

„Sehr guter Standpunkt.“ Er nahm eine Ausfahrt, und Cilla entspannte sich beinahe. „Deshalb verbringt sie zwei Tage bei Althea.“

„Ich …“

„Sie lässt dir bestellen, dass du dir eine schöne Zeit machen sollst. Oh“, fuhr er fort, während Cilla unartikulierte Laute von sich gab, „sie hat für dich eine Tasche gepackt. Sie ist im Kofferraum.“

„Wann hast du das alles geplant?“ Ihre wundervolle Stimme war ruhig. Zu ruhig, fand Boyd und wappnete sich gegen den Gewittersturm.

„Ich hatte heute etwas freie Zeit. Die Holzhütte wird dir gefallen. Sie ist friedlich, nicht zu entlegen und hat, wie schon gesagt, eine hübsche Aussicht.“

„Hauptsache, es gibt in der Nähe einen hübschen hohen Felsen, von dem ich dich werfen kann.“

Er wurde auf der gewundenen Straße langsamer. „Den gibt es auch.“

„Ich wusste, dass du vielleicht Nerven hast, Fletcher, aber das geht weit darüber hinaus. Was, zum Teufel, hat dich auf die Idee gebracht, du könntest mich einfach in einen Wagen setzen, das Leben meiner Schwester arrangieren und mich zu irgendeiner Hütte fahren?“

„Weißt du, was ‚Brainstorm‘ ist? Das muss so ein Geistesblitz gewesen sein.“

„Eher ein Gehirnschaden. Damit dir das klar ist. Ich kann rustikal nicht ausstehen. Ich mag keine ländliche Umgebung. Ich bin keine glückliche Camperin, und ich fahre da nicht hin.“

„Du fährst bereits da hin.“

Wie konnte er so zornerregend ruhig bleiben? „Wenn du mich nicht auf der Stelle zurückbringst, werde ich …“

„Was?“

Sie knirschte mit den Zähnen. „Irgendwann musst du schlafen.“ Bei ihren eigenen Worten zuckte sie gewaltig zusammen. „Du Mistkerl“, schleuderte sie ihm in einer neuen Zorneswoge entgegen. „Wenn das deine Art ist, mich ins Bett zu kriegen, hast du dich verrechnet. Lieber bleibe ich im Wagen sitzen und erfriere.“

„Es gibt mehr als ein Schlafzimmer in der Hütte“, erwiderte er sanft. „Du bist herzlich in meinem willkommen, kannst aber auch eins der anderen benutzen. Du hast die Wahl.“

Sie sank auf ihrem Sitz in sich zusammen, weil ihr endlich die Worte ausgegangen waren.

7. KAPITEL

Cilla hatte nicht die Absicht, die Geschichte zu romantisieren. Entführt zu werden kam vielleicht in Büchern über adelige Damen und elegante Freibeuter vor, passte aber nicht gut ins Denver des zwanzigsten Jahrhunderts.

Sie hatte nicht die Absicht, ihre Haltung zu ändern. Wenn ihre einzig mögliche Rache in einer frostigen Distanz bestand, wollte sie diese sehr genau einhalten. Boyd sollte kein einziges Lächeln und kein einziges freundliches Wort bekommen, bis dieses lächerliche Wochenende vorbei war.

Deshalb war es so schlecht, dass sie das Haus zum ersten Mal im Mondschein erblickte.

Das nannte er eine Hütte? Cilla war dankbar, dass die Musik ihren überraschten Laut überdeckte. Ihre Vorstellung von einer Hütte war ein niedriger kleiner Holzbau irgendwo im Nichts und ohne alle Annehmlichkeiten. Die Art von Ort, an den Männer sich zurückzogen, wenn sie sich einen Bart wachsen lassen, Bier trinken und über Frauen klagen wollten.

Das Haus war aus Holz – einem weichen, gealterten Holz, das warm im Mondschein schimmerte. Aber es war alles andere als klein. Auf mehreren Ebenen errichtet, mit interessanten Vorbauten und Fenstererkern, ruhte es majestätisch inmitten schneegesprenkelter Nadelbäume. Balkone, einige davon waren überdacht, andere offen, versprachen einen atemberaubenden Ausblick nach allen Richtungen. Das Metalldach blinkte und ließ Cilla sich ausmalen, wie es war, drinnen zu sitzen und dem Regen zu lauschen.

Doch starrsinnig unterdrückte sie alle Lobesworte und sprang aus dem Wagen. Der Schnee reichte ihr bis zur Hälfte der Waden und sickerte in ihre Schuhe.

„Großartig“, murmelte sie. Sie überließ es Boyd, sich um das Gepäck zu kümmern, und stapfte auf die Veranda hinauf.

Dann ist das Haus halt schön, dachte sie. Spielt keine Rolle. Sie wollte trotzdem nicht hier sein. Aber da sie es nun schon mal war, und da die Möglichkeit entfiel, ein Taxi zu rufen, wollte sie den Mund halten, das Schlafzimmer wählen, das am weitesten von seinem entfernt war, und ins Bett kriechen. Vielleicht blieb sie achtundvierzig Stunden darin.

Cilla hielt den ersten Teil ihres Schwurs, als er zu ihr auf die Veranda kam. Die einzigen Geräusche waren das Knarren der Bretter unter seinem Gewicht und der Ruf von irgendetwas Wildem in den Wäldern. Nachdem er ihre Taschen abgestellt hatte, schloss er die Tür auf und lud Cilla mit einer Handbewegung zum Eintreten ein.

Es war dunkel. Und kalt. Irgendwie fühlte sie sich dadurch besser. Je ungemütlicher es war, desto gerechtfertigter war ihre üble Laune. Dann schaltete er die Lichter ein, und sie stand mit vor Staunen weit geöffnetem Mund da.

Der Hauptraum in der Mitte des Hauses war riesig, reichte bis unter das Dach mit grob bearbeiteten Balken und besaß einen wunderschönen Kamin aus Granit, vor dem Möbel mit dicken Kissen gruppiert waren. Der frei stehende Rauchabzug ragte bis zu dem hohen Dach hinauf. Eine Galerie zog sich über die ganze Breite des Raums hin und betonte die Grundnote von Weiträumigkeit und Holz. Als Gegensatz waren die Mauern in schlichtem Weiß gehalten, unterbrochen von glänzenden Einbauregalen und Türen und Fenstern mit vielen kleinen Scheiben.

Das hier war nicht im Geringsten wie die Bögen und Rundungen seines Hauses in Denver. Das Holzhaus bestand nur aus schlichten geraden Linien. Auf den breiten Brettern des Fußbodens lag nichts. Schimmernde Stufen führten gerade zu der nächsten Ebene hinauf. Neben dem Kamin gab es eine Kiste, angefüllt mit Holzscheiten. Einen Hauch von Verspieltheit gab es nur in Form von grinsenden Messingdrachen, die als Kaminbock dienten.

„Es wird ziemlich schnell warm werden", meinte Boyd und dachte, dass sie schon wieder mit ihm reden würde, wenn sie dazu bereit war. Er schaltete die Heizung ein, bevor er seinen Mantel abstreifte und ihn an eine Spiegelgarderobe neben der Eingangstür hängte. Er ließ Cilla stehen, wo sie stand, ging an den Kamin und ordnete Feuerholz und Scheite übereinander. „Die Küche ist da hinten." Er zeigte die Richtung, während er ein Streichholz an zusammengeknülltes Zeitungspapier hielt. „Die Speisekammer ist voll, falls du hungrig bist."

Sie war es, aber der Teufel sollte sie holen, wenn sie das zugab. Es hätte ihr ein geradezu perverses Vergnügen bereitet, welche Dampfwolken ihr Atem vor ihrem Mund erzeugte. Schmollend beobachtete sie jetzt, wie die Flammen an den Holzscheiten züngelten. Sogar das macht er gut, dachte sie angewidert.

Als sie nicht antwortete, stand er auf und putzte sich die Hände ab. So stur sie auch war, er war sicher, dass er den längeren Atem haben würde. „Wenn du lieber ins Bett gehen willst, es gibt oben vier Schlafzimmer. Ganz zu schweigen von der Veranda, auf der man auch schlafen kann, aber es ist noch ein wenig zu kühl, um das auszuprobieren."

Sie wusste, dass er sich über sie lustig machte. Sie reckte ihr Kinn vor, packte ihre Tasche und marschierte die Treppe hinauf.

Es war schwer zu sagen, welches sein Zimmer war. Alle waren schön eingerichtet und einladend. Cilla wählte das kleinste. Obwohl sie es nur ungern zugab, war es bezaubernd mit seiner schrägen Decke, dem Bad mit den winzigen Fliesen und den Terrassentüren. Sie ließ die Tasche auf das schmale Bett fallen und sah nach, was ihre Schwester – Komplizin bei diesem Verbrechen – eingepackt hatte.

Der dicke weite Sweater und die Kordhose fanden Zustimmung, genau wie die festen Stiefel und Wollsocken. Die Tasche mit Toilettenartikeln und Kosmetika war ein Pluspunkt, auch wenn sie bezweifelte, dass sie Zeit mit Schminke und Parfum vergeuden würde. Anstelle ihres Bronco-Jerseys und ihres ausgefransten Chenille-Morgenmantels fand sie einen Hauch von schwarzer Seide mit einem passenden – und sehr durchsichtigen – Mantel. Ein Zettel lag bei.

„Ein paar Wochen verfrüht alles Gute zum Geburtstag.
Bis Montag!
In Liebe, Deborah."

Cilla atmete tief aus. Ihre eigene Schwester, dachte sie. Ihre eigene kleine Schwester. Behutsam hielt sie die durchsichtige Seide hoch. Was hatte Deborah sich bloß dabei gedacht, so etwas einzupacken? Vielleicht blieb diese Frage am besten unbeantwortet. Dann schlief sie eben in dem dicken Sweater, aber sie konnte trotzdem nicht widerstehen, mit den Fingern über die schwarze Seide zu streichen.

Sie fühlte sich … nun ja, wundervoll an. Sie gönnte sich selten etwas so Unpraktisches. Ein kleiner Teil ihres Kleiderschranks war für Outfits wie das reserviert, was sie zu dem Klassentreffen getragen hatte. Das waren für sie aber mehr Kostümierungen als Kleider. Der Rest war praktisch und bequem.

Deborah hätte nicht so extravagant sein sollen. Aber das sah ihr ähnlich. Seufzend ließ Cilla die Seide durch ihre Hände gleiten.

Es konnte ja nichts schaden, es einmal anzuprobieren. Immerhin war es ein Geschenk. Und niemand würde es sehen.

Wärme begann aus den Lüftungsöffnungen zu strömen. Dankbar schlüpfte Cilla aus ihrem Mantel und streifte die Schuhe ab. Sie wollte sich ein heißes Bad in dieser hübschen frei stehenden Wanne gönnen, und dann wollte sie unter diese sehr bequem wirkende Quiltdecke kriechen und schlafen.

Sie wollte es. Wirklich. Aber das heiße Wasser lullte sie ein. Das Päckchen mit Schaumbad, das Deborah eingepackt hatte, war unwiderstehlich gewesen. Jetzt war sie von Wohlgerüchen umhüllt. Sie döste beinahe dahinträumend ein, während das schaumige parfümierte Wasser über ihre Haut plätscherte.

Dann war da auch noch dieses Oberlicht über der Wanne, dieses kleine Rechteck Glas, das einen Blick auf das Funkeln der Sterne erlaubte. Versöhnlich, dachte Cilla mit einem Seufzer und sank tiefer in die Wanne. Romantisch. Geradezu sündig besänftigend.

Vermutlich war es albern gewesen, die beiden Kerzen auf dem Fensterbrett anzuzünden, anstatt die Deckenlampe einzuschalten. Aber es war zu verlockend gewesen. Und während sie träumend im Wasser lag, trieb der Duft der Kerzen zu ihr.

Ich mache nur das Beste aus einer schlimmen Situation, versicherte sie sich, als sie sich träge aus der Wanne erhob. Sie löste ihr Haar und ließ es über ihre Schultern fallen, als sie in das Nachtgewand schlüpfte, das Deborah ihr geschenkt hatte.

Es hatte so gut wie überhaupt kein Rückenteil, bemerkte sie, nur einen albernen kleinen Volant, der kaum das Nötigste bedeckte. An der Vorderseite verschlangen sich dünne schimmernde Bänder kreuzweise und endeten in der Mitte in einer kleinen Schleife, genau unterhalb ihrer Brüste. Obwohl die Brüste kaum bedeckt waren, wurden sie von irgendeinem schlauen Geheimnis im Schnitt angehoben und wirkten voller.

Trotz ihrer besten Absichten fuhr sie mit einer Fingerspitze über die Bänder und malte sich aus, wie es wäre, wenn Boyd sie öffnete.

Wie es wäre, wenn seine Finger über ihre Haut strichen, die sie soeben so verwöhnt hatte. Würde er langsam vorgehen, Band um Band, oder würde er einfach daran zerren, bis …

Lieber Himmel!

Sie verwünschte sich, riss die Tür auf und jagte aus dem dampferfüllten Bad.

Derartige Tagträume waren lächerlich, ermahnte sie sich. Sie war nie eine Tagträumerin gewesen. Immer, immer hatte sie gewusst, wohin sie wollte und wie sie dorthin kam. Seit ihrer Kindheit hatte sie keine Zeit mit Fantasien verschwendet, die keine Verbindung zu Ehrgeiz oder Erfolg hatten.

Ganz sicher wollte sie nicht von einem Mann träumen, wie sehr sie auch zu ihm hingezogen sein mochte, wenn es absolut keine Möglichkeit gab, dass diese Tagträume angenehme Wirklichkeit wurden.

Sie wollte zu Bett gehen. Sie wollte ihre Gedanken abstellen. Und sie wollte beten, dass sie auch dieses Verlangen abstellen konnte, das in ihr fraß. Bevor sie ihre Tasche auf den Boden stellen konnte, sah sie das Glas neben dem Bett.

Es war ein langstieliges Kristallglas, gefüllt mit einer blassgoldenen Flüssigkeit. Sie kostete und schloss die Augen. Wein. Wundervoll, weich. Wahrscheinlich französisch. Sie drehte sich um und sah sich selbst in dem großen Drehspiegel in der Ecke.

Ihre Augen waren dunkel, ihre Haut erhitzt. Sie sah so weich, so nachgiebig, so anschmiegsam aus. Was macht er bloß mit mir, fragte sie sich. Und wieso funktioniert es?

Bevor sie ihre Meinung ändern konnte, schlüpfte sie in den dünnen Seidenmantel und machte sich auf die Suche nach ihm.

Er las schon seit fast einer Stunde dieselbe Seite. Dachte dabei an sie. Verwünschte sie. Begehrte sie. Es hatte ihn seine ganze Selbstbeherrschung gekostet, diesen Wein neben ihr Bett zu stellen und das Zimmer zu verlassen, obwohl er sie träge in der Wanne plätschern hörte, nur durch eine Tür getrennt.

Es war ja nun nicht alles nur einseitig. Er wusste, wann eine Frau interessiert war. Es war ja nicht alles nur körperlich. Er war in sie verliebt, verdammt noch mal. Und wenn sie zu dumm war, um das zu erkennen, musste er ihr eben seine Liebe gegen den Kopf knallen.

Er legte das Buch auf seinen Schoß, lauschte dem Blues von Billie Holiday und starrte in das Feuer. Die munteren Flammen hatten die Kälte in dem Schlafzimmer gebrochen. Das war der praktische Grund, weshalb er hier drinnen genauso ein Feuer gemacht hatte wie im Hauptraum. Aber es gab noch einen anderen, einen romantischen Grund. Er war verärgert, dass er von Cilla geträumt hatte, als er Scheite und Feuerholz aufgeschichtet hatte.

Sie war zu ihm gekommen, hatte etwas Dünnes, Fließendes, Verführerisches getragen. Sie hatte gelächelt, die Hände ausgestreckt. Hatte sich an ihn geschmiegt. Als er sie auf seine Arme hob, zum Bett trug, hatten sie …

Träum weiter, sagte er sich. Der Tag, an dem Cilla O'Roarke freiwillig zu ihm kam, mit einem Lächeln und einer offenen Hand, das würde der Tag sein, an dem sie in der Hölle Schneemänner bauten.

Dabei hatte sie Gefühle für ihn, verdammt noch mal. Eine ganze Menge. Und wäre sie nicht so dickköpfig gewesen, so entschlossen, all diese unglaubliche Leidenschaft wegzuschließen, würde sie nicht so viel Zeit damit verbringen, an ihren Nägeln zu kauen und sich Zigaretten anzustecken.

Zornig, zugeknöpft und zaudernd, das ist Priscilla Alice O'Roarke, dachte er grimmig. Er griff nach seinem Weinglas für einen spöttischen Toast. Es fiel ihm fast aus der Hand, als er sie in der Tür stehen sah.

„Ich möchte mit dir sprechen." Sie hatte auf dem kurzen Weg über den Korridor das meiste an Mut eingebüßt, aber sie schaffte es, den Raum zu betreten. Sie wollte sich nicht von der Tatsache einschüchtern lassen, dass er vor einem knisternden Feuer saß und nichts außer einem Sweatsuit trug.

Er musste etwas trinken. Nach einem Schluck Wein schaffte er ein Lächeln. Er war nahe daran zu glauben, dass er wieder träumte – aber sie lächelte nicht. „Ja?"

Sie wollte sprechen, ermahnte sie sich. Sagen, was ihr auf der Seele lag, und die Luft reinigen. Aber sie brauchte vorher einen Schluck von ihrem eigenen Wein. „Mir ist klar, dass deine Motive, mich heute Abend hierherzubringen, im Grunde wohlmeinender Natur sind, aber deine Methoden waren unglaublich arrogant." Sie fragte sich, ob sie für ihn genauso albern klang wie für sich selbst. Sie wartete auf eine Antwort, aber er starrte sie nur unverwandt an. „Boyd?"

Er schüttelte den Kopf. „Was?“

„Hast du nichts zu sagen?“

„Worüber?“

Sie gab einen kleinen frustrierten Laut von sich, als sie näher kam. Sie knallte ihr Glas auf einen Tisch, und der restliche Wein schwappte bis zum Rand hoch. „Nachdem du mich schon hier heraufgeschleppt hast, ist das Mindeste, was du machen kannst, dass du mir zuhörst, wenn ich mich beklage.“

Er konnte kaum atmen, noch weniger zuhören. Aus Selbstverteidigung nahm er noch einen langen Schluck Wein. „Hättest du auch nur ein Mindestmaß an Bein ... Verstand“, verbesserte er sich zähneknirschend, „wüsstest du, dass dir zwei Tage fern von allem gut tun.“

Zorn flammte in ihren Augen auf und machte sie nur noch erregender. Hinter ihr schossen die Flammen hoch, und das Licht drang durch die dünne Seide, die sie am Leib trug. „Und du hast es übernommen, für mich die Entscheidung zu fällen.“

„Das ist richtig.“ Mit einer ruckartigen Bewegung stellte er sein Glas beiseite, damit es ihm nicht aus den Fingern rutschte. „Hätte ich dich gebeten, für zwei Tage hierherzukommen, hättest du ein Dutzend Entschuldigungen gefunden, warum du nicht kannst.“

„Wir werden nie erfahren, was ich getan hätte“, entgegnete sie. „Weil du mir nicht die Gelegenheit gegeben hast, meine eigene Wahl zu treffen.“

„Ich bemühe mich verdammt hart, dir jetzt die Gelegenheit zu geben“, murmelte er.

„Wozu?“

Mit einem Fluch stand er auf und wandte sich ab. Die Hände gegen die Wand gestützt, begann er, nicht allzu sanft mit seiner Stirn dagegen zu schlagen. Während sie ihn beobachtete, stritt Verwirrung mit Zorn in ihr.

„Was machst du da?“

„Ich schlage meinen Kopf gegen die Wand. Wonach sieht das denn aus, was ich hier mache?“ Er stoppte und stützte seine Stirn gegen das Holz.

Offenbar war sie nicht der einzige Mensch hier unter zu viel Druck, überlegte Cilla. Sie räusperte sich. „Boyd, warum schlägst du deinen Kopf gegen die Wand?“

Er lachte auf, rieb sich mit den Händen über sein Gesicht und drehte sich um. „Ich habe keine Ahnung. Ich möchte das nur tun, seit ich dich kennengelernt habe." Sie stand jetzt ein wenig unsicher da und fuhr nervös mit den Fingerspitzen an dem Seidenrevers auf und ab. Es fiel ihm nicht leicht, aber nach einem tiefen Atemzug fand er doch einen schwachen Halt an seiner Selbstbeherrschung. „Warum gehst du nicht ins Bett, Cilla? Morgen früh kannst du dann auseinandernehmen, was von mir noch übrig ist."

„Ich verstehe dich nicht." Sie stieß die Worte hervor und begann dann, auf und ab zu laufen. Boyd öffnete den Mund, brachte jedoch nicht einmal ein Stöhnen zustande, während er auf ihren Rücken starrte, nackt, abgesehen von einem Nichts an schwarzer Seide, auf den aufregenden Schwung ihrer Hüften, der noch von dem frechen kleinen Volant unterstrichen wurde. Sie sprach weiter, schnell wie ein Maschinengewehr und gereizt, aber er hörte es bloß als Summen in seinem Kopf.

„Um Himmels willen, hör auf mit dem Herumrennen." Er rieb sich seine Brust und war sicher, dass in spätestens einer Minute sein Herz explodierte. „Willst du mich umbringen?"

„Ich gehe immer auf und ab, wenn ich wütend bin", schleuderte sie zurück. „Wie kannst du erwarten, dass ich ruhig zu Bett gehe, nachdem du mich so hochgeputscht hast?"

„Ich habe dich hochgeputscht?", wiederholte er. Etwas bei ihm riss in diesem Moment. Er hätte schwören können, dass er es in seinem Kopf herumfliegen hörte, als er sie an den Armen packte. „Ich habe dich hochgeputscht? Das ist ja wirklich köstlich, O'Roarke. Sag mal, hast du dir dieses Ding heute Abend angezogen, um mich leiden zu lassen?"

„Ich …" Sie blickte an sich hinunter und drehte sich unbehaglich. „Deborah hat es eingepackt. Ich habe nichts anderes."

„Wer immer es auch eingepackt hat, jetzt bist du darin eingepackt. Und du treibst mich zum Wahnsinn."

„Ich dachte bloß, wir sollten das alles klären." Noch eine Minute, und sie würde zu stammeln beginnen wie ein Kleinkind, das zum ersten Mal Worte formt. „Durchsprechen wie Erwachsene."

„Ich denke in diesem Moment sehr wie ein Erwachsener. Wenn du reden willst, da ist eine ganze Truhe voll mit großen dicken Wolldecken. Du kannst dich in eine einwickeln."

Sie brauchte keine Decke. Ihr war ohnedies schon viel zu warm. Das Holzfeuer im Kamin loderte hell, und wenn er noch weiter mit seinen Händen über die Seide an ihren Armen auf und ab rieb, würde sich ihre Haut unter der Reibung entzünden.

„Vielleicht wollte ich dich ein klein wenig leiden lassen."

„Es hat funktioniert." Seine Finger spielten mit diesem Hauch von nichts, als es von ihrer rechten Schulter glitt. „Cilla, ich mache es dir nicht leicht und zerre dich nicht zu diesem Bett. Ich will nicht behaupten, dass mir die Idee nicht sehr gefällt. Aber wenn wir uns lieben, dann musst du morgen früh aufwachen und wissen, dass es deine Entscheidung war."

War es das nicht, weshalb sie zu ihm gekommen war? Hatte sie nicht gehofft, er würde die Dinge in die Hand nehmen? Das machte sie zu einem Feigling – und auf eine miese Art zu einer Betrügerin.

„Es ist nicht einfach für mich."

„Das sollte es aber sein." Er ließ seine Hände zu ihren herabsinken. „Wenn du bereit bist."

Sie hob ihren Kopf. Er wartete – genauso reizbar wie sie, aber er wartete. „Ich glaube, ich war bereit, seit ich dich getroffen habe."

Ein Beben durchlief ihn, und er kämpfte gegen die selbst angelegte Leine. „Sag einfach Ja."

Das war nicht genug, fand sie. Wenn etwas wichtig war, brauchte man mehr als ein schlichtes Wort.

„Lass bitte meine Hände los."

Er hielt sie noch einen Moment fest und forschte in ihrem Gesicht. Langsam entspannten sich seine Finger und lösten sich von ihren. Bevor er zurückweichen konnte, kam sie ihm entgegen und schlang ihre Arme um seinen Hals. „Ich will dich, Boyd. Ich möchte heute Nacht mit dir zusammen sein."

Sie hob ihm ihre Lippen entgegen. Es hatte schon genug Worte gegeben. Warm und willig sank sie gegen ihn.

Für einen Moment konnte er nicht atmen. Der Ansturm auf seine Sinne war zu überwältigend. Ihr Geschmack, ihr Duft, das Gleiten von Seide auf Seide. Ihr Seufzer, als sie ihre Lippen über seinen Mund streichen ließ.

Er erinnerte sich an den Tritt in den Magen, den er von einem preisgekrönten Hengst seines Vaters erhalten hatte. Dies hier machte ihn genauso schwach. Er wollte genießen, ertrinken, sich selbst verlieren, Zentimeter um Zentimeter. Doch als er ihr das Nachtgewand von den Schultern schob, zog sie ihn schon zum Bett.

Sie war wie ein Wirbelsturm. Ihre Hände rasten, pressten, zerrten, gefolgt von der verrückten erotischen Reise ihres Mundes. Der Druck stieg zu schnell, doch als Boyd nach ihr griff, schlüpfte sie aus der Seide und hetzte weiter.

Sie wollte nicht, dass er es bedauerte, sie zu begehren. Das hätte sie nicht ertragen. Wenn sie schon diese eine Nacht lang alle Vorsicht in den Wind schlug, musste sie wenigstens wissen, dass es ihm etwas bedeutete. Dass er sich später daran erinnern würde.

Seine Haut war heiß und feucht. Sie wünschte sich, länger bei dem Geschmack verweilen zu können, bei dem Gefühl seiner Haut unter ihren Fingern. Aber sie dachte, Männer würden Tempo und Kraft bevorzugen.

Sie hörte ihn stöhnen. Es begeisterte sie. Als sie ihn auszog, tauchten seine Hände in ihr Haar. Er murmelte etwas – ihren Namen und noch mehr –, aber sie wusste nicht, was. Sie glaubte, sein Drängen zu verstehen, seine Art, wie er sie gegen sich zog. Als er sich auf sie rollte, flüsterte sie ihre Zustimmung und nahm ihn in sich auf.

Er erstarrte. Mit einer Verwünschung versuchte er, sich zu beherrschen und zurückzuziehen, doch ihre Hüften hoben sich an und stießen ihm entgegen und ließen seinem Körper keine andere Wahl.

Ihre Lippen lächelten, als er auf ihr lag, sein Gesicht in ihrem Haar vergraben, sein Atem noch immer schaudernd. Das wird er nicht bedauern, dachte sie und streichelte besänftigend seine Schulter. Und sie auch nicht. Es war mehr, als sie je zuvor gehabt hatte. Mehr, als sie je erwartet hatte. Sie hatte Wärme empfunden, als er sie erfüllte, und eine stille Zufriedenheit, als sie fühlte, wie er sich in ihr ergoss. Sie dachte, wie schön es doch wäre, jetzt die Augen zu schließen und einzuschlafen, während sein Körper noch warm auf ihr lag.

Er verfluchte sich pausenlos. Er war wütend über seinen Mangel an Selbstbeherrschung, perplex darüber, wie Cilla sie beide vom Kuss zur Erfüllung gejagt hatte. Er hatte sie kaum berührt – in mehr als einer Hinsicht. Obwohl sie diejenige gewesen war, die dieses schnelle

Tempo vorgegeben hatte, wusste er, dass sie der Befriedigung nicht einmal nahegekommen war.

Er kämpfte um Ruhe, rollte sich von ihr und starrte zur Zimmerdecke. Sie hatte Sprengladungen in ihm ausgelöst, und obwohl sie explodiert waren, hatte keiner von ihnen die Freude mit dem anderen geteilt.

„Warum hast du das gemacht?“, fragte er.

Ihre Hand stockte, als sie seine Haare streicheln wollte. „Ich verstehe dich nicht. Ich dachte, du wolltest mich lieben.“

„Das wollte ich auch.“ Er setzte sich auf und strich ihr Haar aus ihrem Gesicht zurück. „Ich dachte, du wolltest es ebenfalls.“

„Aber ich dachte, Männer möchten …“ Sie schloss die Augen, als alle Wärme aus ihr wich. „Ich habe dir gesagt, dass ich nicht gut darin bin.“

Er fluchte so hart, dass sie zusammenfuhr. Hastig kletterte sie aus dem Bett und schlüpfte in ihren Umhang.

„Wohin, zum Teufel, gehst du?“

„Ins Bett.“ Weil ihre Stimme von Tränen erstickt klang, senkte sie sie. „Wir können das einfach als Fehler abhaken.“ Sie bückte sich nach ihrem Nachtgewand und hörte die Tür zuschlagen. Sie zuckte hoch und sah, wie Boyd den Schlüssel im Schloss umdrehte und dann quer durch den Raum schleuderte. „Ich will nicht hier bei dir bleiben.“

„Dein Pech. Du hast dich bereits entschieden.“

Sie ballte ihr Nachtgewand zusammen und presste es gegen ihre Brust. Also ist er wütend, dachte sie. Und diesmal echt. Das würde nicht der erste Streit sein, den sie wegen ihrer Unfähigkeit im Bett auszufechten hatte. Alte Wunden, alte Zweifel durchströmten sie, bis sie starr vor Verlegenheit dastand.

„Hör mal, ich habe getan, was ich kann. Wenn es nicht gut genug war, fein. Lass mich einfach gehen.“

„Nicht gut genug war“, wiederholte er. Als er auf sie zutrat, wich sie zurück und stieß gegen das geschnitzte Fußbänkchen. „Jemand sollte dir etwas Verstand in deinen Schädel hämmern. In einem Bett sind zwei Menschen, Cilla, und was sich da abspielt, sollte gegenseitig sein. Ich habe keine verdammte Technikerin gesucht.“

Die zornige Rötung schwand aus ihrem Gesicht, bis es schneeweiß war. Ihre Augen füllten sich mit Tränen. Er presste seine Finger gegen seine Augen und fluchte. Er hatte sie nicht verletzen, sondern ihr nur zeigen wollen, dass er eine Partnerin wollte.

„Du hast nichts gefühlt."

„Doch." Sie wischte wütend Tränen von ihrer Wange. Niemand brachte sie zum Weinen. Niemand!

„Dann war es ein Wunder. Cilla, du hast kaum zugelassen, dass ich dich berühre. Ich mache dir keinen Vorwurf." Er tat noch einen Schritt, aber sie wich ihm aus. Um Geduld ringend, blieb er stehen, wo er war. „Ich habe dich schließlich nicht abgewehrt. Ich dachte … Sagen wir, als ich begriff, war es zu spät, um etwas dagegen zu machen. Ich möchte es an dir wiedergutmachen."

„Da ist nichts gutzumachen." Sie hatte sich wieder unter Kontrolle. Augen trocken, Stimme ruhig. Sie wollte sterben. „Wir vergessen es einfach. Ich will, dass du die Tür aufschließt."

Er stieß den Atem aus und zuckte die Schultern. Als er sich zur Tür wandte, wollte sie ihm folgen, aber er schaltete nur das Licht aus.

„Was machst du?"

„Wir haben es auf deine Art versucht." Im Mondschein ging er durch das Zimmer und zündete eine Kerze an, dann noch eine und noch eine. Er drehte die Platte um, die stumm auf einem Plattenspieler lag, und brachte den Arm in Stellung. Der vibrierende Klang eines Saxophons erfüllte den Raum. „Jetzt versuchen wir es auf meine Art."

Sie begann, vor Verlegenheit und Angst zu zittern. „Ich sagte, ich möchte ins Bett gehen."

„Gut." Er hob sie auf seine Arme. „Ich auch."

„Ich habe für eine Nacht schon genug Demütigung eingesteckt", presste sie zwischen ihren Zähnen hervor.

Sie sah etwas in seinen Augen, etwas Dunkles, aber seine Stimme blieb ruhig. „Es tut mir leid. Ich wollte dir nicht wehtun."

Obwohl sie sich steif hielt, senkte er sie sanft auf das Bett. Seine Augen auf die ihren gerichtet, breitete er ihr Haar aus, ließ seine Finger verweilen. „Hier habe ich dich mir vorgestellt, bei Kerzenschein, mit deinem Haar auf meinem Kissen." Er strich mit seinen Lippen über die ihren. „Mondschein und Feuerschein auf deiner Haut. Nichts und niemand in weitem Umkreis außer dir."

Gerührt wandte sie ihren Kopf ab. Sie wollte sich nicht von Worten verführen und wieder einen Narren aus sich machen lassen. Er lächelte bloß und drückte seine Lippen auf ihren Hals.

„Ich liebe eine Herausforderung. Ich werde dich lieben, Cilla." Er streifte den Träger des Umhangs von ihrer Schulter, um mit seinem Mund über ihre Haut zu gleiten. „Ich werde dich an Orte bringen, von denen du nie geträumt hast." Er ergriff ihre Hand, erfreut, dass ihr Puls sich beschleunigt hatte. „Du solltest keine Angst davor haben zu genießen."

„Ich habe keine Angst."

„Du hast Angst, dich zu entspannen, dich gehen zu lassen, jemanden nahe genug an dich heranzulassen, dass er herausfindet, was in deinem Inneren vorgeht."

Sie wollte abrücken, aber seine Arme schlangen sich um sie. „Wir hatten bereits Sex."

„Allerdings." Er küsste erst ihren einen Mundwinkel, dann den anderen. „Und jetzt machen wir Liebe."

Sie wollte ihr Gesicht abwenden, aber er legte seine Hände an ihren Kopf. Als sein Mund sich erneut auf ihren senkte, schnellte ihr das Herz bis zum Hals hoch. Er war so sanft, so verlockend. Als seine Fingerspitzen über ihr Gesicht glitten, gab sie ein ersticktes Seufzen von sich. Er tauchte mit seiner Zunge zwischen ihre geöffneten Lippen, um ihre Zunge zu reizen.

„Ich will nicht ..." Sie stöhnte, als seine Zähne sachte in ihre Unterlippe bissen.

„Sag mir, was du willst."

„Ich weiß es nicht." Sie empfand einen süßen Taumel und ihr Verstand vernebelte sich bereits. Sie hob eine Hand, um ihn wegzuschieben, ließ sie jedoch schlaff auf seiner Schulter liegen.

„Dann biete ich dir eine Auswahlpalette an." Zu seinem und ihrem Genuss legte er eine Spur von Küssen über ihren Hals. „Wenn ich fertig bin, kannst du mir sagen, was dir am besten gefallen hat."

Er raunte ihr sanfte, verträumte Worte zu, die durch ihren Kopf trieben. Dann berauschte er sie mit einem Kuss – lang, lässig, luxuriös. Obwohl ihr Körper zu zittern begonnen hatte, berührte er sie kaum – nur seine Fingerspitzen strichen über ihre Schultern, über ihr Gesicht, über ihr Haar.

Seine Zunge glitt über den Ansatz ihrer Brüste, genau oberhalb des Saums aus schwarzer Spitze. Ihre Haut ist wie Honig, dachte er, als er in das Tal dazwischen tauchte. Ihr Herz hämmerte, doch als sie nach ihm tastete, ergriff er ihre Hände.

Er ließ sich Zeit, ließ sich schrecklich viel Zeit, während er die Spitze mit seinen Zähnen tiefer schob. Sie bog sich ihm entgegen, bot sich ihm an. Ihre Finger stemmten sich gegen die seinen. Er murmelte nur etwas und zog den zweiten Bogen Spitze herunter, eine feuchte Spur hinterlassend.

Sein eigener Atem war kurz und flach, aber er unterdrückte den Drang, sie gierig zu nehmen. Mit aufreizenden Küssen mit weit geöffnetem Mund umkreiste er ihre steifen Brustwarzen, ließ seine heiße Zunge darüberschnellen, bis sie erschauerte und seinen Namen schluchzte. Mit einem genussvollen Stöhnen begann er zu saugen.

Sie fühlte den Druck tief in sich, Anspannung und Nachlassen im Rhythmus seines geschickten Mundes, anwachsend, sich aufbauend, emporsteigend, bis sie daran zu sterben meinte.

Ihr Atem ging stoßweise, als sie sich unter ihm wand. Ihre Nägel gruben sich hart in seine Handrücken, während ihr Körper sich durchbog, von einem krampfartigen Gefühl getrieben. Sie hörte ihren eigenen Aufschrei, ihr erleichtertes und gequältes Keuchen, als etwas in ihr barst. Heiße Messer, die sich zu seidigen Schmetterlingsflügeln wandelten. Ein Schmerz, der eine aller Vernunft widersprechende Lust brachte.

Als jeder Muskel in ihrem Körper erschlaffte, bedeckte er ihren Mund mit dem seinen. „Lieber Himmel, du bist unglaublich."

„Ich kann nicht denken."

„Sollst du auch nicht. Nur fühlen."

Er streckte sie lang aus. Sie war darauf vorbereitet, dass er sie nahm. Er hatte ihr bereits mehr gegeben, als sie jemals gehabt hatte. Hatte ihr mehr gezeigt, als sie sich jemals vorgestellt hatte. Er begann, den Umhang mit unendlicher Sorgfalt zu öffnen, mit unendlicher Geduld. Seine Augen waren auf ihr Gesicht gerichtet. Er liebte es, ihre Empfindungen daran ablesen zu können. Jede neue Empfindung, jedes neue Gefühl. Er hörte das Flüstern von Seide auf ihrer Haut, als er den Stoff wegzog. Er fühlte Leidenschaft von ihr ausstrahlen, als er seinen Mund auf die bebende Haut an ihrem Bauch presste.

Sie schien zu treiben, während sie seine Haare streichelte, ließ ihren Geist dorthin folgen, wohin ihr Körper so verzweifelt strebte. Dies war Himmel, fordernder, erregender, erotischer als jedes Paradies, das sie sich hätte erträumen können. Sie fühlte die Laken, heiß von ihrem eigenen Körper, unter ihr zerwühlt. Und den Hauch von Seide, wie er langsam, langsam von ihr rutschte. Seine von Lust feuchte Haut glitt über sie. Als ihre Lippen sich seufzend öffneten, konnte sie ihn noch schmecken, voll und männlich. Kerzenschein spielte auf ihren geschlossenen Lidern.

Es gab so viel aufzusaugen, so viel zu erfahren. Wenn dies ewig so weiterging, würde es trotzdem zu früh enden.

Er wusste, dass sie jetzt ihm gehörte. Viel mehr als bei seinem Eindringen in sie. Ihr Körper war lang und schlank und hell in dem Mondschein. Ihr Atem war schnell und ruhig. Und es war sein Name, nur sein Name, den sie aussprach, wenn er sie berührte. Ihre Hände spannten sich an seinen Schultern an, drängten ihn voran.

Er glitt über ihre Beine hinunter, nahm die Seide mit, legte eine Spur von knabbernden Küssen auf seinem Weg. Der Duft ihrer Haut war eine quälende Köstlichkeit, an der er sich endlos hätte aufhalten können. Doch ihr Körper war unruhig, hielt sich bereit. Er wusste, dass sie sich schmerzlich sehnte, genau wie er.

Er strich mit seiner Fingerspitze an ihrem Schenkel hoch, über diese empfindliche Haut, nahe, so nahe zu dem Zentrum der Hitze. Als er in sie glitt, war sie feucht und bereit.

Dem atemlosen Stöhnen folgte der Zauber seiner Hände, der sie über einen neuen und höheren Gipfel katapultierte. Von dieser Kraft benommen, bog sie sich ihm entgegen, erschauerte wieder und wieder, während sie höher kletterte. Obwohl ihre Hände sich an ihm festklammerten, trieb er sie weiter mit seinem Mund und mit seinen geschickten und rastlosen Fingern, bis sie über die Lust hinaus ins Delirium schoss.

Dann schlangen sich ihre Arme um ihn, und sie rollten gemeinsam über das Bett, trieben davon. Die Zeit für Geduld war vorbei. Die Zeit der Gier hatte begonnen.

Er rang nach Atem, als ihre Hände über ihn strichen. Genau wie beim ersten Mal zerstörte sie auch jetzt seine Selbstbeherrschung. Aber jetzt war sie bei ihm, Schritt für Schritt. Er sah ihre Augen leuchten, dunkel vor Leidenschaft, bodenlos vor Verlangen. Ihre feuchte Haut schimmerte von beidem in dem schattenwerfenden Licht.

Noch einmal senkte er seinen Mund auf ihren und erstickte ihren benommenen Aufschrei, als er sich in sie versenkte. Mit einem halben Schluchzen schlang sie ihre Arme und Beine um ihn und umklammerte ihn so fest, dass sie gemeinsam dem Wahnsinn entgegenjagen konnten.

Er war erschöpft. Schwach wie ein Baby. Und er war schwer. Mit seiner restlichen Kraft rollte Boyd sich herum und nahm Cilla mit sich, bis ihre Positionen vertauscht waren. Zufrieden drückte er ihren Kopf an sich und stellte fest, dass es ihm sehr gut gefiel, wie ihr Körper sich auf ihm ausstreckte.

Sie erschauerte. Er besänftigte.

„Kalt?"

Sie schüttelte bloß den Kopf.

Träge wie eine Katze streichelte er mit einer Hand über ihren nackten Rücken. „In ungefähr einer Stunde könnte ich genug Kraft aufbringen, um die Decken zu suchen."

„Mir geht es gut."

Doch ihre Stimme war nicht fest. Stirnrunzelnd legte Boyd eine Hand unter ihr Kinn und hob es an. Er sah eine Träne auf ihren Wimpern glitzern. „Was soll das?"

„Ich weine nicht", sagte sie heftig.

„Okay. Was machst du dann?"

Sie versuchte, ihren Kopf wieder zu senken, aber er hielt sie fest. „Du wirst mich für dumm halten."

„Nachdem du mein Innerstes nach außen gekehrt hast, ist jetzt wahrscheinlich der einzige Zeitpunkt, an dem ich dich nicht für dumm halten kann." Er gab ihr einen schnellen Kuss. „Raus damit, O'Roarke."

„Es ist nur, dass ich …" Sie stieß ungeduldig den Atem aus. „Ich hatte nicht gedacht, dass es so sein könnte. Nicht wirklich."

„In welcher Hinsicht?" Seine Lippen lächelten. Komisch, aber er schien seine Kraft wieder zu finden. Vielleicht lag es daran, wie sie ihn ansah. Benommen. Verlegen. Schön. „Du meinst gut?" Er streichelte lässig ihren wohlgeformten Po. „Oder sehr gut? Vielleicht meinst du großartig. Oder atemberaubend."

„Du machst dich über mich lustig."

„O nein. Ich habe auf ein Kompliment gehofft. Aber du willst mir keines machen. Vermutlich bist du zu stur, um zuzugeben, dass meine Art besser war als deine Art. Aber das ist schon in Ordnung. Ich kann dich hier drinnen so lange einsperren, bis du es zugibst."

„Verdammt, Boyd, es ist nicht einfach für mich, mich zu erklären."

„Das brauchst du auch nicht." Jetzt schwang kein neckender Unterton in seiner Stimme mit. Der Ausdruck in seinen Augen machte sie wieder völlig schwach.

„Ich wollte dir sagen, dass ich nie ... dass mich nie jemand dazu gebracht hat ..." Sie gab auf. „Es war großartig."

„Ja." Er legte eine Hand an ihren Hinterkopf und zog ihren Mund zu sich heran. „Und jetzt machen wir es atemberaubend", sagte er zärtlich.

8. KAPITEL

Cilla schlang ihre Arme um ihren Körper, um die Kälte abzuwehren, und starrte auf die Nadelbäume und die Felsen hinaus. Boyd hatte wieder einmal recht gehabt. Der Ausblick war unglaublich.

Von diesem Standpunkt aus konnte sie die zerklüfteten schneebedeckten Gipfel der umliegenden Berge sehen. Näher, aber noch immer fern, entdeckte sie feinen Rauch aus einem Kamin. Tannen, stämmige Veteranen des Winters, ragten hoch. Ihre Nadeln raschelten in dem aufkommenden Wind. Das scharfe Plätschern eines eisigen Baches war zu hören. Cilla erhaschte Blicke auf das Wasser, ein bloßes Glitzern in dem verblassenden Sonnenschein.

Die Schatten waren lang. Die Luft war klar und der späte Nachmittag warf ein kühles blaues Licht auf den Schnee. Kurz zuvor hatte sie ein Reh gesehen, wie es mit der Schnauze im Schnee nach dem Gras darunter grub. Jetzt war sie allein.

Sie hatte vergessen, wie es war, sich so friedlich zu fühlen. Sie fragte sich sogar, ob sie das je gewusst hatte. Sicher nicht mehr seit ihrer frühesten Kindheit, in der sie noch an Märchen und Happy Ends geglaubt hatte. Wenn eine Frau fast dreißig war, musste es zu spät sein, um wieder daran zu glauben.

Und dennoch bezweifelte sie, dass die Dinge je wieder so sein würden wie früher.

Boyd hatte sein Versprechen gehalten. Er hatte sie an Orte gebracht, von denen sie nie geträumt hatte. In einer köstlich langen Nacht hatte er ihr gezeigt, dass Liebe sowohl Akzeptieren wie Anbieten, Nehmen genauso wie Geben bedeutete. Sie hatte mehr kennengelernt als die Kraft der körperlichen Liebe in Boyds Bett. Sie hatte die Kraft der Intimität kennengelernt. Den Trost und die Schönheit der Intimität. Zum ersten Mal seit Jahren hatte sie tief und traumlos geschlafen.

Sie hatte sich nicht verlegen oder unbehaglich gefühlt, als sie mit ihm an diesem Morgen erwacht war. Sie war ganz ruhig gewesen. Wundervoll ruhig. Es war fast unmöglich zu glauben, dass es eine andere Welt außerhalb dieses Hauses gab. Eine Welt voll Schmerz und Gefahr und Angst.

Doch es gab sie. Und es war eine Welt, der Cilla sich nur zu bald wieder stellen musste. Sie konnte sich nicht hier verstecken – nicht vor einem Mann, der sie töten wollte, nicht vor ihren eigenen schlimmen Erinnerungen. Aber hatte sie kein Recht auf etwas mehr Zeit, in der sie so tun konnte, als würde nichts anderes eine Rolle spielen?

Es war nicht richtig.

Mit einem Seufzer hob sie ihr Gesicht den letzten Sonnenstrahlen entgegen. Ganz gleich, was sie fühlte – oder vielleicht, weil sie jetzt endlich so tief empfand –, sie musste ehrlich mit sich selbst sein, und auch ehrlich mit Boyd. Das, was so wunderbar zwischen ihnen begonnen hatte, durfte sie nicht weitergehen lassen. Ich kann es nicht, dachte sie und presste fest ihre Augen zu. Es sollte besser sein, ihr Herz würde jetzt etwas brechen, als dass es später zermalmt wurde.

Er ist ein guter Mann, dachte sie. Ein ehrlicher Mann, ein fürsorglicher. Er ist geduldig, intelligent und hingebungsvoll. Und ein Cop.

Sie schauderte und hielt sich straffer.

Er hatte eine Narbe gleich unterhalb seiner rechten Schulter. Vorne und hinten. Von einer Kugel – Berufsrisiko der Polizei. Sie hatte nicht gefragt, wollte auch nicht fragen, wie er dazu gekommen war, wann es passiert war oder wie nahe er dem Tod gekommen war.

Doch sie konnte sich auch nicht vor der Tatsache verkriechen, dass ihre eigenen Narben genauso real waren wie seine.

Sie konnte sich beiden einfach nicht vortäuschen, dass es für sie eine Zukunft gab. Sie hätte nie zulassen sollen, dass es überhaupt so weit kam. Aber das war nun geschehen. Sie waren ein Liebespaar. Und obwohl sie wusste, dass es ein Fehler war, würde sie doch immer für die Zeit mit ihm dankbar sein.

Das Vernünftigste, was man machen konnte, wäre, die Beschränkungen ihrer Beziehung zu diskutieren. Keine Bindungen, keine Verpflichtungen. Höchstwahrscheinlich würde er dieses praktische Denken schätzen. Wenn ihre Gefühle zu schnell und zu stark gewachsen waren, musste sie ihnen eben Zügel anlegen.

Sie musste sich ganz einfach davon überzeugen, dass sie nicht verliebt war.

So fand Boyd sie vor, wie sie sich über das Geländer neigte, als wollte sie über die Tannen und die schneebedeckten Berge wegfliegen.

Ihre Nervosität kehrt zurück, stellte er mit einiger Frustration fest. Er sah sofort, dass ihr Körper wieder die Haltung eines Fliehenden eingenommen hatte. Ob sie wusste, wie entspannt sie gewesen war, als sie sich an diesem Morgen an ihn geschmiegt und sich langsam umgedreht hatte, damit sie einander langsam und träge lieben konnten?

Als er jetzt ihr Haar berührte, zuckte sie zusammen, ehe sie sich gegen seine Hand lehnte.

„Mir gefällt dein Haus, Schlaukopf."

„Freut mich." Er hatte vor, mit ihr hierher zurückzukommen – Jahr um Jahr.

Ihre Finger tanzten über das Geländer, wühlten dann in ihren Taschen. „Ich habe dich noch gar nicht gefragt, ob du es gekauft oder hast bauen lassen."

„Ich habe es bauen lassen. Ein paar Nägel habe ich sogar selbst eingeschlagen."

„Ein Mann mit vielen Talenten. Es ist fast ein Jammer, so ein Haus nur für Wochenenden zu haben."

„Gelegentlich verschwinde ich für länger hierher. Und meine Eltern benutzen es hie und da."

„Ach, leben sie in Denver?"

„Colorado Springs." Er begann, die sich verspannenden Muskeln in ihren Schultern zu massieren. „Aber sie reisen viel. Kein Sitzfleisch."

„Ich nehme an, dein Vater war enttäuscht, als du nicht die Familiengeschäfte übernommen hast."

„Nein. Meine Schwester führt die Familientradition fort."

„Ich wusste nicht, dass du eine Schwester hast."

„Es gibt eine Menge Dinge, von denen du nichts weißt." Er küsste sie sanft auf ihre Lippen, als sie zu schmollen begannen. „Meine Schwester ist eine toughe, energiegeladene Frau, die geborene Geschäftsfrau. Und verteufelt besser, als ich je gewesen wäre."

„Aber ist es ihnen denn nicht unangenehm, dass du ein Cop bist?"

„Ich glaube nicht, dass das ihre alltäglich Sorge ist. Dir wird kalt", sagte er. „Komm rein zum Feuer."

Sie ging mit ihm zusammen über die Hintertreppe in die Küche. „Mmm ... Was riecht da?"

„Ich habe ein Chili zusammengekocht." Er ging zu der Kochinsel in der Mitte, über der Kupferkessel von der Decke hingen, hob den Deckel von einer Pfanne und roch. „Sei in einer Stunde bereit."

„Ich hätte dir geholfen."

„Das geht schon in Ordnung." Er wählte einen Bordeaux aus dem Weinregal. „Du kannst das nächste Mal kochen."

Sie machte einen schwachen Versuch zu lächeln. „Dann hat dir also mein Erdnussbutter-Gelee-Spezial-Sandwich geschmeckt."

„Genau, wie Mom sie gemacht hat."

Sie bezweifelte, dass seine Mutter in ihrem Leben jemals ein Sandwich gemacht hatte. Leute mit so viel Geld hatten auch das ganze Haus voll mit Angestellten. Während sie dastand und sich albern vorkam, stellte er den Wein auf die Theke zum Atmen.

„Willst du nicht deinen Mantel ausziehen?"

„Oh ... natürlich." Sie streifte ihn ab und hängte ihn auf den Haken an der Tür. „Soll ich irgendetwas tun?"

„Ja. Entspannen."

„Ich bin entspannt."

„Du warst es." Er nahm zwei Gläser aus dem Schrank und untersuchte sie. „Ich weiß nicht, weshalb du dich wieder verkrampfst, Cilla, aber diesmal werden wir es durchsprechen. Setz dich ans Feuer. Ich bringe den Wein."

Wenn er schon nach wenigen Wochen so genau in ihren Gedanken las, dachte Cilla, während sie in den Wohnraum ging, wie würde das erst in einem Jahr sein? Sie ließ sich auf ein Kissen nahe dem Feuer sinken. Sie wollte nicht ein Jahr weiter denken. Nicht einmal einen Monat.

Als er hereinkam, zeigte sie ihm ein viel strahlenderes Lächeln und griff nach dem Wein. „Danke. Es ist gut, dass ich nicht hierhergekommen war, bevor ich mich auf Haussuche machte. Ich hätte mich nie mit einem Haus ohne Kamin zufriedengegeben."

Schweigend setzte er sich neben sie. „Sieh mich an", sagte er nach einer Weile. „Machst du dir Sorgen, weil du zurück an die Arbeit musst?"

„Nein." Sie seufzte. „Ein wenig. Ich vertraue dir und Thea, und ich weiß, ihr tut, was ihr könnt, aber ich habe Angst."

„Vertraust du mir?"

„Das sagte ich doch." Sie blickte ihm jedoch nicht in die Augen.

Er berührte ihre Wange mit einer Fingerspitze, bis sie ihn wieder ansah. „Nicht nur als Cop?"

Sie zuckte zusammen und blickte wieder weg. „Nein, nicht nur als Cop."

„Und das ist der springende Punkt", überlegte er. „Der Umstand, dass ich ein Cop bin."

„Das hat nichts mit mir zu tun."

„Wir wissen es beide besser."

„Es gefällt mir nicht", erwiderte sie ruhig. „Ich erwarte nicht von dir, dass du es verstehst."

„Ich glaube schon, dass ich es verstehe." Er lehnte sich gegen einen Sessel zurück und beobachtete sie, wie sie an ihrem Wein nippte. „Ich habe ein paar Erkundigungen eingezogen, Cilla – das war nötig für die Untersuchung. Ich will aber nicht so tun, als wäre das der einzige Grund gewesen, weshalb ich mich erkundigt habe."

„Wie meinst du das?"

„Ich habe mir deinen Background angesehen, weil ich dich beschützen muss. Und ich muss alles von dir genau verstehen. Deine Mutter war ein Cop. Es war nicht schwer herauszufinden, was geschehen ist."

Sie umklammerte ihr Glas mit beiden Händen und starrte in die Flammen. Nach all diesen Jahren war der Schmerz noch genauso schrecklich. „Du hast also ein paar Tasten an deinem Computer gedrückt und herausgefunden, dass meine Mutter getötet wurde. In Ausübung ihrer Pflicht. So nennt man das. Pflichtausübung", wiederholte sie mit dumpfer Stimme. „Als wäre es Teil einer Jobbeschreibung."

„Das ist es", sagte er ruhig.

Angst flackerte in ihren Augen, als sie ihn ansah und rasch wieder wegblickte. Ja. Richtig. Es gehörte eben zu ihrem Job, dass sie an diesem Tag erschossen wurde. „Nur wirklich ein Pech mit meinem Vater. Er war zufällig am falschen Ort zur falschen Zeit. Der übliche unschuldige Unbeteiligte."

„Cilla, nichts ist schwarz oder weiß. Und nichts ist so einfach."

„Einfach?" Sie lachte auf und schob ihre Haare aus dem Gesicht. „Nein, das richtige Wort ist ironisch. Cop und öffentlicher Pflichtverteidiger, die zufällig miteinander verheiratet sind, streiten über einen Fall. Sie waren nie einer Meinung. Ich kann mich nicht erinnern, dass sie auch nur ein einziges Mal irgendeine Sache aus demselben Blickwinkel gesehen haben. Als das passierte, sprachen sie von Trennung – wieder einmal. Nur auf Probe, sagten sie." Mit einem nachdenklichen Stirnrunzeln betrachtete sie ihr Glas. „Ich habe keinen Wein mehr."

Wortlos schenkte Boyd nach.

„Du hast also den offiziellen Bericht gelesen." Sie ließ den Wein im Glas kreisen, trank. „Sie haben diesen kleinen Dreckskerl zum Verhör gebracht. Dreifacher Verlierer – bewaffneter Raubüberfall, tätlicher Angriff, Drogen. Er wollte seinen Anwalt dabeihaben, während ihn ein Cop verhörte. Er redete davon, dass er einen Handel machen wollte. Er wusste, dass es keinen Handel geben würde. Sie hatten ihn eiskalt festgenagelt, und diesmal musste es hart für ihn werden. Er gab zwei Menschen dafür die Schuld, seinem Anwalt und dem Cop, der ihn geschnappt hatte."

Es war schmerzlich, noch immer so schmerzlich, sich zu erinnern und sich ein Ereignis auszumalen, das sie selbst nicht gesehen und das ihr Leben so drastisch verändert hatte.

„Sie haben den Kerl geschnappt, der ihm die Waffe hereingeschmuggelt hat", sagte sie leise. „Er sitzt noch immer." Sie besänftigte ihre Kehle mit einem Schluck. „Da saßen sie einander also am Tisch gegenüber – gerade so, als wären sie in unserer Küche – und stritten über Recht und Gesetz. Der Hurensohn zog diese eingeschmuggelte 22er und erschoss alle beide." Sie starrte in ihr Glas. „Eine Menge Leute haben wegen dieses Vorfalls ihren Job verloren. Meine Eltern haben ihr Leben verloren."

„Ich werde dir nicht erzählen, dass Cops nicht durch einen Fehler oder unnötig oder sogar sinnlos sterben."

Als sie ihn ansah, waren ihre Augen beredt. „Gut. Und ich will nicht diesen Mist hören, wie stolz wir sein sollten auf unsere tüchtigen Jungs in Blau. Verdammt, sie war meine Mutter."

Er hatte nicht nur einfach die Berichte gelesen, sondern er hatte sich hineingekniet. Die Zeitungen hatten es ein Unglück und eine Tragödie genannt. Die Untersuchung hatte länger als sechs Monate gedauert, und hinterher waren acht hohe Beamte zurückgetreten oder waren ersetzt worden.

Doch abgesehen von allen Tatsachen erinnerte er sich an ein Aktenfoto. Cilla, das Gesicht starr vor Gram, vor den beiden Gräbern, Deborahs Hand umklammernd.

„Es war schrecklich, sie so zu verlieren“, sagte er.

Sie schüttelte den Kopf. „Ja, aber in fast jeder Hinsicht hatte ich meine Mutter schon an dem Tag verloren, an dem sie zur Polizei ging.“

„Sie hatte eine eindrucksvolle Akte“, erwiderte Boyd vorsichtig. „Damals war es für eine Frau nicht leicht. Und es ist immer schwer für die Familie eines Cops.“

„Woher weißt du das denn?“, fragte sie. „Du bist nicht derjenige, der daheim sitzt und schwitzt. Von dem Tag an, an dem ich alt genug war, um zu begreifen, wartete ich darauf, dass ihr Captain zu unserer Tür kam und uns sagte, sie wäre tot.“

„Cilla, du kannst nicht dein Leben damit verbringen, dass du auf das Schlimmste wartest.“

„Ich habe mein Leben damit verbracht, auf meine Mutter zu warten. Der Job kam immer an erster Stelle – er kam vor Dad, vor mir, vor Deb. Sie war nie da, wenn ich sie brauchte.“ Sie riss ihre Hand zurück, bevor er sie ergreifen konnte. „Ich legte keinen Wert darauf, dass sie Plätzchen backte oder meine Socken faltete. Ich wollte sie nur dahaben, wenn ich sie brauchte. Aber ihre Familie war nie so wichtig wie die Öffentlichkeit, der zu dienen und die zu schützen sie geschworen hatte.“

„Vielleicht war sie zu sehr auf ihre Karriere konzentriert“, setzte er an.

„Vergleich mich bloß nicht mit ihr.“

Er hob die Augenbrauen. „Das wollte ich nicht.“ Jetzt ergriff er ihre Hand trotz ihres Widerstandes. „Klingt so, als würdest du dich vergleichen.“

„Ich musste mich konzentrieren. Sie hatte Menschen, die sie liebten, die sie brauchten, aber sie hat sich nie die Zeit genommen, das zu bemerken. Cops haben keine geregelte Arbeitszeit, sagte sie immer. Cops haben kein geregeltes Leben.“

„Ich habe deine Mutter nicht gekannt, und ich kann nichts zu der Wahl sagen, die sie getroffen hat, aber meinst du nicht, es wäre an der Zeit, diese Sache endlich ruhen zu lassen und mit deinem eigenen Leben weiterzumachen?“

„Das habe ich. Ich habe getan, was ich tun musste. Ich habe getan, was ich tun wollte."

„Und du hast wegen meines Jobs Todesangst vor den Gefühlen, die du für mich empfindest."

„Es ist nicht nur der Job", sagte sie verzweifelt. „Wir beide wissen, dass es nicht nur der Job ist."

„Okay." Er nickte. „Es geht darum, was ich tue und was ich bin. Wir werden einen Weg finden müssen, um damit fertigzuwerden."

„Es ist dein Leben", sagte sie vorsichtig. „Ich bitte dich nicht, irgendetwas zu ändern. Ich wollte mich mit dir auf keine so enge Beziehung einlassen, aber ich bereue es nicht."

„Danke", murmelte er und leerte sein Glas.

„Ich will damit sagen, wenn wir vernünftig sind, können wir es unkompliziert halten."

Er stellte sein Glas weg. „Nein."

„Nein was?"

„Nein, ich will nicht vernünftig sein, und es ist bereits kompliziert." Er warf ihr einen langen Blick zu, der nahe an grimmig herankam. „Ich bin in dich verliebt."

Er sah den Schock, der in ihren Augen, einen Moment bevor sie zurückprallte, aufblitzte. Die Farbe wich aus ihrem Gesicht.

„Wie ich sehe, begeistert dich das unglaublich", murmelte er, stand auf, legte ein Scheit auf die Glut und fluchte, während er den fliegenden Funken zusah.

Cilla hielt es für das Beste, sich nicht zu rühren. „Liebe ist ein sehr großes Wort, Boyd. Wir kennen uns erst seit ein paar Wochen, und es sind keine idealen Umstände. Ich denke ..."

„Ich bin dein Denken verdammt leid." Er drehte sich zu ihr um. „Sag mir doch, was du fühlst."

„Ich weiß es nicht." Das war eine Lüge, und sie wusste, dass sie sich dafür hassen würde. Sie hatte Angst. Und sie war begeistert. Sie war erfüllt von Bedauern und wurde von Sehnsucht geschüttelt. „Boyd, alles ist viel zu schnell passiert. Es ist, als hätte ich überhaupt keine Kontrolle gehabt, und das bereitet mir Unbehagen. Ich wollte keine Beziehung mit dir, aber ich habe eine. Ich wollte nicht, dass du mir etwas bedeutest, aber du tust es."

„Na, wenigstens das habe ich endlich aus dir herausgequetscht."

„Ich schlafe mit einem Mann nicht einfach, nur weil ich bei ihm ein Prickeln verspüre."

„Es wird immer besser." Er hob lächelnd ihre Hand an und küsste ihre Finger. „Du prickelst bei mir, und ich bedeute dir etwas. Heirate mich."

Sie versuchte, ihre Hand loszureißen. „Das ist nicht der richtige Zeitpunkt für Scherze."

„Ich scherze nicht." Plötzlich waren seine Augen sehr eindringlich. „Ich bitte dich, mich zu heiraten."

Sie hörte, wie ein Scheit sich im Kamin bewegte. Sie sah das Flackern einer neuen Flamme, die Licht und Schatten auf sein Gesicht warf. Seine Hand lag warm und fest auf der ihren, hielt, wartete. Ihr Atem schien irgendwo unter ihrem Herzen blockiert zu sein. Ihr schwindelte von der Anstrengung des Luftholens.

„Boyd ..."

„Ich liebe dich, Cilla." Langsam, die Augen ständig auf sie gerichtet, zog er sie näher. „Alles an dir." Sanft und überredend strichen seine Lippen über die ihren. „Ich möchte nur fünfzig oder sechzig Jahre haben, um es dir zu zeigen." Sein Mund wanderte über ihren Hals, als er sie auf den Kaminvorleger senkte. „Ist das zu viel verlangt?"

„Nein ... Ja." Um ihren klaren Verstand kämpfend, presste sie eine Hand gegen seine Brust. „Boyd, ich werde überhaupt niemanden heiraten."

„Sicher wirst du das." Er knabberte leicht an ihren Lippen, während er begann, sie mit seinen Händen zu streicheln – besänftigend und erregend zur gleichen Zeit. „Du musst dich bloß an die Tatsache gewöhnen, dass ich es bin." Er vertiefte den Kuss und setzte ihn fort, bis ihre Hand den Widerstand aufgab und auf seinen Rücken glitt. „Ich bin bereit, dir Zeit zu lassen." Seine Lippen lächelten, als sie an ihnen ihren Protest murmelte. „Einen oder zwei Tage. Vielleicht eine Woche."

Sie schüttelte den Kopf. „Ich habe bereits einen Fehler begangen. Ich werde ihn nie wiederholen."

Er umfasste ihr Kinn so rasch, dass sie die Augen aufriss. In seinen Augen flackerte ein für ihn seltener heißer Zorn, der dadurch umso gefährlicher wirkte.

„Vergleiche mich bloß niemals mit ihm."

Sie setzte zum Sprechen an, doch seine Finger spannten sich einmal kurz an und brachten sie zum Schweigen.

„Vergleiche bloß nie meine Gefühle für dich mit irgendetwas, was ein anderer jemals gefühlt hat."

„Ich habe dich nicht verglichen." Ihr Herz hämmerte in ihrer Brust. „Es geht um mich. Es war mein Fehler, ganz allein meiner. Und ich werde nie wieder so einen Fehler begehen."

„Dazu gehören immer zwei, verdammt." Wütend stemmte er sich über ihr hoch und ergriff dann ihre Hände. „Wenn du es so spielen willst, gut. Stell dir eine Frage, Cilla. Hat schon mal ein anderer solche Gefühle bei dir ausgelöst?"

Sein Mund presste sich auf ihre Lippen und eroberte sie in einem heißen, rauen, hektischen Kuss, bei dem sie sich ihm entgegenbog. Aus Protest? Aus Lust? Sie konnte es nicht sagen. Unzählige unerklärliche Empfindungen schwirrten in ihr herum wie Tausende funkelnder Sterne – Hitze und Licht. Bevor sie Atem holen konnte, wurde sie in den Wirbelsturm geschleudert.

Nein! Ihre Gedanken schrien es. Niemand! Niemals! Nur er hatte je einen so heftigen Hunger und ein so verzweifeltes Verlangen ausgelöst. Selbst während ihr Körper sich gegen ihn presste, kämpfte sie darum, sich daran zu erinnern, dass Verlangen allein nicht genügte.

Von Zorn und Frustration getrieben, presste er seinen Mund auf ihre Lippen, wieder und immer wieder. Wenn auch nur für den Moment, so konnte er ihr doch beweisen, dass es einmalig war, was sie gemeinsam hatten. Sie würde an keinen anderen denken, sich an nichts erinnern. Nur an ihn.

Ihre Reaktion erfüllte ihn, so vollständig, so richtig. Der kleine hilflose Laut, der aus ihrer Kehle schnurrte, ließ ihn erschauern. Sie beide verbrannten und verzehrten sich wie die Flammen, die neben ihnen flackerten. Die sanfte Liebe, mit der sie sich in der letzten Nacht vereinigt hatten, war von einem wilden und drängenden Hunger ersetzt worden, der keinen Platz mehr für zärtliche Worte und Liebkosungen ließ.

Cilla wollte beides nicht. Dies war ein neuer, ein frenetischer Ausbruch von Verlangen, der Tempo forderte und nach Kraft drängte.

Beeil dich! Sie entzog ihm ihre Hände, um an seinem Hemd zu zerren. Berühre mich! Zweifaches Stöhnen vermischte sich, als Haut auf Haut traf. Mehr! Mit neuer Aggression rollte sie sich auf ihn, um mit ihrem Mund eine hektische Reise über seinen Körper anzutreten. Und noch immer war es nicht genug,

Sein Atem ging stoßweise, während er ihr die Kleider vom Leib zog, ohne darauf zu achten, was er zerriss. Ein einziges treibendes Verlangen beherrschte ihn – zu besitzen. Hände packten zu. Finger drückten. Lippen verzehrten.

Rasch und prickelnd bewegte sie sich auf ihm. Ihr zartes Gesicht schimmerte im Feuerschein wie zerbrechliches Porzellan. Ihr Körper bog sich, großartig in seiner neuen Kraft, gespannt von Leidenschaft überzogen, schaudernd, gestärkt.

Für einen herrlichen Moment richtete sie sich über ihm auf, hob ihre Hände an ihr Haar, warf den Kopf zurück, verlor sich selbst. Ihr Körper erschauerte einmal, zweimal, als Explosionen sie erschütterten. Noch während sie nach Luft rang, packte er sie an den Hüften und senkte sich in sie.

Er erfüllte sie. Nicht nur körperlich. Sogar trotz der betäubenden Lust begriff sie das. Er, und nur er hatte den Schlüssel gefunden, der jeden Teil von ihr öffnete. Er, und nur er, hatte den Weg in ihr Herz gefunden, in ihren Geist. Und irgendwie hatte sie, ohne es zu versuchen, den Weg in sein Herz und in seine Seele gefunden.

Sie wollte ihn nicht lieben. Sie tastete nach seinen Händen und hielt sie fest. Sie wollte ihn nicht brauchen. Sie öffnete die Augen und blickte auf ihn hinunter. Seine Augen waren dunkel und direkt auf sie gerichtet. Sie wusste, dass er jeden ihrer Gedanken verstand, obwohl sie nichts sagte. Mit einem Seufzer, der genauso von ihrer Verzweiflung wie von ihrem Glück herrührte, beugte sie sich herunter und presste ihren Mund auf den seinen.

Er konnte sowohl das Verlangen als auch die Ängste schmecken. Er wollte das Erstere auskosten und das Letztere vertreiben. Tief in ihr verbleibend, richtete er sich so weit auf, dass er seine Arme um sie schlingen konnte. Er beobachtete, wie ihre Augen sich, vor Verlangen betäubt und vor Leidenschaft glasig, weiteten. Ihre Finger gruben sich in seinen Rücken. Ihr Aufschrei der Erleichterung erstickte an seinem Mund, Sekunden bevor er sich selbst gehen ließ.

In einen großen, abgetragenen Morgenmantel gehüllt, die Füße in dicken Wollsocken, so kostete Cilla das Chili. Es gefiel ihr, in dem warmen, goldenen Licht in der Küche zu sitzen, die Schneedecke vor den Fenstern zu sehen, das leise Stöhnen des Windes in den Tannen zu hören. Was sie überraschte und worüber sie lieber nicht genauer nachdenken wollte, war das Bedauern darüber, dass das Wochenende fast vorüber war.

„Nun?"

Bei Boyds Frage blickte sie wieder von dem Fenster weg. Er saß ihr gegenüber, sein Haar noch immer von ihren Händen zerzaust. Wie sie trug er nur einen Morgenmantel und Socken. Obwohl es keinen Sinn ergab, fand Cilla das Mahl genauso intim wie ihre Liebe vor dem Kamin.

Unbehaglich brach sie ein Stück von dem heißen, knusprigen Brot auf ihrem Teller ab. Sie fürchtete, er könnte das Thema Heirat wieder zur Sprache bringen.

„Nun was?"

„Wie ist das Chili?"

„Das … oh." Sie nahm noch einen Löffel und war sich nicht sicher, ob sie erleichtert oder enttäuscht war. „Großartig. Und überraschend." Wieder nervös, griff sie nach ihrem Wein. „Ich hätte gedacht, jemand in deiner Position hätte eine Köchin und könnte nicht einmal ein Ei kochen."

„In meiner Position?"

„Ich meine, wenn ich mir eine Köchin leisten könnte, würde ich mich nicht mit Sandwiches herumplagen."

Es amüsierte ihn, dass ihr sein Geld Unbehagen verursachte. „Nach unserer Hochzeit können wir eine Köchin einstellen, wenn du willst."

„Ich werde dich nicht heiraten", sagte sie.

Er grinste. „Wollen wir wetten?"

„Das ist kein Spiel."

„Sicher ist es eines. Das größte in der Stadt."

Sie gab einen gedämpften, frustrierten Laut von sich, griff wieder nach ihrem Löffel und begann, damit gegen das Holz zu klopfen. „Das ist eine so typisch männliche Haltung. Alles ist ein Spiel. Du Tarzan, ich blöde." Sein Lachen machte sie nur noch wütender.

„Wieso glauben Männer eigentlich, Frauen könnten ihnen nicht widerstehen – beim Sex, bei Kameradschaft, bei den alltäglichen Dingen? Oh, Cilla, du brauchst mich. Oh, Cilla, ich will mich um dich kümmern. Ich will dir zeigen, worum es im Leben überhaupt geht."

Er überlegte einen Moment. „Ich kann mich nicht erinnern, irgendetwas davon gesagt zu haben. Soweit ich mich erinnere, sagte ich, dass ich dich liebe und heiraten will."

„Das ist das Gleiche."

„Nicht einmal annähernd." Er aß ungerührt weiter.

„Nun, ich will dich jedenfalls nicht heiraten, aber ich bin sicher, das wird keinen Unterschied machen. Das tut es nie."

Er schoss ihr einen kurzen und gefährlichen Blick zu. „Ich habe dich gewarnt, mich nicht mit ihm zu vergleichen. Und ich habe das ernst gemeint."

„Ich spreche nicht nur von Paul. Ich habe nicht einmal an Paul gedacht." Nachdem sie ihren Teller weggeschoben hatte, sprang sie auf, um eine Zigarette zu suchen. „Vor all dem hier habe ich jahrelang nicht an ihn gedacht." Sie stieß erregt den Rauch aus. „Und wenn ich dich mit anderen Männern vergleichen will, werde ich es tun."

Er füllte sein Weinglas nach, dann ihres. „Wie viele andere Männer haben dich gebeten, sie zu heiraten?"

„Dutzende." Das war eine Übertreibung, doch das war ihr völlig egal. „Aber irgendwie habe ich die Kraft gefunden, ihnen zu widerstehen."

„Du hast sie nicht geliebt", bemerkte er ruhig.

„Ich liebe dich auch nicht." In ihrer Stimme schwang ein verzweifelter Unterton mit, und sie hatte das schreckliche Gefühl, dass sie beide wussten, dass sie log.

Er wusste es, aber es tat trotzdem weh. Der Schmerz drückte dumpf auf seinen Magen. Boyd ignorierte ihn, aß sein Chili auf. „Du bist verrückt nach mir, O'Roarke. Du bist bloß zu dickköpfig, um es zuzugeben."

„Ich bin dickköpfig?" Einen Aufschrei unterdrückend, zerstieß sie ihre Zigarette. „Es erstaunt mich, dass ausgerechnet du den Nerv hast, mir das an den Kopf zu werfen. Du hast auf kein einziges einfaches Nein gehört, seit ich dich getroffen habe."

„Du hast recht." Sein Blick glitt über sie. „Und jetzt sieh nur, wohin es mich gebracht hat."

„Sei bloß nicht so verdammt selbstzufrieden. Ich werde dich nicht heiraten, weil ich nicht heiraten will, weil du ein Cop und weil du reich bist."

„Du wirst mich heiraten", sagte er, „weil wir beide wissen, dass du ohne mich schlecht dran wärst."

„Deine Arroganz ist unerträglich. Das ist genauso ärgerlich – und genauso kläglich – wie versponnenes Flehen."

„Ich bin lieber selbstzufrieden", entschied er.

„Weißt du, du bist nicht der erste Irre, den ich abschütteln muss." Sie schnappte sich ein Weinglas, bevor sie auf und ab zu laufen begann. „In meinem Beruf wird man gut in diesen Dingen." Sie wirbelte herum und deutete mit einem Finger auf ihn. „Du bist fast so schlimm wie dieses Kind, mit dem ich mich in Chicago herumschlagen musste. Bis heute hat er den ersten Preis in Arroganz gehalten. Aber nicht einmal er saß mit einem so dummen Grinsen auf seinem Gesicht da. Bei ihm gab es Blumen und Gedichte. Allerdings war er genau so ein Dickkopf. Ich wäre auch in ihn verliebt, aber ich würde es nicht zugeben. Ich würde ihn brauchen, er müsste für mich sorgen, mich schützen, mein Leben komplett machen." Sie beschrieb einen Kreis. „Man glaubt es nicht! Vor dir dachte ich, er könnte nicht mehr überboten werden. Er hat mich im Sender verfolgt", murmelte sie. „Er hat mich in meinem Apartment belästigt. Er hat mir sogar einen Verlobungsring geschickt."

„Er hat dir einen Ring gekauft?"

Sie schoss ihm einen warnenden Blick zu. „Komm bloß nicht auf Ideen, Schlaukopf!"

Boyd hielt seine Stimme sehr kühl, sehr ruhig. „Du hast gesagt, er hat dir einen Ring gekauft. Einen Diamanten?"

„Ich weiß es nicht." Sie fuhr sich mit den Fingern durch die Haare. „Ich habe ihn nicht schätzen lassen. Ich habe ihn zurückgeschickt."

„Wie hieß er?"

Sie winkte ab. „Ich weiß nicht, wie ich darauf gekommen bin. Was ich dir klarmachen möchte, ist …"

„Ich habe nach seinem Namen gefragt."

Er stand dabei auf. Cilla tat verwirrt einen Schritt rückwärts. Er war jetzt nicht nur einfach Boyd. Er war jetzt jeden Zentimeter ein Cop. „Ich ... Es war John irgendwie. McGill ... nein, McGillis, glaube ich. Hör mal, er war einfach lästig. Ich habe das jetzt nur zur Sprache gebracht, weil ...“

„Du hast nicht mit einem John McGillis in Chicago gearbeitet.“

„Nein.“ Verärgert über sich selbst, setzte sie sich wieder. „Wir kommen vom Thema ab, Boyd.“

„Ich sagte dir, du solltest mir von jedem erzählen, zu dem du eine Beziehung hattest.“

„Ich hatte keine Beziehung zu ihm. Er war bloß ein Kind. Hielt mich wohl für den großen Star. Er hörte sich die Sendung an und kam nicht mehr los. Ich machte den Fehler, nett zu ihm zu sein, und er hat es falsch verstanden. Bei Gelegenheit habe ich ihm dann den Kopf zurechtgerückt, und das war es.“

„Wie lange?“, fragte Boyd ruhig. „Wie lange hat er dich belästigt?“

Sie fühlte sich mit jeder Sekunde alberner. Sie konnte sich kaum noch an das Gesicht des Jungen erinnern. „Drei oder vier Monate vielleicht.“

„Drei oder vier Monate“, wiederholte er, nahm sie an den Armen und zog sie auf die Füße. „Er hat das drei oder vier Monate getrieben, und du hast es mir gegenüber nicht erwähnt?“

„Ich habe überhaupt nicht daran gedacht.“

Er konnte kaum der Versuchung widerstehen, sie ordentlich durchzuschütteln. „Ich will, dass du mir alles über ihn erzählst, woran du dich erinnerst. Alles, was er sagte, alles, was er tat.“

„Ich kann mich nicht erinnern.“

„Das solltest du aber.“ Er ließ sie los und trat zurück. „Setz dich.“

Sie gehorchte. Er hatte sie stärker aufgerüttelt, als er ahnte. Sie versuchte sich damit zu trösten, dass sie wenigstens nicht länger wegen einer Heirat stritten. Aber Boyd hatte sie an etwas erinnert, das sie sich für ein paar Stunden zu vergessen erlaubt hatte.

„Na schön. Er hat nachts auf dem Markt gearbeitet, und er hat sich meine Sendung angehört. In seiner Arbeitspause rief er dann an, und wir unterhielten uns jedes Mal ein wenig. Ich spielte die Titel, die er sich wünschte. Eines Tages hatte ich dann einen Auftritt außerhalb des Senders – ich erinnere mich nicht mehr, wo –, und er zeigte sich. Er wirkte wie ein netter Junge. Drei- oder vierundzwanzig, schätze ich. Hübsch. Er hatte ein hübsches, irgendwie harmloses Gesicht. Ich habe ihm ein Autogramm gegeben. Danach fing er an, mir in den Sender zu schreiben. Gedichte zu schicken. Einfach süßes, romantisches Zeug. Nichts Aufdringliches."

„Weiter."

„Boyd, wirklich ..."

„Weiter."

Es blieb ihr nichts anderes übrig, als einen Fluch zu murmeln. „Als ich erkannte, dass es bei ihm tiefer ging, zog ich mich zurück. Er hat mich zum Ausgehen eingeladen, und ich habe Nein gesagt." Verlegen stieß sie den Atem aus. „Zweimal wartete er am Ende meiner Schicht auf dem Parkplatz. Er hat mich nie berührt, und ich hatte keine Angst vor ihm. Er war so rührend, dass er mir leidtat, und das war noch ein Fehler. Er hat es falsch verstanden. Ich vermute, er ist mir nach der Sendung gefolgt, weil er dann anfing, vor meinem Apartment aufzutauchen. Er legte Blumen vor die Tür und schob Zettel unten durch. Kinderkram", versicherte sie.

„Hat er in der Zeit jemals versucht, in dein Haus einzudringen?"

„Er hat nie versucht, etwas zu erzwingen. Ich sagte dir doch, er war harmlos."

„Erzähl mir mehr."

Sie rieb sich über das Gesicht. „Er begann zu flehen. Er sagte, er würde mich lieben, er würde mich immer lieben, und wir wären füreinander bestimmt. Und er wüsste, ich würde ihn auch lieben. Es wurde schlimmer. Er begann zu weinen, wenn er anrief. Er sprach davon, er würde sich umbringen, falls ich ihn nicht heiratete. Ich bekam das Päckchen mit dem Ring und schickte es mit einem Brief zurück. Ich war grausam, aber ich fühlte, dass ich es sein musste. Ich hatte schon den Job hier in Denver angenommen. Nur ein paar Wochen nach der Sache mit dem Ring sind wir umgezogen."

„Hat er mit dir in Denver Verbindung aufgenommen?"

„Nein. Und er ist es auch nicht, der anruft. Ich würde seine Stimme erkennen. Außerdem hat er mich nie bedroht. Nie. Er war besessen, aber er war nicht gewalttätig."

„Ich werde das überprüfen." Er stand auf und streckte ihr die Hand entgegen. „Du schläfst jetzt besser. Wir fahren zeitig zurück."

Sie schlief nicht. Und er auch nicht. Sie lagen in der Dunkelheit, schweigend. Es gab einen anderen, der Nachtwache hielt.

Er zündete die Kerzen an. Neue Kerzen, die er erst an diesem Nachmittag gekauft hatte. Ihre Dochte waren weiß wie der Mond. Sie schwärzten sich und flammten auf, als er das Streichholz dagegenhielt. Er legte sich auf dem Bett zurück und presste das Bild gegen seine nackte Brust – gegen die Klingen der beiden eintätowierten Messer.

Obwohl es spät wurde, blieb er hellwach. Zorn heizte ihn auf. Zorn und Hass. Neben ihm summte das Radio, aber es war nicht Cillas Stimme, die er hörte.

Sie war fort. Er wusste, dass sie mit diesem Mann zusammen war, und bestimmt hatte sie sich diesem Mann hingegeben. Sie hatte kein Recht gehabt, fortzugehen. Sie gehörte John. John und ihm.

Sie war schön, genau wie John sie beschrieben hatte. Sie hatte trügerisch freundliche Augen. Aber er wusste es besser. Sie war grausam. Teuflisch. Und sie verdiente es zu sterben. Geradezu liebevoll tastete er nach dem Messer, das neben ihm lag.

Er konnte sie so töten, wie er es gelernt hatte. Schnell und sauber. Aber das brachte nur wenig Befriedigung, das wusste er. Er wollte, dass sie zuerst litt. Er wollte, dass sie flehte. Genau wie John gefleht hatte.

Wenn sie tot war, würde sie bei John sein. Sein Bruder würde endlich in Frieden ruhen. Und er auch.

9. KAPITEL

Die Heizung im Revier leistete Mehrarbeit, ebenso wie Boyd. Während der Wartungsdienst an dem schadhaften Brenner herumhämmerte, ging er Akten durch. Sein Jackett hatte er schon längst ausgezogen. Sein Schulterhalfter spannte sich über einem DENVER P.D.-T-Shirt, das schon zu viele Waschgänge gesehen hatte. Er hatte ein Fenster aufgemacht, und der steife Wind von draußen kämpfte gegen die Hitze, die noch immer durch die Ventile der Heizung strömte.

Zwei seiner laufenden Fälle waren fast abgeschlossen, und er hatte gerade einen Durchbruch in einer Erpressungssache erzielt, an der er und Althea seit Wochen arbeiteten. Er musste sich auf ein Erscheinen vor Gericht Ende der Woche vorbereiten, musste Berichte abheften und Anrufe erledigen, aber seine Aufmerksamkeit war auf O'Roarke, Priscilla A., gerichtet.

Den Schweiß ignorierend, der über seinen Rücken sickerte, las er die Akte über Jim Jackson, den Nachtmoderator von KHIP. Der Bericht interessierte und ärgerte ihn.

Cilla hatte nicht erwähnt, dass sie schon mal in Richmond mit Jackson zusammengearbeitet hatte. Auch nicht, dass Jackson wegen Trinkens während der Arbeit gefeuert worden war. Er hatte nicht nur sinnloses Gebrabbel gesendet, sondern war auch am Mikro eingenickt und hatte seinen Hörern das absolute Tabu des Radios geboten – tote Ätherwellen.

Er hatte seine Frau verloren, sein Heim und seinen fantastischen Posten als Morgen-Discjockey und Programmdirektor bei Richmonds Top-40-Station Nummer zwei.

Als es ihn erwischte, hatte Cilla seine Pflichten als Programmdirektor übernommen. Innerhalb von sechs Monaten war aus der Nummer-zwei-Station die Nummer eins geworden. Und Jackson war wegen Trunkenheit und Erregung öffentlichen Ärgernisses verhaftet worden.

Als Althea mit zwei beschlagenen Limonadedosen in der Hand das Besprechungszimmer betrat, warf Boyd die Jackson-Akte auf den Tisch. Wortlos reichte Althea Boyd die eine Dose, öffnete die zweite und warf einen Blick auf die Akte.

„Er ist sauber, abgesehen von ein paar Anzeigen wegen Trunkenheit und öffentlichen Ärgernisses“, bemerkte Althea.

„Rache steht bei dieser Art von Bedrohung ganz hoch oben auf der Liste. Könnte sein, dass er einen Groll gegen sie hegt, weil sie ihn in Richmond ersetzt und übertroffen hat.“ Boyd nahm einen Schluck von der rasch warm werdenden Limonade. „Er hat diesen Nachtjob in Denver erst seit drei Monaten. Der Manager des Senders in Richmond behauptet, Jackson wäre ziemlich ausgerastet, als sie ihn rauswarfen. Hat ein paar Drohungen ausgestoßen und beschuldigte Cilla, sie hätte seine Stellung untergraben. Dann muss man zu diesem Groll auch noch ein ernsthaftes Alkoholproblem dazurechnen.“

„Willst du ihn aufs Revier holen?“

„Ja, ich will ihn herholen.“

„Okay, warum machen wir dann nicht einen Doppelschlag?“

Sie griff nach der Akte von Nick Peters. „Der Junge wirkt harmlos – aber ich bin schon mit harmlos wirkenden Jungs ausgegangen und konnte kaum meine Haut retten. Er trifft sich überhaupt nicht mit Mädchen. Ich habe herausgefunden, dass Deborah ein paar Kurse mit ihm zusammen besucht hat. Während des Wochenendes hat sie erwähnt, dass er sie ständig um Informationen über Cilla angeht. Alles persönliche Sachen. Was für Blumen sie mag, was ihre Lieblingsfarbe ist, ob sie sich mit jemandem trifft.“

Sie zog aus ihrer Rocktasche eine Tüte Fruchtgummi. Sorgfältig und nach reiflicher Überlegung wählte sie ein gelbes Bonbon.

„Offenbar hat es ihn aufgeregt, als Deborah erzählte, Cilla wäre schon verheiratet gewesen. Deborah hat sich damals nichts dabei gedacht, hat es darauf geschoben, dass er ein wenig komisch ist. Aber jetzt, während des Wochenendes, hat sie es doch erwähnt. Sie ist ein nettes Mädchen. Wirklich klug. Und sie hängt völlig an Cilla.“ Althea zögerte. „Am Wochenende hat sie mir von ihren Eltern erzählt.“

„Das haben wir schon durchgesprochen.“

„Ich weiß, dass wir das getan haben.“ Althea griff nach einem Stift, drehte ihn zwischen ihren Fingern und legte ihn wieder weg. „Deborah scheint zu denken, dass du für ihre Schwester gut bist.“ Sie wartete, bis Boyd aufblickte. „Ich frage mich nur, ob ihre Schwester gut für dich ist.“

„Ich kann auf mich selbst aufpassen, Partner.“

„Du bist zu sehr in die Sache verstrickt, Boyd." Sie senkte ihre Stimme, obwohl man nichts bei dem Lärm vor der geschlossenen Tür hätte hören können. „Wüsste der Captain, dass du persönlich verwickelt bist, würde er dich sofort abziehen, und er hätte recht."

Boyd stieß seinen Stuhl zurück. Er betrachtete Altheas Gesicht, ein Gesicht, das er so gut wie sein eigenes kannte. Ärger kochte in ihm hoch, aber er kontrollierte sich. „Ich kann trotzdem meinen Job erledigen, Thea. Hätte ich daran irgendwelche Zweifel, würde ich mich selbst abziehen."

„Wirklich?"

Seine Augen zogen sich zusammen. „Ja, das würde ich. Die Sicherheit meines Schützlings hat absoluten Vorrang. Wenn du zum Captain gehen willst, ist das dein Recht. Aber ich werde mich um Cilla kümmern, so oder so."

„Du bist derjenige, der verletzt werden wird", murmelte sie. „So oder so."

„Mein Leben. Mein Problem."

Der Ärger, den sie zu unterdrücken gehofft hatte, brodelte an die Oberfläche. „Verdammt, Boyd, du bedeutest mir etwas. Es war eine Sache, als du von ihrer Stimme besessen warst. Ich habe es nicht mal als Problem angesehen, als du sie kennengelernt hast und ein paar Funken flogen. Aber jetzt redest du so ernsthaftes Zeug wie Heirat, und ich weiß, du meinst es so. Sie hat Probleme, Boyd. Sie ist ein Problem."

„Du und ich, wir haben den Auftrag, uns um ihre Probleme zu kümmern. Was den Rest angeht, so ist das meine Sache, Thea. Spar dir also deinen Rat."

„Fein." Gereizt schlug sie eine andere Akte auf. „Bob Williams – der ‚Wilde Bob' – ist blitzsauber. Ich habe keine einzige Verbindung zu Cilla gefunden, abgesehen vom Sender. Er führt eine gute Ehe, geht zur Kirche und hat in den letzten zwei Wochen seine Frau zu den Schwangerschaftskursen begleitet."

„Über die Morgenmoderatoren gibt es nichts." Boyd nahm noch einen Schluck Limonade und wünschte, es wäre eiskaltes Bier.

„KHIP ist eine einzige große, glückliche Familie."

„So sieht es aus", murmelte er. „Harrison wirkt solide, aber ich überprüfe ihn noch. Er ist derjenige, der sie eingestellt hat, und er hat sie regelrecht verfolgt und hat ihr eine ordentliche Gehaltserhöhung und ein paar hübsche Extras angeboten, um sie nach Denver und zu KHIP zu locken."

Althea wählte sorgfältig einen Fruchtgummi. „Was ist mit diesem McGillis?"

„Ich erwarte einen Anruf aus Chicago." Er öffnete eine andere Akte. „Da ist dieser Wartungsmonteur. Billy Lomus. Kriegsveteran – ‚Purple Heart' und ein ‚Silver Star' in Vietnam als Auszeichnungen für Tapferkeit. Scheint ein Einzelgänger zu sein. Bleibt nie länger als ein Jahr an einem Ort. Vor zwei Jahren hielt er es eine Zeit lang in Chicago aus. Keine Familie. Keine nahen Freunde. Hat sich vor etwa vier Monaten in Denver niedergelassen. Pflegeheime als Kind."

Althea blickte nicht auf. „Hart."

„Ja." Boyd betrachtete ihren gesenkten Kopf. Nur wenige wussten, dass Althea Grayson als Kind von Pflegeheim zu Pflegeheim geschoben worden war. „Sieht nicht so aus, als hätten wir innerhalb des Senders viel Glück."

„Nein. Vielleicht halten wir uns lieber an McGillis." Sie blickte auf, das Gesicht ruhig, die Stimme gleichmäßig. Nur wer sie gut kannte, hätte gesehen, dass sie noch immer wütend war. „Willst du mit Jackson oder Peters anfangen?"

„Jackson."

„Okay. Versuchen wir es zuerst auf die einfache Tour. Ich rufe an und bitte ihn herzukommen."

„Danke, Thea", fügte er hinzu, bevor sie aufstehen konnte, „es muss dich erwischt haben, bevor du es verstehen kannst. Ich kann meine Gefühle nicht abschalten, und ich kann mich nicht von meiner Aufgabe zurückziehen, für die ich ausgebildet bin."

Sie seufzte nur. „Gib bloß auf dich acht, Partner."

Das hatte er vor. Und während er auf sich achtgab, wollte er auch über Cilla wachen. Sie wird sich nicht darüber freuen, dachte Boyd, während er die Akten studierte. Von dem Moment an, in dem er ihr gesagt hatte, dass er sie liebte, hatte sie versucht, sich zurückzuziehen.

Aber sie hatte keine Angst vor ihm, überlegte er. Sie hatte Angst vor sich selbst. Je tiefer ihre Gefühle für ihn gingen, desto mehr Angst hatte sie, sie sich einzugestehen. Seltsam, aber er hätte nicht gedacht, dass er die Worte hören musste. Dennoch war es so. Mehr als alles andere brauchte er es, dass sie ihn ansah und ihm sagte, dass sie ihn liebte.

Ein Lächeln, eine Berührung, ein Stöhnen in der Nacht – das war nicht genug. Nicht bei Cilla. Er brauchte das Band, das Versprechen, die Verbindung durch Worte. Drei Worte, dachte er. Ein einfacher Satz, der leicht gesagt wurde, oftmals zu leicht – und das Leben von Menschen verändern konnte.

Cilla würden diese Worte nicht leicht fallen. Falls sie aber einmal diesen Satz durch die Barriere ihrer Selbstzweifel und ihrer Selbstverteidigung hindurchpressen konnte, würde sie ihn von ganzem Herzen meinen. Und das war alles, was Boyd brauchte. Und er würde nie zulassen, dass sie diese Worte zurücknahm.

Im Moment musste er seine eigenen Wünsche und Sehnsüchte zurückstellen und Cop sein. Um ihre Sicherheit zu garantieren, musste er das sein, was sie am meisten fürchtete. Um ihretwillen konnte er es sich nicht leisten, zu eingehend darüber nachzudenken, welche Richtung ihrer beider Leben einschlagen würde, sobald er einmal die Akten schloss.

„Boyd?“ Althea steckte den Kopf zur Tür herein. „Jackson ist unterwegs hierher.“

„Gut. Wir sollten Peters erwischen können, bevor er sich im Sender meldet. Ich möchte …“ Er unterbrach sich, als das Telefon neben ihm klingelte. „Fletcher.“ Er winkte Althea zurück. „Ja. Ich bin Ihnen dankbar, dass Sie das für mich überprüft haben.“ Er deckte das Telefon einen Moment mit seiner Hand ab. „Chicago Police District. Ja, richtig“, sagte er in den Hörer. „John McGillis.“ Er griff nach einem Stift und machte sich Notizen auf einem Block. Mitten im Wort stockten seine Finger. „Wann?“ Er fluchte leise und hart. „Irgendwelche Angehörige? Hat er einen Abschiedsbrief hinterlassen? Könnten Sie ihn faxen? Ja, richtig.“ Auf den Block schrieb er in Großbuchstaben: SELBSTMORD.

Schweigend setzte Althea sich auf die Tischkante.

„Alles, was Sie mir besorgen können. Sie sind sicher, dass er keinen Bruder hatte? Nein. Vielen Dank, Sergeant.“ Er legte auf und klopfte mit dem Stift auf den Block. „Verdammt!“

„Ist das bestimmt derselbe McGillis?“, fragte Althea.

„Ja. Cilla hat mir alle Informationen über ihn gegeben und zusätzlich eine Beschreibung. Es ist derselbe. Hat vor fast fünf Monaten den Löffel abgegeben." Er stieß den Atem aus. „Hat sich die Pulsadern mit einem Jagdmesser aufgeschnitten."

„Es passt, Boyd." Althea beugte sich über seine Notizen. „Du sagtest, McGillis wäre von Cilla besessen gewesen und hätte gedroht, sich umzubringen, wenn sie nicht darauf reagiert. Der Kerl am Telefon gibt ihr die Schuld am Tod seines Bruders."

„McGillis hatte keinen Bruder. Einzelkind. Seine Mutter hat ihn überlebt."

„Bruder könnte eine gefühlsbetonte Bezeichnung sein. Sein bester Freund."

„Vielleicht." Er wusste, dass es passte. Was ihm Sorgen bereitete, war Cillas mögliche Reaktion. „Die Polizei in Chicago ist kooperativ. Sie schickt uns, was sie an Unterlagen hat. Aber ich schätze, es könnte eine Reise nach Osten lohnen. Wir könnten einen Hinweis von der Mutter bekommen."

Althea nickte. „Erzählst du es Cilla?"

„Ja, ich erzähle es ihr. Zuerst sprechen wir mit Jackson und Peters. Mal sehen, ob wir eine Verbindung zu McGillis herstellen können."

Auf der anderen Seite der Stadt raste Cilla von der Dusche zum Telefon. Sie wollte, dass es Boyd war. Sie wollte, dass er ihr erzählte, John McGillis würde glücklich Gemüsekisten in Chicago stapeln. Wasser tropfte aus ihren Haaren auf ihren Rücken, als sie nach dem Hörer griff.

„Hallo."

„Hast du mit ihm geschlafen? Hast du dich von ihm anfassen lassen?"

Ihre feuchten Hände zitterten, als sie den Hörer umkrampfte. „Was wollen Sie?"

„Hast du ihm genauso Versprechungen gemacht wie meinem Bruder? Weiß er, dass du eine Hure und eine Mörderin bist?"

„Nein, das bin ich nicht. Ich weiß nicht, warum …"

„Er muss auch sterben."

Ihr Blut gefror. Die Angst, von der sie gedacht hatte, sie könnte sie begreifen, schnürte ihr gnadenlos die Kehle zu. „Nein! Boyd hat nichts damit zu tun. Das ... das ist nur zwischen Ihnen und mir, wie Sie es die ganze Zeit gesagt haben.“

„Jetzt hat er was damit zu tun. Er hat sich entschieden, genau wie du, als du meinen Bruder umgebracht hast. Wenn ich mit ihm fertig bin, hole ich dich. Erinnerst du dich noch daran, was ich mit dir machen werde? Erinnerst du dich?“

„Sie dürfen Boyd nichts tun. Bitte! Bitte, ich tue alles, was Sie wollen.“

„Ja, das wirst du.“ Lachen – lang, unheimlich zischelnd. „Du wirst alles tun.“

„Bitte, tun Sie ihm nichts!“ Sie schrie noch ins Telefon, lange nachdem die Leitung tot war. Mit einem Schluchzen, das aus ihrer Kehle hervorbrach, warf sie den Hörer auf den Apparat und jagte ins Schlafzimmer, um sich anzuziehen.

Sie musste mit Boyd sprechen. Musste ihn von Angesicht zu Angesicht sehen. Um sich davon zu überzeugen, dass er unverletzt war. Und um ihn zu warnen, dachte sie hektisch. Sie wollte, sie konnte niemanden mehr verlieren, den sie liebte.

Ihr Haar war noch immer tropfnass, als sie die Treppe hinunterrannte und die Tür aufriss. Sie prallte fast mit Nick Peters zusammen.

„O Gott!“ Sie presste ihre Hände gegen ihre Brust. „Nick!“

„Tut mir leid.“ Mit unsicheren Händen schob er seine Brille hoch. „Ich wollte Sie nicht erschrecken.“

„Ich muss weg.“ Sie suchte bereits in ihrer Handtasche nach den Schlüsseln. „Er hat angerufen. Ich muss zu Boyd. Ich muss ihn warnen.“

„Warten Sie.“ Nick hob die Schlüssel auf, die sie auf der Schwelle hatte fallen lassen. „So können Sie nicht fahren.“

„Ich muss zu Boyd“, wiederholte sie verzweifelt und packte Nick am Mantel. „Er hat gesagt, dass er ihn umbringen wird.“

„Sie regen sich dermaßen wegen eines Cops auf.“ Nicks Lippen wurden schmal. „Er sieht ganz so aus, als könnte er auf sich selbst aufpassen.“

„Sie verstehen das nicht“, setzte sie an.

„Doch, ich verstehe. Ich verstehe sehr gut. Sie sind mit ihm weggefahren." Der anklagende Tonfall überraschte sie und verunsicherte sie so, dass sie einen Blick zu dem Streifenwagen am Straßenrand warf. Dann jedoch nahm sie sich zusammen. Es war albern, absolut albern, Angst vor Nick zu haben.

„Nick, es tut mir leid, aber ich habe jetzt keine Zeit zum Reden. Könnten wir später im Sender darauf zurückkommen?"

„Ich habe gekündigt." Er stieß die Worte hervor. „Ich habe heute Vormittag gekündigt."

„Oh, aber warum? Sie machen sich doch so gut. Sie haben eine Zukunft bei KHIP."

„Sie haben keine Ahnung", sagte er bitter. „Und es ist Ihnen auch völlig egal."

„Nein, das ist es nicht." Als sie ihn am Arm berühren wollte, zuckte er zurück.

„Sie haben es zugelassen, dass ich mich Ihretwegen zum Narren gemacht habe."

O Gott, nicht noch einmal. „Nick, nein."

„Sie lassen mich nicht einmal in Ihre Nähe, und dann kommt er daher, und alles ist vorbei, bevor Sie es haben beginnen lassen. Jetzt wollen sie, dass ich aufs Revier komme. Sie wollen mich verhören." Seine Lippen zitterten. „Sie denken, ich wäre derjenige, der Sie angerufen hat."

„Da muss es einen Fehler ..."

„Wie konnten Sie nur?", schrie er. „Wie konnten Sie glauben, ich wollte Ihnen etwas antun?" Er ließ die Schlüssel in ihre Hand fallen. „Ich bin nur hergekommen, um Ihnen zu sagen, dass ich gekündigt habe, damit Sie keine Angst mehr haben müssen, ich könnte Sie noch einmal belästigen."

„Nick, bitte, warten Sie." Doch er hastete bereits zu seinem Wagen, ohne sich umzusehen.

Weil ihre Knie so schwach waren, ließ Cilla sich auf die Schwelle sinken. Sie brauchte einen Moment, um sich zu fassen, bevor sie sich ans Steuer eines Autos setzen konnte.

Wie hatte sie so dumm, so blind sein können, nicht zu sehen, dass Nicks Stolz und Selbstbewusstsein auf dem Spiel standen? Jetzt hatte sie ihn verletzt, einfach indem sie sich nicht gekümmert hatte. Irgendwie musste sie dieses Chaos ausbügeln, zu dem ihr Leben verkommen war. Dann musste sie anfangen, alles wiedergutzumachen.

Sie war ruhiger, als sie sich erhob, sorgfältig die Tür verschloss und dann zu ihrem Wagen ging.

Sie hasste Polizeistationen – hatte es von Anfang an getan. Sie betastete das Ansteckschild aus Plastik für Besucher, während sie den Korridor entlangging. Er war vor Kurzem geschrubbt worden, und sie fing den Tannenduft von Reinigungsmittel zusammen mit dem stets gegenwärtigen Geruch von Kaffee auf.

Telefone klingelten. Ein unaufhörlicher, schriller Wirbel von Geräuschen, unterbrochen von Stimmen, die etwas riefen oder murmelten. Cilla wandte sich einer Tür zu, der Quelle des Lärms.

Dieses Revier war anders als der beengte Raum, in dem ihre Mutter gearbeitet hatte. Und gestorben war. Hier gab es mehr Platz, weniger Schmutz und zusätzlich einige Computerterminals. Das Klicken der Tastaturen war ein alles untermalender Rhythmus.

Männer und Frauen, die Jacken ausgezogen, die Hemden durchgeschwitzt, obwohl es draußen windig und kalt war.

Auf einer Bank in der Nähe wiegte eine Frau ein schreiendes Baby, während ein Cop es abzulenken versuchte, indem er mit Handschellen klimperte. Auf der anderen Seite des Raums machte ein junges Mädchen, sicher noch ein Teenager, eine Aussage bei einem energischen weiblichen Cop in Jeans und Sweatshirt. Stumme Tränen liefen über das Gesicht des Mädchens.

Und Cilla erinnerte sich.

Sie erinnerte sich, wie sie in einer Ecke eines Polizeireviers gesessen hatte, kleiner, heißer, schäbiger als das, in dem sie jetzt stand. Sie war fünf oder sechs gewesen, und der Babysitter hatte wegen einer Magen- und Darmgrippe abgesagt. Ihre Mutter hatte sie mit zur Arbeit genommen – es ging um einen Bericht, der unbedingt geschrieben werden musste. Also hatte Cilla in einer Ecke gesessen mit einer Puppe und einem Bilderbuch und hatte auf die Telefone und auf die Stimmen gelauscht. Und hatte darauf gewartet, dass ihre Mutter sie nach Hause brachte.

Es hatte da einen Wasserkühler gegeben, daran erinnerte sie sich. Und einen Deckenventilator. Sie hatte beobachtet, wie die Blasen in dem Wasser gluckstEn und die Flügel sich träge drehten. Stundenlang. Ihre Mutter hatte sie vergessen. Bis Cilla, von ihrem Babysitter angesteckt, ihr Frühstück auf den Fußboden des Reviers erbrochen hatte.

Zitternd wischte Cilla sich mit einer Hand über die feuchte Stirn. Das waren alte Erinnerungen, ermahnte sie sich. Und es war auch noch nicht alles gewesen. Nachdem ihr schlecht geworden war, hatte ihre Mutter sie gesäubert und in ihren Armen gehalten und nach Hause gebracht und für den Rest des Tages verwöhnt. Es war niemandem gegenüber fair, sich nur an die unglückliche Seite zu erinnern.

Doch während sie dastand, fühlte sie nur zu deutlich die nagende Übelkeit, den kalten Schweiß und das Elend, weil man allein und vergessen war.

Dann sah sie ihn, wie er aus einem anderen Raum trat. Sein T-Shirt war auf der Brust feucht. Jackson war hinter ihm, seine Mütze auf dem Kopf, sein Gesicht nervös und schweißbedeckt. Neben ihm war Althea.

Jackson sah sie zuerst. Er tat zögernd einen Schritt auf sie zu, blieb stehen und zuckte die Schultern. Cilla zögerte nicht. Sie ging zu ihm und nahm seine Hand in ihre Hände.

„Alles in Ordnung mit dir?"

„Sicher." Jackson zuckte erneut die Schultern, aber seine Finger umklammerten sie fest. „Wir mussten nur ein paar Dinge klären. Keine große Sache."

„Es tut mir leid. Hör mal, wenn du mit mir sprechen willst, kannst du auf mich warten."

„Nein, ich bin in Ordnung. Wirklich." Er hob eine Hand und rückte seine Mütze zurecht. „Ich schätze, wenn man es einmal versiebt hat, muss man immer dafür bezahlen."

„Ach, Jim!"

„Hey, ich komme klar damit." Er lächelte ihr rasch zu. „Ich sehe dich heute Nacht."

„Sicher."

„Wir sind Ihnen für Ihr Entgegenkommen sehr dankbar, Mr Jackson", warf Althea ein.

„Ich sagte Ihnen doch, ich mache alles, wenn es Cilla hilft. Ich schulde dir was", sagte er zu Cilla und winkte ab, ehe sie den Kopf schütteln konnte. „Ich schulde dir was“, wiederholte er und ging auf den Korridor hinaus.

„Ich hätte euch sagen können, dass ihr eure Zeit verschwendet“, stellte Cilla fest.

Boyd nickte. „Du hättest uns eine Menge sagen können.“

„Vielleicht.“ Sie wandte sich ihm zu. „Ich muss mit euch beiden sprechen.“

„In Ordnung.“ Boyd deutete in das Verhörzimmer. „Da drinnen ist es ruhiger.“

„Wollen Sie etwas Kühles?“, fragte Althea, bevor sie sich niederließen. „Ich glaube, sie haben die Heizung endlich repariert, aber hier drinnen ist es noch immer wie in einem Backofen.“

„Nein, danke, es dauert nicht lange.“ Sie setzte sich, Althea nahm ihr gegenüber Platz, Boyd am Kopfende des Tisches. Sie versuchte, ihre Worte sorgfältig zu wählen. „Dürfte ich fragen, warum ihr Jackson hergeholt habt?“

„Ihr habt in Richmond zusammengearbeitet.“ Boyd schob eine Akte beiseite. „Er wurde wegen eines Alkoholproblems gefeuert, und du hast seinen Job übernommen. Damals war er darüber nicht besonders glücklich.“

„Nein, das war er nicht.“

„Warum hast du es uns nicht erzählt, Cilla?“

„Ich habe nicht daran gedacht.“ Sie hob die Hand. „Ich habe ehrlich nicht daran gedacht. Es ist lange her, und Jackson hat sich sehr verändert. Er hat euch bestimmt erzählt, dass er mehr als drei Jahre bei den Anonymen Alkoholikern war. Er hat mich eigens in Chicago besucht und wollte mir sagen, dass er mir nicht die Schuld daran gibt, was passiert ist. Er hat sein Leben wieder in den Griff gekriegt.“

„Du hast ihm den Job bei KHIP besorgt“, fügte Boyd hinzu.

„Ich habe ein gutes Wort für ihn eingelegt“, erwiderte sie. „Ich stelle die Leute nicht ein. Er war ein Freund, und er brauchte eine Chance. Wenn er nüchtern ist, ist Jackson einer der Besten. Und er würde keiner Fliege was zuleide tun.“

„Und wenn er betrunken ist, zertrümmert er Bars, bedroht Frauen und fährt mit seinem Wagen gegen Telefonmaste.“

„Das ist lange her.“ Cilla kämpfte um Ruhe. „Wichtig ist doch, dass er nüchtern ist. Manche Dinge muss man vergeben und vergessen.“

„Ja." Er betrachtete sie sorgfältig. „Die gibt es."

Sie dachte wieder an ihre Mutter und an diese schmerzliche Erinnerung an das Revier. „Ich bin allerdings nicht wegen Jackson hergekommen. Ich habe wieder daheim einen Anruf erhalten."

„Wir wissen es." Altheas Stimme war energisch. „Man hat die Information an uns weitergegeben."

„Dann wisst ihr auch, was er gesagt hat." Altheas kühler Blick war ihr unsympathisch, und so wandte Cilla sich an Boyd. „Er will jetzt dir etwas antun. Er weiß, dass du etwas mit mir hast, und er hat dich in seine kranken Pläne einbezogen."

„Unsere Leute haben den Anruf zu einer Telefonzelle nur ein paar Straßen von deinem Haus entfernt verfolgt", setzte Boyd an.

„Hast du mich nicht gehört?" Cilla schlug mit der Faust auf den Tisch, dass die Stifte hochsprangen. „Er will dich auch umbringen."

Er griff nicht nach ihrer Hand, um sie zu besänftigen. Im Moment, fand er, brauchte sie ihn mehr professionell als persönlich. „Da ich dich beschütze, hätte er das ohnedies versuchen müssen. Nichts hat sich geändert."

„Alles hat sich geändert", platzte sie heraus. „Es ist ihm egal, ob du bei der Polizei bist oder nicht. Es interessiert ihn nur, dass du mit mir zusammen bist. Ich will dich raushaben aus diesem Fall. Ich will, dass du ersetzt wirst. Ich will dich nicht mehr in meiner Nähe haben, bis das alles vorbei ist."

Boyd zerdrückte einen Pappbecher in seiner Hand und warf ihn in einen Papierkorb. „Mach dich nicht lächerlich."

„Ich mache mich nicht lächerlich. Ich denke praktisch." Sie wandte sich an Althea, eine Bitte in ihren Augen. „Sprechen Sie mit ihm. Auf Sie wird er hören."

„Tut mir leid", sagte Althea nach einem Moment. „Ich stimme ihm zu. Wir beide haben einen Job, und Sie sind im Moment unser Auftrag."

Verzweifelt fuhr Cilla wieder zu Boyd herum. „Dann gehe ich selbst zum Captain."

„Er weiß bereits über den Anruf Bescheid."

Sie sprang auf. „Ich erzähle ihm, dass ich mit dir schlafe."

„Setz dich, Cilla."

„Ich werde darauf bestehen, dass er dich von dem Fall abzieht."

„Setz dich", wiederholte Boyd. Seine Stimme war noch immer sanft, doch diesmal gab sie nach und ließ sich auf ihren Stuhl zurückfallen. „Du kannst zum Captain gehen und einen anderen Polizisten verlangen. Du kannst darauf bestehen. Das macht keinen Unterschied. Wenn er mich von dem Fall abzieht, gebe ich einfach meine Dienstmarke ab."

Ihr Kopf schnellte hoch. „Das glaube ich dir nicht."

„Stell mich auf die Probe."

Er war zu ruhig, erkannte Cilla. Und zu entschlossen. Wie eine Steinmauer, dachte sie verzweifelt. Wenn er so war, hatte es keinen Sinn, sich ihm direkt in den Weg zu stellen. „Boyd, ist dir denn nicht klar, dass ich es nicht ertragen könnte, wenn dir etwas zustößt?"

„Ja", sagte er langsam. „Es ist mir klar. Aber dir sollte auch klar sein, dass ich genauso verletzbar bin, was dich angeht."

„Darum dreht sich doch alles." Verzagt und um ihren Worten Nachdruck zu verleihen ergriff sie seine Hände. „Du bist verletzbar. Hör auf mich." In ihrer Verzweiflung zog sie seine Hand an ihre Wange. „Acht Jahre habe ich mir über eines den Kopf zerbrochen. Wenn damals irgendjemand anderer mit meiner Mutter in diesem Raum gewesen wäre, ein anders als mein Vater, wäre sie dann aufmerksamer, wäre sie schneller gewesen? Wäre sie konzentrierter gewesen? Treib es nicht so weit, dass ich mir für den Rest meines Lebens die gleiche Frage über dich stellen muss."

„Deine Mutter war nicht vorbereitet. Ich bin es."

„Nichts, was ich sage, ändert deine Meinung."

„Nein. Ich liebe dich, Cilla. Irgendwann bald wirst du das akzeptieren müssen. In der Zwischenzeit musst du mir vertrauen."

Sie zog ihre Hand weg und ließ sie in ihren Schoß sinken. „Dann gibt es nichts mehr zu sagen."

„Da ist noch das hier." Er zog eine Akte zu sich heran. „John McGillis."

Ihr Kopf schmerzte. Cilla presste die Hände gegen ihre Augen. „Was ist mit ihm?"

„Er ist tot."

Langsam senkte sie die Hände. „Tot?", wiederholte sie dumpf. „Aber er war doch noch ein Kind. Bist du ganz sicher?"

„Ja." Der Mann in ihm wünschte sich, ihr das ersparen zu können. Der Cop wusste, dass er es nicht konnte. „Er hat vor fünf Monaten Selbstmord begangen."

Einen Moment starrte sie bloß. Dann wich das Blut aus ihrem Gesicht. „O Gott. O du mein Gott. Er ... er drohte damit, aber ich glaubte nicht ..."

„Er war labil, Cilla. Er war immer wieder in therapeutischer Behandlung, seit er vierzehn war. Hatte Schwierigkeiten mit seiner Mutter, in der Schule, mit seinen Altersgefährten. Er hatte davor schon zwei Selbstmordversuche hinter sich."

„Aber er war so ruhig. Er bemühte sich so, mich ..." Sie stockte und presste die Augen zu. „Er brachte sich um, nachdem ich Chicago verlassen hatte. Genau, wie er es gesagt hatte."

„Er war gestört", sagte Althea sanft. „Tief gestört. Ein Jahr, bevor er Kontakt zu Ihnen aufnahm, hatte er eine Beziehung mit einem Mädchen. Als sie den Kontakt zu ihm abbrach, schluckte er eine Hand voll Barbiturate. Er war eine Weile in der Klinik. Und er war erst ein paar Wochen wieder draußen, als er die Verbindung zu Ihnen suchte."

„Ich war grausam zu ihm." Cilla drehte ihre Handtasche immer wieder auf ihrem Schoß herum. „Wirklich grausam. Damals dachte ich, das wäre die beste Art, um mit der Sache fertigzuwerden. Ich dachte, es würde ihm zwar wehtun, und er würde mich eine Weile hassen, dann aber ein nettes Mädchen finden und ..."

„Ich werde dir nicht sagen, dass es nicht deine Schuld war. Du bist nämlich klug genug, um das selbst zu wissen." Boyd verbannte bewusst aus seiner Stimme alles Mitgefühl. „McGillis richtete seine Handlungen gegen sich selbst. Du warst nur eine Entschuldigung."

Sie schauderte kurz. „Für mich ist das nicht so einfach. Ich lebe nicht so mit dem Tod wie du."

„Es ist nie einfach, für niemanden." Er öffnete die Akte. „Aber hier sind Prioritäten zu setzen, und meine ist es, eine Verbindung zwischen McGillis und dem Mann herzustellen, hinter dem wir her sind."

„Du glaubst wirklich, John ist der Grund, weshalb ich bedroht werde?"

„Das ist das Einzige, was passt. Und jetzt möchte ich, dass du uns über ihn alles erzählst, an das du dich erinnerst."

Sie ließ endlich ihre Handtasche los, legte ihre Hände locker auf den Tisch und wiederholte ganz deutlich noch einmal alles, was sie ihm schon erzählt hatte.

„Hast du ihn jemals mit jemandem zusammen gesehen?“, fragte Boyd. „Hat er je über seine Freunde, seine Familie gesprochen?“

„Er war immer allein. Ich sagte doch, er rief ständig im Sender an. Wochenlang habe ich ihn gar nicht persönlich kennengelernt. Als es so weit war, sprach er nur von seinen Gefühlen für mich. Davon, wie wir zusammen sein sollten.“ Sie verschlang ihre Finger ineinander. „Er schickte mir Zettel und Blumen. Kleine Geschenke. Dann wurden seine Nachrichten persönlicher. Nicht sexuell, sondern gefühlsmäßig. Die Beherrschung hat er nur einmal verloren, als er mir seine Tätowierung zeigte. Er hatte diese Messer auf seiner Brust eintätowiert. Das wirkte bei ihm so unpassend. Ich sagte ihm, ich würde es dumm finden, seinen Körper so zu verunstalten. Wir waren auf dem Parkplatz. Ich war müde und verärgert, und da war dieses Kind und zog sein Hemd auf, um mir diese alberne Tätowierung zu zeigen. Er war betroffen, dass sie mir nicht gefiel. Richtig wütend. Das war das einzige Mal, dass ich ihn wütend erlebte. Er sagte, wenn die Tätowierung gut genug für seinen Bruder wäre, dann wäre sie es auch für ihn.“

„Für seinen Bruder?“, wiederholte Boyd.

„Richtig.“

„Er hatte keinen Bruder.“

Sie hörte auf, mit ihren Fingern zu spielen. „Doch, er hatte einen. Er hat ihn ein paarmal erwähnt.“

„Auch seinen Namen?“

„Nein.“ Sie zögerte und überlegte. „Nein“, wiederholte sie sicherer. „Er erwähnte nur, dass sein Bruder in Kalifornien lebte. Er hatte ihn seit zwei Monaten nicht gesehen. Er wollte, dass ich ihn kennenlerne.“

„Er hatte keinen Bruder“, bestätigte Althea.

Cilla schüttelte den Kopf. „Dann hat er ihn erfunden.“

„Nein.“ Boyd lehnte sich zurück und betrachtete abwechselnd seine Partnerin und Cilla. „Ich glaube nicht, dass der Mann, hinter dem wir her sind, eine Erfindung von John McGillis’ Fantasie ist.“

10. KAPITEL

Cillas Kopf hämmerte in einem dumpfen, gleichmäßigen Rhythmus, der in ihren Ohren dröhnte. Es war zu viel, das alles aufzunehmen. Der Anruf, Nicks Besuch, die neuen Erkenntnisse auf dem Revier, John McGillis' Selbstmord.

Zum ersten Mal in ihrem Leben geriet Cilla in Versuchung, sich in ihrem Zimmer einzuschließen und sich in einen von Tabletten betäubten Schlaf zu flüchten. Sie wollte Frieden, ein paar Stunden Frieden, ohne Schuld, ohne Träume, ohne Ängste.

Nein, erkannte sie, mehr noch, viel mehr noch wollte sie wieder Kontrolle über ihr Leben. Früher hatte sie diese Kontrolle als gesichert angesehen, aber das würde sie nie wieder tun.

Sie wusste nicht, was sie dazu sagen sollte, als ihr Boyd ins Haus folgte. Sie war viel zu müde, um zu widersprechen, vor allem, da sie wusste, dass Widerspruch sinnlos war. Er würde den Fall nicht abgeben. Er würde ihr nicht glauben, wenn sie ihm sagte, dass sie keine gemeinsame Zukunft hatten. Er weigerte sich zu begreifen, dass sie in beiden Punkten nur sein Bestes wollte.

„Hast du etwas gegessen?", fragte er, als sie die Küche betrat.

„Ich erinnere mich nicht." Sie verschränkte die Arme und blickte aus dem Fenster. „Aber ich bin nicht hungrig. Sicher findest du irgendetwas zu essen, falls *du* Hunger hast."

„Wie wäre es, wenn du ein wenig schläfst?" Er legte seine Hände auf ihre Schultern und massierte sie sanft.

„Ich könnte jetzt nicht schlafen." Leise seufzend legte sie ihre Hand auf seine. „In ein paar Wochen muss ich den Rasen mähen. Ich glaube, das wird mir Spaß machen. Ich hatte noch nie einen Rasen zu mähen."

„Kann ich herkommen und zusehen?"

Sie lächelte, und das hatte er auch bezweckt. „Es gefällt mir hier", murmelte sie. „Nicht nur das Haus, obwohl es mir viel bedeutet, hier zu stehen und auf etwas hinauszusehen, das mir gehört. Es ist dieser Ort. Ich habe mich nirgendwo richtig zu Hause gefühlt, seit ich Georgia verlassen habe. Mir war das nicht einmal bewusst, bevor ich hierher kam und mich wieder zu Hause fühlte."

„Manchmal findet man, was man will, ohne danach zu suchen."

Sie wusste, dass er von Liebe sprach. Aber sie hatte Angst, davon anzufangen.

„An manchen Tagen ist der Himmel so blau, dass es in den Augen schmerzt. Wenn man im Stadtzentrum ist an einem von diesen Tagen, an denen der Wind alles durchgepustet und gereinigt hat, sehen die Gebäude wie gegen den Himmel gemalt aus. Und man kann die Berge sehen. Man kann mitten in der Rushhour an der Straßenecke stehen und die Berge sehen. Ich will hierher gehören."

Er drehte sie zu sich um. „Das tust du."

„Ich habe nie daran geglaubt, dass etwas andauern könnte. Aber bevor das jetzt passiert ist, habe ich angefangen, daran zu glauben. Ich weiß nicht, ob ich hierher oder sonstwohin gehören kann, bevor ich nicht meine Angst verliere, Boyd." Sie hob ihre Hände zu seinem Gesicht. Angespannt betrachtete sie ihn, als wollte sie sich jeden Zug einprägen. „Ich spreche nicht nur von einem Ort, an den ich gehören will, sondern auch von einem Menschen. Du bedeutest mir mehr, als mir jemals in meinem Leben jemand bedeutet hat, Deborah ausgenommen. Und ich weiß, dass das nicht genug ist."

„Du täuschst dich." Er berührte ihre Lippen mit den seinen. „Das ist haargenau genug."

Sie schüttelte frustriert den Kopf. „Du hörst mir einfach nicht zu."

„Wieder falsch. Ich höre dir zu, Cilla. Ich stimme nur nicht immer dem zu, was du sagst."

„Du musst nicht zustimmen, sondern bloß akzeptieren."

„Ich sage dir was – wenn das hier vorüber ist, führen wir beide ein hübsches, langes Gespräch darüber, was wir akzeptieren müssen."

„Wenn das hier vorüber ist, könntest du tot sein." Impulsiv packte sie ihn fester. „Willst du mich wirklich heiraten?"

„Du weißt, dass ich das will."

„Wenn ich sage, dass ich dich heirate, ziehst du dich dann von dem Fall zurück? Überlässt du ihn dann einem anderen und gehst in dein Haus in den Bergen, bis es vorbei ist?"

Er kämpfte gegen bitteren Zorn. „Du solltest dich hüten, einen Staatsdiener zu bestechen."

„Ich mache keine Scherze."

„Nein." Seine Augen wurden hart. „Ich wünschte, du würdest welche machen."

„Ich werde dich heiraten, und ich werde alles tun, damit du glücklich wirst, wenn du mir diesen einen Wunsch erfüllst."

Er wich zurück. „Nichts zu machen, O'Roarke."

„Verdammt, Boyd."

Er stopfte seine Hände in die Hosentaschen, bevor er explodierte. „Meinst du, das ist so eine Art Tauschhandel? Was du willst, gegen das, was ich will? Verdammt, wir sprechen über Heirat. Das ist eine emotionale Bindung und ein legaler Vertrag, kein Tauschobjekt. Was kommt als Nächstes?", fragte er. „Ich gebe meinen Job auf, und du bist einverstanden, von mir ein Kind zu bekommen?"

Schock und Scham raubten ihr die Sprache. Sie hob abwehrend die Hände. „Tut mir leid, tut mir leid", brachte sie endlich hervor. „Ich wollte nicht, dass es so klingt. Ich muss nur ständig daran denken, was er heute gesagt hat. Wie er es gesagt hat. Und ich kann mir vorstellen, wie es wäre, wenn du nicht hier wärst." Sie schloss die Augen. „Es wäre schlimmer als der Tod."

„Ich bin hier." Er griff wieder nach ihr. „Und ich bleibe hier. Keinem von uns wird etwas zustoßen."

Sie zog ihn fest an sich und presste ihr Gesicht gegen seinen Hals. „Sei nicht böse. Ich habe im Moment einfach keine Kraft für einen ordentlichen Streit in mir."

Er entspannte sich und hob seine Hand, berührte ihr Haar. „Wir heben ihn uns eben für später auf."

Sie wollte nicht an später denken. Nur an jetzt. „Komm mit nach oben", flüsterte sie. „Liebe mich."

Hand in Hand gingen sie durch das leere Haus, die Treppe hinauf. Im Schlafzimmer schloss Cilla die Tür und versperrte sie. Die Geste war ein Symbol für ihren Wunsch, in diesem Moment alles außer Boyd auszuschließen.

Die Sonne fiel kräftig durch die Fenster, doch Cilla verspürte nicht das Verlangen nach gedämpftem Licht oder Dunkelheit. Hier sollte es zwischen ihnen keine Geheimnisse geben. Ihre Augen auf ihn gerichtet, begann sie, sein Hemd aufzuknöpfen.

Noch vor wenigen Tagen hätte sie davor Angst gehabt. Angst vor einem falschen Handgriff, vor einem falschen Wort, davor, dass sie zu viel oder nicht genug anbot. Er hatte ihr bereits gezeigt, dass sie nur eine Hand auszustrecken und gewillt zu sein brauchte, mit ihm zu teilen.

Sie entkleideten sich schweigend, ohne sich zu berühren. Spürte er ihre Stimmung? Spürte sie die seine? Sie wusste nur, dass sie ihn ansehen, seinen Anblick in sich aufnehmen wollte.

Sie sah, wie das Licht durch das Fenster und auf sein Haar fiel – wie seine Augen sich verdunkelten, während er sie betrachtete. Sie wollte die Linien seines Körpers genießen, die Stränge seiner Muskeln, die glatte, straffe Haut.

Ob sie wohl ahnte, wie erregend sie war? Sie stand mitten im Raum, ihre Kleider zu ihren Füßen, ihre Haut bereits in Vorfreude gerötet, ihre Augen verschleiert und aufnahmebereit.

Er wartete. Obwohl er sie so dringend berühren wollte, dass seine Finger sich wie versengt anfühlten, wartete er.

Sie kam zu ihm, die Arme erhoben, die Lippen geöffnet. Schlank, weich, verführerisch presste sie sich an ihn. Sein Name klang wie ein ruhiger Seufzer, als sie ihren Mund auf den seinen senkte.

Zuhause. Der Gedanke regte sich in ihr – ein bebender Wunsch. Er war ihr Zuhause. Die Stärke seiner Arme, die Zärtlichkeit seiner Hände, die uneingeschränkte Großzügigkeit seines Herzens. Tränen brannten in ihren Augen, als sie sich in dem Kuss verlor.

Er fühlte die Veränderung, das langsame und feine Nachgeben. Es erregte ihn unerträglich. Sie war stark und heiß wie eine Flamme und knisterte von Leben und Leidenschaft. In ihrer Hingabe war sie wie eine Droge, die sich lautlos in sein Blut mischte.

Von ihrer totalen Unterwerfung verführt und darin verloren, drückte er sie auf das Bett. Ihr Körper gehörte ihm. Und zum ersten Mal – das fühlte er – auch ihr Geist und ihr Herz. Er ging behutsam vor, um alles ganz sanft angehen zu lassen.

So süß, dachte sie verträumt. So schön. Das geduldige Streicheln seiner Finger, die federleichte Berührung seiner Lippen ließen den hellen Nachmittag so geheimnisvoll erscheinen wie die Stimmung um Mitternacht. Da sie jetzt wusste, wohin er sie bringen konnte, sehnte sie sich umso mehr nach dieser Reise.

Keine dunklen Gedanken. Keine nagenden Ängste. Wie Blumen kurz vor dem Erblühen, so wollte sie das Leben feiern, das schlichte

Am-Leben-Sein und die Fähigkeit zur Liebe.

Er erregte sie zutiefst, wohl überlegt, quälend. Sie berührte und küsste ihn genauso großzügig. Sie flüsterte ihm keine Forderungen zu, sondern Versprechungen, die sie verzweifelt einhalten wollte.

Sie knieten zusammen auf dem Bett, lächelten, als sie einander berührten, ihre Körper fast schmerzlich im Einklang miteinander. Ihr Haar floss durch seine Finger. Seine Haut zuckte unter ihrer leichten Liebkosung.

Leise, ruhige Seufzer.

Herz an Herz, streckten sie sich wieder aus. Lippen reizten Lippen. Ihre Augen waren offen, als er in sie glitt. Miteinander vereinigt, hielten sie einander fest, erlebten einen neuen Aufruhr der Empfindungen. Als sie sich bewegten, taten sie das gemeinsam und mit gleicher Hingabe.

Die Sendekabine wirkte wie eine andere Welt. Cilla saß am Mischpult und betrachtete die Regler, die sie so gut kannte. Ihr Geist und ihr Körper waren träge. Die klare Kontrolle, die sie an diesem Nachmittag mit Boyd zusammen für kurze Zeit erlebt hatte, war verschwunden. Sie wollte bloß, dass die Nacht schon vorbei war.

Er hatte erwähnt, dass er am nächsten Tag nach Chicago wollte. Sie musste ihn ermuntern. Wenn sie ihn schon nicht dazu brachte, sich ersetzen zu lassen, würde sie ihn wenigstens für ein oder zwei Tage weit weg wissen. Weg von ihr und sicher, dachte sie.

Er – wer immer es war – kam näher. Sie konnte es fühlen. Wenn er zuschlug, wollte sie, dass Boyd weit weg war.

Wenn dieser Mann entschlossen war, sie für das zu bestrafen, was mit John McGillis geschehen war, würde sie sich stellen. Boyd hatte in gewisser Weise recht gehabt. Sie gab sich nicht die Schuld an Johns Selbstmord, aber sie trug einen Teil der Verantwortung. Und sie trauerte um ein junges vergeudetes Leben.

Die Polizei würde sie schon beschützen, dachte sie, als sie den nächsten Song ansagte. Und sie würde sich selbst beschützen. Die neue Angst, die zermürbende Angst kam daher, dass sie nicht wusste, wie sie Boyd schützen sollte.

„Du schläfst an den Schaltern ein“, bemerkte Boyd.

Sie riss sich zusammen. „Nein, ich ruhe mich nur vor der nächsten Etappe etwas aus." Sie sah auf die Uhr. Es war fast Mitternacht. Fast Zeit für das Hörerwunschtelefon.

Wieder war der Sender verschlossen. Nur sie beide waren hier.

„Du bist schon halb durch", zeigte er auf. „Komm doch heute Nacht mit zu mir. Wir können uns meine Muddy-Waters-Platten anhören."

Sie stellte sich dumm, weil sie wusste, dass ihn das amüsierte. „Was für Platten?"

„Komm schon, O'Roarke."

Es half ihr sehr, ihn lächeln zu sehen. Dadurch wirkte alles fast normal. „Okay, ich höre mir diese Muddy Whatsis ..."

„Waters."

„Richtig ... wenn du diese drei kleinen Fragen über Musik beantworten kannst."

„Schieß los."

„Warte." Sie stellte die neue Platte ein, gab eine kurze Einleitung. Dann wühlte sie in ihren Papieren. „Okay, Nummer eins, welche britische Rockgruppe hat als Erste in den Staaten getourt?"

„Ah, eine Trickfrage. Die Dave Clark Five. Die Beatles waren die zweiten."

„Nicht schlecht für einen Amateur. Nummer zwei. Wer trat in Woodstock als Letzter auf?"

„Jimi Hendrix. Du musst dir schon was Besseres einfallen lassen, O'Roarke."

„Ich lulle dich bloß ein. Nummer drei, und das ist die Hauptfrage, Fletcher. In welchem Jahr erschien der Hit ‚That'll Be the Day' von Buddy Holly und den Crickets?"

„Ziemlich lange her, nicht wahr?"

„Beantworte einfach die Frage, Schlaukopf."

„Sechsundfünfzig."

„Wie schade. Es war siebenundfünfzig. Du hast verloren."

„Das möchte ich nachschlagen."

„Lass dich nicht aufhalten. Jetzt musst du mit zu mir kommen und dir eine Rolling-Stones-Retrospektive anhören." Sie gähnte gewaltig.

„Falls du so lange wach bleibst." Er freute sich darüber, dass sie sich einen Moment Zeit zum Herumspielen genommen hatte. „Willst du Kaffee?"

Sie warf ihm einen dankbaren Blick zu. „Nur so dringend, wie ich atmen will."

„Ich hole welchen."

Der Sender war leer, dachte er. Seit Nick Peters aus verletztem Ego heraus gekündigt hatte, war niemand mehr da, der abends eine letzte Kanne Kaffee machte. Auch er sah auf die Uhr. Er wollte es hinter sich bringen und wieder bei Cilla sein, bevor die Telefone zu klingeln begannen.

Er wollte ihr auch ein Doughnut bringen, wenn er schon dabei war. Boyd warf automatisch einen Blick in den Korridor. Etwas Zucker half ihr bestimmt, die Nacht durchzustehen.

Bevor er in den Aufenthaltsraum ging, überprüfte er die Eingangstüren des Gebäudes. Die Schlösser befanden sich an ihrem Platz, und der Alarm war eingeschaltet. Sein Wagen stand einsam auf dem Parkplatz. Zufrieden ging er durch das Gebäude und überprüfte den hinteren Lieferanteneingang genauso sorgfältig, bevor er sich dem Aufenthaltsraum zuwandte.

Es konnte nicht mehr lange so weitergehen. Boyd war sicher, dass sie aufgrund der McGillis-Spur innerhalb von wenigen Tagen jemanden mit den Drohungen in Verbindung bringen konnten. Es musste schön sein, Cilla ohne diese Spuren von Angst in den Augen zu sehen, ohne diese Spannung in ihren Schultern.

Die Ruhelosigkeit wird bleiben, dachte er. Und die Energie. Die gehörten genauso zu ihr wie ihre Haarfarbe.

Er tat einen extra Messbecher Kaffee in die Kanne und lauschte auf ihre Stimme über Lautsprecher, während sie von einer Platte zur nächsten überleitete.

Diese magische Stimme, dachte er. Er hatte keine Ahnung gehabt, als er sie zum ersten Mal hörte und von ihr berührt wurde, dass er sich in die Frau hinter der Stimme verlieben würde.

Joan Jett sang jetzt „I Love Rock and Roll". Obwohl der Lautsprecher in dem Aufenthaltsraum ganz leise gestellt war, kam das Feeling voll rüber. Das sollte Cillas Erkennungssong sein, überlegte er. Obwohl er in den zwei Tagen in seinem Holzhaus herausgefunden hatte, dass sie genauso leicht von Sängerinnen wie Patsy Cline oder Ella Fitzgerald fasziniert war.

Was sie beide brauchten, war eine richtige schöne Woche in den

Bergen. Ohne Spannungen von außen, die sie störten.

Er sog behaglich den Duft des Kaffees ein, als dieser durchzulaufen begann, und hoffte, er könne schnell nach Chicago, die Antworten finden, die er brauchte, und sofort zurückkommen.

Von einem leisen Geräusch auf dem Korridor aufgeschreckt, wirbelte er herum. Ein Rascheln. Das Knarren eines Dielenbretts. Seine Hand war schon am Revolvergriff. Er zog, presste den Rücken gegen die Seitenwand, tat drei vorsichtige Schritte auf die Tür zu, spähte um die Ecke.

Du wirst nervös, sagte er sich, als er nichts sah als den leeren Korridor und den Schimmer der Sicherheitsbeleuchtung. Doch aus Instinkt heraus behielt er die Waffe in der Hand. Er tat gerade den nächsten Schritt, als die Lichter ausgingen.

Lautlos fluchend, bewegte er sich schnell voran. Obwohl er seine Waffe aus Sicherheitsgründen nach oben gerichtet hielt, war er bereit, sie zu gebrauchen. Über seinem Kopf pulsierte weiterhin die leidenschaftliche Musik. Vor sich sah er das schwache Schimmern der Lichter aus der Sendekabine. Sie ist dort, sagte er sich. Bei diesen Lichtern in Sicherheit. Den Rücken gegen die Wand gedrückt, ließ er seinen Blick durch den dunklen Korridor hin und her schweifen, während er sich auf sie zubewegte.

Als er um die letzte Ecke des Korridors vor der Kabine kam, hörte er etwas hinter sich. Er sah die Tür zum Abstellraum aufschwingen und wirbelte herum.

Das Messer sah er nicht.

„Das waren Joan Jett und die Blackhearts für Sie. Es ist zehn vor Mitternacht, und Denver hat angenehme acht Grad." Cilla blickte stirnrunzelnd auf die Uhr und fragte sich, wieso Boyd so lange brauchte. „Eine kleine Erinnerung daran, dass Sie KHIPs ‚Wilden Bob' morgen im Brown Palace Hotel in der 17th Street erleben können. Hey, wenn Sie noch nie da waren, das ist schon ein toller Schuppen. Es gibt noch Eintrittskarten für das Bankett zu Gunsten misshandelter Kinder. Macht eure Brieftaschen auf. Zwanzig Dollar für eine einzelne Person, vierzig, wenn Sie Ihre Süße oder Ihren Süßen mitbringen. Die Feier geht um sieben Uhr los, und der ‚Wilde Bob' bringt für Sie die Platten in Schwung." Sie legte den nächsten Song auf.

„Und jetzt begleiten wir Sie mit zwei Songs bis Mitternacht. Hier ist Cilla O'Roarke. Wir haben noch die Nachrichten, und dann kommt das Hörerwunschtelefon."

Sie schaltete ihr Mikro aus, zuckte die Schultern, um sie zu lockern, und nahm die Kopfhörer ab. Sie summte vor sich hin, während sie den Laufplan des Programmdirektors überflog. Werbung vom Band kam als Nächstes, danach die Nachrichten zur vollen Stunde. Sie stieß sich von dem Mischpult ab, um sich auf den nächsten Abschnitt vorzubereiten.

In diesem Moment sah sie, dass der Korridor hinter der Glastür dunkel war. Zuerst starrte sie nur verblüfft hinaus. Dann schoss ihr das Blut in den Kopf. Wenn die Sicherheitsbeleuchtung ausgefallen war, funktionierte der Alarm wahrscheinlich auch nicht.

Er war hier. Schweiß lief kalt über ihre Stirn, als sie die Rückenlehne ihres Stuhls umkrallte. Heute Nacht würde es keinen Anruf geben, weil er hier war. Er kam zu ihr.

Ein Schrei stieg in ihrer Kehle hoch und erstickte in einer Flut von Panik.

Boyd. Er war auch wegen Boyd gekommen.

Von einem neuen Entsetzen vorangetrieben, preschte sie zur Tür.

„Boyd!", schrie sie und stolperte in der Dunkelheit. Sie erstarrte, als sie den Schatten auf sich zukommen sah. Obwohl es nur eine formlose Gestalt auf dem dunklen Korridor war, wusste sie Bescheid. Hinter sich tastend, wich sie zurück. „Wo ist Boyd? Was haben Sie mit ihm getan?" Sie tat noch einen Schritt rückwärts. Das Licht aus der Sendekabine fiel durch das Glas und durchschnitt die Dunkelheit. Sie setzte erneut zum Sprechen an, zum Betteln, als sie vor Erleichterung fast ohnmächtig wurde.

„O Gott, Sie sind das. Ich wusste nicht, dass Sie noch hier sind. Ich dachte, alle wären schon gegangen."

„Alle sind gegangen", antwortete er. Er trat voll ins Licht. Und lächelte. Cillas Erleichterung gefror. Er hielt ein Messer, ein Jagdmesser, dessen lange Klinge bereits blutbefleckt war.

„Boyd", sagte sie.

„Er kann dir jetzt nicht helfen. Niemand kann das. Wir sind ganz allein. Ich habe so lange darauf gewartet, dass wir beide endlich einmal ganz allein sind."

„Warum?“ Sie war jetzt jenseits von Angst. Es war Boyds Blut auf der Klinge, und Gram ließ keinen Platz für Angst. „Warum, Billy?“

„Du hast meinen Bruder getötet.“

„Nein. Nein, das habe ich nicht getan.“ Sie wich zurück in die Kabine. Heiße Hysterie brodelte in ihrer Kehle. Eisige Kälte überzog ihre Haut. „Ich habe John nicht getötet. Ich habe ihn kaum gekannt.“

„Er hat dich geliebt.“ Der Wartungsmann hinkte näher, das Messer vor sich haltend, die Augen auf sie gerichtet. Seine Füße waren nackt. Er trug nur eine Tarnhose und eine schwarze Strumpfmütze, die er tief über seine grau werdenden Haare in die Stirn gezogen hatte. Obwohl er sein Gesicht und Brust und Arme schwarz beschmiert hatte, konnte sie die Tätowierung über seinem Herzen sehen. Den Zwilling zu der Tätowierung, die sie bei John McGillis gesehen hatte.

„Du wolltest ihn heiraten. Er hat es mir erzählt.“

„Er hat etwas falsch verstanden.“ Sie rang nach Luft, als er kurz mit dem Messer nach ihr stach. Ihr Stuhl fiel krachend um, als sie gegen die Mischpultkonsole fiel.

„Lüg mich nicht an, du Dreckstück! Er hat mir alles erzählt, wie du ihm gesagt hast, dass du ihn liebst und begehrst.“ Seine Stimme senkte sich, schwankte, wisperte wie die Stimme am Telefon und ließ ihr betäubtes Herz rasen. „Du hast ihn verführt. Er war so jung. Er hatte keine Ahnung von Frauen wie dir. Aber ich. Ich hätte ihn beschützt. Ich habe ihn immer beschützt. Er war gut.“ Billy wischte sich mit der Hand, die das Messer hielt, über die Augen, dann zog er eine Pistole aus seiner Tasche. „Zu gut für dich.“ Er feuerte eine Kugel in die Ablage über den Reglern. Cilla presste ihre Hände gegen ihren Mund, um einen Schrei zurückzuhalten. „Er hat mir erzählt, wie du gelogen und betrogen und dich aufgeführt hast.“

„Ich wollte John nie wehtun.“ Sie musste ruhig bleiben. Boyd war nicht tot. Sie würde einfach nicht glauben, dass er tot war. Aber er war verletzt. Irgendwie musste sie Hilfe holen. Sie stützte sich auf die Konsole, griff langsam hinter sich und öffnete ihr Mikro, während sie die ganze Zeit ihre Augen auf sein Gesicht gerichtet hielt. „Ich schwöre, Billy, ich wollte Ihrem Bruder nie wehtun.“

„Lügnerin!“, schrie er und hob das Messer an ihre Kehle. Sie bog sich zurück und kämpfte darum, ihr Schaudern zu unterdrücken. „Du hast dir nichts aus ihm gemacht. Du hast dir nie was aus ihm gemacht. Du hast ihn nur benutzt. Frauen wie du lieben es, einen Mann zu benutzen.“

„Ich mochte ihn.“ Sie sog den Atem ein, als das Messer leicht in ihren Hals schnitt. Blut sickerte warm über ihre Haut. „Er war ein netter Junge. Er ... er hat Sie geliebt.“

„Ich habe ihn geliebt.“ Das Messer zitterte in seiner Hand, aber er zog es einen Zentimeter zurück. „Er war der einzige Mensch, den ich je geliebt habe, der mich je geliebt hat. Ich habe mich um ihn gekümmert.“

„Ich weiß.“ Sie befeuchtete ihre trockenen Lippen. Sie atmete ruhig. Bestimmt kam jemand. Jemand hörte zu. Jemand musste es hören. Sie wagte nicht, ihre Augen von ihm zu wenden und zu dem Telefon zu blicken, an dem die Lichter wie verrückt blinkten.

„Er war erst fünf, als sie mich in dieses Heim schickten. Ich hätte es gehasst, wie ich alle anderen Heime gehasst habe, in die sie mich gesteckt haben. Aber John lebte dort. Er blickte zu mir auf. Er machte sich was aus mir. Er brauchte mich. Also blieb ich, bis ich achtzehn war. Das waren nur anderthalb Jahre, aber wir waren Brüder.“

„Ja.“

„Ich bin in die Army eingetreten. Wenn ich Urlaub hatte, schlich er sich weg, um mich zu treffen. Das Schwein von einer Mutter wollte nicht, dass er was mit mir zu tun hat, weil ich mir ein paar Schwierigkeiten eingehandelt hatte.“ Er schoss noch einmal ungezielt und zerschmetterte das Glas über der Tür. „Aber es gefiel mir beim Militär. Es hat mir gut gefallen, und John hat meine Uniform gemocht.“ Seine Augen wurden glasig, während er sich erinnerte. „Sie haben uns nach Vietnam geschickt. Haben mir mein Bein versaut. Haben mir mein Leben versaut. Als wir zurückkamen, haben uns die Leute gehasst. Aber nicht John. Er war stolz auf mich. Niemand sonst war jemals stolz auf mich.“

„Ich weiß.“

„Sie haben versucht, ihn in eine Anstalt zu sperren. Zweimal.“ Wieder drückte er den Abzug. Eine Kugel schlug in die Tonbandmaschine fünfzehn Zentimeter neben Cillas Kopf. Der Angstschweiß trocknete auf ihrer Haut zu Eis. „Sie haben ihn nicht verstanden. Ich ging nach Kalifornien. Ich wollte dort einen hübschen Ort für uns finden. Ich brauchte nur Arbeit. John wollte Gedichte schreiben. Dann hat er dich getroffen." Das Glasige schmolz von seinen Augen, wurde von Hass weggesengt. „Er wollte nicht mehr nach Kalifornien kommen. Er wollte dich nicht verlassen. Er hat mir Briefe über dich geschrieben. Lange Briefe. Einmal hat er angerufen. Er hätte sein Geld nicht ausgeben sollen, aber er rief mich weit weg in Kalifornien an, um mir zu sagen, dass er heiraten würde. Du wolltest zu Weihnachten heiraten. Also wollte er warten. Ich sollte zurückkommen, weil er mich dabeihaben wollte."

Sie konnte nur den Kopf schütteln. „Ich habe nie zugestimmt, ihn zu heiraten. Auch wenn Sie mich töten, wird sich daran nichts ändern", sagte sie, als er die Pistole auf sie richtete. „Sie haben recht, er hat mich nicht verstanden. Und ich habe ihn wahrscheinlich auch nicht verstanden. Er war jung. Er hat sich vorgestellt, ich wäre etwas, das ich nicht war, Billy. Es tut mir leid, schrecklich leid, aber ich habe seinen Tod nicht verursacht."

„Du hast ihn umgebracht." Er strich mit der flachen Seite der Klinge über ihre Wange. „Und du wirst dafür bezahlen."

„Ich kann Sie nicht aufhalten. Ich werde es nicht einmal versuchen. Aber bitte, sagen Sie mir, was Sie mit Boyd getan haben."

„Ich habe ihn getötet." Er lächelte, ein sanftes, verlorenes Lächeln, das nicht zu seinen Waffen passte.

„Ich glaube Ihnen nicht."

„Er ist tot." Noch immer lächelnd, hielt er das Messer zum Licht hoch. „Es war leicht. Leichter, als ich in Erinnerung hatte. Ich habe es schnell gemacht", versicherte er ihr. „Ich wollte ihn töten, aber es ging mir nicht darum, dass er leidet. Nicht so wie du. Du wirst leiden. Ich habe es dir gesagt, erinnerst du dich? Ich habe dir gesagt, was ich mit dir machen werde."

„Wenn Sie Boyd getötet haben", flüsterte sie, „dann haben Sie mich schon getötet."

„Ich will, dass du bettelst." Er drückte das Messer wieder an ihre Kehle. „Ich will, dass du bettelst, wie John gebettelt hat."

„Es ist mir egal, was Sie mit mir machen." Sie konnte das Messer an ihrer Haut nicht fühlen. Sie konnte gar nichts fühlen. Aus weiter Ferne kam das Heulen von Sirenen. Cilla hörte sie ohne Emotion, ohne Hoffnung. Sie kamen, aber sie kamen zu spät. Sie blickte in Billys Augen. Und sie erkannte, dass sie diese Art von Schmerz verstand. Diesen Schmerz, wenn einem der Mensch genommen wurde, der einem am meisten bedeutete.

„Es tut mir leid", sagte sie, auf den Tod vorbereitet. „Ich habe ihn nicht geliebt."

Vor Wut aufschreiend, versetzte er ihr mit dem Messergriff einen betäubenden Schlag gegen die Schläfe. Er hatte wochenlang geplant und gewartet. Er würde sie nicht schnell und gnädig töten. Kam nicht infrage. Er wollte sie auf Knien sehen, wie sie um ihr Leben weinte und schrie.

Der explodierende Schmerz ließ sie zu Boden sinken. Sie hätte ihr Gesicht mit den Händen bedecken und weinen können. Nicht um sich selbst, sondern um Boyd.

Sie wandten sich beide um, als Boyd in die Tür taumelte.

Sekunden. Es dauerte nur einen Bruchteil von Sekunden. Ihr Blick klärte sich, ihr Herz barst fast. Am Leben! Er war am Leben!

Ihr erleichtertes Aufschluchzen verwandelte sich in einen Entsetzensschrei, als Billy die Pistole hob. Im nächsten Moment war sie auf den Beinen und rang mit ihm. Platten krachten auf den Boden, wurden unter den Füßen zertreten, als sie gegen ein Regal prallten. Sein Blick brannte sich in ihre Augen. Jetzt flehte sie. Sie flehte sogar, während sie mit ihm kämpfte.

Boyd fiel auf die Knie. Die Waffe rutschte ihm fast aus den nassen Fingern. Durch einen hellen roten Nebel konnte er die beiden sehen. Er wollte Cilla etwas zurufen, aber er konnte seine Stimme nicht durch seine Kehle zwingen. Er konnte nur beten, während er sich an sein Bewusstsein und die Waffe klammerte. Er sah das Messer hochsausen und zum Zustechen ansetzen. Er schoss.

Cilla hörte weder das Bersten von Glas noch das Fußgetrappel. Sie hörte nicht einmal den Knall, als die Kugel traf. Aber sie fühlte den Ruck in seinem Körper, als das Messer aus seiner Hand flog. Er rutschte aus ihrem Griff und krachte gegen die Konsole.

Mit wilden Augen wirbelte sie herum. Sie sah Boyd auf den Knien schwanken, die Waffe mit beiden Händen haltend. Hinter ihm war

Althea, ihre Waffe noch auf die Gestalt gerichtet, die auf dem Boden ausgestreckt lag. Mit einem erstickten Aufschrei stürzte Cilla sich auf Boyd, als er hinfiel.

„Nein." Sie weinte, während sie die Haare aus seinem Gesicht strich, während sie mit einer Hand an seiner Seite hinunterfuhr und das Blut fühlte. „Bitte, nein." Sie bedeckte seinen Körper mit dem ihren.

„Sie müssen ihn ruhig liegen lassen und Platz machen." Althea drängte ihre Panik zurück, während sie Cilla beiseite schob.

„Er blutet!"

„Ich weiß." Und verdammt übel, dachte sie. „Ein Krankenwagen ist unterwegs."

Cilla riss sich die Bluse vom Leib, um einen Druckverband zu machen. Sie kniete neben Boyd und beugte sich über ihn. „Ich lasse ihn nicht sterben."

Altheas Augen trafen ihre. „Dann sind wir schon zwei", sagte die junge Polizistin.

11. KAPITEL

Es hatte ein Meer von Gesichtern gegeben. Sie schienen in Cillas Kopf herumzuschwimmen, während sie in dem Warteraum des Krankenhauses auf und ab ging.

Es war so still hier. So still, dass man das Quietschen von Kreppsohlen auf dem Fliesenboden oder das Zischen der Aufzugstüren hörte. Doch in ihrem Kopf hörte sie auch noch immer das Chaos aus Sirenen, Stimmen, dem Knacken und Quäken der Funkgeräte in den Streifenwagen, die auf dem Parkplatz vor dem Eingang gestanden hatten.

Die Sanitäter waren gekommen. Hände hatten sie von Boyd weggezogen, hatten sie aus der Sendekabine und hinaus in die kühle, frische Nacht gezerrt.

Mark, erinnerte sie sich. Es war Mark gewesen, der sie zurückhielt, als sie die ganze Skala von der Hysterie zum Schock durchlief. Jackson war da gewesen, fest wie ein Felsen, hatte ihr eine Tasse mit einer heißen Flüssigkeit in die Hand gedrückt. Und Nick, kreidebleich, beruhigende Worte und Entschuldigungen murmelnd.

Fremde waren da gewesen, Dutzende von Fremden, die über ihre Radios die Konfrontation mitverfolgt hatten. Sie waren immer mehr geworden, bis die uniformierten Polizisten Sperren errichteten.

Dann war Deborah da gewesen, war weinend über den Parkplatz gelaufen, hatte Cops, Reporter und Gaffer beiseite geschoben, um zu ihrer Schwester zu kommen. Deborah hatte entdeckt, dass etwas von dem Blut an Cilla von ihr selbst stammte.

Jetzt blickte Cilla dumpf auf ihre bandagierte Hand. Sie hatte nicht gefühlt, wie das Messer während der wenigen hektischen Sekunden ihres Kampfes mit Billy in ihre Hand geschnitten hatte. Der Kratzer an ihrer Kehle, wo die Klinge sie geschnitten hatte, war schmerzhafter. Flache Wunden, dachte sie. Das waren nur flache Wunden verglichen mit dem tiefen Riss in ihrem Herzen.

Sie sah noch immer Boyd vor sich, wie sie ihn zum Krankenwagen hinausgefahren hatten. Für einen schrecklichen Moment hatte sie gefürchtet, er wäre tot. So weiß, so still.

Aber er lebte. Althea hatte es ihr gesagt. Er hatte eine Menge Blut verloren, aber er lebte.

Jetzt war er im Operationssaal, kämpfte darum, am Leben zu bleiben. Und sie konnte nur warten.

Althea sah ihr zu, wie sie auf und ab lief. Sie selbst saß lieber, um ihre Kräfte wieder zu sammeln. Sie hatte ihre eigenen Bilder, mit denen sie fertigwerden musste. Der Stich, als Cillas Stimme in die Musik einbrach. Die darauf folgende rasende Jagd vom Revier zum Sender. Der Anblick ihres Partners, wie er auf dem Boden kniete und darum kämpfte, seine Waffe zu halten. Er hatte einen Moment vor ihr geschossen.

Sie war zu spät gekommen. Damit würde sie leben müssen.

Jetzt lag ihr Partner, ihr Freund, auf einem Operationstisch. Und sie konnte nur warten.

Deborah stand auf, ging zu ihrer Schwester und legte einen Arm um sie. Cilla blieb lange genug stehen, um aus dem Fenster zu starren.

„Warum legst du dich nicht hin?“, schlug Deborah vor.

„Nein, ich kann nicht.“

„Du brauchst nicht zu schlafen. Du könntest dich einfach auf der Couch da drüben ausstrecken.“

Cilla schüttelte den Kopf. „Ich muss an so viele Dinge denken, weißt du? Wie er einfach dasaß und grinste, wenn er mich wütend gemacht hatte. Wie er sich mit einem Buch in eine Ecke der Sendekabine setzte. Die ruhige Art, in der er mich herumkommandiert hat. Ich habe mich die meiste Zeit bemüht, ihn wegzuschieben, aber ich habe nicht fest genug geschoben. Und jetzt ist er …“

„Du kannst dir daran nicht die Schuld geben.“

„Ich weiß nicht, wem ich die Schuld geben soll.“ Sie blickte zur Uhr. Wie konnten die Minuten so langsam verstreichen? „Ich kann jetzt gar nicht darüber nachdenken. Der Grund ist bei Weitem nicht so wichtig wie die Auswirkung.“

„Er würde bestimmt nicht wollen, dass du selbst die Schuld auf dich nimmst, Cilla.“

Sie lächelte beinahe. „Ich habe es mir nicht gerade zur Gewohnheit gemacht zu tun, was er wollte. Er hat mir das Leben gerettet, Deb. Wie könnte ich es ertragen, wenn der Preis dafür sein Leben wäre?“

Deborah schien ihr keinen Trost bieten zu können. „Wenn du dich schon nicht hinlegen willst, wie wäre es dann mit Kaffee?“

„Gern, danke."

Deborah ging zu einer Kanne mit einem schalen Kaffeerest auf einer Warmhalteplatte. Als Althea zu ihr stieß, schenkte sie eine zweite Tasse ein.

„Wie hält sie durch?", fragte Althea.

„An einem dünnen Faden." Deborah rieb sich die brennenden Augen. „Sie gibt sich die Schuld." Sie betrachtete Althea, als sie ihr den Kaffee reichte. „Geben Sie ihr auch die Schuld?"

Althea zögerte und hob zuerst die Tasse an ihre Lippen. Sie sah hinüber zu der Frau am Fenster. Sie wollte Cilla die Schuld geben, erkannte sie. Sie wollte ihr die Schuld daran geben, dass sich Boyd in dieser Sache über ein vernünftiges Maß hinaus verstrickt hatte. Sie wollte ihr die Schuld daran geben, dass sie den Anstoß dazu gegeben hatte, einen bereits gestörten Verstand auf den Pfad der Rache zu bringen.

Aber sie konnte es nicht. Weder als Cop noch als Frau.

„Nein", sagte sie seufzend. „Ich gebe ihr keine Schuld. Sie ist nur eines der Opfer."

„Vielleicht könnten Sie ihr das sagen." Deborah reichte Althea die zweite Tasse. „Vielleicht muss sie das hören."

Es war nicht einfach, zu Cilla hinzugehen. Sie hatten nicht miteinander gesprochen, seit sie den Warteraum betreten hatten. Althea begriff, dass sie auf sonderbare Weise Rivalinnen waren. Sie liebten beide denselben Mann. Auf unterschiedliche Art vielleicht und ganz sicher auf unterschiedlichen Ebenen, aber die Gefühle gingen auf beiden Seiten tief. Es wurde ihr bewusst, dass sie keinen Groll hegen würde, wären auf Cillas Seite keine Gefühle entstanden. Wäre sie ein Auftrag geblieben, nichts als ein Auftrag, hätte Althea nie das Verlangen verspürt, ihr eine Schuld zuzuweisen.

Es schien so, als wäre Boyd nicht der Einzige, der seine Objektivität verloren hatte.

Sie blieb neben Cilla stehen. „Kaffee?"

„Danke." Cilla nahm die Tasse an, trank jedoch nicht. „Es dauert lange."

„Jetzt wird es nicht mehr lange dauern."

Cilla holte Luft und sammelte ihren Mut. „Sie haben die Wunde gesehen. Glauben Sie, er schafft es?"

Ich weiß es nicht … Sie hätte es fast ausgesprochen. Beide wussten, dass sie es gedacht hatte. „Ich rechne fest damit."

„Sie haben mir einmal gesagt, er wäre ein guter Mann. Sie hatten recht. Lange Zeit hatte ich Angst davor, es einzusehen, aber Sie hatten recht." Sie wandte sich direkt Althea zu. „Ich erwarte nicht, dass Sie mir glauben, aber ich hätte alles getan, damit ihm nichts zustößt."

„Ich glaube Ihnen. Und Sie haben getan, was Sie konnten." Bevor Cilla sich wieder abwenden konnte, legte Althea ihr eine Hand auf den Arm. „Dass Sie Ihr Mikro aufgemacht haben, könnte ihm das Leben gerettet haben. Daran sollten Sie denken. Bei einer so ernsten Wunde, wie Boyd sie hat, zählt jede Sekunde. Durch die Sendung haben Sie uns einen Überblick über die Lage gegeben, und darum war der Krankenwagen fast genauso schnell da wie wir. Wenn Boyd es schafft, ist das zum Teil Ihrer Geistesgegenwart zu verdanken. Ich will, dass Sie daran denken."

„Billy war nur meinetwegen hinter ihm her. Ich muss auch daran denken."

„Sie versuchen, eine irrationale Situation logisch durchzudenken. Das klappt nicht." Das Mitgefühl schwand aus ihrer Stimme. „Wenn Sie schon Schuld verteilen wollen, wie wäre es dann mit John McGillis? Es war seine Fantasie, durch die erst die Zündschnur in Brand geriet. Wie wäre es mit dem System, das zuließ, dass jemand wie Billy Lomus von einem Pflegeheim zum nächsten geschoben wurde, sodass er nie wusste, wie es war, geliebt und akzeptiert zu werden, außer von einem kleinen, gestörten Jungen? Sie könnten Mark die Schuld daran geben, dass er Billys Referenzen nicht genau genug überprüft hat. Oder Boyd und mir, weil wir nicht schneller die Querbeziehung gefunden haben. Man kann viel Schuld austeilen, Cilla. Wir alle müssen eben mit unserem Anteil leben."

„Es spielt eigentlich keine Rolle, nicht wahr? Ganz gleich, wen Schuld trifft, es ist Boyds Leben, das auf dem Spiel steht."

„Detective Grayson?"

Althea fuhr herum.

Der eintretende Arzt trug noch den grünen Operationskittel, vorne schweißgetränkt. Sie versuchte, zuerst seine Augen zu beurteilen. Sie waren klar und grau und sagten ihr gar nichts.

„Ich bin Grayson."

Er hob leicht eine Augenbraue. Man traf nicht oft einen Polizeidetective, der aussah, als wäre sein Platz auf dem Cover von „Vogue".

„Dr. Winthrop, Chef der Chirurgie. Ihr Partner hatte Glück. Wäre das Messer auch nur einen Zentimeter nach einer anderen Seite gegangen, hätte er keine Chance gehabt. Er befindet sich noch immer in kritischem Zustand, aber die Prognose ist gut."

„Er lebt." Cilla brachte endlich die Worte hervor. Sie spürte die Tränen in ihren Augen.

„Ja." Dr. Winthrop wandte sich an sie. „Sind Sie eine Verwandte?"

„Nein, ich ... nein."

„Miss O'Roarke ist die erste Person, die Boyd nach seinem Aufwachen wird sehen wollen." Althea drückte rasch Cillas Hand. „Seine Angehörigen wurden verständigt, aber sie waren in Europa und werden erst in mehreren Stunden hier sein."

„Verstehe. Wir verlegen ihn in Kürze auf die Wachstation. Danach verlegen wir ihn auf die Intensivstation. O'Roarke", sagte er plötzlich. „Natürlich. Mein Sohn ist ein großer Fan von Ihnen." Er hob sanft ihre verbundene Hand an. „Ich habe schon die Geschichte gehört. Wären Sie meine Patientin, hätten Sie ein Beruhigungsmittel bekommen und wären im Bett."

„Es geht mir gut."

Stirnrunzelnd betrachtete er ihre Pupillen. „Nicht im Geringsten, um es unprofessionell auszudrücken." Sein Blick strich über den langen Kratzer an ihrem Hals. „Sie haben einen schlimmen Schock erlitten, Miss O'Roarke. Kann Sie jemand nach Hause fahren?"

„Ich gehe erst nach Hause, wenn ich Boyd gesehen habe."

„Fünf Minuten, sobald er auf der Intensivstation liegt. Nur fünf Minuten. Ich kann Ihnen garantieren, dass er mindestens acht Stunden nicht aufwachen wird."

„Danke." Wenn er dachte, sie würde sich mit fünf Minuten zufriedengeben, hatte er sich sehr getäuscht.

„Jemand sagt Ihnen Bescheid, wann Sie ihn sehen können."

„Ich muss den Captain anrufen." Es machte Althea zornig, dass sie den Tränen nahe war. „Ich wäre Ihnen dankbar, wenn Sie mich holen, nachdem Sie ihn gesehen haben. Ich wäre gern auch einen Moment bei ihm."

„Ja, natürlich, Thea." Cilla ließ sich von ihren Gefühlen leiten und schlang ihre Arme um Althea. Die Tränen spielten keine Rolle. Auch nicht der Stolz. Sie klammerten sich aneinander und hielten sich an der Hoffnung fest. Sie sprachen nicht. Das war auch nicht nötig. Als sie sich voneinander lösten, ging Althea, um ihren Captain anzurufen. Cilla wandte sich blindlings zu dem Fenster.

„Er kommt wieder in Ordnung", murmelte Deborah neben ihr.

„Ich weiß." Sie schloss die Augen. Sie wusste es tatsächlich. Die Angst war verschwunden. „Ich muss ihn nur sehen, Deb. Ich muss ihn mit eigenen Augen sehen."

„Hast du ihm gesagt, dass du ihn liebst?"

Sie schüttelte den Kopf.

„Jetzt wäre vielleicht eine gute Gelegenheit."

„Ich hatte Angst, ich würde keine Gelegenheit bekommen, und jetzt … ich weiß nicht."

„Nur eine Närrin könnte jemand so Besonderem den Rücken zuwenden."

„Oder ein Feigling." Cilla presste ihre Finger an ihre Lippen. „Diese ganze Nacht war ich halb von Sinnen, weil ich dachte, er könnte sterben. Pflichterfüllung." Sie wandte ihr Gesicht zu ihrer Schwester. „In Ausübung seiner Pflicht, Deborah. Wenn ich mich selbst gehen lasse, wenn ich mich nicht abwende, wie oft werde ich noch hier stehen und mich fragen, ob er weiterleben oder sterben wird?"

„Cilla …"

„Oder ich öffne eines Tages die Tür, und dann steht sein Captain da und sagt mir, dass er bereits tot ist, so wie Moms Captain damals an die Tür kam."

„Du kannst nicht dein Leben lang auf das Schlimmste warten, Cilla. Du musst stets auf das Beste hoffen."

„Ich bin nicht sicher, ob ich das kann." Erschöpft fuhr sie sich mit den Fingern durch die Haare. „Im Moment bin ich überhaupt in nichts sicher, außer dass er lebt."

„Miss O'Roarke?" Cilla und Deborah drehten sich zu der Schwester um. „Dr. Winthrop sagte, ich solle Sie jetzt auf die Intensivstation bringen."

„Danke."

Ihr Herz hämmerte, als sie der Schwester auf den Korridor folgte. Ihr Mund war trocken, ihre Handflächen feucht. Sie versuchte, die

Apparate und Monitore zu ignorieren, als sie durch die Doppeltüren in die Intensivstation kamen. Sie wollte sich auf Boyd konzentrieren.

Er war noch immer so weiß. Die Geräte piepsten und summten. Ein gutes Geräusch, versuchte sie sich einzureden. Es bedeutete, dass er am Leben war. Und sich ausruhte.

Zögernd streckte sie die Hand aus und strich ihm über das Haar. Es war so weich. Auch seine Haut, als sie über seine Wange streichelte.

„Es ist alles vorüber", sagte sie ruhig. „Du musst dich jetzt nur noch ausruhen und gesund werden." Verzweifelt hob sie seine Hand an ihre Lippen. „Ich bleibe so nahe, wie sie mich lassen. Ich verspreche es." Es war nicht genug, nicht annähernd. Sie strich mit den Lippen über seine Haare, seine Wange, seinen Mund. „Ich werde hier sein, wenn du aufwachst."

Sie hielt Wort. Trotz Deborahs Widerspruch verbrachte sie den Rest der Nacht auf der Couch im Warteraum. Jede Stunde erlaubten sie ihr fünf Minuten mit ihm.

Die Morgendämmerung brach an. Die Schicht wechselte. Cilla hörte das Klappern von Frühstücksgeschirr. Sie sah auf die Uhr und setzte sich auf eine Bank nahe den Türen der Intensivstation. Es war fast Zeit für ihren stündlichen Besuch.

Während sie darauf wartete, eingelassen zu werden, eilten drei Personen den Korridor entlang. Der Mann war groß, hatte dichte graue Haare und ein hageres Gesicht. Neben ihm ging eine Frau, die blonden Haare zerzaust, das Kostüm zerknittert. Neben ihnen ging noch eine Frau. Die Tochter, dachte Cilla. Sie hatte die Statur ihres Vaters und das Gesicht ihrer Mutter.

Panik stand in ihren Augen. Trotz ihrer Müdigkeit sah Cilla die Panik und erkannte sie. Schöne Augen. Dunkelgrün, genau wie ... Boyds Augen.

„Boyd Fletcher", sagte die junge Frau zu der Schwester. „Wir sind seine Familie. Man hat uns gesagt, wir könnten ihn sehen."

Die Schwester sah auf ihrer Liste nach. „Ich führe Sie zu ihm. Nur zwei gleichzeitig, bitte."

„Geht ihr." Boyds Schwester wandte sich an ihre Eltern. „Ich warte hier."

Cilla wollte etwas sagen, doch als sich die Frau an das andere

Ende der Bank setzte, konnte sie nur dasitzen und ihre Hände ineinander verschlingen.

Zehn Minuten später kamen die Fletchers wieder heraus. Der Ausdruck von Anspannung zeigte sich in den Augen der Frau, aber sie waren trocken. Ihre Hand umklammerte die ihres Mannes.

„Natalie." Sie berührte die Schulter ihrer Tochter. „Er ist wach. Benommen, aber wach. Er hat uns erkannt." Sie lächelte ihrem Mann zu. „Er wollte wissen, was zum Teufel wir hier machen, wenn wir eigentlich in Paris sein sollten." Jetzt füllten sich ihre Augen mit Tränen, und sie tastete ungeduldig nach einem Taschentuch. „Der Arzt kümmert sich gerade um ihn, aber du kannst ihn in ein paar Minuten sehen."

Natalie schlang einen Arm um die Taille ihrer Mutter, den anderen um ihren Vater.

Ihre Mutter steckte das Taschentuch wieder weg. „Als er zu sich kam, fragte er nach einer gewissen Cilla. Das ist nicht der Name seiner Partnerin. Ich glaube nicht, dass wir eine Cilla kennen."

Obwohl ihre Beine sich in Gelee verwandelt hatten, stand Cilla auf. „Ich bin Cilla." Drei Augenpaare richteten sich auf sie. „Es tut mir leid", brachte sie hervor. „Boyd wurde … er wurde verletzt, weil … er mich beschützt hat."

„Entschuldigung." Die Schwester stand wieder in der Doppeltür. „Detective Fletcher besteht darauf, Sie zu sehen, Miss O'Roarke. Er wird unruhig."

„Ich komme mit." Die Führung übernehmend, steuerte Natalie Cilla durch die Türen.

Boyds Augen waren wieder geschlossen, aber er schlief nicht. Er öffnete sie, als Cilla seine Hand berührte.

„Hi, Schlaukopf." Sie zwang sich zum Lächeln. „Wie geht's?"

„Du bist in Ordnung?" Er war nicht sicher gewesen. Seine letzte klare Erinnerung war, wie Billy das Messer hielt und Cilla mit ihm kämpfte.

„Es geht mir gut." Sie versteckte ihre bandagierte Hand hinter dem Rücken. „Du bist derjenige, der an Maschinen hängt." Obwohl ihre Stimme energisch klang, streichelte ihre Hand unendlich zärtlich über seine Wange. „Du hast schon besser ausgesehen, Fletcher."

Er verschlang seine Finger mit den ihren. „Ich habe mich auch schon besser gefühlt."

„Du hast mir das Leben gerettet." Sie kämpfte darum, ihren Ton leicht zu halten. „Ich schulde dir etwas."

„Verdammt richtig." Er wollte sie berühren, aber seine Arme fühlten sich wie Blei an. „Wann wirst du deine Schuld begleichen?"

„Darüber sprechen wir, wenn du wieder auf den Beinen bist. Deine Schwester ist hier." Sie blickte über das Bett hinweg auf Natalie.

Natalie beugte sich herunter und drückte einen Kuss auf seine Stirn. „Du Trottel."

„Es ist auch schön, dich wiederzusehen."

„Du konntest wohl nicht einfach ein erfolgreicher Geschäftshai werden, was?"

„Nein." Er lächelte und sackte fast wieder weg. „Aber du gibst einen großartigen Hai ab. Sorge dafür, dass du ihnen keine Sorgen machst."

Sie seufzte ein wenig, als sie an ihre Eltern dachte. „Du verlangst ja gar nicht viel."

„Es geht mir gut. Sag ihnen das immer wieder. Du hast Cilla schon kennengelernt?"

Natalie hob prüfend den Kopf. „Ja, wir haben uns kennengelernt. Gerade eben."

„Schaff sie verdammt noch mal hier raus!"

Natalie sah Schock und Schmerz in Cillas Augen.

„Sie braucht mich nicht wegzuschaffen." Mit ihrem letzten Rest an Stolz hob Cilla ihr Kinn. „Wenn du mich nicht hier haben willst, werde ich ..."

„Sei nicht albern." Boyd sagte es mit dieser sanften, leicht irritierten Stimme, bei der Cilla weinen wollte. Er sah wieder seine Schwester an. „Sie kann sich nicht mehr auf den Beinen halten. Die letzte Nacht war hart. Sie ist zu stur, um es sich einzugestehen, aber sie muss heimfahren und ein wenig schlafen."

„Du undankbarer Knochen", brachte Cilla hervor. „Glaubst du, du kannst mich sogar herumkommandieren, wenn du flach auf dem Rücken liegst?"

„Ja. Gib mir einen Kuss."

„Würdest du mir nicht leidtun, würde ich dich betteln lassen." Sie beugte sich über ihn und berührte seinen Mund mit ihren Lippen. In dem Moment der Berührung erkannte sie mit neuer Panik, dass sie kurz vor dem Zusammenbruch stand. „Da du mich loswerden willst, gehe ich. Ich habe eine Sendung vorzubereiten."

„Hey, O'Roarke."

Sie fand noch so viel Selbstbeherrschung, dass sie über ihre Schulter zurückblicken konnte. „Ja?"

„Komm bald wieder her."

„So, so …", murmelte Natalie, als Cilla davoneilte.

„So, so …", echote ihr Bruder. Er konnte die Augen nicht mehr offen halten. „Sie ist großartig, nicht wahr?"

„Muss sie wohl sein."

„Sobald ich länger als eine Stunde hintereinander wach bleiben kann, werde ich sie heiraten."

„Verstehe. Vielleicht solltest du so lange warten, bis du sogar eine Stunde lang stehen kannst."

„Ich werde darüber nachdenken, Nat!" Er griff nach ihrer Hand. „Schön, dich zu sehen."

„Und wie", sagte sie, als er einschlief.

Cilla lief fast, als sie die Doppeltür erreichte. Sie blieb nicht stehen, nicht einmal, als sich Boyds Eltern von der Bank erhoben. Während ihr der Atem stockte und ihre Augen sich füllten, hastete sie den Korridor entlang und stolperte in den Waschraum.

Natalie fand sie dort zehn Minuten später, in einer Ecke auf dem Boden zusammengekrümmt, verzweifelt schluchzend. Wortlos zog Natalie eine Hand voll Papierhandtücher. Sie machte ein paar feucht und hockte sich vor Cilla hin.

„Hier, für Sie."

„Ich hasse das", sagte Cilla zwischen Schluchzern.

„Ich auch." Natalie wischte sich über ihre eigenen Augen, und dann, ohne einen Gedanken an ihr Siebenhundertdollarkostüm verschwendend, setzte sie sich auf den Boden. „Der Arzt sagt, sie verlegen ihn wahrscheinlich morgen in ein normales Zimmer. Sie hoffen, seinen Zustand von kritisch zu ernst bis heute Nachmittag zu verbessern."

„Das ist gut." Cilla bedeckte ihr Gesicht mit einem Handtuch. „Sagen Sie ihm nicht, dass ich geweint habe."

„In Ordnung."

Sie schwiegen, während sie beide heftig um Selbstbeherrschung rangen.

„Vermutlich wollen Sie alles wissen, was passiert ist“, sagte Cilla endlich.

„Ja, aber das kann warten. Boyd hatte bestimmt einen Grund, als er sagte, Sie sollten heimfahren und schlafen.“

Ohne Mühe hätte sie sich auf dem Fliesenboden ausstrecken und auf der Stelle einschlafen können. „Vielleicht.“

„Ich nehme Sie mit.“

„Nein, danke. Ich rufe ein Taxi.“

„Ich nehme Sie mit“, wiederholte Natalie und stand auf. Cilla senkte das Handtuch und betrachtete sie. „Sie sind ihm sehr ähnlich, nicht wahr?“

„Das behauptet man.“ Natalie half Cilla auf. „Boyd sagte mir, er würde Sie heiraten.“

„Das behauptet er.“

Zum ersten Mal seit Stunden lachte Natalie. „Wir werden uns wirklich unterhalten müssen.“

Cilla lebte in der nächsten Woche förmlich im Krankenhaus. Sie war froh, dass ständig Freunde, Verwandte und Kollegen bei Boyd waren und er kaum ungestört mit ihr sprechen konnte. Als sich sein Zustand verbesserte, hielt sie ihre Besuche kürzer. Sie brauchten beide Abstand, fand sie.

Althea informierte sie über Billy Lomus. In seiner gestörten Kindheit war John McGillis der einzige Lichtblick gewesen. Wie das Schicksal es wollte, hatten sie sich jeweils von der Schwäche des anderen genährt. Johns erster Selbstmordversuch war zwei Monate nach Billys Abflug nach Vietnam passiert. Damals war er knapp zehn Jahre alt gewesen. Als Billy zurückgekehrt war, bitter und verwundet, war John weggelaufen, um bei ihm zu sein. Obwohl die Behörden die beiden immer wieder trennten, hatten sie einander stets wiedergefunden. Johns Tod hatte Billy über die dünne Grenze der Vernunft getrieben, an der er entlanggewandelt war.

„In diesen letzten zwei Wochen“, sagte Cilla, als sie auf dem Krankenhausparkplatz standen, „habe ich mich gefragt, ob ich bei John McGillis etwas hätte anders machen können. Aber das war nicht möglich. Es ist eine Erleichterung für mich, dass ich jetzt endlich ganz sicher sein kann."

„Dann können Sie das hinter sich lassen."

„Ja. Ich kann es nicht vergessen, aber hinter mir lassen. Und ich möchte Ihnen für alles danken, was Sie getan haben."

„Es war mein Job. Wir waren anfangs keine Freundinnen. Ich denke, jetzt sind wir beinahe welche."

Cilla lachte. „Beinahe."

„Als jemand, der beinahe Ihre Freundin ist, möchte ich etwas sagen."

„Okay."

„Ich habe Sie und Boyd von Anfang an beobachtet. Beobachtung ist ein Teil meines Jobs. Ich habe noch nicht entschieden, ob Sie gut für Boyd sind. Aber Boyd denkt, dass Sie gut für ihn sind. Das genügt mir. Jetzt müssen nur noch Sie entscheiden, ob er gut für Sie ist."

„Er denkt, dass er es ist", murmelte Cilla.

„Das habe ich bemerkt." Althea blickte die Krankenhausfassade hinauf. „Ich habe gehört, er kommt in zwei Tagen heraus."

„So lautet das Gerücht."

„Sie waren schon oben?"

„Für ein paar Minuten. Seine Schwester ist da und ein paar Cops. Sie haben ihm ein Blumenarrangement in Form eines Hufeisens gebracht. Auf der Karte steht, ‚Viel Glück, Lucky'. Sie versuchten ihm zu erzählen, sie hätten es auf dem Begräbnis eines Gangsters konfisziert."

„Sollte mich nicht überraschen. Seltsam, Cops haben einen Sinn für Humor, genau wie richtige Menschen." Sie lächelte Cilla zu. „Ich gehe jetzt hinauf. Soll ich ihm sagen, dass Sie später wiederkommen?"

„Nein. Sagen Sie ihm, er soll Radio hören. Ich werde zusehen, ob ich ‚Dueling Banjos' ausgraben kann."

„‚Dueling Banjos'?"

„Ja. Bis später, Thea."

„Sicher." Althea sah Cilla nach, wie sie zu ihrem Wagen ging, und war nicht zum ersten Mal dankbar, nicht verliebt zu sein.

„Cilla."

Sie zuckte nicht mehr bei der Nennung ihres Namens zusammen, sondern drehte sich lächelnd in ihrer Kabine zu Nick um. „Hey."

„Ich … äh … komme wieder zurück."

„Habe ich schon gehört. Sie sind ein Gewinn für den Sender, Nick. Freut mich, dass Sie Ihre Meinung geändert haben."

„Ja, also …" Er betrachtete die Narbe an ihrer Hand. „Freut mich, dass Sie in Ordnung sind. Ich wollte mich entschuldigen", platzte er heraus. „Ich komme mir wie ein Idiot vor, besonders nachdem ich die ganze Geschichte über Billy und diesen Kerl aus Chicago gehört habe."

„Sie sind überhaupt nicht wie John, Nick. Und ich bin geschmeichelt, dass Sie sich zu mir hingezogen fühlten … besonders, da Sie einen gemeinsamen Kurs mit meiner unglaublich schönen Schwester haben."

„Deborah ist nett. Aber sie ist zu klug."

Cilla lachte zum ersten Mal in diesem Monat laut auf. „Vielen Dank, Junge. Und was bin ich?"

„Ich habe nicht gemeint …" Er brach tödlich verlegen ab.

„Hey, Nick …" Cilla verstummte, als sie Boyds Mutter in der Tür sah. „Mrs Fletcher." Sie sprang auf.

„Ich hoffe, ich störe Sie nicht." Sie lächelte Cilla und Nick zu.

„Nein, nein, natürlich nicht." Cilla wischte sinnloserweise über ihre schmutzige Jeans. „Äh … Nick, warum holen Sie nicht Mrs Fletcher eine Tasse Kaffee?"

„Nein, danke, meine Liebe. Ich kann nur einen Moment bleiben."

Nick entschuldigte sich und ging.

„Also." Mrs Fletcher sah sich um. „Hier arbeiten Sie." Die angespannten Züge um ihre Augen herum waren verschwunden. Sie war eine schlanke, attraktive und perfekt hergerichtete Frau. Und sie schüchterte Cilla verteufelt ein. „Lassen Sie sich durch mich nicht unterbrechen."

„Nein … ich … ich bin gewöhnt zu arbeiten, wenn Leute um mich sind."

„Ich habe Sie im Krankenhaus vermisst. Darum bin ich hergekommen, um mich zu verabschieden."

„Sie reisen ab?"

„Da Boyd auf dem Weg der Besserung ist, fliegen wir zurück nach Paris. Geschäftlich und zum Vergnügen."

Cilla sagte die nächste Platte an. „Sie müssen erleichtert sein, dass es Boyd wieder gut geht und alles vorbei ist."

„Ja." Sie hob Cillas Hand an und betrachtete die verheilende Wunde. „Erfahrungen hinterlassen Narben." Sie ließ Cillas Hand los und ging in der kleinen Kabine herum. „Boyd sagt, er will Sie heiraten."

„Ich …" Sie schüttelte den Schock ab und räusperte sich. „Entschuldigen Sie." Sie sagte die Rätselplatte an.

„Faszinierend." Mrs Fletcher lächelte. „Boyd sagte also, dass er Sie heiraten wird. Ich frage mich, ob Sie Hilfe bei den Vorbereitungen brauchen."

„Nein. Das heißt, ich habe noch nicht gesagt … Entschuldigung." Sie drückte eine blinkende Taste. „KHIP. Nein, tut mir leid, falsche Antwort."

Die Stimme des vierten Anrufers war vertraut. „Hey, O'Roarke."

„Boyd." Sie warf seiner Mutter einen hilflosen Blick zu. „Ich arbeite."

„Und ich rufe an. Es war ‚Electric Avenue', Eddy Grant, 1983."

Sie musste lächeln. „Sehr gut, Schlaukopf. Du hast zwei Konzertkarten gewonnen. Warte." Sie schaltete ihr Mikro um. „Wir haben einen Gewinner."

„Gehst du mit mir ins Konzert?", fragte er, nachdem sie die nächste Platte angesagt hatte.

„Wenn du Glück hast. Ich muss weitermachen."

„Hey!", rief er. „Ich habe ‚Dueling Banjos' noch nicht gehört."

„Dann musst du die Sendung weiter anhören." Sie atmete tief durch und wandte sich wieder an seine Mutter. „Tut mir leid."

„Kein Problem. Was ist mit der Hochzeit?"

„Ich weiß nicht, dass es eine Hochzeit geben wird. Ich meine, es gibt keine Hochzeit." Sie fuhr sich durch die Haare. „Ich glaube nicht."

„Nun ja …" Ein wissendes Lächeln spielte um ihren Mund. „Sie oder Boyd werden es uns schon wissen lassen. Er liebt Sie sehr, wissen Sie das?"

„Ja. Ich glaube schon. Mrs Fletcher, ich spiele kein Spiel mit Boyd. Ich würde ihn aber nie bitten, sich zu ändern, und ich weiß einfach nicht, ob ich mit seinem Beruf leben kann."

„Weil Sie Angst haben, er könnte sterben und Sie zurücklassen, wie Ihre Eltern das getan haben?"

Cilla betrachtete ihre Hände. „Darauf läuft es hinaus."

„Ich mache mir auch Sorgen um ihn, aber ich liebe ihn, und das muss genug sein. Es ist immer schwer, jemanden zu verlieren, den man liebt. Wie Sie Ihre Eltern verloren, das war tragisch – und nach dem, was Boyd sagte, unnötig. Meine Mutter starb, als ich erst sechs war. Sie hat sich im Garten in den Daumen gestochen. Ein paar Wochen später starb sie an Blutvergiftung. Tragisch und unnötig. Es ist unmöglich zu sagen, wann uns ein geliebter Mensch genommen wird. Aber wie traurig wäre es, würden wir uns nicht erlauben zu lieben, nur weil wir Angst vor dem Verlust haben." Sie berührte Cillas Wange. „Hoffentlich sehen wir uns bald wieder."

„Danke für den Besuch", sagte Cilla.

Boyds Mutter drehte sich an der Tür um. „War mir ein Vergnügen." Sie betrachtete ein Poster von einem Rockstar mit nacktem Oberkörper und schulterlangem Haar. „Obwohl ich Cole Porter bevorzuge!"

Cilla lächelte noch, als das Wunschtelefon anlief.

„Hier ist Cilla O'Roarke für KHIP. Es ist fünf Minuten nach Mitternacht. Bevor ich einen Anruf entgegennehme, habe ich selbst einen Wunsch. Dieser Song ist für Boyd. Nein, es ist nicht ‚Dueling Banjos', Schlaukopf. Du musst dich an einen neuen Erinnerungssong gewöhnen. Es ist ein Song von den Platters. ‚Only You'. Nur du. Ich hoffe, du hörst zu, weil du wissen sollst …" Zum ersten Mal in ihrer Karriere erstickte sie fast während einer Sendung. „Oh, Mann, ist das schwer. Ich will sagen, ich bin endlich zu dem Schluss gekommen, nur du kommst für mich infrage. Ich liebe dich, und wenn das Angebot noch besteht, gilt der Handel."

Sie spielte die Platte ab und ließ mit geschlossenen Augen den Song durch ihren Kopf fließen.

Danach nahm sie Anruf um Anruf an. Es gab Witze und Fragen zu Boyd, aber keiner der Anrufer war Boyd. Sie war so sicher gewesen, er würde anrufen. Aber vielleicht hatte er gar nicht zugehört!

Die nächsten zwei Stunden überstand sie nur mühsam. Es war unglaublich dumm, über Radio zu verkünden, dass man jemanden liebte. Sie hatte sich lediglich blamiert.

Je mehr sie darüber nachdachte, desto wütender wurde sie.

„Das war vielleicht eine tolle Sache“, bemerkte Jackson, als er kurz vor zwei in die Kabine kam.

„Halt den Mund!“ Mit zusammengebissenen Zähnen schaltete Cilla ihr Mikro ein. „Das war alles für heute Nacht, Denver. Und denkt daran, wenn ihr von mir träumt, träumt gut.“ Sie stieß ihren Stuhl beiseite. „Und wenn du klug bist“, sagte sie zu Jackson, „sagst du kein Wort.“

„Meine Lippen sind versiegelt.“

Sie stürmte hinaus. Sie wollte nach Hause fahren und alles vergessen. Und falls Deborah zugehört hatte und noch auf war, dann hatte sie wenigstens jemanden, den sie fertig machen konnte.

Sie stapfte mit gesenktem Kopf zu ihrem Wagen und hatte die Hand schon am Türgriff, als sie Boyd auf der Motorhaube sitzen sah.

„Eine hübsche Nacht“, sagte er.

„Was ... was zum Teufel machst du hier?“ Ihr Ärger war vergessen. „Du solltest im Krankenhaus sein.“

„Ich bin über die Mauer gestiegen.“

„Du Idiot! Sitzt hier in der Nachtluft. Vor zwei Wochen warst du fast tot, und ...“

„Ich habe mich noch nie im Leben besser gefühlt und du auch nicht.“ Er zog sie zu einem Kuss an sich.

„Was?“

„Du hast dich auch nie besser in meinem Leben angefühlt.“

„Steig ein. Ich bringe dich zurück ins Krankenhaus.“

„Den Teufel wirst du tun.“ Lachend zog er sie erneut an sich und küsste sie verzehrend.

Sie fühlte sich schwach und heiß und schwindelig.

„Mir hat der Song gefallen.“

„Welcher Song? Oh. Du hast zugehört.“

„Was du gesagt hast, hat mir noch besser gefallen. Wie wäre es, wenn du es von Angesicht zu Angesicht wiederholst?“

„Ich ...“ Sie stieß den Atem aus.

Geduldig legte er seine Hände an ihr Gesicht. „Komm schon, O’Roarke, spuck es aus.“

„Ich liebe dich.“ Sie sagte es so schnell und mit so offensichtlicher Erleichterung, dass er lachte. „Verdammt, das ist nicht lustig.

Ich liebe dich wirklich, und es ist deine Schuld, dass ich gar nicht anders kann."

„Erinnere mich daran, dass ich mir später selbst auf die Schulter klopfe. Du hast eine verteufelte Stimme, Cilla." Er schlang behaglich seine Arme um sie. „Und du hast nie besser geklungen als heute Nacht."

„Ich hatte Angst."

„Ich weiß."

„Ich glaube, nein, ich weiß, das ich jetzt keine Angst mehr habe." Sie lehnte ihren Kopf gegen seine Schulter. „Es ist richtig."

„Ja, genau richtig. Das Angebot besteht noch, Cilla. Heirate mich."

Sie ließ sich Zeit, nicht weil sie Angst hatte, sondern weil sie es genießen wollte. Sie wollte sich an jede Sekunde erinnern. Es war eine klare Vollmondnacht, die Sterne funkelten. Sie fing den feinen Duft zarter Frühlingsblumen auf.

„Eine Frage habe ich vorher noch."

„Okay."

„Können wir wirklich eine Köchin einstellen?"

Er lachte und küsste sie. „Unbedingt."

„Dann gilt der Handel."

– ENDE –

Nora Roberts

Der geheimnisvolle Fremde

Roman

Aus dem Amerikanischen von
M. R. Heinze

NEW YORK TIMES
BESTSELLER AUTOREN

1. KAPITEL

Er durchstreifte die Nacht. Allein. Rastlos. Und immer bereit. In Schwarz gekleidet und maskiert, war er ein Schatten unter Schatten, wie ein Raunen zwischen dem Wispern und Flüstern der Dunkelheit.

Er hielt ständig Ausschau nach denjenigen, die sich die Hilflosen und Verwundbaren als Opfer aussuchten. Unbekannt, ungesehen, unerwünscht, so verfolgte er die Jäger in dem dampfenden Dschungel der Großstadt. Ungehindert bewegte er sich in den finsteren Gegenden, in ausweglosen Einfahrten und gewalttätigen Straßen. Wie Rauch trieb er über hoch aufragende Dachfirste und hinunter in feuchte Keller.

Wenn er gebraucht wurde, brach er wie Donner herein, voller Macht und Wut. Dann gab es nur den Blitz, das sichtbare Echo, das eine elektrische Entladung am Himmel zurückließ.

Sie nannten ihn Nemesis, und er war überall.

Er durchstreifte die Nacht, wich dem Lachen aus, dem fröhlichen Lärm von Feiern. Stattdessen wurde er angezogen von dem Wimmern und den Tränen der Einsamen und von dem hoffnungslosen Flehen der Opfer. Nacht für Nacht kleidete er sich in Schwarz, maskierte sein Gesicht und pirschte durch die wilden dunklen Straßen. Nicht für das Gesetz. Das Gesetz wurde zu leicht von denjenigen manipuliert, die es verachteten. Es wurde oft gebeugt und verdreht von denjenigen, die behaupteten, es hochzuhalten. Er wusste es, oh ja, er wusste es. Und er konnte nicht vergessen.

Wenn er unterwegs war, dann für Gerechtigkeit unterwegs – für die allzu oft blinde Justitia.

Durch Gerechtigkeit konnte es Vergeltung geben und einen Ausgleich der Waagschalen.

Deborah O'Roarke bewegte sich rasch. Sie war immer in Eile, um mit ihren eigenen ehrgeizigen Zielen Schritt zu halten. Jetzt klackten ihre ordentlichen, praktischen Schuhe eilig über die zersprungenen Bürgersteige des East Ends von Urbana. Nicht Angst trieb sie zu ihrem Wagen zurück, obwohl das East End ein gefährliches Gebiet war – besonders bei Nacht – für eine attraktive Frau allein. Es war die Aufregung nach einem Erfolg. In ihrer Eigenschaft als stellvertretende Staatsanwältin hatte sie soeben ein Gespräch mit einem Zeugen einer jener Schießereien vom fahrenden Auto aus geführt, die zunehmend zu einer Plage in Urbana wurden. Ihre Gedanken beschäftigten sich ausschließlich damit, dass sie in ihr Büro zurückfahren und ihren Bericht schreiben musste, damit die Räder der Justiz sich zu drehen beginnen konnten. Sie glaubte an die Justiz, an ihre einzelnen geduldigen, hartnäckigen und systematischen Schritte. Die Mörder des jungen Rico Mendez würden sich für ihr Verbrechen verantworten müssen. Und mit ein wenig Glück würde sie die Anklage vertreten können.

Vor dem baufälligen Gebäude, in dem Deborah gerade eine Stunde lang hartnäckig zwei verängstigte Jungen nach Informationen ausgequetscht hatte, war die Straße dunkel. Bis auf zwei Straßenlampen waren alle Lampen zerbrochen, und ihre Reste reihten sich nutzlos an dem mit Sprüngen übersäten Bürgersteig entlang. Der Mond lieferte nur gelegentlich etwas Licht. Deborah wusste, dass die Schatten in den engen Hauseingängen Betrunkene oder Drogenhändler oder Prostituierte waren. Mehr als einmal hatte sie sich selbst ins Gedächtnis gerufen, dass sie in einem dieser traurigen, heruntergekommenen Gebäude hätte landen können – wäre da nicht die wilde Entschlossenheit ihrer älteren Schwester gewesen, dafür zu sorgen, dass sie ein gutes Zuhause, eine gute Ausbildung und ein gutes Leben hatte.

Jedes Mal, wenn Deborah einen Fall zur Verhandlung brachte, hatte sie das Gefühl, als würde sie einen Teil dieser Schuld zurückzahlen.

Mit langen, zielstrebigen Schritten trat sie vom Bürgersteig herunter, um in ihren Wagen einzusteigen, als jemand sie von hinten packte.

„Ooh, Baby, du bist ja süß."

Der Mann, zwanzig Zentimeter größer als sie und drahtig wie eine Sprungfeder, stank. Aber nicht nach Fusel. In dem Sekundenbruchteil, den sie brauchte, um in seinen glasigen Augen zu lesen, begriff sie, dass er nicht mit Whisky, sondern mit chemischen Drogen vollgepumpt war, die ihn schnell anstatt träge machten. Mit beiden Händen stieß sie ihren ledernen Aktenkoffer in seinen Unterleib. Er grunzte und lockerte seinen Griff. Deborah riss sich los und rannte, wobei sie hektisch nach ihren Schlüsseln suchte.

Gerade als sich ihre Hand um das klirrende Metall in ihrer Tasche schloss, packte er sie. Seine Finger gruben sich in den Kragen ihrer Jacke. Sie hörte das Leinen reißen und drehte sich entschlossen um. Dann sah sie das Springmesser, die Klinge, die einmal aufblitzte, bevor sie sich gegen ihre weiche Haut unterhalb des Kinn presste.

„Ich hab dich", sagte er und kicherte.

Sie erstarrte, wagte kaum zu atmen. In seinen Augen sah sie eine bösartige Freude, die niemals auf Bitten oder auf Argumente hören würde. Dennoch hielt sie ihre Stimme leise und ruhig.

„Ich habe nur fünfundzwanzig Dollar."

Mit der Messerspitze auf ihrer Haut beugte er sich vertraulich nieder. „Aber nein, Baby, du hast viel mehr als fünfundzwanzig Dollar." Er schlang ihr Haar um seine Hand und riss einmal fest daran. Als sie aufschrie, zog er sie zu dem noch dunkleren Durchgang. „Na los, schrei!" Er kicherte ihr ins Ohr. „Ich mag's, wenn ihr schreit. Na los." Er ritzte sie mit der Klinge am Hals. „Schrei!"

Sie tat es, und der Schrei rollte durch die finstere Straße und echote in den Häuserschluchten. Aus den Hauseingängen ertönten ermutigende Zurufe – für den Angreifer. Hinter verdunkelten Fenstern ließen Leute ihre Lichter ausgeschaltet und taten, als hätten sie nichts gehört.

Als er sie gegen die feuchte Mauer des Durchgangs stieß, war Deborah vor Entsetzen zu Eis erstarrt.

Ich werde zu einer Zahl der Statistik, dachte die dumpf. Nur eine weitere Zahl unter den ständig ansteigenden Opfern.

Langsam und dann mit wachsender Macht begann Wut durch den eisigen Schirm der Angst hindurchzubrennen. Sie wollte sich nicht winden und wimmern. Sie wollte sich nicht ohne Kampf unterwerfen. Erst jetzt spürte sie den scharfen Druck ihrer Schlüssel, die noch in ihrer Hand waren, fest umschlossen von ihrer harten Faust. Sie konzentrierte sich und schob die Spitzen zwischen ihre steifen Finger, sog den Atem ein und versuchte, ihre ganze Kraft in ihren Arm zu legen.

Gerade als sie den Arm heben wollte, schien sich der Angreifer in die Luft zu erheben. Dann flog er mit rudernden Armen gegen eine Reihe eiserner Abfalleimer.

Deborah befahl ihren Beinen zu laufen. So rasend wie ihr Herz jetzt schlug, war sie sicher, im Handumdrehen in ihrem Wagen sein zu können, die Türen verschlossen, der Motor am Laufen. Doch dann sah sie ihn.

Er war schwarz gekleidet, ein langer, schlanker Schatten zwischen Schatten. Er stand über dem messerschwingenden Junkie, die Beine gespreizt, der Körper angespannt.

„Bleiben Sie weg", befahl er, als sie automatisch einen Schritt vorwärts tat. Seine Stimme war teils ein Flüstern, teils ein Grollen.

„Ich denke ..."

„Denken Sie nicht", fauchte er, ohne sie eines Blickes zu würdigen.

Noch während sie sich über seinen Ton ärgerte, sprang der Junkie heulend auf und ließ sein Messer einen tödlichen Bogen beschreiben. Vor Deborahs benommenen und faszinierten Augen blitzte eine Bewegung, gefolgt von einem Schmerzensschrei und dem Klappern des Messers, das auf dem Beton davonschlidderte.

Schneller als man Atem holen kann, stand der Mann in Schwarz wie zuvor da. Der Junkie lag auf den Knien und hielt sich stöhnend den Magen.

„Das war ...", Deborah suchte in ihren durcheinander wirbelnden Gedanken nach einem Wort, „... beeindruckend. Ich ... ich schlage vor, dass wir die Polizei rufen."

Er ignorierte sie weiterhin, während er aus seiner Tasche einen Plastikstrick holte und dem noch immer stöhnenden Junkie Hände und Füße zusammenband. Er hob das Messer auf, drückte einen Knopf. Die Klinge verschwand fast lautlos. Erst dann drehte er sich zu ihr um.

Die Tränen trocknen bereits auf ihren Wangen, bemerkte er. Und obwohl ihr Atem leicht stockte, schien sie nicht in Ohnmacht zu fallen oder hysterisch zu werden. Er konnte nicht anders, als ihre Ruhe zu bewundern.

Sie war außerordentlich schön, stellte er leidenschaftslos fest. Ihre Haut hob sich hell wie Elfenbein von einer zerzausten Wolke pechschwarzen Haars ab. Ihre Züge waren weich, zart, fast zerbrechlich. Es sei denn, man sah ihr in die Augen. Darin fand man eine Härte, eine Entschlossenheit, die der Tatsache widersprach, dass ihr schlanker Körper als Reaktion auf die Ereignisse zitterte.

Ihre Jacke war zerrissen, und ihre Bluse war aufgeschnitten worden und enthüllte eisblaue Spitze und Seide eines Unterkleides. Ein interessanter Kontrast zu dem schlichten, fast maskulinen Businesskostüm.

Er taxierte sie nicht wie ein Mann eine Frau, sondern wie er es mit den unzähligen anderen Opfern unzähliger Jäger getan hatte. Die unerwartete und sehr natürliche Reaktion, die er verspürte, irritierte ihn. So etwas war viel gefährlicher als jedes Springmesser.

„Sind Sie verletzt?“ Seine Stimme war leise und emotionslos, und er hielt sich im Schatten.

„Nein. Nein, eigentlich nicht.“ Es würde eine Menge wunder Stellen geben, sowohl auf ihrer Haut als auch auf ihrer Seele, aber darum wollte sie sich später kümmern. „Nur ein wenig verstört. Ich wollte Ihnen danken, dass ...“ Während sie sprach, war sie näher an ihn herangegangen. In dem schwachen Widerschein der Straßenbeleuchtung sah sie, dass sein Gesicht maskiert war. Als ihre Augen sich weiteten, erkannte er, dass sie blau waren. Ein elektrisierend leuchtendes Blau. „Nemesis“, murmelte sie. „Ich dachte, Sie wären nur das Produkt einer überdrehten Fantasie.“

„Ich bin so real wie er.“ Mit einem Kopfnicken deutete er auf die zwischen den Abfällen stöhnende Gestalt. An ihrer Kehle entdeckte er einen dünnen Blutfaden. Aus Gründen, die zu verstehen er gar nicht versuchte, machte es ihn wütend. „Was sind Sie bloß für eine Närrin?“

„Wie bitte?“

„Das ist hier die Kloake der Stadt. Sie gehören nicht hierher. Niemand mit etwas Verstand kommt hierher, sofern er keine andere Wahl hat.“

Ihr Temperament drohte mit ihr durchzugehen, doch sie hielt es unter Kontrolle. Immerhin hatte er ihr geholfen. „Ich hatte hier etwas zu erledigen.“

„Nein“, verbesserte er sie. „Sie haben hier nichts zu erledigen, es sei denn, Sie wollen in einer Toreinfahrt vergewaltigt und ermordet werden.“

„Das wollte ich absolut nicht.“ Während ihre Empfindungen sich verdüsterten, trat der Südstaatenakzent in ihrer Stimme stärker hervor. „Ich kann auf mich selbst aufpassen.“

Sein Blick senkte sich auf ihre zerschnittene Bluse und kehrte zu ihrem Gesicht zurück. „Offensichtlich."

Sie konnte die Farbe seiner Augen nicht erkennen. In dem trüben Licht wirkten sie schwarz. Aber sie erkannte die Zurückweisung in ihnen und die Arroganz.

„Ich habe mich schon für Ihre Hilfe bedankt, obwohl ich keine Hilfe brauchte. Ich war gerade dabei, diesen schleimigen Kerl selbst zu erledigen."

„Wirklich?"

„Wirklich. Ich wollte ihm die Augen auskratzen." Sie hielt ihre Schlüssel hoch, die wie tödliche Spitzen nach außen ragten. „Damit."

Er betrachtete sie erneut und nickte langsam. „Ja, ich glaube, dazu wären Sie imstande."

„Verdammt richtig!"

„Dann scheine ich meine Zeit verschwendet zu haben." Er zog ein schwarzes Stück Stoff aus der Tasche. Nachdem er das Messer darin eingewickelt hatte, reichte er es ihr. „Sie werden das als Beweis brauchen."

In dem Moment, wo sie das Messer berührte, erinnerte sie sich an das Entsetzen und die Hilflosigkeit. Mit einer leisen Verwünschung unterdrückte sie ihren Ärger. Wer immer er war, was immer er war, er hatte sein Leben riskiert, um ihr zu helfen. „Ich bin Ihnen dankbar."

„Ich suche keine Dankbarkeit."

Sie hob das Kinn. „Was denn?"

Er sah sie an, sah in sie hinein. Etwas trat in seine Augen und schwand wieder, etwas, das wieder einen eisigen Schauer über ihre Haut jagte, als sie seine Antwort hörte. „Gerechtigkeit."

„Das ist nicht der richtige Weg", setzte sie an.

„Das ist mein Weg. Wollten Sie nicht die Polizei rufen?"

„Ja." Sie presste die Hand gegen ihre Schläfe. Sie war etwas benommen, und ihr war mehr als nur ein wenig übel. Das war eindeutig nicht der richtige Zeitpunkt, um mit einem kampflüsternen maskierten Mann über Moral und Arbeitsweise der Justiz zu diskutieren. „Ich habe ein Telefon im Auto."

„Dann schlage ich vor, dass Sie es benützen."

„In Ordnung." Sie war zu müde, um zu widersprechen. Fröstelnd verließ sie die Einfahrt, hob ihren Aktenkoffer auf und verstaute erleichtert das Springmesser darin.

Nachdem sie 911 gerufen und ihren Standort und die Lage geschildert hatte, kehrte sie zu der Einfahrt zurück.

„Sie schicken einen Streifenwagen." Erschöpft strich sie das Haar aus ihrem Gesicht. Sie sah den Junkie, der sich auf dem Beton eng zusammengerollt hatte. Seine Augen waren groß und wild. Nemesis hatte ihn mit dem Versprechen zurückgelassen, was mit ihm passieren würde, sollte er noch einmal beim Versuch einer Vergewaltigung erwischt werden.

Selbst durch den Drogennebel hindurch hatten die Worte wahr geklungen.

„Hallo?" Mit einem verwirrten Stirnrunzeln sah sie sich in der Einfahrt um.

Er war verschwunden.

„Verdammt, wo ist er hin?" Sie atmete tief aus und lehnte sich gegen die feuchte Mauer. Sie war noch nicht mit ihm fertig, noch lange nicht.

Er war ihr so nahe, dass er sie fast berühren konnte, aber sie bemerkte ihn nicht. Das war seine besondere Fähigkeit, die Wiedergutmachung für verlorene Tage.

Er streckte nicht die Hand aus und fragte sich, warum er das überhaupt wollte. Er beobachtete sie bloß und prägte sich die Form ihres Gesichts ein, ihre Haut, die Farbe und den Schimmer ihres Haars, wie es sich sanft um ihren Kopf schmiegte.

Wäre er ein romantischer Mann gewesen, hätte er in Begriffen der Poesie oder Musik gedacht. So aber sagte er sich, dass er nur abwartete, um darauf zu achten, dass sie in Sicherheit war.

Als die Sirene die Nacht durchschnitt, sah er, wie sie die Maske der Beherrschung wiederherstellte, Schicht um Schicht. Sie tat tiefe beruhigende Atemzüge, während sie ihre ruinierte Jacke über der zerschnittenen Bluse zuknöpfte. Mit einem letzten Atemzug verstärkte sie ihren Griff an dem Aktenkoffer, reckte ihr Kinn hoch und ging mit selbstsicheren Schritten zu der Mündung der Einfahrt.

Während er allein zurückblieb, fing er den subtil erotischen Duft ihres Parfüms auf.

Zum ersten Mal seit vier Jahren verspürte er den süßen und stillen Schmerz des Verlangens.

Deborah fühlte sich gar nicht in Stimmung für eine Party. In ihrer Fantasie war sie nicht nur einem trägerlosen roten Kleid mit Korsett herausgeputzt, das gegen ihre Seiten drückte. Sie trug keine kneifenden Schuhe mit acht Zentimeter hohen Absätzen. Und sie lächelte nicht, bis sie meinte, ihr Gesicht würde in der Mitte auseinander reißen.

Es war immerhin eine Party, die von Arlo Stuart gegeben wurde, dem Hotelmagnaten, und zwar als Wahlkampfparty für Tucker Fields, den Bürgermeister von Urbana. Es war Stuarts Hoffnung und die der gegenwärtigen Verwaltung, dass der Wahlkampf im November mit der Wiederwahl des Bürgermeisters enden würde.

„Himmel, du siehst großartig aus." Jerry Bower, schlank und attraktiv in seinem Smoking, sein blondes Haar in Wellen um sein gebräuntes, freundliches Gesicht gelegt, blieb neben Deborah stehen, um ihr einen raschen Kuss auf die Wange zu drücken. „Tut mir leid, dass ich keine Zeit zum Reden hatte. Ich musste so viele Leute begrüßen und mit ihnen sprechen."

„Immer viel zu tun für die rechte Hand des Big Boss." Sie lächelte und prostete ihm zu. „Eine ganz schöne Fete."

„Stuart hat alle Reserven mobilisiert." Mit dem Auge eines Politikers betrachtete er die Menge. Die Mischung aus Reichen, Berühmten und Einflussreichen gefiel ihm. Es gab natürlich auch andere Aspekte des Wahlkampfes. Sich zeigen, Kontaktaufnahme mit Geschäftseigentümern, Fabrikarbeitern – die blauen, die grauen und die weißen Kragen, Pressekonferenzen, Reden, Erklärungen. Doch Jerry fand, wenn er einen kleinen Abschnitt eines Achtzehnstundentages damit verbringen konnte, sich an seidenen Ellbogen zu reiben und Kanapees zu naschen, dann konnte er auch das Beste daraus machen.

„Ich bin gebührend beeindruckt", versicherte Deborah.

„Schön, aber es ist deine Stimme, die wir wollen."

„Ihr könnt sie bekommen."

„Wie fühlst du dich?" Er ergriff die Gelegenheit und begann, einen Teller mit Hors d'œuvres zu füllen.

„Gut." Sie blickte lässig auf die verblassende Prellung an ihrem Unterarm. Andere, farbige Male waren unter dem roten Seidenkleid verborgen.

„Wirklich?"

Sie lächelte erneut. „Wirklich. Es war eine Erfahrung, die ich nicht wiederholen möchte, aber es hat mir klar gemacht, absolut klar gemacht, dass wir noch viel Arbeit vor uns haben, bevor die Straßen von Urbana sicher sind."

„Du hättest nicht da draußen sein sollen", murmelte Jerry.

Er hätte genauso gut versuchen können, ihr den Teppich unter den Füßen wegzuziehen. Ihre Augen flammten auf, ihre Wangen röteten sich, und sie reckte ihr Kinn vor. „Warum? Warum sollte es eine Stelle geben, irgendeine Stelle in der Stadt, in der man sich nicht sicher bewegen kann? Sollen wir denn einfach die Tatsache hinnehmen, dass es Teile von Urbana gibt, in denen sich anständige Menschen nicht zeigen dürfen? Wenn wir ..."

„Warte, warte!" Er hob ergeben eine Hand. „Die einzige Person, die man in der Politik nicht mühelos niederreden kann, ist ein Jurist. Ich stimme ja mit dir überein, in Ordnung?" Er schnappte sich ein Glas Wein von einem vorbeieilenden Kellner und erinnerte sich, dass es sein einziges während des langen Abends sein könnte. „Ich habe eine Tatsache festgestellt. Das macht es nicht richtig, aber wahr."

„Es sollte nicht wahr sein." Ihre Augen hatten sich aus Ärger und Frustration verdunkelt.

„Der Bürgermeister hat eine harte Kampagne gegen das Verbrechertum gestartet", erinnerte Jerry sie und nickte lächelnd vorbeischlendernden Wählern zu. „Niemand in dieser Stadt kennt die Statistiken besser als ich. Sie sind hässlich, kein Zweifel, aber wir werden sie senken. Es dauert nur seine Zeit."

„Ja." Seufzend holte sie sich vom Rand des Streits zurück, den sie mit Jerry öfter ausgefochten hatte, als sie zählen konnte. „Aber es dauert zu lange."

In den nächsten Minuten schlang Deborah Kanapees hinunter und ordnete Namensschilder samt genauerer Einstufung den Gesichtern zu, die den ROYAL STUART-Ballsaal erfüllten. Jerrys kluge und prägnante Kommentare ließen sie leise lachen. Als sie einen Rundgang durch die Menge begannen, hakte sie sich lässig bei ihm unter. Es war ein Zufall, dass sie überhaupt den Kopf wandte und sich in diesem Meer von Menschen auf ein einzelnes Gesicht konzentrierte.

Der Mann stand in einer Gruppe von fünf oder sechs Personen, wobei ihm zwei schöne Frauen förmlich an den Armen hingen. Attraktiv, ja, dachte Deborah. Doch der Saal war voll von attraktiven Männern. Sein dichtes, dunkles Haar umrahmte ein schmales, etwas durchgeistigtes Gesicht. Ausgebildete Knochenstruktur, tief liegende Augen – braune Augen, erkannte sie, dunkel wie Schokolade. Im Moment blickten sie leicht gelangweilt drein. Sein Mund war voll und verzog sich soeben in der leichten Andeutung eines Lächelns.

Er trug einen Smoking, als wäre er in einem geboren worden. Leicht, lässig. Mit einem Finger strich er eine feurige Locke von der Wange der Rothaarigen, als er sich näher zu ihr herunterbeugte. Sein Lächeln vergrößerte sich bei etwas, das sie sagte.

Und dann, ohne den Kopf zu drehen, ließ er seinen Blick im Ballsaal wandern. Gleichgültig betrachtete er die Umstehenden, bis sein Blick an Deborah hängen blieb.

„Jerry, wer ist das? Dort drüben. Mit der Rothaarigen auf der einen Seite und der Blondine auf der anderen."

Jerry warf einen Blick hinüber, verzog das Gesicht und zuckte die Schultern. „Überrascht mich, dass er nicht auch noch eine Brünette auf den Schultern sitzen hat. Frauen pflegen an ihm zu kleben, als würde er anstelle eines Smokings Fliegenpapier tragen."

Sie brauchte nicht gesagt zu bekommen, was sie mit eigenen Augen sah. „Wer ist das?"

„Guthrie, Gage Guthrie."

Ihre Augen zogen sich ein wenig zusammen während sie die Lippen spitzte. „Wieso klingt der Name bekannt?"

„Der Gesellschaftsteil der WORLD ist damit täglich buchstäblich zugekleistert."

„Ich lese den Gesellschaftsteil nicht." Sie war sich dessen wohl bewusst, dass es unhöflich war, trotzdem starrte Deborah hartnäckig auf den Mann auf der anderen Seite des Saals. „Ich kenne ihn", murmelte sie. „Ich kann ihn nur nicht unterbringen."

„Du hast wahrscheinlich seine Geschichte gehört. Er war ein Cop."

„Ein Cop." Deborahs Augenbrauen hoben sich überrascht. Er fühlte sich viel zu wohl, wirkte viel zu sehr wie ein Teil der reichen und privilegierten Umgebung, um ein Cop zu sein.

„Offenbar ein guter Cop, genau hier in Urbana. Vor ein paar Jahren gerieten er und sein Partner in Schwierigkeiten. Große Schwierigkeiten. Sein Partner wurde getötet. Guthrie wurde für tot gehalten und liegen gelassen."

Ihr Gedächtnis fand sein Ziel. „Jetzt erinnere ich mich. Ich habe seine Geschichte verfolgt. Lieber Himmel, er lag im Koma etwa ..."

„Neun oder zehn Monate", ergänzte Jerry. „Sie hatten ihn an lebenserhaltende Geräte angeschlossen, und als sie ihn schon aufgeben wollten, öffnete er die Augen und kam ins Leben zurück. Er konnte keinen Außendienst mehr ausüben, und einen Schreibtischposten im Urbana Police Department hat er abgelehnt. Er hatte eine fette Erbschaft gemacht, während er im Koma lag. Man könnte sagen, er hat das Geld genommen und die Fliege gemacht."

Es kann nicht genug gewesen sein, dachte sie. Keine Geldsumme konnte genug gewesen sein. „Es muss schrecklich gewesen sein. Er hat fast ein Jahr seines Lebens verloren."

Jerry suchte in dem schwindenden Angebot auf seinem Teller nach etwas Interessantem. „Er hat die verlorene Zeit nachgeholt. Frauen finden ihn offenbar unwiderstehlich. Natürlich kann das etwas damit zu tun haben, dass er eine Dreimillionendollar-Erbschaft in dreißig Millionen verwandelt hat." An einer würzigen Krabbe knabbernd, beobachtete Jerry, wie Gage Guthrie sich von der Gruppe löste und in ihre Richtung kam. „So, so", sagte er leise. „Sieht so aus, als wäre das Interesse gegenseitig."

Gage war sich ihrer von dem Moment an bewusst gewesen, in dem sie den Ballsaal betreten hatte. Er hatte geduldig beobachtet, wie sie sich unter die Leute mischte und sich dann zurückzog. Er hatte eine gesellige Unterhaltung weitergeführt, obwohl er jede einzelne ihrer Bewegungen genau beobachtet hatte. Er hatte gesehen, wie sie Jerry zulächelte, hatte bemerkt, wie Jerry sie geküsst und vertraulich mit der Hand ihre Schulter berührt hatte.

Er wollte herausfinden, welche Beziehung zwischen den beiden bestand.

Obwohl das gar keine Rolle spielte. Keine Rolle spielen konnte, verbesserte er sich. Gage hatte keine Zeit für sinnliche Schwarzhaarige mit intelligenten Augen. Dennoch ging er unaufhaltsam auf sie zu.

„Jerry." Gage lächelte. „Schön, Sie wiederzusehen."

„Das Vergnügen ist ganz meinerseits, Mr Guthrie. Unterhalten Sie sich gut?"

„Natürlich." Sein Blick wanderte von Jerry zu Deborah. „Hallo."

Aus irgendeinem lächerlichen Grund schnürte sich ihr die Kehle zu.

„Deborah, darf ich dir Gage Guthrie vorstellen? Und das ist die stellvertretende Staatsanwältin Deborah O'Roarke."

„Eine stellvertretende Staatsanwältin." Gages Lächeln strahlte charmant. „Es ist beruhigend zu wissen, dass die Gerechtigkeit in so schönen Händen liegt."

„In tüchtigen Händen", entgegnete sie. „Ich bevorzuge ‚tüchtig'."

„Natürlich." Obwohl sie ihm nicht die Hand reichte, ergriff er sie und hielt sie für ein paar kurze Sekunden fest.

Pass auf! Die Warnung zuckte durch Deborahs Gedanken in dem Moment, in dem sich ihre Hände berührten.

„Wenn ich mich entschuldigen darf." Jerry legte erneut die Hand auf Deborahs Schulter. „Der Bürgermeister gibt mir Zeichen."

„Sicher." Sie brachte für ihn ein Lächeln zu Stande, obwohl sie zu ihrer Schande eingestehen musste, dass sie ihn bereits vergessen hatte.

„Sie sind noch nicht lange in Urbana", bemerkte Gage.

Trotz ihres Unbehagens blickte Deborah ihm direkt in die Augen. „Ungefähr anderthalb Jahre. Warum?"

„Weil ich das gewusst hätte."

„Wirklich? Führen Sie Buch über alle stellvertretenden Staatsanwälte?"

„Nein." Er strich mit einem Finger über den Perlenanhänger an ihrem Ohr. „Nur über die schönen." Das blitzartige Misstrauen in ihren Augen amüsierte ihn. „Möchten Sie tanzen?"

„Nein." Sie stieß einen langen, ruhigen Atemzug aus. „Nein, danke. Ich kann wirklich nicht länger bleiben, Ich muss arbeiten."

Er sah auf seine Uhr. „Es ist schon nach zehn."

„Das Gesetz hat keine Stechuhr, Mr Guthrie."

„Gage. Ich fahre Sie."

„Nein." Eine rasche und unvernünftige Panik stieg bis zu ihrer Kehle hoch. „Nein, das ist nicht nötig."

„Wenn es nicht nötig ist, dann muss es ein Vergnügen sein."

Er war glatt, viel zu glatt für einen Mann, der gerade eine Blondine und eine Rothaarige abgeschüttelt hatte. Deborah hatte keine Lust, das Trio abzurunden.

„O nein. Bitte. Mr Guthrie, ich möchte Sie nicht von der Party losreißen."

„Ich bleibe nie lange auf Partys."

„Gage." Die Rothaarige schwebte mit feuchtem Schmollmund heran, um ihn am Arm zu ziehen. „Honey, du hast nicht mit mir getanzt. Kein einziges Mal."

Deborah nutzte die Gelegenheit, um schnurstracks den Ausgang anzusteuern.

Es war albern, das räumte sie ein, aber ihre inneren Systeme hatten verrückt gespielt bei dem Gedanken, mit ihm in einem Wagen allein zu sein. Purer Instinkt, vermutete sie, denn an der Oberfläche war Gage Guthrie ein glatter, charmanter und ansprechender Mann. Doch sie fühlte etwas. Strömungen. Dunkle, gefährliche Strömungen. Deborah fand, dass sie sich schon mit genug Problemen herumschlagen musste. Sie brauchte nicht auch noch Gage Guthrie auf die Liste zu setzen.

Sie trat in die schwüle Sommernacht hinaus.

„Soll ich Ihnen ein Taxi rufen, Miss?", fragte der Portier.

„Nein." Gage legte seine feste Hand an ihren Ellbogen. „Danke."

„Mr Guthrie …", setzte sie an.

„Gage. Mein Wagen steht gleich hier, Miss O'Roarke." Er deutete auf eine lange Limousine in schimmerndem Schwarz.

„Ein schöner Wagen", stieß sie zwischen zusammengebissenen Zähnen hervor, „aber ein Taxi reicht völlig für meine Bedürfnisse."

„Aber nicht für meine." Er nickte dem großen, massigen Mann zu, der vom Fahrersitz glitt, um die hintere Tür zu öffnen. „Die Straßen sind nachts gefährlich. Ich möchte ganz einfach wissen, dass Sie dort, wo Sie hinwollten, sicher angekommen sind."

Sie trat zurück und betrachtete ihn lange und eingehend, so wie sie das Polizeifoto eines Verdächtigen betrachtete. Er wirkte jetzt mit diesem halben Lächeln um seinen Mund nicht mehr so gefährlich so wie noch vor einigen Minuten. Sie fand sogar, dass er ein wenig traurig aussah. Ein wenig einsam.

Sie wandte sich zu der Limousine. Um nicht zu sanft zu werden, schoss sie einen Blick über ihre Schulter. „Hat Ihnen schon einmal jemand gesagt, dass Sie hartnäckig sind, Mr Guthrie?“

„Oft, Miss O'Roarke.“

Er setzte sich neben sie und überreichte ihr eine einzelne langstielige rote Rose.

„Sie haben sich gut vorbereitet“, murmelte sie und fragte sich, ob die Blume für die Blondine oder die Rothaarige bestimmt gewesen war.

„Ich bemühe mich. Wohin möchten Sie fahren?“

„Zum Justizgebäude. Das ist auf der Sechsten …“

„Ich weiß, wo das ist.“ Gage drückte einen Knopf, und die Glasscheibe, die sie von dem Fahrer trennte, öffnete sich lautlos. „Zum Justizgebäude, Frank.“

„Ja, Sir.“ Die Scheibe schloss sich wieder, spann sie in einen Kokon ein.

„Wir haben früher auf derselben Seite gearbeitet“, bemerkte Deborah.

„Welche Seite ist das?“

„Das Gesetz.“

Er wandte sich ihr zu, und seine Augen waren dunkel, fast hypnotisch und brachten sie dazu, sich zu fragen, was er gesehen hatte, als er all diese Monate in jener seltsamen Welt des Halb-am-Leben-Seins dahingetrieben war. Oder des Halb-tot-Seins.

„Sie verteidigen das Gesetz?“

„Das möchte ich doch meinen.“

„Trotzdem wären Sie nicht abgeneigt, auf einen Handel einzugehen und Anklagen zurückzunehmen.“

„Das System ist überlastet“, sagte sie abwehrend.

„O ja, das System.“ Mit einer leichten Bewegung seiner Schultern schien er das alles abzutun. „Woher kommen Sie?“

„Denver.“

„Nein, Sie haben nicht diese Zypressen und Magnolienblüten in ihrer Stimme aus Denver.“

„Ich wurde in Georgia geboren, aber meine Schwester und ich

sind ziemlich viel herumgekommen. In Denver habe ich lange gelebt, bevor ich dann in den Osten nach Urbana zog."

Ihre Schwester, registrierte er. Nicht ihre Eltern, nicht ihre Familie, bloß ihre Schwester. Er drängte nicht weiter. Noch nicht. „Warum sind Sie hierhergekommen?"

„Weil es eine Herausforderung war. Ich wollte all diese Jahre meines Studiums gut einsetzen. Ich möchte daran glauben, dass ich etwas bewirken kann." Sie dachte an den Mendez-Fall und an die vier Gangmitglieder, die verhaftet worden waren und jetzt auf ihren Prozess warteten. „Ich habe etwas bewirkt."

„Sie sind Idealistin."

„Vielleicht. Was ist daran falsch?"

„Idealisten werden oft tragisch enttäuscht." Er betrachtete sie einen Moment schweigend. Die Straßenlampen und die Scheinwerfer des entgegenkommenden Verkehrs schnitten in den Wagen und entschwanden. Schnitten herein und entschwanden wieder. Sie war schön, sowohl im Licht als auch im Schatten. Mehr als schön. In ihren Augen schimmerte eine Macht. Jene Macht, die aus der Verschmelzung von Intelligenz und Entschlossenheit stammt.

„Ich möchte Sie vor Gericht sehen", sagte er.

Ihr Lächeln fügte der Macht und der Schönheit noch ein Element hinzu. Ehrgeiz. Es war eine sagenhafte Kombination.

„Ich bin ein Killer."

„Darauf möchte ich wetten."

Er wollte sie berühren, nur mit einer Fingerspitze über diese schönen weißen Schultern streichen. Er fragte sich, ob das genug wäre, nur eine Berührung. Weil er fürchtete, es könnte nicht genug sein, widerstand er. Mit Erleichterung und Frustration fühlte er die Limousine an den Straßenrand gleiten und halten.

Deborah drehte sich um und blickte aus dem Fenster auf das alte, hoch aufragende Justizgebäude. „Das war schnell", murmelte sie, verblüfft über ihre eigene Enttäuschung. „Danke für die Fahrt." Als der Fahrer ihr die Tür öffnete, schwang sie rasch die Beine ins Freie.

„Ich werde Sie wiedersehen."

Zum zweiten Mal blickte sie ihn über die Schulter an. „Vielleicht. Gute Nacht."

Er saß einen Moment in dem weichen Sitz, von ihrem Duft umweht, den sie zurückgelassen hatte.

„Nach Hause?“, fragte der Fahrer.

„Nein.“ Gage holte tief und beruhigend Luft. „Bleiben Sie hier und bringen Sie sie nach Hause, wenn sie fertig ist. Ich brauche jetzt einen Spaziergang.“

2. KAPITEL

Wie ein Boxer, der von zu vielen Schlägen benommen war, kämpfte Gage sich aus dem Albtraum. Er tauchte an die Oberfläche, atemlos und schweißgebadet. Als die mahlende Übelkeit nachließ, legte er sich zurück und starrte an die verzierte Decke seines Schlafzimmers.

Fünfhundertdreiundzwanzig Rosetten waren in den Stuck geschnitten. Er hatte sie Tag für Tag während seiner langsamen und mühsamen Wiederherstellung gezählt. Fast wie bei einer Beschwörung, so begann er sie erneut zu zählen, und wartete darauf, dass sein Pulsschlag sich beruhigte.

Die Laken aus irischem Leinen waren zerwühlt und schlangen sich feucht um ihn, aber er blieb absolut still liegen und zählte. Fünfundzwanzig, sechsundzwanzig, siebenundzwanzig. Ein leichter würziger Duft von Nelken hing im Raum. Eines der Hausmädchen hatte den Nelkenstrauß auf das Rollladenpult unter dem Fenster gestellt. Während er weiterzählte, versuchte er zu erraten, welche Vase das Mädchen genommen hatte. Waterford, Dresden, Wedgwood. Er konzentrierte sich darauf und auf das monotone Zählen, bis er fühlte, wie sich sein Kreislauf stabilisierte.

Er wusste nie vorher, wann der Traum wiederkehrte. Er sollte wohl dankbar sein, dass er nicht mehr jede Nacht kam, aber diesen sporadischen Heimsuchungen haftete etwas noch Schrecklicheres an.

Ruhiger geworden, drückte er den Knopf neben dem Bett. Die Vorhänge an dem breiten Bogenfenster glitten auf und ließen das Licht herein. Sorgfältig spannte er die Muskeln, einen nach dem anderen, um sich davon zu überzeugen, dass er noch immer die Kontrolle über seine Glieder hatte.

Wie ein Mann, der seine eigenen Dämonen jagte, ließ er den Traum noch einmal an sich vorbeiziehen. Wie stets tauchte der Traum kristallklar in seinen Gedanken auf und bezog alle seine Sinne mit ein:

Sie arbeiteten verdeckt, Gage und sein Partner Jack McDowell. Nach fünf Jahren waren sie mehr als Partner. Sie waren Brüder. Jeder hatte sein Leben riskiert, um das des anderen zu retten. Und jeder würde es ohne Zögern wieder tun. Sie arbeiteten zusammen, tranken zusammen, gingen zu Sportveranstaltungen, diskutierten über Politik.

Seit mehr als einem Jahr traten sie unter den Namen Demerez und Gates auf und gaben sich als zwei bedeutende Dealer für Kokain und dessen noch tödlichere Weiterentwicklung Crack aus. Mit Geduld und List hatten sie eines der größten Drogenkartelle an der Ostküste infiltriert. Urbana war dessen Zentrum.

Sie hätten ein Dutzend Verhaftungen durchführen können, aber sie – und das Department – stimmten überein, dass der Mann an der Spitze ihr Ziel war.

Sein Name und sein Gesicht blieben ein Rätsel.

Doch an diesem Abend sollten sie ihn kennenlernen. Peinlichst genau war ein Deal ausgehandelt worden. Demerez und Gates trugen fünf Millionen in bar in ihrem stahlverstärkten Aktenkoffer bei sich. Sie sollten das Geld gegen Spitzenkokain eintauschen. Und sie wollten nur mit dem Mann verhandeln, der das Sagen hatte.

Sie fuhren in dem Maserati Spezialanfertigung, auf den Jack so stolz war, zum Hafen. Bei zwei Dutzend Mann als Rückendeckung und ihrer eigenen soliden Tarnung war ihre Stimmung bestens.

Jack war ein schnell denkender, in seiner Ausdrucksweise rauer Cop-Veteran. Er hing an seiner Familie. Er hatte eine hübsche stille Frau und einen kleinen Teufel als Sohn, der gerade laufen lernte. Und mit seinen braunen Haaren, die er glatt zurückgekämmt trug, den mit Ringen übersäten Händen und dem faltenlos sitzenden Seidenanzug entsprach er exakt seiner Rolle als reicher, gewissenloser Dealer.

Es gab eine Menge Gegensätze zwischen den beiden Partnern. Jack stammte aus einer langen Linie von Cops und war von seiner geschiedenen Mutter in einem Apartment auf der dritten Etage eines Hauses ohne Aufzug im East End großgezogen worden. Es hatte gelegentliche Besuche von seinem Vater gegeben, einem Mann, der genauso oft zur Flasche wie zu seiner Waffe griff. Jack war direkt nach der Highschool zur Polizei gegangen.

Gage hingegen stammte aus einer Familie von Geschäftsleuten, bestehend aus sehr erfolgreichen Männern, die in Palm Beach Urlaub machten und im Country Club Golf spielten. Seine Eltern hatten nach dem Familienstandard jedoch eher der arbeitenden Klasse nahe gestanden, weil sie es vorzogen, ihr Geld, ihre Zeit und ihre Träume in ein kleines, elegantes französisches Restaurant auf der oberen East Side zu investieren. Dieser Traum hatte sie letztlich getötet.

Nachdem sie das Restaurant spät in einer trüben Herbstnacht geschlossen hatten, waren sie beraubt und brutal ermordet worden, keine drei Meter vom Eingang entfernt.

Schon vor seinem zweiten Geburtstag verwaist, war Gage in Stil und Luxus von einem hingebungsvollen Onkel und einer in ihn vernarrten Tante großgezogen worden. Er spielte Tennis anstatt Straßen-Basketball, und er war ermutigt worden, in die Fußstapfen des Bruders seines verstorbenen Vaters zu treten, und zwar als Präsident des Guthrie-Imperiums.

Doch er hatte nie die Grausamkeit und Ungerechtigkeit der Ermordung seiner Eltern vergessen können. Dies war der Grund, warum er direkt nach dem College zur Polizei gegangen war.

Trotz der Gegensätze in ihrer Herkunft hatten die beiden Männer eine lebenswichtige Sache gemeinsam – sie glaubten beide an das Gesetz.

„Heute Nacht kriegen wir ihn", sagte Jack und nahm einen tiefen Zug an seiner Zigarette.

„Hat lange genug gedauert", murmelte Gage.

„Sechs Monate Vorbereitungsarbeit, achtzehn Monate strengste getarnte Untergrundarbeit. Zwei Jahre sind nicht zu viel, um diesen Bastard festzunageln." Er wandte sich blinzelnd an Gage. „Natürlich könnten wir auch die fünf Millionen nehmen und wie die Teufel rennen. Was sagst du dazu, Kleiner?"

Obwohl Jack nur fünf Jahre älter als Gage war, hatte er ihn stets „Kleiner" genannt. „Ich wollte schon immer nach Rio."

„Ja, ich auch." Jack schnippte die glühende Zigarette aus dem Wagenfenster. Sie kullerte Funken sprühend über den Asphalt. „Wir könnten uns eine Villa kaufen und Highlife machen. Jede Menge Frauen, Rum und Sonne. Wie wärs?"

„Jenny könnte das möglicherweise ärgern."

Jack lachte leise bei der Erwähnung seiner Frau. „Ja, da könnte sie sauer werden. Sie würde mich glatt einen Monat lang im Wohnzimmer schlafen lassen. Schätze, wir sollten doch lieber dem Kerl in den Hintern treten." Er griff nach einem winzigen Sender. „Hier ist Schneewittchen. Empfangt ihr mich?"

„Positiv, Schneewittchen."

„Wir erreichen Pier siebzehn", murmelte Jack. „Behaltet uns im Auge. Das gilt für euch alle sieben Zwerge da draußen."

Gage hielt im Schatten des Docks und stellte den Motor ab. Er roch Wasser und Fisch und Müll. Den Instruktionen, die sie erhalten hatten, folgend, blinkte er zweimal mit den Scheinwerfern, wartete und blinkte noch zweimal.

„Genau wie James Bond", sagte Jack und grinste ihm zu. „Bereit, Kleiner?"

„Verdammt, ja."

Jack steckte sich noch eine Zigarette an und blies den Rauch durch die Zähne. „Dann mal los!"

Sie bewegten sich vorsichtig. Jack hielt den Aktenkoffer mit den markierten Scheinen und dem Mikrosender. Beide Männer trugen Schulterhalfter mit 38er Polizeiwaffen. Gage hatte als Rückversicherung einen 25er um seine Wade geschnallt.

Das Klatschen von Wasser an Holz, das Krabbeln von Nagern auf Beton. Das schwache Licht eines wolkenverhangenen Mondes. Der Geruch von Tabak in der Luft von Jacks Zigarette. Der kleine, langsam rollende Schweißtropfen zwischen seinen Schulterblättern.

„Ich habe kein gutes Gefühl", sagte Gage leise.

„Fang mir nicht an, Gespenster zu sehen, Kleiner. Heute Nacht treffen wir ins Schwarze."

Gage nickte und schüttelte das Unbehagen ab. Aber er griff nach seiner Waffe, als ein kleiner Mann aus der Dunkelheit trat. Grinsend hielt der Mann die Hände hoch, Handflächen nach außen.

„Ich bin allein", sagte er. „Wie vereinbart. Ich bin Montega, Ihr Begleiter."

Er hatte dunkle zottige Haare und einen weit ausladenden Schnurrbart. Als er lächelte, fing Gage das Glitzern von Goldzähnen auf. Genau wie sie trug er einen teuren Anzug von dem Zuschnitt, der die Beule einer automatischen Waffe verbergen konnte. Montega senkte vorsichtig eine Hand und holte eine lange, schlanke Zigarre hervor. „Es ist eine hübsche Nacht für eine kleine Bootsfahrt, sí?"

„Sí." Jack nickte. „Sie haben hoffentlich nichts dagegen, wenn wir Sie abklopfen? Wir würden uns besser fühlen, wenn wir die Schießeisen haben, bis wir am Ziel sind."

„Verständlich." Montega entzündete die Zigarre mit einem schlanken goldenen Feuerzeug. Noch immer grinsend, klemmte er sich die Zigarre zwischen die Zähne. Gage sah, wie seine Hand das Feuerzeug lässig zurück in die Tasche schob. Dann gab es eine Explosion. Das Geräusch, das allzu vertraute Geräusch einer Kugel, die aus einer Waffe schoss. Es gab ein angesengtes Loch in der Tasche des Fünfzehnhundertdollaranzugs. Jack fiel nach hinten.

Selbst jetzt, vier Jahre später, sah Gage den Rest in schrecklicher Zeitlupe. Den benommenen, bereits toten Blick in Jacks Augen, als er von der Wucht der Kugel nach hinten geschleudert wurde. Das lange, langsame Rollen des Aktenkoffers, der sich immer wieder überschlug. Die Schreie der Teams ihrer Rückendeckung, während sie anrückten. Seine eigene unmöglich langsame Bewegung, mit der er nach seiner Waffe griff.

Das Grinsen, das breiter werdende Grinsen, in dem Gold blitzte, als Montega sich ihm zuwandte.

„Stinkende Cops", sagte er und feuerte.

Selbst jetzt noch konnte Gage den heißen, zerreißenden Schlag in seiner Brust explodieren fühlen. Die Hitze, unerträglich, unaussprechlich. Er konnte sich selbst nach hinten fliegen sehen. Endlos fliegen, endlos hinein in Dunkelheit.

Er war tot.

Er wusste, dass er tot war. Er konnte sich selbst sehen. Er blickte nach unten und sah seinen Körper hingestreckt auf dem blutigen Dock. Cops arbeiteten an ihm, drückten Verbandszeug auf seine Wunde, fluchten und krabbelten herum wie kleine Ameisen. Er beobachtete alles leidenschaftslos, schmerzlos.

Dann kamen die Sanitäter, zogen ihn irgendwie zurück in den Schmerz. Er hatte keine Kraft, um gegen sie anzukämpfen und dahin zu gehen, wohin er wollte.

Der Operationssaal. Hellblaue Wände, scharfes Licht, das Glitzern von stählernen Instrumenten. Das Piep-Piep von Monitoren. Das angestrengte Zischen und Entspannen des Beatmungsgeräts. Zweimal glitt er mühelos aus seinem Körper – wie ein Atemhauch, ruhig und unsichtbar – und beobachtete, wie das Operationsteam um sein Leben kämpfte. Er wollte ihnen sagen, sie sollten aufhören, er wolle nicht dahin zurückkommen, wo er wieder Schmerz empfinden konnte. Wieder fühlen konnte.

Aber sie waren geschickt und entschlossen und holten ihn zurück in diesen armen beschädigten Körper. Und für eine Weile kehrte er in die Schwärze zurück.

Das änderte sich. Er erinnerte sich, in einer grauen flüssigen Welt getrieben zu sein, die ursprüngliche Erinnerungen an den Mutterleib zurückbrachte. Sicherheit in dieser Welt. Ruhe in dieser Welt. Gelegentlich konnte er jemanden sprechen hören. Jemand sagte laut, beharrlich seinen Namen. Doch er zog es vor, dies zu ignorieren. Eine Frau weinte – seine Tante. Die erschütterte, flehende Stimme seines Onkels.

Licht kam, wirklich eine Störung, und obwohl er nichts fühlen konnte, merkte er doch, dass jemand seine Augenlider anhob und mit einem Lichtstrahl in seine Pupillen leuchtete.

Es war eine faszinierende Welt. Er konnte seinen eigenen Herzschlag hören. Ein sachtes, beständiges Pochen und Zischen. Er konnte Blumen riechen. Nur gelegentlich. Dann wurden sie von dem glatten, antiseptischen Geruch des Krankenhauses überlagert. Und er hörte Musik, leise, ruhige Musik. Beethoven, Mozart, Chopin.

Später erfuhr er, dass eine der Schwestern so bewegt gewesen war, dass sie ein kleines Kassettengerät in sein Zimmer gebracht hatte. Sie brachte auch häufig weggeworfene Blumenarrangements und saß bei ihm und sprach mit einer ruhigen, mütterlichen Stimme.

Manchmal hielt er sie fälschlicherweise für seine eigene Mutter und fühlte sich unerträglich traurig.

Als die Nebel in dieser grauen Welt sich zu lichten begannen, wehrte er sich dagegen. Er wollte bleiben. Doch ganz gleich, wie tief er auch tauchte, er trieb an die Oberfläche.

Bis er zuletzt seine Augen für das Licht öffnete.

Das war der schlimmste Teil des Albtraums, fand Gage jetzt. Als er die Augen öffnete und begriff, dass er lebte.

Matt kletterte Gage aus dem Bett. Er hatte den Todeswunsch überwunden, der ihn in diesen ersten Wochen verfolgt hatte. Doch an den Morgen, an denen er unter dem Albtraum litt, geriet er in Versuchung, das Geschick und die Hingabe des Operationsteams zu verfluchen, das ihn zurückgebracht hatte.

Sie hatten Jack nicht zurückgebracht. Sie hatten Gages Eltern nicht gerettet, die starben, bevor er sie überhaupt kennenlernte. Sie hatten nicht das Geschick besessen, um seine Tante und seinen Onkel zu retten, die ihn mit uneingeschränkter Liebe großgezogen hatten und die nur wenige Wochen vor seinem Erwachen aus dem Koma gestorben waren.

Doch sie hatten ihn gerettet. Gage begriff, warum.

Es war wegen der Gabe geschehen, wegen des Fluchs von einer Gabe, die er in diesen neun Monaten erhalten hatte, in denen seine Seele sich in dieser grauen, flüssigen Welt aufgehalten hatte. Und weil sie ihn gerettet hatten, hatte er keine andere Wahl, alles zu tun, was ihm bestimmt war.

Er erinnerte sich deutlich daran, als er diese Gabe das erste Mal bei sich festgestellt hatte. Sie hatte ihn erschreckt. Und fasziniert. Und sie war ideal für jemanden, der nachts durch die Straßen wanderte – auf der Suche nach Antworten …

Um Viertel vor zwölf kühlte Deborah sich die Fersen auf dem fünfundzwanzigsten Revier. Sie war nicht besonders überrascht, dass sie dorthin gerufen worden war. Die vier Gangmitglieder, die Rico Mendez niedergeschossen hatten, wurden hier in getrennten Zellen gehalten. Auf diese Weise konnten sie im Angesicht der Anklage schwitzen – Mord ersten Grades, Beihilfe zum Mord, illegaler Besitz von Feuerwaffen, Besitz von verbotenen Substanzen und all die anderen Anklagen auf dem Arrestformular. Und sie konnten einzeln darunter schwitzen, ohne Gelegenheit zu haben, gegenseitig ihre Geschichten zu erhärten.

Sie hatte den Anruf von Sly Parinos Pflichtverteidiger um Punkt neun Uhr bekommen. Das sollte das dritte Zusammentreffen zwischen ihnen werden. Bei jeder vorangegangenen Zusammenkunft hatte Deborah sich gegen einen Handel gewehrt. Parinos öffentlicher Pflichtverteidiger verlangte die Welt, und Parino selbst war derb, gemein und arrogant. Aber sie hatte bemerkt, dass Parino jedes Mal, wenn sie im Sprechzimmer zusammensaßen, mehr schwitzte.

Der Instinkt sagte ihr, dass er tatsächlich etwas anzubieten hatte, sich jedoch fürchtete.

Auf ihre eigene Strategie zurückgreifend, hatte Deborah dem

Treffen zugestimmt, hatte es jedoch um zwei Stunden verschoben. Es klang, als wäre Parino bereit für einen Handel, und da sie ihn festgenagelt hatte – Besitz der Mordwaffe und zwei Augenzeugen –, musste er schon pures Gold zum Tausch anbieten.

Sie nutzte die Zeit, in der sie darauf wartete, dass Parino aus dem Gewahrsam vorgeführt wurde, um ihre Notizen zu dem Fall noch einmal durchzusehen. Sie hätte sie auswendig hersagen können. Ihre Gedanken wanderten daher zurück zum vorherigen Abend.

Was für eine Sorte Mann war Gage Guthrie? Der Typ, der eine zögernde Frau nach einer fünfminütigen Bekanntschaft in seine Limousine drängte. Der dann diese Limousine zweieinhalb Stunden zu ihrer Verfügung zurückließ. Sie erinnerte sich an ihre amüsierte Verblüffung, als sie um ein Uhr nachts aus dem Justizgebäude kam und die lange schwarze Limousine mit ihrem schweigsamen massigen Fahrer vorfand, um sie nach Hause zu bringen.

Mr Guthries Anordnung.

Obwohl Mr Guthrie nirgendwo zu sehen war, hatte sie seine Gegenwart während der ganzen Fahrt vom Stadtzentrum zu ihrem Apartment im unteren West End gefühlt.

Ein machtvoller Mann, dachte sie jetzt. Im Aussehen, in der Persönlichkeit und in der grundsätzlichen maskulinen Ausstrahlung. Sie sah sich in dem Revier um und versuchte sich vorzustellen, wie dieser elegante, nur leicht kantig wirkende Mann in einem Smoking hier arbeitete.

Das Fünfundzwanzigste war eines der härtesten Reviere in der Stadt. Und hier hatte, wie Deborah herausgefunden hatte, um ihre Neugier zu befriedigen, Detektive Gage Guthrie die meiste Zeit seiner sechs Jahre beim Urbana Police Department abgedient.

Es war schwierig, diese zwei miteinander zu verbinden. Diesen glatten, hartnäckig charmanten Mann mit dem schmutzigen Linoleum des Police Departments, dem harten Neonlicht, dem Geruch von Schweiß und abgestandenem Kaffee, unterlegt mit dem klebrigen Fichtennadelduft von Reinigungsmitteln.

Er mochte klassische Musik, denn aus den Lautsprechern der Limousine war Mozart gedrungen. Dennoch hatte er jahrelang inmitten von Schreien, Flüchen und schrillenden Telefonen im Fünfundzwanzigsten gearbeitet.

Nach den Informationen, die sie aus seiner Akte herausgelesen hatte, wusste sie, dass er ein guter Cop gewesen war – manchmal zu wagemutig, aber einer, der nie die Grenze überschritt. Zumindest war davon in seiner Akte nichts festgehalten. Im Gegenteil, sie strotzte geradezu von Belobigungen.

Er und sein Partner hatten einen Prostitutionsring aufgebrochen, der sich als Opfer durchgebrannte Jugendliche aussuchte, hatten auf ihr Konto die Verhaftung dreier prominenter Geschäftsleute verbucht, die eine geheime Spielorganisation betrieben, welche ihre glücklosen Kunden mit unaussprechlichen Qualen bestrafte, hatten Drogendealer zur Strecke gebracht, kleine und große, und hatten einen korrupten Cop aufgestöbert, der seine Polizeimarke dazu missbraucht hatte, Schutzgelder von kleinen Ladenbesitzern in Urbanas Klein-Asien zu erpressen.

Dann waren sie in den Untergrund gegangen, um einem der größten Drogenkartelle an der Ostküste das Rückgrat zu brechen. Und waren letzten Endes selbst gebrochen worden.

„Miss O'Roarke."

„Ja." Sie stand auf und reichte dem jungen, abgehetzt wirkenden öffentlichen Pflichtverteidiger die Hand. „Hallo, Mr Simmons."

„Ja, also …" Er schob seine Schildpattbrille auf der Hakennase höher. „Ich bin Ihnen dankbar, dass Sie diesem Treffen zugestimmt haben."

„Lassen Sie den Quatsch." Hinter Simmons wurde Parino von zwei uniformierten Cops flankiert. Ein abfälliges Grinsen lag auf seinem Gesicht. Seine Hände steckten in Handschellen. „Wir sind für einen Handel hier. Fangen wir an."

Mit einem Kopfnicken ging Deborah in das kleine Sprechzimmer voraus. Sie stellte ihre Aktentasche auf den Tisch und setzte sich dahinter. Sie verschränkte die Hände im Schoß. In ihrem schlichten blauen Kostüm mit der weißen Bluse sah sie wie eine Südstaatenschönheit aus. Man hatte ihr gute Manieren beigebracht. Doch ihre Augen, dunkel wie das Leinen ihres Kostüms, brannten, als sie über Parino wanderten. Sie hatte die Polizeifotos von Mendez studiert und hatte gesehen, was Hass und eine automatische Waffe mit einem sechzehn Jahre alten Körper anstellen konnten.

„Mr Simmons, Ihnen ist doch klar, dass von den vier Verdächtigen, denen eine Anklage wegen der Ermordung von Rico Mendez bevorsteht, Ihr Klient den Preis für die ernsteste Anklage gewinnt?"

„Können wir die Dinger abmachen?" Parino streckte die gefesselten Hände aus.

Deborah warf ihm einen Blick zu. „Nein."

„Komm schon, Baby." Er schenkte ihr ein Lächeln, das er für sexy hielt. „Sie haben doch keine Angst vor mir, oder?"

„Vor Ihnen, Mr Parino?" Ihre Lippen lächelten, aber ihr Ton war kühl sarkastisch. „Nein, wirklich nicht. Ich zerquetsche hässliche kleine Insekten jeden Tag. Aber Sie sollten Angst vor mir haben. Ich bin diejenige, die Sie abservieren wird." Sie lenkte den Blick zurück auf Simmons. „Verschwenden wir nicht wieder Zeit. Wir drei wissen, worum es geht. Mr Parino ist neunzehn und wird als Erwachsener angeklagt. Es muss noch entschieden werden, ob die anderen als Erwachsene oder Jugendliche vor Gericht kommen." Sie holte ihre Notizen heraus, obwohl sie sie nur als Staffage brauchte. „Die Mordwaffe wurde in Mr Parinos Apartment gefunden mit Mr Parinos Fingerabdrücken darauf."

„Die ist mir untergeschoben worden", behauptete Parino. „Die habe ich nie vorher gesehen."

„Heben Sie sich das für den Richter auf", schlug Deborah vor. „Zwei Zeugen haben ihn in dem Wagen gesehen, der an der Ecke der Third Avenue und der Market Street am zweiten Juni um elf Uhr fünfundvierzig vorbeifuhr. Diese beiden Zeugen haben Mr Parino bei einer Gegenüberstellung als den Mann identifiziert, der sich aus dem Wagen beugte und zehn Schüsse auf Rico Mendez abgab."

Parino begann, über diese Verräter zu fluchen und zu schreien, was er mit ihnen anstellen würde, wenn er herauskäme. Was er mit Deborah anstellen würde. Ohne sich die Mühe zu machen, ihre Stimme zu erheben, fuhr Deborah fort, ihre Augen auf Simmons gerichtet.

„Wir nageln Ihren Klienten eiskalt auf Mord ersten Grades fest. Und der Staat wird die Todesstrafe verlangen." Sie verschränkte die Hände auf ihren Unterlagen und nickte Simmons zu. „Also, worüber wollen Sie sprechen?"

Simmons zerrte an seiner Krawatte. Der Rauch der Zigarette, an der Parino paffte, zog in seine Richtung und brannte in seinen Augen. „Mein Klient besitzt Informationen, die er dem Büro des Staatsanwalts übergeben will.“ Er räusperte sich. „Im Gegenzug für Immunität und eine Reduzierung der gegenwärtigen Anklagen gegen ihn. Von Mord ersten Grades zu illegalem Besitz einer Feuerwaffe.“

Deborah hob eine Augenbraue und dehnte die Stille einen Herzschlag lang aus. Sie beobachtete Simmons, dessen Augen Nervosität ausdrückten. An der Sache war was dran. Sie konnte es förmlich riechen. „Mord ersten Grades“, wiederholte sie. „Mit einer Empfehlung auf lebenslänglich anstelle der Todesstrafe – falls Sie etwas haben, das mein Interesse weckt.“

„Lassen Sie mich bitte mit meinem Klienten sprechen. Wenn Sie uns eine Minute geben könnten.“

„Natürlich.“ Sie verließ den schwitzenden Pflichtverteidiger und seinen schreienden Klienten.

Zwanzig Minuten später saß sie Parino wieder an dem verschrammten Tisch gegenüber. Er war blasser und ruhiger, während er eine Zigarette bis zum Filter herunterrauchte.

„Spielen Sie Ihre Karten aus, Parino“, schlug sie vor.

„Ich will Immunität.“

„Was die Anklagen betrifft, die aus den von Ihnen an mich gelieferten Informationen entstehen könnten, einverstanden.“ Sie hatte ihn da, wo sie ihn wollte.

„Und Schutz.“ Er hatte zu schwitzen begonnen.

„Sofern er berechtigt ist.“

Er zögerte, spielte mit seiner Zigarette, mit dem angesengten Plastikaschenbecher. Doch er war in die Ecke getrieben, und er wusste es. Zwanzig Jahre. Der Pflichtverteidiger hatte gesagt, er könnte vielleicht in zwanzig Jahren auf Bewährung entlassen werden.

Zwanzig Jahre im Bau waren besser als der Stuhl. Alles war besser. Und ein schlauer Kerl konnte sich im Knast ganz gut behaupten. Er hielt sich für einen ziemlich schlauen Kerl.

„Ich habe ein paar Lieferungen für ein paar Kerle gemacht. Schwere Sachen. Transport von Stoff von den Docks zu diesem tollen Antiquitätenladen im Zentrum. Die haben gut bezahlt, zu gut. Also habe ich gewusst, dass da in den Kisten noch was anderes war als alte Vasen.“ Wegen der Handschellen unbeholfen, steckte er sich eine neue Zigarette am glimmenden Filter der anderen an. „Ich dachte, ich seh mir das selbst mal an. Ich habe eine von den Kisten aufgemacht. Die war randvoll gepackt mit Koks. Mann, ich habe nie so viel Schnee gesehen. Hundert, vielleicht hundertfünfzig Pfund. Und das Zeug war rein."

„Woher wissen Sie das?"

Er leckte sich über die Lippen, grinste. „Ich habe eines von den Päckchen genommen und unter mein Hemd gesteckt. Ich sage Ihnen, da war genug, um jede Nase in diesem Staat für die nächsten zwanzig Jahre ausgiebig zu füllen."

„Wie heißt dieser Laden?"

Er leckte sich erneut über die Lippen. „Ich will wissen, ob wir einen Handel haben."

„Wenn die Information bestätigt wird, ja. Wenn Sie mir einen Bären aufbinden, nein."

„‚Timeless'! Das ist der Name. ‚Zeitlos'. Auf der Seventh Avenue. Wir haben einmal, vielleicht auch zweimal in der Woche geliefert. Ich weiß nicht, wie oft wir da Koks oder nur schicke Tische hingefahren haben."

„Nennen Sie mir Namen."

„Der Typ, mit dem ich auf den Docks gearbeitet habe, war Maus. Einfach Maus, mehr weiß ich nicht."

„Wer hat Sie angeheuert?"

„Irgendein Typ. Ist ins ‚Loredo's' gekommen, die Bar im West End, wo die Demons rumhängen. Sagte, er hat Arbeit, wenn ich einen starken Rücken habe und mein Maul halten kann. Also, Ray und ich haben daraufhin mitgemacht."

„Ray?"

„Ray Santiago. Er ist einer von uns, von den Demons."

„Wie hat er ausgesehen, der Mann, der Sie angeheuert hat?"

„Kleiner Kerl, irgendwie unheimlich. Großer Schnurrbart, paar Goldzähne. Ist ins Loredo's in einem tollen Anzug reinmarschiert, aber keiner ist auf die Idee gekommen, sich mit ihm anzulegen."

Sie machte sich Notizen, nickte, drängte, bis sie sicher war, Parino ausgequetscht zu haben. „Also schön, ich überprüfe es. Wenn Sie ehrlich zu mir waren, werden Sie herausfinden, dass ich ehrlich zu Ihnen bin." Sie stand auf und blickte zu Simmons. „Ich melde mich."

Als sie das Sprechzimmer verließ, hämmerte es in ihrem Kopf. Ihr Magen fühlte sich verkrampft an wie jedes Mal, wenn sie mit Typen wie Parino einen Handel schloss.

Er ist neunzehn, um Himmels willen, dachte sie, als sie das Besucherabzeichen dem Sergeant am Pult zuwarf.

„Schlechter Tag?"

Noch immer mit gerunzelter Stirn drehte sie sich um, beschattete die Augen und richtete sie auf Gage Guthrie. „Oh. Hallo. Was machen Sie hier?"

„Auf Sie warten."

Sie hob eine Augenbraue und überlegte sich sorgfältig die passende Antwort. Heute trug er einen grauen Anzug, sehr gepflegt und unaufdringlich teuer. Obwohl die Feuchtigkeit beträchtlich war, wirkte sein weißes Hemd gestärkt. Seine graue Seidenkrawatte war ordentlich geknotet.

Er sah genau nach dem aus, was er war. Ein erfolgreicher, wohlhabender Geschäftsmann. Bis man in seine Augen blickt, dachte Deborah. Tat man das, erkannte man, dass Frauen zu ihm aus einem viel grundlegenderen Motiv hingezogen wurden als Geld und Position.

Sie antwortete mit der einzigen Frage, die ihr angemessen erschien. „Warum warten Sie?"

Er lächelte. Er hatte ihre Vorsicht und ihr Abschätzen deutlich erkannt und war davon genauso amüsiert wie beeindruckt. „Um Sie zum Lunch einzuladen."

„Oh. Nun, das ist sehr nett, aber …"

„Sie essen doch, oder?"

Er lachte über sie. Kein Zweifel. „Ja, fast jeden Tag. Aber im Moment arbeite ich."

„Sie sind eine hingebungsvolle Dienerin des Staates, nicht wahr, Deborah?"

„Das möchte ich meinen." In seiner Stimme hatte gerade genug Sarkasmus gelegen, dass sich ihre Nackenhaare aufstellten. Sie trat an den Randstein und hob einen Arm, um ein Taxi anzuhalten. Ein Bus donnerte vorbei. „Es war nett von Ihnen, mir letzte Nacht die Limousine zu überlassen." Sie drehte sich um und sah ihn an. „Aber es war nicht nötig."

„Ich tue oft, was andere für unnötig halten." Er ergriff ihre Hand und drückte leicht ihren Arm herunter. „Wenn nicht Lunch, dann Dinner."

„Das klingt mehr wie ein Befehl und nicht wie eine Bitte." Sie hätte ihm die Hand entzogen, aber es erschien ihr albern, sich auf einer öffentlichen Straße auf einen kindischen Willenskampf einzulassen. „Auch das muss ich ablehnen. Ich arbeite heute Abend lange."

„Dann morgen." Er lächelte charmant. „Eine Bitte, Frau Anwalt."

Es war schwierig, nicht zurückzulächeln, wenn er sie mit Humor – und war es Einsamkeit? – in seinen Augen anlächelte. „Mr Guthrie. Gage." Sie verbesserte sich, bevor er es tun konnte. „Hartnäckige Männer ärgern mich für gewöhnlich. Und Sie sind keine Ausnahme. Aber aus irgendeinem Grund glaube ich, dass ich mit einem Dinner mit Ihnen einverstanden bin."

„Ich hole Sie um sieben ab."

„Fein. Ich gebe Ihnen meine Adresse."

„Ich kenne sie."

„Natürlich." Sein Fahrer hatte sie am Vorabend vor ihrer Tür abgesetzt. „Wenn Sie mir jetzt meine Hand wiedergeben, möchte ich ein Taxi nehmen."

Er gehorchte nicht sofort, sondern blickte auf ihre Hand hinunter. Sie war klein und zart, wie der Rest von ihr. Aber sie besaß Kraft in den Fingern. Sie hielt ihre Nägel kurz, säuberlich abgerundet, mit farblosem Nagellack überzogen. Sie trug keine Ringe, keine Armbänder, nur eine schmale, praktische Uhr, die zweifellos auf die Minute genau ging.

Er blickte von ihrer Hand in ihre Augen. Er sah Neugier, einen Hauch Ungeduld und erneut Vorsicht. Gage zwang sich zum Lächeln, während er überlegte, wie die einfache Berührung von Handflächen ihm einen derartigen Schlag hatte versetzen können.

„Dann bis morgen." Er gab sie frei und trat zurück.

Sie nickte bloß, weil sie ihrer Stimme nicht traute. Als sie in ein Taxi glitt, drehte sie sich noch einmal um. Er war jedoch schon verschwunden.

3. KAPITEL

Es war bereits nach zehn, als Deborah sich dem Antiquitätengeschäft näherte. Es war natürlich geschlossen, und sie hatte nicht erwartet, irgendetwas zu finden. Sie hatte ihren Bericht geschrieben und die Details ihres Gesprächs mit Parino an ihren Vorgesetzten weitergegeben. Aber sie hatte nicht widerstehen können, selbst einen Blick zu riskieren.

In diesem gehobenen Teil der Stadt genossen die Leute ein Dinner oder ein Bühnenstück. Einige Paare gingen an ihr vorbei auf dem Weg zu einem Club oder in ein Restaurant. Straßenlampen erzeugten Inseln der Sicherheit.

Es war albern gewesen, sich hierher locken zu lassen. Sie konnte kaum erwarten, die Türen geöffnet vorzufinden, sodass sie hineingehen und eine Kiste mit Drogen in einem Schrank aus dem achtzehnten Jahrhundert finden konnte.

Das Schaufenster war nicht nur dunkel, sondern auch mit Jalousien und schweren Riegeln gesichert. Genau wie der ganze Laden dreifach gesichert war. Sie hatte an diesem Tag Stunden für die Suche nach dem Namen des Besitzers aufgeboten. Er hatte sich sehr gut unter einem Gewirr von Gesellschaften abgeschirmt. Die Spur auf Papier nahm frustrierende Wendungen und Drehungen. Bisher hatte jeder Hinweis in einer Sackgasse geendet.

Aber der Laden existierte. Morgen, spätestens übermorgen bekam sie einen Gerichtsbeschluss. Dann würde die Polizei jeden Winkel von „Zeitlos“ durchsuchen und die Bücher beschlagnahmen.

Sie ging näher an das dunkle Schaufenster heran, als irgendetwas sie veranlasste, sich rasch umzudrehen und in die Lichter und die Dunkelheit der Straße hinter ihr zu starren.

Der Verkehr rollte lärmend vorbei. Arm in Arm ging ein lachendes Pärchen auf dem gegenüberliegenden Bürgersteig vorbei. Musik aus offenen Autofenstern ertönte laut und wild vermischt, unterbrochen von Hupen und gelegentlichem Quietschen von Reifen. Es war nichts Ungewöhnliches zu erkennen.

Normal, ermahnte Deborah sich selbst. Es gab nichts, das dieses Ziehen zwischen den Schulterblättern begründete. Dennoch blieb das Gefühl, beobachtet zu werden.

Entschlossen kämpfte sie ihr Unbehagen nieder, umrundete das Gebäude und ging rasch durch den kurzen schmalen Durchgang zwischen dem Antiquitätenladen und der benachbarten Boutique.

Die Rückseite des Gebäudes war genauso abgesichert und abweisend wie die Front. Es gab ein vergittertes Fenster und eine durch drei Riegel gesicherte Doppeltür. Hier gab es keine Straßenlampen, die die Dunkelheit minderten.

„Sie sehen eigentlich nicht dumm aus."

Bei dem Klang der Stimme sprang Deborah zurück und wäre in eine Reihe Mülltonnen getaumelt, hätte nicht eine Hand ihr Handgelenk gepackt. Sie öffnete den Mund für einen Schrei und riss die Faust hoch, als sie den Mann erkannte.

„Sie!" Er war in Schwarz, kaum sichtbar in der Dunkelheit.

„Ich dachte, Sie hätten genug von Hinterhöfen." Er ließ sie nicht los, obwohl er wusste, dass er es tun sollte. Seine Finger umschlangen ihr Handgelenk und fühlten den schnellen, heißen Schlag ihres Pulses.

„Sie haben mich beobachtet."

„Es gibt einige Frauen, bei denen das Wegsehen schwerfällt." Er zog sie näher an sich. Nur ein Ruck an ihrem Handgelenk. Und er verblüffte sie beide. Seine Stimme war leise und rau. Deborah sah Ärger in seinen Augen glitzern. Sie fand die Kombination seltsam beeindruckend. „Was machen Sie hier?"

Ihr Mund war so trocken, dass es schmerzte. Er hatte sie so nahe herangezogen, dass ihre Schenkel sich berührten. Sie fühlte das warme Flattern seines Atems auf ihren Lippen. Um für etwas Abstand und Kontrolle zu sorgen, legte sie eine Hand an seine Brust.

Ihre Hand traf auf eine warme, solide Wand, fühlte den raschen, gleichmäßigen Schlag seines Herzens.

„Was ich hier mache, geht Sie nichts an. Das ist meine Angelegenheit."

„Ihre Angelegenheit ist es, Fälle vorzubereiten und vor Gericht zu vertreten, nicht Detektiv zu spielen."

„Ich spiele nicht ..." Sie brach ab und zog die Augenbrauen zusammen. „Woher wissen Sie, dass ich Staatsanwältin bin?"

„Ich weiß eine ganze Menge über Sie, Miss O'Roarke." Sein Lächeln war dünn und humorlos. „Das ist meine Aufgabe. Ich glaube nicht, dass Ihre Schwester gearbeitet und dafür gesorgt hat, dass Sie als beste Studentin Ihrer Klasse durch das Jurastudium gekommen sind, damit Sie um die Hintereingänge von verschlossenen Gebäuden schleichen. Besonders dann nicht, wenn dieses Gebäude eine Fassade für ein besonders hässliches Geschäft ist."

„Sie kennen diesen Laden?"

„Wie ich schon sagte, ich weiß eine ganze Menge."

Dass sich der schwarze Unbekannte in ihr Leben einmischte, damit wollte sie sich später beschäftigen. Da er offenbar Informationen besaß, wollte sie sie für ihre Aufgabe nutzen. „Wenn Sie irgendeine Information, irgendeinen Beweis haben, der diese mutmaßliche Drogenangelegenheit betrifft, ist es Ihre Pflicht, diese Information an das Büro des Staatsanwalts weiterzugeben."

„Ich bin mir meiner Pflicht sehr bewusst. Dazu gehört allerdings nicht, einen Handel mit Abschaum zu schließen."

„Haben Sie nie ..."

Doch er unterbrach sie rasch, indem er seine behandschuhte Hand auf ihren Mund drückte. Er lauschte, aber nicht mit seinen Ohren. Es war nichts, das er hörte, sondern etwas, das er fühlte, wie andere Menschen Hunger oder Durst, Liebe oder Hass fühlen. Oder Gefahr, sofern ihre Sinne noch nicht von der Zivilisation abgestumpft waren.

Bevor sie auch nur beginnen konnte, gegen ihn zu kämpfen, hatte er sie zur Seite gezogen und sie vor sich hinter die Wand des nächsten Gebäudes geschoben.

„Was, zum Teufel, machen Sie da?"

Die Explosion erfolgte unmittelbar auf ihre Worte und ließ ihre Ohren klingen. Der Lichtblitz blendete ihre Augen. Bevor sie die Lider schließen konnte, sah sie gezackte Glasscherben und angekohlte Ziegel durch die Luft fliegen. Unter ihr erbebte der Boden, während der Antiquitätenladen explodierte.

Mit Entsetzen und Faszination sah sie einen tödlichen Betonbrocken nur einen Meter neben sich einschlagen.

„Alles in Ordnung?" Als sie nicht antwortete, sondern nur zitterte, legte er die Hände an ihr Gesicht und drehte es zu sich. „Deborah, alles in Ordnung?"

Er wiederholte ihren Namen zweimal, bevor der glasige Ausdruck aus ihren Augen schwand. „Ja", brachte sie hervor. „Mit Ihnen auch?"

„Lesen Sie keine Zeitungen?" Die Andeutung eines Lächelns spielte um seinen Mund. „Ich bin unverwundbar."

„Richtig." Mit einem kleinen Seufzer versuchte sie sich aufzusetzen. Einen Moment bewegte er sich nicht, sondern ließ seinen Körper da, wo er war, wo er sein wollte. An sie geschmiegt. Sein Gesicht war nur Zentimeter von dem ihren entfernt. Er fragte sich, was passieren würde – mit ihnen beiden –, wenn er diesen Abstand überbrückte und sein Mund mit dem ihren zusammentreffen würde.

Deborah erkannte, dass er sie küssen wollte, und verhielt sich absolut ruhig. Emotionen durchfluteten sie. Kein Zorn, wie sie erwartet hatte, sondern Erregung – stark und wild – durchpulste sie so schnell, so gewaltig, dass sie alles andere abblockte. Mit einem kleinen zustimmenden Murmeln hob sie die Hand an seine Wange.

Ihre Finger strichen über seine Maske. Er zuckte vor ihrer Berührung zurück, als wäre er geohrfeigt worden, drehte sich, stand auf und half ihr auf die Füße. Sie kämpfte gegen ein neuerliches Gefühl von Demütigung und Wut an, bog um die Mauer und blickte zu der Rückfront des Antiquitätenladens.

Es war nicht viel übrig. Ziegel, Glas und Beton lagen verstreut herum. In dem zerstörten Gebäude wütete ein Brand. Das Dach stürzte mit einem langen, lauten Stöhnen ein.

„Die haben Sie diesmal geschlagen", murmelte er. „Hier bleibt nichts zurück, das Sie aufspüren könnten, keine Papiere, keine Drogen, keine Unterlagen."

„Die haben ein ganzes Gebäude zerstört", stieß sie zwischen zusammengebissenen Zähnen hervor. Sie hatte nicht geküsst werden wollen, sagte sie sich. Sie war erschüttert und benommen gewesen, Opfer einer vorübergehenden Verstandestrübung. „Aber jemandem hat es gehört, und ich finde heraus, wer das ist."

„Das war als Warnung gedacht, Miss O'Roarke. Eine, auf die Sie vielleicht hören sollten."

„Ich lasse mich nicht abschrecken. Nicht von einem explodierenden Gebäude und nicht von Ihnen." Sie wandte sich ihm zu, war jedoch nicht überrascht, dass er verschwunden war.

Es war schon nach ein Uhr nachts, als Deborah sich durch den Korridor zu ihrem Apartment schleppte. Sie hatte fast zwei Stunden lang Fragen beantwortet, wobei sie ihre Erklärungen der Polizei gegeben hatte und Reportern ausgewichen war.

Selbst durch die Erschöpfung hindurch verspürte sie einen nagenden Ärger auf einen Mann, der Nemesis genannt wurde.

Technisch gesehen hatte er ihr zum zweiten Mal das Leben gerettet. Wenn sie drei Meter von dem Antiquitätenladen entfernt gestanden hätte, als die Bombe hochging, so hätte sie sicherlich ein hässliches Ende gefunden. Doch dann hatte er es ihr allein überlassen, alles der Polizei zu erklären.

„Sie sehen aus, als hätten Sie einen schweren Abend gehabt."

Die Schlüssel in der Hand, drehte Deborah sich um. Ihre Nachbarin von gegenüber, Mrs Greenbaum, stand in ihrer offenen Tür und betrachtete sie durch eine Brille mit kirschroter Fassung.

„Mrs Greenbaum, wieso sind Sie auf?"

„Ich habe mir gerade David Letterman zu Ende angesehen. Der Junge schafft mich." Mit siebzig, von einer angenehmen Pension gegen die Stürme des Lebens abgeschirmt, hielt Lil Greenbaum ihren eigenen Zeitablauf ein und tat, was sie wollte. Im Moment trug sie einen selbst genähten Samthausmantel, Charles-und-Di-Pantoffeln und eine hellrosa Schleife in ihren rot gefärbten Haaren. „Sie sehen aus, als könnten Sie einen Drink gebrauchen. Wie wäre es mit einem schönen heißen Grog?"

Deborah wollte schon ablehnen, als sie jedoch erkannte, dass ein heißer Grog genau das war, was sie brauchte. Lächelnd ließ sie ihre Schlüssel in ihre Jackentasche fallen und überquerte den Hausflur. „Machen Sie einen Doppelten daraus."

„Das Wasser habe ich schon aufgesetzt. Setzen Sie sich einfach und ziehen Sie die Schuhe aus." Mrs Greenbaum wieselte in die Küche.

Dankbar sank Deborah in die tiefen Couchkissen. Der Fernseher war noch an. Ein alter Schwarz-Weiß-Film flimmerte über den Bildschirm. Deborah erkannte den jungen Cary Grant, aber nicht den Film. Mrs Greenbaum kannte ihn bestimmt, Mrs Greenbaum kannte alles.

„Da bin ich wieder." Mrs Greenbaum brachte zwei leicht verformte Keramiktassen, das Produkt der Kreativität eines ihrer jüngeren Kinder. Sie warf einen Blick auf den Fernseher. ‚Penny Serenade', 1941." Nachdem sie die Tassen abgestellt hatte, schaltete sie den Fernseher aus. „Also, in welche Schwierigkeiten sind Sie denn hineingeraten?"

„Merkt man das?"

Mrs Greenbaum nahm einen behaglichen Schluck des mit Whisky verbesserten Tees. „Ihr Kostüm sieht katastrophal aus." Sie beugte sich näher und schnüffelte. „Riecht nach Rauch. Sie haben einen Schmutzfleck an der Wange, eine Laufmasche im Strumpf und Feuer in den Augen. Nach Ihren Augen zu schließen, ist ein Mann in die Sache verwickelt."

„Das Urbana Police Department könnte Sie gebrauchen, Mrs Greenbaum." Deborah nippte an ihrem Tee. „Ich habe mich ein wenig umgesehen. Das Gebäude, das ich überprüfen wollte, flog in die Luft."

Das lebhafte Interesse in Mrs Greenbaums Augen verwandelte sich augenblicklich in Sorge. „Sie sind doch nicht verletzt?"

„Nein. Nur ein paar blaue Flecke." Die sehr gut zu denen passen würden, die sie vor einer Woche abbekommen hatte. „Ich schätze, mein Ego hat ein wenig gelitten. Ich bin auf Nemesis gestoßen." Deborah hatte ihr erstes Zusammentreffen nicht erwähnt, weil sie sich schmerzlich der leidenschaftlichen Bewunderung ihrer Nachbarin für den Mann in Schwarz bewusst war.

Hinter der dicken Brille wurden Mrs Greenbaums Augen fast so groß wie Untertassen. „Sie haben ihn tatsächlich gesehen?"

„Ich habe ihn gesehen, habe mit ihm gesprochen und wurde von ihm auf den Beton geworfen, Sekunden bevor das Gebäude in die Luft flog."

„Allgütiger!" Lil presste eine Hand auf ihr Herz. „Das ist ja noch viel romantischer als mein Kennenlernen von Mr Greenbaum auf dieser Pentagon-Tagung."

„Es hatte nichts mit Romantik zu tun. Der Mann ist unmöglich, sehr wahrscheinlich ein Irrer und ganz sicher gefährlich."

„Er ist ein Held." Mrs Greenbaum drohte Deborah mit dem Finger. „Sie haben noch nicht gelernt, einen Helden zu erkennen. Das kommt daher, dass wir heutzutage nicht mehr genug von ihnen haben." Sie überkreuzte ihre Beine, sodass Prinzessin Di zu Deborah hochlächelte. „Wie sieht er aus? Die Berichte bringen alles durcheinander. Den einen Tag ist er ein zwei Meter vierzig großer schwarzer Mann, den anderen Tag ist er ein bleichgesichtiger Vampir komplett mit Fangzähnen. Wieder an einem anderen Tag habe ich gelesen, er sei eine kleine grüne Frau mit roten Augen, wohl so eine Art Marsmensch."

„Er ist keine Frau", murmelte Deborah. Sie erinnerte sich – ein wenig zu deutlich – an seinen Körper auf dem ihren. „Aber ich kann nicht genau sagen, wie er aussieht. Es war dunkel, und der größte Teils seines Gesichts war maskiert."

„Gleitet durch die Schatten, um das Böse auszurotten und die Unschuld zu schützen. Was gibt es Romantischeres?"

„Er lehnt sich gegen das System auf."

„Genau mein Standpunkt. Man kann sich nicht genug dagegen auflehnen."

„Ich sage ja nicht, dass er nicht ein paar Leuten geholfen hat, aber wir haben ausgebildete Polizeikräfte dafür." Deborah blickte stirnrunzelnd in ihre Tasse. Beide Male, als sie Hilfe brauchte, waren keine Cops in der Nähe gewesen. Sie konnten nicht überall sein. Und wahrscheinlich wäre sie mit beiden Situationen selbst fertiggeworden. Vielleicht. Sie brachte ihr letztes und stärkstes Argument vor. „Er hat keinen Respekt vor dem Gesetz."

„Ich glaube, da irren Sie sich. Ich glaube, er hat großen Respekt davor. Er interpretiert es nur anders als Sie." Erneut tätschelte sie Deborahs Hand. „Sie sind ein gutes Mädchen, Deborah, ein kluges Mädchen, aber Sie haben sich selbst darauf trainiert, einen sehr schmalen Pfad zu beschreiten. Sie sollten sich daran erinnern, dass dieses Land durch eine Rebellion gegründet wurde. Wir vergessen das oft. Dann werden wir fett und träge, bis jemand daherkommt und den Status quo infrage stellt. Wir brauchen Rebellen, genau wie wir Helden brauchen. Es wäre eine stumpfe, traurige Welt ohne sie."

„Mag sein." Sie war allerdings absolut nicht überzeugt. „Wir brauchen aber auch Regeln."

„O ja." Mrs Greenbaum strahlte. „Wir brauchen Regeln. Wie sonst könnten wir sie brechen?"

Gage hielt die Augen geschlossen, während sein Fahrer die Limousine durch die Stadt steuerte. In der Nacht nach der Explosion und im Laufe des folgenden Tages hatte er sich ein Dutzend Gründe ausgedacht, weshalb er seine Verabredung mit Deborah O'Roarke absagen sollte.

Es waren alles sehr praktische, sehr logische, sehr vernünftige Gründe. Um sie von sich zu weisen, hatte es nur eines unpraktischen, unlogischen und unvernünftigen Grundes bedurft.

Er brauchte Deborah.

Sie störte ihn bei seiner Arbeit, sowohl tags, als auch nachts. Seit dem Moment, als er sie gesehen hatte, konnte er an niemanden sonst mehr denken. Er hatte sein gewaltiges Netzwerk an Computern benutzt, um jede nur erhältliche Information über sie zu bekommen. Er wusste, dass sie vor fünfundzwanzig Jahren in Atlanta geboren worden war. Er wusste, dass sie im Alter von acht Jahren ihre Eltern auf tragische und brutale Weise verloren hatte. Ihre Schwester hatte sich um sie gekümmert, und zusammen waren sie kreuz und quer durch das Land gezogen. Die Schwester arbeitete für den Rundfunk und war jetzt Sendermanagerin bei KHIP in Denver, wo Deborah aufs College gegangen war.

Deborah hatte ihr Examen beim ersten Anlauf geschafft und hatte sich um eine Stellung im Büro des Staatsanwalts von Urbana beworben, wo sie sich den Ruf verdient hatte, gründlich, gewissenhaft und ehrgeizig zu sein.

Er wusste, dass sie auf dem College eine ernsthafte Liebesaffäre gehabt hatte, aber er wusste nicht, was sie beendet hatte. Sie traf sich mit etlichen Männern, wovon aber nichts ernst war.

Gage hasste die Tatsache, dass ihm dieses letzte Stückchen Information eine ungeheure Erleichterung gebracht hatte.

Sie war eine Gefahr für ihn. Er wusste es, verstand es und konnte es trotzdem nicht vermeiden. Selbst nach ihrem Zusammentreffen am Vorabend, als sie ihn bis auf Haaresbreite dazu gebracht hatte, die Beherrschung zu verlieren, konnte er sie nicht aus seinen Gedanken verbannen.

Sie weiterhin zu sehen bedeutete, sie weiterhin zu täuschen. Und sich selbst.

Doch als der Wagen vor ihrem Haus am Bordstein hielt, stieg

Gage aus, betrat die Vorhalle und nahm den Aufzug zu ihrer Etage.

Als Deborah das Klopfen hörte, beendete sie ihr Hin- und Herlaufen im Wohnzimmer. In den letzten zwanzig Minuten hatte sie sich gefragt, warum sie zugestimmt hatte, mit einem Mann auszugehen, den sie kaum kannte. Und der noch dazu den Ruf eines Frauenkenners besaß, der jedoch mit seinem Geschäft verheiratet war.

Sie trug Blau. Irgendwie hatte er das gewusst. Die mitternachtsblaue Seide ihres Dinnerkostüms passte zu ihren Augen. Der Rock war eng und kurz und betonte ihre langen, schlanken Beine. Die hautenge, fast maskulin geschnittene Jacke weckte in ihm die Frage, ob sie darunter noch mehr Seide oder bloß noch ihre Haut trug. Das Licht der Lampe neben der Tür glitzerte in dem Wasserfall aus blauen und weißen Steinen, die sie an ihren Ohren trug.

Die lässige Schmeichelei, die er für gewöhnlich so leicht verteilte, blieb ihm im Hals stecken. „Sie sind pünktlich fertig", brachte er hervor.

„Immer." Sie lächelte ihm zu. „Es ist wie ein Laster." Sie schloss hinter sich die Tür, ohne ihn nach drinnen zu bitten. Es erschien ihr so sicherer. Kurz darauf lehnte sie sich in der Limousine zurück und gelobte sich zu genießen. „Sind Sie immer auf diese Weise unterwegs?"

„Nein. Nur, wenn es passend erscheint."

Unfähig zu widerstehen, zog sie die Schuhe aus und ließ ihre Füße in dem tiefen zinnfarbenen Teppich versinken. „Ich würde immer damit fahren. Kein Kampf um Taxis und keine Hetze zur Subway."

„Aber man verpasst eine Menge Leben auf und unter den Straßen."

Sie wandte sich ihm zu. In seinem dunklen Anzug und der dezent gestreiften Krawatte wirkte er elegant und erfolgreich. Die geschmackvollen goldenen Manschettenknöpfe schimmerten an seinem weißen Hemd. „Sie wollen mir doch nicht sagen, dass Sie Subway fahren."

Er lächelte. „Wenn es passend erscheint. Sie glauben doch nicht, dass Geld als Isolierstoff gegen Realität gebraucht werden sollte?"

„Nein, nein, das glaube ich nicht." Sie war jedoch überrascht, dass er auch so dachte. „Genau genommen hatte ich nie genug Geld, um in Versuchung zu geraten, es auszuprobieren."

„Sie würden nicht in Versuchung kommen.“ Er gab sich damit zufrieden – oder versuchte es wenigstens –, mit ihren Haarspitzen zu spielen. „Sie hätten bei einem Dutzend Topbüros in die Privatpraxis gehen können, und zwar mit einem Gehalt, neben dem sich der Gehaltsscheck der Staatsanwaltschaft wie Milchgeld ausnimmt. Sie haben es nicht getan.“

Sie tat es mit einem Schulterzucken ab. „Glauben Sie ja nicht, dass ich nicht manchmal an meinem eigenen Verstand zweifle.“ Weil sie unpersönlichere Themen für sicherer hielt, blickte sie aus dem Fenster. „Wohin fahren wir?“

„Zum Dinner.“

„Freut mich zu hören, da ich das Mittagessen verpasst habe. Ich meinte, wo findet das Dinner statt?“

„Hier.“ Er ergriff ihre Hand, als die Limousine stoppte. Sie waren an den Stadtrand gefahren, in die Welt des alten Geldes und des Prestiges. Hier war der Verkehrslärm nur ein fernes Echo, und es duftete zart nach Rosen.

Deborah unterdrückte einen Ausruf, als sie auf den Bürgersteig trat. Sie hatte Fotos seines Zuhauses gesehen, doch es war etwas ganz anderes, davor zu stehen. Es ragte über der Straße auf und erstreckte sich über einen halben Block.

Das Gebäude war um die Jahrhundertwende von einem Philanthrop im gotischen Stil erbaut worden. Deborah hatte irgendwo gelesen, dass Gage es vor seiner Entlassung aus dem Krankenhaus gekauft habe.

Türme und Türmchen erhoben sich in den Himmel. Hohe Spitzbogenfenster glitzerten im Schein der langsam versinkenden Sonne. Balkone ragten hervor, schwangen sich um Ecken. Das oberste Geschoss wurde von einer gewaltigen Glaskuppel dominiert, von der aus man die gesamte Stadt überblicken konnte.

„Wie ich sehe, nehmen Sie den Ausspruch wörtlich, dass das Heim eines Menschen seine Burg ist.“

„Ich schätze Weitläufigkeit und Abgeschiedenheit. Ich habe aber den Burggraben noch aufgeschoben.“

Lachend ging sie auf die geschnitzten Türen des Eingangs zu.

„Wünschen Sie eine Besichtigungstour, bevor wir essen?“

„Fragen Sie das im Ernst?“ Sie hakte sich bei ihm unter. „Wo fangen wir an?“

Er führte sie durch gewundene Korridore, unter hoch angesetzten Decken in Räume, die sowohl gewaltig, als auch drangvoll beengt waren. Und er konnte sich nicht daran erinnern, sein Zuhause jemals mehr genossen zu haben als jetzt, da er es durch ihre Augen sah.

Es gab eine über zwei Etagen reichende Bibliothek, voll mit Büchern, von Erstausgaben bis zu einfachen Taschenbüchern. Salons mit geschwungenen alten Sofas und zartem Porzellan. Ming-Vasen, Tang-Pferde, Lalique-Kristall und Töpferwaren der Maya. Die Wände waren in reichen, vollen Farben gehalten, unterbrochen von schimmerndem Holz und impressionistischen Gemälden.

Im Ostflügel war ein tropisches Gewächshaus untergebracht, ein überdachter Pool und eine voll ausgerüstete Sporthalle mit separatem Whirlpool und Sauna. Durch einen weiteren Korridor und eine geschwungene Treppe hinauf erreichte man Schlafzimmer mit Betten mit vier Pfosten oder reich geschnitzten Kopfteilen.

Deborah hörte auf, die Zimmer zu zählen.

Noch mehr Stufen, dann ein riesiges Büro mit einem schwarzen Marmorschreibtisch und einem breiten Fenster, das sich mit dem Sonnenuntergang rosig färbte. Computer, schweigend und wartend.

Ein Musikzimmer, komplett mit einem weißen Flügel und einer alten Wurlitzer Jukebox. Fast benommen trat sie in einen verspiegelten Ballsaal und starrte auf ihre vervielfältigte Reflexion. Über ihr erstrahlte ein Trio großartiger Lüster in verschwenderischem Licht.

„Es ist wie aus einem Film“, murmelte sie. „Mir ist, als sollte ich einen Reifrock und eine gepuderte Perücke tragen.“

„Nein.“ Er berührte erneut ihr Haar. „Ich finde, Sie sehen so genau richtig aus.“

Impulsiv beschrieb sie drei Drehungen. „Es ist wirklich unglaublich. Verspüren Sie jemals den Drang, einfach in diesen Saal zu kommen und zu tanzen?“

„Bis jetzt nicht.“ Er überraschte sich selbst genauso wie sie, als er sie um die Taille fasste und sie zu einem Walzer herumschwenkte.

Sie hätte lachen sollen – hätte ihm einen amüsierten und flirtenden Blick zuwerfen und seine impulsive Geste als solche nehmen sollen. Aber sie konnte es nicht. Sie konnte nur in seine Augen starren, während er sie in dem verspiegelten Raum herumwirbelte.

Eine Hand lag auf seiner Schulter, ihre andere Hand fest in der seinen gefangen. Ihre Schritte passten sich den seinen an, obwohl sie keinen Gedanken daran verschwendete. Sie fragte sich, ob er dieselbe Musik in seinem Kopf hörte wie sie.

Er hörte nichts als das ständige Geben und Nehmen ihres Atems. Nie in seinem Leben war er sich so vollständig, so ausschließlich einer Person bewusst gewesen. Wie ihre langen dunklen Wimpern ihre Augen umrahmten. Der Hauch von Bronze, den sie auf ihre Lider getupft hatte. Das helle, feuchte rosige Lipgloss. Ihre sanfte Wärme.

Wo seine Hand an ihrer Taille lag, war die Seide warm von ihrem Körper. Und dieser Körper schien mit dem seinen zu schweben, jeden Schritt, jede Drehung im Voraus ahnend. Ihr Haar fächerte aus, weckte in ihm das Verlangen, seine Hände eintauchen zu lassen. Ihr Duft hüllte ihn ein, nicht besonders süß und äußerst verführerisch. Er fragte sich, ob er ihn schmecken könnte, wenn er seine Lippen an ihren schlanken weißen Hals drückte.

Sie sah die Veränderung in seinen Augen, wie sie tiefer und dunkler wurden, als das Verlangen in ihnen wuchs. Wie ihre Schritte sich den seinen anpassten, so tat es auch ihr Sehnen. Sie fühlte es wachsen und sich ausbreiten, als wäre es lebendig, bis ihr Körper davon vibrierte. Sie beugte sich ihm entgegen …

Er blieb stehen. Einen Moment standen sie nur da, Dutzende und Dutzende Male reflektiert. Ein Mann und eine Frau in einer zögernden Umarmung, am Rande von etwas, das keiner von ihnen verstand.

Deborah bewegte sich zuerst, ein vorsichtiger halber Rückzugsschritt. Es war ihre Natur, sorgfältig nachzudenken, bevor sie irgendwelche Entscheidungen traf. Seine Hand umspannte die ihre fester. Irgendwie hatte sie das Gefühl, das wäre eine Warnung.

„Ich … in meinem Kopf dreht sich alles!“

Sehr langsam glitt seine Hand von ihrer Taille, und die Umarmung war unterbrochen. „Dann sollte ich Sie lieber mit Nahrung versorgen.“

„Ja.“ Sie brachte fast ein Lächeln zustande. „Das sollten Sie.“

4. KAPITEL

Sie aßen sautierte Shrimps, gewürzt mit Orangenblüten und Rosmarin. Obwohl Gage Deborah den gewaltigen Speisesaal mit seinen schweren Mahagoni-Anrichten gezeigt hatte, nahmen sie ihr Mahl in einem kleinen Salon vor einem Bogenfenster ein. Zwischen Schlucken von Champagner konnte sie den Sonnenuntergang über der Stadt beobachten. Auf dem Tisch zwischen ihnen standen zwei schlanke weiße Kerzen und eine einzelne rote Rose.

„Es ist unbeschreiblich schön hier", bemerkte Deborah. „Und dieser weite Blick auf die Stadt. Von hier aus nimmt man sie wie durch einen Filter war. Man sieht alle ihre Möglichkeiten, aber keines ihrer Probleme."

„Manchmal hilft es, einen Schritt zurück zu tun." Auch er blickte auf die Stadt hinaus, wandte sich dann ab. „Sonst können einem diese Probleme zu schaffen machen."

„Aber Sie sind sich der Probleme noch immer bewusst. Ich weiß, dass Sie eine Menge Geld für Obdachlose und Rehabilitationszentren und andere wohltätige Zwecke stiften."

„Es ist leicht, Geld zu verschenken, wenn man mehr hat, als man braucht."

„Das klingt zynisch."

„Realistisch." Sein Lächeln kam kühl und leicht. „Ich bin Geschäftsmann, Deborah. Spenden sind von der Steuer absetzbar."

Sie betrachtete ihn stirnrunzelnd. „Es wäre meiner Meinung nach sehr schade, wenn Menschen nur großzügig wären, weil sie einen Nutzen davon haben."

„Jetzt klingen Sie wie ein Idealist."

Gereizt tippte sie mit einem Finger gegen den Champagnerkelch. „Das ist das zweite Mal innerhalb von Tagen, dass Sie mir das vorhalten. Ich glaube nicht, dass mir das gefällt."

„Es war nicht als Beleidigung gedacht, nur als Beobachtung." Er blickte auf, als Frank mit Schokoladensoufflés hereinkam. „Wir brauchen heute Abend nichts mehr, Frank."

Der große Mann zuckte die Schultern. „Okay."

Deborah fiel auf, dass Frank sich mit der Anmut eines Tänzers bewegte, ein seltsames Talent bei einem dermaßen großen und massigen Mann. Nachdenklich tauchte sie einen Löffel in ihr Dessert. „Ist er Ihr Fahrer oder Ihr Butler?", fragte sie.

„Beides. Und keines davon." Er schenkte Wein nach. „Man könnte sagen, er ist ein Gefährte aus einem früheren Leben."

Fasziniert hob sie eine Augenbraue. „Und das bedeutet?"

„Er war ein Taschendieb, den ich als Cop ein-, zweimal verhaftete. Danach war er mein Spitzel. Jetzt … er fährt meinen Wagen und geht an die Tür … unter anderem."

Sie betrachtete Gages Finger an dem schlanken Kristallglas. „Schwer vorzustellen, dass Sie auf der Straße gearbeitet haben."

Er lächelte ihr zu. „Ja, vermutlich."

Er beobachtete, wie das Kerzenlicht in ihren Augen flackerte. Letzte Nacht, als er ihr so nah war, hatte er in ihnen die Reflexion von Feuer gesehen, von dem brennenden Gebäude und von ihren eigenen unterdrückten Begierden.

„Wie lange waren Sie Cop?"

„Eine Nacht zu lang", antwortete er gleichmütig und griff nach ihrer Hand. „Möchten Sie den Ausblick vom Dach sehen?"

„Ja, gern."

Sie erhob sich vom Tisch und begriff, dass seine Vergangenheit ein geschlossenes Buch war.

Anstelle der Treppe nahm er mit ihr einen kleinen verglasten Aufzug.

„Aller Komfort", bemerkte sie, als die Fahrt nach oben begann. „Wundert mich, dass es hier nicht auch ein Burgverlies und Geheimgänge gibt."

„Aber die gibt es. Vielleicht zeige ich sie Ihnen … ein anderes Mal."

Ein anderes Mal, dachte sie. Wollte sie, dass es ein anderes Mal gab? Es war sicher ein faszinierender Abend gewesen, auch ein herzlicher, abgesehen von diesem Moment der Spannung im Ballsaal. Doch trotz Gages makelloser Manieren fühlte sie etwas Ruheloses und Gefährliches unter seiner Oberfläche.

Genau das zog sie an, gab sie zu. Und genau das erzeugte ihr Unbehagen.

„Woran denken Sie?"

Sie entschied sich für absolute Ehrlichkeit. „Ich habe überlegt, wer Sie sind und ob ich lange genug in Ihrer Nähe sein möchte, um das herauszufinden."

Die Türen des Aufzugs glitten auf, aber Gage blieb, wo er war. „Und möchten Sie?"

„Ich bin mir nicht sicher." Sie trat in das höchste Türmchen des Gebäudes hinaus. Mit einem überraschten und begeisterten Ausruf ging sie an die weite Wölbung des Glases heran. Die Sonne war untergegangen, und die Stadt bestand aus Licht und Dunkelheit. „Spektakulär!" Sie wandte sich ihm lächelnd zu. „Einfach spektakulär."

„Es wird noch besser." Er drückte einen Knopf an der Wand. Lautlos, magisch teilte sich das gewölbte Glas. Gage ergriff Deborahs Hand und führte sie auf den steinernen Balkon hinaus.

Sie legte die Hände auf die Steinbrüstung und lehnte sich dem heißen Wind entgegen. „Man sieht die Bäume im City Park und den Fluss." Ungeduldig strich sie ihr wehendes Haar aus den Augen. „Die Häuser sehen oft so schön aus mit eingeschalteten Lichtern." In der Ferne sah sie die funkelnden Lichter der Dover-Heights-Hängebrücke. Sie schlangen sich wie eine Halskette aus Diamanten durch die Dunkelheit.

„In der Morgendämmerung, wenn es klar ist, sind die Häuser grau und rosa. Und die Sonne verwandelt alles Glas in Feuer."

Sie sah ihn an, und die Stadt verblasste. „Haben Sie deshalb das Haus gekauft? Wegen des Ausblicks?"

„Ich wuchs ein paar Blocks von hier entfernt auf. Wenn wir in den Park gingen, zeigte meine Tante es mir. Sie liebte dieses Haus. Sie war als Kind hier auf Partys gewesen – sie und meine Mutter. Die beiden waren von Kindheit an Freundinnen gewesen. Ich war das einzige Kind für meine Eltern und dann für meine Tante und meinen Onkel. Als ich zurückkam und erfuhr, dass sie nicht mehr waren … nun, zuerst konnte ich an nicht viel denken. Dann begann ich, an dieses Haus zu denken. Es erschien mir richtig, dass ich es übernehme und darin lebe."

Sie legte die Hand zu seiner auf der Brüstung. „Es gibt nichts Schwereres, als Menschen zu verlieren, die man liebt und braucht, nicht wahr?"

„Nein." Als er sie anblickte, sah er, dass ihre Augen von ihren eigenen Erinnerungen und von Mitgefühl für die seinen dunkel schimmerten. Er legte die Hand an ihr Gesicht, strich ihr Haar mit den Fingern zurück und schmiegte die Handfläche an ihre Wange. Ihre Hand berührte bebend sein Handgelenk. Ihre Stimme klang genauso unsicher.

„Ich sollte gehen."

„Ja, das sollten Sie." Doch er behielt seine Hand an ihrem Gesicht, seine Augen auf ihre gerichtet, während er ihren Körper zwischen dem seinen und der Steinbrüstung gefangen nahm. Seine freie Hand glitt sanft über ihren Hals höher und schmiegte sich an ihre Wange. „Hat es Sie jemals dazu getrieben, einen Schritt zu tun, von dem Sie wussten, dass er ein Fehler war? Sie wussten es und konnten dennoch nicht aufhören?"

Ein Nebel legte sich auf ihre Gedanken, und sie schüttelte den Kopf, um ihn zu klären. „Ich … nein. Nein, ich will keine Fehler begehen."

Doch sie wusste bereits, dass sie dabei war, einen Fehler zu begehen. Seine Handflächen fühlten sich rau und gleichzeitig warm auf ihrer Haut an. Seine Augen waren so dunkel, so intensiv, so magisch. Für einen Moment blinzelte sie, als sie von einer starken Déjà-vu-Empfindung beschlichen wurde.

Aber sie war nie zuvor hier gewesen, versicherte sie sich selbst, während seine Daumen über die empfindsame Haut unter ihrem Kinn strichen.

„Auch ich will keine Fehler begehen."

Sie schloss seufzend die Augen, aber er strich bloß mit seinen Lippen über ihre Stirn. Die leichte Berührung jagte einen Schauer durch sie. In der heißen Nacht fröstelte sie, während sein Mund sachte über ihre Schläfe strich.

„Ich will dich." Gages Stimme klang rau und angespannt, während seine Finger sich in ihr Haar schoben. Deborahs Augen waren wieder offen, groß und bewusst. In seinen Augen konnte sie leicht reizbares Verlangen erkennen. „Ich kann kaum atmen, so sehr will ich dich. Du bist mein Fehler, Deborah. Der eine Fehler, von dem ich nie gedacht hätte, dass ich ihn begehen würde."

Sein Mund senkte sich auf ihren, hart und hungrig, ohne die aufreizende Verführung, die sie erwartet hatte und der sie hatte widerstehen wollen. Da war nichts mehr von dem glatten und weltgewandten Mann, mit dem sie diniert hatte. Dies war der wagemutige und gefährliche Mann, auf den sie bisher nur kurze Blicke hatte werfen können.

Er erschreckte sie. Er faszinierte sie. Er verführte sie.

Ohne Zögern, ohne Vorsicht, ohne Nachdenken reagierte sie, setzte seiner Macht ihre Macht entgegen und seinem Verlangen ihr Verlangen.

Sie fühlte nicht die harte Steinbrüstung im Rücken, nur Gages harten Körper, der sich gegen sie presste. Sie schmeckte den Wein auf seiner Zunge und etwas Tieferes – den Geschmack von kaum zurückgehaltener Leidenschaft. Mit einem lustvollen Stöhnen zog sie ihn näher, bis sie sein Herz an ihrem schlagen fühlte. Schlag um Schlag.

Sie war mehr, als er sich erträumt hatte. Seide und Duft. Ihr erhitzter Mund gab erst dem seinen nach, forderte dann. Ihre Hände glitten unter sein Jackett, ihre Finger spannten sich an, während sie den Kopf in aufreizender Ergebenheit, die ihn zum Wahnsinn trieb, weit nach hinten beugte.

Eine Ader pochte an ihrem Hals und verlockte ihn, seine Lippen darauf zu drücken und die glatte Haut, den neuen Geschmack zu erforschen, ehe er seinen Mund zu ihren Lippen zurücklenkte. Mit seinen Zähnen knabberte er, mit seiner Zunge besänftigte er, trieb sie beide näher und näher an die Grenze der Vernunft. Er atmete ihr Aufstöhnen ein, als er mit seinen Händen über sie strich, tiefer, suchend, bedeckend, anschmiegend.

Er fühlte ihren Schauer, dann seinen eigenen, ehe er sich dazu zwang, nach einer letzten dünnen Leine der Kontrolle zu greifen. Sehr vorsichtig, wie ein Mann, der von einem steilen Abgrund zurückweicht, zog er sich von ihr zurück.

Benommen hob Deborah eine Hand an ihre Schläfe. Sie rang nach Luft, während sie Gage anstarrte. Was für eine Macht besaß er, dass er sie von einer vernünftigen Frau in ein vor Verlangen zitterndes Bündel verwandeln konnte?

Sie wandte sich ab, beugte sich über die Brüstung und atmete tief ein, als wäre die Luft Wasser und sie würde vor Durst sterben. „Ich glaube nicht, dass ich schon für Sie bereit bin“, brachte sie nach einer Weile hervor.

„Nein. Ich glaube auch nicht, dass ich für Sie bereit bin. Aber es wird keine Umkehr geben."

Sie schüttelte den Kopf. Ihre Handflächen pressten sich so hart gegen die Brüstung, dass der Stein in ihre Haut einschnitt. „Ich muss darüber nachdenken."

„Sobald man um bestimmte Ecken gebogen ist, kann man nur noch vorwärts gehen."

Ruhiger drehte sie sich wieder zu ihm um. Es war Zeit, höchste Zeit, die Grundregeln aufzustellen. Für sie beide. „Gage, ganz gleich, welcher Eindruck jetzt entstanden sein mochte, ich habe keine Affären mit Männern, die ich kaum kenne."

„Gut." Auch er war ruhiger. Seine Entscheidung stand fest. „Wenn wir eine Affäre haben, möchte ich, dass sie exklusiv ist."

Ihre Stimme wurde eisig. „Ich habe mich offenbar nicht klar ausgedrückt. Ich habe noch nicht entschieden, ob ich eine Beziehung mit Ihnen will, und ich bin noch absolut nicht sicher, ob ich will, dass diese Beziehung im Bett endet."

„Sie haben eine Beziehung mit mir." Er legte die Hand in ihren Nacken, ehe sie ausweichen konnte. „Und wir wollen beide, dass diese Beziehung im Bett fortgesetzt wird."

Sehr betont zog sie seine Hand weg. „Mir ist klar, dass Sie an Frauen gewöhnt sind, die Ihnen willig zu Füßen sinken. Ich habe nicht die Absicht, mich der Herde anzuschließen. Ich treffe meine eigenen Entscheidungen."

„Soll ich Sie noch einmal küssen?"

„Nein." Sie hob die Hand und legte sie fest gegen seine Brust. Für einen Moment erinnerte sie sich daran, wie sie so dagestanden hatte – mit einem Mann namens Nemesis. Der Vergleich traf sie hart. „Nein. Es war ein schöner Abend, Gage." Sie holte tief Luft. „Ich meine es ernst. Ich habe die Gesellschaft genossen, das Dinner und … und den Ausblick."

Etwas flackerte in seinen Augen. „Es gibt so etwas wie Bestimmung, Deborah. Ich hatte viel Zeit, um darüber nachzudenken und mich damit abzufinden." Seine Brauen zogen sich zusammen, während er sie betrachtete. „Der Himmel möge uns beiden beistehen, aber du bist ein Teil von mir." Er nahm ihre Hand in seine. „Ich bringe dich nach Hause."

Stöhnend und die Augen fest geschlossen, tastete Deborah nach dem schrillenden Telefon auf ihrem Nachttischchen. Sie warf ein Buch, einen Messingkerzenhalter und ein Notizbuch hinunter, bevor es ihr gelang, den Hörer zu schnappen und unter das Kissen zu ziehen.

„Hallo?"

„O'Roarke?"

Sie räusperte sich. „Ja."

„Mitchell hier. Wir haben ein Problem."

„Ein Problem?" Sie schob das Kissen von ihrem Kopf und blinzelte auf ihren Wecker. Das einzige Problem, das sie sehen konnte, war, dass ihr Boss sie um 6.15 Uhr morgens anrief.

„Es geht um Parino."

„Parino?" Sie rieb sich mit der Hand über das Gesicht und kämpfte sich zum Sitzen hoch. „Was ist mit ihm?"

„Er ist tot."

„Tot?" Sie schüttelte den Kopf, um ihr benommenes Gehirn zu klären. „Was meinen Sie mit ‚er ist tot'?"

„Tot wie ein Sargnagel", antwortete Mitchell knapp. „Ein Wächter hat ihn vor ungefähr einer halben Stunde gefunden."

Jetzt war sie nicht mehr benommen, sondern saß kerzengerade da, und ihre Gedanken rasten. „Aber … aber wie?"

„Erstochen. Sieht so aus, als wäre er ans Gitter getreten, um mit jemandem zu sprechen, und dieser Jemand hat ihm ein Stilett ins Herz gestochen."

„O Himmel."

„Niemand hat etwas gehört. Niemand hat etwas gesehen", fuhr Mitchell gereizt fort. „Am Gitter war ein Zettel befestigt. ‚Tote Vögel singen nicht'."

„Jemand hat durchsickern lassen, dass er uns Informationen liefern wollte."

„Und Sie können darauf wetten, dass ich herausfinde, wer das war. Hören Sie, O'Roarke, wir können die Presse in dieser Sache nicht zum Schweigen bringen. Ich dachte, Sie wollten es lieber von mir hören als aus den Nachrichten bei Ihrem Morgenkaffee."

„Ja." Sie drückte eine Hand auf ihren flauen Magen. „Ja, danke. Was ist mit Santiago?"

„Bisher nichts. Wir haben Fühler ausgestreckt, aber wenn er untergetaucht ist, könnte es eine Weile dauern, bis wir ihn ausgraben."

„Sie werden auch hinter ihm her sein", sagte sie ruhig. „Wer immer dafür gesorgt hat, dass Parino ermordet wird, wird auch hinter Ray Santiago her sein."

„Dann müssen wir ihn eben als Erste finden."

„Ich werde damit fertig."

„Habe mir nie was anderes gedacht."

Deborah legte auf und starrte blicklos ins Leere, bis ihr Wecker um halb sieben losging. Das würde ein hektischer Tag werden.

Tropfend und fluchend jagte Deborah am anderen Morgen zur Tür. Klopfen um 6.45 Uhr morgens war gleichbedeutend mit Anrufen um drei Uhr nachts. Es bedeutete Ärger. Als sie die Tür öffnete und Gage vorfand, wusste sie, dass ihr Instinkt sie nicht getrogen hatte.

„Habe ich dich unter der Dusche hervorgeholt?", fragte er und betrachtete sie.

Sie fuhr sich ungeduldig durch das nasse Haar. „Ja. Was willst du?"

„Frühstück." Ohne auf eine Einladung zu warten, schlenderte er herein. „Sehr hübsch."

Sie hatte das cremige Weiß vom Elfenbein der Wand mit Farbeffekten – Smaragd, Karmesin, Saphir – im Bezug des niedrigen Sofas und in den Läufern auf dem Holzfußboden aufgelockert. während er seinen Blick in dem Zimmer umherscheifen ließ bemerkte er, dass sie eine nasse Spur auf dem Boden hinterlassen hatte.

„Sieht so aus, als wäre ich fünf Minuten zu früh gekommen."

Sie bemerkte, dass der Gürtel ihres Bademantels lose war, und zerrte ihn fest. „Nein, bist du nicht, weil du überhaupt nicht hier sein solltest. Jetzt …"

Er unterbrach sie mit einem langen, harten Kuss. „Mmm, du bist noch immer nass."

Es überraschte sie, dass das Wasser nicht auf ihr verdampfte. „Sieh mal, ich habe keine Zeit. Ich muss vor Gericht …"

„In zwei Stunden." Er nickte. „Reichlich Zeit für Frühstück."

„Wenn du denkst, dass ich dir Frühstück mache, steht dir eine Enttäuschung bevor."

„Daran würde ich nicht einmal im Traum denken." Er ließ seinen Blick über ihren kurzen seidigen Bademantel gleiten. Die Umarmung hatte ihm schmerzlich klargemacht, dass sie sonst nichts trug. „Ich mag dich in Blau. Du solltest immer Blau tragen."

„Ich schätze den modischen Tipp, aber ..." Sie brach ab, als es erneut klopfte.

„Ich gehe hin", bot er an.

„Ich kann selbst meine Tür öffnen." Ihre Nerven begannen nachzugeben, während sie an die Tür tappte. Sie war morgens nie auf der Höhe, nicht einmal, wenn sie es nur mit sich selbst zu tun hatte. „Ich möchte wissen, wer draußen ein Schild aufgehängt hat, dass ich heute Morgen offenes Haus habe." Sie riss die Tür auf und wurde mit einem Kellner im weißen Jackett konfrontiert, der einen gewaltigen Servierwagen schob.

„Ah, das muss das Frühstück sein. Zum Fenster." Gage winkte den Kellner herein. „Die Lady schätzt den Ausblick."

„Ja, Sir."

Deborah stemmte die Hände in die Hüften. Es war schwierig, vor sieben Uhr morgens einen festen Standpunkt zu beziehen, aber es musste sein. „Gage, ich weiß nicht, worauf du hinauswillst, aber das klappt nicht. Ich habe versucht, meinen Standpunkt klar zu machen, und in diesem Moment habe ich weder die Zeit, noch die Absicht ... Ist das Kaffee?"

„Ja." Lächelnd hob Gage eine große Silberkanne hoch und schenkte eine Tasse ein. Der Duft verführte Deborah. „Möchtest du?"

Sie zog einen Schmollmund. „Vielleicht."

„Dir sollte diese Mischung schmecken." Er kam zu ihr und hielt ihr die Tasse unter die Nase. „Eine meiner Lieblingsmischungen."

Sie nippte, schloss die Augen. „Du spielst nicht fair."

„Nein."

Sie öffnete die Augen und sah dem Kellner zu. „Was gibt es noch?"

„Rührei, gegrillten Schinken, Croissants, Orangensaft – frisch, natürlich."

„Natürlich." Sie hoffte, nicht zu sabbern.

„Himbeeren und Schlagsahne."

„Oh.“ Sie faltete die Zunge einmal in ihrem Mund zusammen, damit sie nicht heraushing.

„Möchtest du Platz nehmen?“

Ich bin keine schwache Frau, versicherte sich Deborah. Aber volle und herrliche Düfte erfüllten ihr Wohnzimmer. Sie gab auf und setzte sich auf einen der Stühle, die der Kellner an den Tisch gerückt hatte.

Gage steckte dem Kellner einen Geldschein zu und wies ihn an, das Geschirr in einer Stunde zu holen.

„Ich sollte wohl fragen, was das alles zu bedeuten hat.“

„Ich wollte sehen, wie du morgens aussiehst.“ Er schenkte Saft aus einem Kristallkrug ein. „Das erschien mir die beste Methode. Vorerst …“ Er prostete ihr mit seiner Tasse zu, während seine Augen auf ihrem Gesicht ruhten. „Du bist schön.“

„Und du bist bezaubernd.“ Sie berührte die Blütenblätter der roten Rose neben ihrem Teller. „Aber das ändert gar nichts.“ Nachdenklich tippte sie mit dem Finger auf das pfirsichfarbene Tischtuch. „Allerdings sehe ich keinen Grund, warum dieses ganze Essen verderben sollte.“

„Du bist eine praktisch denkende Frau.“ Darauf hatte er gezählt. „Das ist eines der Dinge, die ich an dir am anziehendsten finde.“

„Was sollte anziehend daran sein, wenn man praktisch ist?“

Sie schnitt ein kleines Stückchen Schinken ab und schob es zwischen die Lippen. Ihre Magenmuskeln spannten sich an.

„Es kann … sehr attraktiv sein.“

Sie bemühte sich nach Kräften, das Prickeln zu ignorieren, das sich in ihr ausbreitete, und sich auf eine sichere Art von Hunger zu konzentrieren. „Frühstückst du immer so extravagant?“

„Wenn es angemessen erscheint.“ Er legte seine Hand auf die ihre. „Du hast Ringe unter den Augen. Hast du nicht gut geschlafen?“

Sie dachte an die lange und ruhelose Nacht, die hinter ihr lag. „Nein.“

„Möchtest du darüber sprechen?“

„Nein.“ Vorsichtig zog sie ihre Hand zurück.

Er genoss dieses Katz-und-Maus-Spiel. „Du arbeitest zu hart.“

„Ich tue, was ich tun muss. Was ist mit dir? Ich weiß eigentlich gar nicht, was du machst.“

„Kaufen und verkaufen, zu Besprechungen gehen, Berichte lesen."

„Bestimmt ist es wesentlich komplizierter."

„Und oftmals wesentlich langweiliger."

„Das kann ich kaum glauben."

Dampf und Duft stiegen auf, als er ein luftiges Croissant aufbrach. „Ich baue etwas, kaufe etwas."

Sie ließ sich nicht so leicht abspeisen. „Was, zum Beispiel?"

Er lächelte sie an. „Mir gehört dieses Gebäude."

„Trojan Enterprises gehört dieses Gebäude."

„Richtig. Ich besitze Trojan."

„Oh."

Ihre Reaktion freute ihn. „Das meiste Guthrie-Geld kam aus Immobilien, und sie sind auch jetzt noch die Basis. Wir haben allerdings in den letzten zehn Jahren ziemlich gestreut. Ein Zweig beschäftigt sich mit Transport, ein Teil mit Bergbau, ein weiterer mit Herstellung."

„Verstehe." Er ist kein durchschnittlicher Mann, dachte sie. Aber in letzter Zeit wurde sie offenbar auch nicht von durchschnittlichen Männern angezogen.

Er bot ihr einen Löffel voll Sahne mit Beeren an.

Deborah ließ die Früchte eine Weile auf ihrer Zunge ruhen.

„Du bist sehr reizvoll, wenn du traurig bist, Deborah." Gage strich mit einem Finger über ihren Handrücken. „Sogar unwiderstehlich."

„Ich bin nicht traurig."

„Du bist unwiderstehlich."

„Fang nicht so an." Sie schenkte umständlich Kaffee nach. „Kann ich dir eine geschäftliche Frage stellen?"

„Sicher."

„Wenn der Eigentümer oder die Eigentümer einer bestimmten Liegenschaft nicht wollen, dass ihr Eigentumsanspruch bekannt wird, können sie ihn verbergen?"

„Leicht. Man vergräbt ihn unter Firmen, die nur auf dem Papier bestehen, und unter verschiedenen Steuernummern. Eine Firma besitzt eine andere, wieder einer anderen gehört diese Firma, und so weiter. Warum?"

Sie beugte sich vor und tat seine Frage ab. „Wie schwierig ist es, den tatsächlichen Eigentümer aufzuspüren?"

„Das käme darauf an, wie viel Mühe er sich gemacht hat und welche Gründe er hat, seinen Namen aus den Büchern fernzuhalten."

„Wenn man entschlossen und geduldig genug ist, lässt sich dieser Name finden?"

„Irgendwann. Wenn du den gemeinsamen Angelpunkt findest."

„Den gemeinsamen Angelpunkt?"

„Einen Namen, eine Zahl, einen Ort. Etwas, das immer wieder auftaucht." Er wäre über ihre Fragen beunruhigt gewesen, wäre er ihr nicht bereits einen Schritt voraus gewesen. Dennoch war es besser, vorsichtig zu sein. „Worauf willst du hinaus?"

„Meine Arbeit."

Sehr vorsichtig stellte er seine Tasse zurück auf die Untertasse. „Hat es etwas mit Parino zu tun?"

Ihr Blick wurde scharf. „Was weißt du über Parino?"

„Ich habe noch immer Kontakte zum Fünfundzwanzigsten Revier." Dann fügte er äußerst ruhig hinzu: „Das ist übrigens ein Fall, an dem du überhaupt nicht arbeiten solltest."

„Wie bitte?" Ihr Ton sank um zwanzig Grad ab.

„Es ist gefährlich. Die Männer, die Parino ermordet haben, sind gefährlich. Du hast keine Ahnung, womit du da spielst."

„Ich spiele nicht."

„Nein und die auch nicht. Sie sind alle gut geschützt und bestens informiert. Sie kennen deinen nächsten Zug noch vor dir." Seine Augen verdüsterten sich, der Blick schien sich nach innen zu wenden. „Wenn sie dich als Hindernis betrachten, werden sie dich beseitigen – sehr schnell, sehr endgültig."

„Woher weißt du so viel über die Männer, die Parino umgebracht haben?"

„Ich war Cop, schon vergessen? Du solltest mit dieser Sache nichts zu tun haben. Ich möchte, dass du den Fall jemand anderem übergibst."

„Das ist lächerlich."

Er packte ihre Hand, bevor sie aufspringen konnte. „Ich will nicht, dass dir etwas zustößt."

„Ich wünschte, die Leute würden aufhören, das ständig zu mir zu sagen." Sie entzog ihm die Hand und stand auf. „Das ist mein Fall, und es bleibt auch meiner."

„Ehrgeiz ist auch ein attraktiver Charakterzug, Deborah, sofern du dich nicht davon blenden lässt."

Sie wandte sich langsam und zornig ihm zu. „Na schön, ein Teil davon ist Ehrgeiz. Doch das ist nicht alles, nicht annähernd. Ich glaube an das, was ich mache, Gage, und an meine Fähigkeit, es gut zu machen. Es begann mit einem Jungen namens Rico Mendez. Er war keine Stütze der Gemeinde. Er war ein Dieb, der schon gesessen hatte. Aber er wurde über den Haufen geschossen, während er an einer Straßenecke stand. Weil er zu der falschen Gang gehörte, die falschen Farben trug. Dann wurde sein Mörder ermordet, weil er mit mir sprach. Weil ich einen Handel mit ihm abschloss. Wann sagen wir, dass es nicht mehr akzeptabel ist und dass wir die Verantwortung übernehmen und es ändern?"

Er stand auf und kam zu ihr. „Ich zweifle nicht an deiner Integrität, Deborah."

„Nur an meiner Urteilskraft?"

„Ja – und an meiner eigenen." Seine Hände glitten in den Ärmeln ihres Morgenmantels hoch. „Du bedeutest mir etwas."

„Ich denke nicht ..."

„Nein, nicht. Nicht denken." Er verschloss ihren Mund mit dem seinen, und seine Finger umspannten ihre Arme, als er sie an sich zog.

Blitzartige Hitze, blitzartiges Verlangen. Wie sollte sie dagegen ankämpfen? Sein Körper war so fest an dem ihren, seine Lippen waren so geschickt. Und sie fühlte die Wellen, nicht nur von Verlangen, sondern von etwas Tieferem und Wahrhaftigerem, die von ihm auf sie überflossen. Als wäre er bereits in ihr ...

Sie war alles. Wenn er sie festhielt, fragte er nicht nach der Macht, mit der sie seinen Verstand gleichzeitig leer fegen und erfüllen, seinen Hunger gleichzeitig stillen und wecken konnte. Sie machte ihn stark; sie ließ ihn schwach zurück. Mit ihr begann er fast wieder an Wunder zu glauben.

Als er zurückwich, lagen seine Hände noch immer auf ihren Armen. Sie kämpfte um Gleichgewicht. Wie konnte er das jedes Mal durch eine bloße Berührung mit ihr anstellen?

„Ich bin nicht bereit dafür", brachte sie hervor.

„Ich auch nicht, aber ich glaube, das spielt keine Rolle." Er zog sie wieder eng an sich. „Ich will dich heute Abend sehen." Er presste seinen Mund auf den ihren. „Ich möchte heute Abend mit dir zusammen sein."

„Nein, ich kann nicht." Sie konnte kaum atmen.

Er unterdrückte eine Verwünschung. „Keiner von uns kann mehr entkommen."

„Nein." Er hatte recht. „Aber ich brauche Zeit. Dräng mich nicht."

„Vielleicht muss ich es tun." Er wandte sich zur Tür, blieb jedoch mit der Hand auf dem Knauf stehen. „Deborah, gibt es einen anderen?"

Sie wollte es abstreiten, musste jedoch ehrlich zu ihm sein. „Ich weiß es nicht."

Er nickte und schloss hinter sich die Tür. Mit bitterer Ironie stellte er fest, dass er mit sich selbst im Wettstreit lag. Aber wer würde gewinnen?

5. KAPITEL

Deborah arbeitete in dieser Nacht noch spät in ihrem Schlafzimmer, als das Telefon klingelte. „Hallo?“

„O’Roarke? Deborah O’Roarke?“

„Ja, wer spricht?“

„Santiago.“

Sie war augenblicklich hellwach und griff nach einem Stift. „Mr Santiago, wir haben Sie gesucht.“

„Ja, ich weiß.“

„Ich möchte unbedingt mit Ihnen sprechen. Die Staatsanwaltschaft ist bereit, Ihnen Zusammenarbeit und Schutz zu bieten.“

„Wie Parino ihn gekriegt hat?“

Sie unterdrückte ihr Schuldgefühl. „Bei uns sind Sie sicherer als auf sich gestellt.“

„Vielleicht.“

Angst schwang in seiner Stimme mit. Sie klang gepresst. Nervös.

„Ich spreche mit Ihnen, wann immer Sie in mein Büro kommen wollen.“

„Ausgeschlossen. Ich gehe nirgendwohin. Die hätten mich, bevor ich zwei Querstraßen weit gegangen bin.“ Seine Worte überstürzten sich. „Sie kommen zu mir. Hören Sie, ich habe mehr, als Parino hatte. Viel mehr. Ich habe Namen, Papiere. Wenn Sie was hören wollen, Schwester, kommen Sie zu mir.“

„In Ordnung. Ich habe die Polizei …“

„Keine Cops!“ Seine Stimme wurde böse vor Angst. „Keine Cops, sonst gibt es keinen Handel. Sie kommen … und Sie kommen allein. Das wär’s.“

„Wir machen es, wie Sie es wollen. Wann?“

„Jetzt, jetzt gleich. Ich bin im Darcy Hotel, 38 East 167th. Zimmer 27.“

„Geben Sie mir zwanzig Minuten.“

„Wollen Sie wirklich hierhin?“, fragte der Taxifahrer.

Deborah blickte durch den dichten Regen auf die heruntergekommenen Häuser und die verlassene Straße. „Ja. Wahrscheinlich kann ich Sie nicht dazu bringen zu warten.“

„Nein, Ma'am."

Sie gab ihm sein Geld, holte tief Luft und rannte durch den Regen zum Eingang.

In der Hotelhalle blieb sie triefend stehen. Das Pult der Rezeption war verlassen und von einem rostigen Gitter gesichert. Es roch nach Schweiß und Abfall und Schlimmerem. Sie wandte sich ab und stieg die Treppe hinauf.

Ein Baby schrie. Der jammervolle Ton rollte durch das graffitiverschmierte Treppenhaus. Deborah sah etwas Kleines an ihrem Fuß vorbeihuschen und in einer Mauerritze verschwinden. Schaudernd ging sie weiter nach oben.

Sie hörte einen Mann und eine Frau böse streiten. Als sie im ersten Stock auf den Korridor bog, öffnete sich knarrend eine Tür. Sie sah kleine, verängstigte Augen, bevor die Tür sich wieder schloss und eine Kette sich rasselnd vorlegte.

Ihre Füße knirschten über zerbrochenes Glas, das einst zur Deckenbeleuchtung gehört hatte. Vom Ende der Halle hörte sie das Kreischen der Reifen einer Verfolgungsjagd im Fernsehen. Blitze zuckten vor den Fenstern, als draußen das Gewitter losbrach.

Vor Zimmer 27 blieb sie stehen. Der laute Fernseher dröhnte hinter der Tür. Sie hob die Hand und klopfte hart.

„Mr Santiago!"

Als sie keine Antwort erhielt, klopfte und rief sie noch einmal. Vorsichtig probierte sie den Türknauf. Die Tür schwang leicht auf.

Im flackernden grauen Licht des Fernsehers sah sie ein voll geräumtes Zimmer mit einem schmierigen Fenster. Haufen von Kleidern und Müll lagen herum. In der Kommode fehlte eine Schublade. Es stank nach abgestandenem Bier und verdorbenem Essen.

Sie sah die Gestalt auf dem Bett und fluchte. Sie würde nicht nur das Vergnügen haben, eine Befragung in diesem Sumpfloch durchzuführen, sondern sie würde zuerst auch noch ihren Zeugen ausnüchtern müssen.

Verärgert schaltete sie den Fernseher aus, sodass nur noch der trommelnde Regen und die Schreie des Streits in dem anderen Zimmer zu hören waren. Sie entdeckte ein altes fleckiges Waschbecken, das an die Wand geschraubt war und von dessen Porzellanschüssel ein Teil fehlte. Wäre praktisch gewesen, wenn sie Santiagos Kopf hätte unter Wasser halten können.

„Mr Santiago." Sie durchquerte den Raum und versuchte, den fettigen Essensverpackungen und dem verschütteten Bier auszuweichen. „Ray." Sie wollte ihn schon an der Schulter rütteln, als sie bemerkte, dass seine Augen offen waren. „Ich bin Deborah O'Roarke", begann sie. Dann erkannte sie, dass er sie nicht ansah. Er sah gar nichts.

Sie hob die zitternde Hand, starrte auf das Blut daran.

„O nein ..." Sie trat taumelnd einen Schritt zurück und kämpfte gegen die heiße Übelkeit, die ihren Magen zusammenkrampfte. Sie drehte sich um und prallte fast mit einem kleinen, gut gebauten Mann mit einem Schnurrbart zusammen.

„Señorita", sagte er ruhig.

„Die Polizei", stieß sie hervor. „Wir müssen die Polizei rufen. Er ist tot."

„Ich weiß." Er lächelte. Sie sah das Glitzern von Gold in seinem Mund. Und das silbrige Glitzern, als er das Stilett hob. „Miss O'Roarke, ich habe auf Sie gewartet."

Er packte sie an den Haaren, als sie einen Satz zur Tür machte. Sie schrie schmerzlich auf. Dann war sie still, tödlich still, als sie das scharfe Messer an ihrer Kehle fühlte.

„Niemand achtet in einem solchen Haus auf Schreie", sagte er, und die Sanftheit in seiner Stimme ließ sie schaudern, als er sie zu sich herumdrehte. „Sie sind sehr schön, Señorita. Was wäre es doch für ein Jammer, diese Wange zu beschädigen." Er beobachtete sie, während er die Messerklinge dagegen drückte. „Sie werden mir sagen, por favor, was Parino mit Ihnen besprochen hat vor seinem ... Unfall. Alle Namen, alle Details. Und mit wem Sie diese Information geteilt haben."

Sie kämpfte darum, durch ihr Entsetzen hindurch zu denken. Sie blickte in seine Augen, und sie erkannte ihr Schicksal. „Sie werden mich auf jeden Fall umbringen."

Er lächelte erneut. „Klug und schön. Aber es gibt verschiedene Methoden. Manche sind sehr langsam, sehr schmerzhaft." Er ließ die Klinge leicht an ihrer Wange heruntergleiten. „Sie werden mir erzählen, was ich wissen muss."

Sie hatte keine Namen, nichts, was sie eintauschen konnte. Sie hatte nur ihren Verstand. „Ich habe alles aufgeschrieben und weggeschlossen."

„Und mit wem haben Sie darüber gesprochen?"

„Mit keinem." Sie schluckte. „Ich habe mit keinem gesprochen."

Er betrachtete sie einen Moment und wirbelte sein Stilett herum. „Ich glaube, Sie lügen. Vielleicht wollen Sie mit mir zusammenarbeiten, nachdem ich Ihnen gezeigt habe, was ich mit dem hier machen kann. Ah, diese Wange! Wie Satin. Was für ein Jammer, dass ich sie zerschneiden muss."

Noch während sie sich wappnete, zuckte ein Blitz. Fensterglas barst.

Er war da, ganz in Schwarz, beleuchtet von einem weiteren Blitz. Diesmal ließ der Donner den Raum erbeben. Bevor Deborah auch nur atmen konnte, war das Messer an ihrer Kehle, und ein kräftiger Arm schlang sich um ihre Taille.

„Komm näher", warnte der Mann mit dem Stilett, „und ich schlitze ihr die Kehle von einem Ohr zum anderen auf."

Nemesis rührte sich nicht von der Stelle. Er sah sie nicht an. Wagte es nicht. Doch mit seinem geistigen Auge konnte er sie sehen, ihr vor Angst bleiches Gesicht. Ihre vor Entsetzen glasigen Augen. War es ihre Angst oder seine eigene, die seine Konzentration gestört und verhindert hatte, dass er den Raum unbemerkt betrat? Wenn er sich jetzt auf seine Fähigkeit besinnen konnte, würde das eine wirksame Waffe sein oder nur verursachen, dass das Stilett traf, bevor er handeln konnte? Er war nicht schnell genug gewesen, um sie zu retten. Jetzt musste er klug genug sein.

„Wenn du sie tötest, verlierst du deinen Schild."

„Ein Risiko, das wir beide eingehen. Nicht näher!" Er drückte die Klinge fester gegen ihre Kehle, bis Deborah wimmerte.

Jetzt kannte er keine Angst, nur Wut. „Wenn du sie verletzt, stelle ich Sachen mit dir an, die du dir nicht einmal in deinen schlimmsten Albträumen ausmalen kannst."

Dann sah er das Gesicht, den vollen, geschwungenen Schnurrbart, das Glänzen von Gold. Er war wieder auf den Docks mit dem Gestank nach Fisch und Abfällen, dem Geräusch von klatschendem Wasser. Er fühlte die heiße Explosion in seiner Brust und wäre um ein Haar gestolpert.

„Ich kenne dich, Montega.“ Seine Stimme war leise, barsch.

„Dann hast du mich also gefunden. Leg deine Waffe weg.“

„Ich habe keine Waffe“, sagte Nemesis und hielt die Hände seitlich von sich. „Ich brauche keine.“

„Dann bist du ein Narr.“ Montega löste den Arm von Deborahs Taille und schob die Hand in seine Tasche. Als der Schuss krachte, warf Nemesis sich zur Seite.

Es geschah alles so schnell. Hinterher wusste Deborah nicht mehr mit Sicherheit, wer sich zuerst bewegt hatte. Sie sah die Kugel in die fleckige Tapete und den Putz der Wand schlagen, sah Nemesis fallen. Mit einer Stärke, die von Wut und Grauen angeheizt wurde, rammte sie ihren Ellbogen in Montegas Magen.

Mehr an seinem neuen Opfer als an ihr interessiert, stieß er sie von sich. Ihr Kopf traf die Kante des Waschbeckens. Es gab noch einen Blitz. Dann Dunkelheit.

„Deborah! Deborah! Sie müssen die Augen öffnen! Bitte!“

Sie wollte es nicht. Gemeine kleine Explosionen liefen hinter ihren Augen ab, unzählige Blitze. Aber die Stimme war so verzweifelt, so flehend. Sie zwang ihre Augenlider, sich zu heben. Nemesis tauchte verschwommen vor ihr auf.

Er hielt sie, drückte ihren Kopf an sich, wiegte sie. Einen Moment konnte sie nur seine Augen sehen. Schöne Augen, dachte sie benommen. Sie hatte sich in diese Augen verliebt, als sie sie das erste Mal sah. Sie hatte durch die Menschenmenge und die blendenden Lichter geblickt und ihn gesehen, seine Augen gesehen …

Mit einem kleinen Stöhnen hob sie eine Hand an die Beule, die sich bereits an ihrer Schläfe bildete. Sie musste eine Gehirnerschütterung haben. Das erste Mal hatte sie Nemesis in einer dunklen Hauseinfahrt gesehen. Und ein Messer war da gewesen, genau wie heute Nacht.

„Ein Messer“, murmelte sie. „Er hatte ein Messer.“

Vor Erleichterung benommen, senkte er die Stirn auf die ihre. „Es ist schon gut. Er hatte keine Gelegenheit, es zu gebrauchen.“

„Ich dachte, er hätte Sie getötet.“ Sie hob ihre Hand an sein Gesicht, fühlte seine Wärme.

„Nein.“

„Haben Sie ihn getötet?“

Seine Augen veränderten sich. Die Sorge wich einer Wut, die schlagartig in seinen Augen aufblitzte.

„Nein.“

Er hatte Deborah zusammengesunken auf dem Boden liegen gesehen und so nacktes Entsetzen verspürt, dass Montega die Flucht leicht gefallen war. Aber es würde eine andere Gelegenheit geben.

„Er ist entkommen?“

„Für den Moment.“

„Sie kannten ihn.“ Sie versuchte, trotz des Hämmerns in ihrem Kopf zu denken. „Sie haben einen Namen genannt.“

„Ja, ich kannte ihn.“

„Er hatte einen Revolver.“ Sie presste die Augen zu, aber der Schmerz tobte im Kopf weiter. „Wo hatte er den Revolver?“

„In seiner Tasche. Es ist seine Gewohnheit, sich die Anzüge zu ruinieren.“

Darüber würde sie später nachdenken. „Wir müssen die Polizei rufen.“ Sie legte die Hand auf seinen Arm, um sich zu stützen, und fühlte klebrige Wärme an ihren Fingern. „Sie bluten.“

Er blickte auf die Stelle, an der ihn die Kugel gestreift hatte. „Ein wenig.“

„Wie schlimm?“ Bevor er antworten konnte, riss sie seinen Ärmel auf. Die lange hässliche Wunde ließ ihren Magen Purzelbäume schlagen. „Wir müssen die Blutung stoppen.“

„Sie könnten Ihr T-Shirt in Streifen reißen.“

„So viel Glück möchten Sie wohl haben.“ Sie sah sich in dem Raum um, wobei sie peinlichst den Blick auf den auf dem Bett liegenden Körper vermied. „Hier drinnen ist nichts, wovon Sie keine Blutvergiftung bekommen würden.“

„Versuchen Sie das.“ Er reichte ihr ein Stück schwarzen Stoffs.

Sie mühte sich mit der Bandage ab. „Es ist meine erste Schusswunde, aber ich denke, sie sollte gereinigt werden.“

„Ich kümmere mich später darum.“ Er genoss es, dass sie sich um ihn kümmerte. Ihre Finger waren sanft auf seiner Haut, ihre Brauen in Konzentration zusammengezogen. Sie hatte einen Ermordeten gefunden, wäre selbst beinahe ermordet worden. Aber sie hatte sich gefangen und tat kompetent, was getan werden musste.

Praktische Natur. Seine Lippen lächelten leicht. Ja, das konnte sehr attraktiv sein. Darüber hinaus roch er ihr Haar, als sie sich zu ihm beugte, fühlte es weich über seine Wange streichen. Er hörte ihren Atem, langsam, gleichmäßig.

Nachdem sie ihr Bestes getan hatte, kauerte Deborah sich auf den Boden. „Nun, so viel zu Ihrer Unverwundbarkeit."

Sein Lächeln ließ ihr Herz stillstehen. „Da geht mein Ruf dahin."

Sie konnte nur starren, wie von einem Zauber gefangen, während sie beide auf dem Boden des schmutzigen kleinen Raums saßen. Sie vergaß, wo sie war, wer sie war. Unfähig, sich daran zu hindern, senkte sie den Blick auf seinen Mund. Wie würde er schmecken? Welche Wunder würde er ihr zeigen?

Er konnte kaum atmen, als sie ihre Augen erneut zu den seinen hob. In ihnen sah er Leidenschaft glühen und ein erschreckendes Einverständnis. Ihre Finger lagen noch immer auf seinem Arm und streichelten sachte. Er konnte jeden ihrer schnellen Herzschläge an dem Puls sehen, der an ihrem Hals pochte.

„Ich träume von Ihnen." Er zog sie an sich. „Selbst wenn ich wach bin, träume ich von Ihnen. Davon, Sie zu berühren." Seine Hände glitten an ihre Brüste, umschlossen sie. „Sie zu schmecken …" Wie unter Zwang presste er den Mund an ihren Hals, wo der Geschmack und der Duft heiß waren.

Sie lehnte sich ihm entgegen, an ihn, benommen und aufgerüttelt von dem wilden Drängen, das in ihrem Blut hämmerte. Seine Lippen waren wie ein Brandeisen auf ihrer Haut. Und seine Hände … Himmel, seine Hände! Mit einem tiefen, kehligen Stöhnen bog sie sich zurück, begierig und willig.

Und Gages verschwommenes Gesicht tauchte vor ihren Augen auf …

„Nein!" Deborah zuckte weg von ihm, geschockt und beschämt. „Nein, das ist nicht recht."

Er verwünschte sich selbst. Sie. Die Umstände. Wie hatte er sie berühren können – jetzt, hier? „Nein, es ist nicht recht." Er stand auf und trat zurück. „Sie gehören nicht hierher."

Weil sie den Tränen nahe war, klang ihre Stimme scharf. „Sie schon?"

„Mehr als Sie", murmelte er. „Viel mehr als Sie."

„Ich habe nur meinen Job getan. Santiago hat mich angerufen."

„Santiago ist tot."

„Da war er es noch nicht." Sie presste die Finger gegen die Augen und betete um Fassung. „Er rief an und bat mich herzukommen."

„Montega war zuerst hier."

„Ja." Sie senkte die Hände. „Aber wie? Woher wusste er, wo Santiago zu finden war? Woher wusste er, dass ich herkommen würde? Er hat auf mich gewartet. Er hat meinen Namen gekannt."

Nemesis betrachtete sie interessiert. „Haben Sie irgendjemandem gesagt, dass Sie hierher fahren?"

„Nein."

„Allmählich halte ich Sie für eine Närrin." Er wandte sich von ihr ab. „Sie kommen hierher, in ein solches Haus, allein, um sich mit einem Mann zu treffen, der Ihnen genauso gut eine Kugel durch den Kopf hätte jagen können."

„Er hätte mir nichts getan. Er hatte Angst zu sterben wie Parino, und er war trotzdem bereit zu sprechen. Und ich weiß, was ich tue."

Er drehte sie wieder zu ihr. „Sie haben nicht die leiseste Ahnung."

„Aber Sie, natürlich." Sie strich sich heftig über die zerzausten Haare und verspürte neuen Schmerz. „Oh, warum, zum Teufel, gehen Sie nicht endlich fort? Und bleiben auch fort. Ich kann diesen Kummer von Ihnen nicht gebrauchen. Ich muss meine Arbeit erledigen."

„Sie müssen heimgehen und das hier anderen überlassen."

„Santiago hat keine anderen angerufen", fauchte sie. „Er hat mich angerufen, hat mit mir gesprochen. Wäre ich als Erste zu ihm gekommen, wüsste ich jetzt alles, was ich wissen muss. Ich ..." Sie verstummte, als ihr der Gedanke kam. „Mein Telefon. Verdammt, die haben mein Telefon angezapft. Sie wussten, dass ich heute Nacht hierherkomme. Auch mein Telefon im Büro. Daher wussten sie, dass ich mir einen Gerichtsbeschluss für den Antiquitätenladen besorgen wollte." Ihre Augen funkelten. „Nun, das lässt sich schnell abstellen."

Sie sprang auf. Das Zimmer drehte sich. Er fing sie auf, bevor sie zu Boden glitt.

„Ein oder zwei Tage werden Sie gar nichts schnell machen." Er legte den Arm unter ihre Knie und hob sie hoch.

Es gefiel ihr, von ihm getragen zu werden, sogar ein wenig zu sehr. „Ich bin in dieses Zimmer hereingegangen, Zorro, ich werde auch wieder hinausgehen."

Er trug sie auf den Korridor. „Sind Sie immer so dickköpfig?"

„Ja. Ich brauche Ihre Hilfe nicht."

„Ja, Sie kommen allein ganz prima zurecht."

„Ich mag vielleicht ein paar Schwierigkeiten gehabt haben", sagte sie, während er begann, die Treppe hinunterzugehen. „Aber jetzt habe ich wenigstens einen Namen. Montega."

Er blieb abrupt stehen, und seine Augen wurden zu Eis. „Montega gehört mir."

„Das Gesetz lässt keinen Raum für persönliche Blutrache."

„Sie haben recht. Das Gesetz tut das nicht." Er verlagerte ihr Gewicht leicht, als er das untere Ende der Treppe erreichte.

Es lag etwas in seinem Ton – Desillusionierung? –, dass sie ihre Hand an seine Wange hob. „War es sehr schlimm?"

„Ja." Himmel, wie sehr er sich wünschte, sein Gesicht in ihrem Haar zu vergraben und sich von ihr trösten zu lassen. „Es war sehr schlimm."

„Lassen Sie sich von mir helfen. Sagen Sie mir, was Sie wissen, und ich schwöre, dass ich alles in meiner Macht Stehende tun werde, damit Montega und wer immer hinter ihm stehen mag für das bezahlt, was sie Ihnen angetan haben."

Sie würde es versuchen. Die Erkenntnis bewegte etwas in ihm, so sehr sie ihn auch ängstigte. „Ich bezahle meine eigenen Schulden auf meine eigene Weise."

„Verdammt, von wegen dickköpfig!" Sie versuchte, aus seinen Armen zu gleiten, als er sie in den Regen hinaustrug. „Ich bin bereit, meine Prinzipien zu beugen und mit Ihnen zu arbeiten, eine Partnerschaft zu bilden, und Sie …"

„Ich will keinen Partner."

Sie fühlte, wie er sich bei den Worten verkrampfte, fühlte förmlich den Schmerz, der in ihm hochstieg. Aber sie wollte nicht nachgeben. „Fein, einfach großartig. Ach, lassen Sie mich herunter. Sie können mich kaum hundert Blocks weit tragen."

„Das habe ich auch nicht vor." Doch er konnte sich vorstellen, sie durch den Regen zu ihrem Apartment zu tragen, hinein, in ihr Bett.

Stattdessen ging er zu dem Ende des Blocks, auf die Lichter und den Verkehr zu. Am Straßenrand blieb er stehen. „Nehmen Sie sich ein Taxi."

„Ein Taxi nehmen? Einfach so?"

Er fragte sich, wie sie ihn gleichzeitig zum Brennen und zum Lachen bringen konnte. Er sah die Hitze in ihren Augen lodern, während ihre Lippen nur Zentimeter voneinander entfernt waren. „Sie können doch noch immer Ihren Arm heben, oder?"

„Ja, ich kann meinen Arm heben." Sie tat es, innerlich kochend, während sie dastanden und warteten. Nach fünf Minuten rollte ein Taxi an den Straßenrand. So verstimmt sie auch war, sie musste ein Lächeln unterdrücken, als dem Fahrer der Unterkiefer bei einem Blick auf ihren Begleiter herunterfiel.

„O Lord, Sie sind das, ja? Sie sind Nemesis! Hey, Kumpel, willst du mitfahren?"

„Nein, aber die Lady." Mühelos schob er Deborah auf den Rücksitz. Seine behandschuhte Hand strich einmal über ihre Wange. „Ich würde es mit einem Eisbeutel versuchen."

„Danke. Vielen Dank. Hören Sie, ich bin noch nicht fertig ..."

Doch er trat zurück und verschwand in dem dunklen, dünnen Regen.

„Das war wirklich er, nicht wahr?" Der Taxifahrer renkte sich fast den Hals aus, als er sich zu Deborah umdrehte, ohne sich um das wütende Hupen hinter ihm zu kümmern. „Hat er Ihnen das Leben gerettet oder so was?"

„Oder so was", murmelte sie.

„Lord! Wenn ich das meiner Frau erzähle!" Grinsend schaltete er die Taxiuhr ab. „Die Fahrt geht auf mich."

6. KAPITEL

Stöhnend und schweißüberströmt stemmte Gage die Gewichte noch einmal. Er lag rücklings auf der Trainingsbank, nackt bis auf Jogging-Shorts. Seine Muskeln vibrierten, aber er war entschlossen, seine Quote von hundert zu erreichen. Schweiß durchnässte sein Schweißband und lief ihm in die Augen, während er sich auf einen kleinen Punkt an der Decke konzentrierte. Es lag Befriedigung sogar im Schmerz.

Er erinnerte sich nur zu gut daran, als er so schwach war, dass er kaum ein Magazin hatte heben können. Damals waren seine Beine zu Gummi geworden und sein Atem hatte gepfiffen, wenn er versuchte, den Krankenhauskorridor entlangzugehen. Er erinnerte sich an die Frustration und noch mehr an die Hilflosigkeit.

Zuerst hatte er sich gegen die Therapie gewehrt und hatte lieber allein dagesessen und vor sich hingebrütet. Dann hatte er die Therapie als eine Strafe benutzt, weil er lebte und Jack tot war. Der Schmerz war unbeschreiblich gewesen.

Und dann, eines Tages, schwach, krank, tief deprimiert, hatte er sich schwankend gegen die Wand seines Krankenhauszimmers gelehnt. Er hatte sich mit aller Kraft, aller Willensstärke gewünscht, alle sollten ihn in Ruhe lassen und nicht mehr zur Kenntnis nehmen.

Und dann kam die Schwester mit seinem Frühstückstablett herein, ging direkt an ihm vorbei, ohne ihn zu beachten, und murmelte etwas über Patienten, die nicht im Bett blieben, wohin sie gehörten.

Und er hatte gewusst, was er aus dem Koma mitgebracht hatte! Und er war überzeugt, dass diese Gabe zu einem bestimmten Zweck mit ihm gekommen war.

Danach war die Therapie wie eine Religion geworden, in die er jedes Gramm seiner Stärke legte, seinen gesamten Willen. Er hatte sich selbst härter und härter gefordert, bis seine Muskeln fest ausgebildet waren. Er hatte Unterricht in Kampftechniken genommen, Stunden mit Gewichtheben verbracht, die Tretmühle endloser Längen im Pool auf sich genommen.

Er hatte auch seinen Verstand trainiert, alles gelesen und sich dazu gebracht, die unzähligen Geschäfte zu verstehen, die er geerbt hatte, hatte täglich stundenlang studiert, bis er mit dem komplexen Computersystem umgehen konnte.

Jetzt war er stärker, schneller, klüger als in den Jahren bei der Polizei. Aber er wollte nie wieder ein Abzeichen tragen. Er würde nie wieder einen Partner nehmen.

Er würde nie wieder hilflos sein.

Er stieß zischend den Atem aus und stemmte weiter, als Frank mit einem großen Glas Saft hereinkam.

Frank stellte das Glas auf den Tisch neben der Bank und sah eine Weile schweigend zu. „Ein wenig hart heute", bemerkte er. „Natürlich haben Sie's auch gestern ein wenig hart getrieben und vorgestern auch." Frank grinste. „Was haben nur manche Frauen an sich, dass Kerle hingehen und schwere Gegenstände liften?"

„Scheren Sie sich zum Teufel, Frank."

„Sie sieht toll aus, sicher", fuhr Frank unbeeindruckt fort. „Klug ist sie auch, schätze ich, wo sie doch Juristin ist und so. Muss allerdings schwer sein, an den eigenen Verstand zu glauben, wenn sie Sie mit diesen großen blauen Augen ansieht."

Mit einem letzten Aufstöhnen stemmte Gage die Hantel in die Halterung. „Verschwinden Sie, und liften Sie eine Brieftasche."

„Also, Sie wissen, dass ich das nicht mehr mache." Sein breites Gesicht verzog sich zu einem neuerlichen Grinsen. „Nemesis könnte mich schnappen." Er nahm ein Handtuch von einem Stapel.

Wortlos wischte Gage sich damit den Schweiß von Gesicht und Brust.

„Wie ist der Arm?"

„Gut." Gage machte sich nicht die Mühe, auf den sauberen weißen Verband zu blicken, mit dem Frank Deborahs Werk ersetzt hatte.

„Sie werden wohl langsam. Bisher haben Sie sich nie was eingefangen."

„Wollen Sie gefeuert werden?"

„Wieder mal? Nein." Frank wartete geduldig, während Gage zu Beindrücken überwechselte. „Ich will einen sicheren Arbeitsplatz. Wenn Sie da rausgehen und sich umbringen lassen, muss ich wieder Touristen filzen."

„Dann muss ich am Leben bleiben. Die Touristen haben schon genug Ärger in Urbana."

„Wäre nicht passiert, wenn ich dabei gewesen wäre."

Gage schoss ihm einen Blick zu und drückte weiter. „Ich arbeite allein. Sie kennen die Abmachung."

„Sie war da."

„Und das war das Problem. Sie gehört nicht auf die Straßen, sie gehört in einen Gerichtssaal."

„Sie wollen sie nicht im Gerichtssaal, sondern im Schlafzimmer."

Die Gewichte landeten krachend auf dem Boden. „Lassen Sie das!"

Frank kannte Gage zu lange, um eingeschüchtert zu sein. „Hören Sie, Sie sind wild nach ihr, und das stört Ihre Konzentration. Das ist nicht gut für Sie."

„Ich bin nicht gut für sie." Er stand auf und griff nach dem Saft. „Sie hat Gefühle für mich, und sie hat Gefühle für Nemesis. Das macht sie unglücklich."

„Dann sagen Sie ihr, dass sie nur für einen Kerl Gefühle hat, und machen Sie sie glücklich."

„Was zum Teufel soll ich tun?" Er leerte das Glas und konnte sich kaum davon abhalten, es gegen die Wand zu schleudern. „Soll ich sie zum Dinner ausführen, und bei Cocktails sage ich: Ach, übrigens, Deborah, abgesehen davon, dass ich Geschäftsmann und eine Stütze dieser verdammten Stadt bin, habe ich noch dieses andere Ich. Die Presse nennt es Nemesis. Und wir sind beide verrückt nach dir. Also, wenn ich mit dir ins Bett gehe, willst du es mit oder ohne Maske?"

Frank überlegte einen Moment. „So ungefähr."

Gage stellte das Glas ab. „Sie ist geradlinig, Frank. Sie sieht alles schwarz und weiß ... Gesetz und Verbrechen." Plötzlich müde, blickte er auf das glitzernde Wasser des Pools. „Sie würde nie verstehen, was ich tue und warum ich es tue. Und sie würde mich hassen, weil ich sie belogen habe, denn jedes Mal, wenn ich mit ihr zusammen bin, betrüge ich sie."

„Ich glaube, Sie trauen ihr zu wenig zu. Sie haben Gründe für das, was Sie tun."

„Ja." Geistesabwesend berührte er die Narbe auf seiner Brust.

„Wenn sie wirklich Gefühle für Sie hat, wird sie es verstehen."

„Vielleicht würde sie mich anhören und es sogar akzeptieren, ohne zuzustimmen. Sie könnte mir sogar die Lügen verzeihen. Aber was ist mit dem Rest? Wie kann ich sie bitten, ihr Leben mit einem Freak zu teilen?"

Frank stieß einen heftigen Fluch aus. „Sie sind kein Freak. Sie besitzen eine Gabe."

„Ja." Gage atmete tief durch. „Aber ich bin derjenige, der damit leben muss."

Die Sekretärin von Bürgermeister Tucker Fields blickte von ihrem Schreibtisch auf und erkannte Deborah. „Miss O'Roarke." Sie lächelte geschäftsmäßig freundlich. „Er erwartet Sie schon."

Sekunden später betrat Deborah das Büro des Bürgermeisters. Fields saß hinter seinem Schreibtisch, ein schlanker, ordentlicher Mann mit weißen Haaren und der rötlichen Haut von Leuten, die im Freien arbeiteten, ererbt von seinen Vorfahren, die Farmer gewesen waren. Neben ihm wirkte Jerry Bower wie ein geschniegelter junger Manager.

Fields hatte während der sechs Jahre im Amt den Ruf gewonnen, ein Mann zu sein, der sich nicht scheute, sich die Hände schmutzig zu machen, um seine Stadt sauber zu halten.

Im Moment hatte er das Jackett ausgezogen und die Ärmel seines weißen Hemds hochgerollt. Er rückte seine schiefe Krawatte gerade, als Deborah eintrat.

„Deborah, immer ein Vergnügen, Sie zu sehen!"

„Freut mich, Sie zu sehen, Bürgermeister Fields. Hallo, Jerry."

„Setzen Sie sich, setzen Sie sich." Fields winkte sie zu einem Sessel, während er sich in seinem eigenen Ledersessel zurücklehnte. Er winkte seine Sekretärin herein, die mit einem Tablett in der Tür erschien. „Ich dachte, wenn Sie schon meinetwegen den Lunch verpassen, kann ich Ihnen wenigstens Kaffee und ein Hörnchen anbieten."

„Danke."

„Habe gehört, Sie hatten ein aufregendes Erlebnis letzte Nacht."

„Ja." Sie hatte mit dieser Wendung gerechnet. „Wir haben Ray Santiago verloren."

„Ja, habe ich gehört. Pech. Und dieser Nemesis … er war auch da?"

„Ja, er war da."

„Er war auch da, als der Antiquitätenladen in die Luft flog." Fields verschränkte die Hände. „Man könnte meinen, er hat etwas mit der Sache zu tun."

„Nein, nicht so, wie Sie meinen. Wenn er letzte Nacht nicht erschienen wäre, dann würde ich nicht hier bei Ihnen sitzen." Obwohl es sie ärgerte, fühlte sie sich gedrängt, ihn zu verteidigen. „Er ist kein Krimineller – zumindest nicht im üblichen Sinn."

Der Bürgermeister hob bloß eine Augenbraue. „In welchem Sinn auch immer, ich ziehe es vor, wenn die Polizei in meiner Stadt das Gesetz vertritt."

„Ja, da stimme ich Ihnen zu."

Er nickte zufrieden. „Und dieser Mann …" Er suchte in Papieren auf seinem Schreibtisch. „Montega?"

„Enrico Montega", ergänzte Deborah. „Auch bekannt als Ricardo Sanchez und Enrico Toya. Ein kolumbianischer Staatsbürger, der vor sechs Jahren in die Vereinigten Staaten einreiste. Er wird des Mordes an zwei Drogenhändlern in Kolumbien verdächtigt. Er arbeitete eine Weile von Miami aus, und Miami Vice hat eine dicke Akte über ihn. Genauso Interpol. Vermutlich ist er der Spitzenmann an der Ostküste. Vor vier Jahren ermordete er einen Polizisten und verletzte einen zweiten schwer." Sie dachte einen Moment an Gage.

„Hmm. Sie wissen, Deborah, Staatsanwalt Mitchell hält Sie für eine Spitzenklägerin." Fields lächelte. „Nicht dass er das zugeben würde. Mitchell verteilt nicht gern Komplimente."

„Das ist mir bekannt."

„Wir sind alle sehr zufrieden mit Ihrer Erfolgsquote. Darum stimmen Mitchell und ich darin überein, dass Sie sich voll auf Ihre Gerichtsauftritte konzentrieren sollen. Wir haben daher beschlossen, Sie von diesem einen besonderen Fall abzuziehen."

Sie sah ihn betroffen an. „Wie bitte?"

„Wir haben beschlossen, dass Sie Ihre Aufzeichnungen und Akten einem anderen Staatsanwalt übergeben."

„Sie ziehen mich ab?"

Er hob die Hand und sah sie an. „Wir verstärken lediglich die polizeiliche Untersuchung. Bei Ihrer Last an Fällen möchten wir, dass Sie Ihre Unterlagen an jemand anderen abgeben."

Sie stellte ihre Tasse hart ab. „Parino war mein Fall."

„Parino ist tot."

Sie schoss Jerry einen Blick zu, aber er hob nur die Hände. Sie stand auf und kämpfte ihr Temperament nieder. „Mit Parino hat doch alles erst angefangen. Das ist mein Fall!"

„Und Sie haben sich selbst und den Fall bereits zweimal in Gefahr gebracht."

„Ich habe meinen Job getan."

„Ab heute wird jemand anders diesen Teil erledigen." Der Bürgermeister breitete die Arme aus. „Deborah, das ist keine Bestrafung, nur eine Verlagerung von Verantwortlichkeiten."

Sie schüttelte den Kopf und riss ihren Aktenkoffer an sich. „Das reicht mir nicht. Das reicht mir bei Weitem nicht. Ich werde selbst mit Mitchell sprechen." Sie drehte sich um und stürmte hinaus. Sie musste darum kämpfen, die Tür hinter sich nicht zuzuschlagen.

Jerry holte sie an den Aufzügen ein. „Deb, warte."

„Versuch es nicht einmal!"

„Was?"

„Zu besänftigen und zu beschwichtigen." Nachdem sie auf den Abwärts-Knopf geschlagen hatte, wirbelte sie zu ihm herum. „Was zum Teufel soll das, Jerry?"

„Wie der Bürgermeister sagte ..."

„Komm mir nicht damit. Du hast gewusst, warum ich zu ihm bestellt wurde, und du hast mir am Telefon nichts gesagt. Nicht einmal eine Warnung, sodass ich mich hätte vorbereiten können."

„Deb ..." Er legte die Hand auf ihre Schulter, aber sie schüttelte ihn ab. „Sieh mal, es ist nicht so, dass ich dem Bürgermeister nicht zustimme ..."

„Du stimmst ihm immer zu."

„Ich habe es nicht gewusst, verdammt! Nicht bis zehn Uhr heute Vormittag. Und was immer du jetzt denkst, ich hätte es dir gesagt."

Sie schlug mit der Faust noch einmal auf den Rufknopf. „Na schön, tut mir leid, dass ich dich zur Schnecke mache. Irgendetwas stimmt an der ganzen Sache nicht."

„Du bist fast umgebracht worden", erinnerte er sie. „Als Guthrie heute Morgen kam und ..."

„Gage?", unterbrach sie ihn. „Gage war hier?"

„Termin um zehn Uhr."

„Verstehe.“ Die Hände zu Fäusten geballt, wirbelte sie zu dem Aufzug herum. „Er steckt also dahinter.“

„Er war besorgt, das ist alles. Er schlug vor ...“

„Schon verstanden.“ Sie betrat den Aufzug. „Das ist noch nicht ausgestanden. Das kannst du deinem Boss ausrichten.“

Staatsanwalt Mitchell telefonierte gerade, als Deborah in sein Büro stürmte. Sie blieb stehen, bis er seinen Anruf beendet hatte.

„Sie haben mich verschaukelt.“

„Quatsch.“

„Wie nennen Sie es denn, verdammt? Es ist mein Fall!“

„Es ist der Fall des Staates“, korrigierte er sie.

„Ich habe den Handel mit Parino gemacht.“ Sie legte die Hände flach auf seinen Schreibtisch und beugte sich vor, sodass sich ihre Augen auf gleicher Höhe befanden.

„Und Sie haben Ihre Grenzen überschritten.“

„Sie sind derjenige, der mir beigebracht hat, dass die Verfolgung eines Falles mehr ist, als sich in Nadelstreifen zu kleiden und vor einer Jury auf und ab zu tänzeln. Ich kenne meinen Job, verdammt.“

„Allein zu Santiago zu gehen, war eine Fehleinschätzung.“

„Also, das ist wirklich Unsinn. Er hat mich angerufen. Er hat nach mir verlangt. Sagen Sie mir doch, was Sie getan hätten, wenn er Sie angerufen hätte.“

Er starrte sie finster an. „Das ist etwas völlig anderes.“

„Das ist etwas völlig Gleiches“, fauchte sie und war nach dem Blick in seinen Augen sicher, dass er das wusste. „Ich finde einen Anhaltspunkt, Guthrie schwirrt an, und Sie und der Bürgermeister schwenken um. Die Männer halten doch immer noch zusammen!“

Er stach mit seiner nicht brennenden Zigarre nach ihrem Gesicht. „Kommen Sie mir nicht mit diesem feministischen Mist. Es ist mir egal, wie herum Sie Ihre Sachen knöpfen.“

„Ich sage Ihnen, Mitch, wenn Sie mich ohne guten Grund abziehen, bin ich weg. Ich kann nicht für Sie arbeiten, wenn ich mich nicht auf Sie verlassen kann. Dann kann ich auch auf eigene Faust losziehen und Scheidungsfälle für dreihundert Dollar die Stunde bearbeiten.“

„Ich mag kein Ultimatum.“

„Ich auch nicht."

Er lehnte sich zurück und musterte sie. „Setzen Sie sich."

„Ich will nicht …"

„Verdammt, O'Roarke, setzen Sie sich!"

Schmallippig und brennend vor Zorn gehorchte sie. „Also?"

Er rollte seine Zigarre zwischen seinen Fingern. „Da ist noch etwas. Haben Sie schon die Morgenzeitung gesehen?" Er griff sie sich vom Schreibtisch und winkte damit.

Da sie die Schlagzeile schon gelesen hatte und dabei zusammengezuckt war, zuckte sie jetzt bloß die Schultern. *DARLING DEB VON NEMESIS AUF ARMEN DURCH STADT GETRAGEN.* „Wenn ein Taxifahrer seinen Namen in der Zeitung sehen will, was hat das mit dem Fall zu tun?"

„Wenn meine Anklagevertreter mit diesem Marodeur in Verbindung gebracht werden, hat das etwas damit zu tun. Es gefällt mir nicht, wie Sie immer wieder mit ihm zusammentreffen."

„Wenn die Polizei ihn nicht aufhalten kann, bin ich kaum dafür verantwortlich, dass er irgendwo auftaucht."

Mitchell seufzte. „Sie haben zwei Wochen Zeit."

„Das reicht kaum aus, um …"

„Zwei Wochen. Dann bringen Sie mir etwas, das wir den Geschworenen vorlegen können, oder ich gebe den Ball weiter. Kapiert?"

„Ja." Sie stand auf. „Kapiert."

Sie stürmte aus dem Büro und vorbei an grinsenden Kollegen. Ein Blatt Papier war an der Tür ihres Büros befestigt. Jemand hatte bunte Filzstifte und fluoreszierende Textmarker benutzt, um eine Karikatur von Deborah zu zeichnen, wie sie auf den Armen eines muskelbepackten maskierten Mannes getragen wurde. Darunter stand: *DIE PACKENDEN ABENTEUER VON DARLING DEB.*

Mit einem wütenden Fauchen riss sie das Blatt herunter, zerknüllte es, schob es in ihre Tasche und stampfte hinaus.

Deborah behielt ihren Finger auf Gages Klingelknopf, bis Frank die Tür öffnete.

„Ist er da?"

„Ja, Ma'am." Er wich zurück, als sie an ihm vorbeistürmte. Er hatte schon früher wütende Frauen gesehen. Diesmal hätte Frank es vorgezogen, einem Rudel hungriger Wölfe gegenüberzustehen.

„Wo?“

„In seinem Büro. Ich werde ihm gern sagen, dass Sie hier sind.“

„Ich melde mich selbst an.“ Sie stürmte die Treppe hinauf.

Frank überlegte, ob er Gage über die Sprechanlage eine Warnung zukommen lassen sollte, doch er grinste bloß. Manchmal taten einem Überraschungen gut.

Deborah hielt sich nicht mit Anklopfen auf. Gage saß hinter seinem Schreibtisch, Telefonhörer in der Hand, einen Stift in der anderen. Computerbildschirme blinkten. Ihm gegenüber saß eine schlanke Frau mittleren Alters mit einem Stenoblock. Bei Deborahs unerwartetem Eintreten stand sie auf und sah Gage neugierig an.

„Ich melde mich wieder bei Ihnen“, sagte er in den Hörer und legte auf. „Hallo, Deborah.“

Sie warf ihren Aktenkoffer in einen Sessel. „Ich vermute, du willst dieses Gespräch unter vier Augen führen.“

Er nickte. „Es ist spät, Mrs Brickmann. Gehen Sie heim.“

„Ja, Sir.“ Die Sekretärin zog sich schnell und diskret zurück.

Deborah hakte ihre Daumen in die Taschen ihres Rocks. Wie ein Revolverheld seine Daumen in einem Halfter unterhakt. „Es muss hübsch sein“, begann sie, „hier in deinem hochragenden Turm zu sitzen und Befehle zu erteilen.“ Sie ging langsam auf ihn zu. „Muss ein tolles Gefühl sein. Nicht alle haben so viel Glück. Wir anderen müssen hart arbeiten. Aber weißt du, was uns andere wütend macht, Gage? Wirklich wütend? Wenn jemand aus einem dieser hochragenden Türme seine reiche und einflussreiche Nase in unsere Angelegenheiten steckt. Das macht uns so wütend, dass wir ihm wirklich am liebsten einen Faustschlag auf diese hereingesteckte Nase geben wollen.“

„Sollen wir die Boxhandschuhe holen?“

„Ich bevorzuge meine bloßen Hände.“ Genau wie in Mitchells Büro stützte sie sich schwungvoll auf den Schreibtisch. „Für wen, zum Teufel, hältst du dich, dass du zum Bürgermeister gehst und Druck auf ihn ausübst, damit er mich von dem Fall abzieht?“

„Ich bin zum Bürgermeister gegangen“, sagte er langsam, „und habe ihm meine Meinung dargelegt.“

„Deine Meinung!“ Sie stieß den Atem zwischen ihren zusammengebissenen Zähnen aus und griff nach einem Onyxbriefbeschwerer auf seinem Schreibtisch. Obwohl sie ernsthaft in Betracht zog, den Briefbeschwerer durch die Glaswand hinter ihm zu schleudern, gab sie sich doch damit zufrieden, ihn von einer Hand in die andere rollen zu lassen. „Und ich wette, er hat sich förmlich überschlagen, um dich und deine dreißig Millionen zufriedenzustellen."

Gage beobachtete sie vorsichtig, wie sie auf und ab ging, und wartete, bis er sicher war, vernünftig sprechen zu können. „Er stimmte mit mir überein, dass du besser in einen Gerichtssaal als an den Tatort eines Mordes passt."

„Wer bist du, um sagen zu können, was für mich besser passt?" Zorn schwang in ihrer Stimme, als sie den Briefbeschwerer hart auf seinen Schreibtisch zurückstellte. „Halte dich aus meinen Angelegenheiten und meinem Leben heraus."

Nein, erkannte er, mit Vernunft kam er nicht weiter. „Bist du fertig?"

„Nein. Bevor ich gehe, sollst du wissen, dass es nicht geklappt hat. Ich bin noch immer an dem Fall dran, und ich bleibe auch dran. Du hast deine und meine Zeit verschwendet. Und ich halte dich für arrogant, anmaßend und unverschämt."

Unter dem Schreibtisch ballte er die Hände zu Fäusten. „Fertig?"

„Darauf kannst du wetten!" Sie schnappte sich ihren Aktenkoffer, wirbelte auf dem Absatz herum und stürmte zur Tür.

Gage drückte einen Knopf unter dem Schreibtisch, und die Schlösser schnappten zu. „Ich bin noch nicht fertig."

Sie hatte nicht gewusst, dass sie noch wütender sein konnte, doch als sie zu ihm herumwirbelte, bildete sich roter Nebel vor ihren Augen. „Schließe sofort diese Tür auf, sonst stelle ich dich unter Anklage!"

„Du hast gesagt, was du sagen wolltest, Frau Staatsanwältin." Er stand auf. „Jetzt bin ich an der Reihe."

„Kein Interesse."

Er kam um den Schreibtisch herum und lehnte sich dagegen. „Du hast alle Beweise, nicht wahr, Frau Staatsanwältin? Alle deine hübschen kleinen Fakten. Also, um Zeit zu sparen, bekenne ich mich schuldig im Sinne der Anklage."

„Dann haben wir uns nichts mehr zu sagen."

„Ist die Staatsanwaltschaft nicht an dem Motiv interessiert?"

Sie warf den Kopf zurück und wappnete sich, als er näher kam. Etwas an der Art, wie er sich langsam und lautlos bewegte, löste einen Erinnerungsblitz aus. Doch er schwand wieder, von ihrem Zorn überrollt.

„Das Motiv ist in diesem Fall nicht relevant."

„Irrtum. Ich bin zum Bürgermeister gegangen und habe ihn gebeten, seinen Einfluss geltend zu machen, damit du von diesem Fall abgezogen wirst. Aber ich bin schuldig in mehr als diesem Punkt – ich bin schuldig, in dich verliebt zu sein."

Ihre verkrampften Hände erschlafften. Ihr Aktenköfferchen polterte zu Boden. Obwohl sie den Mund öffnete, konnte sie nichts sagen.

„Erstaunlich." Seine Augen waren dunkel und zornig, als er den letzten Schritt auf sie zutrat. „Eine kluge Frau wie du ist davon überrascht. Du hättest es jedes Mal erkennen müssen, wenn du mich angesehen hast. Wenn ich dich berührt habe." Er legte die Hände auf ihre Schultern. „Du hättest es jedes Mal schmecken müssen, wenn ich dich geküsst habe."

Er drückte sie gegen die Tür zurück, strich mit dem Mund einmal, zweimal über ihre Lippen, ehe er sie in einem verzehrenden Kuss verschloss.

Ihre Knie waren schwach. Sie hätte es nicht für möglich gehalten, aber sie zitterten so sehr, dass sie sich an Gage festhalten musste, um nicht zu Boden zu gleiten. Während sie sich an ihn klammerte, hatte sie Angst. Sie hatte es gesehen, hatte es gefühlt. Doch das war nichts, verglichen damit, es ihn sagen zu hören. Oder das Echo ihrer eigenen Stimme zu hören, die diese Worte in ihren Gedanken wiederholte. Ihr schwindelte im Angesicht seiner starken Gefühle, die auch ihre waren.

Er war in ihr verloren. Und je mehr sie sich ihm öffnete, desto tiefer fiel er. Er strich mit den Händen über ihr Gesicht, durch ihr Haar, ihren Körper hinunter, wollte alles an ihr berühren.

Als er den Kopf anhob, sah sie die Liebe und das Verlangen. Verbunden mit einer Art von Kampf, den sie nicht verstand.

„Es gab Nächte", sagte er ruhig, „Hunderte von Nächten, in denen ich schwitzend wach lag und auf den Morgen wartete. Dann fragte ich mich, ob ich jemals jemanden finden würde, den ich lieben könnte, brauchen könnte. Ganz gleich, was meine Fantasie sich ausgedacht hat, es ist nichts im Vergleich zu dem, was ich für dich fühle."

„Gage." Sie hob die Hände an sein Gesicht. Sie wusste sehr gut, dass sie ihr Herz bereits an ihn verloren hatte, doch sie erinnerte sich, dass sie sich in der Nacht zuvor zu einem anderen Mann hingezogen gefühlt hatte. „Ich weiß nicht, was ich fühle."

„Doch, du weißt es."

„Na schön, ich weiß es, aber ich habe Angst davor. Ich bin nicht fair, aber ich muss dich bitten, mich das alles durchdenken zu lassen."

„Ich bin nicht sicher, dass ich das kann."

„Nur noch eine kleine Weile, bitte. Schließ die Tür auf, und lass mich gehen."

„Sie ist unverschlossen." Er öffnete die Tür für sie, blockierte den Ausgang jedoch noch einmal. „Deborah, das nächste Mal lasse ich dich nicht gehen."

Sie sah die Wahrheit seiner Worte in seinen Augen. „Ich weiß."

Deborah saß in ihrem Büro und arbeitete mit Telefon und Computer auf der Suche nach dem gemeinsamen Angelpunkt, wie Gage es genannt hatte.

Der Antiquitätenladen, Timeless, hatte Imports Incorporated gehört, deren Adresse ein unbebautes Grundstück im Stadtzentrum war. Die Gesellschaft hatte, nachdem der Laden in die Luft gegangen war, keinen Anspruch bei der Versicherung angemeldet, und der Manager des Ladens war verschwunden. Die Polizei suchte außer ihm auch noch den Mann, den Parino „Maus" genannt hatte.

Tieferes Graben brachte die Triad Corporation mit Sitz in Philadelphia ans Tageslicht. Bei einem Anruf bekam Deborah eine automatische Ansage zu hören, derzufolge dieser Anschluss nicht in Betrieb sei. Während sie die Staatsanwaltschaft von Philadelphia anrief, gab sie ihre bisher gesammelten Daten in den Computer ein.

Zwei Stunden später hatte sie eine Liste von Namen und Sozialversicherungsnummern und beginnende Kopfschmerzen.

Bevor sie den nächsten Anruf machen konnte, klingelte das Telefon unter ihrer Hand. „Deborah O'Roarke."

„Ist das dieselbe Deborah O'Roarke, die ihren Namen nicht aus den Zeitungen heraushalten kann?"

„Cilla!" Bei dem Klang der Stimme ihrer Schwester ließen ihre Kopfschmerzen etwas nach. „Wie geht es dir?"

„Ich mache mir Sorgen um dich."

„Und was gibt es wirklich Neues? Wie geht es Boyd?"

„Mein Mann ist für dich jetzt Captain Fletcher."

„Captain?" Deborah setzte sich gerade auf. „Wann ist das passiert?"

„Gestern." Stolz und Freude kamen deutlich durch.

„Sag ihm, dass ich stolz auf ihn bin."

„Mache ich. Wir alle sind es. Also ..."

„Wie geht es den Kindern?"

„Es ist gefährlich, eine Mutter nach ihren Kindern zu fragen, wenn es in den Sommerferien keine Schule und keinen Kindergarten gibt, sodass die Kinder im Vergleich zu mir und dem Cop mit drei zu zwei in der Überzahl sind." Cilla ließ ein volles, warmherziges Lachen hören. „Allen drei Mitgliedern der Dämonenbrigade geht es gut. Allison hat beim Baseball in der Little League letzte Woche einen Shut-out geschlagen – und hat sich dann mit ihrem Gegner einen Ringkampf geliefert."

„Klingt danach, als wäre er ein schlechter Verlierer gewesen."

„Ja. Und Allison war immer eine schlechte Gewinnerin. Ich musste mich praktisch auf sie draufsetzen, damit sie aufgab. Mal sehen ... Bryant hat sich beim Rollschuhfahren einen Zahn ausgeschlagen, war ein schlauer kleiner Kapitalist und hat ihn dem Jungen von nebenan für fünfzig Cent verkauft. Keenan hat sie verschluckt."

„Was hat er verschluckt?"

„Die fünfzig Cent. Mein jüngster Sohn isst alles. Ich habe schon daran gedacht, ein rotes Telefon zur Notaufnahme des Krankenhauses einzurichten. Aber jetzt sprechen wir über dich."

„Mir geht es gut. Wie läuft es bei KHIP?"

„Ungefähr so chaotisch wie zu Hause." Cilla erkannte die Verzögerungstaktik. „Deborah, ich will wissen, was mit dir los ist. Seit wann triffst du dich mit maskierten Kerlen?"

Hinhalten geht nicht ewig, dachte Deborah bedauernd. „Komm schon, Cilla, du glaubst doch nicht alles, was du in der Zeitung liest."

„Stimmt. Auch nicht alles, was über den Fernschreiber kommt, auch wenn wir gestern dein letztes Abenteuer jeweils am Beginn der stündlichen Nachrichten gebracht haben. Aber du sorgst landesweit für Nachrichten, Kleines, und ich möchte wissen, was da vor sich geht. Deshalb frage ich dich."

Ausweichen war normalerweise leichter, wenn man ein paar Stückchen Wahrheit einfließen ließ. „Dieser Nemesis ist ein Ärgernis. Die Presse glorifiziert ihn. Und heute Morgen habe ich Nemesis-T-Shirts gesehen."

„Ist der freie Handel nicht etwas Wundervolles?" Cilla ließ sich nicht noch einmal ablenken. „Deborah, ich bin schon zu lange beim Radio, um Stimmen nicht deuten zu können. Besonders die Stimme meiner kleinen Schwester. Was ist zwischen euch?"

„Nichts. Die Presse bauscht alles auf."

„Das habe ich bemerkt, Darling Deb."

„Oh, bitte!"

„Ich will wirklich wissen, was da läuft, aber noch wichtiger ist jetzt, wieso du in eine so gefährliche Sache verwickelt bist. Und warum ich in der Zeitung lesen muss, dass irgendein Irrer meiner Schwester ein Messer an die Kehle gehalten hat."

„Das ist übertrieben."

„Oh, also hat dir niemand ein Messer an die Kehle gehalten?"

Ganz gleich, wie gut sie auch log, Cilla würde es heraushören. „Es war nicht so dramatisch, wie es klingt. Und ich wurde nicht verletzt."

„Messer an deiner Kehle", murmelte Cilla. „Vor deiner Nase explodierende Gebäude. Verdammt, Deb, habt ihr da bei euch keine Polizei?" Sie seufzte. „Ich kann eben nicht aufhören, mir um dich Sorgen zu machen."

„Das Gefährlichste, womit ich im Moment zu tun habe, ist mein Computer."

„Schon gut." Cilla wechselte das Thema. „Ich habe auch ein Foto meiner kleinen Schwester mit einem gewissen Millionär gesehen. Willst du mir irgendetwas sagen?"

Das automatische Nein blieb Deborah im Hals stecken. „Ich weiß nicht. Im Moment ist alles ziemlich kompliziert, und ich hatte noch keine Zeit, die Dinge zu durchdenken."

„Ist denn da etwas zu durchdenken?"

„Ja." Die Kopfschmerzen kamen zurück. „Cilla, wenn du schon mit einem Polizei-Captain verheiratet bist, wie wäre es, wenn du deinen Einfluss geltend machtest, damit er mir einen Gefallen tut?"

„Ich werde ihm drohen zu kochen. Dann tut er alles, was ich will."

Lachend griff Deborah nach einem der Ausdrucke. „Ich möchte, dass er ein paar Dinge überprüft. George P. Drummond und Charles R. Meyers, beide mit Adressen in Denver." Sie buchstabierte die Namen und fügte die Sozialversicherungsnummern hinzu. „Hast du das?"

„Mmm-hmm", murmelte Cilla.

„Und dann eine Solar Corporation, ebenfalls mit Sitz in Denver. Drummond und Meyers sind im Vorstand. Wenn Boyd das durch den Polizeicomputer laufen lässt, würde mir das ein paar Schritte durch die Bürokratie ersparen."

„Ich werde ihm mit meinem Schmorbraten drohen."

„Das müsste eigentlich wirken."

„Deb, du wirst vorsichtig sein, ja?"

„Aber sicher. Gib allen einen Kuss von mir. Du fehlst mir. Ihr alle."

7. KAPITEL

In einem höhlenartigen Raum in tief verborgenen Winkeln seines Heims richtete Gage seine Aufmerksamkeit auf eine Reihe Computer. Es gab Arbeiten, die er nicht in seinem Büro erledigen konnte. Arbeiten, die er lieber geheim hielt.

Auf einem der Monitore konnte er sehen, was Deborah gerade in ihren Computer eingegeben hatte. Sie macht Fortschritte, dachte er. Langsam zwar, aber es bereitete ihm Sorgen.

Seine Finger flogen über eine Tastatur, eine zweite, eine dritte. Er musste den gemeinsamen Angelpunkt finden. Sobald er das geschafft hatte, würde er sorgfältig und systematisch den Namen des Mannes aufspüren, der für Jacks Tod verantwortlich war. Wenn er diesen Namen vor Deborah fand, war sie sicher.

Während die Computer arbeiteten, trat er an einen Plan von Urbana. Mit Hilfe einer weiteren Tastatur ließ er in verschiedenen Teilen der Stadt zahlreiche farbige Lichter aufblinken. Jedes Licht stand für einen größeren Handel mit Drogen, wobei die Polizei von etlichen gar nichts wusste.

Die Lichter blinkten im East End, im West End, in den exklusiven Vierteln, in den ärmlichen Vorstädten, im Finanzdistrikt. Es schien kein Muster zu geben. Und doch gab es immer ein Muster. Er musste es nur herausfinden.

Und er musste diesen einen Namen und dann endlich Gerechtigkeit finden. Wenn das Ganze hinter ihm und Deborah liegen würde, mochte es eine Chance für eine gemeinsame Zukunft geben.

Er konzentrierte sich auf die Lichter und machte sich an die Arbeit.

Mit einer Pizza im Karton, einer Flasche Lambrusco und einem Aktenkoffer voller Schreibarbeit, verließ Deborah den Aufzug. Während sie ihren Schlüssel hervorholen wollte, entdeckte sie Mrs Greenbaum.

„Wie wäre es mit einer Pizza?“

„Wenn Sie mich zwingen.“ Mrs Greenbaum ließ ihre Tür zuschlagen und kam barfuß über den Korridor. „Wahrscheinlich haben Sie bereits bemerkt, dass die Klimaanlage wieder ihren Geist aufgegeben hat.“

„Ich dachte es mir schon nach dem Dampfbad im Aufzug.“ Sie fischte in ihrer Tasche. „Wenn Sie meine Schlüssel herausholen könnten?“

„Ich habe den Zweitschlüssel, den Sie mir gegeben haben.“ Mrs Greenbaum fasste in die Tasche ihrer weiten Jeans und holte einen Schlüsselring hervor.

„Danke.“ In der Wohnung stellte Deborah die Pizza auf einen Tisch. „Ich hole Gläser und Teller.“

Lil hob den Deckel des Kartons an. „Eine hübsche junge Frau wie Sie sollte an einem Freitagabend mit einem hübschen jungen Mann feiern anstatt mit einer alten Frau.“

„Mit welcher alten Frau?“, rief Deborah aus der Küche.

„Dann eben mit einer etwas mehr als mittelalterlichen Frau. Was ist mit diesem leckeren Gage Guthrie?“

„Ich kann ihn mir nicht beim Pizzaessen vorstellen.“ Sie kam mit zwei Gläsern und Tellern zurück. „Er ist der Typ für Kaviar. Und ich bin für Pizza in Stimmung.“

Sie machten sich gerade über die Pizza her, als es klopfte. Deborah leckte sich die Finger und ging an die Tür. Vor sich sah sie einen riesigen Korb mit roten Rosen, der zwei Beine zu haben schien.

„Für Deborah O’Roarke. Wo soll ich das hinstellen, Lady?“

„Oh … ja … äh … hier.“ Sie stellte sich auf die Zehenspitzen und erhaschte einen Blick auf den Kopf des Boten unter den Blüten. „Auf den Beistelltisch.“ Sie unterschrieb und gab ein Trinkgeld.

„Nun?“, fragte Lil, als sie wieder allein waren. „Von wem?“

Obwohl sie es schon wusste, griff Deborah nach der Karte.

Nette Arbeit, Frau Staatsanwältin.
Gage.

Sie konnte sich nicht gegen ein Lächeln wehren. „Von Gage.“

„Der Mann versteht es, Eindruck zu schinden.“ Hinter den Brillengläsern funkelten Lils Augen. Sie mochte nichts lieber als eine Liebesaffäre. „Das müssen fünf Dutzend sein.“

„Sie sind schön.“ Deborah steckte die Karte ein. „Ich glaube, ich sollte ihn am besten gleich anrufen und mich bedanken.“

„Wenigstens.“ Lil biss in die Pizza. „Warum tun Sie es nicht gleich, wo Sie gerade daran denken?“ Und wo sie lauschen konnte.

Deborah zögerte. Wenn sie ihn jetzt anrief, von seiner Geste besänftigt, mochte sie einen Fehler begehen. „Später.“

„Verzögerungstaktik“, sagte Lil, den Mund voller Pizza.

„Ja.“ Deborah aß eine Weile, griff nach dem Wein. „Mrs Greenbaum, Sie waren zweimal verheiratet.“

„Bis jetzt“, antwortete Lil lächelnd.

„Haben Sie beide Männer geliebt?“

„Sicher. Es waren gute Männer.“ Ihre scharfen kleinen Augen wurden jung und verträumt. „Beide Male dachte ich, es wäre für immer. Ich war ungefähr so alt wie Sie, als ich meinen ersten Mann im Krieg verlor. Wir hatten nur ein paar Jahre zusammen. Mr Greenbaum und ich hatten etwas mehr Glück. Sie fehlen mir beide.“

„Haben Sie sich je gefragt … Ich weiß, es ist eine sonderbare Frage, aber haben Sie sich je gefragt, was geschehen wäre, wenn Sie beide zur selben Zeit kennengelernt hätten?“

Lil hob interessiert die Augenbrauen. „Das wäre ein Problem gewesen.“

„Sie haben beide geliebt, aber wären sie gleichzeitig in Ihr Leben getreten, hätten Sie nicht beide lieben können.“

„Man kann nie sagen, welche Streiche einem das Herz spielt.“

„Aber man kann nicht zwei Männer zur selben Zeit auf die gleiche Art lieben.“ Deborah beugte sich vor, und ihr Konflikt zeichnete sich deutlich auf ihrem Gesicht ab. „Wäre es aber doch der Fall, dann könnten Sie nicht mit dem einen eine Bindung eingehen, ohne dem anderen untreu zu sein.“

Lil schenkte ihnen beiden nach. „Lieben Sie Gage Guthrie?“

„Könnte sein.“ Deborah überlegte nur kurz und blickte zu dem von Rosen überquellenden Korb. „Ja, ich glaube, ich liebe ihn.“

„Und lieben Sie einen anderen?“

Mit ihrem Glas in der Hand stand Deborah auf und begann auf und ab zu gehen. „Ja, aber das ist verrückt, nicht wahr?“

Das ist nicht verrückt, dachte Lil. Nichts, was mit Liebe zu tun hatte, war jemals verrückt. Und für einige wäre eine solche Situation herrlich und aufregend gewesen. Nicht für Deborah.

„Sind Sie sicher, dass es in beiden Fällen tatsächlich Liebe ist und nicht bloß Sex?“

Deborah stieß den Atem aus und setzte sich wieder. „Ich dachte, es wäre nur körperlich. Ich wollte, dass es so wäre. Aber ich habe darüber nachgedacht, und ich weiß, dass es mehr ist. Ich bringe die beiden sogar in meinen Gedanken durcheinander. Es ist, als wollte ich einen Mann aus beiden machen, damit es einfacher wäre.“ Sie nahm einen Schluck. „Gage hat mir gesagt, dass er mich liebt, und ich glaube ihm. Ich weiß nicht, was ich tun soll.“

„Folgen Sie Ihrem Herzen“, riet Lil. „Ich weiß, das klingt abgedroschen, aber das tut die Wahrheit oft. Das Herz trifft für gewöhnlich die richtige Wahl.“

Er hätte nicht herkommen sollen. Er wusste, dass es nicht richtig war. Aber während er durch die Straßen gestreift war, hatten ihn seine Schritte näher und näher zu ihrem Apartment gebracht. In Schatten gehüllt, blickte er zu dem Licht in ihrem Fenster hinauf. In der hitzegetränkten Nacht wartete er, sagte sich, dass er gehen würde, wenn sie das Licht ausschaltete.

Doch es brannte weiter, ein blasses, aber beständiges Leuchtfeuer.

Er überquerte die Straße, schwang sich auf die Feuerleiter und begann zu klettern. Er konnte sich nicht zurückhalten.

Durch das offene Fenster sah er sie. Sie saß an einem Schreibtisch, das Licht auf Papiere gerichtet. Ein Stift bewegte sich rasch in ihrer Hand.

Er nahm ihren verlockenden Duft wahr – wie eine Einladung. Oder wie eine Herausforderung.

Er konnte nur ihr Profil sehen, den Bogen ihres Kinns, die Form ihres Mundes. Ihr kurzer blauer Morgenmantel war locker geschlossen, und er sah ihren schlanken weißen Hals. Während er sie beobachtete, hob sie eine Hand und rieb sich den Nacken. Der Morgenmantel glitt an ihren Schenkeln hoch, teilte sich leicht, als sie die Beine übereinanderschlug und sich wieder über ihre Arbeit beugte.

Deborah las denselben Absatz dreimal, bevor sie erkannte, dass ihre Konzentration nachließ. Sie rieb sich über die Augen und wollte erneut beginnen, als ihr ganzer Körper erstarrte. Hitze jagte über ihre Haut. Langsam drehte sie sich um und sah ihn.

Er stand im Raum, neben dem Fenster, abgerückt vom Licht. Ihr Herz hämmerte – nicht in Panik, wie sie erkannte. Aus Vorfreude.

„Legen Sie eine Pause in der Verbrechensbekämpfung ein?“, fragte sie und hoffte, der scharfe Ton ihrer Stimme würde das Zittern überlagern.

„Wie sind Sie hereingekommen?“ Als er zum Fenster blickte, nickte sie. „Ich muss es abschließen.“

„Das hätte keine Rolle gespielt. Nicht, nachdem ich Sie gesehen habe.“

Jeder Nerv in ihrem Körper war angespannt. Sie stand auf, um mehr Autorität auszustrahlen. „Ich lasse nicht zu, dass das so weitergeht.“

„Sie können es nicht aufhalten.“ Er trat auf sie zu. „Ich auch nicht.“ Sein Blick glitt zu den Papieren auf ihrem Schreibtisch. „Sie haben nicht auf mich gehört.“

„Nein, und das habe ich auch nicht vor. Ich werde durch alle diese Lügen waten, alle Sackgassen umgehen, bis ich die Wahrheit finde. Dann bringe ich es zum Abschluss.“ Ihre Haltung war angespannt und wachsam. Ihre Augen forderten ihn heraus. „Wenn Sie mir helfen wollen, erzählen Sie mir, was Sie wissen.“

„Ich weiß, dass ich dich will.“ Er hakte eine Hand in den Gürtel ihres Hausmantels, um sie still zu halten. In diesem Moment war sie sein einziges Bedürfnis, sein einziges Verlangen, sein einziger Hunger. „Jetzt. Heute Nacht.“

„Sie müssen gehen.“ Sie konnte den Schauer als Reaktion auf ihr aufflackerndes Verlangen nicht unterdrücken. Anständigkeit kämpfte mit Leidenschaft. „Sie müssen gehen.“

„Weißt du, wie sehr ich mich nach dir sehne?“ Seine Stimme war rau, als er sie an sich riss. „Es gibt kein Gesetz, das ich nicht brechen würde, keinen Wert, den ich nicht opfern würde, um dich zu haben. Verstehst du dieses Verlangen?“

„Ja.“ Es fraß auch in ihr. „Ja. Aber es ist falsch.“

„Richtig oder falsch – es geschieht heute Nacht.“ Mit einer weit ausholenden Geste ließ er die Lampe auf den Boden krachen. Als der Raum in Dunkelheit getaucht wurde, hob er Deborah auf seine Arme.

„Wir dürfen es nicht …“ Doch ihre Finger gruben sich hart und leidenschaftlich in seine Schultern und widersprachen der gerade geäußerten Ablehnung.

„Wir werden …“

Noch während sie den Kopf schüttelte, senkte sich sein Mund auf den ihren, schnell und fiebrig, stark und verführerisch. Die Macht des Kusses traf sie, machte sie schwindelig, wühlte sie auf – und machte sie hilflos, hilflos ihrem eigenen Verlangen gegenüber. Ihre Lippen wurden weicher, ohne nachzugeben, öffneten sich, ohne sich hinzugeben. Während sie taub und blind in den Kuss taumelte, hörte ihr Verstand, was ihr Herz ihr hatte sagen wollen.

Er presste sie auf die Matratze, während sein Mund hektisch und ungeduldig über ihr Gesicht wanderte, seine Hände bereits an dem dünnen Morgenmantel zogen. Darunter war sie genau, wie er es erträumt hatte. Heiß und glatt und duftend. Er streifte die Handschuhe ab und fühlte, wonach er sich gesehnt hatte.

Sie floss wie ein Strom unter seinen Händen. Er hätte in ihr ertrinken können. Obwohl er danach brannte, sie zu sehen, begnügte er sich mit Berührung, mit Geschmack, mit ihrem Duft. In der gewitterschwülen Nacht war er beinahe nicht auszuhalten.

Er war noch immer ein Schatten, aber sie kannte ihn. Und wollte ihn. Allen Verstand, alle Vernunft ließ sie beiseite, klammerte sich an ihn. Lippen suchten Lippen, während sie beide über das Bett rollten. Verzweifelt, ihn und das wilde Schlagen seines Herzens an ihrem wild schlagenden Herzen zu spüren, zerrte sie an seinem Hemd. Rau geflüsterte Worte strichen über ihre Lippen, ihren Hals, ihre Brust, während sie ihn hektisch entkleidete.

Dann war er so verwundbar wie sie, seine Haut so feucht wie ihre, seine Hände so gierig wie ihre eigenen. Donner grollte, Blitze zuckten in der mondlosen Nacht. Der Duft von Rosen und Leidenschaft hing schwer in der Luft. Sie schauderte unter der Lust, die er ihr so ungezügelt zeigte.

Hitze, schmerzliches Sehnen, Herrlichkeit. Selbst als ihr davon die Tränen kamen, drängte sie sich ihm entgegen, verlangte mehr. Bevor sie verlangen konnte, gab er, trieb sie erneut höher und höher. Dunkle, geheime Genüsse. Stöhnen und Flüstern. Erstickende Zärtlichkeiten. Unersättlicher Hunger.

Als sie glaubte, mit Sicherheit wahnsinnig zu werden, stieß er in sie. Und es war Wahnsinn. Sie gab sich ihm mit all ihrer Kraft, mit all ihrem Begehren.

„Ich liebe dich." Sie umschlang ihn fest, als die Worte aus ihr herausströmten.

Die Worte erfüllten ihn, während er Deborah erfüllte. Sie bewegten ihn, während ihre Körper sich zusammen bewegten. Er vergrub das Gesicht in ihrem Haar. Ihre Nägel gruben sich in seinen Rücken. Er fühlte seine eigene berstende Erfüllung, dann ihre, als sie seinen Namen rief.

Er lag in der Dunkelheit da. Das Dröhnen in seinem Kopf ließ allmählich nach, bis er nur noch den Straßenlärm und Deborahs tiefe, ungleichmäßige Atemzüge hörte. Ihre Arme waren nicht mehr fest um ihn geschlungen, sondern von ihm geglitten. Sie war jetzt still und ruhig.

Langsam und von seiner eigenen Schwäche verunsichert, rückte er von ihr ab. Sie bewegte sich nicht, sprach nicht. In der Dunkelheit berührte er ihr Gesicht mit der Hand und fand die Wangen feucht. Und er hasste den Teil von ihm, der ihr Kummer bereitet hatte.

„Wie lange weißt du es schon?"

„Erst seit heute Abend." Bevor er sie erneut berühren konnte, wandte sie sich ab und tastete nach ihrem Hausmantel. „Hast du gedacht, ich würde dich nicht erkennen, wenn du mich küsst? Hast du nicht begriffen, dass ich es wissen würde, sobald das hier passiert, ganz gleich, wie dunkel es ist?"

In ihrer Stimme schwang nicht bloß Zorn, sondern Schmerz. Zorn hätte er ertragen können. „Nein, daran habe ich nicht gedacht."

„Wirklich nicht?" Sie schaltete die Nachttischlampe ein und starrte ihn an. „Aber du bist so klug, Gage, zu klug, um einen solchen Fehler zu begehen."

Er sah sie an. Ihr Haar war zerzaust, ihre blasse Haut war noch immer gerötet und warm von seinen Händen. In ihren Augen standen noch mehr Tränen und dahinter heller Zorn. „Vielleicht habe ich es gewusst. Vielleicht wollte ich nicht, dass es eine Rolle spielt." Er stand auf und streckte die Hand nach ihr aus. „Deborah ..."

Sie ohrfeigte ihn einmal, dann ein zweites Mal. „Verdammt, du hast mich belogen. Du hast mich nicht nur an mir selbst, sondern auch an meinen Werten zweifeln lassen. Du wusstest, du musstest wissen, dass ich mich in dich verliebt habe.“ Mit einem halben Lachen wandte sie sich ab. „In euch beide.“

„Bitte, hör mich an.“ Als er sie an der Schulter berührte, zuckte sie zurück.

„Es wäre nicht klug, mich jetzt zu berühren.“

„Nun gut.“ Er ballte die Hand zur Faust. „Ich habe mich so schnell in dich verliebt, dass ich nicht denken konnte. Ich wusste nur, dass ich dich brauchte und dass du sicher sein solltest.“

„Also hast du deine Maske aufgesetzt und auf mich aufgepasst. Ich werde dir nicht dafür danken. Für gar nichts.“

Die Endgültigkeit in ihrer Stimme ließ Panik in ihm hochsteigen. „Deborah, was heute Nacht passiert ist …“

„Ja, was hier passiert ist. Dafür hast du mir genug vertraut.“ Sie deutete auf das Bett. „Aber nicht für den Rest. Nicht für die Wahrheit.“

„Nein, das habe ich nicht getan. Ich konnte es nicht, weil ich weiß, wie du über das denkst, was ich mache.“

„Das ist eine ganz andere Geschichte, nicht wahr?“ Sie wischte sich die Tränen weg. Der Ärger wandelte sich zu Elend. „Wenn du wusstest, dass du mich belügen musstest, warum bist du mir dann nicht einfach ferngeblieben?“

Er zwang sich dazu, nicht wieder nach ihr zu tasten. Er hatte gelogen und sie dadurch verletzt. Jetzt konnte er ihr nur die Wahrheit bieten und hoffen, dass sie heilend wirken würde. „Du bist das Einzige in vier Jahren, das ich nicht überwinden konnte. Du bist das Einzige in vier Jahren, das ich so sehr brauchte wie die Luft zum Atmen. Ich erwarte nicht, dass du verstehst oder auch nur akzeptierst, aber du musst mir glauben.“

„Ich weiß nicht, was ich glauben soll. Gage, seit ich dich getroffen habe, bin ich in zwei Richtungen gezogen worden, weil ich glaubte, mich in zwei verschiedene Männer zu verlieben. Aber das warst nur du. Ich weiß nicht, was ich tun soll.“ Seufzend schloss sie die Augen. „Ich weiß nicht, was richtig ist.“

„Ich liebe dich, Deborah. Gib mir eine Chance, es dir zu zeigen und den Rest zu erklären.“

„Ich scheine keine große Auswahl zu haben. Gage, ich kann nicht verzeihen …“ Sie öffnete die Augen und richtete den Blick zum ersten Mal auf die lange, gezackte Narbe auf seiner Brust. Schmerz übermannte sie, drückte sie fast auf die Knie. Von Entsetzen benommen, hob sie den Blick zu seinen Augen. „Das haben sie dir angetan?", flüsterte sie.

Sein Körper verkrampfte sich. „Ich will kein Mitleid, Deborah."

„Sei still." Sie bewegte sich rasch, ging zu ihm, schlang ihre Arme um ihn. „Halt mich." Sie schüttelte den Kopf. „Nein, fester. Ich hätte dich damals verlieren können, ohne jemals die Chance zu bekommen, dich zu haben." In ihren Augen standen erneut Tränen, als sie den Kopf hob. „Ich weiß nicht, was ich tun soll oder was richtig ist. Aber heute Nacht ist es genug, dass du hier bist. Bleibst du?"

Er küsste sie lang und innig. „So lange du willst."

Es war nicht der einsetzende Lärm des Tages, der Deborah weckte, sondern der leichte und herrliche Duft von Kaffee.

Halb elf, stellte sie mit einem Blick auf die Uhr fest. Halb elf! Deborah kämpfte sich in eine sitzende Haltung hoch und entdeckte, dass sie allein im Bett war.

Gage, dachte sie und presste die Handballen gegen ihre Augen. Hatte er wieder Frühstück bestellt? Himmel, was hätte sie für eine schlichte Tasse schwarzen Kaffees und einen altbackenen Doughnut gegeben!

Sie glitt aus dem Bett und bückte sich nach ihrem Morgenmantel, der auf dem Boden lag. Darunter fand sie ein Stück schwarzes Tuch. Sie hob es auf und ließ sich wieder auf das Bett sinken.

Eine Maske. Sie ballte den Stoff in ihrer Hand zusammen. Es war also kein Traum gewesen. Es war real. Alles. Er war in der Nacht zu ihr gekommen, hatte sie in der Nacht geliebt. Ihre beiden Fantasien. Der charmante Geschäftsmann, der arrogante Fremde in Schwarz. Sie waren ein Mann, ein Liebhaber.

Mit einem leisen Stöhnen vergrub sie das Gesicht in den Händen. Was sollte sie tun? Wie sollte sie damit fertigwerden? Als Frau? Und als Staatsanwältin?

Himmel, sie liebte ihn. Und indem sie ihn liebte, verriet sie ihre Prinzipien. Wenn sie sein Geheimnis enthüllte, verriet sie ihr Herz.

Und wie konnte sie ihn lieben, ohne ihn zu verstehen?

Doch sie tat es, und es war ausgeschlossen, ihr Herz zurückzunehmen. Deborah machte sich auf eine Aussprache gefasst.

Als das Telefon klingelte, murmelte sie eine Verwünschung. Sie kämpfte sich in ihren Morgenmantel und kletterte über das Bett, um nach dem Hörer zu greifen.

„… Deborahs Schwester." In Cillas Stimme schwangen Belustigung und Neugierde mit. „Und wie geht es Ihnen?"

„Gut, danke", antwortete Gage am anderen Apparat, „Deborah schläft noch. Soll ich …"

„Ich bin schon da." Seufzend schob Deborah ihr zerzaustes Haar zurück. „Hallo, Cilla."

„Hi."

„Auf Wiederhören, Cilla." Deborah hörte, wie Gage auflegte. Einen Moment herrschte summende Stille.

„Äh … schätze, ich habe zu einer schlechten Zeit angerufen."

„Nein, ich wollte gerade aufstehen. Ist es nicht ein wenig zeitig in Denver?"

„Mit drei Kindern ist es jetzt schon mitten am Tag. Bryant, bring diesen Basketball nach draußen. Sofort! Kein Dribbeln in der Küche. Deb?"

„Ja?"

„Tut mir leid. Jedenfalls, Boyd hat diese Namen überprüft, und ich dachte, du möchtest die Information sofort haben."

„Großartig." Sie griff nach einem Stift.

„Boyd soll dir das alles selbst sagen." Es klapperte im Telefon. „Nein, ich nehme ihn. Keenan, steck das nicht in deinen Mund. Liebe Güte, Boyd, was hat er da überall im Gesicht?" Kichern war zu hören, dann ein Krachen, als der Hörer gegen die Küchenwand schlug, und das Geräusch von laufenden Füßen.

„Deb?"

„Gratuliere, Captain Fletcher."

„Danke. Vermutlich hat Cilla wieder damit geprahlt. Wie geht es so?"

Sie blickte auf die Maske hinunter, die sie noch immer in der Hand hielt. „Ich bin mir nicht sicher." Sie schüttelte die Stimmung ab und lächelte das Telefon an. „Bei euch klingt alles normal."

„Nichts ist hier jemals normal. Hey, Allison, lass diesen Hund nicht …" Es gab noch ein Krachen und wildes Bellen. „Zu spät."

„Ja, es klang perfekt normal. Boyd, ich bin dir wirklich dankbar, dass du dich in der Sache so beeilt hast."

„Kein Problem. Es schien wichtig."

„Das ist es."

„Nun, ich habe nicht viel. George P. Drummond war Klempner, besaß sein eigenes Geschäft ..."

„War?", unterbrach Deborah.

„Ja. Er starb vor drei Jahren. Natürliche Ursache. Er war zweiundachtzig und hatte keine Verbindung mit einer Solar Corporation oder einer anderen Gesellschaft."

Sie schloss die Augen. „Und die anderen?"

„Charles R. Meyers. Naturkundelehrer an der Highschool und Football-Coach. Starb vor fünf Jahren. Absolut saubere Weste."

„Und die Solar Corporation?"

„Wir konnten bisher nicht viel finden. Die Adresse, die du Cilla gegeben hast, existiert nicht."

„Ich hätte es mir denken können. Wann immer ich in dieser Sache um eine Ecke biege, lande ich in einer Sackgasse."

„Ich kenne das Gefühl. Ich werde noch etwas weiter graben. Tut mir leid, dass ich dir nicht mehr helfen konnte."

„Aber du hast mir geholfen."

„Zwei Tote und eine falsche Adresse? Nicht viel. Deborah, wir haben hier die Zeitungen gelesen. Hat diese Sache etwas mit deinem maskierten Phantom zu tun?"

Sie ballte erneut den schwarzen Stoff in ihrer Hand zusammen. „Ganz unter uns, ja."

„Vermutlich hat Cilla es schon gesagt, aber sei vorsichtig, ja?"

„Werde ich sein."

„Sie will noch einmal mit dir sprechen." Es gab Gemurmel, dann ein leises Lachen. „Es geht darum, dass sich ein Mann an deinem Telefon gemeldet hat." Boyd lachte wieder, und Deborah konnte ihn förmlich sehen, wie er um den Hörer kämpfte.

„Ich will doch nur wissen ..." Cilla war atemlos. „Boyd, lass das! Füttere den Hund oder mach sonst was. Ich will doch nur wissen", wiederholte sie in den Hörer, „wem diese sagenhafte sexy Stimme gehört."

„Einem Mann."

„Das dachte ich mir schon. Hat er einen Namen?"

„Ja."

„Also, soll ich raten? Phil, Tony, Maximilian?"

„Gage", murmelte Deborah einlenkend.

„Der Millionär? Gut gemacht."

„Cilla …"

„Ich weiß, ich weiß. Du bist eine erwachsene Frau. Eine vernünftige Frau mit einem eigenen Leben. Ich sage kein einziges Wort mehr. Aber ist er …"

„Bevor du weitermachst, sollte ich dich warnen. Ich hatte noch keinen Kaffee."

„In Ordnung. Aber ich möchte, dass du mich anrufst, und zwar bald. Ich brauche Einzelheiten."

„Ich lasse es dich wissen, sobald ich sie habe. Ich melde mich wieder."

„Das möchte ich dir geraten haben."

8. KAPITEL

Deborah folgte dem Duft von Kaffee in die Küche. Gage war am Herd, in Jeans, barfuß, das Hemd offen. Sie war nicht überrascht, ihn zu sehen, aber sie war überrascht, was er tat.

„Du kochst?", fragte sie von der Tür.

Er drehte sich um. Sie dort in dem strahlenden Sonnenlicht zu sehen, die Augen schläfrig, der Blick vorsichtig, warf ihn fast um. „Hi. Tut mir leid mit dem Telefon. Ich dachte, ich erwische es, bevor du aufwachst."

„Schon gut, ich war wach." Befangen nahm sie eine Tasse von einem Haken über der Spüle und schenkte sich Kaffee ein. „Das war meine Schwester."

„Ja." Er legte die Hände auf ihre Schultern und strich sachte zu ihren Ellbogen hinunter und zurück. Als er fühlte, wie sie sich verkrampfte, durchbohrte ihn der Schmerz wie ein Messer. „Wäre es dir lieber, ich wäre nicht hier?"

„Ich weiß es nicht." Sie trank, ohne sich umzudrehen. „Wir müssen miteinander reden." Sie konnte ihn noch nicht ansehen. „Was machst du?"

„Französischen Toast. Du hattest nicht viel im Kühlschrank. Also bin ich hinunter an die Ecke gegangen und habe ein paar Dinge besorgt."

So normal, dachte sie, während ihr Magen sich verkrampfte. So einfach. „Wie lang bist du schon auf?"

„Zwei oder drei Stunden."

Als er zum Herd zurückkehrte, drehte sie sich langsam um. „Du hast nicht viel geschlafen."

Seine Augen trafen ihre. Sie hält zurück, dachte er. Sowohl den Schmerz, als auch den Zorn. Aber beides war vorhanden. „Ich brauche nicht viel – nicht mehr." Er schlug zwei Eier in die Milch, die er bereits in eine Schüssel gegossen hatte. „Ich habe den größten Teil eines Jahres damit verbracht, nur zu schlafen. Nachdem ich zurückgekommen war, brauchte ich nicht mehr als vier Stunden pro Nacht."

„So schaffst du es vermutlich, dein Geschäft zu betreiben … und das andere."

„Ja." Er mischte weiter die Zutaten, tauchte dann Brot in die Schale. „Man könnte sagen, mein Metabolismus hat sich verändert – unter anderem." Die mit Teig überzogenen Brotscheiben zischten, als er sie in die Pfanne legte. „Willst du, dass ich mich dafür entschuldige, was letzte Nacht geschehen ist?"

Sie sagte einen Moment nichts, öffnete dann einen Schrank. „Ich hole Teller."

Er unterdrückte eine Verwünschung. „Nein. Das hier dauert nur noch ein paar Minuten."

Er wartete, bis sie am Fenster saßen. Deborah sagte eine Weile nichts, während sie mit ihrem Frühstück herumspielte. Ihre Stille und der Ausdruck von Elend in ihren Augen waren für ihn schlimmer als hundert ins Gesicht geschriene Vorwürfe.

„Du bist an der Reihe", sagte er ruhig.

Sie blickte ihn an. „Ich weiß."

„Ich werde mich nicht dafür entschuldigen, dass ich dich liebe. Oder dass ich Sex mit dir hatte. Mit dir letzte Nacht zusammen gewesen zu sein, war das Wichtigste, was ich je erlebt habe." Er wartete und beobachtete sie. „Du glaubst das nicht, oder?"

„Ich bin mir nicht sicher, was ich glauben soll. Was ich glauben kann." Sie legte die Hände um ihre Henkeltasse, die Finger angespannt. „Du hast mich belogen, Gage, von Anfang an."

„Ja, das habe ich." Er unterdrückte das Verlangen, die Hand nach ihr auszustrecken, sie bloß zu berühren. „Entschuldigungen dafür spielen wirklich keine große Rolle. Es ist absichtlich geschehen, und wäre es möglich gewesen, hätte ich dich weiter belogen."

Sie schlang die Arme um sich selbst. „Weißt du, wie ich mich dabei fühle?"

„Ich glaube, ich weiß es."

Verletzt schüttelte sie den Kopf. „Du kannst es gar nicht wissen. Du hast mich dazu gebracht, dass ich auf der grundsätzlichsten Ebene an mir gezweifelt habe. Ich habe mich verliebt – in euch beide, und ich habe mich geschämt. O ja, jetzt weiß ich, dass ich ein Närrin war, es nicht schon früher zu begreifen. Meine Gefühle waren gleich intensiv für zwei, wie ich annehmen musste, verschiedene Männer. Ich habe dich angesehen und an ihn gedacht. Ich habe ihn angesehen und an dich gedacht." Sie presste die Finger an ihre Lippen. Die Worte strömten zu rasch hervor.

„Als ich in jener Nacht in Santiagos Zimmer wieder zu mir kam und du mich gehalten hast, blickte ich in deine Augen und erinnerte mich daran, wie ich dich das erste Mal im Ballsaal des Stuart Palace gesehen habe. Ich dachte, ich würde verrückt werden."

„Es ist nicht geschehen, um dich zu verletzen, sondern um dich zu schützen."

„Wovor?", fragte sie. „Vor mir selbst? Vor dir? Jedes Mal, wenn du mich berührt hast, habe ich ..." Ihr Atem stockte, als sie um Fassung rang. Das war ohnedies ihr Problem. Ihre Emotionen. „Ich weiß nicht, ob ich dir verzeihen kann, Gage, oder vertrauen. Ich weiß nicht einmal, ob ich dich lieben kann."

Er blieb sitzen, wo er saß, weil er wusste, dass sie ihn abwehren würde, sobald er sich ihr näherte. „Ich kann nicht wiedergutmachen, was geschehen ist. Ich wollte dich nicht, Deborah. Ich wollte überhaupt niemanden, der mich so verwundbar machen kann, dass ich einen Fehler begehe." Er dachte an seine Gabe. Seinen Fluch. „Ich habe nicht einmal das Recht, dich zu bitten, mich so zu nehmen, wie ich bin."

„Wie du damit bist?" Sie zog die Maske aus der Tasche ihres Morgenmantels. „Nein, du hast kein Recht, mich zu bitten, das hier zu akzeptieren. Aber genau das tust du. Du bittest mich, dich zu lieben. Und du bittest mich, meine Augen vor dem zu verschließen, was du tust. Ich habe mein Leben dem Gesetz gewidmet. Soll ich Stillschweigen bewahren, wenn du es ignorierst?"

Seine Augen verdüsterten sich. „Ich habe mein Leben für das Gesetz verloren. Mein Partner ist dafür gestorben. Ich habe es nie ignoriert."

„Gage, das darf keine persönliche Angelegenheit sein."

„Doch, zum Teufel. Alles ist eine persönliche Angelegenheit. Was immer du in deinen Gesetzesbüchern liest, welche Präzedenzfälle oder Verfahrensweisen du auch immer findest, es läuft alles auf Menschen hinaus. Du weißt das. Du fühlst das. Ich habe dich bei der Arbeit beobachtet."

„Innerhalb des Gesetzes", beharrte sie. „Gage, du musst einsehen, dass das, was du machst, falsch ist, ganz zu schweigen davon, dass es auch gefährlich ist. Du musst aufhören."

Seine Augen waren sehr dunkel, sehr klar. „Nicht einmal um deinetwillen."

„Und wenn ich zu Mitchell gehe, zum Police Commissioner, zu Fields?"

„Dann werde ich tun, was immer ich tun muss, aber ich werde nicht aufhören."

„Warum?" Sie kam zu ihm, die Maske in ihrer Faust. „Verdammt, warum?"

„Weil ich keine Wahl habe." Er stand auf und packte sie hart an den Schultern, ehe er sie losließ und sich abwandte. „Ich kann nichts tun, um es zu ändern. Und ich will auch nichts tun."

„Ich weiß Bescheid über Montega." Als er sich wieder umwandte, sah sie den Schmerz. „Es tut mir leid, Gage, es tut mir so leid, was dir zugestoßen ist. Was deinem Partner zugestoßen ist. Wir werden Montega das Handwerk legen, das schwöre ich dir. Aber Rache ist keine Antwort für dich. Kann es nicht sein."

„Was mir vor vier Jahren zugestoßen ist, hat mein Leben verändert. Das ist keine Phrase. Das ist Realität. Du hast die Berichte über die Nacht gelesen, in der Jack getötet wurde?"

„Ja, ich habe sie gelesen."

„Alle Fakten", murmelte er. „Aber nicht alle Wahrheiten. Stand in dem Bericht, dass er mein bester Freund war? Dass er eine hübsche Frau und einen kleinen Jungen hatte, der gern auf einem roten Dreirad fuhr?"

„Oh, Gage." Sie konnte nicht verhindern, dass ihre Augen sich mit Tränen füllten und ihre Arme sich nach ihm ausstreckten. Doch er schüttelte den Kopf und wich zurück.

„Stand in dem Bericht, dass wir fast zwei Jahre unseres Lebens geopfert hatten, um dem Fall zum Durchbruch zu verhelfen? Zwei Jahre, in denen wir uns mit der Sorte von Schleimern abgeben mussten, die große Yachten haben und riesige Häuser und fette Brieftaschen von dem Geld, das sie mit dem Verkauf an kleinere Dealer verdienen, die ihrerseits ihren Lebensunterhalt dadurch verdienen, dass sie das Zeug auf die Straßen bringen und auf die Spielplätze und in die Wohngebiete. Zwei Jahre, in denen wir uns unseren Weg nach innen und nach oben erarbeitet haben, weil wir Cops waren und glaubten, wir könnten etwas bewirken."

Er legte die Hände auf die Rückenlehne eines Sessels, spannte die Finger an, lockerte sie wieder. Deborah konnte nur dastehen und schweigend zusehen, während er sich erinnerte.

„Jack wollte Urlaub nehmen, wenn alles vorbei war. Nicht, um irgendwohin zu fahren, sondern nur, um im Haus herumzusitzen, den Rasen zu mähen, einen tropfenden Abfluss zu reparieren, Zeit mit Jenny und seinem Kind zu verbringen. Er hat es mir erzählt. Ich wollte für ein paar Wochen nach Aruba, aber Jack hatte keine großen Träume. Nur ganz gewöhnliche."

Er starrte aus dem Fenster, sah jedoch weder den Sonnenschein, noch den Verkehr, der durch die Straßen flutete. Er glitt in die Vergangenheit, schilderte, was damals auf dem Dock passiert war, wie er sich selbst gesehen hatte, die Ärzte im Operationssaal, die Monate des Komas, seine Rückkehr.

Es war unmöglich, sich das vorzustellen, aber Deborah fühlte den Schmerz und die Verzweiflung in ihrem eigenen Herzen. „Ich will nicht sagen, dass ich verstehe, was du erlebt hast. Niemand kann das. Aber es schmerzt mich, mir vorzustellen, was du durchgemacht hast und noch immer durchmachst."

Er sah sie an und beobachtete, wie ihr eine einzelne Träne über die Wange lief. „Als ich dich in jener Nacht in dieser Einfahrt sah, änderte sich mein Leben erneut. Ich konnte es genauso wenig verhindern wie beim ersten Mal." Sein Blick senkte sich zu der Maske, die sie festhielt. „Jetzt liegt mein Leben in deinen Händen."

„Ich wünschte, ich wüsste, was richtig ist."

Er kam zu ihr und hob die Hände zu ihrem Gesicht. „Gib mir etwas Zeit. Noch ein paar Tage."

„Du weißt nicht, was du von mir verlangst."

„Doch." Er hielt sie fest, als sie sich abwenden wollte. „Aber ich habe keine Wahl. Deborah, wenn ich nicht zu Ende führe, was ich begonnen habe, hätte ich genauso gut vor vier Jahren sterben können."

Sie öffnete den Mund, um zu widersprechen und zu protestieren, sah jedoch die Wahrheit seiner Worte in seinen Augen. „Gibt es denn keine andere Möglichkeit?"

„Nicht für mich. Nur noch ein paar Tage", wiederholte er. „Wenn du danach meinst, dass du mit deinem Wissen zu deinen Vorgesetzten gehen musst, werde ich es akzeptieren. Und die Konsequenzen ziehen."

Sie schloss die Augen. „Mitchell hat mir zwei Wochen gegeben", sagte sie dumpf. „Ich kann dir nicht mehr versprechen."

Er wusste, was sie das kostete, und hoffte, dass er eine Möglichkeit finden würde, um es ihr zu vergelten. „Ich liebe dich."

Sie öffnete die Augen und blickte in seine Augen. „Ich weiß", murmelte sie und lehnte den Kopf an seine Brust. Die Maske baumelte von ihren Fingern. „Ich weiß das."

Seine Arme, die er um sie gelegt hatten, vermittelten ihr das Gefühl einer soliden Wirklichkeit. Sie hob den Kopf wieder an, kam seinen Lippen mit ihren eigenen entgegen, ließ den Kuss warm und viel versprechend andauern, während ihr Gewissen einen lautlosen Kampf kämpfte.

Was würde mit ihnen passieren? Ängstlich verstärkte sie ihren Griff und klammerte sich an ihn. „Warum kann es nicht einfach sein?", flüsterte sie. „Warum kann es nicht normal sein?"

Er konnte nicht zählen, wie oft er sich selbst diese Frage gestellt hatte. „Es tut mir leid."

„Nein." Kopfschüttelnd zog sie sich zurück. „Mir tut es leid. Es bringt nichts, hier zu stehen und zu jammern." Schniefend wischte sie die Tränen weg. „Ich weiß vielleicht nicht, was geschehen wird, aber ich weiß, was getan werden muss. Ich muss zur Arbeit. Vielleicht finde ich einen Ausweg." Sie hob eine Augenbraue. „Warum lächelst du?"

„Weil du perfekt bist. Absolut perfekt." Wie in der vorangegangenen Nacht hakte er eine Hand in den Gürtel ihres Morgenmantels. „Komm mit mir ins Bett. Ich zeige dir, was ich meine."

„Es ist fast Mittag", sagte sie, als er den Kopf senkte und an ihrem Ohr knabberte. „Ich muss arbeiten."

„Bist du sicher?"

Ihre Augen schlossen sich. Ihr Körper lehnte sich ihm entgegen. „Ah … ja." Sie zog sich zurück, streckte beide Hände vor. „Ja, wirklich. Ich habe nicht viel Zeit. Keiner von uns."

„Na schön." Er lächelte erneut, als sie ihre Lippen schmollend verzog wegen seines schnellen Nachgebens. Vielleicht konnte er ihr mit ein wenig Glück etwas Normales bieten. „Unter einer Bedingung."

„Die wäre?“

„Ich habe heute Abend eine wohltätige Verpflichtung. Ein Dinner, ein paar Künstler, Tanz. Im ‚Parkside‘.“

„Im ‚Parkside‘.“ Sie dachte an das alte, exklusive und elegante Hotel am City Park. „Sprichst du von dem Sommerball?“

„Ja. Ich wollte ihn auslassen, aber ich habe meine Meinung geändert. Willst du mich begleiten?“

Sie hob eine Braue. „Du fragst mich mittags, ob ich mit dir zu dem größten, glanzvollsten Ereignis in der Stadt gehen will – das von jetzt an in acht Stunden beginnt. Und du fragst mich zu einem Zeitpunkt, wo ich viel Arbeit habe und absolut keine Hoffnung, einen Termin bei einem Friseur zu bekommen, und keine Minute frei, um das richtige Kleid zu kaufen.“

„Damit wäre so ziemlich alles gesagt“, meinte er.

Sie stieß den Atem aus. „Wann holst du mich ab?“

Um sieben stieg Deborah unter eine dampfend heiße Dusche, obwohl sie es nicht für möglich hielt, dass dadurch ihre Kopfschmerzen weggingen. Sechs Stunden vor einem Computerbildschirm, einen Telefonhörer am Ohr, hatten nur minimale Resultate erbracht.

Jeder Name, den sie überprüft hatte, gehörte zu einem längst Verstorbenen. Jede Adresse war eine Sackgasse und jede Gesellschaft führte wieder zu einer Menge anderer.

Der gemeinsame Angelpunkt, wie Gage es genannt hatte, schien Frustration zu sein. Diesen Abend wollte sie sich gönnen. Aber wie Aschenputtel musste sie sich der Realität stellen, wenn der Ball vorüber war.

Mit energischen Bewegungen ging sie ins Schlafzimmer. Auf dem Bett ausgebreitet lag das Kleid, das sie vor weniger als einer Stunde gekauft hatte. Schicksal, dachte sie, während sie mit einer Hand über die schimmernden Pailletten strich. Gage hatte gesagt, dass er sie in Blau sehen wollte. Als sie hektisch in die Boutique jagte, hatte es da auf sie gewartet, fließend, in vollem Königsblau, mit silbrigen Pailletten besetzt. Und es passte wie ein Handschuh von dem halsfernen Ausschnitt bis zu dem die Knöchel umspielenden Saum.

Deborah war beim Anblick des Preisschildes zusammengezuckt

und hatte dann die Zähne zusammengebissen. Und sie hatte alle Vorsicht und ein Monatsgehalt in den Wind geschossen.

Wenn sie jetzt in den Spiegel blickte, konnte sie es nicht bereuen. Die Bergkristallanhänger an ihren Ohren passten perfekt dazu. Ihre hoch- und zurückgekämmten Haare ließen ihre Schultern nackt. Sie drehte sich. Das Gleiche galt für den größten Teil ihres Rückens.

Sie zog gerade ihre Schuhe an, als Gage klopfte.

Sein Lächeln schwand, als sie die Tür öffnete. Ihre Lippen lächelten über das plötzliche und intensive Verlangen in seinen Augen. Sehr langsam beschrieb sie eine volle Drehung.

„Wie findest du es?"

Er entdeckte, dass er atmen konnte, wenn er es ganz langsam tat. „Ich bin froh, dass ich dir nicht mehr Zeit zum Vorbereiten gelassen habe."

„Warum?"

„Ich könnte nicht damit fertig werden, wärst du noch schöner."

Sie hob den Kopf an. „Zeig es mir."

Er hatte beinahe Angst davor, sie zu berühren. Sehr sachte legte er die Hände auf ihre Schultern und senkte den Mund auf den ihren. Doch ihr Geschmack traf ihn voll, ließ seine Finger anspannen, machte seinen Mund gierig. Murmelnd streckte er den Arm aus, um die Tür zu schließen.

„O nein." Sie war atemlos, aber entschlossen. „Nachdem ich so viel für das Kleid bezahlt habe, will ich es auch ausführen."

„Immer praktisch." Er gab ihr einen letzten, langen Kuss. „Wir könnten zu spät kommen."

Sie lächelte ihn an. „Aber wie wäre es, wenn wir zeitig wieder weggehen würden?"

Als sie ankamen, war der Ballsaal bereits angefüllt mit Glamourösen, Einflussreichen, Wohlhabenden. Bei Champagner und Hors d'œuvres betrachtete Deborah die Tische und die von Tisch zu Tisch Wandernden.

Der Gouverneur umarmte lautstark und überschwänglich eine bekannte Schauspielerin, ein Verlagstycoon begrüßte per Wangenkuss einen Opernstar, der Bürgermeister grinste und lachte mit einem Bestsellerautor.

„Deine übliche Clique?", murmelte Deborah und lächelte Gage zu.

„Ein paar Bekannte." Er stieß mit ihr an.

„Gage!" Arlo Stuart blieb an ihrem Tisch stehen und klopfte Gage auf die Schulter. „Schön, Sie zu sehen."

„Freut mich, dass Sie es geschafft haben."

„Das hätte ich nicht verpassen wollen." Arlo Stuart, ein großer, gebräunter Mann mit weißen Haaren und klaren grünen Augen, machte eine Geste mit seinem Glas Scotch. „Hübsch haben Sie es hier gemacht. Ich war nicht mehr hier, seit Sie mit der Renovierung fertig geworden sind."

„Ich bin zufrieden."

Deborah brauchte nur einen Moment, um zu begreifen, dass die beiden über das Hotel sprachen. Und dass das Hotel Gage gehörte. Sie blickte zu den schweren Kristalllüstern hinauf. Sie hätte es wissen sollen.

„Ich mag es, wenn meine Konkurrenz Klasse besitzt." Arlo Stuart lenkte den Blick auf Deborah. „Da wir von Klasse sprechen. Ihr Gesicht kommt mir sehr bekannt vor."

„Arlo Stuart, Deborah O'Roarke."

Er ergriff Deborahs Hand und drückte sie herzlich. „O'Roarke … O'Roarke." Arlo Stuarts Augen waren gleichzeitig freundlich und verschlagen. „Sie sind diese viel gerühmte Staatsanwältin? Die Zeitungsfotos werden Ihnen nicht annähernd gerecht."

„Danke, Mr Stuart."

„Der Bürgermeister spricht sehr gut über Sie. Wir müssen später zusammen tanzen, damit Sie mir alles über unseren Freund Nemesis erzählen können."

Ihre Hand zuckte in der seinen, doch sie konnte ihre Augen ruhig halten. „Das wäre eine kurze Unterhaltung."

Er ließ ihre Hand noch immer nicht los. „Wo haben Sie denn unsere aufstrebende Staatsanwältin kennengelernt, Gage? Ich muss an den falschen Orten verkehren."

„In Ihrem Hotel", erwiderte Gage leichthin. „Die Wahlkampfparty des Bürgermeisters."

Arlo Stuart lachte herzhaft. „Nun, das wird mich lehren, herumzulaufen und Stimmen für Fields zusammenzutrommeln, nicht wahr? Vergessen Sie nicht diesen Tanz."

„Bestimmt nicht", sagte sie und war dankbar, ihre Hand mitsamt den schmerzenden Fingern wieder in ihrem Schoß zu haben. Als Arlo Stuart wegging, bewegte Deborah vorsichtig ihre Finger. „Ist er immer so ... überschäumend?"

„Ja." Gage griff nach ihrer Hand und küsste sie. „Irgendetwas gebrochen?"

„Ich glaube nicht." Zufrieden, ihre Hand in seiner zu fühlen, sah sie sich im Saal um. Üppige Palmen, ein Springbrunnen, verspiegelte Decken. „Das ist also dein Hotel."

„Ja. Gefällt es dir?"

„Es ist in Ordnung." Sie zuckte die Schultern, als er lachte. „Sollten wir nicht gesellschaftliche Pflichten wahrnehmen?"

„Das tue ich." Er drückte die Lippen leicht auf ihren Mund.

„Wenn du mich weiterhin so ansiehst ..."

„Sprich nicht weiter!"

Sie stieß unsicher den Atem aus. „Ich glaube, ich ziehe mich in den Waschraum zurück."

Auf halbem Weg durch den Ballsaal wurde Deborah vom Bürgermeister abgefangen. „Nur einen Moment, Deborah."

„Natürlich."

Mit einem Arm um ihre Taille und dem breiten Lächeln eines mit allen Wassern gewaschenen Politikers steuerte er sie geschickt durch die Menge und durch die hohen Türen des Ballsaals.

„Ich finde, wir könnten ein wenig Abgeschiedenheit gebrauchen."

Sie warf einen Blick zurück und sah, dass Jerry Bower auf sie zukam. Auf ein Zeichen des Bürgermeisters blieb er stehen, warf Deborah einen entschuldigenden Blick zu und mischte sich wieder unter die Menge.

„Es ist eine sehr beachtliche Veranstaltung", bemerkte Deborah.

„Es hat mich überrascht, Sie hier zu sehen." Er drängte sie zu einer Nische mit Topfpflanzen und Münztelefonen. „Andererseits hätte ich es nicht sein sollen, da in letzter Zeit Ihr Name so oft in einem Atemzug mit dem von Guthrie genannt wurde."

„Ich treffe mich mit Gage", sagte sie kühl. „Falls Sie das meinen. Auf einer privaten Ebene." Sie war es bereits leid, in der Politik mitzuspielen. „Wollten Sie darüber mit mir sprechen, Bürgermeister? Über mein Privatleben?"

„Nur, soweit es Ihr Berufsleben berührt. Ich war besorgt und enttäuscht zu erfahren, dass Sie gegen meinen Wunsch diese Untersuchungen weiter betreiben."

„Gegen Ihren Wunsch?", erwiderte sie. „Oder Mr Guthries Wunsch?"

„Ich habe seinen Standpunkt respektiert und stimmte mit ihm überein." In seinen Augen zeigte sich Ärger. „Offen gesagt, ich bin mit Ihrem Verhalten in dieser Angelegenheit nicht zufrieden. Ihr ausgezeichnetes Gebaren im Gerichtssaal wiegt nicht Ihre leichtsinnigen Fehler außerhalb auf."

„Leichtsinnig? Glauben Sie mir, Bürgermeister Fields, ich war nicht im Entferntesten leichtsinnig. Ich befolge in dieser Angelegenheit die Anweisungen meines Vorgesetzten. Ich habe diesen Fall begonnen, und ich werde ihn abschließen. Da wir auf derselben Seite stehen sollten, dachte ich, es würde Sie freuen, dass die Staatsanwaltschaft sich in diesem Fall so engagiert, nicht nur im Aufspüren und Anklagen der Drogenhändler, sondern auch in der Ergreifung Montegas, eines Cop-Killers."

„Sagen Sie mir nicht, auf welcher Seite ich stehe." Er stand sichtlich kurz davor, die Beherrschung zu verlieren. „Ich habe schon für diese Stadt gearbeitet, als Sie sich noch nicht die Schuhe zubinden konnten. Sie wollen mich doch nicht zu Ihrem Feind machen, junge Lady. Ich bin der Bürgermeister von Urbana, und ich habe die Absicht, dies auch in Zukunft zu bleiben. Junge, übereifrige Ankläger gibt es im Dutzend billiger."

„Drohen Sie mir damit, mich feuern zu lassen?"

„Ich warne Sie." Mit einer offensichtlichen Willensanstrengung brachte er sich unter Kontrolle. „Entweder arbeiten Sie für das System oder dagegen."

„Das weiß ich." Ihre Finger spannten sich fester um ihre Abendtasche.

„Ich bewundere Sie, Deborah", sagte er ruhiger. „Aber während Sie über Begeisterung verfügen, fehlt Ihnen Erfahrung, und ein solcher Fall erfordert erfahrenere Hände."

Sie wich nicht. „Mitchell hat mir zwei Wochen gegeben."

„Das ist mir bekannt. Achten Sie darauf, dass Sie sich in der Ihnen verbleibenden Zeit an die Spielregeln halten.“ Obwohl seine Augen noch immer Feuer sprühten, legte er onkelhaft eine Hand auf ihren Arm. „Genießen Sie den Abend. Das Menü ist ausgezeichnet.“

Nachdem er sie allein gelassen hatte, blieb sie noch einen Moment vor Wut stehen, ehe sie den Waschraum für Damen ansteuerte. Drinnen warf sie ihre Handtasche auf eine Ablage und starrte in den Spiegel. Sie kochte. Plötzlich gingen die Lichter aus.

9. KAPITEL

Deborah packte ihre Abendtasche und legte eine Hand auf die Ablage, um sich zu orientieren. Sagenhaftes Hotel, dachte sie, und dann brennt eine Sicherung durch! Obwohl sie versuchte, das Komische in der Situation zu sehen, hämmerte ihr Herz, als sie aufstand. Sie fluchte, als ihre Hüfte gegen den Sessel stieß, während sie in der Dunkelheit um sich tastete.

Obwohl es albern war, hatte sie Angst, und sie fühlte sich von der Dunkelheit eingeschlossen und erstickt.

Die Tür öffnete sich knarrend. Ein Lichtstrahl fiel herein. Dann herrschte wieder Dunkelheit.

„Hey, hübsche Lady."

Sie erstarrte und hielt den Atem an.

„Ich habe eine Nachricht für Sie." Die Stimme war hoch und pfeifend, mit einem Kichern am Ende eines jeden Satzes. „Keine Sorge. Ich tue Ihnen nichts. Montega will Sie ganz für sich haben, und er wäre richtig wütend, wenn ich Sie zuerst fertigmachen würde."

Ihre Haut wurde eisig kalt. Er konnte sie nicht sehen. Das rief Deborah sich ins Gedächtnis, während sie gegen ihre lähmende Angst ankämpfte. Dadurch standen die Chancen gleich. „Wer sind Sie?"

„Ich?" Wieder ein Kichern. „Sie haben nach mir gesucht, aber ich bin schwer zu finden. Deshalb nennt man mich Maus. Ich kann überall rein und raus."

Er bewegte sich lautlos auf sie zu. Deborah konnte das nur an der Richtung, aus der seine Stimme kam, vermuten. „Sie müssen sehr schlau sein." Nachdem sie gesprochen hatte, bewegte sie sich auch und schob vorsichtig einen Fuß nach links.

„Ich bin gut. Ich bin der Beste. Keiner ist besser als Maus. Ich soll Ihnen von Montega Grüße bestellen. Sie sollen wissen, dass er Sie im Auge behält. Ständig. Und Ihre Familie."

Für einen Moment stockte ihr das Blut in den Adern. Ihre Idee, sich an ihm vorbeizuschieben und zur Tür zu schlüpfen, schwand. „Meine Familie?"

„Er kennt auch in Denver Leute. Wirklich gute Leute." Er war jetzt so nahe, dass sie ihn riechen konnte. Aber sie wich nicht aus. „Wenn Sie mit uns zusammenarbeiten, sorgt er dafür, dass Ihre

Schwester und der Rest der Familie heute Nacht ruhig und sicher in ihren Betten bleibt. Kapiert?"

Sie griff in ihre Tasche, fühlte das kühle Metall in ihrer Hand. „Ja, kapiert." Sie zog den Gegenstand heraus, zielte in die Richtung der Stimme und drückte ab.

Schreiend fiel er gegen die Sessel. Deborah rannte um ihn herum, rammte mit ihrer Schulter eine Wand, dann noch eine, bevor sie die Tür fand. Maus weinte und fluchte, als sie am Türgriff zog und die Tür blockiert fand. In Panik fuhr sie fort zu ziehen.

„Deborah! Geh weg von der Tür! Zurück!" Sie war froh, seine Stimme zu hören.

Sie tat taumelnd einen Schritt zurück und hörte einen schweren Aufprall. Noch einen. Die Tür flog krachend auf. Sie rannte in das Licht und in Gages Arme.

„Bist du in Ordnung?" Seine Hände glitten über sie, suchten nach Verletzungen.

„Ja. Ja." Sie vergrub ihr Gesicht an seiner Schulter, ignorierte die sich ansammelnde Menschenmenge. „Er ist da drinnen." Als er sich von ihr lösen wollte, klammerte Deborah sich noch fester an ihn. „Nein, bitte."

Gage nickte grimmig zwei Sicherheitsmännern zu. „Komm, setz dich."

„Nein, ich bin in Ordnung." Obwohl ihr Atem noch immer bebte, zog sie sich zurück und blickte in sein Gesicht. Sie sah Mord darin und verstärkte ihren Griff an ihm. „Wirklich. Er hat mich nicht einmal berührt. Er hat versucht, mir Angst einzujagen, Gage. Er hat mir nichts getan."

Seine Stimme war leise, als er ihr bleiches Gesicht betrachtete. „Soll ich ihn deshalb weniger umbringen wollen?"

Zwischen den zwei stämmigen Wächtern taumelte Maus schluchzend heraus, die Hände vor sein Gesicht gepresst. Deborah sah, dass er eine Kellneruniform trug.

Von dem Ausdruck in Gages Augen alarmiert, lenkte sie seine Aufmerksamkeit wieder auf sich. „Er ist in einem viel schlimmeren Zustand als ich. Ich habe das hier benützt." Mit einer unsicheren Hand hielt Deborah eine Spraydose Tränengas hoch. „Ich habe sie seit dem Abend in der Einfahrt bei mir."

Gage war nicht sicher, ob er lachen oder fluchen sollte. Stattdessen zog er sie an sich und küsste sie. „Sieht so aus, als könnte ich dich nicht mehr aus den Augen lassen."

„Deborah." Jerry Bower bahnte sich einen Weg durch die Umstehenden. „Bist du in Ordnung?"

„Ja. Was ist mit der Polizei?"

„Ich habe sie selbst gerufen." Jerry blickte Gage an. „Sie sollten sie von hier wegbringen."

„Es geht mir gut", behauptete Deborah und war froh, dass ihr bodenlanges Kleid ihre zitternden Knie verhüllte. „Ich werde auf dem Polizeirevier meine Aussage machen müssen. Aber zuerst muss ich einen Anruf erledigen."

„Ich rufe an, wen immer du willst." Jerry drückte rasch ihre Hand.

„Danke, aber das muss ich selbst machen." Sie erblickte hinter Jerry den Bürgermeister. „Du könntest mir aber einen Gefallen tun und mir Fields für eine Weile vom Hals halten."

„Wird gemacht." Jerry sah noch einmal Gage an. „Passen Sie auf sie auf."

„Das habe ich vor." Er zog sie dicht an seine Seite, führte sie von den Leuten weg, durchquerte die Lobby und steuerte die Aufzüge an.

„Wohin gehen wir?"

„Ich habe hier ein Büro, von dem aus du anrufen kannst." Im Aufzug drehte er sie wieder zu sich und hielt sie fest. „Was ist passiert?"

„Nun, ich kam nicht dazu, mir die Nase zu pudern." Sie drehte ihr Gesicht zu seinem Kragen, atmete tief ein. „Zuerst lauerte Fields mir auf und hat mir Rebellion vorgeworfen. Er ist mit meinem Verhalten gar nicht zufrieden." Als sich die Aufzugstüren öffneten, lockerte sie ihren Griff, sodass sie den Korridor entlanggehen konnte. „Als wir uns trennten, sah ich rot. Ich wollte im Waschraum mein Make-up auffrischen und meine Fassung wiedergewinnen." Sie beruhigte sich allmählich und war froh, dass das Zittern aufhörte. „Sehr elegant übrigens."

Er schoss ihr einen Blick zu, als er einen Schlüssel ins Schloss steckte. „Freut mich, dass es dir gefällt."

„Sehr." Sie betrat den Vorraum einer Suite und überquerte den dicken beigefarbenen Teppich. „Dann gingen die Lichter aus, und Maus kam herein." Ihr Magen verkrampfte sich erneut. „Er hatte für mich eine Botschaft von Montega."

Der Name, der bloße Name brachte Gages Muskeln dazu, sich anzuspannen. „Setz dich. Ich bringe dir einen Brandy."

„Das Telefon?"

„Direkt hier. Bedien dich."

Gage kämpfte mit seinen eigenen Dämonen, als er an die Bar trat, um die Karaffe und zwei Schwenker zu holen. Deborah war allein gewesen, und so erfindungsreich sie auch war, sie war verwundbar gewesen. Als er sie schreien hörte ... Seine Finger wurden an der Karaffe weiß. Wäre es Montega anstelle seines Boten gewesen, könnte sie jetzt tot sein. Und er wäre zu spät gekommen.

Nichts, das ihm jemals zugestoßen war, nichts, das ihm jemals in der Zukunft zustoßen konnte, wäre so vernichtend gewesen, wie Deborah zu verlieren.

Sie saß sehr gerade, sehr angespannt da, ihr Gesicht zu blass, ihre Augen zu dunkel. In der Hand hielt sie den Hörer, während sie mit der anderen die Schnur aufwickelte. Sie sprach hastig mit ihrem Schwager, wie Gage nach einem Moment erkannte.

Man hatte ihre Familie bedroht. Die Möglichkeit, dass ihren Angehörigen etwas zustoßen könnte, versetzte sie sichtlich in größeres Entsetzen als jeder Anschlag auf ihr eigenes Leben.

„Du musst mich täglich anrufen", verlangte sie. „Du sorgst dafür, dass Cilla im Radiosender bewacht wird. Die Kinder ..." Sie bedeckte das Gesicht mit einer Hand. „Gütiger Himmel, Boyd." Sie hörte einen Moment zu, nickte, versuchte zu lächeln. „Ja, ich weiß, ich weiß. Du bist nicht umsonst Captain geworden. Ich komme zurecht. Ja, ich werde vorsichtig sein. Ich liebe dich. Euch alle." Sie machte noch eine Pause, atmete tief ein. „Ja, ich weiß. Leb wohl."

Sie legte den Hörer zurück. Wortlos drückte Gage ihr den Schwenker in die Hände. Sie hielt ihn einen Moment fest, starrte in die goldbraune Flüssigkeit. Mit einem weiteren tiefen Atemzug hob sie das Glas an ihre Lippen und nahm einen langen Schluck.

„Danke."

„Dein Schwager ist ein guter Cop. Er wird nicht zulassen, dass ihnen etwas passiert."

„Er hat Cilla vor Jahren das Leben gerettet. Damals verliebten sie sich ineinander." Sie blickte abrupt auf. Ihre Augen waren feucht und beredt. „Ich hasse das, Gage. Sie sind meine Familie, alles, was ich noch von meiner Familie habe. Die Vorstellung, dass etwas, das ich getan habe ... dass ... es könnte ..." Sie brach ab und lenkte sich von dem Undenkbaren ab. „Als ich meine Eltern verlor, dachte ich, nichts könnte mehr so schlimm sein. Aber das ..." Kopfschüttelnd blickte sie wieder in ihren Brandy. „Meine Mutter war ein Cop."

Er wusste es. Er wusste alles, aber er legte nur seine Hand auf die ihre und ließ sie reden.

„Sie war ein guter Cop, hat man mir zumindest erzählt. Ich war erst acht, als es passierte. Ich habe sie nicht gut gekannt, nicht wirklich. Sie war nicht dafür geschaffen, eine Mutter zu sein."

Sie tat es mit einem Schulterzucken ab, doch sogar in dieser lässigen Geste erkannte er ihre seelischen Narben.

„Und mein Vater", fuhr sie fort. „Er war Anwalt. Ein öffentlicher Verteidiger. Er hat sich sehr bemüht, alles zusammenzuhalten. Die Familie – die Illusion einer Familie. Aber er und meine Mutter haben es einfach nicht geschafft." Sie nippte wieder an dem Brandy, dankbar für seine besänftigende Glätte. „Zwei Uniformierte haben mich an jenem Tag aus der Schule geholt. Ich wusste wohl Bescheid. Ich wusste, dass meine Mutter tot war. So behutsam wie möglich haben sie mir gesagt, dass es beide waren. Alle beide. Irgendein Mistkerl, den mein Vater verteidigte, hatte eine Waffe eingeschmuggelt. Als sie im Besprechungszimmer waren, ist er durchgedreht."

„Es tut mir leid, Deborah. Ich weiß, wie schwer es ist, seine Familie zu verlieren."

Sie nickte und stellte den leeren Schwenker beiseite. „Ich schätze, deshalb war ich so entschlossen, Juristin zu werden, eine Anklägerin. Meine Eltern haben ihr Leben dem Gesetz verschrieben und es verloren. Ich wollte nicht, dass es umsonst war. Verstehst du das?"

„Ja." Er zog ihre Hände an seine Lippen. „Aus welchen Gründen du auch entschieden hast, Juristin zu werden, es war die richtige Entscheidung. Du bist eine gute Juristin."

„Danke."

„Deborah.“ Er zögerte, weil er seine Gedanken sorgfältig ausdrücken wollte. „Ich respektiere sowohl deine Anständigkeit, als auch deine Fähigkeiten.“

„Ich fühle ein ‚Aber‘ hinterherkommen.“

„Ich möchte dich noch einmal bitten, dich von dieser Sache zurückzuziehen. Mir den Rest zu überlassen. Du wirst deine Chance bekommen zu tun, was du am besten kannst, nämlich Montega und den Rest der Bande anzuklagen.“

Sie ließ sich einen Moment Zeit. „Gage, selbst wenn ich wollte, ich kann nicht, besonders jetzt nicht, nachdem sie meine Familie bedroht haben. Würde ich jetzt aufgeben, könnte ich mir selbst nie mehr vertrauen. Ich muss das zu Ende führen.“ Bevor er etwas sagen konnte, legte sie die Hände auf seine Schultern. „Ich stimme nicht mit dir überein. Ich weiß auch nicht, ob ich es jemals kann. Aber ich verstehe in meinem Herzen, was du tust und warum du es tun musst. Und das ist alles, was ich auch von dir verlange.“

Wie konnte er widerstehen. „Dann haben wir jetzt ein Patt.“

„Ich muss nach unten und meine Aussage machen.“ Sie stand auf und streckte die Hand aus. „Kommst du mit mir?“

Man ließ Deborah nicht mit Maus sprechen. Deborah schätzte, dass sie das verwinden konnte. Bis Montag sollte sie die Polizeiberichte haben, wenn schon nichts anderes. Strengste Sicherheitsvorkehrungen sorgten dafür, dass es unwahrscheinlich war, dass ihm ein ähnlicher Unfall zustieß wie Parino.

Für die Antworten, die sie brauchte, würde sie einen Handel mit Maus abschließen, genau wie sie mit dem Teufel einen Handel geschlossen hätte.

Sie machte ihre Aussage, wartete müde, bis diese abgetippt und bereit zur Unterschrift war. Endlich konnte sie nach Hause gehen.

„Lange Nacht“, murmelte Deborah.

„Du hast dich sehr gut gehalten.“ Gage legte die Hand an ihre Wange. „Du musst erschöpft sein.“

„Genau genommen bin ich am Verhungern.“ Sie lächelte. „Wir hatten kein Abendessen.“

„Ich kaufe dir einen Hamburger.“

Lachend schlang sie die Arme um ihn. Vielleicht konnten ein paar

Dinge, ein paar kostbare Dinge so einfach sein. „Mein Held."

Er drückte die Lippen seitlich an ihren Hals. „Ich kaufe dir ein Dutzend Hamburger", murmelte er. „Aber dann, um Himmels willen, Deborah, komm mit mir nach Hause."

„Ja." Sie wandte ihm die Lippen zu. „Ja."

Gage verstand es, die Szenerie vorzubereiten. Perfekt. Als Deborah neben ihm in das Schlafzimmer trat, fiel Mondschein durch die Fenster, Sternenglanz schimmerte durch die Dachluke, Kerzenschein wärmte die Schatten. Rosenduft versüßte die Luft. Der Klang von hundert Geigen versetzte sie in eine romantische Stimmung.

Sie wusste nicht, wie er das alles geschafft hatte mit dem einzigen Telefonanruf, den er von dem lärmenden kleinen Restaurant aus geführt hatte, in dem sie gegessen hatten. Es spielte für sie auch keine Rolle. Es war genug zu wissen, dass er daran gedacht hatte.

„Es ist schön." Sie war nervös. Sie fand ihre Nervosität lächerlich nach der Leidenschaft der vorangegangenen Nacht. Doch ihre Beine waren unsicher, als sie zu der in einer Kristallschale voll Eis steckenden Champagnerflasche ging. „Du hast an alles gedacht."

„Nur an dich." Er küsste ihre Schulter, bevor er einschenkte. „Hier habe ich dich mir hundertmal vorgestellt. Tausendmal." Er reichte ihr ein Glas.

„Ich auch." Ihre Hand zitterte, als sie ihr Glas hob. Ihr Verlangen wollte sich endlich Bahn brechen. „Als du mich das erste Mal in dem Turm geküsst hast, haben sich ganze Welten geöffnet. So war es für mich nie vorher."

„Ich hätte dich beinahe in jener Nacht gebeten zu bleiben, obwohl du wütend warst." Er nahm ihr einen ihrer Ohrringe ab, liebkoste mit den Fingerspitzen das empfindsame Ohrläppchen. „Ich frage mich, ob du geblieben wärst."

„Ich weiß es nicht. Ich hätte es gewollt."

„Das ist fast genug." Er nahm ihr den zweiten Ohrring ab und legte beide auf den Tisch. Langsam zog er eine ihrer Haarnadeln heraus, dann die nächste, beobachtete sie. Ließ sie nicht aus den Augen. „Du fröstelst."

Seine Hände waren so sanft, sein Blick so drängend. „Ich weiß."

Er nahm ihr das Glas aus der Hand und stellte es beiseite. Während er die Augen auf sie gerichtet hielt, strich er mit den Fingerspitzen über ihren Nacken. „Du hast doch keine Angst vor mir?"

„Nur davor, was du mit mir machen kannst."

Etwas flackerte in seinen Augen, dunkel und gefährlich. Doch er senkte den Kopf und küsste zärtlich ihre Schläfe.

Mit sinnlich gesenkten Lidern flüsterte sie heiser: „Küss mich, Gage."

„Das werde ich." Sein Mund wanderte über ihr Gesicht, reizte sie, stellte sie aber noch nicht zufrieden. „Das tue ich."

Ihr Atem ging bereits schneller. „Du brauchst mich nicht zu verführen."

Er fuhr mit einem Finger an ihrem nackten Rücken hinauf und hinunter und lächelte, als sie erschauerte. „Es ist mir ein Vergnügen." Und er wollte, dass es für sie genauso war.

In der vorangegangenen Nacht waren Leidenschaft und wildes, ärgerliches Verlangen aus ihm hervorgebrochen. Er hatte beschlossen, dass er ihr heute Nacht die sanftere Seite der Liebe zeigen wollte. In dem Moment, als sie sich schwankend gegen ihn lehnte, widerstand er deshalb den schnellen Pfeilen des Verlangens.

„Wir haben uns in der Dunkelheit geliebt", murmelte er, während er die drei Knöpfe des Kleides in ihrem Nacken öffnete. „Heute möchte ich dich sehen."

Das Kleid glitt schimmernd an ihr herunter, bildete einen glitzernden See zu ihren Füßen. Sie trug nur ein Mieder aus Spitze, das ihre Brüste anhob und durchscheinend bis zu ihren Hüften reichte. Ihre Schönheit raubte ihm den Atem.

„Jedes Mal, wenn ich dich ansehe, verliebe ich mich erneut."

„Dann hör nicht auf, mich anzusehen." Sie tastete nach seiner Krawatte, ließ die Finger an die Manschettenknöpfe gleiten. „Hör nie auf." Sie teilte sein Hemd mit ihren Händen, presste den Mund auf die erhitzte Haut darunter. Ihre Zungenspitze hinterließ eine feuchte Spur, bevor sie den Kopf hob und einladend zurückfallen ließ. Ihre Augen strahlten in einem vollen blauen Leuchten unter ihren Wimpern. „Küss mich jetzt."

Genauso verführt wie sie, drückte er ihren Lippen ein Brandzeichen mit seinen Lippen auf. Zweifaches Stöhnen, leise und aus tiefer Kehle, erfüllte den Raum. Ihre Hände glitten langsam über seine

Brust auf seine Schultern, um ihm das Dinnerjackett abzustreifen. Ihre Finger spannten sich an, wurden dann kraftlos schlaff, als sein Kuss sanfter, tiefer, weicher wurde.

Er hob sie auf die Arme, als wäre sie aus zerbrechlichem Kristall. Seine Augen auf sie gerichtet, hielt er sie so einen Moment, während sein Mund den ihren reizte und marterte, und er setzte diese federleichten Küsse fort, während er sie zu dem Bett trug.

Er setzte sich und zog sie auf den Schoß, und sein Mund setzte die stille Zerstörung ihres Verstandes fort. Ihre Augen schlossen sich, ihr Herz hämmerte unter seiner Hand. Er wollte sie so. Vollkommen lusterfüllt. Vollkommen ihm gehörend. Als er mehr und mehr von diesem warmen, exotischen Geschmack von ihren Lippen kostete, dachte er, er könne so stundenlang ausharren. Tagelang.

Sie fühlte jede unglaublich zarte Berührung, das Streicheln einer Fingerspitze, das Gleiten seiner Handfläche, die geduldige Forderung seiner Lippen. Ihr Körper erschien ihr so leicht wie die nach Rosen duftende Luft, doch ihre Arme waren zu schwer, um sie anzuheben. Die Musik und Gages Murmeln vermischten sich in ihren Gedanken zu einem verführerischen Song. Darunter rauschte das heftige Dröhnen ihres eigenen rasenden Pulses.

Sie wusste, dass sie nie verwundbarer gewesen war und nie williger, Gage überallhin zu folgen.

Und das war Liebe: ein Verlangen, das grundlegender war als Hunger und Durst.

Ein lautloses, hilfloses Stöhnen entrang sich ihrer Kehle, als seine Lippen über die Rundungen ihrer Brüste strichen. Erotisch langsam glitt seine Zunge unter die feine Spitze, um ihre Knospe zu reizen. Seine Finger flogen über die Haut oberhalb ihrer Strümpfe, leicht, so leicht, glitten sie unter das Stoffdreieck.

Mit einer Berührung trieb er sie auf den ersten Gipfel. Sie straffte sich wie ein Bogen, und ihre Lust traf ihn wie ein Pfeil. Danach schien sie in seinen Armen zu schmelzen.

Atemlos, fast wie im Fieberwahn, tastete sie nach ihm. „Gage, lass mich …"

Er erstickte ihren nächsten benommenen Aufschrei mit seinem Mund. Und während sie noch erschauerte, legte er sie auf das Bett.

Jetzt, dachte er. Er konnte sie jetzt nehmen, während sie vor ihm lag, heiß und feucht und bereit zur Übergabe. Mondlicht fiel auf ihre Haut, auf ihr Haar. Die weiße Spitze, die sie trug, war wie eine Illusion. Als sie ihn unter diesen schweren Wimpern hervor ansah, erkannte er das dunkle Flackern von Verlangen.

Er hatte ihr noch mehr zu zeigen.

Seine Knöchel berührten ihre Haut und ließen sie zusammenzucken, als er ihren Strumpf löste. Sanft schob er ihn an ihrem Bein herunter und folgte der Spur mit sanften Küssen und weit geöffnetem Mund. Seine Zunge glitt über ihre Kniekehle, ihre Wade hinunter, bis sich Deborah in besinnungsloser Lust wand.

Von Empfindungen wie in Watte gepackt, tastete sie erneut nach ihm, doch er entzog sich ihr und wiederholte die köstlich verzehrenden Zärtlichkeiten an ihrem anderen Bein. Sein Mund wanderte wieder hoch, verharrte, wartete, bis er sie fand. Sein Name barst von ihren Lippen, als sie sich aufbäumte. Fast schluchzend, klammerte sie sich erneut an ihn.

Und bei der ersten Berührung schien Kraft in sie einzuströmen.

Heiß traf ihre Haut auf die seine, aber es war nicht genug. Drängend zogen ihre Finger an seinem offenen Hemd, zerrten an den Säumen in ihrer Verzweiflung, mehr von ihm zu finden. Während sie die Seide beiseite riss, gruben ihre Zähne sich in seine Schulter. Sie fühlte seine Bauchmuskeln zucken und hörte ihn scharf Atem holen, als sie an dem Bund seiner Hose zog.

„Ich will dich." Ihr Mund heftete sich heißhungrig auf den seinen. „Himmel, wie ich dich will!"

Die Selbstbeherrschung, die er so scharf bewahrt hatte, entglitt ihm. Verlangen überwältigte ihn. Er atmete schwer, während er sich aus seiner Kleidung kämpfte.

Dann knieten sie mitten auf dem verwüsteten Bett, zitternd, mit aufeinander gerichteten Augen, in denen unendliche Leidenschaft fieberte. Er hakte eine Hand unter die Spitze und riss sie mitten durch. Dann zog er Deborah an sich.

Während des rauen, unbeherrschten Ritts bog sie den Rücken durch. Ihre Hände glitten über seine schweißnassen Schultern, fanden Halt. Sie schluchzte seinen Namen, als sie von der schmalen Kante des klaren Verstandes abstürzte. Er schlang ihre Haare um seine Hand und trieb sie erneut hoch. Und wieder. Dann verschloss er ihren Mund mit dem seinen und folgte ihr.

Deborah lag schwach auf dem Bett, einen Arm über ihre Augen gelegt, der andere schlaff von der Matratze hängend. Sie wusste, dass sie sich nicht bewegen konnte, war nicht sicher, ob sie sprechen konnte, bezweifelte sogar, dass sie überhaupt atmete.

Doch als Gage einen Kuss auf ihre Schulter drückte, erschauerte sie erneut.

„Ich wollte sanft mit dir sein."

Sie schaffte es, die Augen zu öffnen. Sein Gesicht war nahe. Sie fühlte seine Finger in ihrem Haar. „Dann wirst du es eben noch einmal versuchen müssen, bis du es richtig hinkriegst."

Ein Lächeln spielte um seinen Mund. „Ich habe das Gefühl, dass das noch lange dauern wird."

„Gut." Sie zeichnete sein Lächeln mit einer Fingerspitze nach. „Ich liebe dich, Gage. Das ist das Einzige, was heute Nacht eine Rolle zu spielen scheint."

„Es ist das Einzige, was überhaupt eine Rolle spielt." Er legte seine Hand auf ihre. Die Berührung enthielt eine Bindung, die genauso tief und intim war wie ihre Vereinigung. „Ich hole dir Champagner."

Mit einem zufriedenen Seufzen lehnte sie sich zurück, als er aufstand und zwei Gläser holte. „Ich dachte nie, dass es so sein könnte. Ich dachte nie, dass ich so sein könnte."

„Wie?"

Sie erhaschte einen Blick auf sich selbst in dem großen Spiegel auf der anderen Seite des Raums – nackt zwischen Kissen und zerwühlten Laken hingegossen. „So lüstern." Sie lachte über ihre Wortwahl. „Am College hatte ich den Ruf, sehr kühl, sehr eifrig und sehr unnahbar zu sein."

„Die Schule ist schon aus." Er setzte sich auf das Bett, reichte ihr ein Glas und stieß mit ihr an.

„Vermutlich. Aber auch danach, als ich bei der Staatsanwaltschaft anfing, blieb mir der Ruf erhalten." Sie zog die Nase kraus. „Die ernste O'Roarke."

„Heute Nacht gibt es nur dich und mich. Ich brauche das, Deborah. Und du auch."

Sie nickte. „Du hast recht. Ich bin schon wieder zu ernst."

„Das können wir ändern." Er hob lächelnd sein Glas zum Licht. Der Champagner perlte.

„Indem wir uns betrinken?", fragte sie mit hochgezogenen Augenbrauen.

„Mehr oder weniger." Als sich ihre Blicke trafen, lag ein Lächeln in ihnen. „Ich könnte dir doch eine weniger ... ernste Art zeigen, Champagner zu trinken." Er neigte sein Glas und ließ ein dünnes Rinnsal über ihre Brüste laufen.

10. KAPITEL

Gage verlor vollkommen das Gefühl für Zeit, während er Deborah im Schlaf betrachtete. Die Kerzen waren in ihrem eigenen heißen, duftenden Wachs erloschen, und ihr Geruch trieb wie eine Erinnerung dahin.

Deborah hatte eine Hand in seine gelegt, hielt sich sogar im Schlaf fest.

Die Schatten hoben sich, verblassten zu dem Perlgrau der Morgendämmerung. Er beobachtete, wie das zunehmende Licht auf ihr Haar, ihr Gesicht, ihre Schultern fiel. Genauso sachte folgte er dem Pfad des Lichts mit seinen Lippen. Aber er wollte sie nicht wecken.

Zu viel musste getan werden, zu viel, in das er Deborah noch nicht verwickeln wollte.

Er musste jetzt rasch vorgehen, weil jeder Tag, der ohne Antworten verstrich, ein weiterer Tag war, an dem Deborah in Gefahr schwebte. Es gab nichts Wichtigeres, als für ihre Sicherheit zu sorgen.

Er glitt von ihr weg und stand lautlos von dem Bett auf, um sich anzuziehen. Er musste Zeit aufholen, all die Stunden, die er mit ihr verbracht hatte und nicht auf den Straßen oder bei seiner Arbeit. Er blickte zurück, als sie sich bewegte und sich tiefer in die Kissen schmiegte. Sie würde bis zum Morgen durchschlafen. Und er konnte arbeiten.

Er drückte einen Knopf unterhalb der geschnitzten Holztäfelung an der dem Bett gegenüberliegenden Wand. Ein Paneel glitt beiseite. Gage trat in die Dunkelheit und schloss hinter sich die Öffnung.

Deborah blinzelte schläfrig. Hatte sie geträumt? Sie hätte schwören können, dass Gage in einer Art Geheimgang verschwunden war. Verblüfft stützte sie sich auf die Ellbogen. Im Schlaf hatte sie nach ihm getastet, und als sie ihn nicht fand, war sie in dem Moment erwacht, wo die Wand sich öffnete.

Kein Traum, versicherte sie sich, da er nicht neben ihr war und die Laken dort, wo er gelegen hatte, bereits auskühlten.

Noch mehr Geheimnisse, dachte sie und fühlte den Kummer, den sein mangelndes Vertrauen in ihr auslöste. Nach den Nächten, die sie miteinander verbracht hatten, nach der Liebe, die er ihr gezeigt hatte, nachdem er ihr klargemacht hatte, wie sehr er sie brauchte, schenkte er ihr noch immer nicht sein Vertrauen.

Dann musste sie es sich nehmen, sagte Deborah sich, als sie das Bett verließ. Sie wollte nicht herumsitzen und schmollen oder bitten und betteln, sondern fordern. In seinem Schrank fand sie einen Morgenmantel, weiche Baumwolle, stahlgrau, für sie wadenlang. Ungeduldig rollte sie die Ärmel hoch, bis sie nicht mehr störten, und begann, nach dem Mechanismus zu suchen, der das Paneel öffnete.

Obwohl sie die ungefähre Stelle kannte, brauchte sie zehn frustrierende Minuten, um den Mechanismus zu finden, und weitere zwei, um herauszufinden, wie er funktionierte. Zufrieden stieß sie den Atem aus, als das Paneel beiseiteglitt. Ohne zu zögern, betrat sie einen dunklen, schmalen Korridor.

Sie tastete sich mit einer Hand an der Wand entlang. Den erwarteten feuchten, unbewohnten Geruch fand sie nicht vor. Die Luft war sauber, die Wand glatt und trocken. Selbst als sich das Paneel hinter ihr schloss, fühlte sie sich in der völligen Dunkelheit nicht unbehaglich. Hier gab es bestimmt keine kratzenden und raschelnden Geräusche. Offenbar benutzte Gage diesen Durchgang häufig.

Sie suchte sich ihren Weg und strengte Augen und Ohren an. Korridore, gewunden wie Schlangen, zweigten von dem Hauptgang ab, aber Deborah folgte ihrem Instinkt und blieb auf der geraden Strecke. Bald darauf bemerkte sie vor sich ein schwaches Schimmern und bewegte sich etwas rascher. Eine halbkreisförmige Treppe mit abgerundeten Steinstufen führte in die Tiefe. Mit einer Hand fest auf dem dünnen Eisengeländer stieg sie die Treppe hinunter, wo sie drei Tunnels vor sich sah, die in verschiedene Richtungen führten.

„Verdammt, Gage, wohin bist du gegangen?“ Ihr Flüstern erzeugte ein schwaches Echo, ehe es erstarb.

Sie straffte die Schultern, ging durch einen Bogen, änderte ihre Meinung und kehrte zu dem mittleren Gang zurück. Erneut zögerte sie. Dann hörte sie es – schwach und träumerisch im letzten Tunnel. Musik.

Sie tauchte erneut in Dunkelheit, folgte dem Klang, während sie sich vorsichtig über den abschüssigen Steinboden bewegte. Sie hatte keine Ahnung, wie tief sie sich befand, aber die Luft wurde deutlich kühler. Die Musik wurde immer lauter, während die Helligkeit im

Tunnel zunahm. Deborah hörte ein mechanisches Summen und ein Klappern wie von einer Schreibmaschine.

Als sie aus der Tunnelöffnung trat, konnte sie nur dastehen und staunen.

Es war ein enormer Raum, der einer Steinhöhle glich mit seiner Kuppeldecke. Er erstreckte sich mehr als fünfzehn Meter in jede Richtung, war hell erleuchtet, mit einem riesigen Computersystem, mit Druckern und blinkenden Monitoren ausgerüstet. Fernsehschirme waren an einer Wandseite befestigt. Ein gewaltiger Plan von Urbana erstreckte sich über die gegenüberliegende Seite. Romantische Musik drang geisterhaft aus Lautsprechern, die sie nicht sehen konnte. Auf granitgrauen Arbeitsflächen standen Telefone, lagen stapelweise Fotos und Papiere.

Es gab einen Kontrollpult mit Schaltern und Knöpfen und Hebeln. Gage saß davor und ließ die Finger darüber huschen. Auf dem Plan blinkten Lichter. Gage beugte sich vor, arbeitete an den Reglern. Auf einem Computerschirm wurde die Karte reproduziert.

Er wirkte wie ein Fremder mit seinem grimmig angespannten Gesicht. Deborah fragte sich, ob er bewusst einen schwarzen Sweater und eine schwarze Jeans ausgesucht hatte.

Sie trat vor und kam die drei Steinstufen herunter. „Nun“, begann sie, als er sich rasch umdrehte, „das hast du auf meiner Besichtigungstour ausgelassen.“

„Deborah.“ Er stand auf und schaltete automatisch den Monitor ab. „Ich hatte gehofft, du würdest länger schlafen.“

„Sicher hast du das gehofft.“ Sie schob die geballten Hände tiefer in seinen Morgenmantel. „Offenbar habe ich deine Arbeit unterbrochen. Ein interessantes … Versteck“, bemerkte sie ironisch. „Nemesis-Stil, würde ich sagen. Dramatisch, geheim.“ Sie schob sich an einer Reihe Computer vorbei an die Karte heran. „Und gründlich“, murmelte sie. „Sehr gründlich.“ Sie wirbelte herum. „Eine Frage. Nur diese eine, die im Moment am wichtigsten erscheint. Mit wem schlafe ich eigentlich?“

„Ich bin derselbe Mann, mit dem du letzte Nacht zusammen warst.“

„Tatsächlich? Bist du derselbe Mann, der mir gesagt hat, dass er mich liebt, der es mir auf Dutzende wundervolle Arten gezeigt hat? Ist das noch derselbe Mann, der mich im Bett zurückgelassen hat, um hierher zu kommen? Wie lange wirst du mich noch belügen?"

„Das hat nichts mit Belügen zu tun. Das ist etwas, das ich tun muss. Ich dachte, du würdest das verstehen."

„Dann hast du dich geirrt. Ich verstehe nicht, dass du das vor mir geheim halten wolltest. Dass du ohne mich arbeiten und Informationen vor mir zurückhalten wolltest."

Er schien sich vor ihren Augen zu verändern, wirkte entrückt und kühl und hochmütig. „Du hast mir zwei Wochen Zeit gegeben."

„Verdammt, ich habe dir mehr als das gegeben. Ich habe dir alles gegeben." Ihre Augen schimmerten von Emotionen, als Schmerz und Zorn um die Vorherrschaft kämpften. Doch sie hob die Hand, als Gage Anstalten machte, auf sie zuzugehen. „Nein, nicht. Diesmal wirst du meine Gefühle nicht benützen."

„Also schön. Es hat nichts mit Gefühlen zu tun, sondern mit Logik. Das solltest du zu schätzen wissen, Deborah. Dies hier ist meine Arbeit. Deine Anwesenheit hier ist so unnötig, wie es meine Anwesenheit im Gerichtssaal wäre."

Sie spuckte das Wort förmlich aus. „Es ist nur logisch, wenn es deinen Zwecken dient. Hältst du mich für eine Närrin? Glaubst du, ich sehe nicht, was passiert?" Sie deutete scharf auf die Monitore. „Bleiben wir streng professionell. Du besitzt alle Informationen, die ich mühselig ausgegraben habe. Alle Namen, alle Zahlen und viel, viel mehr, als ich aufdecken konnte. Trotzdem hast du nichts davon verlauten lassen. Und hättest es auch nicht getan."

Die undurchdringliche Wand schloss sich wieder um ihn. „Ich arbeite allein."

„Ja, das ist mir bewusst." Bitterkeit floss in ihre Stimme ein, während sie auf ihn zuging. „Keine Partner. Ausgenommen im Bett. Dort bin ich für dich als Partner gut genug."

„Das eine hat nichts mit dem anderen zu tun." Seine Stimme wurde schärfer.

„Alles hat damit zu tun!" Sie schrie fast. „Das eine hat alles mit dem anderen zu tun. Wenn du mir nicht in jeder Hinsicht vertrauen, mich in jeder Hinsicht respektieren, in jeder Hinsicht zu mir ehrlich sein kannst, dann gibt es gar nichts zwischen uns."

„Verdammt, Deborah, du weißt nicht alles." Er packte sie an den Armen. „Du verstehst nicht alles."

„Nein, allerdings nicht, aber auch nur, weil du es nicht zulässt."

„Weil ich es nicht zulassen kann", verbesserte er und hielt sie fest, als sie sich losreißen wollte. „Es gibt einen Unterschied, ob ich dich belüge oder Informationen zurückhalte. Das hier ist nicht schwarz oder weiß."

„Doch, ist es schon."

„Das sind gefährliche Männer. Ohne Gewissen, ohne Moral. Du hast kaum die Oberfläche angekratzt, und sie haben schon versucht, dich umzubringen. Ich werde dich keinem Risiko aussetzen." Er schüttelte sie, um jedes Wort zu unterstreichen. „Kein Risiko für dich!"

„Wenn du mich liebst, musst du den ganzen Menschen lieben, der ich bin. Ich fordere das, genau wie ich fordere, den ganzen Menschen, der du bist, zu kennen und zu lieben." Sie sah etwas in seinen Augen flackern und bekräftigte ihren Standpunkt. „Ich kann für dich keine andere werden, jemand, der dasitzt und darauf wartet, dass man sich um ihn kümmert."

„Darum bitte ich dich auch nicht."

„Nein? Wenn du mich jetzt nicht akzeptieren kannst, wirst du das nie können. Gage, ich will ein Leben mit dir. Nicht nur ein paar Nächte im Bett, sondern ein ganzes Leben. Kinder, ein Heim, Gemeinsamkeit. Aber wenn du mit mir nicht teilen kannst, was du weißt und wer du bist, kann es keine Zukunft für uns geben." Sie riss sich von ihm los. „Und wenn das der Fall ist, wäre es für uns beide besser, wenn ich dich jetzt verlasse."

„Nicht!"

Er griff nach ihr, bevor sie sich abwenden konnte. So tief auch sein eigener Überlebensinstinkt saß, er war nichts im Vergleich zu einem Leben ohne sie. „Ich brauche dein Wort." Seine Finger umschlossen die ihren. „Ich brauche dein Wort, dass du keinerlei Risiko eingehst und hierher zu mir ziehst, wenigstens bis das alles vorüber ist. Was immer wir hier finden, muss hierbleiben. Du kannst nicht riskieren, es zur Staatsanwaltschaft zu bringen. Noch nicht."

„Gage, ich bin verpflichtet …"

„Nein", unterbrach er sie. „Was immer wir tun, was immer wir finden, bleibt hier, bis wir für den entscheidenden Schlag bereit sind. Mehr als das kann ich dir nicht anbieten, Deborah. Ich bitte dich lediglich um einen Kompromiss."

Der ihn viel kostete. Sie konnte es erkennen. „Also schön. Ich werde nichts zu Mitchell tragen, bevor wir beide uns sicher sind. Aber ich will alles, Gage. Alles." Ihre Stimme wurde ruhiger, ihre Hände sanfter. „Glaubst du, ich erkenne nicht, dass du etwas vor mir verbirgst, das nichts mit geheimen Räumen oder Daten zu tun hat? Ich weiß es, und es tut mir weh."

Er wandte sich ab. Wenn er ihr alles geben musste, hatte er keine andere Wahl, als bei sich selbst zu beginnen. Die Stille dehnte sich zwischen ihnen, bevor er sie durchbrach. „Es gibt etwas, das du nicht über mich weißt, Deborah. Etwas, das dir vielleicht nicht gefallen wird oder das du nicht akzeptieren kannst."

Ihr Mund wurde trocken, und ihr Puls schlug unregelmäßig. „Hast du so wenig Vertrauen zu mir?"

Er legte sein ganzes Vertrauen in sie. „Ich hatte kein Recht, die Dinge zwischen uns sich so weit entwickeln zu lassen, ohne dir klarzumachen, was ich bin." Er streckte die Hand aus, um ihre Wange zu berühren und hoffte, es würde nicht das letzte Mal sein. „Ich wollte dir keine Angst einjagen."

„Du jagst mir jetzt Angst ein. Was immer du mir zu sagen hast, sag es mir einfach. Wir finden dann schon einen Weg."

Wortlos ging Gage zu der Steinwand, drehte sich um und sah Deborah an. Und plötzlich hatte sie Schwierigkeiten, ihn zu erkennen, ihren Blick auf ihn gerichtet zu halten. Sie glaubte ihn zu sehen, sah die Steinwand … oder doch Gage … dann nur die Steinwand … als würde ihr jemand einen Schleier vor die Augen legen, einen Schleier, auf dem sich das Abbild der Wand befand, sodass es Gage verdeckte …

Noch während ihr Verstand nicht verarbeitet hatte, was ihre Augen zu sehen glaubten, kehrte er zurück, ein Stück neben der Stelle, an der sie ihn zuletzt klar und deutlich gesehen hatte.

Deborah räusperte sich. „Seltsamer Zeitpunkt für Zauberkunststücke!"

„Das ist kein Kunststück." Er ging auf sie zu und fragte sich, ob sie vor ihm zurückweichen würde. „Zumindest nicht so, wie du es meinst."

„Alle diese Geräte, die du hier unten hast …" Sie klammerte sich an Logik. „Was immer du eingesetzt hast, es erzeugt eine beachtliche optische Illusion." Sie schluckte. „Ich schätze, das Pentagon wäre daran interessiert."

„Es ist keine Illusion." Er berührte ihren Arm, und obwohl sie sich nicht vor ihm zurückzog, war ihre Haut kalt. „Du hast Angst vor mir."

„Das ist absurd." Doch ihre Stimme zitterte. „Es war nur ein Trick, ein sehr wirkungsvoller, aber …"

Sie brach ab, als er, direkt vor ihr stehend, erneut immer schwerer auszumachen war, bis er nur noch wie ein Rauchschleier wirkte.

„O Himmel, das ist unmöglich." Erschrocken tastete sie nach ihm und atmete auf, als er sich wieder klar zeigte.

„Es ist möglich." Er legte die Hand sanft an ihre Wange.

Sie hob ihre zitternden Finger zu den seinen. „Lass mir einen Moment Zeit." Vorsichtig wandte sie sich ab und ging ein paar Schritte weg. Die Zurückweisung traf ihn wie eine Klinge.

„Es tut mir leid." Mit großer Anstrengung hielt er seine Stimme unter Kontrolle. „Ich wusste keine bessere Möglichkeit, es dir zu zeigen. Hätte ich versucht, es zu erklären, hättest du mir nicht geglaubt."

„Nein, nein, das hätte ich nicht getan." Sie hatte es gesehen. Trotzdem wollte ihr Verstand noch immer behaupten, dass sie es nicht gesehen hatte. Ein Kunststück, ein Trick, mehr nicht! Obwohl es angenehm gewesen wäre, alles abzuweisen, erinnerte sie sich daran, wie oft Nemesis vor ihren Augen scheinbar verschwunden war.

Sie drehte sich um und sah, dass Gage sie angespannt beobachtete. Kein Trick. Als sie die Wahrheit akzeptierte, rieb sie mit den Händen über ihre Arme, um sie zu wärmen.

„Wie machst du das?"

„Ich bin mir nicht ganz sicher. Irgendetwas ist mit mir geschehen, während ich im Koma lag. Irgendetwas hat mich verändert. Ein paar Wochen nach meinem Erwachen entdeckte ich durch Zufall, dass ich andere Menschen so beeinflussen kann, dass sie mich kaum oder gar nicht wahrnehmen."

Sie fasste sich an den Kopf und stieß ein kurzes, bebendes Lachen aus. „Ich weiß, dass ich dich nicht verstehe."

„Ich verschwieg, was ich bin. Darin war ich nicht ehrlich zu dir. Der Mann, in den du dich verliebt hast, war normal."

Verblüfft ließ sie die Hand sinken. „Ich kann dir nicht folgen. Ich habe mich in dich verliebt."

„Verdammt, ich bin nicht normal!" Seine Augen blitzten wütend. „Ich werde es nie sein. Ich werde diese Fähigkeit mit mir herumschleppen, bis ich sterbe. Ich kann dir nicht sagen, woher ich es weiß. Ich weiß es eben."

„Gage ..." Doch als sie die Hand nach ihm ausstreckte, wich er zurück.

„Ich will nicht dein Mitleid."

„Du hast es gar nicht", fauchte sie. „Warum auch? Du bist nicht krank. Wenn überhaupt, dann bin ich wütend, weil du das vor mir zurückgehalten hast. Und ich weiß auch, warum." Sie fuhr sich mit beiden Händen durch das Haar, während sie ein Stück von ihm wegging. „Du hast gedacht, ich würde davonlaufen, nicht wahr? Du hast gedacht, ich wäre zu schwach, zu dumm oder zu zerbrechlich, um damit fertig zu werden. Du hast meiner Liebe nicht vertraut." Der Zorn kam so schnell, dass sie ihn blindlings gegen Gage richtete. „Du hast meiner Liebe nicht vertraut", wiederholte sie. „Zum Teufel mit dir! Ich liebe dich, und ich werde dich immer lieben!"

Sie wirbelte herum und lief zu der Treppe. Er fing sie an der untersten Stufe ab, drehte sie zu sich herum und zog sie an sich, während sie ihn verwünschte und sich wehrte.

„Nenne mich, was du willst." Er hielt sie an den Schultern fest und schüttelte sie einmal. „Ohrfeige mich meinetwegen, aber verlass mich nicht!"

„Das hast du von mir erwartet, nicht wahr?" Sie warf den Kopf zurück und drängte von ihm weg. „Du hast erwartet, dass ich mich umdrehe und weglaufe."

„Ja."

Sie wollte ihn anschreien. Dann sah sie, was in seinen Augen stand, was er so heftig unterdrückte. Es war Angst. Die Vorwürfe schmolzen dahin. „Du hast dich getäuscht", sagte sie ruhig. Ihre Augen noch immer auf seine gerichtet, legte sie die Hände an sein Gesicht, stellte sich auf dic Zehenspitzen und küsste ihn.

Ein Schauer. Von ihm, von ihr. Eine doppelte Woge der Erleichterung. Er zog sie wieder an sich, heftig, verzehrend. So groß seine Angst auch gewesen war, jetzt wurde sie von Verlangen ersetzt. Es war nicht Mitleid, was er auf ihren Lippen schmeckte, sondern Leidenschaft.

Kleine verführerische Laute entrangen sich ihrer Kehle, als sie sich von dem Morgenmantel befreite. Sie tat mehr, als nur sich selbst anzubieten. Sie forderte, dass er sie so nahm, wie sie war, dass er sich selbst nehmen ließ. Mit einer Verwünschung, die in einem Stöhnen endete, ließ er die Hände über sie gleiten. Er war in Wahnsinn gefangen, einem reinigenden Wahnsinn.

Ungeduldig zerrte sie an seinem Hemd. „Liebe mich." Ihre Augen blickten ihn so herausfordernd an, wie ihre Stimme klang. „Liebe mich jetzt."

Sie zog noch an seinen Kleidern, während sie beide zu Boden sanken.

Wild und hektisch. Erhitzt und hungrig. Sie trafen aufeinander. Kraft sprang über wie sturmentfachte Flammen. So war es bisher jedes Mal zwischen ihnen gewesen, aber jetzt war da noch mehr, dachte sie, während ihr Körper immer wieder erschauerte. Jetzt waren sie eine Einheit. Gefühl füreinander mischte sich mit Vertrauen, Verwundbarkeit und Hunger. Sie hatte Gage nie heftiger begehrt.

Ihre Hände gruben sich in sein dunkles Haar, als sie sich über ihn erhob. Sie musste sein Gesicht sehen, seine Augen. „Ich liebe dich." Der Atem stockte in ihrer Kehle. „Lass dir zeigen, wie sehr ich dich liebe."

Beweglich und rasch schob sie sich über ihn, strich mit dem Mund über seinen Hals, seine Brust, hinunter zu seinen harten Bauchmuskeln, die unter ihren feuchten, suchenden Lippen erbebten. Das Blut pochte in seinem Kopf, seinem Herzen, seinen Lenden.

Sie war ein Wunder, das zweite, das ihm während seines Lebens geschenkt worden war. Als er nach ihr griff, griff er nach Liebe und Rettung.

Ihre Augen waren offen, ihre Körper vereint, bis sie gemeinsam den endgültigen Schritt taten.

Kraftlos sank Deborah auf ihn. Ihr Mund strich über seinen, ehe sie den Kopf an seine Schulter lehnte. Nie hatte sie sich schöner, begehrenswerter und vollständiger gefühlt als bei dem wilden Trommeln seines Herzens unter ihr.

Ihre Lippen lächelten, als sie den Kopf drehte und sie an seinen Hals drückte. „Das war meine Art, dir zu zeigen, dass du an mir festhängst."

„Ich mag die Art, wie du dich ausdrückst." Sanft strich er mit einer Hand an ihrem Rückgrat auf und ab. Sie gehörte ihm. Er war ein Narr, dass er jemals daran gezweifelt hatte. An ihr gezweifelt hatte. „Soll das heißen, dass mir verziehen wurde?"

„Nicht unbedingt." Sie stützte sich auf seine Schultern und stemmte sich hoch. „Ich verstehe nicht, wer du bist. Vielleicht werde ich das nie tun. Aber eines verstehe ich. Ich will alles oder nichts."

Er legte sehr leicht seine Hand auf die ihre. „Ist das ein Heiratsantrag?"

Sie zögerte nicht. „Ja."

„Willst du jetzt eine Antwort?"

Sie zog ihre Augen zusammen. „Ja. Und glaube nicht, dass du da herauskommst, indem du einfach verschwindest. Ich würde ganz einfach nur warten, bis du wiederkommst."

Er lachte, erstaunt, dass sie über etwas scherzen konnte, wovon er so sicher gewesen war, dass es sie abstoßen würde. „Dann vermute ich, wirst du einen anständigen Mann aus mir machen müssen."

„Das habe ich vor." Sie küsste ihn kurz und schlüpfte in den Morgenmantel. „Keine lange Verlobungszeit."

„Okay."

„Sobald wir die Sache abschließen und Cilla und Boyd die Kinder herbringen können, heiraten wir."

„Einverstanden." Humor tanzte in seinen Augen. „Noch etwas?"

„Ich will sofort Kinder."

Er zog seine Jeans an. „Irgendeine bestimmte Anzahl?"

„Eines nach dem anderen."

„Klingt vernünftig."

„Und …"

„Warte einen Moment." Er ergriff ihre Hände. „Deborah, ich will mit dir verheiratet sein, den Rest meines Lebens mit dir verbringen und wissen, dass ich dich jedes Mal finde, wenn ich die Hand nach dir ausstrecke. Und ich will eine Familie, unsere Familie." Er presste die Lippen auf ihre Finger. „Ich will immer mit dir zusammen sein." Er sah, wie sie Tränen zurückdrängte, und küsste sie sanft. „Aber im Moment möchte ich etwas anderes."

„Was?"

„Frühstück."

Mit einem erstickten Lachen schlang sie die Arme um ihn. „Ich auch."

Deborah und Gage aßen in der Küche, lachend und sich wohlfühlend, als hätten sie schon immer die erste Mahlzeit des Tages miteinander geteilt.

Als Frank hereinkam, blieb er in der Küchentür stehen und nickte Deborah höflich zu. „Brauchen Sie heute Morgen etwas, Mr Guthrie?"

„Sie weiß Bescheid, Frank." Gage legte die Hand an Deborahs Arm. „Sie weiß alles."

Ein breites Grinsen erschien auf Franks ernstem Gesicht. „Na, war ja auch Zeit." Alle vorgespielte Förmlichkeit fiel von ihm ab, als er durch die Küche schlenderte und nach einem Toast griff. Er setzte sich in die halbkreisförmige Frühstücksecke, biss in den Toast und winkte mit der verbliebenen Hälfte. „Ich habe ihm gleich gesagt, dass Sie nicht abhauen, wenn Sie seine Nummer mit dem Verschwinden sehen. Dafür sind Sie zu tough."

„Danke." Deborah lachte leise, und der Rest der Toastscheibe verschwand mit einem Bissen.

„Ich kenne mich mit Menschen aus", fuhr Frank fort und nahm ein Tablett mit Schinken von Gage entgegen. „In meinem Beruf – meinem früheren Beruf – musste man jemanden schnell einschätzen. Und ich war gut, wirklich gut … richtig, Gage?"

„Richtig, Frank."

„Ich konnte ein Opfer schon über zwei Blocks ausmachen." Er deutete mit einem Stück Schinken auf Deborah. „Sie sind kein Opfer."

Und sie hatte ihn als starken, stillen Typ eingeschätzt. „Sie sind schon lange bei Gage?"

„Acht Jahre – nicht gezählt die paarmal, die er mich eingebuchtet hat." Er grinste. „Hey, ich mag sie, Gage. Sie ist in Ordnung. Ich habe Ihnen gleich gesagt, dass sie in Ordnung ist.“

„Ja, das haben Sie. Deborah bleibt hier, Frank. Was halten Sie davon, Trauzeuge zu werden?“

„Im Ernst?“ Deborah dachte, dass Franks Grinsen jetzt nicht noch breiter werden konnte. Dann sah sie das Glitzern von Tränen in seinen Augen. In diesem Moment verlor sie ihr Herz an ihn.

„Im Ernst.“ Sie beugte sich vor, nahm seinen großen Kopf zwischen ihre Hände und küsste ihn fest auf den Mund. „Hier, Sie sind der Erste, der die zukünftige Braut küssen darf.“

„Was sagt man dazu.“ Bei seinem feuerrot anlaufenden Gesicht musste Deborah das Lachen unterdrücken. „Was sagt man dazu.“

„Ich möchte, dass Deborah heute ein paar Sachen herbringt“, warf Gage ein.

Sie blickte an den Morgenmantel hinunter. Abgesehen von diesem geliehenen Kleidungsstück hatte sie noch ein Abendkleid, ein Paar Strümpfe und eine Abendtasche dabei. „Ich könnte ein paar Dinge gebrauchen.“ Doch sie dachte an den großen Raum im Keller, an die Computer, an die Informationen, die Gage in der Hand hatte.

Gage hatte keine Schwierigkeiten, ihrem Gedankengang zu folgen. „Hast du jemanden, der dir das Nötige zusammenstellen kann? Frank könnte in dein Apartment fahren und die Sachen holen.“

„Ja. Ich dachte an Mrs Greenbaum. Ich rufe eben an.“

Eine halbe Stunde später war Deborah wieder in Gages Geheimgewölbe, eine seiner Jeans mit dem Gürtel seines Morgenmantels hochgebunden und in einem weißen Hemd, das bis zu ihren Schenkeln reichte. Die Hände in die Hüften gestützt, betrachtete sie die Karte, während Gage erklärte.

„Das sind Punkte, an denen größere Drogendeals stattgefunden haben. Ich konnte ein paar der Boten überprüfen.“

„Warum hast du die Informationen nicht der Polizei übergeben?“

Er warf ihr einen kurzen Blick zu. In diesem Punkt mochten sie nie übereinstimmen. „Das würde der Polizei nicht helfen, näher an die Spitzenmänner heranzukommen. Im Moment arbeite ich an dem Muster.“ Er trat an einen der Computer und winkte Deborah gleich darauf zu sich. „Keine der Übergaben ist von den anderen weniger als zwanzig Blocks entfernt.“ Er deutete auf die Wiedergabe auf dem

Monitor. „Die Zeitspanne zwischen den einzelnen Übergaben ist ungefähr gleich." Er drückte ein paar Tasten. Eine Liste von Daten rollte über den Schirm. „Zwei Wochen, manchmal drei."

Sie betrachtete konzentriert den Schirm. „Kann ich davon einen Ausdruck haben?"

„Warum?"

„Ich möchte es durch meinen Computer im Büro laufen lassen. Sehen, ob ich irgendwelche Querverbindungen finde."

„Das ist nicht sicher." Bevor sie widersprechen konnte, ergriff er ihre Hand und führte sie an einen anderen Arbeitsplatz. Er tippte einen Code in die Tastatur und holte eine Seite auf den Schirm. Deborah blieb vor Überraschung der Mund offen stehen, als sie ihre eigene Arbeit auf dem Monitor sah.

„Du hast mein System angezapft", murmelte sie.

„Der Punkt ist, wenn ich es kann, kann es auch ein anderer. Alles, was du brauchst, findest du hier."

„Offenbar." Sie setzte sich und wusste absolut nicht, was sie davon halten sollte, dass Gage oder sonst jemand ihr über die Schulter sah, wenn sie arbeitete. „Bin ich auf der richtigen Fährte?"

Wortlos tippte er einen neuen Code ein. „Du hast dich nach den Gesellschaften und den Direktoren gerichtet. Ein logischer Ansatzpunkt. Wer immer diese Organisation aufgezogen hat, versteht sein Geschäft. Vor vier Jahren hatten wir nicht die Informationen oder die Technik, um so nahe heranzukommen. Deshalb mussten wir losziehen und den Ring ganz persönlich infiltrieren." Namen glitten vorbei, von denen sie einige erkannte, andere nicht. Bei allen war „verstorben" vermerkt. „Damals klappte es nicht, weil es ein Leck gab. Jemand, der über die getarnte Aktion Bescheid wusste, gab die Information an die andere Seite weiter. Montega hat auf uns gewartet. Er wusste, dass wir Cops waren. Er musste an jenem Abend auch genau unsere Aufstellung gekannt haben, bis zum letzten Mann. Andernfalls hätte er nie zwischen den Teams unserer Rückendeckung durchschlüpfen können."

„Ein anderer Cop?"

„Das ist eine Möglichkeit. Wir hatten an jenem Abend zehn handverlesene Männer im Team. Ich habe jeden einzelnen überprüft, ihre Bankkonten, ihre Akten, ihren gesamten Lebensstil. So weit habe ich nichts gefunden."

„Wer wusste noch Bescheid?"

„Mein Captain, der Commissioner, der Bürgermeister." Er machte eine unruhige Bewegung mit den Schultern. „Vielleicht noch mehr Leute. Wir waren nur Cops. Sie haben uns nicht alles gesagt."

„Wenn du das Muster findest, was dann?"

„Ich warte. Ich beobachte, und ich verfolge. Der Mann mit dem Geld führt mich zu dem Mann mit der Befehlsgewalt. Und er ist derjenige, den ich haben will."

„Während du danach suchst, möchte ich mich auf die Suche nach Namen konzentrieren – auf den gemeinsamen Angelpunkt."

„In Ordnung." Er strich ihr über das Haar und ließ die Hand auf ihrer Schulter liegen. „Dieses Gerät ist dem ähnlich, das du im Büro gebrauchst. Es hat ein paar ..."

„Woher weißt du das?", unterbrach sie ihn.

Er musste lächeln. „Deborah ... es gibt nichts, was ich nicht über dich weiß."

Unbehaglich rückte sie ab und stand auf. „Finde ich meinen Namen in einem dieser Geräte eingespeichert?"

Er beobachtete sie und wusste, dass er sich auf dünnem Eis bewegte. „Ja. Ich sagte mir, es sei Routine, aber in Wahrheit war ich in dich verliebt und gierig nach allen Details. Ich weiß auf die Minute, wann du geboren wurdest, und wo. Ich weiß, dass du dir mit fünf das Handgelenk gebrochen hast, als du von einem Fahrrad gefallen bist, und dass du nach dem Tod deiner Eltern zu deiner Schwester und ihrem ersten Ehemann gezogen bist. Und nachdem deine Schwester sich hat scheiden lassen, bist du mit ihr herumgezogen. Richmond, Chicago, Dallas. Endlich Denver, wo du das College cum laude innerhalb von drei Jahren bestanden hast. Danach bist du hierher zur Staatsanwaltschaft gekommen, obwohl du Angebote von Spitzenanwaltsfirmen hattest."

Sie rieb die Hände an der Jeans. „Es ist seltsam, eine solche Kurzversion seines eigenen Lebens zu hören."

„Es gab Dinge, die ich nicht von dem Computer erfahren konnte." Die wichtigen Dinge, dachte er. Die lebenswichtigen Dinge. „Wie dein Haar duftet, wie deine Augen indigofarben werden, wenn du wütend oder erregt bist. Welche Gefühle du in mir auslöst, wenn du mich berührst. Ich will nicht abstreiten, dass ich in deine Privatsphäre eingedrungen bin, aber ich werde mich nicht dafür entschuldigen."

Sie stieß den Atem aus. „Ich kann vermutlich nicht allzu beleidigt sein, da ich dich auch überprüft habe."

Er lächelt. „Ich weiß."

Sie schüttelte lachend den Kopf. „Also gut, machen wir uns an die Arbeit."

Sie hatten gerade Platz genommen, als eines der drei Telefone auf der langen Arbeitsfläche klingelte. Deborah blickte kaum hoch, als Gage den Hörer abhob.

„Guthrie."

„Gage, hier ist Frank. Ich bin in Deborahs Apartment. Sie sollten lieber herkommen."

11. KAPITEL

Deborahs Herz schlug heftig, als sie aus dem Aufzug und durch den Korridor hetzte, einen Schritt vor Gage. Franks Anruf hatte sie beide in Rekordzeit in Gages Aston Martin quer durch die Stadt jagen lassen.

Die Tür stand offen. Deborah erstarrte auf der Schwelle und hielt den Atem an, als sie die Zerstörung ihres Apartments sah. Vorhänge waren zerschnitten, Erinnerungsstücke zerschlagen, Tische und Stühle böswillig zerbrochen und in Trümmern auf den Boden geschleudert. Das erste Stöhnen entschlüpfte ihr, bevor sie Lil Greenbaum auf den Überresten des aufgeschlitzten Sofas entdeckte, ihr Gesicht tödlich weiß.

„O Himmel!“ Sie lief zum Sofa und sank vor der alten Dame auf die Knie. „Mrs Greenbaum!“ Sie griff nach der kalten zerbrechlichen Hand.

Lils dünne Lider hoben sich bebend, und ihre kurzsichtigen Augen versuchten, ohne die Hilfe der Brille etwas zu erkennen. „Deborah …“ Obwohl ihre Stimme schwach war, brachte sie ein leichtes Lächeln zustande. „Das hätten die nie geschafft, hätten sie mich nicht überrascht.“

„Sie sind verletzt.“ Sie blickte auf, als Frank mit einem Kissen aus dem Schlafzimmer kam. „Haben Sie einen Krankenwagen gerufen?“

„Sie hat es nicht zugelassen.“ Sachte schob er das Kissen unter Lils Kopf.

„Brauche keine Ambulanz. Hasse Krankenhäuser. Nur eine Beule am Kopf“, sagte Lil und drückte Deborahs Hand. „Es ist nicht meine erste.“

„Wollen Sie, dass ich vor Sorge krank werde?“ Während sie sprach, schob Deborah die Finger an Lils Puls.

„Ihr Apartment befindet sich in einem schlimmeren Zustand als ich.“

„Meine Sachen lassen sich leicht ersetzen. Aber wie sollte ich Sie ersetzen?“ Sie küsste Lils knorrige Hand. „Bitte, für mich.“

Lil gab sich geschlagen und stieß einen Seufzer aus. „Also gut, dann sollen sie an mir herumfummeln, aber ich bleibe nicht im Krankenhaus.“

„Auch gut." Sie drehte sich um, doch Gage hob schon den Hörer ab.

Die Leitung war tot.

„Mrs Greenbaums Apartment liegt genau gegenüber."

Gage nickte Frank zu.

„Die Schlüssel …", begann Deborah.

„Frank braucht keine Schlüssel." Gage kauerte sich neben Deborah.

„Mrs Greenbaum, können Sie uns schildern, was geschehen ist?"

Sie betrachtete ihn, wobei sie die Augen zusammenkniff und aufriss, als sie ihn einigermaßen klar sah. „Ich kenne Sie, nicht wahr? Sie haben Deborah gestern abgeholt, herausgeputzt mit einem Smoking."

Er lächelte sie an.

„Mrs Greenbaum." Deborah ließ sich auf ihre Fersen zurücksinken. „Sie brauchen nicht Heiratsvermittlerin zu spielen … dafür haben wir schon selbst gesorgt. Erzählen Sie uns, was mit Ihnen passiert ist."

„Ich habe gerade das dunkelblaue Nadelstreifenkostüm herausgeholt, als ich ein Geräusch hinter mir hörte." Sie verzog das Gesicht. „Ich hätte es schon früher gehört, aber ich hatte das Radio eingeschaltet, als ich hereinkam. Wird mich lehren, mir die Hitparade nicht mehr anzuhören. Ich wollte mich umdrehen, und – bumm! Jemand hat mein Licht ausgeknipst."

Deborah senkte den Kopf auf Lils Hand. Verwirrte und heftige Emotionen zerrten an ihr. Wut, Entsetzen, Schuld. Was für ein Mensch schlägt eine siebzigjährige Frau nieder!

„Es tut mir leid", sagte sie so ruhig, wie sie überhaupt konnte. „Es tut mir so leid …"

„Es ist nicht Ihre Schuld."

„Doch, ist es schon." Sie hob den Kopf, „Das war alles nur wegen meiner Bequemlichkeit. Ich wusste, dass jemand hinter mir her ist, aber ich habe Sie gebeten, hier hereinzugehen. Ich habe nicht nachgedacht. Ich habe einfach nicht nachgedacht."

„Also, das ist Unsinn. Ich bin diejenige, die eins auf die Birne bekommen hat, und ich kann Ihnen sagen, ich bin verdammt wütend darüber. Wäre ich nicht überrascht worden, hätte ich mein Karatetraining anwenden können.“ Lils Mund wurde energisch. „Ich würde gern noch einen zweiten Versuch starten. Ist noch nicht so viele Jahre her, da konnte ich Mr Greenbaum auf die Matte legen, und ich bin noch immer in Form.“ Sie blickte auf, als die Sanitäter durch die Tür kamen. „O Lord“, stöhnte sie verdrossen. „Jetzt bin ich dran.“

Gages Arm um die Schultern, stand Deborah da, während Lil die Sanitäter herumkommandierte, bis sie sie auf einer Trage hinaustrugen.

„Eine beachtliche Frau“, stellte Gage fest.

„Sie ist die Beste.“ Als ihr die Tränen in die Augen stiegen, biss Deborah sich auf die Lippe. „Ich weiß nicht, was ich tun sollte, wenn …“

„Sie kommt wieder in Ordnung.“ Er drückte sie kurz und wandte sich an Frank. „Was war?“

„Die Tür war nicht verschlossen, als ich herkam.“ Der große Mann deutete mit dem Daumen auf den Eingang. „Aufgebrochen. Dann habe ich das hier vorgefunden.“ Er deutete auf das Chaos im Wohnzimmer. „Ich habe mir den Rest der Wohnung angesehen und die Lady im Schlafzimmer gefunden. Sie ist gerade zu sich gekommen. Hat versucht, mir einen Haken zu versetzen.“ Er lächelte Deborah zu. „Sie ist eine zähe alte Lady. Ich habe sie beruhigt, dann habe ich Sie angerufen.“

Gage nickte. „Ich möchte, dass Sie für mich ein paar Dinge erledigen.“ Er wandte sich wieder an Deborah und legte seine Hände sachte an ihr Gesicht. „Ich lasse ihn die Polizei rufen“, sagte er, da er wusste, wie ihr Verstand arbeitete. „Warum siehst du nicht in der Zwischenzeit nach, ob du irgendetwas retten kannst, das du bis morgen brauchst?“

„In Ordnung.“ Sie stimmte zu, weil sie einen Moment allein sein musste. Im Schlafzimmer presste sie die Hände vor den Mund. Hier hatte eine solche Bösartigkeit getobt, eine solche Wut, und doch lag in der Zerstörung ein kaltes System, das alles nur umso erschreckender machte.

Deborah und Gage verbrachten Stunden in der Höhle unter seinem Haus, überprüften Daten, gaben neue ein. Als das Telefon klingelte, hörte Deborah es nicht einmal. Gage musste zweimal ihren Namen rufen, bevor sie aus ihrer konzentrierten Trance erwachte.

„Ja, was?“

„Es ist für dich.“ Er hielt den Hörer hoch. „Jerry Bower.“

Sie runzelte die Stirn, fühlte sich gestört und nahm den Anruf entgegen. „Ja, Jerry?“

„Lieber Himmel, Deborah, bist du in Ordnung?“

„Ja, es geht mir gut. Woher weißt du, wo ich bin?“

Sie konnte ihn aufatmen hören. „Ich habe stundenlang versucht, dich zu erreichen, um mich davon zu überzeugen, dass es dir nach der letzten Nacht gut geht. Endlich bin ich zu deiner Wohnung gefahren, um mich selbst zu überzeugen, und bin mit etlichen Cops und diesem kleinen Wiesel Wisner zusammengetroffen. Dein Apartment ...“

„Ich weiß. Ich war da.“

„Was zum Teufel geht da vor sich, Deb? Der Bürgermeister wird explodieren, wenn er das hört. Was soll ich ihm sagen?“

„Sag ihm, er soll sich auf die Wahl nächste Woche konzentrieren.“ Sie rieb sich die Schläfe. „Ich kenne bereits seinen Standpunkt in dieser Sache, und er kennt meinen. Du machst dich nur selbst verrückt, wenn du versuchst, den Schlichter zu spielen.“

„Sieh mal, ich arbeite für ihn, aber ich bin mit dir befreundet. Vielleicht kann ich etwas tun.“ Jerry zögerte leicht. „Sei vorsichtig, ja?“

„Werde ich sein.“

Sie legte auf und neigte den Kopf von einer Seite auf die andere, um die Verspannungen wegzubekommen.

Gage warf ihr einen Blick zu. „Ich würde ganz gern in einer ganzseitigen Annonce in der ‚World‘ unsere Verlobung ankündigen.“

Sie sah ihn verwirrt an, lachte dann. „Meinst du wegen Jerry? Sei nicht albern. Wir sind nur Kameraden.“

„Mmm-hmm.“

Lächelnd ging sie zu ihm und legte die Arme um seine Taille. „Es hat keinen einzigen lüsternen Kuss zwischen uns gegeben. Übrigens genau das, was ich jetzt gebrauchen könnte.“

„Ich glaube, ich habe zumindest einen auf Vorrat.“ Er senkte den Kopf.

Als er sie küsste, fühlte sie, wie die Spannung aus ihr wich.

„Ich störe wirklich nur ungern.“ Frank kam mit einem großen

Tablett aus dem Gang. „Aber da Sie beide so hart arbeiten …" Er lächelte breit. „Ich dachte, Sie sollten essen, um bei Kräften zu bleiben."

„Danke." Deborah zog sich von Gage zurück und schnupperte. „Himmel, was ist das?"

„Mein spezielles, garantiert die Kehle herunterbrennendes Chili." Er blinzelte ihr zu. „Glauben Sie mir, das wird Sie wach halten."

„Es duftet einmalig."

„Hauen Sie rein. Es ist auch Bier dabei, eine Thermoskanne mit Kaffee und ein paar Käse-Nachos."

Deborah rollte sich einen Stuhl heran. „Frank, Sie sind eine Zierde unter allen Männern." Er wurde erneut rot, was sie freute. Sie kostete den ersten Löffel, verbrannte ihren Mund, ihren Hals und ihren Magen. „Und das", sagte sie mit echtem Genuss, „ist eine Zierde unter den Chilis."

Er scharrte mit den Füßen. „Freut mich sehr, dass es Ihnen schmeckt. Ich habe Mrs Greenbaum im Goldenen Zimmer untergebracht", sagte er zu Gage. „Ich dachte, das Himmelbett und dieses Zeug werden ihr gefallen. Sie hat Hühnersuppe bekommen und sieht sich ‚King Kong' auf Video an."

„Danke, Frank." Gage nahm sich ebenfalls einen Löffel Chili.

„Klingeln Sie, wenn Sie noch was brauchen."

Deborah lauschte dem Echo von Franks Schritten im Tunnel nach. „Du hast sie hergebracht?", fragte sie ruhig.

„Es hat ihr im Krankenhaus nicht gefallen." Er zuckte die Schultern. „Frank hat mit dem Arzt gesprochen. Sie hat nur eine leichte Gehirnerschütterung, was in ihrem Alter ein Wunder ist. Ihr Herz ist stark wie das eines Elefanten. Sie braucht nur Ruhe und muss ein paar Tage verwöhnt werden."

Sie beugte sich zu ihm hinüber und küsste ihn auf die Wange. „Ich liebe dich sehr."

Nachdem sie fertig gegessen hatten, kehrten sie an die Arbeit zurück. Deborah verdoppelte ihre Konzentration. Wenn Zahlen zu verschwimmen begannen, trank sie noch mehr Kaffee. Sie hatte bereits weitere sechs Namen, von denen sie sicher war, dass sie zu Verstorbenen gehörten.

Es schien hoffnungslos, doch sie hatten keine andere Möglichkeit. Sie holte Bild um Bild auf den Schirm, bis sie plötzlich innehielt. Vorsichtig verfolgte sie die Bilder zurück, eins nach dem anderen. Sie unterdrückte ein Lächeln, fürchtete sich zu glauben, sie habe endlich einen Durchbruch geschafft. Doch nach weiteren fünf Minuten sorgfältiger Arbeit rief sie Gage.

„Ich glaube, ich habe etwas gefunden."

Er auch, aber er beschloss, sein Wissen für sich zu behalten. „Was?"

„Diese Zahl." Als er sich über ihre Schulter beugte, fuhr sie mit dem Finger über den Bildschirm. „Untergemischt unter die Gesellschaftsnummer, die Steuernummer und all die anderen Erkennungsnummern dieser Gesellschaft." Als er anfing, sanft ihren Nacken zu massieren, lehnte sie sich dankbar zurück. „Übrigens eine angeblich bankrotte Gesellschaft. Seit achtzehn Monaten aus dem Geschäft. Jetzt sieh dir das an." Sie holte ein anderes Bild auf den Schirm. „Andere Gesellschaft, anderer Standort, andere Namen und Nummern. Ausgenommen … diese." Wieder tippte sie mit dem Finger auf den Schirm. „Hier steht die Zahl an einer anderen Stelle, aber sie ist dieselbe. Und hier." Sie zeigte es ihm immer wieder, Bild um Bild. „Bei einer Firma ist es die Gesellschaftsnummer, bei einer anderen die Zweigstellennummer, hier die Steuernummer, dort die Archivierungsnummer."

„Sozialversicherungsnummer", murmelte Gage.

„Was?"

„Neun Ziffern. Ich würde sagen, es ist eine Sozialversicherungsnummer. Eine wichtige." Er ging rasch an die Kontrolltafel.

„Was machst du?"

„Herausfinden, wem sie gehört."

Sie stieß den Atem aus, verärgert darüber, dass er über ihre Entdeckung nicht begeisterter war. Nicht einmal ein Rückentätscheln hatte sie bekommen. „Wie?"

„Die Sache scheint es wert zu sein, dass man an die Hauptquelle geht." Der Schirm über ihm begann zu blinken.

„Und die wäre?"

„Das Finanzamt."

„Das …" Sie schoss aus ihrem Stuhl hoch. „Willst du damit sagen, dass du den Computer des Finanzamts anzapfen kannst? Das ist illegal. Ein Verstoß gegen das Bundesgesetz."

„Mmm-hmm. Willst du mir einen guten Anwalt empfehlen?“ Er lächelte maliziös.

Hin- und hergerissen schlang sie die Finger ineinander. „Das ist kein Scherz.“

„Nein.“ Doch er lächelte, während er die Information auf dem Bildschirm verfolgte. „In Ordnung, wir sind drin.“ Er warf ihr einen Blick zu. Der in ihr tobende Kampf zeigte sich deutlich auf ihrem Gesicht. „Du könntest nach oben gehen, bis ich fertig bin.“

„Das spielt kaum eine Rolle. Ich weiß, was du hier tust. Das macht mich zur Komplizin.“ Sie schloss die Augen und sah Lil Greenbaum blass und verletzt auf ihrer zerschnittenen Couch liegen. „Mach weiter“, flüsterte sie und legte die Hand auf seinen Arm. „In der Sache sind wir Komplizen.“

Er tippte die Zahl ein, die sie gefunden hatte, und drückte eine Reihe von Tasten. Ein Name leuchtete auf dem Schirm auf.

„O Allgütiger!“ Deborahs Finger gruben sich in Gages Schulter.

Gage wirkte in diesem Moment wie aus Stein gemeißelt, regungslos, kaum atmend, seine Muskeln steinhart.

„Tucker Fields, der Bürgermeister“, murmelte er. „Hurensohn!“

Dann bewegte er sich so schnell, dass Deborah beinahe gestolpert wäre. Mit einer aus Verzweiflung entspringenden Kraft packte sie ihn. „Nicht! Das kannst du nicht tun!“ Sie sah seine Augen brennen, wie sie hinter seiner Maske gebrannt hatten. Sie waren voll Zorn und tödlicher Entschlossenheit. „Ich weiß, was du willst“, sagte sie rasch und klammerte sich an ihn. „Du willst ihn sofort aufspüren und auseinandernehmen. Aber das darfst du nicht. Das ist nicht die richtige Art.“

„Ich werde ihn umbringen.“ Seine Stimme war kalt und tonlos. „Begreife doch. Nichts wird mich aufhalten.“

Die Luft brannte in ihren Lungen. Wenn er jetzt ging, musste sie ihn verlieren. „Und was erreichst du damit? Das bringt Jack nicht zurück. Es würde auch nichts ändern, was mit dir passiert ist. Es würde nicht einmal beenden, was ihr beide in jener Nacht auf den Docks begonnen habt. Wenn du Fields umbringst, wird jemand ihn ersetzen, und es wird weitergehen. Wir müssen das Rückgrat der Organisation brechen, Gage, und alles an die Öffentlichkeit bringen. Falls Fields verantwortlich ist …“ Ungläubig sah Gage sie an.

„Falls?“

Sie holte vorsichtig tief Luft, ohne ihren Griff zu lockern. „Wir haben nicht genug. Noch nicht. Ich kann eine Anklage zusammenstellen, wenn du mir Zeit gibst, und diesen Leuten das Handwerk legen. Allen.“

„Himmel, Deborah, glaubst du wirklich, dass du ihn vor Gericht bekommst? Einen Mann mit so viel Macht? Er wird dir durch die Finger gleiten wie Sand. In dem Moment, wo du mit deiner Ermittlung beginnst, erfährt er davon und geht in Deckung.“

„Dann wirst du die Ermittlung von hier aus führen, und ich streue ihm von meinem Büro aus Sand in die Augen.“ Sie sprach rasch, verzweifelt, um Gage zu überzeugen und um sie beide zu retten. „Ich lasse ihn im Glauben, ich wäre auf der falschen Fährte. Gage, wir müssen ganz sicher sein. Sieh das doch ein. Wenn du ihn dir jetzt einfach so greifst, wird alles, wofür du gearbeitet hast, alles, was wir zusammen aufbauen wollten, zerstört.“

„Er wollte dich umbringen lassen.“ Gage umschmiegte mit den Händen ihr Gesicht, und obwohl seine Berührung leicht war, fühlte sie die Spannung in jedem seiner Finger. „Begreifst du nicht, dass nichts – nicht einmal Jacks Ermordung – sein Todesurteil sicherer hätte fällen können?“

Sie legte die Hände an seine Handgelenke. „Ich bin hier bei dir. Nur das ist wichtig. Wir haben noch mehr zu tun. Wir müssen beweisen, dass Fields in die Sache verwickelt ist. Wir müssen herausfinden, wie weit die Korruption reicht. Du wirst Gerechtigkeit bekommen, Gage. Das verspreche ich dir.“

Langsam entspannte er sich. Sie hatte recht – zumindest in einigen Punkten. Fields mit bloßen Händen umzubringen, wäre befriedigend gewesen, hätte aber nicht die Arbeit beendet, die er begonnen hatte. Er konnte noch warten.

„Also schön.“ Er beobachtete, wie die Farbe langsam in ihr Gesicht zurückkehrte. „Ich wollte dir keine Angst einjagen.“

„Trotzdem hast du mich zu Tode erschreckt.“ Sie brachte ein schwaches Lächeln zu Stande. „Wenn wir schon ein Bundesgesetz gebrochen haben, warum gehen wir nicht noch einen Schritt weiter und sehen uns die Steuerunterlagen des Bürgermeisters für die letzten Jahre an?“

Minuten später saß sie neben Gage an der Konsole.

„Fünfhundertzweiundsechzigtausend", murmelte sie, als sie Fields deklariertes Einkommen für das letzte Steuerjahr las. „Ein wenig mehr als das jährliche Gehalt des Bürgermeisters von Urbana."

„Schwer zu glauben, dass er dumm genug ist, so viel anzugeben." Gage rückte von der Konsole ab. „Was ist mit Bower?"

„Jerry?" Deborah seufzte und rieb sich den steifen Hals. „Loyal bis in die Knochen und mit eigenen politischen Ambitionen. Er mag ein paar Manipulationen unter dem Tisch übersehen, aber keine so große Sache. Fields war schlau genug, sich einen Assistenten auszusuchen, der ein junger und eifriger Mann mit einem guten Background und einem makellosen Ruf ist." Sie schüttelte den Kopf. „Ich fühle mich sehr unbehaglich dabei, dass ich ihn nicht informieren kann."

„Mitchell?"

„Nein, für den Staatsanwalt verwette ich mein Leben. Er ist schon sehr lange im Amt. Er war nie Fields' größter Fan, aber er respektierte das Amt. Er hält sich an die Regeln, weil er an die Regeln glaubt. Er bezahlt sogar seine Strafzettel wegen Falschparkens. Was machst du da?"

„Eine Überprüfung kann nicht schaden."

Zu Deborahs Verblüffung holte er Jerrys und Mitchells Steuererklärungen auf den Schirm. Nachdem er nichts Ungewöhnliches gefunden hatte, schaltete er ab.

Deborah fühlte sich schon halb eingeschlafen, als sie durch das Paneel in Gages Schlafzimmer kamen. Sie hielt mitten in einem Gähnen inne und starrte auf die Kartons, die das Bett bedeckten.

„Was ist das alles?"

„Im Moment besitzt du nichts anderes als mein Hemd, das du am Körper trägst. Und obwohl ich das mag ...", er fuhr mit einem Finger über die Knöpfe, „... sehr sogar, dachte ich, du könntest ein wenig Ersatz brauchen."

„Ersatz?" Sie strich über ihre zerzausten Haare. „Inwiefern?"

„Ich habe Frank eine Liste gegeben. Er kann sehr unternehmungslustig sein."

„Frank? Aber es ist Sonntag. Die Hälfte der Läden hat geschlossen.“ Sie presste die Hand auf die Magengegend. „Er hat die Sachen doch nicht gestohlen, oder?“

„Ich glaube nicht.“ Dann lachte Gage und zog sie in seine Arme. „Wie soll ich bloß mit einer so gewissenhaften ehrlichen Frau leben? Nein, die Sachen sind bezahlt. Es ist leicht, ein paar Telefonanrufe zu tätigen. Du wirst bemerken, dass die Kartons von Athena’s kommen.“

Sie nickte. Das war eines der größten und elegantesten Kaufhäuser der Stadt. Und dann ging ihr ein Licht auf. „Es gehört dir.“

„Schuldig.“ Er küsste sie. „Was du nicht magst, geht zurück. Aber ich denke, ich kenne deinen Stil und deine Größe.“

„Das hättest du nicht tun müssen.“

An dem Klang ihrer Stimme erkannte er, dass sie wünschte, er hätte es nicht getan. Geduldig schob er ihr zerzaustes Haar hinter ihr Ohr. „Das war kein Versuch, deine Unabhängigkeit zu untergraben, Frau Staatsanwältin.“

„Nein.“ Sie klang sehr undankbar. „Aber …“

„Denk praktisch. Wie würde es aussehen, wenn du morgen in meiner Hose ins Büro gingest?“ Er löste den Gürtel, und die Jeans glitt zu ihren Füßen hinunter.

„Sagenhaft“, stimmte sie ihm zu und lächelte, als er sie hochhob und neben dem Häufchen Jeans wieder absetzte.

„Und in meinem Hemd.“ Er begann, die Knöpfe zu öffnen.

„Lächerlich. Du hast recht, das war sehr praktisch von dir gedacht.“ Sie ergriff seine Hände, bevor er sie ablenken konnte.

Doch als er lächelte, konnte sie nur seufzen. „Es ist wirklich dumm. Ich liebe dich, obwohl du Hotels besitzt und Apartmenthäuser und Kaufhäuser. Und wenn ich nicht sofort einen dieser Kartons aufmache, werde ich wahnsinnig.“

„Warum sorgst du dann nicht dafür, dass du deinen klaren Verstand behältst, und ich lasse in der Zwischenzeit das Bad ein?“

Als er in das angrenzende Bad ging, griff sie wahllos nach einem Karton, schüttelte ihn und hob den Deckel ab. Unter Seidenpapier fand sie ein langes, hauchdünnes Nachtgewand aus hellblauer Seide.

„Na ja.“ Sie hielt es hoch und stellte fest, dass es am Rücken bis unterhalb der Taille ausgeschnitten war. „Frank hat eindeutig einen Blick für Dessous. Möchte wissen, was die Jungs im Büro dazu sagen, wenn ich das morgen trage“, sagte sie zu sich selbst.

Sie konnte nicht widerstehen, zog das Hemd aus und ließ die kühle, feine Seide über ihren Kopf und ihre Schultern gleiten. Passt perfekt, dachte sie und strich mit den Händen über ihre Hüften. Begeistert wandte sie sich dem Spiegel in dem Moment zu, als Gage in den Raum kam.

Er konnte nicht sprechen, und er konnte den Blick nicht von ihr wenden. Die glatte, schimmernde Seide wisperte auf ihrer Haut, als sie sich ihm zuwandte. Ihre Augen waren dunkel wie der Mitternachtshimmel und glitzerten unter der geheimen Freude einer Frau.

Seine Lippen verzogen sich zu einem Lächeln. Gab es denn überhaupt eine Frau, die nicht davon träumt, dass der Mann, den sie liebte, sie mit solchem Heißhunger betrachtete? Ganz bewusst neigte sie den Kopf nach hinten, strich mit den Fingerspitzen leicht über das Vorderteil des Nachtgewandes nach unten – und genauso leicht wieder nach oben – und beobachtete, wie seine Augen der Bewegung folgten.

„Was denkst du?"

Sein Blick wanderte höher, bis er dem ihren begegnete. „Ich denke, Frank hat eine beträchtliche Gehaltserhöhung verdient."

Während sie lachte, kam er auf sie zu.

12. KAPITEL

Während der nächsten drei Tage trugen Deborah und Gage Stück für Stück beharrlich Material für eine Anklage gegen Tucker Fields zusammen. In ihrem Büro verfolgte Deborah Wege, von denen sie wusste, dass sie nirgendwohin führten, um sorgfältig eine falsche Fährte zu legen.

Während sie arbeitete, focht sie ständig einen inneren Kampf aus. Ethik gegen Instinkt.

Jede Nacht glitt Gage aus dem Bett, kleidete sich in Schwarz und streifte durch die Straßen. Sie sprachen nicht darüber. Falls er wusste, wie oft Deborah wach lag, besorgt und innerlich zerrissen, bis er kurz vor der Morgendämmerung zurückkehrte, so bot er doch keine Entschuldigung an. Es gab keine.

Deborah verstand ihn, konnte jedoch nicht zustimmen.

Gage verstand sie, konnte jedoch nicht nachgeben.

Deborah saß in ihrem Büro, die Abendzeitung neben einem Stapel Gesetzesbücher.

NEMESIS SCHNAPPT EAST END RIPPER

Sie hatte den Artikel nicht gelesen, konnte sich nicht dazu überwinden.

„O'Roarke." Mitchell knallte eine Akte auf ihren Schreibtisch. „Die Stadt zahlt Ihnen kein fürstliches Gehalt fürs Tagträumen."

Sie blickte auf die Akte, die soeben auf einem Stapel anderer gelandet war. „Es hat vermutlich keinen Sinn, Sie daran zu erinnern, dass die Anzahl meiner Fälle bereits den Weltrekord gebrochen hat."

„Die Verbrechensrate der Stadt auch." Weil sie erschöpft wirkte, ging er an ihre Kaffeemaschine und schenkte ihr eine Tasse von dem bitteren Kaffee ein. „Vielleicht wären wir nicht so überarbeitet, wenn Nemesis mal eine Pause einlegen würde."

Ihr Stirnrunzeln verwandelte sich in eine Grimasse, als sie an dem Kaffee nippte. „Das klingt fast wie ein Kompliment."

„Ich stelle nur Tatsachen fest. Ich brauche seine Methoden nicht zu billigen, um die Ergebnisse zu mögen."

Überrascht blickte sie in Mitchells rundes, kräftiges Gesicht auf.

„Meinen Sie das ehrlich?" Deborah versuchte, ihre Gefühlsregung zu verbergen.

„Dieser Ripper hat vier unschuldige Menschen aufgeschlitzt und hat sich gerade über einen fünften hergemacht, als Nemesis erschien. Man kann sich nur schlecht beklagen, wenn irgendjemand, sogar ein irregeleitetes maskiertes Wunderwesen, einen solchen Kerl in unseren Schoß fallen lässt und das Leben eines achtzehnjährigen Mädchens rettet."

„Ja", murmelte Deborah. „Das kann man schlecht."

„Ist ja nicht so, als würde ich losziehen und mir ein T-Shirt kaufen und seinem Fanclub beitreten." Mitchell holte eine Zigarre hervor und zog sie durch seine klobigen Finger. „Also, machen Sie irgendwelche Fortschritte in Ihrem Lieblingsfall?"

Sie zuckte ausweichend die Schultern. „Ich habe noch eine Woche Zeit."

„Sie sind dickköpfig, O'Roarke. Ich mag das."

Ihre Augenbrauen hoben sich. „Also, das war eindeutig ein Kompliment."

„Davon sollen Ihnen aber nicht die Nadelstreifen anschwellen. Der Bürgermeister ist noch immer unglücklich über Sie ... und die Meinungsumfragen sind glücklich über ihn. Falls er Tarrington morgen schlägt, könnte Ihnen eine schwere Zeit bis zur nächsten Wahl bevorstehen."

„Der Bürgermeister bereitet mir keine Sorgen."

„Wie Sie meinen. Wisner hechelt Ihren Namen noch immer durch die Zeitung." Er hob eine Hand, bevor sie losfauchen konnte. „Ich halte Fields zurück, aber wenn Sie etwas unauffälliger auftreten könnten ..."

„Ja, war wirklich dumm von mir, mir mein Apartment durch den Wolf drehen zu lassen."

„Schon gut." Er besaß den Anstand, rot zu werden. „Es tut uns allen leid, aber wenn Sie versuchen könnten, eine Weile keinen Ärger zu haben, wäre das für sämtliche Beteiligte einfacher."

„Ich werde mich an meinen Schreibtisch ketten", stieß sie zwischen zusammengebissenen Zähnen hervor. „Und sobald sich mir die Gelegenheit bietet, trete ich Wisner genau in seinen Presseausweis."

Mitchell grinste. „Da müssen Sie sich in der Schlange anstellen.

Hey … äh … lassen Sie es mich wissen, ob Sie ein paar Extradollar brauchen, bis die Versicherung den Schaden deckt.“

„Danke, aber ich komme zurecht.“ Sie blickte zu den Akten. „Außerdem, wer braucht bei dieser Arbeit schon ein Apartment?“

Als er sie allein ließ, öffnete Deborah die neue Akte. War es eine Ironie des Schicksals, dass sie den East End Ripper anklagen sollte? Ihr Hauptzeuge, ihr Geliebter, war der einzige Mann, mit dem sie den Fall nicht einmal diskutieren konnte.

Um sieben wartete Gage auf sie an einem ruhigen Ecktisch in einem französischen Restaurant am City Park. Er wusste, dass es jetzt fast vorüber war, und wenn es tatsächlich so weit war, musste er Deborah erklären, warum er ihr nicht alle Details anvertraut hatte.

Er sah sie hereinkommen, schlank und zauberhaft in einem saphirblauen Kostüm, mit chartreusegrüner Bordüre eingefasst. Auffallende Farben und vernünftige Schuhe. Trug sie Spitze oder Seide oder Satin darunter? Er verspürte den Drang, sie hier und jetzt auf die Arme zu nehmen, sie wegzubringen und die Antwort herauszufinden.

„Tut mir leid, dass ich zu spät komme“, begann sie, doch bevor der Empfangschef ihr den Stuhl zurechtrücken konnte, war Gage aufgestanden und hatte sie an sich gezogen. Sein Kuss war weder diskret, noch kurz. Ehe er sie losließ, sahen Gäste von den nächsten Tischen neugierig und neiderfüllt zu ihnen herüber.

Der Atem, den sie unbewusst angehalten hatte, wehte zwischen ihren geöffneten Lippen hervor. Ihre Augen waren schwer, ihr Körper vibrierte.

„Ich … ich bin schrecklich froh, dass ich nicht rechtzeitig gekommen bin.“

„Du hast lange gearbeitet.“ Sie hatte Ringe unter den Augen. Er hasste diese Ringe, wusste er doch, dass er sie verursacht hatte.

„Ja. Kurz vor fünf habe ich noch einen Fall auf meinen Schreibtisch bekommen.“

„Etwas Interessantes?“

Ihr Blick fand den seinen und hielt ihn fest. „Der East End Ripper.“

Er sah sie unverwandt an. „Verstehe.“

„Wirklich, Gage? Ich frage mich, ob du das wirklich verstehst." Sie entzog ihm die Hand und legte sie in ihren Schoß. „Ich fand, ich sollte wegen Befangenheit ablehnen, aber welchen Grund könnte ich angeben?"

„Es gibt keinen Grund, Deborah. Ich habe ihn gestoppt, aber es ist dein Job, dafür zu sorgen, dass er für seine Verbrechen bezahlt. Das eine braucht mit dem anderen nichts zu tun zu haben."

„Ich wünschte, ich könnte auch so sicher sein." Sie griff nach ihrer Serviette, strich sie zwischen den Fingern glatt. „Ein Teil von mir sieht dich als illegalen Rächer, ein anderer Teil als Held."

„Und die Wahrheit liegt irgendwo dazwischen." Er griff erneut nach ihrer Hand. „Was immer ich bin, ich liebe dich."

„Ich weiß." Ihre Finger schlossen sich um die seinen. „Ich weiß, aber, Gage ..." Sie brach ab, als der Kellner den Champagner brachte, den Gage schon bestellt hatte, während er auf sie wartete.

„Das Getränk der Götter", sagte der Kellner mit einem starken französischen Akzent. „Zur Feier, *n'est-ce pas*? Eine schöne Frau, ein edler Wein." Auf Gages zustimmendes Nicken hin ließ er den Korken herausgleiten. Schaum erschien in der Öffnung der Flasche, zog sich wieder zurück. „*Monsieur* möchte kosten?" Er schenkte etwas in Gages Glas.

„Ausgezeichnet", murmelte Gage, doch seine Augen waren auf Deborah gerichtet.

„*Mais, oui.*" Der Kellner ließ den Blick anerkennend über Deborah gleiten, ehe er ihr Glas, danach Gages Glas füllte. „*Monsieur* hat einen exquisiten Geschmack." Als der Kellner sich mit einer Verbeugung zurückzog, stieß Deborah leise lachend mit Gage an.

„Du willst mir doch nicht sagen, dass dir auch noch dieses Restaurant gehört?"

„Nein. Möchtest du es haben?"

Obwohl sie den Kopf schüttelte, musste sie lachen. „Feiern wir?"

„Ja. Auf den heutigen Abend. Und auf morgen." Er holte eine kleine Samtschatulle aus der Tasche und reichte sie ihr. Als sie nur darauf blickte, spannten sich seine Finger an. Panik schoss in ihm hoch, doch er hielt seine Stimme leicht. „Du hast mich gebeten, dich zu heiraten, aber ich fand, dass dieses Privileg mir gehört."

Sie öffnete die Schatulle.

In dem Kerzenschein schimmerte der Saphir in der Mitte in tief dunklem Blau. Der große viereckige Stein wurde von einer Symphonie eisweißer Diamanten umgeben, die triumphierend in der Weißgoldfassung glitzerten.

„Er ist exquisit."

Er hatte die Steine selbst ausgesucht. Aber er hatte gehofft, Freude in ihren Augen zu sehen, nicht Angst. Genauso wenig wie er erwartet hatte, selbst Angst zu empfinden.

„Hast du Zweifel?"

Sie blickte zu ihm auf und ließ ihr Herz sprechen. „Nicht wenn es um meine Gefühle für dich geht. Da werde ich nie Zweifel haben. Ich habe Angst, Gage. Ich habe versucht, so zu tun, als hätte ich keine, aber ich habe Angst. Nicht nur wegen deiner Gabe, sondern auch wegen der Möglichkeit, dass deine Gabe dich mir wegnehmen könnte."

Er wollte ihr keine Versprechen geben, die unmöglich zu halten waren. „Ich wurde aus diesem Koma, so wie ich bin, aus einem bestimmten Grund geholt. Ich kann dir dafür keine Logik und keine Fakten bieten, Deborah. Nur Gefühle und Instinkt. Würde ich mich von dem abwenden, wofür ich bestimmt bin, würde ich wieder sterben."

Ihr automatischer Widerspruch blieb ihr in der Kehle stecken. „Du glaubst das?"

„Ich weiß das."

Wie konnte sie ihn ansehen und es nicht auch erkennen? Wie oft hatte sie in seine Augen geblickt und … etwas gesehen? Etwas anderes, Besonderes, Angsteinflößendes. Sie wusste, dass er aus Fleisch und Blut war, aber er war noch mehr. Es war nicht möglich, das zu ändern. Und zum ersten Mal erkannte sie, dass sie es nicht ändern wollte.

„Ich habe mich zweimal in dich verliebt. In deine beiden Seiten." Sie blickte auf den Ring, holte ihn aus der Schatulle, ließ ihn in ihrer Hand funkeln. „Bis dahin war ich mir meiner Richtung sicher – was ich wollte, was ich brauchte und wofür ich arbeitete. Ich war auch sicher, so sicher, dass ich mich in einen sehr ruhigen, sehr gewöhnlichen Mann verlieben würde." Sie hielt ihm den Ring hin. „Ich habe mich geirrt. Du bist nicht nur aus dem Koma zurückgekommen, um für Gerechtigkeit zu kämpfen, Gage. Du bist für mich zurückgekommen." Lächelnd streckte sie ihm die Hand entgegen. „Dem Himmel sei Dank."

Er schob ihr den Ring an den Finger. „Ich will dich für immer nach Hause bringen." Noch während er ihre Hand an die Lippen hob, tauchte der Kellner erneut an ihrem Tisch auf.

„Ich wusste es", schwärmte er. „Henri irrt sich nie." Er schenkte ihnen nach und brachte Deborah mit seinem großartigen Gehabe zum Lächeln. „Sie haben meinen Tisch gewählt. Sie haben gut gewählt. Sie müssen das Menü mir überlassen. Sie müssen! Ich sorge dafür, dass Sie diesen Abend niemals vergessen. Es ist mir ein Vergnügen. Ah, *Monsieur*, Sie sind der glücklichste von allen Männern." Er ergriff Deborahs Hand und küsste sie.

Deborah lachte noch immer, als er davoneilte, doch als sie Gage ansah, erkannte sie, dass seine Aufmerksamkeit auf etwas anderes gerichtet war. „Was ist?"

„Fields." Gage hob sein Glas, aber sein Blick folgte dem Bürgermeister durch den Raum. „Er ist gerade mit Arlo Stuart und zwei anderen wichtigen Leuten hereingekommen. Dein Freund Jerry Bower bildet den Abschluss."

Angespannt wandte Deborah den Kopf. Sie strebten einem Tisch für acht Personen zu. Sie erkannte eine prominente Schauspielerin und den Präsidenten einer großen Autofirma. „Hochkarätiges Treffen", murmelte sie.

„Er hat Theater, Industrie, Finanz- und Kunstwelt hübsch an einem Tisch repräsentiert. Bevor der Abend vorüber ist, wird jemand auftauchen und ein paar ‚Schnappschüsse' machen."

„Es spielt keine Rolle." Sie legte ihre Hand auf die von Gage. „In einer Woche wird es keine Rolle mehr spielen."

In weniger als einer Woche, dachte er, nickte jedoch. „Stuart kommt herüber."

„Sieh mal an." Stuart ließ seine Hand auf Gages Schulter niedersausen. „Das ist ein netter Zufall. Sie sehen umwerfend aus wie immer, Miss O'Roarke."

„Danke."

„Großartiges Restaurant. Keiner macht Schnecken besser." Er strahlte sie beide an. „Zu schade, dass ich sie mit dem Gerede über

Geschäft und Politik verderben muss. Also, Sie machen es hier richtig. Champagner, Kerzenschein." Sein scharfer Blick fiel auf Deborahs Ringfinger. „Also, das ist ja ein hübsches kleines Ding." Er lächelte Gage zu. „Haben Sie eine Ankündigung zu machen?"

„Sie haben uns auf frischer Tat ertappt, Arlo."

„Freut mich zu hören. Machen Sie Ihre Flitterwochen in einem meiner Hotels nach Ihrer Wahl." Er blinzelte Deborah zu. „Auf Kosten des Hauses." Noch immer lächelnd, gab er dem Bürgermeister ein Zeichen.

„Gage, Deborah." Obwohl Fields breit lächelte, nickte er zur Begrüßung steif. „Nett, Sie zu sehen. Wenn Sie noch nicht bestellt haben, möchten Sie sich vielleicht zu uns gesellen."

„Nicht heute Abend", antwortete Stuart, bevor Gage es konnte. „Wir haben hier ein frisch verlobtes Paar, Tucker. Die beiden wollen bestimmt nicht den Abend verschwenden, indem sie über Wahlkampfstrategie sprechen."

Fields blickte auf Deborahs Ring, unverändert lächelnd. Er war jedoch nicht erfreut. „Gratuliere."

„Ich möchte mir einbilden, dass wir die beiden zusammengebracht haben." Überschwänglich wie immer legte Stuart einen Arm um Fields' Schultern. „Immerhin haben sich die beiden in meinem Hotel während Ihrer Spendengala kennengelernt."

„Das macht uns wohl zu einer großen, glücklichen Familie." Fields sah Gage an. Er brauchte Guthries Unterstützung. „Sie heiraten eine tolle Frau, eine toughe Juristin. Sie hat mir ein paar Kopfschmerzen verursacht, aber ich bewundere ihre Integrität."

Gages Stimme war kühl, aber perfekt höflich. „Ich auch."

Stuart lachte dröhnend. „Ich habe mehr als ihre Integrität bewundert." Er blinzelte Deborah erneut an. „Nicht böse gemeint. Wir kehren jetzt zur Politik zurück und lassen euch beide allein."

„Bastard", murmelte Deborah, als sie außer Hörweite waren. Sie griff heftig nach ihrem Glas. „Er hat sich an dich herangeschleimt."

„Nein." Gage stieß mit ihr an. „An uns beide." Über ihre Schulter sah er den Moment, wo Jerry Bower die Neuigkeit vernahm. Jerry zuckte zusammen und blickte zu ihnen herüber. Gage konnte ihn förmlich seufzen hören, als er auf Deborahs Rücken starrte.

„Ich kann es kaum erwarten, bis wir ihn festnageln."

In ihrer Stimme schwang so viel Gift mit, dass Gage ihre Hand drückte. „Halte durch. Es wird nicht mehr lange dauern."

Sie war so schön. Gage verharrte noch im Bett und sah Deborah nur an. Er wusste, dass sie tief schlief, von Liebe gesättigt, von Leidenschaft erschöpft. Er wollte sicher sein, dass sie zufrieden bis zum Morgen träumen würde.

Lautlos stand er auf, um sich anzuziehen. Er konnte sie atmen hören, langsam und gleichmäßig, und es beruhigte ihn. In dem schwachen Mondlicht sah er seine Reflexion im Spiegel. Nein, dachte er, keine Reflexion, einen Schatten.

Nachdem er seine Hände in den eng sitzenden schwarzen Handschuhen zurechtgestreckt hatte, öffnete er eine Schublade. Darin lag ein 38er, ein Polizeirevolver, dessen Griff ihm so vertraut war wie der Händedruck eines Bruders. Dennoch hatte er ihn nicht mehr bei sich getragen seit jener Nacht auf den Docks vor vier Jahren.

Er hatte ihn nie gebraucht.

Doch heute Nacht spürte er, dass er den Revolver brauchte. Er stellte seinen Instinkt nicht mehr infrage, sondern schob die Waffe in ein Halfter und schnallte es so um, dass der Revolver sich an seine Hüfte schmiegte.

Er öffnete das Paneel und stockte. Er wollte sie noch einmal sehen, wie sie schlief. Er konnte die Gefahr jetzt schmecken – bitter auf seiner Zunge – in seiner Kehle. Seine einzige Erleichterung war, dass Deborah nicht betroffen sein würde. Er würde zurückkommen. Das versprach er sich selbst und ihr. Das Schicksal konnte einen solchen mörderischen Schlag nicht zweimal in einem Leben austeilen.

Er glitt in der Dunkelheit davon.

Über eine Stunde später klingelte das Telefon und riss Deborah aus dem Schlaf. Aus Gewohnheit tastete sie danach und redete murmelnd zu Gage, während sie den Hörer vom Apparat zog.

„Hallo."

„Señorita."

Der Klang von Montegas Stimme weckte sie mit eisiger Kälte.

„Was wollen Sie?"

„Wir haben ihn. Die Falle ist ganz leicht zugeschnappt."

„Was?" In Panik tastete sie nach Gage. Noch bevor ihre Hand

über das leere Laken glitt, wusste sie Bescheid. Ihre Stimme zitterte. „Was meinen Sie damit?"

„Er lebt. Wir wollen ihn auch vorerst am Leben lassen. Falls Sie das Gleiche wollen, kommen Sie her, schnell und allein. Wir tauschen ihn gegen alle Ihre Papiere, alle Ihre Unterlagen. Alles, was Sie haben."

Sie versuchte Zeit zu gewinnen, bis sie denken konnte. „Sie werden uns beide umbringen."

„Möglich. Aber ich werde ihn bestimmt töten, wenn Sie nicht kommen. Es gibt ein Lagerhaus am East River Drive. 325 East River Drive. Sie brauchen eine halbe Stunde hierher. Dauert es länger, schneide ich ihm die rechte Hand ab."

Übelkeit krampfte ihren Magen zusammen. „Ich komme. Tun Sie ihm nichts. Bitte, lassen Sie mich mit ihm sprechen …"

Doch die Leitung war tot.

Deborah sprang aus dem Bett, zog einen Morgenmantel an und rannte zu Franks Zimmer. Als sie mit einem Blick sah, dass er nicht anwesend war, hetzte sie über den Korridor und fand Mrs Greenbaum, im Bett sitzend, mit einer Dose Erdnüsse bei einem alten Film.

„Frank. Wo ist er?"

„Er ist zu einer rund um die Uhr geöffneten Videothek und wollte auch eine Pizza holen. Wir haben uns für ein Marx-Brothers-Festival entschieden. Was ist denn los? Er kommt in zwanzig Minuten wieder."

„Das ist zu spät." Deborah konnte keine Sekunde verschwenden. „Sagen Sie ihm, ich habe einen Anruf bekommen wegen Gage. 325 East River Drive."

Lil stieg aus dem Bett. „Sie können nicht …"

„Ich muss. Es geht um Leben und Tod."

„Wir rufen die Polizei …"

„Nein. Nein, nur Frank. Versprechen Sie mir das."

„Natürlich, aber …"

Doch Deborah jagte bereits hinaus.

Wie ein Geist beobachtete Nemesis den Austausch von Drogen gegen Geld. Tausende Banknoten gegen Tausende Pfund an Schmerz. Der Käufer schlitzte einen Probebeutel auf, holte etwas weißes Pulver heraus und schüttete es in eine Phiole, um die Reinheit zu testen.

Der Verkäufer blätterte die Geldbündel durch.

Als beide zufrieden waren, war der Handel abgeschlossen. Es wurde nur wenig gesprochen. Es war kein freundliches Geschäft.

Er sah zu, wie der Käufer seine elende Ware nahm und wegging. Obwohl Nemesis wusste, dass er den Mann schnell wieder finden würde, verspürte er Bedauern. Wäre er nicht hinter größerer Beute her gewesen, hätte es ihm viel Vergnügen bereitet, beide Händler mitsamt ihrer Ware in den Fluss zu werfen.

Schritte hallten. Die Akustik war gut in dem hohen Gebäude. Kartons und Kisten waren an den Wänden und auf langen Metallregalen aufgeschichtet. Werkzeuge und kleine, voll geräumte Werkbänke. Ein großer Gabelstapler parkte neben den Garagentoren, um das in der Halle gelagerte Holz zu transportieren. Obwohl die gewaltigen Sägen schwiegen, hing noch der Geruch von Sägemehl in der Luft.

Er sah mit heißem Zorn Montega hereinkommen.

„Unsere erste Beute heute Nacht." Er ging zu dem Koffer voll Bargeld und winkte die Helfer beiseite. „Aber reichere Beute kommt noch." Er schloss den Koffer und versperrte ihn.

Während er dastand, von allen unbemerkt, ballte Nemesis die Fäuste. Jetzt, dachte er. Heute Nacht. Ein Teil von ihm, der nach Rache dürstete, brannte darauf, die Waffe zu ziehen und zu feuern. Kaltblütig.

Doch sein Blut war zu heiß für eine solche schnelle und anonyme Lösung. Seine Lippen lächelten dünn. Es gab bessere Methoden. Vernünftigere Methoden.

Als er schon den Mund öffnete, um etwas zu sagen, hörte er Stimmen, das Geräusch von Schuhen auf dem Betonboden. Sein Herz gefror ihm in der Brust zu Eis.

Er hatte sie schlafend zurückgelassen.

Während sein Blut erstarrte, trat Schweiß des Entsetzens auf seine Stirn. Er hatte die Gefahr geschmeckt. Aber nicht für ihn selbst. Lieber Himmel, nicht für ihn selbst, sondern für sie. Er beobachtete, wie Deborah in die Halle stürmte, gefolgt von zwei Bewaffneten.

„Wo? Wo ist er?" Sie trat Montega wie eine Tigerin gegenüber, den Kopf zurückgeworfen, die Augen flammend. „Wenn Sie ihm etwas getan haben, sorge ich dafür, dass Sie es nicht überleben. Das schwöre ich Ihnen."

Montega neigte den Kopf und applaudierte. „Großartig! Eine verliebte Frau!"

Sie hatte keine Angst vor ihm, nicht wenn all ihre Sorge Gage galt. „Ich will ihn sehen."

„Haben Sie mitgebracht, worum ich Sie gebeten habe, Señorita?"

Sie streckte ihm einen Aktenkoffer entgegen. „Nehmen Sie es mit sich in die Hölle!"

Montega reichte den Aktenkoffer einem seiner Wächter, gab ihm einen Wink mit dem Kopf, und der Mann trug den Koffer in den angrenzenden Raum.

„Geduld", sagte Montega und hob eine Hand. „Möchten Sie sich setzen?"

„Nein. Sie haben, was Sie wollen. Geben Sie mir jetzt, wofür ich hergekommen bin." Die Tür öffnete sich. Mit großen Augen starrte Deborah auf den Mann. „Jerry?" Nach der Überraschung kam die erste Welle der Erleichterung. Nicht Gage, dachte sie. Sie hatten nicht Gage geschnappt. Es war Jerry gewesen. Sie ging rasch zu ihm und ergriff seine Hände. „Es tut mir so leid, dass das passiert ist. Ich hatte keine Ahnung."

„Ich weiß." Er drückte ihre Hände. „Ich wusste, dass du kommen würdest. Ich habe darauf gezählt."

„Hoffentlich hilft es einem von uns."

„Das hat es bereits." Er legte einen Arm um ihre Schultern und wandte sich an Montega. „Der Handel ist ja wohl glatt gelaufen?"

„Wie erwartet, Mr Bower."

„Ausgezeichnet." Jerry tätschelte freundlich Deborahs Schulter. „Wir müssen miteinander reden."

Sie wusste, dass alle Farbe aus ihrem Gesicht gewichen war. Sie hatte es gefühlt.

Sie schluckte. „Du … du bist hier überhaupt keine Geisel, nicht wahr?"

Er erlaubte ihr, einen Schritt zurückzuweichen, hob sogar die Hand, um die Wachen zurückzuwinken. Sie konnte nirgendwohin laufen, und er fühlte sich großzügig. „Nein, und unglücklicherweise du auch nicht. Ich bedaure das."

„Ich glaube es nicht." Erschüttert presste sie die Hände an ihre Schläfen. „Ich wusste es! Ich wusste, wie blindlings du hinter Fields stehst, aber das … um Himmels willen, Jerry, du kannst doch da nicht mitspielen. Du weißt, was er macht? Die Drogen, die Morde? Das ist nicht Politik, das ist Wahnsinn!“

„Alles ist Politik, Deb.“ Er lächelte. „Meine. Du glaubst doch nicht ernsthaft, dass eine rückgratlose Puppe wie Fields hinter dieser Organisation steht!“ Lachend winkte er nach einem Stuhl. „Doch, du hast es geglaubt, weil ich eine hübsche, saubere Spur aus Brotkrumen für dich und jeden anderen, der herumschnüffeln wollte, gelegt habe.“ Er legte eine Hand auf ihre Schulter und stieß sie auf den Stuhl.

„Du?“ Sie starrte ihn an, während sich in ihrem Kopf alles drehte. „Du willst sagen, dass du den Befehl führst? Dass Fields …“

„Er ist nicht mehr als ein Strohmann. Seit über sechs Jahren stehe ich zwei Schritte hinter ihm und halte alle Fäden in der Hand. Fields könnte keinen Supermarkt führen, noch viel weniger eine ganze Stadt. Oder einen Staat …“ Er setzte sich ebenfalls. „So, wie ich das in fünf Jahren tun werde.“

Sie hatte keine Angst. Angst konnte durch ihre momentane Benommenheit nicht durchkommen. Dies war der Mann, den sie seit fast zwei Jahren kannte, den sie als Freund betrachtet und als ehrlich eingestuft hatte, wenn auch ein wenig charakterschwach. „Sag mir, wie?“

„Geld, Macht, Verstand.“ Er zählte an den Fingern mit. „Ich hatte den Verstand. Fields lieferte die Macht. Glaub mir, er war sehr bereitwillig, mir die Details, die administrativen und alle anderen, zu überlassen. Er kann verteufelt gut reden und weiß, wem er in den Hintern treten und wessen Hintern er küssen muss. Den Rest besorge ich, und zwar, seit ich vor sechs Jahren in sein Büro gesetzt wurde.“

„Von wem?“

„Du bist klug.“ Lächelnd nickte er ihr bewundernd zu. „Arlo Stuart – er hat das Geld. Das Problem war, dass seine Geschäfte – seine legalen Geschäfte – ein wenig zu sehr seine Profite schmälerten, mehr als ihm lieb war. Da er Geschäftsmann ist, sah er eine andere Möglichkeit, um die Profite hochzujubeln.“

„Die Drogen.“

„Wieder richtig.“ Lässig schlug er die Beine übereinander und warf einen fast desinteressierten Blick auf seine Uhr. „Er war über zwölf Jahre der Kopf an der Ostküste. Und es zahlt sich aus. Ich habe mich in der Organisation hochgearbeitet. Er mag Initiative. Ich hatte das Wissen – Jura, politische Wissenschaften –, und er hatte Fields."

Fragen stellen, befahl sie sich. Sie musste sich Fragen ausdenken, damit er weiter antwortete. Bis ... Würde Gage kommen? Konnte Frank ihn erreichen?

„Ihr drei habt also zusammengearbeitet", sagte sie.

„Nicht Fields. Ich möchte ihn nicht gern in deiner Meinung aufwerten, weil ich deine Meinung respektiere. Er ist nichts weiter als ein praktischer Strohmann, und er hat keine Ahnung von unserem Unternehmen. Oder falls er doch eine hat, ist er klug genug, darüber hinwegzusehen." Er zuckte die Schultern. „Wenn die Zeit gekommen ist, werde ich Fields über irgendetwas stolpern lassen und dann an seine Stelle treten."

„Das wird nicht klappen. Ich bin nicht die Einzige, die Bescheid weiß."

„Guthrie." Jerry verschrankte die Hände über seinem Knie. „Oh, ich werde mich um Guthrie kümmern. Ich habe Montega schon vor vier Jahren befohlen, ihn auszuschalten, aber der Job ist nur unvollständig ausgeführt worden."

„Du?", flüsterte sie. „Du hast das befohlen?"

„Arlo überlässt solche Details mir." Er beugte sich vor, damit nur sie ihn hören konnte. „Ich mag Details – zum Beispiel, was dein Verlobter in seiner Freizeit macht." Er lächelte, als sie blass wurde. „Du hast mich diesmal zu ihm geführt, Deborah."

„Ich weiß nicht, wovon du sprichst."

„Ich bin ein guter Menschenkenner. Ich muss es sein. Und du bist leicht zu durchschauen. Du, eine Frau mit so viel Integrität, Intelligenz und brennender Loyalität – und dann Bindungen an zwei Männer? Das erschien mir unwahrscheinlich. Heute Abend wurde mein Verdacht zur Gewissheit. Es gibt nur einen Mann, einen Mann, der Montega wieder erkennen konnte, einen Mann, der dein Herz gewinnen konnte, einen Mann, der genug Grund hat, um mich fanatisch zu verfolgen." Er tätschelte ihre Hand, als sie schwieg. „Das ist unser kleines Geheimnis. Ich liebe Geheimnisse." Seine Augen bekamen einen eisigen Glanz, als er aufstand. „Und obwohl ich es aufrichtig bedaure, kann nur einer von uns heute Nacht mit diesem Geheimnis von hier davongehen. Ich habe Montega gebeten, es rasch zu machen. Um der alten Zeiten willen."

Obwohl sie am ganzen Körper zitterte, zwang sie sich dazu aufzustehen. „Ich habe gelernt, an Schicksal zu glauben, Jerry. Du wirst nicht gewinnen. Er wird dafür sorgen. Wenn du mich umbringst, wird er sich wie eine Furie auf dich stürzen. Du glaubst, ihn zu kennen, aber du kennst ihn nicht. Du hast ihn nicht, und du wirst ihn nie bekommen."

„Falls es dich tröstet." Er wich von ihr zurück. „Wir haben ihn nicht – im Moment."

„Sie irren sich!"

Alle Köpfe im Raum drehten sich beim Klang der Stimme herum. Es war nichts zu sehen als nackte Wände und aufgestapelte Holzbalken. Deborahs Knie wurden so weich, dass sie fast zu Boden sank.

Dann schien alles gleichzeitig zu passieren.

Ein an der Wand stehender Wächter zuckte zurück, und seine Augen weiteten sich vor Überraschung. Während er um sich schlug, begann seine Waffe zu feuern. Männer riefen durcheinander und warfen sich in Deckung. Der Wächter schrie und stolperte von der Wand weg. Seine eigenen Leute mähten ihn nieder.

Deborah hetzte hinter eine Reihe von Regalen und suchte hektisch nach einer Waffe. Ihre Hände schlossen sich um ein Brecheisen. Sie wich zurück, bereit, sich zu wehren. Vor ihren erstaunten Augen verlor einer der Wächter seine Waffe. Vor Angst von Sinnen, rannte er schreiend davon.

„Bleib im Hintergrund." Die Stimme trieb ihr entgegen.

„O Gage, ich dachte ..."

„Bleib bloß im Hintergrund. Ich kümmere mich später um dich."

Sie stand da, hielt das Brecheisen. Nemesis ist wieder da, dachte sie zähneknirschend. Und so arrogant wie eh und je. Sie schob einen Karton beiseite und spähte durch die Öffnung. Fünf Männer waren noch übrig – die Wächter, Montega und Jerry. Sie schossen wild um sich, genauso verängstigt wie verwirrt. Als eine Kugel keinen halben Meter von ihrem Kopf entfernt in die Wand einschlug, duckte sie sich tiefer.

Jemand schrie. Bei dem Laut schloss sie die Augen. Eine Hand packte sie an den Haaren, zerrte sie hoch.

„Was ist er?", zischte Jerry ihr ins Ohr. Obwohl seine Hand zitterte, war sein Gesicht fest. „Was zum Teufel ist er?"

„Ein Held!“ Sie starrte ihm abweisend in die flackernden Augen. „Etwas, das du nie verstehen wirst.“

„Er wird ein toter Held sein, wenn das hier vorüber ist. Du kommst mit mir.“ Er zerrte sie vor sich. „Wenn du etwas versuchst, schieße ich dir in den Rücken.“

Deborah holte tief Luft und rammte ihm das Brecheisen in den Magen. Als er sich vornüber krümmte und würgte, rannte sie davon, bog um Werkbänke und wich Regalen aus.

Er erholte sich rasch, rannte und kroch, bis er seine Hand ausstreckte und über ihrem Knöchel abrutschte. Fluchend trat sie nach ihm, in dem Bewusstsein, dass sie jeden Moment eine Kugel in ihrem Rücken spüren konnte. Sie kletterte einen ansteigenden Stapel Balken hoch, dachte, wenn sie sich in Sicherheit brachte, konnte er sie nicht als Schild benützen.

Sie hörte ihn hinter sich herklettern und sie einholen, als er wieder zu Atem kam. Verzweifelt stellte sie sich vor, wie eine Eidechse zu sein, schnell und sicher, fähig, sich an Holz zu klammern. Sie konnte nicht fallen. Sie wusste nur, dass sie nicht fallen konnte. Splitter bohrten sich in ihre Finger, ohne dass sie etwas spürte.

Mit ganzer Kraft schleuderte sie das Brecheisen nach ihm. Es traf ihn an der Schulter, entlockte ihm einen Fluch, ließ ihn stolpern. Sie hütete sich, nach hinten zu sehen, biss die Zähne zusammen und sprang von dem Stapel Balken auf eine schmale Eisenleiter. Ihre schweißfeuchten Hände glitten ab, aber sie klammerte sich fest, kletterte auf die nächste Ebene. Ihr Atem ging schnell, als sie über Stahlbühnen jagte, die mit Isolationsmaterial und Baustoffen voll gestellt waren.

Doch sie konnte nirgendwohin. Als sie das Ende erreichte, sah sie, dass sie in der Falle saß. Jerry hatte fast die Spitze der Leiter erklommen. Sie konnte nicht nach unten, hatte keine Chance, den Sprung über anderthalb Meter zu dem Metallregal zu schaffen, auf dem noch mehr Material gelagert war.

Jerry atmete hart, und an seinem Mund war Blut. Und er hatte einen Revolver in der Hand. Deborah tat einen unsicheren Schritt zurück, blickte sieben Meter in die Tiefe, wo Nemesis gegen drei Männer kämpfte. Sie konnte ihn nicht rufen. Hätte sie ihn auch nur für eine Sekunde abgelenkt, hätte es seinen Tod bedeutet.

Stattdessen drehte sie sich um und sah ihrem einstigen Freund entgegen. „Du wirst mich nicht benützen, um ihn zu kriegen."

Mit dem Handrücken wischte er sich Blut und Speichel von der Lippe. „Ich kriege ihn so oder so."

„Nein." Sie trat zurück und stieß gegen die Kette eines Flaschenzugs. „Nein", wiederholte sie und schwang die Kette mit ganzer Kraft gegen sein Gesicht.

Sie hörte das Geräusch von brechenden Knochen. Und dann seinen Schrei, einen schrecklichen Schrei, bevor sie ihr Gesicht bedeckte.

Nemesis hatte alle bis auf Montega erledigt, als er hochblickte und sie sah, weiß wie ein Geist und an der Kante eines schmalen Metallstegs schwankend. Er verschwendete keinen Blick auf den Mann, der schreiend auf den Betonboden heruntergestürzt war. Während er auf Deborah zujagte, hörte er eine Kugel an seinem Kopf vorbeipfeifen.

„Nein!", schrie sie ihm zu und vertrieb die Ohnmacht. „Er ist hinter dir." Sie sah mit so großer Erleichterung wie Gage vor Montega nach links schwenkte und scheinbar verschwand.

Vorsichtig bewegte Nemesis sich entlang der Wand. Um Montegas Aufmerksamkeit von Deborah abzulenken, rief er ihn immer wieder.

„Ich bringe dich um!" Vor Angst zitternd, feuerte Montega wieder und wieder in die Wände. „Ich habe dich bluten gesehen! Ich kann dich töten!"

Erst als er sich davon überzeugt hatte, dass Deborah heruntergeklettert war und sich sicher in einer dunklen Ecke verkrochen hatte, zeigte er sich wieder, zwei Meter von Montega entfernt.

„Du hast mich schon einmal getötet." Seine Stimme war völlig ruhig. Nemesis hielt seine Waffe direkt auf Montegas Herz gerichtet. Er brauchte nur den Abzug zu drücken, und es wäre vorbei gewesen. Vier Jahre der Hölle wären vorbei gewesen.

Doch er sah Deborah, ihr weißes, schweißbedecktes Gesicht. Langsam entspannte sich sein Finger am Abzug.

„Ich bin gekommen, um dich zu holen, Montega. Du wirst viel Zeit haben, um nachzudenken, warum. Lass die Waffe fallen."

Sprachlos gehorchte Montega und ließ sie auf den Beton fallen. Blass, aber gefasst trat Deborah vor und hob sie auf.

„Wer sind Sie?“, fragte Montega. „Was sind Sie?“ Ein Warnruf brach von Deborahs Lippen, als Montega eine Hand in seine Tasche schob.

Zwei Schüsse zerrissen die Luft. Noch während sie verklangen, sank Montega leblos zu Boden.

Nemesis trat zu ihm. „Ich bin dein Schicksal“, flüsterte er, dann drehte er sich um und fing Deborah in seinen Armen auf.

„Er hat gesagt, dass sie dich haben und umbringen werden.“

„Du hättest mir vertrauen sollen.“

„Aber du warst hier“, entgegnete sie. „Wieso warst du hier? Woher hast du das gewusst?“

„Das Muster. Setz dich, Deborah. Du zitterst.“

„Ich glaube, ich werde in einer Minute vor Wut zittern. Du hast gewusst, dass sie heute Nacht hier sein würden.“

„Ja. Setz dich. Ich hole dir Wasser.“

„Hör auf!“ Sie packte ihn mit beiden Händen am Hemd. „Du hast es gewusst, und du hast mir nichts gesagt. Du hast über Stuart und Jerry Bescheid gewusst.“

„Nicht über Jerry. Bis ich hörte, was er dir erzählte, war ich auf Fields ausgerichtet.“

„Warum bist du dann hier?“

„Ich habe vor ein paar Tagen das Muster geknackt. Jede Übergabe fand in einem Gebäude statt, das Stuart gehört. Und jede Übergabe ging mindestens zwei Wochen nach der letzten in einem anderen Teil der Stadt über die Bühne. So habe ich dieses Lagerhaus hier aufgespürt. Und ich habe es dir nicht gesagt“, fuhr er fort, „weil ich genau das vermeiden wollte, was heute Nacht hier passiert ist. Verdammt, wenn ich mich um dich sorge, kann ich mich nicht konzentrieren.“

Sie streckte die Hand aus. „Siehst du diesen Ring? Du hast ihn mir erst vor wenigen Stunden gegeben. Ich trage ihn, weil ich dich liebe und weil ich mir beibringe, dich zu akzeptieren, deine Gefühle und deine Wünsche. Wenn du nicht das Gleiche für mich tun kannst, musst du ihn zurücknehmen.“

Hinter seiner Maske waren seine Augen dunkel. „Es geht nicht darum, das Gleiche zu tun …“

„Genau darum geht es. Ich habe heute Nacht einen Mann getötet.“ Ihre Stimme zitterte. „Ich bin hierhergekommen und war bereit, nicht nur meine Ethik, sondern auch mein Leben für dich einzutauschen. Beschütze mich nie wieder, verwöhne mich nie wieder, denke nie wieder für mich!"

„Bist du fertig?"

„Nein!" Sie lehnte sich gegen den Stuhl. „Ich weiß, du wirst nicht mit dem aufhören, was du tust. Du kannst nicht. Ich werde mir Sorgen um dich machen, aber ich werde dir nicht im Weg stehen. Und du wirst mir auch nicht im Weg stehen."

Er nickte. „Ist das alles?"

„Für den Moment."

„Du hast recht."

Sie blickte ihn überrascht an. „Würdest du das noch einmal sagen?"

„Du hast recht. Ich habe dir etwas verschwiegen, und anstatt dich zu schützen, habe ich dich dadurch in noch größere Gefahr gebracht. Das tut mir leid. Und nachdem ich das zugegeben habe, solltest du wissen, dass ich ihn nicht töten wollte." Er blickte auf Montega hinunter. „Ich wollte es für einen Moment. Aber hätte er sich ergeben, hätte ich ihn der Polizei übergeben."

Sie erkannte die Wahrheit in seinen Augen. „Warum?"

„Weil ich dich sah und wusste, ich könnte dir vertrauen, dass du für Gerechtigkeit sorgen wirst." Er streckte die Hand aus. „Deborah, ich brauche einen Partner."

Sie lächelte, während ihre Augen sich mit Tränen füllten. „Ich auch." Anstatt seine Hand zu ergreifen, warf sie sich in seine Arme. „Nichts wird uns aufhalten", murmelte sie. In der Ferne hörte sie erste Sirenen. „Frank bringt die Kavallerie." Sie küsste ihn. „Ich erkläre dir später alles. Daheim. Du solltest jetzt gehen." Seufzend trat sie zurück. „Um das alles zu erklären, wird ein guter Jurist benötigt."

Bei dem Geräusch herannahender Schritte wich er zurück und verschmolz mit der Wand hinter ihr. „Ich bleibe bei dir."

Sie lächelte. „Ich verlasse mich darauf."

– ENDE –

Nora Roberts

Die tödliche Bedrohung

Roman

Aus dem Amerikanischen von
Emma Luxx

NEW YORK TIMES
BESTSELLER AUTOREN

PROLOG

Es war ein verflucht ungemütlicher Ort für eine Verabredung mit einem Spitzel. Eine kalte Nacht, eine dunkle Straße und der Geruch nach Whiskey und Schweiß, der durch die Ritzen der Kneipentür hinter ihm drang. Colt zog leicht an einer schlanken Zigarre, während er das Knochengestell musterte, das bereit war, ihm Informationen zu verkaufen. Nicht gerade hübsch anzusehen, der Kerl, überlegte Colt, während er den Mann, der klein, spindeldürr und hässlich war wie hausgemachte Sünde, musterte. Im Schein der Neonreklame wirkte er fast komisch.

Obwohl die Sache selbst alles andere als komisch war.

„Sie sind nicht leicht aufzutreiben, Billings."

„Tja ..." Billings kaute sich ein Stückchen Nagelhaut von seinem Daumen ab, während sein Blick die Straße absuchte. „So bleibt man gesund. Hab gehört, dass Sie nach mir suchen." Er taxierte Colt mit einem nervösen Blick von Kopf bis Fuß. „Jemand wie ich muss vorsichtig sein, klar? Die Art Informationen, die Sie kaufen wollen, sind kein Pappenstiel. Außerdem ist es gefährlich. Mir wäre es lieber, wenn mein Cop dabei wäre. Normalerweise läuft alles über sie, aber ich habe sie heute den ganzen Tag über nirgends auftreiben können."

„Mir ist es aber ohne lieber. Und schließlich bin ich es, der zahlt." Um seinen Worten Nachdruck zu verleihen, zog Colt zwei Fünfziger aus seiner Hemdtasche. Er beobachtete, wie Billings' Blick zu den Scheinen glitt und sich daran festsaugte. Obwohl Colt ein risikofreudiger Mann war, war er doch nicht bereit, die Katze im Sack zu kaufen, deshalb hielt er das Geld außer Reichweite.

„Könnte 'n Drink brauchen, da lässt es sich leichter reden." Billings wandte den Kopf und schaute auf die Kneipe in seinem Rücken. Das Auflachen einer Frau, hoch und schrill, barst wie ein Schuss durch das Glas.

„Sie reden doch schon sehr gut mit mir." Colt registrierte, dass der Kerl so nervös war, dass er auf dem Zahnfleisch ging. Und als er sein Gewicht von dem einen Bein aufs andere verlagerte, konnte Colt fast seine Knochen klappern hören. Wenn er jetzt nicht ein bisschen Druck machte, würde der Bursche das Weite suchen wie ein verängstigter Hase. Und das durfte er unter keinen Umständen zulassen, dafür stand einfach zu viel auf dem Spiel.

„Sie sind nicht von hier."

„Nein." Colt zog fragend eine Augenbraue hoch. „Ist das ein Problem?"

„Würde ich nicht so sagen. Im Gegenteil. Aber wenn die Wind von Ihnen bekommen ..." Billings fuhr sich mit dem Handrücken über den Mund. „Obwohl, so wie Sie aussehen, wissen Sie sich schon zu helfen."

„Dafür bin ich bekannt." Colt nahm noch einen letzten langen Zug aus seiner Zigarre, bevor er sie in den Gully schnippte, wo sie wie ein rotes Auge weiterglühte. „Aber kommen wir jetzt zum Geschäft." Als vertrauensbildende Maßnahme wedelte Colt mit einem Fünfziger unter Billings' Nase herum. „Die Informationen, Billings."

In dem Moment, in dem sich Billings' gierige Finger nach dem Geldschein ausstreckten, wurde die kalte Nachtluft von einem durchdringenden Reifenquietschen zerrissen.

Colt brauchte die Panik in Billings' Augen nicht zu lesen. Adrenalin und Instinkt übernahmen das Kommando, und noch bevor der erste Schuss aufpeitschte, sprang er in Deckung.

1. KAPITEL

Althea fand, dass nach einem schweren Arbeitstag gegen ein bisschen Langeweile eigentlich nichts einzuwenden war. Auf diese Weise konnten sich Geist und Körper regenerieren. Und es machte ihr auch nicht wirklich etwas aus, sich nach einer harten Zehnstundenschicht und einer noch härteren Sechzigstundenwoche in ein Cocktailkleid zu schmeißen oder ihre müden Füße in sieben Zentimeter hohe Stilettos zu zwängen. Sie hatte nicht einmal etwas dagegen, dass sie während des Essens im Ballsaal des Brownhauses eine todlangweilige Rede nach der anderen über sich ergehen lassen musste.

Wogegen sie allerdings wirklich etwas hatte, war, dass die Hand des Mannes, mit dem sie ausgegangen war, unter dem weißen Tischtuch an ihrem Oberschenkel unaufhaltsam weiter nach oben glitt.

Männer waren ja so furchtbar berechenbar.

Nach ihrem Weinglas greifend, wandte sie sich zu ihrem Begleiter um und flüsterte ihm zärtlich ins Ohr: „Jack?"

Seine Finger kletterten höher. „Hmm?"

„Wenn du deine Hand nicht – na, sagen wir, in zwei Sekunden – da wegnimmst, steche ich mit meiner Dessertgabel zu. Es wird nicht sehr angenehm sein, Jack, du solltest es dir also gut überlegen." Nach diesen Worten lehnte sie sich zurück und trank einen Schluck von ihrem Wein. Als er erstaunt eine Augenbraue hochzog, lächelte sie ihn über den Rand ihres Glases hinweg an. „Du könntest dann nämlich einen ganzen Monat nicht Racketball spielen."

Jack Holmsby, heiß begehrter Junggeselle, in Ganovenkreisen gefürchteter Staatsanwalt und Ehrengast beim Denver Bar Association Banquet, wusste sehr gut, was Frauen brauchen. Und er versuchte jetzt schon seit Monaten, dieser Frau hier zu geben, was sie brauchte.

„Thea ..." Er flüsterte ihren Namen, wobei er sein charmantestes Verführerlächeln zum Einsatz brachte. „Hier ist sowieso gleich Schluss. Warum gehen wir nicht zu mir? Wir könnten ..." Er selbst hielt den Vorschlag, den er ihr ins Ohr flüsterte, für bahnbrechend.

Althea blieb eine Antwort erspart – und Jack eine kleinere Operation –, weil ihr Piepser sich meldete. Augenblicklich begannen sämtliche Leute in ihrem Umkreis in ihren Taschen zu kramen. Sie neigte den Kopf und erhob sich.

„Entschuldigen Sie. Ich glaube, das war bei mir.“ Sie drehte sich um und ging mit einer leichten Drehung der Hüften davon, wobei sich der Seitenschlitz an ihrem Kleid öffnete und ein langes schlankes Bein aufblitzte. Der durchtrainierte muskulöse Körper in dem rückenfreien, mit winzigen Perlen bestickten purpurroten Kleid veranlasste mehr als einen Kopf, sich umzudrehen. Pulsfrequenzen erhöhten sich. Fantasien wurden gesponnen.

Althea schlenderte ungerührt aus dem Saal in die Lobby zu den Telefonen. Dort angelangt, öffnete sie ihre perlenbesetzte Abendhandtasche, die Puderdose, Lippenstift, Dienstausweis, ein bisschen Kleingeld und ihre Dienstwaffe enthielt, fischte einen Quarter heraus und machte ihren Anruf.

„Grayson.“ Beim Zuhören warf sie ihr schulterlanges leuchtend rotes Haar zurück und kniff die gelblich braunen Augen zusammen. „Alles klar, bin schon unterwegs.“

Nachdem sie aufgelegt und sich wieder umgedreht hatte, sah sie Jack Holmsby auf sich zukommen, der objektiv betrachtet ein attraktiver Mann war, wie sie jetzt dachte. Hübsch poliert an der Außenseite. Bloß schade, dass er innen drin so absolut gewöhnlich war.

„Entschuldige, Jack. Ich muss weg.“

Zwischen seinen Augenbrauen bildete sich eine steile Falte. Zu Hause warteten eine Flasche Cognac Napoleon, ein Stapel Holz, mit dem man im Kamin ein schönes Feuer machen konnte, und ein mit weißer Satinbettwäsche frisch bezogenes Bett. „Herrgott, Thea, kann das nicht jemand anders übernehmen?“

„Nein.“ Die Arbeit kam für sie an erster Stelle, das war noch nie anders gewesen. „Gut, dass ich mit dem eigenen Auto da bin. Du brauchst dich also nicht weiter stören zu lassen. Viel Spaß dann noch.“

Aber er dachte gar nicht daran, so schnell schon aufzugeben. Er folgte ihr durch die Lobby nach draußen in die kalte Herbstnacht. „Was hältst du davon, wenn du später noch bei mir vorbeikommst? Dann machen wir einfach dort weiter, wo wir aufgehört haben.“

„Wir haben noch gar nicht angefangen.“ Sie reichte dem Parkwächter ihren Parkschein. „Aber du musst endlich anfangen aufzuhören, Jack, weil ich nicht die Absicht habe, irgendetwas mit dir anzufangen."

Als er ungeachtet ihrer Worte seine Arme um sie legte, stieß sie nur einen Seufzer aus. „Also wirklich, Thea. Du kannst mir doch nicht weismachen, dass du heute Abend nur mitgekommen bist, um ein Steak zu essen und dir todlangweilige Reden anzuhören." Er beugte sich zu ihr herunter und murmelte an ihren Lippen: „Außerdem hättest du ganz bestimmt nicht so ein Kleid an, wenn du mich auf Abstand halten wolltest. Du hast es doch nur angezogen, um mich scharf zu machen. Und das ist dir gelungen, dessen kannst du dir sicher sein."

Ihre leise Verärgerung schlug in Gereiztheit um. „Hör zu, ich bin heute Abend hier, weil ich dich für einen guten Juristen halte." Der fast beiläufige Rippenstoß, mit dem sie versuchte, ihn sich vom Leib zu halten, veranlasste ihn, vor Schmerz scharf die Luft einzuziehen, und gestattete es ihr, einen Schritt zurückzutreten. „Und weil ich geglaubt habe, wir könnten zusammen einen netten Abend verbringen. Was ich anziehe, ist meine Sache, Holnsby, aber ich habe dieses Kleid ganz bestimmt nicht angezogen, damit du mich unterm Tisch betatschst und mir hanebüchene Vorschläge ins Ohr flüsterst."

Sie wurde nicht laut, aber sie gab sich auch keine Mühe, besonders leise zu sein. In ihrer Stimme schwang jetzt unüberhörbar Wut mit, wie Eis unter einer dünnen Schneedecke. Jack zerrte peinlich berührt an seinem Krawattenknoten und schaute sich nach links und nach rechts um.

„Um Himmels willen, Althea, wenn dich die Leute hören."

„Dasselbe wollte ich eben auch zu dir sagen", konterte sie in zuckersüßem Ton.

Obwohl der Parkwächter lange Ohren machte, räusperte er sich beim Herankommen höflich. Althea drehte sich um, um ihren Autoschlüssel in Empfang zu nehmen. „Danke." Sie schenkte ihm ein Lächeln und ein großzügiges Trinkgeld. Als er das Lächeln sah, begann sein Herz sofort schneller zu schlagen. Er schaute den Geldschein nicht an, bevor er ihn in seine Tasche steckte, weil er zu viel damit zu tun hatte zu träumen.

„Äh ... fahren Sie vorsichtig, Miss. Und kommen Sie bald wieder. Sehr bald."

„Danke." Sie schüttelte sich das Haar zurück, dann glitt sie geschmeidig hinters Steuer ihres überholten Mustang Cabriolets. „Wir sehen uns im Gerichtssaal, Herr Staatsanwalt." Damit startete Althea und fuhr aus der Parklücke.

Alle Tatorte, an denen ein Mord geschehen war, hatten, ganz egal in welcher Umgebung, eines gemeinsam: die Aura von Tod, die man dort spüren konnte. Mit ihren nahezu zehn Jahren Berufserfahrung als Polizistin hatte Althea gelernt, sie zu sichten, die Informationen aufzunehmen und nach Ablauf der präzisen und technischen Ermittlungen schließlich zu den Akten zu legen.

Als Althea eintraf, sah sie, dass man einen halben Häuserblock abgesperrt hatte. Die Polizeifotografen hatten ihre Arbeit gerade beendet und waren dabei, ihre Ausrüstung einzupacken. Die Leiche war bereits identifiziert worden. Das war der Grund, weshalb man sie, Althea, gerufen hatte.

Auf der Straße standen zwei schwarz-weiße Streifenwagen mit kreisendem Blaulicht und eingeschaltetem Polizeifunk, obwohl man im Moment nur krachende Störungsgeräusche hörte. Zuschauer – der Tod schien die Leute geradezu magisch anzuziehen – drängten sich neugierig gegen das gelbe Absperrband, um einen Blick auf den Toten zu erhaschen, der ihnen bestätigen sollte, dass sie selbst noch am Leben waren.

Weil die Nacht kalt war, schnappte sie sich ihre Stola, die auf dem Rücksitz lag. Die smaragdgrüne Seide wärmte ihre Arme und ihren Rücken. Als sie an dem Neuling vorbeikam, der die Menge unter Kontrolle zu halten versuchte, zeigte sie ihren Polizeiausweis vor, dann schlüpfte sie unter der Absperrung durch. Sie war froh, als sie Sweeney entdeckte, einen hartgesottenen Polizisten, der zweimal so lange im Dienst war wie sie, es aber immer noch nicht eilig hatte, seine Uniform an den Nagel zu hängen.

„Lieutenant." Er nickte ihr zu, bevor er ein Taschentuch aus der Tasche zog und sich lautstark die Nase schnaubte.

„Was ist denn passiert, Sweeney?"

„Im Vorbeifahren. Das Opfer stand da vor der Kneipe und unterhielt sich." Der Polizist deutete auf die zersplitterte Glastür des Tick Tock. „Laut Augenzeugen fuhr das Auto mit hoher Geschwindigkeit heran, bremste scharf ab, dann fielen die Schüsse und gleich darauf raste der Wagen in Richtung Norden davon."

Althea konnte immer noch das Blut riechen, obwohl es nicht mehr frisch war. „Sonst noch jemand verletzt?"

„Nichts Ernsthaftes. Ein paar Leute haben kleinere Schnitte von durch die Luft fliegenden Glassplittern abbekommen, das ist alles. Der oder die Täter haben ihr Ziel gleich getroffen." Er schaute über seine Schulter auf den Boden, wo der Tote lag. „Tut mir leid, Lieutenant, aber er hatte keine Chance."

„Ja, mir tut es auch leid." Ihr Blick wanderte zu der Gestalt, die in einer großen Blutlache auf dem Gehsteig lag. Sie hatten nicht viel in der Hand, womit sie anfangen konnten. Er war fünfundfünfzig Jahre alt, einen Meter fünfundsechzig groß und klapperdürr, mit einem Gesicht, das zu lieben wahrscheinlich nicht mal seiner Mutter leicht gefallen war.

Wild Bill Billings, Schmalspurzuhälter, Schmalspurganove und Polizeispitzel.

Und zwar ihrer, verdammter Mist.

„Der Gerichtsmediziner?"

„Schon wieder weg", erklärte Sweeney. „Können ihn auf Eis legen."

„Dann macht es. Gibt es eine Liste mit Zeugen?"

„Ja. Aber die Aussagen kann man größtenteils knicken. Einmal war es ein schwarzes Auto, dann wieder ein blaues. Ein Besoffener behauptet steif und fest, eine von roten Teufeln gezogene Kutsche gesehen zu haben." Da er Althea gut genug kannte, um zu wissen, dass sie keinen Anstoß daran nehmen würde, stieß er eine Reihe äußerst erfindungsreicher Flüche aus.

„Wir müssen uns mit dem, was wir bekommen, begnügen." Sie ließ ihre Blicke über die neugierige Menge schweifen – Kneipengänger, erlebnishungrige Jugendliche, ein paar Obdachlose und …

Als ihr Blick auf einem der Umstehenden liegen blieb, gerieten ihre Sensoren in Schwingungen. Im Gegensatz zu allen anderen wirkte er weder beunruhigt, noch abgestoßen oder aufgeregt. Er stand einfach nur ruhig da, mit offener Lederjacke, obwohl ein kalter Wind wehte. Unter der Lederjacke sah man ein Kambrikhemd, das am Hals, an dem eine Silberkette glitzerte, offen stand. An die langen

Beine schmiegte sich eine enge, verwaschene Jeans, die über ramponierten Stiefeln endete. Seine Haare, eine Mischung zwischen Blond und Braun, waren leicht gewellt, windzerzaust und so lang, dass sie über den Kragen wuchsen.

Er zog ab und zu an einer schlanken Zigarre, während seine Augen unablässig über den Tatort wanderten, als ob sie versuchten, sich jede Einzelheit genau einzuprägen. Trotz des fahlen Lichts wirkte er braun gebrannt, was gut zu seinen scharf geschnittenen Gesichtszügen passte. Seine Augen lagen tief in den Höhlen, und die Nase war groß und kräftig. Seine Lippen waren voll, aber man konnte sich gut vorstellen, wie sie unversehens schmal wurden und sich zu einem höhnischen Grinsen verzogen.

Noch bevor sich ihre Blicke trafen und verhakten, sagte ihr Instinkt ihr aus irgendeinem Grund, dass sie es hier mit einem Profi zu tun hatte.

„Wer ist denn der Cowboy dort, Sweeney?"

„Der … oh." Sweeneys müdes Gesicht verzog sich zu etwas, das ganz knapp noch für ein Lächeln durchgehen konnte. „Ein Zeuge", gab er zurück. „Er hat sich gerade mit dem Opfer unterhalten, als geschossen wurde."

„Ach ja?" Sie hörte, wie die Leiche eingeladen wurde, aber sie drehte sich nicht um. Sie wusste auch so genau, was hinter ihrem Rücken vorging.

„Er ist der Einzige, der uns eine vernünftige Schilderung des Tathergangs geben konnte." Sweeney zog sein Notizbuch heraus, leckte sich über den Daumen und blätterte die Seiten durch. „Sagt, dass es eine schwarze '91er Buicklimousine war, mit Nummernschildern aus Colorado. Behauptet, dass er die Zahlen nicht erkennen konnte, weil die Nummernschildbeleuchtung aus war und er es ein bisschen eilig hatte, in Deckung zu gehen. Er hat ausgesagt, dass die Waffe wie eine AK-47 klang."

„Ach ja?" Interessant. Diesen Zeugen sollte sie im Auge behalten. „Vielleicht …" Sie unterbrach sich, als sie sah, dass ihr Chef die Straße überquerte. Captain Boyd Fletcher ging schnurstracks auf den Zeugen zu, schüttelte erst ungläubig den Kopf, dann grinste er und umarmte sein Gegenüber. Anschließend folgte ein beiderseitiges nicht enden wollendes Schulterklopfen.

„Sieht ganz danach aus, als ob sich der Captain fürs Erste um ihn kümmert.“ Althea steckte ihre Neugier weg wie eine Belohnung, die man sich für später aufhebt. „Machen wir erst mal hier fertig, Sweeney.“

Colt hatte sie von dem Moment an nicht mehr aus den Augen gelassen, in dem sich das erste lange, glatte Bein aus der Tür des Mustang geschoben hatte. Eine Lady wie sie war es wert, dass man sie nicht mehr aus den Augen ließ – mehr als wert. Es war schön anzuschauen, wie sie sich bewegte – mit der Geschmeidigkeit eines Athleten und der sparsamen Grazie eines Menschen, der weder Zeit noch Energie zu verschwenden hat. Und noch schöner war sie selbst anzuschauen. Ihr schön gewachsener, sexy Körper hatte gerade ausreichend Kurven, um einem Mann den Mund wässrig zu machen, und mit all dieser grünen und purpurroten Seide, die sich im Wind bewegte … Das flammend rote Haar, aus einem kühlen Kameengesicht gestrichen, veranlasste einen Mann, an wesentlich mehr zu denken als an die Familienerbstücke seiner Großmutter.

Es war eine kalte Nacht, aber ein einziger Blick auf diese wohlproportionierte Frau bewirkte, dass es Colt ganz heiß wurde.

Was ganz gewiss nicht die schlechteste Art war, sich während des Wartens warm zu halten. Vor allem, weil er normalerweise zu den Menschen gehörte, die selbst unter besten Umständen nicht gern warten.

Es hatte ihn nicht überrascht, als sie dem Babyface an der Absperrung ihren Dienstausweis unter die Nase gehalten hatte. Sie trug auf ihren muskulösen Schwimmerinnenschultern unübersehbar Autorität. Anfangs hatte er sie für die stellvertretende Bezirksstaatsanwältin gehalten, doch als er gesehen hatte, wie sie mit Sweeney gesprochen hatte, war ihm klar geworden, dass er sich geirrt hatte.

Der Lady stand das Wort *Cop* quer über die Stirn geschrieben.

Ungefähr Ende zwanzig, überlegte er, und auch ohne diese schwindelerregend hohen Absätze wahrscheinlich fast einen Meter siebzig groß.

Die Polizistinnen waren heutzutage wirklich ziemlich interessant verpackt, das musste sogar er zugeben.

Und so wartete er, während er das, was sich da vor seinen Augen abspielte, einzuschätzen versuchte. Wild Bill Billings' sterblichen Überresten brachte er keine wie auch immer gearteten Gefühle entgegen. Der Mann nutzte ihm jetzt nichts mehr.

Doch trotz allem würde er etwas herausfinden. Colt Nightshade war kein Mann, der sich durch einen Mord von seinem Ziel abbringen ließ.

Als er spürte, dass sie ihn beobachtete, zog er ruhig an seiner Zigarre und stieß eine Rauchwolke aus. Dann suchte er ihren Blick. Der Stromstoß, der ihn durchzuckte, kam jäh – und war ursprünglich und rein sexuell bedingt. Dieser eine flüchtige Moment, in dem sein Gehirn so blank geputzt war wie eine Glasscheibe, kam mehr als unerwartet. Er war nicht vorherzusehen gewesen. Stärke prallte auf Stärke. Sie machte einen Schritt auf ihn zu. Er ließ den Atem heraus, den er unbewusst angehalten hatte.

Er war so in Anspruch genommen, dass er Boyd nicht herankommen sah.

„Colt! Du alter Mistkerl!"

Colt fuhr überrascht herum, doch dann verschwand die gespannte Aufmerksamkeit aus seinen Augen und machte einem Grinsen Platz, bei dem jede Frau sogar noch in zehn Schritt Entfernung dahingeschmolzen wäre.

„Fletch." Mit der überströmenden Herzlichkeit, die er allein für seine Freunde reserviert hatte, erwiderte er Boyds Umarmung, dann trat er einen Schritt zurück, um Bestandsaufnahme zu machen. Er hatte Boyd seit fast zehn Jahren nicht mehr gesehen und stellte jetzt zu seiner Genugtuung fest, dass er sich wenig verändert hatte. „Du hast ja immer noch dieses hübsche Gesicht."

„Und du bist auch noch ganz der Alte. Gott, tut es gut, dich mal wieder zu sehen. Seit wann bist du hier?"

„Seit zwei Tagen. Ich wollte erst noch ein paar Dinge erledigen, bevor ich mich melde."

Boyd schaute an ihm vorbei zu dem Wagen, in den eben der Tote eingeladen wurde. „Das da zum Beispiel?"

„Das war ein Teil davon. Ich wusste deine Direktheit schon immer zu schätzen, Boyd."

„Hmm." Boyd entdeckte Althea und begrüßte sie mit einem kaum wahrnehmbaren Nicken. „Jetzt mal ehrlich, Colt, hast du die Polizei gerufen oder einen Freund?"

Colt schaute auf seinen Zigarrenstummel, schnippte ihn in den Rinnstein und trat ihn mit dem Absatz aus. „Gut zu wissen, dass du beides bist."

„Hast du den Kerl umgebracht?"

Boyd stellte die Frage in so leidenschaftslosem Ton, dass Colt wieder grinsen musste. Er wusste, dass Boyd ihm kein Haar gekrümmt hätte, wenn er an Ort und Stelle ein Geständnis abgelegt hätte. „Nein."

Boyd nickte wieder. „Gut. Wirst du mich ins Bild setzen?"

„Ja."

„Setz dich in meinen Wagen. Ich bin in einer Minute da."

„*Captain* Boyd Fletcher." Colt schüttelte mit einem leisen Auflachen den Kopf. Obwohl es bereits weit nach Mitternacht war, saß er hellwach und entspannt mit einer Tasse schlechtem Kaffee in der Hand, die Beine mit den ramponierten Stiefeln lang auf der Tischplatte ausgestreckt, vor Boyds Schreibtisch. „Hört sich wirklich gut an."

„Ich dachte, du züchtest in Wyoming Pferde und Rinder."

„Das mache ich auch." Colts Tonfall war schleppend, mit einem ganz leichten Näseln. „Ab und zu jedenfalls."

„Und was ist mit deinem Juraabschluss passiert?"

„Der muss noch irgendwo in einer Schublade rumfliegen."

„Und die Air Force?"

„Fliegen tue ich noch. Aber die Uniform habe ich an den Nagel gehängt. Was meinst du, wie lange das mit der Pizza noch dauert?"

„Gerade lange genug, dass sie kalt und nicht mehr essbar ist." Boyd lehnte sich behaglich in seinem Stuhl zurück. Er fühlte sich in seinem Büro wohl. Und er dachte gern an seine gemeinsame Schulzeit mit Colt.

„Du hast den Schützen nicht erkennen können?"

„Himmel, Fletch, ich hatte gerade noch Zeit, mir das Auto anzuschauen, bevor ich in Deckung ging. Nicht dass uns das besonders viel weiterhelfen würde. Die Chancen stehen gut, dass es gestohlen war."

„Lieutenant Grayson wird versuchen es zu finden. Warum erzählst du mir nicht, was du mit Wild Bill zu besprechen hattest?"

„Ich hatte gehofft, dass er mir in einer bestimmten Sache weiterhelfen kann. Ich war …" Er unterbrach sich, als Althea mit einem flachen Karton hereingeschlendert kam. Sie hatte sich nicht die Mühe gemacht anzuklopfen.

„Sind das eure Pizzen?" Sie stellte den Karton auf Boyds Schreibtisch ab und streckte die Hand aus. „Zehn Mäuse, Fletcher."

„Althea Grayson, Colt Nightshade. Colt ist ein alter Freund von mir." Boyd zog einen Zehner aus seiner Brieftasche. Nachdem Althea den Schein fein säuberlich gefaltet und in ihrem Portemonnaie verstaut hatte, legte sie ihre perlenbestickte Abendhandtasche auf einem Stapel Aktenordner ab.

„Mr Nightshade."

„Mrs Grayson."

„*Lieutenant* Grayson", stellte sie richtig. Sie lüftete den Deckel des Pizzakartons, inspizierte den Inhalt, suchte sich ein Stück Pizza aus. „Ich glaube, Sie waren an meinem Tatort."

„So sieht es aus." Er nahm die Beine vom Schreibtisch, damit er sich vorbeugen und sich ebenfalls ein Stück Pizza nehmen konnte. Über den Geruch von abkühlender Salami hinweg erhaschte er ihren Duft. Der weitaus verführerischer war.

„Danke", murmelte sie, als Boyd ihr eine Serviette reichte. „Mich würde interessieren, wie es kommt, dass Sie in die Schießerei mit meinem Informanten verwickelt wurden."

Colt verengte die Augen. „Mit Ihrem Informanten?"

„Richtig." Ähnlich wie bei seinen Haaren ließ sich auch bei seinen Augen nicht entscheiden, was für eine Farbe sie hatten. Sie changierten zwischen Blau und Grün. Und im Moment waren sie so kalt wie der Wind, der an die Fenster klopfte.

„Bill hat verlauten lassen, dass er den ganzen Tag über versucht hat, seinen Polizeikontakt zu erreichen."

„Ich war an der Front."

Colt zog eine Augenbraue hoch, während er seinen Blick über die wehende smaragdgrüne Seide gleiten ließ. „Schöne Front."

„Lieutenant Grayson hat heute den ganzen Tag über versucht, Drogendealern das Handwerk zu legen", mischte sich Boyd ein. „He, Leute, warum fangen wir nicht mit dem Anfang an?"

„Keine Einwände." Althea deponierte ihr angebissenes Stück Pizza auf dem Deckel des Pizzakartons, dann legte sie ihre Stola ab.

Colt biss die Zähne zusammen, um zu verhindern, dass ihm die Kinnlade herunterfiel. Da sie von ihm abgewandt dastand, hatte er das quälende Vergnügen, ermessen zu können, wie sehr ein nackter Rücken entzücken konnte, wenn er schlank, gerade und von purpurroter Seide eingerahmt war.

Nachdem sie ihren Schal auf einem Aktenschrank abgelegt hatte, langte Althea wieder nach ihrem Stück Pizza und ließ sich auf der Kante von Boyds Schreibtisch nieder.

Sie ist sich ihrer Wirkung auf Männer sehr wohl bewusst, dachte Colt. Er konnte dieses süffisante, leicht belustigte Wissen in ihren Augen lesen. Er hatte schon immer den Verdacht gehegt, dass jede Frau ihr Waffenarsenal bis in die letzte Wimper hinein ganz genau kannte, aber es war schwer für einen Mann, wenn die Frau so bis an die Zähne bewaffnet war wie diese hier.

„Also, kommen wir zu Wild Bill, Mr Nightshade", begann Althea. „Was haben Sie mit ihm gemacht?"

„Geredet." Er wusste, dass seine Antwort wenig weiterführend war, aber im Moment war er zu sehr damit beschäftigt zu entscheiden, ob der sexy Lieutenant und sein alter Freund etwas miteinander hatten. Sein alter *verheirateter* Freund, setzte er in Gedanken hinzu. Doch als er zwischen den beiden nicht das leiseste erotische Knistern spürte, war er aus unerfindlichen Gründen erleichtert, aber auch überrascht.

„Worüber?" Althea klang immer noch geduldig, sogar freundlich. Als ob sie versucht, einen kleinen Jungen auszufragen, der einen leichten Dachschaden hat, überlegte Colt.

„Der Tote war Theas Informant", erinnerte Boyd Colt. „Wenn sie den Fall will …"

„Und ich will ihn."

„Dann hat sie ihn."

Um Zeit zu schinden, streckte Colt die Hand nach einem weiteren Stück Pizza aus. Ihm schwante, dass er nicht umhinkommen würde, etwas zu tun, das ihm ganz und gar nicht schmeckte, etwas, das ihm aller Voraussicht nach im Hals stecken bleiben würde wie verfaultes Hackfleisch. Er würde um Hilfe bitten müssen. Und um diese zu erhalten, würde er das, was er wusste, teilen müssen.

„Ich habe zwei geschlagene Tage damit verbracht, Billings aufzustöbern und ihn dazu zu bringen, mit mir zu reden.“ Außerdem hatte es ihn zwei Hunderter Schmiergeld gekostet, den Weg freizumachen, aber er gehörte nicht zu den Leuten, die die Kosten schon vor Ende der Veranstaltung aufmachten. „Er war nervös und wollte ohne seinen Polizeikontakt eigentlich nicht mit der Sprache rausrücken. Also musste ich dafür sorgen, dass es sich für ihn lohnt.“

Er drehte sich zu Althea um. Die Lady war allem Anschein nach niedergeschlagen. Die Erschöpfung war nicht leicht auszumachen, aber sie war da – sie zeigte sich in den leicht hängenden Lidern, den Schatten unter den Augen.

„Tut mir leid, dass Sie ihn verloren haben, aber ich bezweifle, dass es etwas geändert hätte, wenn Sie dort gewesen wären.“

„Das werden wir nie erfahren.“ Sie gestattete es sich nicht, ihr Bedauern in ihrer Stimme mitschwingen oder sich ihr Urteilsvermögen davon trüben zu lassen. „Warum war es Ihnen so wichtig, mit Wild Bill zu sprechen?“

„Er hatte ein Mädchen, das für ihn anschaffen ging. Jade. Wahrscheinlich ihr Straßenname.“

Althea versuchte sich zu erinnern, nickte. „Ja, richtig. Klein und blond, schrecklich jung. Soweit ich weiß, ist sie schon seit vier oder fünf Wochen nicht mehr auf dem Strich gewesen.“

„Kann gut sein.“ Colt stand auf, um sich noch mehr von dem Klärschlamm aus der elektrischen Kaffeemaschine einzuschenken. „So lange ist es ungefähr her, seit Billings ihr einen Job verschafft hat. Beim Film.“ Wenn er sich schon Gift zuführen musste, würde er es nehmen wie ein Mann, ohne Milch oder Zucker. Er trank einen Schluck, dann drehte er sich wieder um. „Wobei ich nicht von Hollywood rede, wie Sie sich wahrscheinlich denken können, sondern von Videofilmen für Privatkunden. Harte Pornos für Genießer sozusagen.“ Er zuckte die Schultern und setzte sich wieder. „Ich könnte nicht behaupten, dass mich das besonders stören würde, sofern wir von freiwilligen Übereinkünften zwischen Erwachsenen reden. Obwohl mir persönlich Sex in natura wesentlich lieber ist.“

„Es geht jetzt eigentlich nicht um Ihre persönlichen Vorlieben, Mr Nightshade.“

„Oh, Sie brauchen mich nicht Mister zu nennen, Lieutenant. Es hört sich so förmlich an, wo wir doch über so ein heißes Thema sprechen." Er lehnte sich lächelnd zurück. Er hatte immer noch Lust, ihr das Federkleid zu zerrupfen, und zwar aus Gründen, die näher zu erforschen er sich nicht die Zeit nahm, aber er wollte es gut und angemessen tun. „Tja, und dann ist irgendetwas passiert, das Jade einen Schrecken eingejagt hat. Ich gehöre nicht zu den Leuten, die dem Glauben anhängen, dass Huren ein Herz aus Gold hätten, aber diese hier hat zumindest ein Gewissen. Sie schrieb Mr und Mrs Frank Cook einen Brief." Er schaute Boyd an. „Frank und Marleen Cook."

„Marleen?" Boyd zog überrascht die Augenbrauen hoch. „Marleen und Frank?"

„Genau die." Colt lächelte schief. „Noch mehr alte Freunde, Lieutenant. Zufälligerweise hatte ich mit Mrs Cook vor einer halben Ewigkeit das, was man ein intimes Verhältnis nennt. Da sie aber eine gute Menschenkenntnis hat, hat sie Frank geheiratet. Die beiden sind nach Albuquerque gezogen und haben inzwischen ein paar bildhübsche Kinder."

Althea setzte sich bequemer hin und schlug mit einem Rascheln von Seide ihre Beine übereinander. Der silberne Anhänger an seiner Kette war eine Sankt-Christophorus-Medaille, wie sie sah. Der Schutzheilige der Reisenden. Sie überlegte, ob Mr Nightshade glaubte, den Schutz eines Heiligen zu brauchen.

„Ich darf doch hoffentlich annehmen, dass das irgendwo hinführt und Sie nicht nur in alten Erinnerungen schwelgen, oder?"

„Oh, es führt direkt vor Ihre berufliche Haustür, Lieutenant. Ich nehme nur gern ab und zu ein paar Umwege." Er nahm eine Zigarre heraus und ließ sie durch seine langen Finger gleiten, bevor er seine Taschen nach seinem Feuerzeug abklopfte. „Vor ungefähr einem Monat wurde Marleens älteste Tochter … sie heißt Elizabeth … kennst du Elizabeth, Boyd?"

Boyd schüttelte den Kopf. Ihm schwante, wohin das führen würde, und das gefiel ihm gar nicht. Kein bisschen. „Ich habe sie nur einmal gesehen, da war sie noch ein Baby. Wie alt ist sie jetzt, zwölf?"

„Dreizehn. Gerade geworden." Colt zündete seine Zigarre an und zog, bis sie brannte. „Bildhübsch, ganz die Mama. Und Marleens hitziges Temperament hat sie auch geerbt. Eines Tages gab es irgendwelche Probleme zu Hause, so wie sie bei den meisten Familien ab und zu vorkommen, und da ist Liz abgedampft."

„Sie ist einfach weggelaufen?" Das konnte Althea gut verstehen. Allzu gut.

„Ja, hat ihren Rucksack gepackt und ab durch die Mitte. Ich brauche wahrscheinlich nicht eigens zu betonen, dass Marleen und Frank seitdem in der Hölle leben. Sie haben Liz bei der Polizei als vermisst gemeldet, aber der offizielle Weg hat sie keinen Schritt weitergebracht." Er stieß eine Rauchwolke aus. „Ich hoffe, dass sich hier niemand auf den Schlips getreten fühlt. Vor zehn Tagen haben sie mich angerufen."

„Warum?", fragte Althea.

„Ich sagte es bereits. Wir sind befreundet."

„Machen Sie so etwas öfter für Freunde? Zuhälter aufspüren und Kugeln ausweichen, meine ich."

Ganz schön sarkastisch, die Frau, dachte Colt. Es war noch eine zusätzliche Waffe in ihrem Arsenal. „Man hilft, wo man kann."

„Haben Sie eine Zulassung als Privatdetektiv?"

Colt studierte eingehend das brennende Ende seiner Zigarre. „Ich halte nicht besonders viel von Zulassungen. Ich habe ein bisschen meine Fühler ausgestreckt, und dabei ist es mir gelungen, ihre Spur nach Norden zu verfolgen. Dann bekamen die Cooks Jades Brief." Er klemmte sich seine Zigarre zwischen die Zähne und zog aus der Innentasche seiner Jacke einen auf geblümtem Briefpapier geschriebenen zusammengefalteten Brief. „Hier, lies selbst", sagte er zu Boyd, während er ihm den Brief reichte. Althea stand auf, stellte sich hinter Boyd und legte ihm eine Hand auf die Schulter, während sie ebenfalls las.

Es war eine seltsam intime und doch vollkommen asexuelle Geste. Eine, die Freundschaft und Vertrauen ausdrückt, entschied Colt.

Die Handschrift war ebenso kindlich wie das Briefpapier. Aber der Inhalt hatte absolut nichts mit Blumen, Schleifchen und Kinderträumen zu tun.

Lieber Mr und liebe Mrs Cook,
ich habe Liz in Denver getroffen. Sie ist ein liebes Mädchen. Ich weiß, dass es ihr echt leidtut, dass sie von zu Hause abge-

hauen ist, und dass sie auf der Stelle zurückkommen würde, wenn sie es könnte. Ich hätte ihr gern geholfen, aber ich musste untertauchen. Liz steckt schlimm in der Patsche. Ich würde ja zur Polizei gehen, aber ich glaube nicht, dass man dort jemand wie mir überhaupt zuhören würde. Liz ist für so ein Leben nicht gemacht, aber ich bin mir sicher, dass sie sie nicht mehr weglassen. Sie ist so jung und so hübsch, dass sie mit den Videos von ihr bestimmt einen Haufen Geld machen. Ich bin jetzt schon seit fünf Jahren im Geschäft, aber manche Sachen, die wir vor der Kamera machen müssen, fand ich immer ganz grässlich. Und jetzt glaube ich, dass sie eins von den Mädchen umgebracht haben, und weil ich Angst habe, dass sie mit mir dasselbe machen, bin ich abgehauen. Liz hat mir Ihre Adresse gegeben und mich gebeten, Ihnen diesen Brief zu schreiben und Ihnen zu sagen, dass es ihr ganz schrecklich leidtut. Sie hat so Angst, und ich hoffe, dass Sie sie finden und dass alles gut wird.
Jade
P.S. Sie haben ein Haus in den Bergen, wo sie die Filme drehen. Und auf der Second Avenue in Denver gibt es eine Wohnung.

Boyd gab den Brief nicht zurück, sondern legte ihn auf seinen Schreibtisch. Er hatte selbst eine Tochter. Als er an die süße sechsjährige Allison dachte, packte ihn eine ohnmächtige Wut.

„Du hättest dich gleich an mich wenden können. Du hättest es sogar tun *müssen*."

„Ich bin es gewohnt, allein zu arbeiten." Colt zog ein letztes Mal an seiner Zigarre, bevor er sie ausdrückte. „Aber ich hatte vor zu kommen. Ich wollte vorher nur noch ein paar Informationen zusammentragen. Ich hatte den Namen von Jades Zuhälter und wollte versuchen, etwas aus ihm herauszubekommen."

„Und jetzt ist er tot", sagte Althea mit ausdrucksloser Stimme, während sie sich umwandte, um aus dem Fenster zu schauen.

„Ja." Colt studierte nachdenklich ihr Profil. Was er an ihr spürte, war nicht nur Wut, sondern noch viel mehr. „Irgendwie muss es sich herumgesprochen haben, dass ich ihn suche. Das deutet darauf hin, dass wir es hier mit einem gut organisierten Pack zu tun haben, das auch vor Mord nicht zurückschreckt."

„Das ist ein Fall für die Polizei", sagte Boyd ruhig.

„Kein Widerspruch." Bereit, mit sich verhandeln zu lassen, breitete Colt die Hände aus. „Aber es ist auch eine persönliche Angelegenheit. Ich werde weitere Nachforschungen anstellen, Fletcher. Das ist nicht gegen das Gesetz. Ich bin von den Cooks beauftragt worden ... als ihr Anwalt, wenn das Kind unbedingt einen Namen braucht."

„Aber sind Sie das denn?" Althea, die ihre Gefühle mittlerweile wieder unter Kontrolle hatte, drehte sich zu ihm um. „Sind Sie Anwalt?"

„Wenn es mir passt. Ich will euch nicht bei euren Ermittlungen in die Quere kommen", sagte er zu Boyd. „Alles, was ich möchte, ist, dass die Kleine wohlbehalten zu Marleen und Frank zurückkommt. Ich bin bereit, mit euch zusammenzuarbeiten, und das bedeutet, dass ich alles, was ich in Erfahrung bringe, an euch weitergebe. Aber ich will eine Gegenleistung dafür. Gib mir einen Cop, der den Fall bearbeitet, Boyd."

Er lächelte ganz leicht, und es hatte fast den Anschein, als ob er sich über sich selbst amüsiere. „Es gibt wahrscheinlich niemanden, der sich besser vorstellen kann als du, wie sehr es mir gegen den Strich geht, offizielle Hilfe anzufordern. Aber hier geht es um Liz und um nichts sonst." Er beugte sich vor. „Du weißt, dass ich meine Arbeit gut mache und nicht lockerlasse. Gib mir deinen besten Mann, dann kaufen wir uns dieses Pack."

Boyd presste sich den Daumen und den Zeigefinger gegen seine müden Augen. Er könnte Colt natürlich sagen, dass er die Finger von der Sache lassen sollte. Obwohl das nur Energieverschwendung wäre. Er könnte sich weigern, mit Colt zusammenzuarbeiten, er könnte sich weigern, seine Informationen mit ihm zu teilen. Aber der einzige Effekt wäre, dass Colt versuchen würde, ihn zu umgehen. Ja, er wusste, dass Colt seine Sache gut machen würde, weil er schon immer alles, was er angepackt hatte, gut gemacht hatte.

Es wäre nicht das erste Mal, dass Boyd Fletcher sich nicht peinlich genau an die Spielregeln hielte. Nachdem er seine Entscheidung getroffen hatte, deutete er auf Althea.

„Da. Sie ist mein bester Mann."

2. KAPITEL

Wenn ein Mann schon unbedingt eine Partnerin haben musste, dann sollte sie wenigstens hübsch sein. Auf jeden Fall hatte Colt weniger die Absicht, mit Althea zusammenzuarbeiten, als vielmehr, sich ihrer zu bedienen. Sie würde sein Verbindungsstück zum offiziellen Teil der Ermittlung sein. Er würde sein Wort halten – das tat er immer, außer wenn es ihm nicht ratsam erschien – und sie mit Informationen füttern, mit welchen auch immer. Obwohl er nicht damit rechnete, dass sie viel damit machen würde.

Es gab nur eine Hand voll Polizisten, die Colt respektierte, und Boyd stand auf seiner Liste ganz oben. Was Lieutenant Grayson anbelangte, so nahm Colt an, dass sie dekorativ, nicht nennenswert hilfreich und wenig sonst sein würde.

Aber ihr Dienstausweis, ihr Aussehen und ihr Sarkasmus könnten sich unter Umständen als nützlich herausstellen, wenn sie mit Leuten reden mussten, die möglicherweise mit der Sache zu tun hatten.

Immerhin hatte er letzte Nacht ausreichend geschlafen ... sechs Stunden insgesamt. Er hatte keine Einwände erhoben, als Boyd darauf bestanden hatte, ihn für die Dauer seines Aufenthalts bei sich zu Hause unterzubringen. Colt mochte Familien – zumindest die von anderen – und auf Boyds Frau war er neugierig gewesen.

Er hatte ihre Hochzeit verpasst. Obwohl er kein Freund von zeremoniellen Feierlichkeiten war, wäre er gern gekommen. Aber von Beirut bis Denver war es ein weiter Weg, und er war damals mit Terroristen beschäftigt gewesen.

Von Cilla war er ausgesprochen angetan. Die Frau hatte keine Miene verzogen, als ihr Mann um zwei Uhr morgens einen Fremden angeschleppt hatte. In einen Bademantel gewickelt, hatte sie ihm das Gästezimmer gezeigt, wobei sie ihm geraten hatte, sich, falls er ausschlafen wollte, das Kopfkissen über den Kopf zu ziehen. Die Kinder standen offenbar um sieben auf, da sie zur Schule mussten.

Er hatte geschlafen wie ein Stein, und als er von Gebrüll und trampelnden Schritten aufgewacht war, hatte er sich an den Rat seiner Gastgeberin erinnert und noch eine Stunde mit dem Kissen überm Kopf geschlafen.

Und jetzt war er, gestärkt von einem hervorragenden Frühstück und drei Tassen erstklassigem Kaffee, den die Haushälterin der Fletchers zubereitet hatte, bereit zu neuen Taten.

Zuerst nahm er Boyds Angebot an und fuhr mit ihm aufs Revier. Er plante, kurz bei Althea reinzuschauen, um in Erfahrung zu bringen, ob sie etwas über irgendwelche Spießgesellen von Billings wusste, und dann seiner Wege zu gehen.

Allem Anschein nach führte sein alter Freund ein strenges Regiment. Es gab zwar das übliche ständige Telefonklingeln, das Geklapper von Computertastaturen und Stimmengewirr. Außerdem waren da die gewohnten Gerüche nach Kaffee, starken Reinigungsmitteln und Schweiß. Aber dies alles konnte nicht über eine Arbeitsatmosphäre hinwegtäuschen, die von Organisation und Zielstrebigkeit bestimmt war.

Der Beamte am Empfang notierte sich seinen Namen, dann händigte er Colt einen Besucherausweis aus und erklärte ihm den Weg zu Altheas Büro. Am Einsatzraum vorbei, gelangte er auf einen kleinen Flur, wo hinter der zweiten Tür links ihr Büro war. Weil die Tür geschlossen war, klopfte er vor dem Eintreten an. Er wusste, dass Althea da war, noch bevor er sie sah. Er witterte sie wie ein Wolf seine Gefährtin. Oder seine Beute.

Die kühne Seide war verschwunden, aber sie wirkte immer noch weitaus eleganter als eine Polizistin normalerweise. Der gut sitzende Hosenanzug in Rauchgrau wirkte nicht im Mindesten männlich. Und es war auch nicht davon auszugehen, dass sie ihn trug, um ihr Geschlecht zu verleugnen, weil sie ihn mit einer rosa Bluse kombiniert hatte und am Revers eine mit Brillanten besetzte sternförmige Anstecknadel trug. Ihre leuchtend rote Mähne hatte sie sich aus dem Gesicht gekämmt und im Nacken zu einem komplizierten Zopf gebändigt. An ihren Ohrläppchen glänzten ineinander verflochtene goldene Ohrringe.

Das Ergebnis dieses sorgfältigen Prozesses wirkte so aus dem Ei gepellt, dass jede Gouvernante stolz darauf gewesen wäre, und hatte trotzdem die K.o.-Wirkung von unterkühltem Sex.

Ein Geringerer hätte sich bestimmt die Lippen geleckt.

„Grayson."

„Nightshade." Sie deutete auf einen Stuhl. „Nehmen Sie Platz."

Es gab nur einen einzigen Stuhl in dem Raum, mit gerader Lehne, die Sitzfläche aus Holz. Colt drehte ihn um und setzte sich mit gespreizten Beinen darauf. Während er es tat, registrierte er, dass ihr Büro noch weniger als halb so groß war wie das von Boyd und penibel aufgeräumt. Alle Aktenschränke waren geschlossen, die Unterlagen auf ihrem Schreibtisch fein säuberlich gestapelt, Bleistifte so gespitzt, dass sie als Mordwerkzeuge hätten dienen können. In einer Ecke des Schreibtischs stand eine Topfpflanze, die garantiert regelmäßig gegossen wurde. Familienfotos oder Fotos von Freunden gab es keine. Der einzige Farbtupfer in dem kleinen fensterlosen Raum war ein abstraktes Gemälde in leuchtenden Blau-, Grün- und Rottönen. Kühne bunte Pinselstriche, die sich farblich eher bekriegten, als dass sie sich mischten.

Irgendein Gefühl sagte ihm, dass das haargenau zu ihr passte.

„So." Er verschränkte seine Arme auf der Rückenlehne und beugte sich vor.

„Haben Sie schon irgendetwas über das Auto, aus dem geschossen wurde, herausgefunden?"

„Kinderspiel. Es stand heute Morgen auf der Liste der gestohlenen Autos." Sie langte nach ihrer Kopie und hielt sie ihm hin. „Es wurde letzte Nacht um elf als gestohlen gemeldet. Die Besitzer waren beim Essen, und als sie aus dem Restaurant kamen, war das Auto weg. Mr und Mrs Wilmer, beide Zahnärzte, die zur Feier ihres fünften Hochzeitstages ausgegangen waren. So wie es aussieht unbescholtene Leute."

„Wahrscheinlich." Er warf die Kopie wieder auf ihren Schreibtisch. Er hatte nicht wirklich damit gerechnet, durch das Auto auf eine Spur zu stoßen. „Und bis jetzt ist es noch nicht wiederaufgetaucht?"

„Bis jetzt noch nicht. Ich habe mir Jades Vorstrafenregister geholt, falls Sie Interesse haben." Nachdem sie die Liste wieder an ihren Platz zurückgelegt hatte, griff sie nach einem Aktenordner. „Janice Willowby. Alter zweiundzwanzig. Einige Vorstrafen wegen Ansprechen potenzieller Kunden – ein paar davon schon als Jugendliche, und ein Arrest wegen Rauschgiftbesitz, auch als Jugendliche. Da hat man sie mit zwei Joints in der Handtasche erwischt. Nach ihrer Entlassung hat sich die Fürsorge ihrer angenommen; sie kam in eine Art Erziehungsheim mit therapeutischer Betreuung, bis sie volljährig war; dann ging sie wieder anschaffen."

Es war immer das alte Lied. „Hat sie Familie? Vielleicht ist sie ja nach Hause zurückgegangen."

„Ihre Mutter lebt in Kansas – zumindest hat sie sich vor achtzehn Monaten in Kansas City aufgehalten. Ich versuche sie zu finden."

„Sie haben schon genug Arbeit."

„Nicht für jeden fängt der Tag erst um ..." Sie warf einen Blick auf ihre Uhr. „... zehn an."

„Ich bin nachts besser, Lieutenant." Er zog eine Zigarre heraus.

Althea schaute darauf, schüttelte den Kopf. „Nicht hier drin, Kumpel."

Bereitwillig ließ Colt die Zigarre wieder in seiner Brusttasche verschwinden. „Wem hat Billings außer Ihnen noch getraut?"

„Ich weiß nichts davon, dass er überhaupt irgendwem getraut hat." Aber es tat weh, weil sie wusste, dass er jemandem hatte vertrauen müssen. Er hatte ihr vertraut, doch sie hatte irgendetwas übersehen. Und jetzt war er tot. „Wir hatten eine Vereinbarung. Ich gab ihm Geld, er gab mir Informationen."

„Welcher Art?"

„Verschiedenster. Wild Bill hatte seine Finger in vielen Sachen drin. Keine großen, meistens jedenfalls." Sie rückte ein paar Papierstapel auf ihrem Schreibtisch herum, wobei sie sorgsam darauf achtete, dass die Ränder akkurat aneinanderstießen. „Er war nur ein kleines Licht, aber er hatte lange Ohren und verstand es, sich im Hintergrund zu halten, sodass man vergaß, dass er überhaupt da war. Die Leute passten nie sonderlich auf, was sie in seiner Nähe sagten, weil er aussah, als ob er nicht bis drei zählen könnte. Aber er war gewieft." Ihr Tonfall veränderte sich, und Colt hörte etwas heraus, das sie sich bis jetzt noch nicht einmal selbst eingestanden hatte. Sie trauerte. „Gewieft genug, um nicht die Grenze zu überschreiten, wo er ernsthafte Schwierigkeiten bekommen hätte. Gewieft genug, um nicht den falschen Leuten auf die Zehen zu trampeln. Bis letzte Nacht."

„Ich habe kein Geheimnis daraus gemacht, dass ich ihn suchte, weil ich eine Information von ihm wollte. Aber ich wollte ganz bestimmt nicht, dass er tot ist."

„Ich mache Ihnen keinen Vorwurf."

„Nein?"

„Nein." Sie stieß sich so weit vom Schreibtisch ab, dass sie mit ihrem Stuhl zu ihm herumschwenken konnte. „Leute wie Bill haben keine besonders hohe Lebenserwartung, selbst wenn sie noch so gewieft sind. Wenn es ihm gelungen wäre, sich mit mir in Verbindung zu setzen, hätte er mich vielleicht gebeten, ebenfalls zu dem Treffpunkt zu kommen, an dem Sie sich mit ihm getroffen haben, und das Ergebnis wäre dasselbe gewesen." Darüber hatte sie nachgedacht, sorgfältig, schonungslos. „Auch wenn ich Ihren Stil nicht unbedingt mag, würde ich doch nie auf die Idee kommen, Ihnen die Schuld an dieser Sache zu geben, Nightshade."

Er registrierte, dass sie sehr still dasaß, ohne Gesten, ohne Schulterzucken, ohne dass sie nervös mit den Fingern auf dem Schreibtisch herumtrommelte. Wie das Gemälde hinter ihr an der Wand kommunizierte sie leidenschaftlich, aber bewegungslos mit ihrer Umgebung.

„Und was genau ist mein Stil, Lieutenant?"

„Sie sind ein Desperado, Nightshade. Nicht genug damit, dass Sie sich weigern, sich an die geltenden Spielregeln zu halten, es macht Ihnen auch noch Spaß, sie zu brechen." Ihre Augen waren ruhig und kühl wie ein See an einem windstillen Frühlingstag. Er fragte sich, was passieren musste, dass sie wärmer wurden. „Sie fangen Sachen an, aber Sie bringen Sie nicht immer zu Ende. Vielleicht, weil Sie sich schnell langweilen oder weil Sie überschüssige Energie haben. So oder so wirken Sie dadurch nicht sonderlich zuverlässig."

Ihre Einschätzung ärgerte ihn, doch als er dann das Wort ergriff, schwang in seinem schleppenden Südwestslang ein belustigter Unterton mit: „Und das haben Sie sich alles letzte Nacht überlegt?"

„Ich habe ein paar Nachforschungen über Sie angestellt. Dass Sie mit Boyd im Internat waren, hat mich überrascht." Ihre Lippen kräuselten sich belustigt, aber die Augen mussten noch warm werden. „Irgendwie kommen Sie mir gar nicht wie der Internatstyp vor."

„Meine Eltern dachten wohl, es würde mich zähmen." Er grinste. „Scheint ein Irrtum gewesen zu sein."

„Genauso wenig wie es Harvard geschafft hat, wo Sie Ihr Examen gemacht haben ... von dem Sie nicht viel Gebrauch machen. Ein Teil Ihrer Militärlaufbahn ist geheim, aber alles in allem weiß ich

Bescheid." Auf ihrem Schreibtisch stand eine Schale mit gebrannten Mandeln. Althea lehnte sich vor und suchte sich nach sorgfältiger Überlegung eine Mandel aus. „Ich arbeite nicht mit Leuten, die ich nicht kenne."

„Ich auch nicht. Und warum erzählen Sie mir dann nicht ein bisschen was über Althea Grayson?"

„Ich bin bei der Polizei", erwiderte sie steif. „Und Sie sind es nicht. Ich nehme an, Sie haben ein neueres Foto von Elizabeth Cook?"

„Ja." Aber er dachte gar nicht daran, es ihr zu zeigen. So etwas brauchte er sich von einer Glamourtussi mit Polizeiausweis wahrlich nicht bieten zu lassen. „Lieutenant, erzählen Sie mir doch mal, wer Ihnen diesen Stock ins Kreuz gerammt ..."

Er wurde durch das Klingeln des Telefons unterbrochen, was wahrscheinlich gut so war, weil Altheas Augen bei seinen Worten wütend aufblitzten. Zumindest wusste er jetzt, wie er diese Augen zum Lodern bringen konnte.

„Grayson." Sie wartete einen Herzschlag lang, dann notierte sie sich etwas auf einen Notizblock. „Sagen Sie der Spurensicherung Bescheid. Ich bin gleich da." Sie stand auf und steckte den Zettel in ihre Handtasche. „Wir haben den Wagen gefunden." Die Stirn runzelnd, hängte sie sich die Tasche über die Schulter. „Da Boyd möchte, dass Sie an diesen Ermittlungen beteiligt werden, können Sie mitfahren – aber nur als stummer Beobachter, ist das klar?"

„Aber ja. Glasklar."

Er verließ nach ihr den Raum, holte sie jedoch mit ein paar schnellen Schritten ein. Obwohl die Frau die beste Hinteransicht diesseits des Mississippi hatte, und Colt im Grunde genommen nichts dagegen hatte, abgelenkt zu werden.

„Ich bin letzte Nacht nicht mehr dazu gekommen, mir alles von Boyd erzählen zu lassen", begann er. „Unter anderem frage ich mich, wie es kommt, dass Sie zu Ihrem Vorgesetzten so ein ... entspanntes Verhältnis haben."

Sie blieb auf der Treppe zur Tiefgarage stehen und schaute ihn scharf an.

„Was ist?", fragte er.

„Ich versuche zu entscheiden, ob Sie mich und Boyd beleidigen wollen – und in diesem Fall würde ich Ihnen Schmerz zufügen müssen – oder ob Sie sich einfach nur ungeschickt ausgedrückt haben."

Er zog eine Augenbraue hoch. „Versuchen Sie es mit der zweiten Möglichkeit."

„Na schön." Sie ging weiter. „Wir waren mehr als sieben Jahre Partner." Sie erreichte den Fuß der Treppe und wandte sich nach rechts. Die flachen Absätze ihrer Wildlederstiefeletten klackerten geschäftig auf dem Zementboden. „Mit dem Menschen, dem man tagtäglich sein Leben anvertraut, sollte man besser entspannt umgehen."

„Und dann wurde er zum Captain befördert."

„Richtig." Nachdem sie ihre Autoschlüssel herausgenommen hatte, schloss sie ihre Tür auf. „Tut mir leid, aber den Beifahrersitz kann man nicht zurückschieben, er klemmt. Ich habe es bis jetzt noch nicht geschafft, ihn reparieren zu lassen."

Colt schaute bedauernd auf den flotten Sportwagen. Gewiss ein nettes Gefährt, aber solange der Sitz so weit vorn war, würde er sich wie eine Ziehharmonika zusammenfalten und mit unterm Kinn eingeklemmten Knien dasitzen müssen. „Und Sie haben kein Problem damit, dass Boyd … dass er jetzt Ihr Vorgesetzter ist?"

Althea glitt geschmeidig hinters Steuer und musste sich ein Grinsen verkneifen, als Colt sich ächzend neben ihr einzurichten versuchte. „Nein. Bin ich ein ehrgeiziger Mensch? Ja. Habe ich etwas dagegen, den besten Cop, mit dem ich je zusammengearbeitet habe, zum Vorgesetzten zu haben? Nein. Rechne ich damit, innerhalb der nächsten fünf Jahre ebenfalls Captain zu sein? Darauf können Sie wetten." Sie setzte eine verspiegelte Sonnenbrille auf. „Schnallen Sie sich an, Nightshade." Damit fuhr sie rückwärts aus der Parklücke und schoss die Rampe hinauf auf die Straße.

Er kam nicht umhin, ihren Fahrstil zu bewundern. Ihm blieb gar nichts anderes übrig, weil sie hinterm Steuer saß und sein Leben in ihren Händen hatte. Entspannt? überlegte er. Na klar! „Dann sind Sie und Boyd also Freunde."

„Richtig. Warum?"

„Ich wollte nur sichergehen, dass nicht alle gut aussehenden Männer eines gewissen Alters Sie auf die Palme bringen." Er grinste sie an. „Mir gefällt nämlich die Vorstellung, dass nur ich das schaffe. Dabei fühle ich mich als etwas Besonderes, verstehen Sie?"

Das veranlasste sie zu lächeln und ihm einen Blick zuzuwerfen, den man vielleicht sogar als freundlich hätte bezeichnen können. Mehr als freundlich war er jedoch ganz bestimmt nicht, und er hätte keinesfalls dazu führen dürfen, dass sein Herz einen langsamen Purzelbaum schlug. „Ich würde nicht sagen, dass Sie mich auf die Palme gebracht haben, Nightshade. Es ist nur einfach so, dass ich zu Hitzköpfen kein besonders großes Vertrauen habe. Aber da wir dasselbe Ziel haben und Boyd ein Freund von uns beiden ist, sollten wir vielleicht versuchen, halbwegs miteinander auszukommen."

„Klingt einleuchtend. Damit hätten wir schon zwei Gemeinsamkeiten, und vielleicht finden wir ja noch ein paar weitere." Sie stellte ihr Radio lauter. Als Colt den langsamen, die Pulsfrequenz in die Höhe treibenden Blues hörte, nickte er beifällig. „Das ist noch eine weitere. Und was halten Sie von mexikanischem Essen?"

„Ich mag mein Chili scharf und meine Margaritas kalt."

„Wir machen Fortschritte." Als er sich anders hinzusetzen versuchte, knallte er mit dem Knie gegen das Armaturenbrett und fluchte. „Das nächste Mal nehmen wir mein Auto."

„Unter Umständen." Als der Polizeifunk mit einem Krachen zum Leben erwachte, stellte sie das Radio wieder leiser.

„511. Alle Einheiten im näheren Umkreis von Sheridan und Jewell anrücken."

Althea fluchte, während der Sender seine Durchsage wiederholte. „Das ist gleich da unten." Sie bog links ab und warf Colt einen kurzen unschlüssigen Blick zu. „Eine Schießerei", sagte sie. „Eine Polizeiangelegenheit, klar?"

„Klar."

„Hier Einheit sechs", sagte sie ins Mikro. „Bin am Einsatzort." Nachdem sie mit quietschenden Reifen angehalten hatte, machte sie die Tür auf. „Sie bleiben hier." Nach diesem knappen Befehl sprang sie aus dem Auto und rannte, im Laufen ihre Waffe ziehend, auf den Eingang eines vierstöckigen Apartmenthauses zu.

Sie blieb tief durchatmend an der Tür stehen. In dem Moment, in dem sie das Haus betrat, hörte sie einen Schuss aufpeitschen.

Ein Stockwerk höher, dachte sie. Vielleicht auch zwei. Flach an die Wand gepresst und alle Sinne hellwach angespannt, blieb sie stehen und schaute sich um, dann begann sie die Treppe hinaufzugehen. Gleich darauf hörte sie Schreie … nein, Weinen. Ein Kind. Mit kühlem Kopf und ruhigen Händen richtete sie die Mündung ihrer Waffe auf den ersten Treppenabsatz, dann ging sie den Flur hinunter. Links von ihr ging eine Wohnungstür auf. Althea ging in Deckung und schaute gleich darauf in das von Panik gezeichnete Gesicht einer älteren Frau.

„Polizei", sagte Althea. „Bleiben Sie in der Wohnung."

Die Tür wurde wieder geschlossen. Ein Riegel wurde vorgeschoben. Althea ging zur nächsten Treppe. Dann fiel ihr Blick auf die beiden. Auf den einen Polizisten, der blutend auf dem Boden lag, und dem anderen, der sich über ihn beugte.

„Officer." In ihrer Stimme schwang unüberhörbar Autorität mit. Sie legte dem Polizisten eine Hand auf die Schulter. „Was ist passiert?"

„Er hat auf Jim geschossen. Er rannte mit dem Kind aus der Wohnung und eröffnete das Feuer."

Der Polizist war ebenso kalkweiß wie sein Partner, der den Treppenabsatz voll blutete. Sie hätte nicht sagen können, wer von beiden mehr zitterte. „Wie heißen Sie?"

„Harrison. Don Harrison." Er presste ein blutdurchtränktes Taschentuch auf die Schulterwunde seines Partners.

„Officer Harrison, ich bin Lieutenant Grayson. Geben Sie mir einen Lagebericht, und zwar schnell."

„Sir." Er holte zweimal kurz und schnell Atem. „Häuslicher Streit. Schüsse. Ein Weißer versuchte die Frau in Apartment 2-D zu überwältigen. Als wir ankamen, eröffnete er das Feuer auf uns und rannte mit einem kleinen Mädchen nach oben."

In diesem Moment kam aus der Wohnung gegenüber eine Frau herausgetaumelt. Sie presste sich eine Hand in die Seite, und zwischen ihren Fingern sickerte Blut hervor. „Er hat mein Baby", wimmerte sie. „Charlie hat mein Baby mitgenommen. Bitte, Gott …" Sie fiel schluchzend auf die Knie. „Er hat den Verstand verloren. Bitte, Gott …"

„Officer Harrison." Ein Geräusch an der Treppe veranlasste Althea herumzuwirbeln, dann stieß sie einen Fluch aus. Sie hätte es sich gleich denken können, dass Colt nicht im Auto bleiben würde. „Gehen Sie wieder nach unten und rufen Sie Verstärkung", forderte sie ihn auf. „Ein Officer und eine Zivilistin verletzt. Geiselnahme. Sagen Sie mir jetzt, was für eine Waffe er hat“, fuhr sie an den Polizisten gewandt fort.

„Sah aus wie ein 45er.“

„Geben Sie es ebenfalls durch und kommen Sie dann als Rückendeckung wieder hoch“, sagte sie zu Colt. „Machen Sie sich nützlich. Tun Sie für die beiden hier, was Sie können.“

Sie rannte die Treppe nach oben. Jetzt weinte das Kind wieder. Lange verängstigte Schluchzer, die in den engen Fluren widerhallten. In dem Moment, in dem sie das oberste Stockwerk erreichte, hörte sie eine Tür zuknallen. Die Tür, durch die man aufs Dach kam, entschied sie. Flach gegen die Wand gepresst machte sie die Tür auf und betrat geduckt das Dach.

Er gab aufs Geratewohl einen Schuss ab. Die Kugel zischte ein ganzes Stück rechts neben ihr vorbei. Althea ging unbeirrt auf ihn zu.

„Polizei!“, schrie sie. „Werfen Sie die Waffe weg!“

Er stand weit vorn am Rand des Daches, ein großer Mann. Die Statur eines Footballspielers, entschied sie. Sein Gesicht war rot angelaufen vor Wut, seine Augen wirkten glasig, was darauf hindeutete, dass er unter Alkohol- oder Drogeneinfluss stand. Damit würde sie zurechtkommen. Bei seiner Waffe handelte es sich tatsächlich um eine 45er. Damit kam sie auch zurecht. Aber ob sie mit dem Kind, einem kleinen ungefähr zweijährigen Mädchen, das er keinen Meter vom Rand entfernt über den Abgrund hielt, auch zurechtkommen würde, wusste sie nicht.

„Ich lasse sie fallen!“, brüllte er. „Ich mache es! Ich mache es todsicher. Ich schwöre bei Gott, dass ich sie fallen lasse wie einen Stein.“ Er schüttelte das Kind, das immer lauter schrie. Ein kleiner rosa Schuh fiel in die Tiefe.

„Sie wollen doch bestimmt keinen Fehler machen, Charlie, oder?“ Althea schob sich Zentimeter um Zentimeter an ihn heran, wobei sie mit ihrer Pistole auf seine breite Brust zielte. „Kommen Sie, treten Sie vom Rand zurück.“

„Ich lasse das kleine Biest fallen.“ Er bleckte grinsend die Zähne, seine Augen glitzerten. „Sie ist genau wie ihre Mutter. Dauernd am Winseln und Heulen. Haben gedacht, dass sie einfach so abhauen können, die beiden. Aber ich hab sie doch gekriegt, stimmt's? Und jetzt tut es Linda leid. Jawohl, echt verdammt leid tut es ihr jetzt."

„Ja, das stimmt." Sie musste ihm unbedingt das Kind abnehmen. Irgendeinen Weg musste es doch geben. Plötzlich schossen ihr alte Erinnerungen durch den Kopf. Geschrei, Drohungen, Angst. Althea zertrat sie wie Kakerlaken. „Wenn Sie der Kleinen was antun, ist alles vorbei, Charlie."

„Erzählen Sie mir nicht, dass irgendwas vorbei ist." Wütend schüttelte er das Kind, als wäre es ein Wäschesack. Althea blieb vor Schreck das Herz stehen, und das Schreien hörte auf. Jetzt schluchzte die Kleine nur noch leise und hilflos in sich hinein, die großen blauen Augen starr vor Angst und weit aufgerissen. „Sie wollte Schluss machen. ‚Es ist vorbei, Charlie'", äffte er seine Frau mit schriller Stimme nach. „Da hab ich der blöden Kuh eine gescheuert, na und? Das hat sie weiß Gott verdient, wo sie die ganze Zeit nur rumgenervt hat. Von wegen, dass ich mir Arbeit suchen soll und lauter so Zeugs. Kaum war das Kind da, hat sich alles verändert. So eine Schlampe brauche ich nicht in meinem Leben. Aber der Einzige, der sagt, wann es aus ist, bin ich."

Unten auf der Straße ertönte Sirenengeheul. Althea spürte eine Bewegung hinter sich, drehte sich jedoch nicht um. Wagte es nicht. Sie wollte, dass sich der Mann allein auf sie konzentrierte. „Wenn Sie das Kind reinbringen, kommen Sie ja vielleicht ungeschoren davon. Und Sie wollen doch ungeschoren davonkommen, Charlie, oder nicht? Kommen Sie. Geben Sie mir die Kleine."

„Sie halten mich wohl für bescheuert, was?" Seine Lippen verzerrten sich zu einem höhnischen Grinsen. „Sie sind genauso eine Schlampe."

„Ich halte Sie überhaupt nicht für bescheuert." Aus dem Augenwinkel erhaschte sie eine Bewegung. Es war nicht Harrison. Es war Colt, der wie ein Schatten unbemerkt in einen toten Winkel neben dem Mann glitt. „Ich glaube nicht, dass Sie töricht genug sind, um dem Kind etwas anzutun." Sie war jetzt näher dran, etwa fünf Fuß entfernt. Aber es hätten genauso gut fünfzig sein können.

„Ich bring sie um!", schrie er. „Und Sie bring ich auch um und jeden anderen, der sich mir in den Weg stellt, auch! Der Einzige, der sagt, dass es aus ist, bin ich!"

Und dann geschah es, eine blitzschnelle Bewegung wie ein Schatten am Rand eines Traums. Mit einem einzigen Satz war Colt bei dem Mann und schlang seinen Arm um das Kind. Althea sah das Aufblitzen von Metall in seiner Hand und erkannte es als eine 32er. Er hätte die Waffe vielleicht sogar benutzt, wenn es nicht wichtiger gewesen wäre, das Kind zu retten. Die Kleine mit seinem Körper schützend, wirbelte er herum, und dann hatte er sie dem Mann auch schon entrissen.

Althea sah, wie die Mündung des 45ers umschwenkte und sich auf Colt und die Kleine richtete. Jetzt blieb ihr keine andere Möglichkeit mehr als zu schießen. Der Mann taumelte und brach am Rand des Daches in die Knie. Und dann stürzte er und nicht seine Tochter wie ein Stein in die Tiefe.

Althea gestattete sich nicht einmal ein erleichtertes Aufseufzen. Sie schob ihre Waffe ins Holster und ging zu Colt, der das weinende Kind zu beruhigen versuchte. „Ist sie okay?"

„Sieht so aus." Mit einer Bewegung, die so natürlich wirkte, als ob er sein ganzes Leben lang nichts anderes getan hätte, setzte er sich das Kind auf die Hüfte und wischte ihm die Tränen ab. „So, jetzt bist du in Sicherheit, Kleine. Jetzt wird dir keiner mehr etwas tun."

„Mama." Immer noch leise in sich hineinschluchzend, barg die Kleine ihr Gesicht an Colts Brust. „Mama."

„Keine Sorge, du kommst gleich zu deiner Mama." Colt hatte immer noch seine Pistole in der Hand, aber mit der anderen fuhr er dem Mädchen über das weiche blonde Haar. „Gute Arbeit, Lieutenant."

Althea schaute über die Schulter. Im Treppenhaus hörte man bereits die polternden Schritte von Polizisten. „Ich habe schon bessere geleistet."

„Sie haben ihn dazu gebracht, dass er nicht aufhört zu reden, damit das Kind noch eine Chance hat, und dann haben Sie ihn überwältigt. Dabei sollten wir es besser belassen." Von dem Moment an, in dem sie mit dem Blut eines Kollegen an den Händen die Treppe nach oben gelaufen war, war in ihren Augen ein Ausdruck aufgeblitzt, der bis jetzt noch nicht erloschen war. Ein Ausdruck, den Colt kannte. Es war der Blick eines Kriegers.

Ihr Blick hielt seinen noch für einen Moment fest, dann sagte sie nur: „Okay. Gehen wir."

„Schön." Sie gingen zusammen zur Tür.

„Ach, übrigens, Nightshade."

Er lächelte leicht, überzeugt davon, dass jetzt für sie der Moment gekommen war, ihm zu danken. „Was denn?"

„Haben Sie für diese Kanone eigentlich eine Lizenz?"

Er blieb abrupt stehen, starrte sie an. Dann verzog sich sein Mund zu einem tiefen volltönenden Lachen. Die Kleine hörte es und hob den Kopf, schniefte und lächelte, immer noch mit Tränen in den Augen.

Sie dachte nicht darüber nach, dass sie einen Menschen getötet hatte. Sie gestattete es sich nicht. Sie hatte bereits vorher getötet, und sie würde es wahrscheinlich wieder tun müssen. Aber darüber nachdenken wollte sie nicht. Sie wusste, dass sie Gefahr lief, innerlich abzusterben, wenn sie über diesen traurigen Aspekt ihres Berufs zu viel nachdachte. Oder schlimmer noch – unendlich viel schlimmer –, dass sie irgendwann anfangen könnte, es zu genießen.

Deshalb verfasste sie ihren Bericht und vergaß es. Oder versuchte es zumindest zu vergessen.

Mit einer Kopie des Berichts ging sie zu Boyd. Als sie ihm das Blatt auf den Schreibtisch legte, schaute er darauf, dann sah er zu ihr auf. „Der Cop – Barkley – ist immer noch im OP. Die Frau ist außer Lebensgefahr."

„Gut. Und was wird aus der Kleinen?"

„Sie hat eine Tante in Colorado Springs. Die Fürsorge hat sich bereits mit ihr in Verbindung gesetzt. Dieser Dreckskerl war der Vater der Kleinen. Hatte eine Menge Vorstrafen wegen Körperverletzung und Drogenmissbrauch. Die Frau ist vor einem Jahr mit der Kleinen in ein Frauenhaus geflüchtet und hat die Scheidung eingereicht. Vor drei Monaten hat sie Arbeit bekommen und ist mit ihrer Tochter in eine eigene Wohnung gezogen."

„Aber er hat sie gefunden."

„Ja."

„Na, jetzt wird er sie nicht mehr finden." Althea machte Anstalten zu gehen, aber Boyd war bereits aufgestanden und ging um seinen Schreibtisch herum. „Thea." Er schloss die Tür, sodass der Lärm aus dem Einsatzraum nur noch gedämpft herüberdrang. „Bist du okay?"

„Klar. Bis jetzt kann ich nicht sehen, dass mich der IAD diesmal wieder belästigt."

„Ich rede nicht von der Abteilung für Innere Angelegenheiten." Er legte den Kopf auf die Seite. „Ein oder zwei freie Tage könnten dir bestimmt nicht schaden."

„Helfen aber auch nicht." Sie hob die Schultern, ließ sie wieder fallen. Zu Boyd konnte sie Dinge sagen, die sie sonst zu niemandem sagen konnte. „Ich glaube nicht, dass ich es geschafft hätte, die Kleine zu retten. Ich habe sie nämlich nicht gerettet", fügte sie hinzu. „Das war Colt. Und er hätte eigentlich gar nicht da oben sein dürfen."

„Er war aber oben." Boyd legte ihr sanft die Hände auf die Schultern. „Oh je, da ist er wieder, der Supercop-Komplex. Ich sehe es ganz genau. Sie kann alles, Kugeln ausweichen, Berichte verfassen, auf dunklen Seitenstraßen Streife gehen, Karten für den Polizeiball verkaufen, die Welt vor dem Bösen und Katzen aus Baumkronen retten. Sie kann wirklich absolut alles."

„Halt die Klappe, Fletcher." Aber sie lächelte. „Für die Katzen ist die Feuerwehr zuständig."

„Hast du nicht Lust, heute Abend zu uns zum Essen zu kommen?"

Sie blieb, die Hand bereits an der Türklinke, noch einmal stehen. „Was gibt's denn?"

„Er zuckte die Schultern. Grinste. „Keine Ahnung. Maria hat heute ihren freien Tag."

„Cilla kocht?" Sie warf ihm einen entsetzten Blick zu. „Ich dachte, wir sind Freunde."

„Dann lassen wir eben Tacos kommen."

„Einverstanden."

Als sie durch den Einsatzraum ging, entdeckte sie Colt. Er saß, die Beine hochgelegt, an einem Schreibtisch und telefonierte. Sie schlenderte hinüber, setzte sich auf die Kante und wartete, bis er sein Gespräch beendet hatte.

„Na, der Papierkram schon fertig?", fragte er.

„Nightshade, ich nehme nicht an, dass ich Sie extra darauf hinweisen muss, dass dieser Schreibtisch, dieses Telefon und dieser Stuhl Polizeieigentum sind und dass Zivilisten gefälligst ihre Finger davon zu lassen haben."

Er grinste sie an. „Nein. Aber wenn es Ihnen Spaß macht, machen Sie ruhig weiter. Sie sehen nämlich zum Anbeißen aus, wenn Sie sich so aufplustern."

„Ihre Komplimente sind wirklich atemberaubend." Sie stieß seine Füße vom Schreibtisch. „Der gestohlene Wagen wurde sichergestellt. Im Moment kümmert sich die Spurensicherung darum, deshalb sehe ich für uns keinen Grund zur Eile."

„Haben Sie einen Alternativvorschlag?"

„Ich will ein paar von Wild Bills' Stammkneipen abklappern und mich mit ein paar Leuten unterhalten. Ich werde mit dem Tick Tock anfangen."

„Gut, ich bin mit von der Partie."

„Das brauchen Sie mir nicht extra unter die Nase zu reiben."

Als sie den Weg zur Tiefgarage einschlagen wollte, sagte er: „Aber diesmal nehmen wir mein Auto, okay?"

Mit einem Schulterzucken ging sie mit ihm nach draußen zu seinem ziemlich ramponiert wirkenden schwarzen Jeep. Hinter seinem Scheibenwischer klemmte ein Strafzettel. Colt riss ihn heraus und stopfte ihn in die Hosentasche. „Ich nehme nicht an, dass ich Sie bitten kann, das für mich zu erledigen?"

„Nein." Althea kletterte ins Auto.

„Okay. Dann übernimmt es eben Fletch."

Sie warf ihm einen Blick zu, der möglicherweise sogar als ein Lächeln hätte durchgehen können, bevor sie sich abwandte und wieder durch die Windschutzscheibe nach draußen schaute. „Das mit der Kleinen heute haben Sie gut gemacht." Es ärgerte sie ein bisschen, das zugeben zu müssen, aber sie kam nicht drum herum. „Ich glaube nicht, dass sie ohne Sie noch am Leben wäre."

„Ohne uns", stellte er richtig. „Manche Leute nennen so was Teamarbeit."

Sie langte nach ihrem Sicherheitsgurt und schnallte sich an. „Manche ja."

„Nehmen Sie es nicht so schwer, Thea." Er pfiff leise durch die Zähne, während er in den ersten Gang schaltete und aus der Parklücke herausfuhr. „Okay. Wo waren wir vorhin eigentlich stehen geblieben, bevor wir unterbrochen wurden? Ach ja, Sie haben mir von sich erzählt."

„Das möchte ich ernsthaft bezweifeln."

„Na schön, dann versuche ich mir eben meinen eigenen Reim auf Sie zu machen. Sie sind eine Frau, für die feste Strukturen wichtig sind, die sich darauf verlässt. Oder nein, vielleicht bestehen Sie nur darauf, dass es sie gibt", fuhr er fort. „Und sind deshalb so gut in Ihrem Job, weil Ihnen Recht und Ordnung so viel bedeuten."

Sie schnaubte. „Sie sollten auf Psychiater umsatteln, Nightshade. Wer hätte gedacht, dass für einen Cop Recht und Ordnung wichtig sind?"

„Unterbrechen Sie mich nicht. Jetzt bin ich dran. Sie sind … siebenundzwanzig … achtundzwanzig?"

„Zweiunddreißig. Jetzt sind Sie ein bisschen ins Schleudern gekommen."

„Macht nichts, wird gleich wieder." Er schaute auf ihren nackten Ringfinger. „Und Sie sind nicht verheiratet."

„Eine weitere brillante Schlussfolgerung."

„Außerdem haben Sie einen Hang zum Sarkasmus und eine Vorliebe für Seide und teure Parfüms. Sehr gute Parfüms, Thea, und zwar von der Art, die einem Mann zu Kopf steigt, noch bevor sein Körper in Mitleidenschaft gezogen wird."

„Haben Sie es schon mal mit Werbetexten versucht?"

„An der Sexualität, die Sie ausstrahlen, ist absolut nichts Unterschwelliges. Sie ist einfach da, in riesigen leuchtenden Lettern. Andere Frauen würden daraus vielleicht Kapital schlagen und noch andere würden versuchen, es zu kaschieren. Sie tun weder das eine noch das andere. Vermutlich, weil Sie irgendwann beschlossen haben, dass jeder Mann selbst damit zurechtkommen muss. Und das ist nicht nur klug, sondern weise."

Sie zog es vor, nicht darauf zu antworten.

„Sie verschwenden weder Zeit noch Energie. Auf diese Weise verfügen Sie über beides, wenn Sie es brauchen. Ihr Polizistengehirn kann jede Situation in Sekundenschnelle einschätzen und dementsprechend handeln. Und wahrscheinlich handhaben Sie einen Mann genauso kühl wie Ihre Dienstwaffe."

„Eine interessante Analyse, Nightshade."

„Sie haben vorhin keine Miene verzogen, als Sie auf diesen Typ geschossen haben. Sie wollten es eigentlich nicht, sahen jedoch keine andere Möglichkeit und haben keine Miene verzogen.“ Er hielt vor dem Tick Tock an und machte den Motor aus. „Wenn ich mit jemandem zusammenarbeiten müsste – eine Arbeit, bei der immer die Gefahr besteht, dass man in eine hässliche Situation gerät –, wäre es mir auch lieber, wenn er oder sie keine Miene verzieht.“

„Oh, vielen Dank. Dann kann ich ja jetzt endlich aufhören, mir Sorgen zu machen, dass ich vielleicht nicht Ihren Beifall finden könnte.“ Wutschnaubend sprang sie aus dem Auto und knallte die Tür zu.

„Na endlich …“ Colt war mit ein paar langen Schritten bei ihr und legte ihr lässig einen Arm um die Schultern. „… zeigen Sie mal ein bisschen Leidenschaft. Es ist wirklich eine Erleichterung zu sehen, dass es da drin auch ein paar Emotionen gibt.“

Sie überraschte sie beide, indem sie ihm einen harten Rippenstoß versetzte. „Und wenn ich diesen Emotionen freie Bahn ließe, wären Sie garantiert nicht mehr erleichtert, darauf können Sie Gift nehmen.“

Die nächsten zwei Stunden verbrachten sie damit, Kneipen abzuklappern. Doch erst in einer finsteren Spelunke namens Clancy's wurden sie fündig.

Das Licht war schummrig, damit die frühen Trinker leichter vergessen konnten, dass die Sonne noch hoch am Himmel stand. Aus einem vorsintflutlichen Radio hinter der Theke ertönte ein trauriger Countrysong von Liebe und Betrügen und leeren Schnapsflaschen. Mehrere dieser frühen Gäste saßen bereits verstreut an der Bar oder an Tischen, die meisten von ihnen regelmäßige und einsame Trinker.

Der Alkohol war gepanscht, die Gläser waren trübe, aber der Whiskey kostete wenig, und die Atmosphäre war einem richtigen Besäufnis förderlich.

Althea ging ans Ende der Theke und bestellte sich ein Mineralwasser, von dem sie jetzt schon wusste, dass sie es nicht trinken würde. Colt entschied sich für ein gezapftes Bier. Sie zog eine Augenbraue hoch.

„Sind Sie kürzlich gegen Tetanus geimpft worden?“

Als ihre Getränke serviert wurden, zog sie einen Zwanziger aus ihrer Tasche und legte ihn auf die Theke, hielt ihn aber an einer Ecke fest. „Wild Bill war ziemlich regelmäßig hier.“

Der Barkeeper schaute auf den Geldschein und dann wieder auf Althea. Er musterte sie geringschätzig, während er ein Bier zapfte. Seine blutunterlaufenen Augen und die Landkarte geplatzter Äderchen, die sich über sein breites Gesicht zog, legten Zeugnis ab von der Tatsache, dass sich seine Trinkgewohnheiten nicht von denen seiner Gäste unterschieden.

„Wild Bill Billings", präzisierte Althea.

„Ach ja?"

„Er war ein Freund von mir."

„Dann haben Sie wohl einen Freund verloren."

„Ich war ein paarmal mit ihm hier." Althea zog den Zwanziger ein kleines Stück zurück. „Vielleicht erinnern Sie sich."

„Ich erinnere mich zwar immer nur an das, woran ich mich erinnern will, aber ich habe kein Problem damit, einen Cop zu erkennen."

„Gut. Dann haben Sie sich ja vielleicht schon gedacht, dass Bill und ich eine Abmachung hatten."

„Vielleicht denke ich ja, dass diese Abmachung dran schuld ist, dass er auf der Straße verblutet ist."

„Dann würden Sie sich irren. Er war nicht für mich unterwegs, als er erschossen wurde, und ich bin eben sentimental. Ich will, dass der, der das getan hat, geschnappt wird, und bin bereit, dafür zu bezahlen." Sie schob den Schein ein bisschen näher zu ihm hin. „Viel mehr als das."

„Ich weiß von nichts." Der Zwanziger verschwand dennoch in seiner Tasche.

„Aber Sie könnten vielleicht über drei Ecken etwas in Erfahrung bringen." Sie beugte sich vor, ein Lächeln in ihren Augen. „Wenn Sie sich ein bisschen umhören, würde ich mich erkenntlich zeigen."

Er zuckte die Schultern und wollte weggehen, aber sie legte ihm eine Hand auf den Arm. „Ich finde, für diesen Zwanziger sind Sie mir noch eine oder zwei Minuten schuldig. Bill hatte ein Mädchen namens Jade, das für ihn anschaffen ging. Sie ist untergetaucht. Er hatte doch noch ein paar andere, oder?"

„Ein paar. War bloß 'n kleines Licht."

„Können Sie mir Namen nennen?"

Er griff nach einem schmierigen Tuch und begann die schmierige

Theke zu wienern. „Da ist so eine Schwarzhaarige, Meena. Die war manchmal auch hier, aber in letzter Zeit hab ich sie nicht gesehen."

„Rufen Sie mich an, wenn Sie sie sehen." Althea nahm eine Visitenkarte heraus und legte sie auf die Theke. „Wissen Sie irgendwas von Videofilmen? Für private Zwecke, mit sehr jungen Mädchen?"

Althea sah seine Augen ganz kurz aufblitzen, dann machte er ein unwissendes Gesicht und zuckte die Schultern. „Hab keine Zeit, mir Filme anzuschauen, und mehr kriegen Sie nicht für Ihren Zwanziger."

„Danke." Althea schlenderte zur Tür. „Geben wir ihm eine Minute", sagte sie leise zu Colt. Draußen spähte sie durch die schmutzige Scheibe ins Innere der Bar. „Na, sieh mal einer an. Komisch, dass er ausgerechnet jetzt jemand anrufen muss."

Colt beobachtete, wie der Barkeeper zum Telefon an der Wand ging und einen Quarter in den Münzschlitz steckte. „Also, mir gefällt Ihr Stil, Lieutenant."

„Warten Sie ab, ob er Ihnen nach ein paar Stunden Warten in einem kalten Auto immer noch gefällt. Wir müssen uns heute Abend auf die Lauer legen, Nightshade."

„Ich kann es schon gar nicht mehr abwarten."

3. KAPITEL

Sie hatte recht gehabt, ihn vor der Kälte zu warnen. Obwohl es ihm nicht besonders viel ausmachte, nicht mit den langen Unterhosen und der dicken Schaffelljacke. Viel mehr störte Colt, dass er zu lähmender Untätigkeit verurteilt war. Und er hätte schwören mögen, dass Althea dabei regelrecht aufblühte.

Sie hatte es sich auf dem Beifahrersitz bequem gemacht und löste im schwachen Schein der Armaturenbrettbeleuchtung ein Kreuzworträtsel.

Sie ging methodisch dabei vor, aber sie brauchte trotzdem endlos, wie er fand, während er versuchte, sich seine Langeweile mit einer B.B.-King-Retrospektive im Radio zu vertreiben.

Er dachte an den Abend bei den Fletchers, den sie sich beide hatten entgehen lassen. Ein warmes Essen, ein schönes warmes Kaminfeuer, ein angewärmter Brandy. Er hatte sogar gehofft, dass Althea ein bisschen auftauen würde. Obwohl es wahrscheinlich nicht besonders hilfreich war, so an sie zu denken – sie sich als eine dahinschmelzende Eisprinzessin vorzustellen –, war es doch zumindest ein bisschen Stoff für seine ruhelosen Gedanken.

In Wirklichkeit jedoch war sie eine Polizistin und gefühlsmäßig so weit entfernt von ihm wie der Mond. Aber in seinem Tagtraum, der von dem langsamen Blues aus dem Radio noch angefeuert wurde, war sie ganz und gar Frau – verführerisch wie die schwarze Seide, in der er sie sich ausmalte, verlockend wie das knackende Kaminfeuer, das er vor sich sah, weich wie der weiße Fellteppich, auf dem sie sich niederließen.

Und schmecken tat sie wie honigsüßer Whiskey. Ein starker Geschmack, der ihm den Kopf vernebelte und sich mit ihrem Duft vermischte, bis alles eins war. Ein Rauschmittel, nach dem ein Mann süchtig werden konnte.

Seide glitt mit einem leisen Rascheln auseinander, Zentimeter für verführerischen Zentimeter, und enthüllte das alabasterweiße Fleisch darunter. Weich wie ein Blütenblatt, makellos wie Glas, fest und weich wie Wasser. Und als sie die Arme nach ihm ausstreckte und ihn an sich zog, flüsterten ihre Lippen an seinem Ohr eine zärtliche Einladung.

„Was ist, wollen Sie noch Kaffee?"

„Hm?" Er schrak zusammen und riss den Kopf herum, um sie in dem halbdunklen Auto anzuschauen. Sie hielt ihm die Thermoskanne hin. „Was?"

„Noch Kaffee?" Völlig perplex von seinem Gesichtsausdruck, griff sie nach seinem Becher und füllte ihn halb auf. Wenn sie nur flüchtig hingesehen hätte, hätte sie es wahrscheinlich für Wut gehalten, Wut, die kurz davor war zu explodieren. Aber sie kannte diesen Blick, sie kannte ihn nur allzu gut. Das war keine Wut, sondern Verlangen, und zwar genauso bereit zu explodieren. „Haben Sie gerade in Gedanken einen kleinen Abstecher gemacht, Nightshade?"

„Jaaa." Er nahm den Becher entgegen und trank einen langen Schluck, obwohl ihm im Moment ein doppelter Whiskey wesentlich lieber gewesen wäre. Aber seine Lippen verzogen sich trotzdem zu einem Lächeln, das nicht frei von Selbstironie war. „Und was für einen."

„Na, verschieben Sie es noch ein bisschen, okay?" Sie trank ebenfalls einen Schluck, dann hielt sie ihm eine Tüte mit Kandiszucker hin, während sie mit einem Auge die Straße beobachtete. „Da kommt wieder einer." Vorsichtig stellte sie ihren Becher ab und griff nach ihrer Kamera. Sie machte zwei schnelle Aufnahmen von dem Mann, der gerade die Bar betrat. Er war erst der zweite Gast im Verlauf der vergangenen Stunde.

„Ein florierendes Unternehmen scheint das ja nicht gerade zu sein, was?"

„Die meisten Leute wollen zu ihren Drinks eben ein freundlicheres Ambiente, könnte ich mir vorstellen."

„Zimmerpalmen und Musikkonserven?"

Sie legte die Kamera wieder hin. „Vor allem saubere Gläser. Ich bezweifle, dass wir hier einen unserer Filmmogule antreffen."

„Und warum sitzen wir dann um elf Uhr abends in einem kalten Auto vor einer finsteren Spelunke?"

„Weil es mein Job ist." Sie nahm sich ein Stück Kandiszucker aus der Tüte und warf es sich in den Mund. „Und weil ich auf etwas anderes warte."

Er horchte auf. Das war ja etwas ganz Neues. „Wären Sie vielleicht so freundlich, mich aufzuklären?"

„Nein." Sie suchte sich noch ein Stück Kandiszucker aus und vertiefte sich wieder in ihr Kreuzworträtsel.

„So, jetzt reicht's mir aber." Er riss ihr die Zeitung weg. „Wollen Sie Spielchen mit mir spielen, Grayson? Schön, dann will ich Ihnen mal was sagen. Ich bekomme nämlich ausgesprochen schlechte Laune, wenn man versucht, mich für blöd zu verkaufen. Und noch schlechtere Laune bekomme ich, wenn ich mich so langweile, dass ich das Gefühl habe, durchzudrehen. Dann werde ich zum Tier."

„Bitte, entschuldigen Sie", piepste sie in einem hilflosen Ton, der in krassem Widerspruch zu ihren vor Wut blitzenden Augen stand. „Ich bekomme vor Angst kaum ein Wort heraus."

„Sie wollen, dass ich Ihnen Angst mache?" Er bewegte sich schnell, unheimlich schnell. Auszuweichen wäre unmöglich gewesen, deshalb versuchte sie es erst gar nicht und wehrte sich nicht, als er sie an den Schultern packte. „Genau besehen müsste ich es eigentlich schaffen, Ihnen ein bisschen Gottesfurcht beizubringen, Thea."

„Hände weg, und zwar auf der Stelle. Das ist es, worauf ich die ganze Zeit gewartet habe."

„Was?"

Ohne sie loszulassen wandte er den Kopf, was Althea in die Lage versetzte, seinen Daumen packen und mit aller Kraft umbiegen zu können. Als er laut fluchte, ließ sie los. „Meena. Wild Bills' anderes Mädchen." Althea griff nach ihrer Kamera und schoss wieder ein Foto. „Ich habe heute Nachmittag ein paar Nachforschungen über sie angestellt. Sie ist mehrmals vorbestraft, unter anderem wegen Prostitution, verbotenem Glücksspiel, ungebührlichem Benehmen und so weiter."

„Ein reizendes Kind, unsere Meena."

„*Ihre* Meena", sagte Althea. „Da Sie so gut das Großmaul spielen können, gehen Sie rein und wickeln Meena mit ihrem Charme um den kleinen Finger, und dann locken Sie sie unter irgendeinem Vorwand nach draußen, damit wir ein bisschen reden können." Althea öffnete ihre Handtasche und nahm einen Umschlag mit fünf nagelneuen Zehndollarscheinen heraus.

„Sie wollen, dass ich reingehe und mich als Freier ausgebe?"

„So in etwa."

„Na schön." Er hatte im Lauf seiner Karriere schon Schlimmeres gemacht, als in einer zwielichtigen Bar den scharfen Hans zu markieren. Aber den Umschlag legte er ihr wieder auf den Schoß. „Ich habe mein eigenes Geld."

Althea schaute ihm nach, wie er in der Bar verschwand. Dann lehnte sie sich zurück, schloss die Augen und holte tief Luft, um sich zu entspannen.

Ziemlich gefährlich, dieser Colt Nightshade, überlegte sie dabei. Brandgefährlich sogar. Sie hatte nicht nur Wut verspürt, als er sie eben so blitzschnell gepackt hatte. Da war noch viel mehr gewesen, komplexe, verwirrende Gefühle, die sie sich nicht erklären konnte. Oder vielleicht doch? War das nicht Begehren gewesen, wildes, unverhülltes Begehren, versetzt mit einer Dosis Urangst und schäumender Wut?

Das sieht dir gar nicht ähnlich, überlegte sie, während sie versuchte, wieder einen klaren Kopf zu bekommen. Es sah ihr absolut nicht ähnlich, die Kontrolle zu verlieren, nur weil ein Mann die falschen Knöpfe gedrückt hatte – oder waren es die richtigen gewesen?

Egal, auf jeden Fall war sie diejenige, die die Knöpfe drückte. Das war Althea Graysons unumstößliche Regel. Und wenn Colt glaubte, gegen diese Regel verstoßen zu können, würde er bitter enttäuscht werden.

Sie hatte zu hart an sich gearbeitet, um aus sich das zu machen, was sie heute war, sie hatte sich Ziele gesteckt und alles getan, um sie zu erreichen. Sie kam aus dem Chaos und hatte es abgewehrt. Natürlich war es notwendig, das Muster von Zeit zu Zeit leicht zu verändern. Sie war nicht so festgefahren. Aber nichts, absolut nichts konnte dieses Grundmuster erschüttern.

Wahrscheinlich hatte es ja mit dem Fall zu tun. Das Mädchen, von Fremden festgehalten, mit ziemlicher Sicherheit missbraucht.

Wieder ein Muster, dachte sie bitter. Das ihr nur allzu bekannt vorkam.

Und das Kind heute Vormittag, erinnerte sie sich. Hilflos zerrieben zwischen den Erwachsenen.

Sie schob den Gedanken weg und griff nach der zerknitterten Zeitung, um sie ordentlich zusammenzufalten und beiseitezulegen.

Vielleicht bist du ja einfach nur müde, überlegte sie. Diese Drogengeschichte letzte Woche war hässlich gewesen. Und danach gleich in die nächste hässliche Sache zu schliddern, würde jeden ein bisschen mitnehmen. Sie brauchte wahrscheinlich Urlaub. Ja, sie brauchte ein wenig Entspannung und Luxus, um wieder auftanken zu können. Sie lächelte in sich hinein, als sie sich einen warmen weißen Sandstrand ausmalte, blaues Wasser, einen glitzernden Hotelkomplex hinter sich. Ein großes Bett, Zimmerservice, Schlammpackungen und einen Whirlpool ganz für sich allein.

Und genau das würde sie sich gönnen, wenn sie diesen Fall abgeschlossen und Colt Nightshade auf seine Rinderfarm oder in seine Anwaltskanzlei oder womit auch immer er sich seine Brötchen verdiente, zurückgeschickt hatte.

Als sie wieder auf die Bar schaute, nickte sie unwillkürlich anerkennend. Seit Colts Weggang waren kaum zehn Minuten vergangen, und er kam mit Meena im Schlepptau heraus.

„Oh, eine Gruppennummer?" Meena musterte Althea aus dick schwarz umrahmten Augen. Sie schob ihre festgesprühten Locken zurück und grinste süffisant. „Ist nichts dagegen zu sagen, Süßer, aber das kostet natürlich extra."

„Kein Problem." Colt half ihr galant beim Einsteigen.

„Ich schätze mal, ein Kerl wie du schafft leicht zwei auf einmal." Sie brachte beim Einsteigen eine dicke Wolke billigen Parfüms mit ins Auto.

„Ich glaube nicht, dass er das beweisen muss." Althea zog ihren Polizeiausweis heraus und hielt ihn Meena unter die Nase.

Meena stieß eine Verwünschung aus und schleuderte Colt einen vernichtenden Blick zu, dann verschränkte sie die Arme. „Hat die Polizei nichts Besseres zu tun, als uns Huren Ärger zu machen?"

„Wenn Sie uns ein paar Fragen beantworten, lassen wir Sie gleich wieder laufen, Meena", sagte Althea. „Fahren Sie ein bisschen durch die Gegend, Colt, okay?" Nachdem er angefahren war, drehte sie sich wieder zu Meena herum. „Wild Bill war ein Freund von mir."

„Ganz bestimmt."

„Doch wirklich. Er hat mir ab und zu einen Gefallen getan. Und ich habe mich dafür revanchiert."

„Ja, das wette ..." Meena unterbrach sich, verengte die Augen. „Ach, dann sind Sie das also, mit der er zusammengearbeitet hat? Die ist okay, hat er immer gesagt." Meena entspannte sich ein bisschen.

Es bestand eine ziemlich gute Chance, dass sie die Nacht nicht hinter Gittern verbringen würde. „Und dass Sie ihm ohne großes Getue immer mal wieder 'n paar Scheine rüberschieben."

Althea registrierte Meenas gieriges Lächeln und zog eine Augenbraue hoch. „Ich bin gerührt. Vielleicht hätte er dazusagen sollen, dass ich nur für das bezahle, was zu kaufen sich auch lohnt. Kennen Sie Jade?"

„Klar. Sie hat sich schon seit ein paar Wochen nicht mehr blicken lassen. Bill hat gesagt, dass sie untergetaucht ist." Meena kramte eine ganze Weile in ihrer roten Vinyltasche und zog schließlich eine Zigarette heraus. Als Colt ihr Feuer gab, legte sie ihre hohle Hand über seine und warf ihm unter dick getuschten Wimpern einen schwülen Blick zu. „Heißen Dank, Süßer."

„Was ist mit diesem Mädchen? Schon mal gesehen?" Colt zog den Schnappschuss von Elizabeth aus seiner Tasche. Nachdem er das Deckenlicht angeknipst hatte, gab er ihn an Meena weiter.

„Nein." Sie wollte ihm das Foto wieder zurückgeben, dann stutzte sie. „Ich weiß nicht. Vielleicht." Während sie überlegte, stieß sie eine Rauchwolke aus. „Nicht beim Anschaffen. Aber vielleicht woanders."

„Mit Bill?", fragte Althea.

„Himmel, nein. Bill hat sich doch nicht an Kindern vergriffen."

„Wer macht so etwas?"

Meena richtete ihren Blick auf Colt. „Georgie Cool hat ein paar ziemlich junge Pferdchen laufen. Aber so jung auch wieder nicht."

„Hat Bill Ihnen einen Gig verschafft, Meena? Beim Film?", fragte Althea.

„Kann sein."

„Die Antwort ist ja oder nein." Althea nahm das Foto von Liz wieder an sich. „Sie verschwenden meine Zeit, aber ich habe nicht die Absicht, auch noch mein Geld zu verschwenden."

„Na ja, ist mir doch egal, wenn mich irgend so 'n Typ bei der Arbeit filmen will. Sie haben noch mal extra dafür bezahlt."

„Haben sie auch einen Namen?"

Meena schnaubte verächtlich.

„Klar doch, wir haben natürlich unsere Visitenkarten ausgetauscht, Schätzchen."

„Aber Sie können mir doch bestimmt eine Beschreibung geben. Und wie viele es waren. Wo es war."

„Könnte schon sein." Der durchtriebene Ausdruck war wieder da, als Meena Rauch ausstieß. „Wenn ich einen Anreiz hätte."

„Ihr Anreiz ist, nicht die Nacht mit einer zweihundert Pfund schweren Schwedin namens Big Jane in einer Zelle zu verbringen", sagte Althea milde.

„Sie können mich nicht einsperren. Ich würde mich beschweren."

„Beschweren Sie sich, so viel Sie wollen. Bei Ihrer Latte an Vorstrafen würde der Haftrichter nur leise auflachen."

„Kommen Sie, Thea." Colt sprach noch schleppender als normalerweise. „Jetzt ist es aber gut. Die Lady versucht doch mit uns zu kooperieren, hab ich recht, Meena?"

„Klar." Meena drückte ihre Zigarette aus und leckte sich über die Lippen. „Klar versuche ich es."

„Blödsinn. Sie versucht mich zu verarschen." Althea war blitzartig klar geworden, dass sie und Colt, ohne sich vorher darüber verständigt zu haben, die Guter-Cop-Böser-Cop-Masche abzogen. „Aber ich will Antworten."

„Sie ist doch schon dabei, sie uns zu geben." Er lächelte Meena im Rückspiegel an. „Lassen Sie sich ruhig Zeit."

„Sie waren zu dritt", sagte Meena und verzog schmollend die kirschrot geschminkten Lippen. „Der Typ mit der Videokamera und ein anderer Typ, der immer in einer Ecke saß. Ich konnte sie nicht sehen. Und dann noch der Typ, der ... na ja ... der mit mir vor der Kamera rumgemacht hat. Der Kameramann hatte eine Glatze. Das war ein Schwarzer, ein echter Kleiderschrank ... Body wie 'n Ringer oder so was. Die ganze Nummer hat eine Stunde gedauert, aber er hat kein einziges Mal den Mund aufgemacht."

Althea schlug ihr Notizbuch auf. „Haben sie sich mit Namen angeredet?"

„Nee." Meena überlegte, schüttelte den Kopf. „Nee, gar nicht. Komisch, was? Ich kann mich überhaupt nicht erinnern, dass sie irgendwas gesagt hätten. Der Typ, mit dem ich zugange war, das war so ein kleiner Mickriger ... also, bis auf die echt lebensnotwendigen Körperteile, versteht sich." Sie kicherte und kramte noch eine Zigarette aus ihrer Handtasche. „Aber der hat geredet. Na ja, totalen

Schrott, ist ja klar. Für die Kamera halt. Es gibt Leute, die stehen auf so was. Er war ... ich weiß nicht ... irgendwo in seinen Vierzigern vielleicht, und, wie ich schon sagte, ziemlich mickrig; die Haare hatte er sich zu einem Pferdeschwanz zusammengebunden. Er hat so auf einsamer Wolf gemacht."

„Ich muss Sie bitten mitzukommen", sagte Althea. „Ich möchte Phantombilder anfertigen lassen."

„Niemals. Nicht noch mehr Cops, sonst krieg ich die Krätze."

„Wir müssen es nicht auf dem Revier machen." Althea spielte ihre Trumpfkarte aus. „Wenn Ihre Personenbeschreibung so gut ist, dass wir diese Typen festnageln können, springt noch ein Hunderter extra für Sie raus."

„Na gut." Meena strahlte. „Okay."

Althea tippte mit ihrem Stift auf ihren Notizblock. „Wo fand das Shooting statt?"

„Das Shooting? Ach so, Sie meinen, wo gefilmt wurde. Drüben auf der Second. Ziemlich feudale Hütte. Mit Whirlpool im Bad und verspiegelten Wänden und so." Meena beugte sich vor und strich mit den Fingerspitzen über Colts Schulter. „Es war ziemlich ... anregend."

„Die Adresse?", fragte Althea.

„Weiß ich nicht. In einem dieser großen Apartmenthäuser auf der Second. Ganz oben. Das Penthouse."

„Ich wette, das Gebäude erkennen Sie doch wieder, wenn wir daran vorbeifahren, oder, Meena?" Colts Tonfall war genauso ermunternd wie das Lächeln, das er ihr über die Schulter zuwarf.

„Ja, klar würde ich es wiedererkennen."

Und sie erkannte es tatsächlich wieder. Als sie ein paar Minuten später langsam die Second hinunterfuhren, deutete sie aus dem Fenster. „Dort ist es, das da drüben. Die Wohnung ganz oben mit den großen Fenstern und der Dachterrasse. Da drin war es. Schnuckelige Wohnung. Weißer Teppichboden. Echt sexy Schlafzimmer, rote Vorhänge, riesige runde Spielwiese und so. Und im Bad waren goldene Armaturen, die geformt waren wie Schwäne. Du lieber Himmel. Das würde ich glatt noch mal machen."

„Waren Sie nur einmal dort?", fragte Colt.

„Ja. Sie haben Billy gesagt, dass ich nicht der richtige Typ bin."

Mit einem verächtlichen Schnauben kramte sie die dritte Zigarette heraus. „Muss man sich echt mal vorstellen. Ich war ihnen zu alt. Dabei bin ich eben erst dreiundzwanzig geworden, und diese Blödmänner behaupten, dass ich zu alt bin. Ich war stocksauer … he, Moment mal …“ Sie unterbrach sich, offenbar weil ihr plötzlich etwas eingefallen war. Sie tippte Colt auf die Schulter. „Die Kleine. Du weißt schon, die auf dem Foto. Jetzt fällt's mir wieder ein, dass es dort war, wo ich sie gesehen habe. Ich wollte gerade gehen, aber dann bin ich noch mal zurück, weil ich meine Zigaretten liegen gelassen hatte. Sie war in der Küche. Ich hab sie auf dem Foto nicht gleich wiedererkannt, weil sie an dem Tag so aufgebretzelt war.“

„Hat sie irgendetwas zu Ihnen gesagt?“, fragte Colt, wobei er Mühe hatte, seine Stimme ruhig zu halten. „Oder irgendetwas getan?“

„Nein, saß bloß so da. Ich hab gedacht, dass sie total zugedröhnt ist.“

Weil sie spürte, dass er Trost brauchte, schob Althea ihre Hand über den Sitz und legte sie über Colts. Sie war überrascht, wehrte sich jedoch nicht, als er seine Hand so umdrehte, dass ihre Hände Handfläche an Handfläche lagen.

„Ich werde noch einmal mit Ihnen reden müssen.“ Mit ihrer freien Hand holte Althea aus ihrer Tasche genug Geld heraus, um sich Meenas Kooperation für die Zukunft zu sichern. „Ich brauche eine Nummer, unter der ich Sie erreichen kann.“

„Kein Problem.“ Meena rasselte ihre Telefonnummer herunter, während sie das Geld zählte. „Ich schätze, Billy hatte recht. Sie sind wirklich in Ordnung. He, vielleicht könnten Sie mich beim Tick Tock rauslassen. Ich glaube, ich gehe noch mal rein und trinke einen auf Wild Bill.“

„Ohne Durchsuchungsbefehl können wir nichts machen.“ Althea sagte es jetzt bereits zum dritten Mal, während sie in dem Haus, das Meena ihnen gezeigt hatte, im obersten Stockwerk aus dem Aufzug stiegen.

„Man braucht keinen Durchsuchungsbefehl, um irgendwo an die Tür zu klopfen.“

„Richtig.“

Aufseufzend schob Althea eine Hand in ihre Jackentasche, um ihre Waffe zu überprüfen. „Und bestimmt laden sie uns auf einen Kaffee ein. Wenn Sie mir zwei Stunden geben ..."

Als er herumwirbelte, blieb ihr der Mund offen stehen. Nachdem er bis jetzt alles so gelassen hingenommen hatte, war die nackte Wut, die sich auf seinem Gesicht jetzt widerspiegelte, überraschend. „Ich werde nicht mal zwei *Minuten* warten, um nachzuschauen, ob Liz da drin ist, haben Sie das kapiert, Lieutenant? Und wenn sie tatsächlich da drin sein sollte, werde ich keinen verdammten Durchsuchungsbefehl brauchen."

„Schauen Sie, Colt, ich verstehe ja ..."

„Sie verstehen gar nichts."

Sie machte den Mund auf, dann machte sie ihn wieder zu, schockiert darüber, dass sie knapp davor war, ihm ins Gesicht zu schreien, dass sie nur allzu gut verstand. Oh ja, sie verstand nur allzu gut. „Na gut, versuchen wir unser Glück", sagte sie schroff, ging zu der Wohnungstür des Penthouses und klopfte.

Nachdem sich drin nichts tat, hämmerte Colt mit der Faust an die Tür. „Vielleicht sind sie ja schwerhörig." Er bewegte sich so schnell, dass Althea nicht mal Zeit hatte zu fluchen, und trat fast die Tür ein.

„Gut, wirklich gut, Nightshade. Ein Fingerspitzengefühl wie ein Holzklotz."

„Ich muss wohl ausgerutscht sein." Er zog seine Pistole aus seinem Stiefel. „Na so was, die Tür ist ja offen."

„Gehen Sie nicht rein ..." Aber er war bereits drin. Althea verfluchte Boyd und seine sämtlichen Jugendfreunde, zog ihre Waffe und betrat, instinktiv als Colts Rückendeckung agierend, die Wohnung. Sie brauchte das Licht, das Colt anknipste, nicht, um zu sehen, dass der vordere Raum leer war. Er war bis auf den Teppich und die Vorhänge an den Fenstern ausgeräumt.

„Ausgeflogen", murmelte Colt in sich hinein, während er schnell von Zimmer zu Zimmer ging. „Die Drecksbande ist über alle Berge."

Froh, dass sie sie nicht brauchen würde, steckte Althea ihre Pistole wieder weg. „Ich schätze, jetzt wissen wir, wen unser freundlicher Barkeeper heute Nachmittag angerufen hat. Wir werden sehen, was wir aus dem Mietvertrag und von den Nachbarn erfahren können.“ Obwohl sie sich in dieser Hinsicht keine allzu großen Hoffnungen machte.

Sie betrat das Bad. Es war genauso wie Meena es beschrieben hatte, mit der Whirlpool-Badewanne, den Armaturen, die wie Schwäne geformt waren – allerdings aus Messing, nicht aus Gold –, und den verspiegelten Wänden. „Sie haben gerade die Vollständigkeit der Spuren an einem möglichen Tatort aufs Spiel gesetzt, Nightshade. Ich hoffe, Sie sind zufrieden.“

„Sie hätte hier sein können“, sagte er hinter ihr.

Sie schaute sich um, sah ihre Spiegelbilder in den verspiegelten Fliesen. Sein Gesichtsausdruck überraschte und rührte sie irgendwie. „Wir werden sie ganz bestimmt finden, Colt“, sagte sie leise. „Wir werden sie wieder nach Hause bringen.“

„Ja, klar.“ Er wollte etwas kaputt schmeißen. Er musste sich zusammenreißen, um nicht mit den Fäusten die Spiegelkacheln zu zertrümmern. „Jeder Tag, den sie in ihrer Gewalt verbringt, ist ein Tag, mit dem sie ihr ganzes Leben lang leben muss.“ Er bückte sich und schob seine Pistole wieder in seinen Stiefelschaft. „Gott, Thea, sie ist doch noch ein Kind.“

„Kinder können mehr aushalten, als die meisten Leute denken. Sie verdrängen Dinge einfach, wenn sie es müssen. Und ihr wird es leichter fallen, weil sie eine Familie hat, die sie liebt.“

„Leichter als was?“

Leichter als niemanden zu haben, dachte sie. „Einfach leichter.“ Sie war machtlos dagegen. Sie musste einfach die Hand ausstrecken und an seine Wange legen. „Lassen Sie nicht zu, dass es Sie auffrisst, Colt. Sie werden es vermasseln, wenn Sie es zulassen.“

„Ja.“ Er unterdrückte ihn, diesen gefährlichen Gefühlsausbruch, der zu gefährlichen Fehlern führen konnte. Aber als sie ihre Hand sinken ließ und an ihm vorbeischlüpfte, hielt er sie am Handgelenk fest. „Wissen Sie was?“ Vielleicht war es nur, weil er sich im Moment nach Körperkontakt sehnte, auf jeden Fall zog er sie ein paar Zentimeter näher an sich heran. „Eben waren Sie fast menschlich.“

„Wirklich?“ Ihre Körper streiften sich fast. Gar nicht gut, dachte sie. Aber es wäre feige gewesen, sich zurückzuziehen. „Und was bin ich normalerweise?“

„Perfekt.“ Er hob seine freie Hand – weil er es fast vom ersten

Moment an, in dem er sie gesehen hatte, gewollt hatte – und schob seine Finger in ihr Haar. „Es ist beängstigend", sagte er. „Es ist das ganze Päckchen … dieses Gesicht, diese Haare, dieser Körper, dieser Verstand. Als Mann weiß man nicht, ob man den Mond anbellen oder sich Ihnen zu Füßen legen und winseln soll."

Sie musste den Kopf in den Nacken legen, um ihm in die Augen schauen zu können. Dass ihr Herz ein bisschen schneller schlug, konnte sie ignorieren. Das war ihr früher auch schon passiert. Dass sie das leichte Ziehen der Neugier, ja sogar der Lust verspürte, war ebenfalls nicht das erste Mal, es konnte unter Kontrolle gebracht werden. Doch dass ihr Kopf plötzlich ganz leer wurde, war ein ernsthaftes Problem. Dagegen würde sie ankämpfen müssen.

„So wie ich Sie einschätze, sind Sie aber weder der Typ für das eine noch für das andere", sagte sie und lächelte ein kühles, süffisantes Lächeln, das die meisten Männer veranlasst hätte, unter irgendeinem unsinnigen Gestammel den Rückzug anzutreten.

Colt war aber nicht wie die meisten Männer.

„Nie gewesen. Warum versuchen wir nicht mal etwas anderes?" Er sagte es langsam, dann legte er blitzschnell seinen Mund auf ihren.

Wenn sie protestiert, wenn sie sich auch nur ganz leicht gewehrt hätte, hätte er sie sofort losgelassen und sich geschlagen gegeben. Vielleicht.

Aber sie tat es nicht. Das überraschte sie beide.

Sie hätte es tun können und sollen. Aber nachdenken würde sie später. Sie hätte ihn mit einer ganzen Reihe defensiver oder offensiver Schritte aufhalten können. Aber seine Lippen waren so heiß, seine Arme so stark, und in ihrem eigenen Körper machte sich so ein schwindelerregendes Begehren breit.

Oh ja, nachdenken würde sie später. Viel später.

Es war genau so, wie er es sich vorgestellt hatte. Und er hatte es sich oft vorgestellt. Dieser herbe extravagante Geschmack ihrer Lippen fand seine Entsprechung in dem, was er sich im Geiste ausgemalt hatte. Er machte so süchtig wie ein Opiat. Als sie den Mund für ihn öffnete, tauchte er tiefer ein und nahm sich noch mehr.

Sie war so schlank, so biegsam, wie es sich ein Mann nur wünschen konnte. Und so stark. Sie hatte ihre Arme fest um ihn gelegt, ihre Finger krallten sich in sein Haar. Der tiefe, leise Laut der Zustimmung, der in ihrer Kehle vibrierte, bewirkte, dass ihm das Blut wie ein rasant dahinfließender Fluss durch die Adern schoss.

Ihren Namen murmelnd, riss er sie herum und drängte sie, sich an sie pressend, gegen die verspiegelte Wand. Seine Hände fuhren gierig über ihren Körper, um zu nehmen und zu berühren und Besitz zu ergreifen. Dann zerrten seine Finger in dem verzweifelten Wunsch, die erste Barriere niederzureißen, an den Knöpfen ihrer Bluse.

Er wollte sie jetzt. Nein, falsch, er brauchte sie jetzt. Dringend. So dringend, wie man nach einem harten Tag Schlaf brauchte, so dringend wie man nach einer langen Fastenzeit Essen brauchte.

Er riss seinen Mund von ihrem los und presste ihn auf ihren Hals, um den herrlichen Geschmack ihres Fleisches auszukosten.

Halb von Sinnen beugte sie sich zurück, leise in sich hineinstöhnend angesichts des Schauers, den sein gieriger Mund auf ihrer heißen Haut auslöste. Ohne die stützende Wand im Rücken wäre sie bereits auf den Boden gesunken, das wusste sie. Und dort, genau dort würde er über sie herfallen, würden sie übereinander herfallen. Auf den kühlen, harten Fliesen, mit den verspiegelten Wänden, die das Bild ihrer verzweifelten Körper zurückwerfen würden.

Hier und jetzt.

Und dann stahl sich wie ein Dieb in ein dunkles Haus ein Bild von Meena und dem, was in dieser Wohnung vor sich gegangen war, in ihren Kopf.

Was machte sie da? Herrgott noch mal, was machst du denn da? fragte sie sich wütend, während sie versuchte, sich von ihm zu lösen.

Sie war Polizistin, und sie hatte sich dazu hinreißen lassen, sich an einem Tatort in den Armen eines Mannes zu vergessen!

„Aufhören!“ Ihre Stimme war heiser vor Verlangen, in das sich Selbstekel mischte. „Ich meine es ernst, Colt. Hör auf. Sofort!“

„Was?“ Er schüttelte den Kopf wie ein Taucher, der aus unergründlichen Tiefen auftaucht, wobei er fast schwankte. Gott, hatte er weiche Knie. Um diesen Mangel zu kompensieren, stützte er sich mit einer Hand an der Wand ab, während er sie anstarrte. Er hatte ihre Haarspange aufgemacht, sodass ihr rotes Haar ungebändigt über die Schultern fiel. Ihre Augen waren jetzt mehr golden als braun, riesengroß und verführerisch verschleiert. Ihre Lippen waren voll und von dem fordernden Druck seines Mundes gerötet, ihre Haut war leicht gerötet.

„Du bist so schön. Atemberaubend schön." Sanft strich er ihr mit einem Finger über den Hals. „Wie eine exotische Blume hinter Glas. Man muss nur die Scheibe einschlagen und sie sich nehmen."

„Nein." Sie packte ihn am Handgelenk, um zu verhindern, dass sie erneut den Kopf verlor. „Das ist verrückt. Total verrückt."

„Ja." Er hätte ihr nicht mehr zustimmen können. „Und es hat sich absolut irre angefühlt."

„Das hier ist eine Ermittlung, Nightshade. Und wir sind höchstwahrscheinlich am Tatort eines Schwerverbrechens."

Er lächelte und hob ihre Hand, um ihre Fingerspitzen zu küssen. Nur weil sie an einem toten Punkt angelangt waren, hieß das noch lange nicht, dass sie ihre Aktivitäten ganz einstellen mussten. „Dann lass uns woanders hingehen."

„Genau, wir gehen woanders hin." Sie schob ihn schnell von sich und knöpfte ihre Bluse zu. „Aber jeder in eine andere Richtung." Ihre Hände zitterten, wie sie feststellte. Verdammt, ihre Hände zitterten!

Weil er das Gefühl hatte, dass seine Hände im Moment in seinen Hosentaschen am sichersten aufgehoben waren, schob er sie dort hinein. Sie hatte recht, hundertprozentig recht, und das war das Schlimmste daran.

„Du willst so tun, als ob das nicht passiert wäre?"

„Ich will überhaupt nichts." Sie besann sich auf ihre Würde, indem sie sich das zerzauste Haar aus dem Gesicht schüttelte und ihre zerknitterte Jacke glatt strich. „Es ist passiert, und jetzt haben wir es hinter uns."

„Noch lange nicht, Lieutenant. Wir sind beide erwachsen, und obwohl ich nur für mich sprechen kann, will ich doch sagen, dass so etwas beileibe nicht jeden Tag passiert."

„Da hast du recht." Sie legte den Kopf schief. „Du kannst nur für dich sprechen." Sie ging schnell zurück ins Wohnzimmer, bevor er ihrer wieder habhaft werden konnte.

„Willst du, dass ich es dir hier und jetzt beweise?" Seine Stimme war ruhig, tödlich ruhig. „Oder ziehst du es vor, offen zu mir sein?"

„Also gut, schön." Da Lügen sinnlos erschien, blieb ihr keine andere Wahl, als die Wahrheit zu sagen. „Wenn ich an einer kurzen heißen Affäre interessiert wäre, würde ich dich bestimmt anrufen. Die Sache ist nur, dass ich im Moment zufälligerweise andere Prioritäten habe."

„Du hast eine Liste, richtig?"

Sie musste sich zusammenreißen, um nicht zu explodieren. „Glaubst du, damit könntest du mich beleidigen?", fragte sie in zuckersüßem Ton. „Ich ziehe es zufälligerweise vor, mein Leben zu organisieren."

„In Schubladen einzuteilen."

Sie zog eine Augenbraue hoch. „Was auch immer. Egal ob uns das gefällt oder nicht, aber wir haben eine Arbeitsbeziehung. Ich will dieses Mädchen genauso dringend finden wie du, Colt. Ich will, dass sie wieder zu ihrer Familie zurückkehrt, Hamburger in sich reinstopft und sich wegen der letzten Mathearbeit Sorgen macht. Und ich will die Dreckskerle drankriegen, die sie in ihrer Gewalt haben. Ich wünsche es mir mehr, als du wahrscheinlich verstehen kannst."

„Und warum hilfst du mir dann nicht, es zu verstehen?"

„Ich bin Polizistin", sagte sie. „Das ist genug."

„Nein, ist es nicht." In ihrem Gesicht hatte sich Leidenschaft gespiegelt, dieselbe Leidenschaft, die er gespürt hatte, als sie in seinen Armen gelegen hatte. Heiß und wild und knapp davor, der Kontrolle zu entgleiten. „Nicht für dich und für mich auch nicht."

Er atmete tief aus und massierte sich den Nacken, wo sich der größte Teil seiner Anspannung konzentrierte. Sie waren beide müde, wie ihm klar wurde, müde und ausgelaugt. Es war weder der richtige Zeitpunkt noch der richtige Ort, um Motivationsforschung zu betreiben. Um herauszufinden, wie Althea Grayson gestrickt war, musste er erst noch ein bisschen objektiver werden.

„Hör zu, wenn ich mich eben einfach nur danebenbenommen hätte, würde ich mich ja entschuldigen. Aber wir wissen beide, dass es nicht so war. Ich bin hier, um Liz zurückzuholen, und ich bin wild entschlossen, es auch zu tun. Aber nachdem ich von dir gekostet habe, bin ich genauso wild entschlossen, noch mehr von dir zu bekommen, Thea."

„Ich bin keine Tagessuppe, Nightshade“, sagte sie erschöpft. „Du wirst genau so viel bekommen, wie ich dir gebe.“

Über sein Gesicht huschte ein entspanntes Grinsen. „Genau so will ich es. Komm, ich fahre dich nach Hause.“

Althea folgte ihm wortlos. Dabei hatte sie das ungute Gefühl, dass sie das Problem noch nicht so perfekt gelöst hatten, wie ihr lieb gewesen wäre.

4. KAPITEL

Bewaffnet mit seiner zweiten Tasse Kaffee, stand Colt im Auge eines Hurrikans. Es war nicht zu übersehen, dass es ein Unternehmen größeren Ausmaßes war, drei Kinder aus dem Haus und in einen Schulbus zu bringen. In seinen Augen war es nur erstaunlich, wie es drei Erwachsene schafften, diese Orchestrierung Tag für Tag hinzubekommen und dabei trotzdem nicht den Verstand zu verlieren.

„Das Müsli schmeckt total eklig", mäkelte Bryant. Er tauchte seinen Löffel in den Teller, dann hob er die Hand und ließ mit finsteren Gesicht den zähen Brei wieder zurückplatschen. „Es schmeckt nach nassen Bäumen."

„Du wolltest unbedingt, dass ich es kaufe, weil eine Pfeife drin war", erinnerte ihn Cilla, während sie Erdnussbutter-Marmeladen-Sandwiches zusammenklappte. „Und jetzt isst du es auch."

„Tu dir eine Banane rein", schlug Boyd vor, während er versuchte, Allisons weißblondes fliegendes Haar zu etwas, das als Zopf durchgehen konnte, zu flechten.

„Autsch! Daddy, es ziept!"

„Entschuldige. Wie heißt die Hauptstadt von Nebraska?"

„Lincoln", erwiderte seine Tochter mit einem Aufseufzen. „Ich hasse Erdkundetests. Wofür muss ich wissen, wie die blöden Bundesstaaten und ihre Hauptstädte heißen?"

„Weil Wissen heilig ist." Die Zunge zwischen den Zähnen eingeklemmt, kämpfte Boyd mit den Haarsträhnen, die immer wieder zu entwischen drohten. „Und was man einmal gelernt hat, vergisst man nie wieder."

„Ich weiß aber trotzdem nicht mehr, wie die Hauptstadt von Virginia heißt."

„Sie heißt ..." Weil ihm das geheiligte Wissen entfallen war, fluchte Boyd leise in sich hinein. Was zum Teufel interessierte es ihn, wie die Hauptstadt von Virginia hieß? Er lebte in Colorado. Eins der großen Probleme mit Kindern war in seinen Augen, dass man die Eltern praktisch zwang, ein zweites Mal zur Schule zu gehen. „Es wird dir schon wieder einfallen."

„Mom, Bry gibt Bongo sein Müsli." Allison warf ihrem Bruder

ein süffisantes, gehässiges Lächeln von der Art zu, wie es nur eine Schwester konnte.

Cilla drehte sich genau in dem Moment um, in dem ihr Sohn seinen Teller mit Müsli dem Hund vor das gierige Maul schob. „Bryant Fletcher, pass auf, du wirst gleich was erleben."

„Aber schau doch, Mom, nicht mal Bongo will es fressen. Es schmeckt einfach scheiße."

„Du sollst nicht immer Scheiße sagen", tadelte ihn Cilla erschöpft. Aber sie registrierte, dass der große, zottelige Hund, der regelmäßig Wasser aus der Kloschüssel schlabberte, dem Müsliteller nach dem ersten Versuch die kalte Schulter zeigte. „Iss die Banane und zieh deinen Mantel an."

„Mom!" Kennan, der Jüngste, stürmte in die Küche. Er war barfuß und hielt einen schmuddeligen Turnschuh in der Hand. „Mein anderer Schuh ist weg. Ich hab schon überall gesucht. Den muss mir ein Einbrecher geklaut haben."

„Melde es der Polizei", brummte Cilla, während sie das letzte Erdnussbutter-Marmeladen-Sandwich in eine Lunchbox packte.

„Ich gehe rauf und suche ihn, *Señora.*" Die Haushälterin Maria wischte sich die Hände an ihrer Schürze ab.

„Gott segne Sie, Maria."

„Den haben die Bösen mitgenommen", sagte Keenan mit leiser ernster Stimme. „Sie sind mitten in der Nacht gekommen und haben ihn mir weggeschnappt. Aber Daddy fängt sie bestimmt und sperrt sie ein."

„Ja, ganz bestimmt macht er das." Genauso ernst nahm Maria ihn an der Hand und ging mit ihm zur Treppe. „Und jetzt suchen wir nach Spuren, *sí*?"

„Schirme." Cilla, die am Tresen stand, drehte sich um und fuhr sich mit der Hand durch ihr streichholzkurzes braunes Haar. „Haben wir Schirme?"

„Früher hatten wir mal welche." Boyd, der seine Friseurpflichten beendet hatte, schenkte sich noch eine Tasse Kaffee ein. „Irgendwer hat sie gestohlen. Vielleicht dieselbe Gang, die Keenans Turnschuh und Bryants Hausaufgabenheft gestohlen hat. Ich habe schon eine Task Force eingerichtet."

„Du bist wirklich eine große Hilfe." Cilla ging zur Tür. „Maria! Schirme!" Sie drehte sich um, stolperte über den Hund und schnappte sich drei Lunchboxen. „Mäntel anziehen, marsch, beeilt euch", befahl sie. „In fünf Minuten müsst ihr beim Bus sein."

Gleich darauf herrschte ein Riesendurcheinander, in dem Bongo beschloss, dass es der perfekte Zeitpunkt war, an jedem, der in Sichtweite war, hochzuspringen.

„Er hasst Abschiede", erklärte Boyd Colt, während er dem Köter kräftig den Hals rubbelte.

„Der Schuh war im Schrank", verkündete Maria, während sie Keenan in die Küche scheuchte.

„Die Diebe müssen ihn da drin versteckt haben. Echt teuflisch." Cilla beugte sich zu ihm herunter und hielt ihm seine Lunchbox hin. „Kuss."

Keenan grinste und gab ihr einen lauten Schmatz auf den Mund. „Ich bin die ganze Woche der Milchüberwacher."

„Es ist ein harter Job, aber ich weiß, dass du es kannst. Bry, die Bananenschale gehört in den Mülleimer." Während sie Bryant seine Lunchbox in die Hand drückte, schlang sie ihm einen Arm um den Hals und er kicherte, als sie ihm zum Abschied einen Kuss gab. „Allison, ich glaube, die Hauptstadt von Virginia heißt Richmond."

„Okay."

Nachdem alle mit Küssen versorgt waren – einschließlich Bongo, wie Colt mit leiser Belustigung registrierte –, hob Cilla eine Hand.

„Jeder, der seinen Regenschirm in der Schule vergisst, wird unverzüglich hingerichtet. Raus jetzt!"

Sie stürmten nach draußen. Die Tür knallte zu. Cilla schloss die Augen. „Ah, wieder ein schöner ruhiger Morgen bei den Fletchers. Colt, was kann ich Ihnen anbieten? Schinken, Eier, Whiskey?"

„Ich nehme erst mal den Schinken und die Eier. Heben Sie mir den Rest auf." Grinsend setzte er sich auf den Stuhl, den Bryant frei gemacht hatte. „Ist das jeden Morgen so ein Zirkus?"

„Mit Matineen an den Samstagen." Sie fuhr sich wieder durchs Haar, warf einen Blick auf die Uhr am Herd. „Ich würde euch ja gern noch ein bisschen Gesellschaft leisten, aber ich muss gleich los. Ich habe in einer Stunde eine Besprechung. Falls Sie irgendwann Langeweile haben sollten, kommen Sie einfach beim Sender vorbei, Colt. Ich führe Sie dann ein bisschen herum."

„Vielleicht mache ich es ja wirklich."

„Maria, soll ich irgendwas aus der Stadt mitbringen?"

„Nein, *Señora*." Der Schinken brutzelte bereits auf dem Herd. „*Gracias.*"

„Ich müsste eigentlich gegen sechs zurück sein." Cilla blieb am Tisch stehen und fuhr ihrem Mann mit einer Hand über die Schulter. „Wie ich gehört habe, soll hier heute Abend ein großes Pokerspiel stattfinden."

„Erzählt man sich." Boyd zog seine Frau zu sich herunter, und Colt sah, wie beide die Lippen zu einem Lächeln verzogen, bevor sie sich küssten. „Du schmeckst wirklich lecker, O'Roarke."

„Erdbeermarmelade. Bis später." Sie gab ihm noch einen letzten langen Kuss, bevor sie die Küche verließ.

Colt hörte, wie sie die Treppe hinaufrannte. „Du hast das große Los gezogen, stimmt's, Fletch?"

„Hm?"

„Tolle Frau, tolle Kinder. Und alles gleich auf Anhieb."

„Scheint so. Ich glaube, ich wusste vom ersten Moment an, dass es nur Cilla sein kann." Bei der Erinnerung musste er lächeln. „Obwohl es eine Weile gedauert hat, bis ich sie davon überzeugt hatte, dass sie ohne mich nicht leben kann."

Colt fand es schwer, ihn um dieses Lächeln nicht zu beneiden. „Du und Althea, ihr wart schon Partner, bevor du Cilla kanntest, stimmt's?"

„Ja. Thea war die erste Frau, die ich als Partner hatte. Und dann hat sie sich als der beste Partner herausgestellt, den ich jemals hatte."

„Ich muss dir diese Frage stellen, aber du brauchst sie nicht zu beantworten, wenn du nicht willst." Doch wie es am besten ausdrücken? überlegte Colt, während er nach einer Gabel langte und damit auf der Tischkante herumklopfte. „Du und Thea ... vor Cilla ... da war nichts ... Persönliches zwischen euch?"

„Zwischen zwei Partnern, die so eng zusammenarbeiten und manchmal auch rund um die Uhr, gibt es eine Menge Persönliches." Boyd streckte mit einem entspannten Lächeln die Hand nach seiner Tasse aus. „Aber es war nichts Romantisches, falls es das ist, worauf du hinauswillst."

„Es geht mich nichts an." Colt zuckte die Schultern, irritiert über die Erleichterung, die er in sich aufsteigen fühlte. „Ich war nur neugierig."

„Neugierig, warum ich nicht versucht habe, bei einer Frau, die so aussieht wie sie, zu landen? Die so intelligent ist? Die so viel ... wie sagt man es am besten?" Belustigt über Colts offensichtliches Unbehagen, lachte er leise in sich hinein, während Maria ihnen ihr Frühstück servierte. „Danke, Maria. Nennen wir es Stil in Ermangelung eines besseren Wortes. Ganz einfach, Colt. Ich will nicht behaupten, dass ich nie daran gedacht hätte. Und Thea hat vielleicht auch einoder zweimal ihre Zeit auf den Gedanken verschwendet. Aber wir haben uns als Partner und Freunde so gut ergänzt, dass wir einen dieser anderen Wege nicht eingeschlagen haben." Er spießte Rührei auf seine Gabel auf, zog eine Braue hoch. „Hast du irgendwelche Absichten in dieser Richtung?"

Colt bewegte wieder seine Schultern, spielte mit einem Stück Speck herum. „Ich könnte nicht behaupten, dass wir als Partner besonders gut zusammenpassen – und als Freunde allem Anschein nach auch nicht. Aber ich glaube, dass wir schon auf eine dieser anderen Straßen abgebogen sind."

Boyd täuschte keine Überraschung vor. Jeder, der behauptete, Öl und Wasser vermische sich nicht, hatte beides einfach nicht lange genug verrührt, fand er. „Es gibt Frauen, die gehen einem unter die Haut und andere, die steigen einem zu Kopf. Und manche tun beides."

„Das ist wohl wahr. Und wie ist sie so?"

„Sie ist eine gute Polizistin und ein Mensch, dem man rückhaltlos vertrauen kann. Wie wir alle hat sie ihr Päckchen zu tragen, und sie trägt ihres gut. Aber wenn du persönliche Dinge über sie wissen willst, wirst du sie schon selbst fragen müssen." Er hob seine Tasse. „Und ihr würde ich, was dich betrifft, dasselbe sagen."

„Hat sie denn gefragt?"

„Nein." Boyd trank einen Schluck von seinem Kaffee, um sein Grinsen zu kaschieren. „Aber warum erzählst du mir jetzt nicht von euren Fortschritten bei der Suche nach Liz?"

„Wir haben einen Tipp für eine Wohnung auf der Second Avenue bekommen, aber da war niemand mehr." Es frustrierte ihn immer noch. Die ganze verdammte Sache frustrierte ihn. „Ich habe mir überlegt, dass ich mir als Erstes am besten die Hausverwaltung und die Nachbarn vornehme. Es gibt da eine Zeugin, die in der Lage sein könnte, einen oder mehrere von unseren Filmmagnaten zu identifizieren."

„Das ist ein guter Anfang. Gibt es irgendetwas, was ich tun kann?"

„Wenn es so weit ist, gebe ich dir Bescheid. Sie ist schon seit ein paar Wochen in ihrer Gewalt, Fletch. Ich werde sie zurückholen." Er schaute auf, und die stumme Wut in seinen Augen ließ keinen Zweifel an seinen Gefühlen. „Ich mache mir nur Sorgen, in was für einem Zustand sie dann ist."

„Mach immer einen Schritt nach dem anderen."

„Das klingt ganz nach dem Lieutenant." Aber Colt machte lieber große Sprünge. „Ich kann mich ihr erst heute Nachmittag wieder anschließen. Sie ist bei Gericht oder so was."

„Bei Gericht?" Boyd runzelte die Stirn, dann hellte sich sein Gesicht auf. „Ach ja, der Fall Marsten. Bewaffneter Raubüberfall. Sie hat den Einsatz geleitet. Soll ich dir in die Second Avenue einen Uniformierten mitgeben?"

„Nein danke, ich komme alleine klar."

Es war ein gutes Gefühl, wieder auf sich gestellt zu sein, fand Colt. Solange man allein arbeitete, brauchte man nicht zu befürchten, dass man seinem Partner auf die Zehen treten könnte, außerdem musste man nicht lang und breit über irgendwelche Vorgehensweisen diskutieren. Und was Althea anbelangte, bedeutete es, dass er sich nicht ständig davon abhalten musste, an sie als Frau zu denken.

Zuerst klingelte er den Hausverwalter namens Nieman heraus. Der kleine, bereits kahl werdende Mann war offenbar der Ansicht, dass für die Position, die er bekleidete, ein Dreiteiler, eine brutal festgezurrte Krawatte und Unmengen nach Fichtennadeln duftendes Aftershave erforderlich waren.

„Ich habe meine Aussage bereits gemacht", informierte er Colt durch den fünf Zentimeter breiten Spalt, den die vorgelegte Sicherheitskette an seiner Tür erlaubte.

„Und jetzt werden Sie sie mir gegenüber noch einmal wiederholen müssen." Colt sah keine Veranlassung, Nieman, der offensichtlich glaubte, einen Polizisten vor sich zu haben, von seinem Irrtum abzubringen. „Wollen Sie, dass ich Ihnen meine Fragen vom Flur aus zurufe, Mr Nieman?“

„Nein.“ Nieman schob sichtlich gereizt die Kette zurück. „Ich habe weiß Gott schon genug Ärger. Ich war kaum aus dem Bett, da hämmerte schon jemand von Ihren Leuten an meine Tür. Und jetzt klingelt ununterbrochen das Telefon, weil die Mieter wissen wollen, was hier los ist und warum die Polizei das Penthouse versiegelt hat. Ich werde Wochen brauchen, um die Leute zu beruhigen.“

„Sie haben wirklich einen harten Job, Mr Nieman.“ Colt schaute sich beim Eintreten unauffällig um. Die Wohnung war nicht so feudal und auch nicht so groß wie das leere Penthouse, aber wenn man nicht allzu hohe Ansprüche hatte, war sie durchaus ausreichend. Nieman hatte sie mit Rokokostilmöbeln eingerichtet. Colt wusste, dass seine Mutter ihre helle Freude daran gehabt hätte.

„Sie können sich das nicht vorstellen.“ Resigniert deutete Nieman auf einen mit kunstvollen Holzschnitzereien verzierten Sessel. „Mieter sind wie Kinder. Sie brauchen immer einen, der sie an der Hand nimmt und ihnen auf die Finger klopft, wenn sie sich nicht anständig benehmen. Ich bin jetzt seit zehn Jahren als Hausverwalter tätig, davon drei hier in diesem Gebäude, und Sie würden es nicht glauben, was ich Ihnen für Geschichten erzählen könnte …“

Weil Colt befürchtete, dass Nieman gleich genau das tun würde, fiel er ihm ins Wort, indem er ihn aufforderte: „Erzählen Sie mir doch mal ein bisschen was von den Mietern im Penthouse.“

„Da gibt es nicht viel zu erzählen.“ Um seine Bügelfalten zu schonen, zog Nieman die Hosenbeine hoch, bevor er sich setzte. Er schlug die Beine an den Knöcheln übereinander, wobei seine gemusterten Acrylsocken freigelegt wurden. „Wie bereits gesagt, habe ich sie nie persönlich kennengelernt. Sie haben nur vier Monate da oben gewohnt.“

„Aber zeigen Sie denn den Mietern nicht vorher die Wohnung, Mr Nieman?“

„Normalerweise schon. Aber in diesem Fall schickte der Mieter Referenzen und einen Scheck über die Miete per Post.“

„Vermieten Sie auf diesem Weg öfter eine Wohnung?“

„Na ja … normalerweise nicht …“ Nachdem er sich geräuspert

hatte, fummelte Nieman an seinem Krawattenknoten herum. „Nach dem Brief kam ein Anruf. Mr Davis – der Mieter – erklärte, dass er ein Freund von Mr und Mrs Ellison sei. Die beiden hatten vorher drei Jahre lang oben im Penthouse gewohnt. Ein reizendes Paar, sehr elegante Leute. Sie sind nach Boston umgezogen. Und da er mit ihnen befreundet war, brauchte er die Wohnung nicht zu sehen. Er behauptete, schon mehrmals zu Dinnerpartys und anderen Gelegenheiten im Penthouse gewesen zu sein. Es war ihm sehr wichtig, die Wohnung zu bekommen, verstehen Sie, und da er nur die besten Referenzen hatte ..."

„Sie haben sie überprüft?"

„Selbstverständlich." Nieman straffte die Schultern. „Ich nehme meine Pflichten sehr ernst."

„Was hat Davis beruflich gemacht?"

„Er hat als Ingenieur bei einer hiesigen Firma gearbeitet. Ich habe mich dort nach ihm erkundigt und nur das Allerbeste über ihn gehört."

„Was ist das für eine Firma?"

„Ich habe die Unterlagen noch hier." Nieman beugte sich über den Couchtisch und griff nach einem Schnellhefter. „Foxx Engineering", begann er, dann las er Adresse und Telefonnummer vor. „Natürlich habe ich mich auch bei seinem Vermieter erkundigt. Wir Hausverwalter haben einen Moralkodex. Mir wurde versichert, dass Mr Davis ein idealer Mieter ist, ruhig, verantwortungsvoll, sauber, und dass er seine Miete immer pünktlich bezahlt. Und das war auch der Fall."

„Aber gesehen haben Sie Mr Davis nie?"

„Das ist ein großes Haus. Es gibt hier immer wieder Mieter, die ich nie sehe. Nur diejenigen, die Scherereien machen, sieht man öfter, und Mr Davis hat nie welche gemacht."

Nie irgendwelche Scherereien, dachte Colt grimmig. Er hatte sich von Nieman Kopien des Mietvertrags, der Referenzen und Davis' Brief geben lassen. Es war mittlerweile nach zwölf, und er hatte fast alle Mieter befragt, die auf sein Klopfen hin geöffnet hatten. Nur drei gaben an, den geheimnisvollen Mr Davis je gesehen zu haben. Und nun musste Colt seinen Unterlagen drei Personenbeschreibungen hinzufügen, die sich deutlich voneinander unterschieden.

Das Polizeisiegel an der Tür des Penthouses hatte ihn am Betreten der Wohnung gehindert. Er hätte das Band durchschneiden und das Schloss aufbrechen können, aber er hatte daran gezweifelt, dass es die Mühe – und den Ärger – wert gewesen wäre.

Und so hatte er oben angefangen und sich nach unten durchgefragt. Inzwischen war er ziemlich frustriert und mit beginnenden Kopfschmerzen im dritten Stock angelangt.

Nachdem er an die Tür von Apartment 302 geklopft hatte, spürte er, dass er durch den Spion beobachtet wurde. Gleich darauf klapperte die Sicherheitskette, dann wurde der Riegel zurückgeschoben. Einen Moment später sah er sich einer älteren Frau mit einem wilden, grellorange gefärbten Haarmopp gegenüber. Als sie ihre glitzernden blauen Augen zusammenkniff, um ihn zu mustern, bildeten sich in ihren Augenwinkeln unzählige kleine Fältchen. Ihr „Denver Broncos"-Sweatshirt hatte den Umfang eines Zelts, das Colts Schätzung nach etwa zweihundert Pfund Körpermasse bedeckte. Sie hatte ein Doppelkinn und arbeitete an einem dritten.

„Sie sehen zu gut aus, um mir etwas andrehen zu wollen, was ich nicht brauche."

„Richtig, Ma'am." Wenn Colt einen Hut aufgehabt hätte, hätte er jetzt an die Hutkrempe getippt. „Ich verkaufe nichts. Die Polizei führt hier eine Ermittlung durch, und ich würde Ihnen gern ein paar Fragen zu einem Ihrer Mitbewohner stellen."

„Sie sind von der Polizei? Dann müssten Sie einen Ausweis haben."

Offenbar war sie wesentlich heller als Nieman. „Nein, Ma'am. Ich bin nicht von der Polizei. Ich führe eigene Ermittlungen durch."

„Ah, ein Privatdetektiv!" Die blauen Augen leuchteten auf wie Glühbirnen. „Wie Sam Spade? Ich schwöre, dass dieser Humphrey Bogart der aufregendste Mann der Welt war. Ich an Mary Astors Stelle hätte wegen so einem stummen Vogel ganz bestimmt nicht zweimal überlegt, wenn ich ihn hätte haben können."

„Nein, Ma'am." Colt brauchte einen Moment, bis ihm dämmerte, dass sie von dem Film *Der Malteser Falke* sprach. „Obwohl, am liebsten hätte ich ja mit Laureen Bacall getauscht. Die haben in *Der lange Abschied* die Puppen vielleicht zum Tanzen gebracht!"

Sie lachte auf. „Ja, wirklich. Na schön, kommen Sie rein. Macht doch keinen Sinn, im Hausflur rumzustehen."

Colt trat ein und musste sofort um Möbelstücke und Katzen herumgehen. Die Wohnung war so voll gestopft, dass sie aus allen Nähten platzte. Über den großen Wohnraum waren in wildem Durcheinander Tische, Stühle und Lampen verteilt, manche Stücke davon waren richtig wertvolle Antiquitäten, während man andere wahrscheinlich nicht mal auf einem billigen Trödelmarkt losgeworden wäre. Und inmitten des ganzen Durcheinanders hatte sich in seliger Selbstvergessenheit ein halbes Dutzend Katzen jeglicher Couleur breitgemacht.

„Ich sammle", berichtete sie ihm, dann ließ sie sich auf ein Louis-Quinze-Zweiersofa plumpsen. Ihr Körperumfang nahm drei Viertel der Fläche ein, sodass Colt weise beschloss, mit einem schäbigen Lehnstuhl vorliebzunehmen, auf dessen verblasstem Stoff sich Kolonialsoldaten und Rotkittel eine Schlacht lieferten. „Ich bin Esther Mavis."

„Colt Nightshade." Colt nahm es gelassen, als sich eine schlanke graue Katze auf seinem Schoß einrollte und eine andere auf die Rückenlehne des Lehnstuhls sprang, um seine Haare zu beschnuppern.

„So, und was untersuchen wir denn, Mr Nightshade?"

„Wir stellen Ermittlungen über den Mieter an, der zuletzt oben im Penthouse gewohnt hat."

„Der kürzlich ausgezogen ist?" Sie kratzte sich nachdenklich ihr Doppelkinn. „Gestern hab ich zufällig gesehen, wie ein paar riesige Kerle noch Sachen in einen Van einluden."

Wie verschiedene andere Leute auch, dachte Colt. Bloß dass niemand darauf geachtet hatte, ob auf dem Van der Name einer Umzugsfirma gestanden hatte.

„Ist Ihnen zufällig aufgefallen, was für eine Automarke der Van war, Mrs Mavis?"

„Miss", stellte sie richtig. „Es war ein großer", erklärte sie. „Und sie kamen mir irgendwie nicht wie ganz normale Möbelpacker vor."

„Ach ja?"

„Sie waren schnell. Nicht wie Leute, die pro Stunde bezahlt werden, na ja, Sie wissen schon, die habens ja meistens nicht so eilig. Aber da waren ein paar schöne Stücke dabei." Ihre glitzernden Augen schweiften durch ihr Wohnzimmer. „Ich liebe Möbel. Da war dieser Belker-Tisch, ganz traumhaft, wirklich. Den hätte ich gern gehabt. Obwohl ich wirklich nicht wüsste, wo ich ihn hinstellen sollte, aber irgendwie findet sich am Ende doch immer noch ein Plätzchen."

„Können Sie irgendeinen von diesen Möbelpackern näher beschreiben?"

„Ich achte normalerweise nicht auf Männer, wissen Sie, außer, einer hat mal was ganz Besonderes an sich." Sie zwinkerte ihm listig zu.

„Und was ist mit Mr Davis? Haben Sie ihn je gesehen?"

„Kann ich nicht sicher sagen. Von den meisten Leuten im Haus weiß ich ja nicht mal den Namen. Ich und meine Katzen, wir halten uns aus allem raus. Was genau hat er denn angestellt?"

„Wir sind erst dabei, Nachforschungen anzustellen. Bis jetzt wissen wir noch nicht mal, ob er überhaupt etwas angestellt hat."

„Immer schön bedeckt halten, was? Na ja, Bogey hätte es genauso gemacht. Dann ist er also ausgezogen?"

„Es sieht so aus."

„Schätze, dann werde ich ihm dieses Päckchen wohl nicht mehr geben können."

„Päckchen?"

„Ja. Es ist gestern gekommen. Der Postbote hat es versehentlich bei mir in den Briefkasten geworfen. Davis, Mavis …" Sie schüttelte den Kopf. „Die Leute sehen heutzutage einfach nicht mehr genau hin."

„Ich weiß, was Sie meinen." Colt pflückte behutsam eine Katze von seiner Schulter. „Was ist das denn für ein Päckchen, Miss Mavis?"

„Ich kann's Ihnen ja mal zeigen." Unter lautem Ächzen und Stöhnen hievte sie sich aus dem Sofa hoch. „Hab's im Schlafzimmer. Ich wollte es ihm heute raufbringen." Sie schlängelte sich mit panzerähnlicher Anmut zwischen den Möbelstücken hindurch und kam mit einem großen gepolsterten Umschlag zurück.

„Ma'am, wenn Sie gestatten, würde ich das gern mitnehmen. Falls Sie ein Problem damit haben, rufen Sie einfach Captain Boyd Fletcher, Denver DP, an."

„Ach, mir ist das gleich. Meinetwegen können Sie es gern mitnehmen." Sie reichte Colt das Päckchen. „Aber wenn Sie den Fall gelöst haben, würde ich mich freuen, wenn Sie noch mal vorbeikommen und mir erzählen, worum es eigentlich ging."

„Das mache ich ganz bestimmt." Auf eine spontane Eingebung hin zog er das Foto von Liz aus der Tasche. „Haben Sie dieses Mädchen schon mal gesehen?"

Miss Mavis betrachtete das Foto und überlegte, dann schüttelte sie den Kopf. „Nein, nicht dass ich mich erinnern könnte. Steckt sie in Schwierigkeiten?"

„Ja, Ma'am."

„Hat es was mit oben zu tun?"

„Ich nehme es an."

Sie gab ihm das Foto zurück. „So ein niedliches kleines Ding. Ich hoffe, Sie finden sie bald."

„Ich auch."

Es war nicht seine übliche Vorgehensweise. Aber Colt hätte beim besten Willen nicht sagen können, warum er sich dazu gedrängt gefühlt hatte, diesmal eine Ausnahme zu machen. Statt das Päckchen gleich zu öffnen und sich seinen Inhalt anzuschauen, ließ er es zu und fuhr zum Gericht.

Er kam gerade an, als Althea von der Verteidigung in den Zeugenstand gerufen wurde. Sie trug ein rostfarbenes Kostüm, an dem eigentlich nichts Besonderes war, aber mit ihrem hochgesteckten roten Haar und der Perlenkette sah es umwerfend aus.

Colt suchte sich ganz hinten im Gerichtssaal einen Platz und hörte zu, wie sie mit ihrer Aussage das sorgfältig aufgebaute Gebäude der Verteidigung zum Einsturz brachte. Sie erhob nie ihre Stimme, kam nie ins Stottern. Jeder, der sie sah und hörte, einschließlich der Jury, konnte nicht anders, als in ihr einen kühlen, nüchternen Profi zu sehen.

Was sie auch ist, konstatierte Colt, während er die langen Beine ausstreckte. Und niemand ahnte wahrscheinlich, dass sie in den Armen eines Mannes hochging wie eine Rakete. In seinen Armen.

Niemand in diesem Raum würde je auf die Idee kommen, sich vorzustellen, dass sich diese Frau den fiebrigen Händen eines Mannes – seinen Händen – voller Verlangen entgegendrängte.

Aber er wollte verdammt sein, wenn er es vergessen konnte.

Doch während er sie jetzt, ohne dass es ihr bewusst war, beobachtete, begann er andere Dinge – Kleinigkeiten – an ihr zu registrieren.

Sie war müde. Das konnte er an ihren Augen sehen. Wenn sie aufgefordert wurde, irgendetwas zu wiederholen, schwang gelegentlich eine leise Spur von Ungeduld in ihrer Stimme mit. Sie wechselte die Sitzstellung, schlug die Beine übereinander. Es war eine geschmeidige Bewegung, sparsam, wie alles an ihr.

Doch darunter spürte er noch etwas anderes. Keine Nervosität, wie ihm klar wurde. Unruhe. Sie wollte, dass es endlich vorbei war.

Nachdem sie den Zeugenstand verlassen hatte, verkündete der Richter eine Verhandlungspause. Sie erschrak, als er mit seinem Hammer auf den Tisch klopfte. Es äußerte sich nur in einem Schatten, der über ihr Gesicht huschte, aber Colt entging es nicht.

Jack Holmsby hielt sie am Ärmel fest, bevor sie an ihm vorbeigehen konnte. „Gute Arbeit, Thea."

„Danke. Du müsstest ihm damit eigentlich eine angemessene Strafe verpassen können."

„Darüber mache ich mir keine Sorgen." Er trat einen winzigen Schritt vor, gerade genug, um ihr den Weg abzuschneiden. „Hör zu, es tut mir leid, dass es kürzlich mit uns beiden nicht so richtig geklappt hat. Warum versuchen wir es nicht noch mal? Hast du nicht Lust, morgen Abend mit mir essen zu gehen?"

Sie schwieg einen Moment, allerdings weniger aus Verblüffung über seine Hartnäckigkeit, sondern einfach aus Erschöpfung. „Sag mal, Jack, kannst du dir unter dem Wort *niemals* irgendetwas vorstellen?"

Er lachte nur und drückte vertraulich ihren Arm. Eine Sekunde lang erwog sie, ihm eine Ohrfeige zu geben und die Strafe wegen Körperverletzung in Kauf zu nehmen.

„Bitte, Althea. Ich möchte mein Verhalten von damals wiedergutmachen."

„Jack, wir wissen beide, dass du nur scharf drauf bist, mit mir ins Bett zu gehen, und das wird nicht passieren. So, und jetzt lass meinen Arm los. Immerhin stehen wir beide auf derselben Seite des Gesetzes."

„Es besteht keine Veranlassung …"

„Lieutenant?", fragte Colt gedehnt. Er ließ seinen Blick über Holmsby wandern. „Hast du eine Minute Zeit?"

„Nightshade." Es ärgerte sie, dass er die Kabbelei mit Jack mitbekommen hatte. „Entschuldige mich, Jack. Ich habe zu tun."

Sie schlenderte aus dem Gerichtssaal, wobei sie es Colt freistellte, ihr zu folgen oder nicht. „Wenn du mir etwas zu sagen hast, dann raus damit, aber stiehl mir nicht meine Zeit", sagte sie ungnädig, nachdem er sie eingeholt hatte. „Ich bin auf Juristen im Moment nicht besonders gut zu sprechen."

„Oh Darling, bitte! Ich habe außer den Unterhosen, die ich anhabe, keine anderen dabei."

„Du bist völlig unmöglich, Nightshade."

„Du siehst aus wie eine Lady, der es gut bekommen würde, endlich mal wieder richtig zu lachen." Er nahm ihren Arm, und als sie sich versteifte, spürte er, wie Gereiztheit in ihm aufstieg. Er unterdrückte sie und zog Althea zur Tür. „Ich bin mit dem Auto da. Hast du nicht Lust, eine kleine Spazierfahrt zu machen, dann können wir uns gegenseitig auf den letzten Stand bringen."

„Okay. Ich bin den kurzen Weg vom Revier zu Fuß gekommen. Du kannst mich zurückfahren."

„In Ordnung." Hinter seinem Scheibenwischer klemmte wieder mal ein Strafzettel. Was nicht weiter überraschend war, da er im Halteverbot geparkt hatte. Er stopfte das Knöllchen in die Hosentasche und stieg ein. „Tut mir leid, dass ich das Balzritual gestört habe."

„Du kannst mich mal." Sie ließ ihren Sicherheitsgurt zuschnappen.

„Davon träume ich schon die ganze Zeit, Lieutenant." Er beugte sich zu ihr hinüber, öffnete das Handschuhfach und holte etwas heraus. Diesmal versteifte sie sich nicht, sondern schien sich nur ein bisschen in sich zurückzuziehen. „Hier."

„Was soll ich damit?" Sie schaute auf die Flasche mit Aspirintabletten.

„Gegen deine Kopfschmerzen."

„Mir geht es gut." Es ist nicht wirklich eine Lüge, dachte sie. Was sich in ihrem Kopf abspielte, konnte man schwerlich noch als Kopfschmerzen bezeichnen. Es fühlte sich vielmehr an, als ob ein Güterzug mit Volltempo hinter ihren Augen durchraste.

„Ich verabscheue Märtyrer."

„Lass mich in Ruhe." Um endlich ihre Ruhe zu haben, schloss sie die Augen.

Es ging ihr wirklich nicht gut. Sie hatte letzte Nacht kein Auge zugetan. An ein gewisses Maß an Schlaflosigkeit hatte sie sich im Lauf der Jahre schon gewöhnt. Aber in der vergangenen Nacht hatte sie überhaupt nicht geschlafen, und sie war zu stolz, die Schuld dort abzulegen, wohin sie gehörte. Direkt vor Colts Tür.

Sie hatte ständig an ihn denken müssen. Und sich selbst die heftigsten Vorwürfe gemacht. Wieder und wieder hatte sie die unmögliche Situation im Penthouse vor ihrem geistigen Auge Revue passieren lassen. Und sich nach ihm gesehnt. Dann hatte sie sich wieder Vorwürfe gemacht. Sie hatte es mit einem heißen Bad versucht, einem langweiligen Buch, Yogaübungen, einem angewärmten Brandy. Nichts hatte geholfen.

Und so hatte sie sich dann weiter herumgewälzt, bis sie irgendwann aufgestanden und ruhelos in der Wohnung auf und ab gelaufen war. Schließlich hatte sie beobachtet, wie die Sonne aufgegangen war.

Wenig später war sie aufs Revier gefahren. Inzwischen war es kurz nach eins, was hieß, dass sie seit fast acht Stunden ohne Pause im Dienst war. Und was die ganze Sache noch schlimmer, wenn nicht ganz und gar unerträglich machte, war die Tatsache, dass es durchaus möglich war, dass sie noch eine weitere Nacht mit Colt im Auto verbringen musste.

Als er ruckartig bremste, öffnete sie die Augen. Er hatte vor einem Supermarkt angehalten.

„Ich brauche etwas. Bin gleich wieder da“, brummte er und knallte auch schon die Tür hinter sich zu.

Na toll, dachte sie und machte die Augen wieder zu. Komm bloß nicht auf die Idee zu fragen, ob ich vielleicht auch etwas brauchen könnte. Wie zum Beispiel eine Kettensäge, um mir den Kopf abzuschneiden.

Sie hörte ihn zurückkommen. Aus Abwehr oder vielleicht auch nur aus Trotz machte sie die Augen nicht auf.

„Da.“ Er drückte ihr etwas in die Hand. „Tee“, sagte er, als sie ihre Augen schließlich doch öffnete und auf den Pappbecher schaute. „Zum Runterspülen.“ Er schraubte das Arzneifläschchen auf und schüttelte zwei Tabletten heraus. „So, und jetzt nimm gefälligst die verdammten Kopfschmerztabletten, Althea. Und iss das. Du hast wahrscheinlich den ganzen Tag außer Schokolade oder gebrannten Mandeln noch nichts im Magen. Mir ist noch nie eine Frau begegnet, die es in so kurzer Zeit schafft, ein ganzes Pfund Süßigkeiten in sich hineinzustopfen wie du."

„Zucker wird im Körper in Energie umgewandelt." Aber sie nahm die Tabletten und den Tee. Die Tüte mit dem Käse und die Packung Cracker bedachte sie mit einem Stirnrunzeln. „Hatten sie kein Stück Kuchen oder so was?"

„Du brauchst Eiweiß."

„In Kuchen ist garantiert auch Eiweiß." Der Tee war zu stark und viel zu bitter, aber er tat ihr trotzdem gut. „Danke." Sie trank noch einen Schluck, dann riss sie die Schachtel mit den Crackern auf. Es war wichtig, sich daran zu erinnern, dass sie für alles, was sie tat und fühlte, selbst verantwortlich war. Wenn sie nicht geschlafen hatte, war das ganz allein ihr Problem. „Die Leute von der Spurensicherung müssten im Penthouse inzwischen eigentlich fertig sein."

„Sie sind fertig. Ich war dort."

„Es wäre mir wirklich lieber, wenn du nicht so auf eigene Faust losziehen würdest", brummte sie mit vollem Mund.

„Ich kann nicht dauernd irgendwen bitten, für mich Kindermädchen zu spielen. Ich habe mit dem Hausverwalter gesprochen. Er hat den Mieter aus dem Penthouse nie gesehen."

Während Althea sich mit Käse und Crackern vollstopfte, brachte er sie auf den letzten Stand.

„Das mit Davis wusste ich schon", sagte sie, nachdem er fertig erzählt hatte. „Ich habe Nieman heute Morgen aus dem Bett geklingelt. Die Referenzen habe ich bereits überprüft. Bei beiden existiert der Telefonanschluss nicht mehr. Eine Firma namens Foxx Engineering gibt es weder unter der angegebenen Adresse noch sonst wo in Denver. Und was die zweite Referenz betrifft, ist zu vermelden, dass die früheren Mieter des Penthouses, Mr und Mrs Ellison, nie von ihm gehört haben."

„Du warst fleißig." Während er sie beobachtete, trommelte er mit zwei Fingern auf dem Lenkrad herum. „Was soll das heißen, dass es dir lieber wäre, wenn ich nicht so auf eigene Faust losziehen würde?"

Sie lächelte ein bisschen. Die Kopfschmerzen hatten etwas nachgelassen. „Weil ich einen Dienstausweis habe", sagte sie todernst. „Im Gegensatz zu dir."

„Dein Dienstausweis hat dir aber keinen Zutritt zu Miss Mavis' Wohnung verschafft."

„Wäre das denn nötig gewesen?"

„Ich denke schon." Vage erfreut darüber, dass er ihr diesmal einen Schritt voraus war, drehte Colt sich um und zeigte Althea das Päckchen. „Das hat der Postbote versehentlich bei der Katzenlady in den Briefkasten geworfen."

„Bei der Katzenlady?"

„Das hättest du mal sehen müssen." Als sie nach dem Päckchen greifen wollte, zog er schnell die Hand weg. „Stopp, das gehört mir, Darling. Obwohl ich bereit bin zu teilen."

Sie spürte Wut in sich aufsteigen, die jedoch gleich wieder verpuffte, als sie sah, dass das Päckchen noch zu war. „Du hast es noch nicht aufgemacht."

„Aus Fairnessgründen", sagte er, ihrem Blick begegnend. „Ich fand, wir sollten es zusammen aufmachen."

„Scheint so, als ob dich diesmal dein Gefühl nicht getrogen hätte. Okay, sehen wir nach, was drin ist."

Colt bückte sich leicht nach unten und zog ein Messer aus seinem Stiefelschaft. Althea schaute aus zusammengekniffenen Augen zu, wie er das Päckchen aufschnitt.

„Ich kann mir nicht vorstellen, dass man für dieses Spielzeug keine Lizenz braucht, Kumpel."

„Stimmt", sagte er leichthin und schob das Messer an seinen Platz zurück. Dann zog er aus der Tüte ein Videoband und ein zusammengefaltetes Blatt Papier heraus.

Letzte Fassung. Okay so? Zum Wochenende werden schwere Schneefälle erwartet. Klappt gut. Beim nächstem Mal noch zusätzliche Bänder und Bier mitbringen. Straßen könnten alle dicht sein.

Althea hielt das Blatt an einer Ecke, dann kramte sie eine durchsichtige Beweismitteltüte aus ihrer Handtasche. „Wir werden es auf Fingerabdrücke untersuchen. Vielleicht haben wir ja Glück."

„Sie könnten uns sagen, wer. Aber sie werden uns nicht sagen, wo." Colt schob das Video in die Tüte zurück. „Willst du einen Film sehen?"

„Ja." Althea legte die Tüte in ihren Schoß, trommelte darauf herum. „Aber ich glaube, das hier verlangt nach einer Privatvorstellung. Ich habe zu Hause einen Videorekorder."

Außerdem hatte sie eine bequeme Couch mit weichen Sofakissen. Dem auf Hochglanz polierten Holzfußboden gaben die Navajo-Teppiche einen besonderen Akzent. Die abstrakten Kunstdrucke an den Wänden hätten eigentlich zu den folkloristischen Einsprengseln in Konkurrenz stehen müssen, doch das war nicht der Fall. Genauso wenig taten das gemütliche Durcheinander von Topfpflanzen auf dem schmiedeeisernen Teewagen, die zwei Goldfische, die in einem schlauchförmigen Aquarium herumschwammen, oder der Fußschemel in Form eines grinsenden Gnoms dem Gesamteindruck in irgendeiner Weise Abbruch.

„Interessante Wohnung" war alles, was Colt dazu einfiel.

„Sie erfüllt ihren Zweck." Sie ging, unterwegs ihre Schuhe abstreifend, zu einem Glas- und Chromgestell, auf dem Stereoanlage, Fernseher und Videorekorder standen.

Für Colt sagte diese eine Geste mehr über Althea Grayson aus, als es ein Dutzend tief schürfende Berichte gekonnt hätten.

Mit wie üblich effizienten Bewegungen legte sie das Videoband ein und stellte Videorekorder und Fernseher an.

Es war nicht erforderlich, wegen einer FBI-Warnung auf Schnelldurchlauf zu schalten, weil es keine gab. Nach fünf Sekunden verblasste das Grau.

Und die Show begann.

Selbst für einen abgebrühten Mann wie Colt war es eine Überraschung. Er schob die Hände in die Hosentaschen und wippte auf seinen Füßen vor und zurück. Wahrscheinlich war es blödsinnig, weil sie schließlich beide erwachsen und darüber hinaus auch noch Profis waren, trotzdem war ihm das Ganze irgendwie peinlich.

„Ich … äh … ich schätze, sie glauben nicht wirklich daran, dass sie damit ihrem Publikum Appetit machen können."

Althea legte den Kopf schief und schaute mit kühler Unvoreingenommenheit auf den Bildschirm. Es war kein Liebesspiel. Es war nach üblicher Maßgabe nicht einmal Sex. Es war lupenreine Pornografie, eher jämmerlich und alles andere als stimulierend.

„Ich habe schon schärferes Zeugs gesehen."

Colt riss seinen Blick kurz vom Bildschirm los, um sie mit hochgezogener Augenbraue anzusehen. „Ach, wirklich?"

„Das Band hat eine überraschend gute Qualität. Und die Kameraführung, falls man das so nennen will, wirkt ziemlich professionell." Sie lauschte dem Stöhnen. „Der Ton auch." Sie nickte, als die Kamera in die Totale ging. Jetzt konnte man sehen, dass nicht im Penthouse gefilmt worden war.

„Muss irgendwo in einem Haus in den Bergen aufgenommen worden sein. Gediegen rustikal, der Holztäfelung nach zu schließen. Das Bett sieht aus wie Chippendale", bemerkte Colt.

„Woher weißt du das?"

„Meine Mutter sammelt Antiquitäten. Schau dir die Lampe am Bett an. Es ist Tiffany oder eine verdammt gute Nachahmung. Ah, der Plot verdichtet sich …"

Sie beobachteten, wie eine weitere Frau ins Bild kam. Ein paar Dialogfetzen verrieten, dass sie gerade ihren Liebhaber mit ihrer besten Freundin im Bett erwischt hatte. Die Auseinandersetzung nahm gewalttätige Formen an.

„Ich glaube nicht, dass das künstliches Blut ist." Althea zog zischend den Atem durch die Zähne ein, als die erste Frau einen Fausthieb ins Gesicht einstecken musste. „Und ich glaube auch nicht, dass sie mit diesem Schlag gerechnet hat."

Colt stieß einen Fluch aus, während sich die Szene weiterentwickelte. Die Mischung aus Sex und Gewalt – die Gewalt richtete sich ausschließlich gegen die beiden Frauen – gab der ganzen Sache zusätzlich etwas äußerst Unangenehmes. Er ballte unwillkürlich seine Hände zu Fäusten, weil er am liebsten den Fernseher kurz und klein geschlagen hätte.

Jetzt war er nicht mehr peinlich berührt, sondern hasserfüllt und abgestoßen.

„Kommst du damit zurecht, Nightshade?" Althea legte ihm eine Hand auf den Arm. Sie wussten beide, wovor er sich am meisten fürchtete – dass Liz ins Bild kam.

Er brummte nur, und Althea ließ ihre Hand wo sie war, während sie noch einen Schritt näher an den Fernseher heranging. Es gab sogar eine Art Handlung, die sie jetzt zu verfolgen begann. Ein Wochenende in einer Skihütte, zwei Pärchen, die es auf verschiedenste Art und Weise und in allen Konstellationen miteinander trieben. Althea übersah es und achtete auf Einzelheiten. Colt hatte recht. Die Einrichtung war edel. Die verschiedenen Kameraeinstellungen zeigten ein einstöckiges Haus mit einem offenem Wohnraum und einer hohen Holzbalkendecke. Ein gemauerter Kamin, Whirlpool-Badewanne.

Bei ein paar atmosphärischen Einstellungen sah sie, dass es leicht schneite. Sie sah im Hintergrund Bäume und schneebedeckte Berggipfel. Bei einer Außenaufnahme, die für die Schauspieler äußerst unangenehm gewesen sein musste, sah sie, dass das Haus allein stand.

Der Film endete ohne Abspann. Und ohne Liz. Colt wusste nicht, ob er erleichtert oder beunruhigt sein sollte.

„Ich glaube nicht, dass sie allzu große Chancen auf einen Oscar haben", sagte Althea mit gespielter Beiläufigkeit, während sie das Band zurückspulte. „Bist du okay?"

Er war nicht okay. Er verspürte ein Brennen im Magen, das irgendwie dringend einer Linderung bedurfte. „Verdammt brutal, wie sie mit den Frauen umgesprungen sind", sagte er vorsichtig. „Absolut widerlich."

„Offenbar existiert ein Markt dafür, wahrscheinlich gibt es massenhaft Typen, die von männlicher Dominanz fantasieren ... körperlicher ebenso wie emotionaler."

„Ich glaube nicht, dass man in Verbindung mit so etwas das Wort Fantasie benutzen sollte."

„Es gibt eben auch Gewaltfantasien", murmelte sie nachdenklich. „Obwohl ich sehr stark den Eindruck hatte, dass hier Gewaltfantasien in der Wirklichkeit ausgelebt wurden."

„Wirklich reizend." Er sehnte sich nach frischer Luft und holte sorgfältig Atem. „Jade hat in ihrem Brief den Verdacht geäußert, dass eins der Mädchen umgebracht worden sein könnte. Nachdem man diesen Film gesehen hat, hält man das nicht mehr für ausgeschlossen."

„Sadismus ist eine merkwürdige Spielart von Sex – und eine, die oft außer Kontrolle gerät. Vielleicht gelingt es uns ja herauszufinden, in welcher Gegend der Film gedreht wurde."

Sie ging zum Videorekorder, um das Band herauszunehmen, aber er legte ihr eine Hand auf die Schulter und drehte sie zu sich herum.

„Wie schaffst du es bloß, dabei so verdammt ruhig zu bleiben? Berührt dich das denn gar nicht? Berührt dich eigentlich überhaupt irgendwas?"

„Was immer mich auch berührt, ich komme damit zurecht. Gefühle sollten bei unserer Arbeit außen vor bleiben."

„Das ist unmöglich. Wir reden davon, dass ein Mädchen vielleicht sogar vor der Kamera umgebracht wurde." In ihm brodelte ein Zorn, den er kaum mehr unter Kontrolle halten konnte. „Wir haben gerade gesehen, wie mit zwei Frauen auf übelste Weise umgesprungen wurde. Ich will verdammt noch mal wissen, was du dabei gefühlt hast."

„Ganz krank hat es mich gemacht!", gab sie heftig zurück und riss sich von ihm los. „Und wütend. Und wenn ich es zuließe, würde es mich traurig machen. Aber das Einzige, was zählt, das Einzige, was wirklich zählt, ist, dass wir unseren ersten wirklichen Beweis haben." Sie nahm das Band heraus und schob es wieder in die Hülle. „So, und wenn du mir jetzt einen Gefallen tun willst, fährst du mich aufs Revier. Und dann wäre ich dir dankbar, wenn du mir ein bisschen Raum zum Atmen lässt."

„Aber gewiss doch, Lieutenant." Er ging wütend zu Tür und riss sie auf. „Ich gebe dir allen Raum zum Atmen, den du brauchst."

5. KAPITEL

Colt hatte drei Damen auf der Hand. Und er fand, dass es ein echter Jammer war, dass die Dame, auf die er es abgesehen hatte, ihm gegenüber am Tisch saß und den Einsatz ums Doppelte erhöhte.

„Ich lege auf deine fünfundzwanzig noch mal fünfundzwanzig drauf, Nightshade.“ Althea warf auf das Häufchen Chips in der Mitte des Tisch noch zusätzlich welche drauf. Sie gab ihre Karten genauso wenig preis wie ihre Gedanken.

„Tja …“ Sweeney stieß einen tiefen Seufzer aus, weil er nur Schrott auf der Hand hatte, und sagte: „Da kann ich leider nur noch aussteigen.“

Cilla, die zwischen Sweeney und einem Gerichtsmediziner namens Louie saß, schaute auf ihr Fünferpärchen und fragte ihren Sohn: „Na, was meinst du, Adlerauge?“

Keenan, der bereits seinen „Denver Nuggets“-Schlafanzug anhatte, setzte sich auf ihren Schoß. „Schmeiß rein.“

„Du hast leicht reden.“ Aber ihre restlichen Chips gesellten sich klappernd zu den anderen im Topf.

Louie rang eine ganze Weile mit sich, wobei er unverständliches Zeugs in sich hineinbrummelte, auf seinem Stuhl herumrutschte und immer wieder den Kopf schüttelte, aber schließlich warf auch er seine restlichen Chips in die Mitte.

„Ich gehe mit“, sagte Colt schleppend. Er hielt seine Zigarre zwischen den Zähnen, während er seinen Einsatz abzählte. „Und erhöhe noch mal ums Doppelte.“

Boyd grinse nur, froh darüber, dass er gleich nach dem Ziehen das Handtuch geworfen hatte. Jetzt wurde wieder reihum gesetzt, wobei nur noch Althea, Cilla und Colt im Spiel waren.

„Drei schöne Königinnen“, verkündete Colt schließlich und legte seine Karten auf den Tisch.

Altheas Augen glitzerten, als sie seinen begegneten. „Nett. Aber leider ist in meinem vollen Haus kein Platz mehr für sie.“ Sie legte drei Achten und zwei Joker hin.

„Da können sich meine zwei Fünfen nur noch schämen.“ Cilla seufzte, als Althea den gesamten Einsatz einstrich. „So, Kleiner, deinetwegen habe ich fünfundsiebzig Cent verloren. Dafür musst du mit dem Leben büßen.“ Sie stemmte beim Aufstehen einen kreischenden Keenan hoch über ihren Kopf.

„Daddy!“ Er ruderte mit den Armen und lachte sich halb tot. „Hilf mir! Gnade! Das kannst du sie unmöglich machen lassen.“

„Tut mir leid, Sohn.“ Boyd verwuschelte Keenan das Haar und gab ihm einen feierlichen Kuss. „Sieht ganz danach aus, als ob du verurteilt bist. Du wirst uns sehr fehlen.“

Keenan, stets bereit, das Unvermeidliche noch hinauszuzögern, streckte Colt seine Arme entgegen: „Rette mich!“

Colt schüttelte den Kopf. „Kann ich nicht. Dafür habe ich vor deiner Mama viel zu viel Bammel, Kumpel. Du bist auf dich allein gestellt.“

Immer noch in der Luft hängend, flehte der Junge alle der Reihe nach um Gnade an. Als er zu Althea kam, fragte er mit glänzenden Augen: „Darf ich?“

Es war offenbar ein altes Spiel, und sie spielte bereitwillig mit. „Für einen Nickel.“

„Kannst du ihn mir leihen?“

„Du schuldest mir bereits achttausend Dollar und fünfzehn Cent.“

„Am Freitag krieg ich wieder Taschengeld.“

„Also schön, einverstanden.“ Cilla übergab Keenan an sie. Nachdem sie sich den Jungen auf den Schoß gesetzt hatte, schnupperte er wie ein junger Hund an ihrem Haar. Colt beobachtete, dass ihr Gesicht dabei ganz weich wurde, und sah, wie sie die Hand hob, um dem Jungen zärtlich über den weichen Nacken zu streicheln.

„Riecht echt gut“, verkündete Keenan, während er noch ein letztes Mal übertrieben an ihrem Haar schnupperte.

„Vergiss nicht am Freitag die achttausend. Und jetzt marsch ins Bett.“ Nachdem sie ihm einen Kuss gegeben hatte, reichte Althea den Jungen wieder an Cilla weiter.

„Ihr könnt ja schon mal austeilen“, schlug Cilla vor, während sie mit ihrem Sohn auf dem Arm aufstand.

„Auf einen Jungen, der es schafft, sich mit Worten den Weg auf den Schoß einer Frau zu bahnen, kann man stolz sein.“ Sweeney sammelte grinsend die Karten ein. „Ich gebe. Macht eure Einsätze.“

Während der nächsten Stunde wuchs Altheas Chipsstapel langsam, aber stetig. Ihr machten die einmal im Monat stattfindenden Pokerrunden, die sich kurz nach Boyds und Cillas Heirat sehr schnell eingebürgert hatten, viel Spaß. Die Herausforderung, ihre Mitspieler zu übertrumpfen, entspannte sie fast ebenso wie die gemütliche Atmosphäre, die das Fletcher'sche Zuhause bis in den letzten Winkel hinein ausstrahlte.

Sie spielte vorsichtig und riskierte nur etwas, wenn sie gute Chancen hatte auch zu gewinnen, aber selbst dann setzte sie methodisch und mit Bedacht. Sie sah, dass Colts Stapel ebenfalls ums Doppelte angewachsen war, doch im Gegensatz zu ihrem nicht langsam und stetig, sondern ruckartig. Obwohl er nicht leichtsinnig spielte, wie sie fand. Skrupellos wäre wohl das zutreffendere Wort gewesen. Er gewann oft, wenn er absolut nichts auf der Hand hatte, nur weil er schamlos bluffte. Und dann wieder lehnte er sich zurück und ließ die anderen den Einsatz erhöhen, obwohl er reines Gold auf der Hand hatte.

Er hat kein Muster, überlegte sie, was vermutlich doch schon wieder ein Muster war.

Nachdem Sweeney mit einem Herz-Flush einen armseligen Gewinn eingestrichen hatte, stand sie vom Tisch auf. „Will jemand ein Bier?"

Alle wollten. Althea ging in die Küche und machte Bierflaschen auf. Als Colt hereinkam, war sie gerade dabei, sich selbst ein Glas Wein einzuschenken.

„Wollte nur sehen, ob ich dir nicht vielleicht helfen kann."

„Ich komme schon klar", sagte sie schroff.

„Ich kann mir kaum etwas vorstellen, womit du nicht klarkommst." Ziemlich reizbar, die Frau, dachte er. „Trotzdem wollte ich dir ein bisschen helfen."

Maria hatte genug Sandwiches für eine ganze hungrige Kompanie vorbereitet. Da ihm nichts Besseres einfiel, schob Colt unschlüssig die Platten herum. Sie hatten sich seit ihrer Auseinandersetzung am Nachmittag nicht mehr gesehen, und jetzt wusste er nicht, wie er anfangen sollte.

„Ich wollte noch etwas wegen heute Nachmittag sagen."

„So? Was denn?" Ihr Ton war frostig. Althea drehte sich zum

Kühlschrank um und nahm eine Schüssel mit Marias köstlichem Guacamole-Dip heraus …

„Dass es mir leidtut."

… und hätte sie um ein Haar fallen gelassen. „Wie bitte?"

„Verdammt, ja, es tut mir leid, okay?" Er hasste es, sich zu entschuldigen – weil es bedeutete, dass er einen Fehler gemacht hatte, und zwar einen großen. „Dieses Video hat mich völlig fertiggemacht. Ich war so außer mir, dass ich am liebsten alles kurz und klein geschlagen hätte. Und da sonst niemand da war, habe ich dann meine Wut eben an dir ausgelassen, aber ich habe es nicht so gemeint."

Sie fühlte sich überrumpelt, weil eine Entschuldigung das Letzte war, womit sie gerechnet hatte. Sie stand mit der Schüssel in der Hand da und wusste nicht, was sie sagen sollte. „Schon gut."

„Ich hatte die ganze Zeit Angst, dass ich Liz sehen könnte", sagte er, und da er sich genötigt fühlte, alles zu sagen, fuhr er fort: „Und gleichzeitig Angst, sie nicht zu sehen." Weil er nicht wusste, was er mit seinen Händen machen sollte, langte er nach einer geöffneten Bierflasche und trank einen langen Schluck. „So eine Angst kenne ich normalerweise gar nicht."

Es hätte kaum etwas gegeben, das besser geeignet gewesen wäre, ihre Abwehr zu durchbrechen. Bewegt stellte sie die Schüssel auf dem Tresen ab und riss eine Chipstüte auf.

„Mir ging es genauso. Das hätte eigentlich nicht sein sollen, aber es war trotzdem so." Sie schüttete die Chips in eine Schale und wünschte sich, dass es sonst noch etwas gäbe, das sie tun könnte. Irgendetwas. „Tut mir leid, dass wir nicht schneller weiterkommen, Colt."

„Hauptsache, es gibt keinen Stillstand. Und das habe ich größtenteils dir zu verdanken." Er hob eine Hand, ließ sie wieder fallen. „Aber außer dass ich heute Nachmittag Lust hatte, alles kurz und klein zu schlagen, wollte ich auch noch etwas anderes, Thea. Ich wollte dich in den Arm nehmen." Er sah die Wachsamkeit in ihren Augen aufblitzen und musste seine aufsteigende Verärgerung unterdrücken. „Nicht über dich herfallen, Thea. Dich halten. Das ist ein Unterschied."

„Ja, das ist es." Sie atmete tief und ruhig aus. In seinen Augen stand der Wunsch nach Trost und Nähe. Kein Begehren, sondern nur der Wunsch zu trösten und getröstet zu werden. Das verstand sie. „Ich schätze, ich hätte es gebrauchen können."

„Ich könnte es jetzt immer noch machen." Es kostete ihn viel, den ersten Schritt zu machen, diese Art von erstem Schritt. Aber er ging auf sie zu und öffnete die Arme.

Es kostete sie genauso viel, in seine Arme zu kommen und ihre eigenen um ihn zu legen.

Und als sie sich nahe waren, als ihre Wange an seiner Schulter ruhte und seine an ihrem Haar, seufzten sie beide tief auf. Die Anspannung floss ab wie Wasser über einen gebrochenen Damm.

Er verstand es nicht, war sich nicht einmal sicher, ob er es akzeptieren konnte, aber er spürte, dass es sich richtig anfühlte. Schlicht und ergreifend richtig. Anders als beim ersten Mal, als sie in seinen Armen gelegen hatte, wurde er diesmal nicht von einer Welle von Lust überschwemmt und durch seine Adern wälzte sich auch keine geschmolzene Lava. Dafür breitete sich eine süße, wohlige Wärme in ihm aus.

Er hätte sie für Stunden so halten können.

Sie erlaubte es sich nicht oft, sich in Gesellschaft eines Mannes ganz zu entspannen, und schon gar nicht in Gesellschaft eines Mannes, von dem sie sich angezogen fühlte. Aber jetzt fiel es ihr leicht, es war so selbstverständlich. Sein gleichmäßiger Herzschlag hatte etwas Einschläferndes. Sie hätte um ein Haar ihre Wange an seiner Schulter gerieben, die Augen zugemacht und geschnurrt. Der Wunsch war zumindest da. Als sie spürte, dass er an ihrem Haar schnupperte, lachte sie.

„Der Junge hat recht", murmelte er. „Es riecht wirklich gut."

„Das kostet dich einen Nickel, Nightshade."

„Schreib es auf", sagte er, während sie lächelnd zu ihm aufschaute.

Ging ihm dieser Blick nur so durch und durch, weil sie ihn bis jetzt noch nie so angesehen hatte? Er konnte es nicht mit Bestimmtheit sagen. Er wusste nur, dass sie atemberaubend schön war, mit ihrem offen auf die Schultern herabfallenden Haar, das im grellen Küchenlicht leuchtete und sich so herrlich weich anfühlte. Ihre goldbraunen Augen lächelten, in ihnen spiegelte sich Tiefe, Wärme und Humor. Und ihr Mund ... ungeschminkt, wunderschön geformt, leicht geöffnet. Unwiderstehlich.

Er senkte den Kopf und rechnete halb damit, dass sie sich versteifte oder zurückzog. Sie tat weder das eine noch das andere. Obwohl sich das Lächeln in ihren Augen in Wachheit verwandelt hatte, war die Wärme nicht daraus verschwunden. Deshalb streifte er versuchsweise und ganz sacht mit seinen Lippen ihre. Aus weit geöffneten Augen beobachteten sie sich gegenseitig, als ob sie einzuschätzen versuchten, ob der andere gleich einen Schritt zurück oder einen Sprung nach vorn machen würde.

Als sie willig in seinen Armen blieb, begann er sanft an ihrer Unterlippe zu knabbern. Er spürte, wie sie erschauerte, sah, wie sich ihre Augen verdunkelten, verschleierten. Aber sie blieben offen und auf ihn gerichtet.

Sie wollte ihn sehen. Musste ihn sehen. Weil sie Angst hatte, dass sie, wenn sie die Augen schlösse, in das tiefe schwarze Loch fallen könnte, das sich vor ihr auftat. Sie musste sehen, wer er war, musste versuchen zu verstehen, was dieser eine Mann an sich hatte und warum sie bei ihm diese seltsame tiefe Sehnsucht nach Hingabe und Verschmelzung verspürte.

Das war ihr vorher noch nie mit einem Mann passiert. Dabei war sie stets so stolz darauf gewesen, dass sie im Unterschied zu anderen gegen alle Verführungsversuche immun zu sein schien.

Doch als er den Kuss langsam, zärtlich überredend vertiefte, sodass in diesen Kontakt nicht nur ihre Lippen, sondern auch ihr Kopf, ihr Herz und ihr Körper eingeschlossen waren, begann sie sich zum ersten Mal zu fragen, was ihr möglicherweise bisher entgangen sein könnte, weil sie es nie zugelassen hatte, dass sich Stärke und Hingabe mischten.

„Althea …“, flüsterte er zärtlich. „Komm mit …“

Sie verstand, worum er sie bat. Er wollte, dass sie sich losließ, dass sie den freien Fall riskierte. Dass sie sich ihm auslieferte, so wie er bereit war, sich ihr auszuliefern.

Dass sie spielte, obwohl sie nicht in der Lage war, ihre Chancen genau einzuschätzen.

Er schloss zuerst die Augen. Die weiche, einschläfernde Wärme verwandelte sich in ein Sehnen, ein Sehnen, das reine Lust war. Sie seufzte, während sie ebenfalls die Augen schloss.

„He! Was wird denn jetzt mit diesen Bieren … oh!“ Boyd zuckte zurück und konnte sich nur mit Mühe ein Grinsen verbeißen. Er schob seine Hände in die Hosentaschen und schaffte es gerade noch, sich davon abzuhalten, durch die Zähne zu pfeifen, als sein alter Freund und seine ehemalige Partnerin wie zwei auf frischer Tat ertappte Einbrecher auseinanderfuhren.

„'tschuldigung." Er schlenderte zum Tresen, um die Bierflaschen selbst zu holen. Er konnte sich nicht erinnern, Althea in all den Jahren jemals derartig weggetreten erlebt zu haben. „Mit dieser Küche muss es etwas auf sich haben", fügte er auf dem Weg zur Tür noch hinzu. „Ich könnte wirklich unmöglich sagen, wie oft ich mich selbst schon in einer ganz ähnlichen Situation hier wiedergefunden habe."

Damit zog er die Tür hinter sich zu. Althea atmete lange aus.

„Oh Mann" war alles, was sie herausbrachte.

Colt legte ihr eine Hand auf die Schulter. Nicht etwa, weil er sich irgendwo hätte abstützen müssen, wie er sich selbst versicherte, obwohl er in der Tat ganz weiche Knie hatte. „Er kam mir verdammt süffisant vor, dir nicht?"

„Das wird er mir immer wieder unter die Nase reiben", brummte sie. „Außerdem wird er es Cilla erzählen, damit sie dasselbe machen kann."

„Ich könnte mir vorstellen, dass sie Besseres zu tun haben."

„Sie sind verheiratet", schoss sie zurück. „Ehepaare lieben es … lieben es … über …"

„Über was?"

„Na ja … über andere Leute zu tratschen, eben."

Dass sie so durcheinander war, gefiel Colt. Er war überzeugt davon, dass nur ganz wenige Auserwählte den coolen Lieutenant je in Verlegenheit gesehen hatten. Von dieser Erfahrung wollte er jeden Moment genießen. Grinsend lehnte er sich an den Tresen.

„Weißt du was? Wenn du sie richtig fertigmachen willst, musst du mich heute Nacht mit zu dir nehmen."

„Nur in deinen Träumen, Nightshade."

Er hob eine Augenbraue. Ihre Stimme hatte ein kleines bisschen gezittert. Das gefiel ihm, es gefiel ihm sogar sehr. „Tja, so sieht es im Moment wahrscheinlich aus, Darling. Aber ich sage dir gleich, dass ich nicht bereit bin, noch sehr viel länger zu warten, bis diese Träume Wirklichkeit werden."

Um ihre Hände ruhig zu halten, griff sie nach ihrem Weinglas und trank einen Schluck. „Soll das eine Drohung sein?“

„Althea.“ Seine Stimme klang, als ob er alle Geduld der Welt hätte. Das fand er amüsant, weil er sich nicht erinnern konnte, jemals in seinem Leben geduldig gewesen zu sein. „Wir wissen beide, dass sich das, was sich eben zwischen uns abgespielt hat, nie und nimmer in eine Drohung verwandeln kann. Es war schön.“ Er fuhr ihr mit einem Finger übers Haar. „Und wenn wir allein gewesen wären, wäre es noch viel schöner gewesen.“ Obwohl sich seine Absicht durch ein Aufflackern in seinen Augen ankündigte, gelang es ihr nicht, die Tat zu vereiteln. Seine Finger schoben sich in ihr Haar, hielten ihren Kopf fest. „Ich will dich, Althea, und zwar sehr. Und darüber kannst du denken, was immer du willst.“

Sie spürte, wie ihr etwas über den Rücken rieselte. Angst war es nicht. Sie war lange genug Polizistin, um Angst in all ihren Erscheinungsformen erkennen zu können. Und ihre eigenen Erfahrungen hatten sie vorsichtig gemacht. „Mir scheint, dass du ziemlich viel willst. Du willst Liz zurück, du willst, dass die Männer, die sie gefangen halten, geschnappt und zur Verantwortung gezogen werden. Du willst das alles auf deine Art, aber mit meiner Hilfe erreichen. Und dann willst du …“, sie trank noch einen Schluck Wein, „… auch noch mit mir ins Bett.“

Sie ist wirklich erstaunlich, dachte Colt. Obwohl es ihr in einem gewissen Ausmaß mit Sicherheit nicht anders ging als ihm, hätte sie ebenso gut übers Wetter reden können. „Damit dürfte so ungefähr alles abgedeckt sein. Warum erzählst du mir jetzt nicht zur Abwechslung mal, was du willst?“

Sie fürchtete, sehr genau zu wissen, was sie wollte, und es stimmte mit dem, was er wollte, vollständig überein. „Der Unterschied zwischen uns beiden ist, dass ich weiß, dass man nicht alles, was man sich wünscht, bekommt, Nightshade. So, und jetzt werde ich gehen. Ich habe einen anstrengenden Tag hinter mir. Wenn du Lust hast, kannst du morgen irgendwann vorbeikommen. Bis dahin werden wir die Phantombilder von Meena haben. Vielleicht ergibt sich ja irgendwas, wenn wir sie durch den Computer jagen.“

„Alles klar.“ Er würde sie gehen lassen – diesmal noch, dachte er. Das Problem mit einer Frau wie Althea war, dass ein Mann es nicht schaffte, die Finger von ihr zu lassen, während er sich gleichzeitig wünschte, sie möge von sich aus zu ihm kommen.

„Thea?"

Sie blieb an der Küchentür stehen, schaute zurück. „Ja?"

„Und was machen wir mit uns?"

Sie spürte, wie ein Seufzer in ihr aufstieg – kein Seufzer der Müdigkeit, sondern des Verlangens –, und schluckte ihn hinunter. „Ich weiß nicht", sagte sie mit aller Aufrichtigkeit, die sie aufbringen konnte. „Ich wünschte, ich wüsste es."

Am nächsten Morgen um halb zehn war Colt in Altheas Büro und wartete ungeduldig. Aus reiner Langeweile blätterte er einige Unterlagen auf ihrem Schreibtisch durch. Berichte, die in dieser ganz speziellen Sprache, die Cops benutzten, verfasst waren, eine Sprache, die präzise und blumig zugleich war. Fahrzeuge bewegten sich in südwestlicher Richtung fort, mutmaßliche Täter verursachten Tumulte, Polizeibeamte führten als Reaktion auf 034 und 070 Festnahmen durch.

Ihr Bericht war verdammt gut geschrieben, vorausgesetzt, man stand auf so bürokratischen Müll. Was bei ihr offenbar der Fall ist, überlegte er, während er den Schnellhefter zuklappte. Vielleicht war es sein größtes Problem zu wissen, dass es so viel mehr von ihr zu sagen gab, als dass sie eine superkorrekte Polizistin war.

Er hatte gesehen, wie sie, ungerührt wie ein Stein, eine Pistole gehalten hatte, während sich in ihren Augen Angst und Entschlossenheit eine erbitterte Schlacht geliefert hatten. Er hatte gespürt, wie leidenschaftlich sie auf seine spontane Umarmung reagiert hatte. Er hatte beobachtet, wie sie ein Kind an sich gedrückt und gestreichelt hatte, hatte gesehen, wie sie vor Mitgefühl weich und vor Zorn hart geworden war wie ein Hagelkorn.

Er hatte zu viel von ihr gesehen und wusste doch, dass es längst noch nicht genug war.

Liz hatte Priorität, musste Vorrang vor allem haben. Und doch hatte sich Althea bei ihm eingenistet wie ein Stachel in seinem Fleisch. Heiß, schmerzhaft und unmöglich zu ignorieren.

Es machte ihn wütend. Es machte ihn nervös. Und als sie schließlich zur Tür hereingefegt kam, knurrte er ungehalten: „Ich warte jetzt schon fast eine geschlagene Stunde. Dafür habe ich keine Zeit."

„Das ist schade." Sie deponierte noch einen Aktenordner auf dem Schreibtisch, wobei sie sofort sah, dass er in ihren Unterlagen herumgestöbert hatte. „Vielleicht siehst du ja zu viel fern, Nightshade. Das gibt's nämlich nur im Fernsehen, dass ein Cop immer nur einen einzigen Fall bearbeitet."

„Ich bin kein Cop."

„Das ist nicht zu übersehen. Und wenn du nächstes Mal auf mich wartest, wäre ich dir sehr verbunden, wenn du nicht in meinen Sachen herumschnüffeln würdest."

„Hör zu, Lieutenant ..." Er fluchte, als ihr Telefon klingelte.

„Grayson." Während sie sich meldete, glitt sie auf ihren Stuhl, wobei sich ihre Hand bereits nach einem Stift ausstreckte. „Ja. Ja, verstanden. Das war gute Arbeit, Sergeant. Ich weiß es zu schätzen. Das mache ich ganz bestimmt, falls ich in Ihre Gegend komme. Noch mal vielen Dank." Sie unterbrach die Verbindung und begann umgehend eine Nummer zu wählen. „Die Kollegen in Kansas City haben Jades Mutter ausfindig gemacht", informierte sie Colt. „Sie ist von Kansas nach Missouri umgezogen."

„Ist Jade bei ihr?"

„Das versuche ich gerade herauszufinden." Während sie wartete, dass sich am anderen Ende der Leitung jemand meldete, schaute Althea auf ihre Uhr. „Sie arbeitet abends als Kellnerin. Von daher besteht eine gute Chance, dass ich sie um diese Tageszeit zu Hause erreiche."

Bevor Colt etwas sagen konnte, gab Althea ihm mit der Hand ein Zeichen, dass er ruhig sein sollte.

„Hallo, könnte ich bitte mit Janice Willowby sprechen?" Eine schlaftrunkene und offensichtlich verärgerte Stimme sagte ihr, dass Janice nicht dort lebte. „Ist da Mrs Willowby? Mrs Willowby, hier ist Lieutenant Grayson, Polizeidezernat Denver ... nein, Ma'am, sie hat nichts angestellt. Sie steckt nicht in Schwierigkeiten. Wir hoffen nur, dass sie uns vielleicht bei einem Fall weiterhelfen kann. Haben Sie sie in den letzten zwei Wochen gesprochen?" Sie hörte sich geduldig an, wie die Frau wortreich beteuerte, während dieser Zeit keinerlei Kontakt mit ihrer Tochter gehabt zu haben, und verärgert nach einer Erklärung verlangte. „Mrs Willowby, Janice ist nicht auf der Flucht vor der Polizei und steht auch nicht unter dem Verdacht, eine Gesetzwidrigkeit begangen zu haben. Aber wir müssen trotzdem dringend mit ihr sprechen." Dann trat ein hartes Glitzern in ihre Augen. „Wie bitte? Da Janice nicht gesucht wird, weil sie sich strafbar gemacht hat, wüsste ich nicht, wofür eine Belohnung ..."

Colt legte eine Hand über den Hörer. „Fünftausend", sagte er. „Wenn sie uns sagt, wo wir Jade finden können, und Jade uns zu Liz führt, bekommt sie fünftausend." Er sah ihr an, dass ihr sein Vorschlag ganz gehörig gegen den Strich ging, aber er hielt daran fest. „Es liegt nicht in deinem Ermessen. Die Belohnung wurde von privat ausgesetzt."

Sie schluckte ihren Widerwillen hinunter. „Mrs Willowby, es gibt da Privatpersonen, die für sachdienliche Hinweise fünftausend Dollar Belohnung ausgesetzt haben, vorausgesetzt, dass die Informationen zur Aufklärung dieses Falls führen. Ja, ich bin mir sehr sicher, dass Sie das Geld in bar bekommen können. Oh ja, ich bin mir sicher, dass Sie alles, was in Ihren Möglichkeiten steht, tun werden. Sie können mich vierundzwanzig Stunden am Tag unter dieser Nummer erreichen." Sie wiederholte ihre Telefonnummer zweimal. „Abholen, natürlich. Mein Name ist Lieutenant Althea Grayson, Denver. Das hoffe ich."

Nachdem sie aufgelegt hatte, schnappte sie empört nach Luft. „Kein Wunder, dass Mädchen wie Jade von zu Hause weglaufen und auf der Straße enden. Sie interessiert sich überhaupt nicht für ihre Tochter und hat bloß Angst, dass irgendetwas auf sie zurückfallen könnte. Wenn Jade in irgendwelchen Schwierigkeiten stecken würde, würde sie ihre Tochter, ohne eine Miene zu verziehen, an den Meistbietenden versteigern."

„Nicht jede Frau hat eben einen so ausgeprägten Mutterinstinkt wie Donna Reed."

„Wem sagst du das." Weil ihre Gefühle sie bei der Arbeit nur behinderten, unterdrückte Althea sie rigoros. „Meena arbeitet mit einem Kollegen an den Phantombildern, und sie sind schon ein gutes Stück weitergekommen. Eins der Bilder hat eine täuschende Ähnlichkeit mit einem der Stars, die wir gestern in der Videoproduktion gesehen haben."

„Mit welchem denn?"

„Dem Typ in dem roten Leder-Stringtanga. Wir starten erst mal eine Suche im Computer. Es wird eine Weile dauern."

„Ich habe aber keine Zeit."

Sie legte ihren Stift weg, faltete die Hände. Du wirst nicht wütend, nahm sie sich fest vor. Nicht schon wieder. „Hast du einen besseren Vorschlag?"

„Nein." Er wandte sich ab, dann fuhr er wieder herum und fragte: „Hat man in dem Auto, aus dem auf Billings geschossen wurde, irgendwelche verdächtigen Fingerabdrücke gefunden?"

„Nein, nur die des Zahnarztehepaars."

„Und im Penthouse?"

„Bis jetzt überhaupt keine. Dafür ein paar Fusseln. Sie werden uns zwar nicht helfen, die Kerle zu schnappen, aber beim Prozess können sie uns unter Umständen gute Dienste leisten. Die Spurensicherung untersucht das Video und den Brief. Vielleicht haben wir ja Glück, und sie finden irgendwas."

„Was ist mit vermissten Personen? Eine Jane Doe in der Gerichtsmedizin? Jade glaubt, dass eins der Mädchen getötet wurde."

„Bis jetzt hat man nichts gefunden. Wenn sie wirklich ein Mädchen umgebracht haben, und sie hat dieses Leben schon seit einer Weile geführt, ist eine Vermisstenanzeige unwahrscheinlich. Ich habe mir alle nicht identifizierten Toten der letzten drei Monate vorgenommen. Keine passt in das Profil."

„Und was ist mit Obdachlosenasylen, Heimen für Ausreißer, Rehabilitationszentren?"

„Noch nicht überprüft." Sie zögerte, dann entschied sie, dass es besser war, mit ihm darüber zu reden. „Ich grüble schon die ganze Zeit über etwas nach."

„Spuck es aus."

„Wir haben hier ein paar Kolleginnen, die wirklich noch blutjung aussehen. Gute Polizistinnen. Wir könnten sie auf der Straße verdeckt ermitteln lassen. Vielleicht bekommen sie ja ein Filmangebot."

Colt dachte darüber nach. Es würde auf jeden Fall dauern, aber es gab zumindest eine kleine Chance, dass sich dabei etwas ergeben könnte. „Keine leichte Aufgabe. Traust du es jemandem zu, damit zurechtzukommen?"

„Das sagte ich bereits. Ich würde es ja selbst machen ..."

„Nein." Es klang so scharf wie ein Peitschenknall.

Althea fuhr ohne eine Miene zu verziehen fort: „Ich sagte, ich würde es selbst machen, aber ich kann mich nicht mehr für eine Minderjährige ausgeben, und unsere Filmproduzenten bevorzugen offensichtlich Kinder. Ich werde es in die Wege leiten."

„Okay. Kann ich von dem Video eine Kopie bekommen?"

Sie lächelte dünn. „Langweilst du dich abends?"

„Sehr komisch. Bekomme ich eine?"

Sie dachte darüber nach. Es war zwar keine übliche Verfahrensweise, aber schaden konnte es auch nicht. „Ich kläre es mit dem Labor ab. In der Zwischenzeit werde ich den Barkeeper im Clancy's ein bisschen nerven. Ich gehe jede Wette ein, dass er der Bande auf der Second Avenue den Tipp gegeben hat. Vielleicht schaffen wir es ja diesmal, etwas aus ihm herauszuholen."

„Ich komme mit."

Sie schüttelte den Kopf. „Ich nehme Sweeney mit." Sie lächelte, offen, entspannt. „Ein großer irischer Cop, und eine Kneipe, die sich Clancy's nennt. Es passt einfach zu gut."

„Er ist ein lausiger Pokerspieler."

„Ja, aber ein unheimlich netter Mann", sagte sie, wobei sie ihn damit überraschte, dass sie sein Englisch mit dem starken irischen Akzent nachäffte.

„Wie wär's, wenn ich trotzdem mitkomme?"

„Wie wär's, wenn du wartest, bis ich dich anrufe?" Sie stand auf und zog einen dunkelblauen Blazer von ihrer Stuhllehne. Dazu trug sie eine passende Bügelfaltenhose und eine Seidenbluse in einem helleren Blau. Ihr Schulterholster und die Waffe wirkten an ihr so selbstverständlich, dass sie genauso gut ein modisches Accessoire hätten sein können.

„Du rufst mich an."

„Das sagte ich bereits."

Weil ihm danach zumute war, legte er seine Hände auf ihre Schultern und lehnte kurz seine Stirn gegen ihre. „Marleen hat mich heute früh angerufen. Der Gedanke, dass ich ihr falsche Hoffnungen gemacht haben könnte, gefällt mir gar nicht, aber ich habe ihr trotzdem erzählt, dass wir schon ein ganzes Stück weitergekommen sind. Ich musste es sagen."

„Wenn sie sich dabei nur minimal besser fühlt, hast du das Richtige getan.“ Sie konnte einfach nicht widerstehen. Um ihn zu trösten, legte sie ihm kurz eine Hand an die Wange, dann ließ sie sie wieder sinken. „Kopf hoch, Nightshade. Wir haben in kurzer Zeit schon eine ganze Menge Informationen gesammelt.“

„Ja.“ Er hob den Kopf und ließ seine Hände an ihren Armen nach unten gleiten, bis er seine Finger mit ihren verschränken konnte. „Jetzt lasse ich dich mit deinem formidablen Iren gehen. Aber noch eins.“ Er schaute auf ihre ineinander verschlungen Finger, sah, wie verschieden sie in Form der Hautbeschaffenheit, der Farbe und der Größe waren. „Früher oder später werden wir diese Sache hier hinter uns haben.“ Sein Blick suchte ihren. „Und dann werden wir uns um andere Dinge kümmern.“

„Kann schon sein. Aber was am Ende dabei herauskommt, wird dir möglicherweise nicht gefallen.“

Er fing ihr Kinn mit einer Hand ein und gab ihr einen harten Kuss auf den Mund, dann ließ er sie ganz schnell los, bevor er es nicht mehr konnte. „Das Gleiche gilt für dich. Sieh dich gut vor, Lieutenant.“

„Ich bin schon vorsichtig auf die Welt gekommen, Nightshade.“ Damit verließ sie, im Gehen in ihre Jacke schlüpfend, den Raum.

Zehn Stunden später stellte sie ihr Auto in der Tiefgarage ihres Wohnhauses ab und ging zum Aufzug. Jetzt freute sie sich auf eine schöne heiße Badewanne, ein Glas kalten Wein und einen langsamen Blues mit tiefen Bässen.

Während der Aufzug nach oben glitt, lehnte sie sich gegen die Wand und schloss die Augen. Bei dem Barkeeper hatten sie nicht viel erreicht. Das Wedeln mit ein paar Geldscheinen hatte nicht verfangen und versteckte Drohungen auch nicht. Althea zweifelte nicht daran, dass er etwas mit dem Pornoring zu tun hatte, genauso wenig wie sie bezweifelte, dass er fürchtete, ihm könnte dasselbe Schicksal blühen wie Wild Bill.

Deshalb brauchte sie mehr als nur eine Drohung. Sie musste etwas über Leo Dorsetti herausfinden, das es ihr erlaubte, ihn zum Verhör mit aufs Revier zu nehmen.

Und wenn sie ihn erst einmal dort hatte, würde sie ihn schon zum Reden bringen, dessen war sie sich sicher.

Als sie aus dem Aufzug auf den Flur trat, kramte sie in ihrer Handtasche nach ihren Wohnungsschlüsseln. Jetzt wurde es Zeit, wenigstens für ein, zwei Stunden zu vergessen, dass sie Polizistin war. Wenn man von einem Fall allzu besessen war, fing man unweigerlich irgendwann an, Fehler zu machen. Deshalb würde sie die Sache fürs Erste in den hintersten Winkel ihres Kopfes verbannen, damit sich alles, was damit zusammenhing, ein bisschen setzen konnte, und sich einfach nur einen schönen gemütlichen Abend machen, bei dem sie nur an sich denken würde.

Ihre Wohnungstür war bereits offen, als in ihrem Kopf eine Glocke schrillte. Sie fragte sich nicht, was den Alarm ausgelöst hatte, sondern zog einfach nur blitzschnell ihre Waffe. Mechanisch spulte sie die vertraute Routine ab, indem sie in alle Ecken und hinter die Tür schaute.

Ihre Augen suchten den Raum ab, registrierten, dass alles an seinem Platz war, wenn man mal von der Bessie-Smith-Platte absah, die sich auf dem Plattenteller drehte. Und von dem Duft, der in der Luft hing. Sie schnupperte und roch Essen, irgendetwas Scharfes. Ihr lief das Wasser im Mund zusammen, obwohl ihr Verstand auf der Hut blieb.

Ein Geräusch aus der Küche veranlasste sie herumzuwirbeln, die weit auseinander gestellten Füße fest in den Boden gestemmt, die Waffe in beiden Händen haltend.

Colt blieb, sich die Hände an einem Geschirrtuch abwischend, auf der Schwelle stehen. Er lehnte sich lächelnd gegen den Türstock und fragte: „Hi Darling, wie war dein Tag?“

6. KAPITEL

Althea nahm ihre Waffe herunter. Sie erhob ihre Stimme nicht. Die ruhigen, klaren Worte, die sie wählte, verrieten mehr von ihren Gefühlen, als Geschrei es hätte tun können.

Nachdem sie alles losgeworden war, was sie zu sagen hatte, konnte Colt nur bewundernd den Kopf schütteln. „Ich glaube nicht, dass man mich jemals schon stilvoller verflucht hat. Aber jetzt wäre ich dir dankbar, wenn du diese Kanone wegstecken könntest. Obwohl ich kaum glaube, dass du sie benutzen und riskieren würdest, dass ich deinen Fußboden voll blute."

„Vielleicht ist es mir das ja wert." Ohne ihn aus den Augen zu lassen, schob sie die Pistole wieder in das Holster. „Sie haben das Recht zu schweigen …", begann sie.

Colt war weise genug, ein Auflachen zu unterdrücken. Er hob eine Hand. „Was machst du?"

„Ich kläre dich über deine Rechte auf, bevor ich dich wegen Einbruch verhafte."

Er bezweifelte nicht, dass sie dazu imstande wäre. Sie würde ohne eine Miene zu verziehen seine Personalien aufnehmen, seine Fingerabdrücke nehmen und Polizeifotos von ihm anfertigen lassen. „Ich bin bereit, auf alle meine Rechte zu verzichten, vorausgesetzt, du hörst dir meine Erklärung an."

„Hoffentlich ist sie gut." Sie zog ihren Blazer aus und warf ihn über eine Stuhllehne. „Wie bist du hier reingekommen?"

„Ich … äh … durch die Tür?"

Ihre Augen verengten sich. „Du hast das Recht auf einen Anwalt."

Mit Humor kam er offenbar nicht weiter. „Also gut, ich bin eingebrochen." Er hob um Verzeihung bittend die Hände. „Ich habe das Schloss geknackt. Obwohl es ein verflucht gutes war. Oder ich bin inzwischen schon ein bisschen aus der Übung."

„Du hast also das Schloss geknackt." Sie nickte, als ob sie nichts anderes erwartet hätte. „Du trägst unter deiner Kleidung eine Waffe … eine ASP 9 Millimeter …"

„Gut beobachtet, Lieutenant."

„Und ein Messer, das die Grenze des Erlaubten wahrscheinlich überschreitet", fuhr sie fort. „Und jetzt sieht es so aus, als ob du auch noch einen Dietrich mit dir herumschleppst."

„Ist manchmal ganz praktisch." Und es war etwas, worüber er sich nicht allzu ausführlich auslassen wollte, solange sie in dieser Stimmung war. „Also, ich dachte mir einfach, dass du wahrscheinlich einen anstrengenden Tag hinter dir hast und es verdienst, beim Nachhausekommen ein warmes Essen und eine kalte Flasche Wein vorzufinden. Natürlich konnte ich mir denken, dass du ein bisschen sauer sein würdest, wenn du mich hier vorfindest. Aber ich musste daran glauben, dass du schon darüber hinwegkommen wirst, wenn du erst meine Linguini gekostet hast."

Vielleicht ist ja alles vorbei, wenn du die Augen zu- und wieder aufmachst, überlegte sie. Doch als sie es machte, stand er immer noch grinsend vor ihr. „Deine Linguini?"

„Linguini mit Meeresfrüchten. Ich würde ja behaupten, dass es ein Rezept meiner Mutter ist, aber sie hat in ihrem Leben nie auch nur ein Ei gekocht. Wie wär's mit einem Glas Wein?"

„Klar. Warum eigentlich nicht, verdammt?"

„So ist es richtig." Er verschwand wieder in der Küche. Althea beschloss, dass sie ihn später immer noch erwürgen konnte, und folgte ihm. In der Luft hing ein himmlischer Duft. „Du trinkst gern Weißwein", sagte er, während er zwei ihrer besten Kristallgläser füllte. „Das hier ist ein schöner vollmundiger Italiener, der meiner Soße in nichts nachstehen wird. Kühn und doch klassisch. Warten wir's ab, ob er dir gefällt."

Sie nahm das Glas entgegen, stieß mit ihm an und trank einen Schluck. Der Wein schmeckte einfach himmlisch. „Wer zum Teufel bist du, Nightshade? Warum machst du das?"

„Ich bin die Antwort auf deine Gebete. Warum gehen wir nicht wieder nach nebenan und setzen uns. Außerdem willst du doch bestimmt deine Schuhe ausziehen."

Das wollte sie tatsächlich, aber sie ließ sie trotzdem an und ging wieder ins Wohnzimmer, wo sie sich auf die Couch setzte. „Sag es mir."

„Das habe ich bereits."

„Also, wenn du dir keinen Anwalt leisten kannst …"

„Gott, bist du penetrant." Er atmete tief aus und machte es sich neben ihr bequem. „Okay. Ich hatte ein paar gute Gründe. Zum einen weiß ich, dass du eine Menge Zeit für meine Angelegenheiten aufwendest ..."

„Ich mache nur meinen ..."

„Job?", beendete er ihren Satz für sie. „Kann sein. Aber ich weiß, wenn sich jemand so einsetzt, dass es von seiner Freizeit abgeht, und deshalb ist das Essen hier einfach ein Weg, dir zu danken."

Sie fand, dass es eine verdammt nette Geste war, aber sie war nicht bereit, es auszusprechen. Noch nicht. „Du hättest es mir vorher sagen können."

„Es war eine spontane Eingebung. Weißt du überhaupt, was das ist?"

„Du solltest dein Glück nicht herausfordern, Nightshade."

„Da ist was dran. Also gut, kommen wir zurück zu den Gründen. Da ist auch noch die Tatsache, dass ich es bis jetzt noch nicht geschafft habe, diesen ganzen Schlamassel länger als eine Stunde am Stück aus meinem Kopf zu verbannen. Vom Kochen bekomme ich neue Energie. Und da nicht davon auszugehen war, dass Maria mir ihren Herd überlassen würde, dachte ich an dich." Er wickelte sich eine Haarsträhne von ihr um den Finger. „So wie ich überhaupt oft an dich denke. Und schließlich und endlich wollte ich einfach nur den Abend mit dir verbringen."

Jetzt hatte er sie. Althea hätte gern geglaubt, dass es nur die aus der Küche herüberziehenden köstlichen Düfte waren, die ihr Herz erweichten, aber sie glaubte es nicht. „Und deshalb bist du in meine Wohnung eingebrochen und in meine Intimsphäre eingedrungen."

„Ich habe nur in deinen Küchenschränken herumgestöbert. Auch wenn ich in Versuchung war", gestand er, „aber weiter bin ich nicht gegangen."

Mit gerunzelter Stirn schwenkte Althea den Wein in ihrem Glas. „Ich mag deinen Stil nicht, Nightshade. Aber deine Linguini werde ich wahrscheinlich mögen."

Sie mochte sie nicht nur. Sie schmolz förmlich dahin. Es war schwer, einen Groll aufrechtzuerhalten, wenn der Gaumen dermaßen verwöhnt wurde. Colt war nicht der erste Mann, der für sie kochte, aber sie konnte sich nicht erinnern, jemals so entzückt gewesen zu sein.

Colt Nightshade, der unter seinen ausgewaschenen Jeans sehr wahrscheinlich bis an die Zähne bewaffnet war, servierte ihr bei Kerzenschein Pasta. Nicht, dass sie es romantisch fände. Sie war viel zu gewieft, um in irgendwelche herkömmlichen Fallen zu tappen. Aber es war lustig und irgendwie total süß.

Während sie ihre erste Portion aufaß und die zweite in Angriff nahm, erzählte sie ihm von den Fortschritten, die sie gemacht hatte.

Die Laborberichte wurden in den nächsten vierundzwanzig Stunden erwartet, der Barkeeper aus dem Clancy's stand unter Beobachtung, außerdem wurden Vorbereitungen getroffen, eine Polizistin, die verdeckt ermitteln sollte, auf die Straße zu schicken.

Colt hörte genau zu und erzählte dann seine eigenen Neuigkeiten. Er hatte an diesem Nachmittag mit einem der Mädchen vom Straßenstrich gesprochen. Ob es seinem Charme zu verdanken war oder dem Geld, das von einer Hand in die andere gewandert war, ließ sich nicht sagen, aber auf jeden Fall hatte er erfahren, dass ein Mädchen namens Lacy schon seit mehreren Wochen nicht mehr an ihrem Stammplatz gewesen war.

„Sie passt in das Profil", fuhr er fort, während er Altheas Weinglas auffüllte. „Sehr jung, klein und zierlich. Sie ist eigentlich brünett, trägt aber oft eine blonde Perücke."

„Hatte sie einen Zuhälter?"

„Nein, sie war freischaffend. Ich habe mit ihrem Vermieter gesprochen." Colt brach ein Stück Knoblauchbrot in zwei Hälften und reichte eine davon Althea. „Da sie mit der Miete mehrere Wochen im Rückstand war, hat er ihren Kram zusammengepackt. Versetzt, was versetzt werden konnte, und den Rest weggeworfen."

„Ich werde nachfragen, ob man sie bei der Sitte kennt."

„Gut. Außerdem war ich in verschiedenen Unterkünften", fuhr er anschließend fort, „um das Foto von Liz herumzuzeigen und die Phantombilder." Er runzelte die Stirn und stocherte in seinen letzten Nudeln herum. „Aber ich konnte niemanden dazu bringen, irgendwen zu identifizieren. Es war schon schwer genug, die Kids zu überreden, dass sie überhaupt einen Blick darauf werfen. Die meisten von ihnen geben sich taff und unbesiegbar, dabei steht in ihren Augen nur Verwirrung."

„Wenn man mit dieser Art Verwirrung zurechtkommen will, muss man tough sein. Die meisten von ihnen kommen aus zerrütteten Familien, in denen Alkohol- und Drogenmissbrauch, körperliche Misshandlung und sexueller Missbrauch an der Tagesordnung sind. Oder sie sind selbst drogenabhängig und wissen nicht, wie sie von ihrer Sucht loskommen sollen." Sie bewegte ihre Schultern. „Wie auch immer, auf jeden Fall scheint Ausreißen der beste Ausweg zu sein."

„Aber bei Liz war es anders."

„Ja", pflichtete sie ihm bei. Jetzt wird es auch für ihn langsam Zeit abzuschalten, entschied sie. Und wenn nur für ein paar Minuten. Sie kratzte den letzten Bissen von ihrem Teller. „Weißt du, Nightshade, du solltest aufhören, den Abenteurer zu spielen, und ins Cateringgeschäft einsteigen. Du könntest ein Vermögen damit machen."

Ihm war klar, worauf sie hinauswollte, deshalb unterstützte er sie nach Kräften. „Ich ziehe kleine intime Partys vor."

Sie suchte kurz seinen Blick und schaute dann wieder auf ihr Glas. „Wenn es nicht deine Mutter war, die dir beigebracht hat, diese köstlichen Linguini zu kochen, wer war es dann?"

„Wir hatten in meiner Kindheit diese tolle irische Köchin, Mrs O'Malley."

„Eine irische Köchin, die dir beigebracht hat, italienisch zu kochen."

„Sie konnte alles, angefangen von Lammsteak bis zu Coq au Vin. ‚Colt, mein Junge', hat sie immer zu mir gesagt, ‚das Beste, was ein Mann machen kann, ist zu lernen, wie man gut für sich selbst sorgt. Sich von einer Frau abhängig zu machen, nur weil man sich den Bauch voll schlagen will, ist ein großer Fehler.'" Bei der Erinnerung daran musste er grinsen. „Wenn ich wieder mal in Schwierigkeiten steckte, was meistens der Fall war, musste ich mich zu ihr in die Küche setzen. Dann hielt sie mir ellenlange Vorträge über gutes Benehmen und wie man am besten ein Hähnchen zerlegt."

„Tolle Mischung."

„Das Zeug über gutes Benehmen blieb nicht hängen." Er prostete ihr zu. „Dafür kann ich eine köstliche Chicken Pie machen. Und als Mrs O'Malley in Rente ging – das ist jetzt fast zwanzig Jahre her –, verfiel meine Mutter in Depressionen."

Altheas Lippen schlossen sich um den Rand ihres Weinglases. „Und stellte eine neue Köchin ein."

„Einen Koch. Einen Franzosen mit miserablen Umgangsformen. Sie vergöttert ihn."

„Ein französischer Koch in Wyoming."

„Ich lebe in Wyoming", sagte er. „Sie leben in Houston. So kommen wir besser miteinander aus. Was ist mit deiner Familie? Sind sie von hier?"

„Ich habe keine. Was ist mit deinem Juraexamen? Warum hast du nichts damit gemacht?"

„Ich habe nicht gesagt, dass ich nichts damit gemacht habe." Er musterte sie einen Moment. Sie war seiner Frage geschickt ausgewichen. Darauf musste er später noch einmal zurückkommen. „Mir ist nur klar geworden, dass es mir keinen Spaß macht, viele Stunden am Tag über Akten und Gesetzestexte zu brüten, nur um das Gesetz mit juristischen Spitzfindigkeiten auszuhebeln."

„Und deshalb bist du zur Air Force gegangen."

„Es war ein guter Weg, zu einem Flugschein zu kommen."

„Aber du fliegst nicht."

„Manchmal schon." Er lächelte. „Bedaure, Thea. Aber ich passe nun mal in keine Schublade. Ich habe genug Geld, um das zu machen, was mir passt und wann es mir passt."

Das reichte ihr noch nicht aus. „Und die Armee hat dir nicht gepasst?"

„Eine Weile schon. Und dann hatte ich genug." Er zuckte die Schultern und lehnte sich zurück. Das Kerzenlicht flackerte auf seinem Gesicht und in seinen Augen. „Ich habe dort ein paar Dinge gelernt. Genauso wie ich von Mrs O'Malley ein paar Dinge gelernt habe und auf der Schule und in Harvard und von diesem alten indianischen Pferdetrainer, den ich vor ein paar Jahren in Tulsa kennengelernt habe. Irgendwann kann man alles, was man mal gelernt hat, brauchen."

„Und wer hat dir beigebracht, Schlösser zu knacken?"

„Du wirst es doch nicht gegen mich verwenden, oder?" Er lehnte sich vor, um ihr mit einem Finger übers Haar zu streichen und Wein nachzuschenken. „Beim Militär. Ich war bei einer Spezialeinheit."

„Verdeckte Operationen", übersetzte sie. Es war keine Überraschung. „Deshalb sind große Teile deiner Personalakte geheim."

„Das ist lauter altes Zeug, bei dem die Geheimhaltungspflicht längst verjährt ist. Aber so läuft es eben, oder nicht? Bürokraten lieben Geheimnisse ebenso sehr wie den Papierkrieg. Ich habe nur Informationen gesammelt oder Informationen gestreut, manchmal um brenzlige Situationen zu entschärfen und manchmal auch, um sie anzuheizen, je nachdem." Er trank wieder einen Schluck. „Man könnte vielleicht sagen, dass ich gewissen Leuten einen Gefallen getan habe – nur dass diese Leute zufälligerweise die Regierung waren." Er verzog leicht die Lippen. „Oder versuchten es zumindest."

„Du magst unser System nicht besonders, stimmt's?"

„Ich mag alles, was funktioniert." Für einen winzigen Moment verdunkelten sich seine Augen. „Und ich habe einfach zu viel gesehen, was nicht funktioniert hat. Deshalb ..." Er zuckte die Schultern, und die Anwandlung war verflogen. „... bin ich irgendwann ausgestiegen, ich habe mir ein paar Pferde und ein paar Kühe gekauft und spielte Rancher. Obwohl alte Angewohnheiten offenbar schwer abzulegen sind, weil ich heute wieder Leuten ab und zu einen Gefallen tue. Nur muss ich heute die Leute zuerst einmal mögen."

„Man könnte auf die Idee kommen, dass du dich nicht entscheiden konntest, was du werden willst."

„Schon möglich. Obwohl ich finde, dass ich mich durchaus entschieden habe. Und was ist mit dir? Was ist die Hintergrundstory von Althea Grayson?"

„Keine jedenfalls, aus der sich ein Kassenschlager machen ließe." Entspannt stützte sie sich mit den Ellbogen auf dem Tisch auf und fuhr mit ihrem Zeigefinger um den Rand ihres Glases, bis das Kristall summte. „Ich bin sofort mit achtzehn auf die Polizeischule gegangen."

„Warum?"

„Warum ich Polizistin geworden bin?" Sie ließ sich Zeit mit ihrer Antwort. „Weil ich im Gegensatz zu dir unser System zu schätzen weiß. Es ist nicht perfekt, aber wenn man dranbleibt, kann man dazu beitragen, dass es funktioniert. Und unser Rechtssystem ... es gibt da draußen Leute, die sich dafür einsetzen, dass es funktioniert. Zu viele Leben verschwinden in irgendwelchen dunklen Spalten. Es ist von Bedeutung, wenn man es schafft, eins davon herauszuziehen."

„Dagegen ist nichts einzuwenden." Ohne zu merken, was er tat, legte er seine Hand über ihre. „Mir war immer klar, dass es Boyds Bestimmung ist, für Recht und Ordnung zu sorgen. Bis vor Kurzem war er der einzige Cop, den ich genug respektierte, um ihm zu vertrauen."

„Wenn ich mich nicht irre, hast du mir eben ein Kompliment gemacht."

„Du irrst dich nicht. Ihr beide habt eine Menge gemeinsam. Die nüchterne, abgeklärte Sicht der Dinge, eine sture Art von Heldenmut, ein beständiges Mitgefühl." Er lächelte und spielte mit ihren Fingern.

„Die Kleine, die wir vom Dach geholt haben … bei ihr war ich heute übrigens auch. Sie hält ziemlich große Stücke auf eine hübsche Lady mit roten Haaren, die ihr eine Puppe mitgebracht hat."

„Ich bin am nächsten Tag kurz vorbeigefahren. Das gehört zu meinem Job und …"

„Blödsinn." Er griff nach ihrer Hand, küsste ihre Fingerspitzen. „Es hatte rein gar nichts mit deinem Job zu tun und alles mit dir. Dass du auch eine weiche Seite hast, macht dich noch lange nicht zu einer schlechteren Polizistin, Thea, sondern nur zu einer freundlicheren."

Obwohl sie sich ausrechnen konnte, wohin es führen würde, entzog sie ihm ihre Hand nicht. „Dass ich eine Schwäche für Kinder habe, heißt noch lange nicht, dass ich auch eine Schwäche für dich habe."

„Hast du aber", murmelte er. „Ich lasse dich nicht kalt." Ohne sie aus den Augen zu lassen, fuhr er mit seinen Lippen an der Innenseite ihres Handgelenks auf und ab. Ihr Puls schlug gleichmäßig, aber schnell.

„Schon möglich." Sie war zu klug, um das Offensichtliche weiterhin abzustreiten. „Was allerdings gar nichts heißt. Ich schlafe nämlich nicht mit jedem Mann, von dem ich mich angezogen fühle."

„Freut mich zu hören. Obwohl du mit mir eine ganze Menge mehr tun wirst, als nur zu schlafen." Er lachte leise auf und drückte ihr noch einen Kuss auf die Hand. „Gott, du kannst dir gar nicht vorstellen, wie sehr ich es liebe, wenn du so süffisant grinst, Thea. Es macht mich verrückt. Womit ich sagen will, dass Schlafen für uns mit Sicherheit nicht die erste Priorität haben wird, wenn wir zusammen ins Bett gehen. Deshalb solltest du vielleicht zusehen, dass du vorher ein bisschen Schlaf bekommst." Er stand auf und zog sie auf die Füße. „Gib mir noch einen Gutenachtkuss, dann werde ich dich nicht länger stören."

Als er sah, wie überrascht sie war, musste er wieder grinsen. Später, wenn er weg war, würde er sich für seine kluge Strategie selbst auf die Schulter klopfen.

„Du dachtest, ich hätte dir nur Essen gekocht und Gesellschaft geleistet, um von da aus zum Sprung in dein Bett anzusetzen." Er stieß einen tiefen Seufzer aus und schüttelte betrübt den Kopf. „Wirklich, Althea, ich bin tief verwundet. Nahezu am Boden zerstört."

Sie lachte und ließ die Hand freundschaftlich in seiner. „Weißt du, Nightshade, manchmal mag ich dich. Fast."

„Siehst du, und damit bist du kurz davor, verrückt nach mir zu sein." Er zog sie an sich, und das Feuer, das in seinen Lenden aufloderte, strafte seinen beiläufigen Ton Lügen. „Und wenn ich mir die Mühe gemacht und auch noch eine Nachspeise gezaubert hätte, würdest du mich anbetteln."

„Dein Pech", gab sie belustigt zurück. „Es ist nämlich allgemein bekannt, dass mich Cannoli in eine vor Leidenschaft glühende Frau verwandeln."

„Du kannst sicher sein, dass ich mich zu gegebener Zeit daran erinnern werde." Er küsste sie leicht, beobachtete, wie sich auf ihrem Gesicht ein Lächeln ausbreitete. Und spürte, wie sein Herz ganz weit wurde. „Aber bestimmt gibt es hier irgendwo in der Nähe eine Bäckerei, wo ich ein paar italienische Törtchen bekommen kann."

„Nein, gibt es nicht. Du hast deine Chance verpasst." Sie legte ihm eine Hand auf die Brust, wobei sie sich gut zuzureden versuchte, dass es besser sei, der Sache einen Riegel vorzuschieben, solange sie ihre Beine noch unter sich spüren konnte. „Danke für die Pasta."

„Gern geschehen." Aber er fuhr fort, sie anzuschauen, wobei sein Blick schärfer wurde, als ob er versuchte, durch die elfenbeinfarbene Haut und die zarten Knochen bis auf den Grund ihrer Seele zu schauen. Irgendetwas passiert da, dachte er. In ihr ging irgendetwas vor, aber er wusste nicht genau, was. „Da ist irgendwas in deinen Augen."

Ihre Nervenstränge vibrierten. „Was denn?"

„Ich weiß nicht“, sagte er nachdenklich. „Manchmal kann ich es fast sehen. Und wenn ich es sehe, frage ich mich jedes Mal, wo du in Gedanken bist. Wo wir hingehen.“

In ihrer Lunge staute sich die Luft. Sie versuchte vorsichtig, tief durchzuatmen. „Du gehst nach Hause.“

„Ja. In einer Minute. Dir zu sagen, dass du schön bist, wäre zu einfach“, murmelte er fast wie zu sich selbst. „Das hörst du zu oft, und es ist zu oberflächlich, um für dich irgendeine Bedeutung zu haben. Mir selbst sollte es eigentlich reichen, aber da ist noch etwas anderes. Ich werde darauf zurückkommen.“ Er zog sie noch ein bisschen näher an sich, wobei er ihr immer noch tief in die Augen schaute. „Was ist an dir, Althea? Was ist das, was ich nicht abschütteln kann?“

„Es ist nichts. Du bist einfach nur zu sehr daran gewöhnt, nach Schatten Ausschau zu halten.“

„Nein, ich sehe sie in deinen Augen.“ Langsam hob er eine Hand und legte sie an ihre Wange. „Und ich habe ein Problem.“

„Was denn für eins?“

„Fühl mal.“

Er legte seinen Mund auf ihren, was bewirkte, dass sich augenblicklich jeder Muskel in ihrem Körper entspannte. Der Kuss war nicht fordernd, nicht drängend. Er war schlicht verheerend. Er wurde tiefer und tiefer, bombardierte sie mit Empfindungen, gegen die sie vollkommen wehrlos war. Seine Gefühle brachen aus ihm heraus und überschwemmten sie, drangen in jede ihrer Poren ein, sodass sie davon angefüllt und gleichzeitig von allen Seiten umschlossen war.

Es gibt kein Entkommen, schoss es ihr durch den Kopf, und sie hörte ihr eigenes ersticktes Stöhnen der Verzweiflung mit gedämpfter Zustimmung. Er hatte einen Schutzwall durchbrochen, der für sie zur zweiten Natur geworden war, einen Schutzwall, den vollständig wiederaufzubauen ihr vielleicht nie mehr gelingen würde.

Sie konnte sich wieder und wieder vornehmen, dass sie sich nicht verlieben würde und schon gar nicht in einen Mann, den sie kaum kannte. Aber ihr Herz triumphierte bereits über ihren Verstand.

Er spürte, dass sie etwas von sich hergab – nicht die ganze Zeit, noch nicht –, aber es bewegte sich auf einer anderer Ebene als bisher. Da war mehr als Leidenschaft, obwohl – barmherziger Himmel –

wirklich Leidenschaft da war. Doch Colt machte auch noch eine andere Entdeckung. Es war für ihn wie eine Offenbarung zu erfahren, dass eine Frau – diese Frau – ihm den Verstand verwirren, das Herz aufreißen und ihn absolut hilflos machen konnte.

„Ich verliere den Boden unter den Füßen." Er ließ seine Hände fest auf ihren Schultern liegen, während er sich zurückzog. „Und zwar schnell."

„Es ist zu viel." Es war eine armselige Erwiderung, aber die beste, die sie aufbringen konnte.

„Das brauchst du mir nicht zu sagen." Die Anspannung war in ihre Schultern zurückgekehrt und in seine auch. Deshalb zwang er sich, einen Schritt zurückzutreten. „So habe ich mich noch nie in meinem ganzen Leben gefühlt. Und das sage ich nicht nur so daher", fügte er hinzu, als sie sich abwandte.

„Ich weiß. Ich wünschte, es wäre so." Sie legte ihre Hände auf die Stuhllehne, an der ihr Schulterholster hing. Ein Symbol der Pflicht, dachte sie. Der Kontrolle. Ein Symbol dessen, was sie aus sich gemacht hatte. „Colt, ich glaube, wir sind schon tiefer drin, als uns lieb sein kann."

„Vielleicht haben wir ja lange genug in einer Sackgasse gesteckt."

Sie hatte die starke Befürchtung, dass sie bereit, ja sogar begierig war unterzugehen. „Ich erlaube es nicht, dass mir bei meiner Arbeit Privatangelegenheiten in die Quere kommen. Wenn wir es nicht schaffen, das unter Kontrolle zu bringen, solltest du in Erwägung ziehen, mit jemand anders zusammenzuarbeiten."

„Unsere Zusammenarbeit klappt ausgezeichnet", stieß er zwischen zusammengebissenen Zähnen hervor. „Komm jetzt nicht mit irgendeiner lahmen Ausrede daher, nur weil du Angst hast, dem, was sich zwischen uns anbahnt, ins Auge zu sehen."

„Eine bessere fällt mir nicht ein." Sie umklammerte den Stuhl so fest, dass ihre Knöchel weiß hervortraten. „Und es ist keine Ausrede, nur ein Grund. Du willst, dass ich zugebe, dass du mir Angst machst. In Ordnung. Du machst mir wirklich Angst. Das alles macht mir Angst. Und ich glaube nicht, dass dir mit einer Partnerin gedient ist, die nicht richtig bei der Sache ist, weil du sie so nervös machst."

„Vielleicht ist mir damit mehr gedient als mit einer, die so sehr bei der Sache ist, dass man sich fragt, ob sie überhaupt menschlich ist."

Diesmal würde sie sich nicht von ihm abwenden. Er wollte verflucht sein, wenn er es zuließe. „Erzähl mir jetzt nicht, dass du nicht auf zwei verschiedenen Ebenen funktionieren kannst, Thea, oder dass du mit deiner Arbeit nicht zurechtkommst, nur weil du in deinem Privatleben ein Problem hast."

„Vielleicht will ich ja einfach nicht mit dir zusammenarbeiten."

„Das ist hart. Du bist einfach nur festgefahren. Wenn du diesen Weg nicht weitergehen willst, werde ich mein Möglichstes tun. Aber du wirst nicht aufhören, nach Liz zu suchen, nur weil du Angst hast, etwas für mich zu empfinden."

„Ich denke ja an Liz und was das Beste für sie ist."

„Woher zum Teufel willst du wissen, was das Beste für sie ist?", explodierte er, und wenn es unvernünftig war, war es ihm auch egal. Er war ganz nah daran, sich in eine Frau zu verlieben, die ihm seelenruhig klarzumachen versuchte, dass sie ihn auf keine Art und Weise in ihrem Leben haben wollte. Er suchte verzweifelt nach einem verängstigten Mädchen, und die einzige Person, die ihn bei dieser Suche weiterbrachte, drohte, sich aus der Sache herauszuziehen. „Woher zum Teufel glaubst du, irgendetwas über sie oder jemand anders zu wissen? Du hast dich so in Vorschriften und Bestimmungen verrannt, dass du nichts mehr fühlen kannst. Nein, nicht kannst. Willst. Du willst nichts fühlen. Du bist bereit, für andere Menschen dein Leben aufs Spiel zu setzen, aber sobald Gefühle ins Spiel kommen, drehst du durch. Für dich ist alles so klar und einfach, stimmt's, Althea? Da draußen ist irgendwo ein zu Tode verängstigtes Mädchen, das dringend Hilfe braucht, aber für dich ist sie nur ein weiterer Fall, den irgendwer lösen muss."

„Erzähl du mir nicht, was ich fühle." Am Ende ihrer Beherrschung angelangt, versetzte sie dem Stuhl einen Fußtritt, sodass dieser krachend umkippte. „Erzähl du mir nicht, was ich verstehe und was nicht. Du hast doch keine Ahnung, wie es in mir aussieht. Und bildest du dir wirklich ein, du wüsstest etwas über Liz oder diese Mädchen, mit denen du heute gesprochen hast? Du glaubst, du bräuchtest nur in irgendeine Unterkunft oder in ein Wiedereingliederungszentrum zu gehen, um zu verstehen?"

Ihre Augen glitzerten, aber es waren keine Tränen, sondern Zorn, der so hoch aufloderte, dass er keine andere Wahl hatte als einfach nur dazustehen und sich den Flammen auszusetzen. „Ich weiß, dass es viele Kinder gibt, die Hilfe brauchen und leider nicht immer genug Hilfe bekommen."

„Oh, du machst es dir wirklich einfach." Sie rannte in einer seltenen Zurschaustellung überflüssiger Bewegungen aufgeregt im Zimmer auf und ab. „Du hast keine Ahnung, wie es ist, allein zu sein, Angst zu haben oder in dieser knirschenden Maschinerie gefangen zu sein, in die wir Problemkinder stecken. Ich habe einen Großteil meines Lebens in dieser Maschinerie verbracht, deshalb erzähl mir nicht, dass ich nichts fühle. Ich weiß sehr gut, wie es ist, wenn man sich nichts mehr wünscht als rauszukommen, wenn man es sich so sehr wünscht, dass man sogar wegläuft, obwohl man nicht weiß, wohin man gehen soll. Und ich weiß auch, wie es ist, wenn man wieder zurückgebracht wird und erneut den Bedingungen ausgesetzt ist, vor denen man davongelaufen ist. Ich verstehe das alles sehr gut. Und ich weiß auch, dass Liz eine Familie hat, die sie liebt, und wir werden sie zurückbringen. Wir werden sie zu ihrer Familie zurückbringen, damit sie nicht in diesem Teufelskreis gefangen ist. Also erzähl mir nicht, dass sie einfach nur ein Fall für mich ist, weil sie mir nämlich wichtig ist. Sie sind mir alle wichtig."

Sie unterbrach sich, fuhr sich mit einer zitternden Hand durchs Haar. Im Augenblick war sie sich nicht sicher, was überwog, ihre Beschämung oder ihr Zorn. „Ich möchte dich jetzt bitten zu gehen", sagte sie leise. „Ich möchte wirklich, dass du jetzt gehst."

„Setz dich."

Als sie nicht reagierte, ging er zu ihr und drückte sie auf einen Stuhl. Sie zitterte, und die Tatsache, dass er dazu seinen Teil beigetragen hatte, bewirkte, dass er sich fühlte, als ob er etwas sehr Wertvolles und Zerbrechliches kaputt gemacht hätte. „Es tut mir leid. Dass ich mich jetzt schon zum zweiten Mal an einem Tag bei ein und derselben Person entschuldige, ist ein absoluter Rekord für mich." Er hob die Hand, um ihr übers Haar zu streichen, aber dann hielt er sich zurück. „Willst du ein Glas Wasser?"

„Nein, ich will, dass du gehst."

„Das kann ich nicht." Er setzte sich auf den Schemel zu ihren Füßen, sodass sie auf gleicher Augenhöhe waren. „Althea ..."

Sie lehnte sich mit geschlossenen Augen zurück. Sie fühlte sich, als ob sie auf den Gipfel eines Berges gerannt und in die Tiefe gesprungen wäre. „Nightshade, ich bin nicht in der Stimmung, dir meine Lebensgeschichte zu erzählen, falls es das ist, worauf du wartest. Du weißt, wo die Tür ist."

„Das hat Zeit." Er fasste sich ein Herz und griff nach ihrer Hand, die jetzt ruhig war, aber kalt. „Versuchen wir es mal anders. Wir haben hier zwei getrennte Probleme. Liz zu finden ist Problem Nummer eins. Sie ist unschuldig, ein Opfer, und sie braucht Hilfe. Ich könnte versuchen, sie allein zu finden, aber das würde zu lange dauern. Jeder Tag, der vergeht ... na ja, es sind einfach schon zu viele Tage vergangen. Ich will mit dir zusammenarbeiten, weil dir Kanäle zur Verfügung stehen, die ich mir erst erschließen müsste, und dann würde ich doppelt so lange brauchen. Und weil ich darauf vertraue, dass du alles in deiner Macht Stehende tun wirst, um sie wieder nach Hause zu bringen."

„In Ordnung." Sie ließ ihre Augen zu, in der Hoffnung, so ihre Anspannung abzuschütteln. „Wir werden sie finden. Wenn nicht morgen, dann vielleicht übermorgen, aber finden werden wir sie."

„Zweites Problem." Er schaute auf ihre Hände und beobachtete, wie der Sekundenzeiger ihrer Armbanduhr die Sekunden abhakte. „Ich glaube ... na ja ... weil das für mich unbekanntes Terrain ist, möchte ich es einschränken, indem ich sage, dass es mir zumindest im Moment so vorkommt ..."

„Nightshade." Als sie die Augen wieder öffnete, entdeckte er darin den Anflug eines Lächelns. „Ich schwöre, dass du wie ein Jurist klingst."

Er zuckte zusammen, rutschte auf dem Schemel herum. „Ich glaube nicht, dass du einen Mann beleidigen solltest, der gerade dabei ist, dir zu sagen, dass er dich höchstwahrscheinlich liebt." Sie zuckte zusammen. Er hätte seine Farm verwettet, dass sie keine Miene verzogen hätte, wenn er mit seiner Pistole auf sie gezielt hätte. Aber das Wort Liebe bewirkte, dass sie fast vom Stuhl hochsprang. „Keine Panik", bemühte er sich, sie zu beruhigen, während sie immer noch sprachlos war. „Ich habe gesagt, ‚ich glaube'. Das lässt uns noch genügend sicheres Terrain, in dem wir uns bewegen können."

„Für mich klingt es eher nach einem Minenfeld." Weil sie befürchtete, ihre Hand könnte wieder zittern, entzog sie sie ihm. „Ich fände es weise, wenn wir diesen Gedanken unter den gegenwärtigen Umständen fürs Erste auf sich beruhen lassen."

„Und wer klingt jetzt wie ein Jurist?" Er grinste, irgendwie verunsichert darüber, dass er das Gefühl hatte, über sich selbst lachen zu müssen. „Du glaubst, dass er dir eine höllische Angst einjagt, Darling? Ich weiß nicht, ob du dir vorstellen kannst, was er mit mir macht. Ich habe nur davon angefangen, weil ich hoffe, dass wir dann leichter damit fertig werden. Soweit ich weiß, ist es nur ungefähr so wie ein leichter Anflug von Grippe."

„Das wäre gut." Sie schluckte ihr Auflachen hinunter, weil sie befürchtete, dass es irgendwie verrückt klingen könnte. „Dann musst du dich gut ausschlafen und viel trinken."

„Ich werde mein Möglichstes tun." Er war nicht gekränkt, als er sich vorbeugte und sah, dass sofort ihre Augen wachsam aufleuchteten und sie abwehrend die Schultern straffte. „Doch wenn es keine Grippe und auch kein anderes Virus ist, werde ich etwas dagegen unternehmen müssen, aber es kann warten, bis wir das erste Problem gelöst haben. Und bis dahin werde ich kein Wort mehr über Liebe und alles, was dazugehört, verlieren ... über so Sachen wie Ehe und Familie und Doppelgarage eben."

Jetzt sah er sie zum ersten Mal, seit er sie kannte, völlig die Fassung verlieren. Sie starrte ihn mit weit aufgerissenen Augen und offenem Mund an. Wenn er sie berührt hätte, wäre sie umgeknickt wie ein Strohhalm im Wind, dessen war er sich sicher.

„Und das ist offensichtlich nur gut so, weil du schon allein bei der Vorstellung, dass ich es tun könnte, ins Koma fällst."

„Ich ..." Sie machte den Mund zu und schluckte heftig, dann sagte sie: „Ich glaube wirklich, du hast den Verstand verloren."

„Ich auch." Der Himmel wusste, warum er sich dabei so fröhlich fühlte. „Dann konzentrieren wir uns also fürs Erste darauf, die Bösen zu kriegen, abgemacht?"

„Versprichst du mir dann, dass du von dem anderen Zeugs kein Wort mehr sagst?"

Auf seinem Gesicht breitete sich ein Lächeln aus. „Glaubst du mir, wenn ich dir mein Wort gebe?"

„Nein, natürlich nicht."

Sie hatte ihre Fassung wiedergefunden und erwiderte sein Lächeln. „Aber ich wette, dass ich jeden dummen Spruch von dir parieren kann."

„Okay, ich nehme die Wette an." Er streckte ihr die Hand hin. „Partner." Sie schüttelten sich feierlich die Hände. „So, und warum machen wir jetzt nicht …"

Das Telefonklingeln bewahrte Althea vor dem, was ihrer Meinung nach nur wieder ein unprofessioneller Vorschlag sein konnte. Sie schlüpfte schnell an ihm vorbei und nahm in der Küche ab.

Das gab ihm einen Moment Zeit, über das, was er angestoßen hatte, nachzudenken. Zu lächeln. Sich auszumalen, wie gern er es zu Ende gebracht hätte. Bevor seine Fantasie dazu kam, die ersten Blüten zu treiben, kehrte sie mit langen Schritten zurück. Sie rückte den Stuhl gerade und hängte sich ihr Schulterholster um.

„Du erinnerst dich doch an unseren Freund Leo, den Barkeeper? Kollegen haben ihn eben hopsgenommen, weil er im Hinterzimmer mit Drogen handelt." Der kriegerische Ausdruck lag wieder auf ihrem Gesicht, während sie sich das Holster festschnallte. „Sie bringen ihn gerade zum Verhör."

„Ich bin schon hinter dir."

„Und da solltest du auch bleiben, Nightshade", beschied sie ihn, in ihren Blazer schlüpfend. „Wenn Boyd einverstanden ist, kannst du durch die Spiegelscheibe Mäuschen spielen, aber mehr ist nicht drin."

Die Einschränkung ärgerte ihn. „Ich will aber dabei sein. Ich verspreche auch, mich im Hintergrund zu halten und keinen Ton zu sagen."

„Dass ich nicht lache." Auf dem Weg zum Flur schnappte sie sich ihre Handtasche. „Nimm das Angebot an oder lass es bleiben … Partner."

Er verfluchte sie und knallte die Wohnungstür hinter sich zu. „Ich nehme es an."

7. KAPITEL

Colts Frustration darüber, hinter den Zweiwegspiegel verbannt worden zu sein, verflog, als er Althea beobachtete. Sie hatte einen ganz eigenen geduldigen Verhörstil, der nicht nur detailversessen, sondern auch schonungslos war.

Sie ließ sich nicht ein einziges Mal von ihrer Spur ablenken, reagierte nicht auf Leos Sarkasmus und erhob nie – auch nicht, wenn Leo sie provozierte oder mit Drohungen attackierte – die Stimme.

Genauso spielte sie Poker, wie Colt sich erinnerte. Kühl, methodisch und emotionslos, bis es Zeit war, den Gewinn einzustreichen. Aber Colt begann, hinter ihrer Fassade die Frau zu sehen.

Er selbst war zweifellos imstande, bei ihr eine Vielzahl von Reaktionen hervorzurufen. Trotzdem hatte er das Gefühl, immer noch an der Oberfläche zu kratzen. Unter dieser schmucken, professionellen Fassade verbarg sich ein Reichtum an Gefühlen, und er hatte vor, die einzelnen Schichten abzutragen, bis er sie alle ans Tageslicht gebracht hatte.

„Ziemlich lange Nacht heute.“ Boyd gesellte sich mit zwei Bechern heißem Kaffee zu ihm.

„Ich hatte schon längere.“ Colt nahm einen Becher entgegen, trank einen Schluck. „Gott, dieses Zeug ist so stark, dass man davon anfängt zu tanzen.“ Er verzog angewidert das Gesicht und trank noch einen Schluck. „Ist das üblich, dass der Captain für ein Routineverhör extra reinkommt?“

„Wenn er ein persönliches Interesse an dem Fall hat, schon.“ Beim Blick auf Althea registrierte Boyd, dass sie ruhig und unbewegt dasaß, während sich Leo mit zitternden Fingern eine Zigarette an der anderen anzündete. „Er zappelt immer noch.“

„Er wird lange vor ihr erschöpft sein.“

„Davon gehe ich aus.“ Sie schwiegen, während Leo eine besonders obszöne Beleidigung knurrte und Althea ihn bat, sie doch bitte fürs Protokoll noch einmal zu wiederholen. „Sie lässt sich nicht aus der Fassung bringen“, sagte Colt. „Wie eine Katze vor einem Mauseloch.“ Er warf einen Blick auf Boyd, dann schaute er wieder durch die Glasscheibe. „Sie sitzt stundenlang einfach nur da, fast reglos. Und die Maus in ihrem Loch dreht langsam durch. Sie kann die Katze riechen, kann die Augen sehen, die sie anstarren. Irgendwann ist ihr kleines Mäusegehirn wahrscheinlich überfordert, und sie macht einen Fehler. Dann streckte die Katze nur eine Tatze aus, schlägt zu und es ist vorbei."

Colt trank noch einen Schluck von seinem Kaffee, deutete mit dem Kopf auf die Glasscheibe. „Das da ist eine tolle Katze."

„Du hast sie in kurzer Zeit ziemlich gut kennengelernt."

„Oh, das reicht mir noch nicht. Diese vielen Schichten", murmelte Colt fast wie zu sich selbst. „Kann mich nicht erinnern, vorher schon jemals einer Frau begegnet zu sein, bei der ich die Seele genauso gern entblättern wollte wie den Körper."

„Tja ...", begann Boyd leicht verunsichert, weil er nicht genau wusste, was er von der Sache halten sollte. „Thea ist wirklich was Besonderes. Und sie kommt praktisch mit allem klar."

„So sieht es aus", bestätigte Colt.

„Ja, aber das heißt noch lange nicht, dass sie nicht auch ihre verwundbaren Stellen hätte. Und ich will nicht, dass sie verletzt wird, verstehst du das, Colt? Das würde mir überhaupt nicht gefallen."

Leicht überrascht hob Colt eine Augenbraue. „Soll das eine Warnung sein? Klingt fast wie damals vor einer halben Million Jahren, als du mich gewarnt hast, die Finger von deiner Schwester Natalie zu lassen."

„Thea gehört praktisch zur Familie."

„Und du denkst, ich könnte sie verletzen."

Boyd atmete erschöpft aus. Diese Unterhaltung machte ihm keinen Spaß. „Ich denke, dass ich dir, falls du es tust, ein paar lebenswichtige Körperteile zerquetschen müsste. Ich würde es wirklich nicht gern machen, aber ich hätte keine andere Wahl."

Colt nahm es mit einem nachdenklichen Nicken zur Kenntnis. „Wer hat gewonnen, als wir das letzte Mal übereinander hergefallen sind?"

Obwohl er sich in seiner Haut nicht ganz wohl fühlte, grinste Boyd. „Ich glaube, es war unentschieden."

„Ja, ich glaube auch. Aber es ging auch um eine Frau, stimmt's?"

„Um Cheryl Anne Madigan." In Boyds Seufzer schwang eine leise Nostalgie mit.

„Eine kleine Blonde?"

„Nein, eine große Brünette. Mit großen … blauen Augen."

„Richtig." Colt lachte, schüttelte den Kopf. „Ich frage mich, wie es der hübschen Cheryl Anne geht."

Einen Augenblick lang erinnerten sie sich schweigend. Durch die Lautsprecher konnten sie Altheas ruhige unnachgiebige Fragen hören.

„Althea ist völlig anders als Cheryl Anne Madigan", murmelte Colt. „Ich möchte ihr nicht wehtun, aber ich kann nicht versprechen, dass es nicht passiert. Die Sache ist nur, dass mir zum ersten Mal eine Frau begegnet ist, die mir so viel bedeutet, dass sie mich auch verletzen kann, Fletch." Colt nahm noch einen stärkenden Schluck. „Ich glaube, ich liebe sie."

Boyd verschluckte sich und musste so husten, dass er seinen Becher abstellen musste. Er fasste sich ungläubig ans Ohr und bat: „Würdest du das bitte noch mal wiederholen? Ich habe nicht richtig verstanden."

„Du hast mich ganz genau verstanden", brummte Colt. Typisch für einen Freund, in der offenen Wunde auch noch genüsslich herumzubohren. „Sie hat genauso reagiert, als ich es ihr sagte."

„Du hast es ihr gesagt?" Boyd schaffte es nur mit Mühe, dem Verhör zu folgen, während er diese neue und faszinierende Information verdaute. „Was hat sie gesagt?"

„Nicht viel."

Als Boyd die Frustration hörte, die in Colts Stimme mitschwang, musste er sich ein Grinsen verkneifen. „Sei froh, dass sie dich wenigstens nicht ausgelacht hat."

„Sonderlich lustig fand sie es nicht." Colt atmete laut aus und wünschte sich, Boyd hätte ihm einen Kaffee mit Schuss gebracht. „Sie saß plötzlich ganz still da, wurde blass und starrte mich mit offenem Mund an."

„Das ist ein gutes Zeichen." Boyd klopfte Colt tröstlich auf die Schulter. „Es ist nämlich wirklich schwer, sie so aus der Fassung zu bringen."

„Ich dachte mir, es ist das Beste, wenn es erst mal raus ist, verstehst du? Jetzt können wir immer noch entscheiden, was wir damit machen wollen." Er schaute durch die Glasscheibe auf Althea, die kühl und unbewegt zusah, wie Leo mit zitternder Hand ein Glas

Wasser hinunterstürzte. „Obwohl ich es eigentlich schon längst weiß."

„Und was meint das?"

„Na ja, sofern ich nicht eines Morgens aufwache und merke, dass man mich einer Art Gehirnwäsche unterzogen hat, werde ich sie wohl heiraten."

„Heiraten?" Boyd feixte übers ganze Gesicht. „Du und Thea? Gott, was glaubst du, was los ist, wenn ich das Cilla erzähle."

Der vernichtende Blick, den Colt ihm zuwarf, hatte nur zur Folge, dass Boyds Grinsen noch breiter wurde.

„Ich kann dir gar nicht genug für deine tatkräftige Unterstützung danken, Fletch."

Sein Auflachen schluckte Boyd hinunter, aber gegen das Grinsen kam er nicht an. „Na, dich hat's ja vielleicht erwischt, Kumpel. Wirklich bös erwischt. Ich bin nur so überrascht, weil ich mir nie hätte träumen lassen, das Wort *Ehe* jemals im selben Atemzug mit dem Namen *Colt Nightshade* auszusprechen. Oder *Althea Grayson*. Glaub mir, du hast mein vollstes Verständnis."

Im Verhörraum bemühte sich Althea weiter, ihre Beute zur Strecke zu bringen. Sie spürte Leos Angst und nutzte sie rücksichtslos aus.

„Sie wissen, dass Sie sich mit ein bisschen Kooperation eine ganze Menge ersparen würden, Leo."

„Klar, bloß dass ich dann genauso abschmiere wie Wild Bill."

Althea neigte den Kopf. „Auch wenn es mir noch so schwerfällt, Ihnen das anzubieten, aber Sie würden Personenschutz bekommen."

„Na prima." Leo stieß eine Rauchwolke aus. „Glauben Sie vielleicht, ich will vierundzwanzig Stunden am Tag irgendwelche Cops auf dem Hals haben? Und selbst wenn ich einverstanden wäre, glauben Sie wirklich, dass das funktionieren würde?"

„Vielleicht nicht." Sie setzte ihr Desinteresse als taktisches Mittel ein, verlangsamte das Tempo des Verhörs, bis Leo nervös auf seinem Stuhl herumrutschte. „Andererseits aber gibt es ohne Kooperation auch keinen Personenschutz. Sie gehen nackt hier raus, Leo."

„Das Risiko nehme ich in Kauf."

„Prima. Wegen der Drogensache wird man Sie wahrscheinlich gegen Kaution freilassen, aber es ist schon komisch, wie schnell sich Sachen herumsprechen, finden Sie nicht auch?“ Diesen Gedanken ließ sie ein bisschen auf kleiner Flamme köcheln. „In gewissen Kreisen weiß man bereits von Ihrer Festnahme, Leo. Und wenn Sie hier rauskommen, werden einige Leute schon sehr gespannt sein zu erfahren, was Sie ausgeplaudert haben.“

„Ich habe nichts gesagt. Was denn auch? Ich weiß doch gar nichts.“

„Das ist wirklich jammerschade. Weil sich diese Unkenntnis zur Ihrem Nachteil auswirken könnte. Wir sind nämlich kurz davor, den Fall abzuschließen, und diese eben erwähnten Kreise könnten sich fragen, ob Sie uns ein bisschen dabei geholfen haben.“

Beiläufig öffnete sie einen Schnellhefter und holte die Phantombilder heraus. „Sie könnten sich fragen, ob ich die Personenbeschreibungen dieser Verdächtigen von Ihnen habe.“

„Ich habe Ihnen nichts gegeben.“ Auf Leos Stirn brach der Schweiß aus, während er auf die Phantombilder starrte. „Diese Typen habe ich noch nie gesehen.“

„Kann gut sein. Aber ich werde trotzdem sagen müssen – wenn das Gespräch darauf kommt – dass ich mit Ihnen gesprochen habe. Eingehend. Und dass ich sehr detaillierte Phantombilder von Verdächtigen habe. Sie wissen ja“, sie beugte sich noch ein bisschen weiter vor, „dass manche Leute zwei und zwei zusammenzählen und fünf rausbekommen, Leo. So was passiert ständig.“

„Das ist nicht legal.“ Er leckte sich über die Lippen. „Das ist Erpressung.“

„Trampeln Sie nicht auf meinen Gefühlen herum, Leo. Sie wollen sich doch sicher meine Freundschaft erhalten, oder?“ Sie schob ihm die Phantombilder hin. „Es ist alles eine Sache der Einstellung, Leo, und ob es mir etwas ausmacht, wenn Sie, sobald Sie hier rausgehen, draußen auf dem Gehsteig über den Haufen geschossen werden oder nicht. Im Moment habe ich nicht das Gefühl, dass es mir etwas ausmachen würde.“ Sie lächelte. „Aber wenn Sie mein Freund wären, würde ich natürlich alle Hebel in Bewegung setzen, um sicherzustellen, dass Sie noch ein langes und glückliches Leben vor sich haben. Vielleicht nicht gerade hier in Denver, aber irgendwo würden wir schon ein hübsches Plätzchen für Sie finden. Sie wissen ja, dass eine Ortsveränderung manchmal Wunder bewirken kann, Leo. Ändere deinen Namen, dann verändert sich dein Leben.“

Seine Augen flackerten auf. Sie wusste, dass es Zweifel waren. „Reden Sie von einem Zeugenschutzprogramm?"

„Könnte sein. Aber dafür müsste ich schon ein bisschen was auf der Hand haben." Als er schwieg, seufzte sie und sagte: „Sie sollten besser die Seiten wechseln, Kumpel. Denken Sie an Wild Bill. Er brauchte sich bloß mit diesem Typen zu treffen, und selbst wenn sich die beiden nur darüber unterhalten hätten, ob die Broncos eine Chance auf den Superbowl haben, wäre es auch egal gewesen. Sie haben ihn einfach ausgeknipst."

Die Angst war wieder da, sie lief in Form von Schweißtropfen an seinen Schläfen hinunter. „Sie geben mir Personenschutz. Und Sie lassen die Anklage wegen Drogenhandel fallen."

„Leo, Leo ..." Althea schüttelte den Kopf. „Ein kluger Mann wie Sie weiß doch, wie es im Leben läuft. Sie geben mir etwas. Wenn ich finde, dass es gut genug ist, gebe ich Ihnen etwas zurück. Das ist die amerikanische Art."

Er leckte sich wieder über die Lippen, zündete sich eine weitere Zigarette an. „Könnte sein, dass ich die beiden schon mal gesehen hab."

„Die hier?" Althea tippte mit dem Zeigefinger auf die Phantombilder, wie eine Katze, die bereit ist zuzuschlagen. „Erzählen Sie."

Um zwei Uhr morgens machte sie Schluss. Sie hatte sich Leos weitschweifige Geschichte angehört, sich dabei Notizen gemacht, ihn aufgefordert, dies oder das zu wiederholen oder ausführlicher zu erzählen.

Als sie in ihr Büro zurückging, fühlte sie sich aufgekratzt. Endlich hatte sie Namen, mit denen sie ihren Computer füttern konnte. Sie hatte Spuren, wenn auch vielleicht nicht besonders viele, aber immerhin waren es welche. Vieles von dem, was Leo ihr erzählt hatte, waren Spekulation oder Gerüchte. Aber Althea wusste, dass man schon mit weniger eine Erfolg versprechende Ermittlung beginnen konnte.

Nachdem sie ihre Jacke ausgezogen hatte, setzte sie sich an ihren Schreibtisch und schaltete ihren Computer ein. Ihr Blick klebte am Bildschirm, als Colt hereinkam und ihr einen dampfenden Becher unter die Nase hielt.

„Danke.“ Sie trank einen Schluck, verzog das Gesicht und warf ihm einen wenig begeisterten Blick zu. „Was ist denn das? Schmeckt nach Heu.“

„Kräutertee“, sagte er. „Du hast genug Kaffee getrunken.“

„Nightshade, du hast doch nicht etwa vor, es dir mit mir zu verderben, indem du versuchst, für mich mitzudenken, oder?“ Sie stellte den Becher ab und wandte sich wieder dem Bildschirm zu.

„Du bist doch ganz aufgekratzt, Lieutenant. Du musst mal zur Ruhe kommen.“

„Ich weiß selbst, was ich vertragen kann. Und bist nicht du es, der dauernd sagt, dass wir keine Zeit mehr haben?“

„Ja.“ Er trat hinter sie, legte ihr die Hände auf die Schultern und begann sie zu massieren. „Bei Leo hast du gute Arbeit geleistet“, sagte er, bevor sie dazu kam, seine Hände wegzuschieben. „Falls ich je wieder in Justitias Arme zurückkehren sollte, würde ich es zu verhindern suchen, dass du einen meiner Mandanten in die Mangel nimmst.“

„Mach weiter so.“ Seine Finger waren die reinste Magie. „Ich hätte gern noch ein bisschen mehr aus ihm rausgeholt, aber ich glaube, mehr wusste er nicht.“

„Er ist nur ein kleines Licht“, stimmte Colt zu. „Ein Handlanger, der für die Großen die Drecksarbeit macht und dabei das eine oder andere abstaubt.“

„Den Kopf kennt er nicht. Ich bin sicher, dass er in dem Punkt die Wahrheit sagt. Aber er hat die beiden identifiziert, die Meena beschrieben hat. Schau her. Hier habe ich den großen, bulligen Kameramann.“ Sie deutete auf den Bildschirm. „Matthew Dean Scott alias Dean Miller alias Tidal Wave Dean.“

„Ziemlich verwirrend.“

„Er hat vor zehn Jahren halb professionell Football gespielt. Hat mit übertriebener Härte Karriere gemacht, indem er unter anderem einem gegnerischen Quarterback das Bein gebrochen hat.“

„So was passiert schon mal.“

„Nach dem Spiel.“

„Ah, also ein schlechter Verlierer. Was haben wir sonst noch über ihn?“

„Du meinst, was *ich* sonst noch über ihn habe“, gab sie süffisant zurück, wenngleich sie nicht widerstehen konnte, sich wohlig gegen seine Hände zu lehnen, die immer noch ihre Schultern massierten.

„Er wurde gefeuert, weil er in der Trainingsunterkunft gegen die Vorschriften verstoßen hatte – er hatte eine Frau auf dem Zimmer."

„So sind sie eben, die Jungs."

„Die Frau war gefesselt und schrie verzweifelt um Hilfe. Sie haben es von Vergewaltigung zu Freiheitsberaubung runtergestuft, aber Scotts Footballkarriere war damit beendet. Danach wurde er noch mehrmals wegen verschiedener Delikte festgenommen und verurteilt." Sie drückte auf eine andere Taste. „Bis vor vier Jahren. Seitdem ist es still um ihn geworden."

„Du glaubst, dass er in seinem Lebensbuch eine neue Seite aufgeschlagen hat? Dass er ein tragender Pfeiler der Gesellschaft geworden ist?"

„Na klar, genauso wie ich glaube, dass Männer Zeitschriften mit nackten Mädchen nur wegen der tiefschürfenden Artikel lesen."

„Ich schon." Grinsend beugte er sich vor und gab ihr einen Kuss auf den Scheitel.

„Das wette ich. Kandidat Nummer zwei hat eine ganz ähnliche Historie", fuhr sie fort. „Harry Kline, ein drittklassiger Schauspieler aus New York, mit einer langen Latte an Vorstrafen, wie Trunkenheit am Steuer, ungebührlichen Benehmens, Diebstahl, Nötigung und so weiter. Vor acht Jahren hat er angefangen, als Pornodarsteller zu arbeiten, aber er bekam – unglaublich, aber wahr – immer wieder Ärger wegen seines gewalttätigen und unberechenbaren Verhaltens. Daraufhin ist er in den Westen gegangen, hat in Kalifornien ganz ähnliche Rollen angenommen und kam schließlich vor Gericht, weil eine Kollegin ihn beschuldigt hatte, sie vergewaltigt zu haben. Sein Verteidiger haute ihn raus – mit Verweis auf die anrüchige berufliche Tätigkeit des Opfers. Die einzige Genugtuung für die Frau war wahrscheinlich die Tatsache, dass Harry im Filmgeschäft erledigt war – egal ob Porno oder nicht. Mit ihm wollte keiner mehr etwas zu tun haben. Das war vor fünf Jahren. Seitdem hat man nichts mehr von ihm gehört."

„Und auch hier könnte man wieder auf die Idee kommen, dass unser Freund entweder ein ehrbarer Bürger geworden oder im Schlaf gestorben ist."

„Oder ein gemütliches Loch gefunden hat, in dem er sich verkriecht. Leo behauptet, dass Kline ihn vor zwei oder drei Jahren angesprochen hat. Kline war auf der Suche nach Frauen, sehr jungen Frauen, die bereit waren, in Videofilmen zum privaten Gebrauch mitzuspielen. Leo nahm seine Chance als freier Unternehmer wahr, indem er Kline junge Frauen zuführte und dafür die Provision einstrich. Unter der Telefonnummer, die er mir gegeben hat, gibt es keinen Anschluss. Ich werde mich bei der Telefongesellschaft erkundigen, ob es das Penthouse ist."

„Und den anderen Mann, der laut Meena immer in der Ecke saß, hat er nie gesehen?"

„Nein. Er hatte nur Kontakt mit Scott und Kline."

„Und mit den Mädchen", ergänzte Colt leise. Die Finger, die immer noch Altheas Schultern massierten, hielten in der Bewegung inne. „Wie … wie haben sie es gemacht? Wie haben sie die Mädchen eingesammelt?"

„Denk nicht drüber nach, Colt." Spontan legte sie eine Hand über seine. „Nicht jetzt. Wir sind schon einen großen Schritt weiter, und bestimmt finden wir Liz bald. Allein darauf musst du dich jetzt konzentrieren."

„Richtig." Er wandte sich ab und ging an die gegenüberliegende Wand. „Genauso wie ich mich darauf konzentriere, dass ich die Dreckskerle eigenhändig umbringe, falls sich herausstellt, dass sie Liz angefasst haben." Er drehte sich um und schaute sie an. „Und du wirst mich nicht davon abhalten, Thea."

„Doch, das werde ich." Sie stand auf, ging zu ihm und nahm seine zu Fäusten geballten Hände in ihre. „Weil ich gut verstehe, dass du dir das wünschst. Und weil es an dem, was passiert ist, nicht das Geringste ändern würde. Es würde Liz nicht helfen. Aber darüber brauchen wir uns jetzt noch keine Gedanken zu machen." Sie drückte seine Hände. „Lass mich jetzt nicht im Stich, Nightshade. Wo ich gerade anfange, Geschmack an der Zusammenarbeit mit dir zu finden."

Er zog sich zurück und schaute sie an. Obwohl unter ihren Augen dunkle Ringe lagen und ihr Gesicht bleich war vor Müdigkeit, konnte er die Energie, die sie ausstrahlte, spüren. Sie bot ihm etwas an. Ihr Verständnis … in Grenzen, natürlich. Und grenzenlose

Hoffnung. Sein Zorn verrauchte und verwandelte sich in den sehr menschlichen Wunsch nach Trost und Körperkontakt.

„Althea …“ Er machte die Fäuste auf. „Darf ich dich in den Arm nehmen?“ Sie stutzte und runzelte besorgt die Stirn. Darüber musste er lächeln. „Weißt du, inzwischen kenne ich dich schon ziemlich gut. Du machst dir Sorgen um dein Image, ich weiß.“ Er fuhr ihr seufzend mit einer Hand durchs Haar. „Aber jetzt ist es fast drei Uhr morgens, Lieutenant. Es ist niemand mehr da, der uns sehen könnte. Und ich muss dich wirklich dringend umarmen.“

Sie schob ihre Bedenken beiseite und kam in seine Arme. Jedes Mal wenn sie so wie jetzt dastanden, passten sie perfekt zusammen. Und jedes Mal fiel es ihr leichter, das zuzugeben.

„Besser so?“, fragte sie, während er seine Wange an ihrem Haar rieb.

„Ja. Und über dieses vermisste Mädchen, diese Lacy, wusste er nichts?“

„Nein.“ Ohne sich Rechenschaft über ihr Tun abzulegen, begann sie seinen Rücken zu streicheln, um ihm zu helfen, sich zu entspannen, so wie er es bei ihr gemacht hatte. „Und als ich von Mord sprach, war er aufrichtig entsetzt. Ich bin mir sicher, dass es nicht gespielt war. Das ist der Grund dafür, warum ich überzeugt davon bin, dass er uns alles, was er weiß, erzählt hat.“

„Nur bei dem Haus in den Bergen konnte er uns nicht besonders viel weiterhelfen.“ Colt erlaubte es sich, die Augen zu schließen.

„Westlich oder vielleicht nördlich von Boulder, in der Nähe eines Sees.“ Sie bewegte eine Schulter. „Es ist zwar nicht viel, aber mehr, als wir vorher hatten. Wir werden es eingrenzen, Colt.“

„Es kommt mir vor wie ein Puzzle, das ich nicht zusammensetzen kann.“

„Die Teile, die wir haben, haben wir bereits zusammengesetzt“, stellte sie richtig. „Und du fühlst dich nur so entmutigt, weil du müde bist, Colt. Geh nach Hause.“ Sie bog sich zurück, um ihm in die Augen schauen zu können. „Schlaf ein bisschen. Und wenn wir morgen ausgeschlafen sind, machen wir weiter.“

„Ich würde aber lieber bei dir schlafen.“

Sie schüttelte belustigt den Kopf. „Gibst du eigentlich nie auf?“

„Ich habe nicht gesagt, dass ich darauf bestehe, nur, dass es mir lieber wäre." Er hob die Hände, legte die Handflächen an ihre Wangen und streichelte mit den Daumen ihre Schläfen. „Ich will Zeit mit dir verbringen, Althea. Zeit, in der wir beide nicht so viele andere Dinge im Kopf haben. Zeit, um herauszufinden, was du an dir hast, das mich an eine dauerhafte Beziehung denken lässt."

Sofort wieder wachsam geworden, löste sie sich aus seinen Armen. „Fang jetzt nicht schon wieder an, Nightshade."

Er grinste. „Das scheint dich wirklich nervös zu machen. Ich habe noch niemanden kennengelernt, bei dem der Begriff ‚dauerhafte Beziehung' so einen Horror auslöst – außer bei mir. Es bringt mich auf die Idee, ob ich dich nicht einfach vor den Traualtar schleppen und mir die Gründe dafür erst überlegen sollte, wenn die Sache bereits gelaufen ist. Oder ..." Er ging auf sie zu und drängte sie gegen den Schreibtisch „... ob ich es ganz langsam angehen lassen sollte, dass du es erst merkst, wenn du schon bis zum Hals drinsteckst."

„So oder so machst du dich lächerlich." In ihrem Hals steckte etwas fest. Althea identifizierte es als Nervosität und verwünschte es. Sie schützte Gleichgültigkeit vor und trank einen Schluck von ihrem Tee. Jetzt schmeckte er nach kalten Blumen. „Es ist spät", sagte sie. „Du solltest machen, dass du ins Bett kommst. Ich kann mit einem Streifenwagen nach Hause fahren."

„Ich warte auf dich." Er legte ihr die Hand unters Kinn und schaute ihr tief in die Augen. „Und nicht nur im Augenblick, Thea. Ich verspreche dir, auf dich zu warten."

„Das brauchst du n..." Ihr Satz endete mit einem Stöhnen, als sich sein Mund auf ihren legte.

Sie schmeckte Frustration in dem Kuss, ein nur mühsam im Zaum gehaltenes wildes Verlangen. Und – ein noch größeres Problem – die Süße der Zuneigung, die sich wie Balsam über die pulsierende Hitze legte.

„Colt." In dem Moment, in dem sie seinen Namen aussprach, wusste sie, dass sie verloren hatte. Ihre Arme hoben sich bereits, in der Absicht, sich um seinen Hals zu legen, um ihn näher an sich heranzuziehen, zu akzeptieren, zu fordern.

Ihr Körper verriet sie. Oder war es ihr Herz? Sie konnte beides nicht mehr auseinander halten, weil die Bedürfnisse des einen denen des anderen so sehr glichen. Ihre Finger krallten sich in seine Schultern, während sie verzweifelt um Selbstkontrolle rang, doch vergebens.

Es war Colt, der den Kuss beendete – sich selbst zuliebe, aber auch ihretwegen. Sie war ihm wichtiger als eine momentane Befriedigung. „Das bin ich dir schuldig", erklärte er. „Wenn ich es nicht täte, würde ich dich heute nicht mehr loslassen. Ich glaube, ich könnte es einfach nicht, auch wenn ich mir jetzt wahrscheinlich die ganze Nacht überlege, wie es gewesen wäre, wenn ich nicht aufgehört und der Natur ihren Lauf gelassen hätte. Komm, ich fahre dich jetzt nach Hause." Er griff nach ihrer Jacke, hielt sie ihr hin.

Sie nahm sie wortlos, legte sie sich um die Schultern und ging zur Tür. Aber sie wollte verdammt sein, wenn sie nicht das letzte Wort hätte. Sie blieb stehen und warf ihm über die Schulter ein langsames Lächeln zu. „Ich will dir sagen, wie es wäre, Nightshade. Es wäre ganz anders als alles, was du je erlebt hast. Und wenn ich bereit bin – wenn ich wirklich dazu bereit bin –, werde ich es dir beweisen."

Dieses kühle Lächeln verschlug ihm die Sprache, während er beobachtete, wie sie hinausschlenderte. Er atmete tief aus und presste sich eine Hand auf den schmerzenden Magen. Lieber Gott, dachte er, das ist die Frau für mich. Die einzige Frau. Und er wollte verdammt sein, wenn er nicht bereit war, ihr das zu beweisen.

Nach vier Stunden Schlaf, mit zwei Tassen schwarzem Kaffee und einem mit Kirschen gefüllten Blätterteigteilchen im Bauch war Althea bereit zu neuen Taten. Um neun Uhr morgens saß sie an ihrem Schreibtisch und zog bei der Telefongesellschaft Erkundigen über die Nummer ein, die sie von Leo bekommen hatte. Um neun Uhr fünfzehn hatte sie Namen und Adresse und die Auskunft, dass der Teilnehmer den Anschluss vor achtundvierzig Stunden gekündigt hatte.

Obwohl sie nicht damit rechnete, etwas zu finden, war sie gerade dabei, einen Durchsuchungsbefehl zu beantragen, als Colt zur Tür hereinkam.

„Unter deinen Füßen wächst kein Moos, was?"

Althea legte den Hörer auf. „Unter meinen Füßen wächst gar nichts. Ich habe etwas über die Nummer rausgefunden, die Leo mir gegeben hat. Der Anschluss ist gekündigt. Ich gehe davon aus, dass wir eine leere Wohnung vorfinden werden, aber ich kann mir in einer Stunde einen Durchsuchungsbefehl abholen."

„Das liebe ich so an dir, Lieutenant – du verschwendest keine Zeit." Er setzte sich auf die Schreibtischkante – und stellte erfreut fest, dass sie genauso gut roch wie sie aussah. „Wie hast du geschlafen?"

Sie warf ihm einen scheelen Blick zu. Eine unübersehbare Provokation. „Wie ein Stein. Und du?"

„So gut wie nie. Ich bin heute Morgen mit einer ganz neuen Perspektive aufgewacht. Kannst du bis Mittag startklar sein?"

„Startklar wofür?"

„Ich habe eine Idee. Ich habe mit Boyd darüber gesprochen, und er …" Er schnitt ein Gesicht, als ihr Telefon klingelte. „Wie oft am Tag läutet das Ding?"

„Viel zu oft." Sie nahm ab. „Grayson. Ja, hier ist Lieutenant Althea Grayson." Sie riss den Kopf hoch. „Jade." Althea legte die Hand über den Hörer und flüsterte Colt zu: „Leitung zwei. Und halt den Mund." Sie hörte weiter zu, während Colt aus dem Zimmer rannte und von einem anderen Telefon nebenan den Hörer abnahm. „Ja, wir haben Sie gesucht. Ich bin sehr froh, dass Sie anrufen. Können Sie mir sagen, wo Sie sind?"

„Lieber nicht." Jades Stimme klang dünn und nervös. „Ich rufe nur an, weil ich keinen Ärger will. Ich habe gerade einen Job bekommen und so. Einen richtigen Job, aber wenn ich Scherereien mit der Polizei habe, ist er garantiert wieder flöten."

„Sie bekommen keine Scherereien. Ich habe nur gehofft, dass Sie mir vielleicht bei einem Fall, den ich gerade bearbeite, weiterhelfen können. Deshalb habe ich Ihre Mutter angerufen." Althea schwenkte mit ihrem Stuhl herum, sodass sie Colt durch offene Tür sehen konnte. „Es geht um Liz, Sie erinnern sich doch bestimmt, das Mädchen, dessen Eltern Sie einen Brief geschrieben haben?"

„Ich … na ja … ich schätze schon. Vielleicht."

„Es war sehr mutig von Ihnen, diesen Brief zu schreiben und sich aus der Lage befreien, in der Sie waren. Liz' Eltern sind Ihnen sehr dankbar."

„Sie war ein liebes Ding, aber sie wusste einfach nicht, wie es läuft, verstehen Sie? Sie wollte da raus." Jade unterbrach sich, und

Althea hörte ein kratzendes Geräusch, dann ein tiefes Luftholen. „Hören Sie, ich konnte nichts für sie tun. Wir waren nur ein paar Minuten allein. Sie hat mir die Adresse zugesteckt und bat mich, ihren Leuten zu schreiben. Sie war, wie schon gesagt, ein liebes Ding an einem schlimmen Ort."

„Dann helfen Sie mir, sie zu finden. Sagen Sie mir, wohin man sie verschleppt hat."

„Ich weiß es nicht. Mann, ehrlich, ich weiß es nicht. Mich haben sie ein paarmal rauf in die Berge gebracht. Ganz weit oben, wissen Sie. Für so Wildniszeugs. Obwohl das Haus echt edel war, mit Whirlpool, riesigem Kamin, Großbildschirmfernseher und so."

„Wie sind Sie aus Denver rausgefahren? Können Sie sich daran erinnern?"

„Na ja, irgendwie schon. Es war die Route 36, die Straße nach Boulder, aber es dauerte eine Ewigkeit. Und dann fuhren wir eine Weile so eine kleine, kurvenreiche Straße entlang. Kein Highway. Eine dieser einspurigen Passstraßen, Sie wissen schon ..."

„Erinnern Sie sich, dass Sie an irgendwelchen Orten vorbeikamen? Irgendetwas, das Ihnen im Gedächtnis geblieben ist?"

„Boulder. Danach kam nicht mehr viel."

„Wann sind Sie losgefahren? Morgens, nachmittags oder nachts?"

„Das erste Mal am Morgen. Ganz früh."

„Nachdem Sie Boulder hinter sich gelassen hatten, wo stand da die Sonne, vor oder hinter Ihnen?"

„Oh, ich verstehe. Also ... ich glaube hinter uns."

Althea versuchte noch weitere Einzelheiten aus ihr herauszuholen, über das Haus und die Gegend, den Tagesablauf, Beschreibungen der Leute, die Jade gesehen hatte. Als Zeugin stellte sich Jade als vage, aber kooperativ heraus. Trotzdem konnte Althea aus ihrer Beschreibung mühelos auf Scott und Kline schließen. Und wieder war die Rede von einem stummen Beobachter, der sich im Hintergrund hielt.

„Er war mir irgendwie unheimlich, verstehen Sie?", fuhr Jade fort. „Wie eine Spinne, die in der Ecke hängt. Sie haben gut bezahlt, deshalb war ich noch ein paarmal dort. Dreihundert am Tag, und noch mal fünfzig extra, wenn sie zu zweit waren. Ich ... na ja ... so viel Geld kann man auf der Straße eben nicht machen."

„Ich weiß. Aber dann sind Sie doch nicht mehr hingefahren."

„Ja, weil sie manchmal einfach zu brutal waren. Ich hatte am ganzen Körper Blutergüsse, und einmal war sogar meine Lippe aufgeplatzt. Ich bekam plötzlich Angst, weil mir das Ganze plötzlich wie Ernst vorkam. Es kam mir so vor, so als ob sie einem echt wehtun wollten. Ich habe es Wild Bill erzählt, und er hat gesagt, dass ich da nicht mehr hin soll. Und dass er ihnen keine Mädchen mehr schickt. Er wollte nachforschen, was die da eigentlich machen, und wenn es was echt Schlimmes ist, wollte er es seinem Cop erzählen. Und weil ich wusste, dass Sie das sind, hab ich zurückgerufen. Weil Bill sagt, dass Sie okay sind."

Althea rieb sich müde die Stirn. Sie sagte Jade nicht, dass sie, soweit es Bill betraf, die Vergangenheitsform benutzen sollte. Das wollte sie ihr nicht antun. „Jade, Sie schrieben in Ihrem Brief etwas davon, dass eines der Mädchen unter Umständen getötet worden sein könnte."

„Na ja, ich schätze schon." Jades Stimme war brüchig geworden, zitterte. „Hören Sie, eine Aussage oder so was mache ich aber nicht. Ich will da nicht wieder hin."

„Ich kann Ihnen nur versprechen, dass ich versuchen werde, Sie so weit wie möglich da rauszuhalten. Erzählen Sie mir, warum Sie glauben, dass eins der Mädchen getötet wurde."

„Ich habe schon gesagt, dass sie brutal waren. Und auch, dass es irgendwann nicht mehr gespielt war. Vor allem beim letzten Mal. Da habe ich entschieden, dass ich nicht mehr rauffahre. Aber Lacy, das war ein Mädchen, mit dem ich öfter rumhing, sagte, dass es nicht so schlimm wäre und dass sie das Geld eben einfach braucht, okay? Sie fuhr wieder rauf, aber sie kam nie mehr zurück. Ich hab sie nie wiedergesehen."

Sie schwieg einen Moment, und man hörte wieder, wie ein Streichholz angerissen wurde. „Nicht dass ich irgendwas beweisen könnte. Es ist nur … sie hat ihr ganzes Zeug in ihrem Zimmer gelassen, ich hab's selbst gesehen. Und Lacy hat echt an ihren Sachen gehangen. Sie hat so kleine Tiere aus Glas gesammelt. Total schön, wie aus Kristall oder so. Die hätte sie nie einfach so dagelassen. Die hätte sie ganz bestimmt geholt, wenn sie es gekonnt hätte. Deshalb dachte ich mir, dass sie bestimmt tot ist oder dass sie sie da oben gefangen halten, so wie Liz. Und dass ich besser verschwinden sollte, bevor sie mit mir auch noch irgendwas machen."

„Wissen Sie, wie Lacy mit Familiennamen hieß, Jade? Oder sonst etwas über sie?"

„Sie war einfach nur Lacy. Mehr weiß ich nicht über sie. Aber sie war okay."

„In Ordnung. Sie waren eine große Hilfe. Sagen Sie, können Sie mir nicht vielleicht eine Nummer geben, unter der ich Sie anrufen kann?"

„Das will ich nicht. Hören Sie, ich habe Ihnen alles erzählt, was ich weiß. Ich will mit dem Ganzen nichts mehr zu tun haben. Ich habe es Ihnen schon gesagt, dass ich noch mal ganz neu anfange."

Althea drängte sie nicht. Es war kein Problem, die Nummer von der Telefongesellschaft zu erfragen. „Aber versprechen Sie mir, mich anzurufen, falls Ihnen noch etwas einfällt, egal, wie unwichtig es Ihnen vorkommt?"

„Schätze schon. Hören Sie, ich hoffe wirklich, dass Sie die Kleine finden und dass diese Dreckskerle bekommen, was sie verdienen."

„Wir werden sie finden. Danke."

„Okay. Und sagen Sie Wild Bill einen schönen Gruß."

Bevor Althea etwas erwidern konnte, legte Jade auf. Als sie aufschaute, stand Colt in der Tür. In seinen Augen lag wieder dieser Ausdruck, bei dem einem ganz angst und bange werden konnte.

„Du könntest sie herzitieren. Wichtige Zeugin."

„Das könnte ich." Althea wählte. Sie würde sich die Nummer gleich geben lassen. Vorsichtshalber. „Aber ich tue es nicht." Bevor Colt etwas sagen konnte, bedeutete sie ihm mit einer Handbewegung zu schweigen, und richtete eine offizielle Anfrage an den Operator.

„212er Vorwahl", bemerkte Colt, während Althea die Nummer auf ihren Notizblock schrieb. „Du könntest die New Yorker Polizei bitten, sie einzusammeln."

„Nein", sagte sie bestimmt, dann steckte sie ihr Notizbuch in ihre Tasche und stand auf.

„Warum nicht, zum Teufel?" Colt packte sie am Arm, während sie nach ihrem Mantel langte. „Wenn sie schon am Telefon so viel sagt, kriegst du bestimmt noch mal so viel aus ihr raus, wenn sie dir gegenübersitzt."

Verärgert über seine Einmischung, riss sie sich von ihm los. „Sie hat mir alles gesagt, was sie weiß, und zwar einfach einzig und allein, weil ich sie darum gebeten habe. Ohne Drohungen, ohne Versprechungen und ohne dass ich irgendwelche Tricks angewandt hätte. Ich enttäusche keine Menschen, die mir Vertrauen entgegenbringen, Nightshade. Wenn ich Jade unbedingt brauche, um diesen Dreckskerlen das Handwerk zu legen, werde ich auf sie zurückkommen. Aber erst, wenn es keinen anderen Weg mehr gibt. Und ganz bestimmt nicht ohne ihr Einverständnis. Ist das klar?"

„Ja." Er fuhr sich mit der Hand übers Gesicht. „Ja, es ist klar. Und du hast recht. Warum holst du dir dann nicht diesen Durchsuchungsbefehl und überprüfst die andere Adresse?"

„Genau das habe ich vor. Kommst du mit?"

„Darauf kannst du dich verlassen. Wir müssten eigentlich noch genug Zeit haben, das zu beenden, bevor wir abheben."

Sie blieb an der Tür stehen und drehte sich erstaunt um. „Abheben?"

„Richtig, Lieutenant. Wir beide machen einen kleinen Ausflug. Du erfährst gleich mehr darüber."

8. KAPITEL

Ich glaube wirklich, wir haben den Verstand verloren." Althea klammerte sich an ihrem Sitz fest, als sich die Cessna in den samtig blauen Herbsthimmel erhob.

Colt, der entspannt an den Schalthebeln saß, warf ihr einen erstaunten Blick zu. „Jetzt erzähl mir bloß nicht, dass du Angst vorm Fliegen hast."

„Blödsinn, natürlich nicht." Die Cessna sackte in ein Luftloch ab. „Aber Flugzeuge mit Flugbegleitern sind mir lieber."

„In der Küche gibt es Getränke. Sobald wir oben sind, kannst du dir etwas holen."

Obwohl es nicht genau das war, was sie gemeint hatte, sagte Althea nichts und beobachtete nur, wie die Landschaft sich neigte. Eigentlich flog sie gern, wirklich. Es war nur so, dass sie beim Fliegen feste Gewohnheiten hatte. Normalerweise schnallte sie sich an, setzte Kopfhörer auf, aus der die Musik ihrer Wahl ertönte, schlug ein Buch auf und beamte sich für die Dauer des Flugs einfach weg.

Sie wollte nicht an all die Messinstrumente denken, über die sie keine Kontrolle hatte.

„Ich denke immer noch, dass es verschwendete Zeit ist."

„Boyd fand das nicht", hielt Colt dagegen. „Wir wissen, in welcher Richtung das Haus ungefähr liegt. Ich habe mir dieses verdammte Band so oft angesehen, dass mir die Augen wehgetan haben. Wenn ich das Haus sehe, werde ich es garantiert erkennen. Den Versuch ist es allemal wert."

„Vielleicht." Mehr an Zugeständnissen war in ihren Augen nicht drin.

„Überleg doch mal." Colt ging in Schräglage und nahm dann Kurs auf die Berge. „Sie wissen, dass sich irgendwas über ihren Köpfen zusammenbraut. Deshalb sind sie aus dem Penthouse ausgezogen. Sie werden sich fragen, wo dieses Band gelandet ist, und falls sie versuchen, mit Leo Kontakt aufzunehmen, wird es ihnen nicht gelingen, weil du ihn in ein sicheres Versteck gebracht hast."

„Deshalb werden sie sich aus Denver vorerst fernhalten", stimmte sie zu. Die Motoren röhrten. „Aber vielleicht brechen sie ja auch in ihrem Domizil in den Bergen die Zelte ab."

„Genau das befürchte ich." Colt presste die Lippen zusammen, während sie Denver hinter sich ließen. „Und was passiert mit Liz, wenn sie es tun? Jede Möglichkeit ist gleich schlecht."

„Ja." Das und Boyds Zustimmung hatten sie überzeugt, dass es richtig war, mitzufliegen.

„Ich halte es nicht für ausgeschlossen, dass sie zumindest noch eine gewisse Zeit in dem Haus in den Bergen bleiben. Selbst wenn sie annehmen, dass wir von seiner Existenz erfahren haben, gehen sie wahrscheinlich davon aus, dass wir nicht wissen, wo es liegt. Sie wissen nichts von Jade."

„Einverstanden, Nightshade. Aber mir kommt es trotzdem so vor, als ob wir nur im Nebel herumstochern."

„Wir brauchen eben ein bisschen Glück. Ist es jetzt besser?", fragte er, als das Flugzeug wieder geradeaus flog. „Sieht es von hier oben nicht herrlich aus?"

Die Gipfel der Berge im Norden waren schneebedeckt, und zwischen die Bergketten schmiegten sich grüne Täler. Sie flogen so tief, dass Althea die Autos auf dem Highway erkennen konnte, die wie Spielzeugautos wirkten, kleine Ortschaften und den dunkelgrünen dichten Wald im Westen.

„Es hat seine Vorzüge." Dann schoss ihr plötzlich ein Gedanke durch den Kopf. „Hast du eigentlich wirklich einen Pilotenschein, Nightshade?"

Er schaute sie an, dann lachte er schallend. „Du lieber Gott, ich bin wirklich total verrückt nach dir, Lieutenant. Willst du eine richtig protzige Hochzeit oder lieber eine kleine intime?"

„Du bist komplett verrückt, damit du's nur weißt", murmelte sie und schaute ostentativ durch die Windschutzscheibe. Wenn sie wieder in Denver waren, würde sie überprüfen, ob er ihr mit dem Pilotenschein nicht einen Bären aufgebunden hatte. „Außerdem hast du mir versprochen, nicht wieder damit anzufangen."

„Ich habe geschwindelt", gestand er fröhlich. Trotz dieser Sorge wegen Liz, die nie ganz von ihm abfiel, konnte er sich nicht erinnern, sich in seinem ganzen Leben je besser gefühlt zu haben. „Damit habe ich ein Problem. Eine Frau wie du könnte mich vielleicht heilen."

„Versuch's mit einer Therapie."

„Wirklich, Thea, wir wären ein tolles Paar. Warte ab, bis du meine Familie erst kennenlernst."

„Ich werde deine Familie aber nicht kennenlernen." Ihr war plötzlich ganz flau im Magen, aber sie schrieb es einer Turbulenz zu.

„Na ja, vielleicht hast du damit ja sogar recht – zumindest bis wir uns einig sind, dass wir vor den Altar treten. Meine Mutter hat die schlechte Angewohnheit, alles an sich zu reißen, aber dagegen kannst du dich wehren. Mein Vater sieht immer wie aus dem Ei gepellt aus, was heißt, dass ihr so gut miteinander harmoniert wie Eier und Speck. Der Admiral ist ein absoluter Kontrollfreak."

„Admiral?", entfuhr es ihr trotz ihres festen Vorsatzes, an dieses Thema kein einziges Wort mehr zu verschwenden.

„Er ist bei der Marine. Es hat ihm fast das Herz gebrochen, als ich beschloss, zur Luftwaffe zu gehen." Colt zuckte die Schultern. „Aus dem Grund habe ich es wahrscheinlich gemacht. Und dann habe ich noch diese Tante ... obwohl, du musst sie einfach unbedingt alle selbst kennenlernen."

„Ich werde deine Familie nicht kennenlernen", wiederholte sie, verärgert darüber, dass es eher gereizt als entschieden klang." Sie löste ihren Sicherheitsgurt und ging nach hinten in die winzige Küche, wo sie herumkramte, bis sie eine Dose mit Nüssen und eine Flasche Mineralwasser fand. Als sie den kleinen Kühlschrank öffnete, entdeckte sie ein Glas Kaviar und eine Flasche Beaujolais. „Wem gehört dieses Flugzeug eigentlich?"

„Einem Freund von Boyd. Ein Wochenendflieger, der glaubt, damit die Frauen, auf die er es abgesehen hat, beeindrucken zu können."

Ihre Antwort bestand nur in einem Brummen, während sie sich wieder auf ihren Platz setzte. „Das kann niemand anders als Frank der Lustmolch sein. Er nervt mich schon seit Jahren damit, dass ich mit ihm fliegen soll." Sie suchte sich eine Cashewnuss aus.

„Und? Ist er nicht dein Typ oder was?"

„Er hat so schrecklich wenig Fingerspitzengefühl. Aber das ist ja typisch Mann."

„Ich werde mich zu gegebener Zeit daran erinnern. Gibst du mir auch eine?"

Sie hielt ihm die Dose mit den Nüssen hin. „Ist das Boulder?"

„Ja. Ich fliege es von Nordwesten an und drehe dann einen Kreis. Boyd hat erzählt, dass er hier oben ein Ferienhaus hat."

„Ja. Wie viele andere auch. Sie sind ganz wild darauf, am Wochenende aus der Großstadt rauszukommen und im Schnee herumzustapfen."

„Du kannst dem nichts abgewinnen?"

„Ich wüsste nicht, wofür Schnee gut sein soll, außer vielleicht zum Ski fahren. Und das Schönste am Ski fahren ist – jedenfalls für mich –, so schnell wie möglich zur nächsten Hütte zu kommen, um an einem prasselnden Kaminfeuer einen schönen heißen Grog zu trinken."

„Ah, du bist also der Abenteuertyp."

„Ich liebe Abenteuer. Obwohl die Aussicht, die man von Boyds Hütte aus hat, eigentlich schon ganz schön ist", räumte sie widerwillig ein. „Und die Kinder finden es natürlich ganz toll."

„Dann warst du also auch schon dort."

„Ein paarmal. Aber nach der Schneeschmelze gefällt es mir dort besser, weil dann keine Gefahr mehr besteht, dass die Straßen dicht sind. Ich hasse den Gedanken, irgendwo festzusitzen."

„Es könnte von Vorteil sein."

„Für mich nicht." Sie schwieg eine Weile und schaute auf die Landschaft, die sich unter ihr ausbreitete. „Es ist wirklich schön", sagte sie. „Besonders von hier oben aus. Wie im Fernsehen."

Darüber grinste er. „Dann ist dir Natur aus der Distanz lieber? Ich dachte immer, Stadtmädchen sehnen sich nach ein bisschen Landluft."

„Dieses Stadtmädchen hier nicht. Ich würde lieber …" Das Flugzeug sackte so ruckartig nach unten, dass die Nüsse aus der Dose flogen und Althea sich festhalten musste. „Was zum Teufel war denn das?"

Colt schaute mit zusammengekniffenen Augen auf seine Instrumente, während er versuchte, das Flugzeug wieder auf Kurs zu bringen. „Ich weiß nicht."

„Du weißt es nicht? Was soll das heißen, du weißt es nicht? Du solltest es aber wissen!"

„Still!"

Er legte den Kopf schräg und lauschte dem Motorengeräusch.

„Wir verlieren Druck", sagte er mit der eisigen Ruhe, die ihm in der Vergangenheit schon oft das Leben gerettet hatte.

Sobald ihr klar geworden war, dass es sich nicht um eine tückische Turbulenz, sondern um ein ernsteres Problem handelte, reagierte Althea dementsprechend, indem sie ruhig fragte: „Was machen wir?"

„Ich werde notlanden müssen."

Althea schaute fatalistisch nach unten auf den dichten Wald und die zerklüfteten Berge. „Wo?", fragte sie.

„Laut Karte gibt es ein Stück weiter östlich ein kleines Tal." Colt änderte seinen Kurs, indem er verschiedene Hebel umlegte. „Pass auf, ob du es irgendwo siehst", befahl er und schaltete seinen Sprechfunk ein. „Baker Able John three an Boulder Tower."

„Da." Althea deutete auf einen winzigen schmalen Streifen Land zwischen zerklüfteten Bergen. Colt nickte und fuhr fort, den Tower über sein Problem zu informieren.

„Verlier jetzt nicht die Nerven", sagte er zu ihr. „Die Landung wird ein bisschen hart werden."

Sie wappnete sich und zwang sich weiter hinzuschauen, als das Land auf sie zugerast kam. „Ich habe mir sagen lassen, dass du gut bist, Nightshade."

„Du bist eben dabei, es herauszufinden." Er verringerte die Geschwindigkeit, passte sich den Luftströmen an, während er das Flugzeug auf das enge Tal zusteuerte.

Es ist wie einen Faden in eine Nadel einfädeln, dachte Althea. Und schnappte nach Luft, als das Flugzeug kurz darauf hart auf dem Boden aufsetzte. Die Maschine prallte ab, hüpfte, taumelte, wurde heftig durchgeschüttelt, dann rollte sie langsam aus.

„Bist du okay?", fragte Colt.

„Ja." Sie atmete laut aus. Ihr Magen hatte sich verkrampft, aber abgesehen davon war sie heil. „Ja. Und du?"

„Mir geht es blendend." Er packte mit beiden Händen ihr Gesicht und zog sie trotz des sich sträubenden Sicherheitsgurts so nah an sich heran, dass er sie küssen konnte. „Verdammt noch mal, Lieutenant", sagte er und küsste sie noch einmal hart. „Du hast keine Miene verzogen. Komm, lass uns zusammen durchbrennen."

„Habe ich dir nicht gesagt, dass du damit aufhören sollst?" Für eine Frau, die daran gewöhnt war, ihre Gefühle unter Kontrolle zu haben, war es schwierig zu entscheiden, was sie tun sollte, wenn sie gleichzeitig den Drang zu lachen und zu schreien verspürte. Sie schob Colt weg. „Willst du mich jetzt vielleicht endlich aus diesem Ding aussteigen lassen? Ich würde nämlich ganz gern wieder mal festen Boden unter den Füßen spüren."

„Aber ja." Er machte die Tür auf und half ihr sogar beim Aussteigen. „Ich gebe nur noch rasch unsere Position durch", sagte er.

„Gut." Althea sog gierig die frische kalte Bergluft ein und probierte ihre Beine aus. Nicht besonders wacklig, entdeckte sie erfreut. Alles in allem hatte sie ihre erste – und hoffentlich einzige – Bruchlandung sehr gut überstanden. Was allein Colts Verdienst war, erkannte sie, während sie sich umschaute. Er hatte entschieden, was zu tun war, und dafür gesorgt, dass es klappte.

Sie fiel nicht auf die Knie, um den Boden zu küssen, aber sie war dankbar, ihn unter ihren Füßen zu spüren. Hinzu kam, dass die Aussicht herrlich war. Es war ein ringsum von Bergen und Wäldern umgebenes windgeschütztes Fleckchen, über ihnen spannte sich ein wolkenlos blauer Himmel, und die Luft war so herrlich frisch, dass sie die Sinne weckte. Wenn sie nur ein bisschen Glück hatten, würde in einer Stunde ein Rettungsteam da sein, was der Grund dafür war, dass Althea es sich leisten konnte, die Landschaft zu genießen, ohne von der Einsamkeit überwältigt zu werden.

Sie war vollkommen im Einklang mit sich und der Natur, als sie Colt aus dem Cockpit klettern hörte. Sie lächelte ihn sogar an.

„Wann kommen sie?"

„Wer?"

„Na, das Rettungsteam. Du weißt schon, diese selbstlosen Helden, die Leute aus so brenzligen Situationen wie der, in der wir uns im Moment befinden, herausholen."

„Ach die. Gar nicht." Er ließ einen Schraubenschlüssel auf den Boden fallen, dann kletterte er wieder ins Cockpit, um eine kleine Leiter zu holen.

„W...was?", brachte Althea mühsam heraus, nachdem sie ihre Stimme wieder gefunden hatte. Sie wusste, dass es Einbildung war, aber plötzlich schienen die Berge höher in den Himmel zu wachsen. „Willst du damit sagen, dass uns niemand hier rausholt? Ist die Funkverbindung abgerissen?"

„Nein, gar nicht." Colt stieg auf die Leiter und machte die Klappe über dem Motor auf. Aus seiner Gesäßtasche schaute ein alter Lumpen heraus. „Ich habe ihnen gesagt, dass ich versuchen will, den Schaden gleich an Ort und Stelle zu reparieren, und dass ich mich wieder melde."

„Du hast ihnen gesagt …" Sie fuhr so schnell herum, dass sie beide überrascht waren. Ihr erster Boxhieb, der ihn von der Leiter holte, traf seine linke Niere. „Du *Idiot*! Was soll das heißen, du willst den Schaden gleich an Ort und Stelle reparieren!" Sie holte wieder aus, aber diesmal duckte er sich mehr verblüfft als verärgert blitzschnell weg. „Das ist nicht einfach eine alte Karre, die auf dem Highway ihren Geist aufgeben hat, Nightshade! Wir haben keinen verdammten Platten, ist dir das eigentlich klar?"

„Na ja, schon", erwiderte er vorsichtig, während er bereits mit der nächsten Attacke rechnete. „Ich glaube, es ist der Vergaser."

„Du glaubst, es …" Ihr Atem kam zischend zwischen ihren Zähnen heraus, und ihre Augen verengten sich gefährlich. „Das ist es. Ich werde dich mit meinen bloßen Händen erwürgen."

Sie stürzte sich auf ihn. Colt traf eine blitzschnelle Entscheidung, indem er herumwirbelte und es zuließ, dass sie beide von der Wucht des Aufpralls zu Boden gezerrt wurden. Kaum zwei Sekunden später wurde ihm klar, dass die Lady im Nahkampf alles andere als eine Niete war. Er musste einen Faustschlag aufs Kinn einstecken, bei dem seine Zähne laut klapperten. Es sah ganz danach aus, als ob es an der Zeit wäre, sich nach Kräften zur Wehr zu setzen.

Er schlang seine Beine um sie und drehte sie nach einem kurzen, heftigen Ringkampf auf den Rücken. „Hör sofort auf, hast du verstanden? Sonst wird noch irgendwer verletzt."

„Da hast du verdammt recht."

Da er mit Vernunft offensichtlich nicht weiterkam, brachte er sein ganzes Gewicht zum Einsatz, indem er sich, ihre Handgelenke mit den Händen umschließend, auf sie setzte und sich über sie beugte. Sie bäumte sich zweimal auf in dem Versuch, ihn abzuwerfen, dann lag sie still. Sie wussten beide, dass sie sich nur ausruhte und in der Zwischenzeit fieberhaft nach einem Ausweg suchte.

„Hör zu." Er ließ sich noch einen Moment Zeit, um wieder zu Atem zu kommen, dann sagte er direkt in ihr Ohr: „Es ist einfach das Vernünftigste."

„So ein Blödsinn."

„Lass es mich erklären. Und wenn du dann immer noch anderer Meinung bist, müssen wir uns eben etwas anderes überlegen. Okay?" Als sie nicht reagierte, fuhr Colt mit zusammengebissenen Zähnen fort: „Versprich mir, dass du nicht mehr zuschlägst, bevor ich fertig bin."

Es war ein Jammer, dass er in diesem Moment ihren Gesichtsausdruck nicht sehen konnte. „Okay", stieß Althea hervor. Vorsichtig zog Colt sich zurück, bis er ihr Gesicht sehen konnte. Er hatte sich halb aufgerichtet, als sie blitzschnell das Bein anwinkelte und mit dem Knie zustieß.

Der scharfe Schmerz, der ihn durchzuckte, bewirkte, dass ihm die Luft wegblieb. Er ließ von ihr ab und krümmte sich auf dem Boden zusammen.

„Das war kein Schlag, sondern ein Tritt", sagte sie. Vor dem Aufstehen nahm sie sich die Zeit, ihre Haare und ihren Parka glatt zu streichen. „So, Nightshade, und jetzt lass hören."

Er hob nur eine Hand, gab ein paar jaulende Laute von sich und wartete darauf, dass der Sternenregen, der vor seinen Augen tanzte, nachließ. „Du könntest deine Nachkommenschaft gefährdet haben, Thea", stieß er hervor. Er zog sich mühsam auf die Knie hoch, wobei er so flach wie möglich atmete. „Das war unfair."

„Manchmal geht es eben leider nicht anders."

Nachdem er neue Kräfte gesammelt hatte, warf er ihr einen bitterbösen Blick zu. „Das zahle ich dir heim. Wir sind unverletzt", stieß er zwischen zusammengebissenen Zähnen hervor. „Zumindest war ich es bis vor einer Minute noch. Das Flugzeug ist nicht beschädigt. Wenn du dich umschaust, müsste dir eigentlich auffallen, dass hier kein zweites Flugzeug landen kann, weil nicht genug Platz ist. Sie könnten uns einen Hubschrauber schicken, um uns herauszuholen, aber warum sollte man so einen Aufwand machen, wo eine gute Chance besteht, dass ich den Schaden selbst reparieren kann."

Vielleicht hat er ja recht, dachte Althea. Ganz vielleicht. Aber das änderte nichts an einer schlichten Tatsache. „Du hättest mich vorher fragen müssen. Ich bin nämlich auch noch da, Nightshade. Du hattest kein Recht, einfach über meinen Kopf hinweg zu entscheiden."

„Mein Fehler." Er drehte sich um und ging – humpelte – zurück zu der Leiter. „Ich bin eben einfach davon ausgegangen, dass du ein rationaler Mensch bist und außerdem eine Angestellte im öffentlichen Dienst, die nicht will, dass andere Angestellte im öffentlichen Dienst sie ganz unnötigerweise retten müssen. Und dort hinter diesem Gebirgskamm könnte Liz sein, verdammt noch mal." Unter ohrenbetäubendem Geklapper kramte er einen Engländer aus der Werkzeugkiste. „Ohne sie fliege ich nicht zurück."

Oh, dass er diesen Knopf irgendwann drücken würde, hätte sie sich gleich denken können. Althea schaute wütend in den dunkelgrünen Wald. Und genauso hätte sie sich denken können, dass er sie diese schreckliche Besorgnis in seiner Stimme hören und seine entschlossen blitzenden Augen sehen lassen würde.

Und natürlich war er im Recht.

Seinen Stolz hinunterschlucken zu müssen, war die bitterste aller Pillen. Althea biss die Zähne zusammen und tat es, indem sie sich umdrehte, sich neben die Leiter stellte und sagte: „Also gut, es tut mir leid. Ich hätte nicht so wütend werden dürfen."

Seine Antwort war nur ein Brummen.

„Tut es noch weh?"

Er schaute auf sie herunter, mit einem Glitzern in den Augen, das schwächere Frauen bestimmt veranlasst hätte, auf der Stelle zu kuschen. „Nur beim Luftholen."

Sie lächelte und tätschelte sein Bein. „Versuch einfach an etwas anderes zu denken. Soll ich dir irgendwas reichen?"

Seine Augen verengten sich, bis sie nur noch schmale blaue Schlitze waren. „Kennst du den Unterschied zwischen einer Knarre und einem Drehkraftschlüssel?"

„Nein." Sie schüttelte ihr Haar zurück. „Warum sollte ich? Wenn mein Auto kaputt ist, bringe ich es in die Werkstatt."

„Und was machst du, wenn du unterwegs liegen bleibst?"

Sie warf ihm einen mitleidigen Blick zu. „Was glaubst du wohl?"

Er knirschte mit den Zähnen und widmete sich wieder dem Vergaser. „Wenn ich das sagen würde, würdest du mich als Sexist bezeichnen."

Sie grinste hinter seinem Rücken, aber als sie sprach, war ihre Stimme ernst. „Was ist sexistisch daran, einen Abschleppwagen zu rufen? Ich glaube, in der Küche ist Pulverkaffee. Ich mache welchen."

„Die Batterie sollte besser nicht benutzt werden“, brummte er. „Wir werden uns mit kalten Getränken begnügen müssen.“

„Kein Problem.“

Als sie zwanzig Minuten später zurückkehrte, verfluchte Colt den Motor. „Diesen Freund von Boyd sollte man erschießen. Wie kann man bloß so achtlos mit seinen Sachen umgehen!“

„Wirst du den Motor reparieren oder nicht?“

„Ja.“ Er fand verschiedene interessante Namen für eine Schraube, die er zu lockern versuchte. „Es wird nur ein bisschen länger dauern als geplant.“ Weil er mit einer spitzen Bemerkung rechnete, schaute er nach unten. Aber sie stand ganz geduldig da, während ihr der Wind das Haar zerzauste. „Was ist das?“, fragte er und deutete mit dem Kopf auf das, was sie in der Hand hatte.

„Ich glaube, man nennt es ein Sandwich.“ Sie hielt ihm das Brot mit Käse zur Inspektion hin. „Nichts Besonderes, aber ich habe mir überlegt, dass du vielleicht hungrig bist.“

„Ja, das bin ich wirklich.“ Die Geste besänftigte ihn ein bisschen. Er hob die Hände, um ihr zu zeigen, wie ölverschmiert sie waren. „Ich bin etwas gehandicapt.“

„Okay. Beug dich rüber.“ Als er gehorchte, hielt sie ihm das Brot an den Mund. Sie ließen einander nicht aus den Augen, während er abbiss.

„Danke.“

„Nichts zu danken. Ich habe ein Bier gefunden.“ Sie zog die Flasche aus ihrer Tasche und nahm einen Schluck. „Wir teilen es uns.“ Dann hielt sie es ihm an die Lippen.

„Jetzt weiß ich, dass ich dich liebe.“

„Iss einfach.“ Sie fütterte ihn wieder mit dem Sandwich. „Kannst du einschätzen, wie lange du ungefähr noch brauchst?“

„Ja.“ Doch bevor er es ihr sagte, sorgte er dafür, dass er seinen vollen Anteil am Bier und am Sandwich bekam. „Noch eine Stunde, vielleicht, oder auch zwei.“

Sie blinzelte. „Zwei Stunden. Bis dahin wird es dunkel sein. Du hast doch nicht vor, im Dunkeln von hier wegzufliegen?“

„Nein.“ Obwohl er auf einen Überraschungsangriff gefasst war, drehte er sich wieder zu dem Motor um. „Es ist sicherer, bis morgen zu warten.“

„Bis morgen“, wiederholte sie tonlos, auf seinen Rücken starrend. „Und was sollen wir bis dahin bitte schön machen?“

„Ein Zelt aufstellen, zum Beispiel. Im Flugzeug ist eins. Schätze, der gute Frank zeltet gern mit seinen Damen.“

„Na, toll. Einfach toll. Willst du mir damit sagen, dass wir heute Nacht im Freien schlafen?“

„Wir können auch im Flugzeug schlafen“, gab er zurück. „Aber dort ist es bestimmt nicht so gemütlich und warm wie in einem Zelt neben einem Lagerfeuer.“ Er begann, ein fröhliches Liedchen zu pfeifen, während er arbeitete. Er hatte angekündigt, dass er es ihr heimzahlen würde. Dabei hatte er allerdings nicht zu hoffen gewagt, dass sich schon so bald eine Gelegenheit ergeben würde. „Ich nehme nicht an, du weißt, wie man ein Lagerfeuer macht.“

„Nein, ich weiß nicht, wie man ein verdammtes Lagerfeuer macht“, fauchte sie ihn wütend an.

„Warst du früher nicht bei den Pfadfindern?“

Das Geräusch, das sie von sich gab, klang, als ob aus einem Dampfkochtopf Dampf entwiche. „Nein. Du?“

„Auch nicht. Aber ein paar meiner Freunde waren es. Also gut, du gehst jetzt los und sammelst Holz, Darling. Und dann erkläre ich dir, wie du dir deinen ersten Verdienstorden erwirbst.“

„Ich werde kein Holz sammeln.“

„Schön, aber sobald die Sonne untergegangen ist, wird es kalt werden. Und ein Feuer hält die Kälte – und anderes – fern.“

„Ich denke überhaupt nicht ...“ Sie unterbrach sich und schaute sich argwöhnisch um. „Was denn anderes?“

„Na ja, du weißt schon. Rehe, Elche ... Wildkatzen ...“

„Wildkatzen?“ Ihre Hand zuckte automatisch zu ihrem Schulterholster. „Blödsinn. Hier gibt es keine Wildkatzen.“

Er hob den Kopf und schaute sich um. „Na ja, vielleicht ist es dafür wirklich noch ein bisschen zu früh im Jahr, aber vor dem Wintereinbruch kommen sie aus den Bergen runter. Doch wenn es dir lieber ist, dass ich es mache, wenn ich hier fertig bin, hole ich das Holz selbstverständlich. Allerdings kann es bis dahin dunkel sein.“

Er wollte sie absichtlich ärgern. Davon war sie überzeugt. Andererseits ... sie schaute zum Wald, wo die Schatten länger wurden. „Also gut, dann hole ich das verdammte Holz eben“, brummte sie unwirsch und stiefelte an ihm vorbei zum Wald. Nachdem sie ihre Waffe entsichert hatte.

Er schaute ihr grinsend nach. „Oh, wir werden prächtig miteinander auskommen", sagte er zu sich selbst. „Absolut prächtig."

Colts Anweisungen folgend, schaffte Althea es, innerhalb eines Kreises aus Steinen ein ansehnliches Lagerfeuer zu entfachen. Es gefiel ihr nicht, aber sie machte es. Und weil er behauptete, noch nicht fertig zu sein, sah sie sich schließlich auch noch gezwungen, das Zelt aufzustellen.

Es war ein leichtes Zelt, von dem Colt behauptete, es würde sich praktisch von selbst aufstellen. Nachdem sie mehr als zwanzig Minuten fluchend mit dem blöden Ding gekämpft hatte, hatte sie es endlich geschafft. Ein Blick aus zusammengekniffenen Augen sagte ihr, dass es ihnen beiden tatsächlich ein bescheidenes Dach überm Kopf bieten würde – sofern sie Hüfte an Hüfte schliefen.

Sie starrte immer noch darauf, ohne die Kälte, die die Dunkelheit mit sich brachte, zu spüren, als der Flugzeugmotor ansprang.

„So gut wie neu", brüllte Colt ihr zu, dann schaltete er den Motor wieder aus. „Ich muss mir nur noch die Hände sauber machen", sagte er. Er kam mit einer Kanne aus dem Cockpit, in der Wasser war, das er zusammen mit dem Entfettungsmittel aus dem Werkzeugkasten nur sparsam einsetzte. „Gut gemacht", lobte er sie, mit dem Kopf auf das Zelt deutend.

„Vielen Dank."

„Im Flugzeug sind Decken. Sie werden reichen." Er hockte immer noch zusammengekauert da und sog die gute frische, mit Rauch und Fichtennadelduft angereicherte Luft tief in die Lunge. „Es gibt doch nichts Schöneres, als in den Bergen zu zelten."

Sie schob ihre Hände in ihre Hosentaschen. „Wenn du es sagst."

Er trocknete seine Hände mit einem Lappen ab, bevor er aufstand. „Erzähl mir jetzt nicht, dass du noch nie gezeltet hast."

„Stimmt aber."

„Was machst du denn im Urlaub?"

Sie zog eine Augenbraue hoch. „Ich gehe in ein Hotel", erwiderte sie spitz. „Mit Zimmerservice, fließend heißem und kaltem Wasser und Kabelfernsehen."

„Du weißt ja gar nicht, was du dir entgehen lässt."

„Ich nehme an, dass ich gerade dabei bin, es herauszufinden."

Sie erschauerte kurz und seufzte. „Jetzt könnte ich etwas zu trinken gebrauchen."

Zu dem Beaujolais aßen sie einen guten würzigen Käse, Kaviar und hauchdünne, mit einer köstlichen Pastete bestrichene Cracker.

Alles in allem hätte es schlechter sein können, befand Althea.

„Ganz anders als alles, was ich beim Zelten je gegessen habe", bemerkte Colt, während er sich noch ein bisschen mehr Kaviar auf einen Cracker häufte. „Ich dachte schon, ich müsste einen Hasen schießen."

„Bitte nicht, während ich esse."

Althea trank noch einen Schluck Wein und fühlte sich seltsam entspannt. Ihr wurde warm. Das Lagerfeuer hielt die Kälte wirklich fern. Und das Flackern und Knacken hatte etwas Tröstliches. Am wolkenlosen schwarzen Himmel über ihnen glitzerten zahllose Sterne. Eine viertel Mondsichel ließ die Bäumen silbern erscheinen und die schneebedeckten Berggipfel leuchten.

Althea hatte aufgehört, jedes Mal zusammenzuzucken, wenn ein Käuzchen schrie.

„Schöne Gegend." Colt zündete sich eine Zigarre an. „Ich bin noch nie lange hier gewesen."

Und Althea auch nicht, wie ihr jetzt auffiel, obwohl sie bereits seit einem Dutzend Jahren in Denver lebte. „Mir ist die Stadt lieber", sagte sie mehr zu sich selbst als zu Colt. Sie langte nach einem Ast und stocherte damit im Feuer herum, allerdings nicht, weil es nötig gewesen wäre, sondern weil es ihr Spaß machte zu beobachten, wie die Funken flogen.

„Warum?"

„Weil da Menschen sind, nehme ich an. Weil man alles bekommt, was man braucht. Und weil ich mich dort nützlich fühle."

„Dich nützlich zu fühlen, ist dir wichtig."

„Ja."

Er beobachtete, wie die Flammen auf ihrem Gesicht tanzten, ihre Augen hervorhoben, die Wangenknochen deutlicher hervortreten und die Haut weicher erscheinen ließen. „Du hattest keine glückliche Kindheit."

„Das ist vorbei.“ Als er nach ihrer Hand griff, wehrte sie sich nicht, aber sie kam ihm auch nicht entgegen. „Ich rede nicht darüber“, erwiderte sie schroff. „Nie.“

„In Ordnung.“ Er konnte warten. „Dann reden wir über etwas anderes.“ Er zog ihre Hand an seine Lippen und spürte, dass sie ihre Finger erst leicht an-, dann entspannte. „Ich nehme an, dass dir nie jemand Geschichten am Lagerfeuer erzählt hat.“

Sie lächelte. „Kaum.“

„Ich könnte mir vielleicht eine ausdenken … einfach nur so, zum Zeitvertreib. Was willst du hören, eine erfundene oder eine wahre?“

Sie fing an zu lachen, doch dann sprang sie unvermittelt auf und zog ihre Waffe. Colt reagierte blitzschnell. Sofort war er neben ihr, schob sie hinter sich und riss seinen eigenen Revolver aus dem Stiefel.

„Was ist?“, fragte er, während er mit zusammengekniffenen Augen ins Dunkel starrte.

„Hast du es nicht gehört? Da ist irgendwas.“

Er lauschte angestrengt, während sie ihm instinktiv Deckung gab. Nach einem Moment brüllender Stille hörte er ein leises Rascheln, dann in der Ferne das Heulen eines Kojoten. Das lang gezogene Klagegeheul ließ Althea das Blut in den Adern gefrieren.

Colt fluchte, aber wenigstens lachte er nicht. „Tiere“, sagte er und bückte sich, um seinen Revolver wieder in seinen Stiefel zu schieben.

„Was für welche?“ Ihre Augen suchten immer noch argwöhnisch die Umgebung ab.

„Kleine“, versicherte er ihr. „Dachse, Kaninchen.“ Er legte eine Hand über ihre, die die Waffe hielt. „Nichts, worauf du schießen müsstest, Adlerauge.“

Sie war noch nicht überzeugt. Der Schakal heulte wieder und eine Käuzchen antwortete. „Was ist mit diesen Wildkatzen?“

Er wollte etwas erwidern, doch dann überlegte er es sich anders und sagte mit einem spöttischen Unterton: „Eher unwahrscheinlich, dass sie sich so nah ans Feuer heranwagen, Darling.“

Sie schob mit nachdenklich gerunzelter Stirn ihre Waffe zurück in ihr Holster. „Dann sollten wir es vielleicht noch ein bisschen größer machen.“

„Es ist groß genug.“ Er drehte sie zu sich herum und fuhr ihr mit den Händen über die Arme. „Ich habe dich noch nie so ängstlich gesehen."

„Ich sitze eben nicht gern auf dem Präsentierteller. Hier draußen gibt es einfach zu viel, was ich nicht einschätzen kann." Und die Wahrheit war, dass sie es lieber mit einem durchgeknallten Junkie in einer dunklen Seitenstraße aufnehmen würde, als mit einem dieser kleinen Pelztiere mit Reißzähnen. „Grins nicht so blöd, verdammt!"

„Grinse ich?" Er fuhr sich mit der Zunge über die Zähne und gab sich alle Mühe, ein ernstes Gesicht zu machen. „Sieht ganz danach aus, als ob du dich mir anvertrauen müsstest."

„Ach ja?"

Als sie sich von ihm losmachen wollte, verstärkte er seinen Griff. Die Belustigung in seinen Augen verwandelte sich so schnell in Begehren, dass es ihr den Atem verschlug. „Außer dir und mir ist niemand da, Althea."

Sie ließ die Luft, die sich in ihrer Lunge gestaut hatte, ganz langsam heraus. „So sieht es aus."

„Ich nehme nicht an, dass ich dir noch mal sagen muss, was ich für dich empfinde, Althea. Oder wie sehr ich dich begehre."

„Nein." Als seine Lippen ihre Schläfe streiften, zuckte sie zusammen.

„Ich kann machen, dass du vergisst, wo du bist." Seine Lippen wanderten an ihrer Wange nach unten, an ihrem Kinn entlang und dann auf der anderen Seite wieder nach oben. „Wenn du es mir erlaubst."

„Da würdest du dich aber verdammt anstrengen müssen."

Er lachte, als er hörte, dass in ihren Worten eine Provokation mitschwang, obwohl ihre Stimme ganz atemlos klang. „Bis zum Morgen ist es noch lange hin. Wetten, dass ich es schaffe, dich vor Sonnenaufgang zu überzeugen?"

Warum sträubte sie sich so hartnäckig gegen etwas, nach dem sie sich so sehr sehnte? Hatte sie sich nicht vor langer Zeit geschworen, dass sie ihrer Angst nie wieder erlauben würde, ihre Wünsche zu überschatten? Und hatte sie nicht schon vor langer Zeit gelernt, dass sie sich diese Wünsche erfüllen konnte, ohne fürchten zu müssen, dafür bestraft zu werden?

Genau so konnte sie es jetzt mit ihm auch tun, um endlich dieses quälende Verlangen loszuwerden.

„Also gut, Nightshade." Furchtlos schlang sie ihm die Arme um den Hals und schaute ihm in die Augen. „Ich nehme die Wette an."

Seine Finger schoben sich in ihr Haar, zogen ihren Kopf zurück. Einen prickelnden Augenblick lang starrten sie einander an. Dann fiel er über sie her.

Ihr Mund war heiß und geschmeidig unter seinem, quälend wie Hunger, wild wie die Nacht. Er taumelte besinnungslos in den Kuss, benutzte Zunge und Zähne, wobei er wusste, dass er, selbst wenn er sie verschlänge, immer noch nicht genug von ihr bekommen könnte. Deshalb nahm er sich noch mehr, plünderte schonungslos ihren Mund, während sie es ihm mit gleicher Münze zurückzahlte.

Es ist wie beim ersten Mal, schoss es ihr durch den Kopf. Als er sie an sich gerissen und ihr eine Kostprobe von dem geboten hatte, was er ihr geben konnte. Sein Geschmack hatte bewirkt, dass sich ihr Pulsschlag wie unter dem Einfluss einer starken Droge beschleunigt, dass sich ihr Blut erhitzt und ihr Verstand ausgeschaltet hatte.

Sie fragte sich, wie sie hatte erwarten können, diesmal ungeschoren davonzukommen. Und dann war es ihr plötzlich egal.

Plötzlich wollte sie nicht mehr sicher sein, plötzlich war es gar nicht mehr wichtig, die Kontrolle zu haben. Jetzt, in diesem Moment, wollte sie nur fühlen – all das, was ihr früher unmöglich erschienen war, oder zumindest unklug. Und wenn sie damit ihr Leben aufs Spiel setzte, dann sollte es eben so sein.

Getrieben von nackter Begierde, zerrte sie an seiner Jacke, auf der verzweifelten Suche nach dem harten Körper darunter. Er brauchte nicht unbedingt stärker zu sein als sie, aber wenn er es war, war sie bereit, die Verletzlichkeit, die damit, dass sie eine Frau war, einherging, zu akzeptieren. Ebenso wie die Macht, die ihr ihr Frausein gab.

Sie war wie ein Vulkan kurz vor dem Ausbruch, und sie wünschte sich nichts mehr, als bei ihm zu sein, wenn die Erschütterungen kamen.

Sie raubte ihm den Verstand, trieb ihn in den Wahnsinn. Diese ungestümen Lippen, diese gierig tastenden Hände. Mit einem Fluch, der fast ein Gebet war, schleppte er sie zum Zelt, wobei er sich vorkam wie ein steinzeitlicher Jäger, der die auserwählte Gefährtin in seine Höhle verschleppt.

In dem kleinen Unterschlupf fielen sie übereinander her, ein wüstes Knäuel aus Gliedern und Begierden. Er schälte sie mit zitternden Fingern aus ihrem Parka und rang zwischendurch immer wieder nach Luft, während er ihren Hals und ihr Dekolleté mit gierigen Küssen überschüttete.

Er fühlte die Vibration ihres Stöhnens an seinen Lippen, während er ihr das Schulterholster, dieses Symbol der Kontrolle und Gewalt, herunterriss, wobei ihm klar war, dass er, überwältigt von seinen Gefühlen, kurz davor war, selbst die Kontrolle zu verlieren.

Er wollte sie nackt und gespannt vor Erwartung sehen. Und sie schreien hören.

Sie zerrte keuchend an seinen Kleidern. Im Feuerschein, der orange durch den dünnen Stoff des Zelts leuchtete, konnte sie seine Augen und die dunkle, gefährliche Absicht darin erkennen. Sie aalte sich wohlig in Angstlust, die an den Stellen ihres Körpers, die er in Besitz nahm, wütete. Sie wusste, dass er sie heute Nacht heimsuchen würde. Und heimgesucht werden würde.

Er zog ihr ihren Pullover über den Kopf und warf ihn beiseite. Darunter trug sie Seide, einen schneeweißen, mit Spitzen besetzten BH, der ihn unter anderen Umständen durch seine ihre Weiblichkeit betonende Raffinesse erregt hätte. Er hätte vielleicht mit den Trägern gespielt, wobei er mit den Fingerspitzen zärtlich über ihre sich durch den zarten Stoff drückenden Knospen gestrichen hätte. Jetzt riss er ihn mit einem einzigen harten Ruck in der Mitte auseinander, begierig darauf, ihre Brüste für seinen gierigen Mund freizulegen.

Der Geschmack des warmen, duftenden Fleischs traf seinen gesamten Organismus wie ein Schlag. Und als sich dieser betörende, hilflos erschauernde Körper seinem entgegenwölbte, als sich aus dieser Kehle ein langes heiseres Aufstöhnen löste, trieb er auf einen Gipfel der Lust zu, von dem er sich nie hätte träumen lassen.

Er kostete es in vollen Zügen aus.

Ihrer Brust entrang sich ein ersticktes Wimmern. Um ihn zur Eile anzutreiben, schlug sie ihre Fingernägel in seine nackten Schultern, während sie sich gleichzeitig davor fürchtete, wo er sie hinbringen würde. Sich einladend unter ihm bewegend, klammerte sie sich an ihn, und als er ihre Hose über die Hüften nach unten schob, wölbte sie sich ihm erneut entgegen und kostete es aus, als er ihr mit diesen unendlich aufreizenden Fingerspitzen über die Innenseiten ihrer Oberschenkel fuhr.

Das winzige Dreieck, das sie bedeckte, zerriss. Und wieder weideten sich seine Lippen und seine Zunge an ihr.

Der Schrei, der sich ihr entrang, als sie einen ersten atemberaubenden Höhepunkt hatte, stachelte seine Begierde noch weiter an. Sie explodierte wie eine Rakete und spürte, wie sie sich verstreute und verbrannte. Doch das Gefühl der Erlösung wollte sich immer noch nicht einstellen. Sie umklammerte die Decke, während er in ihr Empfindungen auslöste, für die es keine Worte gab.

Als er sich, am ganzen Körper zitternd, über ihr aufrichtete, sah er, dass sie ihn anschaute. Er nahm ihr Gesicht in sich auf, und sein Blick ließ sie auch dann nicht los, als er mit einem einzigen verzweifelten Stoß in sie eindrang. Ihre Augen wurden glasig, schlossen sich. Sein eigener Blick trübte sich ebenfalls, bevor er sein Gesicht in ihrem Haar vergrub.

Jetzt übernahm sein Körper das Kommando, indem er sich ihren schnellen, furiosen Bewegungen anpasste. Sie waren wie zwei Kinder, die gierig eine verbotene Frucht verschlangen. Der Schrei, den sie schließlich ausstieß, brachte Sekunden vor seinem eigenen die Luft zum Erzittern.

Völlig erschöpft und keuchend fiel er über ihr zusammen, wobei er spürte, dass sie unter den Nachbeben der Lust heftig erschauerte.

„Wer hat gewonnen?“, fragte er etwas später.

Obwohl sie das in so einem Moment nie für möglich gehalten hätte, spürte sie ein Auflachen in sich aufsteigen. „Ich würde sagen, es ist unentschieden.“

„Das reicht mir.“ Er erwog, sich von ihr herunterzurollen, aber er befürchtete, bei der geringsten Bewegung in tausend Scherben zu zerspringen. „Völlig. Ich werde dich gleich küssen“, murmelte er. „Sobald ich mich wieder bewegen kann.“

„Ich habe Zeit.“ Althea erlaubte ihren Augen, wieder zuzufallen, und kostete seine Nähe aus. Sein Körper strahlte immer noch Hitze aus, und sein Herz schlug längst noch nicht ruhig und gleichmäßig. Sie fuhr ihm zärtlich mit einer Hand über den Rücken und hielt in der Bewegung inne, als ihre Fingerspitzen eine Narbe ertasteten. „Was ist das?“

„Hm?“ Er schrak aus dem Halbschlaf auf. „Desert Storm.“

Sie hatte nicht gewusst, dass er dort gewesen war. Erst jetzt wurde ihr klar, dass es bei ihm noch eine ganze Menge gab, was im Dunkeln lag. „Ich dachte, du wärst damals schon nicht mehr bei der Air Force gewesen.“

„Das stimmt auch. Aber ich habe mich bereit erklärt, einen kleinen Job zu übernehmen ... eine Art Nebenjob.“

„Einen Gefallen.“

„So könnte man es ausdrücken. Dabei bin ich in einen kleinen Hinterhalt geraten ... nichts Besorgniserregendes.“ Er knabberte an ihrem Hals. „Du hast unheimlich aufregende Schultern. Habe ich dir das schon gesagt?“

„Nein. Tust du der Regierung immer noch gelegentlich einen Gefallen?“

„Nur wenn man mich freundlich bittet.“ Er rollte sich ächzend herum und zog sie über sich. „Besser so?“

„Hmm ...“ Sie schmiegte ihre Wange an seine Brust. „Aber ich fürchte, wir werden erfrieren.“

„Solange wir uns bewegen, nicht.“ Er grinste, als sie den Kopf hob, um ihn anzusehen. „Überlebenstraining, Lieutenant.“

„Ganz bestimmt.“ Sie verzog den Mund zu einem Lächeln. „Ich muss zugeben, dass mir dein Stil gefällt, Nightshade.“

„Wirklich?“ Er fuhr ihr zärtlich mit den Fingern durchs Haar, wog es in seiner Hand.

„Ganz wirklich. Wann müssen wir Holz nachlegen?“

„Oh, das hat noch ein bisschen Zeit.“

„Dann sollten wir sie nicht verschwenden, oder?“ Immer noch lächelnd, legte sie ihren Mund auf seinen.

„Nein, auf keinen Fall.“ Er war immer noch in ihr und spürte, dass er bereits wieder hart wurde. Diesmal würde er ihr die Führung überlassen. Als seine Lippen ihre streiften, wurde er von einer Woge der Liebe überschwemmt, die so heiß war, dass es ihm den Atem verschlug. Er zog sie noch enger an sich und sagte: „Ich weiß, dass es abgestanden klingt, Thea, aber so wie mit dir war es für mich vorher noch nie. Mit keiner anderen Frau.“

Das machte ihr Angst, aber was ihr noch mehr Angst machte, war die Tatsache, dass ihr bei seinen Worten das Herz überging. „Du redest einfach zu viel, Nightshade.“

„Thea …“

Aber sie richtete sich nur kopfschüttelnd über ihm auf, um ihn ganz tief in sich aufzunehmen und seinen Körper so zu quälen, dass für Worte kein Bedarf mehr war.

9. KAPITEL

Colt war sofort hellwach. Eine alte Angewohnheit. Er registrierte seine Umgebung – das bleiche Licht der heraufziehenden Morgendämmerung im Zelt, die raue Decke, den harten Boden unter seinem Rücken und die weiche, schlanke Frau, die zusammengerollt auf ihm schlief. Als er sich daran erinnerte, wie sie sich irgendwann mitten in der Nacht auf der Suche nach einem bequemeren Plätzchen kurzerhand auf ihn gelegt hatte, musste er lächeln.

Zu diesem Zeitpunkt waren sie so erschöpft gewesen, dass sie sich nur noch herumgerollt hatten, um zu schlafen. Jetzt erinnerte ihn die aufgehende Sonne daran, dass es außerhalb des Zelts noch eine andere Welt gab, in der sie ihre Aufgaben hatten. Dennoch genoss er die Intimität noch einen Moment, wobei er sich sagte, dass es bestimmt bald wieder eine Gelegenheit geben würde, wo sie beide ganz allein waren.

Er zog ihr sanft die Decke über die nackten Schultern und fuhr ihr mit den Fingern zärtlich durch ihr über seinen Bauch fließendes Haar.

Sie bewegte sich, schlug die Augen auf und schaute ihn an.

„Gute Reflexe, Lieutenant."

Sie leckte sich mit der Zunge über die Zähne und wartete, bis ihr Gehirn und ihr Körper sich der Situation angepasst hatten. „Ich schätze, es ist Morgen."

„Die Sonne ist eben erst aufgegangen. Gut geschlafen?"

„War schon mal besser." Jeder Muskel in ihrem Körper schmerzte, aber es war davon auszugehen, dass sich das mit zwei Aspirin und ein paar Gymnastikübungen beheben ließ. „Und du?"

„Wie in Abrahams Schoß", gab er zurück. „Manche Leute sind eben an gewisse Härten gewöhnt."

Sie zog nur wortlos eine Augenbraue hoch, dann rollte sie sich von ihm herunter.

„Und manche Leute wollen nach dem Aufwachen Kaffee." Sobald sie von ihm weg war, spürte sie die Kälte. Fröstelnd griff sie nach ihrem Pullover.

„He." Bevor sie den Pullover überziehen konnte, schlang er ihr einen Arm um die Taille und zog sie wieder an sich. „Du hast etwas vergessen.“ Seine Hand legte sich auf ihren Scheitel und sein Mund auf ihren.

Während sich einladend ihre Lippen öffneten, hatte sie augenblicklich das Gefühl dahinzuschmelzen. Die ganze Nacht über waren sie wieder und wieder zusammengekommen, und jedes Mal war es wie ein schwerer Sturm gewesen, mit einer Sturmflut von Begierde. Doch diesmal war es sanfter, beständiger, eindringlicher, wie ein Feuer, das, nachdem es heftig gelodert hatte, immer noch brannte.

„Es ist wirklich wunderschön, mit dir aufzuwachen, Althea.“

Sie wäre am liebsten in ihn hineingekrochen und nie mehr herausgekommen, so sehr sehnte sie sich nach seiner Nähe. Aber das verriet sie ihm natürlich nicht, sondern fuhr ihm mit einem Finger über die Bartstoppeln an seinem Kinn und sagte: „Mit dir ist es eigentlich auch gar nicht schlecht, Nightshade.“

Dann rückte sie eilig von ihm ab – vielleicht ein bisschen zu eilig –, um sich Luft zu verschaffen. Er durchschaute ihr Manöver und lächelte.

„Weißt du, wenn wir verheiratet sind, sollten wir uns so eine richtig große Spielwiese anschaffen.“

Sie schlüpfte in ihren Pullover. Als ihr Kopf wieder auftauchte, waren ihre Augen kühl. „Wer macht den Kaffee?“

Er nickte nachdenklich. „Das werden wir festlegen müssen. Solange man diese kleinen Routinearbeiten gerecht verteilt, läuft in einer Ehe alles glatt.“

Sie verkniff sich kopfschüttelnd ein Grinsen und streckte die Hand nach ihrer Hose aus. „Du hast meine Unterwäsche ruiniert. Du musst mir neue kaufen.“

Er beobachtete, wie sie die Hose an ihren langen, glatten Beinen hochzog. „Es wird mir ein Vergnügen sein.“ Er schlüpfte in sein Hemd, während Althea sich auf die Suche nach ihren Socken machte. Da er wusste, wie wichtig gutes Timing war, wartete er, bis sie beide gefunden hatte, bevor er sagte: „Weißt du, Darling, ich habe mir Folgendes überlegt …“

Sie antwortete mit einem Ächzen, während sie umständlich in ihre Schuhe schlüpfte.

„Was hältst du davon, wenn wir an Silvester heiraten? Ich fände es romantisch, das neue Jahr so anzufangen."

Diesmal stieß sie den Atem zischend aus. „Ich werde den verdammten Kaffee machen", brummte sie und kroch aus dem Zelt.

Colt gab ihr einen freundlichen Klaps auf den Po und lachte leise in sich hinein. Das packt sie schon noch, dachte er. Sie wusste es nur noch nicht.

Nachdem es Althea endlich geschafft hatte, das Feuer wieder anzufachen, hatte sie von der herrlichen freien Natur die Nase gestrichen voll. Kann sein, dass es hier draußen wirklich schön ist, überlegte sie. Vielleicht war es sogar großartig mit den zerklüfteten, schneebedeckten Berggipfeln und den dicht bewaldeten Abhängen. Aber es war auch kalt und einsam.

Alles, was sie noch zu essen hatten, war eine Handvoll Nüsse, und weit und breit war kein Café in Sicht.

Sie war zu ungeduldig, um zu warten, bis das Wasser kochte. Als es so heiß war, dass sie den Finger nicht mehr hineinstecken konnte, schüttete sie eine großzügig bemessene Portion Pulverkaffee hinein. Bei dem Kaffeeduft, der aus dem Topf aufstieg, lief ihr das Wasser im Mund zusammen.

„Was für ein erhebender Anblick." Colt, der vor dem Zelt stand, beobachtete sie. „Eine schöne Frau, die sich über ein Lagerfeuer beugt. Und du hast wirklich eine wunderschöne Art, dich vorzubeugen, Thea."

„Halt die Klappe, Nightshade."

Er schlenderte grinsend auf sie zu. „Bist du morgens vor deiner ersten Tasse Kaffee immer so grantig, Darling?"

Sie schlug seine Hand weg, die sich anschickte, mit ihrem Haar zu spielen. Er versuchte schon wieder, sie um den kleinen Finger zu wickeln, und das musste auf der Stelle aufhören. „Hier ist Frühstück." Sie schob ihm die Dose mit den Nüssen hin. „Kaffee kannst du einschenken."

Folgsam hockte er sich hin und verteilte die schwarze Brühe auf zwei Tassen. „Ein schöner Tag", sagte er in verbindlichem Ton. „Fast windstill, gute Sicht."

„Ja, toll." Sie nahm die Tasse entgegen, die er ihr hinhielt. „Gott, für eine Zahnbürste wäre ich Moment sogar bereit zu töten."

„Diesem Notstand kann ich leider nicht abhelfen." Er trank einen Schluck von seinem Kaffee, verzog angewidert das Gesicht. Giftiger Klärschlamm, entschied er, aber immerhin wurde man davon richtig wach. „Aber es wird nicht mehr lange dauern, bis wir wieder in der Zivilisation sind. Dann kannst du dir die Zähne putzen, ein schönes heißes Bad nehmen und dich eingehend der Haarpflege widmen."

Sie warf ihm einen finsteren Blick zu und sagte: „Kein Wort über meine Haare." Dann stellte sie ihren Kaffeebecher ab, kniete sich hin und begann in ihrer Handtasche herumzukramen. Nachdem sie ihre Haarbürste gefunden hatte, setzte sie sich im Schneidersitz mit dem Rücken zu Colt auf den Boden und begann sich vehement die Haare zu bürsten.

„Gib her." Er setzte sich hinter sie und zog sie zwischen seine angewinkelten Beine. „Ich bürste sie dir."

„Das kann ich selbst."

„Wenn du so weitermachst, wirst du irgendwann kahl sein." Nach einem kurzen Gerangel nahm er ihr die Bürste weg. „Du solltest sorgfältiger damit umgehen", murmelte er, während er anfing, behutsam die kleinen Knötchen herauszubürsten. „Du hast das schönste Haar, das ich je gesehen habe. Aus der Nähe kann man hundert verschiedene Farbtöne von Rot und Gold und Rost sehen."

„Es sind einfach nur Haare." Doch wenn Althea überhaupt in irgendeinem Punkt eitel war, dann hatte Colt jetzt den Finger darauf gelegt. Und die sanften Bürstenstriche fühlten sich so wundervoll an, dass sie nicht widerstehen konnte, genüsslich aufzuseufzen, während er bürstete und anhob, streichelte und glättete. Auch wenn sie im Moment mitten im Nirgendwo waren, schwelgte Althea im Luxus.

„Da, sieh mal", flüsterte Colt ihr ins Ohr. „Dort drüben."

Als Althea den Kopf wandte, sah sie am Waldrand einen Hirsch stehen. Nein, es war kein Hirsch, wie sie gleich darauf erkannte. So riesige Hirsche gab es nicht. Seine breiten Schultern waren fast mannshoch. Jetzt hob er witternd den mit einem gewaltigen Geweih bewehrten Kopf.

„Das ist … ein …"

„Ein Wapiti", sagte Colt leise, während er ihr freundschaftlich seine Arme um die Taille legte. „Ein amerikanischer Hirsch. Ein Prachtexemplar."

„Groß. Riesengroß ist er."

„Er wiegt wahrscheinlich an die siebenhundert Pfund. Da, jetzt hat er uns gewittert."

Altheas Herz tat einen kleinen Sprung, als der Hirsch seinen wunderschönen Kopf drehte und sie ansah. Er wirkte hochmütig und weise zugleich, während er die Menschen betrachtete, die in sein Territorium eingedrungen waren.

Und dann verspürte sie ganz plötzlich aus Ehrfurcht vor der Schönheit des Lebens ein Brennen im Hals, ein inneres Beben, eine Art Wunder. Einen Moment lang verharrten alle drei, sich gegenseitig messend, während eine Lerche eine herzzerreißend schöne Melodie trällerte.

Gleich darauf drehte sich der Hirsch um und verschwand im Dickicht des Waldes.

„Er wollte wohl keinen Kaffee und keine Nüsse", bemerkte Althea leise. Sie wusste nicht, warum sie so bewegt war. Sie wusste nur, dass es so war, dass sie sich tief berührt fühlte. Entspannt an Colt gelehnt und von seinen Armen umfangen, fühlte sie sich auf eine unerklärliche Weise zufrieden.

„Das kann ich gut verstehen." Colt rieb seine Wange an ihrem Haar. „Was für eine schöne Art, den Tag anzufangen."

„Ja." Sie drehte sich um, legte ihm spontan einen Arm um den Hals und presste ihren Mund auf seinen. „Und das ist noch schöner."

„Viel schöner", pflichtete er ihr bei und schloss die Augen, als sie den Kuss vertiefte. Gleich darauf knabberte er an ihrem Hals und war amüsiert, als sie lachte und sein kratziges Gesicht wegschob. „Wenn wir wieder in Denver sind, möchte ich, dass du mich daran erinnerst, wo wir aufgehört haben."

„Vielleicht mache ich es ja." Mit leisem Bedauern machte sie sich von ihm frei. „Aber jetzt sollten wir wohl besser unsere Zelte hier abbrechen. Ach, übrigens", fügte sie hinzu, während sie sich ihr Schulterholster umschnallte, „du schuldest mir nicht nur Unterwäsche, sondern auch ein Frühstück."

„Schreib's dir auf."

Zwanzig Minuten später saßen sie angeschnallt im Cockpit. Colt überprüfte gewissenhaft seine Instrumente, während Althea ein bisschen Rouge auflegte.

„Wir haben nicht vor, auf eine Party zu gehen“, brummte er.

„Wenn ich auch meine Zähne nicht putzen und nicht duschen kann“, sagte sie und zerbiss ein Pfefferminz, das sie in ihrer Handtasche gefunden hatte, „so habe ich doch den Sinn für ein gepflegtes Äußeres nicht ganz verloren.“

„Mir gefällt es aber, wenn du blass bist.“ Er startete die Motoren. „Es wirkt so zerbrechlich.“

Nachdem sie ihn einen Moment aus zusammengekniffenen Augen angestarrt hatte, legte sie zum Trotz noch eine Portion Rouge auf. „Flieg einfach, Nightshade.“

„Ja Sir, Lieutenant.“

Er sah keine Veranlassung, ihr zu sagen, dass es ein etwas problematischer Start werden könnte. Während sie ihr Haar zu einem Zopf flocht, manövrierte er das Flugzeug in die beste Startposition. Nachdem er ganz kurz mit einem Finger den St. Christophorus unter seinem Hemd berührt hatte, gab er Gas.

Die Maschine schoss nach vorn, hüpfte, schüttelte sich heftig und hob schließlich zentimeterweise vom Boden ab. Colt kämpfte mit dem Gegenwind, das Flugzeug neigte sich leicht zur Seite, dann pendelte es sich ein. Endlich erhoben sie sich aus dem winzigen Talkessel und flogen über Baumwipfel und Berge.

„Nicht übel, Nightshade.“ Althea warf ihren Zopf auf den Rücken. Als er ihr einen Blick von der Seite zuwarf, sah er ihr an, dass sie ganz genau gewusst hatte, wie schwierig der Start gewesen war. Die Hände, die gerade dabei waren, die Wimperntusche aufzuschrauben, waren völlig ruhig, aber sie hatte es gewusst. Und er hätte es wissen müssen, dass sie es wusste.

„Boyd hat recht, Thea. Du bist wirklich eine tolle Partnerin.“

„Versuch einfach nur, das Ding für einen Moment ruhig zu halten, okay?“ In sich hineinlächelnd, hielt sie sich ihren Taschenspiegel vor und begann sorgfältig ihre Wimpern zu tuschen. „So, und was machen wir jetzt?“

„Dasselbe wie vorher. Wir schauen uns ein bisschen um. Das Haus, nach dem wir suchen, hat eine ansteigende Auffahrt.“

„Das hilft uns bestimmt wahnsinnig viel weiter.“

„Sei still. Es ist einstöckig, mit einem ums Haus herumlaufenden Balkon im ersten Stock, und hat eine dreigeteilte, nach Westen ausgerichtete Vorderfront aus Glas. In einer Szene auf dem Video ging die Sonne unter", erklärte er. „Irgendwo in der Gegend muss ein See sein, außerdem habe ich Tannen und Fichten gesehen, was uns einen Hinweis auf die ungefähre Höhe gibt. Das Haus ist aus weiß getünchten Baumstämmen erbaut. Es zu entdecken dürfte eigentlich nicht allzu schwierig sein."

Das war gut möglich, aber Althea wusste, dass es noch etwas gab, das ausgesprochen werden musste. „Es kann sein, dass sie nicht dort ist, Colt."

„Wir werden es herausfinden." Er flog einen Kreis und dann in Richtung Westen. Weil sie sah, wie beunruhigt er war, versuchte Althea ihn abzulenken. „Was für einen Rang hattest du eigentlich in der Air Force?"

„Major." Er rang sich ein Lächeln ab. „Sieht ganz danach aus, als ob ich höhergestellt wäre als du."

„Du bist aus dem Dienst ausgeschieden", erinnerte sie ihn. „Ich wette, du siehst in Uniform total aufgeblasen aus."

„Ich würde dich gern mal in Blau sehen. Sieh mal, da unten."

Als ihr Blick seinem Finger folgte, sah sie ein einstöckiges, aus Redwood-Baumstämmen errichtetes Haus. Nicht weit entfernt davon waren noch zwei andere, durch Baumreihen voneinander getrennte Häuser.

„Keins davon passt", sagte sie.

„Nein", stimmte er zu. „Aber wir werden es schon noch finden."

Sie setzten ihre Suche fort, wobei Althea fast die ganze Zeit die Gegend durch einen Feldstecher absuchte. Ab und zu entdeckte sie versteckt liegende Häuser, von denen die meisten unbewohnt zu sein schienen. Bei einigen, vor denen immer auch Autos parkten, kam Rauch aus dem Schornstein.

Einmal sah sie einen Mann in einem roten Hemd, der Holz hackte, und ein Rudel Hirsche, das auf einer Wiese graste.

„Da ist nichts", sagte sie nach einer Weile. „Es sei denn, wir wollen eine Dokumentation über … he, Moment mal." Ein weißes Aufblitzen hatte sie aufmerksam gemacht, dann war es wieder verschwunden. „Flieg einen Kreis." Sie suchte die schneebedeckten Bergkämme ab.

Und da war es, Parterre und erster Stock aus geweißten Baumstämmen, eine dreigeteilte, nach Westen hinausgehende Vorderfront aus Glas, der ums Haus herumlaufende Balkon im ersten Stock. Am Ende der ansteigenden, mit Kies bestreuten Auffahrt stand ein großer Truck. Ein weiterer Hinweis darauf, dass das Haus bewohnt war, war der Rauch, der aus dem Schornstein kam.

„Das könnte es sein."

„Ich wette, dass es das ist." Colt flog einen Kreis, dann drehte er ab.

„Ich könnte diese Wette annehmen." Sie nahm das Mikrofon aus der Halterung. „Sag mir die Position. Ich gebe sie durch und sage Bescheid, dass sie jemand zur Überwachung raufschicken, bis wir einen Durchsuchungsbefehl haben."

Colt sagte ihr die Koordinaten. „Die Position kannst du von mir aus ruhig durchgeben, aber auf ein Stück Papier werde ich mit Sicherheit nicht warten."

„Was zum Teufel hast du vor?"

Er begegnete kurz ihrem Blick, dann schaute er weg. „Ich lande und gehe rein."

„Nein", widersprach sie scharf, „das machst du nicht."

„Du tust, was du tun musst." Er steuerte die Wiese an, auf der Althea das Rudel Hirsche entdeckt hatte. „Und ich tue, was ich tun muss. Es gibt eine gute Chance, dass sie da ist. Ich gehe hier nicht unverrichteter Dinge wieder weg."

„Aber was willst du machen?", fragte sie, zu aufgeregt, um das gefährliche Landemanöver zu bemerken. „Einbrechen und rumballern? Das gibt's bloß im Kino, Nightshade. Nicht genug damit, dass es illegal ist, es bringt auch die Gefangene in Gefahr."

„Hast du eine bessere Idee?" Er machte sich darauf gefasst, dass sie im Schnee auf der Wiese rutschen würden, wenn die Maschine aufsetzte. Er konnte nur beten, dass sie nicht ins Schleudern kamen.

„Wir werden ein Bewacherteam raufschicken. Und bis wir den Durchsuchungsbefehl haben, finden wir raus, wem das Haus gehört."

„Und dann gehen wir erst rein? Nein, danke. Du kannst doch Ski fahren, oder?"

„Was?"

„Du wirst es gleich in einem Flugzeug tun. Halt dich gut fest."

Sie riss den Kopf herum und sah durch die Windschutzscheibe, wie die schneebedeckte Wiese auf sie zukam. Sie hatte gerade noch Zeit für einen Fluch – einen hässlichen –, dann blieb ihr beim Aufprall die Luft weg.

Sie setzten auf und schlidderten. Neben dem Flugzeug spritzte Schnee auf und flog gegen die Fenster. Althea beobachtete mit fast stoischer Ruhe, wie sie auf eine Wand aus Bäumen zuschleuderten. Dann drehte sich die Maschine zweimal um die eigene Achse, bevor sie knirschend zum Stehen kam.

„Du Irrer!" Sie holte mehrmals hintereinander tief Atem und schluckte ihre Wut zum größten Teil hinunter. Sie hätte sie herausgelassen, aber im Cockpit gab es nicht genug Bewegungsspielraum. Und wenn sie ihn schon umbrachte, wollte sie es wenigstens richtig tun.

„Irgendwann bin mal mit kaputtem Radar in den Aleuten gelandet. Dagegen war das eben ein Kinderspiel."

„Und was beweist das?", fragte sie.

„Dass ich immer noch ein hervorragender Pilot bin."

„Werde endlich erwachsen!", brüllte sie ihn an. „Das ist hier nicht Fantasialand. Wir riegeln die Gegend ab, damit sie nicht entkommen können. Diesmal werden wir uns an die Vorschriften halten, Nightshade."

Er löste ruckartig seinen Sicherheitsgurt, dann packte er sie an den Handgelenken. „So, jetzt hörst du zur Abwechslung mal mir zu." Seine Finger gruben sich so tief in ihr Fleisch, dass es ihr eigentlich hätte wehtun müssen, aber die Wut in seinen Augen verhinderte, dass sie etwas fühlte. „Ich kann sehr gut zwischen Fantasie und Wirklichkeit unterscheiden, Althea. Ich habe in meinem Leben genug erlebt, um zu wissen, wie grausam die Wirklichkeit sein kann. Ich kenne dieses Mädchen. Ich habe sie schon als Baby im Arm gehalten, und ich bin wild entschlossen, ihr Wohlergehen nicht in die Hände irgendwelcher Bürokraten zu legen."

„Colt ..."

„Vergiss, was du sagen wollest." Er schob sie beiseite. „Ich bitte dich nicht, mir zu helfen, weil ich mir alle erdenkliche Mühe gebe, für deine Idee von Recht und Ordnung Respekt aufzubringen. Aber das wird mich nicht daran hindern, selbst nach ihr zu suchen, Thea, und zwar jetzt sofort."

„Warte."

Sie hielt eine Hand hoch, dann fuhr sie sich damit durchs Haar. „Lass mich kurz nachdenken."

„Du denkst viel zu viel." Doch als er Anstalten machte aufzustehen, drückte sie ihn wieder in den Sitz.

„Ich habe gesagt, du sollst warten." Dann legte sie den Kopf in den Nacken, schloss die Augen und überlegte.

„Wie weit ist es bis zu dem Haus?", fragte sie nach einem Moment. „Eine halbe Meile?"

„Eher eine dreiviertel."

„Die Straßen sind alle frei."

„Ja." Seine Ungeduld war ihm deutlich anzumerken. „Und?"

„Es würde sich besser machen, wenn ich in einer Schneeverwehung stecken geblieben wäre. Aber eine Autopanne geht auch."

„Wovon redest du?"

„Ich rede davon, mit dir zu kooperieren." Sie öffnete ihre Augen und nagelte ihn mit Blicken fest. „Es gefällt dir nicht, wie ich arbeite, und mir gefällt nicht, wie du arbeitest. Deshalb werden wir uns wohl in der Mitte treffen müssen. Ich werde bei der örtlichen Polizei Verstärkung anfordern und sie bitten, sich mit Boyd in Verbindung zu setzen. Vielleicht kann er sich ja um den Durchsuchungsbefehl kümmern."

„Ich habe doch gesagt …"

„Es ist mir egal, was du gesagt hast", sagte sie ruhig. „So wird es gehen. Wir können da nicht einfach reinplatzen. Erstens, weil wir uns im Haus geirrt haben können. Und zweitens", fuhr sie, ihm erneut mit einer Handbewegung das Wort abschneidend, fort, „würde dadurch die Gefahr für Liz noch größer, falls sie wirklich dort ist. Und drittens könnten diese Dreckskerle womöglich ungeschoren davonkommen, wenn wir uns nicht an gewisse Spielregeln halten, und das will ich nicht. Also hör zu …"

Es schmeckte ihm nicht. Es war unerheblich, wie vernünftig es war oder wie gut der Plan war, den sie sich ausgedacht hatte. Aber während des langen Fußmarsches zu dem Haus widerlegte sie alle seine Gegenargumente durch schlichte Logik.

Sie würde reingehen.

„Wie kommst du darauf, dass sie dich reinlassen könnten, nur weil du darum bittest?“

Sie legte den Kopf schräg und schaute ihn von unten herauf an. „An dich habe ich meinen Charme bisher noch nicht verschwendet, Nightshade, aber ich habe trotzdem eine ganz erstaunliche Menge davon auf Lager.“ Um mit ihm mitzukommen, musste sie längere Schritte machen. „Was glaubst du wohl, was die meisten Männer tun, wenn eine schwache Frau an ihre Tür klopft und um Hilfe bittet, weil sie eine Autopanne hat und weil …“ Sie erschauerte geziert und senkte ihre Stimme so, dass sie nur noch ein Schnurren war, „… es draußen so schrecklich kalt ist.“

Er stieß einen lauten Fluch aus und schaute seinem Atem nach, der in einer weißen Wolke aus seinem Mund kam. „Und was ist, wenn sie dir anbieten, dich zu deinem Auto zurückzufahren und es zu reparieren?“

„Nun, dann würde ich schrecklich dankbar sein. Und ich werde sie lange genug hinhalten, damit getan werden kann, was getan werden muss.“

„Und wenn sie unangenehm werden?“

„Dann werden wir ihnen wohl einen Tritt in den Hintern geben müssen.“

Darauf freute er sich schon jetzt. Und dennoch … „Ich denke trotzdem immer noch, dass ich mit dir reingehen sollte.“

„Sie werden aber ganz bestimmt nicht so viel Mitgefühl haben, wenn die kleine schwache Frau mit einem großen starken Mann ankommt.“ Ihre Stimme troff vor Sarkasmus. „Mit ein bisschen Glück sind die örtlichen Kollegen da, bevor es zu unangenehm wird.“ Sie blieb stehen und schaute auf das Haus. „Wir sind schon ziemlich nah dran. Womöglich macht ja einer von ihnen einen Morgenspaziergang. Wir sollten nicht zusammen gesehen werden.“

Colt schob seine zu Fäusten geballten Hände in seine Jackentaschen, dann zwang er sich, die Fäuste aufzumachen. Sie hatte recht – mehr noch, sie war gut. Er nahm die Hände wieder heraus, packte sie an den Schultern und riss sie an sich. „Pass auf dich auf, Lieutenant.“

Sie küsste ihn hart. „Gleichfalls, Nightshade.“

Sie drehte sich um und ging mit langen Schritten davon. Er wollte sie aufhalten, wollte ihr sagen, dass er sie liebte. Doch er tat es nicht, sondern ging über den gefrorenen Boden an die Rückseite des Hauses. Das war nicht der richtige Moment für Gefühle. Er würde sie sich für später aufheben.

Jeden Gedanken an sie verdrängend, rannte er geduckt durch den vereisten Schnee.

Althea ging schnell. Sie wollte bei Erreichen des Hauses außer Atem und ein bisschen aufgelöst wirken. Nachdem sie in Sichtweite der Glasfront war, stolperte sie mehr, als dass sie rannte, und schützte Erleichterung vor. Als sie beim Haus angelangt war, ließ sie sich rufend und klopfend gegen die Tür sinken.

In dem Mann, der ihr öffnete, erkannte sie Kline. Er trug eine ausgebeulte graue Jogginghose und kniff die geröteten Augen gegen den Rauch aus der Zigarette zusammen, die ihm im Mundwinkel klebte. Er roch nach abgestandenem Rauch und schalem Whiskey.

„Oh, Gott sei Dank!" Althea sank gegen den Türpfosten. „Dem Himmel sei Dank! Ich hatte schon Angst, ich würde nie mehr jemand sehen. Ich fühle mich, als wäre ich eine Ewigkeit gelaufen."

Kline musterte sie argwöhnisch. Süßes Ding, entschied er, aber er war nicht scharf auf Überraschungen. „Was wollen Sie?"

„Mein Auto …" Sie presste sich eine zitternde Hand aufs Herz. „Es ist stehen geblieben … ungefähr eine Meile von hier, nehme ich an. Ich will hier in der Gegend Freunde besuchen, aber ich habe mich verfahren. Vielleicht bin ich falsch abgebogen." Sie erschauerte und verkroch sich tiefer in ihren Parka. „Darf ich vielleicht einen Moment reinkommen? Ich bin halb erfroren."

„Hier in der Nähe wohnt sonst niemand. Es gibt keine anderen Häuser."

Sie schloss die Augen. „Oh Gott. Ich habe mir gleich gedacht, dass ich irgendwo falsch abgebogen bin. Ich muss im Kreis gefahren sein, weil auf einmal alles so gleich aussah. Ich bin heute Morgen schon ganz früh losgefahren … weil ich von meinem Urlaub so viel wie möglich haben wollte." Sie schaute ihn mit großen Augen an und bewerkstelligte ein schwaches Lächeln. „Aber das ist bis jetzt gründlich schiefgegangen. Sagen Sie, dürfte ich vielleicht bei Ihnen kurz telefonieren, um meine Freunde anzurufen, damit sie mich holen?"

„Kein Problem." Die Braut ist harmlos, entschied Kline. Und hübsch anzuschauen obendrein.

„Oh, ein Feuer …" Nachdem er sie ins Haus gelassen hatte, rannte Althea mit einem erleichterten kleinen Aufschrei auf einen Kamin zu, in dem ein Feuer brannte. „Ich wusste nicht, dass man derart frieren kann." Während sie sich die Hände rieb, strahlte sie Kline über die Schulter an. „Sie können sich gar nicht vorstellen, wie dankbar ich Ihnen bin."

„Kein Problem", wiederholte er und nahm die Zigarette aus dem Mundwinkel. „Hier kommt nicht oft jemand vorbei."

„Das wundert mich nicht." Sie schaute auf die verglaste Vorderfront. „Obwohl es hier so schön ist. Und dieses Haus!" Geblendet von dem Anblick, drehte sie sich einmal im Kreis. „Einfach traumhaft. Ich schätze, hier kann man, gemütlich mit einem Glas Wein am Kamin, sogar einen oder zwei Schneestürme gut durchstehen."

Er verzog den Mund. „Ich mach's mir lieber mit was anderem am Kamin gemütlich."

Althea klimperte verführerisch mit den Wimpern, dann schlug sie sittsam den Blick nieder. „Das klingt ja richtig romantisch, Mr …?"

„Kline. Sie können mich Harry nennen."

„In Ordnung, Harry. Ich bin Rose", sagte sie, zu ihrem zweiten Vornamen Zuflucht nehmend, falls Kline Wild Bills Cop dem Namen nach kannte. Sie streckte ihm die Hand hin. „Freut mich wirklich sehr. Ich glaube, Sie haben mir das Leben gerettet."

„Was zum Teufel ist da unten eigentlich los?"

Althea schaute hinauf zu der Galerie und sah einen hochgewachsenen, drahtigen Mann mit ungepflegten blonden Haaren. Sie erkannte ihn als einen zweiten Mann in dem Video.

„Überraschender Besuch, Donner", rief Kline hinauf. „Eine Autopanne."

„Teufel …" Donner blinzelte verschlafen und musterte Althea eingehend. „Sie sind aber früh dran, Süße."

„Ich habe Urlaub", erklärte sie mit einem strahlenden Lächeln.

„Ist das nicht niedlich?" Donner kam die Treppe hinunterstolziert – wie ein Hahn im Hühnerstall, fand Althea. „Warum machst du der Dame nicht einen Kaffee, Kline?"

„Tidal Wave ist schon in der Küche. Er ist heute mit Frühstück dran."

„Okay." Donner warf Althea ein vertrauliches Lächeln zu. „Sag ihm, dass er für die Lady auch eine Tasse mitbringen soll."

„Warum …"

„Oh, eine Tasse Kaffee wäre einfach traumhaft", sagte Althea, während sie Kline aus großen Augen anschaute. „Ich spüre meine Finger gar nicht mehr."

„Klar." Er zuckte die Schultern und warf Donner einen Blick zu, dann schlenderte er davon.

Wie viele Mitglieder der Bande wohl sonst noch im Haus waren? Oder waren es nur die drei?

„Ich habe Harry gerade gesagt, wie wundervoll dieses Haus ist." Sie betrat das Wohnzimmer und deponierte ihre Handtasche auf einem Tisch. „Wohnen Sie das ganze Jahr über hier?"

„Nein, wir sind nur ab und zu da."

„Es sieht von außen gar nicht so groß aus, wie es ist."

„Es erfüllt seinen Zweck." Er ging auf Althea zu, die sich auf der Armlehne eines Sessels vor dem Kamin niedergelassen hatte. „Vielleicht haben Sie ja Lust, uns ein bisschen Gesellschaft zu leisten."

Sie lachte und protestierte nicht, als er ihr mit einem Finger durchs Haar fuhr. „Oh, aber meine Freunde erwarten mich. Trotzdem, ich habe zwei Wochen …" Sie lachte wieder laut und heiser. „Womit vertreiben Sie sich denn hier so die Zeit?"

„Sie würden überrascht sein." Donner legte ihr eine Hand auf die Hüfte.

„Mich überrascht so leicht nichts."

„He, Finger weg." Kline kam mit einer Tasse schwarzem Kaffee zurück. „Hier, Rose, lassen Sie ihn sich schmecken."

„Danke." Sie roch geziert an dem Kaffee und bewegte nicht weniger geziert die Schultern. „Ich fühle mich jetzt schon ganz warm und kuschlig."

„Warum ziehen Sie Ihren Parka nicht aus?" Donner legte eine Hand auf ihre Kapuze, aber sie wich lächelnd aus.

„Sobald ich ein bisschen aufgetaut bin." Ihr Schulterholster hatte sie vorsichtshalber im Flugzeug zurückgelassen, aber sie zog es trotzdem vor, den Parka anzubehalten, weil ihre Pistole unter ihrem Pullover im Hosenbund steckte. „Sind Sie Brüder?", erkundigte sie sich beiläufig.

Kline schnaubte verächtlich. „Wohl kaum. Dann schon eher Geschäftspartner."

„Ach, wirklich? Womit machen Sie denn Ihre Geschäfte?"

„Kommunikation", sagte Donner, wobei seine schneeweißen Zähne aufblitzten.

„Wie faszinierend. Deshalb also das tolle Equipment." Sie schaute auf den großen Fernseher, den Videorekorder und die Stereoanlage, lauter teure Geräte, die alle auf dem neuesten Stand der Technik waren. „Ich liebe es, mir an langen Winterabenden alte Filme anzusehen. Vielleicht können wir ja irgendwann mal zusammenkommen und ..." Sie unterbrach sich, weil sie durch eine Bewegung im hinteren Teil der Galerie aufmerksam geworden war. Als sie hochschaute, sah sie das Mädchen.

Ihr Haar war zerzaust, und ihre Augen hatten einen unendlich müden Ausdruck. Obwohl sie abgenommen hatte, erkannte Althea Liz von dem Schnappschuss, den Colt ihr gezeigt hatte, wieder.

„Ach, hallo", sagte sie und lächelte.

„Geh wieder in dein Zimmer", herrschte Kline sie an.

Liz befeuchtete sich die Lippen. Sie trug ausgefranste Jeans und einen hellblauen Pullover, der an den Bündchen ebenfalls ausgefranst war. „Ich wollte mir Frühstück holen." Ihre Stimme klang leise, wie Althea registrierte, aber nicht unterwürfig.

„Du wirst es bekommen." Kline warf einen Blick auf Althea, zufrieden, dass sie mit freundlichem Desinteresse lächelte. „Jetzt geh wieder in dein Zimmer und warte, bis ich dich rufe."

Liz zögerte lange genug, um ihm einen kalten Blick zuzuwerfen. Als Althea es sah, wurde ihr ganz warm ums Herz. Das Mädchen ist noch nicht geschlagen, dachte sie, als Liz sich umdrehte und wieder in das Zimmer zurückging. Gleich darauf fiel die Tür mit einem Knall hinter ihr ins Schloss.

„Kinder", brummte Kline und zündete sich noch eine Zigarette an.

„Ja." Althea lächelte mitfühlend. „Ist sie Ihre Schwester?"

Kline verschluckte sich an dem Rauch, aber dann grinste er. „Richtig. Ja, sie ist meine Schwester. Äh ... wollten Sie nicht telefonieren?"

„Oh, ja." Althea stellte ihren Becher ab und stand auf. „Ich bin Ihnen wirklich unheimlich dankbar. Meine Freunde werden sich inzwischen bestimmt schon Sorgen machen."

„Da drüben ist es." Er machte eine einladende Geste. „Bitte."

„Danke." Doch als sie abnahm, hörte sie kein Freizeichen. „Oje, ich glaube, die Leitung ist tot."

Kline fluchte und kam herübergeschlendert, wobei er einen kleinen Haken aus der Tasche zog. „Hab ganz vergessen, dass ... äh ... wir schließen es nachts ab, damit die Kleine nicht ständig in der Welt rumtelefoniert. Wenn Sie ihre Telefonrechnung sehen würden, würden Sie blass werden. Na ja, wie die Kids heutzutage eben so sind."

„Ja." Althea lächelte. „Ich weiß." Als sie das Freizeichen hörte, wählte sie die Nummer der örtlichen Polizei. „Hallo, Fran", sagte sie fröhlich zu der Frau in der Zentrale, ganz so, wie sie es vorher vereinbart hatten. „Du kannst dir nicht vorstellen, was passiert ist. Ich habe mich verfahren, und dann hat auch noch mein Auto seinen Geist aufgegeben. Ich weiß wirklich nicht, was ich ohne diese netten Jungs hier gemacht hätte." Sie kicherte und hoffte, dass Colt in der Zwischenzeit seinen Zug machte. „Also wirklich, das ist doch gar nicht wahr, dass ich mich jedes Mal verfahre! Ich hoffe wirklich sehr, dass Bob raufkommt und mich holt."

Während Althea mit der Frau in der Polizeizentrale plauderte, kletterte Colt auf der Rückseite des Hauses auf den Balkon im ersten Stock. Mit dem Feldstecher hatte er durch die große Glasfront ins Haus schauen und alles sehen können, was er sehen musste. Althea kam allein zurecht, und Liz war im ersten Stock.

Sie hatten sich darauf verständigt, dass er Liz aus dem Haus holen würde, sofern sich eine Gelegenheit dazu ergab. Um sie aus der Gefahrenzone herauszubringen. Er hätte den direkten Weg vorgezogen – über Kline und den anderen Drecksack im Wohnzimmer und den großen Kerl, der sich in der Küche zu schaffen machte.

Aber Liz' Sicherheit hatte Vorrang. Und wenn er sie erst hier rausgebracht hatte, konnte er immer noch zurückkommen.

Ächzend machte er einen Klimmzug und schwang sich auf den Balkon, wo er durchs geschlossene Fenster Liz mit dem Rücken zu ihm zusammengerollt auf einem zerwühlten Bett liegen sah. Sein erster Impuls war es, die Scheibe einzuschlagen und durchs Fenster einzusteigen. Doch da er befürchtete, sie könnte vor Schreck laut aufschreien, klopfte er nur ganz sachte an das Glas.

Sie legte sich anders hin. Als er ein zweites Mal klopfte, drehte sie sich müde um und kniff die Augen gegen das grelle Sonnenlicht zusammen. Dann blinzelte sie ungläubig und schob sich langsam hoch. Colt legte schnell einen Finger an die Lippen, um ihr zu bedeuten, dass sie still sein sollte. Doch gegen ihre Tränen war sie machtlos. Sie schossen ihr aus den Augen und liefen ihr in Strömen über die Wangen, während sie zum Fenster rannte.

„Colt!"

Sie rüttelte an dem Fenster, dann legte sie ihre Wange gegen die Scheibe und weinte. „Ich will nach Hause. Bitte, bitte, ich will nach Hause!"

Er konnte sie durch das Glas kaum hören. In der Befürchtung, dass man sie unten hören könnte, klopfte er wieder gegen das Fenster und wartete, bis sie sich zu ihm umdrehte. „Mach auf, Baby." Er formte die Worte mit den Lippen, aber sie schüttelte den Kopf.

„Zugenagelt." Sie rang nach Luft und drückte sich die Fäuste gegen die Augen. „Sie haben es zugenagelt."

„Okay, okay. Schau mich an. Schau." Er wedelte mit der Hand vor ihrem Gesicht herum, um ihre Aufmerksamkeit wiederzubekommen. „Ein Kissen. Hol ein Kissen."

In ihren Augen glomm ein winziger Funke auf. Er hatte es eben schon einmal gesehen, dieses vorsichtige Zurückkehren der Hoffnung. Sie bewegte sich schnell und tat, was er ihr gesagt hatte.

„Drück es gegen das Glas. Halt es ganz fest und dreh deinen Kopf weg. Dreh den Kopf weg, Baby."

Er schlug mit dem Ellbogen die Scheibe ein, froh, dass das Kissen den Lärm größtenteils dämpfte. Als das Loch groß genug war, zog er das Kissen heraus und kletterte ins Zimmer.

Liz warf sich aufschluchzend in seine Arme und klammerte sich an ihn. Er hob sie hoch und wiegte sie tröstlich wie ein Baby. „Schsch, Liz, alles wird gut. Ich bringe dich nach Hause."

„Es tut mir leid. Es tut mir ja so leid."

„Mach dir darüber jetzt keine Gedanken. Du darfst dir jetzt über gar nichts Gedanken machen." Er lehnte sich zurück, um ihr in die Augen zu schauen. Sie sieht so dünn aus, dachte er. So blass. Und er hatte noch viele Fragen. „Honey, du wirst noch eine kleine Weile durchhalten müssen. Wir verschwinden jetzt von hier und zwar schnell. Hast du einen Mantel? Schuhe?"

Sie schüttelte den Kopf. „Sie haben mir alles abgenommen, damit ich nicht weglaufen kann. Ich hätte es versucht, Colt, ich schwöre, dass ich es versucht hätte, aber …“

„Schon gut.“ Er presste ihr Gesicht beruhigend gegen seine Schulter, weil er befürchtete, sie könnte einen Weinkrampf bekommen. „Du wirst jetzt nicht daran denken, sondern einfach nur das tun, was ich dir sage, okay?“

„Okay. Gehen wir? Jetzt gleich?“

„Sofort. Warte, wir wickeln dich in die Decke hier ein.“ Er zog mit einer Hand die Wolldecke vom Bett und versuchte sie ihr so gut es ging um die Schultern zu legen. „Wir müssen vom Balkon springen, aber ich halte dich fest. Wenn du einfach ganz fest deine Arme um meinen Hals legst und dich so locker wie möglich machst, wird es nicht schlimm werden.“ Er trug sie zum Fenster, um mit ihr durch das Loch nach draußen zu klettern. „Wenn du meinst, schreien zu müssen, mach es bloß im Kopf, keinesfalls laut, hast du mich verstanden? Es ist wichtig.“

„Ich schreie nicht.“ Mit hämmerndem Herzen presste sie ihren Kopf an seine Brust. „Bitte, bring mich einfach nur nach Hause. Ich will zu Mom.“

„Sie wünscht sich auch nichts mehr, als dass du endlich wieder bei ihr bist. Und dein alter Herr auch.“ Er redete weiter leise beruhigend auf sie ein, während er sich Zentimeter für Zentimeter mit ihr vortastete. „Sobald wir hier draußen sind, rufen wir sie an.“ Er sprach ein kurzes Gebet und sprang.

Man hatte ihm beigebracht, wie man sich fallen ließ, aus einem Gebäude, von einer Treppe, aus einem Flugzeug. Ohne das Mädchen hätte er einfach den Kopf eingezogen und sich abgerollt. Doch mit ihr drehte er sich in der Luft blitzschnell einmal um sich selbst, um die Wucht des Aufpralls abzumildern und auf dem Rücken zu landen, damit er ihr als Kissen diente, das den Stoß abfederte.

Bei dem harten Aufprall blieb ihm die Luft weg, durch seine Schulter zuckte ein stechender Schmerz. Aber sobald er gelandet war, war er auch schon wieder auf den Beinen, immer noch mit Liz im Arm, die er an seine Brust drückte. Er hatte bereits die Hälfte des Wegs zur Straße zurückgelegt, als er den Schuss hörte.

10. KAPITEL

Althea zog ihr Telefonat mit der Frau in der Polizeizentrale, die ihr sagte, dass in zehn Minuten Verstärkung eintreffen konnte, so weit wie möglich in die Länge. Sie hoffte zutiefst, dass es Colt gelungen war, Liz aus dem Haus herauszuholen, doch falls nicht, war nach ihrem derzeitigen Kenntnisstand trotzdem anzunehmen, dass die Befreiungsaktion wie am Schnürchen klappte.

„Danke, Fran. Ich freue mich auch schon, dich und Bob wiederzusehen. Sekunde, ich lasse mir nur noch schnell von Harry erklären, wo ich genau bin. Ich habe nämlich keinen Schimmer."

Althea warf ein strahlendes Lächeln in Harrys Richtung und legte eine Hand über den Hörer. „Haben Sie hier eine Adresse oder sonst irgendeinen Anhaltspunkt? Bob will mich nämlich abholen."

„Kein Problem." Er wandte den Kopf, als Tidal Wave aus der Küche ins Wohnzimmer kam. „Hoffentlich hast du für unseren Gast auch Frühstück gemacht", sagte Harry zu ihm. „Sie hatte einen unruhigen Morgen."

„Es reicht für alle." Tidal Wave drehte sich zu Althea, dann verengten sich seine harten braunen Augen. „Hey, zum Teufel! Was ist denn das?"

„Benimm dich", ermahnte ihn Donner. „Hier ist eine Dame anwesend."

„Was heißt denn hier Dame, verdammt? Die ist von den Bullen. Das ist Wild Bills Cop."

Er stürzte sich auf Althea, aber die war darauf vorbereitet. Nachdem sie das Aufblitzen in seinen Augen gesehen hatte, hatte sie augenblicklich ihre Waffe gezogen. Sie hatte keine Zeit, sich um die beiden anderen Männer Gedanken zu machen, während zweihundertsechzig Pfund Muskelfleisch auf sie zuflogen.

Ihre erste Kugel ging ins Leere, als Althea mit voller Wucht gegen einen antiken Tisch geschleudert wurde. Dabei ging eine Sammlung mit kleinen bunten Glasflaschen zu Bruch, und rosa und blaue Scherben flogen durch die Luft. Althea hörte die Engel im Himmel singen. Durch einen Schleier sah sie, dass sich ihr Widersacher bereits wieder mit erhobenen Fäusten auf sie stürzte.

Instinktiv rollte sich sie sich zur Seite, um dem Faustschlag auszuweichen. Tidal Wave war groß und schwer, dafür war sie schnell. Sie zog sich auf die Knie hoch und packte ihre Waffe mit beiden Händen.

Diesmal verfehlte die Kugel ihr Ziel nicht. Sie hatte nur einen Moment Zeit, um die Blutspritzer auf seinem weißen T-Shirt zu registrieren, bevor sie auf die Füße sprang.

Donner rannte zur Tür, und Kline zog fluchend eine Schublade auf. Sie sah das Aufblitzen von Metall.

„Hände hoch! Keine Bewegung!"

Auf ihren Befehl hin blieb Donner erstarrt stehen und hob dann langsam die Hände, aber Kline riss trotzdem die Pistole aus der Schublade.

„Lassen Sie die Waffe fallen, Harry", sagte sie schneidend, während sie einen Schritt zurücktrat, damit sie beide Männer im Blick behalten konnte. „Andernfalls werden Sie den Teppich genauso mit Ihrem Blut volltropfen wie Ihr Freund hier."

„Miststück." Mit zusammengebissenen Zähnen ließ er die Pistole fallen.

„So ist es brav. Okay, und jetzt mit dem Gesicht auf den Boden, Hände auf den Rücken. Sie auch, Romeo", sagte sie zu Donner. Während die Männer gehorchten, griff sie nach Klines Waffe. „Ihr hättet wirklich nicht so leichtsinnig sein dürfen, eine Fremde in euer Haus zu lassen."

Dass sie barbarische Schmerzen hatte, merkte Althea erst, nachdem ihr Adrenalinspiegel wieder etwas abgesunken war. Sie war von Kopf bis Fuß ein einziger Schmerz. Jetzt konnte sie nur noch hoffen, dass Tidal Wave sie bei seinem überfallartigen Angriff nicht ernsthaft verletzt hatte.

Ganz weit in der Ferne ertönte Sirenengeheul. „Scheint so, als ob die gute Fran die Truppe postwendend in Marsch gesetzt hätte. Und jetzt, nur falls das noch nicht klar ist, ich bin von der Polizei, und Sie sind verhaftet."

Althea klärte gerade die beiden Verhafteten mit ruhiger Stimme über ihre Rechte auf, als Colt mit einer Pistole in der einen und einem Messer in der anderen Hand ins Zimmer gestürmt kam. Wahrscheinlich waren kaum mehr als drei Minuten vergangen, seit sie den ersten Schuss abgegeben hatte. Der Mann war wirklich schnell.

Nachdem sie ihm einen kurzen Blick zugeworfen hatte, beendete sie die Prozedur und bat Colt anschließend: „Kümmerst du dich um diese beiden Idioten hier, Nightshade?“ Dann griff sie nach dem herunterbaumelnden Telefonhörer und fragte: „Officer Mooney? Ja, hier ist Lieutenant Grayson. Wir brauchen hier draußen einen Krankenwagen. Ich habe einen Verhafteten mit einer Schusswunde. Nein, die Situation ist unter Kontrolle. Danke für Ihre Hilfe.“

Sie legte auf und wendete sich wieder zu Colt um. „Was ist mit Liz?“

„Sie ist okay. Ich habe ihr gesagt, dass sie an der Straße auf die Polizei warten soll. Ich habe die Schüsse gehört.“ Seine Hände waren ruhig. Dafür sollte er dankbar sein. Seine Knochen waren weich wie Gelee. „Ich dachte mir, dass etwas schiefgelaufen ist.“

„Da hast du richtig gedacht. Der da.“ Sie deutete mit dem Kopf auf Tidal Wave. „Er muss mich mit Wild Bill gesehen haben. Warum versuchst du nicht, irgendwo ein Handtuch aufzutreiben? Wir sollten besser diese Blutung stoppen.“

„Zum Teufel damit!“ Es brach so heftig aus ihm heraus, dass die beiden Männer auf dem Boden zusammenzuckten. „Dir läuft an der Schläfe das Blut herunter!“

„Ja?“ Sie berührte die klaffende Wunde an ihrer rechten Schläfe, dann schaute sie angewidert auf ihre blutverschmierten Fingerspitzen. „Herrgott. Das muss ich wohl nähen lassen. Ich hasse es, mich nähen zu lassen.“

„Wer war das?“ Colt taxierte die drei Männer mit eiskalten Augen.

„Der, auf den ich geschossen habe. Der im Moment gerade dabei ist zu verbluten. Los, beeil dich, hol mir ein Handtuch, damit wir ihn wenigstens noch vor Gericht bringen können.“ Als Colt keine Anstalten machte, ihrer Aufforderung nachzukommen, trat sie entschlossen zwischen ihn und den Verletzten und sagte: „Komm mir jetzt bloß nicht mit so einem Quatsch, Nightshade. Ich bin keine hilflose junge Dame, und edle Ritter kann ich auf den Tod nicht ausstehen. Hast du das kapiert?“

„Ja.“ Er holte tief Luft. Er hatte im Moment einfach zu viele Gefühle. Und kein einziges Gefühl vermochte an der Situation etwas ändern. „Ja, ich hab’s kapiert, Lieutenant.“

Damit wandte er sich ab und tat, was sie von ihm verlangt hatte. Wenigstens kam sie mit der Situation zurecht, dachte er. Aber sie kam ja mit allem zurecht.

Er wurde erst wieder ruhiger, als sie im Flugzeug saßen. Oder zumindest musste er so tun, weil Liz bei ihnen war. Sie hatte sich an ihn geklammert und ihn angefleht, sie nicht mit der Polizei zurückzuschicken, bei ihr zu bleiben. Deshalb saß Liz jetzt neben ihm auf dem Kopilotensitz, während sich Althea hinten auf den Notsitz gesetzt hatte.

Liz, die in seiner Jacke ganz verloren wirkte, starrte schweigend aus dem Fenster. Obwohl Colt sie so warm eingepackt hatte, zitterte sie immer noch. Als sie oben waren und gen Osten flogen, begannen ihr die Tränen über die Wangen zu strömen. Ihre Schultern bebten heftig, aber sie gab keinen Laut von sich. Gar keinen.

„Na komm, Baby." Colt griff hilflos nach ihrer Hand. „Jetzt ist alles gut. Jetzt tut dir niemand mehr weh."

Aber ihre Tränen versiegten nicht.

Althea stand wortlos auf, kam nach vorn und löste Liz' Sicherheitsgurt. Immer noch schweigend, veranlasste sie Liz, ein Stück zu rutschen, damit sie sich auf ihren Platz setzen konnte. Dann nahm sie das Mädchen auf den Schoß und drückte ihren Kopf an ihre Schulter. Teilte mit ihr ihren Kummer.

„Lass es alles raus", murmelte sie.

Und dann hallte ganz plötzlich Liz' lautes Schluchzen durch das Cockpit. Der Schmerz, der darin mitschwang, zerriss Althea fast das Herz, während sie das Mädchen in ihren Armen wiegte und an sich drückte. Colt hob eine Hand und fuhr Liz über das zerzauste Haar. Aber Liz schmiegte sich bei der Berührung nur noch enger an Althea.

Er ließ die Hand sinken und konzentrierte sich auf den Himmel.

Althea hatte ruhig, aber bestimmt darauf beharrt, dass es vernünftig war, zuerst ins Krankenhaus zu fahren, und schließlich hatte Liz es eingesehen. Obwohl sie ständig wiederholte, dass sie nur nach Hause wollte. Woraufhin sie von Althea wieder und wieder daran erinnert wurde, dass ihre Eltern bereits auf dem Weg nach Denver waren.

„Ich weiß, wie schwer es dir fällt." Althea ließ auch im Warteraum des Krankenhauses ihren Arm um Liz' Schultern liegen. „Und ich weiß auch, dass es dir Angst macht, aber es muss einfach sein."

„Ich will aber nicht, dass der Arzt mich anfasst."

„Das kann ich gut verstehen." Oh, und wie gut sie das verstehen konnte! „Aber es ist kein Arzt, sondern eine Ärztin." Althea lächelte und fuhr Liz sachte mit einer Hand über den Arm. „Sie wird dir nicht wehtun."

„Es wird sehr schnell vorbei sein", versicherte Colt. Es fiel ihm schwer, sein entspanntes Lächeln beizubehalten. Am liebsten hätte er seinen Zorn laut herausgeschrien. Wild um sich geschlagen. Jemanden umgebracht.

„Okay." Liz schaute wieder argwöhnisch in die Richtung, in der das Untersuchungszimmer lag. „Bitte …" Sie presste die Lippen zusammen und schaute Althea flehend an.

„Möchtest du, dass ich mit reinkomme? Bei dir bleibe?" Als Liz nickte, zog sie das Mädchen enger an sich. „Klar, kein Problem. Colt, was hältst du davon, wenn du uns inzwischen etwas zu trinken holst? Und vielleicht ein paar Knabberriegel?" Sie lächelte auf Liz hinunter. „Ich könnte gut ein paar Süßigkeiten vertragen. Du auch?"

„Ja." Liz holte zitternd Atem. „Ich denke schon."

„Wir sind in ein paar Minuten wieder da", sagte Althea zu Colt. Er konnte nichts in ihren Augen lesen. Mit dem Gefühl, nutzlos zu sein, schlenderte er den Flur hinunter.

Im Behandlungszimmer half Althea Liz, ihre ausgefransten Sachen auszuziehen und in ein Krankenhausnachthemd zu schlüpfen. Sie sah die Blutergüsse, mit denen der Körper des Mädchens bedeckt war, sagte jedoch nichts. Sie würden von Liz eine offizielle Aussage brauchen, aber das konnte noch warten.

„Das ist Dr. Mailer", stellte sie die junge Ärztin vor, die an den Untersuchungsstuhl trat.

„Hallo, Liz." Dr. Mailer streckte ihrer Patientin weder die Hand hin, noch berührte sie sie sonst in irgendeiner Weise. Sie war auf Traumapatienten spezialisiert und verstand die Ängste von Vergewaltigungsopfern. „Ich werde dir ein paar Fragen stellen und einige Untersuchungen machen müssen. Wenn du irgendetwas wissen willst, scheu dich nicht zu fragen. Und wenn du möchtest, dass ich eine kleine Pause mache, sag es einfach. Okay?"

„Okay." Liz legte sich zurück und schaute an die Decke. Aber Altheas Hand ließ sie nicht los.

Althea hatte sich an Dr. Mailer gewandt, weil sie den Ruf der Frau kannte. Und während die Ärztin jetzt Liz untersuchte, konnte Althea zu ihrer Erleichterung feststellen, dass sie diesem Ruf vollauf gerecht wurde. Dr. Mailer war sanft, freundlich und effizient. Sie schien instinktiv zu wissen, wann sie eine Pause einlegen und Liz Gelegenheit geben musste, sich zu erholen, und wann sie weitermachen konnte.

„So, das war's." Dr. Mailer streifte ihre Gummihandschuhe ab und lächelte. „Jetzt möchte ich, dass du dich noch ein Weilchen hier bei uns ausruhst, und ich mache unterdessen ein Rezept für dich fertig, das du mitnehmen kannst, wenn du gehst."

„Ich muss doch nicht dableiben, oder?"

„Nein." Dr. Mailer legte eine Hand über die von Liz. „Du warst sehr tapfer. Wenn deine Eltern da sind, unterhalten wir uns noch einmal. Ich werde in der Zwischenzeit versuchen, irgendwo etwas zu essen für dich aufzutreiben."

Als sie ging, warf Dr. Mailer Althea einen Blick zu, der ihr sagte, dass sie sich später unterhalten würden.

„Du warst wirklich sehr tapfer", sagte Althea und half Liz beim Aufstehen. „Willst du, dass ich nachsehe, ob Colt diese Knabberriegel aufgetrieben hat? Ich kann mir kaum vorstellen, dass Dr. Mailer an diese Art Essen gedacht hat, deshalb werden wir es uns schon selbst beschaffen müssen."

„Ich will aber nicht allein bleiben."

„Okay." Althea nahm ihre Bürste aus ihrer Handtasche und begann, Liz' zerzaustes Haar zu bürsten. „Schrei, wenn es ziept."

„Als ich Sie da unten sah, hatte ich schon Angst, dass Sie auch eine von diesen Frauen sind, die sie raufgebracht haben. Dass es wieder losgeht." Liz machte ganz fest die Augen zu. Durch ihre Lider quollen Tränen. „Dass sie mich wieder zwingen, diese ganzen widerlichen Sachen zu machen."

„Tut mir leid, dass ich dich erschreckt habe. Aber es gab keine Möglichkeit, dir zu sagen, dass ich da bin, um dir zu helfen."

„Und als ich Colt am Fenster sah, dachte ich, ich träume. Weil ich doch die ganze Zeit geträumt hab, dass mich jemand holt, aber es kam niemand. Ich hatte schon Angst, dass es Mom und Dad ganz egal ist, was mit mir passiert."

„Honey, deine Eltern haben die ganze Zeit über verzweifelt versucht, dich zu finden." Sie legte Liz einen Finger unters Kinn. „Sie haben sich schreckliche Sorgen gemacht. Deshalb haben sie Colt losgeschickt. Und ich kann dir versichern, dass er sich ebenfalls schreckliche Sorgen gemacht hat. Du kannst dir nicht vorstellen, was er alles auf die Beine gestellt hat, um dich zu finden."

Liz versuchte zu lächeln, aber ihr Mund zitterte zu sehr. „Aber sie wissen nicht, dass … vielleicht lieben sie mich ja nicht mehr, wenn sie erfahren, dass … alles."

„Das darfst du nie glauben." Altheas Finger schlossen sich fester um Liz' Kinn. „Es wird sie empören, und es wird ihnen wehtun, und es wird ihnen sehr schwerfallen, das, was dir passiert ist, zu akzeptieren, aber doch nur, weil sie dich von ganzem Herzen lieben. Und egal, was passiert ist – daran wird sich nie etwas ändern."

„Ich … ich kann einfach nichts anderes tun als weinen."

„Mehr musst du im Moment auch nicht tun."

Liz wischte sich mit einer zitternden Hand die Tränenspuren von den Wangen. „Es war meine eigene Schuld, weil ich von zu Hause weggelaufen bin."

„Es war deine Schuld, dass du von zu Hause weggelaufen bist", korrigierte Althea sie. „Aber das ist auch das Einzige, woran du schuld bist."

Liz drehte abrupt den Kopf weg. Während sie auf den gefliesten Boden starrte, begannen ihr wieder die Tränen über die Wangen zu strömen. „Sie können sich nicht vorstellen, wie sich das anfühlt", sagte sie dumpf. „Sie wissen nicht, wie es ist. Wie schrecklich es ist. Wie demütigend."

„Du irrst dich." Sanft, aber entschlossen legte Althea Liz erneut die Hand unters Kinn und hob sich ihr Gesicht entgegen, bis sich ihre Blicke trafen. „Ich weiß es. Ich weiß es ganz genau."

„Sie auch?" Liz atmete zitternd aus. „Ist es Ihnen auch passiert?"

„Als ich ungefähr in deinem Alter war. Und ich habe mich gefühlt, als ob man etwas aus mir herausgeschnitten hätte, was ich nie wiederbekomme. Ich hatte das Gefühl, dass ich mich nie wieder sauber, nie wieder ganz fühlen würde. Dass ich nie wieder ich selbst sein würde. Und ich habe eine sehr lange Zeit geweint, weil es nichts gab, was ich sonst hätte tun können."

Liz nahm das Papiertaschentuch, das Althea ihr in die Hand drückte. „Ich habe mir eingeredet, dass nicht ich es bin, der das passiert. Und irgendwie war ich es auch nicht. Aber ich hatte so schreckliche Angst. Es ist vorbei. Colt sagt, dass es vorbei ist, aber weh tut es immer noch."

„Ich weiß." Althea nahm Liz wieder in die Arme. „Es tut mehr weh als alles andere, und es wird noch eine ganze Weile wehtun. Aber du bist nicht allein. Du musst dich immer daran erinnern, dass du nicht allein bist. Du hast deine Familie, deine Freunde. Du hast Colt. Und wenn du willst, kannst du jederzeit mit mir reden."

Liz schmiegte sich schniefend an Althea. „Was haben Sie gemacht? Hinterher, meine ich. Was haben Sie da gemacht?"

„Ich habe überlebt", murmelte Althea, über Liz' Kopf hinweg ins Leere starrend. „Und du wirst auch überleben."

Colt stand, den Arm voller Getränkedosen und Knabberriegel, in der Tür des Untersuchungszimmers. Wenn er sich vorhin nutzlos gefühlt hatte, so fühlte er sich jetzt unerträglich nutzlos.

Hier war im Moment kein Platz für ihn, er konnte den Schmerz dieser beiden Frauen nicht nachempfinden, selbst wenn er sich noch so große Mühe gab. Seine erste und einzige Reaktion war Wut. Aber an wem sollte er sie auslassen? Er verließ das Behandlungszimmer und stellte die Dosen und Knabberriegel auf einem Tisch im Wartezimmer ab. Aber wenn er die beiden nicht trösten, wenn er das, was passiert war, nicht ungeschehen machen konnte, was konnte er dann tun?

Er fuhr sich übers Gesicht und versuchte, einen klaren Kopf zu bekommen. Als er die Hände wieder herunternahm, sah er Liz' Eltern aus dem Aufzug steigen.

Jetzt konnte er immerhin etwas tun. Er ging auf sie zu, um sie zu begrüßen.

Im Untersuchungszimmer hatte Althea Liz' Haar fertig gebürstet. „Willst du dich jetzt anziehen?"

Liz verzog ihr Gesicht zu etwas, das für ein Lächeln durchgehen konnte. „Das Zeug zieh ich nie mehr an."

„Das kann ich gut verstehen. Na, vielleicht kann ich dir ja irgendwo etwas organisieren …“ Althea wandte den Kopf, als sie aus dem Augenwinkel draußen auf dem Flur eine Bewegung erhaschte. Sie sah eine bleiche Frau und einen gequält dreinschauenden Mann, beide mit rot geränderten Augen.

„Oh, Baby! Oh, Liz!“ Die Frau rannte, dicht gefolgt von ihrem Mann, auf Liz zu.

„Mom!“ Liz warf sich schluchzend in ihre Arme. „Oh, Mom!“

Althea trat einen Schritt beiseite, während sich Eltern und Kind mit Tränen in den Augen begrüßten. Als sie Colt auf der Schwelle entdeckte, ging sie zu ihm hin. „Du bleibst am besten hier. Ich sage Dr. Mailer Bescheid, dass sie hier sind, bevor ich gehe.“

„Wohin gehst du denn?“

Sie hängte sich ihre Tasche über die Schulter. „Meinen Bericht schreiben.“

Sie schrieb ihn, und dann ging sie nach Hause und legte sich in die Badewanne, bis die Haut an ihren Fingern und Zehen ganz verschrumpelt war. Und anschließend fiel sie völlig erschöpft nackt ins Bett und schlief tief und traumlos, bis sie von einem lauten Klopfen an der Tür geweckt wurde.

Völlig groggy tastete sie nach ihrem Bademantel und knotete ihn auf dem Weg zur Tür zu. Als sie Colt durch den Spion sah, machte sie ein finsteres Gesicht und riss die Tür auf.

„Nenn mir einen guten Grund, warum ich dir nicht eine Anzeige wegen Ruhestörung aufbrummen sollte. Meine Ruhe.“

Er hielt ihr einen flachen rechteckigen Karton hin. „Ich habe Pizza mitgebracht.“

Sie atmete betont aus und wieder ein – wobei ihr der Duft nach Käse und Gewürzen in die Nase stieg. „Na, vielleicht rettet dich das ja. Ich nehme an, du willst damit reinkommen.“

„So habe ich es mir gedacht.“

„Na schön, dann komm rein.“ Nach dieser nicht allzu begeisterten Einladung drehte sie sich um und ging weg, um Teller und Servietten zu holen. „Wie hält sich Liz?“

„Überraschend gut. Marleen und Frank sind so eins mit ihr, wie man sich nur vorstellen kann.“

„Das werden sie auch sein müssen.“ Sie kam zurück, um die Teller auf den Tisch zu stellen. „Ich hoffe, ihnen ist klar, dass sie alle zusammen eine Familientherapie machen müssen."

„Sie haben bereits mit Dr. Mailer darüber gesprochen. Sie will ihnen helfen, einen guten Therapeuten zu finden." Er zerteilte die Pizza, während er sorgfältig nach Worten suchte. „Als Erstes wollte ich dir danken. Und versuch jetzt nicht wieder, mir gleich den Wind aus den Segeln zu nehmen, Thea. Ich möchte es wirklich gern aussprechen."

„Also gut", sagte sie. Sie setzte sich und suchte sich ein Stück Pizza aus. „Dann mach."

„Ich spreche nicht nur von der offiziellen Kooperation, der Art, wie du mir geholfen hast, sie zu finden und da rauszuholen. Dafür schulde ich dir viel Dank, aber das ist beruflich. Hast du vielleicht irgendwas zu trinken da?"

„In der Küche ist noch etwas Burgunder."

„Ich hole ihn", sagte er, als sie Anstalten machte aufzustehen.

Althea zuckte die Schultern und wandte sich wieder ihrem Essen zu. „Tu dir keinen Zwang an." Sie war bereits bei ihrem zweiten Stück, als Colt mit einer Flasche und zwei Gläsern zurückkam. „Ich schätze, ich war zu müde, um zu merken, dass ich am Verhungern bin."

„Dann muss ich mich wenigstens nicht dafür entschuldigen, dass ich dich geweckt habe." Er füllte beide Gläser, trank aber nicht. „Außerdem muss ich dir noch dafür danken, wie du mit Liz umgegangen bist. Ich schätze, ich dachte, es reicht, sie da rauszuholen … diesen edlen Ritter zu spielen, den du auf den Tod nicht ausstehen kannst." Er schaute auf, begegnete ihrem Blick. In seinen Augen war eine Müdigkeit, die sie vorher nicht gesehen hatte. „Doch das war nicht so. Und auch ihr zu sagen, dass alles gut ist, dass alles vorbei ist, war nicht genug. Sie brauchte dich."

„Sie brauchte eine Frau."

„Du bist eine Frau. Ich weiß, dass es viel verlangt ist, aber sie hat zweimal nach dir gefragt, nachdem du weg warst." Er spielte mit dem Stiel seines Glases. „Sie werden noch mindestens einen Tag in der Stadt bleiben … bis Dr. Mailer die ersten Untersuchungsergebnisse aus dem Labor hat. Ich habe gehofft, dass du vielleicht noch mal mit Liz redest."

„Darum brauchst du mich nicht zu bitten, Colt." Sie griff nach seiner Hand. „Ich war an der Sache ebenso beteiligt wie du."

Er zog ihre Hand an die Lippen. „Ich liebe dich, Thea. Sehr. Nein, zieh jetzt nicht deine Hand weg." Er packte sie fester, um sie daran zu hindern. „Ich habe das vorher noch nie zu einer Frau gesagt. Ich habe andere Sachen gesagt." Er lächelte schwach. „‚Ich bin verrückt nach dir', ‚Du bist was Besonderes für mich', so Sachen eben. Aber ich habe bis jetzt noch nie das Wort *Liebe* in den Mund genommen."

Sie glaubte ihm. Viel schlimmer aber war, dass sie ihm glauben wollte. Sei vorsichtig, ermahnte sie sich. Mach immer nur einen Schritt nach dem anderen. „Hör zu, Colt, seit wir uns kennengelernt haben, sitzen wir in einer Achterbahn der Gefühle, und das ist noch nicht lange her. In einer Achterbahn wird einem ganz schwindlig, und die Perspektive gerät außer Kontrolle. Warum lassen wir uns nicht ein bisschen mehr Zeit?"

Er konnte spüren, dass ihre Nerven vibrierten, aber diesmal fand er es gar nicht lustig. „Ich muss akzeptieren, dass ich das, was Liz passiert war, nicht ändern kann. Das fällt mir schwer. Genauso wenig kann ich ändern, was ich für dich empfinde. Das zu akzeptieren fällt mir allerdings sehr leicht."

„Ich weiß nicht genau, was du von mir willst, Colt, und ich glaube nicht, dass ich es dir geben kann."

„Wegen dem, was dir passiert ist? Wegen dieser Sache, über die du mit Liz im Behandlungszimmer gesprochen hast?"

Sie entzog ihm abrupt ihre Hand. „Das war nur etwas zwischen Liz und mir", sagte sie kalt. „Es geht dich nichts an."

Es war genau die Reaktion, mit der er gerechnet hatte, die, auf die er vorbereitet war. „Wir wissen beide, dass das nicht stimmt. Aber wir werden erst darüber reden, wenn du dazu bereit bist." Um sie abzulenken, griff er nach seinem Weinglas und fuhr fort: „Du weißt, dass Scotts Chancen, durchzukommen, fifty-fifty stehen."

„Ich weiß." Sie beobachtete ihn wachsam. „Ich habe im Krankenhaus angerufen, bevor ich ins Bett gegangen bin. Boyd verhört im Moment Kline und Donner."

„Ich kann es gar nicht erwarten, sie zu sehen, du auch nicht?"

„Nein." Sie lächelte wieder. „Ich auch nicht."

„Ich habe geglaubt, mir bleibt das Herz stehen, als ich diese

Schüsse hörte." Wieder ein bisschen entspannter biss er in seine Pizza. „Daraufhin bin ich zurückgerast, wie die Kavallerie ins Haus gedonnert, und was sehe ich da?" Er schüttelte den Kopf und stieß mit ihr an. „Dich, mit blutüberströmtem Gesicht ..." Er machte eine Pause, um ihr sanft über den Verband an ihrer Schläfe zu fahren. „Mit einer Kanone in jeder Hand. Und vor dir auf dem Boden ein dreihundert Pfund schwerer Kerl, der gerade verblutet, und zwei andere Burschen mit dem Gesicht nach unten und den Händen hinterm Kopf verschränkt ein bisschen weiter entfernt auf dem Boden. Und du stehst einfach nur da wie Diana nach der Jagd und erklärst ihnen ihre Rechte. Ich muss zugeben, dass ich mich ziemlich überflüssig gefühlt habe."

„War schon in Ordnung so, Nightshade." Sie atmete besiegt aus. „Und ich schätze, du verdienst es zu wissen, dass ich schrecklich froh war, dich zu sehen. Du hast ausgesehen wie Jim Bowie bei der Belagerung von Alamo."

„Er hat verloren."

Sie gab nach und beugte sich vor, um ihn zu küssen. „Du nicht."

„Wir nicht", stellte er richtig, erfreut darüber, dass ihr Mund weich, entspannt und freundlich gewesen war. „Ich habe dir ein Geschenk mitgebracht."

„Ach ja?" Weil der gefährliche Moment vorbei zu sein schien, hoben sich ihre Mundwinkel, und dann küsste sie ihn wieder. „Zeig her."

Er langte hinter sich nach seiner Jacke, kramte in der Tasche herum und brachte schließlich eine reichlich zerknitterte Papiertüte zum Vorschein, die er ihr in den Schoß warf.

„Ah, und du hast es so hübsch eingepackt." Kichernd steckte sie die Hand in die Tüte. Und zog einen BH und einen Slip heraus, beides in mitternachtsblauer Seide. Aus ihrem Kichern wurde ein volltönendes anerkennendes Lachen.

„Ich bezahle nur meine Schulden", sagte er. „Und da davon auszugehen war, dass du wahrscheinlich einen ganzen Vorrat an weißen Garnituren hast, habe ich zur Abwechslung etwas anderes genommen." Er streckte die Hand aus und ließ sie über die spitzenbesetzte Seide gleiten. „Vielleicht willst du es ja anprobieren."

„Schon möglich." Aber sie wusste, was sie jetzt wollte. Was sie jetzt brauchte. Deshalb stand sie auf, um es sich zu nehmen. Sie schob ihre Finger in sein Haar und zog sein Gesicht zu sich heran, bis sein Mund sich auf ihren legte. „Und vielleicht willst du ja mit mir ins Bett gehen."

„Keine Frage." Ohne den Kuss zu beenden, fuhr er ihr beim Aufstehen mit den Händen über ihre Hüften und zog sie eng an sich. „Ich dachte schon, du fragst nie."

„Ich wollte bloß nicht, dass die Pizza kalt wird."

Er fuhr ihr mit einem Finger vorn an ihrem Bademantel bis zur Taille, wo er innehielt und mit ihrem Gürtel spielte. „Bist du immer noch hungrig?"

Sie zog ihm das Hemd aus der Jeans. „Jetzt, wo du es sagst." Und als er sie schwungvoll hochhob, lachte sie laut auf. „Wofür soll das denn gut sein?"

„Ich habe beschlossen, dir den Boden unter den Füßen wegzuziehen. Als Erstes." Während er mit ihr das Schlafzimmer ansteuerte, beschloss er, dass sie für eine weitere Überraschung reif war.

Die Decke war zurückgeschlagen, aber das weiße Laken sah kaum benutzt aus von ihrem kurzen Schlaf. Colt legte sie ab und gesellte sich zu ihr, wobei er ihr Gesicht mit zärtlich verspielten Küssen überschüttete.

Ihre Finger waren damit beschäftigt, seine Knöpfe zu öffnen. Inzwischen wusste sie, wie es sein würde, und war auf den Sturm und das Feuer und die Flut vorbereitet – ja, erwartete sie sogar begierig. Als ihre Hände Baumwolle beiseiteschoben und auf festes warmes Fleisch stießen, gab sie ein leises, lustvolles Aufstöhnen von sich.

Er fuhr fort, sie zu küssen, zu liebkosen und an ihrem Hals zu knabbern, während sie ihm hastig seine Kleider abstreifte. Er spürte, dass in ihr eine wilde Energie loderte, die selbstvergessene Hemmungslosigkeit versprach. Jedes Mal, wenn Begierde ihn durchzuckte, atmete er tief durch und versuchte ruhig zu bleiben.

Begierig bot Althea ihm ihren Mund und wölbte sich ihm entgegen. „Ich will dich."

Noch nie im Leben war ihm vor drei atemlosen Worten schwindlig geworden, bis zu diesem Zeitpunkt. Er wusste zu schätzen, was sie ihm anbot, aber er wollte auch das von ihr, was sie noch zurückhielt. „Ich weiß. Ich kann es schmecken."

Er legte seinen Mund wieder auf ihren und dehnte den Kuss so lange aus, dass sie erneut vor Verlangen aufstöhnte. Die Hand, die sich an seiner nackten Schulter zur Faust geballt hatte, erschlaffte.

„Und ich will dich", murmelte er, während er sich zurückzog und auf sie hinunterschaute. „Ganz und gar." Fasziniert fuhr er ihr mit den Fingern durchs Haar und breitete die flammend rote Fülle auf dem schneeweißen Laken aus. Dann kam sein Mund wieder ganz langsam auf sie zu, um sanft, oh, so sanft, den Verband an ihrer Schläfe zu küssen.

Ihre Gefühle ballten sich wie eine mit Eisenspitzen versehene Faust in ihr zusammen. „Colt ..."

„Schsch ... ich will dich einfach nur anschauen."

Und das tat er, wobei er den Umriss ihres Gesichts mit einer Fingerspitze nachzeichnete, mit einem Daumen an ihrer Unterlippe rieb, um ihn dann an ihrer Kinnpartie entlangwandern zu lassen, an ihrem Hals abwärts bis zu der Schlagader, die in ihrer Halsgrube pochte.

„Gleich geht die Sonne unter", sagte er leise. „Das Licht stellt unglaubliche Dinge mit deinem Gesicht, deinen Augen an. Im Moment sind sie golden, mit cognacfarbenen Pünktchen. Ich habe noch nie solche Augen gesehen. Du siehst aus wie ein Bild." Er fuhr ihr mit dem Daumen übers Schlüsselbein. „Aber ich kann dich berühren, kann spüren, wie du zitterst, merke, wie lebendig du bist."

Sie hob eine Hand in der Absicht, ihn über sich zu ziehen und endlich ihre Sehnsucht zu stillen. „Ich brauche keine Worte."

„Klar brauchst du welche." Er lächelte ein bisschen, streichelte ihr Gesicht. „Kann sein, dass ich die richtigen noch nicht gefunden habe, aber brauchen tust du sie auf jeden Fall." Als er den Kopf beugte, um seine Lippen auf ihr Handgelenk zu pressen, entdeckte er die verblassten blauen Flecken. Und erinnerte sich.

Finster dreinschauend setzte er sich mit gespreizten Beinen auf sie und griff nach ihren Handgelenken. Er untersuchte sie eingehend, bevor er sie wieder anschaute. „Das war ich."

Lieber Gott, dachte sie, es muss doch einen Weg geben, dass dieses schreckliche Zittern aufhört. „Egal. Du warst wütend. Schlaf jetzt endlich mit mir."

„Es gefällt mir aber nicht, dass ich dir in meiner Wut wehgetan habe oder es sogar wieder tun könnte." Unendlich behutsam zog er ihre Handgelenke einzeln an seine Lippen und spürte, wie sich ihr Puls beschleunigte. „Du machst es einem zu leicht zu vergessen, wie zart zu bist, Althea." Der Ärmel ihres Bademantels rutschte nach oben, als er seine Lippen über ihren Unterarm zu ihrem Ellbogen gleiten ließ. „Wie schlank. Wie unglaublich perfekt du bist. Ich werde es dir zeigen müssen."

Er legte eine Hand unter ihren Hinterkopf und hob sich ihr Gesicht entgegen. Dann war sein Mund wieder auf ihrem und küsste sie so lange, bis ihr ganz schwindlig war. Er spürte, dass sie gab, aber er wusste, dass er noch eine weitere Schicht Zurückhaltung abtragen musste. Ihre Arme hatte sie um seinen Hals geschlungen, ihre Muskeln entspannten sich.

Was machte er da mit ihr? Sie wusste nur, dass sie nicht denken, dass sie nicht widerstehen konnte. Sie war auf Begierde eingestellt gewesen, und er gab ihr Zärtlichkeit. Sein sanfter Mund verführte und entzückte sie gleichermaßen.

Sie wollte ihm sagen, dass es nicht nötig war, sie zu verführen, doch, oh, es war so herrlich, sich den Geheimnissen zu öffnen, die er mit diesem verheerend sanften Mund und diesen langsamen, entspannten Händen freilegte.

Die letzten Sonnenstrahlen des Tages fielen ihr über die Augen, als er sie zurücksinken ließ, um seine Lippen an ihrem Hals nach unten wandern zu lassen. Sie hörte ihren Bademantel rascheln, während er ihn nach unten schob und begann, ihre nackte Schulter mit aufreizend langsamen Küssen zu bedecken und mit der Zunge eine nasse Spur darüber zu ziehen.

Er konnte den genauen Moment bestimmen, in dem sie losließ. Als ihre Hände anfingen, seine Zärtlichkeiten ebenso zärtlich zu erwidern, wurde ihm fast schwindlig vor Freude und Glück. Er widerstand dem Drang, das Tempo zu beschleunigen, und erkundete wieder und wieder unter ihrem Bademantel ihren Körper, bis dieser dahinschmolz und unter seinen Händen weich wurde wie warmes Wachs.

Dabei beobachtete er unablässig ihr Gesicht, erregt von jedem einzelnen Gefühl, das sich darauf spiegelte, entzückt von der Art, wie sie gespannt den Atem anhielt und, sobald er sie berührte, ausatmete. Er hätte schwören mögen, dass sie schwebte, als er den Bademantel beiseite schob.

Dann schlug sie die Augen auf, die schwer und dunkel waren. Er wusste, dass sie nicht passiv sein würde, obwohl sie sich ergeben hatte. Ihre Hände ließen sich ebenso viel Zeit wie seine, um seinen Körper mit atemberaubender Zärtlichkeit zu ertasten, zu berühren und in Besitz zu nehmen.

Bis er ebenso verführt war wie sie.

Weiches, keuchendes Stöhnen. Geheimnisse, ins Ohr geflüstert. Intensive, ins Endlose hinausgezogene Zärtlichkeiten, währenddessen die Sonne der Dämmerung und die Dämmerung der Nacht Platz machte. Da war Verlangen, aber keine Hast, es zu befriedigen. Da war Lust, und die Sehnsucht, sie zu verlängern.

Schwelgen. Heute Nacht schwelgten sie nur.

Er berührte, sie erbebte. Sie kostete, er erschauerte.

Und als er endlich in sie hineinglitt, lächelte sie ihn an und zog ihn noch enger an sich. Der Rhythmus, den sie wählten, war ruhig, voller Liebe und wie Musik. Sie stiegen zusammen langsam und stetig auf, bis sein Keuchen in ihrem widerhallte. Und schwebten zusammen wieder zur Erde zurück.

Sie lag noch lange schweigend da, wie betäubt von dem, was gerade passiert war. Er hatte ihr etwas geschenkt, und sie hatte sein Geschenk erwidert. Es konnte nicht mehr zurückgenommen werden. Sie fragte sich, was sie nun, nachdem sie sich verliebt hatte, unternehmen könnte, um sich zu schützen.

Zum ersten Mal. Sie hatte sich zum ersten Mal in ihrem Leben verliebt.

Vielleicht würde es ja vorbeigehen. Ein Teil von ihr wand sich bei der Vorstellung, dass sie das, was sie gerade gefunden hatte, wieder verlieren könnte. Egal wie sehr sie sich auch daran erinnerte, dass sie sich ihr Leben genauso eingerichtet hatte, wie sie es wollte, konnte sie sich doch nicht mehr vorstellen, wie es ohne ihn sein würde.

Aber sie hatte keine Wahl. Irgendwann würde er sie verlassen. Und sie würde überleben.

„Du denkst wieder einmal." Er rollte sich auf den Rücken, schlang einen Arm um sie und zog sie eng an sich. „Ich kann fast hören, wie es in deinem Kopf arbeitet." Widerlich zufrieden küsste er ihr Haar, schloss die Augen. „Sag mir das Erste, was dir in den Kopf kommt."

„Was? Ich weiß nicht ..."

„Nein, analysiere es nicht. Das ist ein Test. Das Erste, Thea. Jetzt."

„Ich habe mich gefragt, wann du wohl wieder nach Hause fährst", hörte sie sich selbst sagen. „Nach Wyoming."

„Aha." Er lächelte ... süffisant. „Gut zu wissen, dass ich das Erste bin, was dir in den Kopf kommt."

„Sei nicht immer so eingebildet, Nightshade."

„Okay. Ich weiß es noch nicht genau. Erst muss ich hier noch ein paar Kleinigkeiten erledigen."

„Was denn?"

„Das mit dir, zum Beispiel. Wir sind uns noch nicht einig."

„Colt ..."

Er grinste wieder. Vielleicht war es ja nur Wunschdenken, aber irgendwie bildete er sich ein, nicht Verärgerung, sondern Verzweiflung in ihrer Stimme mitschwingen zu hören. „Ich bin immer noch für Silvester – wahrscheinlich bin ich ja sentimental –, aber wir haben ja noch ein bisschen Zeit. Darüber hinaus habe ich das, weshalb ich hergekommen bin, noch nicht beendet."

Sie hob erstaunt den Kopf. „Was soll das heißen? Du hast Liz gefunden."

„Das reicht nicht." Seine Augen glühten in den Schatten. „Wir haben den Kopf der Bande noch nicht. Erst dann ist es zu Ende."

„Das kannst du getrost unsere Sorge sein lassen. Persönliche Rache ist hier fehl am Platz."

„Ich rede nicht von Rache." Obwohl es das natürlich war. „Ich werde das zu Ende zu bringen, Althea. Und ich würde es gern mit dir zusammen zu Ende bringen."

„Und wenn ich es nicht will?"

Er wickelte sich eine Haarsträhne von ihr um den Finger. „Dann werde ich alles versuchen, um dich umzustimmen. Vielleicht hast du es noch nicht gemerkt, aber ich kann sehr hartnäckig sein."

„Ich habe es gemerkt", brummte sie. Aber es gab einen Teil in ihr, der bei dem Gedanken, dass ihre Partnerschaft noch nicht zu Ende war, anfing zu glühen. „Ich nehme an, ein paar Tage kann ich dir noch geben."

„Gut." Er schob sie ein bisschen von sich weg und fuhr ihr mit einer Hand über die Hüfte. „Ein paar Nächte eingeschlossen?"

„Möglich." Auf ihrem Gesicht blitzte ein übermütiges Lächeln auf. „Wenn du dafür sorgst, dass es sich für mich lohnt."

„Oh, das werde ich." Er senkte den Kopf. „Das ist ein Versprechen."

11. KAPITEL

Althea fuhr schreiend aus dem Schlaf hoch, wobei sie mit Händen und Füßen blind um sich schlug, um sich aus den Armen zu befreien, die sie fest gepackt hielten. Sie konnte seine Hände auf sich spüren, sie fühlte, wie sie zupackten, heiß, schmerzhaft. Aber diesmal ... Gott, bitte, diesmal ...

„Althea ..." Colt schüttelte sie kräftig und zwang sich, ruhig und fest zu sprechen, obwohl sein Herz wie verrückt gegen seine Rippen hämmerte. „Althea, wach auf. Du hast geträumt."

Sie balancierte an den glitschigen Rändern ihres Traums entlang. Die Wirklichkeit war nur ein dünner Lichtstrahl am Ende des schwarzen Tunnels ihres Albtraums. Mit letzter Kraft bekam sie ihn zu fassen – und Colt.

„Es ist alles gut ..." Immer noch mitgenommen von dem Schrei, der ihn geweckt hatte, wiegte er sie in seinen Armen und drückte sie an sich, um ihren mit kaltem Schweiß bedeckten Körper zu wärmen. „Es ist alles gut, Baby. Halt dich einfach an mir fest."

„Oh, Gott ..." Sie atmete in einem langen zitternden Schluchzer aus und barg ihr Gesicht an seiner Schulter, die Hände an seinem Rücken hilflos zu Fäusten geballt. „Oh, Gott ... oh, Gott."

„Jetzt ist alles gut." Er fuhr fort, sie zu streicheln und zu trösten, aber sie klammerte sich nur noch fester an ihn. „Ich bin ja da. Du hast geträumt, das ist alles. Du hast nur geträumt."

Sie bahnte sich ihren Weg aus ihrem Traum, aber die Angst kehrte mit zurück, und sie war zu groß, um sich ihrer zu schämen. Deshalb klammerte Althea sich zitternd an ihn und versuchte dieselbe Kraft aufzubringen, die sie in ihm spürte.

„Gib mir eine Minute. In einer Minute bin ich wieder okay." Gleich hört das Zittern auf, versuchte sie sich gut zuzureden. Die Tränen würden trocknen. Die Angst würde versiegen. „Es tut mir leid." Aber nichts hörte auf. Instinktiv barg sie ihr Gesicht an seinen Hals. „Gott, es tut mir leid."

„Entspann dich einfach." Sie zitterte wie ein kleiner Vogel. Und fühlte sich auch so zerbrechlich an. „Soll ich Licht machen?"

„Nein." Sie presste ihre Lippen aufeinander, damit sie aufhörten zu zittern. Sie wollte kein Licht. Wollte nicht, dass er sie sah, bevor sie sich wieder unter Kontrolle hatte. „Nein. Ich hole mir nur ein Glas Wasser, dann geht es mir gleich wieder gut."

„Ich hole es dir."

Als er ihr das Haar aus dem Gesicht strich, spürte er erschüttert, dass es schon wieder tränenüberströmt war. „Ich bin gleich wieder da."

Nachdem er sie verlassen hatte, zog sie ihre Knie eng an ihre Brust. Reiß dich zusammen, befahl sie sich selbst, aber sie ließ dennoch ihren Kopf auf ihre Knie fallen. Während sie dem Wasserrauschen lauschte und auf den schmalen Streifen Licht schaute, der aus dem Bad auf den Schlafzimmerboden fiel, holte sie tief und ruhig Atem.

„Tut mir leid, Nightshade", sagte sie, als er mit dem Wasser zurückkam. „Ich schätze, ich habe dich aufgeweckt."

„Vermutlich." Er hörte, dass ihre Stimme ruhiger geworden war. Aber ihre Hände nicht. Er legte seine Hände um ihre und hob das Glas an ihre Lippen. „Das muss ja ein schlimmer Traum gewesen sein."

Das Wasser tat ihrer trockenen Kehle gut. „Muss wohl. Danke." Sie überließ ihm das Glas, beschämt darüber, dass sie es nicht selbst halten konnte.

Colt stellte es auf dem Nachttisch ab, bevor er wieder neben ihr ins Bett schlüpfte. „Erzähl ihn mir."

Sie bewegte abwehrend die Schultern. „Schieb es auf den harten Tag und die Pizza."

Sehr entschlossen, unendlich sanft nahm er ihr Gesicht in seine Hände. Im Lichtschein, der aus dem Bad fiel, konnte er sehen, wie blass sie war.

„Nein, das werde ich nicht einfach auf sich beruhen lassen, Thea. Diesmal nicht. Du bist schreiend aufgewacht." Sie versuchte ihr Gesicht abzuwenden, aber er ließ es nicht zu.

„Du zitterst immer noch. Ich kann genauso stur sein wie du, und im Moment glaube ich, dass ich im Vorteil bin."

„Ich hatte einen Albtraum." Sie wollte ihn anfahren, brachte jedoch die Kraft dazu nicht auf. „Das passiert jedem ab und zu."

„Wie oft hast du diesen ganz bestimmten?"

„Nie."

Sie hob eine müde Hand und fuhr sich damit durchs Haar. „Schon seit Jahren nicht mehr. Ich weiß nicht, was ihn hervorgerufen hat."

Er glaubte es zu wissen. Und wenn er sich nicht sehr irrte, wusste sie es ebenfalls. „Hast du ein Hemd, ein Nachthemd oder irgendwas? Du frierst."

„Ich hole mir eins."

„Sag mir einfach, wo es ist." Als er den kurzen, ungehaltenen Seufzer hörte, den sie ausstieß, fühlte er sich ein bisschen erleichtert.

„In der obersten Kommodenschublade. Links."

Er stand auf und griff nach dem Erstbesten, was ihm in die Hand fiel. Bevor er es ihr über den Kopf zog, schaute er sich das weite Männerunterhemd genauer an. „Ein aufregendes Teil hast du da, Lieutenant."

„Es erfüllt seinen Zweck."

Er zog es ihr über den Kopf und schob ihr Kissen in den Rücken wie eine besorgte Mutter.

Sie schaute ihn finster an. „Ich mag es nicht, wenn man mich so verhätschelt."

„Du wirst es überleben."

Nachdem er alles für sie getan hatte, was er im Moment tun konnte, schlüpfte er in seine Jeans, entschieden, diesmal nicht lockerzulassen. Sie würden reden, egal ob es ihr passte oder nicht. Er nahm ihre Hand und wartete, bis sie ihn anschaute.

„Der Albtraum. Du träumst davon, dass du wieder vergewaltigt wirst, stimmt's?" Ihre Hand versteifte sich in seiner. „Ich habe dir erzählt, dass ich gehört habe, wie du dich mit Liz unterhalten hast."

Sie befahl ihren Fingern, sich zu entspannen, aber sie blieben steif und kalt. „Es ist lange her. Es ist schon lange nicht mehr wichtig."

„Natürlich ist es noch wichtig, wenn du nachts schreiend aus dem Schlaf aufwachst. Plötzlich ist alles wieder da", fuhr er leise fort. „Wegen all dem, was mit Liz passiert ist. Es hat deine Erinnerungen wieder an die Oberfläche gebracht."

„Okay. Na und?"

„Vertrau mir, Althea", sagte er leise, ohne seinen Blick von ihr abzuwenden. „Lass mich dir helfen."

„Es tut weh", hörte sie sich selbst sagen. Dann schloss sie die Augen. Jetzt hatte sie es zum ersten Mal zugegeben. „Nicht die ganze

Zeit. Nicht mal die meiste Zeit. Es kommt nur ab und zu hoch und schneidet einen in Stücke."

„Ich will verstehen." Er zog ihre Hand an seine Lippen. Weil sie es zuließ, ließ er sie dort. „Sprich mit mir."

Sie wusste nicht, wo sie anfangen sollte. Wahrscheinlich am besten am Anfang. Sie ließ ihren Kopf gegen die Kissen sinken und schloss wieder die Augen.

„Mein Vater trank, und wenn er getrunken hatte, trank er noch mehr, und wenn er noch mehr getrunken hatte, wurde er gemein. Er hatte große Hände." Sie ballte ihre zu Fäusten, machte sie wieder auf. „Er schlug meine Mutter damit und mich auch. Meine früheste Erinnerung sind diese Fäuste, die Wut darin, die ich nicht verstehen konnte, gegen die ich wehrlos war. Ich kann mich nicht besonders gut an ihn erinnern. Eines Nachts hatte er mit jemandem Streit, der noch gemeiner war als er, und am Ende war er tot. Damals war ich sechs."

Sie öffnete ihre Augen wieder, weil ihr klar geworden war, dass es nur eine andere Art von Verstecken war, wenn sie die Augen schloss. „Nachdem er tot war, beschloss meine Mutter, in seine Fußstapfen zu treten. Sie hat nicht so viel getrunken wie er, aber dafür regelmäßiger."

Er wunderte sich, wie es die Leute, die sie gerade beschrieben hatte, geschafft hatten, etwas so Schönes und Wahrhaftiges hervorzubringen wie die Frau neben ihm. „Hattest du jemand anders?"

„Ich hatte Großeltern, die Eltern meiner Mutter. Ich weiß nicht, wo sie leben. Ich habe sie nie kennengelernt. Sie hatten nie mehr irgendetwas mit ihr zu tun, seit sie mit meinem Vater durchgebrannt ist."

„Aber sie wussten von dir?"

„Falls ja, interessierte es sie nicht."

Er sagte nichts, versuchte zu begreifen. Aber er konnte es nicht, er konnte einfach nicht verstehen, dass es Familien gab, die sich so gleichgültig waren. „Okay. Was hast du gemacht?"

„Wenn du ein Kind bist, machst du gar nichts", sagte sie. „Du bist den Erwachsenen auf Gnade und Ungnade ausgeliefert, und die Wahrheit ist, dass viele Erwachsene keine Gnade kennen." Sie legte eine kleine Pause ein, um dann fortzufahren: „Als ich acht war, ging sie eines Abends aus – sie ging oft aus –, aber diesmal kam sie nicht wieder. Zwei Tage später rief eine Nachbarin bei der Fürsorge an. Ich wurde abgeholt."

Sie griff wieder nach dem Wasserglas. Diesmal zitterte ihre Hand nicht. „Es ist eine lange, typische Geschichte."

„Ich will sie hören."

„Sie steckten mich in ein Heim." Sie trank einen Schluck. Sie verzichtete darauf, ihm zu erzählen, wie verängstigt, wie verloren sie sich gefühlt hatte. Es verstand sich von selbst. „Es war okay. Annehmbar. Dann fanden sie sie, sie ermahnten sie ein bisschen und legten ihr dringend ans Herz, einen anständigeren Lebenswandel zu führen, und schickten mich zu ihr zurück."

„Warum zum Teufel haben sie das gemacht?"

„Damals sah man manches noch anders. Die Gerichte waren fest davon überzeugt, dass ein Kind bei seiner Mutter am besten aufgehoben ist. Aber sie blieb natürlich nicht lange trocken, und dann begann der Teufelskreis wieder von vorn. Ich lief ein paarmal weg, und sie brachten mich zurück. Ich galt als schwer erziehbar. Ich entwickelte zu dieser Zeit meinen ganz eigenen Trotz."

„Kein Wunder."

„Ich wurde im System herumgereicht. Sozialarbeiter, Gericht, Schulpsychologen. Sie waren alle überfordert. Dann fing meine Mutter etwas mit einem Typen an und verschwand. Nach Mexiko, glaube ich. Auf jeden Fall ist sie nie mehr zurückgekommen. Damals war ich zwölf, dreizehn, und ich hasste es, dass ich nicht wusste, was ich wollte. Also bin ich abgehauen, wann immer ich konnte. Schließlich steckten sie mich als ‚jugendliche Straftäterin' in ein Heim, das nur eine Kategorie entfernt war von einem Erziehungsheim." Sie verzog den Mund zu einem spöttischen Lächeln. „Dort hat man mir Gottesfurcht eingebläut. Es war hart dort, fast wie im Gefängnis. Ich beschloss, mich zusammenzureißen, und benahm mich so gut, dass ich schließlich in eine Pflegefamilie kam."

Sie trank das Glas aus und stellte es ab. Sie wusste, dass ihre Hände nicht mehr lange ruhig bleiben würden. „Ich hatte Angst, dass sie mich bis zu meinem achtzehnten Lebensjahr wegsperren würden, wenn ich es diesmal wieder nicht schaffte. Deshalb gab ich mir richtig Mühe. Meine Pflegeeltern waren nette Leute, ein bisschen naiv vielleicht, aber nett, mit den besten Absichten. Sie wollten die Welt verbessern. Sie waren im Elternbeirat, demonstrierten gegen Atomkraftwerke und überlegten sich, ein vietnamesisches Waisenkind zu adoptieren. Ich nehme an, dass ich sie manchmal hinter ihrem Rücken belächelt habe, aber ich mochte sie trotzdem. Sie waren freundlich zu mir."

Sie legte erneut eine Pause ein, und er wartete schweigend. „Sie zeigten mir Grenzen, die ich akzeptieren konnte, und sie behandelten mich fair. Die Sache hatte nur einen Haken. Sie hatten einen Sohn. Er war siebzehn, Captain des Footballteams, ein Spitzenschüler. Sie haben ihn vergöttert. Und er war bei allen sehr beliebt. Er hatte tatsächlich viel Charme, aber innerlich war er ein Dreckskerl. Man sah es nicht auf den ersten Blick, aber der Dreck war da." Ihre Augen glitzerten bei der Erinnerung. „Ich konnte ihn sehen. Ich hasste die Art wie er mich ansah, wenn seine Eltern nicht herschauten." Sie atmete jetzt schneller, aber ihre Stimme klang immer noch ruhig. „Als ob ich ein Stück Fleisch wäre, das er taxierte, um es auf den Grill zu legen. Sie konnten es nicht sehen. Sie sahen nur den perfekten Sohn, der ihnen nichts als Freude machte. Und eines Abends, als sie nicht zu Hause waren, kam er von einem Date zurück. Oh Gott."

Als sie sich die Hände vors Gesicht schlug, zog Colt sie eng an sich. „Es ist okay, Thea. Das reicht."

„Nein." Sie schüttelte nachdrücklich den Kopf und machte sich von ihm los. Sie war so weit gegangen. Jetzt würde sie es auch zu Ende bringen. „Er war wütend. Wahrscheinlich, weil er es ausnahmsweise nicht geschafft hat, dieses Mädchen, mit dem er ausgegangen war, um den kleinen Finger zu wickeln. Er kam in mein Zimmer. Als ich ihm sagte, dass er rausgehen soll, lachte er nur und erinnerte mich daran, dass er hier zu Hause sei und dass ich nur da wäre, weil seine Eltern Mitleid mit mir gehabt hätten. Natürlich hatte er recht."

„Nein, hatte er nicht."

„Doch, damit schon", widersprach Althea. „Mit dem Rest nicht, aber damit schon. Dann machte er seine Hose auf. Ich rannte zur Tür, aber er kam mir nach und warf mich aufs Bett. Dabei krachte ich mit dem Kopf gegen die Wand. Ich weiß noch, dass mir einen Moment lang ganz schwindlig wurde, dann hörte ich ihn sagen, dass Mädchen wie ich für so was normalerweise bezahlten und dass ich mich geschmeichelt fühlen sollte, weil er mir einen echten Kick verschaffen würde. Er kam zu mir ins Bett. Ich schlug um mich und brüllte ihn an, dass er seine dreckigen Finger von mir lassen sollte. Er schlug mich ins Gesicht und warf sich über mich. Dann fing ich an zu schreien. Ich schrie die ganze Zeit, während er mich vergewaltigte. Als er fertig war, schrie ich nicht mehr, sondern weinte nur noch. Er stand auf und machte sich die Hose zu. Er warnte mich, dass er alles abstreiten würde, wenn ich irgendwem etwas erzählen sollte. Und wem würde man dann glauben, ihm oder mir? Er war ihr Sohn, von daher war es natürlich klar, dass ich die schlechteren Karten hatte. Außerdem konnte er jederzeit fünf Kumpel auftreiben, die bereit waren zu bestätigen, dass ich es mit allen fünfen freiwillig getrieben hätte. Und dann würde man mich wieder ins Heim stecken.

Deshalb sagte ich nichts, weil es nichts zu sagen gab und niemanden, dem ich es hätte sagen können. Im darauffolgenden Monat hat er mich noch zweimal vergewaltigt, bevor ich den Mut aufbrachte, wegzulaufen. Natürlich fingen sie mich wieder ein, aber diesmal hatte ich mir das vielleicht sogar gewünscht. Ich blieb im Heim, bis ich achtzehn war. Und als ich schließlich rauskam, schwor ich mir, es nie zuzulassen, dass jemals wieder irgendwer diese Art von Kontrolle über mich hat. Ich war wild entschlossen, dafür zu sorgen, dass ich mich nie wieder wie ein Nichts fühle."

Colt streckte unsicher eine Hand aus und wischte ihr behutsam eine Träne von der Wange. „Du hast aus deinem Leben etwas gemacht, Althea."

„Ich habe es zu meinem gemacht." Sie atmete aus, dann wischte sie sich mit einer schroffen Bewegung die Tränen von den Wangen. „Bis jetzt habe ich nicht gern darüber nachgedacht, Colt."

„Aber es ist da."

„Ja, es ist da", stimmte sie zu. „Der Versuch, so zu tun, als ob es nie passiert wäre, bringt es nur dichter an die Oberfläche. Das habe ich auch gelernt. Aber wenn man es einfach als einen Teil dessen akzeptiert, was einen zu dem gemacht hat, was man ist, verliert es an Bedeutung. Ich hasse Männer deswegen nicht, ebenso wenig, wie ich mich selbst hasse. Aber ich weiß, wie es ist, ein Opfer zu sein."

Er wollte sie wieder an sich ziehen, doch er fürchtete, dass sie vielleicht nicht berührt werden wollte. „Ich wünschte, ich könnte dir deinen Schmerz nehmen."

„Es sind alte Narben", murmelte sie. „Ich spüre sie nur noch zu gewissen Gelegenheiten." Sie merkte, dass er sich zurückgezogen hatte, und das tat weh. „Ich bin kein anderer Mensch geworden, nachdem ich es dir erzählt habe. Das Problem ist nur, dass sich die meisten Menschen verändern, wenn man ihnen so eine Geschichte erzählt."

„Ich habe mich nicht verändert." Er hätte sie gern berührt, aber er wagte es nicht. „Verdammt, Thea, ich weiß einfach nicht, was ich sagen soll. Was ich für dich tun kann." Er stand auf und ging vom Bett weg. „Ich könnte dir vielleicht einen Tee machen."

Sie hätte fast gelacht. „Nightshades Wundertee gegen alles? Nein danke."

„Was willst du dann?", fragte er. „Sag's mir einfach."

„Warum erzählst du mir nicht, was du willst?"

„Das kann ich dir ganz genau sagen." Er schlenderte zum Fenster, wirbelte herum. „Ich will, dass du wieder fünfzehn bist, damit ich diesem Dreckskerl die Fresse einschlagen kann. Ich will ihn so fertigmachen, dass er nicht mehr weiß, wo oben und unten ist. Und außerdem will ich deinem Vater beide Beine brechen und deiner Mutter einen Tritt in den Hintern verpassen."

„Schön, das kannst du nicht", sagte sie kühl. „Denk dir was anderes aus."

„Ich will dich in den Arm nehmen!", schrie er und rammte seine Hände in seine Hosentaschen. „Und wage es doch nicht, dich anzufassen."

„Ich will weder deinen Tee noch dein Mitleid. Wenn du mir nicht mehr anzubieten hast, solltest du vielleicht lieber gehen."

„Was willst du denn?"

„Ich will, dass man mich verdammt noch mal so akzeptiert, wie ich bin. Und nicht auf Zehenspitzen um mich herumschleicht, als ob ich schwerbehindert wäre, nur weil ich Vergewaltigung und Misshandlung überlebt habe."

Er wollte ebenso heftig reagieren, aber dann hielt er sich zurück, weil ihm klar wurde, dass es ihm dabei gar nicht um sie ging. Alles, worum seine Gedanken im Moment kreisten, waren sein eigener Zorn, seine eigene Hilflosigkeit, sein eigener Schmerz. Langsam ging er zum Bett zurück und setzte sich neben sie. Ihre Augen waren immer noch nass; er sah sie im Halbdunkel glänzen. Er legte seine Arme um sie und zog sie sanft an sich, bis ihr Kopf auf seiner Schulter lag.

„Ich gehe aber nicht", murmelte er. „Okay?"

Sie seufzte zufrieden auf. „Okay."

Althea erwachte bei Sonnenaufgang mit dumpfen Kopfschmerzen. Sie wusste sofort, dass Colt nicht mehr neben ihr lag. Müde rollte sie sich auf den Rücken und rieb sich die verquollenen Augen.

Was hast du anderes erwartet, fragte sie sich. In Gesellschaft einer Frau, die ihm eine solche Geschichte erzählt hatte, würde sich kein Mann wohlfühlen. Und warum hatte sie bloß ihre ganze Vergangenheit bei ihm abgeladen? Wie hatte sie ihm etwas von sich anvertrauen können, was sie bisher noch niemandem erzählt hatte?

Nicht einmal Boyd, der Mensch, den sie als ihren engsten Freund betrachtete, wusste mehr, als dass sie im Heim gewesen war. Den Rest hatte sie für sich behalten – bis letzte Nacht.

Sie zweifelte nicht daran, dass die Sache mit Liz die Tür zu ihrem Unterbewusstsein geöffnet und den Albtraum hereingelassen hatte. Aber sie hätte in der Lage sein sollen, damit umzugehen, es zurückzuhalten, ihre Intimsphäre zu schützen. Die Tatsache, dass sie es nicht getan hatte, konnte nur eins bedeuten.

Althea seufzte auf, dann setzte sie sich auf und legte ihren Kopf auf ihre angezogenen Knie.

Sie liebte Colt. Sie kam nicht länger drum herum, dieser Wahrheit ins Gesicht schauen. Und die Liebe machte einen – genau so, wie sie immer angenommen hatte – töricht, verletzlich und unglücklich.

Dagegen sollte es Tabletten geben, überlegte sie. Ein Serum, das man sich spritzen lassen konnte. So etwas wie ein Gegengift gegen einen Schlangenbiss.

Das Geräusch von Schritten veranlasste sie, ruckartig den Kopf zu heben. Ihre Augen weiteten sich überrascht, als Colt mit einem Tablett in der Hand zur Tür hereinkam.

Er hatte einen Sekundenbruchteil Zeit, um in ihrem Gesicht zu lesen, bevor es sich wieder verschloss. Sie hat geglaubt, du wärst klammheimlich verschwunden, dachte er grimmig. Er würde der Lady wohl oder übel zeigen müssen, dass er die Absicht hatte zu bleiben, egal wie sehr sie auch versuchte, ihn loszuwerden.

„Morgen, Lieutenant. Ich dachte mir, du hast einen vollen Tag Arbeit vor dir."

„Das siehst du absolut richtig." Argwöhnisch beobachtete sie, wie er ans Bett kam, wartete, bis er das Tablett auf dem Bett abgestellt hatte. „Was verschafft mir die Ehre?", fragte sie, auf die Teller mit dem französischen Toast deutend.

„Hast du schon vergessen, dass ich dir ein Frühstück schulde?"

„Nein."

Ihr Blick glitt von den Tellern zu seinem Gesicht. Die Liebe machte immer noch, dass sie sich töricht und verletzlich fühlte, aber nicht mehr unglücklich. „Du bist ja der reinste Zauberer in der Küche."

„Wir haben alle unsere Talente." Er setzte sich im Schneidersitz zu ihr aufs Bett und nahm sich einen Toast. „Ich könnte mir vorstellen, dass ...", er kaute, schluckte, „wenn wir verheiratet sind, ich mich ums Essen und die Wäsche kümmere."

Sie ignorierte die Panik, die sich ihrer zu bemächtigen drohte, und konzentrierte sich auf ihren ersten Bissen. „Das wird langsam zur Obsession, Nightshade. Du solltest es mal mit einer Therapie versuchen."

„Meine Mutter brennt schon darauf, dich kennenzulernen." Er grinste, als Altheas Gabel klappernd auf ihren Teller fiel. „Sie und Dad lassen dir schöne Grüße bestellen."

„Deine ..." Ihr fehlten die Worte.

„Sie und mein Vater kennen Liz. Ich habe sie angerufen, um sie zu beruhigen, und dabei habe ich ihnen von dir erzählt." Lächelnd schob er ihr das Haar von den Schultern. Er hatte bis jetzt gar nicht gewusst, dass eine Frau in einem Männerunterhemd so sexy aussehen konnte. „Meine Mutter hätte gern, dass wir im Frühling heiraten ... du weißt schon, von wegen Junibraut und so. Aber ich habe ihr gesagt, dass ich so lange nicht mehr warten kann."

„Du spinnst ja vollkommen."

„Kann schon sein." Sein Grinsen verblasste. „Aber ich bin in deinem Kopf, Thea, das weißt du ganz genau. Ich bin da richtig drin und gehe nicht wieder raus."

Damit hatte er recht, aber das änderte nichts an der grundsätzlichen Frage. Sie würde nicht heiraten. Punkt.

„Hör zu, Colt." Versuch es mit Vernunft, dachte sie. „Ich habe dich wirklich gern, aber ..."

„Du hast was?" Seine Mundwinkel bogen sich wieder nach oben.

„Ich mag dich", fauchte sie ihn an, erbost über das belustigte Funkeln in seinen Augen.

„Untertreibung." Er tätschelte liebevoll ihre Hand, schüttelte den Kopf. „Du enttäuschst mich, wirklich. Ich hätte dich für mutiger gehalten."

Vergiss die Vernunft. „Halt die Klappe und lass mich in Ruhe frühstücken."

Er gehorchte, weil er auf diese Weise Zeit hatte nachzudenken und sie zu beobachten. Sie ist immer noch ein bisschen blass, überlegte er. Und ihre Augen waren von letzter Nacht geschwollen. Aber sie würde sich keine Schwäche anmerken lassen. Er musste ihre unerschöpflichen Kraftreserven bewundern. Sie will kein Mitgefühl, erinnerte er sich, sie will Verständnis. Und doch, sie würde lernen müssen, beides von ihm anzunehmen.

In der vergangenen Nacht hatte sie seinen Trost angenommen. Egal ob sie es wusste oder nicht, aber sie hatte bereits angefangen, sich auf ihn zu verlassen. Und er hatte nicht die Absicht, sie im Stich zu lassen.

„Wie ist der Kaffee?"

„Gut." Und weil es so war, wie es war, weil das Frühstück, das er zubereitet hatte, ihre Kopfschmerzen besiegt hatte, ließ sie sich erweichen und sagte: „Danke."

„Gern geschehen, nichts zu danken." Er beugte sich vor, streifte mit seinem Mund ihren. „Ich darf wohl nicht annehmen, dass ich dich nach dem Frühstück in eine kleine Balgerei verwickeln kann?"

Jetzt lächelte sie, breit und entspannt. „Ich werde später noch mal darauf zurückkommen." Aber sie legte ihm eine Hand auf die Brust und erwiderte seinen Kuss. Ihre Finger schlossen sich um das Medaillon. „Warum trägst du das?"

„Hat mir meine Großmutter geschenkt. Sie sagte, wenn ein Mann schon entschlossen ist, sich nie an einem festen Ort niederzulassen, sollte er wenigstens jemanden haben, der auf ihn aufpasst. Es hat bis jetzt prima funktioniert.“ Er stellte das Tablett auf dem Boden ab, beugte sich über Althea und hob sie hoch.

„Nightshade, ich sagte doch …“

„Ich weiß, ich weiß.“ Er verlagerte sie ein bisschen, damit er sie bequemer tragen konnte. „Aber ich habe mir überlegt, dass wir diese kleine Balgerei auch unter der Dusche austragen können, dann kommst du mit deinem Zeitplan nicht so in Verzug.“

Sie lachte und knabberte an seiner Schulter. „Ich glaube fest an Zeitmanagement.“

Ihr reichten vierundzwanzig Stunden am Tag nicht aus. Auf ihrem Schreibtisch wartete ein riesiger Berg Papierkram, und bevor sie Kline und Donner verhören würde, musste sie mit Boyd sprechen, ob sich bei den beiden etwas ergeben hatte. Außerdem wollte sie sich, beruflich wie auch rein persönlich, noch einmal mit Liz unterhalten.

Sie setzte sich an ihren Schreibtisch und begann zielstrebig, den Papierberg abzutragen.

Wenig später klopfte es, und als sie den Kopf hob, sah sie Cilla in der offenen Tür stehen. „Entschuldigung, Lieutenant. Hast du eine Minute Zeit?“

„Für die Frau des Captains habe ich sogar anderthalb“, gab sie lächelnd zurück und winkte Cilla herein. „Was machst du denn hier?“

„Boyd hat mir alles erzählt.“ Cilla beugte sich vor, musterte sie und sah selbst durch das sorgfältig aufgetragene Make-up, dass Althea eine unruhige Nacht hinter sich hatte. „Alles okay mit dir?“

„Mir geht es gut. Ich bin zwar zu der Erkenntnis gelangt, dass sich jeder, der auf die Idee kommt, zu zelten, umgehend in psychiatrische Behandlung begeben sollte, aber das verbuche ich unter Erfahrung.“

„Dann solltest du es mal mit drei Kindern versuchen.“

„Nein“, sagte Althea in endgültigem Ton. „Das sollte ich mit Sicherheit nicht.“

Cilla lachte und hockte sich auf die Schreibtischkante. „Ich bin so froh, dass ihr das Mädchen gefunden habt. Wie geht es ihr?“

„Sie wird noch eine ganze Weile schwer daran zu kauen haben, aber sie wird es überleben.“

„Diese Dreckskerle sollten …“ Cillas Augen schleuderten wütende Blitze, aber sie unterbrach sich. „Ich bin nicht gekommen, um über irgendwelche Verbrecher zu wettern. Ich bin hier, um mich über einen Truthahn zu unterhalten."

„Ach ja?"

„So einen Thanksgiving-Truthahn, weißt du? Jetzt komm, sieh mich nicht so an." Cilla reckte kampfeslustig das Kinn. „Jedes Jahr an Thanksgiving hast du irgendeine Ausrede, um nicht zum Essen kommen zu müssen, aber diesmal lasse ich dich nicht davonkommen."

„Cilla, du weißt, dass ich die Einladung zu schätzen weiß."

„Zum Teufel damit. Du gehörst zur Familie. Wir wollen, dass du kommst." Auch als Althea den Kopf schüttelte, gab Cilla nicht auf. „Deb und Gage kommen auch. Du hast sie schon seit einem Jahr nicht mehr gesehen."

Althea dachte an Cillas jüngere Schwester Deborah und ihren Mann. Sie würde sich freuen, Deb wieder einmal zu sehen. Als Deb in Denver das College besucht hatte, waren sie eng befreundet gewesen. Und Gage Guthrie würde sie auch gern wiedersehen. Althea spitzte die Lippen, als sie an ihn dachte. Sie mochte Deborahs Mann, der seine Frau vergötterte, sehr. Obwohl er irgendetwas an sich hatte – etwas, das Althea nicht genau benennen konnte. Nichts Schlechtes, befand sie jetzt, und bestimmt nichts, worüber man sich hätte Sorgen machen müssen. Aber irgendetwas war da.

„Machen deine Gedanken gerade einen kleine Wanderung?", fragte Cilla.

„Entschuldige." Althea kehrte in die Wirklichkeit zurück und kramte in den Papieren auf ihrem Schreibtisch herum. „Du weißt, dass ich sie unheimlich gern mal wiedersehen würde, Cilla, aber ..."

„Sie bringen Adrianna mit." Die kleine Tochter ihrer Schwester, die Althea bisher nur von Fotos und Videos kannte, war Cillas Geheimwaffe. „Wir wissen doch beide, was für eine Schwäche du für Babys hast."

„Geht's vielleicht ein bisschen leiser?", fragte Althea mit einem unsicheren Blick auf den Einsatzraum. „Ich habe hier einen Ruf zu verlieren." Sie seufzte und lehnte sich in ihren Stuhl zurück. „Du weißt genau, dass ich sie wiedersehen will, alle. Und da sie ja sicher die ganzen Feiertage über dableiben, werde ich sie auch sehen. Sagen wir am Samstag."

„Nein, an Thanksgiving." Cilla straffte sich und rieb sich die Hände. „Dieses Jahr kommst du, sonst werde ich Boyd bitten müssen, es dir zu befehlen. Ich will meine Familie bei mir haben. Und zwar die ganze."

„Cilla …"

„Na gut." Cilla verschränkte entschlossen die Arme. „Dann wird mir wohl nichts anderes übrig bleiben, als das dem Captain vorzutragen."

„Du hast Glück", sagte Boyd, als er an die Tür kam. „Der Captain ist zufälligerweise zu sprechen. Und er hat dir ein Geschenk mitgebracht." Er kam herein.

„Natalie!" Mit einem Freudenschrei warf Cilla die Arme um ihre Schwägerin und drückte sie. „Ich dachte, du bist in New York."

„Gewesen." Natalies dunkelgrüne Augen funkelten vor Lachen, als sie Cilla an sich zog, um sie zu küssen. „Ich dachte mir, dass ich einen kurzen Abstecher zu euch machen könnte. Du siehst großartig aus."

„Und du traumhaft wie immer." Das stimmte ohne die geringste Einschränkung. Die hochgewachsene gertenschlanke Frau mit den glatten blonden Haaren und dem konservativ geschnittenen Kostüm erregte durch ihre Schönheit stets Aufsehen. „Die Kinder werden ganz aus dem Häuschen sein."

„Ich kann es gar nicht erwarten, sie in den Arm zu nehmen." Natalie drehte sich um und streckte beide Hände aus. „Thea. Ich kann es kaum fassen, dass ich das Glück habe, euch alle drei auf einmal zu sehen."

„Schön, dich zu sehen." Während sie ihr immer noch die Hand schüttelte, drückte Althea ihre Wange gegen die von Natalie. In den Jahren, in denen Boyd und Althea Partner gewesen waren, waren sie und seine jüngere Schwester gute Freundinnen geworden. „Wie geht es deinen Eltern?"

„Gut. Ich soll euch allen schöne Grüße bestellen." Sie schaute sich in Altheas Büro um und seufzte. „Sag mal, Thea, warum lässt du dir nicht wenigstens ein Büro mit Fenster geben?"

„Mir gefällt es. Auf die Weise habe ich weniger Ablenkung."

„Ich werde gleich Maria anrufen", verkündete Cilla. „Sie wird heute Abend etwas ganz Besonderes kochen. Es wird bestimmt ein wunderschöner Abend, und Natalie hat ganz sicher eine Menge zu erzählen. Wir haben uns ja so lange nicht gesehen. Du kommst natürlich auch, Thea."

„Das würde ich mir nicht entgehen lassen."

„Was ist denn hier los?", fragte Colt, während er versuchte, sich auch noch in den Raum zu quetschen. „Eine Konferenz? Thea, du wirst dir ein größeres …" Er unterbrach sich überrascht. „Nat?"

Ihr sprachloser Gesichtsausdruck spiegelte seinen wider. „Colt?"

Auf seinem Gesicht breitete sich ein Grinsen aus. „Na, das ist ja vielleicht eine Überraschung." Er stieß Boyd mit dem Ellbogen beiseite und riss Natalie in seine Arme. „Das gibt's doch nicht. Die schöne Natalie. Wie lange ist es her? Sechs Jahre?"

„Sieben." Sie küsste ihn auf den Mund. „Wir sind uns in San Francisco in die Arme gelaufen."

„Richtig, beim Spiel der Giants. Du siehst besser aus denn je."

„Mir geht es auch besser denn je. Was hältst du davon, wenn wir später auf einen Drink irgendwo hingehen und uns erzählen, was in den letzten Jahren so alles passiert ist?"

„Ja klar, gern …" Als sein Blick auf Althea fiel, unterbrach er sich. Sie hockte auf der Schreibtischkante und beobachtete Natalie und ihn mit einer Mischung aus dezenter Neugier und höflichem Interesse. Als er merkte, dass sein Arm immer noch um Natalies Taille lag, nahm er ihn schnell weg. „Obwohl ich eigentlich … äh …"

Herrgott noch mal, wie sollte ein Mann vernünftig mit einer alten Freundin reden, wenn ihn die Frau, die er liebte, taxierte, als ob er die Schmierprobe auf dem Glasstreifen unter einem Mikroskop wäre?

Natalie erhaschte den Blick, den Althea und Colt wechselten. Zuerst war sie überrascht, dann stieg ein Kichern in ihr auf, das sie durch ein Räuspern tarnte. Na so was, dachte sie, da bist du ja in einen interessanten Fettnapf getreten. Sie konnte nicht widerstehen, noch ein bisschen darin herumzutrampeln.

„Colt und ich kennen uns schon seit einer Ewigkeit", sagte sie zu Althea. „Als Teenager war ich heillos in ihn verknallt." Sie grinste Colt übermütig an. „Und jetzt warte ich schon seit Jahren darauf, dass er sich das zunutze macht."

„Wirklich?" Althea tippte sich mit einem Finger an die Lippen.

„Er kommt mir gar nicht vor wie jemand, der schwer von Begriff ist. Vielleicht ein bisschen schwerfällig, aber nicht begriffsstutzig."

„Stimmt. Ist er nicht süß?" Sie zwinkerte Althea zu.

„Auf eine höchst offenkundige Art", stimmte Althea zu, erfreut über Colts sichtliches Unbehagen. „Was hältst du davon, wenn wir beide nachher zusammen was trinken gehen? Es hört sich an, als ob wir uns eine Menge zu erzählen hätten."

„Das glaube ich auch."

„Und ich glaube nicht, dass dies hier der geeignete Ort ist, um private Verabredungen zu treffen." Colt, der merkte, dass er ausgezählt war, schob die Hände in die Hosentaschen. „Althea sieht aus, als hätte sie zu tun."

„Oh, ein paar Minuten habe ich schon noch. Was führt dich her, Natalie?"

„Die Arbeit. Es ist immer schön, wenn man sie mit dem Privatleben verbinden kann. Ich habe in einer Stunde eine kurzfristig anberaumte Besprechung. Häuser zu besitzen ist ein Fulltimejob. Wenn man keine richtige Verwaltung hat, kann es einem eine Menge Kopfzerbrechen bereiten", erklärte sie.

„Euch gehört nicht zufällig ein Haus auf der Second Avenue, oder?", fragte Althea.

„Nein, warum? Ist eins zu verkaufen?" Ihre Augen begannen zu funkeln, dann lachte sie. „Es ist ein Tick von mir", erklärte sie. „Ich finde einfach, es hat etwas, Häuser zu besitzen, auch wenn es eine Menge Probleme mit sich bringt."

„Was ist denn jetzt schon wieder los?", fragte Boyd und versuchte, wenigstens ein bisschen Interesse für die Liegenschaften, die er zusammen mit seiner Schwester besaß, aufzubringen.

„Der Hausverwalter hat beschlossen, die Mieten zu erhöhen und die Differenz selbst einzustreichen", berichtete Natalie, deren Augen hart geworden waren und nun einen seltsamen Kontrast zu ihrem sanften, hübschen Gesicht bildeten. „Ich hasse es, wenn man versucht, mich zu verschaukeln."

„Das ist nur dein Stolz", sagte Boyd und tippte ihr mit einem Finger auf die Nasenspitze. „Du hasst es, Fehler zu machen."

„Ich habe keinen Fehler gemacht." Sie reckte das Kinn. „Der Mann hatte einen tadellosen Lebenslauf." Als Boyd weiterhin grinste, schnitt sie ihm eine Grimasse. „Das Problem ist, dass man einem Hausverwalter eine gewisse Handlungsfreiheit einräumen muss. Man kann schließlich nicht überall gleichzeitig sein. Ich weiß noch gut, dass wir mal einen Verwalter hatten, der in einem Apartment einen florierenden verbotenen Spielsalon unterhielt. Er hatte die Wohnung unter einem falschen Namen angemietet“, fuhr sie jetzt fast belustigt fort. „Er hatte sogar einen Antrag ausgefüllt, komplett, mit gefälschten Referenzen. Er verdiente mit dem Glücksspiel so viel, dass die Miete ganz bequem abfiel. Ich wäre ihm nie auf die Schliche gekommen, wenn die Polizei nicht einen Tipp bekommen hätte und sie daraufhin die Wohnung durchsucht hätten. Am Ende stellte sich heraus, dass er dieselbe Nummer vorher schon zweimal woanders abgezogen hatte.“

„Du lieber Gott.“ Althea schüttelte den Kopf.

„Ach, es war halb so schlimm“, winkte Natalie ab. „Eigentlich war es sogar ziemlich aufregend. Ich war einfach nur … was ist los?“, fragte sie, als sie sah, dass Althea aufsprang.

„Los, gehen wir.“ Colt hatte das Zimmer bereits verlassen.

Althea schnappte sich ihren Mantel und sprintete hinter ihm her. „Boyd, sieh nach, was du über …“

„Nieman“, rief Boyd ihr zu. „Alles klar. Brauchst du Verstärkung?“

„Ich sage dir Bescheid.“

Nachdem der Raum sich geleert hatte, warf Natalie die Hände in die Luft und schaute Cilla an. „Was soll das denn jetzt?“

Cilla zuckte die Schultern. „Cops.“ Es sagte alles.

12. KAPITEL

Ich fasse es nicht, dass wir nicht schon viel eher darauf gekommen sind." Colt knallte die Autotür hinter sich zu und fuhr aus der Parklücke. Diesmal machte er sich gar nicht erst die Mühe, den Strafzettel unter dem Scheibenwischer wegzunehmen.

„Es ist nur ein Verdacht", erinnerte sie ihn. „Kann immer noch sein, dass wir uns irren."

„Das glaubst du doch nicht im Ernst."

Sie schloss für einen Moment die Augen, erlaubte den Puzzleteilchen, an ihren Platz zu fallen. „Es passt", sagte sie grimmig. „Es gibt keinen einzigen Mieter, der Mr Davis je gesehen hat. Er war der Mann, der nicht da war – vielleicht, weil es ihn nie gab."

„Und wer hatte Zugang zu dem Penthouse? Wer konnte Referenzen fälschen – Referenzen, die vielleicht überhaupt nicht existieren? Wer konnte sich praktisch unbemerkt in dem Gebäude bewegen, einfach, weil er immer da war?"

„Nieman."

„Ich habe es dir gleich gesagt, dass er ein Gauner ist", sagte Colt zwischen den Zähnen hindurch.

Sie sah sich gezwungen zuzustimmen, wenn auch vorsichtig. „Pass auf, dass es dir zu nicht Kopf steigt, Nightshade. Wir stellen nur ein paar zusätzliche Nachforschungen an. Das ist alles."

„Ich hole mir Antworten", konterte er. „Das ist alles."

„Halt dich zurück, Colt", sagte sie leise. „Wir gehen da rein, um ein paar Fragen zu stellen. Vielleicht verplappert er sich ja. Aber es kann auch sein, dass wir unerledigter Dinge wieder abziehen müssen. Aber zumindest haben wir etwas, wo wir nachgraben können."

Okay, graben wir, dachte Colt. Tief genug, um Nieman zu begraben. „Du machst den Anfang, und ich folge dir", sagte er. Für Erste zumindest. Als er vor einer roten Ampel anhalten musste, trommelte er mit den Fingerspitzen ungeduldig auf dem Lenkrad herum. „Ich würde dir gern das … äh … mit Nat erklären."

„Was denn erklären?"

„Dass wir nichts … dass wir nie etwas miteinander hatten", sagte er mit Nachdruck. „Verstehst du?"

„Wirklich?" Später würde sie darüber lachen, davon war sie überzeugt. Wenn sie nicht mehr so viele andere Dinge im Kopf hatte. Trotzdem war sie nicht so in Anspruch genommen, dass sie eine Gelegenheit ausgelassen hätte, ihn zu provozieren. „Warum nicht? Sie ist schön, sie ist lustig, sie ist intelligent. Ich dachte, auf solche Frauen stehst du, Nightshade?"

„Na ja, es war nicht so, dass ich nicht ... also, ich meine, darüber nachgedacht habe ich schon. Anfangs zumindest ..." Er gab fluchend Gas, als die Ampel umschaltete. „Sie war Boyds Schwester, okay? Und bevor ich anfing, über sie nachzudenken, war sie für mich auch wie eine Schwester. Deshalb ging es einfach irgendwie nicht."

Sie warf ihm einen langen neugierigen Blick zu. „Warum verteidigst du dich eigentlich?"

„Ich verteidige mich ja überhaupt nicht." In seiner Stimme schwang ein scharfer Unterton mit, weil ihm klar war, dass er genau das tat. „Ich will es dir nur erklären. Obwohl ich wirklich nicht weiß, warum ich mir die Mühe überhaupt mache. Du denkst ja sowieso, was du willst."

„Schon gut. Ich denke, dass du auf ganz typische und vorhersehbare männliche Art und Weise überreagierst." Er erdolchte sie mit Blicken, aber sie lächelte nur, als sie fortfuhr: „Ich werfe es dir nicht vor. Genauso wenig wie ich es dir vorgeworfen hätte, wenn ihr beide wirklich etwas miteinander gehabt hättet. Die Vergangenheit ist vorbei. Das weiß niemand besser als ich."

„Ich schätze, das weißt du wirklich." Er schaltete herunter, dann legte er seine Hand auf ihre. „Aber wir hatten nichts miteinander."

„Das ist dein Pech, Kumpel. Sie ist nämlich toll."

„Du auch."

Sie lächelte ihn an. „Ja, ich auch."

Colt fuhr an den Bordstein und parkte in einer Ladezone. Er wartete, bis Althea ihren Standort über Funk durchgegeben hatte.

„Bereit?"

„Jederzeit." Sie stieg aus dem Auto. „Ich will dies hier jetzt möglichst niedrig hängen", sagte sie zu Colt. „Nur ein paar weitere Fragen. Wir haben nichts gegen ihn in der Hand. Absolut nichts. Wenn wir zu viel Druck machen, könnte es auf uns zurückfallen. Und wenn wir mit unserem Verdacht recht haben ..."

„Wir haben recht. Ich spüre es genau."

Sie auch. Sie nickte. „Dann will ich ihn drankriegen. Für Liz. Für Wild Bill." Und für sich selbst, wie ihr klar wurde. Damit die Tür zu der Hölle, durch die sie gegangen war, wieder zufiel.

Sie betraten das Haus und gingen zu Niemans Wohnung. Althea warf Colt einen letzten warnenden Blick zu, dann klopfte sie.

„Ja?", fragte Nieman durch die Tür. „Wer ist da?"

„Lieutenant Grayson, Mr Nieman." Sie hielt ihren Ausweis vor den Spion. „Polizeidezernat Denver. Wir haben nur noch ein paar Fragen."

Er machte die Tür auf, soweit es die Sicherheitskette zuließ. Sein Blick ging von Althea zu Colt und wieder zurück. „Hat das nicht Zeit? Ich bin im Augenblick beschäftigt."

„Ich fürchte nicht. Es dauert nicht lange, Mr Nieman. Nur eine Routineangelegenheit."

„Also gut."

Unüberhörbar ungehalten schob er die Kette lautstark zurück. „Kommen Sie rein."

Althea sah beim Eintreten die Kartons auf dem Boden stehen. Viele davon waren mit geschreddertem Papier gefüllt. Was in Altheas Augen so verdächtig wirkte wie ein rauchender Colt.

„Wie Sie sehen, kommen Sie zu einem ungünstigen Zeitpunkt."

„Ja, das sehen wir. Sind Sie dabei umzuziehen, Mr Nieman?"

„Glauben Sie vielleicht, dass ich nach diesem … diesem Skandal weiter hier wohne und arbeite?" Empört zerrte er an seiner festgezurrten Krawatte. „Ich denke ja gar nicht daran. Polizei, Reporter, Mieter, die einen ständig mit irgendwelchen Fragen nerven. Seit dieser Sache hatte ich keinen Moment Ruhe mehr."

„Ich kann mir vorstellen, dass es eine Prüfung für Sie ist", bemerkte Colt. Er hätte diese Krawatte gern noch ein bisschen fester gezogen.

„Das ist es wahrlich. Nun, ich nehme an, Sie wollen sich setzen. Bitte." Nieman deutete auf Stühle. „Aber viel Zeit habe ich nicht. Ich muss noch eine Menge packen. Den Möbelpackern will ich das nicht anvertrauen", setzte er hinzu. „Sie achten nicht auf die Dinge."

„Sie haben anscheinend einige Erfahrung mit Umzügen?" Das kam von Althea, die schon ihr Notizbuch herausgeholt und ihren Stift gezückt hatte.

„Natürlich. Ich bin, wie schon gesagt, viel herumgekommen. Mir macht meine Arbeit Spaß." Er verzog den Mund zu einem gekünstelten Lächeln. „Aber ich finde es langweilig, zu lange auf derselben Stelle zu sitzen. Und erfahrene Hausverwalter werden immer gesucht."

„Davon bin ich überzeugt." Althea tippte mit ihrem Stift gegen den Block. „Die Besitzer dieses Hauses hier heißen ..." Sie begann, ihr Notizbuch durchzublättern.

„Johnston und Croy, Inc."

„Ja." Sie nickte, als sie die Eintragung fand. „Es hat Sie doch bestimmt nicht gefreut zu hören, was sich da oben im Penthouse abgespielt hat, oder?"

„Das kann man wohl sagen." Nieman lüpfte die Hosenbeine und setzte sich. „Es handelt sich um eine angesehene Firma. Sehr erfolgreich im Westen und Südwesten. Natürlich haben sie es mir angekreidet. Aber das war ja zu erwarten."

„Weil Sie mit dem Mieter kein persönliches Gespräch geführt haben?", fragte Althea.

„Das Wichtigste bei der Hausverwaltung ist, dass jeden Monat die Mieten pünktlich eingehen und dass nicht so eine große Fluktuation herrscht. Das habe ich sichergestellt."

„Und Sie haben auch sichergestellt, dass in einer der Ihnen anvertrauten Wohnungen strafbare Handlungen begangen wurden."

„Man kann mich ja wohl kaum für das persönliche Verhalten meiner Mieter verantwortlich machen."

Althea beschloss, dass es Zeit war, ein Risiko einzugehen. Ein genau kalkuliertes. „Und Sie haben die Wohnung nie betreten? Sich nie davon überzeugt, dass alles in Ordnung ist?"

„Warum hätte ich? Ich hatte keinen Grund, Mr Davis zu stören oder das Penthouse zu betreten."

„Sie waren also in der Zeit, in der Mr Davis die Wohnung bewohnte, nie drin?"

„Das habe ich doch eben gesagt."

Sie runzelte die Stirn, blätterte ein paar Seiten zurück. „Und wie erklären Sie sich dann Ihre Fingerabdrücke?"

Niemans Augen flackerten ganz kurz. „Ich verstehe nicht, was Sie meinen."

Sie war nah dran, aber noch nicht nah genug. „Ich frage mich, was Sie sagen würden, wenn ich Ihnen erzählte, dass man Ihre Fingerabdrücke in dem Penthouse gefunden hat – obwohl Sie behaupten, die Wohnung nie betreten zu haben."

„Ich verstehe nicht …" Mittlerweile musste er sich schon ganz schön abstrampeln. „Ach ja. Jetzt erinnere ich mich wieder. Ein paar Tage vor … vor dem Vorfall … ging im Penthouse der Feuermelder los. Und nachdem auf mein Klopfen hin niemand öffnete, verschaffte ich mir natürlich mit meinem Ersatzschlüssel Zugang zu der Wohnung."

„Und? Hat es gebrannt?", fragte Colt.

„Nein, nein, der Feuermelder war einfach nur defekt. Es war ein so geringfügiger Vorfall, dass ich es vergessen habe."

„Vielleicht haben Sie ja noch mehr vergessen", sagte Althea höflich. „Vielleicht haben Sie auch vergessen, uns von dem Blockhaus westlich von Boulder zu erzählen. Verwalten Sie dieses Haus auch?"

„Ich weiß nicht, wovon Sie reden. Ich verwalte im Moment nur dieses Haus hier."

„Dann benutzen Sie es also nur zur Erholung", fuhr Althea fort. „Mit Mr Donner, Mr Kline und Mr Scott."

„Ich weiß nichts von einem Blockhaus", sagte Nieman steif, aber auf seiner Oberlippe standen winzige Schweißtröpfchen. „Und Leute, die so heißen, kenne ich auch nicht. Und jetzt möchte ich Sie bitten, mich zu entschuldigen."

„Mr Scott darf leider noch keinen Besuch empfangen", berichtete Althea ihm und blieb sitzen. „Aber wir können in die Innenstadt fahren und Kline und Donner besuchen. Das frischt Ihre Erinnerung vielleicht auf."

„Ich fahre mit Ihnen überhaupt nirgendwohin." Nieman erhob sich. „Ich habe alle Ihre Fragen geduldig und korrekt beantwortet. Wenn Sie weiterhin versuchen, mich zu schikanieren, werde ich meinen Anwalt anrufen müssen."

„Tun Sie sich keinen Zwang an." Althea deutete auf das Telefon. „Wir können uns dann alle auf dem Revier treffen. In der Zwischenzeit könnten Sie überlegen, ob Sie noch wissen, wo Sie sich am 25. Oktober abends aufgehalten haben. Sie könnten ein Alibi brauchen."

„Wofür?"

„Mord."

„Das ist eine Vorverurteilung." Er zog ein Stofftaschentuch aus seiner Brusttasche und wischte sich damit über die Stirn. „Sie können nicht einfach hier hereinkommen und mich beschuldigen."

„Ich beschuldige Sie nicht, Mr Nieman. Ich frage nur, wo Sie am 25. Oktober zwischen neun und elf Uhr abends waren. Sie können Ihrem Anwalt auch mitteilen, dass wir Ihnen einige Fragen über eine vermisste junge Frau namens Lacy stellen werden und über die Gefangenhaltung von Elizabeth Cook. Liz ist ein sehr intelligentes, mit einer hervorragenden Beobachtungsgabe ausgestattetes Mädchen, hab ich recht, Nightshade?"

„Ja." Sie ist erstaunlich, dachte Colt. Absolut erstaunlich. Sie hatte nichts Handfestes gegen Nieman in der Hand, aber sie riss ihn trotzdem in Stücke. „Mit Liz' Aussagen und den Phantombildern hat der Staatsanwalt eine Menge in der Hand", fuhr er an Nieman gerichtet fort.

„Ich glaube, von den Phantombildern haben wir Mr Nieman noch gar nichts erzählt." Althea schloss ihr Notizbuch. „Oder von der Tatsache, dass Kline und Donner gestern sehr sorgfältig befragt wurden. Aber da sich Scott immer noch in einem kritischen Zustand befindet, werden wir auf seine Bestätigung noch ein bisschen warten müssen."

Niemans Gesicht wurde wachsbleich. „Sie lügen. Ich bin ein ehrbarer Mann. Ich habe Empfehlungsschreiben." Seine Stimme brach. „Auf die Aussage von zwei drittklassigen Schauspielern können Sie gar nichts geben, und eine Anklage können Sie damit erst recht nicht gegen mich zusammenzimmern."

„Ich glaube nicht, dass wir erwähnt haben, dass Kline und Donner Schauspieler sind, oder, Nightshade?"

„Nein." Er hätte sie küssen mögen. „Nein, das haben wir nicht."

„Sie müssen ein Hellseher sein, Nieman", bemerkte Althea. „Warum fahren wir nicht alle aufs Revier, vielleicht fällt Ihnen dort ja noch ein bisschen mehr ein."

„Ich kenne meine Rechte." Niemans Augen glitzerten vor Wut. „Ich fahre mit Ihnen überhaupt nirgends hin."

„Dann werde ich wohl darauf bestehen müssen." Althea stand auf. „Los, machen Sie, rufen Sie Ihren Anwalt an, Nieman, aber mit aufs Revier zum Verhör kommen Sie trotzdem."

„Ich lasse mich doch von einer Frau nicht herumkommandieren." Nieman war mit einem Satz bei ihr, und obwohl Althea damit gerechnet hatte und schon darauf wartete, trat Colt zwischen sie und schob den Hausverwalter fast mit dem kleinen Finger zurück auf die Couch.

„Widerstand gegen die Staatsgewalt", sagte er milde. „Das dürfte fürs Erste reichen und müsste dir eigentlich genug Zeit geben, einen Durchsuchungsbefehl zu erwirken."

„Mehr als genug", stimmte sie zu. Sie zog ihre Handschellen heraus.

„Äh … Lieutenant …" Colt beobachtete, wie sie Nieman mit ein paar schnellen Griffen die Handschellen um die mageren Handgelenke legte. „Sie haben oben doch keine Fingerabdrücke gefunden, oder?"

„Nein, aber das habe ich auch nie behauptet." Sie warf ihr Haar zurück. „Ich habe ihn nur gefragt, was er sagen würde, wenn ich sage, dass sie welche gefunden hätten."

Er grinste und sagte: „Ich habe mich geirrt. Lieutenant. Ich mag deinen Stil doch."

„Danke." Sie lächelte zufrieden. „Ich frage mich nur, was wir in all diesen ordentlich gepackten Kisten wohl finden werden."

Sie fanden mehr als genug. Videobänder, Fotos, sogar ein Tagebuch in Niemans Handschrift, in dem er akribisch alle seine Aktivitäten, alle seine Gedanken, seinen Frauenhass festgehalten hatte. Außerdem stand darin, wie die Frau namens Lacey ermordet worden war und dass man ihre Leiche hinter dem Haus in den Bergen verscharrt hatte.

Bis zum Nachmittag hatten sich genug Anklagepunkte gegen ihn angesammelt, um ihn sein Leben lang von der Gesellschaft fernzuhalten.

„Ein bisschen enttäuschend ist es schon", bemerkte Colt, während er Althea in ihr Büro folgte, wo sie ihren Bericht verfassen wollte. „Aber ich fand ihn so abstoßend, dass ich mich nicht mal aufraffen konnte, ihn umzubringen."

„Glück für dich", sagte sie, während sie ihren Computer einschaltete. „Hör zu, ich weiß nicht, ob es dir ein Trost ist, aber ich glaube ihm, wenn er sagt, dass er selbst Liz nicht angerührt hat. Ich bin mir sicher, dass es das psychiatrische Gutachten bestätigt. Impotenz, einhergehend mit Frauenhass und voyeuristischen Neigungen."

„Ja, er liebt es, nur zuzusehen." Sein Zorn kam und ging. Althea hatte recht, wenn sie sagte, dass sich das, was einmal passiert war, nicht mehr ändern ließ.

„Und aus seinem Hobby Geld zu machen", fügte sie hinzu. „Nachdem er einen Kameramann und zwei drittklassige Schauspieler aufgetrieben hatte, begann er, aus seinen mehr als zweifelhaften Vorlieben ein Geschäft zu machen. Und das machte er so gut, dass er sich Antiquitäten und Seidenkrawatten leisten konnte."

„Im Gefängnis wird er weder das eine noch das andere brauchen können." Er legte ihr die Hände auf die Schultern. „Gut gemacht, Thea. Wirklich gut."

„Das ist normal für mich." Sie musterte ihn über die Schulter hinweg. Jetzt musste sie nur noch überlegen, wie sie mit Colt verfahren sollte. „Hör zu, Nightshade, ich würde wirklich gern diesen Papierkram fertig machen, und dann brauche ich ein bisschen Zeit für mich, okay?"

„Klar. Wie ich gehört habe, wollen die Fletchers heute Abend einen draufmachen. Kommst du auch?"

„Aber sicher. Warum treffen wir uns nicht dort?"

„In Ordnung." Er drückte ihr einen Kuss aufs Haar. „Ich liebe dich, Thea."

Sie wartete, bis er gegangen war, dann machte sie die Tür hinter ihm zu. Ich weiß, dachte sie. Ich liebe dich auch.

Sie ging zu Liz. Es tat ihr gut, dem Mädchen und seiner Familie eine Art Lösung des Falls präsentieren zu können. Obwohl ihr Colt damit zuvorgekommen war. Er war bereits vor ihr da gewesen und wieder gegangen. Aber Althea spürte, dass Liz es von ihr auch noch einmal hören musste.

„Dafür werden wir uns nie revanchieren können." Marleen hatte den Arm um ihre Tochter gelegt, als wolle sie Liz nie wieder loslassen. „Ich kann Ihnen gar nicht sagen, wie dankbar wir Ihnen sind."

„Ich …" Althea hätte fast gesagt, dass sie nur ihren Job gemacht hatte. Das war zwar die Wahrheit, aber es war nicht alles. „Passen Sie in Zukunft nur gut aufeinander auf", sagte sie stattdessen.

„Wir haben uns vorgenommen, viel mehr Zeit miteinander zu verbringen." Marleen presste ihre Wange an die von Liz. „Morgen fahren wir nach Hause."

„Wir werden eine Familientherapie machen", berichtete Liz Althea. „Und ich ... ich werde zu einer Selbsthilfegruppe für ... für Vergewaltigungsopfer gehen. Obwohl, ein bisschen Angst habe ich schon."

„Ein bisschen Angst zu haben ist nur gesund."

Liz nickte und schaute zu ihrer Mutter. „Mom, kann ich ... ich möchte gern einen Moment allein mit Lieutenant Grayson sprechen."

„Aber ja." Marleen drückte ihre Tochter. „Ich gehe solange runter in die Lobby und sehe nach, wo dein Vater mit dem Eis bleibt."

„Danke." Liz wartete, bis ihre Mutter das Zimmer verlassen hatte. „Dad weiß noch nicht, wie er mit mir über das, was passiert ist, reden soll. Es fällt ihm schrecklich schwer."

„Er liebt dich. Gib ihm Zeit."

„Er hat geweint." Liz' eigene Augen füllten sich mit Tränen. „Ich habe ihn vorher noch nie weinen sehen. Ich dachte immer, dass er zu viel berufliche Sachen im Kopf hat, um sich über mich Gedanken zu machen. Es war total blöd, von daheim abzuhauen." Nachdem sie das alles losgeworden war, atmete sie tief aus. „Jetzt sehe ich erst, wie weh ich ihnen damit getan habe. Es wird zwischen uns bestimmt nie mehr so wie früher, stimmt's?"

„Nein, Liz, das wird es nicht, aber wenn ihr einander helft, darüber wegzukommen, kann es besser werden."

„Hoffentlich. Ich fühl mich innerlich immer noch so leer. Als ob da in mir ein Loch wäre."

„Du wirst es mit etwas anderem auffüllen. Du darfst nicht zulassen, dass deine Gefühle für andere Menschen darunter leiden. Es kann dich stark machen, Liz, aber du darfst nicht erlauben, dass es dich hart macht."

„Colt hat gesagt ..." Sie schniefte und streckte die Hand nach der Schachtel mit Papiertüchern aus, die ihre Mutter auf den Nachttisch gestellt hatte. „Er hat gesagt, dass ich, immer wenn ich das Gefühl habe, nicht mehr zu können, an Sie denken soll."

Althea starrte sie überrascht an. „An mich?"

„Weil Sie so viel Schlimmes erlebt haben und etwas so Schönes daraus gemacht haben. Innerlich und äußerlich. Dass Sie nicht nur überlebt, sondern triumphiert haben." Sie lächelte mit Tränen in den Augen. „Und dass ich das auch kann. Es war lustig, ihn so reden zu hören. Ich glaube, er mag Sie sehr."

„Ich mag ihn auch." Und Althea wurde klar, dass sie ihn wirklich mochte, ja mehr noch, dass sie ihn liebte. Es war keine Schwäche, einen Mann zu lieben, nicht wenn man ihn gleichzeitig achten und respektieren konnte. Und nicht, wenn der andere einen so sah wie man war und einen wiederliebte.

„Colt ist echt klasse", stellte Liz fest. „Er lässt einen nie hängen, egal was passiert, wissen Sie?"

„Ich glaube, das weiß ich."

„Ich habe mir überlegt … ich weiß, dass die Therapie wichtig ist und alles, aber ich habe mir trotzdem überlegt, ob ich Sie vielleicht manchmal anrufen könnte. Wenn ich … wenn ich das Gefühl habe, dass ich es nicht schaffe."

„Ich hoffe, du machst es wirklich."

Althea stand auf, setzte sich neben Liz und nahm sie in den Arm. „Du rufst an, wenn du dich schlecht fühlst. Und wenn du dich gut fühlst, auch. Wir brauchen alle jemanden, der uns versteht."

Fünfzehn Minuten später überließ Althea die Cooks ihrer Eiscreme. Es gab eine Menge, worüber sie nachdenken musste. Als Erwachsene hatte sie immer gewusst, wo ihr Leben hinsteuerte. Jetzt hatte es eine plötzliche und dramatische Wendung genommen, und sie musste ihre Fassung wiederfinden.

Aber Colt erwartete sie in der Lobby.

„Hey, Lieutenant." Er zog ihren Kopf zurück und küsste sie leicht.

„Was machst du noch hier? Marleen sagte, du seist bereits gegangen."

„Ich war mit Frank spazieren. Er musste mit jemandem reden."

Sie legte ihm eine Hand an die Wange. „Du bist ein guter Freund, Nightshade."

„Andere Freunde gibt es nicht." Sie lächelte, weil sie wusste, dass er es ernst meinte. „Soll ich dich mitnehmen?"

„Ich bin selbst mit dem Auto da." Aber als sie zusammen nach draußen gingen, wurde ihr klar, dass sie diese Auszeit gar nicht wollte. „Hast du Lust, einen Spaziergang zu machen? Ich bin so aufgewühlt."

„Klar." Er legte ihr einen Arm um die Schultern. „Du könntest mir helfen, ein Geschenk auszusuchen. Meine Mutter hat nächste Woche Geburtstag."

Ihr Widerstand erwachte umgehend – ein Reflex. „Ich kann nicht gut für Leute, die ich nicht kenne, Geschenke aussuchen."

„Du wirst sie bald kennenlernen." Er schlenderte zur Ecke und bog dann nach links ab, wo es eine Reihe von Geschäften gab. Er schaute in ein elegant dekoriertes Schaufenster, in dem teures Porzellan und Kristall ausgestellt war. „He, du bist doch nicht der Typ, der so eine Liste aufstellt, oder? Du weißt schon, für Hochzeitsgeschenke und so?"

„Reiß dich zusammen, Nightshade." Sie ging so schnell an ihm vorbei, dass er Mühe hatte, Schritt mit ihr zu halten.

„Was ist mit einer Aussteuer? Gibt es das heutzutage überhaupt noch?"

„Keine Ahnung, und es interessiert mich auch nicht."

„Nicht dass ich etwas gegen das Männerunterhemd hätte, das du letzte Nacht im Bett anhattest. Ich könnte mir nur vorstellen, dass etwas mehr ... nein, etwas weniger für die Hochzeitsreise ganz nett wäre. Wohin willst du fahren?"

„Hörst du jetzt auf?"

„Nein."

Mit einem ungehaltenen Seufzer drehte sie sich um und schaute in das nächste Schaufenster. „Das ist ein hübscher Pullover." Sie deutete auf eine Schaufensterpuppe, die einen tiefblauen Pullover mit einem Schalkragen anhatte. „Vielleicht mag sie Kaschmir ja."

„Vielleicht." Er nickte. „Schön. Kaufen wir ihn."

„Siehst du, genau das ist dein Problem." Althea wirbelte, die Hände in die Hüften gestemmt, herum. „Du denkst einfach nicht genug nach. Du siehst etwas, und zack – das war's dann auch schon."

„Warum sollte ich noch länger suchen, wenn es das Richtige ist?" Er lächelte und zog sie spielerisch an den Haaren. „Ich weiß, was gut für mich ist, wenn ich es sehe. Komm." Er nahm ihre Hand und zog sie in den Laden. „Der blaue Pullover draußen im Schaufenster", sagte er zu der Verkäuferin. „Haben Sie ihn in Größe ..." Er deutete die ungefähre Größe mit den Händen an.

„Zehn?", rief die Verkäuferin. „Natürlich, Sir. Einen Moment."

„Du hast nicht gefragt, was er kostet", erinnerte Althea ihn.

„Wenn etwas richtig ist, ist es egal, was es kostet." Er lächelte sie an. „Du wirst mich an der Kandare halten. Das weiß ich zu schätzen. Ich neige dazu, über Einzelheiten hinwegzusehen."

„Das ist ja etwas ganz Neues." Sie wandte sich ab und stöberte in einem Ständer mit Seidenblusen herum.

Er ist so unbesonnen, ermahnte Althea sich. Er war impulsiv und voreilig, ein Heißsporn. Alles, was sie nicht war. Sie zog Ordnung, Routine, sorgfältige Überlegung vor. Sie musste verrückt sein zu glauben, sie könnten zusammenpassen.

Sie wandte den Kopf und beobachtete ihn, während er darauf wartete, dass die Verkäuferin den Pullover abkassierte und als Geschenk einpackte.

Doch dann wurde ihr klar, dass sie trotzdem zusammenpassten. Alles an ihm passte zu ihr wie angegossen. Seine Haare, die weder richtig blond noch richtig braun waren und nie wirklich ordentlich. Die Augen, zwischen blau und grün changierend, konnten mit einem Blick bewirken, dass ihr das Herz stehen blieb. Seine Unbekümmertheit. Seine Verlässlichkeit.

Sein totales bedingungsloses Verständnis.

„Gibts ein Problem?", fragte er, als er sie ertappte, wie sie ihn anstarrte.

„Nein."

„Möchten Sie eine rosa Schleife oder eine blaue, Sir?"

„Rosa", sagte er, ohne den Blick von Althea zu nehmen. „Haben Sie auch Brautkleider?"

„Förmliche nicht, Sir, nein." Doch bei der Aussicht, unter Umständen noch etwas zu verkaufen, leuchteten die Augen der Verkäuferin auf. „Aber wir haben ein paar sehr elegante lange Kleider und Hosenanzüge, die sich für eine Hochzeit perfekt eignen würden."

„Es sollte etwas Festliches sein", entschied er, und der Humor war in seine Augen zurückgekehrt. „Für Silvester."

Althea straffte die Schultern und wirbelte zu ihm herum. „Kapier es endlich, Nightshade. Ich werde dich an Silvester nicht heiraten."

„Okay, okay. Such dir ein anderes Datum aus."

„Thanksgiving", sagte sie und hatte das Vergnügen zu beobachten, wie ihm die Kinnlade ebenso herunterfiel wie der Karton, den ihm die Verkäuferin gerade gegeben hatte.

„Was?"

„Ich sagte Thanksgiving. Mach damit, was du willst." Sie warf ihr Haar zurück und verließ den Laden.

„Warte! Verdammt!" Er kickte den Geschenkkarton durch den Raum und rannte ihr nach, im Rennen den Karton aufhebend, während die Verkäuferin hinter ihm herrief: „Und was ist mit den Kleidern, Sir?"

„Später." Er stürzte zur Tür hinaus und holte Althea einen halben Block weiter unten ein. „Hast du eben gesagt, dass du mich an Thanksgiving heiratest?"

„Ich hasse es, mich zu wiederholen, Nightshade. Wenn du nicht mitkommst, ist das dein Problem. Wenn du jetzt mit dem Einkaufen fertig bist, gehe ich wieder zurück an meine Arbeit."

„Nur noch eine verdammte Minute." Verzweifelt stopfte er sich den Karton unter den Arm, wobei er die Schleife zerdrückte. Aber jetzt hatte er wenigstens die Hände frei, um sie bei den Schultern zu packen. „Wie kommt's, dass du plötzlich deine Meinung geändert hast?"

„Es muss an deiner einfühlsamen Herangehensweise liegen", gab sie trocken zurück. Gott, machte ihr das Spaß. Ganz tief drin machte ihr die ganze Sache inzwischen einen Riesenspaß. „Wenn du mich weiter so behandelst, mache ich dich fertig, Kumpel."

Er schüttelte den Kopf, als wollte er so seine Gedanken ordnen. „Du willst mich heiraten?"

Sie zog eine Augenbraue hoch. „Dich legt keiner so schnell aufs Kreuz, was?"

„An Thanksgiving. An *diesem* Thanksgiving? In ein paar Wochen?"

Bekommst du kalte Füße? wollte sie fragen, doch dann merkte sie, dass sie den Mund zu voll hatte. Es war ein leidenschaftlicher Kuss, in dem sowohl ein Versprechen wie auch überschäumende Freude mitschwangen.

„Weißt du eigentlich, wie viel man dafür bekommt, wenn man eine Polizistin in der Öffentlichkeit küsst?", fragte sie, als sie wieder sprechen konnte, und sah ihn mit einem herausfordernden Lächeln an.

„Ich gehe das Risiko ein."

„Gut." Sie zog seinen Mund wieder zu sich herunter. Die Fußgänger mussten um sie herumgehen, während sie sich küssten. „Du wirst lebenslänglich dafür bekommen, Nightshade."

„Damit rechne ich." Behutsam schob er sie ein Stück zurück, bis er ihr Gesicht sehen konnte. „Warum Thanksgiving?"

„Weil ich eine Familie möchte, mit der ich Thanksgiving feiern kann. Cilla nervt mich schon seit Jahren, dass ich zu ihnen kommen soll, aber ich … ich habe es bis jetzt einfach nicht geschafft."

„Warum nicht?"

„Ist das ein Verhör oder eine Verlobung?", wollte sie wissen.

„Beides, aber das ist meine letzte Frage. Warum willst du mich heiraten?"

„Weil du mich so lange genervt hast, bis mein Widerstand erlahmt ist. Und aus Mitleid mit dir, weil du so versessen darauf bist. Davon abgesehen liebe ich dich, und irgendwie habe ich mich auch schon an dich gewöhnt, deshalb …"

„Halt. Sag das noch mal."

„Ich sagte, dass ich mich irgendwie schon an dich gewöhnt habe."

Grinsend gab er ihr einen Kuss auf die Nasenspitze. „Nicht das. Was du vorher gesagt hast."

„Dass ich Mitleid mit dir habe?"

„Oh Mann. Nein. Danach."

„Ach so, das mit der Liebe."

„Ja, genau das. Sag es noch mal."

„Okay." Sie holte tief Luft. „Ich liebe dich." Und atmete aus. „Es so ganz allein zu sagen, ist sogar noch schwerer."

„Du wirst dich schon noch daran gewöhnen."

„Wahrscheinlich hast du recht."

Er lachte und drückte sie an sich. „Ich wette darauf."

EPILOG

„Ich glaube, ich muss es mir doch noch mal überlegen." Althea stand vor dem großen Spiegel in Cillas Schlafzimmer und schaute auf ihr Spiegelbild.

Sie sah eine blasse Frau mit einer wilden Flut roter Haare. Sie wirkte elegant in dem schmal geschnittenen elfenbeinfarbenen Seidenkostüm, dessen kurze enge Jacke mit winzigen Perlmuttknöpfen besetzt und an den Rändern mit Spitze eingefasst war.

Aber ihre Augen standen zu groß und zu angstvoll in ihrem Gesicht.

„Ich kann mir wirklich nicht vorstellen, dass das funktioniert."

„Du siehst fabelhaft aus", versicherte Deborah ihr. „Absolut perfekt."

„Ich habe nicht von dem Kleid gesprochen." Althea presste sich eine Hand auf den schmerzenden Magen. „Ich meine die Hochzeit."

„Tu das nicht."

Cilla zupfte am Revers von Altheas Seidenjacke herum. „Du wirst schon wieder nervös."

„Natürlich bin ich nervös."

In Ermangelung von etwas anderem, fasste sich Althea an die Ohrläppchen, um sich davon zu überzeugen, dass ihre Perlenohrringe auch wirklich festsaßen. Als sie daran dachte, dass sie die Ohrringe von Colts Mutter bekommen hatte, wurde ihr ganz warm ums Herz. Etwas zum Weitergeben, hatte Colts Mutter gesagt. So wie Colts Großmutter die Ohrringe an seine Mutter weitergegeben hatte.

Dann hatte sie ein bisschen geweint und Althea auf die Wange geküsst und sie in ihrer Familie willkommen geheißen.

Familie, dachte Althea, während sie erneut von einer Welle der Panik überschwemmt wurde. Was wusste sie schon von Familie?

„Ich bin drauf und dran, mich fürs ganze Leben an einen Mann zu binden, den ich erst seit ein paar Wochen kenne", murmelte sie der Frau im Spiegel zu.

„Aber du liebst ihn doch, oder?", fragte Deborah.

„Was hat denn Liebe damit zu tun?"

Lachend nahm Deborah Altheas rastlose Hand in ihre. „Nur alles. Ich kannte Gage auch nicht lange." Und sein Geheimnis hatte sie sogar noch kürzer gekannt. „Aber ich war mir sicher, dass ich ihn liebe. Ich habe gesehen, wie du Colt ansiehst, Thea. Du weißt es auch."

„Anwälte", beschwerte sich Althea bei Cilla. „Sie drehen einem ständig das Wort im Mund herum."

„Sie ist toll, stimmt's?" Cilla drückte ihre Schwester stolz. „Die beste Strafverteidigerin östlich des Mississippi."

„Wo du recht hast, hast du recht", gab Deborah mit einem Grinsen zurück. „So, jetzt lasst mich mal einen Blick auf die Ehrenjungfrau werfen." Sie legte den Kopf schräg und taxierte ihre Schwester. „Du siehst umwerfend aus."

„Du auch." Cilla fuhr ihrer Schwester durch das dunkle Haar. „Ehe und Mutterschaft bekommen dir prächtig."

„Wenn ihr zwei jetzt nicht sofort aufhört, euch gegenseitig zu beweihräuchern, bekomme ich auf der Stelle einen Nervenzusammenbruch." Althea setzte sich aufs Bett und machte die Augen ganz fest zu. „Ich könnte heimlich durch die Hintertür verduften."

„Er würde dich wieder einfangen", sagte Cilla.

„Wenn ich einen richtig guten Vorsprung hätte, nicht. Vielleicht wenn ich …" Ein Klopfen an der Tür unterbrach sie. „Wenn das Nightshade ist, ich bin nicht zu sprechen."

„Natürlich nicht", stimmte Deborah zu. „Pech." Sie öffnete ihrem Mann und ihrer Tochter die Tür. Das ist Glück, dachte sie, während sie Gage anlächelte. Das größte Glück der Welt.

„Tut mir leid, dass ich die Vorbereitungen störe, aber wir haben da unten ein paar Leute, die schon ganz unruhig werden."

„Wenn diese Kinder die Hochzeitstorte angerührt haben …", begann Cilla.

Gage konnte sie beruhigen: „Boyd hat sie gerettet." In letzter Sekunde. Auf einem Arm das Baby, legte er den anderen seiner Frau um die Taille. „Colt hat den Teppich bald durchgelaufen."

„Dann ist er also nervös", bemerkte Althea. „Das sollte er auch sein. Ihr seht ja, in was für eine Situation er uns gebracht hat. Oh Mann, ich wünsche mir, die Fliege an der Wand dort zu sein."

Gage grinste und zwinkerte Deborah zu. „Es hat seine Vorteile." Er tätschelte seine kleine Tochter, als sie zu quengeln begann.

„Gib sie mir, Gage." Deborah nahm Adrianna auf den Arm.

„Geh und hilf Boyd, den Bräutigam zu beruhigen. Wir sind gleich so weit."

„Wer sagt das?" Althea rang die Hände, atmete tief durch und versuchte ruhig zu bleiben.

Cilla scheuchte Gage aus dem Zimmer und schloss die Tür. Jetzt wurde es Zeit, schwere Geschütze aufzufahren. „Feigling", sagte sie weich.

„Nur noch eine Minute ..."

„Du hast Angst, nach unten zu gehen und dem Mann, den du liebst, in aller Öffentlichkeit ein Versprechen zu geben. Das ist erbärmlich."

Deborah, die das Baby beruhigt hatte, fing den Ball auf. „Wirklich, Cilla, sei nicht so hart mit ihr. Wenn sie ihre Meinung geändert hat ..."

„Das hat sie ja gar nicht. Sie kann sich nur einfach nicht entscheiden. Dabei tut Colt alles, um sie glücklich zu machen. Er will sogar seine Ranch verscherbeln und sich hier ein Stück Land kaufen."

Althea stand auf. „Das ist unfair."

„Das ist es wirklich." Deborah baute sich neben Althea auf und biss sich auf die Innenseite ihrer Unterlippe, um sich vom Grinsen abzuhalten. „Von dir hätte ich eigentlich ein bisschen mehr Verständnis erwartet, Cilla. Das ist schließlich eine Entscheidung, die man nicht alle Tage trifft."

„Dann sollte sie sie endlich treffen und sich nicht hier oben verkriechen wie eine eiserne Jungfrau, kurz bevor sie geopfert wird."

Althea reckte trotzig das Kinn. „Ich verkrieche mich nicht. Deb, geh raus und sag ihnen, dass sie mit der verdammten Musik anfangen sollen. Ich komme jetzt runter."

„In Ordnung, Thea. Wenn du dir wirklich sicher bist." Deborah tätschelte ihren Arm, zwinkerte ihrer Schwester zu und eilte dann aus dem Zimmer.

„Also gut, komm." Althea stürmte zur Tür. „Gehen wir."

„Fein." Cilla schlenderte hinter ihr her, dann begannen beide, hintereinander die Treppe hinunterzugehen.

Althea war schon fast unten, als ihr klar wurde, dass sie reingelegt worden war. Die beiden Schwestern hatten die Guter-Cop-Böser-Cop-Masche abgezogen wie zwei Profis.

Jetzt rebellierte ihr Magen. Es gab überall Blumen, eine Wand aus Farben und Düften. Und Musik, weiche, romantische Klänge. Sie sah Colts Mutter, die sich schwer an seinen Vater lehnte und tapfer durch einen Tränenschleier lächelte. Sie sah Natalie strahlen und sich die Augen betupfen und Deborah, ebenfalls mit nassen Augen, mit Adrianna auf dem Arm.

Da war Boyd, der nach Cillas Hand griff und ihr einen Kuss auf die nasse Wange gab, bevor er wieder zu Althea schaute und ihr aufmunternd zuzwinkerte.

Althea blieb ruckartig stehen. Wenn die Leute bei Hochzeiten weinen, müssen sie einen Grund dafür haben, schloss sie.

Dann schaute sie zum Kamin und sah nur noch Colt.

Und er sah nur noch sie.

Das Zittern in ihren Beinen ließ nach. Sie ging zu ihm hinüber, um ihm eine einzelne weiße Rose und ihr Herz zu übergeben.

„Schön, dich zu sehen, Lieutenant", murmelte er, während er ihre Hand nahm.

„Schön, dich zu sehen, Nightshade." Sie spürte die Wärme des Kaminfeuers, das neben ihnen brannte, die Wärme, die er ausstrahlte. Sie lächelte, als er ihre Hand an seine Lippen zog, und ihre Finger hörten augenblicklich auf zu zittern.

„Happy Thanksgiving."

„Danke, gleichfalls." In Erwiderung auf seine Geste zog sie seine Hand ebenfalls an ihre Lippen. Vielleicht kannte sie sich mit Familie nicht aus, aber sie würde von ihm lernen. Sie würden beide voneinander lernen. „Ich liebe dich sehr."

„Gleichfalls. Bist du bereit?"

„Ja, jetzt schon."

Und im Schein des knackenden Kaminfeuers schauten sie einander und ihrer gemeinsamen Zukunft in die Augen.

– ENDE –

Nora Roberts

Das verhängnisvolle Rendezvous

Roman

Aus dem Amerikanischen von
Emma Luxx

NEW YORK TIMES
BESTSELLER AUTOREN

PROLOG

Feuer. Es reinigt. Und es zerstört. Seine Hitze kann Leben retten. Oder vernichteten. Sich die Kraft des Feuers zunutze zu machen war eine der großartigsten Entdeckungen der Menschheit. Doch zugleich ist das Feuer eine Hauptquelle von Ängsten. Rationalen und irrationalen.

Feuer fasziniert. Mütter müssen ihre Kinder davor warnen, mit dem Feuer zu spielen. Wie aufregend ist doch eine züngelnde Flamme und wie prickelnd und wohltuend die Wärme, die sie ausstrahlt!

Wer liebt es nicht, in gelöster Atmosphäre am Kaminfeuer zu sitzen, während die heißen Flammen gelb-orangerot emporschlagen und die verglühenden Holzscheite geheimnisvoll knistern? Es ist die Stunde der Romantiker und Träumer.

Wenn am Lagerfeuer die Funken hoch aufsprühen zum sternenbestickten Nachthimmel, rösten sich Kinder ihre Kartoffeln in der heißen Glut und genießen den wohligen Schauer, der ihnen beim Anhören von Gruselgeschichten den Rücken hinabläuft.

In den dunklen Ecken der Stadt kauern obdachlose Menschen an Feuern, dicht zusammengedrängt und mit gesenkten Köpfen. Längst zu müde und zu desillusioniert zum Träumen, wärmen sie sich die halb erfrorenen Hände über den Flammen, die sie aus zusammengesammeltem Müll und alten Zeitungen entfacht haben.

In den großen Städten gibt es viele Brände. Und ebenso viele verschiedene Ursachen dafür.

Ein unachtsam ausgedrückter Zigarettenstummel, der in einer Matratze langsam vor sich hinschwelt, ein defektes Stromkabel, eine Herdplatte, die jemand vergessen hat abzustellen, eine Kerze, die vor dem Schlafengehen nicht ausgelöscht wurde.

All dies kann den Verlust von Eigentum nach sich ziehen und Menschenleben kosten. Es kann ein Leben von einem Moment zum anderen von Grund auf verändern. Oft ist Unachtsamkeit im Spiel, und manchmal ist es ein Unfall. Vielleicht auch das Schicksal.

Doch es gibt noch andere, abwegigere Ursachen.

Endlich in dem Gebäude, holte er kurz und flach ein paarmal Luft. Es war einfach gewesen, wirklich einfach. Und erregend. Nun hatte er es in der Hand. Er wusste genau, was jetzt zu tun war, und es verursachte ihm den Nervenkitzel, nach dem er ständig so besessen suchte. Er tat es allein. In der Dunkelheit.

Doch es würde nicht mehr lange dunkel sein. Bei dem Gedanken daran begann er zu kichern, während er die Treppe zum zweiten Stock hinaufstieg. Gleich würde es hell werden. Viel heller, als es das Licht von Lampen je ermöglichen könnte.

Zwei Kanister dürften ausreichen. Er schraubte den ersten auf und zog eine Benzinspur über den hölzernen Fußboden und die Wände. In den anderen Räumen tat er dasselbe. Dann riss er Akten aus den Regalen, Berge von Papier, alles, was ihm leicht entflammbar erschien, türmte es auf dem Boden auf zu riesigen Haufen, die er mit Benzin tränkte. Flammen waren hungrig, sie wollten ausreichend gefüttert werden. Er kicherte wieder.

Die Vorfreude auf das, was gleich kommen würde, verursachte ihm ein Kribbeln im Bauch. Seine Fantasie schlug Purzelbäume, wobei seine Erregung wuchs. Doch er war trotz des Aufruhrs in seinem Innern ruhig, und jede seiner Handlungen war wohl überlegt und präzise. Er bewegte sich mit katzenhafter Gewandtheit und war peinlich bemüht, auch das geringste Geräusch zu vermeiden, obgleich er wusste, dass ihm von dem Wachmann keine Gefahr auf Entdeckung drohte. Der hatte erst vor Kurzem seine Runde gemacht und saß nun friedlich über einen Stapel Illustrierten gebeugt in einem anderen Teil des Gebäudes.

Dieses Feuer würde brennen und brennen und brennen. Immer heller lodernd, würde es der Benzinspur folgen. Die Fensterscheiben würden zerbersten, weil sie dem Druck der Hitze nicht standhalten konnten. Die Farbe an den Wänden würde Blasen werfen, Metall würde schmelzen, Regale umstürzen, alles, alles würde ein Opfer der gierigen Flammen werden.

Er wünschte sich für einen Moment, er könnte bleiben, hier, mittendrin im Zentrum, wo gleich eine rot glühende Feuerwalze gierig alles verschlingen würde. Er wünschte sich, er könnte bleiben, um mit eigenen Augen die befreiende Gewalt der Flammen erleben zu können.

Mit einem sehnsüchtigen Seufzer riss er ein Streichholz an und warf es auf den benzindurchtränkten Haufen. Eine grelle Stichflamme fuhr zischend empor. Einen kurzen Blick auf das Feuer gönnte er sich noch, bevor er lautlos verschwand.

1. KAPITEL

Verärgert und erschöpft betrat Natalie ihr Penthouse-Apartment. Das Arbeitsessen mit ihren leitenden Angestellten hatte fast bis Mitternacht gedauert. Natürlich hätte sie anschließend gleich nach Hause gehen können. Doch da sie auf dem Heimweg an ihrem Büro vorbeikam, hatte sie einfach nicht widerstehen können, noch mal kurz hineinzuschauen, um einen Blick auf die Werbekampagne zu werfen, die die Eröffnung ihres neuen Geschäfts ankündigte.

Leicht taumelnd vor Müdigkeit betrat sie ihr Schlafzimmer. Wie spät mochte es wohl sein? Ein Blick auf den Wecker verursachte ihr Unbehagen. Himmel, schon zwei Uhr! Jetzt aber nichts wie ab in die Federn! Sie war ja wirklich besessen von ihrer Arbeit. Bereits morgen früh um acht stand das nächste Meeting mit einigen Führungsleuten aus den drei anderen Niederlassungen an.

Und wenn schon? Alles kein Problem für Natalie. Wer brauchte Schlaf? Sicherlich nicht Natalie Fletcher, die dynamische, zweiunddreißigjährige Generaldirektorin von Fletcher Industries, die voller Elan dabei war, dem Konzern eine weitere gewinnträchtige Einkommensquelle zu erschließen. In Hochform kam sie immer dann, wenn die Herausforderung groß war.

Und dieses Geschäft würde ebenso gut laufen wie alle anderen. Sogar besser noch. Das hatte sich Natalie fest vorgenommen und ihre ganze Kraft und Kreativität in dieses Vorhaben gesteckt. Von Anfang an hatte sie alles selbst in die Hand genommen, *Lady's Choice* musste der Renner werden.

Ihr Baby. Jawohl, dieser neue Zweig des Konzerns, den sie allein geschaffen hatte, war ihr Baby, und sie würde es hegen und pflegen, auch wenn das bedeutete, dass sie noch um zwei Uhr morgens im Büro herumhocken musste! Der Versand lief schon seit einiger Zeit, und das Geschäft würde ebenso laufen.

Ein Blick in den Spiegel sagte ihr jedoch, dass sogar Natalie Fletcher gelegentlich Schlaf brauchte. Ihr Gesicht war blass und schmal vor Erschöpfung. Der Hauch von Rouge, den sie zu Beginn des Abends aufgelegt hatte, war längst dahin. Ihr honigblondes Haar, das sie heute Abend zu einem raffinierten Knoten im Nacken verschlungen hatte, unterstrich ihren eleganten, gepflegten Typ. Doch jetzt lagen dunkle Schatten unter ihren smaragdgrünen Augen, die besagten, dass Natalie im Moment nichts dringender brauchte als Nachtruhe.

Sie war eine Frau, die stolz war auf ihre Arbeit, ihre Energie und ihr Durchhaltevermögen. Jetzt trat sie vom Spiegel zurück und rollte die Schultern, um die Verspannungen im Nacken zu lösen. Haifische schlafen nicht, rief sie sich ins Gedächtnis. Auch Wirtschaftshaie nicht. Doch sie war so hundemüde, dass sie sich am liebsten mit Kleidern hätte aufs Bett fallen lassen, um gleich darauf in einem tiefen Schlaf zu versinken.

Das aber sollte sie besser nicht tun. In Kleidern zu schlafen bringt ja nun wirklich keine Erholung, ermahnte sie sich und schlüpfte aus ihrem Mantel. Organisation und Selbstkontrolle gehörten zu ihrem Wesen; und diese Eigenschaften waren verantwortlich dafür, dass sie auch jetzt noch, mit dieser unsäglichen Müdigkeit in den Knochen, hinüber zum Wandschrank ging, um ihr Samtcape ordentlich auf einen Bügel zu hängen. Da läutete das Telefon.

Nimm nicht ab, befahl sie sich selbst, der Anrufbeantworter ist ja eingeschaltet. Doch im selben Moment hatte sie schon zum Hörer gegriffen.

„Hallo?"

„Miss Fletcher?"

„Ja?" Ihr Smaragdohrring klapperte gegen den Hörer. Sie wollte ihn gerade abziehen, da ließ sie die Panik, die in der Stimme des Anrufers mitschwang, in ihrer Bewegung innehalten.

„Hier ist Jim Banks, Miss Fletcher. Der diensthabende Wachmann des Lagerhauses. Wir haben hier Probleme."

„Probleme? Ist eingebrochen worden?"

„Es brennt. Heiliger Himmel, Miss Fletcher, das ganze Gebäude steht lichterloh in Flammen!"

„In Flammen?" Ihr stockte der Atem. „Die Lagerhalle brennt? Um Gottes willen! Ist noch jemand drin?"

„Nein, Ma'am, ich war der Einzige, der da war." Seine Stimme überschlug sich. „Ich war unten in der Cafeteria im Westflügel, als ich die Explosion hörte. Es muss eine Bombe gewesen sein oder so was. Keine Ahnung. Ich bin sofort rausgerannt und hab von der Telefonzelle aus die Feuerwehr alarmiert."

Im Hintergrund vernahm sie jetzt Sirenen, dann wurden Befehle gebrüllt. „Sind Sie verletzt?"

„Nein, ich bin grade noch rechtzeitig rausgekommen. Heilige Mutter Gottes, Miss Fletcher, es ist grauenhaft. Einfach grauenhaft."

„Ich bin schon unterwegs."

Eine Viertelstunde später war Natalie da. Schon von Weitem sah sie dichte Rauchschwaden am brandrot erleuchteten Nachthimmel emporsteigen. Das Herz klopfte ihr bis zum Hals, während sie am Rand des Geschehens nach einem Parkplatz Ausschau hielt. Männer mit rußgeschwärzten Gesichtern rannten hin und her und bemühten sich verzweifelt, die rasende Feuersbrunst unter Kontrolle zu bringen. Flammen und Rauch schlugen aus den Fenstern, deren rußgeschwärzte Scheiben längst unter dem Druck der Hitze zerborsten waren. Der Dachstuhl war bereits völlig ausgebrannt und fiel gerade krachend in sich zusammen.

Sie stieg aus und blickte voller Entsetzen auf die gespenstische Szenerie. Obwohl sie in einiger Entfernung stand, wehte die Gluthitze des Feuers zu ihr hinüber und ließ sie den eisigen Februarwind, der an ihren Kleidern zerrte, nicht spüren.

Kein Zweifel. Alles. Alles, was in dem Gebäude gewesen war, war dem Inferno anheimgefallen.

Schwankend zwischen Faszination und Schrecken stand sie wie erstarrt und starrte mit aufgerissenen Augen in die Flammen. „Miss Fletcher?" Sie wandte sich um. Ein Mann mittleren Alters, der eine graue Uniform trug, stand vor ihr.

„Ich bin Jim Banks."

„Oh. Ja." Noch immer wie vor den Kopf geschlagen, griff sie nach der Hand, die sich ihr entgegenstreckte. Sie war eiskalt und zitterte. „Sind Sie in Ordnung? Sind Sie sicher, dass Sie nicht verletzt sind?"

„Ja, Ma'am. Ist das nicht schrecklich?"

Sie schauten eine Zeit lang schweigend zusammen auf das Feuer und beobachteten die Männer, die ihr Letztes gaben. „Was war mit der Alarmanlage? Hat sie nicht funktioniert?"

„Ich hab nichts gehört. Erst als ich die Explosion hörte, bin ich aufmerksam geworden. Ich wollte nach oben rennen, da sah ich das

Feuer. O Gott! Es war überall." Er schlug sich die Hand vors Gesicht. Nein, diese Angst und Panik, die ihn bei dem schrecklichen Anblick überfallen hatte, wollte er niemals mehr erleben. „Es war einfach überall", wiederholte er tonlos. „Ich bin sofort rausgerannt und hab die Feuerwehr von der Telefonzelle dort hinten alarmiert."

„Sie haben vollkommen richtig gehandelt. Haben Sie eine Ahnung, wer hier der Verantwortliche ist?"

„Nein, Miss Fletcher."

„Na gut. Ich werd's rausfinden. Sie sollten jetzt nach Hause gehen, Jim. Ich werde mich um alles Weitere kümmern. Lassen Sie mir nur Ihre Nummer da, für den Fall, dass Sie jemand diese Nacht noch dringend sprechen möchte."

Er nickte langsam und starrte wieder in die Flammen. „Ich kann Ihnen gar nicht sagen, wie leid mir das tut, Miss Fletcher." Wie hinterhältig und gemein muss jemand sein, um so ein Feuer zu legen?

„Ja. Es ist schrecklich. Rufen Sie mich morgen an, bitte."

„Aber natürlich. Gute Nacht." Damit wandte er sich um und ging zu seinem Wagen.

Natalie blieb stehen, wo sie war, und wartete.

Als Ry am Ort des Geschehens eintraf, hatte sich bereits eine große Menschenmenge versammelt, die fasziniert in die prasselnden Flammen starrte. Jedes Feuer zieht unweigerlich Menschen an, das wusste er aus Erfahrung. Wie ein guter Boxkampf oder ein geschickter Jongleur.

Bald würde es für ihn Zeit sein, an die Arbeit zu gehen.

Er stieg aus, nahm vom Rücksitz einen langen schwarzen Schutzmantel und warf ihn sich über sein kariertes Flanellhemd und die Jeans. Er reichte ihm bis zu den Füßen. Mit den Fingern fuhr er sich durch sein widerspenstiges dunkelbraunes Haar und setzte sich dann einen breitkrempigen grauen Hut auf, den er tief in die Stirn zog. Ry war ein schlanker, breitschultriger Mann mit Augen von der Farbe eines rauchgrauen Winterhimmels.

Nun schüttelte er sich eine Zigarette aus dem Päckchen, das er aus seiner Manteltasche hervorgeholt hatte, klemmte sie sich zwischen die Lippen und steckte sie an. Das Licht der Flamme erleuchtete für Sekunden sein offenes, scharfkantiges, gut geschnittenes Gesicht. Es wirkte ruhig und beherrscht. Dann lief er mit federnden Schritten, denen man das jahrelange sportliche Training und die absolute Körperbeherrschung anmerkte, in Richtung des Geschehens. Obwohl das Feuer noch immer gierig loderte und Holzbalken knackten, um gleich darauf einzustürzen, sagte ihm seine Erfahrung, dass die Feuerwehrleute den Brand weitgehend unter Kontrolle gebracht hatten.

Er versuchte sich einen Überblick zu verschaffen und überflog mit einem kurzen Blick die Szenerie. Ein Mann in seiner Stellung hatte in einer solchen Situation auf alles zu achten. Wind, Wetter, all diese Dinge waren ausschlaggebend für den Verlauf eines Brandes. Nachdem seine Kollegen ihre Arbeit beendet hatten, würde er ausführlich mit ihnen sprechen und versuchen, verschiedene Dinge in Erfahrung zu bringen.

Doch erst einmal musste er sich auf seine eigenen Augen und seine eigene Nase verlassen.

Von der Lagerhalle war offensichtlich nicht mehr viel zu retten. Doch das war auch nicht sein Job. Sein Job war es, die Ursachen für die Entstehung des Feuers herauszufinden.

Aufmerksam studierte er die Gesichter der Umstehenden. Der Wachmann der Firma hatte den Brand gemeldet, so viel wusste er. Er würde ihn ausführlich befragen müssen. Auf den Zügen der jungen Frau, die ihm am nächsten stand, malte sich Panik, vermischt mit Erregung und Faszination. Das war normal. Er kannte die Reaktionen der Menschen, er hatte sie schon unzählige Male erlebt.

Dann fiel sein Blick auf die blonde Frau.

Sie stand ein wenig abseits von der Menge, allein, und starrte reglos in die Flammen. Der Wind hatte ein paar Strähnen ihres honigblonden Haars, das sie in einem eleganten Knoten im Nacken verschlungen trug, gelöst. Ihre Füße steckten in teuren hochhackigen Schuhen, und um ihre Schultern hatte sie ein raffiniertes Samtcape geworfen. Der Widerschein der Flammen beleuchtete ihr zartes, blasses, apart geschnittenes Gesicht.

Ein Wahnsinnsgesicht, registrierte er automatisch. Blass und vornehm, es ließ ihn an eine Statue denken. Die Augen ... Er konnte die Farbe nicht erkennen, es war zu dunkel. Nicht die Spur von Erregung, grübelte er, während er sie betrachtete. Keine Panik. Kein Schock. Höchstens Ärger. Entweder war sie eine Frau mit sehr wenigen Emotionen, oder sie hatte sich ausgezeichnet unter Kontrolle.

Ein Rasseweib, entschied er für sich. Und absolut cool. Was tat sie hier, um vier Uhr morgens, weit entfernt von der vornehmen Gegend, in der sie mit Sicherheit zu Hause war?

„Hey, Inspector." Eine Stimme riss ihn aus seinen Gedanken, und er sah Lieutenant Holden mit grimmigem Gesicht durch den Matsch auf sich zustapfen. Er schnorrte eine Zigarette von Ry. „Schreiben Sie's an", knurrte er.

Ry grinste. Typisch Holden. Gleich darauf wurde er wieder ernst. „Sie sehen aus, als wollten Sie gleich jemand den Hals umdrehen."

„Das war mal wieder so ein verdammter Hurensohn, darauf möcht ich wetten." Der Lieutenant schirmte mit der Hand ein Streichholz ab gegen den Wind, riss es an und gab sich Feuer. „Seit fast zwei Stunden voll im Einsatz. Der Anruf kam gegen ein Uhr vierzig. Wir sind sofort mit einem Höllentempo angerückt. Als wir eintrafen, standen der erste und der zweite Stock bereits in Flammen. Nur das Erdgeschoss hatte das Feuer noch nicht erreicht. Doch das ging dann so schnell, dass wir auch nicht mehr viel machen konnten. Ich nehme an, Sie werden den Brandherd im ersten Stock entdecken."

„Glauben Sie?"

„Wir haben auf der Treppe ausgerollte Stoffballen gefunden. Möglicherweise dienten sie dazu, dem Feuer Nahrung zu geben."

„Was ist das hier für ein Laden?"

„Damenunterwäsche."

„Hmmm?"

„Damenunterwäsche", wiederholte Holden grinsend. „Hier ist tonnenweise Damenunterwäsche gelagert. Dessous besser gesagt. Unmengen von Reizwäsche." Er tippte Ry auf die Schulter. „Viel Spaß damit! Hey, Azubi!", rief er dann einem Auszubildenden zu. „Willst du mit dem Schlauch das Feuer löschen oder nur mit ihm spielen?" Im Weggehen brummte er Ry zu: „Dem muss man wirklich ständig auf die Finger sehen."

Aus den Augenwinkeln heraus beobachtete Ry, wie die schöne Blondine etwas unsicher auf ihren hohen Absätzen durch den Matsch auf das Feuerwehrauto, das Holden und ihm am nächsten stand, zustöckelte.

„Können Sie mir schon etwas über den Hergang sagen?", fragte Natalie einen vollkommen erschöpften Feuerwehrmann. „Wann ist der Brand ausgebrochen?"

„Lady, ich bin nur dazu da, das Feuer zu löschen." Damit wandte er sich unwillig ab, aber dann raffte er sich doch noch zu einer weiteren Auskunft auf. „Wenn Sie Ihre Fragen beantwortet haben wollen, wenden Sie sich an den Brand-Inspector." Bei seinen Worten deutete er in Rys Richtung.

„Unbeteiligten erteilen wir keinerlei Auskünfte", sagte Ry hinter ihrem Rücken knapp. Nachdem sie sich umgedreht hatte, sah er, dass ihre Augen von einem herrlichen Grün waren.

„Ich bin keine Unbeteiligte", gab sie kühl zurück. „Es ist meine Lager- und Fabrikationshalle, die da eben abgebrannt ist", fuhr sie erläuternd fort. „Meine Lagerhalle – und mein Problem."

„So?" Ry musterte sie kurz und ergänzte seine Einschätzung. Sie war kalt. Er kannte diese Sorte Frauen. Jetzt straffte sie die Schultern und hob das zweifellos hübsche Kinn. „Darf ich erfahren, mit wem ich es zu tun habe?", fragte er.

„Natalie Fletcher. Ich bin die Eigentümerin." Sie zögerte einen Moment. Dann erkundigte sie sich mit leicht erhobenen Augenbrauen: „Und mit wem habe ich es zu tun, wenn ich fragen darf?"

„Piasecki. Abteilung Brandstiftung."

„Brandstiftung?" Für eine Sekunde malte sich Erschrecken auf ihrem Gesicht, doch sie hatte sich sofort wieder unter Kontrolle. „Sie vermuten, dass es Brandstiftung gewesen sein könnte?", fragte sie sachlich.

„Mein Job, das herauszufinden." Er blickte nach unten. „Sie werden sich Ihre Schuhe ruinieren, Miss Fletcher", spöttelte er.

„Meine Schuhe sind ja wohl nun wirklich das Letzte, was Sie etwas …" Sie unterbrach sich, als er ihren Arm nahm und sie beiseitezog.

„Was erlauben Sie sich?", fauchte sie ihn an.

„Sie waren im Weg. Das ist doch Ihr Auto, oder?" Er nickte hinüber zu einem glänzenden neuen Mercedes Cabrio.

„Ja, aber …"

„Steigen Sie ein."

„Ich denke ja gar nicht daran. Warum denn?" Sie versuchte, seine

Hand abzuschütteln. „Hätten Sie vielleicht die Güte, mich loszulassen und mir zu erklären, was das bedeuten soll?"

Teufel noch mal, sie roch wesentlich besser als dieser verdammte rauchende Trümmerhaufen hier! Ry inhalierte ihren Duft tief, dann bemühte er sich um ein bisschen Diplomatie. Nicht gerade eine seiner starken Seiten, wie er sich oft genug eingestehen musste.

„Schauen Sie, Sie werden sich erkälten. Warum sollen wir hier draußen in Wind und Wetter herumstehen und frieren?"

Was bildete sich dieser Mensch eigentlich ein? „Weil das hier mein Lagerhaus ist. Oder das, was noch davon übrig ist."

„Fein." Sollte sie doch machen, was sie wollte! Dennoch gelang es ihm trickreich, sie hinter ihr Auto zu lotsen. Er stellte sich vor sie, damit sie wenigstens etwas im Windschatten stand. „Ist es nicht ein bisschen zu spät in der Nacht, um hier herumzustehen? Sie können ja eh an der Sachlage nichts mehr ändern."

„Stimmt." Sie steckte die Hände in ihre Manteltaschen, um sie gegen die Kälte zu schützen, doch es nützte nicht viel. „Nachdem mich der Wachmann angerufen hat, bin ich gleich hierher gefahren."

„Und das war wann?"

„Ich weiß nicht genau. Etwa gegen zwei."

„Gegen zwei", wiederholte er nachdenklich und musterte sie unverschämt von Kopf bis Fuß. Flottes Abendkostüm, das sie da trug unter ihrem Samtcape. Der Stoff, der dieselbe Farbe hatte wie ihre Augen, wirkte teuer. Das erkannte er auf den ersten Blick. „Hübsches Outfit für einen Großbrand", stellte er beißend fest.

„Ich hatte ein Arbeitsessen heute Abend. Tut mir leid, wenn ich nicht Ihren Vorstellungen entsprechend angezogen bin." Idiot, dachte sie und schaute wehmütig auf die rauchenden Trümmer. „Ist das eigentlich wichtig?"

„Ihr Meeting hat bis zwei Uhr gedauert?"

„Nein, nur bis Mitternacht."

„Wie kommt's, dass Sie dann um zwei noch immer angezogen waren?"

„Was?"

„Wie es kommt, dass Sie noch immer dieselben Kleider tragen. Waren Sie noch nicht zu Bett gegangen?" Er zündete sich eine neue Zigarette an. „Hatten Sie hinterher noch ein spätes Rendezvous?"

„Nein. Ich fuhr anschließend ins Büro, um noch einige Dinge zu erledigen. Als mich Jim Banks, der Wachmann, anrief, war ich eben erst nach Hause gekommen."

„Dann waren Sie also von Mitternacht bis zwei Uhr morgens allein?"

„Ja, aber ..." Plötzlich verstand sie. Ein ungläubiger Ausdruck huschte über ihr Gesicht. „Nehmen Sie etwa an, ich sei verantwortlich für das Inferno hier? Das ist ja nicht zu fassen. Wie zum Teufel war noch mal Ihr Name?"

„Piasecki", antwortete er mit betonter Höflichkeit und lächelte. „Ryan Piasecki. Und bis jetzt, Miss Fletcher, denke ich überhaupt gar nichts, haben Sie mich verstanden? Ich sortiere lediglich die Fakten."

Nun blickte sie nicht mehr länger kühl und kontrolliert. Er hatte sie aus der Fassung gebracht. „Gut, dann will ich Ihnen noch ein paar Fakten mehr liefern. Das Gebäude samt Inhalt ist komplett versichert. Und zwar bei der United Security."

„Was für ein Geschäft haben Sie?"

„Ich bin Fletcher Industries, Mr Piasecki. Vielleicht sagt Ihnen das ja was."

Natürlich sagte ihm das was. Immobilien, Minen, Schiffe. Und verschiedene Holdings in Urbana. Doch es gab auch für große Gesellschaften und Konzerne genügend Gründe, ebenso wie für kleine, finanzielle Rettung beim Versicherungsbetrug zu suchen. Kam ja oft genug vor.

„Sie leiten Fletcher Industries?"

Ausweichend erwiderte Natalie: „Im Augenblick interessiert mich nur dieser Zweig des Unternehmens." Bei diesen Worten deutete sie auf die rauchende Ruine. Besonders dieser eine, dachte sie und fühlte, wie sich ihr Herz schmerzlich zusammenzog. Ihr Baby! „Wir eröffnen im Frühjahr landesweit verschiedene Boutiquen, verbunden mit einem Bestellservice, der bereits seit anderthalb Jahren existiert und ganz hervorragend läuft. Ein großer Teil meiner Bestände befand sich hier in diesem Gebäude."

„Bestände welcher Art?"

Jetzt lächelte sie ihn an. „Dessous, Inspector. Exklusive Dessous. BHs, Slips, Negligés. Seide, Satin, Spitzen. Alles erstklassige Ware."

Ein Kälteschauer durchfuhr sie, und sie kroch tiefer in ihr Samtcape hinein.

Ihre Füße müssen bereits zu Eiszapfen erstarrt sein in diesen Schuhen, dachte er. „Sie werden noch erfrieren hier in der Kälte. Sie können jetzt nach Hause fahren, ich denke, wir sind für heute fertig. Wir bleiben in Kontakt."

„Ich will aber wissen, was von meinen Beständen noch übrig geblieben ist."

„Das werden Sie heute nicht mehr erfahren. Oder doch. Sie sehen ja selbst, das Gebäude brennt nieder bis auf die Grundmauern. Da ist nichts mehr zu retten. Kaum zu glauben, dass da noch was drin sein könnte, was einem Mann das Blut schneller durch die Adern fließen ließe." Er öffnete die Fahrertür. „Ich hab noch zu tun. Und Sie sollten morgen gleich Ihre Versicherung benachrichtigen."

„Wirklich sehr fürsorglich, Inspector."

„Nun", erwiderte er vollkommen ernst, „das würde ich nicht gerade behaupten." Er nahm ein Notizbuch und einen Stift aus seiner Manteltasche. „Geben Sie mir doch bitte Ihre Adresse und die Telefonnummer. Die von Ihrem Büro und auch Ihre private."

Natalie holte tief Luft, bevor sie ihm die gewünschte Information zukommen ließ. „Sie müssen wissen", fügte sie hinzu, „bisher hatte ich immer eine Schwäche für öffentliche Bedienstete, da mein Bruder Polizist in Denver ist."

„Ach ja?"

„Ja." Sie stieg ein und glitt hinters Steuer. „Sie allerdings haben mich in kurzer Zeit eines Besseren belehrt." Mit diesen Worten knallte sie die Wagentür zu und bedauerte es, dass sie nicht schnell genug gewesen war, um ihm die Finger einzuklemmen. Während sie einen letzten Blick auf die zerstörte Lagerhalle warf, startete sie den Motor und rauschte dann davon.

Ry beobachtete, wie sich ihre Rücklichter in der Ferne verloren, und machte sich eine Notiz. Atemberaubende Beine. Nicht dass er es sonst vergessen hätte, aber ein guter Inspector schreibt sich eben alles auf.

Natalie schlief zwei Stunden, dann erwachte sie und fand, dass es keinen Sinn hatte, noch länger im Bett zu bleiben. Sie würde ja doch kein Auge mehr zutun. Also stand sie auf und nahm eine kalte Dusche.

Nachdem sie in Ruhe gefrühstückt hatte, sah sie zur Uhr. Es war acht. Ihre Assistentin müsste gerade im Büro eingetroffen sein. Sie rief sie an, erzählte kurz, was in der Nacht zuvor geschehen war, und bat sie, alle Morgentermine abzusagen. Dann telefonierte sie mit ihren Eltern in Colorado. Natürlich waren sie bestürzt, als sie die unangenehmen Neuigkeiten hörten, und erteilten ihr viele gute Ratschläge.

Als Nächstes setzte sie sich mit ihrem Versicherungsagenten in Verbindung und vereinbarte einen Termin. Während sie mit dem letzten Schluck Orangensaft ein Aspirin hinunterspülte, begann sie sich in Gedanken ihren Tagesplan zurechtzulegen und zog sich dann an. Es würde ein langer Tag werden.

Sie war schon an der Wohnungstür, als das Telefon läutete.

Der Anrufbeantworter ist ja eingeschaltet, sagte sie sich, doch da hatte sie schon abgehoben. „Hallo?"

„Natalie, hier ist Deborah. Ich hab's gerade in den Nachrichten gehört."

„Oh." Sie rieb sich den schmerzenden Nacken, der verspannt war, weil sie zu wenig Schlaf gehabt hatte, und setzte sich auf die Sessellehne. Mit Deborah O'Roarke Guthrie war sie auf doppelte Weise eng verbunden. Sie war ihre Freundin und gehörte zugleich mit zur Familie. „Das hab ich mir gedacht, dass das die erste Meldung in den Lokalnachrichten sein würde."

„Es tut mir so leid, Natalie. Wirklich. Wie schlimm ist es denn?"

„Ich weiß es noch nicht. Vergangene Nacht sah's fürchterlich aus. Ich will jetzt gerade hinfahren. Wer weiß, vielleicht ist ja doch noch was zu retten."

„Möchtest du, dass ich mitkomme? Ich könnte mir heute Vormittag freinehmen."

Natalie lächelte. Deborah wäre glatt dazu imstande. Als hätte sie nicht genug mit ihrem eigenen Kram zu tun. Mit ihrem Mann, ihrem Baby und ihrem Job als stellvertretende Bezirksstaatsanwältin.

„Nein, Deborah, das ist lieb von dir, doch es ist nicht nötig. Aber trotzdem vielen Dank für das Angebot. Ich ruf dich an, wenn ich was Genaueres weiß."

„Komm doch heute Abend zum Essen. Dann kannst du dich entspannen und dich ein bisschen umsorgen lassen, was meinst du?"

„Ja, gern."

„Und wenn es irgendetwas gibt, das ich für dich tun kann, lass es mich wissen."

„Ach, du könntest in Denver anrufen. Halte deine Schwester und meinen Bruder davon ab, dass sie hierherkommen. Wahrscheinlich will mein Bruder den Retter spielen, so wie ich ihn kenne."

Deborah lachte. „Ich werd tun, was ich kann."

„Und noch was." Natalie erhob sich und ging den Inhalt ihrer Aktenmappe durch, während sie etwas zögernd weitersprach. „Kennst du zufälligerweise einen Inspector Piasecki? Ryan Piasecki? Sagt dir der Name was?"

„Piasecki?" Es dauerte einen Moment. Deborah blätterte in Windeseile in ihrem geistigen Notizbuch. Dann hatte sie es. „Abteilung Brandstiftung. Es gibt in seinem Fach keinen, der besser ist."

„Das hätte er vielleicht gerne", brummte Natalie unwirsch.

„Besteht denn ein Verdacht auf Brandstiftung?", fragte Deborah.

„Ich weiß nicht. Ich weiß nur, dass dieser Piasecki gestern Nacht auch da war, grob und unhöflich wie die Axt im Walde, und mir keinerlei Auskunft erteilen wollte."

„Bis man eine Brandursache herausgefunden hat, dauert es eben seine Zeit, Natalie", erwiderte Deborah besänftigend. „Doch wenn du möchtest, könnte ich versuchen, ein bisschen Druck dahinter zu machen."

Verlockende Vorstellung, dachte Natalie, Piasecki ein bisschen ins Schwitzen zu bringen. „Nein, danke. Noch nicht. Warten wir erst mal ab, wie's weitergeht. Wir sehen uns heute Abend."

„Um sieben, ja?"

„Ich werd um sieben da sein." Natalie legte auf und griff nach ihrer Aktenmappe. Jetzt aber nichts wie los, es gab viel zu tun. Vielleicht schaffte sie es ja mit etwas Glück, der morgendlichen Rushhour auszuweichen und in zwanzig Minuten bei der Lagerhalle zu sein.

Das Glück war ihr geneigt. Doch als Natalie bei der von der Feuerwehr abgesperrten Brandstelle vorfuhr, wurde ihr klar, dass sie viel,

viel mehr brauchen würde als nur Glück, wenn sie diese Schlacht gewinnen wollte.

Ihr erster Eindruck heute Morgen war verheerend, einfach verheerend. Noch viel verheerender als in der Nacht zuvor.

Die Außenmauern des zweistöckigen Gebäudes hatten der Feuersbrunst zwar standgehalten, doch sie waren mit glitschigem schwarzen Ruß überzogen und wasserdurchtränkt. Natalie spähte durch die von den Flammen zerstörte Eingangstür ins Innere. Der Fußboden war mit verkohlten Holzbalken, rußgeschwärzten Glasscherben und halb geschmolzenen Metallteilen übersät. In der Luft hing der beißende Geruch von kaltem Rauch.

Schrecklich. Gerade als sie über die Schwelle treten wollte, hörte sie eine männliche Stimme.

„Was zum Teufel machen Sie denn hier?"

Sie fuhr zusammen. Die Stimme kannte sie doch. Sie hätte es sich ja wirklich denken können! Ry kam ihr, vorsichtig in den Trümmern einen Fuß vor den anderen setzend, entgegen. „Können Sie nicht lesen? Draußen steht ein großes Schild ‚Betreten verboten'."

„Ich hab's gesehen. Doch dies hier ist mein Eigentum, Inspector. Ich denke, ich habe durchaus ein Recht dazu, mir den entstandenen Schaden anzusehen."

Er betrachtete sie verdrossen. „Haben Sie vielleicht noch ein anderes Paar Schuhe?"

„Wie bitte?"

„Bleiben Sie hier stehen." Unwirsch murmelte er noch irgendetwas Unverständliches vor sich hin, stieg über die Trümmer und ging hinaus zu seinem Auto. Kurz darauf erschien er wieder und hielt ein paar überdimensionale Sicherheitsschuhe in Händen. „Los, ziehen Sie die an."

„Aber …"

Er packte sie am Arm, sodass sie beinahe das Gleichgewicht verloren hätte. „Marsch jetzt, steigen Sie mit Ihrem lächerlichen Schuhwerk hier in diese Stiefel! Alles andere ist zu gefährlich. Sie könnten sich verletzen."

„Na gut." Sie schlüpfte hinein und kam sich irgendwie absurd vor in diesen riesigen Kähnen, deren Schäfte ihr bis zum Knie reichten.

„Hübsch sehen Sie aus." Natürlich konnte er sich einen boshaften Kommentar nicht verkneifen. „Also, auf geht's! Und im Übrigen – alles muss so bleiben, wie es ist, fassen Sie bitte nichts an."

„Ich habe nicht die Absicht …"

„Das sagen sie immer alle …"

Sie wandte sich ihm zu. „Eine Frage, Inspector, arbeiten Sie allein, weil es Ihnen lieber ist, oder deshalb, weil es kein Mensch länger als fünf Minuten in Ihrer Nähe aushalten kann?"

„Beides." Er grinste sie offen an. Charmant, dachte sie. Sehr verdächtig. Was führte er jetzt wieder im Schilde? „Was bringt Sie eigentlich auf die Idee, in einem Fünfhundertdollarkostümchen auf einer Brandstelle herumzuturnen?"

„Ich …" Noch immer misstrauisch, knöpfte sie ihren Mantel bis obenhin zu. „Ich hab heute Nachmittag noch einige Geschäftsbesprechungen und keine Zeit mehr, mich umzuziehen."

„Manager", brummte er abschätzig und legte seine Hand auf ihren Arm. „Na los, kommen Sie. Aber seien Sie vorsichtig, es besteht Einsturzgefahr. Aber ich denke, wir können's riskieren. Ich kenne die Stellen, wo man aufpassen muss."

Er reichte ihr die Hand, damit sie gefahrlos über ein verkohltes Holzregal steigen konnte. Sie sah nach oben. Wo früher die Decke zwischen den Stockwerken gewesen war, gähnte jetzt ein schwarzes Loch. Alles war nach unten durchgefallen und lag nun in Gestalt von verkohlten Trümmern hier unten auf dem Boden. Sie erschauderte beim Anblick einer geschmolzenen Masse, die früher eine Schaufensterpuppe gewesen war.

„Sie hat nicht gelitten", versicherte ihr Ry, und sie blitzte ihn wütend an.

„Ich bin sicher, Sie sehen dies alles nur als einen Witz, aber …"

„Feuer ist niemals ein Witz. Passen Sie auf, wo Sie hintreten!"

An der Stelle, wo er gearbeitet hatte, als sie kam, lag eine Schaufel, die wie ein Kinderspielzeug aussah, einige Gefäße, ein Brecheisen, ein Zollstock. Während sie die Sachen betrachtete, zeichnete Ry an einer Fußbodenleiste etwas an.

„Was machen Sie da?"

„Meinen Job."

Sie biss die Zähne zusammen. „Sind wir beide etwa aus demselben Grund hier?"

Er schaute hinauf zu ihr. „Vielleicht." Mit einem Spachtel kratzte er etwas von der Wand. Er schnüffelte daran, brummte vor sich hin und tat es dann mit einem hochzufriedenen Gesichtsausdruck in eins der Gläser, die er mitgebracht hatte, und hielt es ihr dann hin. „Riechen Sie mal."

Sie steckte ihre Nase hinein.

„Erkennen Sie den Geruch?"

„Rauch, Feuchtigkeit ... Ich weiß nicht."

Er schraubte das Gefäß zu. „Benzin", klärte er sie dann auf. „Schauen Sie, hier läuft die Spur an der Wand entlang, und hier – eine Ritze im Fußboden, sehen Sie?" Sie sah, dass er auch hier gearbeitet und offensichtlich Benzinrückstände gefunden hatte. „Und hier!" Nun deutete er auf eine andere Stelle, wo er Schutt beiseitegeschaufelt hatte. Darunter war ein runder schwarzer Fleck zum Vorschein gekommen.

„Was ist das?", fragte sie.

„Es ist wie eine Landkarte. Ich trage es ab, Schicht für Schicht, und bin dann imstande, Ihnen zu sagen, was geschehen ist."

„Wollen Sie behaupten, dass jemand hier im ganzen Haus Benzin ausgegossen und das Gebäude dann in Brand gesteckt hat?"

Er hüllte sich in Schweigen, hob einen halb verkohlten Stofffetzen auf und fuhr mit den Fingerspitzen darüber. „Seide. Schade drum." Er schnüffelte daran. „Stoff getränkt mit Benzin ist eine wunderbare Fackel und gibt dem Feuer Nahrung." Er griff nach einem BH, dessen spitzenbesetze Schalen fast vollständig erhalten waren. Amüsiert lächelte er Natalie an. „Lustig, was übrig geblieben ist, finden Sie nicht auch?"

Ihr war kalt, doch nicht vom Wind, der durch das zerstörte Gebälk pfiff. Die Kälte kam von innen. Es war kalte Wut. „Das Feuer ist also mit voller Absicht gelegt worden."

Ry kam langsam aus der Hocke hoch und studierte mit Interesse ihr Gesicht und ihre zornblitzenden Augen. Sein schwarzer Feuerwehrmantel stand offen und enthüllte seine ausgebleichten Jeans und dasselbe Flanellhemd, das er letzte Nacht getragen hatte. Er war noch nicht zu Hause gewesen, hatte seit seiner Ankunft heute Morgen um halb drei durchgearbeitet bis jetzt.

„Sie werden meinen Bericht bekommen." Er stand jetzt neben

ihr. „Wie hat es hier vor vierundzwanzig Stunden ausgesehen? Ich möchte es wissen, um mir vorstellen zu können, was geschehen sein könnte."

Sie schloss für einen Moment die Augen, doch es half nichts. Der Geruch der Zerstörung lag in der Luft, sie atmete ihn ein, er drang ihr in die Nase.

„Zwei Stockwerke. Ungefähr zweitausend Quadratmeter. Hier war die Treppe. Da im zweiten Stock arbeiteten die Näherinnen. Alles, was wir verkaufen, ist Eigenproduktion."

„Edel."

„Ja. Das ist unser Konzept. Es ist das, was uns von anderen unterscheidet. Im ersten Stock befanden sich Büros. Unter anderem auch meins. Es war nur klein, denn meistens arbeite ich in unserem Hauptbüro in der Innenstadt und hatte das auch weiterhin vor. Hier unten wurde die Ware noch einmal überprüft, verpackt und verschickt. Außerdem gab's hier eine kleine Cafeteria und einen Aufenthaltsraum. Wir haben ja diesen Katalog-Bestellservice, wie Sie wissen. Wir hatten gerade angefangen, die Frühjahrsbestellungen in Angriff zu nehmen. Parallel zu dem Bestellservice wollen wir in den nächsten Wochen sowohl hier in Urbana als auch in Atlanta und Chicago Boutiquen einrichten. Sehr, sehr viel Arbeit."

Natalie drehte sich um, machte ein paar Schritte, ohne zu wissen, wohin sie eigentlich gehen wollte, und stolperte über einen Geröllhaufen. Ry reagierte blitzschnell und griff nach ihrem Arm.

„Fallen Sie nicht!", murmelte er.

Einen kurzen Moment lehnte sie sich gegen seine Brust. Sie spürte seine Stärke. Und noch etwas. Sympathie? Im Augenblick war ihr danach, daran zu glauben. „Mehr als siebzig Menschen haben hier gearbeitet. Lauter Leute, die vorher arbeitslos waren. Jetzt sind ihre Arbeitsplätze vernichtet." Ihre Stimme war laut geworden, Wut und Schmerz lag darin. Dann drückte sie ihn von sich weg, doch er hielt ihre Handgelenke fest. „Und das war alles absichtlich! Vorsätzlich! Brandstiftung!", schrie sie empört.

Ruhe bewahren, sagte Ry sich. Sie hatte sie im Moment nicht, das merkte man deutlich. Sie war wie eine Bombe, die gleich hochgehen würde. „Ich habe meine Untersuchungen noch nicht beendet."

„Es war Absicht", wiederholte sie jedoch nur hartnäckig. „Und

Sie vermuten womöglich auch noch, ich hätte es getan. Ich hätte mich mitten in der Nacht heimlich, still und leise mit einem Kanister Benzin hier hereingeschlichen und meine eigene Lagerhalle in Brand gesteckt!"

Ihr Gesicht war jetzt ganz nah vor seinem. Lustig, dachte er. Wie sie dasteht, sprühend vor Zorn, in den viel zu großen Schuhen. „Nun ja", gab er lächelnd zu, „es ist ein bisschen schwierig, sich das vorzustellen."

„Vielleicht hab ich ja jemanden angeheuert für den Job", stieß sie wutschnaubend hervor. „Genau, ich hab jemandem den Auftrag erteilt, das Gebäude in Flammen aufgehen zu lassen, obwohl ich genau wusste, dass ein Wachmann drin war. Aber was ist schon ein Menschenleben gegen einen dicken Scheck von der Versicherung!"

Er schwieg und sah ihr tief in die smaragdgrünen Augen. „Erzählen Sie ruhig weiter."

Rasend vor Wut trat sie einen Schritt zurück. „O nein, Inspector, ich habe Ihnen nichts zu erzählen. Sie werden mich aufklären. Ob es Ihnen passt oder nicht, ich werde mich wie ein Schatten an Ihre Fersen heften, bis ich die Wahrheit erfahren habe. Bis ich Antwort bekommen habe auf all meine Fragen, haben Sie mich verstanden?"

Mit hocherhobenem Kopf und, trotz der vollkommen unpassend wirkenden Schuhe, würdevoll, strebte sie der vom Feuer zerstörten Eingangstür zu und ging hinaus. Auch als sie das Auto entdeckte, das eben vor der Absperrung anhielt, hatte sie sich noch immer nicht ganz unter Kontrolle. Sie seufzte, ging weiter, bückte sich und schlüpfte dann unter den dicken Seilen hindurch.

„Donald." Sie streckte dem Mann, der auf sie zukam, die Hand hin. „Ach, Donald, was für ein furchtbares Chaos!"

Donald war einer ihrer engsten Mitarbeiter. Er begrüßte sie und starrte dann auf das, was von ihrem Eigentum noch übrig geblieben war. Entsetzt schüttelte er den Kopf. „Um Himmels willen. Wie konnte das bloß passieren? Eine defekte elektrische Leitung? Ich hab doch alles erst vor zwei Monaten bis ins Detail durchgecheckt."

„Ja. Ich weiß. Es ist entsetzlich. Deine ganze Arbeit." Zwei Jahre seines Lebens. Und ihres Lebens. Aufgegangen in Rauch.

„Alles?", fragte er bang und griff nach ihrer Hand. „Ist wirklich alles zerstört?"

„So leid es mir tut. Ja. Alles. Doch die Firma hat ja noch mehr Bestände in unserer anderen Produktionsstätte, Donald. Es wird uns nicht umhauen, wir werden weitermachen."

„Du bist eben zäher als ich, Natalie." Er drückte ihre Hand noch einmal kurz und ließ sie dann los. „Dies hier war mein größter Wurf. Du bist der Generaldirektor, doch ich hab mich immer gefühlt, als sei ich der Kapitän. Jetzt ist mein Schiff gesunken. Und das innerhalb weniger Stunden."

Natalie fühlte mit ihm. Es war ihr und Donald Hawthorne niemals ausschließlich ums Geschäft gegangen. Sowohl er als auch sie hatten in dieses Projekt ihre ganzen Träume gelegt, es war etwas aufregend Neues gewesen, das äußerst erfolgreich zu werden versprach.

„Wir werden eben in den nächsten drei Wochen unsern Hintern noch tüchtig in Bewegung setzen müssen", meinte sie dann trocken. Er sah sie verdutzt an, und um seine Lippen spielte ein leises Lächeln. „Bist du wirklich der Meinung, wir können nach all dem hier das Geschäft in der Stadt trotzdem eröffnen?"

„Selbstverständlich." Sie sagte es mit unumstößlicher Sicherheit. „Jetzt heißt's die Zähne zusammenbeißen, Donald. So leicht lassen wir uns doch nicht unterkriegen, was meinst du? Vielleicht wird es sich zeitlich etwas verschieben, aber das ist auch schon alles. Wir müssen umdenken und vieles umorganisieren. Na und? Mit Sicherheit werden wir die Buchprüfungen hinausschieben müssen."

„Daran kann ich im Moment gar nicht denken." Doch dann schlug er sich die Hand vor die Stirn. „O Gott, Natalie, die ganzen Akten, die Disketten! Die gesamte Buchhaltung, die sich hier im Gebäude befand!"

„Ich glaube nicht, dass davon auch nur noch ein einziges Blatt oder eine einzige Diskette übrig ist." Sie schaute über die Schultern hinüber auf das Gebäude. „Das wird die Dinge natürlich wesentlich komplizieren und uns eine Menge zusätzlicher Arbeitsstunden bescheren, doch wir werden's schon hinkriegen, verlass dich drauf! Glücklicherweise hab ich von einigen wichtigen Sachen Kopien."

„Aber wie können wir die Buchprüfung hinter uns bringen, wenn ..."

„Wenn wir uns von vornherein den Kopf darüber zerbrechen, wird alles nur noch schlimmer. Wir werden im Büro alles ausführlich diskutieren und uns überlegen, wie wir die Sache am besten angehen. Sobald ich mit der Versicherung gesprochen habe, kommt der Ball ins Rollen." Ihr Gehirn arbeitete bereits fieberhaft, sie sah schon jedes Detail vor sich, Schritt für Schritt. „Wir ordnen einige Doppelschichten an, besorgen uns Warenbestände aus Atlanta und Chicago ... Wir werden es schaffen, Donald. *Lady's Choice* wird im April eröffnet, und wenn zuvor die Welt untergeht!"

Sein Lächeln vertiefte sich. „Wenn es irgendjemand schafft, dann du, Natalie."

„Wir", verbesserte sie ihn. „Am besten, du gehst jetzt gleich ins Büro. Es gibt viel zu tun. Gib Melvin und Deirdre die Informationen, die sie brauchen, telefoniere mit Atlanta und Chicago, oder bitte Melvin darum. Was auch immer, du weißt selbst, was zu tun ist. Das Wichtigste ist jetzt, dass wir unseren Warenbestand wieder aufstocken. Wir werden es schaffen, Donald, ich glaube fest daran."

„Natalie, ich bin dabei. Du kannst fest auf mich zählen."

„Ich weiß, dass ich das kann. Ich werde so bald wie möglich drüben im Büro sein, um die Peitsche zu schwingen."

Ist das ihr Liebhaber, fragte sich Ry, während er beobachtete, wie sich die beiden zum Abschied umarmten. Der hochgewachsene, etwas gelackt wirkende und gut aussehende Mann mit den auf Hochglanz polierten Schuhen könnte zweifellos ihr Typ sein.

Er schrieb sich die Nummer des Lincoln auf, der neben Natalies Wagen parkte, und ging dann zurück an die Arbeit.

2. KAPITEL

„Sie wird in wenigen Minuten hier sein." Die stellvertretende Bezirksstaatsanwältin Deborah O'Roarke Guthrie stemmte die Hände in die Hüften. „Ich will die ganze Story hören, Gage, und zwar bevor Natalie hier ist."

Gage kniete vor dem Kamin und legte ein weiteres Holzscheit nach, bevor er sich zu seiner Frau umwandte. Sie war erst vor Kurzem nach Hause gekommen, hatte sich aber bereits umgezogen und trug jetzt bequeme Slacks und einen mitternachtsblauen Kaschmirpullover. Ihr ebenholzschwarzes Haar reichte ihr fast bis auf die Schultern.

„Du bist wundervoll, Deborah. Ich muss es dir immer wieder sagen."

Sie hob die Augenbrauen. Oh, was für ein schlauer Fuchs war er doch! Ablenkungsmanöver waren schon immer seine Stärke gewesen. Doch da konnte sie mit ihm mithalten. „Keine Ausflüchte, Gage. Bis jetzt hast du es wunderbar eingerichtet, dass du mir ausweichen konntest, doch …"

„Du warst den ganzen Tag bei Gericht", erinnerte er sie. „Und ich hatte Besprechungen."

„Das ist nicht der Punkt. Jetzt bin ich hier."

„Das kann man wohl sagen." Er kam aus der Hocke hoch, ging auf sie zu und legte den Arm um sie. Um seine Lippen spielte ein Lächeln, als er sie sanft küsste. „Hallo."

Auch mehr als zwei Jahre Ehe hatten die Anziehungskraft, die er auf sie ausübte, nicht beeinträchtigen können. Sie wollte gerade die Lippen öffnen zu einem innigen Kuss, da erinnerte sie sich selbst daran, dass im Moment etwas anderes angesagt war, machte sich aus seiner Umarmung frei und trat einen Schritt zurück. „Nein, mein Lieber. Jetzt nicht. Nimm dich selbst unter Eid und tritt in den Zeugenstand, Guthrie! Red schon! Ich weiß, dass du dort warst."

„Ich war dort." In seinen Augen blitzte Verärgerung auf. Ja, er war dort gewesen, doch er war zu spät gekommen.

Er bekämpfte die Schattenseiten von Urbana auf seine eigene Art und Weise. Er war zu lange Polizist gewesen, um die Augen verschließen zu können vor dem Verbrechen. Nun gut, er hielt sich vielleicht nicht immer strikt an die Regeln. Aber nur deshalb, weil ihm allzu bewusst war, dass man dann der Gerechtigkeit noch weniger zum Sieg verhelfen konnte.

Deborah beobachtete ihn, wie er dastand und die ausgestreckten Finger seiner rechten Hand betrachtete. Eine Angewohnheit, die er hatte, solange sie ihn kannte. Er machte diese Bewegung immer dann, wenn er eine schwierige Nuss zu knacken hatte.

„Ich war dort“, wiederholte er, ging zum Tisch und goss sich ein Glas Wein ein. „Doch zu spät, um etwas verhindern zu können. Der erste Löschzug traf exakt fünf Minuten nach dem Alarmruf ein. Ich war etwa zwei Minuten später zur Stelle.“

„Du kannst nicht jedes Mal der Erste am Tatort sein, Gage“, murmelte Deborah. „Du bist doch nicht allmächtig.“

„Nein. Ich weiß, Deborah.“ Er schenkte ihr auch ein Glas Wein ein und reichte es ihr.

„Was meinst du, ob es tatsächlich Brandstiftung war?“

Er lächelte wieder. „Tja, ich bin ein misstrauischer Mensch.“

„Wie ich.“ Sie erwiderte sein Lächeln, hob ihr Glas und stieß mit ihm an. „Ich wünschte, es gäbe etwas, was ich für Natalie tun könnte. Sie hat so hart gearbeitet, um diese neue Firma aufzubauen. Und jetzt das!“

„Du tust doch etwas für sie. Du bist für sie da. Das ist sehr viel, weißt du. Natalie ist zäh, sie lässt sich nicht unterkriegen. Du wirst sehn, sie wird schnell wieder auf die Füße kommen.“

„Darauf kannst du Gift nehmen.“ Sie hob den Kopf. „Ich nehme an, dich hat niemand gesehen letzte Nacht?“

Jetzt grinste er. „Na, was denkst du?“

„Keine Ahnung, bei dir kann man nie wissen.“ Es läutete an der Tür, und Deborah stellte ihr Glas ab. „Ich geh schon.“ Dann lief sie zur Tür, öffnete und empfing Natalie mit offenen Armen. „Schön, dass du da bist, Natalie.“

„Um nichts in der Welt würde ich eines von Franks köstlichen Essen verpassen, wenn ich dazu eingeladen werde.“ Natalie gab Deborah einen Kuss auf die Wange und legte ihr, während sie zusammen ins Wohnzimmer gingen, den Arm um die Schultern.

„Hallo, Gage!“ Sie schenkte dem Herrn des Hauses ein strahlendes Lächeln und küsste ihn auf die Wange. „Schön, dich zu sehen." Er drückte ihr ein gefülltes Weinglas in die Hand, und sie nahm in einem Sessel neben dem Kaminfeuer Platz. Was für ein herrliches Haus. Großzügig eingerichtet, aber nicht protzig. Und so ein schönes Paar. Wie verliebt sie noch immer ineinander waren! Hätte sie Sehnsucht nach häuslicher Geborgenheit, dann müsste sie glatt vor Neid erblassen angesichts der Harmonie, die die beiden ausstrahlten. So sah das Glück aus.

„Wie kommst du mit der Situation zurecht?", fragte Deborah.

„Nun ja, ich liebe Herausforderungen, das wisst ihr ja. Und das hier ist eine. Die Vorgabe ist, dass *Lady's Choice* in drei Wochen landesweit eröffnet wird."

„Ich habe gehört, dass du einen großen Teil deines Warenbestands verloren hast, Natalie", wandte Gage vorsichtig ein. „Ebenso wie die Lager- und Fabrikationshalle."

„Das wird sich bald wieder ändern."

Tatsächlich hatte sie heute im Laufe des Tages den Kaufvertrag für ein anderes Lagerhaus unterschrieben. Natürlich würde es eine Weile dauern, bis man alles für die Fabrikation eingerichtet hatte und genügend neue Bestände hergestellt worden waren, doch irgendwie würde es gehen. Es musste einfach gehen, dafür würde sie schon sorgen.

„Wir müssen eben Überstunden machen, um den Verlust wieder reinzuholen. Einige Warenbestände kann ich mir aus anderen Filialen besorgen. Doch das Geschäft hier in Urbana ist unser Flaggschiff. Es wird in drei Wochen eröffnet, und ich will, dass es ein Bombenerfolg wird."

In Gedanken versunken, nippte sie an ihrem Wein. „Donald glühen schon die Ohren vom vielen Telefonieren. Er ist unersetzlich. Er hat's wirklich drauf, die Leute rumzukriegen, und verlegt sich aufs Bitten, sodass niemand Nein sagen kann. Melvin hat sich schon auf die Socken gemacht und absolviert eine Rundreise durch unsere anderen Niederlassungen, um den Leuten persönlich etwas von ihrem Bestand abzuluchsen. Deirdre sitzt an den Berechnungen. Und ich hab heute Nachmittag bereits mit dem Vorstand gesprochen. In achtundvierzig Stunden sind wir so weit und gehen wieder in die Vollen."

Gage prostete ihr zu. „Wenn es irgendjemand schafft, dann du ..."

Auch er war Geschäftsmann. Unter anderem. Deshalb war ihm

sehr genau bewusst, wie viel Stress, wie viel Risiko und wie viel Energie Natalie jedes Mal in die Projekte, die sie anpackte, steckte. „Gibt's über die Brandursache irgendwelche Neuigkeiten?"

„Nichts Genaues." Natalie schaute versonnen in die züngelnden Flammen des Kaminfeuers. „Ich hab ein paarmal mit dem Ermittler gesprochen. Er stellt recht merkwürdige Vermutungen an und fragt mir ein Loch in den Bauch. Zu allem Überfluss ist er auch noch immer ziemlich gereizt und will sich nicht festlegen."

„Ryan Piasecki", stellte Deborah fest und lächelte Natalie zu. „Ich hab mal versucht, ein bisschen was über ihn rauszukriegen. Es kam mir so vor, als würde es dich interessieren."

„Dank dir." Natalie lehnte sich vor. „Und?"

„Er ist seit gut fünfzehn Jahren bei der Feuerwehr. Während dieser Zeit hat er sich hochgearbeitet bis zum Lieutenant. Aber einen Fleck hat er schon auf seiner ansonsten weißen Weste."

Natalies Lippen umspielte ein leichtes Lächeln. „Ach ja?"

„Anscheinend hat er einmal einem Stadtrat eine schallende Ohrfeige verpasst. Er hat ihm den Kiefer gebrochen."

„Aha. Anlage zur Gewalttätigkeit", bemängelte Natalie triumphierend. „Das hab ich mir doch gleich gedacht."

„Es war während eines großen Brandes", fuhr Deborah fort. „In einer Chemiefabrik. Piasecki war mit dem achtzehnten Zug am Unfallort. Sie waren die Ersten und hatten keinerlei Unterstützung." Natalie zog interessiert die Brauen hoch, während Deborah weitererzählte. „Drei Männer verloren ihr Leben im Feuer, und zwei weitere wurden schwer verletzt. Da tauchte der Stadtrat mit der Presse im Schlepptau auf und fing an, die Feuerwehrleute darüber zu belehren, wie sie seiner Meinung nach vorzugehen hätten."

Das war ja nicht zu fassen! Natalie schüttelte empört den Kopf. „Ich glaube, da hätte ich ihm auch eine geknallt."

„Dann gab's noch mal so ein Ding. Er kam in das Büro des Bürgermeisters gestürmt und knallte ihm eine Tasche mit aus dem Feuer geretteten Sachen auf den Schreibtisch. Sie hatten sie aus einem heruntergekommenen Apartmenthaus an der Eastside geborgen, und es war alles, was von dem Haus übrig geblieben war. Obwohl die elektrischen Leitungen vollkommen verrottet waren, die Feuertreppe nicht zugänglich und die Lüftung defekt gewesen war, hatte das Gebäude kurz zuvor ohne jegliche Beanstandung eine Kontrolle der Feuerschutzbehörde passiert. Mit Sicherheit nur dank einer saftigen Bestechung. Zwanzig Menschen fanden bei dem Brand den Tod."

„Ich wollte, dass du mir was erzählst, was mich in meiner Einschätzung bestätigt, Deborah", beschwerte sich Natalie. „Damit ich einen guten Grund habe, ihn zu verabscheuen."

„Tja, tut mir leid, damit kann ich nicht dienen." Deborah hatte ein kleines Stück von dem Charakter eines Mannes enthüllt, der entschlossen war, Kriminalität und Korruption auf seine eigene, unkonventionelle Weise zu bekämpfen. Sie warf Gage einen warmen Blick zu.

„Also gut." Natalie seufzte. „Was weißt du sonst noch alles über ihn?"

„Vor fünf Jahren wechselte er zur Ermittlungsabteilung über. Ihm ging der Ruf voraus, ein zwar aggressiver, aber auch unerschrockener Mann zu sein."

„Schon besser."

„Er ist bekannt dafür, dass er die Spürnase eines Bluthundes hat, die Augen eines Adlers und die Zähigkeit eines Pitbulls. Er gräbt und gräbt, so lange, bis er auf alle seine Fragen eine Antwort gefunden hat, die ihn zufriedenstellt. Ich hatte ihn bisher noch nicht im Zeugenstand, doch ich hab mich ein bisschen umgehört. Alle sagen dasselbe. Wenn er einmal Blut geleckt hat, ruht er nicht eher, bis er den Schuldigen dingfest gemacht hat." Deborah hielt inne und überlegte kurz. „Was sonst noch? Ach ja, er ist sechsunddreißig, geschieden."

„Na ja, ich vermute, du willst mir Mut machen und mir zu verstehen geben, dass ich in kompetenten Händen bin." Natalie zog skeptisch die Schultern hoch. „Doch daran glaube ich nicht. Ich trau lieber meinen eigenen Augen."

„Kein Problem", begann Deborah, doch da wurde sie vom Weinen eines Babys, das durch das Mikrofon der Kinderüberwachungsanlage ins Wohnzimmer drang, unterbrochen. „Klingt, als sei der Boss aufgewacht. Nein, lass mal – ich geh schon", bremste sie Gage, der beim ersten Krähen aufgesprungen war. „Sie will sicher nur ein bisschen Gesellschaft."

„Kann ich vielleicht mitkommen und einen Blick auf sie werfen?", fragte Natalie.

„Aber ja. Komm!"

„Ich sag Frank Bescheid, dass er mit dem Servieren des Essens warten soll, bis ihr zurück seid." Gage sah hinter Natalie her, wie sie mit seiner Frau nach oben ging.

„Wie machst du es bloß, dass du trotz all deiner vielen Arbeit so gut aussiehst?", fragte Natalie, als sie mit Deborah die Treppe nach oben ging. „Ich kann mir oft gar nicht vorstellen, wie du das alles schaffst. Eine anstrengende Karriere, einen Mann, der vor Tatendrang fast aus den Nähten platzt, samt all den gesellschaftlichen Verpflichtungen, die ihr habt, und dann auch noch Adrianna."

„Ach, das ist nur eine Frage der Organisation. Und der Prioritätensetzung." Deborah grinste und öffnete die Tür zum Kinderzimmer. „Doch worauf es letztlich ankommt, ist Leidenschaft. Leidenschaft für den Beruf, Leidenschaft für Gage, Leidenschaft für Adrianna. Wenn man will, kann man alles haben. Man muss es nur wollen."

Das Kinderzimmer war eine Symphonie in Farben. Auf bunten Tapeten sah man Prinzen und Prinzessinnen und fliegende Pferde. Die beiden Frauen traten an das Kinderbett und schauten auf die zehn Monate alte Adrianna hinunter, die ihre Lippen zu einem Schmollmund verzog und gerade wieder anfangen wollte zu weinen.

„Oh, meine Süße." Deborah nahm sie heraus.

Die Schnute verwandelte sich in ein strahlendes Lächeln. „Mama."

Natalie schaute zu, wie Deborah die Kleine auf den Wickeltisch legte.

„Sie wird immer hübscher." Sanft strich sie dem Baby über den Kopf. Addy genoss die Aufmerksamkeit, strampelte mit den kleinen strammen Beinchen und begann, fröhlich vor sich hin zu plappern.

„Wir denken über ein zweites nach."

„Ein zweites?" Überrascht schaute Natalie Deborah an. „Jetzt schon?"

„Na ja, wir sind noch im Was-wäre-wenn-Stadium. Doch da wir ja auf jeden Fall drei haben wollen …" Sie legte Addy ein Kissen unter. „Weißt du, ich bin wahnsinnig gern Mutter. Jeder Augenblick mit Addy ist ein Geschenk des Himmels."

„Das sieht man. Darf ich?" Deborah hatte dem Baby die Strampelhose wieder angezogen. Natalie hob es hoch und schmiegte es vorsichtig an ihre Schulter.

Zwei Tage später saß Natalie an ihrem Schreibtisch. Sie hatte rasende Kopfschmerzen, doch sie achtete nicht darauf. Im Gegenteil, das unaufhörliche Pochen hinter ihrer Stirn trieb sie nur weiter vorwärts.

„Wenn die Maschinen nicht repariert werden können, müssen eben neue her. Jede Näherin muss abrufbereit sein. Nein, nicht morgen Nachmittag." Sie kramte unter den Papierbergen auf ihrem Schreibtisch einen Stift hervor und klemmte sich den Telefonhörer zwischen Schulter und Ohr. „Heute. Ich werde eigenhändig Stück für Stück des neuen Warenbestandes überprüfen. Ja, ja, ich weiß, das ist das reinste Irrenhaus. Also, alles läuft wie besprochen, ja?"

Sie legte auf und sah ihre drei engsten Mitarbeiter an. „Donald?"

Er fuhr sich mit der Hand durchs Haar. „Die erste Anzeige wird in der *Times* vom Samstag geschaltet. Ganzseitig, dreifarbig. Dieselbe Anzeige, den jeweiligen Umständen angepasst natürlich, erscheint zeitgleich in den anderen Städten. Wir lassen uns doch von so einem Feuer nicht unterkriegen."

„Was ist mit den Änderungen, die ich vorgeschlagen habe?"

„Sind alle eingearbeitet worden. Heute haben wir übrigens die Kataloge bekommen. Sie sind fabelhaft geworden."

„Das stimmt." Hocherfreut warf Natalie einen Blick auf den edel aussehenden Katalog, der vor ihr lag. „Melvin?"

Wie gewöhnlich nahm Melvin Glasky, ein Mann mittleren Alters, seine Brille ab und polierte, während er redete, mit einem Papiertaschentuch die Gläser. Melvins Leidenschaften waren Krawatten und das Golfspielen. Er trug ein grau meliertes Toupet, von dem er naiverweise annahm, es wäre sein kleines Geheimnis.

„In Atlanta sieht's am besten aus, doch ich denke, auch Chicago und L. A. ziehen mit." Er deutete auf den Bericht, den Natalie vor sich liegen hatte. „Ich habe mit allen gesprochen, und wir haben Mittel und Wege gefunden, damit sie uns die Hilfe zukommen lassen, die wir benötigen. Nicht jeder war begeistert, wie man sich vorstellen kann." Mittlerweile blitzten die Gläser seiner Brille wie Diamanten, und er setzte sie wieder auf. „Die Filialleiterin in Chicago hat ihren Warenbestand verteidigt wie eine Löwenmutter ihr Junges. Erst mal hat sie sich geweigert, auch nur einen einzigen BH rauszurücken."

Natalie verzog etwas den Mund. „So?"

„Ja. Also hab ich's auf dich geschoben."

Natalie lehnte sich im Stuhl zurück und grinste. „Gut so."

„Dann hab ich ihr die doppelte Menge von dem genannt, was du eigentlich brauchst. Sie ist fast vom Hocker gefallen." Er zwinkerte und fuhr dann fort: „Durch diesen Trick verschaffte ich mir einen Verhandlungsspielraum."

Natalie gefiel Melvins Taktik. In den achtzehn Monaten, die sie jetzt mit Melvin zusammenarbeitete, schätzte sie ihn von Tag zu Tag mehr. Er war wirklich großartig.

„Schließlich habe ich ihr gesagt, sie soll mir wenigstens die Hälfte von dem geben, was du angefordert hast. Ich würd's auf meine Kappe nehmen."

„Du würdest einen Wahnsinnspolitiker abgeben, Melvin."

„Ja, was glaubst du denn, wer ich bin? Zu feilschen war schon immer meine Stärke. Nun ist es jedenfalls so, dass du ungefähr fünfzig Prozent des Warenbestands bekommst."

„Du bist unbezahlbar, Melvin. Deirdre?"

„Ich habe die vorgesehenen Steigerungen der Personalausgaben und der Sachausgaben durchgesehen." Deirdre Marks wickelte sich eine Haarsträhne um den Finger. Ihr Tonfall war leise mit einem leichten Mittelwest-Akzent, und ihr Verstand arbeitete so schnell und kontrolliert wie ein Hightech-Computer. „Mit den vorgesehenen Vergünstigungen, die du autorisiert hast, werden wir in die roten Zahlen kommen. Ich habe Grafiken …"

„Ich hab's gesehen." Während sie sich alles, was sie eben gehört hatte, noch einmal durch den Kopf gehen ließ, massierte sich Natalie den schmerzenden Nacken. „Wenn die Versicherung bezahlt, werden wir alles ersetzen können. Ich bin bereit, fürs Erste noch einmal etwas von meinem Eigenkapital zuzuschießen, meinst du, dann könnten wir's schaffen?"

„Von einem klaren finanziellen Standpunkt aus sieht die Lage im Moment ziemlich düster aus", warnte sie. „Zumindest, was die absehbare Zukunft anbelangt. Die Verkäufe in den ersten Jahren müssten zumindest mehr als …" Sie zuckte die Schultern, als sie Natalies wild entschlossenen Gesichtsausdruck sah. „Na, die Zahlen hast du ja."

„Ja, und ich weiß deine Extraarbeit zu schätzen. Die Unterlagen über das Lagerhaus auf der South Sie sind komplett zerstört worden.

Zum Glück hatte ich Maureen gebeten, von den meisten Papieren Fotokopien zu machen." Sie rieb sich die Augen. „Mir ist durchaus klar, dass wir dieses Jahr keinen besonderen Profit machen können. Doch mir sind nicht schnelle Erfolge wichtig, sondern der Durchbruch auf lange Sicht. Ich beabsichtige, innerhalb von zehn Jahren an der Spitze sowohl des Groß- als auch des Einzelhandels zu stehen. Und deshalb werde ich doch nicht beim ersten Hindernis schon schlappmachen."

Sie drehte nachdenklich an einem Knopf ihrer Kostümjacke, als der Summer ertönte. „Ja, Maureen?"

„Inspector Piasecki wünscht Sie zu sprechen, Miss Fletcher. Er hat aber keinen Termin."

Natalie warf einen Blick in ihren Terminkalender. Fünfzehn Minuten kann er haben, entschied sie. „Wir machen später weiter", informierte sie ihre Mitarbeiter. „Maureen, führen Sie Mr Piasecki herein."

Ry war immer bemüht, möglichst schnell herauszufinden, ob derjenige, den er vor sich hatte, Freund war oder Feind. Er hatte sich noch nicht entschieden, welcher Kategorie Natalie Fletcher zuzuordnen war. Deshalb war er hier. Er wollte sein Bild vervollständigen und sie einmal in ihrer eigenen Umgebung erleben.

Alles war ungefähr so, wie er es sich vorgestellt hatte. Eine luxuriöse Lady in luxuriöser Umgebung. Na ja. Dicke Teppiche, viel Glas, helle, hohe Räume, am Empfang bequeme komfortable Sessel. Die Bilder an den Wänden waren zweifellos Originale, das sah er auf den ersten Blick. Und überall wucherten riesige Topfpflanzen.

Ihre Sekretärin oder Assistentin, oder was auch immer das auffallend hübsche Ding an der Rezeption sein mochte, arbeitete an einem Computer der jüngsten Generation.

Das Chefbüro war genauso wenig eine Überraschung. Ein blaugrauer Teppich, in dem er fast das Gefühl hatte zu versinken, die Wände waren mit Gemälden, angefertigt in einer modernen Spritztechnik, dekoriert, und die Möbel antik.

Ihr Schreibtisch schien ein Einzelstück zu sein. Hinreißend, dachte er. Mit Sicherheit aus Europa. Wahrscheinlich italienisches Design. Natalie, die ein elegantes Kostüm trug, saß dahinter und blickte ihm ruhig entgegen.

Außer ihr befanden sich noch drei andere Personen in dem Raum. Den jüngeren der beiden Männer kannte Ry bereits. Es war der, den Natalie heute Morgen umarmt hatte. Maßgeschneiderter Anzug, Krawatte, teure blank gewienerte Schuhe, hübsches Gesicht. Der andere war älter. Mitte fünfzig, schätzte Ry. Er machte den Eindruck, als hätte er eben über irgendetwas gelacht. Seinen Hemdkragen schmückte eine gepunktete Fliege, und auf dem Kopf trug er, Ry erkannte es sofort, ein mittelmäßiges Toupet.

Die Frau bildete einen guten Gegensatz zu ihrer Chefin. Ein bequemes Leinensakko – leicht zerknittert –, flache Schuhe, messingfarbenes Haar, das sich nicht so recht zwischen Rot und Braun entscheiden konnte. Sie mochte etwa Anfang vierzig sein. Und sah nicht so aus, als wolle sie ihr Alter verheimlichen.

„Inspector." Natalie wartete volle zehn Sekunden, ehe sie sich erhob und ihm die Hand entgegenstreckte.

„Inspector Piasecki untersucht den Brand in unserem Lagerhaus." Sie betrachtete ihn und registrierte, dass er wieder seine übliche Uniform, Jeans und ein Flanellhemd, trug. Gab es für Angestellte der Feuerwehr nicht ganz spezielle Dienstkleidung? „Inspector, darf ich vorstellen, das sind meine drei engsten Mitarbeiter – Donald Hawthorne, Melvin Glasky und Deirdre Marks."

Ry nickte kurz zu den dreien hinüber und widmete dann sogleich wieder Natalie seine ganze Aufmerksamkeit. „Wie kommt es, dass eine kluge Frau wie Sie sich ein Geschäftsbüro im zweiundvierzigsten Stockwerk einrichtet?"

„Wie bitte?"

„Eine Rettung hier wäre im Fall eines Brandes verdammt schwierig, so viel kann ich Ihnen verraten. Wenn der Aufzug ausfällt, müssen Sie – und natürlich nicht nur Sie, sondern auch all Ihre Angestellten – zweiundvierzig Stockwerke nach unten laufen. Und das in einem rauchgeschwängerten Treppenhaus."

Natalie setzte sich und vergaß vor Verblüffung nach dem Grund seines Besuchs zu fragen. „Das Gebäude ist vorschriftsmäßig mit allem ausgestattet. Alarmanlage, Feuerlöscher, Rauchdetektoren sowie einer Sprinkleranlage."

Er lächelte einfach. „Genauso wie Ihr Lagerhaus, Miss Fletcher."

Sie fühlte, wie sich ihre Kopfschmerzen zurückmeldeten. „Inspector, sind Sie hierhergekommen, um mich über den aktuellen Stand Ihrer Untersuchungen zu informieren oder um meinen Arbeitsplatz zu beanstanden?"

„Ich kann beides."

„Würdet ihr uns bitte entschuldigen?" Natalie warf ihren Mitarbeitern einen Blick zu, der ihnen bedeutete, dass sie allein sein wollte. Nachdem sich die Tür geschlossen hatte, deutete Natalie auf einen Sessel. „Nehmen Sie Platz."

Dann fuhr sie in bestimmtem Ton fort: „Lassen Sie uns die Dinge beim Namen nennen, Mr Piasecki. Sie mögen mich nicht, und ich mag Sie ebenso wenig. Doch wir haben ein gemeinsames Ziel. Wissen Sie, ich habe sehr oft mit Leuten zu tun, mit denen ich privat nie zu tun haben möchte. Doch das beeinträchtigt mich in keiner Weise in der Ausübung meines Jobs." Sie legte den Kopf leicht zur Seite und musterte ihn kühl. „Beeinträchtigt es Sie?"

„Keineswegs." Lässig schlug er die langen schlanken Beine übereinander, und ihr Blick fiel auf die abgewetzten Knie seiner Jeans.

„Gut. Also, was haben Sie mir zu erzählen?"

„Ich habe meine Untersuchungen beendet. Es war Brandstiftung."

Obwohl sie etwas Ähnliches zu hören erwartet hatte, krampfte sich ihr Magen zusammen. „Und kein Zweifel ist möglich?" Noch bevor er antworten konnte, schüttelte sie jedoch den Kopf. „Nein, sicher nicht. Ich habe gehört, dass Sie sehr sorgfältig arbeiten."

„So? Haben Sie? Sie sollten's mal mit Aspirin versuchen, bevor Sie sich noch ein Loch in Ihren Kopf reiben."

Verärgert ließ Natalie die Hand sinken, mit der sie sich ihre Schläfen massiert hatte. „Was gedenken Sie als Nächstes zu tun?"

„Ich weiß jetzt Bescheid über die Brandursache, wie der Brand entstanden ist und wo. Jetzt brauche ich nur noch ein Motiv."

„Gibt es nicht Menschen, die Feuer legen, weil es sie auf irgendeine Weise erregt? Die es aus einem inneren Zwang heraus tun?"

„Sicher. Das gibt es." Er griff in seine Hemdtasche und förderte eine Zigarettenpackung zutage. Doch dann bemerkte er, dass nirgendwo ein Aschenbecher stand. Nichtraucherbüro, registrierte er und steckte das Päckchen wieder ein. „Aber vielleicht haben Sie ja jemanden angeheuert, Miss Fletcher. Sie waren hoch versichert."

„Das stimmt. Ich hatte einen guten Grund. Ich habe mehr als anderthalb Millionen verloren, allein was den Warenbestand und die Ausstattung anbetrifft."

„Sie waren aber viel höher versichert. Sie machen doch bestimmt ein Plus bei der ganzen Sache."

„Sie sollten nicht länger nach einem Versicherungsbetrug Ausschau halten, Inspector, damit verschwenden Sie nur Ihre Zeit."

„Oh, ich habe viel Zeit." Er stand auf. „Ich brauche von Ihnen eine Aussage, Miss Fletcher. Ganz offiziell. In meinem Büro, morgen um vierzehn Uhr."

Natalie stand ebenfalls auf. „Sie können meine Aussage haben. Hier und jetzt."

„In meinem Büro, Miss Fletcher." Er nahm eine Visitenkarte aus seiner Brusttasche und warf sie auf den Schreibtisch. „Hier ist meine Adresse. Je eher wir beide im Reinen sind miteinander, desto schneller können Sie ihre Versicherungssumme kassieren, vergessen Sie das nicht."

„Sehr gut." Sie nahm die Karte und warf einen flüchtigen Blick darauf. „Je eher, desto besser. War's das für heute, Inspector?"

„Ja." Sein Blick streifte über den Katalog, der vor ihr lag. Eine Schönheit mit elfenbeinfarbener Haut, die einen verführerischen roten Morgenmantel aus Seide und Spitzen trug, lag wie hingegossen auf einer Samtrécamière und lächelte dem Betrachter geheimnisvoll zu.

„Sehr hübsch." Er grinste Natalie an. „Eine elegante Art, Sex zu verkaufen."

„Nicht Sex, Inspector", verbesserte sie ihn gelassen. „Romantik. Viele Leute lieben das."

„Sie auch?"

„Ich glaube nicht, dass das etwas zur Sache tut."

„Ich frage mich, ob Sie an das, was Sie verkaufen, glauben, oder ob es Ihnen nur ums Geld geht." Er überlegte, ob sie eines ihrer Dessous unter ihrem perfekt sitzenden Schneiderkostüm trug.

„Nun, ich will Ihre Neugier befriedigen. Selbstverständlich glaube ich an das, was ich verkaufe. Und es macht mir Spaß, damit Geld zu verdienen." Sie nahm den Katalog in die Hand. „Möchten Sie ihn mitnehmen? Auf alle unsere Waren gibt es Garantie."

Wenn sie erwartet hatte, er würde das Heft zurückweisen, musste er sie enttäuschen. Ry griff nach dem Katalog und rollte ihn zusammen. „Danke."

„Wenn Sie mich jetzt bitte entschuldigen, ich habe einen Termin außer Haus."

Nun tat sie etwas, das er sich schon die ganze Zeit gewünscht hatte. Sie kam hinter ihrem Schreibtisch hervor. Denn was auch immer er über sie dachte, ihre Beine fand er einfach umwerfend. „Kann ich Sie irgendwohin mitnehmen?"

Sie war zu dem Wandschrank am anderen Ende des Zimmers gegangen und drehte sich überrascht um. „Nein. Ich habe selbst einen Wagen." Noch mehr erstaunte es sie, dass er jetzt zu ihr herüberkam und ihr in den Mantel half. Einen kurzen Moment lagen seine Hände leicht auf ihren Schultern.

„Sie sollten mal etwas ausspannen, Miss Fletcher."

„Ich bin zu beschäftigt, Inspector." Sie drehte sich um und stieß versehentlich gegen seine Brust. Verärgert trat sie einen Schritt zurück.

„Und zu nervös", fügte er hinzu, und um seine Lippen spielte ein leises, zufriedenes Lächeln. Er fragte sich, ob sie vielleicht einfach nur ebenso auf der Hut war vor ihm wie er vor ihr. „Das könnte einen Mann, der sowieso schon misstrauisch ist, noch misstrauischer machen. Verstehen Sie, was ich meine?"

„Ich bin fasziniert von Ihren Gedankengängen, Inspector. Wirklich."

Ihr Sarkasmus lief an ihm ab wie Regen an einer Öljacke. Sein Lächeln verstärkte sich. „Ich denke, Sie sollten so nicht weitermachen. So angespannt und reizbar. Sie sind doch ein kontrollierter Mensch und wissen, wie man ein Feuer klein hält. Doch im Moment sind Ihnen die Dinge etwas entglitten. Zweifellos interessant, das zu beobachten."

Er hatte nicht ganz unrecht. „Wissen Sie, was ich glaube, Inspector?"

Das Grübchen in seinem Kinn vertiefte sich. „Erzählen Sie, ich bin gespannt."

„Ich denke, dass Sie ein arroganter, überheblicher Mensch sind, der viel zu viel von sich hält."

„Vielleicht haben wir ja beide recht."

„Ich auf jeden Fall."

„Ja. Sie haben recht." Er stand ganz nah bei ihr und bewegte sich keinen Millimeter von der Stelle. „Verdammt – Ihr Gesicht hat es mir wirklich angetan!"

„Wie bitte?"

„Oh, ich hab nur laut gedacht. Sie sind eine Klassefrau." Er erhob die Hand, als wollte er sie berühren, besann sich dann jedoch eines Besseren und rammte sie in seine Hosentasche. Er hatte Natalie aus dem Konzept gebracht. Das war offensichtlich. Sie starrte ihn an, halb erschrocken, halb fasziniert. Ry sah keinen Grund dafür, warum er nicht aus dieser Situation seinen Vorteil ziehen sollte. „Ein Mann, der bei Ihrem Anblick nicht zumindest ein paar Fantasien entwickelt, muss schon ziemlich abgestumpft sein."

„Ich glaube nicht …" Nur ihr Stolz verhinderte, dass sie einen Schritt zurücktrat. So, als sei alles ganz normal, blieb sie ungerührt da stehen, wo sie stand. „Ich muss schon sagen, ich finde Ihre Bemerkungen ziemlich unpassend – gelinde ausgedrückt."

„Wenn wir uns irgendwann einmal doch etwas näherkommen sollten, werden Sie herausfinden, dass Anstand nicht unbedingt Punkt eins auf meiner Prioritätenliste ist. Verraten Sie mir, haben Sie etwas mit Hawthorne, diesem zuvorkommenden, gut aussehenden Mitarbeiter, der Sie so toll findet?"

„Mit Donald? Natürlich nicht." Eine Sekunde war sie entsetzt, dann fing sie sich jedoch, sofort wieder. „Im Übrigen glaube ich kaum, dass Sie das etwas angeht."

Ihre Antwort erfreute ihn. In beruflicher sowie persönlicher Hinsicht. „Alles, was mit Ihnen zu tun hat, geht mich im Moment etwas an, Miss Fletcher."

„Aha, dieser erbärmliche Annäherungsversuch diente Ihnen also auch nur dazu, mich weiterhin auszuspionieren, weil ich unter Verdacht stehe?" Ihr Blick schien ihn zu durchbohren.

„Ich bin ganz und gar nicht der Meinung, dass hier etwas erbärmlich gelaufen wäre. Offensichtlich, das ja. Doch keineswegs erbärmlich. Aber immerhin hab ich ja Wirkung erzielt und etwas erfahren."

„Ich könnte ja auch gelogen haben."

„Hätten Sie gelogen, hätten Sie zuvor nachdenken müssen. Da Sie das nicht eine Sekunde getan haben, bin ich überzeugt davon, dass Sie die Wahrheit gesagt haben." Er merkte, dass es anfing, ihm Spaß zu machen, sie ein bisschen zu quälen, also machte er gleich weiter. „Wirklich, wenn ich ganz ehrlich sein soll, muss ich schon zugeben, dass ich Sie vom Äußeren her sehr ansprechend finde. Doch keine Angst, das wird meine Arbeit in keiner Weise beeinträchtigen. Ich bin absolut unbestechlich."

„Sie sind wirklich absolut widerwärtig, Inspector Piasecki."

„So was Ähnliches sagten Sie bereits." Er streckte die Hand nach ihrem Mantel aus. „Kragen hoch", empfahl er ihr mit einem unverschämten Grinsen. „Es ist kalt draußen." Während er sich zum Gehen wandte, fügte er noch hinzu: „Wir sehen uns in meinem Büro. Morgen um vierzehn Uhr."

Dann hob er die Hand zum Gruß und verließ das Zimmer.

Natalie Fletcher. Ein scharfer Verstand in einer exklusiven Verpackung. Intelligent war sie zweifellos. Vielleicht hatte sie ja doch ihr eigenes Lagerhaus in Brand gesteckt, um Profit für sich herauszuholen. Sie wäre nicht die Erste und würde auch nicht die Letzte sein.

Doch sein Instinkt sagte ihm, dass sie es nicht gewesen war.

Sie erschien ihm nicht als die Frau, die derartige Lösungen wählen wurde.

Der Aufzug hielt, und die Türen öffneten sich geräuschlos. Nachdenklich stieg er ein.

Alles an ihr war perfekt. Und ihr Hintergrund machte es auch nicht gerade wahrscheinlicher, dass sie eine Betrügerin war. Fletcher Industries könnten allein mit dem Gewinn, den sie pro Jahr machten, ein paar kleine Dritte-Welt-Länder aufkaufen. Dieser neue Zweig des Konzerns war offensichtlich Natalies Augapfel, und auch wenn er nicht laufen würde, wäre das mit Sicherheit kein großes Drama für das Unternehmen.

Natürlich durfte er das emotionale Moment bei der Angelegenheit nicht außer Acht lassen. Sie hatte anscheinend eine Menge Gefühl in dieses Vorhaben gesteckt. Es könnte ein Motiv dafür sein, sich ein finanzielles Polster verschaffen zu wollen, um über die schwierigen Anfangszeiten hinwegzukommen.

Doch das reichte ihm als Beweggrund nicht aus. Nicht bei ihr.

Vielleicht jemand anders aus der Firma? Wer weiß? Oder ein

Konkurrent? Möglicherweise auch einfach ein klassischer Pyromane, der sich wieder einmal einen Thrill verschaffen musste.

Wer auch immer das Feuer in dem Lagerhaus gelegt hatte, er würde es herausfinden.

Und währenddessen, dachte er amüsiert, werde ich mit Vergnügen noch ein wenig an Natalie Fletchers Käfig rütteln. Nur so zum Spaß, um zu sehen, was passiert. Mal sehen, ob ich die coole Geschäftsfrau nicht ein wenig aus der Ruhe bringen kann.

Eine Klassefrau. Sie sah wirklich verdammt gut aus – als sei sie der Werbeträger für die Luxusartikel, die sie verkaufte.

Nachdem er aus dem Aufzug gestiegen war, ertönte der Piepser an seinem Gürtel. Schon wieder ein Feuer, dachte er und beeilte sich, zum nächstgelegenen Telefon zu kommen.

3. KAPITEL

Ry ließ sie volle fünfzehn Minuten warten. Nun ja, den Trick kannte sie, sie hatte ihn auch schon oft angewandt. Darauf fiel sie mit Sicherheit nicht herein.

Er arbeitete in einer der ältesten Feuerwachen der Stadt, zwei Stockwerke über den Garagen, wo die Feuerwehrautos standen. Sein Büro befand sich in einem verglasten Kasten, der einen nicht gerade aufregenden Blick auf einen verwahrlosten Parkplatz und graue Mietskasernen bot.

Durch die geöffnete Tür sah Natalie im Nebenzimmer eine Frau lustlos auf einer Schreibmaschine herumhacken. Die Wände, in einem schmuddeligen Gelb gehalten, schrien förmlich nach einem neuen Anstrich. Vor Jahrzehnten, so stand zu vermuten, waren sie einmal weiß gewesen. Überall hingen Fotos von Brandschauplätzen – einige von ihnen erschienen Natalie so furchterregend, dass sie sich abwandte. An einer Pinnwand waren dienstliche Mitteilungen mit Stecknadeln befestigt sowie eine Reihe von Polenwitzen, die nicht unbedingt von gutem Geschmack zeugten.

Ry hatte offensichtlich keinerlei Probleme mit dem etwas zweifelhaften Humor seiner Kollegen.

Metallregale, vollgestopft mit Büchern, Akten, Pamphleten und ein paar Basketballtrophäen, standen an den Wänden. Natalie verspürte einen Juckreiz in der Nase und musste niesen. Himmel, hier lag der Staub ja beinahe fingerdick herum. Rys Schreibtisch war nicht größer als ein Kartentisch und kaum weniger ramponiert. Damit er nicht wackelte, hatte er kurzerhand ein Taschenbuch daruntergelegt. *The Red Pony*.

Der Mann hatte ja nicht einmal vor dem großen Schriftsteller John Steinbeck Respekt!

Weil ihre Neugier noch immer nicht gestillt war, erhob Natalie sich von dem Klappstuhl, auf dem sie gesessen hatte, ging zum Schreibtisch und fing an, ein bisschen herumzustöbern. Nichts Persönliches, registrierte sie. Keine Fotos, keine Erinnerungsstücke. Verbogene Büroklammern, abgebrochene Bleistifte, eine Nagelschere, ein vollkommen lächerliches Durcheinander von Papierbergen, in denen sich bestimmt kein Mensch zurechtfand. Aus Versehen stieß sie einen um und wich vor Schreck zurück, als darunter der Kopf einer Puppe zum Vorschein kam.

Natalie musste über sich selbst lachen, denn so furchterregend war der abgerissene Puppenkopf ja nun auch wieder nicht. Nachdenklich blickte sie auf die Überreste des Kinderspielzeugs, das gekräuselte blonde Haar war versengt, das einstmals rosige Gesicht aus Plastik war auf der einen Seite geschmolzen und starrte sie nur noch aus einem himmelblauen Glasauge an.

„Ein Souvenir", erklärte Ry, als er ins Zimmer trat. Er hatte sie bereits seit ein oder zwei Minuten von der offenen Tür aus beobachtet. „Ein kleines Mädchen hat es mir geschenkt." Er schaute hinunter auf den Schreibtisch. „Sie war nach dem Brand Gott sei Dank in einem etwas besseren Zustand als ihre Puppe."

Ihr lief ein Schauer über den Rücken. „Das ist ja schrecklich."

„Ja. Das war es wirklich. Der Vater der Kinder kippte im Wohnzimmer einen Kanister Benzin aus, weil seine Frau sich scheiden lassen wollte. Nachdem er sein Werk dann beendet hatte, war das nicht mehr nötig."

Wie kaltschnäuzig er das erzählt, dachte sie entsetzt. Aber vielleicht kann man diesen Job nicht anders machen. „Sie haben einen traurigen Beruf, Inspector."

„Genau aus diesem Grund liebe ich ihn." Es klopfte zaghaft an der Glastür, und Ry deutete auf den Klappstuhl. „Setzen Sie sich. Ich bin gleich zurück." Mit diesen Worten verschwand er nach nebenan.

Durch die geschlossene Tür vernahm Natalie Stimmen. Sie brauchte nicht erst zu hören, wie Ry seine Stimme erhob, um mitzubekommen, dass er jemandem eine Standpauke erteilte, die es in sich hatte.

„Wer hat dir gesagt, dass du frische Luft reinlassen sollst, Azubi?"

„Sir, ich hab gedacht ..."

„Auszubildende haben nicht zu denken. Du weißt noch längst nicht genug, um selbstständig denken zu können, merk dir das gefälligst. Doch wenn du wirklich nachgedacht hättest, wäre dir schon eingefallen, was passiert, wenn Feuer Luftzufuhr bekommt, und wenn du dazu noch, verdammt noch mal, in einer riesigen Öllache stehst!"

„Ja, Sir. Ich weiß, Sir. Ich ... ich hab's nicht gesehen. Der Rauch ..."

„Du musst lernen, durch den Rauch hindurchzusehen. Du musst lernen, durch alles hindurchsehen zu können, kapiert? Und wenn sich das Feuer in die verdammte Wand reinfrisst, kannst du es nicht dadurch verhindern, dass du ihm noch mehr Nahrung gibst. Du kannst dich glücklich schätzen, dass du überhaupt noch am Leben bist, Azubi, und es ist die Mannschaft, die unglücklich sein müsste, dass sie mit so einem Esel zusammenarbeiten muss."

„Ja, Sir. Ich weiß, Sir."

„Du weißt nichts. Rein gar nichts. Einen Dreck weißt du! Das ist das Wichtigste, was du dir immer wieder vor Augen halten musst, wenn du das nächste Mal ins Feuer gehst, verstanden? Und jetzt raus hier!"

Natalie schlug die Beine übereinander, als Ry zurückkam. „Ein wirklicher Diplomat, das muss ich schon sagen. Der Junge ist doch bestimmt nicht älter als zwanzig."

„Wäre doch schön, wenn er ein hohes Alter erreichen würde, oder?"

„Für Ihre Art von Gesprächsführung hätte ich wohl besser meinen Anwalt mitbringen sollen."

„Entspannen Sie sich." Er setzte sich hinter seinen Schreibtisch und fegte schwungvoll einen Stapel Akten beiseite. „Keine Angst, ich bin nicht befugt, jemanden festzunehmen, ich ermittle lediglich."

„Nun, dann kann ich ja beruhigt schlafen." Nervös sah sie auf ihre Armbanduhr. „Was meinen Sie, wie lange dieses Verhör hier dauern wird? Zwanzig Minuten meiner Zeit hab ich bereits hier verschwendet."

„Oh, Entschuldigung, ich hab Sie aufgehalten." Er öffnete die Tüte, die er mitgebracht hatte. „Haben Sie schon zu Mittag gegessen?"

„Nein." Erstaunt sah sie, wie er jetzt eine Schachtel herausnahm, die verführerisch duftete. „Sagen Sie bloß, Sie haben mich hier warten lassen, während Sie sich etwas zu essen geholt haben!"

„Es lag am Weg." Er hielt ihr ein Rostbeef-Sandwich hin. „Hier, mögen Sie nicht? Es schmeckt wirklich lecker. Kaffee gibt's auch."

„Einen Kaffee nehme ich gern. Behalten Sie Ihr Sandwich."

„Bedienen Sie sich selbst." Er schob ihr eine Tasse hin und deutete auf die Thermoskanne, die vor ihm stand. „Haben Sie etwas dagegen, wenn ich ein Tonbandgerät mitlaufen lasse?"

„Ganz im Gegenteil."

Während er sich mit Appetit über sein Sandwich hermachte, öffnete er eine Schreibtischschublade und entnahm ihr einen Kassettenrekorder. „Sie müssen ja einen ganzen Schrank voll mit solchen Kostümen haben." Das, was sie heute trug, war von einem tiefen Himbeerrot. „Ziehen Sie manchmal auch was anderes an?"

„Wie bitte?"

„Nur ein bisschen Konversation, Miss Fletcher, nichts weiter."

„Ich bin nicht hier, um Konversation zu machen", entgegnete sie spitz. „Und hören Sie auf, mich ständig in diesem seltsamen Ton Miss Fletcher zu nennen."

„Kein Problem, Natalie. Sie können Ry zu mir sagen." Er drückte auf eine Taste des Rekorders und begann, Datum, Uhrzeit und Ort der Befragung auf Band zu sprechen. Dann griff er nach einem Schreibblock und einem Stift. „Betreff: Brand am 12. Februar dieses Jahres im Lagerhaus von Fletcher Industries, South Harbour Avenue 21. Interviewführer: Inspector Ryan Piasecki, Interviewpartnerin Natalie Fletcher."

Er nahm einen Schluck Kaffee. „Miss Fletcher, sind Sie die Besitzerin des zerstörten Gebäudes und allem, was sich darin befand?"

„Sowohl das Gebäude als auch die Innenausstattung und der Warenbestand sind – waren – Eigentum von Fletcher Industries."

„Zu welchem Zeitpunkt hat die Firma das Gebäude käuflich erworben?"

„Vor acht Jahren. Früher wurde es für unser Schifffahrtsgeschäft genutzt."

Die Heizung hinter ihm begann zu singen und zu gluckern. Ry stieß einmal kurz mit dem Fuß dagegen. Sofort kehrte wieder Ruhe ein.

„Und jetzt?"

„Die Büros der Schifffahrtsgesellschaft sind inzwischen woanders angesiedelt." Langsam entspannte sie sich etwas. Die Atmosphäre hatte sich normalisiert, der Ton war sachlich und nüchtern. „Das Lagerhaus wurde fast zwei Jahre lang umgebaut. Dann brachten wir dort einen Teil der Produktion und den Versand unserer Dessous unter."

„Von wann bis wann ging die Arbeitszeit?"

„Normalerweise von acht bis sechs, Montag bis Freitag. In den letzten Monaten hatten wir mit dem Versand und der Eröffnung des Geschäfts in der Innenstadt so viel zu tun, dass am Samstagvormittag auch noch gearbeitet werden musste."

Noch immer an seinem Sandwich kauend, stellte er weitere Fragen über die Geschäftspraktiken der Gesellschaft, das Sicherheitskonzept und ob es in der Vergangenheit vielleicht bereits Fälle von Vandalismus gegeben hätte.

Ihre Antworten kamen knapp, klar und präzise.

„Sie haben einen Großteil Ihrer Freizeit in den Aufbau dieser Firma gesteckt und, wie Sie sagen, auch einen Teil Ihres eigenen Geldes."

„Das ist richtig."

„Was passiert, wenn das Geschäft nicht so läuft, wie Sie erwarten?"

„Es wird laufen."

Er hatte jetzt sein Mittagessen beendet, schenkte sich eine Tasse Kaffee ein und lehnte sich im Stuhl zurück. „Und wenn nicht?"

„Dann hab ich Zeit verloren und Geld."

„Wann waren Sie vor dem Feuer das letzte Mal in dem Gebäude?"

Die plötzliche Wendung des Gesprächs überraschte sie zwar, störte sie jedoch nicht. „Ich war drei Tage vor dem Brand dort. Routinemäßig. Nur um zu sehen, ob alles läuft. Das müsste der neunte Februar gewesen sein."

Er schrieb es auf seinen Block. „Haben Sie bemerkt, dass irgendetwas anders war als sonst?"

„Nein. Wenn das der Fall gewesen wäre, hätte ich umgehend etwas unternommen. Doch alles war wie immer."

Seine Augen ruhten unverwandt auf ihr. „Sind Sie durch das ganze Gebäude gegangen, haben alles genau kontrolliert?"

„So weit es nötig war." Sie begann sich unter seinem durchdringenden Blick unwohl zu fühlen. „Natürlich hab ich nicht jedes Negligé in die Hand genommen und überprüft. Wozu auch. Das wäre wohl kaum besonders produktiv, dafür hab ich meine Leute."

„Das Gebäude wurde Anfang November inspiziert. Sie waren mit der Funktionsweise der Alarmanlage vertraut?"

„Aber sicher."

„Können Sie sich erklären, warum in der Nacht des Brandes sowohl die Alarmanlage als und auch die Sprinkleranlage ausgeschaltet waren?"

„Ausgeschaltet?" Sie zuckte zusammen. „Ich verstehe nicht, was Sie damit meinen."

„Irgendjemand hat sich daran zu schaffen gemacht, Miss Fletcher."

Sie sah ihn an. „Das kann ich mir nicht erklären. Sie vielleicht?"

Er nahm eine Zigarette aus dem Päckchen, das vor ihm auf dem Schreibtisch lag, und steckte sie sich zwischen die Lippen. Dann riss er ein Streichholz an und gab sich Feuer. „Haben Sie irgendwelche Feinde?"

Überrascht riss Natalie die Augen auf. „Feinde?"

„Ja. Irgendjemand, von dem Sie annehmen, er könnte Ihnen zum Beispiel Erfolg missgönnen."

„Ich ... Nein, das kann ich mir nicht vorstellen. Weder geschäftlich noch privat." Der Gedanke ließ sie erschaudern. Sie strich sich mit der Hand durchs Haar. „Natürlich haben wir Konkurrenten ..."

„Irgendjemand, mit dem es schon mal Ärger gegeben hat?"

„Nein."

„Unzufriedene Angestellte? Haben Sie vielleicht kürzlich mal jemanden gefeuert?"

„Nein. Aber ich kann natürlich nicht für den ganzen Konzern sprechen. Meine Abteilungsleiter handeln selbstständig. Doch bis zu meinem Schreibtisch ist nichts vorgedrungen."

Ry zog an seiner Zigarette und inhalierte nachdenklich. Dann griff er wieder zu seinem Stift und machte sich eine Notiz. Zeit, langsam zum Schluss zu kommen, beschloss er.

„Heute Morgen hab ich mit dem Sachverständigen Ihrer Versicherung gesprochen", teilte er ihr mit. Während sie schweigend dasaß, drückte er sorgfältig seine Zigarette im Aschenbecher aus. „Möchten Sie etwas Mineralwasser?"

„Nein." Sie holte tief Luft. „Haben Sie mich in Verdacht?", fragte sie dann direkt.

„In meinen Bericht geht nur das ein, was ich weiß, nicht das, was ich vermute."

„Ich will es aber wissen." Sie war aufgestanden. „Ich will wissen, was Sie denken."

Sie ist hier vollkommen fehl am Platz. Das war der Gedanke, der ihm durch den Kopf ging. Sie passte nicht hierher, in dieses enge, vollgestopfte, muffige Bürozimmer mit seinen vergilbten Tapeten und dem Mobiliar, von dem man vermuten konnte, es stamme vom Sperrmüll.

„Ich weiß nicht, Natalie, möglicherweise beeinträchtigt Ihr hübsches Gesicht mein Urteilsvermögen, aber ich denke, nein. Nein, ich glaube nicht, dass Sie die Brandstifterin waren. Fühlen Sie sich jetzt ein wenig besser?"

„Nicht viel, doch ich kann nichts machen. Mir bleibt nur zu hoffen, dass Sie bald herausfinden, wer der Täter war." Sie seufzte leise. „So schwer es mir auch fällt, das zu sagen, irgendwie habe ich das Gefühl, Sie sind der richtige Mann für diesen Job."

„Oh, ein Kompliment! Und das schon jetzt, wo unsere Beziehung doch noch in den Kinderschuhen steckt! Ich danke Ihnen!" Die Ironie tropfte ihm förmlich von den Lippen.

„Mit ein bisschen Glück, Inspector, wird es das erste sein und auch das letzte", konterte sie spitz und bückte sich nach ihrer Aktenmappe, die neben dem Stuhl auf dem Boden stand. Er war ebenfalls aufgestanden und trat rasch neben sie. Gleichzeitig griffen beide nach ihrer Tasche, und seine Hand kam wie zufällig auf ihrer zu liegen.

„Gönnen Sie sich mal eine Pause."

Sie bewegte ihre Finger und spürte die Wärme, die von ihm ausging. „Wie bitte?"

„Sie laufen dauernd auf Hochtouren, Natalie, Sie werden sich noch vollkommen verausgaben. Sie brauchen Entspannung."

Es war merkwürdig, doch sie genoss es in gewisser Weise, seine Hand auf ihrer zu spüren. „Alles, was ich brauche, ist, schnellstens wieder zurück zu meiner Arbeit zu kommen. War's das dann, Inspector?", gab sie kühl zurück und zog ihre Hand unter seiner hervor.

„Ich dachte, wir wären schon beim Vornamen angelangt. Kommen Sie, ich will Ihnen noch was zeigen."

„Ich habe wirklich keine Zeit mehr ...", versuchte sie zu widersprechen, doch er zog sie bereits am Arm hinter sich her aus dem Zimmer. „Ich habe jetzt einen Termin."

„Das scheinen Sie immer zu haben. Sind Sie schon zu spät dran?"

„Nein, noch nicht."

„Wirklich eine Traumfrau, das kann man nicht anders sagen. Schön, intelligent, gewitzt und absolut pünktlich. Wie groß sind Sie eigentlich ohne diese verwegenen Stelzen?"

Indigniert sah sie auf ihre eleganten italienischen Pumps hinunter. Dann hob sie die Augenbrauen. „Groß genug."

Er blieb auf der Treppe stehen und drehte sich zu ihr um. Er stand bereits eine Stufe tiefer als sie, sah ihr offen in die Augen und grinste frech. Ihre Gesichter waren ungefähr auf gleicher Höhe. „Tatsächlich, groß genug."

Er griff nach ihr, als sei sie ein störrischer Esel, und zog sie hinter sich her die Stufen nach unten.

Als sie die Tiefgarage betraten, inspizierten ein paar Männer soeben gründlich einen Feuerwehrwagen und begrüßten Ry. Nachdem sie Natalie einer ausführlichen Musterung unterzogen hatten, wandten sie sich mit einem vielsagenden Grinsen wieder ihrer Arbeit zu.

„Sie müssen schon entschuldigen", klärte Ry Natalie auf. „Doch solche Beine wie Ihre sehen meine Leute nicht jeden Tag. So, jetzt werde ich Sie ein bisschen in Schwung bringen."

„Was?"

„Ich werd Sie ein bisschen in Schwung bringen", wiederholte er und öffnete die Tür eines Wagens. „Nicht deswegen, damit sich die Jungs an Ihrem Anblick erfreuen können, wenn Sie hier rauf klettern, sondern ..." Bevor sie sich wehren konnte, hatte er ihr den Arm um die Taille gelegt und sie auf den Sitz des Feuerwehrautos gehoben.

Sie dachte kurz darüber nach, ob sie jetzt empört sein sollte, da sprang er auch schon aufs Trittbrett. „Rutschen Sie rüber, sonst setze ich mich auf Ihren Schoß."

Sie machte ihm Platz. „Was soll das?"

„Jeder muss schließlich einmal in seinem Leben in einem Feuerwehrwagen gesessen haben." So, als sei er zu Hause, legte er lässig seinen Arm über die Sitzlehne. „Na, wie gefällt es Ihnen?"

Schweigend betrachtete sie die Messgeräte und Skalen am Armaturenbrett und die überdimensionale Gangschaltung. Sie wandte den Kopf und entdeckte an der Rückwand der Fahrerkabine ein vergilbtes Foto, das ein äußerst spärlich bekleidetes Mädchen zeigte. „Sehr interessant."

„Finden Sie?"

Sie überlegte, mit welchem Knopf man wohl die Sirene anschaltete und mit welchem das Licht. „Ja, ja. Es ist lustig." Sie lehnte sich nach vorn. „Ist das hier die ..."

Er hielt ihre Hand fest, bevor sie an der Schnur, die über ihrem Kopf herunterbaumelte, ziehen konnte. „Sirene", beendete er ihren Satz. „Die Jungs sind den Sound ja gewöhnt, doch glauben Sie mir, wenn Sie sie jetzt hier in der Garage einschalten, werden Sie es bitter bereuen. Ihnen würden die Ohren abfallen." Er lachte.

„Wie schade." Sie strich sich das Haar hinter die Ohren und schaute ihn an. „Zeigen Sie mir Ihr Spielzeug, damit ich mich etwas entspannen kann, oder nur, um anzugeben?"

„Vielleicht deshalb, weil ich Sie doch nicht für eine so trübe Tasse halte, wie man auf den ersten Blick annehmen könnte."

„Sie sind ja so charmant! Ich muss wirklich aufpassen, dass ich mich nicht auf der Stelle in Sie verliebe." Sie lachte und bemerkte, dass sie sich tatsächlich etwas entspannt hatte. „Na ja, dagegen sind wir wohl beide bestens gefeit. Wie kommt's, dass Sie Ihr halbes Leben in Feuerwehrautos verbracht haben?"

„Sie haben doch längst Ihre Ermittlungen über mich angestellt. Dann müssen Sie das auch wissen." Lässig hob er seine Hand und strich sanft mit einem Finger über ihr Haar. Weich, dachte er, und schimmernd wie Seide.

„Das mit den Ermittlungen stimmt." Sie lehnte sich zurück. „Doch das Warum will ich von Ihnen persönlich wissen."

„Okay, wir sind quitt. Also, ich bin Feuerschlucker in der dritten Generation. Es liegt meiner Familie anscheinend im Blut."

„Mmmmh ..." Sie verstand. „Doch irgendwann haben Sie's aufgeben."

„Nein, ich hab nur einen anderen Gang eingelegt. Das ist alles. Aber Sie wissen ja, wie das ist, seiner Leidenschaft entkommt man nicht."

Sie vermutete, dass dies nicht ganz die Wahrheit war. „Warum bewahren Sie dieses Andenken auf Ihrem Schreibtisch auf?" Natalie sah, wie er kurz die Lippen zusammenpresste und die Augen schloss. „Diesen Puppenkopf", ergänzte sie.

„Er stammt aus meinem letzten Feuer." Ry erinnerte sich daran, als wäre es gestern gewesen – die unerträgliche Hitze, die dichten Rauchschwaden, die Schreie. „Ich brachte das Mädchen raus. Die Tür zum Schlafzimmer war verschlossen gewesen. Ich vermutete, dass er seine Frau und das Kind eingesperrt hatte. Wenn du nicht mit mir leben kannst, kannst du erst recht nicht ohne mich leben, so auf die Tour, verstehen Sie. Er hatte ein Gewehr. Es war nicht geladen, doch die Frau wusste das nicht."

„Wie entsetzlich." Sie überlegte, ob sie, wenn sie an der Stelle der Frau gewesen wäre, es riskiert hätte, erschossen zu werden. Wahrscheinlich ja. Einen gezielten Schuss, schnell und endgültig, hätte sie einem qualvollen Tod in den Flammen mit Sicherheit vorgezogen. „Die eigene Familie."

„Manche Burschen stehen einer Scheidung nicht gerade freundlich gegenüber. Sie können den Gedanken daran nicht ertragen." Er zuckte die Schultern. Seine eigene war nicht besonders schmerzhaft für ihn gewesen, lediglich eine Umstellung. „Es war ein Holzhaus, schon ziemlich alt. Hat gebrannt wie Zunder. Beide zusammen, die Frau und das Kind, konnte ich nicht rausbringen. Die Mutter flehte mich an, ihre Tochter in Sicherheit zu bringen. Also rettete ich erst das kleine Mädchen."

Seine Augen verdunkelten sich und fixierten etwas, das nur er sehen konnte. „Die Mutter kam im Feuer um. Ich sah es kommen, doch ich hoffte, dass ich noch eine Chance hätte, auch sie rauszuholen. Aber die Zeit reichte nicht mehr."

„Sie haben das Kind gerettet", sagte Natalie leise.

„Die Mutter hat es gerettet. Sie hat mit ihrem Leben bezahlt."

Niemals würde er diese schreckliche Situation vergessen können. „Der Hundesohn, der das Feuer gelegt hat, sprang aus einem Fenster im ersten Stock. Ja, sicher, er hatte schwere Brandverletzungen, eine Rauchvergiftung und ein gebrochenes Bein. Doch er überlebte das Feuer."

Die Erinnerung schmerzt ihn noch immer, erkannte sie und war erstaunt darüber, dass er so viel Mitgefühl empfinden konnte. Das hatte sie ihm nicht zugetraut. Es erschütterte das Bild, das sie sich bisher von ihm gemacht hatte. „Und nach dieser Erfahrung haben Sie sich entschieden, anstelle der Brände die Brandstifter zu bekämpfen?“

„Mehr oder weniger.“ Als die Alarmglocke schrillte, hob er den Kopf wie ein Wolf, der eine Beute wittert. Augenblicklich füllte sich die Halle mit Leben, Rufe wurden laut, Befehle gebrüllt, Autotüren zugeschlagen, Motoren angelassen. Ry passte seine Stimmlage dem Getöse, das um sie herum herrschte, an. „Lassen Sie uns verschwinden. Wir sind nur im Weg.“

Rasch öffnete er die Wagentür, sprang hinaus und half Natalie herunter.

„Eine Chemiefabrik“, hörte sie einen Mann, der sich gerade seine Schutzkleidung überstreifte, einem anderen zurufen.

Kurz darauf war der Spuk vorbei, und die Tiefgarage still und menschenleer. Nur aus der Ferne vernahm sie noch das schrille Geheul der Sirenen.

„Dass das so schnell geht“, wunderte sich Natalie, und ihr Puls ging vor Erregung rascher als sonst.

„Ja.“

„Es ist aufregend.“ Sie presste die Hand auf ihr Herz, das hart klopfte. „Das habe ich mir nie so vorgestellt. Vermissen Sie es nicht?“ Sie sah ihn an und ließ die Hand sinken. Sie war über sich selbst erstaunt. Der ungehobelte Inspector interessierte sie plötzlich.

Er hielt sie noch immer am Arm und sah ihr jetzt ins Gesicht. „Hin und wieder.“

„Es ist … Ich sollte jetzt gehen.“

„Ja. Sie sollten gehen.“ Doch er strafte seine Worte Lügen, indem er sie zu sich herumdrehte und die Arme um sie legte. Möglicherweise war es eine Kurzschlussreaktion wegen des plötzlichen Feueralarms, vielleicht auch der verführerische Duft, den sie ausströmte, was auch immer, jedenfalls begann sein Herz schneller zu schlagen.

„Das ist Wahnsinn“, stieß sie erschrocken hervor. Sie ahnte, was er zu tun beabsichtigte. Und sie wünschte, dass er es tat. „Es wäre ein Fehler.“

Ein winziges Lächeln saß in seinen Mundwinkeln. „Worum geht's?“ Dann küsste er sie.

Sie stieß ihn nicht zurück. Einen Herzschlag lang machte sie gar nichts. Sie fühlte sich wie erstarrt. Doch dann erfasste sie eine heftige Welle verwirrender Gefühle, ihr Puls begann zu rasen, all ihre Sinne erwachten zu einem fast eigenständigen Leben, und Lustschauer jagten ihren Rücken hinab.

Sein Kuss war nicht zärtlich, sondern hart, und Ry presste sie fest an sich, sodass sie seinen muskulösen, durchtrainierten Körper auch durch ihren Wintermantel hindurch noch spüren konnte. Ein Taumel von Sinneslust überfiel sie, sie war nicht mehr länger die kühl kalkulierende Geschäftsfrau, jetzt stieg ein nie gekanntes Verlangen in ihr empor, und sie bemühte sich gar nicht darum, es niederzukämpfen. Nein, sie wollte es auskosten.

Er dachte nicht länger „nur einmal", wie es ihm in den vergangenen Tagen manchmal unvermutet in den Sinn gekommen war. Nach der ersten Berührung hatte er das Gefühl, dass er hoffnungslos verloren war. Er wusste, dass er um mehr bitten würde, dass er ihren Kuss, der sanft und sinnlich zugleich war, niemals mehr würde auslöschen können aus seiner Erinnerung.

Hitze brodelte in ihren Körpern, während der Wind durch die offen stehende Tür der Halle pfiff. Straßenlärm drang herein, Autos hupten, Reifen quietschten, doch Ry und Natalie hörten nichts. Ineinander versunken, gaben sie sich dem Gefühl hin, die Welt bestünde nur aus ihnen beiden, und sonst gäbe es nichts.

Nach einiger Zeit löste er seine Lippen von ihren und schaute ihr in die grünen, lustverhangenen Augen. Und küsste sie gleich darauf von Neuem.

Nein, nicht nur einmal. Einmal reichte längst nicht aus.

Er erstickte sie fast mit seinem leidenschaftlichen Kuss. Sie fühlte sich wie berauscht. Jetzt näherte sich sein Mund ihrem Ohr, und er flüsterte ihr heiser Worte zu, die sie nicht verstand. Zum ersten Mal in ihrem Leben konnte sie nichts anderes tun als fühlen. Ihr Verstand, der sie begleitet hatte, so lange sie denken konnte, war ausgeschaltet und ließ ihren Gefühlen freien Raum.

Plötzlich machte er sich frei. Welcher Teufel hatte ihn denn bloß eben geritten? Noch ganz außer Atem und mit weichen Knien nahm er die Hände von ihren Schultern und schob sie in die Hosentaschen. „Entschuldigen Sie bitte", sagte er förmlich. „Es tut mir leid."

Wie vom Donner gerührt stand sie da und starrte ihn an. In ihren Augen lag eine Mischung aus Schock und Begierde. „Es tut Ihnen leid?“, wiederholte sie und holte tief Luft. Warum bloß gelang es ihr nicht, wieder einen klaren Kopf zu bekommen? „Es tut Ihnen leid?“

„Richtig.“ Er wusste nicht, wen er mehr verfluchen sollte, sich selbst oder sie. Verdammt noch mal, seine Knie fühlten sich ja an, als hätte er Pudding in den Knochen! „Es war gegen die Spielregeln.“

„Gegen die Spielregeln.“

Sie strich sich das Haar aus der Stirn und registrierte wütend, wie erhitzt sie war. Er hatte die Mauern der Festung, die sie um sich herum erbaut hatte, rücksichtslos niedergerissen, und nun hatte er auch noch die Unverschämtheit, das zu bedauern! Sie hob das Kinn und straffte ihre Schultern.

„Sie sind doch sicherlich in der Lage, mir einen kleinen Hinweis zu geben, Inspector. Pflegen Sie Ihre Verdächtigen immer zu befummeln?“

In seinen Augen glimmte ein Feuer. „Das ‚Befummeln‘, wie Sie es zu nennen belieben, beruhte ja wohl durchaus auf Gegenseitigkeit. Ansonsten kann ich Ihnen auf Ihre Frage ein eindeutiges Nein zur Antwort geben. Sie waren die Erste.“

„Schön für mich.“ Erstaunt und entsetzt darüber, dass sie sich den Tränen nahe fühlte, hob Natalie ihre Aktenmappe vom Boden auf. „Ich denke, damit ist unser Treffen beendet.“

„Moment.“ Ry verfluchte sie im Stillen beide zu gleichen Teilen, während sie, ohne ihn weiter zu beachten, zur Tür ging. „Ich habe gesagt, Moment!“ Er rannte hinter ihr her und erwischte sie beim Hinausgehen gerade noch am Ärmel.

Sie versuchte, wieder ins Gleichgewicht zu kommen. Sie durfte sich ihre Enttäuschung nicht anmerken lassen. Verärgert holte sie tief Luft. „Ich hätte wirklich nicht übel Lust, Ihnen eine zu scheuern. Leider bin ich dazu zu gut erzogen.“

„Ich habe mich entschuldigt.“

„Reden Sie keinen Stuss!“

Bleib sachlich, ermahnte er sich. Entweder das, oder er würde sie noch einmal küssen. „Sehen Sie, Miss Fletcher, Sie kommen doch sowieso nicht gegen mich an, warum versuchen Sie es denn erst?“

„Irrtum. Ich versichere Ihnen, dass ich es zu einem solchen Zwischenfall nicht noch einmal kommen lasse." Er wollte wieder nach ihrem Arm greifen, doch sie bemerkte es rechtzeitig und trat durch das geöffnete Garagentor hinaus auf den Bürgersteig.

Ry kam ihr nach. „Ich habe nicht das geringste Interesse an Ihnen", konterte er im Brustton der Überzeugung.

Außer sich vor Wut blitzte sie ihn an, ging auf ihn zu und bohrte ihm ihren Zeigefinger zwischen die Rippen. „Ach, wirklich? Dann sind Sie doch bitte so freundlich und erklären mir dieses tollpatschige Manöver von eben!"

„Daran war nichts tollpatschig. Ich habe Sie kaum berührt, da sind Sie auch schon wie eine Rakete hochgegangen und haben vor Lust gestöhnt. Es ist doch nicht meine Schuld, wenn Sie so scharf sind."

„Scharf? Scharf? Was ... was erlauben Sie sich eigentlich, Sie ... Sie anmaßender, arroganter, selbstverliebter Idiot, Sie!"

„Entschuldigen Sie, das war eine unglückliche Wortwahl", erwiderte Ry mit gespielter Demut, und es juckte ihn in den Fingern, noch mehr Öl ins Feuer zu schütten. „Ich wollte sagen ‚verklemmt'."

„Jetzt fangen Sie sich aber doch noch eine!"

„Und", fuhr er ohne Zögern fort, „ich hätte besser sagen sollen, ich habe kein Interesse daran, an Ihnen Interesse zu haben."

Ruhig, ganz ruhig. Natalie konzentrierte sich für einen Moment nur auf ihren Atem. Sie musste Haltung bewahren. Natürlich würde sie sich niemals in der Öffentlichkeit mit einem Mann prügeln. „Dies, Inspector, dürfte das erste und das letzte Mal sein, dass wir in einer Sache gleicher Meinung sind. Seien Sie versichert, dass auch ich keinerlei Interesse habe."

„Haben Sie kein Interesse daran, dass ich an Ihnen Interesse habe, oder haben Sie kein Interesse an mir?"

„Sowohl als auch."

Sie schätzten sich ab wie zwei Boxer im Ring. „Nun, wir werden das heute Abend diskutieren."

„Warum sollten wir?"

Er schwor sich, langmütig zu bleiben, und wenn es ihn umbrachte. Oder sie. „Natalie, müssen Sie die Dinge denn wirklich unnötig komplizieren?"

„Ich beabsichtige nicht, irgendetwas zu komplizieren, Ry. Ich will lediglich eine bestimmte Sache unmöglich machen."

„Warum?"

Sie bedachte ihn mit einem Blick, als wollte sie ihn gleich aufspießen. „Ich denke, das dürfte doch auf der Hand liegen. Selbst für Sie."

Er wippte auf den Absätzen vor und zurück. „Ich versteh wirklich nicht, warum Sie derartig pampig sind. Aber vielleicht möchten Sie's ja lieber ganz traditionell. Ich versuch's mal, vielleicht gelingt's mir. Also: Möchten Sie heute Abend mit mir essen gehen, Miss Fletcher?"

Sie schloss die Augen und flehte zum Himmel, er möge ihr Geduld geben. „Nein, Mr Piasecki, ich möchte weder heute Abend noch sonst irgendwann mit Ihnen essen gehen, haben Sie verstanden? Was vorhin da drin passiert ist, war …"

„… der helle Wahnsinn."

„Eine Verirrung", stieß sie zwischen den Zähnen hervor.

„Es wäre mir ein Vergnügen, Ihnen das Gegenteil zu beweisen. Doch wenn wir hier draußen wieder anfangen würden, säßen wir mit Sicherheit in wenigen Minuten wegen Erregung öffentlichen Ärgernisses hinter Gittern." Ryan begann, das Spiel zu genießen, und stürzte sich kopfüber in die Herausforderung. Jetzt wollte er gewinnen. „Na ja, ich seh schon, was los ist. Ich habe Ihnen einen Schrecken eingejagt, und jetzt haben Sie Angst, mit mir allein zu sein und vielleicht noch mal Ihre Selbstkontrolle zu verlieren."

Hitze stieg ihr in die Wangen. „Das klingt wenig überzeugend."

Er zuckte die Schultern.

Natalie musterte ihn. Mit einem Mal wirkte er fast so, als wäre er enttäuscht. War das echt, oder spielte er nur? Sie wurde aus diesem Mann einfach nicht schlau. „Na gut", gab sie dann nach. „Um acht. Wir treffen uns bei Chez Robert in der Third Avenue."

„Gut."

„Bis dann." Sie wandte sich um. „Ach, übrigens, Piasecki", rief sie ihm im Weggehen über die Schulter zu, „sie wundern sich dort, wenn man mit den Fingern isst."

„Ich werd dran denken."

Natalie war überzeugt davon, dass sie gleich ihren Verstand verlieren würde. Um Viertel nach sieben stürzte sie abgehetzt in ihr Apartment. Statistiken, Zahlen, Grafiken, alles purzelte in ihrem Kopf wild durcheinander. Und jetzt läutete auch noch das Telefon.

Sie griff nach dem Apparat und hob, während sie ins Schlafzimmer ging, ab. „Ja? Was ist?"

„Ich glaube nicht, dass Mom dir beigebracht hat, dich so unhöflich am Telefon zu melden."

„Boyd." Als sie die Stimme ihres Bruders hörte, fiel die Spannung des Tages von ihr ab. „Tut mir leid. Ich bin grade erst zur Tür reingekommen. Total ausgepowert."

„Hör auf, Mitleid zu heischen. Du hast dich ganz freiwillig entschieden, die Familientradition weiterzuführen." Er lachte.

„Du hast vollkommen recht." Sie schlüpfte aus ihren Pumps. „Und, was macht der Kampf gegen Verbrechen und Korruption in Denver, Captain?"

„Wir bleiben dran. Von Cilla und den Kids soll ich dir liebe Grüße bestellen."

„Grüß sie zurück. Wollen sie mit mir sprechen?"

„Ich ruf vom Büro aus an. Ich mache mir Sorgen wegen diesem verdammten Kerl, der bei euch Feuer gelegt hat."

Sie öffnete ihren Schrank und überflog mit einem raschen Blick ihre Garderobe. „Was, du weißt schon, dass es Brandstiftung war? Ich hab's ja selbst gerade erst erfahren."

„Oh, wir haben unsere Mittel und Wege. Ich habe eben mit dem ermittelnden Beamten telefoniert."

„Mit Piasecki?" Natalie nahm ein schwarzes Cocktailkleid vom Bügel und warf es aufs Bett. „Du hast mit ihm gesprochen?"

„Ja. Vor zehn Minuten. Klingt so, als wärst du in guten Händen, Natalie."

„Das sehe ich nicht unbedingt so", murmelte sie.

„Was?"

„Er scheint zwar was von seinem Job zu verstehen", präzisierte sie. „Aber seine Methoden lassen doch sehr zu wünschen übrig."

„Brandstiftung ist ein dreckiges Geschäft. Und gefährlich obendrein. Ich mach mir Sorgen um dich, Schwesterherz."

„Das brauchst du nicht. Du bekämpfst Kriminelle, dein Leben ist gefahrvoll, nicht meins, vergiss das nicht." Sie zog ihre Kostümjacke aus. „Ich bin nur der Generaldirektor im Elfenbeinturm."

„Ja? Dort hab ich dich noch niemals angetroffen. Hältst du mich über den Stand der Ermittlungen auf dem Laufenden?“

„Na klar.“ Sie öffnete den Reißverschluss ihres Rockes, ließ ihn zu Boden gleiten und stieg heraus. „Und sag Mom und Dad, dass wir hier alles unter Kontrolle haben. Ich möchte nicht, dass sie sich Sorgen machen. Was soll ich noch sagen? Ich will dich ja jetzt nicht langweilen mit irgendwelchen Geschäftsdaten ...“

„Das weiß ich sehr zu schätzen.“

Sie grinste. Boyd hatte keinerlei Sinn fürs Geschäft. Es hatte ihn noch nie interessiert. „Ich sag dir nur so viel, dass ich hart dranbleibe, eine weitere prachtvolle Feder an den Hut von Fletcher Industries zu stecken.“

„Bestehend aus Unterwäsche.“

„Dessous, Brüderchen. Dessous.“ Sie öffnete eine Schublade und griff – nach einem winzigen Moment des Zögerns – nach einem spitzenbesetzten trägerlosen BH. „Unterwäsche kannst du in jedem Kaufhaus kaufen.“

„Das stimmt. Ach, jetzt kann ich dir noch was ganz Persönliches erzählen. Cilla und ich haben uns riesig über die Kostproben gefreut, die du geschickt hast. Das winzige Teil mit den roten Herzen drauf find ich am erotischsten.“

„Dacht ich mir's doch.“ Sie zog sich das Kleid über den Kopf, schloss den Reißverschluss und strich es über den Hüften glatt. „Zum Valentinstag kannst du Cilla dann das dazu passende Negligé schenken.“

„Kannst du dir gleich notieren. Pass auf dich auf, Natalie.“

„Aber ja. Und wenn alles gut geht, sehen wir uns nächsten Monat. Ich habe vor, nach Denver zu kommen, um dort einen Standort für *Lady's Choice* auszukundschaften.“

„Unser Gästezimmer steht dir jederzeit zur Verfügung. Und wir ebenso. Bis dann, Natalie. Mach's gut.“

„Mach's besser. Und tausend Grüße an alle.“

Sie legte auf und stellte den schnurlosen Telefonapparat auf den Nachttisch. Dann zerrte sie ihr Kleid ein Stück weiter nach unten. Dieses Teil ist ja nicht gerade ein Schlafmittel, sinnierte sie und trat vor den Spiegel. Nicht mit diesem gewagten Ausschnitt, der den Ansatz ihrer Brüste im besten Licht erscheinen ließ.

Verklemmt? Sie strich sich eine Haarsträhne hinters Ohr. Das würde sie ihm schon zeigen.

Das Telefon läutete wieder. Sie ignorierte das erste Klingelzeichen und fuhr sich mit der Bürste übers Haar. Beim dritten jedoch gab sie sich geschlagen und nahm ab.

„Hallo?"

Sie vernahm ein rasches Atmen am anderen Ende der Leitung und kurz darauf ein leises Kichern.

„Hallo? Ist da jemand?"

„Mitternacht."

„Was?" Zerstreut ging sie mit dem Telefon zur Kommode, zog eine Schublade auf und hielt Ausschau nach dem geeigneten Schmuck für heute Abend. „Entschuldigung, ich hab Sie nicht verstanden."

„Mitternacht. Geisterstunde. Pass gut auf, was alles passiert."

Ein Klicken in der Leitung zeigte ihr an, dass der Anrufer aufgelegt hatte. Aufgeschreckt ließ sie sich aufs Bett sinken. Ein Verrückter.

Lass ab sofort alle Anrufe über den Anrufbeantworter laufen, Natalie, befahl sie sich selbst. Das ist das Einzige, was du tun kannst.

Ein Blick auf ihre Uhr sagte ihr, dass es höchste Zeit war, dass sie aus dem Haus kam. Sie hasste es, zu spät zu kommen.

4. KAPITEL

Pünktlich um acht traf Natalie bei Chez Robert ein. Das französische Viersternerestaurant war seit Jahren ihr Stammlokal. Selbst nur ein Glas Wein dort zu trinken und dabei ein bisschen mit jemandem zu plaudern bereitete ihr Vergnügen. Sie hatte noch nicht mal ihren Mantel an der Garderobe abgegeben, da erschien auch schon der Geschäftsführer.

Er küsste ihr charmant die Hand. „Ah, Mademoiselle Fletcher, welch ein Vergnügen, Sie zu sehen. Ich wusste gar nicht, dass Sie heute Abend bei uns speisen wollen."

„Ich treffe mich hier mit einem Bekannten, André. Mit einem Mr Piasecki."

„Pi…" André zog die Augenbrauen zusammen, während er das Reservierungsbuch absuchte nach einem Namen, der irgendwie Ähnlichkeit hatte mit dem, den sie eben genannt hatte. Ah, hier. Ja. Pizzeki, zwei Personen um acht Uhr."

„Zweiertisch", murmelte Natalie vor sich hin. „Eng genug."

„Ihr Bekannter ist noch nicht eingetroffen, Mademoiselle. Ich bringe Sie an Ihren Tisch." Rasch und ohne eine Sekunde zu zögern strich er in dem Buch die Tischnummer, die hinter dem Namen eines anderen Gastes stand, durch und ersetzte sie durch die, die hinter Ryans Namen stand. Mademoiselle Fletcher, eine seiner Lieblingsgäste, sollte wie immer einen der besten Tische in seinem Lokal bekommen. Dann geleitete er sie zu einem ruhigen Séparée.

„Sehr freundlich von Ihnen, André." Sie fühlte sich fast wie zu Hause, als sie sich mit einem leisen Seufzer an den Tisch setzte und es sich bequem machte, indem sie halb aus ihren Pumps schlüpfte.

„Mit dem größten Vergnügen, Mademoiselle. Was wünschen Sie zu trinken, während Sie warten?"

„Ein Glas Champagner, bitte. Wie üblich."

„Natürlich. Ist schon unterwegs. Und, Mademoiselle, auch wenn es vermessen klingt, aber der Hummer Robert schmeckt heute …" Er küsste verzückt seine Fingerspitzen.

„Ich werde daran denken."

Natalie holte ihren Terminkalender aus ihrer Handtasche und machte sich, während sie wartete, Notizen für den nächsten Tag. Erst als sie ihr Glas Champagner schon fast geleert hatte, erschien Ry Piasecki auf der Bildfläche.

Sie ließ sich nicht stören. „Wie gut, dass ich kein Feuer bin“, bemerkte sie wie nebenbei und studierte ihre Aufzeichnungen.

„Zu einem Feuer bin ich noch nie zu spät gekommen.“ Nachdem er sich gesetzt hatte, maßen sie sich einen Moment schweigend mit Blicken.

Aha, er trug doch tatsächlich einen Anzug. Steht ihm gut, stellte sie fest. Dunkles Sakko, ein frisches weißes Hemd, elegante graue Krawatte. Sogar sein Haar schien er ausnahmsweise einmal gekämmt zu haben.

„Mein Outfit, wenn ich zu einer Beerdigung muss“, erklärte er trocken den für ihn ungewöhnlichen Aufzug.

Sie hob ganz leicht eine Augenbraue. „Damit wäre wohl die Tonlage für den Rest des heutigen Abends festgelegt.“

„Das war Ihre Vorgabe“, erinnerte er sie und sah sich um. Stinkvornehmer Laden. Nicht übel. Genau, was er erwartet hatte. „Und, wie ist die Küche hier?“

„Exzellent.“

„Mademoiselle Fletcher.“ Robert, der Chef höchstpersönlich, schlank, zierlich und im Smoking, blieb an ihrem Tisch stehen und begrüßte Natalie mit einem Handkuss. „Bienvenue ...“

Ry lehnte sich zurück und zündete sich eine Zigarette an, während er zuhörte, wie Natalie munter in fließendem Französisch mit Robert plauderte. Sie spricht es vollkommen akzentfrei, dachte er. Er hatte allerdings auch nichts anderes erwartet.

„Du champagne pour mademoiselle“, teilte Robert dem vorbeieilenden Kellner mit. „Et pour vous, monsieur?

„Bier“, antwortete Ry. „Amerikanisches, wenn Sie haben.“

„Bien sûr.“ Maitre Robert ging weiter in Richtung Küche.

„Ausgezeichnet, jetzt haben Sie doch tatsächlich Punkte gemacht“, grinste Ry.

„Wie bitte?“

„Wie oft hat schon ein bescheidener Beamter wie ich die Gelegenheit, in einem derart vornehmen Schuppen zu speisen, wo der Besitzer der Dame die Hand küsst und sich nach dem Befinden der werten Familie erkundigt?“, spottete er.

„Ich weiß gar nicht, wovon Sie ..." Natalie runzelte die Stirn und hob ihr Glas. „Woher wissen Sie, dass er nach meiner Familie gefragt hat?"

„Ich habe eine französisch-kanadische Großmutter und spreche die Sprache wahrscheinlich ebenso flüssig wie Sie, nur nicht so akzentfrei." Er nahm einen Zug an seiner Zigarette und lächelte sie an. „Aber nur Mut, Natalie, ich steck Sie schon nicht in die Schublade mit der Aufschrift ‚Snob'!"

„Mit Sicherheit bin ich kein Snob."

Verschnupft stellte sie ihr Glas ab und straffte die Schultern. Doch als sein Lächeln sich noch vertiefte, verspürte sie ein Schuldgefühl. „Nun ja, möglicherweise wollte ich, dass Sie sich ein bisschen unbehaglich fühlen." Sie seufzte kurz, dann gab sie auf. „Verdammt unbehaglich sogar. Weil Sie mich sehr verärgert haben."

„Vorsichtig ausgedrückt." Er studierte ihr Gesicht lange und aufmerksam. Was er sah, ließ sein Herz höherschlagen. Seidenweiche, cremefarbene Haut, ein paar Sommersprossen hier und da, große grüne Augen, volle rote Lippen, und das alles eingerahmt von schimmerndem, blondem Haar.

Er hatte eine Frau vor sich, der die Männer mit Sicherheit scharenweise zu Füßen lagen. Davon war er überzeugt.

Sie fühlte sich unwohl unter seinen prüfenden Blicken. „Stimmt irgendetwas nicht?"

„Nein. Ganz im Gegenteil. Sagen Sie, dieses Kleid, das Sie da tragen, haben Sie das auch deswegen angezogen, damit ich mich unbehaglich fühle?"

„Ja."

Er schlug die Speisekarte auf. „Es funktioniert. Wie ist das Steak hier?"

Entspann dich, befahl sie sich selbst. Ganz offensichtlich versuchte er, sie zu verwirren. „Um ein Steak zu essen, sollten Sie vielleicht besser in ein ganz ordinäres Steakhouse gehen. Ich esse hier gewöhnlich Fisch. Er schmeckt immer ganz hervorragend."

Mit den Gedanken nicht ganz bei der Sache, begann sie nun ebenfalls die Speisekarte zu studieren. Der Abend verlief nicht so, wie sie es geplant hatte. Ry hatte sie nicht nur durchschaut, sondern er hatte es sogar geschafft, den Spieß umzudrehen. Sie kam sich ja fast vor wie ein Idiot. Probier's noch mal, und versuch das Beste aus dieser verfahrenen Situation herauszuholen, redete sie sich selbst gut zu.

Nachdem sie ihre Bestellung aufgegeben hatten, holte Natalie tief Atem. „Ich würde vorschlagen, dass wir für die Zeit unseres Hierseins einen Waffenstillstand vereinbaren."

„Haben wir denn gekämpft?"

„Wir könnten doch einfach versuchen, uns einen netten Abend zu machen." Sie hob ihr Champagnerglas, nahm einen Schluck und besann sich währenddessen auf ihre diplomatischen Fähigkeiten. „Erzählen Sie mir doch ein bisschen was von sich. Sie haben einen irischen Vornamen und einen osteuropäischen Nachnamen. Wie kommt's?"

„Irische Mutter, polnischer Vater."

„Und eine französisch-kanadische Großmutter."

„Mütterlicherseits. Meine andere Großmutter ist Schottin."

„Das macht Sie zu …"

„… einem typischen Amerikaner. Sie haben wunderschöne Hände." Er fuhr mit den Fingerspitzen langsam über ihren Handrücken. „Sie passen zu Ihrem Namen. Vornehm und exklusiv."

„Schon gut." Sie nahm ihre Hand weg und räusperte sich. „Sie sagten, Sie wären Feuerwehrmann bereits in der dritten Generation."

„Macht es Sie nervös, wenn ich Ihnen über die Hand streichle?"

„Ja."

„Warum?"

Da ihr nicht gleich eine passende Erwiderung einfiel, war sie erleichtert, dass der Kellner kam und dic Vorspeise servierte. „Wahrscheinlich haben Sie sich schon seit Ihrer Kindheit gewünscht, Feuerwehrmann zu werden."

Also gut, dann würde er eben eine gemächlichere Gangart einlegen. „Aber sicher. Ich bin praktisch im neunzehnten Zug der Feuerwehr, in dem mein Vater arbeitete, aufgewachsen."

„Ich könnte mir vorstellen, dass Sie sich da aber auch ganz schön unter Druck gesetzt gefühlt haben können."

„Nein, überhaupt nicht. Und was ist mit Ihnen?"

„Mit mir?"

„Mit Ihrer Familientradition. Mit Fletcher Industries. Ein großes

Unternehmen." Er hob fragend die Augenbrauen. „Wird da in irgendeiner Hinsicht Druck auf Sie ausgeübt?"

„Gewisserweise schon", erwiderte sie und lächelte. „Die Stellung, die ich innehabe, verlangt einiges von mir. Entschlossenheit, Ungebundenheit, Härte." Ihre Augen funkelten belustigt. „Alle haben angenommen, dass mein Bruder Boyd die Zügel der Firma in die Hand nehmen würde. Doch er zog es vor, zur Polizei zu gehen. Also bestürmte ich meine Eltern, dass sie mich zum Thronfolger machten."

„Und – hatten sie etwas dagegen?"

„Nein, nicht wirklich. Ich brauchte nicht lange dazu, sie davon zu überzeugen, dass es mir ernst ist. Und dass ich die notwendigen Fähigkeiten besitze." Sie nahm einen letzten Bissen von ihrer Vorspeise und bot Ry den Rest an. „Ich bin mit Leib und Seele Unternehmerin. Ich liebe die Herausforderungen, die diese Art von Leben an mich stellt, Hektik und Stress, Sitzungen bis in die Nacht hinein und vieles andere mehr. Im Moment hängt mein Herz vor allem an diesem neuen Zweig des Konzerns. Den kann ich mir ganz allein auf meine Fahnen schreiben."

„Ihr Katalog hat übrigens eingeschlagen bei meinen Kollegen."

„Oh, wirklich?", fragte sie amüsiert und begann, sich langsam zu entspannen.

„Die meisten der Männer sind verheiratet oder haben Freundinnen. Ich könnte Ihnen einige Bestellungen zuschanzen."

„Sehr großzügig von Ihnen." Sie schaute ihn über den Rand ihres Glases hinweg an. „Und was ist mit Ihnen? Brauchen Sie nicht auch etwas?"

„Ich hab weder eine Frau noch eine Freundin." Sein Blick schweifte über ihr Gesicht hinweg. „Im Moment jedenfalls."

„Aber Sie waren verheiratet."

„Nur kurz."

„Entschuldigen Sie meine Neugier."

„Keine Ursache." Er zuckte die Schultern und leerte sein Glas. „Ist längst Gras darüber gewachsen. Fast zehn Jahre sind eine lange Zeit. Meine Frau war anfangs sehr angetan von meiner Uniform, doch dann begann sie die Stunden zu hassen, die ich in ihr verbrachte."

„Haben Sie Kinder?"

„Nein." Er bedauerte das, da er sich immer welche gewünscht

hatte. „Wir waren nur ein paar Jahre zusammen. Dann ist sie mit einem anderen abgehauen und in die Vorstadt gezogen." Ry streckte die Hand aus und strich ihr mit den Fingerspitzen am Hals entlang bis hinunter zu den Schultern. „Langsam glaube ich, dass ich Ihre Schultern genauso gern mag wie Ihre Beine", gestand er ihr. „Vielleicht ist's ja das ganze Päckchen, das mich reizt."

„Welch ein faszinierendes Kompliment." Plötzlich fühlte sich ihr Mund trocken an, und sie nahm einen Schluck Mineralwasser. „Sind Sie nicht der Meinung, dass die aktuellen Umstände eine Trennung Ihrer beruflichen und privaten Interessen zwingend von Ihnen verlangen?"

„Keineswegs. Wenn ich noch immer der Ansicht wäre, dass Sie mit dem Brand etwas zu tun hätten, sähe die Sache anders aus. Doch so, wies im Moment steht, kann ich durchaus meinen Job gewissenhaft machen und mir dennoch ausmalen, wie schön es wäre, mit Ihnen zu schlafen. Da habe ich nicht die geringsten Schwierigkeiten, seien Sie unbesorgt."

Ihr Puls begann zu jagen. „Ich würde es sehr begrüßen, wenn Sie sich auf Ersteres beschränkten. Vielleicht könnten Sie mich ja mal mit dem neuesten Stand Ihrer Ermittlungen vertraut machen."

„Was? Jetzt wollen Sie fachsimpeln? Mir scheint das eine ziemliche Zeitverschwendung zu sein. Aber wenn Sie unbedingt möchten." Er zuckte die Schultern. „Bitte sehr. Also, ich gehe davon aus, dass Brandstiftung vorliegt. Als Motive kommen Rache, Geld oder Vandalismus in Betracht. Möglicherweise war es auch ein psychisch Kranker, der sich beim Anblick von Feuer seinen Kick holt."

„Ein Pyromane." Diese Möglichkeit war ihr die liebste, da sie sie persönlich am wenigsten treffen würde. „Wie wollen Sie das rausfinden?"

„Das Wichtigste ist, unvoreingenommen an die Sache heranzugehen. Immer, wenn es mal wieder eine Brandserie gibt, tippen die Medien sofort lautstark auf einen Pyromanen. Und obwohl es so scheint, als hingen die Brände miteinander zusammen, ist es dann oft doch nicht so. Man kann nie vorsichtig genug sein mit seinen Vermutungen."

„Aber oft genug ist es doch der Fall."

„Und genauso oft eben auch nicht."

„Also darf man niemals voreilige Schlüsse ziehen."

„Genau."

„Wenn es aber doch ein geistig Verwirrter war?"

„Psychiater und Psychotherapeuten fragen immer nach dem Warum. Darf ich mal kosten?"

„Hmmm? Oh, ja, natürlich." Sie schob ihm ihren Teller hin, sodass er sich ein Stückchen Hummer nehmen konnte. „Arbeiten Sie oft mit Psychotherapeuten zusammen?"

„In den meisten Fällen werden sie erst dann eingeschaltet, wenn der Feuerteufel bereits in Gewahrsam ist. Schmeckt verdammt gut, das Zeug", fügte er anerkennend hinzu und deutete auf ihren Teller. „Na ja, die Seelenklempner. Sie geben dann den Müttern die Schuld, weil sie ihren Kindern zu wenig Aufmerksamkeit gewidmet haben. Oder dem Vater, weil er seinem Sohn nicht genug Taschengeld gegeben hat. Sie kennen das ja."

Amüsiert lächelte sie, spießte ein Stück Hummer auf ihre Gabel und legte es ihm auf den Teller. „Sie halten wohl nicht besonders viel von Therapeuten?"

„Ach, so krass würde ich das nicht sagen. Ich denke nur, dass man nicht immer jemand anders für sein Leben verantwortlich machen kann. Jeder ist doch letzten Endes selbst verantwortlich. Nicht jedes Mal, wenn etwas schiefläuft, sind die anderen schuld."

„Jetzt reden Sie genau wie mein Bruder."

„Wahrscheinlich ist er ein guter Polizist. Möchten Sie etwas von meinem Steak?"

„Nein, danke. Müssen Sie sich als Ermittler nicht auch in die Psychologie solcher Menschen hineinversetzen?"

Ry gab dem Kellner ein Handzeichen. Er brauchte dringend noch ein Bier. „Wollen Sie wirklich mehr darüber hören?"

„Ja. Ich finde es interessant. Besonders jetzt."

„Okay. Eine kurze Lektion. Pathologische Brandstifter lassen sich in vier Gruppen einteilen. Die Geisteskranken, die Psychotiker, die Neurotiker und die Sozialfälle. Oftmals sind die Grenzen zwischen den Kategorien fließend. Der Pyromane wird zur Gruppe der Neurotiker gerechnet."

„Sind sie das denn nicht alle?"

„Nein. Wirkliche Pyromanen gibt es viel seltener, als man gemeinhin annimmt. Pyromanie ist ein unkontrollierbarer Trieb. Der Täter muss Feuer legen. Weil es diesen Leuten vollkommen egal ist, ob sie entdeckt werden, sind sie in den meisten Fällen leicht zu fassen."

Natalie hob die Hand, um sich eine Haarsträhne hinters Ohr zu streichen, doch Ry kam ihr zuvor.

„Ich mag es, Sie zu berühren, wenn ich mit Ihnen rede." Er legte seine Hand auf ihre und sah ihr tief in die Augen.

Sie schwiegen.

„Sie reden gar nicht mit mir", stellte Natalie schließlich fest.

„Im Moment möchte ich Sie nur anschauen. Wie wär's, wenn Sie ein bisschen näher rückten?"

Hilflos erkannte sie, welch eine Anziehungskraft er auf sie ausübte, und rutschte ein Stück von ihm weg. „Nein. Sie sind ein gefährlicher Mann, Inspector."

„Oh, vielen Dank. Warum kommen Sie nicht mit mir nach Hause, Natalie?"

„Sie sind sehr direkt."

„Eine Frau wie Sie kann von ihren Verehrern jede Menge romantisches Zeugs geboten bekommen, wenn sie es nur darauf anlegt. Vielleicht haben Sie ja Lust, mal etwas Bodenständigeres auszuprobieren."

„Etwas Bodenständigeres ...", wiederholte sie. „Ich denke, ich könnte jetzt einen Kaffee brauchen."

Er gab dem Kellner ein Zeichen. „Sie haben meine Frage noch nicht beantwortet."

„Stimmt. Meine Antwort lautet Nein." Sie schwieg so lange, bis der Tisch abgeräumt war und Ry seine Bestellung aufgegeben hatte. „In gewisser Weise scheint es zwischen uns tatsächlich eine gewisse körperliche Anziehungskraft zu geben. Aber ich hielte es für ausgesprochen unklug, dem noch weiter nachzugeben. Wir sind viel zu gegensätzlich, sowohl was unseren persönlichen Stil als auch unseren Lebensstil anbetrifft. Außerdem kennen wir uns erst seit Kurzem, und unsere bisherigen Begegnungen sind ja nicht gerade harmonisch verlaufen. Ich denke, es ist offensichtlich, dass wir nicht das Geringste gemeinsam haben. Wir wären, wenn ich es mal in meiner Wirtschaftssprache ausdrücken darf, ein Sicherheitsrisiko."

Er sagte einen Moment lang nichts, sondern schaute sie so an, als wollte er ihr zustimmen. „Was Sie sagen, macht Sinn."

Ihr Magen entkrampfte sich. Während sie sich Milch in den Kaffee goss, lächelte sie ihn erleichtert an. „Schön, dass Sie mir zustimmen ..."

„Ich habe Ihnen nicht zugestimmt", widersprach er sogleich. „Ich hab lediglich zugegeben, dass es Sinn macht."

Er zündete sich eine Zigarette an, und sie sah den Widerschein der Flamme in seinen Augen tanzen, als er sie anblickte. „Ich habe über Sie nachgedacht, Natalie. Und bin zu dem Ergebnis gekommen, dass ich gar nicht besonders begeistert bin über die Gefühle, die ich Ihnen entgegenbringe. Ich empfinde sie als ärgerlich und störend. Außerdem lenken sie mich von meiner Arbeit ab."

Sie hob das Kinn. „Ich bin froh darüber, dass wir jetzt alles abgeklärt haben", erklärte sie kühl.

„Himmel, Natalie, es geht mir durch und durch, wenn Sie in dieser Weise mit mir sprechen. Wie eine Herrin zu ihrem Sklaven." Er schüttelte den Kopf und stieß eine Rauchwolke aus. „Ich muss ja pervers sein. Alles in allem bin ich mir doch nicht so sicher, ob ich Sie wirklich mag." Er presste die Lippen zusammen, um zu verhindern, dass ihm ein markiger Kraftspruch, der ihm schon auf der Zunge lag, entschlüpfte. „Doch ich habe noch niemals zuvor in meinem Leben eine Frau so sehr begehrt wie Sie. Das ist das Problem."

„Ihr Problem", stellte sie richtig.

„Unser Problem."

Sie stellte die Tasse so sorgfältig zurück auf die Untertasse, als befürchtete sie, sie gleich fallen zu lassen. „Ich denke, ein einfaches Nein müsste eigentlich ausreichen, Ry."

Er zuckte die Schultern. „Glauben Sie. Ich krieg Sie nicht mehr raus aus meinem verdammten Kopf, seit ich Sie da frierend vor der lichterloh brennenden Lagerhalle das erste Mal gesehen habe. Es war ein schwerer Fehler, dass ich Sie heute Nachmittag geküsst habe. Ich habe geglaubt, mit einem Kuss hätte sich die Sache, und der Fall wäre abgeschlossen."

So überraschend schnell, dass sie es gar nicht richtig mitbekam, beugte er sich zu ihr und presste seine heißen Lippen hart auf ihren Mund. Wie benommen legte sie ihm eine Hand auf die Schulter, und ihre Finger gruben sich in den Stoff seines Sakkos, während eine heiße Welle der Erregung über sie hinwegschwappte.

Er ließ von ihr ab. „Ich habe mich geirrt", flüsterte er ganz nah vor ihrem Gesicht. „Der Fall ist nicht abgeschlossen. Und jetzt ist es unser Problem."

„Ja." Zitternd schöpfte sie tief Atem. Ihre unmittelbare und wilde Reaktion auf ihn ließ sie befürchten, dass ihr ihr gesunder Menschenverstand abhandengekommen war. Er brauchte sie nur zu berühren, und schon begehrte sie ihn. So einfach war es und doch so erschreckend. Reiß dich zusammen, befahl sie sich selbst. „Es würde nicht funktionieren. Es ist vollkommen lächerlich zu denken, es könnte klappen. Ich bin seelisch überhaupt nicht darauf vorbereitet, mich in eine Affäre zu stürzen, deren Grundlage einzig nur das blanke Begehren ist."

„Siehst du, wir haben doch etwas gemeinsam." Ungeachtet der Tatsache, dass der Kuss ihn wieder von Neuem in Aufruhr versetzt hatte, lächelte er sie jetzt an. „Wir begehren einander."

Lachend strich sie sich das Haar aus dem Gesicht. „Ich sollte vielleicht einmal kurz rausgehen und mir in Ruhe meine Optionen durch den Kopf gehen lassen."

„Dies hier ist keine Geschäftsverhandlung, Miss Fletcher."

Sie sah ihn an und wünschte sich sehnlichst, sie hätte etwas mehr Distanz, um klar denken zu können. „Ich treffe niemals eine Entscheidung, ohne vorher darüber nachzudenken, was dabei herauskommt."

„Gewinn und Verlust?"

„Sozusagen. Oder, anders ausgedrückt, Risiko und Erfolgsaussichten. Beziehungen zu Männern sind noch nie meine starke Seite gewesen. Und falls ich mich entscheide, eine mit dir anzufangen, wie kurz auch immer, werde ich auch entscheiden, wann ich sie wieder beende."

„Das steht dir frei. Möchten Sie, dass ich Ihnen eine sorgfältige Aufstellung über unsere Treffen anfertige, Miss Fletcher?"

„Sei nicht albern, Ry." Dann merkte sie, wie die Anspannung von ihr abfiel, und sie sah, dass sie ihn gekränkt hatte. Sie lächelte. „Aber ich werde die Angelegenheit sehr aufmerksam beobachten." Jetzt beschloss sie, richtig loszulegen, rückte näher zu ihm hin und musterte ihn anzüglich von oben bis unten. „Du bist wirklich ungemein anziehend, das muss ich ja zugeben", stellte sie vergnügt fest.

Er nahm einen tiefen Zug aus seiner Zigarette. „Oh, schon wieder ein Kompliment! Vielen Dank."

„Nein, wirklich", beteuerte sie. Gelang es ihr, ihn verlegen zu machen? „Dieses Grübchen am Kinn, diese herrlichen Wangenknochen, wie gemeißelt, das ebenmäßige Gesicht und diese tiefgründigen rauchgrauen Augen. Es gefällt mir ungemein, was ich da sehe." Ihr Lächeln vertiefte sich, und als sie sah, wie er die Lippen zusammenpresste, drehte sie noch etwas mehr auf. „Und das tolle Haar! Nur ein bisschen unordentlich vielleicht. Na, und dann dieser gestählte Körper!"

Unwirsch drückte er seine Zigarette aus. „Was ziehst du denn jetzt für eine Show ab, Natalie?"

„Oh, ich zahl dir nur ein bisschen was zurück. Ja, du bist ein ungemein reizvolles Päckchen. Waren das nicht auch deine Worte?"

Getroffen zuckte er zusammen. „Genug, genug. Ich hab's ja kapiert."

Ihr Lachen klang tief und warm. „Na, komm, reicht's dir schon? Wer hätte gedacht, dass es so einfach sein würde, dich auszupunkten?"

Diese Runde mochte sie gewonnen haben, doch das Spiel war noch nicht zu Ende. Er fasste ihr ans Kinn und drehte ihren Kopf so, dass sie gezwungen war, ihm in die Augen zu blicken. „Du scheinst den Wunsch zu verspüren, mich wie ein Objekt zu behandeln. Nun, ich schätze, damit kann ich umgehen. Versprich mir nur, mich jeweils am Morgen danach ein bisschen ehrfurchtsvoll zu behandeln."

„Ich denke ja gar nicht dran."

„Sie sind eine knallharte Frau, Miss Fletcher. Okay, lassen wir die Ehrfurcht. Wie wär's mit Respekt?"

„Ich will es überdenken. Wenn es sich einrichten lässt, möglicherweise. Wir sollten jetzt bezahlen. Es ist schon spät."

Kurz darauf erschien der Kellner und brachte, diskret unter einer Serviette verborgen, die Rechnung. Natalie griff danach, doch Ry stieß ihre Hand entschlossen beiseite.

„Ry, ich hab ja gar nicht beabsichtigt, für dich mit zu bezahlen. Aber wenigstens meinen Anteil." Nervös beobachtete sie ihn, wie er seine Kreditkarte hervorholte. Sie wusste sehr gut, was ein Essen bei Chez Robert kostete, und gleichzeitig konnte sie sich ziemlich genau vorstellen, was ein städtischer Angestellter verdiente. „Wirklich. Es war doch mein Vorschlag, hierher zu gehen."

„Hör auf, Natalie." Er rechnete das Trinkgeld aus und unterschrieb den Abschnitt.

„Jetzt fühle ich mich in deiner Schuld. Verdammt noch mal, wir wissen doch inzwischen beide, dass ich diesen Ort hier nur ausgesucht habe, um dich kleinzukriegen. Also, lass uns die Rechnung doch wenigstens teilen."

„Nein." Er steckte seine Brieftasche ein und stand auf. „Keine Panik", fuhr er dann fort, „ich kann meine Miete nächsten Monat trotzdem noch bezahlen. Höchstwahrscheinlich."

„So was von stur", murrte sie.

„Wo hast du den Zettel für die Garderobe?"

Das empfindliche männliche Ego, dachte sie und seufzte leise. „Hier." Dann verabschiedete sie sich von André und Robert, bevor Ry ihr in den Mantel half.

„Wie kommst du nach Hause?", wollte er wissen.

„Ich bin mit dem Auto da."

„Hervorragend. Ich hab meins nämlich nicht dabei. Du kannst mich heimfahren."

Im Hinausgehen warf sie ihm über die Schulter einen misstrauischen Blick zu. „Wenn das wieder einer deiner faulen Tricks ist, kann ich dir jetzt schon versichern, dass ich nicht darauf reinfallen werde."

„Beeindruckend. Ich kann ja auch ein Taxi nehmen." Er schaute die Straße hinunter. „Wenn eins kommt", fügte er hinzu. „Bei dieser Saukälte sind sie wahrscheinlich alle unterwegs. Es riecht nach Schnee."

„Mein Wagen steht auf dem Parkplatz um die Ecke. Wohin soll ich dich bringen?"

„Zweiundzwanzigste Straße, zwischen siebter und achter."

„Toll." Weiter ab von ihrer eigentlichen Wegstrecke hätte sein Zuhause gar nicht liegen können. „Ich muss vorher noch mal kurz bei meinem Laden vorbei."

„Bei was für einem Laden?" Er ging neben ihr her und legte seinen Arm um ihre Taille, weniger um sie vor der Kälte zu schützen, als um ihr nahe zu sein.

„Meine Boutique. Heute ist der Teppichboden verlegt worden, und ich hatte vor dem Essen keine Zeit mehr nachzusehen, ob alles okay ist. Außerdem bin ich gespannt, wie es geworden ist. Es ist kein großer Umweg."

„Ich glaube kaum, dass Generaldirektoren üblicherweise um Mitternacht irgendwelche neuen Teppichböden abchecken."

„Dieser hier schon." Sie lächelte süß. „Doch wenn es dir zu umständlich ist, lass ich dich gern an einer Bushaltestelle raus."

„Oh, vielen Dank." Er wartete, dass sie die Wagentür aufschloss. „Hast du schon Warenbestände in dem neuen Geschäft?"

„Ungefähr zwanzig Prozent dessen, was wir bis zur Eröffnung noch brauchen. Wenn du dich ein bisschen umsehen willst, bist du herzlich eingeladen."

Er stieg ein. „Ich hab gehofft, dass du das sagen würdest. Schon lang keine hübschen Dessous mehr gesehen."

Sie fuhr zügig und sicher. Gewiss keine Überraschung für Ry, denn wie er Natalie Fletcher bis jetzt kennengelernt hatte, war sie eine Frau, die allen Dingen, die sie in Angriff nahm, dieselbe Umsicht widmete. Andererseits jedoch hatte er sie auch schon emotional aufgerüttelt erlebt, und die Tatsache, dass ein bestimmtes Wort, ein bestimmter Blick von ihm ihr das Blut in die Wangen treiben konnte, machte sie menschlich. Und maßlos reizvoll.

„Hast du immer in Urbana gelebt?" Sie stellte das Radio leiser.

„Ja, mir gefällt es hier."

„Mir auch." Sie mochte das geschäftige Treiben in der Innenstadt, die hin und her eilenden Menschen. „Wir haben zwar in Urbana seit vielen Jahren verschiedene Niederlassungen, doch ich habe hier bisher noch nicht gelebt."

„Wo denn?"

„Die meiste Zeit in Colorado Springs. Von dort kommt meine Familie. Aber ich liebe den Osten. Ich mag die Städte hier und die Art und Weise, wie die Leute leben. Alles ist immer hektisch und in Bewegung, das gefällt mir."

„Nicht die üblichen Klagen wegen total überfüllter Städte und zu viel Kriminalität?"

Sie zuckte die Schultern. „Wir haben eine gut funktionierende Polizei."

Als sie an einer roten Ampel stoppte, runzelte er die Stirn. Die Straßen waren jetzt fast menschenleer. „Bist du oft nachts allein unterwegs?"

„Wenn es nicht anders geht, ja."

„Warum hast du keinen Fahrer?“

„Weil ich gern selbst fahre.“ Sie warf ihm von der Seite einen warnenden Blick zu, dann sprang die Ampel auf Grün. „Komm mir jetzt bloß nicht mit demselben Blech, das fast alle Männer von sich geben. Von wegen, welche Gefahren auf eine Frau hinter jeder Ecke lauern, die nachts allein unterwegs ist. Ich kann's schon nicht mehr hören … Vergewaltiger … Psychopathen … dieses ganze aufgeregte Geschwätz.“

„Es gibt aber auch recht finstere Ecken in der Stadt, nicht nur Straßen mit Museen und französischen Feinschmeckerlokalen.“

„Ry, ich bin schon ein großes Mädchen. Ich war allein in Paris, in Bangkok, in London, in Berlin und vielen anderen Städten. Glaub mir, ich komm auch in Urbana zurecht.“

„Die Polizei kann aber nicht überall sein“, stieß er hervor.

„Ich hab einen Selbstverteidigungskurs gemacht und kenne einige Tricks, einen Mann in die Knie zu zwingen.“

„Oje, da werden die Straßenräuber aber zittern.“

Sie überhörte seinen Sarkasmus, fuhr an den Bordstein und drosselte den Motor. „So, hier wären wir.“

Stolz erfüllte sie in dem Moment, als sie aus dem Wagen stieg und an dem Gebäude emporblickte. „Na, was hältst du davon?“

Nobel und exklusiv wie seine Besitzerin, stellte er fest. Überall Marmor und Glas, und über die breite Schaufensterfront zog sich in goldenen Lettern das Logo von *Lady's Choice*.

„Erhebender Anblick.“

„Ich wollte, dass es besonders imposant ist, weil es ja unser Vorzeigeobjekt werden soll. Eindrucksvoll, klassisch und …“, sie fuhr mit den Fingerspitzen über die Marmorumrandung an der Eingangstür, „auf raffinierte Weise erotisch.“

Sie steckte eine Codekarte in einen Schlitz und schloss dann mit drei verschiedenen Schlüsseln auf. Gute Sicherheitsvorkehrungen, registrierte Ry anerkennend. Computergestützt.

Von innen verschloss sie die Tür wieder und drehte das Licht an.

„Perfekt.“ Zufrieden wanderte ihr Blick über den malvenfarbenen Teppichboden. Die Wände waren frisch gestrichen, und es roch noch nach Farbe. In einer Ecke luden eine geschwungene breite Couch, Sessel und ein kleiner Teetisch die Kunden ein, sich zu entspannen und in Ruhe ihre Kaufentscheidungen zu überdenken.

Natalie musterte die Regale und sah sie schon vor sich, wenn sie erst prall gefüllt waren mit Seiden- und Spitzendessous in allen Schattierungen des Regenbogens, angefangen von zarten Pastelltönen über verschiedene jungfräuliche Weißnuancen bis hin zu kühnen, verwegenen, lebendigen Farben.

„Die meisten der Waren sind bereits unterwegs. Nächste Woche werden wir sie bekommen. Dann beginnen wir mit der Schaufensterdekoration. Ich möchte unsere Negligés aus französischer Seide in den Mittelpunkt stellen. Sie sind irrsinnig elegant, und ich hab noch nirgends etwas auch nur annähernd Ähnliches gesehen."

Ry befingerte den breiten Spitzenbesatz am Seidenbody einer Schaufensterpuppe. Dieselbe Farbe wie Natalies Augen, dachte er. „Was verlangst du für diesen hier?"

„Hmmm ..." Sie schätzte das Teil ab, Seide, Spitzen, eine Perlenstickerei am Oberteil. „Ich würde sagen, etwa einhundertfünfzig."

„Einhundertfünfzig? Dollar?" In tiefster Missbilligung schüttelte er den Kopf. „Einmal gut zugelangt, und das Ding ist nur noch ein Fetzen."

„Unsere Ware ist erstklassige Qualität", widersprach sie empört. „Sie hält mit Sicherheit genauso viel aus wie normale Wäsche."

„Schätzchen, so ein hauchdünnes Teil ist doch nicht für normalerweise gedacht." Er hob eine Augenbraue.

„Du hast keine Ahnung, Piasecki." Sie warf ihren Mantel über die Lehne der Couch. „Das Entscheidende an guten Dessous ist die Qualität des Materials und der Stil. Es ist einfach ein gutes Gefühl, sich in Luxus zu hüllen. Jede Frau fühlt sich dadurch gleich noch einmal so attraktiv. Und das möchten wir erreichen. Dass Frauen sich großartig fühlen."

„Ich denke eher, dahinter steckt die Idee, einen Mann verrückt machen zu wollen."

„Daneben getroffen", schoss sie zurück. „Schau dich um, wenn du magst. Ich geh mal kurz nach oben. In fünf Minuten bin ich wieder zurück."

„Ich komme mit. Sind oben die Büros?", fragte er und ging hinter ihr eine breite weiße Treppe hinauf.

„Zwei Büros und ein Aufenthalts..."

„Still." Er unterbrach sie und griff nach ihrem Arm.

„Was ...?"

„Ruhig", wies er sie flüsternd an. Er hatte nichts gehört, noch nicht. Aber er konnte es riechen. Ganz deutlich. Ein Geruch, den er besser kannte als alles andere, lag in der Luft, nur wahrnehmbar für eine erfahrene Nase wie seine. „Wo ist der Feuerlöscher?"

„Einer im Verkaufsraum und einer oben, im Büro." Natalie suchte seine Hand. „Was ist los? Machst du mit mir eine Feuerwehrübung, oder was?"

Sie standen noch immer auf der Treppe. „Los, sofort runter."

Er rannte, sie an der Hand hinter sich herziehend, die Treppe nach unten. „Zeig mir den Feuerlöscher!"

„Dort hinten." Bevor sie ihm mit dem Finger die Richtung zeigen konnte, hatte er ihn bereits entdeckt. Er war gut sichtbar und frei zugänglich angebracht.

Natalie ist wirklich bestens organisiert, schoss es ihm durch den Kopf. „Geh raus, schnell!", rief er ihr zu und riss das Gerät aus der Halterung. Sie war jedoch hinter ihm hergekommen und schaute ihm verständnislos zu. „Was hast du vor?"

„Mach, dass du hier rauskommst, es brennt!"

„Es ..." Er war die Treppe schon halb nach oben gerannt, bevor sie sich aus ihrer Erstarrung löste und hinter ihm herlief. „Das ist unmöglich. Woher willst du das wissen? Ich kann nichts ..."

„Benzin", stieß er hervor. „Rauch. Ich kann es riechen."

„Das bildest du dir nur ein." Doch bevor sie ihre Gedanken zu Sätzen formen konnte, roch sie es auch.

„Ry ..."

Oben am Fuß der Treppe war eine breite Spur aus Papier und Stoff gelegt, benzindurchtränkt, die zu einer Tür führte. Sie war geschlossen, und dicke graue Rauchschwaden quollen darunter hervor.

Er griff nach der Türklinke und drehte sich zu Natalie um, das Gesicht ruhig und beherrscht. „Geh auf der Stelle nach unten, ruf die Feuerwehr an, und verlass das Haus", wiederholte er.

Dann stieß er die Tür auf. Sie stieß einen rauen Schrei aus bei dem Anblick, der sich ihr bot. Ohne zu zögern, betrat Ry den Raum.

5. KAPITEL

Es war wie ein Albtraum. Dazustehen, wie zur Salzsäule erstarrt, während die Flammen gierig am Türrahmen leckten, und Ry mitten in das Inferno hineinlaufen zu sehen. In dem Moment, in dem er hinter einem dichten Rauchvorhang verschwand, glaubte sie, ihr Herz würde stehen bleiben. Es würde ganz einfach aufhören zu schlagen. Doch sie hatte sich geirrt, es begann zu rasen. Panik überfiel sie, und in ihrem Kopf hallten ihre Pulsschläge dröhnend in hundertfachem Echo wider. Der Rauch brannte ihr in den Augen, und sie bekam kaum noch Luft.

Das Feuer hatte sich bereits über einen Teil des Fußbodens ausgebreitet und züngelte hungrig über die Wände. Ry versuchte, es im Keim zu ersticken, nahm den Kampf gegen die alles zerstörenden Flammen mit dem Feuerlöscher auf. Er würde der Herausforderung trotzen, er würde standhalten, das Feuer würde ausgehen.

Jetzt sah sie eine glühende brandrote Zunge seinen Arm hinauflaufen und eine zweite an seinem Rücken emporkriechen.

Natalie begann zu schreien, machte einen Satz auf ihn zu und schlug voller Panik mit bloßen Händen auf die Flammen, um sie zu ersticken. Er wirbelte herum, und als er sie sah, sprühten seine Augen vor Zorn. „Du sollst raus hier! Sofort!“, schrie er sie an.

Doch sie schlug immer noch auf ihn ein. „Du brennst“, stieß sie hervor. „Um Himmels willen, Ry, lass es sein, komm! Komm!“ Mittlerweile war es ihr Gott sei Dank gelungen, die Flammen an seiner Kleidung zu ersticken.

„Lass mich vorbei.“ Er hechtete zum Schreibtisch hinüber.

An dessen Fuß hatte sich ein neuer Brandherd entwickelt. Die hohen Papierstapel, die überall herumstanden, würden dem Feuer in kürzester Zeit neue Nahrung geben. In Sekundenschnelle schaffte er es, die Gefahrenzone mit weißem Schaum zu bedecken.

„Nimm!“ Er riss einen zweiten Feuerlöscher aus der Halterung und drückte ihn ihr in die Hand. Es war ihm gelungen, alle Flammen zu ersticken, es gab nur noch ein paar kleine Brandherde, die vor sich hinschwelten. Gleich hatte er es geschafft. In Natalies Augen stand noch immer die nackte Panik, ihr war nicht klar, dass er die Bestie fast besiegt hatte. Da entdeckte er den brennenden Vorhang.

„Komm", schrie er und rannte zum Fenster. „Zieh an dem Hebel", wies er sie an, deutete auf den Feuerlöscher und riss mit Schwung die Gardine samt der Vorhangstange herunter. Der brennende Stoff krachte neben ihnen zu Boden.

Nachdem sie es geschafft hatten, den Vorhang und anschließend die vor sich hin kokelnden kleineren Brandstellen zu löschen, stellte er seinen Feuerlöscher beiseite und nahm ihr den anderen aus den zitternden Händen.

„Jetzt kann nichts mehr passieren." Seine Stimme klang wieder ruhig und beherrscht. Er sah an sich hinunter. Sein Jackett war hinüber. Er zog es aus und warf es auf den Boden. „Es ist vorbei."

Ry überprüfte noch einmal alles im Zimmer, trat zur Sicherheit noch einmal auf dem verkohlten Vorhang herum und suchte nach einem Funken, den er eventuell übersehen haben könnte.

„Es ist vorbei", wiederholte er, nachdem er sich ein weiteres Mal davon überzeugt hatte, dass alles in Ordnung war, und schob sie zur Tür. „Komm, lass uns runtergehen."

Sie stolperte und wäre fast gestürzt. Ein Hustenanfall schüttelte sie so heftig, dass sie, nachdem er vorüber war, keuchend nach Atem rang. Ihr Magen krampfte sich zusammen, und ein Schwindelanfall packte sie. Zitternd lehnte sie sich gegen die Wand und schloss die tränenden Augen.

„Verdammt, Natalie." Er legte seine Arme um sie, hob sie mit Leichtigkeit hoch und trug sie dann die elegante Treppe nach unten. „Ich hab dir doch gesagt, du sollst rausgehen. Warum kannst du denn nicht auf mich hören?"

Sie versuchte etwas zu erwidern, doch sie begann nur wieder zu husten. Auch nachdem er sie auf die Couch gebettet hatte, ließ der Schwindelanfall nicht nach.

Ry fluchte lautstark und anhaltend über ihre Dickköpfigkeit, während er ihr ein Kissen unter den Kopf schob. Wenn ich doch nur richtig durchatmen könnte, wünschte sie sich, nur ein einziges Mal. Ihre Lungen und die Kehle brannten wie Feuer.

Als er bemerkte, wie Natalie plötzlich die Augen verdrehte, riss er sie mit einem Ruck hoch und drückte sie vornüber, sodass ihr Kopf zwischen ihren Knien zu liegen kam.

„Fall mir jetzt bloß nicht auch noch in Ohnmacht", knurrte er kurz angebunden und legte seine Hand auf ihren Hinterkopf. „Bleib so, und atme ganz ruhig und gleichmäßig. Hörst du mich?"

Sie nickte leicht. Er ließ sie los. Dann hörte sie ihn durch den Raum gehen und die Tür öffnen. Als die kalte Nachtluft hereinströmte, überlief sie ein Kälteschauer. Ry kam zurück und begann, ihren Rücken und ihren Nacken zu massieren, um die Blutzirkulation anzuregen.

„Weißt du, was das war? Dumm und gefährlich", beschimpfte er sie. „Du kannst von Glück sagen, dass du hier nur mit Schwindel und einer kleinen Rauchvergiftung rauskommst. Ich hab dir gesagt, du sollst aus dem Zimmer verschwinden!"

„Du warst doch auch drin." Der Schmerz ließ sie zusammenzucken, als die Worte sich ihrer ausgedörrten Kehle entrangen. „Du bist doch direkt mitten ins Feuer gegangen."

„Ich bin ja auch dazu ausgebildet und du eben nicht. Das ist der Unterschied." Jetzt nahm er sie bei den Schultern und zog sie in eine sitzende Position hoch.

Er studierte ihr Gesicht, das unter den schwarzen Rußspuren bleich war wie der Tod, doch ihre Augen begannen langsam klarer zu werden. „Ist dir übel?", wollte er in knappem Ton wissen.

„Nein." Sie presste ihre Handflächen gegen ihre brennenden Augen. „Nicht mehr."

„Schwindlig?"

„Nein ... ja." Ihre Stimme klang rau wie ein Stück Schmirgelpapier.

„Gibt's hier denn irgendwo Wasser? Du musst etwas trinken."

„Mir geht's schon wieder gut." Sie nahm die Hände von den Augen und lehnte sich in die Kissen zurück. Furcht stieg wieder in ihr hoch. „O Gott, dieses Feuer ... schrecklich ... Meinst du wirklich, es ist aus?"

„Na hör mal, das ist schließlich mein Job." Stirnrunzelnd sah er sie an. „Ich glaube, es ist besser, ich bring dich ins Krankenhaus, du solltest dich durchchecken lassen."

„Nein, das kommt überhaupt nicht infrage", widersprach sie heftig. „Ich brauch kein verdammtes Krankenhaus", bekräftigte sie noch einmal und schob ihn von sich. Da fiel ihr Blick auf seine Hände, und ihr stockte der Atem. „Ry, deine Hände!" Sie packte ihn an den

Handgelenken. „Sie sind ja ganz verbrannt!“

Er hatte einige Brandblasen davongetragen. „Halb so schlimm“, wehrte er ab.

„Du hast gebrannt, ich hab gesehen, wie dein Sakko Feuer fing“, erzählte sie erschauernd.

„Es war sowieso reif für die Altkleidersammlung. Stopp!“, befahl er, nachdem er bemerkt hatte, wie sich ihre Augen mit Tränen füllten. Jetzt kam anscheinend der Schock. „Fang jetzt bloß nicht auch noch an zu heulen.“ Wenn er etwas mehr hasste als Feuer, waren es die Tränen einer Frau. Er fluchte und presste ihr seine Lippen auf den Mund in der stillen Hoffnung, die Tränenflut auf diese Weise eindämmen zu können.

Natalie schlang die Arme um seinen Nacken, und er war vollkommen überrumpelt von der Heftigkeit ihrer Reaktion. Doch ihre Lippen zitterten noch immer. Hilfe suchend drängte sie sich an ihn.

„Besser?“, murmelte er und streichelte über ihren Kopf.

„Mir geht's gut“, bekräftigte sie mit übertrieben fester Stimme, als müsste sie nicht nur ihn, sondern auch sich selbst davon überzeugen. „Im Lagerraum ist ein Verbandskasten. Deine Hände müssen unbedingt versorgt werden.“

„Ach, das ist doch keine große Sache“, setzte er an, da hatte sie ihn schon von sich gestoßen und sprang auf.

„Dann hol ich ihn eben selbst, verdammt noch mal.“

Verblüfft stand Ry ebenfalls auf und schloss die Tür. Er sollte nach oben ins Büro gehen und das Fenster öffnen, doch er wollte sie nicht dabeihaben, wenn er seine abschließende Inspektion durchführte. Er nahm seine Krawatte ab und öffnete die obersten zwei Hemdknöpfe.

„Hier ist Brandsalbe.“ Natalie kam mit einem Verbandskasten zurück.

„Bestens.“ Da er ihr etwas Gutes tun wollte, setzte er sich und ließ sie die Krankenschwester spielen. Die kühlende Salbe empfand er als angenehm auf seiner Haut und den sanften Druck ihrer schlanken Finger nicht minder.

„Du kannst von Glück sagen, dass die Verletzungen nicht schlimmer ausgefallen sind, mein Lieber. Es war wirklich ziemlich verrückt, da mitten ins Feuer zu gehen“, rügte sie, während sie ihn mit echter Hingabe verarztete.

Er hob die Augenbrauen. „Es scheint dir Spaß zu machen, Unsinn zu reden."

Forschend schaute sie zu ihm hoch. Sein Gesicht war, ebenso wie ihres, rußgeschwärzt, und seine Augen waren rot vom Rauch. „Ich bin dir dankbar", flüsterte sie dann leise. „Wirklich sehr dankbar." Dann wich sie seinem Blick aus und beschäftigte sich angelegentlich damit, die Tube mit der Salbe wieder zu verschließen. „Schätze, ich muss dir einen neuen Anzug kaufen."

„Ich hasse Anzüge." Sie seufzte wieder, kurz und ein bisschen zittrig. Als er es hörte, rutschte er unruhig auf seinem Sessel herum. „Bitte fang nicht an zu weinen. Wenn du mir wirklich danken willst, dann weine nicht."

„Ja, ich werd mich bemühen." Sie schniefte und fuhr sich mit der Hand übers Gesicht. „Ich hatte solche Angst."

„Es ist vorbei." Er gab ihr einen freundschaftlichen Stups. „Kann ich dich für einen Moment allein lassen? Ich will nach oben gehen und das Fenster öffnen. Der Rauch muss raus."

„Ich komme …"

„Nein, wirst du nicht. Setz dich." Er stand auf und drückte sie mit den Händen aufs Sofa. „Bitte, bleib hier sitzen."

Er ging nach oben. Natalie nutzte die Zeit seiner Abwesenheit, um sich wieder einigermaßen in die Gewalt zu bekommen. Und nachzudenken. Als er zurückkam, saß sie noch immer genau da, wo er sie zurückgelassen hatte.

„Es war dasselbe wie im Lagerhaus, stimmt's?", rief sie ihm entgegen, als er die Treppe herunterkam. „Ich meine die Art, wie das Feuer gelegt wurde. Das kann doch alles kein Zufall mehr sein."

„Ja. Es war dasselbe. Und nein, es ist kein Zufall. Wir sprechen später darüber. Ich werde dich jetzt nach Hause fahren."

„Ich bin …"

Die Worte blieben ihr im Hals stecken, als er sie unsanft von der Couch hochzerrte. „Wenn du jetzt noch ein einziges Mal sagst, dass es dir gut geht, verpass ich dir einen Kinnhaken", informierte er sie wütend. „Du hast einen leichten Schock und viel zu viel Rauch eingeatmet. Es wird Zeit, dass wir was dagegen tun. Also fahr ich dich jetzt nach Hause. Von deinem Autotelefon aus benachrichtigen wir die Polizei. Zu Hause wirst du dich augenblicklich ins Bett legen, und morgen früh gehst du als Erstes zum Arzt."

„Hör auf, mich so anzuschreien."

„Wenn du auf mich hören würdest, brauchte ich nicht zu schreien." Er griff nach ihrem Mantel und hielt ihn ihr hin. „Los, zieh ihn an."

„Dies hier ist mein Haus, und ich habe ein Recht darauf, so lange hier zu sein, wie es mir gefällt."

„Gut, dann muss ich dich wohl raustragen." Er machte einen Schritt auf sie zu. „Wenn's dir nicht passt, kannst du ja deinen Rechtsanwalt anrufen und mich verklagen."

„Es gibt überhaupt keinen Grund dafür, dass du dich so aufplusterst."

Er hatte schon wieder einen Fluch auf den Lippen, doch dann schluckte er ihn hinunter und holte tief Luft. „Natalie, ich bin hundemüde", ließ er sie leise wissen. „Und ich muss hier noch meine Arbeit machen, was ich aber nicht kann, wenn du hier herumstehst. Also sei ein bisschen kooperativ. Nur dieses eine Mal. Bitte."

Er hatte recht, sie wusste, er hatte recht. Sie drehte sich um und hängte sich ihre Handtasche über die Schulter. „Du kannst meinen Wagen diese Nacht behalten. Morgen früh komm ich schon irgendwie dahin, wo ich hinmuss."

„Ich weiß dein Angebot zu schätzen."

Sie händigte ihm die Autoschlüssel aus, die Schlüssel für das Geschäft und erklärte ihm die Alarmanlage.

Er fuhr ihr mit der Hand durchs Haar und grinste. „Hey, versuch dich nicht aufzuregen. Du kannst beruhigt schlafen. Ich bin der Beste."

Sie lächelte leise. „Das hat man mir zumindest schon mal erzählt."

Am nächsten Morgen gegen acht schloss Natalie die Eingangstür von *Lady's Choice* auf. Sie war mit dem Taxi erst noch bei ihrem Büro vorbeigefahren, um sich einen Schlüssel zu holen. Ohne besondere Verwunderung nahm sie nun zur Kenntnis, dass ihr Wagen bereits wieder auf dem Parkplatz stand.

Als sie das Geschäft betrat, stellte sie fest, dass sich der Rauchgeruch, zumindest im Erdgeschoss, bereits verzogen hatte. Gott sei Dank, welch eine Erleichterung. Sie hatte einen großen Teil der

Nacht damit zugebracht, sich den möglichen Verlust, den ihr dieser zweite Brand eingebracht haben könnte, im Geiste durchzurechnen.

Alles machte einen ebenso eleganten und makellosen Eindruck wie zuvor. Sobald Ry nun sein Einverständnis geben würde, würde sie ihren Geschäftsführer anrufen, damit die Vorbereitungen für die Eröffnung weitergehen konnten.

In Gedanken versunken, legte sie Mantel und Handschuhe ab und ging nach oben.

Für Ry war es eine lange, arbeitsreiche Nacht gewesen. Nachdem er Natalie zu Hause abgeliefert hatte, war er bei der Feuerwache vorbeigefahren, um sich umzuziehen und sein Werkzeug zu holen. Er hatte die ganze Nacht durchgearbeitet. Allein – auf die Art und Weise, die ihm am besten lag. Als sie zur Tür hereinkam, war er eben dabei, ein Beweisstück zu sichern.

„Guten Morgen, Nat." Er lag inmitten des ganzen Chaos auf dem Boden und musterte unverschämt und genüsslich ihre Beine.

Natalie überflog mit Blicken den Raum und seufzte. Der Vorhang, halb verkohlt, war reif für den Müll. Die Wände waren rußgeschwärzt, Regale hatten Feuer gefangen und sahen dementsprechend aus, und den wertvollen Queen-Anne-Schreibtisch hatte das Feuer ebenfalls ziemlich in Mitleidenschaft gezogen.

Obwohl die Fenster sperrangelweit offen standen, hing noch immer abgestandener Rauchgestank in der Luft.

„Warum sieht das bloß immer am nächsten Tag alles noch viel schlimmer aus?"

„Ist doch halb so wild. Ein bisschen Farbe an die Wände, ein paar neue Regale, und den Schreibtisch kriegst du bestimmt auch wieder hin."

Sie fuhr mit den Fingerspitzen über die Tapete. Sündhaft teuer war sie gewesen, und das Muster hatte sie selbst ausgesucht. Jetzt war alles ruiniert.

„Leicht gesagt."

„Ja", gab er zu und legte ein weiteres Beweisstück in einen Behälter. „Ich weiß."

Er schaute zu ihr auf. Heute trug sie ihr Haar hochgesteckt. So, wie sie es getragen hatte, als er sie das erste Mal gesehen hatte. Er fand, es stand ihr ausgezeichnet, da es den ausgeprägten Schwung ihrer Wangenknochen vorteilhaft hervorhob. Elegant wirkte es, sehr elegant. Ihr Kostüm war von einem majestätischen Purpurrot und streng geschnitten. Sieht aus, dachte er und musste grinsen, als wäre die Lady zum Kampf bereit.

„Wie hast du geschlafen?"

„Oh, alles in allem eigentlich überraschend gut." Bis auf den Albtraum, an den sie sich lieber nicht mehr erinnern wollte. „Und du?"

Da er nicht ins Bett gekommen war, zuckte er bloß die Schultern. „Hast du deine Versicherung schon benachrichtigt?"

„Nein, noch nicht. Die fangen doch erst um neun Uhr an. Ich werde gleich anrufen." Ihr Ton wurde merklich kühler. „Ist das jetzt wieder eines Ihrer Verhöre, Inspector?"

Ärger flammte in seinen Augen auf. „Ich glaube nicht, dass das notwendig ist, du vielleicht?" Er begann, seine Werkzeuge in der Tasche zu verstauen. „Morgen kann ich dir Bericht erstatten."

„Tut mir leid, Ry. Ich bin nicht böse mit dir. Ich bin einfach nur wütend."

„Gut verständlich."

„Könntest du ..." Sie unterbrach sich, da sie jemand die Treppe heraufkommen hörte. „Gage." Als er hereinkam, zwang sie sich zu einem Lächeln und streckte ihm die Hand zur Begrüßung hin.

„Ich hab's gerade gehört." Mit einem raschen Blick erfasste er das Ausmaß des Schadens. „Ich hab gedacht, ich komm einfach mal vorbei, um zu sehen, ob ich dir irgendwie behilflich sein kann."

„Danke." Sie gab ihm einen flüchtigen Kuss auf die Wange, bevor sie sich wieder Ry zuwandte, der noch immer am Boden kauerte. Wie ein Tier auf dem Sprung, dachte sie. „Gage Guthrie – Inspector Ryan Piasecki."

„Ich hab schon von Ihnen gehört. Und nur das Beste."

Ry zögerte eine Sekunde, stand dann auf und drückte Gage die Hand. „Sie sind mir auch kein Unbekannter." Ry musterte den Mann, von oben bis unten, dann sah er Natalie fragend an. „Seid ihr miteinander befreundet?"

„Das und noch ein bisschen mehr." Mit Interesse beobachtete Natalie, wie sich Rys Augen verdüsterten. Sie wartete einen Moment, entschloss sich dann jedoch, ihn nicht länger auf die Folter zu spannen. „Also, wenn du der Verbindung folgen kannst: Gage ist mit der Schwester der Frau meines Bruders verheiratet."

Ry entspannte sich. „Weitläufige Familie."

„Im wahrsten Sinne des Wortes." Nachdem Gage die Situation schnell und präzise eingeschätzt hatte, beschloss er, den Inspector ein wenig näher unter die Lupe zu nehmen. „Ziehen Sie für beide Brände ein und denselben Täter in Betracht?"

„Wir sind mit unseren Untersuchungen noch nicht so weit."

„Er macht jetzt ganz auf offiziell", mischte sich Natalie trocken ein. „Inoffiziell", fuhr sie fort, ohne den finsteren Blick zu beachten, den Ry ihr zuwarf, „sieht es ganz danach aus. Als wir in der vergangenen Nacht ..."

„Du warst hier?", unterbrach Gage sie überrascht und ergriff ihren Arm. „Du?"

„Ja, ich wollte noch ein paar Sachen erledigen. Glücklicherweise." Sie atmete hörbar aus und ließ ihre Blicke durch den Raum schweifen. „Es hätte weitaus schlimmer kommen können. Gott sei Dank hatte ich einen erfahrenen Feuerwehrmann dabei."

Gage entspannte sich etwas. „Nichts kann so wichtig sein, als dass du es allein mitten in der Nacht erledigen müsstest, Natalie. Es ist einfach zu gefährlich."

„Ganz meine Meinung." Ry klemmte sich eine Zigarette zwischen die Lippen. „Versuchen Sie mal, ihr das beizubringen."

Natalie hob die Brauen. „Gehst du denn niemals nachts allein auf die Straße, Gage?"

„Das ist was vollkommen anderes. Und erteil mir jetzt bloß nicht wieder eine Lektion in Sachen Gleichberechtigung", schnitt er ihr das Wort ab, bevor sie überhaupt angefangen hatte. „Ich bin ja absolut dafür, und das weißt du auch. Zu Hause, am Arbeitsplatz. Doch auf der Straße ist das etwas anderes, da sind Frauen eben gefährdeter als Männer."

„Mhm, hmm ... verstehe ... Und – teilt Deborah deine Meinung?"

Er verzog den Mund. „Nein, sie ist genauso starrköpfig wie du." Frustriert darüber, dass er am anderen Ende der Stadt gewesen war, als Natalie ihn gebraucht hätte, rammte Gage seine Hände in die Hosentaschen. „Wenn ich schon sonst nichts weiter für dich tun kann, so kann ich dich wenigstens über einige der Dienstleistungen im Sicherheitsbereich, die Guthrie International bereithält, informieren."

„Ich werde mich an dich wenden, wenn es nötig ist." Sie warf ihm einen kurzen, hoffnungsvollen Blick zu. „Ich nehme natürlich nicht an, dass du deinen Einfluss geltend machen konntest, um deine Frau davon abzuhalten, dass sie sofort Cilla und meinen Bruder anruft?"

Er tätschelte ihre Wange. „Keine Chance."

Natalie massierte sich die Schläfen und ergab sich in ihr Schicksal. „Ich bin umstellt", murmelte sie nur resigniert. In kürzester Zeit würden alle Verwandten sie mit Ratschlägen und Mitgefühl überhäufen.

„Ja, ja, das ist ein Problem, dass es so viele Leute gibt, die auf dich aufpassen", grinste Gage und gab ihr zum Abschied einen Kuss auf die Wange. „Nett, Sie kennengelernt zu haben, Inspector."

„Ganz meinerseits. Wiedersehen."

„Gib Deborah und Addy einen Kuss von mir", trug Natalie ihm auf. „Und hör auf, dir um mich Sorgen zu machen."

„Das Erste mach' ich gern, das Zweite werde ich nicht tun."

„Wer ist Addy?", fragte Ry, nachdem die Tür hinter Gage ins Schloss gefallen war.

„Hmmm? Oh, ihr Baby." Sie betrachtete den ruinierten Teppichboden. „Die Angelegenheit muss wirklich so schnell wie möglich aufgeklärt werden, Ry. Zu viele Leute verbringen deswegen schlaflose Nächte."

„Du scheinst eine Menge enger Beziehungen zu haben, Natalie." Er trat ans offene Fenster und warf seine Zigarettenkippe nach draußen. „Ich kann aber meine Arbeit nicht nur deshalb schneller beenden, um sie zufriedenzustellen. Du solltest den Rat deines Schwagers beherzigen und nachts nicht allein auf die Straße gehen. Ebenso wenig wie in leer stehende Bürogebäude. Auch wenn ich mittlerweile gemerkt habe, wie sehr du an deinem Geschäft hängst."

„Ich brauche keine guten Ratschläge, sondern Antworten. Irgendjemand ist hier letzte Nacht eingebrochen und hat ein Feuer gelegt. Wie und warum?"

„Okay, Miss Fletcher. Ich kann Ihnen sagen, warum." Ry lehnte sich lässig gegen den Schreibtisch. „In der Nacht vom sechsundzwanzigsten zum siebenundzwanzigsten Februar wurde von Inspector Piasecki und Natalie Fletcher, der Besitzerin des Gebäudes, ein Feuer entdeckt."

„Ry …“

Er hob die Hand, um sie zum Schweigen zu bringen. „Du wolltest einen Bericht, jetzt bekommst du einen.“

„Du bist böse mit mir.“

„Ja, ich bin böse mit dir. Du drängst mich, Natalie. Und dich selbst. Du willst, dass alles möglichst rasch aufgeklärt wird, weil sich irgendwelche Leute Sorgen um dich machen. Und weil du nur danach trachtest, möglichst schnell deine Spitzenhöschen verkaufen zu können.“

„Nein, ganz falsch. Ich bemühe mich nur darum, Ruhe zu bewahren. Da ich zwei und zwei zusammenzählen kann, komme ich an der Tatsache nicht vorbei, dass es irgendjemanden gibt, der anscheinend nicht gut auf mich zu sprechen ist. Zwei meiner Gebäude innerhalb von zwei Wochen. Ich bin ja nicht blöd, Ry.“

„Gewiss nicht. Also, du hast einen Feind. Wer ist es?“

„Ich weiß es nicht. Warum sollte ich es dir nicht sagen, wenn ich es wüsste? Das Schloss war nicht aufgebrochen, was besagt, dass es jemand gewesen sein muss, der für mich arbeitet. Weil er offensichtlich einen Schlüssel hatte.“

„Der Täter war ein Profi, daran gibt es für mich nach Lage der Dinge keinerlei Zweifel. Kein besonders guter, aber immerhin. Das bedeutet, dass möglicherweise einer deiner Angestellten einen Profi angeheuert hat, um die Brände zu legen. Hier hat er sein Werk nicht beenden können, weil wir ihn gestört haben. Deshalb wird er es wahrscheinlich ein weiteres Mal versuchen.“

„Tröstlich. Wirklich sehr tröstlich.“

„Ich will dich im Moment gar nicht trösten. Alles, was ich will, ist, dass du auf der Hut bist. Ich brauche eine Namensliste deiner Angestellten.“

„Kannst du haben.“

„Ich muss die Leute überprüfen und werde den Computer checken lassen, ob jemand dabei ist, der schon mal in dieser Richtung auffällig geworden ist. Das ist zumindest ein Anfang.“

„Du hältst mich auf dem Laufenden? Ich bin heute die meiste Zeit im Büro. Ansonsten weiß meine Assistentin immer, wo ich zu erreichen bin.“

Er ging zu ihr hinüber und fuhr ihr übers Haar. „Warum nimmst du nicht mal einen Tag frei? Geh einkaufen, oder sieh dir einen Film an."

„Machst du Witze?"

Er schob seine Hände in die Hosentaschen. „Hör zu, Natalie, du hast jetzt noch einen Menschen mehr, der sich um dich Sorgen macht. Okay?"

„Ja, ich denke, es ist okay", erwiderte sie zögernd. „Ich will versuchen, dir zur Verfügung zu stehen, aber ich hab eine Menge zu tun." Sie lächelte ihn an in dem Versuch, ihrer beider Stimmung etwas zu heben. „Als Erstes muss ich eine Reinigungsfirma besorgen und einen Maler, um hier alles wieder auf Vordermann bringen zu lassen." Bei diesen Worten sah sie sich unglücklich in dem Chaos um.

„Nicht, bevor ich mein Einverständnis gebe. Ich bin mit meinen Untersuchungen noch nicht fertig."

„Hab ich mir gedacht, dass du das sagen würdest." Resigniert betrachtete sie ihren Schreibtisch. „Du hast aber doch nichts dagegen, dass ich mir ein paar Akten mitnehme? Ich hatte sie kürzlich aus dem Zentralbüro mit rübergebracht, um hier zu arbeiten."

„Ja, nimm sie ruhig mit. Aber pass auf, wo du hintrittst."

Ry beobachtete, wie sie auf ihren hohen Absätzen zum Wandschrank hinüberging und ihm die Unterlagen entnahm. Er schüttelte den Kopf. Nicht zu fassen, mit welch einer katzengleichen Gewandtheit sie sich auf diesen schwindelerregenden Absätzen bewegte!

„Was machen deine Hände?", fragte sie, während sie die Akten durchblätterte.

„Was?"

„Wie's deinen Händen geht." Sie wandte den Kopf, sah, wie er sie mit Blicken verschlang, und lachte. „Himmel, Piasecki, du bist ja besessen."

„Ach, denen geht's ganz gut. Wann hast du deinen Arzttermin?"

„Ich brauche keinen Arzt. Ich kann Ärzte sowieso nicht leiden."

„Angsthase."

„Vielleicht. Meine Kehle ist noch etwas rau, das ist alles. Das werd ich auch ohne Arzt wieder hinkriegen. Und jetzt will ich keinen Ton mehr darüber hören."

„Ich hab doch gar nichts gesagt. Bist du so weit fertig? Ich will jetzt meine Beweisstücke ins Labor bringen."

„Ja. Gott sei Dank haben diese Akten das Feuer überstanden. Das erspart mir einiges an Zeit und viele Probleme. Hier sind nämlich auch die Geschäftsdaten für eine Zweigstelle in Denver drin."

„Denver?" Er fühlte einen kleinen Stich unter dem Herzen. „Willst du nach Colorado zurück?"

„Hmmm ..." Zufrieden verstaute sie einen Teil der Unterlagen in ihrer Aktentasche, den Rest klemmte sie sich unter den Arm. „Das kommt drauf an. Im Moment denke ich noch nicht so weit voraus. Erst muss hier alles richtig laufen, und das geht ja nicht über Nacht."

„Ich will dich so bald wie möglich sehen." Diesen Satz auszusprechen kostete ihn mehr Überwindung, als er für möglich gehalten hätte. „Ich will dich sehen, Natalie, fernab von dem allen hier." Er unterstrich seine Worte mit einer weit ausholenden Geste, die den ganzen Raum umfasste.

Sie fingerte, plötzlich nervös geworden, am Schloss ihrer Aktentasche herum. „Ich weiß nicht, Ry. Wir stehen beide im Moment ziemlich unter Druck. Vielleicht wäre es sinnvoller, wenn wir uns jetzt erst mal auf das, was getan werden muss, konzentrieren. Und im privaten Bereich etwas Abstand halten. Lass uns die Dinge nicht überstürzen."

„Es wäre sinnvoller."

„Also dann." Sie ging einen Schritt auf die Tür zu, doch er stellte sich ihr in den Weg.

„Ich will dich sehen", wiederholte er hartnäckig. „Und berühren. Und ich will mit dir schlafen."

Hitze stieg ihr in die Wangen. Seine Wortwahl erschien ihr grob und ungehobelt. Hätte er seinen Wunsch nicht ein klein wenig romantischer formulieren können?

„Ich weiß, was du willst. Aber ich will mir sicher sein, was ich will, verstehst du? Ob ich in der Lage bin, mit der Situation umzugehen. Ich bin immer ein sehr verstandesbetonter Mensch gewesen, und du hast mir das jetzt ein bisschen vermasselt."

„Heute Abend."

„Ich muss bis spätnachts arbeiten." Sie fühlte, wie sie langsam schwach wurde und Verlangen nach ihm in ihr hochstieg. „Ich hab ein Arbeitsessen."

„Ich werde auf dich warten."

„Ich weiß aber nicht, wann wir fertig sein werden. Möglicherweise nicht vor Mitternacht."

Er stand dicht vor ihr und drückte sie jetzt gegen die Wand. „Nun ja, dann eben um Mitternacht."

Warum sträube ich mich eigentlich so, fragte sie sich. Sein Gesicht befand sich jetzt dicht über ihrem, und sie sehnte sich danach, seine Lippen auf ihren zu spüren.

Doch plötzlich zuckte sie heftig zusammen und trat rasch einen Schritt beiseite. „Oh, mein Gott. Mitternacht."

Natürlich! Während sie die Erinnerung überfiel, fuhr sie sich aufgeregt mit den Fingern durchs Haar. Ry schaute sie verblüfft an. „Was ist los?"

„Mitternacht", wiederholte sie nur und legte eine Hand über ihre Augen, um sich besser erinnern zu können. „Als wir letzte Nacht hier ankamen, war es doch kurz nach zwölf, oder?"

Er nickte. „Und?"

„Gestern Abend, während ich mich fürs Abendessen umzog, läutete das Telefon, und es war irgendwie seltsam, ein leises Kichern erst, dann sagte der Anrufer auf meine Frage, wer da sei, Mitternacht."

„Mitternacht? Kam dir die Stimme bekannt vor?"

„Nein, nicht dass ich wüsste. Aber alles ging ja so schnell. Dann sagte er noch – lass mich überlegen." Sie schob ihn beiseite und ging im Zimmer hin und her. „Mitternacht. Er sagte Mitternacht, Geisterstunde. Ja, genau – das war's. Geisterstunde. Und dann noch, pass auf, was passiert, oder so ähnlich. Ich kann mich nicht genau erinnern, es ging alles so schnell."

„Warum zum Teufel kommst du erst jetzt damit an?"

„Weil es mir eben wieder eingefallen ist. Ich hatte es vollkommen vergessen." Sie wirbelte herum. „Ich hab's einfach nicht ernst genommen, verstehst du? Ein Verrückter, hab ich mir gedacht und mich entschlossen, den Anruf einfach zu ignorieren. Woher sollte ich denn wissen, dass es eine Warnung war? Oder eine Drohung?"

Ohne zu antworten, zückte er sein Notizbuch und notierte sich die Worte, die sie erinnert hatte. „Weißt du noch, wie spät es war, als der Anruf kam?"

„Es muss ungefähr zwanzig vor acht gewesen sein. Ich war schon fertig angezogen und suchte mir gerade noch ein Paar Ohrringe heraus. Ich war schon zu spät dran und deshalb ziemlich in Eile."

„Hast du irgendwelche Hintergrundgeräusche gehört?"

Natalie dachte nach. Darauf hatte sie natürlich nicht geachtet. Sie hatte auf gar nichts geachtet. Ihre Gedanken waren ausschließlich bei Ry gewesen. „Mir ist nichts aufgefallen. Es war aber eine männliche Stimme, dessen bin ich mir sicher. Männlich, und doch klang sie irgendwie kindlich, oder besser gesagt, mädchenhaft." Sie überlegte. „Ja. Weil er so komisch kicherte", fügte sie dann hinzu.

„Aber er war selbst am Apparat? Oder könnte es sein, dass es ein Tonband war?"

„Nein, so klang es nicht."

„Stehst du im Telefonbuch?"

„Nein." Erst nachdem sie geantwortet hatte, ging ihr die Bedeutung seiner Frage auf. „Nein", wiederholte sie nachdenklich.

„Ich brauche eine vollständige Liste der Personen, die deine private Telefonnummer besitzen."

Natalie straffte die Schultern und zwang sich, ruhig zu bleiben. „Vollständig, soweit das möglich ist. Ich weiß natürlich nicht, wer wem meine Nummer ohne mein Wissen weitergegeben hat." Sie räusperte sich und spürte, dass sich das Brennen in ihrer Kehle wieder verstärkt hatte. „Ry, ist das üblich, dass Profis ihre Opfer vor der Tat anrufen?"

Er steckte sein Notizbuch wieder ein und sah sie an. „Auch unter den Profis gibt es Verrückte. Ich fahre dich jetzt ins Büro."

„Das ist nicht nötig. Ich kann selbst fahren."

Nur Geduld. Er gemahnte sich daran, dass er heute Nacht so viele Überstunden gemacht hatte, dass es jetzt auch nicht mehr darauf ankam, wenn alles ein bisschen länger dauerte. Also konnte er sich auch noch die Zeit nehmen, ihr gut zuzureden. Doch dann dachte er, zur Hölle mit ihrer Sturheit! „Hör mir gut zu", begann er gefährlich leise und krallte seine Finger in das Revers ihrer Kostümjacke. „Ich werde dich jetzt in dein Büro fahren, kapiert?"

„Ich sehe keinen Grund ..."

„Kapiert?" Er schüttelte sie.

So leicht wollte sie es ihm nicht machen. „Wunderbar. Ich brauche mein Auto aber heute noch. Also musst du dich dann schon selbst darum kümmern, wie du, nachdem du mich abgeliefert hast, dahin kommst, wo du hinwillst."

„Ich bin noch nicht zu Ende, Natalie", fuhr er in demselben zwingenden Tonfall fort. „Bevor ich wieder zurück bin, wirst du dich keinen Schritt außer Haus begeben."

„Das ist ja vollkommen lächerlich. Ich hab tausend Sachen zu erledigen."

„Aber nicht allein", bekräftigte er entschlossen seine Worte. „Anderenfalls sehe ich mich gezwungen, einige meiner Schatten vom Urbana Police Department auf dich anzusetzen."

„Das klingt wie eine Drohung", versetzte sie spitz.

„Du bist eine wirklich scharfzüngige Lady. Halt dich etwas zurück, Natalie, oder ich lass hier an deiner wunderschönen Eingangstür ein Betreten-verboten-Schild anbringen. Das bleibt dann aber für die nächsten paar Wochen dran, da kannst du Gift drauf nehmen."

Dass er dazu imstande wäre, daran zweifelte sie keinen Moment, als sie seinen entschlossenen Gesichtsausdruck sah. Aus Erfahrung wusste sie, dass es Momente im Leben gab, in denen es klüger war einzulenken.

„Also gut. Ich werde mir für alle Meetings, die ich außerhalb des Büros habe, einen Fahrer kommen lassen. Aber ich möchte doch darauf hinweisen, dass dieser Typ daran interessiert ist, meinen Besitz zugrunde zu richten und nicht mich persönlich."

„Er hat dich persönlich angerufen. Das reicht."

Sie war wütend darüber, dass er es doch tatsächlich geschafft hatte, sie zu beunruhigen. Dennoch ging Natalie ihren Geschäften wie üblich effizient und mit kühlem Kopf nach. Gleich nachdem sie im Büro angekommen war, beauftragte sie ihre Assistentin, sich um Handwerker und eine Reinigungsfirma zu kümmern. Sobald Ry seine Einwilligung erteilt hatte, sollten die Leute anfangen. Dann telefonierte sie mit den Niederlassungen in Atlanta und Chicago. Als Nächstes stand ein Anruf in Colorado auf ihrer Checkliste. Sie musste dieses neue Problem ihrer Familie gegenüber so weit wie möglich herunterspielen.

Ungeduldig betätigte sie die Gegensprechanlage auf ihrem Schreibtisch. „Maureen, ich warte schon seit einer halben Stunde auf die Liste, was ist los?"

„Ja, ich weiß, Miss Fletcher. Die Leute vom Einkauf arbeiten noch daran."

„Sagen Sie ihnen", Natalie schluckte die scharfen Worte, die ihr auf der Zunge lagen, hinunter und bemühte sich, ruhig zu bleiben, „sagen Sie ihnen, die Liste hat oberste Priorität. Danke, Maureen."

Daraufhin lehnte sie sich in ihrem Stuhl zurück und schloss für einen Moment die Augen. Ruhe bewahren, sagte sie sich. Wer nervös ist, macht Fehler. Wenn sie die vielen Meetings, die heute noch anstanden, auch nur einigermaßen gelassen hinter sich bringen wollte, musste sie sich zusammennehmen. Sie massierte sich ihren verspannten Nacken.

Es klopfte. Sie straffte die Schultern und setzte sich aufrecht hin. „Ja, bitte?" Melvin steckte den Kopf durch die Tür.

„Hast du einen Moment Zeit?"

„Ja. Komm rein."

„Ich hab dir was mitgebracht." Er stellte ein Tablett auf den Tisch. Ein Lächeln zeichnete sich auf ihrem Gesicht ab, als sie sah, was sich darauf befand.

„Wenn das Kaffee ist, hast du dir einen dicken Kuss verdient."

Er strahlte übers ganze Gesicht und kicherte verlegen. „Nicht nur Kaffee, sondern auch Geflügelsalat. Du musst etwas essen, Natalie."

„Mmmh, lass mal sehen." Sie setzte sich neben ihn auf die Couch „Ich bin total ausgehungert. Ach, du bist wirklich ein Schatz, Melvin."

„Ich hab mir gedacht, eine Pause würde dir guttun." Er fingerte an seiner roten Fliege herum und rückte seine Brille gerade. „Würde uns guttun."

Natalie seufzte leise und atmete den Duft des frischen Kaffees ein, während sie erst Melvin und dann sich eine Tasse einschenkte.

„Hast du ein bisschen Zeit, um mir über die neueste Katastrophe zu berichten?"

„Es hätte schlimmer ausgehen können." Sie unterdrückte den Wunsch, aus den Schuhen zu schlüpfen und die Beine hochzulegen, während sie aß. „Soweit ich es auf den ersten Blick beurteilen kann, werden die Probleme schnell behoben sein. Diesmal hat's nur das

Büro erwischt, und von unserem Warenbestand ist alles heil geblieben."

„Gott sei Dank", erwiderte er erleichtert. „Ich möchte nämlich wirklich bezweifeln, dass ich ein zweites Mal so viel Charme hätte aufbieten können, um die Kollegen zu überreden, etwas von ihren Sachen herauszurücken."

„Unnötig", brachte sie zwischen zwei Bissen hervor. „Diesmal haben wir Schwein gehabt, Melvin, aber …"

„Aber?"

„Hinter diesen Anschlägen steckt System, Melvin. Sie sind eindeutig gegen mich gerichtet. Irgendjemand will verhindern, dass *Lady's Choice* ein Renner wird."

Stirnrunzelnd legte er ihr das Stück Entenbrust, das er auf der Platte zerteilt hatte, auf den Teller. *„Unforgettable Woman* ist unser schärfster Konkurrent."

„Ich habe auch schon daran gedacht. Doch irgendwie passt das überhaupt nicht zusammen. Die Firma ist seriös und besteht seit fünfzig Jahren. Und sie steht auf festen Füßen. Es ist einfach nicht vorstellbar, dass sie derart miese Tricks anwenden würden." Sie seufzte. So unlieb es ihr auch war, sie musste Melvin über das, was ihr im Kopf herumspukte, ins Bild setzen. „Ich tippe eher darauf, dass es ein Insiderjob ist. Eine scheußliche Angelegenheit, aber eine andere Erklärung habe ich eigentlich nicht. Wenn ich nur daran denke, wird mir ganz elend."

„Du meinst, einer von unseren Leuten …" Ihm war der Appetit vergangen.

„Es ist eine Möglichkeit, die wir auf jeden Fall in Betracht ziehen müssen. Wir können sie nicht einfach übersehen." Sie hatte ihren Teller leer gegessen und schenkte sich jetzt gedankenversunken noch eine Tasse Kaffee ein. „Ich überlege, ob ich nicht ein Vorstandsmeeting einberufen soll." Ja, das würde sie tun.

„Die meisten deiner Spitzenleute arbeiten seit Jahren für Fletcher Industries, Natalie. Es ist schwer vorstellbar, dass da einer …"

„Ich bin mir dessen bewusst, Melvin." Unruhig stand sie auf und lief, die Kaffeetasse in der Hand, im Zimmer hin und her. „Ich kann mir auch überhaupt keinen Grund vorstellen, aus dem irgendjemand innerhalb des Konzerns Interesse daran haben sollte, die Eröffnung zu verzögern oder gar zu verhindern. Doch ich muss nach einem Grund suchen."

„Das bringt uns alle in Verdacht."

Sie kam zurück an den Tisch und sah ihn an. „Tut mir leid, Melvin", bestätigte sie mit ruhiger Entschlossenheit, „aber da kann ich dir nicht widersprechen."

„Es braucht dir nicht leidzutun. Es geht um die Firma." Er erhob sich und bemühte sich um ein Lächeln. „Was wirst du als Nächstes tun?"

„Ich will mich gleich mit dem Schadensachverständigen treffen." Sie warf einen Blick auf ihre Armbanduhr. „O Gott, ich muss ja los."

„Lass mich das machen, Natalie. Du hast schon genug am Hals. Ich werde hinfahren und dir dann sofort anschließend Bericht erstatten."

„Na gut. Es würde mir einiges an Zeit ersparen."

„Für heute Nachmittag ist eine große Warenlieferung aus Atlanta avisiert. Möchtest du, dass ich sie fürs Erste zurückhalte?"

„Nein. Lass sie wie vorgesehen ins Geschäft liefern. Wir machen weiter wie üblich. Ich habe einen Wachdienst bestellt, der das Gebäude Tag und Nacht unter Kontrolle behält. Da kommt keiner rein, da kannst du sicher sein."

„Okay, machen wir weiter nach Plan", stimmte er ihr fest entschlossen zu.

„Und wenn die Welt untergeht."

6. KAPITEL

Obwohl Ry im Allgemeinen dem menschlichen logischen Denken einer Computeranalyse gegenüber den Vorzug gab, wusste er dennoch die Annehmlichkeiten eines elektronischen Gehirns zu schätzen. Das System, mit dem sie in der Brandermittlungsabteilung arbeiteten, war das ausgefeilteste, was zurzeit auf dem Markt erhältlich war.

Der Computer bestätigte ihm, was er bereits vermutet hatte. Natalies Niederlassung war von großer wirtschaftlicher Bedeutung für die Region. Und eine Bedrohung für die Konkurrenz. Doch so richtig glaubte Ry an die Möglichkeit, dass es Sabotage gewesen sein könnte, nicht. Fürs Erste hatte er dafür gesorgt, dass das Gebäude idiotensicher überwacht wurde. Das war das Mindeste, was er tun konnte, bevor er weitere Einzelheiten herausgefunden hatte.

Mehr Sorgen bereitete ihm Natalies persönliche Sicherheit. Der anonyme Anruf, den sie erhalten hatte, beunruhigte ihn. Er hatte allerdings auch eine ganz bestimmte Vermutung, die er seit ein paar Tagen hegte, bestärkt.

Seine linke Hand tastete nach der Kaffeetasse, während er auf den Bildschirm starrte und mit der rechten einige Daten eintippte. Sein Gehirn arbeitete auf Hochtouren. Das nationale Feuerdaten-System – eine Fülle von Informationen über die betroffenen Firmen, ihre geographische Lage, die jeweiligen Vorfälle, Daten, die den Brand selbst betrafen und vieles mehr. All dieses Wissen, was da im Computer gespeichert war, half nicht nur bei der Ermittlung neuer Brandstiftungsfälle, sondern klärte auch von vornherein willige Investoren auf über eventuelle Risiken, die sie an einem bestimmten Standort zu erwarten hätten. Den Daten kam also auch eine vorbeugende Wirkung zu.

Ry wechselte das Programm und wandte sich dem Personenkreis der Verdächtigen zu. Nun fütterte er den Computer mit allen Informationen zum Brandverlauf und der Methode, die er bisher zusammengetragen hatte. Er überlegte einen Moment und fügte anschließend noch den anonymen Anruf, Natalies Erinnerung an die Stimme des Anrufers und seine Worte hinzu.

Dann lehnte er sich zurück und wartete darauf, dass der Computer die eigenen Schlüsse, die er bereits gezogen hatte, bestätigen würde.

Clarence Robert Jacoby. Letzte bekannte Adresse South Street 23, Urbana. Männlich. Weiß. D. O. B. 6/25/52.

Es folgte eine Liste von mehr als einem halben Dutzend Brandstiftungsfälle, für die Jacoby bereits Haftstrafen abgesessen hatte. Eine Sache hatte ihn für fünf Jahre hinter Gitter gebracht, eine andere, vor zwei Jahren, war noch anhängig, er war damals auf Kaution freigekommen.

Jacoby war ein Halbprofi, der darauf versessen war, zu zündeln. Des Öfteren schon hatte er seine Opfer vorher angerufen. Die psychiatrische Erhebung stufte ihn als Neurotiker ein mit ins Pathologische gehenden Tendenzen.

„Du liebst Feuer, du kleiner Hurensohn, stimmt's?" Ry tippte mit dem Finger auf der Tastatur herum. „Und dir würde es nicht mal was ausmachen, wenn du darin verbrennst. Das war es doch, was du mir irgendwann mal erzählt hast. Feuer ist für dich wie ein Kuss."

Ry ließ sich die Daten ausdrucken. Während der Drucker ratterte, rieb er sich todmüde mit dem Handballen die Augen. Vorhin hatte er sich zwei Stunden auf das Sofa nebenan hingehauen, um wenigstens eine Mütze voll Schlaf zu bekommen, nachdem er schon die letzte Nacht im Wachzustand verbracht hatte. Ein unbezwingbares Gefühl tiefer Erschöpfung bemächtigte sich seiner.

Doch er hatte eine erste Spur, dessen war er sich sicher.

Mehr aus Gewohnheit als aus einem Verlangen heraus zündete er sich eine Zigarette an und griff zum Telefon. „Piasecki. Ich schau auf dem Heimweg noch bei dem Fletcher-Objekt vorbei. Sie können mich anschließend unter der Nummer ..." Er brach ab und schaute auf seine Armbanduhr. Mitternacht. Auf den Punkt genau. Vielleicht sollte er dies als Zeichen nehmen. Nachdem er dem Dienst tuenden Beamten Natalies Privatnummer durchgegeben hatte, legte er auf.

Dann schaltete er den Computer aus, griff sich den Ausdruck und sein Sakko, löschte das Licht und verließ sein Büro.

Natalie schlüpfte in ihren Lieblingsmorgenmantel und überlegte, ob sie erst noch ein heißes Bad nehmen oder lieber gleich ins Bett kriechen sollte. Sie entschied, ihre angespannten Nerven mit einem Glas

Wein zu beruhigen, bevor sie dem einen oder dem anderen den Vorzug geben würden. Sie hatte heute Abend dreimal versucht, Ry zu erreichen, doch jedes Mal bekam sie die Antwort, dass er im Moment nicht verfügbar sei und sie es später noch einmal versuchen sollte.

Sie schien er anscheinend immer für verfügbar zu halten. Zumindest kam und ging er, wie und wann es ihm beliebte. Kein Wort den ganzen Tag über. Nun, morgen würde er sein blaues Wunder erleben, denn sie hatte sich vorgenommen, ihn als Erstes gleich in der Frühe in seinem Büro aufzusuchen und einen Bericht von ihm zu verlangen.

Als hätte sie nicht so schon genug zu tun. Abteilungsbesprechungen, Meetings mit der Produktion und, und, und. Die ersten Frühjahrsbestellungen waren bereits eingegangen, und alles sah recht vielversprechend aus.

Sie würde es nicht zulassen, dass sich ihr irgendetwas in den Weg stellte, weder ein Feuer noch ein Feuer-Inspector. Und wenn es irgendjemand von ihren Angestellten gewesen sein sollte – in welcher Position auch immer –, der für den Brand verantwortlich zu machen war, würde sie es herausfinden.

Innerhalb des nächsten Jahres würde sie *Lady's Choice* über die Anfangshürden gebracht haben. Und während der nächsten fünf würde sie die Anzahl ihrer Niederlassungen verdoppeln. Das hatte sie sich vorgenommen, und das würde sie durchziehen.

Fletcher Industries würden einen guten Erfolg zu verzeichnen haben. Einen, den sie sich ganz allein auf die Fahnen schreiben konnte. Ja, sie konnte stolz auf sich sein. Und zufrieden.

Doch warum fühlte sie sich mit einem Mal so verdammt einsam?

Seine Schuld, entschied sie und nippte an ihrem Wein. Es war ganz allein seine Schuld, dass sie sich plötzlich so ruhelos fühlte. Er hatte ihr Leben ausgerechnet im ungeeignetsten Moment durcheinandergebracht, in einem Moment, in dem für sie einzig Konzentration, Ausdauer und Zähigkeit den Schlüssel zum Erfolg bedeuteten.

Physische Anziehungskraft, auch wenn sie noch so stark war, war nicht genug, sollte nicht genug sein, um sie von ihren Zielen abzulenken. Durfte nicht genug sein! Sie hatte sich schon des Öfteren von einem Mann angezogen gefühlt, hatte diese und jene Affäre gehabt und schnell gelernt, dieses Spiel ohne allzu großes gefühlsmäßiges Risiko zu spielen. Sie war schließlich bereits zweiunddreißig. Geschickt hatte sie immer darauf geachtet, ohne größere Verwicklungen wieder zu entkommen. Kein Mann hatte es jemals geschafft, ihr so nahezukommen, dass für sie eine Gefahr bestand.

Warum machte sie das plötzlich so traurig?

Verärgert schob sie ihre Gedanken beiseite.

Sie verschwendete bloß ihre Zeit, wenn sie weiterhin untätig hier rumsaß und über Ryan Piasecki brütete. Und im Übrigen war er sowieso ganz und gar nicht ihr Typ. Er war ungehobelt und roh und unbestreitbar aggressiv. Sie bevorzugte einen weicheren Typ von Mann. Und vor allem den, den man besser handhaben konnte. Natalie lehnte es ab, sich die Zügel aus der Hand nehmen zu lassen.

Warum erschien ihr das plötzlich so oberflächlich?

Sie setzte ihr halb volles Weinglas ab und strich sich das Haar aus dem Gesicht. Was sie brauchte, war Schlaf, keine Selbstanalyse. Gerade als sie die Hand ausstreckte, um den Lichtschalter der Stehlampe auszuknipsen, läutete das Telefon.

„Oh, ich hasse dich“, murrte sie den Apparat an und hob ab. „Hallo.“

„Miss Fletcher, hier ist Mark, der Pförtner.“

„Ja, Mark, was gibt's?“

„Hier ist ein Inspector Piasecki für Sie.“

„Ach, wirklich?“ Sie schaute auf ihre Armbanduhr und spielte mit dem Gedanken, ihn wieder wegzuschicken. „Mark, fragen Sie ihn doch bitte, ob es ein offizieller Besuch ist.“

„Ja, Ma'am. Ist es offiziell, Inspector?“

Sie hörte Ry etwas antworten, und als Mark daraufhin anfing zu stottern, kam Natalie ihm zu Hilfe. „Schicken Sie ihn rauf, Mark.“

„Ja, Miss Fletcher. Danke.“

Sie legte auf, ging zur Tür und wieder zurück. Mit Sicherheit würde sie jetzt nicht in den Spiegel schauen, das kam überhaupt nicht infrage.

Aber natürlich tat sie es doch.

Sie bürstete sich das Haar und rieb sich anschließend noch einen Tropfen Parfüm hinters Ohr, da klopfte Ry auch schon an der Tür.

„Findest du nicht, dass es ausgesprochen unfair ist, Leute, die nur ihre Pflicht tun, in dieser Art und Weise zu behandeln?", verlangte sie von ihm zu wissen.

„Nicht, wenn es nötig ist." Gelassen betrachtete er sie ausführlich von Kopf bis Fuß. Der bodenlange seidene Morgenmantel war von schlichter, erlesener Eleganz, der weiche fließende Stoff betonte die Konturen ihres Körpers.

„Ist es nicht eine Verschwendung, ein solch kostbares Stück zu tragen, wenn du allein zu Hause bist?"

„Keineswegs."

„Wollen wir uns unten in der Halle unterhalten?"

„Kaum." Sie schloss die Wohnungstür hinter ihm. „Ich brauche dich ja wohl nicht darauf hinzuweisen, wie spät es ist, oder?"

Er hüllte sich in Schweigen und ging in dem großen Wohnzimmer auf und ab. Gedämpfte Farben, an den Wänden – wie auch in ihrem Büro – moderne, abstrakte Gemälde, für die sie offensichtlich eine Schwäche hatte. In einer hohen Bodenvase stand ein riesiger Strauß frischer bunter Blumen, und als er durch die breite Fensterfront nach draußen in die schwarze Nacht hinausblickte, sah er die Lichter der Stadt.

„Hübsch hast du es hier."

„Ja, ich liebe mein Zuhause."

„Du scheinst Höhen zu lieben." Er ging hinüber zum Fenster und schaute nach unten. Ihr Penthouse lag gut zwanzig Stockwerke über dem, was mit einer Feuerwehrleiter noch erreichbar war. „Ich sollte hier alles überprüfen, ob es sich feuertechnisch auf dem korrekten Sicherheitslevel befindet." Er sah sie an. „Hast du ein Bier?"

„Nein. Ich habe mir gerade ein Glas Wein eingeschenkt, möchtest du auch eins?"

Er zuckte die Schultern. Er war kein großer Weinkenner, doch noch eine weitere Tasse Kaffee würde sein Körper nicht verkraften.

Natalie fasste sein Schulterzucken als Zustimmung auf und ging in die Küche.

„Gibt's auch irgendwas dazu?" Ry war ihr nachgekommen und stand im Türrahmen. „Vielleicht irgendeine Kleinigkeit?"

Sie war drauf und dran, ihn zu fragen, ob er ihr Apartment mit einem Vierundzwanzigstundenimbiss verwechselte, da sah sie im hellen Küchenlicht den Ausdruck der Erschöpfung, der auf seinen Zügen lag.

„Ich hab nicht viel im Haus, aber zumindest etwas Käse, Cracker und Obst."

Leicht amüsiert fuhr er sich mit der Hand übers Gesicht. „Käse." Er lachte kurz auf. „Großartig. Fein."

„Geh schon rüber und setz dich." Sie drückte ihm das Weinglas in die Hand und schob ihn sanft über die Türschwelle. „Ich komm gleich nach."

„Danke."

Als sie ein paar Minuten später ins Wohnzimmer kam, fand sie ihn auf der Couch, die Beine bequem ausgestreckt, die Augen halb geschlossen. „Warum bist du nicht zu Hause im Bett?"

„Ich hatte noch zu tun." Er streckte eine Hand aus, um sich von dem Tablett, das sie auf den Tisch gestellt hatte, ein mit Käse belegtes Brötchen zu nehmen. Mit der anderen zog er sie neben sich aufs Sofa. „Alles halb so schlimm. Mir fehlt bloß mein Abendessen. Ich hab mir gedacht, du möchtest vielleicht ein paar Neuigkeiten hören."

„Unbedingt. Ich habe eigentlich angenommen, du würdest dich heute schon mal viel früher, im Lauf des Tages, melden."

Er kaute auf seinem Käsebrötchen herum und murmelte etwas Unverständliches.

„Was?"

„Gericht", brachte er hervor und schluckte einen Bissen hinunter. „Ich war den ganzen Nachmittag bei Gericht."

„Aha, verstehe."

„Aber man hat mir gesagt, dass du angerufen hast." Die kleine Zwischenmahlzeit tat ihm gut, und er grinste bereits wieder. „Hast du mich vermisst?"

„Nicht dich, den Bericht", stellte sie in kühlem Ton klar. „Das ist das Mindeste, was ich von dir verlangen kann, wo du mir jetzt auch noch die letzten Haare vom Kopf frisst."

Genüsslich steckte er sich eine Weintraube in den Mund. „Ich lasse dein Geschäft observieren."

„Na, da kann ich ja den Wachdienst, den ich angeheuert habe, wieder abbestellen. Glaubst du, es wird noch mal passieren?"

„Nicht ausgeschlossen. Ich habe heute eine Spur entdeckt. Noch nicht viel, aber man kann nie wissen ... Hast du irgendwann mal einen Mann bei euch rumschleichen sehen, weiße Hautfarbe, dünnes, sandfarbenes Haar, um die Vierzig, mit einem runden Vollmondgesicht, das irgendwie kindlich wirkt?“ Er brach ab und spülte einen weiteren Bissen mit einem Schluck Wein hinunter. „Blass und mausgrau?“

„Nicht dass ich wüsste. Warum?“

„Ein Feuerteufel. Und irgendwie halb verrückt.“ Der Wein schmeckt gar nicht mal so übel, entdeckte Ry und nahm noch einen Schluck. „Wenn er vollkommen verrückt wäre, würde es die Dinge vereinfachen. Aber so …“

„Und du glaubst, dass er derjenige ist? Kennst du ihn persönlich?“

„O ja, Clarence und ich haben uns persönlich kennengelernt!“, bestätigte er vielsagend. „Kürzlich erst hab ich ihn mal wieder getroffen, nach zehn Jahren.“

„Was bringt dich auf die Idee, dass ausgerechnet er es ist?“

Ry erklärte ihr kurz, womit er sich heute die halbe Nacht beschäftigt hatte. „Es ist genau die Art, wie er arbeitet“, schloss er. „Dazu kommt noch dieser anonyme Anruf. Er liebt solche Telefonanrufe. Und dann noch die Stimme, die du beschrieben hast – das ist Clarence, wie er leibt und lebt.“

„Das hättest du mir auch gleich sagen können.“

„Hätte ich.“ Er zuckte die Schultern. „Na und? Ich seh jetzt den Punkt nicht.“

„Der Punkt“, stieß sie zwischen zusammengebissenen Zähnen hervor, „ist, dass wir über mein Gebäude sprechen.“

Er studierte ihr Gesicht. Keine schlechte Taktik, Angst mit Angriffslust zu überspielen, dachte er anerkennend. „Sagen Sie mir, Miss Fletcher, fassen Sie in Ihrer Position als Generaldirektor Ihre Berichte vor, während oder nachdem Sie recherchiert haben ab?“

Irritiert schüttelte sie den Kopf. „Schon gut“, lenkte sie dann ein. „Erzähl mir den Rest.“

Ry stellte sein Glas ab. „Er ist von Stadt zu Stadt gezogen, doch ich möchte wetten, dass er jetzt wieder in Urbana ist. Ich schwör’s dir, ich werde ihn finden. Gibt’s hier irgendwo einen Aschenbecher?“

Schweigend stand Natalie auf und holte einen handgeschliffenen Kristallaschenbecher. Sie war ziemlich unfair gewesen, was eigentlich sonst nicht ihre Art war. Offensichtlich war er todmüde, weil er Dutzende von Überstunden geschoben hatte – für sie.

„Du hast heute bis spät in die Nacht am Schreibtisch gesessen."

Er riss ein Streichholz an. „Ist mein Job."

„Ach ja?"

„Ja." Er sah ihr in die Augen. „Und du?"

Ihr Herz begann schneller zu schlagen. Sie konnte nichts dagegen tun. „Du machst es mir so schwer, Ry."

„Genau meine Absicht." Träge strich er mit dem Finger über den Aufschlag ihres Morgenmantels und berührte dabei wie versehentlich ihre nackte Haut. „Willst du, dass ich dich frage, wie dein heutiger Tag verlaufen ist?"

Sie lachte. „Nein." Und während sie den Kopf schüttelte, sagte sie ein zweites Mal: „Nein."

„Und ich vermute auch, dass du keine Lust hast, dich übers Wetter zu unterhalten oder über Sport?"

„Nicht unbedingt", erwiderte sie vorsichtig.

Er grinste in sich hinein und beugte sich vor, um seine Zigarette im Aschenbecher auszudrücken. „Ich sollte dich jetzt nicht länger von deinem Nachtschlaf abhalten." Mit diesen Worten erhob er sich.

Ihre Gefühle überschlugen sich. „Das wäre wahrscheinlich das Beste. Sehr rücksichtsvoll." Natalie war auch aufgestanden. Nein, es war bestimmt nicht das, was sie sich wünschte, doch es war mit Sicherheit das Vernünftigste.

„Aber ich werde es nicht tun." Sein Blick hielt sie fest. „Sag's mir!", forderte er sie auf.

Ihr Herz machte einen Satz, und sie fühlte, wie sie ein Erregungsschauer erfasste. „Was soll ich sagen?"

Er lächelte und machte einen Schritt auf sie zu. Dicht vor ihr blieb er stehen. Was er zu hören wünschte, stand unverhüllt in ihren Augen. „Wo ist das Schlafzimmer, Natalie?"

Leicht benommen deutete sie vage hinter sich. „Dort. Da hinten."

Er legte die Arme um sie, streichelte über ihr Haar und zog sie in die angegebene Richtung. „Ich denke, es ist so weit."

„Ry, das ist ein Fehler." Doch sobald sie im Schlafzimmer standen, begann sie, ihn mit Küssen zu überschütten, auf sein Gesicht, seinen Hals. „Ich weiß, dass es ein Fehler ist."

„Hin und wieder macht eben jeder Mensch Fehler im Leben."

„Ich bin aber eigentlich zu intelligent dazu." Ihr Atem ging jetzt schnell, und ihre Finger tasteten suchend über sein Hemd. Endlich hatte sie den obersten Knopf gefunden. „Und ich habe im Grunde genommen viel zu viel Selbstbeherrschung für so etwas. Ich brauche sie, weil …" Als sie über seine nackte Brust strich, entrang sich ihr ein Stöhnen. „O Ry, ich begehre deinen Körper."

„Ja?" Er geriet fast ins Schwanken, als sie ihm mit leidenschaftlicher Heftigkeit das Hemd aus der Jeans zerrte. „Er gehört jetzt ganz dir. Oh, ich hätte es wissen müssen", bemerkte er, als sein Blick auf ihr Bett fiel.

Sie streifte ihm das Hemd von den Schultern und traktierte ihn mit zärtlichen Bissen. „Mmmh, was?"

„Dass du ein First-class-Bett hast." Eng umschlungen fielen sie auf die mit Satin bezogenen Kissen.

Halb besinnungslos vor Lust, riss sie ihm das Hemd herunter. „Rasch, zieh dich aus", verlangte sie mit kehliger Stimme, „ich begehre dich, seitdem du mich das erste Mal berührt hast."

„Wird jetzt alles nachgeholt." Ebenso erregt wie sie, bedeckte er ihren Mund, Hals und Brustansatz mit leidenschaftlichen Küssen.

Schwer atmend und mit vor Verlangen bebenden Fingern, zog sie den Reißverschluss seiner Jeans nach unten. „Das ist vollkommen verrückt." Gierig trank sie von seinen Lippen, während sie eng umschlungen über das Bett rollten.

Sein Atem ging stoßweise, es gelang Ry nicht mehr, ihn unter Kontrolle zu halten. „Es fängt ja gerade erst an", murmelte er und zerrte ihr den Morgenrock von den Schultern. Ein tiefes Stöhnen entfuhr ihm, während er den Kopf über ihre mit cremefarbener Seide bedeckte Brust beugte.

Seide und Hitze und nackte, weiche Haut. Natalie erfüllte ihn mit ihrer ganzen Persönlichkeit. Sie hatte es in der Hand, ihn zu verhöhnen oder zu quälen. Frau war sie, ganz Frau. Wollte man ihre Schönheit, Anmut und Hingabe, so musste man dafür bezahlen mit Folterqualen, und sie genoss ihren Triumph. Er wusste es, und doch hatte all das, alles, was sie war, dazu beigetragen, dass er ihr vollkommen verfallen war.

Achtlos schleuderten sie die Satinbettdecke zu Boden, sie brauchten sie nicht; voller Begehren verlangte es sie danach, den Körper des anderen zu erkunden.

Er stand mitten im Feuer, die brandroten Flammen züngelten über ihn hinweg, ergriffen ihn, während ihre Hände und ihr Mund brennende Spuren auf seiner Haut hinterließen und so Hunderte neuer Brandherde entfachten. Er wich nicht zurück, diesmal war er nicht da, um das Feuer zu bekämpfen, sondern um sich hineinfallen zu lassen und sich zu ergeben. Mit einem tiefen Aufstöhnen vernahm er das Geräusch zerreißender Seide und grub dann seine Finger gierig in ihr weiches Fleisch.

Sein Griff war grob und hart. Und herrlich. Niemals zuvor hatte sie sich je so lebendig gefühlt. Niemals zuvor hatte sie ein derartiges Verlangen verspürt. Sie lebte mit jeder Faser ihres Körpers, und ihre Nervenenden vibrierten in einem taumelnden Freudentanz. Sie wusste, dass sie ihn vom ersten Moment an begehrt hatte, dass er der erste Mann in ihrem Leben war, den sie wirklich begehrte. Nie mehr wollte sie aus diesem Feuer auftauchen.

Jetzt hatte sie ihn, und sie fühlte, wie sich sein harter muskulöser Körper im Rausch der Gefühle gegen ihren drängte, wie er mehr wollte, genauso wie sie. Sie spürte sein Verlangen pulsierend unter ihren Händen, und in ihrem Kopf rauschte die Lust wie ein herabstürzender Wasserfall.

Es war elementar und urwüchsig. Alle Konventionen fielen von ihr ab, und sie fühlte sich nur noch angefüllt mit Lust, schamlos, und absolut frei. Tief gruben sich ihre Zähne in seine Schultern, als er sie mit geschickten Fingern das erste Mal ihrem Höhepunkt entgegentrieb. Einen Moment lang bekam sie Angst vor der schwindelnden Höhe, fürchtete, sich fallen zu lassen, doch er hetzte sie weiter und weiter, so lange, bis ihr nichts mehr blieb, als sich zu ergeben. Laut schrie sie seinen Namen, als die Wogen der Lust über ihr zusammenschlugen, doch kaum war sie wieder aufgetaucht, begann er von neuem ihre Begierde anzufachen. So viel Lust, nein, das hatte sie nicht für möglich gehalten, dass es so viel Lust gab.

Dann warf er sich über sie und drang mit einem kurzen harten Stoß in sie ein.

Blind und taub für alles um sie herum, empfand sie einzig das herrliche Gefühl, ihn hart und heiß in sich zu spüren. Hungrig nach mehr hob sie sich ihm entgegen, sie wollte noch mehr, wollte ihn noch tiefer in sich aufnehmen, angetrieben von einer Lust, die schier unstillbar schien.

Ein Tanz auf dem Vulkan. Sie tanzten und tanzten, vor Erschöpfung keuchend und schweißüberströmt, so lange, bis sie endlich in taumelndem Liebesflug den Gipfelpunkt ihrer gemeinsamen Lust erreichten.

Das Licht brannte. Seltsam, dass er das nicht vorher bemerkt hatte, wo es ihm doch längst in Fleisch und Blut übergegangen war, überall, wo er sich aufhielt, auch das kleinste Detail wahrzunehmen.

Ryan lag, den Kopf auf ihre Brust gebettet, und wartete darauf, dass sich sein Pulsschlag wieder normalisierte. Auch ihr Herz pochte noch immer wie ein Schmiedehammer. Ihr Körper war glühend heiß und mit kleinen Schweißperlen bedeckt.

Er verspürte nicht das Triumphgefühl, von dem er angenommen hatte, dass er es hinterher verspüren würde. Er war ganz einfach nur verwundert.

Er hatte sich vorgenommen, sie zu erobern. Das konnte – wollte – er gar nicht bestreiten. Vom ersten Moment an, seit er sie kannte, hatte er sich in seiner Fantasie in den blühendsten Farben ausgemalt, wie es wohl sein würde, ihren zuckenden und vor Lust erschauernden Körper unter seinem zu spüren.

Doch diesen Sturm von Leidenschaft, den er eben erlebt hatte, hatte er nicht erwartet. Ungezügelt waren sie übereinander hergefallen, ohne jegliche Scheu, ohne eine Spur von Scham.

Er wusste, dass er grob, mitunter fast schon ein wenig gewalttätig gewesen war. Doch da ihm ebenso bewusst war, dass es auch Momente tiefster Zärtlichkeit zwischen ihnen gegeben hatte, verursachte ihm dieses Wissen keinerlei Schuldgefühle. Es war ihm mit keiner anderen Frau jemals passiert, dass er so total die Kontrolle über sich verloren hatte wie eben. Und niemals war er hinterher so angefüllt gewesen mit Glück wie im Augenblick.

„Das sollte genügen“, murmelte er.

„Hmmm?“ Sie fühlte sich vollkommen erschöpft, ausgelaugt und angenehm müde.

„Damit sollte ich es wohl los sein. Dich los sein. Das war ja zumindest der Grund für dies alles hier."

„Oh." Sie zwang sich, die Augen zu öffnen. Langsam kehrte die Wirklichkeit zurück, und Natalie fühlte, wie ihr die Hitze in die Wangen stieg. Sie erinnerte sich, wie sie ihm die Kleider vom Leib gerissen und ihn aufs Bett gezerrt hatte, besessen nur von einem einzigen Gedanken: Sie wollte ihn haben.

Sie holte tief Luft. „Du hast recht", entschied sie dann. „Es sollte genügen. Was stimmt bloß nicht mit uns?"

Mit einem Lachen hob er den Kopf, sah ihr erhitztes Gesicht, ihre zerzausten Haare. „Weiß der Teufel. Geht's dir gut?"

Nun lächelte sie. Zur Hölle mit der Logik. „Was gerade mit uns passiert ist, liegt etwas außerhalb meines üblichen Bereichs. Aber – ja, es geht mir gut."

„Gut so." Er legte sich wieder hin und fuhr zärtlich mit seiner Zunge über ihre Brustspitzen. „Ich will dich noch mal, Natalie."

Ein neuerlicher Lustschauer erschütterte ihren Körper. „Ja."

Sie war bereits mehr als drei Stunden verspätet, als sie aus der Dusche stieg. Nun ja, dann werde ich eben heute Abend länger arbeiten müssen, entschied Natalie, während sie sich ein Handtuch um den Kopf schlang und ihre Beine eincremte.

Gähnend trat sie vor den Badezimmerspiegel und musterte sich ausgiebig. Die Frau im Spiegel kam ihr fast ein bisschen fremd vor. Eigentlich hätte sie erwartet, nach dieser wilden Nacht, die sie mit Ry verbracht hatte, vollkommen erschöpft auszusehen.

Doch das Gegenteil war der Fall. Weder sah sie erschöpft aus, noch war sie es. Sie sah … weich aus. Und zufrieden.

Ja, warum auch nicht? dachte sie und rubbelte ihr Haar trocken. Immerhin hatte sie zweiunddreißig Jahre gebraucht, um herauszufinden, wie ungeheuer belebend sich eine Runde heißer Sex auf Geist und Körper auswirkt. Lange genug.

Nichts, absolut nichts, was sie jemals mit einem Mann erlebt hatte, kam dem, was sie in der vergangenen Nacht empfunden hatte, auch nur annähernd nahe.

Und wenn ihr Tagesplan durcheinander geraten war, weil sie die ganze Nacht und die Morgenstunden eng umschlungen im Bett zugebracht hatte mit einem Mann, der es vermochte, ihr Blut zum Sieden zu bringen, dann war es in Ordnung. Es war mehr als in Ordnung, sie fühlte, welch eine ungeheure Kraft es ihr gab.

Gut gelaunt ging sie zurück ins Schlafzimmer und grinste angesichts der zerknüllten Laken. Sie bückte sich und hob die kläglichen Überreste ihres Unterkleides auf. Die Träger waren zerrissen, und der Spitzenbesatz an der Büste hatte auch arg gelitten, Offensichtlich war ihre Ware wohl doch nicht so strapazierfähig, wie sie Ry gegenüber behauptet hatte. Dem Ansturm eines heißblütigen Mannes hielt sie nicht stand.

Lachend warf sie den Unterrock beiseite und ging in die Küche.

„Mmmh, ich rieche Kaffee“, sagte sie vergnügt und blieb in der offenen Tür stehen.

Ry zerschlug gerade Eier auf dem Rand einer Schüssel. Sein Haar war noch feucht vom Duschen, und er war barfuß.

Kaum fassbar, aber sie hatte schon wieder Lust auf ihn.

„Du hast ja wirklich so gut wie nichts zu essen im Haus.“

„Ich esse meistens außerhalb.“ Entschlossen, ihre Gelüste unter Kontrolle zu halten, steuerte sie auf die Kaffeemaschine zu. „Was machst du denn da?“

„Omeletts. Du hast gerade mal vier Eier, ein kleines bisschen Cheddar und einen verwelkten Brokkoli.“

„Na ja, ich hatte vor, ihn mir mal irgendwann zu machen, doch ich kam nicht dazu.“ Sie rührte ihren Kaffee um. „Du kannst also kochen“, stellte sie fest.

„Jeder Feuerwehrmann mit Selbstachtung kann kochen.“ Geübt verquirlte er mit dem Schneebesen die Eier und grinste dann anerkennend zu ihr herüber. „Gut siehst du aus heute Morgen.“

„Danke.“ Sie lächelte ihm über den Rand ihrer Tasse hinweg zu. Wenn er sie weiterhin mit diesem Blick anschaute, würde sie ihn auf der Stelle hier auf dem Küchenboden … O Gott! Nein, sie sollte sich lieber praktischeren Dingen zuwenden. „Kann ich dir irgendetwas helfen?“

„Weißt du, wie man Toast röstet?“

„Kaum.“ Sie stellte ihre Tasse ab und öffnete den Schrank. Einen Moment lang herrschte Schweigen, während er mit den Eiern beschäftigt war und sie den Toaster aus dem Küchenschrank nahm. „Ich …“ Sie wusste nicht so recht, wie sie sich ausdrücken sollte.

„Ich nehme an, du warst schon in sehr gefährlichen Situationen, stimmt's?"

„Ja. Wie kommst du denn jetzt darauf?"

„Die Narben auf deiner Schulter, deinem Rücken." Sie waren ihr bei ihren Entdeckungsfahrten über seinen herrlichen Körper in der vergangenen Nacht aufgefallen.

Er schaute auf. Tatsächlich dachte er niemals an diese Narben, er hatte sie längst vergessen, so sehr waren sie zu einem Teil seiner selbst geworden. „Kleine Erinnerung an ein Feuer. Störst du dich daran?"

„Nein, überhaupt nicht."

Er rührte in der Pfanne herum. Vielleicht stören sie sie ja doch, dachte er. Vielleicht aber auch nicht. Besser, er ging der Angelegenheit nicht weiter auf den Grund.

„Unser Freund Clarence. Als ich ihn aus einem Haus rausholte, das er angezündet hatte, krachte die Decke runter." Ry konnte sich an die Situation erinnern, als sei es gestern gewesen. An den Flammenregen, der plötzlich auf sie niederstürzte, an das unheimliche Fauchen und Prasseln des Feuers. Ein Albtraum. Todesangst hatte er verspürt, grässliche Todesangst. „Die Decke fiel auf uns runter. Es war entsetzlich. Clarence schrie und lachte zugleich. Er war völlig durchgeknallt. Ich hab ihn rausgebracht, an mehr kann ich mich nicht mehr erinnern, bis ich im Krankenhaus aufwachte."

„Wie schrecklich."

„Es hätte noch viel schrecklicher ausgehen können. Ich muss wirklich einen Schutzengel gehabt haben, anders kann ich mir das nicht erklären." Die Rühreier waren jetzt fertig, und er nahm sie vom Herd. „Mein Vater ist bei einer ganz ähnlichen Gelegenheit ums Leben gekommen."

Er zuckte bei seinen eigenen Worten zusammen. Warum zum Teufel hatte er das jetzt eigentlich erzählt? Es war nicht seine Art, private Dinge so einfach auszubreiten. Er hatte es nicht beabsichtigt, es war ihm einfach so herausgerutscht. Der Tod seines Vaters war ja nun wirklich nicht unbedingt die geeignete Am-Morgen-danach-Konversation.

„Du solltest besser deinen Toast mit Butter bestreichen, bevor er endgültig kalt wird."

Schweigend wandte sie sich zu ihm um, legte ihm die Arme um den Nacken und presste ihre Wange gegen seine. „Ich wusste nicht, dass du deinen Vater im Feuer verloren hast." Es gibt noch so viel, dachte sie, was ich nicht weiß von ihm.

„Vor zwölf Jahren. Ich war auf der Highschool."

„Ich möchte nicht in alten Wunden stochern, Ry."

„Ist schon okay. Pop war einer der größten ‚Feuerschlucker', die die Feuerwehr jemals gehabt hat."

Natalie stand einen Moment schweigend da und war verblüfft über die Gefühle, die sie überschwemmten. Dieses Bedürfnis, ihn zu trösten, alles mit ihm zu teilen. Ein Teil von ihm zu werden. Vorsichtig trat sie einen Schritt zurück. Es wäre unklug, warnte sie sich selbst. Es wäre unklug, nach mehr zu suchen, als in Wirklichkeit da ist.

Das Läuten der Türklingel riss sie aus ihren Überlegungen. „Wer ist das denn?"

„Warte. Ruft nicht der Pförtner an, wenn jemand zu dir will?"

„Nicht, wenn es ein Nachbar ist."

„Schau zuerst durch den Spion", wies er sie an, während er Teller auf den Tisch stellte.

„Ja, Daddy." Sie amüsierte sich über seine Fürsorglichkeit und ging zur Tür. „Boyd, um Himmels willen!" Sie fiel ihrem Bruder in die Arme. „Cilla!"

„Nicht nur wir beide, die ganze Crew ist da", warnte Cilla, als sie und Natalie sich herzlich umarmten. „Der Cop hat mir verboten, dich vorher anzurufen und dich auf die Invasion vorzubereiten."

„Ich freu mich so, euch zu sehen." Natalie beugte sich hinunter, um ihre Nichte und die Neffen zu umarmen. „Was tut ihr hier?"

„Nach dem Rechten sehen." Boyd stellte die Reisetasche ab.

„Du kennst doch den Captain, er muss immer und überall seine Nase reinstecken", sagte Cilla. „Bryant, lass bloß deine Finger von den Sachen hier!" Sie warf einen wachsamen Blick auf ihren Ältesten. Er war acht, und sie wusste, so recht konnte man ihm noch nicht trauen. „Sofort nachdem Deborah uns angerufen hatte, um uns von dem zweiten Feuer zu erzählen, hat er beschlossen, dass wir alle zu dir fahren. Allison, hier ist kein Basketballfeld. Leg doch bitte den Ball hin."

Allison drückte den Basketball an ihre Brust. „Ich will ihn ja gar nicht werfen."

„Wir wohnen bei Deborah und Gage", fügte Cilla hinzu. „Also bloß keine Panik."

„Nein, das hab …"

„Außerdem haben wir auch was zum Futtern mitgebracht." Boyd hielt ihr die geöffnete Tasche hin, die gefüllt war mit Hamburger- und Pommes-frites-Tüten. „Wie wär's mit Mittagessen?"

„Nun, ich …" Sie räusperte sich und fühlte sich etwas verlegen. Wie zum Teufel sollte sie bloß Rys Anwesenheit erklären?

Keenan, mit der rastlosen Neugier eines Fünfjährigen, hatte ihn bereits entdeckt. Er stürmte in die Küche, stellte sich vor ihn und grinste zu ihm hoch. „Hi."

„Hi, du." Neugierig darauf, wie Natalie sich aus der Affäre ziehen würde, kam Ry aus der Küche.

„Willst du mal sehen, was ich kann?", krähte Keenan, bevor irgendein anderer das Wort ergreifen konnte.

„Äh …" Natalie fuhr sich mit der Hand durch das noch immer feuchte Haar. Es war gar nicht nötig, dass sie zu Boyd hinüberschaute, um zu wissen, dass er wieder mal seinen spekulativen Großer-Bruder-Blick aufgesetzt hatte. „Boyd und Cilla Fletcher, Ry Piasecki." Sie räusperte sich. „Und das sind Allison und Bryant. Keenan hat sich dir ja schon vorgestellt."

„Piasecki", wiederholte Boyd. „Brandermittlung?" Genau der Mann, den er aufsuchen wollte. Er hatte allerdings nicht damit gerechnet, ihn barfuß in der Küche seiner Schwester anzutreffen.

„Richtig." Ry bemerkte, wie Bruder und Schwester einen langen Blick austauschten. „Und Sie sind der Cop aus Denver."

„Er ist ein Polizei-Captain", stellte Bryant richtig. „Und trägt bei der Arbeit eine Pistole. Kann ich was zu trinken haben, Tante Natalie?"

„Aber ja. Ich …" Bevor Natalie ihren Satz beenden konnte, war Bryant schon wie der Blitz in die Küche geschossen. „Nun, das ist alles …" Ziemlich peinlich, ergänzte sie in Gedanken. „Vielleicht sollte ich jetzt mal ein paar Teller auf den Tisch stellen, bevor das Essen kalt wird."

„Gute Idee. Aber alles, was sie im Haus hat, sind Eier." Ry warf einen Blick in Boyds offene Tasche. „Vielleicht können wir sie ja gegen ein paar Pommes frites eintauschen."

„Sie ermitteln wegen der Brände bei Natalie, stimmt's?", wollte Boyd wissen.

„Keine Fragen auf leeren Magen", protestierte Cilla. „Du kannst ihn nach dem Essen immer noch auseinandernehmen. Wir sind seit Stunden unterwegs."

7. KAPITEL

Das Letzte, was Natalie sich jemals hätte vorstellen können, war, dass sie ihren Samstagabend bei einem Basketballturnier zubringen würde. Nie hätte sie es sich träumen lassen, dass sie jemals Polizisten und Feuerwehrmännern dabei zusehen würde, wie sie sich abmühten, einen Ball in ein Netz zu werfen.

Ry hatte ihre Nichte, die ein Basketballfan war, eingeladen, und sie, Natalie, hatte dann beschlossen, sich Cilla und Allison anzuschließen, denn heute fand der große Wettkampf zwischen Polizei und Feuerwehr statt, den man nur einmal im Jahr zu sehen bekam. Immerhin ein großes Ereignis, und genau das Richtige für Allison.

Ihre Nichte saß jetzt neben ihr und befand sich augenscheinlich im siebten Basketballhimmel. Lautstark feuerte sie die Red Jerseys mit dem Enthusiasmus eines begeisterten Fans an.

„Nicht unbedingt die schlechteste Möglichkeit, den Samstagnachmittag rumzubringen“, kommentierte Cilla und hatte Mühe, mit ihrer Stimme das Johlen, Schreien und Pfeifen zu übertönen. „Einige der Jungs sind ja ziemlich hübsch.“ In ihren Augen tanzten kleine Fünkchen, als sie Natalie ansah. „Nebenbei gesagt, der, den du dir da an Land gezogen hast, ist wirklich vom Feinsten.“

„Ich hab mir niemanden an Land gezogen. Wir sind bloß …“

„Ja, ja, schon verstanden.“ Kichernd legte Cilla Natalie den Arm um die Schultern. „Komm, sei doch nicht so ernst, Natalie, war doch bloß Spaß.“

Natalie lächelte sie an und schaute dann wieder aufs Spielfeld. Nicht, dass es sie etwa interessiert hätte. Doch sie registrierte sehr wohl, dass die Spieler der Polizei Ry jeweils zu zweit abwehren mussten. Keine schlechte Strategie, damit hatte er immerhin im ersten Viertel schon sieben Punkte gemacht.

Nicht etwa, dass sie mitzählen würde.

„Er hat das Spiel mir gegenüber gar nicht erwähnt“, murmelte sie.

„Nein?“ Cilla musste ein Grinsen unterdrücken. „Wahrscheinlich hatte er zu viele andere Dinge im Kopf. Hey!“ Sie sprang auf die Füße, ebenso wie die Menge um sie herum, als ein Spieler aus der Mannschaft der Blue Jerseys Ry seinen Ellbogen zwischen die Rippen rammte. „Foul“, schrie Cilla, die ihre Hände zu einem Trichter geformt vor den Mund gelegt hatte.

„Der steckt das weg“, murmelte Natalie vor sich hin und versuchte, nicht darauf zu achten, wie Ry sich der Foul-Linie näherte. „Der hat einen irischen Dickschädel.“ Sie schwankte zwischen Stolz und Verärgerung, als sie sah, wie er präzise seinen Ball ins Netz schlug.

„Ry ist der Beste“, stellte Allison ehrfürchtig und aufgeregt fest. Sie hatte ihren Helden gefunden. „Hast du gesehen, wie er sich bewegt? Wahnsinn!“

Nun ja, er sieht tatsächlich gut aus, stimmte ihr Natalie im Stillen zu. Geschmeidig wie ein Panther. Und dazu dieser entschlossene Gesichtsausdruck, wachsam und unbesiegbar.

Vielleicht wünschte sie es sich ja doch, dass er seiner Mannschaft zum Sieg verhalf. Da es gerade wieder spannend wurde, sprang sie auf und fiel in das Schreien und Johlen der Menschenmenge ein.

„Hast du das gesehen?“, rief sie und stupste Cilla mit dem Ellbogen in die Seite.

„Ja, großartig!“, stimmte ihre Schwägerin begeistert zu.

Die Sporthalle leerte sich langsam, die Fans schwärmten aus, müde und glücklich – oder unglücklich, je nachdem –, um ihren Sieg zu feiern oder sich über die Niederlage hinwegzutrösten. Die Red Jerseys hatten einen überwältigenden Triumph davongetragen, und die ausgepumpten Spieler beeilten sich nun, unter die Duschen zu kommen. Zufrieden saß Natalie da und genoss die langsam einkehrende Ruhe. Es war ihr erster freier Tag seit sechs Monaten, und sie hatte ihn nicht auf die schlechteste Art und Weise verbracht.

Und dass Ry sie nicht gebeten hatte mitzukommen, war auch nicht weiter schlimm. Er hatte keinerlei Verpflichtungen ihr gegenüber. Keiner von ihnen war dem anderen gegenüber zu irgendetwas verpflichtet. Sie achteten ja beide sehr genau darauf, sich ihre volle Bewegungsfreiheit zu erhalten, beide waren sie beruflich stark engagiert, und keiner hatte Interesse daran, sich in eine Romanze zu verstricken. Das, was zwischen ihnen lief, war lediglich eine sexuelle Affäre, die im Moment zwar heftig loderte, aber doch rasch abkühlen würde.

Glücklicherweise hatten sie das beide von Anfang an richtig gesehen. Natürlich gab es eine starke Anziehungskraft zwischen ihnen. Und auch Respekt. Doch es war mit Sicherheit keine Beziehung, im wahrsten Sinne des Wortes. Und keiner von ihnen wünschte sich eine. Wenn es aus war, war es eben aus. Weder Ry noch sie würden dem anderen dann noch eine Träne hinterherweinen.

Plötzlich kam er aufs Spielfeld, sein Haar war vom Duschen dunkel und feucht.

Junge, Junge, dachte sie, während sie ihn betrachtete, langsam fängst du an, mir Probleme zu machen.

„Tolles Spiel." Sie trat auf ihn zu und bemühte sich, die Unbefangene zu spielen.

„Ja, es hatte seine guten Momente." Er legte den Kopf schief und grinste sie an. „Das erste Mal, dass ich dich in was anderem sehe als in einem exklusiven Schneiderkostüm oder Designerklamotten."

Um die Erregung, die seine Nähe schon wieder in ihr ausgelöst hatte, zu verbergen, bückte sie sich und hob einen Ball auf. „Jeans und Sweatshirt sind eben nicht unbedingt meine offizielle Arbeitskleidung."

„Steht dir aber trotzdem gut, Nat."

„Danke." Sie drehte den Ball in ihrer Hand hin und her. „Für Allison war heute der Tag ihres Lebens. Es war wirklich lieb von dir, sie einzuladen."

„Sie ist ein süßes Mädchen. Alle drei sind sie lieb. Allison ist nicht auf den Mund gefallen, sie weiß genau, was sie will. Außerdem werden ihr in ein paar Jahren die Männer zu Füßen liegen."

„Im Moment ist sie jedenfalls weitaus mehr daran interessiert, auf dem Spielfeld Punkte zu sammeln, als bei Jungs." Langsam entspannte sich Natalie und konnte es nun wagen, ein bisschen mit ihm zu scherzen. „Sie haben heute auch viele Punkte gesammelt, Inspector."

„Dreiunddreißig", erwiderte er. „Hat jemand mitgezählt?"

„Allison natürlich." Und sie auch. Sie wanderte ein bisschen auf dem Spielfeld auf und ab. „Ich nehme an, das war heute der Höhepunkt der Spielsaison?"

„Ja. Den Erlös stiften wir immer irgendwelchen wohltätigen Zwecken. Das Wichtigste an der Sache ist für uns, dass wir uns so richtig austoben können und mal wieder die Gelegenheit haben, wie die Teufel zu kämpfen."

„Du hast gar nichts davon erwähnt. Ich meine, bevor Allison aufgetaucht ist."

„Nein." Neugierig geworden, studierte er ihren Gesichtsausdruck. Lag in ihrem Tonfall eine Spur von Verärgerung, oder bildete er sich das nur ein? „Soweit ich mich erinnern kann, nicht."

„Und warum nicht?"

Es wurmt sie tatsächlich, entschied er und strich sich übers Kinn. „Ich konnte mir nicht vorstellen, dass dich das interessiert."

„Ach, wirklich?"

„Hey, das ist hier ja schließlich nicht die Oper oder das Ballett." Er zuckte die Schultern und hakte seine Daumen in seine Hosentaschen. „Und schon gar kein verdammtes französisches Feinschmeckerlokal."

Sie holte tief Luft. „Fängst du jetzt schon wieder an, mich einen Snob zu nennen?"

Vorsicht, Piasecki, warnte er sich selbst. Hier ist irgendwo eine Falltür. „Nein, nicht direkt. Sagen wir's mal so: Es fällt mir schwer, mir jemanden wie dich als Zuschauerin bei einem Basketballspiel vorzustellen."

„Jemanden wie mich", wiederholte sie. Sie hob den Ball auf, fixierte das Netz, stemmte ihre Füße fest in den Boden, holte weit aus und schoss ihn dann direkt ins Ziel. Als sie Ry von der Seite ansah, registrierte sie mit tiefer Befriedigung, dass ihm vor Überraschung der Mund offen stand. „Jemanden wie mich", sagte sie noch einmal und ging hinüber, um den Ball aufzuheben. „Was soll das denn heißen, Piasecki?"

Er nahm die Hände aus den Hosentaschen. „Mach das noch mal."

„Gerne doch." Sie trat hinter die Linie, zielte bedächtig, holte aus, und ein zweites Mal fiel der Ball durch das Netz zu Boden.

„Ich bin beeindruckt, Nat. Wirklich tief beeindruckt. Wie wär's mit einem Spielchen?"

„Okay." Dann wollen wir mal sehen, was du am Ball kannst, Inspector. Sie umkreiste ihn, während er den Ball dribbelte.

„Du weißt, ich kann nicht ..."

Schnell und geräuschlos wie eine Schlange glitt sie auf ihn zu, entriss ihm den Ball, zielte und schoss direkt ins Netz. „Scheint so, als wäre das ein Punkt für mich."

„Du bist wirklich gut."

„Oh, ich bin besser als gut." Sie warf ihr Haar zurück, stellte sich ihm in den Weg und blickte ihn herausfordernd an. „Im College war ich immer Mannschaftskapitän, Kumpel. Was glaubst du denn, woher Allison das hat, hm?"

„Ist ja gut, Tante Natalie. Lass uns weiterspielen."

Er kreiselte blitzschnell einmal um sich selbst, doch sie ging mit, klebte ihm an den Fersen wie Leim. Sie bewegt sich gut, konstatierte er. Geschmeidig und kämpferisch. Aber natürlich konnte sie niemals gegen ihn gewinnen. Er sollte sich besser ein wenig zurückhalten. Er dachte ja gar nicht daran, eine Frau auf dem Spielfeld niederzumachen, egal wie viel von seinem männlichen Selbstbewusstsein dabei auf dem Spiel stand.

Sie allerdings bewies ihm gegenüber nicht dasselbe Einfühlungsvermögen und rammte ihm ihre Schulter zwischen die Rippen, dass ihm die Luft wegblieb.

Stirnrunzelnd rieb er sich die schmerzende Stelle unter dem Herzen. Ihre Augen glitzerten kampfeslustig.

„Das war ein Foul."

Da hatte sie ihm schon den Ball entrissen und machte bereits mit einem eindrucksvollen Wurf den nächsten Punkt. „Zeig doch mal, was du kannst."

Sie war im Vorteil, und sie wussten es beide. Nicht nur, dass er bereits ein volles Spiel hinter sich hatte, sondern sie hatte währenddessen auch ausreichend Zeit gehabt, seine Technik und seine Taktik zu studieren.

Außerdem war sie tatsächlich besser, musste er sich bewundernd eingestehen, verdammt viel besser als die Hälfte der Cops, gegen die er heute Nachmittag angetreten war.

Das Schlimmste an der Angelegenheit war allerdings, dass sie das sehr genau wusste.

Zum Schluss sah es dann doch so aus, als würde er sie besiegen, aber nur unter größten Schwierigkeiten. Sie war tatsächlich ein As.

Doch sie gab nicht auf. Sie rangen um die Spitzenposition. Er fühlte sich vollkommen ausgepumpt, sein Atem ging stoßweise. Keuchend hob er den Ball auf und starrte zu ihr hinüber. Um ihre Lippen spielte ein süffisantes Lächeln, ihr Gesicht war erhitzt und ihr Haar völlig zerzaust. Sie sah einfach zum Anbeißen aus.

Mit dem Ball in der Hand machte er einen raschen Satz auf sie zu und schlang ihr den einen Arm fest um die Taille. Daraufhin stieß sie einen wütenden Schrei aus und schlug ihm hart auf die Schulter. Als er nun mit seiner freien Hand den Ball ins Netz schlug, lachte sie laut auf.

„Das war aber jetzt definitiv ein Foul!"

„Zeig, was du kannst." Lachend hob er sie hoch, bis sich ihre Gesichter auf gleicher Höhe befanden, und sie legte die Beine um seine Taille. Dann streckte er die Hand aus, griff von hinten in ihr Haar und zog ihren Kopf zu sich heran, bis sich ihre Lippen berührten.

Ihr stockte der Atem. Gleich darauf öffnete sie ihm ihren Mund und tauchte ein in seinen Kuss, der heiß und hart war vor Verlangen, und sie fühlte, wie eine Woge von Begehren leidenschaftlich und alles verzehrend in ihr hochstieg.

Er spürte sein Blut wie einen reißenden Strom durch seine Adern rauschen, sein Herz schlug ihm bis zum Hals. Ein plötzlicher, gieriger Hunger überfiel ihn, zärtlich biss er in ihren Hals und küsste ihre samtweiche Haut.

„Es gibt an der Rückseite einen Raum, den man abschließen kann."

Sie zerrte schon an seinem Hemd, ihr Atem ging schnell. „Warum sind wir dann immer noch hier? Kannst du mir das sagen?"

„Gute Frage."

Er hatte sie noch immer auf den Armen, und während sie ihm lustvoll unerhörte Dinge ins Ohr flüsterte, stieß er mit einem Fuß die Drehtür auf und trug sie hindurch. Durch einen langen Flur gelangten sie schließlich zu dem Lagerraum. Ry tastete nach der Türklinke, drückte sie herunter und stieß die Tür auf. Sie standen in einem winzigen unordentlichen Raum, der bis oben vollgestopft war mit allen möglichen Sportgeräten.

Ungeduldig wühlten sich Natalies Hände in Rys Haar, sie drehte seinen Kopf so zu sich herum, dass sie seinen Mund finden und ihn küssen konnte. Fast wäre er bei diesem Manöver über einen Medizinball gestolpert. Also blieb er erst einmal stehen und erwiderte ihren leidenschaftlichen Kuss. Dann löste er sich von ihr und sah sich nach etwas Geeignetem um, das man als Bett umfunktionieren könnte.

Doch es fand sich in der Abstellkammer nichts außer einer gepolsterten Trainingsbank. Schwer atmend, mit Natalie auf seinem Schoß, ließ er sich darauf nieder.

„Ich komm mir vor wie ein Teenager", fluchte er, und seine Stimme klang kehlig vor Begierde, dann öffnete er den Knopf von Natalies Jeans und zog den Reißverschluss herunter. Als er ihr mit bebenden Händen die Hose über die Hüften nach unten schob, spürte er, dass ihre Haut heiß und feucht war vor Verlangen.

„Ich auch." Ihr Herz schlug wie ein Schmiedehammer. „O Ry, ich will dich. Mach schnell."

Gierig rissen sie sich gegenseitig die Kleider vom Leib, für irgendwelche Feinheiten oder Raffinessen blieb keine Zeit. Es gab nur die pure Begierde, die sich immer weiter hochschraubte, zur Explosion drängte, nach Erfüllung schrie.

Seine Hände glitten bebend über ihren Hals, berührten ihre Brüste, fuhren über die Hüften, den heißen Schoß, erregten sie, quälten sie, nichts und niemand sonst auf der Welt zählte, nur er und dieses wilde, ungezügelte Feuer, das er in ihr entfachen konnte.

Sie wollte mehr. Mehr. Mehr.

Plötzlich löste sie sich von ihm, gab einen leisen dunklen Laut von sich, der klang wie das Schnurren einer Katze, und setzte sich mit weit gespreizten Beinen auf ihn. Sein Herzschlag drohte in dem Moment auszusetzen, in dem sie ihn in sich aufnahm. Ihr Körper bog sich nach hinten, die Augen hielt sie geschlossen, und um ihren Mund lag ein Zug von Begehren und Hingabe gleichermaßen. Langsam und geschmeidig begann sie, sich zu bewegen. Dann wurde sie schneller und schneller. Er fühlte sich hilflos und großartig zugleich, er musste ihr die Führung überlassen, sie wusste, was er brauchte, was er sich ersehnte, und sie nahm es diesmal in die Hand, sie zum gemeinsamen Höhepunkt der Lust zu führen.

„So was wie das eben hab ich in meinem ganzen Leben noch nicht gemacht." Noch immer zitternd und leicht taumelnd vor Erschöpfung kämpfte Natalie mit dem Verschluss ihrer Jeans. „Ich meine, wirklich niemals."

„Nun, es war auch nicht exakt das, was ich geplant hatte." Noch immer verdutzt über die Heftigkeit ihrer Gefühle strich Ry ihr übers Haar.

„Total verrückt." Natalie zog ihr Sweatshirt glatt und seufzte lustvoll. „Es war herrlich."

Seine Lippen umspielte ein Lächeln. „Ja." Dann tat er ernst. „So bist du also."

Sie grinste und versuchte sich mit den Fingern ihr Haar durchzukämmen. „Wir sollten jetzt lieber nicht versuchen, unser Schicksal herauszufordern, und machen, dass wir hier rauskommen. Sonst erwischt uns am Ende noch jemand." Sie bemerkte, dass sie einen Ohrring verloren hatte, und entdeckte ihn gleich darauf auf dem Fußboden. „Ich muss nach Hause und mich umziehen, ich bin bei den Guthries zum Abendessen eingeladen."

Er sah ihr zu, wie sie sich den Ohrring ins Ohr steckte. „Ich fahre dich nach Hause."

„Oh, wie großzügig." Sie ging zur Tür und entriegelte sie. „Hast du nicht Lust mitzukommen? Du bist jedenfalls herzlich eingeladen. Und ich weiß, dass Boyd scharf drauf ist, sich mit dir zu unterhalten."

Er legte seine Hand über ihre, die noch auf der Türklinke lag. „Wie schmeckt dort das Essen?"

Lächelnd blickte sie ihn über ihre Schulter hinweg an. „Hervorragend."

Sie hatte recht gehabt, das Essen war vorzüglich. Lammrücken, frischer Spargel, glasierte Süßkartoffeln, französischer Wein.

Es war ihm schon vorher bekannt gewesen, dass die Guthries sehr gut betucht waren. Dennoch war er nicht auf den Anblick dieser traumhaft schönen alten Villa vorbereitet gewesen mit ihren Türmchen und dicken Mauern und Terrassen. Fast wie eine Burg, dachte Ry, als er ankam.

Innen war es gemütlich, vornehm natürlich und alles nur vom Feinsten, aber warm. Deborah hatte ihm einen Teil der Villa gezeigt, bevor sie sich in dem riesigen Speisezimmer mit seinem hohen, gemauerten Kamin und den Kristalllüstern zu Tisch begaben.

Ist ja fast schon ein Museum, dachte Ry.

Mit Deborah hatte er sich auf Anhieb verstanden. Ihr ging der Ruf voraus, eine knallharte Staatsanwältin zu sein. Man sah es ihr nicht an, ihre Gesichtszüge waren um einiges sanfter und verletzlicher als die ihrer Schwester, doch das täuschte.

Dass ihr Ehemann sie anbetete, war unübersehbar. Ry nahm die kleinen Zeichen wahr – die kurzen, einmütigen Blicke, die sie oft miteinander wechselten, kleine zärtliche Berührungen.

Boyd und Cilla schienen ein ebenso glückliches Paar zu sein. Dem Alter der Kinder nach zu urteilen, waren sie wohl etwa seit einem Jahrzehnt verheiratet und erweckten noch immer den Anschein, als wären sie frisch verliebt.

Und die Kinder fand Ry einfach großartig. Er hatte immer einen Scherz für sie parat. Allisons mädchenhafte Schwärmerei für ihn rührte ihn, und er ging mit ihr noch einmal alle Höhepunkte des Spiels vom Nachmittag durch.

Das Abendessen verlief in ruhiger und entspannter Atmosphäre.

„Fährst du in einem Feuerwehrwagen?", wollte Keenan wissen.

„Früher. Jetzt nicht mehr."

„Warum jetzt nicht mehr?"

„Ich hab's dir doch schon erzählt." Bryant rollte in komischer Verzweiflung über die Unwissenheit seines kleinen Bruders die Augen. „Er verfolgt jetzt Verbrecher, genau wie Dad. Aber nur solche, die irgendwas anzünden, stimmt doch, oder?"

„Ganz genau."

„Ich würde lieber in einem Feuerwehrauto fahren." Keenan rutschte von seinem Stuhl herunter und kletterte auf Rys Schoß.

„Keenan", mahnte Cilla. „Wie soll Ry denn essen?"

„Lassen Sie nur." Ry machte der Kleine Spaß, und er schob ihn nur ein bisschen beiseite, um an seinen Teller heranzukommen. „Bist du schon mal in einem gefahren?"

„Nö." Er grinste charmant und machte große Kulleraugen. „Darf ich?"

„Wenn deine Mom und dein Dad nichts dagegen haben, kannst du mich morgen auf der Wache mal besuchen kommen und dich bei uns mal ein bisschen umschauen."

„Cool. Können wir, Dad?" Bryant hatte anscheinend umgehend beschlossen, dass die Einladung nicht nur an seinen Bruder, sondern auch an ihn gerichtet war.

„Ja, warum nicht?"

„Tante Natalie weiß ja, wo das ist", fügte Ry hinzu, als Keenan begeistert mit seiner kleinen Faust auf sein Knie trommelte. „Sagen wir, so gegen zehn. Dann werde ich mit euch eine kleine Führung veranstalten."

„Das ist ja wirklich toll." Cilla stand auf. „So, jetzt aber ab ins Bett mit euch dreien, es ist schon spät, war ein langer Tag heute." Natürlich kam von allen Seiten wilder Protest. Cilla schüttelte nur den Kopf und schaute Boyd an.

„Okay." Boyd wusste, dass er jetzt an der Reihe war, und stand auf. „Auf geht's", sagte er und schlug Bryant auf die Schulter. „Sagt Gute Nacht, und lasst uns dann nach oben gehen."

„Nette Familie", war Rys Kommentar, nachdem Boyd mit seinem Nachwuchs verschwunden war.

„Ja, stimmt." Deborah lächelte ihn an. „Und jetzt haben die Kinder etwas, auf das sie sich morgen freuen können."

„Keine große Sache. Und meine Kollegen werden sich freuen, den Kids ein bisschen was vorführen zu können. Das Essen war übrigens vorzüglich."

„Einen Koch wie Frank gibt's nur einmal unter Millionen", stimmte Deborah zu. „Ein ehemaliger Taschendieb." Sie legte ihre Hand auf die von Gage. „Warum gehen wir zum Kaffee nicht rüber in den kleinen Salon?"

Gage und Ry verließen zusammen das Esszimmer und gingen in den Salon. Im Kamin brannte ein gemütliches Feuer.

„Sie waren früher Polizist, stimmt's?"

Gage lehnte sich bequem in seinem Sessel zurück. „Ja. Stimmt. Der letzte Fall, den ich mit meinem Partner zusammen bearbeitete, war eine Tragödie." Wenn er daran dachte, schmerzte es noch immer, obwohl die Wunden inzwischen verheilt waren. „Ihn hat's erwischt, und ich sollte der Nächste sein. Nachdem es dann vorbei war und ich noch einmal Glück gehabt hatte, hab ich meine Dienstmarke zurückgegeben."

„Hart." Ry glaubte zu wissen, wovon Gage redete. Er hatte schon einiges über ihn gehört. Wenn er sich richtig erinnerte, hatte Gage damals nach seiner schweren Verletzung mehrere Monate im Koma gelegen. „Und dann haben Sie dieses private Sicherheitsunternehmen aufgezogen?"

„Sozusagen. Ich habe Nachforschungen über Sie angestellt. Natalie ist wichtig für Deborah und mich. Ich kann Ihnen schon im Voraus sagen, dass Boyd Sie nachher fragen wird, wie wichtig Ihnen Natalie ist." Er schaute auf, als Boyd zur Tür hereinkam. „Das ging aber schnell."

„Natalie und Cilla haben mich abgelöst." Er ließ sich in einen Sessel fallen und schlug die Beine übereinander. „Also, Piasecki, was läuft zwischen Ihnen und meiner Schwester?"

Ry entschied, dass er jetzt lange genug höflich gewesen war, und fischte ein Päckchen Zigaretten aus seiner Tasche. Er zündete sich eine davon an und warf das Streichholz in den Kristallaschenbecher, der vor ihm auf dem Tisch stand. „Ich hätte gedacht, dass jemand, der Captain bei der Polizei ist, fähig genug wäre, das selbst herauszufinden."

Gages Lachen verwandelte sich in ein Hüsteln, als er sah, wie Boyd die Augen zusammenkniff. „Natalie ist kein Wegwerfgegenstand." Boyd wählte seine Worte sorgfältig.

„Ich weiß, was sie ist. Wenn Sie schon jemanden in die Zange nehmen müssen wegen dem, was zwischen uns läuft, Captain, fangen Sie besser mit ihr an."

Boyd schien zu überlegen, ob er Rys Worte in Erwägung ziehen sollte, dann nickte er. „Warten wir's ab. Weihen Sie uns doch jetzt erst mal in Ihre bisherigen Ermittlungsergebnisse ein."

Das konnte und wollte Ry. Er erzählte alles der Reihe nach, die Fakten, seine eigenen Schritte und Schlussfolgerungen und beantwortete Boyds sachliche Fragen knapp und präzise.

„Ich tippe auf Clarence", beendete er seinen Bericht. „Ich weiß, nach welchem Muster er arbeitet und was in seinem verwirrten Kopf vor sich geht. Und ich werde ihn kriegen, verlassen Sie sich drauf."

„In der Zwischenzeit braucht Natalie aber Schutz." Boyd presste die Lippen fest zusammen, bis sie nur noch ein schmaler Strich waren. „Ich werde dafür sorgen."

Ry drückte seine Zigarette im Ascher aus. „Schon geschehen."

„Ich spreche von einem Schutz zu ihrer persönlichen Sicherheit, nicht für die Firma."

„Ich auch. Ich werde nicht zulassen, dass ihr auch nur ein einziges Haar gekrümmt wird. Das ist versprochen."

Boyd schnaubte verächtlich. „Bilden Sie sich wirklich ein, sie würde auf Sie hören?"

„Sicher. Es wird ihr nichts anderes übrig bleiben."

Boyd schwieg einen Moment, dann trat er den Rückzug an. „Vielleicht sind Sie mir ja doch ganz sympathisch, Inspector."

„So, Schluss jetzt, der Kaffee kommt." Deborah kam mit einem Tablett, auf dem eine silberne Kaffeekanne und wertvolles Meißner Porzellan stand, herein.

Gage erhob sich, nahm ihr das Tablett aus den Händen und gab ihr einen leichten Kuss auf die Wange.

„Jacoby, Clarence Robert. Klingelt da was bei dir, Deborah?", wollte Boyd wissen.

Nachdenklich zog sie die Brauen zusammen, während sie Kaffee einschenkte. „Jacoby. Auch bekannt unter dem Namen Jack Jacoby?" Sie gab Boyd eine Tasse und dann Ry. „Er wurde vor einiger Zeit wegen einer Brandstiftungssache verurteilt, dann jedoch gegen Kaution auf freien Fuß gesetzt."

„Tolle Frau", sagte Ry zu Gage. „Es gibt nichts Besseres als einen scharfen Verstand in einer erstklassigen Verpackung."

„Danke." Gage nahm sich eine Tasse. „Ich denke oft dasselbe."

„Jacoby", wiederholte Deborah und fixierte Ry. „Denken Sie, er hat was damit zu tun?"

„Ja."

„Ich weiß nicht mehr, wer den Fall damals bearbeitet hat, doch das kann ich am Montag rausfinden. Ich werde dafür sorgen, dass Sie alle Informationen, die wir haben, bekommen."

„Das würde mir die Dinge wesentlich erleichtern."

„Woher hatte er das Geld für die Kaution?", fragte Ry.

„Bevor ich die Akten eingesehen habe, kann ich dazu nicht mehr sagen", erwiderte Deborah.

„Ich kann Ihnen noch ein bisschen was erzählen." Ry trank einen Schluck Kaffee und lauschte mit einem Ohr auf Natalies Rückkehr. „Er bevorzugt stets leere Gebäude, Lagerhallen oder unbewohnte Apartments. Manchmal wird er von den Besitzern angeheuert und dafür bezahlt, und manchmal, ich nehme an, wenn er gerade keinen Auftrag hat, aber doch seinen Kick braucht, macht er's in Eigenregie. Er achtet jedoch immer darauf, dass sich niemand in den Gebäuden befindet. Clarence zündet Sachen an, nicht Menschen." Er hörte Natalie und Cilla im Flur lachen.

„Du bist sentimental, Natalie."

„Es ist meine Pflicht, aber auch mein besonderes Privileg, sie zu verwöhnen."

Die beiden Frauen traten ein. Cilla steuerte geradewegs auf Boyd zu und ließ sich auf seinen Schoß fallen.

„Sie haben uns den letzten Nerv geraubt“, stöhnte sie.

„Haben sie nicht.“ Natalie goss sich Kaffee ein, dann lachte sie wieder. „Nicht direkt zumindest.“ Lächelnd setzte sie sich neben Ry. „Nun“, erkundigte sie sich, „habt ihr eure Diskussion über mein persönliches und berufliches Wohlergehen zu eurer Zufriedenheit abgeschlossen?“

„Ein scharfer Verstand in erstklassiger Verpackung“, kommentierte Ry nur lakonisch.

Auf dem Nachhauseweg studierte Natalie Rys Gesicht. „Muss ich mich für Boyd entschuldigen?“

„Na ja, er schafft's halt einfach nicht, den Kampfanzug auszuziehen.“ Ry zuckte die Schultern. „Aber er ist schon okay. Ich hab auch ein paar Schwestern, deshalb weiß ich, wie das ist.“

„Ach.“ Erstaunt sah sie ihn an. „Ich wusste gar nicht, dass du noch Geschwister hast.“

„Ich hab polnisches und irisches Blut. Wie kannst du dann auf die Idee kommen, ich sei ein Einzelkind?“ Er grinste sie an. „Zwei Schwestern sind älter als ich, eine lebt in Columbus, die andere in Baltimore. Und mein jüngerer Bruder wohnt in Phoenix.“

„Vier von deiner Sorte“, murmelte sie.

„Ohne die Nichten und Neffen. Das sind noch mal acht, zumindest bis jetzt. Bei der Frau meines Bruders ist schon wieder was unterwegs.“

Das erklärte, warum er so gut mit Kindern umgehen konnte. „Und du bist der Einzige der Familie, der in Urbana lebt.“

„Ja.“ Er fuhr langsam die stille Straße hinunter. „Kann ich heute Nacht bei dir bleiben?“

Sie sah ihn von der Seite an. Wie ist es bloß möglich, fragte sie sich, dass ich mich nach einem fast Fremden derart verzehre?

8. KAPITEL

Während die Kinder sich unten bei den Feuerwehrleuten, Cilla und Natalie vergnügten, saß Boyd an Rys Schreibtisch und runzelte die Stirn. „Warum bloß oben, im Büro?", fragte er Ry, der eben zur Tür hereingekommen war. „Warum hat er nicht im Ausstellungsraum angefangen zu zündeln? Dort war viel mehr brennbares Material gelagert, und es hätte die Angelegenheit um einiges beschleunigt."

„Ich nehme an, dass er seine Anweisungen hatte. Clarence ist äußerst gewissenhaft im Befolgen von Instruktionen."

„Wessen?"

„Tja, das ist die große Frage." Ry ließ sich auf einen Stuhl fallen und legte die Füße auf den Schreibtisch. „Wir haben es offensichtlich mit zwei miteinander in Verbindung stehenden Bränden zu tun. Das Ziel war in beiden Fällen dasselbe Unternehmen, und beide Feuer wurden, da bin ich mir ziemlich sicher, von ein und derselben Person gelegt."

„Also ist anzunehmen, dass er bei jemandem auf der Gehaltsliste steht." Boyd legte den Bericht beiseite. „Ein Konkurrent?"

„Wir sind gerade dabei, in dieser Richtung Nachforschungen anzustellen."

„Aber es ist doch äußerst unwahrscheinlich, dass es ein Konkurrent war, der Ihrem verwirrten Clarence freien Zugang zu den Gebäuden verschafft hat. Woher hätte er die Schlüssel und den Code für die Sicherheitsanlage haben sollen? Und man fand keinerlei Hinweise darauf, dass eingebrochen worden war."

„Das ist richtig." Ry zündete sich eine Zigarette an. „Genau dieser Tatbestand führt uns direkt zu Natalies Unternehmen."

Boyd erhob sich und lief im Zimmer auf und ab. „Ich kann nicht behaupten, dass ich ihre Angestellten kenne, und schon gar nicht die, die sie für dieses neue Projekt eingestellt hat. Ich wollte mit der Firma nie was zu tun haben, zumindest nicht, wenn es sich irgendwie vermeiden ließ." Jetzt bereute er das, weil er wusste, dass er Natalie eine wesentlich bessere Hilfe sein könnte, wenn er mit den Gegebenheiten besser vertraut wäre.

„Die Tatsache, dass es das letzte Mal nicht so geklappt hat wie beabsichtigt, legt den Schluss nahe, dass der Täter es bald wieder versuchen wird. Wenn Clarence seinem üblichen Muster folgt, wird er in den nächsten Tagen zuschlagen." Ry fegte schwungvoll einige Papiere beiseite. „Wir werden ihn erwarten. Er wird kein leichtes Spiel haben."

Boyd versuchte Ry einzuschätzen. Der Kerl war offensichtlich hartnäckig und gewieft. Doch er wusste aus eigener Erfahrung, dass ein Fall heikel werden konnte, sobald man persönlich darin verwickelt war.

„Sie beabsichtigen also, ihn auf frischer Tat zu ertappen. Und Natalie wollen Sie aus allem raushalten?"

„So ungefähr hab ich's mir vorgestellt."

„Und Sie sind sich sicher, dass Sie Ihre eigenen Interessen, was Natalie anbetrifft, und Berufliches voneinander trennen können?"

Ry hob die Augenbrauen. Darüber hatte er auch schon nachgedacht, bevor Boyd ihm diese Frage gestellt hatte. Es würde eine Herausforderung werden. Doch er war weder gewillt, die Frau aufzugeben, noch den Fall.

„Ich weiß genau, was ich zu tun habe, Captain."

Boyd lehnte sich vor und stützte die Hände an der Schreibtischkante auf. „Ich vertraue Ihnen meine Schwester an, Piasecki. Voll und ganz. Doch wenn ihr irgendetwas geschehen sollte, egal was, dann bekommen Sie's mit mir zu tun, da können Sie Gift drauf nehmen."

„Dafür habe ich vollstes Verständnis."

Eine Stunde später stand Natalie am Bordstein vor der Feuerwache und winkte Cilla, Boyd und den Kindern zum Abschied hinterher. „Sie waren ein Riesenknüller, Inspector." Lachend wandte sie sich zu Ry um und legte die Arme um seinen Nacken. „Danke." Sie küsste ihn zart.

„Wofür?"

„Dass du so nett zu meiner Familie warst."

„Das ist mir nicht schwergefallen. Ich liebe Kinder über alles."

„Das sieht man sofort. Und ...", sie küsste ihn noch einmal, „... es hat erheblich zu Boyds Beruhigung beigetragen."

„Mit dieser Behauptung wäre ich erst mal vorsichtig. Nach wie vor achtet er wachsam wie ein Luchs darauf, dass ich seiner kleinen Schwester gegenüber keine falsche Bewegung mache."

„Nun, dann ...", sie versenkte ihren Blick in seine Augen, „... solltest du mir besser nicht zu nahe treten, weil mein großer Bruder sehr stark ist."

„Das musst du mir jetzt nicht sagen." Er schob sie durch die Drehtür. „Komm mit zu mir rauf. Ich hab noch ein paar Dinge zu erledigen."

„Gut." Gerade als sie die Treppen nach oben gehen wollte, schrillte die Alarmglocke. „O Gott." Natalie hielt sich die Ohren zu. „Schade, dass die Kids das nicht mehr miterlebt haben." Dann hielt sie inne und zuckte schuldbewusst zusammen. „Was für einen Unsinn rede ich da. Als wäre Feueralarm eine Art von Unterhaltung!"

„Ach, lass doch, das ist eine ganz normale Reaktion. Sirenen, Trillerpfeifen, Uniformen. Das ist doch auch eine ziemliche Show, oder?"

Sie waren in seinem Büro angelangt, und sie wartete, während er sich einige Unterlagen zusammensuchte. „Hast du jemals Katzen von Bäumen runtergeholt?"

„Na klar! Und kleine Kinder von Zaunpfählen abgepflückt. Einmal hab ich sogar einen Leguan, den sich jemand als Haustier hielt, aus einer Abwasserleitung gerettet."

„Du machst Witze."

„He, über Rettungsaktionen pflegen wir nicht zu scherzen."

Er schaute von seinen Papieren auf und grinste. Wie ordentlich sie aussieht in ihrem marineblauen Blazer, den Slacks und dem roten Kaschmirpullover, so rot wie einer der Löschzüge, die unten in der Tiefgarage standen. Das Haar fiel ihr schimmernd wie Gold über die Schultern. Wenn sie es hinters Ohr steckte mit dieser unbewussten eleganten Bewegung, die er so liebte, konnte er die blauen Steine ihrer Ohrringe blitzen sehen. Saphire, vermutete er. Natalie Fletcher trug mit Sicherheit nur echten Schmuck.

„Was ist?" Sie fühlte sich unter seinen Blicken leicht unwohl. „Hat Keenan irgendwelche Spuren von Essensresten auf meinem Gesicht hinterlassen?"

„Nein. Du siehst gut aus, Nat. Hast du vielleicht Lust, noch irgendwo hinzugehen?"

„Wohin denn?“ Die Vorstellung brachte sie aus dem Gleichgewicht. Abgesehen von der Herausforderung, die ihr erstes gemeinsames Essen an sie gestellt hatte, waren sie tatsächlich sonst noch niemals zusammen ausgegangen.

„Vielleicht ins Kino. Oder …“, er nahm an, er würde es überstehen, „… ins Museum oder sonst was.“

„Ich … Ja, sicher, das würde bestimmt Spaß machen.“ Es dürfte doch eigentlich nicht so schwierig sein, eine einfache Unternehmung zu planen mit jemandem, mit dem man sogar schon geschlafen hat, dachte sie.

„Wohin also?“

„Irgendwo.“

„Okay.“ Er stopfte ein paar Unterlagen in eine abgeschabte Aktentasche. „Die Jungs unten haben bestimmt eine Zeitung. Wir werden uns was raussuchen.“

„Toll.“ Als sie nach draußen gingen, schaute Natalie zunächst zur Treppe, doch dann fiel ihr Blick auf die messingfarbene Stange, die daneben in die Höhe ragte. Daran rutschten die Feuerwehrleute nach unten, wenn es Feueralarm gab und alles blitzschnell gehen musste. Ry hatte es vorhin den Kindern ausführlich erklärt, und natürlich hatten sie es dann auch gleich ausprobieren wollen. „Ry?“

„Was ist?“

„Kann ich an der Stange runterrutschen?“

Er blieb wie angewurzelt stehen und starrte sie verblüfft an. „Wie bitte? Du willst was?“

Amüsiert über sich selbst zuckte Natalie mit den Schultern. „Ja, du hast schon richtig gehört. Ich stelle mir vor, das ist ein irres Gefühl.“

„Im Ernst?“ Sein Grinsen verblasste, und er legte eine Hand auf ihre Schulter. „Okay, Tante Natalie. Aber ich geh erst runter, für den Fall, dass du die Nerven verlierst.“

„Ich verliere nie die Nerven“, erwiderte sie scharf. „Was glaubst du, wic oft ich schon auf sehr hohe Berge geklettert bin.“

„Hier geht’s aber nicht nur um die Höhe. Du musst wissen, wie man sich festhält.“ Er legte ihre Hand um de Stange. „So. Und dann schwingst du dich nach vorn. Am besten schlingst du deine Beine drum herum, wenn du runterrutschst.“

Er umfasste jetzt selbst die Stange und glitt geschmeidig und schnell hinab. Voller Erstaunen blickte sie zu ihm hinunter. „Du hast deine Beine ja gar nicht rumgelegt."

„Das muss ich auch nicht", erwiderte er trocken. „Ich bin ein Profi, Natalie. Also los jetzt, und keine Angst – ich fang dich auf."

„Du brauchst mich aber nicht aufzufangen." Beleidigt warf sie ihr Haar zurück, streckte die Hand aus, griff nach der Messingstange und schwang sich dann geschickt hinüber.

Es war nur eine Sache von Sekunden, als sie auch schon wieder den Boden berührte. Lachend schaute sie nach oben. „Siehst du? Ich brauche überhaupt keine ..." Ihre Prahlerei endete mit einem kleinen Überraschungsschrei, als er sie hochhob. „Was?"

„Du bist ein Naturtalent." Er grinste, als er mit den Lippen sanft über ihre strich. Und eine ständige Überraschung, dachte er.

Sie legte den Kopf schräg und lächelte ihn an. „Ich könnt's ja noch mal machen, was meinst du?"

„Wenn möglich, in roten Strapsen und superknappen Shorts, und wenn ich dann noch ein Foto machen würde, wären die Jungs hier bestimmt sehr dankbar. Und würden dich aus jeder Feuersbrunst retten."

„Inspector?" Ein Feuerwehrmann streckte seinen Kopf aus einer Tür. Als er die Frau, die Ry auf dem Arm trug, wahrnahm, grinste er. „Ein verdächtiges Feuer in der East Newberry. Sie werden gebraucht."

„Bin schon unterwegs." Er setzte Natalie ab. „Tut mir leid."

„Ist schon in Ordnung. Ich weiß, wie das ist." Das Ausmaß ihrer Enttäuschung war der Angelegenheit vollkommen unangemessen. „Ich hab noch zu tun und sollte es mal anpacken. Ich werde ein Taxi nehmen."

„Ich bring dich nach Hause", bot Ry ihr an. „Es liegt am Weg." Er lotste sie zu der Bank, wo sie ihren Mantel abgelegt hatte. „Hast du vor, den ganzen Sonntag in deinem Apartment rumzuhängen?"

„Ja. Ich hab noch eine Menge Tabellenkalkulationen zu Hause liegen, die ich eigentlich schon längst hätte durchgehen müssen."

„Dann ruf ich dich an, wenn ich fertig bin."

„Gut."

Er half ihr in den Mantel und belohnte sich dann selbst mit einem langen, leidenschaftlichen Kuss. „Ach, was soll's, ich komm lieber gleich vorbei, wenn ich fertig bin."

Natalie bemühte sich, ihren Atem unter Kontrolle zu behalten. „Besser", erwiderte sie etwas kurzatmig und versuchte, seinem Blick auszuweichen. „Das ist auf jeden Fall besser."

Natalie saß an ihrem Schreibtisch und starrte zum Fenster hinaus. Bereits Mitte der Woche war ihr aufgefallen, dass sie das erste Mal, solange sie sich erinnern konnte, ihren Zeitplan nicht einhielt. Nicht nur, dass sie sich das vergangene Wochenende mit völlig anderen Dingen als Arbeit um die Ohren geschlagen hatte. Auch die Abende während der Woche, an denen sie gewöhnlich nicht tatenlos herumsaß, verstrichen völlig ungenutzt.

Wie hätte es auch anders sein können, da doch sie und Ry jede freie Sekunde miteinander verbrachten? Jeden Abend machten sie es sich in Natalies Apartment gemütlich und ließen sich etwas zu essen kommen. Was jedoch meistens dazu führte, dass sie sich die Mahlzeit später aufwärmen mussten, weil ihr Appetit aufeinander größer gewesen war als ihr Hunger.

Völlig verfallen bin ich ihm, dachte Natalie.

Natürlich war es total verrückt. Das war ihr absolut klar. Doch im Moment war es herrlich, so herrlich, dass sie jeden Zweifel beiseiteschob.

Und sie konnte dies alles auch vor sich selbst rechtfertigen, solange sie keine wichtigen Besprechungen versäumte oder gar irgendwelche Fristen nicht einhielt. Vor ein paar Tagen hatte Ry seine Untersuchungen in ihrem Geschäft endgültig beendet, und sie hatte unverzüglich die Säuberung und Renovierung des Büros angeordnet. Der Warenbestand war mittlerweile so gut wie aufgefüllt und die Schaufensterdekoration perfekt.

Die große Eröffnung stand kurz bevor, und weitere Zwischenfälle würde es wohl mit Sicherheit nicht mehr geben. Dieses Wort benutzte sie jetzt am liebsten, wenn sie an die Brände dachte. Zwischenfälle.

Eigentlich hatte sie beabsichtigt, in den nächsten zehn Tagen alle Zweigstellen zu besuchen, doch der Gedanke, jetzt irgendwohin fahren zu müssen, verursachte ihr Unbehagen. Sie fürchtete, dass sie sich traurig fühlen würde. Und allein.

Sie könnte Melvin oder Donald bitten, die Tour für sie zu übernehmen. Es wäre sicher nicht unüblich, so zu verfahren, doch es war nicht ihr Stil, etwas zu delegieren, von dem sie meinte, es selbst tun zu müssen.

Vielleicht konnte Ry sich für ein paar Tage freimachen, wenn sich die Lage etwas beruhigt hatte, und sie begleiten. Wie schön würde es sein, auf einer kurzen Geschäftsreise Gesellschaft zu haben – seine Gesellschaft!

Der Summer auf ihrem Schreibtisch ertönte. Sie wandte sich vom Fenster ab. „Ja, Maureen?"

„Miss Marks möchte zu Ihnen, Miss Fletcher."

„Danke, Schicken Sie sie rein." Mit Mühe verdrängte Natalie alle privaten Überlegungen. „Hallo, Deirdre, setz dich."

„Tut mir leid, aber ich hab noch immer nicht alles zusammen." Deirdre blies sich hektisch die Ponyfransen aus den Augen und legte einen Stapel Unterlagen auf Natalies Schreibtisch. „Der Computer ist heute Morgen abgestürzt."

Natalie runzelte leicht die Stirn, während sie das oberste Blatt in die Hand nahm. „Hast du den Techniker bestellt?"

„Er sitzt praktisch auf meinem Schoß." Deirdre ließ sich auf einen Stuhl fallen. „Er hat es wieder hingekriegt, und wir wollten weitermachen, doch dann passierte genau wieder dasselbe. Langsam wird es zu einer echten Herausforderung."

„Wir haben ja noch etwas Zeit."

„Das war die schlechte Nachricht, aber ich hab auch noch eine gute für dich. Mir ist nämlich eingefallen, dass ich mir irgendwann einmal, warum, weiß ich auch nicht, die Katalog-Vorabverkäufe zur Sicherheit kopiert habe. Ich denke, du wirst mit den Ergebnissen zufrieden sein. Die Zahlen werden sicher helfen, deine Laune wieder etwas zu heben."

„Hmmm, hmmm." Natalie blätterte die Unterlagen durch. „Was für ein Glück, dass du das damals gemacht hast! Diese Zahlen hättest du doch wohl kaum rekonstruieren können, oder?"

„Ausgeschlossen." Deirdre rieb sich die Augen. „Ich würde jetzt Blut und Wasser schwitzen."

„Gut, dann entspann dich jetzt ein bisschen. Nun ist der Verlust der Disketten, die im Feuer geblieben sind, nicht mehr ganz so verheerend. Ich hoffe ja noch immer, dass wir die Buchprüfung im März hinter uns bringen." Sie bemerkte, dass Deirdre leicht zusammenzuckte. „Wenn das allerdings", setzte sie hinzu, während sie sich zurücklehnte, „mit den Computerabstürzen so weitergeht..."

„Ich werde alles tun, was in meiner Macht steht." Feierlich hob Deirdre die Hand zum Schwur. „Und jetzt lass uns auf den Punkt kommen. Den festgesetzten Rahmen des Kostenaufwandes haben wir mittlerweile überschritten. Doch mit den Zahlungen von der Versicherung können wir das meiste wettmachen."

Natalie nickte, schaute in die vorbereiteten Unterlagen und begann, sich auf den Etat und Prozentsätze zu konzentrieren.

Clarence Jacoby saß in einem schäbigen Motel auf der Kante seines durchgelegenen Bettes und riss ein Streichholz nach dem anderen an. Er starrte in die Flamme und wartete auf den Moment, in dem die Hitze seine Fingerspitzen küsste. Erst dann blies er sie aus.

Der Aschenbecher neben ihm auf der schmuddeligen Bettdecke quoll über mit abgebrannten Streichhölzern. Clarence liebte es, sich über Stunden hinweg mit nichts anderem zu beschäftigen.

Nacht für Nacht malte er sich aus, wie es wäre, das Motel anzuzünden. Erregend würde es sein, das Feuer hier in seinem Zimmer zu entfachen, auf dem Bett zu sitzen und zu beobachten, wie die Flammen gierig leckend erst den Teppichboden, dann vielleicht den kleinen wackligen Tisch am Fenster, den abgeschabten Sessel und die Vorhänge ergriffen. Doch er war nicht allein in dem Hotel, und dieses Wissen hielt ihn ab.

Nicht, dass er übermäßig viele Gedanken an die Menschen verschwendet hätte, deren Leben er aufs Spiel setzen würde. Nein, ihm ging es einzig und allein darum, dass er allein war. Nur er und das Feuer, dann war seine Lust am größten.

Im Laufe der Zeit hatte er es gelernt, nicht allzu lange in nächster Nähe der Flammen zu verweilen. Die tiefen Brandnarben, die sich über seinen Rücken und seine Brust zogen, erinnerten ihn stets von Neuem daran, dass der Feuer speiende Drache auch den nicht verschonte, der ihn liebte.

Vor sechs Monaten hatte Clarence eine stillgelegte Lagerhalle, die seinem Besitzer nicht länger profitabel erschien, in Brand gesteckt. Es hatte ihm ein irres Vergnügen bereitet, und finanziell gelohnt hatte es sich obendrein. Sein Auftraggeber war nicht gerade knauserig gewesen. Clarence konnte sich damals gar nicht losreißen von dem Anblick der hell auflodernden Flammen. Natürlich hatte er das Gebäude irgendwann verlassen, doch dann blieb er so lange in der Nähe stehen, bis es auf die Grundfesten abgebrannt war. Zu lange. Die Cops hätten ihn um ein Haar erwischt.

Kichernd riss Clarence ein neues Streichholz an. Er hatte seine Lektion gelernt. Es war nicht klug, allzu lange zu verweilen und zuzuschauen. Er hatte es auch gar nicht nötig. Die Feuer loderten weiter in seinem Kopf, in seiner Fantasie. So viele Feuer.

Er brauchte nur die Augen zu schließen, dann sah er sie. Fühlte sie. Nahm den Brandgeruch wahr.

Als das Telefon klingelte, ging ein strahlendes Leuchten über sein rundes, kindliches Gesicht. Nur ein einziger Mensch wusste, wo er sich im Moment aufhielt. Und für diesen Menschen gab es nur einen einzigen Grund, ihn anzurufen.

Es war wieder einmal an der Zeit, den Drachen freizulassen.

Es war gegen sieben und schon fast dunkel draußen. Ry saß an seinem Schreibtisch und studierte den Laborbericht, der vor ihm lag.

Genug für heute, sagte er sich. An irgendetwas hatte er sich in den vergangenen Wochen gewöhnt.

Nein, nicht an irgendetwas, berichtigte Ry sich selbst. An irgendjemand.

Es war ihm schon fast zur Gewohnheit geworden, am Ende eines jeden Tages geradewegs die Richtung zu ihrer Wohnung einzuschlagen. Sogar einen Schlüssel besaß er mittlerweile.

Das meiste, was sie inzwischen übereinander wussten, hatten sie per Zufall entdeckt. Oder durch genaue Beobachtungsgabe.

Immer, wenn sie abends nach Hause kam, schlüpfte sie als Erstes aus ihren halsbrecherisch hohen Pumps und ließ sich ein duftendes Schaumbad ein. Das Wasser war stets zu heiß, doch das liebte sie, und das unvermeidliche Glas Sekt stand neben ihr auf dem weißen Wannenrand.

Sie schlief in hauchzarten seidenen Nachthemden und belegte immer alle Bettdecken mit Beschlag. Punkt sieben summte jeden Morgen der Wecker. War er nicht schnell genug, um sie noch einen Moment festzuhalten, sprang sie innerhalb von Sekunden aus dem Bett.

Sie war zuverlässig und smart und stark.

Und er war in sie verliebt.

Ry lehnte sich zurück und schloss die Augen. Ein Problem, dachte er. Sein Problem. Sie hatten ein stilles Abkommen getroffen. Keine Fesseln.

Es war das, was er wollte.

Und alles, was seiner Meinung nach drin war.

Es gab zu viele Unterschiede zwischen ihnen. In jeder Beziehung. Bis auf eine. Die körperliche Anziehungskraft, die sie zusammengeführt hatte, war nach wie vor ungebrochen. Doch wie intensiv auch immer sie sein mochte, sie konnte nicht alles andere überdecken. Zumindest nicht auf längere Sicht.

Und das bedeutete, dass das Ganze auf längere Sicht gesehen nicht gut gehen konnte.

Er beabsichtigte, die Beziehung so lange aufrechtzuerhalten, wie die Brandermittlungssache andauerte. Doch dann wollte er die Angelegenheit so schnell wie möglich beenden. Er musste es tun.

Und um ihnen beiden eine Enttäuschung zu ersparen, beschloss er jetzt, dass es das Beste wäre, sich jetzt schon ein klein wenig zurückzuziehen. Dann würde ihnen die unvermeidliche Trennung, die vor ihnen lag, leichter fallen.

Er stand auf und warf sich sein Sakko über. Er hatte einen Entschluss gefasst. Heute Abend würde er nicht zu ihr gehen. Schuldbewusst schielte er zum Telefon hinüber und überlegte, ob er ihr nicht fairerweise wenigstens Bescheid sagen sollte. Irgendeine Ausrede würde ihm schon einfallen.

Nein, entschied er dann und drehte das Licht aus. Schließlich war er nicht ihr verdammter Ehemann.

Und würde es auch niemals sein.

Von einer inneren Unruhe getrieben, hielt Ry vor Natalies Geschäft. Rastlos war er lange Zeit kreuz und quer durch die Stadt gefahren.

Er saß hinterm Steuer, in Kopf und Bauch ein Gefühl von Leere, und bemühte sich, jedem Gedanken an sie aus dem Weg zu gehen.

Was er natürlich nicht schaffte.

Wahrscheinlich fragte sie sich, wo er blieb. Und warum er nicht wenigstens anrief. Wieder begann das Schuldbewusstsein an ihm zu nagen. Ein Gefühl, das er am allerwenigsten mochte. Es war nicht richtig, derart rücksichtslos zu handeln. Sie zu verletzen nur deshalb, weil ihm plötzlich Bedenken gekommen waren.

Vielleicht wollte er die Sache einfach nur beenden. Er wusste es nicht, er bekam einfach seine Gedanken und Gefühle nicht mehr auf die Reihe.

Das Mindeste, was er tun musste, war, sie anzurufen und ihr zu sagen, dass er heute Abend keine Zeit hatte.

Mit einem leisen Fluch auf den Lippen griff er zum Hörer des Autotelefons und begann ihre Nummer zu wählen.

Doch was war das? Ein Geräusch? Langsam, während seine Augen versuchten, das Dunkel zu durchdringen, legte er den Hörer zurück. Ein Blick auf seine Uhr sagte ihm, dass der Streifenbeamte, den er beauftragt hatte, in den nächsten zehn Minuten seine Runde gehen würde.

Kein Grund zur Besorgnis. Er beschloss, in der Zwischenzeit selbst nach dem Rechten zu sehen.

Lautlos öffnete er die Wagentür und glitt hinaus. Nichts war zu hören außer dem schwachen Rauschen des Verkehrs zwei Häuserblocks weiter. Ohne ein Geräusch zu verursachen, ging er noch einmal zu seinem Wagen zurück, um eine Taschenlampe zu holen.

Doch er knipste sie nicht an. Noch nicht, entschied er. Seine Augen hatten sich bereits gut genug an die Dunkelheit gewöhnt, er konnte alles, was nötig war, erkennen.

Während er um das Gebäude herumging, überprüfte er jede Tür und die Fenster des Erdgeschosses.

Da hörte er es wieder. Das knirschende Geräusch von Schritten. Ry umfasste die Taschenlampe fester. Ein Schatten. Geräuschlos glitt er hinüber. Wenn es die Streife war, würde er dem Mann den Schreck seines Lebens einjagen. Wenn nicht …

Ein Kichern. Leise und erfreut.

Ry ließ seine Lampe aufleuchten und blickte in Clarence Jacobys schreckgeweitete Augen.

„Hallo, Clarence, wie geht's?“ Ry grinste, während der Mann

vom grellen Licht geblendet blinzelte. „Ich hab auf dich gewartet."

„Wer ist das?" Clarence' Stimme überschlug sich vor Aufregung. „Wer ist das?"

„Hey, das trifft mich aber!" Ry trat einen Schritt näher auf ihn zu. „Erkennst du deinen alten Kumpel nicht mehr?"

Clarence, noch immer vom Lichtkegel geblendet, spähte auf die dunklen Umrisse des Mannes, der vor ihm stand. Es dauerte einen Moment, dann verwandelte sich sein verblüffter Gesichtsausdruck zu einem breiten Grinsen. „Piasecki. Hey, Ry Piasecki. Wie geht's? Sie sind doch jetzt Inspector, stimmt's? Ich hab's irgendwo läuten hören, dass man Sie befördert hat."

„Exakt. Ich hab dich gesucht, Clarence."

„Ach ja?" Verlegen schaute er zu Boden. „Warum denn?"

„Ich hab das kleine Lagerfeuer, das du kürzlich hier veranstaltet hast, ausgetreten. Du scheinst langsam alt zu werden, Clarence."

„Oh, hey …" Noch immer grinsend warf Clarence die Arme in die Luft. „Ich weiß absolut nichts über die Sache. Erinnern Sie sich noch daran, als wir beide fast verbrannt wären, Piasecki? War die Hölle damals, stimmt's? Der Drache war wirklich riesig. Fast hätte er uns gefressen."

„Ich erinnere mich."

Clarence' Zunge glitt über seine Lippen. „Hat Sie bös erwischt damals. Hab gehört, wie sich die Krankenschwestern auf der Station über Ihre Albträume unterhalten haben."

„Ja, ich hatte eine Menge davon."

„Und jetzt bekämpfen Sie keine Brände mehr, oder? Haben's aufgegeben, den Drachen zu töten, stimmt's?"

„Ich zerquetsch jetzt lieber so kleine Wanzen wie dich." Ry bewegte die Taschenlampe nach unten, und ihr Lichtstrahl fiel auf die Benzinkanister, die zu beiden Seiten von Clarence' Füßen am Boden standen. Ry deutete darauf. „Du benutzt nur hochwertige Qualität, was?"

„Ich mach gar nichts." Blitzschnell wirbelte Clarence herum in der Absicht, in der Dunkelheit zu entschwinden. Im selben Moment, in dem Ry zum Sprung ansetzte, peitschte ein Schuss auf, und Clarence duckte sich zu Boden.

Verblüfft starrte Ry auf den Schatten, der sich aus der Finsternis löste und auf Clarence zuging. Er packte ihn und zog ihn am Jackenaufschlag hoch.

Ry erkannte Gage. „War nur ein Warnschuss", sagte er. „Wenn mich mein Eindruck nicht täuscht, hatten Sie Ihr Gespräch mit Clarence noch nicht ganz beendet, Inspector. Stimmt's?"

„Nein, hatte ich nicht." Ry atmete hörbar aus. „Danke."

„Nichts zu danken."

Das Telefon läutete. Schlaftrunken schreckte Natalie, die auf der Couch eingenickt war, hoch und nahm ab. Dabei warf sie einen Blick auf ihre Armbanduhr.

„Ja, hallo?"

„Ich bin's, Ry."

„Oh." Sie rieb sich den Schlaf aus den Augen. „Es ist nach eins. Ich war …"

„Tut mir leid, dass ich dich geweckt habe."

„Nein, das meine ich nicht. Ich habe einfach …"

„Wir haben ihn."

„Was?" In ihrer Stimme lag Verärgerung darüber, dass er sie nicht einmal hatte ausreden lassen.

„Clarence. Wir haben ihn heute Nacht erwischt. Ich dachte mir, es würde dich interessieren."

Plötzlich begann sich alles in ihrem Kopf zu drehen. „Ja. Natürlich. Es ist großartig. Aber wann …?"

„Ich muss jetzt alles unter Dach und Fach bringen, Natalie. Sobald ich fertig bin, melde ich mich bei dir."

„Gut. Aber …" Sie nahm den Hörer vom Ohr und starrte auf die Muschel, aus der ihr nur noch das Freizeichen entgegentönte. „Herzlichen Glückwunsch, Inspector", murmelte sie kopfschüttelnd, legte auf und begab sich dann ins Schlafzimmer.

Sie schüttelte die Kissen auf und stieg ins Bett. Es würde eine sehr lange Nacht werden.

9. KAPITEL

Nachdem er in den frühen Morgenstunden die Polizeistation verlassen hatte, ging Ry in sein Büro und legte sich auf die durchgesessene Couch, um wenigstens noch ein bisschen Schlaf zu bekommen. Drei Stunden später weckte ihn der Feueralarm.

Einer alten Gewohnheit zufolge sprang er blitzartig auf die Füße, bevor er sich erleichtert daran erinnerte, dass ihn die Sirene ja gar nichts mehr anging. Durch sein jahrelanges Training wäre er jetzt durchaus in der Lage gewesen, sich einfach nur auf die andere Seite zu rollen und augenblicklich wieder einzuschlafen. Stattdessen taumelte er müde hinüber zu der Kaffeemaschine, füllte sie und stellte sie an. Alles, was er im Moment brauchte, war eine große Tasse mit heißem, schwarzem Kaffee und eine kalte Dusche, um wach zu werden.

Er zündete sich eine Zigarette an, während er zuschaute, wie die braune Flüssigkeit langsam in die Kanne tröpfelte.

Sein Gesichtsausdruck wurde finster, als ihn ein energisches Klopfen an seiner Tür aus seinen Betrachtungen riss.

„Deine Sekretärin ist nicht da."

„Zu früh", brummte er und fuhr sich mit der Hand übers Gesicht. Warum zum Teufel sah sie eigentlich zu jeder Tageszeit perfekt aus? „Geh wieder, Natalie. Ich bin noch nicht wach."

„Nein, werde ich nicht." Sie bemühte sich, nicht verletzt zu sein, stellte ihre Aktenmappe auf den Boden. Offensichtlich hatte er wenig oder überhaupt keinen Schlaf bekommen diese Nacht. Sie sollte Geduld mit ihm haben. „Ry, ich muss wissen, was vergangene Nacht passiert ist, damit ich meine nächsten Schritte planen kann."

„Ich hab's dir doch schon am Telefon erzählt."

Vor sich hin brummelnd schnappte er sich den Becher von seinem Schreibtisch und goss sich Kaffee ein. „Wir haben den Feuerteufel geschnappt und eingebuchtet. Er wird in der nächsten Zeit keine Dummheiten mehr anstellen können."

Geduld, ermahnte sich Natalie und setzte sich. „Clarence Jacoby?"

„Ja." Er schaute sie an. Blieb ihm überhaupt eine Wahl? Sie war hier und überwältigte ihn mit ihrer bloßen Gegenwart. „Warum gehst du nicht in dein Büro und lässt mich hier in Ruhe meine Sachen erledigen? Ich muss einen Bericht für dich zusammenstellen."

„Ist irgendetwas?"

„Ich bin müde", schnauzte er sie an. „Außerdem will ich in Ruhe meinen Kaffee trinken und unter die Dusche. Und zum dritten möchte ich dich bitten, mir nicht so auf die Pelle zu rücken."

Auf ihrem Gesicht malte sich erst Überraschung, die sich in Verletztheit wandelte. „Tut mir leid", sagte sie steif, während sie sich erhob. „Ich war ein bisschen aufgeschreckt wegen letzter Nacht und wollte einfach nur sicher sein, dass dir nichts passiert ist." Sie hob ihre Aktenmappe vom Boden auf. „Aber wie ich sehe, geht's dir ja blendend. Also liefere deinen Bericht ab, und ab dann werde ich dir nicht mehr unter die Augen kommen."

Fluchend raufte er sich die Haare. „Natalie, setz dich. Bitte", fügte er hinzu, als er sah, dass sie keine Anstalten machte und schon in der offenen Tür stand. „Es tut mir leid, ich bin völlig fertig, und du hast den Fehler begangen, heute Morgen die erste Person zu sein, die mir über den Weg läuft."

„Ich hab mir Sorgen um dich gemacht." Sie sprach ruhig, ging aber nicht zurück ins Zimmer.

„Mir geht's gut." Etwas widerstrebend hielt er ihr den Kaffeebecher hin. „Willst du einen Schluck?"

„Nein. Ich sollte besser immer darauf warten, dass du auf mich zukommst. Ich hab's verstanden."

„Ach, komm." Er versuchte sich an einem Lächeln. „Setz dich. Bitte. Ich erzähl dir die Höhepunkte."

„Also gut."

„Irgendwie scheine ich wohl so eine Art Vorahnung gehabt zu haben. Auf einmal kam mir gestern Abend so eine Idee, bei deinem Geschäft nach dem Rechten zu sehen." Er lehnte sich in seinem Stuhl zurück und blies blaue Rauchkringel in die Luft. „Ich war aber nicht allein."

„Clarence."

„Ja. Weißt du, was wir noch außer seinen ganzen Brandutensilien bei ihm gefunden haben? Schlüssel. Nagelneue Schlüssel für das Schloss und die Sicherheitsanlage von deinem Laden."

„Na, so was." Natalie lehnte sich interessiert vor. „Und, hat er gesagt, woher er sie hat?"

„Bis jetzt behauptet er steif und fest, er hätte nur einen Spaziergang gemacht."

„Mit mehreren Kanistern Benzin?"

„Er hat doch tatsächlich frech behauptet, ich hätte sie mitgebracht."

„Da lachen ja die Hühner."

Ihre Empörung amüsierte ihn. „Natürlich kauft ihm das niemand ab, Nat. Diesmal haben wir ihn kalt erwischt, und es dürfte nur noch eine Frage der Zeit sein, bis ihm die Polizei die anderen beiden Delikte nachweisen kann. Wenn Clarence erst mal klar wird, dass es ihm an den Kragen geht, wird er singen. Niemand will allein untergehen."

Natalie nickte. „Aber wenn er Namen nennt, muss ich es sofort wissen, da ich im Moment in meiner Handlungsfreiheit ziemlich eingeschränkt bin, ja?"

Ry kratzte mit seinem Fingernagel auf dem Schreibtisch herum. Die Vorstellung, dass jemand aus ihrer engsten beruflichen Umgebung der Anstifter gewesen sein sollte, behagte ihm gar nicht. Doch es war nicht von der Hand zu weisen, dass jemand aus ihrer Firma die Eröffnung der Boutique sabotierte. „Da hast du ein Recht darauf. Ich werde schließlich auch von deinen Steuergeldern bezahlt." Er studierte ihr Gesicht über den Rand seines Kaffeebechers hinweg. „Ich hab dich letzte Nacht vermisst", rutschte es ihm dann heraus.

Sie verzog die Lippen. „Gut. Weil ich dich nämlich auch vermisst habe. Wir können es ja heute Nacht nachholen."

„Ja." Vielleicht ist es gar nicht das Schlechteste, mit fliegenden Fahnen unterzugehen, dachte Ry. „Warum nicht?"

„Ich werde dich jetzt in Frieden lassen, damit du unter die Dusche kommst." Sie bückte sich, um ihre Aktenmappe aufzuheben. „Ich beabsichtige, heute Abend relativ früh mit der Arbeit Schluss zu machen", informierte sie ihn.

„Gute Idee", murmelte er, als die Tür hinter ihr ins Schloss fiel. Teufel, Teufel, sagte er zu sich selbst, du bist ja schon vor ein paar Wochen untergegangen und hast es nicht einmal bemerkt.

Im Büro berief Natalie sofort ein Meeting ein. Punkt zehn saß sie am Kopfende des langen Mahagonitisches im Sitzungsraum.

„Ich freue mich, Ihnen mitteilen zu können, dass die große Eröffnung von *Lady's Choice* kurz bevorsteht. Und zwar, wie geplant, am kommenden Samstag."

Sie machte eine Pause, der wie erwartet Applaus und beifälliges Murmeln folgte. Dann fuhr sie fort: „Ich möchte dies zum Anlass nehmen, Ihnen allen ganz herzlich zu danken für Ihren hohen Arbeitseinsatz, den ich sehr zu schätzen weiß. Um ein neues Geschäft dieser Größenordnung aufzuziehen, ist Teamwork unerlässlich, ebenso wie Überstunden und viel Kreativität. Ich bin Ihnen allen sehr dankbar dafür, dass Sie Ihr Bestes gegeben haben."

Sie wartete wieder einen Augenblick, bis sich das Murmeln gelegt hatte.

„Ich bin mir bewusst darüber, dass wir unser Budget bereits bis zum Letzten ausgeschöpft haben, doch ebenso weiß ich, dass wir dies alles hier nicht geschafft hätten, wenn Sie alle nicht mit ganzer Kraft mitgeholfen hätten. Deshalb freue ich mich, Ihnen mitteilen zu können, dass *Lady's Choice* Ihnen am Ersten des nächsten Monats eine Sondergratifikation auszahlen wird."

Diese Ankündigung wurde mit großer Freude und Überraschung aufgenommen. Nur Deirdre zuckte zusammen und rollte die Augen zur Decke. Natalie grinste sie vergnügt an.

Ry war sich mehr als sicher. Er befand sich jetzt bereits seit Stunden mit Jacoby in dem öden Vernehmungsraum mit seinen beigefarbenen Wänden, dem abgetretenen Linoleumfußboden und dem großen Spiegel, von dem jedermann wusste, dass er von der anderen Seite aus gesehen eine einfache Glasscheibe war. Ry saß rücklings auf einem harten Stuhl und hatte die Arme auf die Lehne gestützt, während Clarence grinste und ständig nur mit seinen Fingern spielte.

„Du weißt, dass sie dich einsperren werden, Clarence. Und wenn du diesmal wieder rauskommst, bist du so alt, dass deine Finger zu zittrig sind, um ein Streichholz anzuzünden."

Clarence grinste und zuckte die Schultern. „Ich hab niemanden verletzt. Ich hab noch nie jemanden verletzt." Er schaute Ry treuherzig an. „Sie wissen, dass manche Leute es lieben, andere Menschen zu verbrennen. Ich aber nicht, das wissen Sie, Inspector, oder?"

„Ja, Clarence, das weiß ich."

„Ich nicht, Ry. Ich hab noch nie jemanden verbrannt." Dann leuchteten seine Augen auf. „Bis auf Sie. Aber das war ein Unfall. Haben Sie Narben?"

„Ja, ich habe Narben."

„Ich auch." Clarence kicherte wieder, erfreut darüber, dass sie beide etwas gemeinsam hatten. „Kann ich sie sehen?"

„Später vielleicht. Ich kann mich noch gut erinnern, wie wir beide im Feuer waren, Clarence."

„Bestimmt. Bestimmt können Sie das. Es war, als hätte uns der Drache geküsst, stimmt's?"

„Der Besitzer hat dich damals dafür bezahlt, erinnerst du dich?"

„Ich erinnere mich. Aber es hat niemand da drin gewohnt. Es war nur eine alte, leere Halle. Ich liebe leere Gebäude. Das Feuer kann sich so richtig schön durchfressen, an den Wänden hochrasen, die Decken ergreifen und zum Einstürzen bringen. Das Feuer spricht zu einem. Haben Sie's nicht auch gehört? Haben Sie nicht gehört, wie der Drache zu uns geflüstert hat?"

„Ja, hab ich. Wer hat dich denn dieses Mal bezahlt, Clarence?"

Verspielt legte Clarence seine Fingerspitzen aneinander und betrachtete sie eingehend. „Ich hab niemals zugegeben, dass mich jemand bezahlt hat. Ich hab überhaupt nichts zugegeben. Sie könnten das Benzin mitgebracht haben, Inspector. Weil Sie böse auf mich waren, dass ich schuld daran war, dass Sie fast verbrannt sind." Plötzlich wurde sein Lächeln durchtrieben. „Sie hatten damals im Krankenhaus Albträume. Albträume von dem Drachen, und jetzt wollen Sie den Drachen nicht mehr töten."

Ry verspürte hinter seinen Augen einen pochenden Schmerz. Das hinderte ihn jedoch nicht daran, sich eine neue Zigarette anzustecken. Clarence war offensichtlich fasziniert von den Albträumen, die er, Ry, gehabt hatte.

„Stimmt, eine Weile hatte ich Albträume. Doch sie vergingen dann. Und eine Zeit lang war ich tatsächlich böse auf dich, Clarence, doch das hat sich irgendwann auch gelegt. Wir haben beide unseren Job gemacht, oder was meinst du?"

Ry riss ein Streichholz an und bemerkte das Aufleuchten in Clarence' Augen. Er hielt ihm die Flamme entgegen. „Eindrucksvoll, nicht?", murmelte Ry. „Ist ja nur ein kleines Flämmchen, aber wir beide, du und ich, wissen, was es alles kann, wenn man es nur lässt. Eindrucksvoll. Wirklich eindrucksvoll. Wenn man es füttert, wird es größer und größer."

Während Ry die Flamme ausblies, fixierte er Clarence. „Wir wollen es beide kontrollieren, jeder auf seine Weise, stimmt's?" Er warf das Streichholz in den überquellenden Aschenbecher.

„Ja." Clarence befeuchtete sich die Lippen und wünschte sich, Ry würde noch einmal ein Streichholz anreißen.

„Du lässt dich dafür bezahlen, ein Feuer zu legen. Ich bekomme Geld dafür, es zu löschen. Wer hat dich bezahlt, Clarence?"

„Sie werden mich sowieso einsperren."

„Mit Sicherheit. Was also hast du zu verlieren?"

„Nichts." Dann huschte wieder ein schlaues Lächeln über sein Gesicht. „Aber ich hab nicht zugegeben, dass ich irgendein Feuer gelegt habe. Doch selbst angenommen, ich hätte es vielleicht doch gemacht, könnte ich nicht sagen, wer mir den Auftrag gegeben hat."

„Warum nicht?"

„Also, noch immer nur unter der Annahme ..."

Clarence begann wieder mit seinen Fingern zu spielen. Es machte Ry langsam verrückt, und er musste sich zusammennehmen. „Vielleicht hab ich ja mit irgendjemandem gesprochen. Vielleicht aber auch nicht. Doch wenn ich es getan hätte, hätte die Stimme am Telefon geklungen wie von einem Tonband."

„Mann oder Frau?"

„Wie von einem Tonband", wiederholte Clarence hartnäckig und deutete auf Rys Kassettenrekorder. „Vielleicht hätte es beides sein können, ein Mann oder eine Frau. Und vielleicht haben sie mir ja das Geld an ein Postschließfach geschickt. Die Hälfte vorher, die andere Hälfte nachher."

„Wie sind sie auf dich gekommen?"

Clarence hob die linke Schulter, dann die rechte. „Vielleicht hab ich ja nicht danach gefragt. Die Leute finden mich schon, wenn sie mich brauchen." Wieder huschte ein Grinsen über sein Gesicht.

„Warum ausgerechnet diese Lagerhalle?"

„Ich hab nichts von einer Lagerhalle gesagt.“ Clarence’ Gesichtsausdruck wurde verschlossen.

„Warum hast du diese Lagerhalle angezündet?“, wiederholte Ry unbarmherzig. „Vielleicht.“

Erfreut darüber, dass Ry bereit war, das Spiel weiterzuspielen, rutschte Clarence auf seinem Stuhl herum. „Vielleicht wegen der Versicherung. Vielleicht, weil jemand den Besitzer nicht leiden konnte. Vielleicht nur zum Spaß. Es gibt eine Menge Gründe für Brände.“

„Und was ist mit dem Geschäft?“ Ry ließ jetzt nicht mehr locker.

„Da waren tolle Sachen in dem Laden. Schöne Sachen für Mädchen“, verplapperte sich Clarence, da er in Erinnerungen schwelgte. „Es hat auch unheimlich gut gerochen dort. Nachdem ich das Benzin ausgeschüttet hab, allerdings noch viel besser.“

„Wer hat dir gesagt, dass du das alles tun sollst, Clarence?“

„Ich hab nicht gesagt, dass ich’s getan hab.“

„Doch, eben.“

Clarence zog eine Schnute wie ein kleines Kind. „Hab ich nicht. Ich hab nur gesagt, vielleicht.“

Die Tonbandaufzeichnung würde das Gegenteil beweisen, doch Ry wollte noch ein bisschen weitergehen. „Die Spitzenfummel in dem Laden haben dir gefallen, was?“

„In was für einem Laden denn?“, fragte Clarence wachsam.

Ry schluckte den Fluch, der ihm auf den Lippen lag, herunter, und lehnte sich in seinem Stuhl zurück. Jetzt musste er versuchen, Clarence zu verunsichern. „Vielleicht sollte ich meinen Freund anrufen und ihn bitten, mit dir zu sprechen.“

„Was für einen Freund?“

„Den von letzter Nacht. Du erinnerst dich doch an letzte Nacht?“

Aus Clarence’ Gesicht wich alle Farbe. „Ich mag ihn nicht!“ Clarence fing an, an seinen Fingernägeln zu kauen. „Ich mag ihn nicht. Er ist wie ein Phantom.“

„Dann solltest du besser mit mir reden, und wenn nicht, geh ich und hole ihn.“

In Panik sah Clarence sich um. „Er ist nicht hier.“

„Vielleicht doch.“ Jetzt begann die Sache, Ry Spaß zu machen. „Aber vielleicht auch nicht. Wer weiß. Wer hat dich bezahlt, Clarence?“

„Ich weiß es nicht.“ Seine Lippen begannen zu zittern. „Es war nur eine Stimme, das ist alles. Hab einfach das Geld genommen und das getan, was man von mir verlangte. Ich liebe Geld, ich liebe Feuer. Wollte in dem Raum anfangen, wo all die hübschen Sachen lagen. Doch die Stimme wollte, dass ich oben anfange." Unruhig blickte er sich um. „Ist er hier?"

„Was ist mit den Umschlägen? Wo sind die Umschläge, in denen du das Geld bekommen hast?"

„Ich hab sie verbrannt." Clarence grinste wieder. „Hat Spaß gemacht."

Das Hähnchen, das Natalie zubereitet hatte, wäre um ein Haar verbrutzelt.

Fluchend nahm sie es aus dem Backofen und stellte es warm, während sie die Soße zubereitete.

Anschließend beseitigte sie das Chaos, das sie beim Kochen veranstaltet hatte, und machte sich dann selbst zurecht. Diese beiden Dinge dauerten länger als die ganze Kochaktion. Nach einem kurzen Blick auf die Uhr drehte sie die Deckenbeleuchtung herunter, zündete die Kerzen in einem silbernen Kerzenständer an und deckte den Tisch.

Nachdem sie fertig war, stieß sie einen tiefen Seufzer aus und setzte sich auf die Armlehne der Couch. Zufrieden schweifte ihr Blick durchs Zimmer. Kerzenlicht, leise Musik, Blumenduft und der köstliche Duft aus der Küche, alles war perfekt.

Doch wo blieb Ry?

Er kam gerade den Flur zu ihrem Apartment hinunter.

Häng's nicht zu hoch, Piasecki, warnte er sich selbst. Du bist der eine von zwei Leuten, die ein bisschen Spaß miteinander hatten. Keine Bindung, keine Versprechungen. Und jetzt, nachdem Clarence in Haft war, würden sie wieder auseinander gehen. Ohne Probleme, ohne Tränen.

Warum zum Teufel stand er dann jetzt vor ihrer Tür, mit Herzklopfen wie ein Teenager und einem Strauß lächerlicher Narzissen in der Hand?

Er hatte ihr bisher noch niemals Blumen mitgebracht. Doch sie hatten ihn vom Tisch eines Straßenhändlers her angelacht, und da hatte er sie eben einfach gekauft. Warum auch nicht?

Doch im Moment dachte er ernsthaft daran, sie vor der Tür des Nachbarn abzulegen. Als er dieser Idee dann näher nachging, kam er sich allerdings noch lächerlicher vor. Mit einem stillen Fluch auf den Lippen kramte er den Wohnungsschlüssel aus seiner Hosentasche und schloss auf.

Einfach lachhaft, dieses Gefühl, nach Hause zu kommen. Es war nicht sein Zuhause.

Natalie erhob sich von der Couch und lächelte ihn an. „Hi."

„Hi."

Er hielt die Blumen hinter seinem Rücken versteckt und merkte kaum, dass das nur noch ein schwaches Rückzugsgefecht war. Alle Manöver, die er sich ausgedacht hatte, waren zum Scheitern verurteilt. Sie sah umwerfend aus in ihrem fließenden pfirsichfarbenen Kleid mit den dünnen Trägern, das im Kerzenlicht schimmerte. Als sie näher kam, schluckte er.

„Langer Tag?", fragte sie und küsste ihn auf den Mund.

„Ja." Als hätte sich seine Zunge verknotet. „Und selbst?"

„Halb so wild. Ich konnte meinen Angestellten eine gute Nachricht überbringen. So etwas ist immer erhebend. Für alle Beteiligten. Ich hab Wein kalt gestellt. Es sei denn, du möchtest lieber Bier."

„Egal", brummte er, während sie zu dem gedeckten Tisch hinüberging. „Schön. Genau wie du."

„Nun, ich dachte mir, wir hätten vielleicht was zu feiern." Sie füllte zwei Gläser. „Eigentlich wollte ich's erst nach der Eröffnung am Samstag machen, aber es schien mir dann heute angebrachter." Sie streckte eine Hand nach ihm aus. „Ich hab dir für einiges zu danken, Ry."

„Hast du nicht. Ich hab nur das getan, wofür ich bezahlt werde …" Er unterbrach sich, als er sah, dass ihr Blick plötzlich weich wurde. Voller Unbehagen wurde ihm klar, dass sie die Blumen entdeckt hatte.

„Du hast mir Blumen mitgebracht." Das tiefe Erstaunen, das in ihrer Stimme lag, trug nichts zu seiner Beruhigung bei.

„Ach, da stand ein Junge an der Ecke, und da hab ich mir halt gedacht …"

„Narzissen", seufzte sie. „Ich liebe Narzissen."

„Ja?" Tief verunsichert hielt er ihr den Strauß hin. „Nun, dann nimm sie."

Natalie barg ihr Gesicht in den duftenden Blütenkelchen. „Sie sind herrlich." Sie hob den Kopf, und ihre Augen glitzerten. „Danke."

„Das ist doch keine ..." Den Rest von Rys Satz erstickte Natalie, indem sie ihm die Hand auf den Mund legte.

Drängendes Verlangen. Wie eine Flamme züngelte es in seinem Inneren empor. Eine einzige Berührung, dachte er, während er die Arme um sie schlang, nur eine einzige Berührung von ihr, und schon verlangte es ihn nach ihr. Sie schmiegte sich an ihn.

„Du wirkst angespannt", flüsterte sie. „Ist irgendwas passiert bei dem Verhör mit Clarence, was dich beschäftigt?"

„Nein." Clarence Jacoby war im Moment das Letzte, was ihn interessierte. „Ich steh vermutlich nur ein bisschen unter Strom." Und brauche dringend etwas mehr Selbstkontrolle, fügte er in Gedanken hinzu. „Irgendwas riecht hier gut", lenkte er ab und trat einen Schritt beiseite. „Irgendetwas außer dir."

„Franks Hühnchen."

„Franks?" Erstaunt machte Ry noch einen Schritt zurück und griff nach seinem Weinglas. „Guthries Koch hat uns etwas gekocht?"

„Nein, es ist nur sein Rezept." Sie strich sich das Haar hinters Ohr. „Ich hab uns was gekocht."

Ry prustete vor Lachen. „Guter Witz. Na gut. Woher hast du's? Vom Italiener?"

Hin- und hergerissen zwischen Belustigung und Beleidigtsein, trank Natalie einen Schluck Wein. „Ich hab's gekocht, Piasecki. Ich weiß, wie man den Herd anschaltet."

„Du weißt, wie man den Telefonhörer abnimmt und Befehle erteilt." Schon etwas entspannter, nahm Ry ihre Hand und ging mit ihr zusammen in die Küche. Dort hob er den Deckel der Pfanne und warf einen Blick hinein. Sah tatsächlich aus wie hausgemacht. Stirnrunzelnd schnüffelte er an der vor sich hin köchelnden, lecker duftenden Soße mit den goldbraunen Hähnchenteilen darin. „Du hast das gekocht? Wirklich du selbst?"

„Ich kann keinerlei Grund dafür sehen, dass dir das einen derartigen Schock versetzt. Man muss nur die Kochanweisungen befolgen."

„Du hast das gekocht", wiederholte er ein weiteres Mal fassungslos. „Und – wie kommt's?"

„Nun, weil ... Ich weiß nicht. Ich hatte Lust dazu."

„Ich kann mir dich beim besten Willen nicht in der Küche vorstellen."

„Das war gar nicht so viel Arbeit." Dann lachte sie. „Nur hinterher hättest du die Küche sehen sollen! Kein besonders schöner Anblick. Doch nun, egal wie es schmeckt, bist du dazu verurteilt, es zu essen."

Sie nahm eine Vase aus dem Schrank, und Ry sah ihr zu, wie sie den Strauß hineinstellte und die einzelnen Blüten liebevoll arrangierte.

Sie sieht so weich aus heute Abend, dachte er. Weich und fraulich. Er konnte sich nicht beherrschen und streichelte ihr sanft übers Haar. Überrascht schaute sie auf, und ihre Unsicherheit angesichts seines plötzlichen Zärtlichkeitsausbruchs war offensichtlich.

„Stimmt was nicht?"

„Nein, warum?" Sich selbst verfluchend, nahm er seine Hand weg. „Ich fass dich einfach nur gern an."

In ihren Augen tanzten Fünkchen. „Ich weiß." Sie ließ sich in seine Arme fallen. „Das Hähnchen muss noch ein bisschen ziehen." Sie sah ihm tief in die Augen und gab ihm einen kleinen neckenden Kuss auf den Mund. „Warum ..."

„... setzen wir uns nicht hin?", beendete er den Satz und fühlte sich, als würde er bald explodieren. Wenn das so weiterging, könnte er sich unmöglich beherrschen.

„Okay." Sie nickte zustimmend. „Lass uns an den Kamin gehen."

Im Wohnzimmer kuschelte sie sich eng an ihn. Ganz offensichtlich hatte er etwas auf dem Herzen. Doch sie konnte warten, bis er so weit war, es ihr zu erzählen. Es genügte ihr, einfach nur dazusitzen, seine Wärme zu spüren und ins Feuer zu schauen. Nebenan köchelte das Essen leise vor sich hin, und aus den Lautsprechern drang leise Musik.

Es war so, als würden sie jeden Abend hier sitzen und sich miteinander wohlfühlen. Was konnte es nach einem langen Arbeitstag Schöneres geben, als mit dem Menschen, den man liebte, beisammenzusitzen und ...

O Gott! Sie zuckte zusammen. Was hatte sie da eben gedacht? Lieben! Sie liebte ihn.

„Hast du was?"

„Nein, nichts. Gar nichts." Sie schluckte hart in dem Bemühen, ruhig zu sprechen. „Mir ist nur gerade etwas eingefallen. Aber ich kann es später erledigen."

„Kein Dienstgespräch jetzt, okay?"

„Nein, nein." Hastig nahm sie einen Schluck Wein. „Schmeckt gut."

Sie konnte nachts nicht mehr schlafen, wenn er nicht neben ihr lag. Heute hatte sie diesen unwiderstehlichen Drang verspürt, ihm etwas zu kochen. Jedes Mal, wenn er sie anlächelte, flog ihr Herz fast über. Sie hatte sogar eine Geschäftsreise seinetwegen verschoben.

Warum war ihr das alles nicht längst aufgefallen? Jedes Mal, wenn sie in den Spiegel blickte, starrte ihr doch die Wahrheit entgegen.

Was sollte sie jetzt bloß tun?

Sie schloss die Augen und befahl ihrem Körper, sich zu beruhigen. Ihre Gefühle waren ihr Problem. Sie musste allein damit zurechtkommen. Sie hatte sich offenen Auges auf eine Affäre eingelassen, bei der die Regeln von vornherein feststanden. Damit hatte sie jetzt umzugehen. Und das würde sie auch, schließlich war sie eine erwachsene, lebenserfahrene Frau.

Sie musste sich jeden ihrer Schritte in Zukunft sorgfältig überlegen. Was sie jetzt brauchte, war nur etwas Zeit. Dann würde sie die Angelegenheit schon in den Griff bekommen.

Seine Fingerspitzen strichen ihr zart über die Schulter. Das Herz klopfte ihr bis zum Hals.

„Ich glaube, ich sollte mal nach dem Essen sehen."

„Die Stunde ist doch noch längst nicht vorbei."

„Ich muss ... den Salat noch machen", gab sie unsicher vor.

„Später."

Er legte seine Hand unter ihr Kinn und drehte ihren Kopf so, dass sie ihm ins Gesicht sehen musste. Verrückt, dachte er. Ich bin völlig verrückt nach ihr. Dann – er konnte nicht anders – küsste er sie.

Sie erschauerte. Eben wollte sie sich seinem Kuss so richtig hingeben, da ließ Ry sie auch schon wieder los.

„Warum sind wir eigentlich immer in Eile?", flüsterte er rau und adressierte die Frage mehr an sich selbst als an sie.

„Ich weiß es nicht." Sie musste jetzt augenblicklich aufstehen und sehen, dass sie einen klaren Kopf bekam, bevor sie irgendeinen idiotischen Fehler beging. „Ich geh uns noch etwas Wein holen."

„Wir brauchen jetzt keinen Wein." Langsam und aufreizend strich er ihr das Haar aus dem Gesicht. „Weißt du, was ich glaube, Natalie?"

„Nein." Sie befeuchtete ihre Lippen und kämpfte darum, ihr inneres Gleichgewicht wieder zu finden.

„Ich glaube, wir haben einen Schritt vergessen."

„Ich verstehe nicht, was du meinst."

Er strich ihr mit seinen Lippen übers Gesicht. „Verführung", flüsterte er rau.

10. KAPITEL

Verführung? Es war nicht nötig, sie zu verführen. Sie sehnte sich nach ihm. Ständig sehnte sie sich nach ihm. Bevor ihr klar geworden war, dass sie ihn liebte, hatte sie ihr Verlangen nach ihm als eine heftige körperliche Reaktion abgetan. Hormone ... Doch jetzt, sah er denn nicht ...

Ihre Gedanken lösten sich in Luft auf, als seine Lippen in erregender Langsamkeit über ihre Schläfe streiften.

„Ry." Sie presste die Hand gegen seine Brust und drückte ihn etwas von sich weg, während sie sich bemühte, einen leicht scherzenden Tonfall in ihre Stimme zu legen ... Sie musste Zeit gewinnen, um einen klaren Gedanken fassen zu können und ihr Gleichgewicht wiederzufinden. Doch da waren seine Fingerspitzen, die sanft und zärtlich über ihr Dekolleté strichen, und sein Mund näherte sich schon wieder ihrem. „Ry", flüsterte sie noch einmal.

„Wir könnten jetzt sofort loslegen, Natalie, du und ich, stimmt's?" Seine Zunge zog eine heiße Spur über ihre Lippen. „Schnell, ohne Umwege. Ich denke, wir sollten zur Abwechslung mal ein paar kleine Seitenstraßen nehmen."

„Ich denke ..." Doch sie dachte gar nichts. Konnte überhaupt nicht denken. Nicht mehr, nachdem sie seine Lippen so wie eben auf ihren gespürt hatte. Noch niemals zuvor hatte er sie auf diese tiefe Art und Weise geküsst, mit dieser glühenden stillen Besessenheit, die ihr durch Mark und Bein ging.

Ihr Körper war weich wie das Wachs, das träge von den Kerzen herabtropfte. Ein tiefer, hilfloser Seufzer schwang sich aus ihrer Kehle empor. Ry setzte seine ausgiebige Erkundung mit seiner Zunge fort, zärtlich und besitzergreifend in einem, sie spürte jeden ihrer Nerven vibrieren, und es schien ihr, als wäre er über Stunden hinweg glücklich damit, nur dieses eine zu tun.

Ihr Kopf sank nach hinten. Er umfasste ihn, und seine Zunge begann wieder mit ihrer zu spielen. Ihr Atem ging stoßweise, und ein Schauer überlief sie, als er mit seinen Fingerspitzen ihre Brüste berührte.

Jetzt, jetzt gleich würden das Tempo und die Wucht kommen, die sie kannte und denen sie sich gewachsen fühlte. Gleich ist der

Moment da, wo du die Kontrolle wieder zurückerlangst, hoffte sie, gleich wird alles wieder so, wie du es kennst. Doch seine Finger strichen nur weiter mit quälender Langsamkeit über ihren Hals, ihre Kehle, dann fuhr er mit regelrecht verheerender Zärtlichkeit über ihre Wangen, sodass es ihr erschien, als sei ihre Haut nichts als hauchdünnes Seidenpapier und darunter lägen all ihre Nerven bloß. O Gott, O Gott, sie fühlte sich so ausgeliefert und glaubte zu spüren, wie sie unter seinen Händen zerschmolz …

Um die herrlichen Folterqualen, denen sie sich in diesem Moment nicht gewachsen fühlte, abzuwehren, streckte sie ihren Arm aus in der Absicht, ihn eng an sich zu ziehen, um in der bisher üblichen Art und Weise weiterzuverfahren.

„Nicht jetzt." Er war weit genug zurückgewichen, um ihr Gesicht studieren zu können. Die Mischung aus Verwirrung und Begehren, die in ihren Zügen stand, ergab eine hinreißende Kombination. Wie sehr auch jede Faser seines Körpers nach Erfüllung schrie, wichtiger war es ihm, sie noch konfuser zu machen, sie herauszufordern bis zum Letzten, bis sie vollends die Nerven verlor, um dann erst ihr Verlangen endlich zu stillen.

„Ich will dich." In wilder Raserei riss sie an den Knöpfen seines Hemdes. „Jetzt, Ry. Ich will dich jetzt. Auf der Stelle."

Leise lächelnd hob er sie von der Couch hoch und legte sie ganz vorsichtig, als sei sie ein leicht zerbrechlicher Gegenstand, auf den Teppich vor dem Kamin. Der Widerschein der Flammen tanzte über ihr Gesicht und ihr Haar, das glänzte, als sei es von purem Gold. Sie erschien ihm wie ein Schatz, für den ein Mann bereit wäre, sein Leben zu geben. Und jetzt, für diese Nacht, entschied Ry, würde sie sein Schatz sein.

„Da wirst du schon noch ein bisschen warten müssen", beschied er sie knapp. „So lange, bis ich dich wirklich verführt habe."

„Ich brauche nicht verführt zu werden." Sie hob sich ihm entgegen und bot ihm sehnsüchtig ihre Lippen, ihren Körper, alles.

„Das werden wir schon noch sehen."

Er beugte sich zu ihr hinunter und legte weich seinen Mund auf ihren, tauchte mit seiner Zunge hinein, als sie die bebenden Lippen öffnete. Wie oft hatten sie sich geliebt? Sie kannten sich noch nicht lange, doch er konnte die Male nicht mehr zählen, die er seinen Körper ihrer Wildheit überlassen hatte und umgekehrt.

Dieses Mal, so hatte er beschlossen, würde er sie mit Leib und Seele besitzen.

„Ich liebe deine Schultern", murmelte er und nahm seine Lippen von ihren, um eine kleine Erkundungsfahrt über die sanften Rundungen bis zu den Oberarmen hin zu machen. „Weich, fest und geschmeidig."

Mit den Zähnen zog er den Träger ihres Kleides herunter. Nun war nichts mehr zwischen seiner Zunge und ihrer Haut, und er witterte wie ein Tier den süßen Duft ihres Fleisches, nun konnte er sie mit den sensiblen Geschmacksknospen seiner Zunge schmecken und mit seinem Tastsinn spüren. Er schloss die Augen und atmete tief den herrlichen Geruch ihres Körpers ein.

„Und dies hier." Er legte seine Lippen um eine ihrer Brustspitzen, die sich unter dem Seidenstoff ihres Kleides abzeichneten, und saugte an ihr, bis sich Natalie halb außer sich vor Erregung und erhitzt unter ihm auf dem Boden wand.

„Du solltest einfach entspannen und es genießen, Natalie, es wird noch ein Weilchen dauern."

„Ich kann nicht." Die Art, wie er sie mit seinen Lippen streichelte, sanft wie der Flügelschlag eines Schmetterlings, und sein Gewicht auf ihr, raubten ihr fast den Verstand und quälten sie. Sie wollte etwas unbedingt sofort haben und bekam es doch nicht. „Küss mich noch mal."

„Mit Vergnügen."

Die Flammen zwischen ihnen schlugen für einen Moment hoch empor, bevor er sie wieder erstickte. Sie stöhnte und konnte ihrer Begierde kaum mehr Zügel anlegen, sie verlangte nach mehr Qualen und flehte zugleich um Erlösung. Er entschied für sie und verstärkte die Intensität seiner Küsse, bis sie vollkommen ermattet unter ihm lag.

Rauch. Sie sah ihn, konnte ihn jedoch nicht riechen. Dichte Rauchwolken stiegen vor ihrem geistigen Auge empor, vollkommen schwerelos schwebten sie gen Himmel. Sie fühlte sich hilflos und unfähig, mehr zu tun, als zu stöhnen und willenlos geschehen zu lassen, was geschah.

Zentimeter für Zentimeter schob er die Seide beiseite und legte die Haut ihres Körpers frei, wie ein Goldsucher, der seinen endlich gefundenen Schatz hebt. Sie fühlte sein Haar über ihre entblößte Brust streifen, dann seine Lippen über ihre weichen Rundungen fahren, um an der empfindsamen Unterseite zu verharren und sie zu liebkosen. Als seine Zunge schließlich über ihre Brustspitzen glitt und er sie gleich darauf saugend mit den Lippen umschloss, durchschoss sie ein heißer Strahl von Begierde und nistete sich ein in ihrem Schoß. Ry nahm ihre Knospe zwischen die Zähne und traktierte sie mit kleinen zärtlichen Bissen, bis Natalie flehend nach Befreiung seinen Namen stammelte und ihr Körper sich in wilden Zuckungen auf dem Teppich hin und her wand.

Er sehnte sich danach, in sie einzudringen, wollte, dass sie ihn in sich aufnähme und mit ihm all die Lust, die er ihr zu bereiten imstande war. Ihre Augen waren geschlossen, die Lippen begehrlich geöffnet, verführerisch, viel zu verführerisch, sodass er erneut ihren Geschmack kosten musste, und als er es tat, ließ er sich einfach fallen in den heißen Strom seiner Begierde.

Zeit verrann.

Dann ließ er sie los und schlüpfte aus seinem Hemd, nun wollte er auf ihr liegen, Haut an Haut, die Geschmeidigkeit ihres Körpers und seine Hitze in sich aufnehmen. Forschend glitt seine Hand unter ihr Kleid, zärtlich ihre nackte Haut umschmeichelnd.

Er öffnete es, quälend langsam, Knopf für Knopf, er ließ sich Zeit, doch er musste sich dazu zwingen. Willenlos lag sie vor ihm auf dem Rücken, die Beine leicht gespreizt, das Haar umfloss ihren Kopf wie pures Gold. Nun hatte er die vordere Knopfleiste des Kleides geöffnet, schob die glänzende Seide beiseite und streichelte alles, was vor ihm lag. Für heute Nacht gehörte es ihm.

Darunter trug sie auch Seide. Sie war von derselben Farbe wie ihr Kleid, das er unter ihr hervorgezogen hatte. Ihre Brust hob und senkte sich in heftigen Atemzügen. Er setzte sich auf die Fersen und sah sie an.

„Natalie."

Matt. Sie fühlte sich herrlich ermattet und war kaum imstande, die Augen zu öffnen. Doch als sie es tat, sah sie nur ihn, und der Widerschein der Flammen spielte mit seinem dunklen Haar, seine grauen Augen mit ihren riesigen Pupillen schienen fast schwarz. Sie streckte einen Arm aus, er fühlte sich schwer und weich an, gerade so, als hätte sie keine Knochen. Ry nahm ihre Hand und küsste jede einzelne ihrer Fingerspitzen.

„Ich kann dir gar nicht sagen, wie glücklich ich darüber bin, dass du im Dessous-Geschäft tätig bist."

Ihre Lippen umspielte ein Lächeln, und gerade als sie auflachen wollte, löste er mit einem raschen Griff den ersten ihrer Strapse. Ihr Lachen schlug um in hilfloses Stöhnen.

„Und wie schön du bist." Damit öffnete er den zweiten. „Das beste Model für deine eigenen Sachen." Er tauchte seinen Blick in ihren und rollte langsam ihren Strumpf herunter. Dabei strich er mit seinen Fingernägeln zärtlich an ihrem Bein entlang.

Ihr Blick vernebelte sich, sie konnte kaum mehr was sehen, sie konnte ihn nur noch fühlen. O Gott, und wie sie ihn fühlen konnte! Eine irre Lust, sich ihm total auszuliefern, glitt durch ihre Empfindungen wie ein Schatten und ließ sie wehrlos zurück. Sich ihm auszuliefern, ihn mit ihr tun zu lassen, was immer er wollte. Alles wäre sie bereit, ihm zu geben im Moment. Alles, solange er nur nicht aufhörte, sie zu berühren.

Neben ihnen knackte leise das Feuer. Die Hitze, die es abstrahlte, war nichts gegen jene, die er in ihrem Innern entfacht hatte. Als käme sie durch einen endlosen, mit Samt ausgekleideten Tunnel, drang die Musik leise an ihr Ohr. Der Duft der Blumen, des Kerzenwachses und Rys herber männlicher Duft vermischten sich zu einer Duftsymphonie, und der Geschmack des Weins verschmolz mit dem Geschmack von Ry. Und alles zusammen versetzte sie in den fantastischsten Rauschzustand ihres Lebens.

Dann glitt sein Finger langsam unter den spitzenbesetzten Saum ihres Slips. Und dann – dann hinein in ihren heißen, feuchten Schoß.

Sie fühlte sich, als würde sie zerbersten. Ihren Körper durchlief ein Beben, und ihre sexuelle Lust kannte keine Grenzen mehr. Während Begierde durch ihre Adern toste, stammelte sie wieder und wieder seinen Namen, bis er sie endlich, endlich erlöste.

Sie wollte ihm sagen, dass sie erschöpft sei, vollkommen erschöpft, doch er war schon dabei, ihr den Slip ganz abzustreifen, und dann alles Übrige. Konnte es sein, dass sie es schon wieder in tiefen Zügen auskostete, seine geschickten Finger über ihre Haut wandern zu spüren? War sie wirklich so unersättlich? Sie konnte es nicht fassen und schluckte bei dem Gedanken an die Worte, die ihr eben im Moment höchster Verzückung entschlüpft waren.

„Ich will in dich eindringen, Natalie." Seine Hände waren jetzt nicht mehr so ruhig und beherrscht, sie zitterten vor Erregung, während er sich seine restlichen Kleider vom Leib riss. „Ganz. Ganz und gar."

Das Blut rauschte in seinen Ohren, und er begann mit seinen Lippen eine sinnliche Reise über ihre Oberschenkel, um alsbald im geheimsten Versteck ihrer Lust zu landen. Er spürte an ihrer Reaktion, wie sie die Flammen von Neuem ergriffen, er fachte sie mit großer Geschicklichkeit an, gab ihnen Nahrung, und als er Natalies Höhepunkt nahen fühlte, löste er sich von ihr, warf sich laut aufstöhnend über sie und drang dann endlich, endlich mit einem einzigen harten, schnellen Stoß in sie ein.

Als Natalie am nächsten Morgen im Aufzug zu ihrem Büro hochfuhr, hätte sie am liebsten vor Freude und Glück laut gesungen. Doch sie räusperte sich nur, nahm ihre Aktentasche in die andere Hand und bemühte sich, die neugierigen Blicke der Angestellten, die mit ihr zusammen nach oben fuhren, zu übersehen.

Was soll's? dachte sie. Ja, sie fühlte sich glücklich, ganz so, als würde ihr gleich das Herz vor Freude zerspringen. Sie war verliebt.

Und was ist falsch daran, fragte sie sich, als der Aufzug hielt. Nichts, gar nichts. Jedermann hat das Recht, verliebt zu sein, und es ist herrlich.

Ja, es war herrlich. So herrlich, dass sie sich darüber wunderte, dass sie es noch niemals vorher ausprobiert hatte.

Weil du Ry da noch nicht gekannt hast, sagte sie sich und grinste.

Doch jetzt kam erst einmal die Arbeit. Ein hektischer Tag stand bevor, es gab viel zu tun.

„Perfekt, findest du nicht auch?" Natalie saß zusammen mit Donald auf dem Rücksitz des Wagens und streckte nun hoch zufrieden die Beine aus, während der Fahrer den Wagen ruhig und geschickt durch den dichten Verkehr lenkte. Eben waren sie im Geschäft gewesen und hatten die raschen Fortschritte, die die Renovierung machte, bestaunt. „Wenn man es nicht wüsste, würde man niemals auf die Idee kommen, dass es im Laden gebrannt hat."

„Stimmt, das haben sie irrsinnig gut wieder hingekriegt", stimmte Donald zu. „Und die Schaufensterdekoration ist aufsehenerregend, wirklich. Das Verkaufspersonal wird am Samstag von Kauflustigen förmlich überrannt werden, das sehe ich schon kommen."

„Ich rechne fest damit." Sie berührte Donald am Arm. „Ich hab dir eine Menge zu verdanken, Donald. Das hätten wir ohne dich niemals auf die Beine stellen können. Besonders nicht nach dem ersten Brand."

„Schadensbegrenzung." Er wischte ihre Dankesrede mit einem Schulterzucken beiseite. „In einem halben Jahr werden wir uns daran schon nicht mehr erinnern. Und unsere Wahnsinnsumsätze werden endlich mal ein Lächeln auf Deirdres Gesicht zaubern."

„Na, das wäre allerdings das Größte."

„Sie können mich an der nächsten Ecke rauslassen", informierte Donald den Fahrer. „Das Lokal, wo ich hinmuss, ist nur eine Straße weiter."

„Schön, dass du dir die Zeit genommen hast, mitzukommen."

„Es war mir wichtig. Weißt du, der Gedanke, dass unser Prestigeobjekt hier in Flammen hätte aufgehen können, hat mich ganz krank gemacht. Vor allem, dass dein wunderbarer antiker Schreibtisch ruiniert ist. Ich nehme an, du hast ihn zu einem Restaurator bringen lassen?"

„Ja, gleich als Erstes nach dem Brand", erzählte Natalie ein wenig abwesend, während in ihrem Kopf leise eine Alarmglocke läutete, die sie jedoch nicht weiter beachtete. „Er muss es schaffen, ihn wieder hinzukriegen, ich hab ihn mir doch extra aus Colorado hierher schicken lassen."

„Nun, wird schon werden." Er tätschelte zum Abschied fürsorglich ihre Hand, während der Wagen hinter der Kurve anhielt. Dann stieg er aus.

Sie winkte ihm zum Abschied zu und ließ sich, nachdem sich der Fahrer wieder in den Verkehr eingefädelt hatte, mit einem leicht unbehaglichen Gefühl in die Polster sinken. Doch sie wischte es mit einem Schulterzucken beiseite und begann sich Gedanken zu machen über die nächsten Dinge, die anstanden. Als Erstes wollte sie Ry einmal kurz anrufen. So viel Zeit musste einfach drin sein. Sie griff zum Hörer des Autotelefons.

Ry war nach dem dritten Läuten selbst am Apparat. „Brandermittlung. Piasecki."

„Hi." Wie sie sich jedes Mal freute, seine Stimme zu hören! „Ist deine Sekretärin nicht da?"

„Ist beim Essen."

„Aha. Und ich wette, du hast deins vor dir auf dem Schreibtisch."

Er warf einen Blick auf das Sandwich. „Ja. Mehr oder weniger." Er bewegte sich, und sein Stuhl quietschte. „Wo bist du?"

Sie sah zum Wagenfenster hinaus. „Sieht aus wie zwischen Zwölfter und Hyatt. Ich hab einen Termin in der Menagerie."

„Aha." Die Menagerie, dachte er. Schon wieder so ein First-class-Schuppen. Da gibt's kein Thunfischsandwich. Er sah sie vor sich, wie sie sich Designerwasser bestellte und einen Salat, wo jedes Blättchen einen anderen Namen trug. „Hör zu, Nat, wegen heute Abend ..."

„Ich hab mir gedacht, wir könnten uns vielleicht bei Goose Neck treffen." Sie rieb sich den Nacken. „Ich brauch mal ein bisschen Entspannung."

Er fuhr sich mit der Hand übers Kinn. „Ich ... äh, komm doch einfach mal zu mir, okay?"

„Zu dir?" Das war etwas Neues. Sie hatte aufgehört, sich zu fragen, warum er sie bisher noch nicht zu sich eingeladen hatte.

„Ja. Zwischen sieben und halb acht."

„Schön. Soll ich was zum Essen mitbringen?"

„Nein. Ich werd was besorgen. Bis dann." Er legte auf und lehnte sich zurück.

Unterwegs hielt er beim Chinesen und nahm etwas für sie beide zum Abendessen mit. Es war fast sieben, als er zu Hause ankam. Der Tag im Büro war anstrengend gewesen und seltsam zerfahren.

Während er die ausgetretenen Holztreppen zu seiner Wohnung hochging, hörte er, wie eine Tür zugeknallt wurde. Knoblauchduft hing in der Luft. Wahrscheinlich mal wieder seine Nachbarin. Sie pflegte ständig Riesentöpfe Spaghetti mit Knoblauchsoße zu kochen.

„Gut, schon gut, dann hol ich mir eben mein verdammtes Bier selbst, macht ja nichts."

Ry verzog den Mund und schloss seine Tür auf. Ja, dachte er, als er die Wohnung betrat. Ziemliche Bruchbude, das war nicht zu leugnen. Er drehte das Licht an, ging ins Wohnzimmer und sah sich um.

Okay, alles war sauber und relativ aufgeräumt. Wenn man genau hinsah, sah man wahrscheinlich etwas Staub, doch für solche Kleinigkeiten fehlte ihm einfach die Zeit. Als sein Blick auf die Bettcouch fiel, wurde ihm bewusst, dass er bereits seit fast drei Wochen nicht mehr in seinem eigenen Bett geschlafen hatte. Dieses Sofa! Missbilligend schüttelte er den Kopf. Früher hatte er sich niemals daran gestört, doch jetzt auf einmal fand er den doch schon recht verblassten blauen Bezug ziemlich scheußlich.

Dann ging er in die Küche, nahm ein Bier aus dem Kühlschrank und öffnete den Verschluss. Die Wände könnten auch mal wieder etwas Farbe vertragen, dachte er, während er einen Schluck aus der Flasche nahm. Und auf den Fußboden gehört eigentlich ein Teppich.

Was soll der Quatsch, dachte er verärgert, reicht doch vollkommen, so wie es ist. Er brauchte keinen Schnickschnack. Zwei Zimmer in nächster Nähe zum Büro, was wollte er mehr? Es war genug.

Doch es war nicht genug. Konnte nicht genug sein. Für Natalie.

Ihr würde es bei ihm nicht gefallen. Das war ihm klar. Nur deshalb hatte er sie gebeten, hierherzukommen. Um es ihm und ihr zu beweisen, dass es ihr nicht genug war.

Sie konnten so wie bisher nicht weitermachen. Je länger es andauerte, umso mehr brauchte er sie. Und je mehr er sie brauchte, desto schwerer würde es ihm fallen, sich von ihr zu lösen.

Seine Scheidung war für ihn nicht weiter schlimm gewesen. Natürlich hatte es ein bisschen wehgetan. Und Bedauern, ja, Bedauern war da auch gewesen. Aber kein wirklicher Schmerz. Nicht diese tief verwurzelte, quälende Pein, die er empfand, wenn er an ein Leben ohne Natalie dachte.

Auf eine bestimmte Art und Weise konnte er sie wahrscheinlich halten. Es gab dafür eine reale Chance. Die körperliche Anziehungskraft zwischen ihnen war tatsächlich ungewöhnlich intensiv. Und wenn sie in Zukunft nur noch halb so stark wäre wie bisher, so wäre das noch immer ein Vielfaches mehr als alles, was er bisher erlebt hatte.

Und er war sich sehr bewusst darüber, was für eine Wirkung er auf Natalie hatte.

Er würde sie allein mit Sex halten können. Und es schien ihr genug zu sein. Doch eines Morgens, als er neben ihr aufgewacht war, war ihm klar geworden, dass es ihm nicht genug war.

Nein, es war nicht genug. Nicht, nachdem er damit begonnen hatte, sich in seiner Fantasie auszumalen, wie ihre gemeinsamen Kinder fröhlich im Garten miteinander spielen würden.

Das stand niemals zur Debatte, erinnerte er sich selbst. Und er hatte nicht das Recht, auf einmal die Spielregeln zu verändern. Nur weil er plötzlich sesshaft werden wollte. Aber hatte er nicht schon einmal bewiesen, dass er nicht für die Ehe taugte? Dabei hatten seine ehemalige Frau und er wenigstens denselben Lebensstil gehabt. Nein, nichts, aber auch gar nichts deutete darauf hin, dass Natalie zu ihm passen würde. Daran konnte auch die Tatsache, dass er es sich so sehr wünschte, nichts ändern.

Noch schlimmer als all diese Überlegungen erschien ihm allerdings die Vorstellung, dass sie ihn abweisen könnte, wenn er sich ihr offenbarte.

Er wollte sie ganz. Oder gar nicht. Und da er sie nicht bekommen konnte, erschien es ihm richtig, das Feuer auszutreten, bevor es noch höher lodern konnte.

Es klingelte, er nahm sein Bier und ging hinaus in den Flur, um zu öffnen.

Sie stand im Treppenhaus, schlank, mit gold schimmerndem Haar, ein exotischer Fisch im Karpfenteich. Sie lächelte ihn an und bot ihm ihre Lippen zum Kuss.

„Hi."

„Hi. Komm rein. Hast du's gleich gefunden?"

Sie warf die schimmernde Fülle ihres Haares zurück. „Ich bin mit dem Taxi gekommen."

„Gute Idee. Wenn du deine Luxuskarosse hier irgendwo in der Nähe abgestellt hättest, wären hinterher wahrscheinlich nur noch die Türgriffe übrig gewesen. Willst du ein Bier?"

„Nein." Interessiert ging sie zum Fenster und sah hinaus.

„Keine besonders schöne Aussicht", sagte er trocken in dem Wissen, dass ihr Blick nicht weiter wandern konnte als bis zu dem Hochhaus gegenüber.

„Nein, nicht besonders", stimmte sie zu. „Es regnet immer noch."

Sie zog ihren Mantel aus und lächelte, als sie auch hier einige Basketballtrophäen entdeckte. „MVP", murmelte sie, während sie eine Gravur las. „Eindrucksvoll. Und doch kann ich dich neun- von zehnmal besiegen."

„Ich war völlig fertig." Er drehte sich um und ging in die Küche. „Wein hab ich aber nicht."

„Macht nichts. Mmmm ... chinesisch." Sie öffnete einen der Kartons und setzte sich an die Küchentheke. „Ich sterbe vor Hunger. Alles, was ich heute gegessen hab, war ein kläglicher Salat zu Mittag. Ich war den ganzen Tag unterwegs, um die letzten Einzelheiten für Samstag festzumachen. Wo sind denn Teller?" Ganz so, als wäre sie zu Hause, öffnete sie, bevor er antworten konnte, einen Schrank. „Ich hab gedacht ..." Sie brach ab, drehte sich um und sah, dass er sie anstarrte. „Was?"

„Nichts", brummte er und nahm ihr die Teller aus der Hand.

Ich habe sie nicht eingeladen, damit sie ein bisschen belanglos herumschwätzt, dachte er, während er das noch immer heiße Essen auf die Teller legte. Sie ist hier, um sich mit eigenen Augen davon zu überzeugen, dass die ganze Angelegenheit zwischen uns beiden ein Irrtum ist.

„Verdammt noch mal, siehst du eigentlich nicht, wo du hier bist?" Er wirbelte herum und funkelte sie wütend an.

Sie schaute ihn verdutzt an. „Ah ... in der Küche?"

„Schau dich um." Erzürnt packte er sie am Arm und zog sie ins Wohnzimmer. „Los, schau dich um. Hier lebe ich. So bin ich."

„Gut." Sie schüttelte seine Hand ab, er tat ihr weh. Gehorsam schaute sie sich um. Ja, die Einrichtung war recht spartanisch. Typisch männlich eben. Die Wohnung war klein, aber nicht unordentlich.

„Könnte mal neu gestrichen werden", entschied sie nach einem Moment des Überlegens.

„Ich hab dich nicht um deinen Rat gefragt", entgegnete er schroff.

In seinem Tonfall schwang mehr mit als Verärgerung, etwas Endgültiges, das ihren Atem zum Stocken brachte. Sehr langsam drehte sie sich zu ihm herum. „Wonach hast du denn gefragt?"

Fluchend ging er hinüber in die Küche, um sich sein Bier zu holen. Wenn sie ihn weiterhin mit diesem verwirrten, verletzten Blick ansah, hatte er verloren. Also blieb ihm nichts anderes, als grausam zu sein. Lieber ein Ende mit Schrecken als ein Schrecken ohne Ende. Er setzte sich auf die Armlehne seiner Couch und nahm einen tiefen Zug aus der Bierflasche.

„Lass uns doch mal ganz realistisch sein, Natalie", begann er, „wir beide, du und ich, haben mit dieser Sache angefangen, weil wir scharf waren aufeinander."

Sie fühlte, wie ihr seine Worte das Blut aus den Wangen trieben. Doch als sie antwortete, waren ihr Blick fest und ihre Stimme ruhig. „Ja, das ist richtig."

„Alles ging sehr schnell. Doch dann ist uns auf einmal einiges durcheinandergeraten."

„Ist es?"

Sein Mund war trocken, wie ausgedörrt, da half auch kein Bier. „Du bist eine wunderbare Frau. Ich begehrte dich. Und du hattest ein Problem. Mein Job war es, es für dich zu lösen."

„Was du ja auch getan hast." Sie wählte ihre Worte mit Bedacht.

„Fast. Die Polizei ist dabei herauszufinden, wer Clarence bezahlt hat. Bis das geschehen ist, musst du noch vorsichtig sein. Doch ansonsten sind jetzt alle Dinge unter Kontrolle. Zumindest in dieser Hinsicht."

„Und sonst?"

„Ich denke, es ist an der Zeit, einen Schritt zurückzutreten, damit man mal wieder etwas klarer in die Zukunft sehen kann."

Natalie zitterten die Knie. „Willst du mir den Laufpass geben, Ry?"

„Ich sage nur, dass wir die Dinge auch außerhalb des Betts betrachten müssen. Uns ansehen müssen, wie du bist." Er sah sie fest an. „Und wie ich nicht bin. Wir hatten eine heiße Zeit zusammen, Natalie. Das Problem ist, dass von all dem Rauch dein Kopf benebelt ist. Zeit, frische Luft ins Zimmer zu lassen, das ist alles."

„Ich verstehe." Sie war zu stolz, um zu betteln. Genauso wenig wollte sie vor ihm weinen. Nicht, wenn er sie so kalt betrachtete wie jetzt und wenn seine Worte so sachlich waren, dass man meinen konnte, er wäre imstande, ihr das Herz bei lebendigem Leibe herauszureißen. Sie versuchte sich daran zu erinnern, wie sanft und zärtlich er zu ihr gewesen war, doch sie konnte es nicht. Der, der hier vor ihr stand, war ein Fremder.

„Nun gut, ich vermute, du weißt sehr genau, was du da sagst." Trotz ihrer Entschlossenheit, sich nicht klein zu machen vor ihm, verschleierte sich ihr Blick von den Tränen, die heiß in ihr hochstiegen.

Sobald er es wahrnahm, sprang er auf. „Nicht. Wein nicht."

„Ich werde nicht weinen. Verlass dich drauf." Doch die erste Träne rollte bereits ihre Wangen herab, während sie zur Tür ging. „Ich pflege nicht in der Öffentlichkeit zu weinen." Sie umklammerte die Türklinke. Ihre Finger waren wie taub.

„Natalie."

„Mir geht's gut." Wie um es ihm und auch ihr selbst zu beweisen, drehte sie sich um und sah ihm direkt ins Gesicht. „Ich bin kein Kind mehr, und es ist für mich nicht die erste Beziehung, die in die Brüche geht. Es ist allerdings dennoch in gewisser Weise das erste Mal, und das weißt du auch." Sie schniefte und wischte sich eine Träne weg. „Ich habe noch niemals jemanden geliebt. Du bist der Erste. Und dafür hasse ich dich."

Sie riss die Wohnungstür auf und stürmte hinaus. Ihren Mantel ließ sie liegen.

11. KAPITEL

Ry lief die nächsten zehn Minuten im Zimmer auf und ab und versuchte, sich selbst davon zu überzeugen, dass er das Richtige getan hatte. Das Richtige für sie beide. Sicherlich, er hatte sie etwas verletzt. In erster Linie wohl ihren Stolz. Und er war in dieser Situation nicht besonders diplomatisch gewesen.

Die nächsten zehn Minuten verbrachte er damit, sich einzureden, dass sie das, was sie gesagt hatte, bestimmt nicht so gemeint hatte.

Sie liebte ihn doch nicht. Was war das für ein Quatsch! Sie konnte ihn überhaupt nicht lieben. Weil sie war, was sie war, und er war der größte Trottel auf der ganzen Welt.

O Gott, er war wirklich der größte Trottel!

Er schnappte sich ihren Mantel, vergaß seinen eigenen und rannte die Treppe nach unten, hinaus in den strömenden Regen.

Jetzt verfluchte er sich dafür, dass er sein Auto vorhin bei der Feuerwache stehen gelassen hatte, und flehte zum Himmel um ein Taxi. Frierend rannte er im Regen die nass glänzende Straße entlang. Als endlich ein leerer Wagen vor ihm anhielt, war er schon zwölf Blocks von zu Hause entfernt und nass bis auf die Haut.

Der Taxifahrer kämpfte sich durch den abendlichen Verkehr. Sie kamen kaum voran.

Es wäre klüger gewesen, er wäre zu Fuß gegangen.

Als er bei Natalie anlangte, war fast eine Stunde vergangen. Er klingelte gar nicht erst, sondern schloss mit seinem Schlüssel, den sie vergessen hatte zurückzuverlangen, auf.

Diesmal hatte er nicht das Gefühl, nach Hause zu kommen. Und in derselben Sekunde, in der er das Apartment betrat, wusste er, dass Natalie nicht da war. Er rief ihren Namen, doch er war sich gewiss, dass er keine Antwort bekommen würde.

Also würde er warten müssen. Früher oder später musste sie ja hier auftauchen. Und dann würde er ihr in Ruhe alles erklären. Würde die Dinge richtigstellen, egal wie.

Neben dem Telefon lag ein Zettel, auf den flüchtig eine Nummer gekritzelt war.

Atlanta, National-8:25

National, dachte er. National Airlines.

Da war Ry schon aus dem Apartment gestürmt, fuhr mit dem Lift nach unten und drängte den Portier, ihm so rasch wie möglich ein Taxi zu rufen.

Als er am Flughafen eintraf, war es zu spät. Vor fünf Minuten war ihr Flieger gestartet.

„Nein, Mr Piasecki, ich kann Ihnen nicht genau sagen, wann Miss Fletcher zurückkommt." Maureen lächelte zurückhaltend. Der Mann sieht völlig fertig aus, dachte sie. Scheint eine miese Nacht hinter sich zu haben. Doch im Moment erschienen ihr die Dinge durch die überstürzte Abreise ihrer Chefin schwierig genug. Auch ohne diesen Verrückten hier, der ihr um neun Uhr morgens auf die Pelle rückte.

„Wo ist sie?", verlangte Ry zu wissen. Vergangene Nacht war er drauf und dran gewesen, den nächsten Flug nach Atlanta zu buchen, als ihm aufging, dass er keinen Schimmer hatte, wo er sie suchen sollte.

„Tut mir leid, Inspector. Ich bin nicht befugt, Ihnen weitere Auskünfte zu erteilen. Aber Sie können Miss Fletcher gern eine Nachricht hinterlassen. Ich werde sie weiterleiten, wenn sie anruft."

„Ich will wissen, wo sie ist", stieß Ry zwischen zusammengebissenen Zähnen hervor.

Maureen erwog ernsthaft, den Sicherheitsdienst zu rufen. „Unsere Firmenpolitik ist …"

Er murmelte etwas Unflätiges über ihre Firmenpolitik und fischte dann fluchend seine Visitenkarte aus der Hosentasche. „Sehen Sie das hier? Ich bin mit der Brandermittlung beauftragt. Ich habe eine wichtige Information für Miss Fletcher, die ich ihr umgehend mitteilen muss. Wenn Sie nicht willens sind, mir zu sagen, wo ich sie finden kann, muss ich dies meinem Vorgesetzten melden."

Daraufhin schwieg er längere Zeit in der Hoffnung, dass seine Worte ihre Wirkung nicht verfehlten.

Hin- und hergerissen biss sich Maureen auf die Unterlippe. Es stimmte, dass Miss Fletcher ihr ans Herz gelegt hatte, ihren Aufenthaltsort geheim zu halten. Und es stimmte ebenso, dass sie gewünscht hatte, dass ganz besonders Inspector Piasecki nichts davon erfahren sollte. Doch wenn er sie jetzt unbedingt wegen der Brandsache erreichen musste …

„Sie wohnt im Ritz-Carlton, Atlanta."

Noch bevor sie den Satz richtig beendet hatte, war Ry schon draußen.

Fünfzehn Minuten später stürmte er in sein Büro und schreckte seine Sekretärin auf. „Geben Sie mir das Ritz-Carlton in Atlanta", verlangte er, rannte in sein Zimmer und knallte die Tür hinter sich zu.

Er lief im Zimmer auf und ab, bis sein Telefon klingelte. Das Ritz war am Apparat. „Natalie Fletcher", bellte er in den Hörer. „Verbinden Sie mich."

„Ja, Sir, einen Moment bitte."

Der Moment erschien ihm wie eine kleine Ewigkeit. Endlich hörte er erleichtert, wie sich Natalie am anderen Ende der Leitung meldete.

„Natalie, was zum Teufel tust du in Atlanta? Ich will …" Ein Klicken zeigte ihm an, dass sie aufgelegt hatte. Er fluchte und beauftragte seine Sekretärin, es ein zweites Mal zu versuchen.

Ruhe, beschwor Ry sich. Immer mit der Ruhe. Schließlich wusste er, wie man angesichts eines Feuers, angesichts von Unglück und Tod die Nerven behielt. Da würde es ihm wohl jetzt auch gelingen. Doch als die Verbindung noch einmal hergestellt war und ihm durch den Hörer nur immer wieder das Freizeichen entgegentönte, hätte er am liebsten das Telefon gegen die Wand geknallt.

„Buchen Sie mir die nächstmögliche Maschine nach Atlanta." Er war ins Nebenzimmer gegangen, und seine Sekretärin blickte ihn fassungslos an. „Schnell."

Mehr als zehn Stunden nach seiner überstürzten Reise nach Atlanta war er wieder zu Hause. Es war ihm nicht gelungen, Natalie zu Gesicht zu bekommen. Stunden hatte er im Flugzeug verbracht und noch mehr Stunden damit, hinter ihr herzujagen in Atlanta, von ihrem Hotel zu der Niederlassung von Ladys Choice, zurück zu ihrem Hotel und wieder zum Flughafen. Und mit jeder Sekunde, die vergangen war, vermisste er sie mehr.

Es war geradeso gewesen, als hätte sie gewusst, dass er hinter ihr her war. Langsam stieg er die Treppe zu seiner Wohnung hinauf.

Er konnte nichts anderes tun, als zu warten.

Deirdre war froh darüber, dass sie sich ein bisschen Arbeit mit nach Hause genommen hatte. Diese verdammte Erkältung, die sie sich irgendwo eingefangen hatte, steckte ihr noch immer in den Knochen.

Appetitlos löffelte sie eine Tasse mit Hühnersuppe. Dann verzog sie das Gesicht, stellte sie beiseite und griff nach dem Glas mit heißem Grog. Das würde ihr guttun.

Wenn sie Glück hatte, viel Glück, würde sie die Grippe vom Hals und die Vorarbeiten für ihre eigentliche Arbeit beendet haben, ehe Natalie zurückkam. Hoffentlich.

Sie drückte eine Taste, und auf dem Bildschirm ihres Computers erschien eine Tabelle. Deirdre überflog sie und stutzte. Irgendetwas stimmte hier nicht. Im nächsten Moment sah sie klarer.

Das kann nicht sein, dachte sie irritiert, drückte hintereinander verschiedene Tasten und starrte wieder auf den Bildschirm. Niemals im Leben konnte das sein! Ihr wurde auf einmal ganz heiß, und sie wusste nicht, ob sie das ihrem Fieber zu verdanken hatte oder der Entdeckung, die sie eben gemacht hatte.

Doch sie konnte es noch immer nicht fassen, lehnte sich zurück und holte tief Luft. Wahrscheinlich ganz einfach nur ein Fehler, versuchte sie sich zu beruhigen. Sie würde ihn finden und umgehend berichtigen.

Doch es dauerte nicht lange, und ihr wurde klar, dass es sich tatsächlich nicht um einen Fehler handelte. Oder um ein Versehen.

Eine Viertelmillion Dollar! Sie war und blieb verschwunden.

Sie hob den Telefonhörer ab und wählte hastig. „Hallo Maureen. Deirdre Marks."

„Miss Marks. Sie klingen ja schrecklich."

„Ich weiß, mir geht's auch noch nicht besonders. Hören Sie, ich muss unbedingt Natalie erreichen, sofort."

„Alle wollen das."

„Es ist wirklich wichtig, Maureen. Sie ist doch bei ihrem Bruder, stimmt's? Geben Sie mir die Nummer."

„Das kann ich nicht, Miss Marks."

„Ich sage Ihnen doch, es ist absolut dringend."

„Ich versteh Sie ja, Miss Marks, aber sie ist nicht mehr dort. Sie ist vor einer Stunde abgeflogen."

Es war gut, dass sie diese Reise gemacht hatte. Natalie saß im Flugzeug und starrte hinaus in das Wolkenmeer unter ihr. Sie hatte nette, vertrauensvolle und entspannende Stunden mit ihrem Bruder, Cilla und den Kindern verlebt, und in beruflicher Hinsicht war es auch ein Erfolg gewesen. Doch nun musste sie wieder zurück, ihre Arbeit wartete. Sie musste sie zu Ende bringen, aber der Gedanke, wieder nach Colorado zu ziehen, ließ sie nicht mehr los. Sie könnte in Denver eine Zweigstelle eröffnen und sich mit einem neuen Erfolg über ihre persönliche Niederlage und ihren Schmerz hinwegtrösten.

Und wenn ihr Weggang auch eine Flucht war, wen ging es schon etwas an außer sie selbst?

Sie würde natürlich warten müssen, bis man herausgefunden hatte, wer Clarence Jacoby bezahlt hatte. Ob in der Tat einer ihrer Angestellten für diese Schandtaten verantwortlich war. Sie könnte allerdings auch Donald die Verantwortung übertragen.

Es war eine ganz einfache Sache. Donald hatte jede Befähigung dazu, das Geschäft in ihrem Sinne weiterzuführen. Er würde ganz einfach nur von seinem Schreibtisch zu ihrem hinüberwechseln.

Schreibtisch, dachte sie und stutzte. Irgendetwas war merkwürdig mit dem Schreibtisch. Nicht mit dem in ihrem Büro, sondern mit dem, der in ihrem neuen Geschäft fast verbrannt wäre.

Ihr Herz begann schneller zu schlagen. Woher hatte Donald gewusst, dass ihr Schreibtisch im Laden antik war? Er hatte ihn noch niemals zu Gesicht bekommen. Seit sie ihn aus Colorado hatte herüberbringen lassen, war Donald nicht im Geschäft gewesen, und sie hatte ihm niemals von diesem Schreibtisch erzählt.

Wie betäubt begann sie, alle Puzzleteilchen in ihrem Gedächtnis zusammenzusuchen. Sie rief sich jeden ihrer Schritte, den sie nach dem zweiten Brand gemacht hatte, ins Gedächtnis zurück, bis zu dem Zeitpunkt, an dem sie sich zusammen mit Donald das renovierte Geschäft angesehen hatte. Hatte er ihr nicht erzählt, dass er seit Wochen nicht mehr hier gewesen sei?

Doch irgendwann musste er einmal dort gewesen sein, sonst hätte er von dem Schreibtisch nichts wissen können. Na und? Was ist so schlimm daran? Nichts, gar nichts, bemühte sie, sich selbst zu versichern. Er hatte es wahrscheinlich ganz einfach vergessen. Das allein war kein Grund, ihn zu verdächtigen.

An dem Morgen, nachdem die Lagerhalle abgebrannt war, war er sofort zur Stelle gewesen. Sehr früh schon. Hatte sie ihn angerufen? Sie war sich dessen nicht mehr sicher. Außerdem konnte er es aus den Nachrichten erfahren haben. Hatten die Medien schon so früh am Morgen darüber berichtet? Sie wusste es nicht.

Doch was für einen Grund sollte er wohl gehabt haben, einer Firma, in die er fest eingebunden war, einen so großen Schaden zuzufügen? Welches Motiv konnte dem zugrunde liegen, dass er den gesamten Warenbestand und die ganze Ausstattung zerstört sehen wollte?

Warenbestand, Ausstattung und – die Erkenntnis durchzuckte sie wie ein Stromstoß – Unterlagen mit allen geschäftlichen Daten, die *Lady's Choice* betrafen.

Krampfhaft um Ruhe bemüht, kamen ihr die Akten in den Sinn, die sie Deirdre gegeben hatte, und die Kopien, die in ihrem Bürosafe sicher verwahrt lagerten. Nach der Landung musste sie als Allererstes überprüfen, ob sie sich noch an ihrem Platz befanden. Einfach nur zu ihrer Beruhigung.

Sie tat Donald unrecht. Ganz bestimmt tat sie ihm unrecht.

Das Flugzeug hatte Verspätung. Unruhig rannte Ry in der Ankunftshalle des Flughafens auf und ab.

Wenn Maureen nicht Mitleid mit ihm gehabt hätte, hätte er gar nicht erfahren, dass Natalie heute Abend zurückkam. Die unangenehme Vorstellung, dass ihre Sekretärin ihn bemitleidete, nagte an seinem Selbstwertgefühl. Sie hatte es doch gar nicht übersehen können, dass er sich aufführte wie ein liebeskranker Kater, dem man zu allem Überfluss auch noch Baldrian ins Fell gerieben hat.

Ja, ja, er wusste es ja. In Ordnung. Das Flüstern hinter seinem Rücken, die mitleidigen Blicke, die man ihm zuwarf auf der Feuerwache, das Gekicher. Sollten sie ihm doch alle den Buckel runterrutschen.

Ja, er hatte einen Fehler gemacht, verdammt noch mal. Einen einzigen kleinen Fehler. Und sie hatte es ihm zurückgezahlt.

Er umklammerte den Strauß mit Narzissen, als sie durch die Sperre kam.

„Natalie." Mit ein paar Schritten war er bei ihr.

„Fahr zur Hölle."

„Da bin ich schon seit Tagen, aber es gefällt mir dort nicht." Er hielt ihr den Blumenstrauß hin. „Hier. Für dich."

Sie schoss ihm einen vernichtenden Blick zu. „Soll ich dir sagen, was du mit deinen dämlichen Blumen tun sollst?"

„Du hättest wenigstens mit mir reden können, als ich dich angerufen hab."

„Ich hatte keine Lust dazu." Damit verschwand sie in der Damentoilette.

Zähneknirschend blieb er vor der Tür stehen und wartete.

Nachdem sie wieder zurück war, ging sie schnurstracks, ohne ihn zu beachten, in Richtung Gepäckabfertigung. Er rannte hinter ihr her.

„Wie war deine Reise?"

Sie brummte nur unwirsch ein paar unverständliche Worte.

„Schau, Natalie, merkst du denn nicht, dass ich versuche, dich um Verzeihung zu bitten?"

„Ach ja?" Sie warf den Kopf zurück und betrat den Lift. „Vergiss es."

„Ich hab einfach durchgedreht. Es tut mir leid. Seit Tagen bin ich hinter dir her, aber du ignorierst, ohne mit der Wimper zu zucken, jeden meiner Anrufe."

„Ja. Und das hat was zu bedeuten, Piasecki. Das sollte selbst jemand begreifen, der so beschränkt ist wie du."

„Deshalb", fuhr er unbeirrt fort und schluckte die hitzige Erwiderung, die ihm auf der Zunge lag, hinunter, „habe ich dich jetzt abgeholt. Damit wir miteinander reden können."

„Ich hab mir einen Wagen bestellt."

„Wir haben ihn abbestellt. Das ist …" Er bemühte sich, seine Worte sehr sorgfältig zu wählen angesichts des eisigen Blicks, mit dem sie ihn musterte. „Ich hab ihn abbestellt, nachdem ich erfahren hatte, wann du ankommst." Keine Notwendigkeit, hier Maureen ins Spiel zu bringen, dachte er. Sonst bekam sie womöglich noch Schwierigkeiten. „Weil ich dich nach Hause bringen möchte."

„Dann nehm ich mir eben ein Taxi."

„Himmel, sei doch nicht so verdammt stur", murmelte er, während er ihren Koffer von dem Förderband nahm.

Sie rang mit sich. Er wollte sie nur übertölpeln. Es gab keinen Grund, ihm diese Befriedigung zuteil werden zu lassen.

„Ich gehe aber jetzt noch nicht nach Hause, ich muss noch mal ins Büro."

„Es ist doch schon neun Uhr."

„Ich gehe ins Büro", erklärte sie kategorisch.

„Schön, dann reden wir eben in deinem Büro."

Sie waren inzwischen nach draußen gegangen, Ry trug ihr Gepäck. Er setzte es vor seinem Wagen ab. „O Gott, wie ich dich vermisst habe."

Sie trat schnell zurück, als er die Hand nach ihr ausstreckte. Nein, noch einmal wird er mich nicht verletzen, das schwor sie sich. Noch einmal fiel sie nicht auf ihn herein.

„Okay." Er hob beide Hände. „Das hab ich kommen sehen. Genau das. Alles habe ich kommen sehen. Ich gebe dir die Chance, jetzt loszulegen. Komm, mach mich fertig."

„Ich hab überhaupt kein Interesse daran, dich fertigzumachen", erwiderte sie. „Ich hatte einen langen Flug. Ich bin im Moment einfach nur müde."

„Lass mich dich nach Hause bringen, Natalie."

„Ich muss ins Büro." Sie wartete ungeduldig darauf, dass er die Autotür aufschloss.

Dann ließ sie sich in die Polster sinken und schloss die Augen.

„Lass mich hier raus." Ohne an ihr Gepäck zu denken, sprang sie aus dem Wagen. Nur den Blumenstrauß, der während der Fahrt auf ihrem Schoß gelegen hatte, trug sie in der Hand. Während Ry im Halteverbot parkte, kündigte sie sich über die Sprechanlage an, und der Wachmann schloss ihr auf.

„Verdammt Natalie, könntest du vielleicht gnädigerweise auf mich warten?"

„Ich hab's eilig. Guten Abend, Ben."

„Guten Abend, Miss Fletcher. So spät noch?"

„Ja, ich habe noch zu arbeiten." Sie rauschte eilig an dem Pförtner vorbei, Ry blieb ihr dicht auf den Fersen. „Es besteht überhaupt keine Notwendigkeit, dass du mitkommst, Ry."

„Du hast gesagt, dass du mich liebst."

Während sie den neugierigen Blick des Wachmannes einfach übersah, drückte sie den Knopf des Fahrstuhls. „Darüber bin ich hinweg. Es hat zum Glück nicht lange gedauert."

Angst durchzuckte ihn. Nein, das konnte nicht sein. „Das ist nicht wahr."

„Überlass es ruhig mir, das zu beurteilen." Sie drückte den Knopf für das Stockwerk. „Du willst den Grund wissen, warum ich dich nicht zurückgerufen habe?" Sie warf ihr Haar zurück, ihre Augen funkelten vor Zorn. „Weil ich dich nicht brauche. Ist jetzt dein männlicher Stolz verletzt?"

„Das hat nichts mit Stolz zu tun. Ich war ..." Im Grunde jedoch konnte er nicht abstreiten, dass es ihn verletzt hatte. Tief verletzt. „Ich war im Unrecht", räumte er ein. Hart genug, das zugeben zu müssen, doch wenigstens war es nicht demütigend. „Es lag an dir – du in meiner Wohnung. Ich bin mit der Situation nicht klargekommen. Aber du solltest es mit eigenen Augen sehen."

„Was?"

„Dass wir nicht zusammenpassen."

Ihre Augen versprühten Zornesblitze. „Wenn ich Ihnen richtig folgen kann, Inspector, heißt das, dass Sie mich haben fallen lassen, weil ich nicht in Ihr Apartment passe?"

So simpel, wie es jetzt aus ihrem Mund klang, waren seine Überlegungen nicht gewesen. „Weil du überhaupt nicht zu mir passt", verteidigte er sich. „Ich kann dir nicht geben, was ... Das alles eben. Schau dich doch an, sogar an den Ohren hast du Diamanten." Hilflos gestikulierte er. „Diamanten, um Himmels willen!"

Hitze stieg ihr in die Wangen. „Wegen meines Geldes ist es also? Sag, ist es das?"

„Nein, wegen ..." Wie sollte er es ihr bloß erklären? „Natalie, lass mich dich anfassen. Bitte."

„Den Teufel werde ich." Sie schob ihn von sich; in dem Moment blieb der Aufzug stehen, und die Türen öffneten sich. „Du hast mich weggeschmissen, weil du geglaubt hast, ich würde erwarten, dass du mir Diamanten, ein Haus oder Blumen schenkst?" Wütend schmiss sie den Blumenstrauß auf den Boden. „Kann ich mir alles selbst kaufen, verstehst du? Ich kann mir alles kaufen, was ich will! Was ich wollte, warst du."

„Verlass mich nicht, Natalie. Bitte nicht." Seine Stimme klang beschwörend, während er den langen Flur hinter ihr herrannte. Irgendwo läutete ein Telefon. „Natalie." Er hatte sie erreicht, packte sie an den Schultern und drehte sie zu sich herum. „Ich hab das doch nicht wirklich gedacht."

Sie rammte ihm ihre Aktentasche in den Magen. „Und du hast die Frechheit, mir zu sagen, ich sei ein Snob."

Er war vollkommen am Ende. Seine Hände lagen noch immer auf ihren Schultern, und nun begann er, Natalie voller Verzweiflung und Zorn zu schütteln. „Es war falsch. Es war dumm. Ich war dumm. Was willst du, dass ich noch mehr sage? Ich hab nicht nachgedacht. Ich war nur voller Gefühle. Herrgott, Natalie!" Er schrie es heraus.

„Du hast mir wehgetan."

„Ich weiß." Er nahm ihren Duft wahr, er fühlte sie, und der Gedanke, sie zu verlieren, ließ ihm die Knie weich werden. „Es tut mir leid. Ich wusste nicht, dass ich dir überhaupt wehtun könnte. Ich hab gedacht, es würde nur mir wehtun. Und irgendwann würdest du mich sowieso verlassen. Ich war ein gottverdammter, feiger Idiot, Natalie."

„Also wolltest du mir zuvorkommen."

„Irgend so was, vielleicht."

„Feigling." Sie schüttelte ihn ab. „Verschwinde, Ry. Lass mich allein. Ich muss darüber nachdenken."

„Du liebst mich doch noch immer. Ich werde nicht weggehen, bevor du mir das nicht gesagt hast."

„Da wirst du wohl noch einige Zeit darauf warten müssen." Das Telefon läutete wieder. Während sie sich die Schläfe massierte, überlegte Natalie, wer wohl so spät abends noch anrief. „Du kannst nicht erwarten, dass ich dir meine Gefühle nach den Erfahrungen, die ich mit dir gemacht habe, auf dem Silbertablett serviere."

„Dann serviere ich dir eben meine", erwiderte er. „Ich liebe dich, Natalie."

Die tiefen Emotionen, die sie bei seinen Worten überschwemmten, spiegelten sich in ihren Augen wider. „Verdammt sollst du sein, verdammt! Das ist nicht fair."

Er trat einen Schritt zu ihr und streckte die Hand aus, um ihr Haar zu berühren. Doch er hielt wie erstarrt mitten in der Bewegung inne, als er den tanzenden Lichtschein am unteren Ende des Korridors wahrnahm. Diese Art von Lichtschein kannte er zu gut. „Geh die Feuertreppe nach unten“, befahl er mit plötzlicher eisiger Ruhe. „Ruf die Feuerwehr.“

„Was? Wovon sprichst du überhaupt?“

„Geh“, schrie er und stürmte schon den Korridor hinunter. Jetzt konnte er den Rauch riechen. Er verfluchte ihn und verfluchte sich selbst, dass er so in seine eigenen Probleme verstrickt war, dass er ihn nicht schon viel früher bemerkt hatte. Er stand vor ihrem Büro und sah entsetzt, wie hinter der breiten Milchglasscheibe hohe glutrote Flammen emporschlugen.

„O Gott, Ry.“

Natalie war direkt hinter ihm. Er hatte gerade noch so viel Zeit festzustellen, dass gleich die Scheiben bersten würden. Blitzschnell drehte er sich zu Natalie um und riss sie mit sich zu Boden. Im selben Moment explodierte die Glasscheibe mit einem ohrenbetäubenden Krachen, ein Scherbenhagel regnete auf sie herab, und eine rot glühende Feuerwalze schob sich heraus.

12. KAPITEL

Ein heftiger Schmerz, scharf und durchdringend, durchfuhr Natalie, als ihr Kopf auf den Fußboden knallte. Funken sprühten über sie hinweg. Einen schrecklichen Moment lang glaubte sie, Ry wäre bewusstlos oder sogar tot. Er hatte sich über sie geworfen als Schutzschild, um das Schlimmste der Explosion mit seinem eigenen Körper abzufangen.

Doch bevor sie Luft holen konnte, um seinen Namen zu schreien, war er schon aufgesprungen und zog sie auf die Füße.

„Bist du in Ordnung?"

Sie nickte, trotz des stechenden Schmerzes in ihrem Kopf und des Rauchs, der ihr in den Augen, der Lunge und im Hals brannte. Obwohl sie Rys Gesicht in dem Rauch fast nicht mehr erkennen konnte, sah sie doch den breiten Blutstreifen, der von seiner Schläfe hinabrann.

„Du blutest!" Ohne ihre Worte zu beachten, zog er sie hinter sich her den Flur hinunter, der mittlerweile in dichte undurchdringliche Rauchschwaden gehüllt war. Dicht neben ihnen explodierte ein Fenster, und die Flammen schlugen hoch empor.

Feuer umgab sie, brandrot und gierig, unglaublich heiß. Natalie schrie auf in Todesangst, als sie sah, wie die Flammen den Flur entlangrasten. Sie züngelten wie Tausende hungriger Schlangen.

Wilde Panik ergriff sie, eine eisige Hand umschloss ihr Herz, drückte ihr die Kehle zu. Sie waren gefangen, saßen in der Falle, es gab keinen Ausweg. Überall nur noch Flammen.

Wieder riss er sie zu Boden. „Bleib ruhig." Seine Stimme klang besonnen, wie viel Angst auch immer er selbst haben mochte. Er fasste in ihr Haar und drehte ihren Kopf zu sich herum. Er musste dafür sorgen, dass sie jetzt nicht in Panik geriet.

„Ich kann nicht mehr atmen." Sie rang um Luft, doch bei jedem Atemzug, den sie tat, drang Gift in ihre Lungen, und trockene Hustenanfälle schüttelten ihren ganzen Körper.

„Wir müssen nach unten, uns bleibt nicht mehr viel Zeit." Er war sich darüber im Klaren, dass die glühende Feuerwalze sie in Kürze erreichen und ihnen den Weg über die Treppen abschneiden würde. Er hatte nichts, um sie zu bekämpfen.

Wenn das Feuer sie nicht umbringen würde, würde es der Rauch tun.

„Zieh deinen Mantel aus."

„Was soll ich tun?"

Ihre Bewegungen wurden bereits schwerfällig. Er unterdrückte seine Angst und riss ihr den Mantel von den Schultern. „Wir müssen durchs Feuer."

„Das geht nicht." Wieder explodierte eine Fensterscheibe, und Natalies Schrei wurde von einem heftigen Hustenanfall erstickt. Ihre Benommenheit nahm von Sekunde zu Sekunde zu. „Wir werden verbrennen. Ich will nicht sterben!"

„Du wirst nicht sterben." Er warf ihr den Mantel über den Kopf, packte sie an den Handgelenken und zog sie auf die Füße. Da sie taumelte und wieder hinzufallen drohte, ergriff er sie kurz entschlossen und warf sie sich über die Schulter. Er stand da und überlegte eine Sekunde. Sie mussten die Feuertür erreichen, doch dort hatte sich bereits ein Brandherd gebildet, aber schlimmer noch war die glühende Feuerwalze hinter ihnen, die sie in kürzester Zeit erreicht haben würde. Das wäre ihr sicherer Tod. Es blieb nichts, sie mussten vorwärts gehen, vorwärts durch das Feuer.

Er begann zu rennen.

Für einen Moment befanden sie sich mitten in der Hölle. Rot glühende Hitze sprang ihnen entgegen, das wütende Fauchen der Flammen, ihr begieriges und unersättliches Knistern und Knacken. Für nicht mehr als zwei Herzschläge lang – eine Ewigkeit – schien es, als wollten sie sie verschlingen.

Dann endlich hatte er es geschafft und stand mit Natalie auf den Schultern vor einer dichten Rauchwand. Blind tastete er nach dem Griff der Feuertür.

Nachdem er ihn gefunden hatte, drückte er ihn, da er glühend heiß war, mit dem Ellbogen, der durch den Stoff seiner Jacke geschützt war, herunter. Die Tür sprang auf. Ry holte hustend Luft und riss Natalie den versengten Mantel vom Kopf. Er war hinüber, ebenso wie seine eigene Kleidung.

Ein eisiger Schreck durchzuckte ihn, als er bemerkte, dass sie leblos an ihm hing wic cine Gliederpuppe. Rasch ließ er sie zu Boden sinken, um zu sehen, ob sie überhaupt noch lebte.

„Gib nicht auf", beschwor er sie, nachdem er erkannt hatte, dass sie schwerfällig atmete. Er hob sie wieder hoch und warf sie sich über die Schultern. „Verdammt, Natalie, du darfst nicht aufgeben." Gott, o Gott, er durfte nicht zu spät kommen, sie durfte nicht sterben.

Er flog förmlich die Treppen nach unten, Stockwerk für Stockwerk; er spürte die Erschöpfung nicht; er hatte nur einen Gedanken: Sie durfte nicht sterben, er musste sie retten.

Der Rauch begann dünner zu werden, und er schöpfte Hoffnung.

Dann war er endlich unten angelangt, stieß die Tür zum Erdgeschoss auf und taumelte hindurch.

Wie durch dichten Nebel hörte er, wie Befehle gebrüllt wurden, und das durchdringende Heulen der Sirenen. Eine Hand kam auf ihn zu und befreite ihn von seiner Last.

„Allmächtiger Gott, Inspector."

„Sie braucht sofort Sauerstoff", stieß er mit letzter Kraft hervor.

Dann fiel er in ein tiefes schwarzes Loch.

Als er erwachte, lag er auf einem Untersuchungstisch. Er wollte sich erheben, doch eine Hand drückte ihn wieder nach unten.

„Bleiben Sie liegen." Eine grauhaarige Frau in einem weißen Kittel beugte sich über ihn. „Ich möchte Sie erst mal ordentlich und sauber vernähen. Sie haben viel Blut verloren, Inspector Piasecki."

„Natalie …"

„Miss Fletcher ist in guten Händen. Nun lassen Sie mich bitte meine Arbeit beenden, ja?" Sie sah ihn an. „Wenn Sie hier weiterhin so rumfuhrwerken, Mister, muss ich Sie ruhigstellen. Sie können im Moment nicht das Geringste tun. Mein Job war einfacher, als Sie noch ohnmächtig waren."

„Wie lange?", brachte er krächzend heraus.

„Anscheinend nicht lange genug." Sie vernähte die Wunde und schnitt dann den Faden ab. „Wir mussten Ihnen die Glassplitter aus den Schultern pflücken. Die Verletzungen sind nicht weiter schlimm. Aber das hier am Arm sieht bös aus. Fünfzehn Stiche." Sie lächelte. „Da hab ich gute Arbeit geleistet."

„Ich möchte Natalie sehen." Seine Stimme war rau wie Sandpapier. „Jetzt."

„Das können Sie nicht. Jetzt müssen Sie hier liegen bleiben, bis ich fertig bin. Erst dann, und auch nur, wenn Sie ein braver Junge waren, lässt sich vielleicht darüber reden."

Seine Knie fühlten sich an, als hätte er Pudding in den Knochen, doch er ließ es nicht zu, dass sie ihn auf einer Trage in ein Krankenzimmer karrten. Er setzte sich über den Protest von Dr. Milano hinweg und steuerte die Wartezone an.

Als Deirdre ihn sah, sprang sie von ihrem Stuhl auf. „Natalie?"

„Die Ärzte sind noch nicht fertig mit ihr. Doch die Ärztin, die mich zusammengeflickt hat, hat mir versichert, dass sie durchkommen wird. Ich denke, sie ist bald wieder auf den Beinen."

„Gott sei Dank." Deirdre schlug die Hände vors Gesicht. Dann sah sie Ry an und setzte sich wieder. „Ich habe Natalies Bruder angerufen", erzählte sie dann. „Vermutlich ist er schon unterwegs."

Ry konnte lediglich nicken. Ihm war schwindlig, und eine starke Übelkeit überfiel ihn plötzlich. Er musste sich setzen.

„Außerdem hab ich ihm ein paar knappe Informationen darüber gegeben, was ich heute früh herausgefunden habe." Sie holte tief Luft. „Ich war die letzten Tage nicht im Büro – ich musste eine Erkältung auskurieren, doch ich habe mir Arbeit mit nach Hause genommen. Einschließlich der Unterlagen und Disketten, die Natalie mir gab, bevor sie abreiste. Ich bin alte Zahlen noch einmal durchgegangen und dabei auf einige fast unglaubliche Diskrepanzen gestoßen. Als Erklärung dafür kommt im Grunde genommen nur eine Unterschlagung in Betracht."

Geld, dachte Ry. Immer geht es um Geld. „Wer?"

„Ich kann es nicht mit Sicherheit sagen ..."

Er unterbrach sie in einem Ton, der sie erschauern ließ. „Wer?"

„Ich sage Ihnen doch, dass ich mir nicht sicher bin. Ich kann nur meine Vermutungen anstellen. Und ich werde den Teufel tun und Ihnen einfach aus einem vagen Verdacht heraus einen Namen nennen."

Damit er den Betreffenden dann zu Brei verarbeiten konnte. Das würde er sicher tun, sie sah es ihm an.

„Ich könnte falschliegen. Deshalb muss ich unbedingt erst mit Natalie sprechen", ergänzte sie dann. „Sobald ich mir darüber im Klaren war, auf was für eine Ungeheuerlichkeit ich gestoßen war, versuchte ich sie in Colorado zu erreichen, doch sie war schon unterwegs. Da ich sie gut kenne, war ich überzeugt davon, dass sie nach ihrer Rückkehr als Erstes im Büro vorbeischauen würde. Also beschloss ich, sie dort zu treffen, und fuhr hin, um ihr zu erzählen, was ich herausgefunden hatte." Sie tippte auf ihre Aktenmappe, die neben ihr auf dem Boden stand. „Ich wollte es ihr zeigen. Als ich vor dem Büro parkte, schaute ich nach oben. Ich sah ..."

Sie schloss die Augen. „Ich sah so seltsame Lichter hinter einigen Fenstern. Zuerst konnte ich es mir gar nicht erklären, doch dann wurde mir schlagartig klar, was es zu bedeuten hatte, und ich rief sofort von meinem Autotelefon aus die Feuerwehr." Gepeinigt von ihren Erinnerungen, presste sie eine Hand auf den Mund. „Dann bin ich reingerannt und hab dem Wachdienst Bescheid gesagt. Kurz darauf hörten wir die erste Explosion. Es war schrecklich. Der Wachmann sagte mir, dass sie da oben war, und ich konnte ihr nicht helfen." Sie schüttelte unglücklich den Kopf. „Ich hab getan, was ich konnte."

„Ja, das haben Sie."

„Inspector?" Dr. Milano kam auf sie zu. „Sie können jetzt kurz zu Miss Fletcher hinein."

Er sprang auf. „Wie geht es ihr?"

„Wir haben sie stabilisiert, und sie hat ein Beruhigungsmittel bekommen. Aber Sie können zumindest einen Blick auf sie werfen."

Er schaute Deirdre an. „Werden Sie hier warten?"

„Ja. Wenn Sie mir nur anschließend sagen, wie es ihr geht."

„Ich komme zurück", versicherte er und rannte hinter der Ärztin her, die schon vorgegangen war.

In Natalies Zimmer brannte nur eine kleine Lampe. Totenbleich und schmal lag sie in den Kissen. Doch als er vorsichtig, um sie nicht zu wecken, ihre Hand berührte, war sie warm.

Ry nahm sich einen Stuhl und setzte sich neben das Bett.

Es war eine lange Nacht. Ein- oder zweimal nickte er ein. Hin und wieder betrat eine Nachtschwester das Zimmer und scheuchte ihn nach draußen. Während einer dieser kurzen Pausen lief er Boyd, der ihm auf dem langen Korridor entgegenkam, in die Arme.

„Piasecki."

„Captain. Sie schläft." Ry deutete auf die geschlossene Tür. „Dort."

Ohne ein weiteres Wort zu verlieren, rannte Boyd an ihm vorbei ins Zimmer.

Ry ging in die Wartehalle und nahm sich aus dem Automaten einen Becher Kaffee. Er ging ans Fenster und starrte hinaus. Er konnte noch immer keinen einzigen klaren Gedanken fassen. Das war auch besser so. Denn wenn er anfing zu denken, stand ihm die Hölle, der er und Natalie nur um Haaresbreite entronnen waren, wieder allzu deutlich vor Augen. Und er würde sich nur wieder daran erinnern, wie er mit ihr auf den Schultern die Feuertreppe hinuntergehetzt war, nicht wissend, ob sie bereits tot war oder doch noch lebendig.

Als er spürte, dass etwas Heißes, Nasses seinen Unterarm hinabrann, bemerkte er, dass er den Pappbecher mit Kaffee zerdrückt hatte.

„Soll ich Ihnen einen neuen holen?“, hörte er Boyds Stimme hinter sich.

„Nein.“ Ry warf den Becher in einen Papierkorb und wischte sich seine Hand an der Jeans ab.

„Haben Sie mal einen Blick in den Spiegel geworfen?“ Boyd nahm einen Schluck Kaffee.

„Warum?“

„Sie sehen fast wie ein Gespenst aus. Schlimmer noch.“

„Ich bin zäh. Das gibt sich wieder.“ Als Boyd nichts darauf erwiderte, schob Ry die Hände in die Hosentaschen. „Ich hab Ihnen versprochen, dass ich aufpassen werde, dass ihr nichts passiert. Und jetzt hab ich sie fast umgebracht.“

„Haben Sie?“

„Ich hab die Übersicht verloren. Dabei wusste ich doch genau, dass es nicht einfach nur Clarence war. Ich wusste, dass es einen Hintermann gab. Doch ich war so … so verstrickt in die Beziehung mit ihr. Ich bin überhaupt nicht auf die Idee gekommen, dass der Täter noch einen weiteren Feuerteufel anheuern könnte. Oder dass er die Sache gleich selbst in die Hand nehmen würde.“

„Man kann nicht immer an alles denken.“

„Es ist mein Job, an alles zu denken.“

„Und aus der Kristallkugel zu lesen.“

„Sie haben sie mir anvertraut.“ Seine Stimme klang rau, nicht nur wegen des vielen Rauchs, den er inhaliert hatte, sondern auch weil ihn der Gedanke schmerzte, versagt zu haben. Um ein Haar hätte seine Unvorsichtigkeit sie umgebracht.

„Ja." Boyd drehte den Kaffeebecher in seinen Händen. „Ich hab bereits einige Telefongespräche geführt. Unter anderem mit Deirdre Marks und dem Feuerwehrhauptmann." Er blickte auf Rys verbundenen Arm und schüttelte den Kopf. „Sie haben sie aus dieser Hölle gerettet."

„Das ist jetzt nicht der Punkt."

„Der Punkt ist, dass mir der Hauptmann ein klares Bild davon gezeichnet hat, dass es im Grunde genommen übermenschlicher Kräfte bedurfte, um diesem Inferno da oben lebend zu entkommen. Wofür also sollte ich Sie abkanzeln? Ich habe Ihnen meine Schwester anvertraut, und Sie haben ihr das Leben gerettet. Mehr kann man doch wirklich nicht verlangen. Danke."

Boyd warf seinen Kaffeebecher in den Papierkorb, streckte Ry die Hand entgegen und grinste.

Ry zögerte einen Moment, dann schlug er ein. „Danke ebenfalls."

„Ich vermute, Sie sind noch einige Zeit hier. Ich hab noch eine Kleinigkeit zu erledigen."

Ry kniff die Augen zusammen. „Deirdre ist Ihnen gegenüber damit rausgerückt, wer der Schuldige ist, stimmt's?"

„Stimmt." Als Boyd den verärgerten Blick in Rys Augen sah, fuhr er fort: „Ihn festzunehmen ist Sache der Polizei hier in Urbana. Ihr Part, Ry, ist es, nachzuweisen, dass es in allen drei Fällen Brandstiftung war."

„Wer ist es?", stieß Ry zwischen zusammengebissenen Zähnen hervor.

„Donald Hawthorne. Es lag bereits vor zwei Tagen ein Verdacht gegen ihn vor. Wir haben daraufhin ein paar Erkundigungen über ihn eingeholt. Bankauskünfte und so weiter." Er lächelte leicht. „Manchmal zahlt es sich aus, ein Cop zu sein."

„Und Sie haben die Informationen nicht an mich weitergegeben", stellte Ry enttäuscht fest.

„Das wollte ich, sobald ich sie noch ein bisschen mehr festgeklopft hatte. Das habe ich nun, und jetzt haben Sie sie ja auch."

Ry schaute finster. „Sie sollten gut auf Hawthorne aufpassen. Wenn ich ihn in die Finger bekomme …"

„Sie brauchen nicht weiterzureden. Ich weiß genau, was Sie sagen wollen."

Natalie lag wachsbleich in den Kissen. Ry beugte sich über sie und sprach mit leiser Stimme auf sie ein. „Natalie, wir sind heil rausgekommen. Dir wird's bald wieder gut gehen. Du hast nur zu viel Rauch geschluckt, aber sonst ist alles okay. Ich will nicht, dass du jetzt sprichst, deinen Stimmbändern wird's noch eine ganze Weile hundsmiserabel gehen."

„Du sprichst doch auch", flüsterte sie.

„Ja." Und es fühlte sich jedes Mal so an, als zöge jemand ein flammendes Schwert über seinen Kehlkopf. „Genau deshalb empfehle ich dir, es nicht zu tun."

Sie schluckte schwer und zuckte vor Schmerz zusammen. „Wir sind nicht tot."

„Sieht nicht so aus." Sanft hob er ihren Kopf und hielt ihr ein Glas Wasser an die Lippen.

„Haben wir schlimme Brandwunden?"

„Wir haben überhaupt keine. An manchen Stellen ein bisschen angesengt, das ist alles."

Ein Schauer der Erleichterung überlief sie. „Ich fühle überhaupt nichts, außer …" Sie hob die Hand und befühlte die Beule an ihrer Stirn.

„Tut mir leid, die hast du abbekommen, als ich dich über die Schulter geworfen habe. Du musst dich wohl irgendwo gestoßen haben."

Langsam sah sie sich um. „Krankenhaus?", fragte sie. Als ihr Blick auf ihn fiel, stockte ihr der Atem. Blutige Kratzer liefen über sein Gesicht, an der Schläfe trug er einen Verband, und sein rechter Arm lag in einer Schlinge. Seine Hände, seine wunderschönen Hände waren mit Mullbinden umwickelt.

„Mein Gott, Ry, du bist verletzt."

„Schnittwunden und Blutergüsse, nicht weiter schlimm. Und ein paar Brandblasen." Er lächelte sie an. „Meine Haare sind ein bisschen versengt."

Ein Hustenanfall schüttelte sie, und während sie sich verzweifelt bemühte, ihn unter Kontrolle zu bringen, betrat eine Krankenschwester das Zimmer und scheuchte Ry nach draußen.

Natalie glaubte, dass er gleich zurückkommen würde, doch sie sah ihn erst mehr als vierundzwanzig Stunden später wieder.

„Du solltest wirklich noch einen Tag länger bleiben, Natalie." Boyd schlug die Beine übereinander und beobachtete, wie sie den kleinen Koffer packte, den er ihr mitgebracht hatte.

„Ich hasse Krankenhäuser."

„Damit eins klar ist, Natalie, bevor du hier rauskommst: Ich will dein Ehrenwort, dass du dir eine volle Woche freinimmst und deine Wohnung nicht verlässt. Du musst dich wirklich erst mal richtig erholen. Mit einer so schweren Rauchvergiftung, wie du sie hattest, ist nicht zu spaßen."

„Drei Tage", versuchte sie zu handeln. Das muss reichen. Ich fühle mich schon besser."

„Eine ganze Woche und keinen Tag weniger", erwiderte er gnadenlos.

Sie gab sich geschlagen. „Also gut, eine Woche. Ich seh bloß keinen Unterschied." Sie griff nach dem Wasserglas und trank. Ihr schien es in diesen Tagen, als würde es ihr niemals gelingen, ihren Durst zu löschen. „Alles ist ein heilloses Durcheinander. Einer meiner engsten Mitarbeiter ist für drei Brände verantwortlich. Er hat eine Viertelmillion Dollar unterschlagen, und ich hab nicht mal mehr ein Büro, wo ich hingehen könnte."

„Du wirst dich früh genug um alles kümmern können. Nächste Woche. Hawthorne wird uns noch eine Menge Antworten geben müssen."

„Und das alles nur aus Besitzgier." Im Moment zu wütend, um die paar Dinge, die Boyd ihr ins Krankenhaus mitgebracht hatte, einzupacken, lief sie im Zimmer auf und ab. Dann fiel ihr etwas ein. „Wie frustriert muss er gewesen sein, als ich ihm erzählt habe, dass ich von den meisten Unterlagen, die im Lagerhaus verbrannt sind, noch Kopien habe."

„Und er war sich nicht sicher, wo du sie aufbewahrtest. Also zündete er das nächste Gebäude an in der Hoffnung, dass es diesmal geklappt hatte. Das Büro war sein letzter Streich. Und der verzweifeltste. Weil er ihn selbst durchführen musste. Als wir ihm nach der

Festnahme erzählten, dass du und Ry bei dem Brand fast umgekommen wäret, bekam er einen Riesenschreck und legte auf der Stelle ein Geständnis ab."

„Ich habe ihm vertraut", murmelte Natalie. „Es ist mir unbegreiflich, wie ich mich in einem Menschen derart täuschen konnte." Sie sah zur Tür.

„Schön, Sie zu sehen, Ry." Boyd beschloss, Rys Erscheinen als Stichwort zu nehmen, um schnell und diskret zu verschwinden.

Ry nickte ihm zur Begrüßung zu und wandte sich dann an Natalie. „Warum bist du nicht im Bett?"

„Ich gehe nach Hause."

„Du bist noch nicht so weit."

„Entschuldigt mich. Ich brauch dringend eine Tasse von diesem fürchterlichen Kaffee." Damit schlüpfte Boyd zur Tür hinaus.

Weder Natalie noch Ry nahmen es zur Kenntnis. Sie begannen bereits, sich ein neues Wortgefecht zu liefern.

„Ich wusste gar nicht, dass Sie auch Ihren Doktor der Medizin gemacht haben, Inspector."

„Ich weiß, in welchem Zustand du warst, als du hier eingeliefert wurdest."

„Nun, da du dich seitdem nicht mehr hast blicken lassen, hast du eben auch meine raschen Fortschritte nicht mitbekommen."

„Ich hatte eine Menge Dinge zu klären", verteidigte er sich. „Und du brauchtest dringend Ruhe."

„Davon hab ich mehr als genug gehabt."

Er streckte ihr den Blumenstrauß hin, den er mitgebracht hatte. „Jetzt bin ich hier."

Sollte sie es ihm wirklich so leicht machen? Und warum eigentlich sollte sie ihn nicht noch ein bisschen bezahlen lassen als Strafe dafür, dass er versucht hatte, sie aus dem lächerlichsten aller Gründe loswerden zu wollen?

Er warf den Strauß aufs Bett. „Ich werde mit dem Arzt sprechen."

„Das wirst du mit Sicherheit nicht tun. Und genauso wenig brauche ich deine Einwilligung, um das Krankenhaus zu verlassen."

Sie maßen sich mit Blicken.

„Dutzende von Leuten sind hier aufgetaucht, nur du hast es offensichtlich nicht für nötig befunden ..."

„Ich hatte zu tun", stellte er klar. „Ich wollte so schnell wie möglich alle Beweise gegen diesen Scheißkerl zusammentragen. Das war doch alles, was ich tun konnte. Am liebsten würde ich ihn umbringen, diesen verdammten Dreckskerl."

Ihr lag eine heftige Entgegnung auf der Zunge, doch sie hielt sie zurück, als sie den finster entschlossenen Ausdruck auf seinem Gesicht sah. „Hör auf damit. Ich will nicht, dass du so sprichst." Sie warf ihren Morgenmantel in den Koffer.

„Ich wusste doch gar nicht, ob du überhaupt noch lebst." Er drehte sie zu sich herum, und seine Finger gruben sich in ihre Schultern. „Du hast dich überhaupt nicht mehr bewegt. Und ich konnte nicht erkennen, ob du noch atmest." In einer starken Gefühlsbewegung zog er sie zu sich heran und vergrub sein Gesicht in ihrem Haar. „Mein Gott, Natalie, ich hatte noch niemals in meinem Leben so entsetzliche Angst."

Jetzt wurde sie weich und legte tröstend den Arm um ihn. „Ach komm, denk einfach nicht mehr daran, ja?"

„Das hab ich versucht, bis du gestern Morgen aufgewacht bist. Doch seitdem kann ich an überhaupt nichts anderes mehr denken." Er rang um Fassung und trat einen Schritt beiseite. „Tut mir leid."

„Es tut dir leid, dass du mir das Leben gerettet hast? Dass du dein eigenes riskiert hast, um mich zu schützen? Du hast mich mit deinem Körper vor der Explosion geschützt. Du hast mich durchs Feuer getragen." Sie sah, dass er sie unterbrechen wollte, und schüttelte schnell den Kopf. „Erzähl mir jetzt nicht, du hast nur deinen Job gemacht. Nein, was du getan hast, war wirklich heldenhaft, denn du hast dabei dein Leben aufs Spiel gesetzt."

„Ich liebe dich, Natalie."

Ihr Herz wurde groß und weit, und sie drehte sich um, um den Blumenstrauß, den er aufs Bett geknallt hatte, zusammenzusammeln. Es war an der Zeit, aufzuhören zu kämpfen. Sie hatten überlebt. „Du hast es schon einmal beiläufig erwähnt, bevor wir unterbrochen wurden."

„Da gibt's noch was, das ich hätte erwähnen sollen. Warum ich dich loswerden wollte."

Sie zupfte an einer der großen gelben Blüten herum. „Du hast alle Gründe aufgezählt."

„Die Ausreden hab ich aufgezählt, nicht die Gründe. Würdest du mich vielleicht wenigstens ansehen, wenn ich schon hier vor dir zu Kreuze krieche?"

Sie versuchte ein Lächeln. „Ist nicht mehr notwendig, Ry."

„Doch, ist es. Du hast noch nicht entschieden, mir eine zweite Chance zu geben." Er streckte die Hand aus und schob eine Haarsträhne hinter ihr Ohr. „Ich hatte Angst. Angst um mich, Angst um dich, um uns. Ich konnte es einfach nicht zugeben. Nicht, bis ich sah, was es wirklich war, vor dem ich Angst hatte. Angst, die durch Mark und Bein ging." Er sah sie an und fuhr dann weiter fort. „Es macht Angst zu lieben. Man kommt sich ausgeliefert und schwach vor. Ja, ich hatte Angst vor der Liebe. Und deswegen hab ich mich so blöd benommen."

„Ich auch. Ich hatte auch Angst. Und hab mich auch blöd benommen." Doch gleich darauf blickte sie ihn wieder kampfeslustig an und ergänzte: „Aber du natürlich noch viel blöder."

Er sah sie ruhig an. „In meinem ganzen Leben hab ich niemals für einen Menschen etwas Ähnliches empfunden wie für dich. Für niemanden."

„Ich weiß." Sie holte zitternd Luft. „Mir geht's doch genauso."

„Gibst du mir eine zweite Chance?"

Sie sah ihn an, sah sein markantes Gesicht, die rauchgrauen Augen, das ungebändigte Haar, und lächelte. „Ich weiß dich natürlich sehr zu schätzen, ebenso wie ich es zu schätzen weiß, dass du mir das Leben gerettet hast." Ein bisschen musste sie ihn schließlich noch auf die Folter spannen. Doch dann wurde ihr Lächeln strahlend. „Nun, ich nehme an, ich sollte uns beiden noch mal eine Chance geben."

„Willst du mich heiraten?"

Vor Überraschung fiel ihr der Blumenstrauß aus den Händen. „Verzeihung, wie bitte?"

„Ich denke, die Sterne stehen im Moment günstig, um mein Glück etwas herauszufordern, da du gerade in so großzügiger Stimmung bist." Um seine Verlegenheit zu überspielen, bückte er sich schnell und hob die Narzissen auf. „Doch es eilt nicht so."

Sie räusperte sich. „Würdest du deine Frage bitte noch mal wiederholen?"

Es dauerte einen Moment, bis er seine Sprache wiedergefunden hatte. Was er im Moment trieb, war riskant. Er hatte sein Schicksal in ihre Hände gelegt.

„Willst du mich heiraten?"

„Ich wäre glatt dazu imstande." Sie holte tief Luft und warf sich lachend in seine Arme. „Ja, ich wäre tatsächlich dazu imstande."

„Jetzt endlich hab ich dich." Wie benommen vergrub Ry sein Gesicht in ihrem Haar. „Mein Gott, Nat, jetzt endlich hab ich dich." Dann küsste er sie.

„Ich möchte Kinder", erklärte sie, nachdem sie wieder sprechen konnte.

„Du machst jetzt keinen Spaß?" Mit einem Grinsen schob er ihr eine Haarsträhne aus dem Gesicht und sah ihr in die Augen. „Ich auch."

„Siehst du jetzt, wie gut wir zusammenpassen?"

Er riss sie an sich und schwenkte sie durch die Luft. „Was würdest du sagen, wenn wir gleich, nachdem wir zu Hause sind, damit anfangen?"

Er ließ sie herunter, und sie schloss ihren Koffer. „Das heißt dann, von heute an noch neun Monate." Sie gab ihm einen Kuss auf die Wange. „Und du weißt ja, ich bin immer pünktlich."

– ENDE –

Nora Roberts

Die riskante Affäre

Roman

Aus dem Amerikanischen von
Emma Luxx

NEW YORK TIMES
BESTSELLER AUTOREN

1. KAPITEL

Er mochte keine Cops. Es war eine tief sitzende Abneigung, die daher rührte, dass er seine prägenden Jahre damit verbracht hatte, vor ihnen davonzulaufen. Und war er nicht schnell genug gewesen, waren sie nicht gerade sanft mit ihm umgesprungen.

Bis zu seinem zwölften Geburtstag hatte er bereits eine beachtliche Anzahl Taschendiebstähle begangen und verfügte über hervorragende Verbindungen, um heiße Ware in bare Münze zu verwandeln.

Schon damals erkannte er, dass man zwar das Glück nicht kaufen konnte, aber von den zwanzig Dollar für eine Uhr ließ sich immerhin ein Stückchen vom großen Kuchen erstehen. Außerdem verwandelten sich zwanzig Mäuse ganz leicht in sechzig, wenn man es nur schlau genug anstellte.

Mit zwölf investierte er seine sorgfältig gehorteten Gewinne in ein kleines Wettbüro, was sich mit seiner Sportleidenschaft deckte.

Er war der geborene Geschäftsmann.

Mit Gangs hatte er nie etwas zu tun gehabt. Teils, weil er ein Einzelgänger war, vor allem aber, weil er die für solche Organisationen typische Hackordnung nicht akzeptierte. Da gab es immer jemanden, der das Sagen hatte – und Jonah Blackhawk zog es vor, selbst dieser Jemand zu sein.

Manche Leute würden behaupten, dass er ein Autoritätsproblem hatte.

Womit sie richtig lägen.

Das Blatt wendete sich, kurz nachdem er dreizehn geworden war. Sein Wettbüro florierte gut – viel zu gut für den Geschmack verschiedener alteingesessener Syndikate.

Zuerst hatte man ihn auf dem üblichen Weg verwarnt – man prügelte ihn windelweich. Er beschloss, die Nierenquetschung, das Veilchen und die aufgeplatzte Lippe als eine Art Berufsrisiko zu akzeptieren. Doch noch ehe er sich dazu durchringen konnte, entweder den Standort zu wechseln oder abzutauchen, flog er auf. Und zwar so richtig.

Denn Cops waren weitaus lästiger als die liebe Konkurrenz.

Der Cop jedoch, der ihn damals an seinem kleinen überheblichen

Hintern gepackt hatte, war anders gewesen. Obwohl Jonah nie genau herausbekommen hatte, was ihn tatsächlich von anderen Cops unterschied. Er wusste nur, dass er sich letztendlich in den verschiedensten Resozialisierungsprogrammen statt im Jugendknast wiedergefunden hatte.

Logisch, dass er sich mit Händen und Füßen dagegen wehrte. Doch dieser Cop, mit einem Griff wie eine Bärenfalle, wollte einfach nicht lockerlassen. Allein die Beharrlichkeit war für Jonah ein Schock gewesen. Nie zuvor in seinem Leben hatte ihm jemand so hartnäckig im Nacken gesessen und sich so unbeirrt um ihn gekümmert. Und so war er praktisch gegen seinen Willen wieder in die Gesellschaft integriert worden, zumindest weit genug, um erkennen zu können, dass es durchaus Vorteile hatte, wenn man sich an gewisse Spielregeln hielt.

Jetzt war er dreißig. Und obwohl sicherlich niemand ihn als Säule der Gesellschaft von Denver bezeichnen würde, war er heute ein allseits geachteter Geschäftsmann, dessen Unternehmen einen soliden Gewinn abwarfen – was ihm einen Lebensstil ermöglichte, von dem der dreiste Straßenlümmel von einst nicht einmal zu träumen gewagt hätte.

Er war diesem Cop zu Dank verpflichtet, und Jonah gehörte zu den Leuten, die niemandem etwas schuldigblieben.

Andererseits hätte er lieber nackt und mit Honig beschmiert in einem Ameisenhügel gesessen, statt so gesittet hier im repräsentativen Vorzimmer des Polizeichefs von Denver.

Selbst wenn dieser Polizeichef Boyd Fletcher war.

Jonah ging nicht ruhelos auf und ab. Nervöse Bewegung war verschwendete Energie und obendrein verräterisch. Die Frau, die die Doppeltür zum Zimmer des Polizeichefs bewachte, war jung und attraktiv, mit einer höchst interessanten üppigen roten Mähne. Aber er flirtete nicht mit ihr. Was weniger an dem Ehering an ihrem Finger als an ihrer direkten Nähe zu Boyd lag.

Jonah saß still wartend auf einem der moosgrünen Stühle in der Wartezone, ein großer schlanker Mann mit langen Beinen, der unter einem Dreitausend-Dollar-Sakko ein Zwanzig-Dollar-T-Shirt trug. Sein volles schwarzes Haar war glatt und glänzend wie das Gefieder eines Raben. Das Haar, die goldbraune Haut und dic ausgeprägten Wangenknochen waren ein Erbe seines Apachen-Urgroßvaters.

Die kühlen grünen Augen hatte er wahrscheinlich seiner irischen Urgroßmutter zu verdanken, die der Apache ihrer Familie entrissen und zur Seinen erklärt hatte. Diesem Tapferen hatte sie drei Söhne geschenkt.

Jonah wusste nur wenig über seine Wurzeln. Seine Eltern hatten sich lieber um das letzte Bier aus dem Sechserpack gestritten, statt ihrem einzigen Sohn vor dem Einschlafen eine Geschichte zu erzählen. Hin und wieder hatte sich Jonahs Vater mit seiner Herkunft gebrüstet, aber Jonah hatte nie herausgefunden, was daran Dichtung und was Wahrheit gewesen war.

Es war ihm auch egal.

Nur was man selbst aus sich machte, zählte.

Das war eine Lektion, die Boyd Fletcher ihn gelehrt hatte. Schon allein dafür wäre Jonah jederzeit bereit gewesen, für Boyd über glühende Kohlen zu gehen.

„Mr Blackhawk? Der Polizeichef möchte Sie jetzt sprechen."

Die Sekretärin lächelte ihn höflich an, während sie ihn an die Tür geleitete. Aus dem Augenwinkel hatte sie den Besucher des Polizeichefs eingehend gemustert – von einem Ehering am Finger wurde eine Frau schließlich nicht blind. Irgendetwas an ihm reizte sie ungemein, während sie gleichzeitig das Gefühl hatte, so schnell wie möglich in Deckung gehen zu müssen.

Seine funkelnden Augen verrieten, dass er gefährlich war. Außerdem hatte er eine geradezu bedrohliche Art, sich zu bewegen. Geschmeidig wie ein Panther. Das ließ der Fantasie jede Menge Spielraum – allerdings war es wahrscheinlich auch sicherer, sich nur in der Fantasie mit ihm einzulassen.

Dann warf er ihr ein so umwerfendes Lächeln zu, dass sie sich ein sehnsüchtiges Aufseufzen verkneifen musste.

„Danke."

Sie verdrehte die Augen, während sie hinter ihm die Tür schloss. „Oh Mann, nichts zu danken."

„Jonah." Boyd war bereits aufgestanden und kam um seinen Schreibtisch herum. Er reichte Jonah die Rechte, während er mit der Linken kurz Jonahs Schulter drückte. „Danke, dass Sie gekommen sind."

„Dürfte nicht einfach sein, sich um eine Vorladung beim Polizeichef herumzudrücken."

Bei ihrer ersten Begegnung war Boyd Lieutenant gewesen. Damals war sein Haar noch dunkel gewesen, mit vereinzelten sonnengebleichten Strähnen, und sein Büro ein vollgestopfter kleiner Glaskasten.

Jetzt hatte er mit Silberfäden durchwirktes Haar und ein großes helles Büro mit einer riesigen Fensterfront, durch die man auf Denver und die Berge dahinter schauen konnte.

Manche Dinge ändern sich, dachte Jonah, während er in Boyds ruhige flaschengrüne Augen schaute. Andere wiederum nie.

„Den Kaffee schwarz für Sie?"

„Immer noch."

„Nehmen Sie Platz." Boyd deutete auf einen Stuhl, bevor er zur Kaffeemaschine ging. Weil er es ausgesprochen lästig fand, immer erst bei seiner Sekretärin um einen Kaffee fragen zu müssen, hatte er auf einer eigenen Kaffeemaschine bestanden. „Tut mir leid, dass Sie warten mussten, aber ich hatte noch ein Telefongespräch, das ich nicht so schnell beenden konnte. Firmenpolitik", brummte er, während er zwei Kaffeebecher voll schenkte. „Kann ich nicht ausstehen."

Jonah grinste nur andeutungsweise.

„Und bitte keine vorlaute Bemerkung darüber, dass ich in meiner Position wohl schließlich auch so was Ähnliches wie ein verdammter Politiker bin."

„Käme mir nie in den Sinn." Jonah bedankte sich mit einem Nicken für den Kaffee. „So etwas laut zu sagen."

„Sie waren eben schon immer ein schlaues Bürschchen." Statt sich wieder hinter seinen Schreibtisch zu verschanzen, entschied Boyd sich für den Stuhl neben Jonah und stieß einen leisen Seufzer aus. „Dass aus mir mal ein Schreibtischhengst werden könnte, hätte ich mir auch nie träumen lassen."

„Vermissen Sie die Straße?"

„Jeden Tag. Aber man tut eben sein Bestes, und dann nimmt man das Nächste in Angriff. Wie läuft der neue Club?"

„Gut. Betuchtes Publikum. Jede Menge goldene Kreditkarten. Die braucht man auch", fügte Jonah mit Genugtuung hinzu. „Bei den Designerdrinks werden sie nämlich so richtig schön geschröpft."

„Ach ja? Und dabei wollte ich demnächst mit Cilla mal einen netten Abend dort verbringen."

„Wenn Sie mit Ihrer Frau kommen, sind Sie natürlich mein Gast – falls ich mich da nur nicht der Bestechung schuldig mache."

Boyd zögerte und trommelte mit einem Finger gegen seinen Kaffeebecher. „Wir werden sehen. Hören Sie, Jonah, ich habe da ein kleines Problem, bei dem Sie mir vielleicht weiterhelfen können."

„Ich tue, was ich kann."

„Uns macht seit zwei Monaten eine Einbruchserie schwer zu schaffen. Bei den gestohlenen Gegenständen handelt es sich zumeist um hochwertige, leicht weiterverkäufliche Ware – Schmuck, elektronische Geräte, Bargeld."

„Wird immer in derselben Gegend eingebrochen?"

„Nein. Mal ist es ein Einfamilienhaus in der Vorstadt, mal ein Apartment in der Innenstadt. Sechs Einbrüche in nicht mal acht Wochen. Und der oder die Täter haben immer saubere Arbeit geleistet."

„Was hat das mit mir zu tun?" Jonah balancierte den Kaffeebecher auf seinem Knie. „Einbrüche waren nie mein Ding." Sein Lächeln blitzte auf. „Wie aus meinen Akten ersichtlich ist."

„Ich habe mich oft gefragt, warum nicht." Aber Boyd wischte seine eigene Frage mit einer Handbewegung beiseite. „Die Geschädigten sind genauso verschieden wie die Tatorte. Junge Paare, ältere, Alleinstehende. Allerdings haben alle eins gemeinsam – sie haben sich in der Nacht des Einbruchs in einem Nachtclub vergnügt."

Jonahs Augen weiteten sich minimal – die einzige Regung in seinem Gesicht. „In einem meiner Clubs?"

„In fünf von sechs Fällen."

Jonah trank seinen Kaffee und schaute dabei aus dem Fenster in den blauen Himmel. Sein Tonfall blieb verbindlich, seine Augen jedoch blickten kalt, als er sich erkundigte: „Fragen Sie mich, ob ich in die Sache verwickelt bin?"

„Nein, Jonah, das frage ich Sie nicht. Diese Zeiten haben wir doch lange hinter uns." Boyd machte eine kurze Pause. Der Junge war schon immer etwas überempfindlich gewesen.

Jonah erhob sich mit einem Nicken. Er ging zur Kaffeemaschine und stellte seinen Becher ab. Es gab nicht viele Menschen, deren Meinung ihm wichtig war. Aber Boyd gehörte auf jeden Fall dazu.

„Dann benutzt also irgendjemand einen meiner Clubs, um Ziele auszuspionieren", stellte er fest, den Rücken Boyd zugewandt. „Das passt mir nicht."

„Das dachte ich mir."

„Um welchen Club handelt es sich?"

„Um den neuen. Das ‚Blackhawk'."

Jonah nickte leicht. „Betuchte Gäste. Da ist wahrscheinlich mehr zu holen als im ‚Fast Break'." Er drehte sich wieder um. „Also, was wollen Sie von mir, Fletch?"

„Ihre Kooperation. Ich möchte, dass Sie sich bereit erklären, mit unserem Team zusammenzuarbeiten. Vor allem mit dem verantwortlichen Detective."

Jonah fluchte und fuhr sich in einer seltenen Zurschaustellung von Anspannung mit den Fingern durchs Haar. „Sie wollen, dass ich mit Cops gemeinsame Sache mache und sie in meinem Club herumschnüffeln lasse?"

Boyd verhehlte seine Belustigung nicht. „Sie waren bereits dort, Jonah."

„Nicht während meiner Anwesenheit." Davon konnte er mit Sicherheit ausgehen. Einen Cop witterte er auf eine Meile Entfernung, selbst wenn dieser im Dunkeln in die entgegengesetzte Richtung rannte.

„Nein, aber manche von uns sind auch tagsüber im Dienst."

„Tatsächlich?"

Boyd streckte seine Beine lang aus. „Habe ich Ihnen eigentlich schon mal erzählt, dass ich Cilla während der Nachtschicht kennengelernt habe?"

„So um die zwanzig oder dreißig Mal, schätze ich."

„Noch dasselbe freche Mundwerk wie früher. Das hat mir schon immer an Ihnen gefallen."

„Das haben Sie damals aber nicht gesagt, als Sie drohten, es mir zu stopfen."

„Das Gedächtnis ist auch noch okay. Ich könnte Ihre Hilfe brauchen, Jonah." Boyds Stimme wurde ernst. „Ich wüsste es zu schätzen."

Jonah dachte daran, dass er es ihm trotz allem immer irgendwie gelungen war, einen großen Bogen um Gefängnisse zu machen. Bis er Boyd kennengelernt hatte. Der Mann hatte ihn aus Loyalität und Vertrauen und Zuneigung in ein Gefängnis gesteckt. „Na schön – wofür es auch immer gut sein mag."

„Das bedeutet mir wirklich sehr viel." Boyd stand auf und streckte Jonah die Hand hin. „Ah, genau richtig", sagte er, als sein Telefon klingelte. „Nehmen Sie sich noch Kaffee. Ich möchte, dass Sie den für den Fall zuständigen Detective kennenlernen."

Er ging um seinen Schreibtisch herum und nahm ab. „Ja, Paula? Gut. Wir sind so weit." Diesmal entschied er sich für seinen Schreibtischstuhl. „Ich setze viel Vertrauen in diesen Cop. Das Detective-Abzeichen ist zwar noch ziemlich neu, aber ehrlich und hart verdient."

„Zu allem Überfluss also auch noch ein Anfänger. Na wunderbar." Jonah schenkte sich resigniert Kaffee nach. Als gleich darauf die Tür aufging, ließ er zwar die Kanne nicht fallen, aber innerlich zuckte er zusammen. Das Positive an der Situation war die Erkenntnis, dass er immer noch überrascht werden konnte.

Sie war eine langbeinige schlaksige Blondine mit Augen, die die Farbe von altem Whiskey hatten. Das lange glatte Haar war zu einem glänzenden Pferdeschwanz zusammengebunden, der ihr über den Rücken fiel.

Sie schaute ihn an, ohne den vollen Mund zu einem Lächeln zu verziehen.

In ihrem Fall hätte er erst die klassisch schönen Gesichtszüge registriert, bevor ihm aufgefallen wäre, dass ein Cop vor ihm stand, erkannte Jonah. Trotzdem wäre ihm sofort klar gewesen, wen er da vor sich hatte.

„Commissioner." Der Klang ihrer Stimme hatte dieselbe Tönung wie ihre Augen, tief und dunkel und eindringlich.

„Detective. Du bist pünktlich. Jonah, das ist …"

„Sie brauchen sie mir nicht vorzustellen." Jonah trank einen Schluck von seinem Kaffee. „Die Augen hat sie von Ihrer Frau, und die Kinnpartie ist eindeutig von Ihnen. Freut mich, Sie kennenzulernen, Detective Fletcher."

„Mr Blackhawk."

Sie hatte ihn früher schon gesehen. Irgendwann einmal hatte ihr Vater sie zu einem Baseballspiel seiner Highschool mitgenommen. Sie erinnerte sich noch genau, wie beeindruckt sie von seinem kühnen, fast aggressiven Base Running gewesen war.

Aber sie kannte auch seinen Lebenslauf und brachte Leuten mit einer derartigen Vergangenheit im Allgemeinen nicht so viel Vertrauen entgegen wie ihr Vater. Außerdem hatte sie schon immer etwas wie Eifersucht auf ihn verspürt, weil ihr Vater so große Stücke auf ihn hielt. Doch das hätte sie natürlich nie zugegeben.

„Willst du Kaffee, Ally?"

„Nein, Sir." Obwohl er ihr Vater war, setzte sie sich erst, als der Polizeichef auf einen Stuhl deutete.

Boyd machte eine entschuldigende Handbewegung. „Ich halte es einfach für angenehmer, wenn diese erste Begegnung hier stattfindet. Ally, Jonah hat sich bereit erklärt, uns bei den Ermittlungen zu helfen. Ich habe ihm die Sachlage in groben Zügen geschildert und überlasse es dir, die notwendigen Einzelheiten beizusteuern."

„Sechs Einbrüche in weniger als acht Wochen. Geschätzter Gesamtverlust achthunderttausend Dollar. Sie sind hinter leicht verkäuflichen Sachen her, insbesondere Schmuck. Ungeachtet dessen wurde einem Paar der Porsche aus der Garage gestohlen. Drei Tatorte waren mit einer Alarmanlage gesichert. Die Anlage war jeweils ausgeschaltet worden. Bei keinem der Objekte gab es irgendein Anzeichen für ein gewaltsames Eindringen. Und immer waren die Bewohner des Hauses oder der Wohnung zur Zeit des Einbruchs ausgegangen."

Jonah durchquerte das Zimmer, setzte sich wieder. „Das ist mir bereits alles bekannt – nur das mit dem geklauten Porsche wusste ich nicht. Dann suchen Sie also jemanden, der Autos und Schlösser knacken kann und sich in Hehlerkreisen gut auskennt."

„Keiner der gestohlenen Gegenstände ist bis jetzt an einer der üblichen Stellen wiederaufgetaucht. Es handelt sich offenbar um eine bestens organisierte, höchst effiziente Bande. Wir gehen davon aus, dass mindestens zwei, wenn nicht drei oder mehr Personen beteiligt sind. Unser Hauptaugenmerk gilt derzeit Ihrem Club."

„Und weiter?"

„Zwei Ihrer Angestellten im ‚Blackhawk' sind vorbestraft. William Sloan und Frances Cummings."

Jonah zuckte mit keiner Wimper. „Will hat ein paar krumme Dinger gedreht und seine Strafe abgesessen. Er ist seit fünf Jahren raus und hat sich seitdem nichts zu Schulden kommen lassen. Frannie ist auf den Strich gegangen. Warum sie das gemacht hat, ist allein ihre Sache. Jetzt bedient sie an meiner Bar Gäste statt irgendwelche Freier. Glauben Sie nicht daran, dass Menschen sich ändern können, Detective Fletcher?“

„Ich glaube, dass irgendjemand Ihren Club als Angelbecken benutzt, und ich habe vor, alles zu tun, damit der oder die Täter gefasst werden. Außerdem halte ich es für keineswegs ausgeschlossen, dass derjenige, der die Angel auswirft, aus dem Club selbst kommt.“

„Ich kenne meine Leute.“ Er warf Boyd einen empörten Blick zu. „Verdammt, Fletch.“

„Jonah, jetzt hören Sie uns doch erst mal an …“

„Ich lasse nicht zu, dass meine Leute belästigt werden, nur weil sie irgendwann in ihrem Leben mit dem Gesetz in Konflikt geraten sind.“

„Niemand wird Ihre Leute belästigen. Oder Sie“, versuchte Ally die Wogen zu glätten. Obwohl du selbst oft genug mit dem Gesetz in Konflikt geraten bist, fügte sie in Gedanken hinzu. „Doch wenn wir sie befragen wollen, können wir das auch ohne Ihre Hilfe tun. Um mögliche Verdächtige zu verhören, brauchen wir nämlich weder Ihr Einverständnis noch Ihre Kooperation.“

„Zuerst waren sie nur meine Leute, jetzt sind sie schon Verdächtige. Das geht bei Ihnen ja verdammt schnell.“

„Warum regen Sie sich eigentlich so auf, wenn Sie von ihrer Unschuld überzeugt sind?“

„Okay, Schluss jetzt, Leute.“ Boyd rieb sich den Nacken. „Uns ist klar, dass Sie in einer schwierigen und unangenehmen Lage sind, Jonah“, bemerkte er und warf seiner Tochter einen leicht missbilligenden Blick zu. „Unser Ziel ist es, die Schuldigen zu finden und dieser Sache ein Ende zu machen. Sie werden möglicherweise benutzt, Jonah.“

„Ich will unter keinen Umständen, dass Will und Frannie verhört werden.“

„Das ist auch nicht unsere Absicht“, gab Ally zurück, wobei sie überlegte, warum Jonah plötzlich kalte Füße bekommen hatte. Aus Freundschaft? Loyalität? Vielleicht hatte er ja auch etwas mit der Exhure laufen. Das würde sie noch herausbekommen. „Wir wollen unsere Nachforschungen nicht an die große Glocke hängen, um die

Täter nicht vorzuwarnen. Wir müssen herausfinden, wer die Opfer ausspioniert, und wie. Wir möchten Sie bitten, jemanden aus dem Club heraus ermitteln zu lassen."

„Ich bin drin", erinnerte er sie.

„Schön, dann müssten Sie ja in der Lage sein, mir eine Stelle als Kellnerin zu verschaffen. Ich kann heute Abend anfangen."

Jonah lachte kurz auf, bevor er sich Boyd zuwandte. „Ihre Tochter soll in meinem Club als Kellnerin arbeiten, ist das richtig?"

Ally stand langsam auf. „Der Polizeichef wünscht, dass einer seiner Detectives in Ihrem Club verdeckt ermittelt. Und es ist mein Fall."

Jonah erhob sich ebenfalls. „Schön, dann lassen Sie mich erst mal eins klarstellen. Es interessiert mich einen Dreck, wessen Fall das ist. Ihr Vater hat mich gebeten zu kooperieren, deshalb werde ich es tun. So ist es doch, oder?", schloss er, an Boyd gewandt.

„Ja, im Moment ist es so."

„Gut. Sie kann heute Abend anfangen. Um fünf in meinem Büro im ‚Blackhawk'. Dort erfahren Sie alles, was Sie wissen müssen."

„Dafür schulde ich Ihnen etwas, Jonah."

„Sie schulden mir gar nichts." Nach diesen Worten ging Jonah zur Tür, wo er sich noch einmal umdrehte. „Ach übrigens, Detective, die Kellnerinnen im ‚Blackhawk' tragen Schwarz. Schwarze Bluse oder Pullover, schwarzer Rock. Kurzer schwarzer Rock", präzisierte er, bevor er das Zimmer verließ.

Ally verzog die Lippen und entspannte sich zum ersten Mal genug, um ihre Hände in die Taschen ihrer stahlblauen Jacke zu schieben. „Ich glaube nicht, dass ich deinen Freund mag, Dad."

„Warts ab. Er wird dir noch ans Herz wachsen."

„Ja, wie Schimmel, obwohl … dafür ist er zu kalt. Ich könnte am Ende von einer dünnen Eisschicht überzogen dastehen. Bist du dir seiner sicher?"

„So sicher, wie ich mir mit dir bin."

Das war eindeutig. „Wer immer diese Einbrüche organisiert, verfügt über Intelligenz, gute Verbindungen und noch bessere Nerven. Ich würde sagen, bei deinem Freund ist das alles vorhanden." Sie zuckte die Schulter. „Aber wenn ich deiner Menschenkenntnis schon nicht trauen kann, worauf sollte ich mich dann verlassen?"

Boyd grinste breit. „Deine Mutter hat ihn immer gemocht."

„Na, dann bin ich schon halbwegs verliebt." Amüsiert sah sie, dass ihm diese Bemerkung das Grinsen aus dem Gesicht vertrieben hatte. „Ich werde trotzdem zwei meiner Leute bitten, sich unter die Gäste zu mischen."

„Diese Entscheidung liegt bei dir."

„Der letzte Einbruch hat vor fünf Tagen stattgefunden. Sie arbeiten zu erfolgreich, um nicht bald wieder zuzuschlagen." Ally wollte sich Kaffee holen, überlegte es sich anders und änderte ihre Richtung. „Vielleicht benutzen sie nächstes Mal seinen Club, vielleicht auch nicht. Fest steht nur, dass wir nicht jeden verdammten Nachtclub in der Stadt observieren können."

„Dann konzentriert euch aufs ‚Blackhawk'. Das ist nur logisch. Immer eins nach dem anderen, Allison."

„Ich weiß. Das habe ich von dem Besten gelernt. Ich schätze, als Erstes muss ich einen kurzen schwarzen Rock auftreiben."

„Aber bitte nicht zu kurz", mahnte Boyd, als sie zur Tür ging.

Um vier hatte Ally Dienstschluss. Selbst wenn sie pünktlich Feierabend machte und die vier Häuserblocks bis zu ihrer Wohnung im Laufschritt zurücklegte, konnte sie erst um zehn nach vier da sein.

Das wusste sie, weil sie irgendwann mal die Zeit gestoppt hatte.

Allerdings passierte es so gut wie nie, dass man um Punkt vier wegkam. Aber Ally wollte verdammt sein, wenn sie zu ihrem Treffen mit Blackhawk zu spät kam.

Das war schließlich eine Frage der Ehre – und ihrer Prinzipien.

Um 16:11 Uhr stürmte Ally in ihr Apartment – eine Verspätung, die sie dem in letzter Minute angesetzten Briefing ihres Vorgesetzten zu verdanken hatte – und schüttelte sich noch auf dem Weg ins Schlafzimmer die Jacke von den Schultern.

Wenn man sich beeilte, konnte man das „Blackhawk" in zwanzig Minuten zu Fuß erreichen – in vierzig, wenn man der Versuchung erlag, im Feierabendverkehr das Auto zu nehmen.

Dies war erst ihr zweiter Undercover-Auftrag seit ihrer Ernennung zum Detective. Sie hatte nicht vor, ihn zu vermasseln.

Ally schnallte ihr Schulterhalfter ab und warf es aufs Bett. Ihre Wohnung war schlicht möbliert und ordentlich, was hauptsächlich daran lag, dass sie zu selten da war, um Unordnung zu machen. Ihr Elternhaus war noch immer ihr erstes Zuhause, dann kam das Polizeirevier, während das Apartment, in dem sie nur schlief, selten aß und noch seltener freie Zeit verbrachte, weit abgeschlagen an letzter Stelle lag.

Sie hatte schon immer Polizistin werden wollen, obwohl sie nie viele Worte darüber verloren hatte. Es war ihr Traum gewesen.

Sie riss ihren Kleiderschrank auf und durchstöberte ihre Garderobe hektisch nach einem passenden schwarzen Rock.

Wenn sie sich beeilte, schaffte sie es vielleicht sogar noch, sich ein Sandwich zwischen die Zähne zu schieben, bevor sie los musste.

Ally fand einen Rock, nahm ihn heraus und hielt ihn sich an. Als sie sah, wie kurz er war, verzog sie das Gesicht. Es half nichts, einen anderen besaß sie nicht. Sie warf ihn aufs Bett und kramte in einer Schublade nach einer schwarzen Strumpfhose.

Wenn ihr schon nichts anderes übrig blieb, als einen Rock zu tragen, der ihr nur bis knapp über den Po reichte, tat sie verdammt gut daran, wenigstens ihre Beine mit blickdichtem Schwarz zu verhüllen.

Die heutige Nacht kann entscheidend sein, überlegte sie, während sie aus ihrer Hose stieg. Sie musste nur die Ruhe bewahren. Ruhig sein, kühl und kontrolliert – das war das Geheimnis.

Sie würde Jonah Blackhawk benutzen, ohne sich von ihm ablenken zu lassen.

Obwohl sie durch ihren Vater bereits eine ganze Menge über ihn wusste, hatte sie ein bisschen auf eigene Faust recherchiert. Als Junge hatte er lange Finger, schnelle Beine und eine rasche Auffassungsgabe gehabt. Sie war fast versucht, einen kaum Zwölfjährigen zu bewundern, der es geschafft hatte, ein illegales Wettbüro zu etablieren. Aber nur fast.

Nicht weniger bewundernswert war es vermutlich, wenn sich jemand nach einem solchen Start geändert – zumindest, so weit man wusste – und zu einem erfolgreichen Geschäftsmann gewandelt hatte.

Ally war sogar schon in seiner Sportbar „Fast Break“ gewesen und hatte die angenehme Atmosphäre ebenso genossen wie den guten Service und die erstklassigen Margaritas, die man dort mixte.

Außerdem gab es eine ganze Reihe hypermoderner Flipperautomaten, wie sie sich erinnerte. Sofern nicht irgendwer in den letzten sechs Monaten ihren Rekord gebrochen hatte, standen auf Flipper Nummer eins immer noch ihre Anfangsbuchstaben.

Sie sollte sich wirklich die Zeit nehmen und wieder einmal hingehen, um ihren Titel zu verteidigen.

Doch darum geht es jetzt nicht, ermahnte sie sich streng. Im Moment ging es einzig und allein um Jonah Blackhawk.

Schon möglich, dass er sauer war, weil zwei seiner Angestellten auf ihrer Verdächtigenliste standen. Tja, Pech für ihn. Ihr Vater wollte, dass sie dem Mann vertraute, also würde sie sich Mühe geben.

Allerdings bestimmt nicht blindlings.

Um 16:20 Uhr war Ally ganz in Schwarz gekleidet – Rollkragenpullover, Rock, Strumpfhose. Sie suchte auf dem Boden ihres Kleiderschranks nach Schuhen und fand schließlich ein akzeptables Paar mit relativ niedrigen Absätzen.

Ally betrachtete sich sorgfältig im Spiegel, während sie ihre Haarspange abnahm und sich das Haar bürstete, um es anschließend wieder zu einem Pferdeschwanz zusammenzufassen. Dann schloss sie die Augen und versuchte sich in eine Kellnerin eines Nachtclubs hineinzuversetzen.

Lippenstift, Parfüm, Ohrringe. Eine attraktive Bedienung bekam in der Regel mehr Trinkgeld, und natürlich ging es immer darum, möglichst viel Trinkgeld zu bekommen. Ally ließ sich Zeit für ihre Verwandlung und studierte anschließend das Ergebnis ihrer Bemühungen im Spiegel.

Sexy, vermutlich. Mit Sicherheit weiblich, und auf eine angenehme Art praktisch. Aber es gab nicht eine Stelle an ihrem Körper, wo sie ihre Dienstwaffe hätte verstecken können.

Verdammt.

Ally beschloss, ihre Neun-Millimeter-Pistole in einer großen Umhängetasche zu verstauen. Da es ein frischer Frühlingsabend war, warf sie sich eine schwarze Lederjacke über und hastete zur Tür.

Wenn sie schnell genug in die Tiefgarage kam und alle Ampeln auf Grün standen, konnte sie es mit dem Auto gerade noch schaffen.

Ally öffnete ihre Wohnungstür. Und fluchte.

„Oh, hallo Dennis, was machst du denn hier?“

Dennis Overton hielt mit einem breiten Lächeln eine Flasche kalifornischen Chardonnay hoch. „Ich dachte, wir könnten sie vielleicht zusammen trinken. In alter Freundschaft, sozusagen."

„Ich will gerade weg."

„Macht nichts." Er nahm die Flasche in die andere Hand und umfasste Allys Ellbogen. „Ich begleite dich, wohin du willst."

„Dennis." Sie wollte ihm nicht wehtun. Nicht schon wieder. Er war am Boden zerstört gewesen, als sie vor zwei Monaten Schluss mit ihm gemacht hatte. Und alle seine Anrufe, seine überraschenden Besuche, die zufälligen Begegnungen auf der Straße hatten unangenehm geendet. „Wir haben das doch alles schon x-mal durchgekaut."

„Ach komm, Ally. Nur ein wenig Zeit, nicht viel. Du fehlst mir."

Da war er wieder, dieser traurige Hundeblick, dieses flehende Lächeln, bei dem sie früher immer weich geworden war. Doch jetzt fiel ihr sogleich ein, wie sich dieses Gesicht vor Wut verzerren konnte, wenn Dennis aus grundloser Eifersucht einen Tobsuchtsanfall bekam.

Früher hatte Ally sich genug aus ihm gemacht, um ihm immer wieder zu verzeihen, um zu versuchen, mit seinen Stimmungsschwankungen klarzukommen. Immerhin so viel, um sich heute noch schuldig zu fühlen, weil sie die Beziehung beendet hatte.

Und auch jetzt machte sie sich noch genug aus ihm, um ihn ihre Ungehaltenheit über sein erneutes Eindringen in ihre Privatsphäre nicht spüren zu lassen. „Tut mir wirklich leid, Dennis, aber ich bin schrecklich in Eile."

Lächelnd verstellte er ihr den Weg. „Fünf Minuten, Ally. Lass uns einfach nur einen kleinen Schluck auf alte Zeiten trinken."

„Ich habe keine fünf Minuten."

Das Lächeln verblasste, und in seine Augen trat dieses unberechenbare Glitzern, das Ally noch von früher kannte. „Du hattest nie Zeit für mich, wenn ich es wollte. Alles musste immer nur nach deinem Kopf gehen."

„Stimmt. Sei also froh, dass du mich endlich los bist."

„Du hast einen anderen. Deshalb hast du Schluss gemacht."

„Und selbst wenn." Jetzt reichte es ihr. „Hör zu, es geht dich nichts an, was ich mache oder mit wem. Das scheint nicht in deinen Kopf zu gehen. Also wirst du wohl noch daran arbeiten müssen. Ich habe es nämlich gründlich satt, Dennis. Und hör endlich auf, hierherzukommen."

Er packte sie am Arm, um sie am Weitergehen zu hindern. „Ich will nur mit dir reden."

Sie riss sich nicht los, sondern starrte lediglich auf seine Hand, dann hob sie den Blick und schaute ihn kalt an. „Ich warne dich, treib es nicht zu weit. Und jetzt lass mich durch."

„Was machst du, wenn ich es nicht tue? Mich erschießen? Mich festnehmen? Oder rufst du deinen Daddy, diesen Säulenheiligen der Polizei, und sagst ihm, dass er mich einsperren soll?"

„Ich bitte dich noch ein zweites Mal. Lass mich durch, Dennis. Auf der Stelle."

Seine Stimmung kippte um, so glatt und schnell wie eine gut geölte Tür, die ins Schloss fällt. „Es tut mir leid, Ally. Gott, es tut mir so leid." Seine Augen wurden feucht, und sein Mund zitterte. „Ich bin durcheinander, das ist alles. Gib mir noch eine Chance. Bitte, nur noch eine. Ich schwöre dir, alles dafür zu tun, damit es mit uns wieder klappt."

Sie schüttelte seine Hand ab. „Mit uns hat es nie geklappt, Dennis. Geh nach Hause. Ich bin nichts für dich."

Ohne einen Blick zurück ging sie davon.

2. KAPITEL

Um fünf nach fünf war Ally beim „Blackhawk" angelangt. Eins zu null im Rückstand, dachte sie, nahm sich aber trotzdem eine Extraminute Zeit, um zu verschnaufen und sich das Haar zu glätten. Am Ende hatte sie sich doch gegen das Auto entschieden und war die zehn Häuserblocks gerannt. Keine besonders große Entfernung, wie sie fand, auch wenn ihre Schuhe nicht gerade Sprinterschuhe waren.

Sie betrat das Lokal und schaute sich um.

Die lange, halbkreisförmige Theke war in glänzendem Schwarz gehalten und bot viel Platz für die mit schwarzen Lederpolstern bezogenen Barhocker aus Chrom. Die Wand hinter der Bar war schwarz-silbern verspiegelt.

Behaglichkeit und Stil, entschied Ally. Die Atmosphäre lud ein, sich hinzusetzen, zu entspannen und mit vollen Händen Geld auszugeben.

Und das taten viele Leute hier. Offenbar war gerade Happy Hour und jeder Barhocker besetzt. Die Gäste an der Bar und an den Chromtischen im hinteren Teil des Lokals unterhielten sich, tranken und aßen zu den Klängen der leisen Musik, die aus den Lautsprechern drang.

Die männlichen Gäste, größtenteils in Anzug und Krawatte, hatten ihre Aktenkoffer zu ihren Füßen auf den Fußboden abgestellt. Allem Anschein nach handelte es sich um leitende Angestellte, die es ausnahmsweise einmal geschafft hatten, etwas früher aus dem Büro wegzukommen, oder die sich hier mit Geschäftspartnern verabredet hatten, um irgendwelche Vereinbarungen abzuwickeln.

An den Tischen bedienten zwei in Schwarz gekleidete Kellnerinnen, die allerdings beide keine kurzen Röcke, sondern Hosen trugen, wie Ally erbost feststellen musste.

Der Barkeeper war ein gut aussehender junger Mann, der mit den drei Frauen am Ende der Theke flirtete, was das Zeug hielt. Ally überlegte, wann wohl Frances Cummings' Schicht beginnen mochte, und machte sich eine gedankliche Notiz, unbedingt nach den Schichtplänen zu fragen.

„Sie wirken ein bisschen verloren."

Ally musterte den Mann, der mit einem entspannten Lächeln auf sie zukam. Braunes Haar, braune Augen, sorgfältig gestutzter Bart. Sein dunkler Anzug war gut geschnitten, die silbergraue Krawatte korrekt gebunden.

William Sloan sah heute Abend wesentlich präsentabler aus als auf den Fotos fürs Verbrecheralbum.

„Ich hoffe doch nicht." Ally, die fand, etwas Nervosität würde gut zu ihrer Rolle passen, schob den Schulterriemen ihrer Umhängetasche höher und lächelte verlegen. „Ich bin Allison. Ich war um fünf mit Mr Blackhawk verabredet. Bin wohl leider zu spät dran."

„Nur ein paar Minuten. Machen Sie sich keine Gedanken deswegen. Ich bin Will Sloan." Er ergriff ihre Hand und drückte sie kurz. „Der Boss sagte, ich solle nach Ihnen Ausschau halten. Ich bringe Sie rauf."

„Danke. Ist wirklich toll hier", bemerkte sie.

„Nur das Beste ist gut genug für den Boss. Kommen Sie, ich führe Sie kurz rum." Eine Hand an ihrem Rücken, durchquerte Will mit ihr den Barbereich, dann führte er sie in einen angrenzenden großen Raum mit weiteren Tischen und einer Bühne mit zwei Ebenen sowie Tanzfläche.

Der Raum hatte eine silberne Decke mit glitzernden Punktstrahlern. Die Tische waren schwarze Würfel auf Sockeln, die sich über einem rauchig silbernen Fußboden erhoben, unter dessen Oberfläche ebenfalls winzige Punktstrahler glitzerten, wie Sterne hinter einem dünnen Wolkenschleier. An den Wänden hingen riesige, in lebhaften Farben gehaltene abstrakte Gemälde, daneben gab es noch alle möglichen modernen Skulpturen.

Auf den Tischen standen schlanke zylinderförmige Lampen, in deren Stahlmantel Halbmonde gestanzt waren.

Eine dem dritten Jahrtausend angemessene Einrichtung, wie Ally fand. Alles in allem ein vornehmer Laden, anders konnte man es nicht sagen.

„Haben Sie denn schon mal in einem Nachtclub gearbeitet?"

Sie hatte bereits entschieden, wie sie es angehen wollte, und verdrehte die Augen. „Noch nie in einem so feudalen Schuppen."

„Der Boss wollte Klasse. Er hat Klasse bekommen." Will bog auf einen Flur ab, dann gab er auf einem Bedienungsfeld einen Code ein.

„Passen Sie auf, was gleich passiert." Als eine Wand auseinander glitt, wackelte er mit den Augenbrauen. „Spitze, was?"

„Wahnsinn." Ally betrat mit ihm den Aufzug und beobachtete, wie er wieder einen Code eingab.

„Alle, die im ersten Stock zu tun haben, bekommen den Code. Aber darüber brauchen Sie sich keine Gedanken zu machen. Sie sind also neu in Denver?"

„Nein, ich bin hier aufgewachsen."

„Tatsächlich? Ich auch. Der Boss und ich, wir kennen uns schon seit unserer Kindheit. Damals war das Leben allerdings noch anders."

Als sich gleich darauf die Aufzugstür öffnete, standen sie direkt in Jonahs Büro. Es war ein großer Raum, unterteilt in einen Arbeits- und einen Freizeitbereich. Der Freizeitbereich mit einer Sitzecke in den Erkennungsfarben des Lokals und einem großen Flachbildschirm, auf dem stumm ein abendliches Baseballspiel ausgetragen wurde, strahlte lässige Eleganz aus.

Automatisch schaute Ally auf die obere Ecke des Fernsehers. Ein Heimspiel der Yankees gegen Toronto. Zwei Outs, ein On. Kein Score.

Dass Jonah sich für Sport interessierte, fand sie wenig überraschend, die vollen Bücherregale an den Wänden dagegen schon.

Ally ließ den Blick über den Arbeitsbereich gleiten, der so gnadenlos effizient wirkte wie der Rest des Raums lässig. Ein Arbeitsplatz mit Computer und Telefon. Direkt gegenüber ein Überwachungsmonitor, der das Geschehen unten im Club zeigte. Vor der großen Fensterwand dahinter waren die Jalousien heruntergelassen. Der rauchgraue Teppich, mit dem der gesamte Raum ausgelegt war, war so weich, dass man fast bis zu den Knöcheln darin versank.

Jonah saß mit dem Rücken zur Wand am Schreibtisch und hob zum Gruß eine Hand, während er sein Telefonat beendete. „Ich komme darauf zurück. Nein, keinesfalls vor morgen." Fast schon amüsiert zog er eine Augenbraue hoch. „Sie werden wohl warten müssen. Ich wünsche Ihnen einen schönen Tag."

Er legte auf und lehnte sich lässig in seinen Schreibtischstuhl zurück. „Hallo, Allison. Danke, Will."

„Gern geschehen. Bis später, Allison."

„Danke fürs Raufbringen."

Jonah wartete, bis sich die Aufzugtüren hinter Will geschlossen hatten. „Sie kommen spät."

„Ich weiß. Es ließ sich nicht vermeiden." Als sie sich zu dem Monitor umdrehte, nutzte er die Gelegenheit, um seinen Blick über ihren Rücken, über diese langen Beine wandern zu lassen.

Sehr hübsch, dachte er. Wirklich sehr hübsch.

„Sie haben im gesamten öffentlichen Bereich des Clubs Überwachungskameras?"

„Ich möchte gerne wissen, was sich in meinem Lokal abspielt."

Darauf hätte sie gewettet. „Heben Sie die Bänder auf?"

„Drei Tage, dann überspielen wir sie."

„Ich würde mir gern ansehen, was Sie haben." Weil sie immer noch mit dem Rücken zu ihm stand, gestattete sie es sich, auf dem Fernseher nachzusehen, was im Yankee-Stadion los war. Toronto hatte einen hart geschlagenen Ball nach Hause gebracht. „Vielleicht haben wir ja Glück."

„Dafür werden Sie einen Durchsuchungsbefehl brauchen."

Sie warf ihm einen Blick über die Schulter zu. Er hatte sich umgezogen und trug jetzt einen schwarzen Anzug – von feinster italienischer Qualität, wie sie auf den ersten Blick erkannte. „Ich dachte, Sie hätten sich bereit erklärt zu kooperieren?"

„Bis zu einem gewissen Punkt. Sie sind schließlich hier, oder nicht?" Sein Telefon klingelte, aber er nahm nicht ab. „Setzen Sie sich. Wir werden einen Plan für die Vorgehensweise ausarbeiten."

„Die Vorgehensweise ist ganz einfach." Sie setzte sich nicht. „Ich gebe mich als Bedienung aus und rede mit Gästen und dem Personal. Ich halte die Augen offen und mache meine Arbeit. Und Sie achten darauf, dass Sie mir nicht vor die Füße laufen, und machen Ihre Arbeit."

„Schlechter Plan. Ich lasse mir in meinem Lokal von niemandem sagen, was ich zu tun habe. Also, haben Sie schon mal in einem Nachtclub gearbeitet?"

„Nein."

„Sonst als Bedienung?"

„Nein." Sein kühler Blick ärgerte sie. „Was soll das? Kellnern ist keine große Kunst. Man nimmt die Bestellung auf, gibt sie weiter und bringt das Bestellte. Ich bin nicht schwachsinnig."

Daraufhin lächelte er dieses schnell aufblitzende, umwerfende Lächeln. „Als Gast sieht man es vielleicht so. Nun, Sie werden bald eines Besseren belehrt werden, Detective. Die Oberkellnerin in Ihrer Schicht ist Beth. Sie wird Sie einweisen. Bis Sie sich bei uns eingearbeitet haben, werden Sie Tische abräumen. Das bedeutet …"

„Ich weiß, was das bedeutet."

„Eingeteilt sind Sie von sechs bis zwei. Sie haben alle zwei Stunden eine Viertelstunde Pause. Alkohol für die Angestellten ist während der Arbeit strikt verboten. Sollte ein Kunde zudringlich oder ausfallend werden, sagen Sie mir oder Will Bescheid."

„Ich kann mich selbst wehren."

„Sie sind hier nicht der Cop. Wenn Ihnen irgendjemand dumm kommt, melden Sie es mir oder Will."

„Bekommen Sie oft Beschwerden?"

„Nur von Frauen. Weil sie einfach nicht die Finger von mir lassen können."

„Haha."

Ein kurzer Blick aus dem Augenwinkel sagte ihm, dass die Yankees das Inning mit einem Strike Out beendeten. „Nein, in der Regel nicht, aber ab und zu kommt so was schon mal vor. Manche Kerle kennen ihre Grenzen nicht mehr, wenn sie etwas getrunken haben. Bei mir können sie sich das allerdings nur einmal erlauben. Nach acht kommt der Betrieb auf Hochtouren, um neun beginnt das Unterhaltungsprogramm. Sie werden alle Hände voll zu tun haben."

Er stand auf, ging zu ihr und einmal um sie herum. „Sie haben sich wirklich eine hübsche Tarnung zugelegt. Man muss schon zweimal hinschauen, um den Cop zu erkennen. Der Rock gefällt mir übrigens."

Sie wartete, bis er ihr wieder gegenüberstand. „Ich hätte gern die Schichtpläne. Oder brauche ich dafür auch erst einen Durchsuchungsbefehl?"

„Nein, in diesem Punkt kann ich Ihnen ausnahmsweise weiterhelfen." Er mochte ihren Duft. Kühl und unverkennbar weiblich. „Bis Geschäftsschluss haben Sie sie. Alle Angestellten, die ich einstelle und nicht persönlich kenne – und das ist bei einigen der Fall –, sind überprüft worden. Von meinen Leuten hier hat nämlich nicht jeder das Glück, aus einer netten ordentlichen Familie zu stammen und ein nettes ordentliches Leben zu leben."

Jonah langte nach der Fernbedienung und zoomte den Barbereich auf dem Schirm heran. „Da, zum Beispiel unser Barkeeper. Seine Mutter verließ ihn als kleines Kind, er wuchs bei den Großeltern auf. Mit fünfzehn hat er ein paar Dummheiten angestellt."

„Was für Dummheiten waren das?"

„Hat sich mit einem Joint in der Tasche erwischen lassen. Sie haben es zwar aus seiner Akte gelöscht, aber er war ehrlich genug, es mir bei seiner Bewerbung zu erzählen. Er macht jetzt auf der Abendschule seinen Abschluss nach."

Im Moment war sie mehr an Jonah interessiert als an dem jungen Mann, der an der Bar gerade seine Schicht beendete. „Sind die Leute Ihnen gegenüber immer so offen?"

„Wer clever ist, schon. Da kommt Beth." Er tippte auf den Monitor.

Ally sah eine kleine Brünette um die Dreißig durch eine Tür hinter der Bar hereinkommen.

„Der Dreckskerl, mit dem sie verheiratet war, hat sie nach Strich und Faden verprügelt. Wahrscheinlich wiegt sie keine hundert Pfund, aber sie hat drei Kinder zu Hause. Sechzehn, zwölf und zehn. Sie arbeitet seit über fünf Jahren bei mir; früher war es normal, dass sie alle paar Wochen mit einem blauen Auge oder einer aufgeplatzten Lippe hier auftauchte. Vor zwei Jahren hat sie dann die Kinder genommen und ist von ihm weggegangen."

„Und lässt er sie in Frieden?"

Jonah schaute Ally in die Augen. „Man hat ihn überredet, umzuziehen."

„Ich verstehe." Sie verstand wirklich. Jonah Blackhawk kümmerte sich um die Seinen. Das konnte sie ihm nicht vorwerfen. „War er bei seinem Umzug noch in einem Stück?"

„Mehr oder weniger. Kommen Sie, ich bringe Sie runter. Ihre Tasche können Sie hier oben lassen, wenn Sie wollen."

„Nein, danke."

Er drückte auf den Knopf für den Aufzug. „Ich nehme an, Sie haben Ihre Kanone da drin. Lassen Sie das Ding, wo es ist. Wir haben unten im Barbereich einen Sicherheitsmann, der die Augen offen hält. Sie können die Waffe einschließen. Bei dieser Schicht haben Beth und Frannie den Schlüssel, das geht immer abwechselnd. Nur

Will und ich haben ständig Zugang zu allen Bereichen."

„Na, dann haben Sie ja offenbar alles bestens im Griff, Blackhawk."

„Richtig. Was ist mit Ihrer Geschichte?", fragte er, während sie zusammen den Aufzug betraten. „Woher kenne ich Sie?"

„Ganz einfach. Ich war auf der Suche nach einem Job, und Sie haben mir einen gegeben." Ally zuckte die Schultern. „Ich habe Sie in Ihrer Sportbar angehauen."

„Haben Sie denn überhaupt die geringste Ahnung von Sport?"

Sie warf ihm ein Lächeln zu. „Alles, was sich außerhalb eines Spielfeldes oder eines Stadions abspielt, ist reine Zeitvergeudung."

„He, warum lernen wir uns erst jetzt kennen?" Er nahm ihren Arm, während er mit ihr aus dem Aufzug trat. „Jays oder Yankees?"

„Die Yankees haben in dieser Saison die stärkeren Schläger und schaffen weite Abschläge, aber ihre Fänger sind nachlässig. Die Jays machen zuverlässige Base Hits, und ihr Infield ist ein regelrechtes Ballett aus Mumm und Effizienz. Was in meinen Augen jederzeit höher zu bewerten ist als starke Abschläge."

„Ist das Ihre Baseball- oder Ihre Lebensphilosophie, wenn ich fragen darf?"

„Baseball ist das Leben, Blackhawk."

„Jetzt sind Sie selbst schuld. Wir werden heiraten müssen."

„Du lieber Himmel, da bekomme ich ja richtig Herzflattern", entgegnete sie trocken und wandte sich ab, um ihren Blick über den Barbereich schweifen zu lassen. Der Lärmpegel hatte sich mittlerweile beträchtlich erhöht. An der Bar drängten sich die Leute, die nach Feierabend und vor dem Essen noch schnell einen Drink nehmen wollten.

Für manche war es einfach nur ein harmloses Freizeitvergnügen, für andere ein lässiges Paarungsritual. Doch es gab noch denjenigen, der auf der Jagd war.

Wie leichtsinnig die Leute sind, ging es Ally durch den Kopf. Sie sah Männer an der Bar lehnen, deren volle Geldbörsen man mit einem einzigen schnellen Griff unbemerkt aus den Hosentaschen hätte herausziehen können. Mehr als eine Damenhandtasche hing einladend an der Lehne eines Barhockers oder eines Stuhls. Mäntel und Jacken, in deren Taschen sich mit Sicherheit der eine oder andere Auto- oder Hausschlüssel befand, waren achtlos beiseite geworfen.

„Jeder denkt, dass so etwas immer nur all den anderen passiert“, murmelte Ally, bevor sie Jonah die Hand auf den Arm legte und sagte: „Da, sehen Sie, dieser Typ an der Bar – der mit Nachrichtensprecherfrisur und -gebiss.“

Jonah schaute amüsiert zu dem Burschen, den Ally beschrieben hatte, und beobachtete, wie er in seiner mit Banknoten und Kreditkarten gespickten Brieftasche herumkramte. „Er versucht gerade, die Rothaarige zu ködern, oder auch ihre hübsche blonde Freundin. Egal welche. Die Chancen stehen gut, mit der Blonden könnte es klappen.“

„Wer sagt das?“

„Ich.“ Er schaute auf Ally. „Wollen wir wetten?“

„Sie haben keine Lizenz zum Betreiben eines Spielsalons.“ Noch während sie die Worte aussprach, kam die Blondine herübergeschlendert und schaute dem Mann mit der dicken Brieftasche tief in die Augen. „Richtig geraten.“

„Es war einfach. Die Blonde ist leicht zu haben.“ Jonah ging mit Ally hinüber zur Clubebene, wo Beth und Will an einem schwarzen Pult über dem Reservierungsbuch brüteten.

„Hallo, Chef.“ Beth zog einen Stift aus ihren dicken Locken und notierte etwas in dem Buch. „Wie es aussieht, können wir heute Abend die meisten Tische zweimal vergeben. Und Mitte der Woche kommt eine große Abendgesellschaft.“

„Dann ist es ja gut, dass ich Hilfe mitgebracht habe. Beth Dickerman, Allison Fletcher. Sie muss eingearbeitet werden.“

„Ah, wieder ein Opfer.“ Beth streckte ihr die Hand hin. „Freut mich, Allison.“

„Ally. Danke.“

„Du bringst ihr die Kniffe bei, Beth. Sie wird die Tische abräumen, bis du der Meinung bist, sie als Bedienung einsetzen zu können.“

„Wir machen sie ganz schnell fit. Kommen Sie mit, Ally. Ich erklär Ihnen alles. Haben Sie schon mal als Bedienung gearbeitet?“, fragte Beth, während sie ihnen den Weg durch die Menge bahnte.

„Na ja, nicht so richtig.“

Beth lachte ein perlendes Lachen. „Macht nichts, das kriegen wir schon hin. Frannie, das ist Ally, eine neue Kollegin. Frannie bedient an der Bar“, schloss sie an Ally gewandt.

„Freut mich.“ Frannie lächelte Ally strahlend zu, während sie mit einer Hand Eiswürfel in einen Mixbecher gab und gleichzeitig mit der anderen Mineralwasser in ein Glas schenkte.

„Und dieses atemberaubende Prachtexemplar der männlichen Gattung dort ist Pete.“

Der breitschultrige Afroamerikaner zwinkerte den beiden zu, während er in einem Schnapsglas Kahlua abmaß.

„Aber erlauben Sie sich ja nicht, mit ihm zu flirten, weil er nämlich schon mir gehört, stimmt's, Pete?“

„Klar, Süße. Dir ganz allein.“

Lachend schloss Beth eine Tür mit dem Schild „Nur für Personal“ auf. „Pete ist glücklich verheiratet. Er hat eine wunderbare Frau, die gerade ein Baby erwartet. Wir machen nur Spaß. Also, wenn Sie aus irgendeinem Grund hier reinmüssen … Oh hallo, Jan.“

„Hallo, Beth.“ Die kurvenreiche Brünette, die sich vor dem Spiegel die Lippen nachzog, wirkte wie einer Modezeitschrift entsprungen. Sie hatte bis zur Taille reichendes Haar, das sie mit zwei Kämmen aus dem herzförmigen Gesicht hielt. Ally schätzte sie auf Mitte zwanzig. Ihr Rock war nicht viel größer als eine Serviette, und das mit kleinen Silberknöpfen besetzte Oberteil lag hauteng an. An Armen, Ohren und Hals glänzte massenweise Silberschmuck.

„Hier kommt Frischfleisch. Das ist Ally.“

„Ah, ja.“ Jans Lächeln war freundlich, aber ihre Augen glitzerten abschätzend. Eine Frau, die die mögliche Konkurrenz einzustufen suchte.

„Jan bedient im Barbereich, aber wenn wir sie brauchen, kommt sie auch zu uns rüber.“ Auf der anderen Seite der Tür erschallte lautes Lachen.

„Es geht los, meine Schicht fängt an.“ Jan band sich eine kurze schwarze, mit vielen Taschen versehene Schürze um. „Viel Glück, Ally. Willkommen an Bord.“

„Danke. Alle sind so freundlich“, sagte Ally zu Beth, während Jan nach draußen ging.

„Alle, die für Jonah arbeiten, sind so etwas wie eine große Familie. Er ist ein guter Chef.“ Beth nahm eine Schürze aus einem Schrank. „Man reißt sich ein Bein für ihn aus, aber er zeigt einem auch, dass er es zu schätzen weiß und nicht als Selbstverständlichkeit betrachtet. Das macht den Unterschied. Hier, das werden Sie brauchen.“

„Arbeiten Sie schon lange für ihn?“

„Ungefähr sechs Jahre. Zuerst war ich im ‚Fast Break‘. Nach der Neueröffnung hier hat er mir angeboten zu wechseln. Es ist eine anspruchsvolle Bar, außerdem habe ich es von hier nicht weit bis nach Hause. Ihre Tasche können Sie da reintun.“ Beth öffnete einen schmalen Spind. „Beim Zahlenschloss nur zweimal die Null einstellen, dann geht es auf.“

„Prima.“ Bevor Ally ihre Handtasche in dem Spind deponierte, nahm sie unauffällig ihren Beeper heraus und befestigte ihn unter ihrer Schürze am Rockbund. Anschließend machte sie den Spind wieder zu und ließ das Schloss einrasten. „So, fertig.“

„Wollen Sie sich noch mal die Lippen nachziehen oder irgendwas?“

„Nein, ich bin so weit. Nur ein bisschen nervös, das ist alles.“

„Keine Sorge. In ein paar Stunden tun Ihnen so die Füße weh, dass Sie an Ihre Nerven gar nicht mehr denken können.“

Beth hatte recht. Jedenfalls, was die Füße anbelangte. Zwei Stunden später hatte Ally das Gefühl, als ob sie zwanzig Meilen in den falschen Schuhen gelaufen wäre und mindestens drei Tonnen mit schmutzigem Geschirr beladene Tabletts gestemmt hätte.

Den Weg von den Tischen in die Küche kannte sie inzwischen im Schlaf.

Die Liveband, die kurz nach neun zu spielen anfing, war beträchtlich lauter als die Musik vom Band. Die Leute, die sich auf der Tanzfläche und an den Tischen drängten, mussten sich anbrüllen, um sich verständlich zu machen.

Ally stapelte Geschirr auf Tabletts und beobachtete die anwesenden Leute. Sehr viel Designerkleidung, extravagante Armbanduhren, teure Mobiltelefone und Aktenkoffer aus Leder. Sie sah eine Frau, die ihren drei Freundinnen stolz einen brillantbesetzten Verlobungsring zeigte.

Hier kommt eine Menge Geld auf einen Haufen beisammen, stellte sie nüchtern fest. Und viele potenzielle Opfer.

Als Ally mit einem voll beladenen Tablett in Richtung Küche ging und dabei ein attraktives Paar umrundete, hielt der Mann sie auf.

„Sagen Sie, Süße, könnten Sie mir und meiner reizenden Begleiterin vielleicht noch etwas zu trinken bringen?"

Sie beugte sich zu ihm, setzte ein zuckersüßes Lächeln auf und flüsterte: „Du kannst mich mal."

Der Mann grinste nur. „Cops haben eine so ordinäre Ausdrucksweise."

„Beim nächsten Fall sitze ich mir den Hintern platt, während du dir die Füße wund läufst, das verspreche ich dir, Hickman", gab Ally zurück. „Habt ihr irgendwas gesehen, das ich wissen sollte? Irgendein Detail, das uns weiterbringen könnte?"

„Bis jetzt noch nicht." Er griff nach der Hand der Frau, die neben ihm saß. „Aber Carson und ich sind verliebt."

Lydia Carson drückte Hickmans Hand viel zu fest. „Da träumst du von."

„Haltet weiter die Augen offen." Ally schaute in Hickmans Glas. „Und das hier sollte eigentlich Mineralwasser sein."

„Sie ist immer so streng", hörte sie Hickman noch brummen, als sie weiterging.

„Beth, Tisch … äh … sechzehn will noch Drinks bestellen."

„Bin schon unterwegs. Sie machen Ihre Sache gut, Ally. Wenn Sie das Tablett weggebracht haben, sollten Sie mal Pause machen."

„Das braucht man mir nicht zweimal zu sagen."

In der Küche ging es zu wie in einem Tollhaus. Ally stellte mit einem erleichterten Aufseufzen ihr Tablett ab und runzelte die Stirn, als sie Frannie zur Hintertür hinausschlüpfen sah.

Zehn Sekunden später folgte sie ihr.

Frannie lehnte an der Hauswand und nahm einen ersten Zug von ihrer Zigarette. Gleich darauf stieß sie eine Rauchwolke aus. „Auch Pause?"

„Ja, ich wollte gerade mal ein bisschen frische Luft schnappen."

„Da drin ist heute wieder mal der Teufel los." Frannie zog ihr Zigarettenpäckchen aus der Schürzentasche und hielt es Ally hin. „Auch eine?"

„Nein, danke. Ich rauche nicht."

„Gut für Sie. Ich kanns einfach nicht lassen. Im Aufenthaltsraum darf nicht geraucht werden. Aber wenn das Wetter schlecht ist, erlaubt Jonah mir, in seinem Büro zu rauchen. Wie läuft Ihr erster Arbeitstag bis jetzt?"

„Meine Füße bringen mich um."

„Das ist eine Berufskrankheit. Am besten kaufen Sie sich gleich morgen ein Fußbad. Eins mit Eukalyptus, dann fühlen Sie sich wie im siebten Himmel."

„Gute Idee."

Eine attraktive Frau, fand Ally. Obwohl Frannie durch die Fältchen um die Augen älter wirkte als achtundzwanzig. Sie war dezent geschminkt und trug die dunkelroten Haare kurz geschnitten. Ihre Fingernägel waren ebenfalls kurz und nicht lackiert, die Finger unberingt. Wie das übrige Personal war sie in Schwarz gekleidet, eine schlichte Bluse und Hose, dazu bequeme modische Schuhe.

Das einzig Auffällige an ihr waren die großen silbernen Kreolen, die an ihren Ohrläppchen baumelten.

„Wie sind Sie an den Job gekommen?", erkundigte sich Ally.

Frannie nahm einen Zug von ihrer Zigarette. „Na ja, ich hing vorher schon viel in Bars rum, und als ich dann eine richtige Arbeit suchte, hat Jonah mir die Stelle angeboten. Er hat mich erst drüben im ‚Fast Break' eingearbeitet. Die Arbeit ist okay. Man braucht ein gutes Gedächtnis und Menschenkenntnis. Wollen Sie auch an die Bar?"

„Ich sollte erst mal zusehen, dass ich es eine Schicht lang durchhalte, statt schon nach einer Beförderung zu schielen."

„Sieht doch so aus, als ob Sie mit allem ganz gut klarkommen."

Ally lächelte Frannie in die nachdenklichen Augen. „Finden Sie?"

„Für meinen Job braucht man eine gute Beobachtungsgabe. Und die sagt mir, dass Sie nicht zu den Menschen gehören, die sich in ihrem Leben mit Tischabräumen zufriedengeben."

„Irgendwo muss man anfangen. Und von irgendwas muss man schließlich seine Miete bezahlen."

„Das brauchen Sie mir nicht zu sagen." Aber Frannie hatte sich bereits ausgerechnet, dass allein Allys Schuhe wahrscheinlich die

Hälfte dessen gekostet hatten, was sie jeden Monat für ihre Miete hinblätterte. „Na, jedenfalls müssen Sie sich an Jonah halten, wenn Sie die Karriereleiter rauf wollen. Doch das wissen Sie wahrscheinlich selbst." Frannie ließ die Zigarette fallen und zertrat sie mit dem Absatz. „Muss wieder rein. Wenn ich überziehe, ist Pete sauer."

Wenn die Exhure von Jonah redete, ließ sie eine Art Besitzerstolz erkennen. Vielleicht hat sie ja was mit ihm, überlegte Ally, während sie ebenfalls wieder hineinging. Was angesichts der Tatsache, dass er seine schützende Hand so über sie hielt, durchaus denkbar war.

Als Geliebte und vertrauenswürdige Angestellte hätte Frannie jede Gelegenheit, potenzielle Opfer auszuspähen und die Informationen unbemerkt weiterzugeben. Von der Bar aus hatte man den Eingang im Blick. Jeder, der den Club betrat und ihn wieder verließ, musste an Frannie vorbei.

Die Leute bezahlten bei ihr mit ihren Kreditkarten, und die Namen und Kontonummern führten zu ihren Adressen.

Es konnte nicht schaden, Frannie genauer unter die Lupe zu nehmen.

Jonah hatte von seinem Büro im ersten Stock aus ebenfalls seine Beobachtungen angestellt. Er wusste genug über Betrügereien, um sich ausrechnen zu können, wer als potenzielles Opfer infrage kam. Er hatte sich drei Kandidaten herausgesucht, die auf *seiner* Liste gestanden hätten. Als er dann an Tisch sechzehn auch noch die Cops entdeckte, fuhr er mit dem Aufzug nach unten.

„Sie sind zufrieden?"

Die Frau strahlte ihn an und strich sich mit einer Hand das blond gesträhnte Haar aus dem Gesicht. „Es ist wirklich wunderbar hier. Bob und ich haben heute zum ersten Mal seit Wochen endlich mal wieder Zeit füreinander."

„Freut mich, dass Sie sich für mein Lokal entschieden haben." Jonah legte Bob freundlich eine Hand auf die Schulter und beugte sich zu ihm hinunter. „Ein kleiner Tipp: Lassen Sie nächstes Mal die Polizistenschuhe zu Hause, die verraten Sie. Trotzdem noch einen schönen Abend."

Beim Weggehen hörte er, wie die Frau auflachte.

Er trat an den Tisch, den Ally gerade abräumte. „Na, wie läuft's?"

„Bisher habe ich noch kein Tablett fallen lassen."

„Und jetzt wollen Sie von mir eine Gehaltserhöhung, stimmt's?"

„Vielen Dank, aber in dieser Hinsicht halte ich mich lieber an meinen Tagesjob. Die Straße aufzuräumen macht mir nämlich bedeutend mehr Spaß als Tische." Gedankenverloren legte sie sich eine Hand ins Kreuz und bog den Rücken durch.

„Um elf schließt die Küche, dann wird es ein bisschen ruhiger."

„Dem Himmel sei Dank."

Bevor sie dazu kam, das Tablett hochzuheben, legte er ihr eine Hand auf den Arm. „Haben Sie eben da draußen Frannie in die Mangel genommen?"

„Wie bitte?"

„Sie ging raus, Sie gingen raus, sie kam rein, Sie kamen rein."

„Ich mache nur meine Arbeit. Immerhin habe ich dem Drang widerstanden, die Angst in ihren Blick zu bringen, und den Gummiknüppel habe ich auch nicht gezückt. Und jetzt lassen Sie mich weiterarbeiten." Ally hievte das Tablett hoch und wollte sich an ihm vorbeidrücken.

„Ach übrigens, Allison."

Sie blieb stehen und spürte das Knurren, das in ihrer Kehle aufstieg. „Was ist?"

„Der harte Ball war dem Mumm und der Effizienz überlegen. Acht zu zwei."

„Ein Spiel macht noch keine Saison." Sie reckte das Kinn und marschierte mit ihrem schwer beladenen Tablett davon. Als sie an der Tanzfläche vorbeikam, streckte ein Mann seine Hand aus und gab ihr einen Klaps auf den Po. Jonah sah, dass sie abrupt stehen blieb, sich langsam umdrehte und dem Missetäter einen langen eisigen Blick zuwarf. Der Mann wich einen Schritt zurück, hob verlegen die Hand und sah zu, dass er schleunigst fortkam.

„Sie weiß sich zu wehren", stellte Beth neben Jonah fest.

„Ja, sieht so aus."

„Anpacken kann sie auch. Ich mag deine neue Freundin, Jonah."

Er war zu überrascht, um etwas zu erwidern, und schaute Beth, die schon wieder weitereilte, nur stumm nach.

Mit einem kurzen Auflachen schüttelte er den Kopf. Da schien ihm doch glatt was entgangen zu sein.

Als endlich Feierabend war, wäre Ally vor Erleichterung am liebsten in Tränen ausgebrochen. Sie war seit acht Uhr morgens auf den Beinen und sehnte sich nur noch danach, ins Bett zu fallen und wenigstens fünf wertvolle Stunden zu schlafen, bevor alles wieder von vorn anfing.

„Gehen Sie nach Hause“, sagte Beth. „Alles Weitere besprechen wir morgen. Sie haben sich wirklich gut gehalten.“

„Danke. Und das meine ich auch so.“

„Will, lass Ally in den Aufenthaltsraum, ja?“

„Kein Problem. War mächtig was los heute. Wie wär’s mit einem Absacker vor dem Heimgehen?“

„Nein danke, außer, ich könnte meine Füße darin baden.“

Will lachte leise und tätschelte ihr freundschaftlich den Rücken. „Frannie, schenkst du mir einen ein?“

„Bin schon dabei.“

„Ich trinke am Ende der Schicht gern noch einen Brandy. Einen guten. Also, überlegen Sie es sich“, schlug er vor, während er die Tür zum Aufenthaltsraum aufschloss. „Der Boss hat nichts dagegen, wenn seine Leute vor dem Heimgehen noch was trinken, und berechnet es ihnen nicht.“

Nach diesen Worten ging er pfeifend davon.

Ally verstaute ihre Schürze in dem Spind und nahm ihre Sachen heraus. Sie wollte eben in ihre Lederjacke schlüpfen, als Jan hereingestöckelt kam.

„Sie gehen schon? Na, wundern tut’s mich nicht, Sie sehen ganz schön geschafft aus. Also, ich komm um diese Zeit immer erst so richtig in Schwung.“

„Ich habe mein Hoch schon seit über einer Stunde hinter mir.“ Ally blieb an der Tür stehen. „Tun Ihnen nicht die Füße weh?“

„Ich bin daran gewöhnt. Die meisten Typen geben mehr Trinkgeld, wenn man auf hohen Absätzen durch die Gegend läuft.“ Jan bückte sich, um sich mit der Hand übers Bein zu fahren. „Man tut eben, was man kann.“

„Ja. Also dann, gute Nacht.“

Beim Verlassen des Aufenthaltsraums lief Ally prompt Jonah in die Arme.

„Wo steht Ihr Auto?“, erkundigte er sich.

„Ich bin zu Fuß gekommen.“ Gerannt, wie sie sich erinnerte, aber am Ende kam es auf dasselbe heraus.

„Ich fahre Sie nach Hause.“

„Nicht nötig. Es ist nicht weit.“

„Es ist zwei Uhr morgens. Schon ein Häuserblock ist zu weit.“

„Um Himmels willen, Blackhawk, ich bin ein Cop.“

„Ja, und deshalb prallen Kugeln auch naturgemäß an Ihnen ab.“

Bevor sie etwas erwidern konnte, streckte er die Hand nach ihrem Kinn aus. Diese Geste, sein entschlossener Griff war so schockierend, dass es ihr die Sprache verschlug. „Sie sind im Augenblick keine Polizistin“, sagte er leise. „Sie sind eine Angestellte und die Tochter eines Freundes. Ich werde Sie nach Hause fahren. Und als Ihr Chef verbiete ich Ihnen jede Widerrede, haben Sie verstanden?“

„Na schön. Mir tun sowieso die Füße weh.“

Sie wollte seine Hand wegschieben, aber er war schneller und nahm ihren Arm.

„Gute Nacht, Chef“, rief Beth aus und grinste die beiden an, als sie an ihr vorbeigingen. „Sieh zu, dass dieses Mädchen so schnell wie möglich die Beine hochlegt.“

„Wird erledigt. Bis dann, Will. Nacht, Frannie.“

Argwöhnisch beobachtete Ally, wie Will ihnen zum Abschied grinsend zuprostete und Frannie sie mit ruhigem, ernstem Blick musterte.

„Was war das denn jetzt?“, wollte sie wissen, als sie in die kühle Nachtluft hinaustraten. „Was hatte das zu bedeuten?“

„So sagen mir meine Freunde und Angestellten eben Gute Nacht. Mein Auto steht da drüben.“

„Entschuldigung, aber mein Verstand funktioniert noch ganz gut, auch wenn meine Füße taub sind. Sie haben diesen Leuten da eben ganz eindeutig zu verstehen gegeben, dass zwischen uns irgendwas läuft.“

„Richtig beobachtet. Obwohl es eigentlich Beth war, die mich auf diese Idee gebracht hat. Es wird manches vereinfachen.“

Ally blieb neben dem eleganten schwarzen Jaguar stehen. „Wie kommen Sie darauf?“

„Und Sie wollen Detective sein!“ Jonah schloss die Beifahrertür auf. „Überlegen Sie doch mal. Sie sind eine hübsche Blondine mit endlos langen Beinen. Ich habe Sie überraschend eingestellt, obwohl Sie keinerlei Erfahrung in dem Job haben. Ist doch ganz logisch, was dahinter steckt, oder? Man braucht nur zwei und zwei zusammenzuzählen, und schon wird eine Romanze daraus. Oder zumindest eine Affäre. Was ist, wollen Sie nicht einsteigen?"

„Sie haben mir noch nicht erklärt, warum es irgendetwas vereinfachen sollte."

„Wenn alle glauben, dass wir etwas miteinander haben, denkt sich niemand was dabei, wenn ich Sie an der langen Leine laufen lasse oder Sie in mein Büro kommen."

Ally sagte erst mal nichts und überlegte. Dann nickte sie. „Also schön, einverstanden. Es hat tatsächlich einen Vorteil."

Plötzlich stand er vor ihr und sperrte sie zwischen sich und der Autotür ein. Der laue Nachtwind wehte ihm ihren Duft in die Nase. Am Himmel stand ein Dreiviertelmond, dessen Strahlen silberne Tupfen in ihre Augen zauberte. Seiner Meinung nach war dies hier genau der richtige Moment.

„Es könnte mehr als nur einen haben."

Der leise Schauer, der ihr über den Rücken rieselte, ärgerte sie. „Sie wollen jetzt bestimmt einen Schritt zurücktreten, Blackhawk."

„Beth beobachtet uns. Sie hat sich trotz ihrer schlimmen Erfahrungen ein romantisches Herz bewahrt und hofft auf einen Moment wie diesen hier. Auf einen langen trägen Kuss, einer dieser Küsse, bei denen man laut aufseufzt und die das Blut zum Kochen bringen."

Und dann lagen plötzlich seine Hände auf Allys Hüften, fuhren an den Seiten empor und machten dicht unterhalb der Brüste halt. Ally spürte, dass ihr Mund trocken wurde, während es in ihrem Schoß heftig zu ziehen begann.

„Nun, dann wird Beth wohl enttäuscht werden."

Jonahs Blick blieb an ihrem Mund hängen. „Da wird sie nicht die Einzige sein." Aber er ließ Ally los und trat einen Schritt zurück. „Keine Sorge, Detective. Von Polizistinnen und Töchtern von Freunden lasse ich grundsätzlich die Finger."

„Dann bin ich vor Ihrem unwiderstehlichen Charme offenbar doppelt geschützt."

„Was gut ist für uns beide, weil Sie mir nämlich wirklich gefallen. Was ist nun, fahren Sie mit?"

„Ja." Sie stieg schnell ein und wartete, bis er die Autotür hinter ihr zugeschlagen hatte, bevor sie erleichtert aufatmete. Sie war unfähig, auch nur einen klaren Gedanken zu fassen. In ihrem Kopf wirbelte es.

Du lieber Himmel, was war das denn eben gewesen? Beruhige dich, befahl sie sich, aber ihr Herz hämmerte noch immer wie verrückt gegen ihre Rippen. *Beruhig dich und konzentrier dich auf deinen Job.*

Jonah rutschte hinters Steuer, verärgert, weil sein Puls sich leicht beschleunigt hatte. „Wohin?" Während er startete, nannte sie ihm ihre Adresse. „Du meine Güte, das ist ja fast eine Meile. Warum, zum Teufel, sind Sie zu Fuß gegangen?"

„Weil es im Berufsverkehr schneller geht. Außerdem sind es nur zehn Blocks."

„Das ist vollkommen idiotisch."

Ihre Erwiderung darauf war so scharf, dass es ihr fast die Zunge verbrannte. Mehrere Sekunden lang spürte sie nicht einmal die Vibrationen ihres Beepers, weil sie sie irrtümlich für ein inneres Zittern hielt, verursacht durch ihre Wut.

Schließlich riss sie das Gerät von ihrem Rockbund und schaute auf das Display. „Verdammt, verdammt." Sie kramte ihr Handy aus ihrer Tasche und wählte eilig. „Detective Fletcher. Jawohl, verstanden. Bin schon unterwegs."

Sie versuchte, sich wieder zu beruhigen und warf das Mobiltelefon wieder in ihre Tasche. „Da Sie unbedingt Taxifahrer spielen wollen, fahren Sie schon endlich. Ein neuer Einbruch."

„Adresse?"

„Fahren Sie mich einfach nach Hause, dann hole ich mein Auto. Ich muss jetzt so schnell wie möglich zum Tatort, Blackhawk."

„Nennen Sie mir die Adresse, Allison. Alles andere wäre Zeitverschwendung."

3. KAPITEL

Jonah setzte Ally vor einem hübschen Einfamilienhaus ab, das in einem gutbürgerlichen Erschließungsgebiet mit Freeway-Anschluss lag. Wenn nicht allzu dichter Verkehr herrschte, betrug die Fahrtzeit von hier bis in die Innenstadt nicht mehr als zwanzig Minuten.

Die Chambers, ein wohlhabendes Ehepaar, waren beide als Anwälte tätig, Anfang dreißig und kinderlos. Zwei Menschen, die ihr gewiss recht ansehnliches Einkommen für ein gutes Leben ausgaben.

Für Kunst, Antiquitäten, Schmuck, elektronische Geräte.

„Sie haben unter anderem meine Brillantohrringe und meine Cartier-Uhr mitgenommen." Maggie Chambers tupfte sich die Tränen aus den Augen und schaute sich niedergeschlagen in ihrem geplünderten Wohnzimmer um. „Wir wissen noch nicht genau, was sonst noch fehlt, aber da an der Wand hingen zwei Lithografien von Dalí und Picasso. Und dort in der Nische stand eine Skulptur von Erté, die wir vor zwei Jahren von einer Auktion mitgebracht haben. Außerdem sind Joes Manschettenknöpfe weg. Er sammelt sie seit Jahren, ich weiß gar nicht genau, wie viel Paar er hatte, auf jeden Fall sind sie alle weg. Die meisten waren ziemlich wertvoll, vor allem das mit Brillanten und Rubinen besetzte Paar."

„Bitte, reg dich nicht so auf, Schatz, die Sachen sind doch alle versichert." Mrs Chambers' Mann drückte tröstlich ihre Hand.

„Es ist aber nicht dasselbe. Diese Gangster waren in unserem Haus – in unserem Haus, Joe! –, und sie haben unsere Sachen gestohlen. Verdammt, mein Auto ist auch weg. Ein funkelnagelneuer BMW, nicht einmal fünftausend Meilen gefahren. Ich habe an diesem blöden Auto gehangen."

„Ich weiß, es ist hart, Mrs Chambers."

Maggie Chambers richtete ihren Blick auf Ally. „Ist Ihnen so was auch schon mal passiert, Detective?"

„Nein." Ally legte ihr Notizbuch für einen Moment auf ihrem Knie ab. „Aber ich musste schon viele Einbrüche, Raubüberfälle und Diebstähle bearbeiten."

„Das ist aber nicht dasselbe."

„Sie macht nur ihre Arbeit, Maggie."

„Ich weiß. Es tut mir leid. Ich weiß." Maggie Chambers schlug die Hände vors Gesicht und atmete tief durch. „Ich habe einfach Angst, das ist alles. Ich will heute Nacht nicht hierbleiben."

„Das müssen wir auch nicht. Wir werden in ein Hotel gehen. Brauchen Sie uns noch, Detective ... wie war doch gleich Ihr Name, Fletcher?"

„Ja. Nur noch ein paar Fragen, dann können Sie gehen. Sie haben angegeben, dass Sie zusammen aus waren."

„Ja, Maggie hat heute einen Fall gewonnen, das haben wir mit ein paar Freunden im ‚Starfire Club' gefeiert." Während Mr Chambers sprach, beschrieb seine Rechte auf dem Rücken seiner Frau kleine Kreise. „Gutes Essen, ein paar Drinks, ein bisschen tanzen. Wir sind gegen zwei nach Hause gekommen, aber das haben wir dem anderen Polizisten bereits alles gesagt."

„Hat außer Ihnen beiden sonst noch jemand einen Hausschlüssel?"

„Unsere Haushälterin."

„Kennt sie auch den Code der Alarmanlage?"

„Ja, natürlich." Joe hielt kurz inne, bevor er fortfuhr: „Hören Sie ... Carol macht seit fast zehn Jahren bei uns sauber. Sie gehört praktisch zur Familie."

„Es ist nur eine Formsache, Mr Chambers, aber würden Sie mir bitte Namen und Adresse Ihrer Haushälterin nennen?"

Nachdem er die Angaben gemacht hatte, ging Ally mit den beiden den Abend noch einmal durch, suchte nach einer Verbindung, einem Kontakt, nach irgendetwas, das vielleicht stutzig werden ließ. Aber für die Chambers war es nichts als ein vergnüglicher Abend gewesen.

Am Ende der Befragung hatte Ally eine unvollständige Liste mit gestohlenen Wertgegenständen sowie das Versprechen, dass diese Liste baldmöglichst vervollständigt werden würde, und die Angaben über die Versicherung. Obwohl die Spurensicherung noch nicht ganz fertig war, hatte Ally den Tatort bereits selbst inspiziert. Aber sie hoffte ohnehin nicht auf ein Wunder in Form von Fingerabdrücken oder sonstigen hinterlassenen Spuren.

Am Nachthimmel funkelten die Sterne, der Wind hatte zugenommen und fegte die still daliegende Straße hinunter. Außer im Haus der Chambers brannte nirgendwo Licht. Die Bewohner der Siedlung lagen bereits seit Stunden im Bett und schliefen tief und fest.

Ally bezweifelte, dass eine Befragung in der Nachbarschaft irgendetwas ergeben würde.

Jonah lehnte an der Motorhaube seines Autos und trank Kaffee – allem Anschein nach aus dem Vorrat des uniformierten Polizisten, der neben ihm stand.

Nachdem sie sich zu den beiden gesellt hatte, hielt Jonah ihr seinen halb vollen Kaffeebecher hin.

„Sie können auch einen eigenen haben. Ein paar Häuserblocks weiter unten ist ein Vierundzwanzig-Stunden-Imbiss."

„Schon gut, danke." Sie nahm den Becher entgegen und wandte sich an den Streifenpolizisten. „Officer, Sie und Ihr Partner waren die Ersten am Tatort?"

„Jawohl, Ma'am."

„Gut, dann möchte ich so schnell wie möglich Ihren Bericht." Der Beamte nickte knapp und machte, dass er zu seinem Streifenwagen kam. Ally trank einen Schluck Kaffee, bevor sie Jonah den Becher zurückgab. „Sie brauchen nicht auf mich zu warten. Ich kann bei einem Kollegen mitfahren."

„Mich interessiert, was hier läuft." Er öffnete die Beifahrertür. „Waren die beiden in meinem Club?"

„Warum fragen Sie das, wenn wir doch beide wissen, dass Sie eben den Streifenbeamten ausgequetscht haben?"

„He, ich habe den Kaffee spendiert." Er reichte ihr wieder den Becher, bevor er um den Wagen herum zur Fahrerseite ging. „Dann haben sich diese Ganoven ihre Opfer also diesmal im ‚Starfire Club' ausgeguckt. Sind sie dort schon mal tätig geworden?"

„Nein, Ihr Club ist das einzige Lokal, wo sie mehrmals aktiv waren. Und es wird wieder passieren." Ally war hundemüde und schloss für einen Moment die Augen. „Es ist nur eine Frage der Zeit."

„Na wunderbar, da fühle ich mich doch gleich viel besser. Was haben sie diesmal mitgehen lassen?"

„Einen BMW Roadster, Kunst, Unterhaltungselektronik und eine ganze Menge Schmuck."

„Haben diese Leute keinen Tresor?"

„Doch, in ihrem begehbaren Kleiderschrank im Schlafzimmer.

Allerdings hatten sie den Zahlencode auf einem Zettel im Schreibtisch aufbewahrt. Die Alarmanlage hatten sie nach eigener Aussage beim Verlassen des Hauses eingeschaltet – obwohl die Frau nicht so überzeugt wirkte. Auf jeden Fall haben sie sich sicher gefühlt. Ein schönes Haus, angenehme Wohngegend, nette Nachbarn. Da werden die Leute leicht unvorsichtig." Mit geschlossenen Augen ließ Ally den Kopf kreisen, um die Verspannung im Nacken zu lockern. „Sie sind beide Anwälte."

„Warum, zum Teufel, machen wir uns dann überhaupt Gedanken um sie?"

Sie war müde genug, um zu lachen. „Nehmen Sie sich bloß in Acht. Meine Tante ist Bezirksstaatsanwältin in Urbana."

„Trinken Sie diesen Kaffee, oder halten Sie sich bloß daran fest?"

„Was? Oh, nein, hier, nehmen Sie, ich will nichts mehr. Sonst stehe ich nachher im Bett."

Für Jonah war es nur schwer vorstellbar, dass diese schlappe Brühe eine derartige Wirkung entfalten könnte. Allys Stimme war heiser vor Müdigkeit, wodurch sie noch erotischer klang. Und wahrscheinlich hatte es auch etwas mit ihrer Erschöpfung zu tun, dass Ally ihm das Gesicht zuwandte, um für ihren Hals eine bequeme Stellung an der Kopfstütze zu finden. Ihre Augen waren geschlossen, ihre Lippen weich und leicht geöffnet.

Er konnte sich genau vorstellen, wie diese Lippen schmecken würden. Süß, warm und weich.

An einem Stoppschild hielt er an und zog die Handbremse, bevor er sich über Ally beugte, um ihre Rückenlehne zu verstellen. Als sie erschrocken hochfuhr, stießen sie mit den Köpfen zusammen. Er fluchte, und sie boxte ihm mit der Hand auf die Brust.

„He, weg da!"

„Ganz ruhig, Fletcher. Ich habe nicht vor, Sie zu bespringen. Mir ist es lieber, wenn die Frau beim Liebesakt wach ist. Ich wollte es Ihnen nur ein bisschen bequemer machen, wenn Sie schon im Auto schlafen müssen."

„Mir geht es gut." Abgesehen davon, dass ihr ihre Reaktion schrecklich peinlich war. „Ich habe nicht geschlafen."

Er legte ihr eine Hand auf die Stirn und drückte ihren Kopf wieder zurück auf die Lehne. „Halten Sie den Mund, Allison."

„Ich habe nicht geschlafen. Ich habe nachgedacht."

„Denken Sie morgen weiter." Er fuhr an und warf ihr einen kurzen Blick zu. „Wie viele Stunden sind Sie schon im Dienst?"

„Das ist Mathematik, und ich kann im Moment nicht rechnen." Sie gab auf und gähnte. „Meine Schicht fängt normalerweise um acht in der Früh an."

„Jetzt ist es fast vier Uhr morgens, das heißt also um die zwanzig Stunden. Warum lassen Sie sich nicht für die Nachtschicht einteilen, bis diese Sache hier vorbei ist? Oder sind Sie lebensmüde?"

„Das hier ist nicht mein einziger Fall." Obwohl sie bereits beschlossen hatte, mit ihrem Vorgesetzten zu reden. Mit so wenig Schlaf konnte sie im Job nicht ihr Bestes geben. Aber das ging Jonah nichts an.

„Denver ist also nicht sicher, wenn Sie nicht im Dienst sind, was?"

Sie mochte müde sein, aber Sarkasmus hörte sie immer noch gut heraus. „Ganz recht, Blackhawk. Ohne mein wachsames Auge versinkt die Stadt im Chaos. Es ist in der Tat eine schwere Bürde, aber irgendjemand muss sie schließlich schultern. Am besten halten Sie da vorn an der Ecke. Ich wohne nur ein paar Häuser weiter."

Er überhörte es, fuhr über die Ampel und hielt wenig später vor ihrem Haus.

„Okay. Danke." Sie bückte sich nach ihrer Tasche.

Er war bereits ausgestiegen und ums Auto herumgegangen. Wahrscheinlich lag es an ihrer Erschöpfung, dass sie sich wie im Zeitlupentempo bewegte. Denn er hatte schon die Hand von außen auf dem Türgriff, noch ehe sie dazu kam, die Tür zu öffnen.

Fünf Sekunden lang kämpften sie, dann gab Ally mit einem gereizten Schnauben auf und erlaubte es Jonah, die Tür zu öffnen. „In welchem Jahrhundert leben Sie? Sehe ich aus, als wäre ich unfähig, einen so komplizierten Mechanismus wie eine Autotür korrekt zu bedienen?"

„Nein, aber müde."

„Das bin ich auch. Deshalb gute Nacht."

„Ich bringe Sie zur Tür."

„Jetzt reißen Sie sich bloß zusammen."

Aber er ging schon neben ihr her und war – verdammt! – einen Schritt früher am Ziel. Wortlos hielt er ihr die Haustür auf.

„Bestimmt muss ich jetzt einen Knicks machen", brummte sie in sich hinein.

Er feixte hinter ihrem Rücken, dann ging er mit ihr durch die Eingangshalle zu den Aufzügen.

„Danke, von hier aus schaffe ich es wirklich allein."

„Ich bringe Sie bis an Ihre Wohnungstür."

„Das ist hier kein verdammtes Date."

„Sie sind müde und folglich gereizt. Was sehr bedauerlich ist." Jonah betrat zusammen mit ihr den Aufzug. „Nein, eigentlich sind Sie ständig gereizt. Das muss dann wohl an mir liegen."

„Ja, weil Sie mir auf die Nerven gehen." Ally stach mit dem Zeigefinger auf den Knopf für den vierten Stock ein.

„Gott sei Dank, das wäre also geklärt. Ich hatte schon befürchtet, Sie wären womöglich dabei, sich in mich zu verlieben."

Das Ruckeln des Aufzugs brachte Ally vollends aus ihrem ohnehin labilen Gleichgewicht. Als sie schwankte, legte er ihr eine Hand auf den Arm.

„Lassen Sie mich los."

„Nein."

Sie versuchte sich loszureißen. Er verstärkte seinen Griff.

„Machen Sie sich nicht lächerlich, Fletcher. Sie schlafen im Stehen ein. Welche Apartmentnummer haben Sie?"

Er hatte recht, und es wäre albern, es zu bestreiten. „Vier-null-neun. Aber lassen Sie mich los, ja? Nach ein paar Stunden Schlaf geht es mir wieder gut."

„Daran zweifle ich nicht." Allerdings hielt er sie weiterhin fest, während die Aufzugtüren auseinanderglitten.

„Bilden Sie sich bloß nicht ein, dass Sie in meine Wohnung kommen."

„Tja, da schwindet sie dahin, meine große Hoffnung. Ich dachte, ich könnte Sie mir über die Schulter und ins Bett werfen. Na, vielleicht beim nächsten Mal. Schlüssel?"

„Was?"

Ihre honigbraunen Augen waren verschleiert, darunter lagen dunkle Ringe. Die Welle von Zärtlichkeit, die ihn erfasste, kam völlig überraschend und war alles andere als angenehm. „Los, Honey, her mit dem Schlüssel."

„Ach so. Ich bin wirklich völlig am Ende.“ Sie kramte den Schlüssel aus ihrer Jackentasche. „Und nennen Sie mich gefälligst nicht Honey.“

„Ich wollte eigentlich Detective Honey sagen.“ Er hörte sie leise auflachen, während er ihre Tür aufschloss. Anschließend drückte er ihr den Schlüssel in die Hand zurück und schloss ihre Finger darum. „Gute Nacht.“

„Ja. Und danke fürs Mitnehmen.“ Aus Mangel an einer anderen Möglichkeit schlug sie ihm die Tür vor der Nase zu.

Aber was für eine Nase in was für einem Gesicht, dachte sie, während sie ins Schlafzimmer stolperte. In einem Gesicht, das so gefährlich war, dass es registriert werden sollte wie eine Schusswaffe. Eine Frau, die einem solchen Gesicht vertraute, bekam genau das, was sie verdiente.

Und genoss wahrscheinlich jede Minute davon.

Ally streifte ihre Jacke ab und wimmerte vor Schmerz auf, als sie ihre Schuhe auszog. Sie stellte den Wecker, fiel bäuchlings und voll bekleidet aufs Bett – und war innerhalb von Sekunden eingeschlafen.

Nur viereinhalb Stunden später beendete Ally ihre Morgenbesprechung im Konferenzraum des Polizeireviers. Und ihre vierte Tasse Kaffee.

„Wir werden die Nachbarn befragen“, verkündete sie. „Vielleicht haben wir ja Glück. In solchen Wohngegenden halten die Leute gewöhnlich die Augen offen. Die Einbrecher müssen mit einem Fahrzeug bei den Chambers vorgefahren sein, in dem sie zumindest einen Teil der gestohlenen Gegenstände transportiert haben. In dem BMW, den sie ebenfalls mitgenommen haben, ist nicht viel Platz. Die Suchmeldung für das gestohlene Auto ist raus.“

Lieutenant Kiniki, ein stämmig gebauter Mann Mitte vierzig, nickte. Seine Rolle als Verantwortlicher befriedigte ihn zutiefst. „Das ‚Starfire‘ scheint ein neues Angelbecken zu sein. Zwei Leute sollen sich dort ein bisschen umsehen. Leichte Kleidung“, fügte er hinzu, womit er meinte, dass die Detectives nicht in Anzügen, sondern lässig gekleidet dort auftauchen sollten. „Alles möglichst unauffällig.“

„Hickman und Carson sind an den Pfandleihhäusern dran und

versuchen die bekannten Hehler auszuhorchen." Ally schaute ihre beiden Kollegen erwartungsvoll an.

„Da ist nichts." Hickman hob die Hände. „Lydia und ich haben gute Quellen, denen wir ziemlich eingeheizt haben, aber angeblich weiß niemand etwas. Die Vermutung liegt nahe, dass diese Kerle andere Vertriebswege haben."

„Heizen Sie diesen Quellen noch mehr ein, vielleicht kommt ja doch noch was dabei heraus", ordnete Kiniki an. „Was ist mit dem Versicherungsaspekt?"

„Wir haben neun Einbrüche und fünf verschiedene Versicherungen", erwiderte Ally. „Bis jetzt gibt es keinerlei Verbindung. Auch unter den Geschädigten haben wir bisher keine Gemeinsamkeiten gefunden", fuhr sie fort. „Wir haben vier verschiedene Banken, drei verschiedene Börsenmakler, neun verschiedene Ärzte, neun verschiedene Arbeitgeber." Sie massierte sich den schmerzenden Nacken. „Zwei der Frauen gehen in denselben Friseursalon, aber nicht zum selben Friseur. Die Geschädigten nehmen weder dieselben Putzfirmen noch dieselben Handwerker in Anspruch. Wir haben herausgefunden, dass sich zwei der Geschädigten in den vergangenen sechs Monaten derselben Cateringfirma bedient haben, und gehen der Sache nach. Aber es sieht nicht so aus, als ob dabei etwas Interessantes rauskäme. Die einzige Gemeinsamkeit bleibt, dass alle neun Geschädigten zum Tatzeitpunkt in einem Nachtclub in der Innenstadt waren."

„Erzählen Sie mir etwas über das ‚Blackhawk'", forderte Kiniki Ally auf.

„Ein vornehmer Laden mit viel Betrieb", begann Ally. „Das Publikum besteht hauptsächlich aus gut verdienenden mittleren und höheren Angestellten, Paaren, Singles auf Partnersuche und Gruppen. Der Club hat ein gutes Sicherheitskonzept."

Ally rieb sich die Augen, bis ihr einfiel, wo sie war. „Blackhawk hat eine Überwachungskamera installiert, ich habe ihm bereits gesagt, dass ich mir die Bänder, soweit vorhanden, ansehen will. Sloan arbeitet als Springer in allen Bereichen und hat überall Zugang. Im Barbereich gibt es sechs Tische, im Clubbereich zweiunddreißig. Es gibt eine Garderobe, die allerdings längst nicht jeder benutzt. Wenn die Leute auf die Tanzfläche gehen, lassen sie ihre Sachen oft einfach beim Tisch. Ich habe massenhaft unbeaufsichtigte Taschen herumliegen sehen."

„Die Leute dort laufen mindestens die halbe Zeit herum", fügte Lydia hinzu. „Besonders die jüngeren Gäste. Man trifft und unterhält sich, setzt sich auch mal an einen anderen Tisch. Schließlich ist es ein Nachtclub, da knistert es oft heftig." Als Hickman leise auflachte, warf sie ihm einen ausdruckslosen Blick zu. „Es ist ein Ort voller sexueller Schwingungen, und wenn das Blut in Wallung kommt, werden die Leute oft unvorsichtig. Wenn Blackhawk im Club auftaucht, geht ein Ruck durch die Menge."

„Ein Ruck?", wiederholte Hickman. „Wie soll ich das verstehen?"

„Die Frauen verrenken sich den Hals nach ihm und vergessen dabei ihre Handtaschen."

„Stimmt." Ally ging zu der Tafel, an der die Listen mit den Namen der Geschädigten und der gestohlenen Gegenstände hingen. „Tatsächlich war bei jedem Einbruch eine Frau betroffen", fuhr sie fort. „Alleinstehende Männer gibt es nicht auf der Liste. Das heißt, man hat es bevorzugt auf Frauen abgesehen. Und was trägt eine Frau in ihrer Handtasche mit sich herum?"

„Das gehört zu den Geheimnissen des Lebens", ließ Hickman sich vernehmen.

„Die Hausschlüssel", beantwortete Ally die eigene Frage. „Ihre Brieftasche oder ihr Portemonnaie – mit Ausweis, Kreditkarten und Fotos ihrer Kinder, sofern sie welche hat, was übrigens bei keinem der Geschädigten der Fall war. Das heißt, wir sollten zuerst einmal nach einem Taschendieb suchen. Nach einem geschickten Langfinger, der sich aus einer Tasche alles herausfischen kann, was er braucht, um es anschließend unbemerkt wieder an seinen Platz zurückzulegen."

„Warum sollte der Dieb das denn tun?", fragte Hickman verblüfft.

„Damit das Opfer keinen Verdacht schöpft. Auf diese Weise gewinnt der Täter Zeit. Stellen wir uns vor: Eine Frau geht auf die Toilette und nimmt ihre Handtasche mit. Wenn sie ihren Lippenstift herausholt und dabei feststellt, dass Brieftasche oder Hausschlüssel fehlen, wird sie sofort Alarm schlagen. Wenn alles an seinem Platz ist, gibt es keinen Grund, argwöhnisch zu werden. Und so sind die Einbrecher längst wieder weg, bevor das Opfer nach Hause kommt."

Ally drehte der Tafel den Rücken zu. „Es könnte durchaus möglich sein, dass eine Verbindungsperson im Club den Einbrechern Bescheid gibt, sobald die Zielperson die Rechnung verlangt. Ein Angestellter, vielleicht auch ein Stammgast. Im ‚Blackhawk' vergehen normalerweise zwischen Bestellung und Bezahlung der Rechnung zwanzig Minuten."

„Außer dem ‚Blackhawk' sind noch zwei weitere Clubs verwickelt." Kiniki runzelte die Stirn. „Wir werden sie beobachten müssen."

„Jawohl, Sir. Doch am Ende wird alles beim ‚Blackhawk' zusammenlaufen. Das ist die Schaltstelle."

„Dann finden Sie jetzt einen Weg, sie auszuhebeln, Fletcher." Kiniki stand auf. „Und nehmen Sie sich heute mal ein paar Stunden früher frei. Mir scheint, Sie brauchen dringend Schlaf."

Ally befolgte den Rat ihres Vorgesetzten – sie legte sich auf das schmale Sofa im Aufenthaltsraum. Nicht ohne vorher darum gebeten zu haben, sofort geweckt zu werden, sobald die Berichte hereinkamen.

Als Hickman sie nicht gerade besonders sanft wachrüttelte, hatte sie neunzig Minuten geschlafen und fühlte sich schon fast wieder wie ein Mensch.

„Hast du meinen Käsebagel geklaut?"

„Was?" Ally richtete sich auf und schob sich die Haare aus dem Gesicht.

„Ich weiß, wie gern du Käsebagel isst. Ich hatte einen, und jetzt ist er weg."

Verschlafen kramte sie in ihrer Tasche nach ihrer Haarspange. Als sie fündig geworden war, fasste sie ihr Haar im Nacken zusammen. „Da stand nicht dein Name drauf."

„Und ob!"

Sie rollte die Schultern. „Heißt du ‚Pineview Bakery'? Davon abgesehen habe ich nur die Hälfte gegessen." Sie schaute auf ihre Armbanduhr. „Ist der Bericht von der Spurensicherung schon gekommen?"

„Ja, und dein Durchsuchungsbefehl auch."

„Gut." Ally schwang die Beine von der Couch, sprang auf und legte ihr Schulterhalfter an. „So, jetzt bin ich wieder voll da."

„Ich erwarte, am Ende der Schicht in dieser Tüte einen Käsebagel vorzufinden."

„Ich habe aber nur die Hälfte davon gegessen", rief sie, schon auf dem Weg zu ihrem Schreibtisch. Sie griff nach dem Bericht, den man ihr in ihrer Abwesenheit hingelegt hatte, und überflog die Seiten, wobei sie versuchte, den sie umgebenden Lärm zu ignorieren. Nachdem sie fertig gelesen hatte, rückte sie ihr Halfter gerade und schlüpfte in ihre Jacke.

Als es plötzlich still wurde, schaute Ally auf. Ihr Vater war hereingekommen. Genau wie Blackhawk war auch er ein Mann, der überall Beachtung erregte.

Ihr war bekannt, dass einige ihrer Kollegen ihr den rasanten Aufstieg neideten. Obwohl es ab und zu Gemurmel gab, wagte niemand, laut von Begünstigung oder Vetternwirtschaft zu reden.

Davon konnte auch keine Rede sein. Ally hatte sich ihre Dienstmarke hart verdient. Außerdem war sie zu stolz auf ihren Vater und sich ihrer eigenen Fähigkeiten zu sicher, um sich von dem Gerede verunsichern zu lassen.

„Commissioner."

„Detective. Hast du mal eine Minute Zeit?"

„Sogar zwei." Sie holte ihre Umhängetasche aus der unteren Schublade ihres Schreibtischs. „Können wir unterwegs reden? Ich wollte eben gehen. Ich habe einen Durchsuchungsbefehl für das ‚Blackhawk'."

„Aha. Das ging ja schnell." Er trat einen Schritt beiseite, um sie durchzulassen.

„Ist es okay, wenn wir die Treppe nehmen?", fragte sie. „Ich hatte heute früh keine Zeit zu trainieren."

„Kein Problem. Was hat es denn mit diesem Durchsuchungsbefehl auf sich?"

„Ich möchte mir Blackhawks Überwachungsvideos ansehen. Als ich ihn gestern darauf ansprach, hat er empfindlich reagiert. Ich scheine ihn ständig irgendwie auf die Palme zu bringen."

Boyd hielt seiner Tochter die Tür zum Treppenaufgang auf und taxierte sie mit schräg gelegtem Kopf. „Und ich scheine da bei dir ein gesträubtes Fell zu entdecken."

„Okay, zugegeben. Wir bringen uns ständig gegenseitig auf die Palme."

„Das dachte ich mir. Weil jeder von euch die Dinge gern auf seine Art macht."

„Warum sollte ich es so machen, wie es jemand anders will?"

„Ganz recht." Boyd fuhr ihr mit einer Hand über den glänzenden Pferdeschwanz. Sein kleines Mädchen hatte schon immer einen beeindruckenden Dickkopf gehabt. „Apropos gesträubtes Fell. Ich habe in einer Stunde einen Termin beim Bürgermeister."

„Besser du als ich", gab Ally fröhlich zurück, während sie die Treppe hinunterrannte.

„Was kannst du mir über den Einbruch von letzter Nacht erzählen?"

„Dieselbe Vorgehensweise. Bei den Chambers haben sie ein echtes Schatzkästlein geknackt. Mrs Chambers hat mir heute früh die Verlustliste gefaxt. Die Frau ist wirklich tüchtig. Das Ehepaar Chambers war rundum versichert – der Wert der gestohlenen Gegenstände beträgt alles in allem um die zweihundertfünfundzwanzigtausend Dollar."

„Das ist wohl bis jetzt der größte Brocken, den sie auf einmal erbeutet haben."

„Ja. Ich hoffe nur, dass sie jetzt übermütig werden. Diesmal haben sie einige ziemlich wertvolle Kunstgegenstände mitgenommen. Ich weiß nicht, ob sie einfach nur Glück hatten oder ob sie einen Experten dabeihaben. Auf jeden Fall müssen sie die gestohlenen Gegenstände irgendwo lagern, und dieser Lagerraum muss groß genug sein, um ein Auto unterzubringen."

„Eine auf diese Art Kundschaft eingestellte Werkstatt kann ein Auto in ein paar Stunden so umfrisieren, dass man es nicht mehr wiedererkennt."

„Schon, aber ..." Ally streckte die Hand aus, um die nächste Tür zu öffnen, doch ihr Vater war schneller. Dabei fühlte sie sich auf eine aufreibende Art an Jonah erinnert.

„Aber?", drängte er, während sie die Eingangshalle durchquerten.

„Ich glaube überhaupt nicht, dass es darum geht. Meiner Meinung nach liebt da jemand einfach nur schöne Dinge. Jemand mit gutem Geschmack. Beim zweiten Einbruch haben sie eine Sammlung wertvoller antiquarischer Bücher mitgenommen, dafür aber eine alte Uhr liegen lassen, die zwar wertvoll, aber hässlich war. Es ist fast so, als würden allein Aussehen und Augenschein reichen. Autos haben sie auch nur die schönsten mitgenommen."

„Dann haben unsere Einbrecher also Geschmack."

„Sieht so aus." Als sie auf die Straße traten, suchte Ally geblendet nach ihrer Sonnenbrille. „Und sie sind in gewisser Weise arrogant. Diese Arroganz ist der Fehler, den ich mir zunutze machen werde."

„Hoffentlich hast du Glück. Der Druck wächst, Ally." Boyd brachte sie zu ihrem Wagen. Als er ihr die Tür öffnete, musste sie wieder an Jonah denken. „Der Bürgermeister wird langsam unruhig. Die Presse will Erfolge sehen."

„Meiner Einschätzung nach werden sie in spätestens einer Woche wieder zuschlagen. Sie sind jetzt gerade so schön in Fahrt. Ich wette, dass sie wieder ins ‚Blackhawk' zurückkommen."

„Aus dem anderen Laden haben sie sich aber einen dickeren Fisch geangelt."

„Das ‚Blackhawk' ist für sie eine verlässliche Größe. In ein paar Tagen werde ich Gesichter wiedererkennen. Glaub mir, Dad, ich werde die Burschen schnappen."

„Ich verlass mich auf dich." Er küsste sie zum Abschied auf die Wange. „Und den Bürgermeister werde ich zwischenzeitlich vertrösten."

Sie rutschte lässig hinters Steuer. „Nur noch eine Frage."

„Was?"

„Wie lange kennst du Jonah Blackhawk schon? Fünfzehn Jahre?"

„Siebzehn."

„Warum hast du ihn in all der Zeit nie mit nach Hause gebracht? Ich meine, zum Essen oder zu einem Football-Nachmittag oder zu einer deiner heiß geliebten Grillpartys?"

„Weil er nicht dazu zu bewegen war. Ich habe ihn öfter eingeladen, aber er hat immer abgelehnt. Keine Zeit, angeblich."

„Siebzehn Jahre." Müßig trommelte sie mit den Fingern auf dem Lenkrad. „Da muss er ja wirklich beschäftigt gewesen sein. Tja, manche Leute sind eben nicht unbedingt scharf darauf, ihre Freizeit mit Polizisten zu verbringen."

„Manche Leute ziehen selbst Grenzen und glauben, sie hätten nicht das Recht, diese zu übertreten. Wir haben uns öfter auf dem Revier getroffen." Bei der Erinnerung daran musste Boyd grinsen. „Es hat ihm nie gepasst, aber verweigern konnte er sich schlecht. Wir haben dann meistens in der Sporthalle zusammen einen Kaffee oder ein Bier getrunken. Doch jedes private Treffen war streng tabu, da war einfach nichts zu machen. Diese Linie zu überschreiten hat er sich hartnäckig geweigert."

„Eigentlich seltsam. Er kommt mir nicht vor wie jemand mit einem Minderwertigkeitskomplex."

„Den hat er mit Sicherheit nicht. Aber er ist ein verdammt komplizierter Mensch."

4. KAPITEL

Um ihren Besuch anzukündigen, rief Ally im „Blackhawk“ an und war nicht wenig überrascht, als Jonah abnahm.

„Hier Fletcher. Ich dachte, Sie sind tagsüber kaum da.“

„Manchmal gibt es eben Ausnahmen. Was kann ich für Sie tun, Detective?“

„Mir aufmachen. Ich bin in zehn Minuten da.“

Er wartete einen Herzschlag lang. „Und was tragen Sie?“

Sie verabscheute sich für ihr Auflachen. Blieb nur zu hoffen, dass sie es geschafft hatte, den größten Teil davon hinunterzuschlucken. „Meine Dienstmarke.“ Ohne seine Erwiderung abzuwarten, trennte sie die Verbindung.

Jonah legte auf, lehnte sich in seinen Schreibtischsessel zurück und begann sich auszumalen, wie Allison Fletcher nur mit ihrer Dienstmarke bekleidet wohl aussehen mochte. Das Bild stieg so prompt vor ihm auf, dass er aus dem Stuhl aufsprang und ans Fenster trat. So genau hatte er es auch wieder nicht wissen wollen!

Für ihn bestand absolut kein Anlass, sich Boyd Fletchers Tochter nackt vorzustellen. Nicht der geringste, ermahnte er sich streng. Oder sich zu fragen, wie ihr Mund schmeckte. Oder wie die Haut direkt unter diesem trotzigen Kinn wohl duften mochte.

Gott, da wollte er hineinbeißen, genau an dieser Stelle. Nur ein einziges Mal.

Das waren verbotene Früchte. Er rief sich zur Ordnung, und da ihn niemand sehen konnte, begann er, auf und ab zu gehen. Allison Fletcher war tabu für ihn und darum umso verlockender. Dabei war sie nicht einmal sein Typ. Nicht dass er etwas gegen langbeinige Blondinen gehabt hätte. Und gegen intelligente langbeinige Blondinen mit Rückgrat erst recht nicht. Aber er bevorzugte entgegenkommendere Frauen.

Entgegenkommendere, unbewaffnete Frauen, präzisierte er nicht ohne Selbstironie.

Er sah sie ständig vor sich, vor allem in jenem Moment, als sie in seinem Auto eingeschlafen war. Sie hatte so ungeschützt und zerbrechlich gewirkt. Er konnte dieses Bild nicht aus seinem Kopf verbannen.

Nun, er hatte schon immer ein Herz für die Schwachen gehabt, überlegte er, während er die Jalousien hochzog. Was sein Problem mit Allison eigentlich lösen müsste. Denn trotz ihres kleinen Schwächeanfalls heute Morgen war die atemberaubende Polizistin alles andere als schwach.

Im Moment brauchte sie ihn. Vorübergehend. Sobald sie ihren Fall gelöst hatte, würden sie beide wieder getrennte Wege gehen. Und das war's dann.

Er sah, wie Ally vor dem Club einparkte. Immerhin war sie diesmal nicht so verrückt gewesen, zu Fuß durch ganz Denver zu marschieren.

Ohne besondere Eile fuhr er mit dem Aufzug nach unten.

„Guten Morgen, Detective." Er schaute an ihr vorbei auf den auffälligen rot-weiß lackierten Stingray. „Hübscher Schlitten. Sind das die neuen Streifenwagen? Ach nein, Sie haben ja einen reichen Daddy."

„Wenn Sie glauben, dass Sie mich wegen meines Autos aufziehen können, muss ich Sie leider enttäuschen. Da sind meine Kollegen nämlich unschlagbar."

„Dann muss ich wohl noch ein bisschen üben. Guter Stoff", bemerkte er anerkennend und rieb das Revers ihrer unauffällig gemusterten Jacke zwischen Daumen und Zeigefinger. „Wirklich sehr hübsch."

„Dann mögen wir offenbar beide italienische Mode. Aber unsere Garderobe können wir später noch vergleichen."

Um sie ein bisschen zu ärgern, verstellte er ihr den Weg. „Erst will ich Ihre Dienstmarke sehen."

„Lassen Sie den Blödsinn, Blackhawk."

„Los, zeigen Sie her."

Hinter ihrer Sonnenbrille kniff sie wütend die Augen zusammen, dann zog sie ein kleines Mäppchen aus ihrer Tasche und hielt es ihm unter die Nase. „Da, sehen Sie?"

„Ja, Dienstmarke Nummer 31628. Mit dieser Nummer werde ich in Zukunft Lotto spielen."

„Und hier ist noch etwas, das Sie interessieren könnte." Sie zog den Durchsuchungsbefehl heraus und hielt ihn hoch.

„Schnelle Arbeit." Etwas anderes hatte er nicht erwartet. „Kommen Sie mit nach oben. Ich habe die Kassetten bereits rausgesucht. Immerhin sehen Sie etwas erholter aus", fügte er auf dem Weg zum Aufzug hinzu.

„Danke."

„Haben Sie schon Fortschritte gemacht?"

„Die Ermittlungen dauern noch an."

„Typischer Politikerspruch." Er wartete vor dem Aufzug und ließ ihr beim Einsteigen den Vortritt. „Irgendwie scheinen wir beide in diesem Ding ganz schön viel Zeit zu verbringen. Ziemlich eng hier."

„Dann tun Sie doch mal was für Ihr Herz und gehen zu Fuß."

„Meinem Herzen fehlt nichts. Wie steht's denn mit Ihrem?"

„Ebenso, danke." Der Aufzug hielt an, und Ally stieg aus. „Na so was, Sie lassen hier tatsächlich ein paar Sonnenstrahlen rein. Geben Sie mir die Kassetten. Sie bekommen eine Quittung dafür."

Jonah fiel auf, dass sie heute kein Parfüm aufgelegt hatte. Sie roch nur nach Seife und Haut. Und unerträglich erotisch. „Haben Sie es eilig?"

„Die Uhr tickt."

Er schlenderte nach nebenan. Nachdem Ally einen Moment mit sich gerungen hatte, folgte sie ihm, blieb jedoch auf der Schwelle stehen. Es war ein kleines Schlafzimmer. Klein allerdings nur, weil das Bett zwei Drittel des Raumes einnahm. Ein schwarzes Bett, mit den Maßen eines mittelgroßen Swimmingpools.

Ally schaute an die Decke und stellte regelrecht enttäuscht fest, dass da kein Spiegel war.

„Zu offensichtlich", sagte Jonah, als hätte er ihre Gedanken erraten.

„Das Bett selbst sagt schon alles. Überdeutlich."

„Zumindest zeugt es nicht von Eitelkeit."

„Hm." Sie schaute sich in dem Raum um. An den Wänden hing eine Anzahl gerahmter Schwarz-Weiß-Fotos. Nachtszenen in allen Variationen, fotografiert von unterschiedlichen Künstlern.

Als sie ein paar der Fotos wiedererkannte, verzog sie die Lippen. Dann hatte der Mann also nicht nur künstlerischen Sachverstand, sondern obendrein auch noch ein bisschen Geschmack.

„Das habe ich auch." Sie deutete auf ein Foto, auf dem ein alter Mann, den ramponierten Strohhut überm Gesicht, eine Papiertüte in der Hand, auf einer alten, von Rissen durchzogenen Betonveranda schlief. „Shade Colby. Ich liebe seine Arbeiten."

„Geht mir genauso. Und die seiner Frau Bryan Mitchell auch. Das Foto da drüben stammt von ihr. Das alte Paar, das Händchen haltend auf der Bank an der Bushaltestelle sitzt."

„Was für ein Gegensatz, Verzweiflung und Hoffnung."

„Das Leben hält beides zur Genüge bereit."

„Offensichtlich."

Jetzt beschloss sie doch, das Zimmer zu betreten. Da waren ein Schrank und eine Tür, hinter der sich wahrscheinlich das Bad befand. Ihr fiel ein, was Lydia Carson über sexuelle Schwingungen gesagt hatte. Oh ja, in diesem Zimmer gab es eine Menge davon.

„Und was ist da drüben?" Ally zeigte mit dem Daumen auf eine dritte Tür. Statt einer Antwort forderte Jonah sie mit einer ausladenden Handbewegung auf, selbst nachzusehen.

Nachdem sie die Tür geöffnet hatte, gab sie einen beifälligen Laut von sich. „So, jetzt können wir reden. Das ist ja wirklich eine kleine Schatzkammer, Blackhawk." Der mit allen Schikanen ausgestattete Fitnessraum war in ihren Augen wesentlich interessanter als die schwarze Spielwiese.

Jonah beobachtete, wie sie mit den Fingern über Geräte strich, herumliegende Hanteln stemmte und wieder ablegte und beim Umherwandern gedankenverloren eine Armpresse zusammendrückte. Sehr aufschlussreich, dass sie für das Bett nur eine spöttische Bemerkung übrig gehabt hatte, während sie beim Anblick seines privaten Sportcenters glänzende Augen bekam.

„Eine Sauna haben Sie auch?" Neiderfüllt drückte sie sich an dem kleinen Fenster in der Holztür die Nase platt.

„Wollen Sie sie ausprobieren?"

Sie wandte den Kopf und schaute in seine Richtung. Jetzt war der spöttische Ausdruck wieder da. „Das kommt mir alles ziemlich übertrieben vor, wenn man von hier aus nicht länger als zwei Minuten bis zum nächsten Fitnessclub braucht."

„In einem Fitnessclub muss man zuerst einmal Mitglied werden. Damit fängt es an. Die zweite Schwierigkeit ist, dass es dort feste Öffnungszeiten gibt. Außerdem trainiere ich nicht gern an fremden Geräten."

„Und ein weiteres Problem scheint mir, dass Sie eigen sind, Blackhawk."

„Richtig erkannt." Er entnahm einem kleinen Kühlschrank mit Glasfront eine Flasche Mineralwasser. „Wollen Sie?"

„Nein." Sie legte die Hantel zurück. „Danke für die Führung. So, jetzt die Kassetten, Blackhawk."

„Ja, die Uhr tickt." Er schraubte die Flasche auf, trank beiläufig einen Schluck. „Wissen Sie, warum ich gern nachts arbeite, Detective?"

Sie schaute vielsagend zum Bett, dann wieder zu ihm. „Oh, ich glaube, ich kann es erraten."

„Nun, das auch, aber meine Lieblingszeit ist drei Uhr morgens. Für Leute, die an Schlaflosigkeit leiden, meist der Horror. Weil es genau die Zeit ist, in der sie aufwachen und anfangen, sich Sorgen zu machen – über das, was sie am Vortag getan oder nicht getan haben, und was sie am nächsten Tag tun werden und was nicht. Sie wälzen sich im Bett, und ihre Gedanken drehen sich im Kreis, Nacht für Nacht, bis das Leben vorbei ist."

„Sie zerbrechen sich nie den Kopf über das, was gestern war und morgen vielleicht sein wird?"

„Nein, ich finde, man sollte ausschließlich in der Gegenwart leben. Da passiert schon genug."

„Meine Zeit reicht im Moment leider nicht, um mit Ihnen zu philosophieren."

„Nur noch eine Sekunde." Er gesellte sich zu ihr, lehnte sich an die andere Seite des Türrahmens. „Viele meiner Gäste sind Nachtmenschen – oder waren es zumindest früher. Die meisten haben mittlerweile einen gut bezahlten, verantwortungsvollen Job."

Sie nahm ihm die Wasserflasche aus der Hand und trank einen Schluck. „Ihr Job ist auch gut bezahlt."

Er grinste. „Wollen Sie damit sagen, dass ich keine Verantwortung trage? Da würden Ihnen einige Leute energisch widersprechen, aber egal. Ich wollte damit nur sagen, dass viele meiner Gäste herkommen, um ihre Verantwortung für eine Weile hinter sich zu lassen. Um zu vergessen, dass die Uhr tickt und sie am nächsten Morgen pünktlich um neun wieder antreten müssen. Bei mir kommen sie an einen Ort, wo Zeit nicht die geringste Rolle spielt – zumindest bis zur letzten Runde."

„Und was wollen Sie mir damit sagen?“ Sie gab ihm die Wasserflasche zurück.

„Vergessen Sie für einen Moment die Fakten. Schauen Sie in die Schatten. Sie jagen Nachtmenschen.“

Und er ist einer von ihnen, dachte sie. Ein typischer Nachtmensch mit dieser schwarzen Mähne und den kühlen grünen Augen – Katzenaugen. „Ich widerspreche nicht.“

„Aber denken Sie auch wie ein Nachtmensch? Diese Leute suchen sich ihre Beute und schlagen blitzschnell zu. Weniger riskant wäre es, wenn sie sich mehr Zeit ließen, um das Terrain zu sondieren, und erst tagsüber zuschlügen. Wenn sie vorher die Lebensgewohnheiten ihrer Opfer ausspionieren würden.“ Er trank noch einen Schluck. „Es wäre logischer, vernünftiger. Warum also tun sie es nicht?“

„Weil sie arrogant sind.“

„Stimmt, allerdings ist das nur die Oberfläche. Graben Sie tiefer.“

„Weil sie auf der Suche nach dem ultimativen Kick, dem Rausch sind.“

„Ins Schwarze getroffen. Diese Leute lieben den Nervenkitzel, deshalb arbeiten sie im Dunkeln.“

Ally fand es ärgerlich und faszinierend zugleich, dass seine Gedankengänge so viel Ähnlichkeit mit ihren eigenen hatten. „Und Sie glauben, dass ich bisher noch nicht darauf gekommen bin?“

„Doch, das schon. Ich frage mich nur, ob Sie auch in Rechnung gestellt haben, dass Nachtmenschen grundsätzlich gefährlicher sind als Tagmenschen.“

„Schließen Sie sich da mit ein?“

„Auf jeden Fall.“

„In Ordnung, ich bin gewarnt.“ Als sie sich abwenden wollte, schoss seine Hand vor und hielt sie fest. „Was ist Ihr Problem, Blackhawk?“, fragte sie, während sie auf seine Hand hinunterschaute.

„Ich weiß noch nicht genau. Warum haben Sie nicht einfach einen Laufburschen in Uniform geschickt, um die Kassetten abzuholen?“

„Weil es mein Fall ist.“

„Nein.“

„Was, es ist nicht mein Fall?“

„Das ist nicht der Grund. Ich gehe Ihnen unter die Haut.“ Wie um es zu beweisen, machte er einen Schritt auf sie zu. „Warum geben Sie mir nicht einfach einen Kinnhaken?“

„Weil es nicht zu meinen Angewohnheiten gehört, Zivilisten niederzuschlagen.“ Ally hob das Kinn, als er sie gegen den Türstock drängte. „Aber ich kann durchaus eine Ausnahme machen.“

„Ihr Puls rast.“

„Das passiert schon mal, wenn ich … wütend bin.“ Erregt, du lieber Himmel, um ein Haar hätte sie „erregt“ gesagt. Das Gefühl, von dem sie plötzlich überschwemmt worden war, war nicht Wut, sondern Erregung. Aber genug war genug!

Blitzschnell verlagerte sie ihr Gewicht, um ihm mit dem Ellbogen einen harten Stoß in die Rippen zu versetzen. Jonah parierte jedoch blitzschnell und umklammerte mit eisernem Griff Allys Handgelenk, woraufhin sie herumwirbelte und versuchte, ihm mit dem Fuß das Bein wegzuziehen.

Was leider nicht klappte, weil er sich mit seinem ganzen Gewicht vorbeugte und sie mit dem Rücken gegen den Türrahmen presste. Sie versuchte sich einzureden, dass sie vor Wut schneller atmete, nicht etwa, weil sich sein Körper gegen ihren presste.

Sie war kurz davor, ihm einen Kinnhaken zu versetzen, doch dann entschied sie, dass sie mit Sarkasmus wahrscheinlich mehr ausrichten konnte.

„Nächstes Mal sollten Sie vorher fragen, ob ich Lust auf so eine Nummer habe. Ich bin nämlich im Moment nicht in der Stimmung, um …“ Ally brach ab, als sie etwas in seinen Augen aufblitzen sah – etwas Wildes, Verwegenes, das ihren sowieso schon rasenden Puls noch mehr beschleunigte. Sie vergaß ihre immer noch einsatzbereit geballten Fäuste. „Verdammt, Blackhawk, gehen Sie endlich zurück! Was wollen Sie von mir?“

„Keine Ahnung.“ Er vergaß alle Regeln, dachte nicht an die Konsequenzen, die eine solche Regelverletzung nach sich ziehen würde. Er sah nur noch sie. „Zum Teufel damit, finden wir es einfach heraus.“

Als die Mineralwasserflasche zu Boden fiel, sprudelte das restliche Wasser heraus und versickerte im Schlafzimmerteppich. Jonah benutzte beide Hände, um Allys Arme über ihrem Kopf festzuhalten, während sein Mund den ihren suchte.

Er spürte, wie sie sich an ihm wand – war es Widerstand oder Einladung? Ihm war es egal. Egal, weil er, getrieben von einer inneren Macht, keine andere Wahl hatte. Weshalb er entschlossen war, das Beste daraus machen.

Jonah biss sie in die Lippen und drang mit der Zunge ungestüm in ihren Mund ein, genau so, wie er es sich ausgemalt hatte. Ergötzte sich an der Wärme und Weichheit, die er dort vorfand. Ihrer Kehle entrang sich ein Keuchen, das genauso primitiv war wie die Begierde, die in ihm loderte.

Ihr Duft, ihr Geschmack überwältigten ihn, machten ihn so hungrig wie nie zuvor in seinem Leben. Und dann packte er sie auch schon an den Hüften, wild entschlossen, diesen Heißhunger zu stillen, sich einfach zu nehmen, wonach ihn so dürstete.

Da stieß seine Hand gegen ihre Pistole.

Jonah zuckte schnell zurück, als hätte sich ein Schuss gelöst.

Was tat er da? Was, in Gottes Namen, machte er nur?

Ally sagte nichts, starrte ihn nur wie betäubt an. Die Arme hatte sie noch immer hoch über ihren Kopf erhoben, obwohl Jonah sie längst nicht mehr festhielt.

Sie zitterte am ganzen Leib.

„Das war ein Fehler", brachte sie mühsam heraus.

„Ich weiß."

„Ein schwerer Fehler."

Die Augen weit geöffnet, packte Ally ihn mit beiden Händen an den Haaren und riss seinen Mund wieder zu sich heran.

Diesmal war er derjenige, der zusammenzuckte, und als sie es spürte, stieg ein erregendes Gefühl des Triumphes in ihr auf. Er hatte so herrlich unverfroren und kühn in ihrer Mundhöhle gewildert, und sie wollte ihn dazu bringen, es wieder zu tun. Sie konnte ihm nur raten, es zu wiederholen, und zwar so lange, bis sie genug hatte.

Sie konnte nicht atmen, ohne ihn einzuatmen. Und so war jedes verzweifelte Luftholen wie das Injizieren einer Droge, während Lippen, Zähne und Zungen miteinander rangen.

Mit einem Ruck riss er ihr das Hemd aus der Hose. Er legte die Hand auf ihre Taille, glitt an ihren Rippen aufwärts und umfasste ihre Brust.

Beide stöhnten auf.

„Ich war vom ersten Moment an verrückt nach dir", keuchte Jonah, als er von ihren Lippen abließ, um sich an ihrem Hals zu weiden.

„Ich weiß." Sie lechzte nach seinem Mund, wollte, dass er sich wieder auf ihren legte, sofort. „Ich weiß."

Er war dabei, ihr die Jacke vom Leib reißen, als sich im Dickicht des Wahnsinns ein winziger Vernunftstrahl Bahn zu brechen suchte. Die Leidenschaft drängte ihn, Ally schnell und hart zu nehmen. Drängte ihn, mit seinem Tun fortzufahren und es zu genießen.

„Ally." In dem Moment, als er ihren Namen aussprach, kam er zur Besinnung.

Sie merkte, wie er sich zurückzog – innerlich, denn er bewegte sich nicht. Sie sah in seinen Augen, dass er langsam auf Distanz ging. In diesen faszinierenden grünen Augen.

„Okay." Ally schnappte nach Luft. „Okay, okay." Immer noch nicht völlig in der Wirklichkeit zurück, berührte sie ihn an der Schulter, bis er tatsächlich einen Schritt rückwärts machte. „Das war ... oh, Gott." Sie ging um ihn herum, in sein Büro. „Also, das war ... Ich muss erst wieder einen klaren Kopf bekommen." Noch nie hatte sie erlebt, dass sie beim Küssen keinen Gedanken mehr fassen konnte. Aber darüber würde sie sich später wundern. Jetzt musste sie erst einmal ihre Fassung wiederfinden.

„Wir wussten beide, dass da irgendwas gärt, deshalb ist es wahrscheinlich nur gut, es endlich herausgelassen zu haben", versuchte sie die Angelegenheit kleinzureden.

Um Zeit zu schinden, bückte Jonah sich und hob die leere Wasserflasche auf, stellte sie beiseite. Dann schob er seine nicht ganz ruhigen Hände in seine Taschen und folgte Ally in sein Büro.

„Mit dem ersten Teil deines Satzes stimme ich überein, beim zweiten enthalte ich mich lieber. Wie geht es jetzt weiter?"

„Wir ... gehen zur Tagesordnung über."

Einfach so? überlegte er. Sie hatte ihn auf die Knie gezwungen, und das sollte er vergessen?

„Fein." In seiner Stimme schwang plötzlich ein schneidender Unterton mit. Er trat an seinen Schreibtisch heran und nahm drei Videokassetten aus einer Schublade. „Soweit ich weiß, bist du deswegen gekommen."

Ihre Handflächen waren schweißnass, aber sie konnte sie nicht abwischen, ohne dabei ihre eben erst so mühsam zurückeroberte Würde erneut aufs Spiel zu setzen. So nahm sie die Kassetten mit feuchten Händen entgegen und verstaute sie in ihrer Tasche. „Du bekommst noch eine Quittung."

„Vergiss es."

„Sie steht dir aber zu", beharrte sie, während sie Quittungsblock und Stift aus ihrer Tasche holte. „Es ist Vorschrift."

„Wir sollten uns wirklich nicht mit Vorschriften aufhalten." Trotzdem nahm er die Quittung entgegen. „Auf geht's, Fletcher. Die Uhr tickt."

Ally ging zum Aufzug, wirbelte dort noch einmal zu Jonah herum. Sie spürte eine Mischung aus Wut und Kampfeslust in sich aufsteigen. „Solche Reden kannst du dir sparen. Du hast den ersten Schritt gemacht, ich den zweiten. Jetzt sind wir fertig miteinander."

„Honey – Verzeihung, Detective Honey, wären wir wirklich miteinander fertig, würde sich das anders anfühlen, und das weißt du auch."

„Tja, damit müssen wir wohl leben", brummte sie, als sich die Aufzugtüren hinter ihr schlossen.

Zur Kellnerin war sie nicht geboren, so viel stand für Ally fest. Und zwar spätestens nachdem sie an ihrem zweiten Arbeitstag im „Blackhawk" einem unverschämten Gast den Drink, den sie ihm gerade hatte servieren wollen, in den Schoß gekippt hatte. Was bildete dieser Kerl sich ein, ihren Hintern zu begrapschen?

Dieser Idiot hatte sich auch noch lautstark beschwert. Doch bevor Ally Gelegenheit hatte, ihm die Meinung zu sagen, war Will wie der sprichwörtliche rettende Engel aus dem Nichts aufgetaucht. Und sie hatte passiv bleiben müssen. Es hatte ihr für Stunden die Laune verdorben.

In ihrer dritten Schicht wäre dann fast ihre Tarnung aufgeflogen.

Sie wollte handeln. Aber nicht, indem sie Hähnchenflügel in scharfer Soße servierte oder von jungen erfolgreichen Managern dienstbeflissen Getränkebestellungen entgegennahm.

Im Lauf von drei arbeitsamen Nächten im „Blackhawk" hatte Ally einen tiefen Respekt für alle entwickelt, die hier Abend für

Abend Speisen und Getränke servierten, Tische abräumten und die Ungeduld der Gäste ebenso stoisch ertrugen wie die knickrigen Trinkgelder und unsittlichen Anträge.

„Ich hasse Menschen." Ally wartete an der Bar, während Pete die bestellten Biere zapfte.

„Na, jetzt übertreib nicht."

„Doch, wirklich. Menschen sind unhöflich, unverschämt und blind. Und hier im ‚Blackhawk' kommen sie alle zusammen."

„Dabei es ist erst halb sieben."

„Fünf nach halb. Jede Minute zählt." Ally schaute zu Jan, die auf ihren hohen Absätzen zwischen den Tischen umherstöckelte, Getränke servierte, Geschirr abräumte und es ganz nebenbei auch noch schaffte, ihre körperlichen Reize zur Schau zu stellen. „Wie macht sie das bloß?"

„Manche bekommen es halt in die Wiege gelegt, Blondie. Du bist mir nicht böse, wenn ich sage, dass das bei dir wohl nicht der Fall ist. Was bestimmt nicht heißen soll, dass du deinen Job schlecht machst. Das Problem ist nur … dir fehlt ganz einfach die Leidenschaft für diese Arbeit."

Sie zuckte die Schultern. „Ich kann nur schlecht katzbuckeln." Während sie nach dem Tablett langte, ließ sie ihre Blicke gewohnheitsmäßig durch den Raum schweifen. Kaum hatte sie erkannt, wer da zur Tür hereinkam, stellte sie ihre Last schnell wieder ab.

„Oh, Himmel! Pete, sag Jan, dass sie das an Tisch acht bringen soll. Ich muss kurz was erledigen."

„Ally, was machst du denn hier?"

Das war alles, was Dennis herausbringen konnte, bevor Ally ihn in die Küche und durch die Hintertür ins Freie zerrte. „Verdammt, Dennis, verdammt, verdammt, verdammt!"

„Was soll das? Warum schleppst du mich hier raus?" Er setzte seinen waidwundesten Blick auf, aber den kannte sie bereits. Sie kannte die ganze Show, die er hier abzog.

„Ich ermittle verdeckt. Du lässt meine Tarnung auffliegen, um Himmels willen. Ich habe dir gesagt, was passiert, wenn du wieder anfängst, mir nachzustellen."

„Ich weiß wirklich nicht, wovon du sprichst."

Früher war sie – mehr als ein Mal – darauf hereingefallen, wenn er die verletzte Unschuld spielte. Aber das war lange vorbei.

„Jetzt hörst du mir zu." Ally trat nah an ihn heran und steckte ihm den Zeigefinger in die Brust. „Und zwar ganz genau, Dennis. Zwischen uns ist es aus, endgültig und schon seit Monaten, wann kapierst du das endlich? Wenn du nicht auf der Stelle aufhörst, mir nachzustellen, erstatte ich Anzeige wegen Belästigung, ist das klar? Ich will, dass du mich in Frieden lässt, verdammt noch mal."

Dennis zog die Augenbrauen zusammen und presste die Lippen aufeinander, wie immer, wenn er sich in die Enge getrieben fühlte. „Na, hör mal, das hier ist ein öffentlicher Ort", wehrte er sich empört. „Ich habe nichts weiter getan, als ein öffentliches Lokal zu betreten – das ist nicht verboten. Ich kann überall etwas trinken, vorausgesetzt, es ist ein öffentlicher Ort. Das ist mein gutes Recht."

„Es ist aber nicht dein gutes Recht, mir ständig nachzustellen oder bei einer verdeckten Ermittlung meine Tarnung zu gefährden. Diesmal bist du wirklich zu weit gegangen, Dennis. Ich werde morgen früh den Bezirksstaatsanwalt anrufen."

„Ach, hör doch auf, Ally. Woher soll ich denn wissen, dass du hier verdeckt ermittelst? Ich bin zufällig vorbeigekommen und ..."

„Lüg mich nicht an." Frustriert ballte sie ihre Hand zur Faust. „Du sollst mich nicht anlügen."

„Herrgott, du fehlst mir eben so. Ich muss dauernd an dich denken, ich bin machtlos dagegen. Natürlich weiß ich, es war nicht richtig, dir zu folgen. Es war ja eigentlich auch gar nicht meine Absicht. Ich wollte nur mit dir reden, mehr nicht. Komm schon, Baby." Er nahm sie bei den Schultern und drückte sein Gesicht in ihr Haar. Sie hätte aus der Haut fahren mögen. „Wenn wir doch miteinander reden könnten."

„Fass mich nicht an." Ally krümmte die Schultern und versuchte, sich ihm zu entziehen, aber Dennis legte besitzergreifend die Arme um sie.

„Sei doch nicht so. Du weißt, dass es mich wahnsinnig macht, wenn du so abweisend bist."

Wenn sie gewollt hätte, hätte sie ihn mit einem gezielten Schlag einfach schachmatt setzen können, aber so weit wollte sie nicht gehen. „Dennis, bitte, zwing mich nicht, dir wehzutun. Nimm die Hände weg und lass mich in Ruhe, okay? Du machst alles nur noch schlimmer."

„Nein, es kann nur besser werden. Ich schwöre dir, dass es besser wird. Wenn wir erst wieder zusammen sind, wird alles wieder so wie früher."

„Dennis, bitte sei vernünftig. Wir werden nie mehr zusammen sein, und nichts wird je wieder so werden wie früher." Ally versteifte sich, entschlossen, sich von ihm loszureißen. „Lass mich los."

Als die Hintertür aufging, fiel ein breiter Lichtstreifen auf den dunklen Hinterhof.

„Ich rate Ihnen dringend, zu tun, worum die Lady Sie gebeten hat, und zwar ein bisschen plötzlich." Das war Jonahs Stimme. Er gefiel sich hörbar in der Rolle des tatkräftigen Beschützers.

Ally schloss die Augen, während sich Verärgerung und Verlegenheit in ihre Frustration mischten. „Ich komme allein zurecht."

„Mag sein, aber das ist hier mein Lokal. Sie lassen sie jetzt sofort los."

„Das geht nur uns beide etwas an." Dennis drehte sich um und zog Ally dabei mit.

„Jetzt nicht mehr. Geh rein, Ally."

„Sie haben sich da nicht einzumischen." Dennis' Stimme war vor Aufregung eine Oktave höher geklettert. „Verschwinden Sie."

„Das war die falsche Antwort."

Ally musste handeln. Sie riss sich von Dennis los und trat in dem Moment zwischen die beiden Männer, als Jonah einen Schritt vor machte. Seine Augen glitzerten bedrohlich. „Tu es nicht, bitte!"

Von Wut hätte er sich nicht aufhalten lassen, ebenso wenig von einem Befehl. Aber ihr flehender Blick, die Erschöpfung in ihren Augen hielten ihn – zumindest vorübergehend – von seinem Vorhaben zurück. „Geh wieder rein", wiederholte er leise, wobei er ihr eine Hand auf die Schulter legte.

„Ach, so ist das also." Dennis hob drohend die Fäuste. „Es gibt keinen anderen. Das waren deine Worte. Noch eine von deinen dreckigen Lügen. Du schläfst schon die ganze Zeit mit ihm, oder? Du verlogenes Miststück."

Jonah bewegte sich blitzschnell. Ally hatte genügend Schlägereien miterlebt, als Streifenpolizistin war sie oft genug dazwischen gegangen. Fluchend machte sie einen Satz nach vorn, aber Jonah hatte Dennis bereits gegen die Wand gedrängt.

„Aufhören“, befahl sie und versuchte Jonah von Dennis wegzuzerren. Genauso gut hätte sie versuchen können, einen Berg zu versetzen.

Jonah warf ihr einen knappen Blick zu. „Nein.“ Es war so beiläufig wie ein Schulterzucken. Fast gleichzeitig versetzte er Dennis einen Fausthieb in den Magen. „Ich mag Männer nicht, die Frauen belästigen und beschimpfen.“ Seine Stimme blieb kühl und ruhig, während er den zweiten Schlag landete. „Solche Leute dulde ich nicht in meinem Lokal. Alles klar?“

Jonah ließ von Dennis ab und trat einen Schritt zurück. Dennis sackte in sich zusammen und ging zu Boden. „Das dürfte reichen.“

„Großartig!“ Untermalt von Dennis’ lautem Stöhnen presste Ally zwei Finger auf die Nasenwurzel. „Du hast gerade den Assistenten des Bezirksstaatsanwalts niedergeschlagen.“

„Und? Wen kümmert das?“

„Hilf mir, ihn reinzuschaffen.“

„Nein.“ Bevor sie Dennis beim Aufstehen helfen konnte, nahm Jonah ihren Arm. „Er ist allein reingekommen, und er wird auch allein wieder rausgehen.“

„Ich kann ihn unmöglich hier mitten auf der Straße liegen lassen, zusammengerollt wie eine verdammte Garnele.“

„Das schafft er schon. Stimmt’s, Dennis?“ Jonah, in seinem schwarzen Anzug elegant und gelassen, ging neben dem stöhnenden Mann in die Hocke. „Sie werden jetzt aufstehen und verschwinden. Und Sie werden sich nie wieder blicken lassen. Darüber hinaus werden Sie ab sofort einen riesengroßen Bogen um Allison machen. Genau gesagt, erwarte ich von Ihnen, dass Sie Ihre Beine unter den Arm klemmen und so schnell wie möglich in die entgegengesetzte Richtung rennen, sollten Sie je irgendwann rein zufällig entdecken, dass Sie dieselbe Luft atmen wie Ally. Haben Sie das verstanden?“

Dennis rappelte sich auf alle viere auf und übergab sich. In seinen Augen standen Tränen, aber dahinter brodelte eine unbändige Wut. „Sie kommen ihr gerade gelegen.“ Mit vor Schmerz verzerrtem Gesicht richtete er sich auf. „Sie wird Sie benutzen und dann fallen lassen, genau wie sie es mit mir gemacht hat. Sie kommen ihr gerade recht“, wiederholte er, bevor er davonwankte.

„Sieht aus, als gehörtest du jetzt mir allein.“ Jonah schnippte sich ein imaginäres Stäubchen vom Revers. „Solltest du tatsächlich vorhaben, mich zu benutzen, wäre es mir lieb, wenn wir es drin machen könnten."

„Das ist nicht lustig."

„Nein." Er musterte ihr Gesicht, die düsteren, mitleiderfüllten Augen. „Wie man sieht. Entschuldige. Warum kommst du nicht ein paar Minuten mit zu mir rauf, bis es dir wieder besser geht?"

„Ich bin okay." Trotzdem wandte sie sich ab und nahm die Spange aus ihrem Haar, als ob sie ihr plötzlich lästig wäre. „Ich will jetzt nicht darüber reden."

„Schon gut." Er legte die Hände auf ihre Schultern und massierte sie fest mit den Daumen, um die Anspannung, die sich dort eingenistet hatte, zu lindern. „Nimm dir dennoch eine Minute Zeit."

„Wenn er mich anfasst, bekomme ich fast Ekelgefühle, und dann komme ich mir so mies vor. Ich glaube aber nicht, dass meine Tarnung aufgeflogen ist."

„Nein. Pete hat nur erzählt, dass da so ein geschniegelter Typ reinkam und du ausgeflippt bist und ihn nach hinten gezerrt hast."

„Falls mich jemand fragt, werde ich mich so weit wie möglich an die Wahrheit halten – mein Exfreund, der mir immer noch nachstellt."

„Dann hör auf, dir Sorgen um ihn zu machen. Und hör vor allem auf, dich schuldig zu fühlen. Man ist nicht verantwortlich für die Gefühle anderer Menschen."

„Wenn man zu ihrem Entstehen beigetragen hat, schon. Auf welche Weise auch immer." Ally drückte seine Hand, die immer noch auf ihrer Schulter lag. „Danke. Ich wäre zwar auch allein mit ihm fertig geworden, aber trotzdem danke."

„Nichts zu danken."

Jonah konnte nicht anders, er musste sie einfach an sich ziehen. Sie schloss die Augen und hob ihm ihren Mund entgegen. Doch bevor er sie küssen konnte, wurden sie beide abrupt in helles Licht getaucht.

„Oh, Entschuldigung." Frannie, mit Feuerzeug und Zigarette in der Hand, stand in der Tür, während hinter ihr das Klappern von Geschirr aus der Küche drang.

„Keine Ursache." Ally riss sich los, wütend auf sich selbst, weil sie es zugelassen hatte, dass sich ihre Prioritäten verschoben. „Ich muss wieder rein." Sie warf Jonah einen flüchtigen Blick zu und verschwand in der Küche.

Frannie wartete, bis die Tür ins Schloss gefallen war, bevor sie sich zu Jonah gesellte. Mit dem Rücken an die Wand gelehnt, zündete sie sich eine Zigarette an und inhalierte tief.

„Tja." Ihr Seufzer schwebte auf einer Rauchwolke. „Sie ist wirklich schön."

„Ja."

„Und intelligent."

„Ja."

„Genau dein Typ."

Jonah musterte Frannie mit schräg gelegtem Kopf. „Findest du?"

„Hundertprozentig." Das Ende ihrer Zigarette glühte auf. „Sie hat Klasse. Passt zu dir."

Es behagte ihm nicht, einer alten Freundin keinen reinen Wein einschenken zu können. „Wir werden sehen, ob wir zusammenpassen."

Frannie zuckte nur die Schultern. Sie hatte es bereits gesehen. „Gab's mit diesem Typen im Anzug Probleme?"

Jonah schaute in die Richtung, in die Dennis davongeschlichen war.

„Kein Grund zur Aufregung. Ein Ex, der sich nicht damit abfinden kann, der Ex zu sein."

„So was Ähnliches dachte ich mir. Also, nur falls es dich interessiert … ich mag sie."

„Es interessiert mich, Frannie." Jonah legte ihr eine Hand an die Wange. „Dich mag ich auch, und daran wird sich nie etwas ändern."

5. KAPITEL

Sechs Tage nach dem Einbruch bei den Chambers stand Ally im Büro ihres Lieutenants. Um Zeit zu sparen, trug sie schon ihre Kellnerinnenuniform für den Abend. Ihre Dienstmarke befand sich in ihrer Hosentasche, ihr Funkgerät hatte sie am Knöchel festgeschnallt.

„Wir haben bis jetzt noch keinen einzigen gestohlenen Gegenstand sichergestellt." Ihr war klar, dass Lieutenant Kiniki lieber etwas anderes gehört hätte. „Auf der Straße gibt es nichts Neues. Selbst Hickmans nie versiegende Quellen sind ausgetrocknet. Wer immer hier die Fäden zieht, ist schlau, geduldig und arbeitet auf eigene Rechnung."

„Sie sind doch jetzt bereits seit einer Woche im ‚Blackhawk'."

„Jawohl, Sir. Ich kann Ihnen aber leider nicht mehr erzählen als am ersten Tag. Mit Hilfe der Videokassetten und aufgrund eigener Beobachtungen konnte ich mehrere Stammgäste ermitteln. Bis jetzt ist jedoch niemand auffällig geworden. Meine Tarnung ist wasserdicht."

„Zum Glück. Schließen Sie die Tür, Detective."

Ihr wurde leicht flau im Magen. Nachdem sie die Tür des Glaskastens, in dem sich Kinikis Büro befand, geschlossen hatte, nahm man den Lärm aus dem Großraumbüro nur noch als ein Summen wahr.

„Es geht um die Sache Dennis Overton."

Damit hatte Ally bereits gerechnet. Nachdem sie ihre Beschwerde beim Büro des Bezirksstaatsanwalts eingereicht hatte, war ihr klar gewesen, dass ein Teil des Geschützfeuers über ihrem eigenen Haus niedergehen würde.

„Der Vorfall tut mir leid, Lieutenant. Aber meine Tarnung hat glücklicherweise nicht darunter gelitten, eher im Gegenteil."

„Darum geht es nicht. Warum haben Sie Overtons Verhalten nicht schon früher gemeldet? Dem Bezirksstaatsanwalt? Oder mir?"

Sie hörten beide das unausgesprochene „Oder Ihrem Vater" mitschwingen.

„Weil es bis zu diesem letzten Vorfall eine Privatangelegenheit war. Ich war überzeugt, das Problem allein lösen zu können."

Kiniki hatte Verständnis für ihre vorsichtige Haltung. „Ich habe mit dem Bezirksstaatsanwalt gesprochen. In Ihrer Beschwerde haben Sie angegeben, dass Overton Sie bereits seit der ersten Aprilwoche mit Telefonanrufen belästigt und Ihnen nachstellt, wenn Sie zum Dienst oder vom Dienst nach Hause gehen."

„Er hat mich nie bei meiner Arbeit behindert", begann sie, doch als sie den Blick ihres Vorgesetzten sah, war sie weise genug, nicht weiterzusprechen.

Kiniki legte seine gefalteten Hände auf die Kopie ihrer schriftlichen Beschwerde, die vor ihm auf dem Schreibtisch lag. „Kontaktaufnahme entgegen Ihrem ausdrücklichen Wunsch, im Dienst wie in Ihrer Freizeit. Störungen, Belästigungen, Nachstellungen. Das ist ein Straftatbestand, Detective. Wissen Sie das nicht?"

„Doch, Sir. Als offensichtlich wurde, dass der Beschuldigte nicht bereit war, sein Verhalten zu ändern, und sich zu einer potenziellen Gefahr bei den laufenden Ermittlungen entwickelte, habe ich sein Verhalten unverzüglich seinem Vorgesetzten mitgeteilt."

„Aber Anzeige haben Sie nicht erstattet."

„Nein, Sir."

„Und eine richterliche Verfügung haben Sie auch nicht erwirkt."

„Nein, weil ich glaube, dass ein Verweis von seinem Vorgesetzten ausreicht."

„Oder weil er von Jonah Blackhawk eine Tracht Prügel bezogen hat?"

Ally machte den Mund auf und wieder zu. Diesen Vorfall hatte sie dem Bezirksstaatsanwalt gegenüber nicht erwähnt.

„Overton behauptet, Blackhawk sei in einem Anfall von rasender Eifersucht völlig grundlos über ihn hergefallen."

Ally fuhr sich verärgert durchs Haar, dann versuchte sie, sich zusammenzunehmen. „Diese Darstellung ist vollkommen falsch. Ich habe den Vorfall nicht erwähnt, weil es mir unnötig erschien, Lieutenant. Aber wenn Dennis darauf besteht, Probleme zu machen, werde ich selbstverständlich einen ausführlichen Bericht schreiben."

„Tun Sie das. Ich will bis morgen Nachmittag eine Kopie auf meinem Schreibtisch sehen."

„Es könnte ihn seinen Job kosten."

„Ist das Ihr Problem?"

„Nein." Ally atmete laut aus. „Nein, Sir. Lieutenant, Dennis und ich waren drei Monate zusammen." Sie hasste es, ihr Privatleben vor ihrem Vorgesetzten ausbreiten zu müssen. „Wir waren … intim. Kurz. Und dann fing er an, größenwahnsinnig zu werden … Herrgott." Sie trat näher an den Schreibtisch heran. „Er wurde besitzergreifend, eifersüchtig, irrational. Wenn ich zu spät kam oder eine Verabredung absagen musste, witterte er sofort einen Nebenbuhler. Irgendwann hatte ich genug davon und trennte mich von ihm. Er rief trotzdem weiterhin an oder kam vorbei, um sich zu entschuldigen und zu beteuern, er würde sich ändern. Wenn ich mich weigerte, ihm zuzuhören, wurde er entweder ungehobelt oder brach jammernd zusammen. Aber ich habe mit ihm geschlafen, Lieutenant, deshalb ist es zum Teil meine eigene Schuld."

Kiniki musterte sie einen Moment nachdenklich. „Das ist der größte Unsinn, den ich je gehört habe", erklärte er schließlich. „Würden Sie einem Opfer, das Ihnen eine ähnliche Situation schildert, auch sagen, es sei selbst schuld?" Er deutete ihr Schweigen richtig. „Das dachte ich mir. Sie würden sofort alles Erforderliche in die Wege leiten. Also tun Sie das jetzt auch."

„Jawohl, Sir."

„Ally …" Er kannte sie seit ihrem fünften Lebensjahr. Er versuchte Beruf und Privatleben ebenso peinlich genau zu trennen wie sie. Aber es gab Zeiten … „Haben Sie Ihrem Vater davon erzählt?"

„Ich wollte ihn nicht damit behelligen. Bei allem Respekt, Sir, ich wäre Ihnen wirklich dankbar, wenn Sie ihm gegenüber nichts von der Sache erwähnten."

„Das ist Ihre Entscheidung. Auch wenn sie falsch ist. Aber ich bin dazu bereit, wenn Sie mir versprechen, es mir sofort zu melden, falls sich Overton Ihnen wieder nähern sollte." Als er sah, dass sie sich ein Lachen verkneifen musste, legte er den Kopf schief: „Ist das so lustig?"

„Nein, Sir. Ja." Sie entschied, auf alle Förmlichkeiten zu verzichten. „Jonah hat fast dasselbe gesagt wie du, Onkel Lou. Ich finde es einfach … süß. Natürlich auf eine ausgesprochen männliche Art und Weise."

„Du hattest schon immer eine spitze Zunge. So, und jetzt verschwinde. Und sieh zu, dass du mir so schnell wie möglich etwas über diese Einbrüche bringst."

Da wohl nur die wenigsten Kellnerinnen eine edle Corvette fuhren, hatte Ally es sich angewöhnt, ein paar Häuserblocks vom „Blackhawk" entfernt zu parken und die restliche Strecke zu Fuß zu gehen.

So hatte sie Zeit, umzuschalten und den Frühling in Denver zu genießen. Sie liebte die Stadt mit ihren in den Himmel wachsenden Wolkenkratzern und den silbernen Türmen. Ebenso liebte sie es zu beobachten, wie im Gebirge der Schnee schmolz, bis die Berge nicht mehr strahlend weiße, sondern begrünte, nur in den obersten Regionen noch mit einer dünnen Schneeschicht bedeckte Zacken waren.

Doch obwohl Ally die Natur liebte und in der Hütte ihrer Eltern viele herrliche Tage verbracht hatte, betrachtete sie die Berge lieber von unten. Von ihrer Stadt aus.

In ihrer Stadt spazierten Cowboys in ramponierten Stiefeln dieselben Straßen hinunter wie Topmanager in Armani-Anzügen. Hier ging es um Vieh und Handel und Nachtleben. Hier ging um es um das Wilde, das Ursprüngliche, nur von einer dünnen Lackschicht überzogen, aber nicht gezähmt.

Der Osten hatte in ihren Augen längst nicht denselben Reiz.

Wenn der Frühling in voller Blüte stand, wenn die Sonne auf den schneebedeckten Berggipfeln glitzerte, die Luft dünn war und klar, gab es keinen schöneren Ort auf der Welt als Denver.

Ally ließ die Stadt hinter sich und betrat die Welt des „Blackhawk".

Jonah lehnte am anderen Ende des Tresens und trank Mineralwasser, während er sich anhörte, was ihm einer seiner Stammgäste zu erzählen hatte.

Diese so auffallend hellen grünen Augen erfassten Ally in dem Moment, als sie den Club betrat, und hielten sie ruhig und ohne etwas von seinen Gedanken preiszugeben fest.

Seit dem Vorfall mit Dennis hatte er sich ihr nicht mehr genähert, und sie hatten auch kaum miteinander gesprochen. Ally redete sich ein, dass es so am besten war. Wenn man Arbeit und Lust nicht auseinanderhielt, lief man Gefahr, das eine nicht ordentlich zu machen und sich am anderen die Finger zu verbrennen.

Trotzdem war es ungeheuer frustrierend, ihn Nacht für Nacht sehen zu müssen. Ihm nah genug zu sein, um sich allen möglichen Illusionen hingeben, aber ohne einen Schritt vor oder zurück machen zu können.

Und ihn zu begehren, so wie sie noch nie einen Mann begehrt hatte.

Ally zog schnell ihre Jacke aus und stürzte sich in die Arbeit.

Es brachte ihn um, Stück für Stück. Jonah wusste, wie es war, Verlangen nach einer Frau zu haben. Er wusste, wie es sich anfühlte, wenn sich das Blut in heiße Lava verwandelte, wenn in den Lenden Feuer schwelte und einem alle möglichen Bilder im Kopf herumwirbelten. Es war ein Hunger, der sich in die Eingeweide fraß, bis er so unerträglich wurde, dass er unbedingt gestillt werden musste.

Genau das war es, was Jonah für Ally fühlte – Hunger. Nur dass da nichts schwelte. Es war ein lodernder Heißhunger, eine einzige Tortur.

Keine andere Frau hatte ihm je derartige Qualen verursacht.

Er trug ihren Geschmack mit sich herum, ohne zu wissen, wie er ihn loswerden konnte. Schon allein das machte ihn wütend. Es verschaffte ihr einen Vorteil, den er freiwillig nie zugelassen hätte. Dass ihr das nicht klar zu sein schien, machte die Sache nicht leichter.

Es war eine Schwäche, die sich da bei ihm zeigte. Wenn man schwach war, war man auch verletzlich. Und Verletzlichkeit war gefährlich.

Die Ermittlungen mussten endlich abgeschlossen werden. Sobald Ally wieder in ihr eigenes Leben, in ihre Welt verschwand, konnte er auch sein Gleichgewicht wieder finden.

Doch wenn er daran dachte, wie leidenschaftlich sie seinen Kuss erwidert hatte, fürchtete er, womöglich nie wieder festen Boden unter den Füßen zu bekommen.

„Bloß gut, dass das kein Cop sieht."

Jonahs Finger legten sich fester um sein Glas, aber sein Blick war sanft, als er sich zu Frannie umwandte. „Was denn?"

Frannie hatte gerade ein Bier gezapft, das sie jetzt einem Gast vorsetzte. „Ein Kerl, der eine Frau so lüstern anstiert, macht sich strafbar, merk dir das."

„Tatsächlich? Dann werde ich wohl besser aufpassen müssen."

„Sie wohl auch", murmelte Frannie, als er sich abwandte und wegging.

„Der Boss hat Probleme", bemerkte Will. Er stellte sich gern hin und wieder an die Bar, in der Hoffnung, einen Hauch von Frannies Duft zu erhaschen oder ihr vielleicht ein Lächeln zu entlocken.

„Wegen einer Frau, die ihm mächtig zu schaffen macht." Frannie zwinkerte Will zu und schenkte ihm seinen Lieblingssoftdrink ein, den er während der Arbeitszeit in rauen Mengen konsumierte.

„Hab noch nie erlebt, dass sich der Boss von einer Frau aus der Ruhe bringen lässt."

„Von der schon."

„Tja." Will trank einen Schluck und ließ dabei seinen Blick schweifen. „Sieht ja auch verdammt gut aus."

„Das hat nichts mit Aussehen zu tun. Sie geht ihm unter die Haut."

„Glaubst du?" Will zupfte an seinem kurzen Bart. Frauen waren ihm ein absolutes Rätsel, obwohl er sich bemühte, sich das nicht anmerken zu lassen. Für ihn kamen Frauen einfach von einem anderen Stern.

„Ich weiß es." Als sie Wills Hand flüchtig tätschelte, hämmerte ihm sofort das Herz im Hals.

„Zwei Margaritas, zwei Gezapfte und ein Clubsoda mit Limone." Jan stellte ihr Tablett ab und gab Will einen scherzhaften Klaps auf den Arm. „Hi, mein Großer."

Er wurde rot. Will wurde ständig rot. „Hi, Jan. Ich sollte wohl besser 'ne Runde drehen."

Nach diesen Worten ging er eilig davon, während Frannie Jan mit einem gutmütigen Kopfschütteln tadelte: „Bring ihn doch nicht immer so in Verlegenheit. Der arme Kerl."

„Ich kann nichts dafür, es überkommt mich einfach. Weil er echt süß ist." Jan schüttelte ihr Haar zurück. „Hör zu, ich geh später noch auf eine Fete. Willst du nicht mitkommen?"

„Danke für die Einladung, aber ich glaube, ich gehe lieber ins Bett und träume von Brad Pitt."

„Oje, Träumen bringt doch nichts."

„Als ob ich das nicht selber wüsste", brummte Frannie und mixte den nächsten Drink.

Allison trug ein Tablett mit leeren Gläsern in Richtung Küche, in ihrer Schürzentasche den Block mit den Getränkebestellungen zweier Tische. Ihre Schicht hatte erst vor einer halben Stunde begonnen, und sie wusste, dass es auch heute wieder eine lange Nacht werden würde. Noch länger als erwartet, dachte sie, als sie Jonah auf sich zukommen sah.

„Allison, ich möchte kurz mit dir reden." *Ich wüsste nicht, was ich lieber täte, als mit dir zu reden, ganz egal worüber. Und wenn es nur fünf Minuten sind.* Wie erbärmlich. „Könntest du vielleicht in der Pause in mein Büro kommen?"

„Gibt's ein Problem?", erkundigte sie sich.

„Nein. Überhaupt nicht."

„Okay. Du solltest es besser Will sagen. Er bewacht deine Höhle wie ein Wolf."

„Nimm deine Pause doch jetzt. Komm gleich mit mir rauf."

„Geht nicht, meine Gäste warten auf ihre Getränke. Aber ich bin so schnell wie möglich da." Sie ging eilig weiter, sein Tonfall drückte aus, dass sein Anliegen nicht das Geringste mit Arbeit zu tun hatte.

Ally blieb an der Getränkeausgabe neben Pete stehen und versuchte, sich zu beruhigen. Da Pete gerade dabei war, drei Gästen an der Bar einen langen komplizierten Witz zu erzählen, hatte sie Zeit, sich zu erholen und ihre Blicke schweifen zu lassen.

Sie sah ein Paar in den Zwanzigern, das wirkte, als ob es sich gleich heftig in die Haare kriegen würde. Drei Männer in Anzügen mit gelockerten Krawatten, die sich über Baseball unterhielten. Einen Flirt im Anfangsstadium zwischen einer Frau am Tisch und zwei Burschen an der Bar, mit viel Blickkontakt und Lächeln.

Ein weiteres Paar an einem Tisch, das Händchen haltend miteinander lachte und flirtete, obwohl beide Eheringe trugen. Offenbar waren sie glücklich verheiratet und lebten in gesicherten finanziellen Verhältnissen, wenn die teure Lederhandtasche an der Stuhllehne und die ebenso teuren Schuhe ein Hinweis waren.

Direkt am Nebentisch saß noch ein Pärchen, das in eine leise Unterhaltung vertieft war, die beide zu genießen schienen. Auch hier spürte Ally eine Intimität, die sich durch die Art der Gesten und die lächelnden Blicke mitteilte.

Sie beneidete die beiden Paare um ihre Vertrautheit. Es musste ein gutes Gefühl sein, wenn man jemandem gegenübersaß, der einem wirklich zuhörte und auch zwischen den Zeilen zu lesen verstand.

Dies alles hatte sie bei ihren Eltern beobachtet. Es war schön, so etwas zu sehen, aber wie viel schöner musste es erst sein, diese Erfahrung selbst zu machen?

Noch während sie darüber nachsann, hörte sie die drei Gäste über die Pointe von Petes Witz lachen. Ally gab ihre Bestellungen auf und wartete, wobei sie dem Stimmengewirr um sich herum lauschte und unausgesetzt ihre Blicke schweifen ließ. Bewegungen, Gesichter, Mienenspiele beobachtete.

Sie sah, wie das Händchen haltende Ehepaar Jan ein Handzeichen gab. Als die Kellnerin an ihren Tisch kam, um die Bestellung aufzunehmen, deutete die Frau auf irgendetwas in der Speisekarte. Jan beugte sich zu ihr herunter, wedelte mit einer Hand vor ihrem Mund herum, als hätte sie sich die Zunge verbrannt und verdrehte die Augen, worüber die Frau lachen musste. Offenbar hatte Jan erklärt, dass das Gericht sehr scharf war.

Nachdem Jan die Bestellung aufgenommen hatte, sah Ally, wie der Mann in einer vertrauten Geste die Hand der Frau an die Lippen zog und ihre Fingerknöchel liebkoste.

Wäre da nicht dieses winzige Fünkchen Neid gewesen, das sie veranlasste, genauer hinzusehen, wäre es ihr vielleicht entgangen. Doch so dauerte es nur wenige Sekunden, bis ihr klar wurde, dass sich das Bild verändert hatte.

Die Tasche der Frau hing immer noch über der Stuhllehne, allerdings in einem anderen Winkel als vorher, und der Reißverschluss der Außentasche war nicht ganz zugezogen.

Als Ally klar wurde, was da passiert war, hatte sie spontan Jan in Verdacht. Doch dann sah sie es. Die Frau saß mit dem Rücken zu der anderen Frau, die ihren Begleiter immer noch anlächelte – während sie in aller Seelenruhe einen Schlüsselbund in der Tasche auf ihrem Schoß verstaute.

Volltreffer.

„He, Ally, wo bist du denn? Auf dem Mond?“ Pete tippte ihr mit einem Finger auf die Schulter. „Ich glaube nicht, dass da oben jemand auf einen Wodka Tonic wartet.“

„Nein, ich bin hier.“

Als sich die Frau ihre Handtasche unter den Arm klemmte und aufstand, langte Ally zielstrebig nach dem Tablett.

Einsachtundsechzig, schätzte sie. Hundertzwanzig Pfund. Braune Haare, braune Augen. Ende dreißig, olivfarbener Teint, energische Gesichtszüge. Und im Moment in Richtung Damentoilette unterwegs.

Darauf bedacht, keine Aufmerksamkeit zu erregen, ging Ally eilig nach nebenan in den Clubbereich. Als dort ihr Blick auf Will fiel, drückte sie ihm eilig das Tablett in die Hand und sagte: „Bitte entschuldige, aber Tisch acht wartet darauf. Und sag Jonah, dass ich ihn dringend sprechen muss. Ich muss nur ganz kurz was erledigen …"

„Aber … he!"

„Ich bin gleich wieder da." Ally eilte bereits im Laufschritt in Richtung Damentoilette.

Als sie sich dort umschaute, entdeckte sie unter einer Kabinentür die Schuhe, nach denen sie Ausschau gehalten hatte. Bestimmt macht sie von den Schlüsseln Abdrücke, überlegte Ally, während sie, ohne die Schuhe aus den Augen zu lassen, an ein Waschbecken trat und den Wasserhahn aufdrehte. Ein Wachsabdruck war schnell gemacht, allerdings musste man dafür ungestört sein, weshalb sich die Frau auf die Damentoilette zurückgezogen hatte.

Zufrieden mit dem Ergebnis ihrer Nachforschungen, verließ Ally den Raum. Die erste heiße Spur in diesem verflixten Fall – endlich.

„Ally? Es wird langsam voll. Wo ist dein Tablett?"

„Verzeih." Sie warf Beth ein entschuldigendes Lächeln zu. „Kleiner Notfall. Bin schon wieder einsatzbereit."

Sie bewegte sich schnell, während sie den Blick eines Polizeikollegen an einem der Tische suchte. Sie blieb neben ihm stehen und murmelte mit unterdrückter Stimme: „Weiß, weiblich, Ende dreißig, dunkle Haare, dunkle Augen. Kommt gleich aus der Damentoilette. Sie sitzt mit einem Weißen im Barbereich. Der Mann ist Anfang vierzig, graue Haare, blaue Augen, grüner Pullover. Kein Zugriff, nur im Auge behalten."

Ally ging zurück zur Theke und holte sich wieder ein Tablett, obwohl es jetzt nur eine Requisite war. Der Mann im grünen Pullover war eben dabei zu bezahlen. In bar. Auf den ersten Blick wirkte er vollkommen entspannt, aber Ally sah, dass er einen Blick auf die Uhr warf und dann in Richtung Damentoilette schaute.

Jetzt kehrte die Frau zurück. Sie setzte sich jedoch nicht mehr hin, sondern blieb zwischen den Tischen stehen und beugte sich über das kurze schwarze Cape, das sie über ihre Stuhllehne gehängt hatte. Ein paar Sekunden lang versperrte sie Ally die Sicht, bevor sie sich wieder aufrichtete, ihren Begleiter anlächelte und ihm das Cape reichte.

Geschickt, dachte Ally. Äußerst geschickt.

Als sie Jonah herankommen sah und seinen Blick auffing, deutete sie unauffällig mit dem Kopf auf das Paar, das sich gerade anschickte zu gehen. Ungezwungen gesellte sie sich dann zu ihm und fuhr ihm – weithin sichtbar – zärtlich über den Arm, während sie ihm ins Ohr flüsterte: „Zwei meiner Leute folgen ihnen. Vorerst beschatten wir sie nur. Ich will ihnen noch ein paar Momente Vorsprung lassen und eine günstige Gelegenheit abwarten, bevor ich die Zielpersonen informiere. Ich möchte in deinem Büro mit ihnen sprechen."

„Alles klar."

„Hier unten muss alles ganz normal weiterlaufen. Bleib in der Nähe, dann kann ich dir ein Zeichen geben, wenn es so weit ist. Du erklärst Beth am besten, dass du mich für irgendwas brauchst, damit sie die Tische anders einteilt. Niemand darf jetzt aufmerksam werden."

„Gut. Gib mir einfach Bescheid."

„Ich brauche nur noch den Code für den Aufzug. Falls ich die beiden nach oben bringen will und du nicht in der Nähe bist."

„Zwei, sieben, fünf, acht, fünf. Hast du's?"

„Ja. Und versuch, von mir abzulenken, bis ich die beiden aus der Bar gelotst habe."

Sie brannte darauf, endlich handeln zu können, aber sie wartete geduldig auf eine günstige Gelegenheit. Nach fünfzehn Minuten war es endlich so weit. Als die Frau aufstand, um zur Toilette zu gehen, folgte Ally ihr.

„Entschuldigen Sie." Nachdem sie sich vom Vorraum aus mit einem kurzen Blick davon überzeugt hatte, dass alle Kabinen leer waren, zog sie ihre Dienstmarke aus der Tasche. „Detective Fletcher, Polizeidezernat Denver."

Die Frau wich erschrocken einen Schritt zurück. „Was ist denn passiert?"

„Ich brauche Ihre Hilfe bei einer Ermittlung. Ich muss mit Ihnen und Ihrem Mann sprechen und möchte Sie bitten, mitzukommen."

„Ich habe mir nichts zuschulden kommen lassen."

„Nein, Ma'am. Ich werde Ihnen gleich alles erklären. Folgen Sie mir bitte unauffällig in den ersten Stock, in das Büro der Geschäftsleitung. Ich bitte Sie zu kooperieren."

„Ohne Don gehe ich nirgendwo hin."

„Ich werde Ihren Mann holen. Biegen Sie draußen auf dem Flur links ab, und warten Sie dort auf mich."

„Ich will erst wissen, worum es geht."

„Das werde ich Ihnen beiden erklären. Kommen Sie." Ally nahm die Frau am Arm und zog sie aus der Damentoilette. „Bitte tun Sie, was ich Ihnen sage. Es dauert nicht lange."

„Ich will aber keine Scherereien."

„Warten Sie hier. Ich werde Ihren Mann holen." Weil sie nicht darauf vertraute, dass die Frau die Anweisungen tatsächlich befolgte, beeilte sich Ally. Sie blieb an dem Tisch des Paares stehen und stellte leere Gläser auf ihr Tablett. „Sir? Würden Sie bitte so freundlich sein, mir zu folgen? Ihre Frau bittet Sie, kurz nach hinten zu kommen."

„Ja, sicher. Es ist doch alles in Ordnung mit ihr, oder?"

„Ja, es geht ihr gut."

Ally ging mit dem Mann im Schlepptau an der Theke vorbei, wo sie das Tablett abstellte, bevor sie unauffällig auf den Flur abbog.

„Detective Fletcher", stellte sie sich vor, nachdem der Mann sie eingeholt hatte, und präsentierte flüchtig ihre Dienstmarke. „Ich muss mit Ihnen und Ihrer Frau reden." Sie gab bereits den Code für den Aufzug ein.

Der Mann war immer noch sprachlos, während seine Frau jammerte: „Sie will nicht sagen, um was es geht, Don. Ich sehe überhaupt nicht ein, warum ..."

„Ich weiß Ihre Kooperation wirklich sehr zu schätzen", fiel Ally ihr ins Wort und schob die beiden regelrecht in den Aufzug.

„Ich weiß es aber gar nicht zu schätzen, von der Polizei belästigt zu werden", erwiderte die Frau mit einem Anflug von Hysterie in der Stimme.

„Bitte, Lynn, beruhige dich. Es ist okay."

„Tut mir leid, dass ich Sie so überfalle." Nachdem sich die Aufzugtüren im ersten Stock wieder geöffnet hatten, ging Ally vor in Jonahs Büro und bedeutete den beiden, Platz zu nehmen. „Bitte, setzen Sie sich, dann erkläre ich Ihnen alles."

Lynn blieb stehen und verschränkte trotzig ihre Arme vor der Brust. „Ich will mich aber nicht setzen."

Mach was du willst, Schwester, dachte Ally gereizt. „Ich ermittle in einer Einbruchsserie, die sich in den letzten Wochen in Denver und Umgebung ereignet hat."

Die Frau schnaubte empört. „Sehen wir vielleicht wie Einbrecher aus?"

„Nein, Ma'am. Sie sehen aus wie ein sympathisches, gut situiertes Ehepaar. Und genau auf solche Paare hat es diese Bande abgesehen. Vor weniger als zwanzig Minuten hat eine Frau, die wir verdächtigen, dieser Bande anzugehören, Ihre Schlüssel aus Ihrer Handtasche gestohlen."

„Das ist unmöglich. Ich hatte meine Handtasche den ganzen Abend über bei mir." Die Frau riss sich die Umhängetasche von der Schulter und machte den Reißverschluss auf, um zu beweisen, dass der Schlüssel immer noch an Ort und Stelle war. Ally packte sie am Handgelenk.

„Bitte, fassen Sie den Schlüssel nicht an."

„Wie kann ich ihn denn anfassen, wenn er nicht da ist?"

„Lynn, jetzt sei doch mal still", mischte sich der Mann ein. „Komm, beruhige dich." Er drückte die Schulter seiner Frau und wandte sich an Ally. „Also, was geht hier vor?"

„Wir können mit einiger Sicherheit behaupten, dass von den Schlüsseln Abdrücke angefertigt wurden. Anschließend wurden sie wieder an ihren Platz zurückgelegt, und zwar so geschickt, dass weder Sie noch Ihre Frau etwas davon mitbekommen haben. Wir befürchten, es handelt sich hier um ein Muster, dessen sich die Diebesbande schon mehrfach bedient hat. Wir möchten Sie lediglich davor bewahren, dass in Ihr Haus eingebrochen wird. Und jetzt setzen Sie sich."

Das war diesmal unüberhörbar ein Befehl. Die Frau sank sichtlich schockiert in einen Sessel.

„Wenn ich jetzt bitte Ihre Namen erfahren dürfte."

„Don und Lynn ... Mr und Mrs Barnes."

„Mr Barnes, würden Sie mir bitte Ihre Anschrift geben?"

Er schluckte, dann setzte er sich auf die Lehne des Sessels, in dem seine Frau saß, und nannte Ally die Adresse. „Heißt das, dass da jetzt schon jemand in unserem Haus ist? Und es leer räumt?"

„Ganz so schnell sind sie wohl nicht." In Gedanken berechnete Ally die Fahrzeit. „Ist unter dieser Adresse im Moment jemand zu erreichen?"

„Nein. Außer uns wohnt dort niemand. Du lieber Himmel." Barnes raufte sich die Haare. „Das ist ja Wahnsinn."

„Ich werde ein paar Leute hinschicken. Bitte entschuldigen Sie mich kurz."

Sie war eben dabei, die Nummer zu wählen, als die Aufzugtüren auseinander glitten und Jonah hereinkam. „Ich bin gleich so weit", informierte sie ihn.

„In Ordnung. Mr und Mrs ...?"

„Barnes", antwortete der Mann. „Don und Lynn Barnes."

„Don, darf ich Ihnen und Ihrer Frau etwas zu trinken anbieten? Ich verstehe, dass dieser Vorfall für Sie mehr als ärgerlich ist."

„Ja, auf den Schreck könnte ich gut einen Schluck vertragen. Das ist ja alles unfassbar. Wir wollten nur einen schönen Abend verbringen. Ich hätte nichts gegen einen doppelten Whiskey einzuwenden."

„Das kann ich nachfühlen. Und was ist mit Ihnen, Lynn?"

„Ich ..." Sie hob eine Hand, ließ sie wieder sinken. „Ich kann einfach nicht ... also ... ich begreife das alles nicht."

„Vielleicht einen Cognac." Jonah wandte sich ab und öffnete eine Klappe in der Wand, hinter der sich eine kleine, gut ausgestattete Hausbar befand. „Sie können Ihr Schicksal vorerst bedenkenlos in Detective Fletchers fähige Hände legen", fuhr er fort, während er Flaschen und Gläser herausnahm. „Wir versuchen unterdessen, es Ihnen hier so angenehm wie möglich zu machen."

„Danke." Lynn nahm den Cognac entgegen. „Vielen Dank."

„Mr Barnes." Ally, leicht verstimmt, weil es Jonah so schnell gelungen war, die Wogen zu glätten, eroberte sich die Aufmerksamkeit des Mannes zurück. „Die Streifenwagen sind bereits unterwegs. Könnten Sie mir jetzt bitte Ihr Haus beschreiben? Grundriss, Raumaufteilung, Lage der Türen und Fenster. Und alles so genau wie nur irgend möglich."

„Ja, natürlich." Barnes lachte zittrig. „Himmel, ich bin schließlich Architekt."

Ally notierte sich alles und leitete die Beschreibung anschließend sofort an das Einsatzteam vor Ort weiter. „Haben Sie für heute hier im Club einen Tisch zum Essen reserviert?", erkundigte sie sich.

„Ja. Für acht. Wir wollten uns endlich mal wieder einen schönen Abend machen", erwiderte Barnes mit einem säuerlichen Lächeln.

Ally schaute auf die Uhr. „Die Einbrecher werden annehmen, dass sie noch viel Zeit haben." Ihr wäre es am liebsten gewesen, wenn die beiden wieder nach unten gehen, sich an ihren vorbestellten Tisch setzen und essen würden, so als ob nichts passiert wäre. Doch ein Blick in das Gesicht der Frau verriet ihr, dass das eine ziemlich aussichtslose Sache war.

„Mrs Barnes. Lynn." Ally ging um den Schreibtisch herum und ließ sich auf der Kante nieder. „Wir werden diesen Leuten das Handwerk legen. Sie werden Ihnen nichts stehlen und auch keinen Schaden in Ihrem Haus anrichten. Aber Sie müssen mir helfen. Ich möchte, dass Sie und Ihr Mann wieder an Ihren Tisch zurückgehen und sich möglichst normal verhalten. Wenn Sie noch eine Stunde durchhalten, könnte uns das ein gutes Stück weiterbringen."

„Ich will nach Hause."

„Wir werden Sie nach Hause bringen, in einer Stunde. Bitte, tun Sie mir den Gefallen. Es ist möglich, dass immer noch jemand von der Bande hier ist und Sie beobachtet. Sie sind bereits knapp zwanzig Minuten von Ihrem Tisch weg. Für diese Zeitspanne können wir uns noch irgendetwas einfallen lassen, aber für länger nicht. Wir wollen nicht, dass diese Leute Verdacht schöpfen."

„Ich schon, dann brechen sie wenigstens nicht in mein Haus ein."

„Wahrscheinlich nicht, aber dafür dann beim nächsten Opfer."

„Warten Sie." Barnes stand auf und ergriff die Hände seiner Frau. „Lynn, hör mir zu. Himmel, das ist doch eine spannende Geschichte, die können wir noch jahrelang erzählen. Komm, wir gehen zurück nach unten und betrinken uns."

„Jonah, du begleitest sie. Ach, und am besten streust du aus, es sei Mrs Barnes kurzzeitig nicht gut gegangen, aber jetzt sei alles wieder in Ordnung. Die Getränke gehen doch sicher aufs Haus, oder?"

„Selbstverständlich." Jonah hielt Lynn die Hand hin, um ihr beim

Aufstehen behilflich zu sein. „Das Essen ebenfalls. Kommen Sie, ich bringe Sie hinunter. Ihnen war nicht gut, deshalb habe ich Ihnen angeboten, sich in meinem Büro ein paar Minuten hinzulegen. Sie haben mein Angebot angenommen, und Ihr Mann hat Sie begleitet. Klingt doch einleuchtend, oder?", fragte er an Ally gewandt, während er den Aufzug holte.

„Absolut. Ich muss noch zwei Anrufe machen, dann komme ich nach. Leider muss ich heute früher Feierabend machen. Ein familiärer Notfall."

„Na, dann alles Gute", erwiderte Jonah, während er mit dem Ehepaar Barnes in den Aufzug stieg.

6. KAPITEL

Ally hatte sich von Jonah den Schlüssel geben lassen und eilte im Laufschritt in den Aufenthaltsraum, um ihre Tasche zu holen. Wieder an der Bar, winkte sie Frannie auf ihrem Weg nach draußen nur flüchtig zu.

Sie verließ sich darauf, dass Jonah alle Fragen beantwortete. Niemand kann das besser als er, dachte sie, während sie die zwei Häuserblocks zu ihrem Auto hinunterrannte. Ein beiläufig hingeworfenes Wort, ein Schulterzucken von ihm würden ausreichen. Einen Mann wie Jonah Blackhawk versuchte man nicht auszuhorchen.

Sie musste in Federal Heights sein, bevor es zu spät war.

Zuerst glaubte sie, es sich nur einzubilden. Aber die Nacht war klar und ihre Augen adlerscharf. Deshalb konnte kein Zweifel daran bestehen, dass an ihrem Auto alle vier Reifen aufgeschlitzt waren.

Ally trat fuchsteufelswütend mit dem Fuß gegen einen der übel zugerichteten Reifen. Na, der kann sein blaues Wunder erleben, schäumte sie, überzeugt davon, dass sie diese reizende Überraschung Dennis Overton zu verdanken hatte. Ally war außer sich. Es war nicht zu fassen! Dennis, dieser gemeine Schuft. Dann kramte sie ihr Handy aus ihrer Umhängetasche und rief einen Streifenwagen.

Was für eine idiotische Zeitverschwendung, ausgerechnet jetzt, wo sie es so eilig hatte! Während die Minuten sich dehnten – zwei, drei, schließlich fünf – lief Ally nervös auf dem Gehsteig auf und ab. Herrgott noch mal, wann kam denn endlich jemand? Sobald der Streifenwagen neben ihr stoppte, hielt sie dem Streifenbeamten zähneknirschend ihre Dienstmarke unter die Nase.

„Probleme, Detective?“

„Ja. Schalten Sie den Alarm ein und fahren Sie auf der 25 nach Norden. Ich sage Ihnen Bescheid, wann es Zeit wird, die Sirene abzuschalten.“

„Alles klar. Was liegt an?“

Sie setzte sich hinter die beiden Streifenbeamten auf den Rücksitz, obwohl sie sich viel lieber selbst hinters Steuer geklemmt hätte. „Ich informiere Sie unterwegs.“ Sie nahm ihre Dienstwaffe aus der Umhängetasche und schnallte sich das Halfter um. So fühlte sie sich schon wieder viel mehr wie sie selbst.

„Rufen Sie einen Abschleppwagen, okay? Ich will mein Auto nicht auf der Straße herumstehen lassen."

„Eine Schande ist das. So ein schönes Auto."

„Ja." Aber als sie mit heulender Sirene über die Interstate rasten, hatte Ally ihr Auto längst vergessen.

Einen Häuserblock vom Haus der Barnes entfernt sprang Ally aus dem Wagen und schoss geradewegs auf Hickman zu. „Was läuft hier?"

„Auf dem Weg hierher haben sie sich Zeit gelassen. Balou und Dietz zufolge haben sie kein einziges Mal das Tempolimit überschritten, und beim Abbiegen haben sie jedes Mal brav geblinkt. Die Frau hat von ihrem Handy aus telefoniert. Auf der 36 haben Carson und ich übernommen. Sie haben getankt. Sie fahren einen niedlichen spießigen Minivan. Anschließend hat sich die Frau auf den Rücksitz gesetzt, aber wir konnten nicht sehen, was sie da getrieben hat."

„Die Schlüssel. Ich verwette eure nächsten Gehälter, dass sie die Schlüssel in dem Van nachmacht."

„Wofür hältst du mich? Glaubst du vielleicht, ich nehme eine Wette an, die ich garantiert verliere?" Hickman schaute die ruhige Straße hinunter. „Sie haben den Van einen Häuserblock vor ihrem Ziel geparkt. Dann sind sie seelenruhig die Straße bis zum Haus hinunterspaziert, haben die Haustür aufgeschlossen und sind reingegangen, als ob es ihr eigenes wäre."

„Barnes sagt, dass sie eine Alarmanlage haben."

„Von Alarm war nichts zu hören, und sie sind jetzt ungefähr zehn Minuten drin. Der Lieutenant wartet auf dich. Wir haben die Umgebung komplett abgeriegelt, das Haus ist umstellt."

„Okay, dann wollen wir mal."

Er grinste und reichte ihr ein Walkie-Talkie. „Aufsitzen, Kameraden."

„Gott, wie ich Cowboysprache liebe."

Sie rannten geduckt los. Ally sah die Polizisten, die sich auf der Straße postiert hatten, hinter Bäumen, in dunklen Ecken und Autos kauerten.

„Schön, dass Sie auch zur Party gekommen sind, Detective." Kiniki deutete mit dem Kopf auf das Haus. „Ziemlich unverfroren, was?"

Hinter den Fenstern im Erdgeschoss und im ersten Stock schimmerte Licht. Noch während Ally hinschaute, sah sie einen Schatten, der sich durch ein Zimmer im Erdgeschoss bewegte.

„Dietz und Balou sind auf der Rückseite. Das Haus ist umstellt. Was haben Sie vor?"

Ally schob die Hand in ihre Tasche, holte ein Schlüsselbund heraus. „Wir machen von allen Seiten dicht und gehen durch den Vordereingang rein. Ein Streifenwagen soll sich quer auf die Einfahrt stellen, um ihnen den Weg abzuschneiden."

„Geben Sie es durch."

Sie hob das Walkie-Talkie, um ihren Standort und die Anweisungen durchzugeben. Genau in diesem Moment brach die Hölle los.

Kurz nacheinander peitschten drei Schüsse auf. Als Ally ebenfalls ihre Waffe zog, hörte man durchs Walkie-Talkie Stimmengewirr und Geschrei.

„Dietz am Boden! Officer angeschossen! Schütze, männlich, weiß, flüchtet zu Fuß Richtung Osten. Officer angeschossen!"

Polizisten rannten zum Haus. Ally war als Erste an der Eingangstür, schloss auf und betrat leise das Haus. Das Blut rauschte in ihren Ohren, während sie sich, die Pistole in beiden Händen, langsam im Kreis drehte und dabei umschaute. Hickman, der ihr Rückendeckung gab, rannte auf ihr Zeichen hin die Treppe hinauf, während sie sich nach rechts wandte.

Irgendjemand brüllte etwas Unverständliches. Ally hörte es wie ein Summen im Kopf, gleich darauf flammte Licht auf.

Das Haus war fächerförmig angelegt. Ally versuchte sich Barnes' Beschreibung in Erinnerung zu rufen, während sie zusammen mit dem Rest des Teams ausschwärmte. An jeder Türschwelle verharrte sie kurz, schwenkte dann mit der Pistole im Anschlag herum und schaute sich um.

Draußen wurde immer noch geschossen. Ally wollte sich gerade in diese Richtung wenden, als ihr auffiel, dass eine Schiebetür, die auf eine kleine Sonnenterrasse führte, nicht ganz geschlossen war.

Als ihr auch noch ein unverkennbar weiblicher Duft in die Nase wehte, rannte sie durch die Tür ins Freie. Sie sah eine Frau – nur den schwarzen Schatten – davonrennen. „Halt! Polizei! Stehen bleiben!"

Ally wiederholte den Befehl mehrmals, aber die Frau rannte weiter. Mit gezogener Waffe sprintete Ally hinterher, während sie über Funk Standort und Lage durchgab.

Sie hörte Rufe hinter sich, schnelle Schritte.

Jetzt sitzt sie in der Falle, schoss es ihr durch den Kopf. Sie hatten der Frau den Weg abgeschnitten, noch ehe sie den zwei Meter hohen Zaun erreicht hatte, von dem das Haus umgeben war. Sie konnte nicht entkommen.

Ally holte auf, roch den in der Luft hängenden, mit Angstschweiß vermischten Parfümduft. Im Licht des Mondes war die flüchtende Frauengestalt zu erkennen, das fliegende dunkle Haar, die flatternden Schöße des kurzen Capes.

Und als sie sich im Rennen umdrehte, blitzte ein Revolver in ihrer Hand auf.

Ally sah, wie die Frau die Waffe hob, und spürte gleich darauf mit einem seltsam entrückten Gefühl des ungläubigen Erstaunens, wie die Kugel zischend an ihrem Kopf vorbeiflog. Die Frau rannte weiter.

„Lassen Sie die Waffe fallen! Sofort!"

Keine Reaktion. Im Gegenteil – die Frau wirbelte ein weiteres Mal herum und riss erneut die Pistole hoch. In diesem Moment schoss Ally.

Die Frau taumelte. Ally hörte das dumpfe Geräusch, als die Pistole zu Boden fiel. Und während die Frau keuchend zu Boden glitt, sah Ally den dunklen Fleck, der sich auf ihrer Brust ausbreitete. Ein Bild, das sich in ihr Gedächtnis einfraß wie Säure.

Dass sie nach vorn rannte und einen Fuß auf die Pistole der Frau stellte, war nur jahrelangem, längst in Fleisch und Blut übergegangenem Training zuzuschreiben. Im selben Moment, in dem sie sich neben die Frau kniete, um nach einem Puls zu tasten, gab sie über Walkie-Talkie die Worte „Verdächtige am Boden" durch. Ihre Stimme war ruhig, auch ihre Hände zitterten nicht. Noch nicht.

Hickman war als Erster zur Stelle. Als er etwas sagte, hörte es sich an, als trüge der Wind seine Stimme über den Kamm einer hohen Welle. In Allys Ohren rauschte es laut.

„Bist du verletzt? Ally, bist du verletzt?" Er tastete sie nach Verletzungen ab und zerrte an ihrer Jacke.

„Ruf einen Krankenwagen." Ihre Lippen waren steif und gefühllos, wie aufgerissen. Sie streckte die Arme aus und versuchte, die Blutung zu stoppen, indem sie ihre Handballen fest auf die Brust der Frau presste.

„Schon passiert. Komm. Steh auf."

„Die Blutung muss gestoppt werden. Die Frau muss sofort ins Krankenhaus."

„Ally." Er schob seine eigene Waffe wieder in das Halfter. „Du kannst nichts mehr für sie tun. Sie ist tot."

Ally gestattete es sich nicht, zusammenzubrechen. Sie zwang sich zuzuschauen, wie der verletzte Polizist und der Komplize der Frau in einen Krankenwagen eingeladen wurden. Und sie zwang sich auch hinzusehen, als man die Frau in einen schwarzen Plastiksack legte und den Reißverschluss zuzog.

„Detective Fletcher."

Ebenso wie sie sich zwang, sich umzudrehen und ihrem Lieutenant ins Gesicht zu sehen. „Sir. Können Sie mir etwas über Dietz' Zustand sagen?"

„Ich bin auf dem Weg ins Krankenhaus. In Kürze werden wir mehr wissen."

Sie wischte sich mit dem Handrücken über den Mund. „Was ist mit dem Verdächtigen?"

„Die Sanitäter gehen davon aus, dass er es schaffen wird. Aber es wird wohl ein paar Stunden dauern, bis wir ihn vernehmen können."

„Kann ich … wird man mir erlauben, bei der Vernehmung anwesend zu sein?"

„Es ist immer noch Ihr Fall." Kiniki nahm sie am Arm und führte sie beiseite. „Ally, hör mir zu. Ich weiß, wie sich das anfühlt. Frag dich jetzt, hier, auf der Stelle, ob du etwas anderes hättest tun können."

„Ich weiß nicht."

„Hickman war hinter dir, Carson kam von links. Ich habe bisher nicht mit ihr gesprochen, aber Hickman hat ausgesagt, dass du dich zu erkennen gegeben und der Frau befohlen hast, stehen zu bleiben. Daraufhin drehte sie sich um und schoss. Als du ihr befahlst, die Waffe fallen zu lassen, war sie entschlossen, noch einmal zu schießen. Du hattest keine Wahl. Und genau das ist es, was ich morgen bei der

Routineanhörung von dir zu hören erwarte. Soll ich deinen Vater anrufen?"

„Nein, bitte nicht. Ich gehe morgen nach der Anhörung zu ihm."

„Dann fahr jetzt nach Hause und versuch zu schlafen. Wegen Dietz sage ich dir Bescheid."

„Sir, wenn ich nicht vom Dienst suspendiert bin, würde ich lieber mitkommen ins Krankenhaus. Zum einen wegen Dietz und zum anderen, um den Verdächtigen zu vernehmen, sobald wir von den Ärzten grünes Licht bekommen."

Kiniki zögerte einen Moment, doch dann entschied er, dass es wahrscheinlich besser für Ally war, wenn sie einfach weitermachte. „Gut. Du kannst mit mir fahren."

Die Panik war wie ein wildes Tier, das sich in seinen Hals krallte. Jonah versuchte sich einzureden, dass es nur daran lag, weil er keine Krankenhäuser mochte. Er hatte sie schon immer verabscheut. Der Geruch, der in ihnen hing, erinnerte ihn an die letzten schrecklichen Monate im Leben seines Vaters und machte ihm mit erschreckender Deutlichkeit seine eigene Sterblichkeit bewusst.

Seine Quelle hatte ihm versichert, Ally sei unverletzt. Darüber hinaus hatte er nur in Erfahrung bringen können, dass bei dem Zugriff irgendetwas schrecklich schief gegangen und sie im Krankenhaus war. Diese Information hatte ihm ausgereicht, um sich ins Auto zu setzen und in die Klinik zu fahren. Um sich mit eigenen Augen davon zu überzeugen, dass ihr wirklich nichts passiert war.

Sie saß in sich zusammengesunken auf dem Flur der Intensivstation. Die Bestie, die ihre Klauen in seinen Hals geschlagen hatte, ließ von ihm ab.

Ally hatte ihre Haarspange gelöst, eine Angewohnheit, wenn sie erschöpft oder angespannt war. Die ihm zugewandte Gesichtshälfte war hinter dem blonden Haarvorhang verbogen. Aber die zusammengesackte Haltung, die Hände, krampfhaft um ihre Knie geklammert, bestätigten seine Befürchtungen.

Als Jonah vor ihr in die Hocke ging, sah er, was er erwartet hatte: ein bleiches Gesicht, in dem dunkle, gepeinigt dreinschauende Augen standen.

„He." Er gab dem Drang nach, seine Hand auf ihre zu legen. „Schlimmer Tag?"

„Sehr schlimm." Sie schien sofort zu wissen, warum er hier war. „Ein Kollege befindet sich in kritischem Zustand. Es ist noch ungewiss, ob er es schafft."

„Das tut mir leid."

„Ja, mir auch. Die Ärzte wollen uns noch nicht erlauben, mit dem Dreckskerl zu reden, der auf ihn geschossen hat. Der männliche Verdächtige wurde als Richard Fricks identifiziert. Er hat Beruhigungsmittel bekommen und schläft jetzt sanft und selig, während Dietz mit dem Tod ringt und seine Frau drüben in der Kapelle für sein Leben betet."

Sie wünschte sich, sie könnte die Augen schließen und sich ins Dunkel zurückziehen. Sie tat es nicht, sondern schaute Jonah weiterhin an. „Und ich habe heute eine Frau getötet. Mit einer Kugel mitten ins Herz." Ihre Hände zitterten unter seinen, dann ballte sie sie zur Faust.

„Das ist wirklich ein sehr schlimmer Tag", sagte er. „Komm mit."

„Wohin?"

„Nach Hause. Ich bringe dich nach Hause." Als sie ihn verständnislos ansah, zog er sie auf die Füße. Sie fühlte sich irgendwie schwerelos, so als hätte sie jegliche Bodenhaftung verloren. „Du kannst hier nichts tun, Ally."

Sie schloss die Augen, rang nach Atem. „Das hat Hickman am Tatort auch gesagt. Dass es nichts mehr zu tun gebe. Wahrscheinlich habt ihr beide recht."

Sie erlaubte ihm, sie zum Aufzug zu führen. Es hatte keinen Zweck zu bleiben, und ebenso zwecklos war es vorzugeben, dass sie allein sein wollte. „Ich kann … mir eine Mitfahrgelegenheit besorgen."

„Du hast schon eine."

Ja, dachte sie. Es war sinnlos zu widersprechen oder sich gegen seinen Arm zu wehren, den er ihr um die Taille legte. „Woher wusstest du, wo du mich finden konntest?"

„Ein Streifenpolizist kam im Club vorbei, um die Barnes nach Hause zu fahren. Es war nicht ganz einfach, etwas aus ihm herauszubekommen, aber ich erfuhr immerhin, dass es Probleme gegeben hatte und wo du bist. Warum ist dein Vater nicht hier?"

„Er weiß noch nichts. Ich werde es ihm morgen erzählen."

„Was, zum Teufel, ist los mit dir?"

Ally blinzelte wie jemand, der aus einem dunklen Raum ins helle Licht tritt. „Was?"

Jonah zog sie aus dem Aufzug, lotste sie die Eingangshalle. „Soll er es von anderen erfahren? Sollte er nicht aus deinem eigenen Mund hören, dass du unverletzt bist? Was denkst du dir eigentlich dabei?"

„Ich ... habe gar nicht gedacht. Du hast recht." Während sie über den Parkplatz gingen, kramte sie in ihrer Umhängetasche nach ihrem Handy. „Ich rufe sofort an. Nur noch einen Moment."

Sie stieg ins Auto und versuchte, ruhig und gleichmäßig zu atmen. „Okay", flüsterte sie, als Jonah den Wagen startete. Nachdem sie gewählt hatte, wartete sie auf das erste Klingeln, dann hörte sie die Stimme ihrer Mutter.

„Mom." Plötzlich glaubte sie ersticken zu müssen. Sie nahm das Telefon vom Ohr und legte eine Hand darüber, bis sie sich sicher sein konnte, dass ihre Stimme wieder trug. „Mir geht es gut. Ist bei euch alles okay? Hör zu, ich bin gerade auf dem Heimweg und müsste kurz mal mit Dad sprechen. Ja, genau. Nur Polizeikram. Danke."

Jetzt schloss sie die Augen, während sie hörte, wie ihre Mutter ihren Vater rief, wie sich deren warmes Lachen mit dem ihres Vaters vermischte, bevor die Stimme ihres Dads an ihr Ohr drang.

„Ally? Was gibt's?"

„Dad." Ihre Stimme drohte zu brechen, aber sie ließ es nicht zu. Sie nahm alle Kraft, die sie noch hatte, zusammen. „Sag Mom nichts, was sie allzu sehr aufregen würde. Ich verlass mich auf dich."

Am anderen Ende der Leitung blieb es einen Moment still. „In Ordnung."

„Ich bin okay. Ich bin unverletzt und auf dem Heimweg. Heute ist der Zugriff erfolgt, aber leider ist es schrecklich schiefgegangen. Einer unserer Leute wurde angeschossen, er ist im Krankenhaus. Und ein Verdächtiger ist ebenfalls verletzt. Wir werden morgen in beiden Fällen mehr wissen."

„Ist alles okay mit dir? Allison?"

„Ja, ich bin unverletzt, Dad. Dad ... ich musste schießen. Sie war bewaffnet ... Beide Verdächtigen waren bewaffnet und haben das

Feuer eröffnet. Sie hat sich nicht … ich habe sie erschossen."

„Ich bin in zehn Minuten bei dir."

„Nein, bitte. Bleib bei Mom. Du wirst es ihr erzählen müssen, und sie wird sich schrecklich aufregen. Ich muss … ich muss einfach nur nach Hause und … morgen sehen wir weiter, okay? Können wir bitte morgen darüber reden? Ich bin so müde."

„Wenn du es wünschst."

„Ja, ganz bestimmt. Ich verspreche dir, dass ich okay bin."

„Ally, wer von deinen Leuten ist verletzt?"

„Dietz. Len Dietz." Sie hob ihre freie Hand, presste die Finger an die Lippen. Jetzt fühlte sich ihr Mund nicht mehr steif an, sondern weich. Quälend weich. „Sein Zustand ist kritisch. Der Lieutenant ist immer noch im Krankenhaus."

„Ich werde mich mit ihm in Verbindung setzen. Versuch erst mal ein bisschen zu schlafen, aber du kannst jederzeit anrufen, wenn du möchtest, dass ich komme. Ich bin dann sofort da. Wir können auch beide kommen."

„Ich weiß. Ich melde mich morgen früh. Ich glaube, morgen früh wird es leichter sein. Ich liebe dich."

Ally trennte die Verbindung und warf das Handy in ihre Tasche. Als sie die Augen öffnete, sah sie, dass sie bereits vor ihrem Haus angelangt waren. „Danke für …"

Sie hatte noch nicht zu Ende gesprochen, da stieg Jonah bereits aus und ging um das Auto herum auf ihre Seite. Er öffnete ihre Tür und streckte Ally die Hand hin. „Ich bin total durcheinander. Wie spät ist es?"

„Egal. Gib mir deinen Schlüssel."

„Ach ja, der Traditionalist", spöttelte sie, wobei sie ihren Schlüsselbund suchte, ohne zu bemerken, dass sie mit ihrer Linken seine Hand wie einen Rettungsanker umklammerte. „Bestimmt muss ich bald auch noch mit Blumen rechnen."

Seite an Seite durchquerten sie die Eingangshalle und stiegen in den Aufzug.

„Ich habe das Gefühl, ich müsste irgendetwas tun. Ich weiß nur nicht, was. Wir haben sie identifiziert, sie hatte einen Ausweis dabei. Madeline Fricks. Madeline Ellen Fricks", murmelte Ally, während sie wie eine Schlafwandlerin aus dem Aufzug trat. „Alter sechsunddreißig, Wohnsitz … Englewood. Irgendjemand sollte es überprüfen. Ich sollte es überprüfen."

Jonah schloss ihre Wohnungstür auf, zog sie in die Wohnung. „Setz dich, Ally."

„Ja, das könnte ich." Sie schaute sich mit leerem Blick im Wohnzimmer um. Hier sah es immer noch genauso aus wie heute Morgen. Nichts hatte sich verändert. Warum erschien ihr dann trotzdem alles so ganz anders?

Jonah löste das Problem, indem er sie kurzerhand hochhob und in ihr Schlafzimmer trug.

„Was hast du vor?"

„Du wirst dich jetzt hinlegen. Gibt es hier irgendwo etwas zu trinken?"

„Jede Menge."

„Schön. Dann werde ich mich mal auf die Suche machen." Er legte sie aufs Bett.

„Bald geht's mir wieder gut."

„Richtig." Jonah ließ sie allein und ging in die Küche, wo er in einem Hängeschrank eine noch ungeöffnete Flasche Cognac fand. Er schenkte drei Finger breit in ein Glas. Als er damit ins Schlafzimmer zurückkehrte, saß Ally mit angezogenen Beinen im Bett, die Arme fest um die Knie geschlungen.

„Ich habe angefangen zu zittern." Sie presste ihr Gesicht an ihre Knie. „Wenn ich etwas zu tun hätte, wäre das nicht passiert."

„Hier hast du etwas zu tun." Er setzte sich neben sie, legte ihr die Hand unters Kinn und hob ihr Gesicht an. „Trink das."

Als er ihr das Glas an die Lippen hielt, trank sie gehorsam einen Schluck. Anschließend hustete sie und wandte den Kopf ab. „Ich hasse Cognac. Er schmeckt grauenhaft. Irgendwer hat ihn mir letztes Jahr zu Weihnachten geschenkt, weiß der Himmel, warum. Ich wollte …" Sie brach ab, begann sich hin und her zu wiegen.

„Trink noch mehr. Komm, Fletcher, sei brav und schluck deine Medizin."

Er ließ ihr kaum eine andere Wahl, als noch einen großen Schluck zu trinken. Ihr schossen die Tränen in die Augen, und in ihre Wangen kam schlagartig Farbe.

„Wir hatten das Haus umstellt und die Umgebung weiträumig

abgeriegelt. Sie wären nicht durchgekommen. Sie hätten nicht flüchten können."

Offenbar musste sie es sich von der Seele reden. Jonah stellte den Cognac beiseite. „Aber sie sind trotzdem weggerannt."

„Wir wollten eben reingehen, als er – Fricks – von irgendwo hinten ankam und wild um sich schoss. Er hat Dietz kaltblütig niedergestreckt. Daraufhin sind noch ein paar Kollegen nach hinten gegangen. Andere sind vorn rein. Ich habe den Anfang gemacht, Hickman war dicht hinter mir. Wir sind jeder in eine andere Richtung losgelaufen, um das Haus zu durchsuchen."

Sie sah es immer noch vor sich, wie sie sich leise und schnell durch das hell erleuchtete Haus bewegt hatten.

„Ich habe von draußen mehr Schüsse gehört und Gebrüll. Ich wollte schon fast wieder zurückgehen, weil ich glaubte, sie seien vielleicht beide nicht mehr im Haus und würden versuchen, irgendwie zu entkommen. Aber dann sah ich ... es gibt da eine Art Sonnenterrasse, über die man in den Garten kommt, und ich sah, dass die Schiebetür nicht ganz geschlossen war. Im gleichen Moment, als ich hinaustrat, entdeckte ich sie. Sie rannte in die entgegengesetzte Richtung wie ihr Komplize davon. Wahrscheinlich wollten sie, dass wir uns aufteilen. Ich rief ihr zu, stehen zu bleiben, aber sie rannte weiter. Ich bin ihr gefolgt, und dann drehte sie sich plötzlich um und schoss. Aber sie hat schlampig gezielt. Ich befahl ihr wieder, stehen zu bleiben, die Waffe wegzuwerfen. Sie hatte ja gar keine andere Wahl, es gab nichts mehr, wohin sie hätte fliehen können. Aber sie wirbelte herum."

„Sie wirbelte herum", wiederholte Ally nach einem Moment des Schweigens. „Der Mond schien hell ... extrem hell ... er fiel auf ihr Gesicht und die Augen und ... auf die im Mondlicht glänzende Pistole. Und dann ... habe ich sie erschossen."

„Hattest du eine andere Wahl?"

Ihre Lippen zitterten. „Nein. Vom Verstand her weiß ich das. Ich bin die Situation wieder und wieder durchgegangen, in allen Einzelheiten, bestimmt schon ein Dutzend Mal. Aber auf so etwas bereitet einen niemand vor. Auf so etwas kann einen niemand vorbereiten. Es kann einem niemand sagen, wie es ist. Man muss es selbst durchmachen."

Als ihr die erste Träne über die Wange rollte, wischte Ally sie ungeduldig weg. „Ich weiß nicht mal, warum ich jetzt heule. Oder um wen."

„Es ist egal." Jonah legte seinen Arm um sie, zog ihren Kopf an seine Schulter und hielt sie, während sie weinte.

Vergegenwärtigte sich, was sie soeben erzählt hatte.

Schlampig gezielt, hatte sie gesagt, wobei sie über die Tatsache hinwegging, dass jemand versucht hatte, sie zu töten. Und doch weinte sie, weil sie keine andere Wahl gehabt hatte, als ein Menschenleben zu beenden.

Cops. Jonah rieb seine Wange an Allys Haar. Sie würden ihm ein ewiges Rätsel bleiben.

Ally schlief zwei Stunden lang wie ein Stein. Als sie aufwachte und merkte, dass sie sich um Jonah gewickelt hatte, war es noch dunkel.

Um sich zu orientieren, blieb sie noch einen Moment still liegen, wobei sie sein Herz stark und gleichmäßig unter ihrer Handfläche pochen fühlte. Sie lag mit offenen Augen da und hakte in Gedanken eine Strichliste ab. Außer leichten Kopfschmerzen konnte sie bei sich nichts Ungewöhnliches feststellen – abgesehen von einem Katzenjammer, weil sie Jonah die Ohren voll geheult hatte. Aber damit konnte sie leben, obwohl es ihr peinlich war.

Als sie versuchsweise die Zehen bewegte, entdeckte sie, dass sie barfuß war. Und dass ihr Wadenhalfter weg war.

Dasselbe galt für ihr Schulterhalfter, wie sie gleich darauf feststellte.

Jonah hatte sie entwaffnet. In mehrfacher Hinsicht. Erst hatte sie ihm etwas vorgeheult, dann hatte sie sich in der Dunkelheit um ihn gewickelt. Weit schlimmer noch war allerdings die Entdeckung, dass sie sich sehnlichst wünschte, genau so wie jetzt liegen bleiben zu können.

In der Annahme, er schliefe, begann sie vorsichtig, von ihm abzurücken.

„Geht's dir besser?"

Sie erschrak dermaßen, dass sie zusammenzuckte. „Viel besser. Ich schätze, ich schulde dir etwas."

„Ja, das schätze ich auch." Er suchte in der Dunkelheit ihren Mund und küsste sie.

Sanft, unerwartet sanft. Warm, köstlich warm. Ja, genau so wollte sie bleiben, deshalb erwiderte sie seinen Kuss und nahm ihre Hand von seinem Herzen, um sie an seine Wange zu schmiegen. Und protestierte nicht, als er sich drehte und sich auf sie legte.

Sein solides Gewicht zu spüren, die harten Flächen seines Körpers, seinen verführerisch heißen Atem, genau danach sehnte sie sich im Augenblick. Ally schlang die Arme um seinen Hals und hielt ihn fest, so fest, wie er sie vor ein paar Stunden gehalten hatte.

Jonah ergab sich der Köstlichkeit des Augenblicks, dem geheimnisvollen Geschmack ihres Mundes, den verschlafenen, lustvollen Seufzern, die an sein Ohr drangen, den weichen weiblichen Formen, die er unter sich spürte. Er hatte die ganze Zeit neben ihr gelegen, hellwach und bereit, während die Gedanken in seinem Kopf wild durcheinandergewirbelt waren. Er hatte sich vor Verlangen nach ihr verzehrt, hatte sich wie im Fieber gefühlt.

Doch jetzt, da sie aufgewacht war, merkte er, dass er fast in seiner Zärtlichkeit ertrank.

Dass er weder willens noch fähig war, das anzunehmen, was sie ihm anbot.

Er löste sich behutsam von ihr und fuhr ihr mit dem Daumen übers Kinn. „Schlechtes Timing", brummte er, während er sich aus dem Bett rollte.

„Ich …" Ally räusperte sich. Das Verlangen in ihrem Körper hatte schon eingesetzt, ihre Gedanken waren bereits ins Trudeln gekommen. Jetzt hing sie im luftleeren Raum. „Hör zu, falls du irgendwelche blödsinnigen Skrupel hast, du könntest einen schwachen Moment ausnutzen, irrst du dich."

„Meinst du?"

„Hundertprozentig. Ich weiß, wie man Nein sagt, verlass dich drauf. Und obwohl ich dir dankbar bin, dass du mich nach Hause gebracht hast und bei mir geblieben bist, ist meine Dankbarkeit doch nicht so groß, um dich dafür mit Sex zu bezahlen. Himmel, so was würde ich nie tun, dazu halte ich viel zu viel von mir."

Er lachte und setzte sich auf die Bettkante. „Offenbar geht es dir wirklich besser."

„Sag ich doch." Sie rückte näher an ihn heran, warf ihr Haar zurück und liebkoste seinen Hals.

Sein Puls begann schlagartig zu rasen, während in seinen Lenden ein gewaltiger Feuerball explodierte. „Es ist eine echte Versuchung.“ Er war froh, dass er wenigstens noch Luft bekam, und tätschelte ihr vor dem Aufstehen mit gespielter Beiläufigkeit die Hand. „Aber trotzdem vielen Dank.“

Sie war so gekränkt über die Zurückweisung, dass ihr fast eine hitzige Bemerkung herausgerutscht wäre. Doch als ihr Dennis einfiel, schaffte sie es, sich zurückzuhalten. „Okay. Verrätst du mir auch, warum? Unter den gegebenen Umständen scheint mir das eine durchaus zulässige Frage.“

„Aus zwei Gründen.“ Als Jonah die Nachttischlampe anknipste, kniff Ally geblendet die Augen zusammen. Beim Blick auf ihr Gesicht stockte ihm der Atem. „Gott, bist du schön.“

Ihr rieselte ein kleiner Schauer über den Rücken. „Ist das einer der Gründe, weshalb du mich nicht willst?“

„Ich will dich. Ich will dich sogar wie verrückt. Und das macht mich wahnsinnig.“ Er fuhr ihr mit einer Hand durchs Haar und wickelte sich eine Strähne um den Finger. „Du bist in meinem Kopf, Ally, viel zu oft, als dass ich mich dabei wohlfühlen könnte. Ich will mich aber wohlfühlen. Das ist einer der Gründe, weshalb ich noch nicht richtig weiß, ob ich mich mit dir einlassen will. Mir fallen eine Menge interessanter Sachen ein, die ich mit dir anstellen könnte, gleichzeitig weiß ich, dass ich mich gnadenlos verheddern werde, sollte ich auch nur die Hälfte davon in die Tat umsetzen.“

Ally lehnte sich zurück und musterte ihn abschätzend. „Ich könnte mir vorstellen, dass du kein Problem damit hast, die Reißleine zu ziehen.“

„Normalerweise nicht. Aber bei dir ist das anders. So simpel ist das.“

Ihre Gekränktheit verflog augenblicklich. „Interessant. Und dabei habe ich dich bisher für jemanden gehalten, der sich ohne groß nachzudenken nimmt, was er will.“

„Irrtum. Ich stelle vorher stets eine Kosten-Nutzen-Analyse an. Erst anschließend nehme ich es mir – vorausgesetzt, ich will es dann noch.“

„Mit anderen Worten, ich mache dich nervös.“

„Richtig. Grins ruhig“, fuhr er fort. „Ich kann es dir nicht einmal verübeln.“

Sie lachte. „Du hast von zwei Gründen gesprochen. Was ist der zweite?"

„Diese Antwort ist einfach." Er beugte sich zu ihr herunter und legte ihr die Hand unters Kinn. „Ich mag keine Cops", sagte er und streifte ihren Mund leicht mit den Lippen.

Als er sich zurückziehen wollte, ließ sie es nicht zu, sondern presste sich mit dem ganzen Körper an ihn. Dass er zusammenzuckte, verschaffte ihr eine tiefe Genugtuung.

„Du bringst wirklich Probleme", brummte er. „Ich verschwinde lieber."

„Feigling."

„Okay, das ist hart, aber ich werde darüber hinwegkommen." Er schnappte sich sein Sakko, das er auf einen Sessel geworfen hatte, schlüpfte hinein und anschließend in seine Schuhe.

Ally konstatierte, dass sie sich nicht nur einfach besser fühlte. Sie fühlte sich sogar großartig. Unbesiegbar. „Warum kommst du nicht her und kämpfst wie ein Mann?"

Er schaute zu ihr. Sie kniete im Bett, mit herausfordernd glitzernden Augen, das Haar ein Wasserfall aus purem Gold.

Ihm lag immer noch ihr Geschmack auf der Zunge.

Aber er schüttelte den Kopf, ging zur Tür. Bestrafte sich selbst mit einem letzten Blick zurück. „Morgen früh würde ich uns beide dafür nur hassen", erklärte er und ging, begleitet von ihrem Auflachen, davon.

7. KAPITEL

Ally war um sechs Uhr auf, um sieben war sie abmarschbereit. Als sie eilig ihre Wohnung verließ, überrannte sie fast ihre Eltern, die gerade bei ihr klingeln wollten.

„Mom." Sie warf ihrem Vater einen Blick zu und wollte gerade etwas sagen, als ihre Mutter sie auch schon in die Arme zog. „Mom", wiederholte sie. „Mir geht es gut, wirklich."

„Das musst du jetzt schon noch ein bisschen ertragen." Cilla drückte Ally fest an sich, Wange an Wange, Herz an Herz.

Wie albern, dachte Cilla. Wie albern, sich die ganze Nacht zusammenzureißen, um nun, da sie ihr Kind, ihre geliebte Tochter, endlich in den Armen hielt, fast zusammenzubrechen.

Doch das würde, das durfte sie sich nicht gestatten.

„Okay." Sie erlaubte ihren Lippen, noch einen Moment an Allys Schläfe zu verweilen, dann lehnte sie sich zurück, um ihre Tochter anzuschauen.

„Ich musste mit eigenen Augen sehen, dass es dir wirklich gut geht. Dein Glück, dass mich dein Vater so lange aufgehalten hat."

„Ich wollte nicht, dass du dir Sorgen machst."

„Es ist mein Job, mir Sorgen zu machen. Und seinen Job sollte man immer so gut wie möglich machen, davon bin ich überzeugt."

Ally sah, dass ihre Mutter mit den Tränen kämpfte. „Du brauchst dich nicht zu rechtfertigen."

Cilla O'Roarke Fletcher hatte dieselben goldbraunen Augen wie ihre Tochter, ihr sanft schwingendes, kurz geschnittenes schwarzes Haar passte gut zu ihren ausgeprägten Gesichtszügen und der rauchigen Stimme.

„Ich habe mir aber trotzdem Sorgen gemacht."

Da die beiden Frauen fast gleich groß waren, brauchte Ally sich nur vornüber zu lehnen, um Cilla einen Kuss auf die Wange zu geben. „Na, jetzt kannst du damit aufhören. Ich bin in Ordnung, wirklich."

„Du siehst auch nicht schlecht aus."

„Kommt rein. Ich mache euch einen Kaffee."

„Nein, du wolltest eben gehen. Ich musste dich einfach nur kurz sehen." Und anfassen, dachte Cilla. Meine Kleine. „Ich muss in den

Sender. Ich habe gleich am Morgen einen Interviewtermin. Dein Dad setzt mich dort ab, du kannst also heute mein Auto haben, wenn du willst."

„Woher weißt du, dass ich ein Auto brauche?"

„Das haben mir meine Kundschafter überbracht", warf Boyd ein. „Deins müsste eigentlich bis zum Spätnachmittag fertig sein."

„Ich wäre auch so klargekommen." Ally zog mit einem Stirnrunzeln die Tür hinter sich ins Schloss.

„Selbst wenn das so sein sollte, will ich trotzdem nicht hoffen, dass ich eine undankbare Tochter großgezogen habe, die von ihrem Vater verlangt, untätig zu bleiben, statt ihr zu helfen", warf Cilla ein, während sie ihre Tochter eingehend musterte. „Dann wäre ich nämlich sehr enttäuscht."

Boyd grinste, legte Cilla einen Arm um die Schultern und drückte ihr einen Kuss aufs Haar.

„Sehr witzig", brummte Ally. „Danke, Dad."

„Nichts zu danken, Allison."

„So, und wer von uns wird Dennis Overton jetzt das Fell über die Ohren ziehen?" Cilla rieb sich freudig erregt die Hände. „Oder planen wir eine Gemeinschaftsaktion? In diesem Fall würde ich den Anfang machen."

„Sie hat einen Hang zur Gewalttätigkeit", erklärte Ally.

„Das brauchst du mir nicht zu sagen. Nichts da, Mädchen." Boyd warf Cilla einen strengen Blick zu. „Wir leben in einem Rechtsstaat, falls du das vergessen haben solltest. Und nun ... Detective." Während sie zum Aufzug gingen, legte Boyd seiner Tochter einen Arm um die Schultern. „Du fährst zuerst ins Krankenhaus. Da liegt ein Verdächtiger, der vernommen werden muss."

„Wann ist denn der Termin für die Anhörung wegen ... der Schießerei?"

„Heute Vormittag. Du wirst eine Aussage machen und einen Bericht schreiben müssen. Detective Hickman hat seinen gestern noch verfasst, sodass wir bereits ein recht klares Bild von dem Vorfall haben. Du brauchst dir keine Sorgen zu machen."

„Ich mache mir auch keine. Jetzt nicht mehr, jedenfalls. Inzwischen weiß ich, ich hatte keine andere Wahl, obwohl ich zugeben muss, dass ich das gestern Abend noch nicht so klar gesehen habe."

Ally atmete laut aus. „Gar nicht eigentlich. Es war wirklich schlimm. Aber jetzt ist es okay. So okay, wie es unter den gegebenen Umständen sein kann."

„Du hättest letzte Nacht nicht allein bleiben sollen", bemerkte Cilla.

„War ich auch nicht, jedenfalls nicht die ganze Zeit. Ein … ein Freund war bei mir."

Boyd machte den Mund auf und wieder zu. Nach Allys Anruf hatte er postwendend Kontakt mit Kiniki aufgenommen. Er wusste, dass Jonah Ally vom Krankenhaus nach Hause gefahren hatte, deshalb brauchte er nicht viel Vorstellungskraft, um sich auszumalen, wer dieser „Freund" war.

Allerdings wusste er nicht so recht, wie ihm bei diesem Gedanken zumute war.

Ally fuhr auf den Besucherparkplatz des Krankenhauses und musste erst eine Runde drehen, bevor sie einen freien Parkplatz fand. Während sie ihr Auto abschloss, entdeckte sie Hickman.

„Toller Schlitten." Er hatte die Hände in den Taschen und blinzelte mit zusammengekniffenen Augen in die Sonne. „Nicht jeder Cop hat einen Mercedes als Zweitwagen."

„Er gehört meiner Mutter."

„Und was für eine Mutter!" Das konnte er mit voller Überzeugung behaupten, weil er Cilla kannte. „Wie geht es dir?"

„Ganz gut." Sie gesellte sich zu ihm. „Hör zu, ich weiß, du hast deinen Bericht über den Vorfall bereits geschrieben. Danke, dass du so schnell warst und zu meinen Gunsten ausgesagt hast."

„Ich habe mich nur an die Tatsachen gehalten. Du hast lediglich einen Sekundenbruchteil vor mir abgedrückt. Wenn ich der Einsatzleiter gewesen wäre, hätte ich sie erschossen."

„Danke. Schon was von Dietz gehört?"

„Sein Zustand ist noch immer kritisch." Hickmans Gesicht verdüsterte sich. „Immerhin hat er die Nacht überstanden, das lässt hoffen. Aber dem Dreckskerl, der ihn hierher gebracht hat, würde ich's trotzdem gern zeigen."

„Dann mach dich bereit."

„Weißt du schon, wie du es angehen willst?"

„Noch nicht genau." Sie liefen zusammen durch die Eingangshalle zu den Aufzügen. „Die Frau hat von ihrem Handy aus telefoniert, das heißt, dass da mindestens noch eine weitere Person beteiligt war. Vermutlich zwei. Jemand aus dem Club und jemand, der die Fäden gezogen hat. Unser Freund hier hat einen Polizisten niedergeschossen, er weiß, dass er sich auf einiges gefasst machen muss. Seine Frau ist tot, die Aktion schiefgegangen, und er kann sich schon mal an den Gedanken gewöhnen, dass er bald in der Todeszelle sitzt."

„Das dürfte für ihn kein schlechter Anreiz sein zu reden. Hast du vor, ihn mit einem Deal für ‚lebenslänglich' zu ködern?"

„Das ist der Weg. Jetzt müssen wir nur noch dafür sorgen, dass er ihn auch geht."

Sie hielt dem Uniformierten, der vor Fricks' Tür postiert war, ihre Dienstmarke hin und betrat das Krankenzimmer.

Fricks lag im Bett, er war bleich, aber die Augen hatte er offen. Er streifte Ally und Hickman mit einem kurzen Blick, dann schaute er wieder an die Decke.

„Ohne Anwalt sage ich nichts."

„Das erleichtert uns die Sache." Hickman trat ans Bett und verzog den Mund. „Sieht gar nicht aus wie ein Polizistenmörder, was, Fletcher?"

„Das ist er auch nicht. Noch nicht. Vielleicht packt Dietz es ja doch noch. Aber unser lieber Freund hier sollte sich trotzdem schon mal darauf einstellen, auf einen Tisch geschnallt und wie ein kranker Hund eingeschläfert zu werden. Nächtlicher Einbruch, Besitz einer nicht registrierten Schusswaffe, Mordversuch an einem Polizisten." Ally rollte die Schultern. „Und das ist noch längst nicht alles."

„Ich sage gar nichts."

„Dann eben nicht. Warum sollten Sie auch versuchen, sich selbst zu helfen?", fragte Ally. „Dafür ist schließlich Ihr Anwalt da. Das Problem ist nur, ich bin momentan nicht in Stimmung, mit Anwälten Deals auszuhandeln. Wie siehst du das, Hickman?"

„Ganz genauso."

„Na, gehört? Wir sind nicht in der Stimmung", wiederholte Ally. „Nicht, solange ein Kollege von uns auf der Intensivstation mit dem Tod ringt. In einer solchen Situation haben wir einfach keine Lust, uns mit Anwälten herumzuärgern, die nur daran interessiert sind, ihre Mandanten freizubekommen, ganz gleich, was die auf dem Kerbholz haben. Ist doch so, Hickman, oder?"

„Absolut. Ich kann beim besten Willen keinen Grund erkennen, warum wir diesem Kerl hier auch nur im Geringsten entgegenkommen sollten. Soll er zusehen, wo er bleibt."

„Ich finde, wir sollten trotzdem ein bisschen Mitgefühl zeigen. Immerhin hat er gestern Abend seine Frau verloren." Sie sah den gequälten Ausdruck, der über Fricks' Gesicht huschte, bevor er die Augen schloss.

Ah, das also war seine Achillesferse.

„Ist schon hart. Die Frau tot, und er liegt hier verletzt und wartet auf sein Todesurteil." Ally hob die Schultern, ließ sie wieder fallen. „Vielleicht ist ihm gar nicht klar, dass die anderen, die ihn überhaupt erst in diese Situation gebracht haben, ungeschoren davonkommen. Ungeschoren und mit einem Haufen Geld, während seine Frau begraben wird und man ihm einen Strick um den Hals legt." Sie beugte sich übers Bett. „Aber vielleicht hat er seine Frau ja gar nicht geliebt."

„Hören Sie auf, so über Madeline zu reden." Seine Stimme zitterte. „Sie war mein Leben."

„Oje, mir kommen die Tränen. Wirklich. Auch wenn Hickman wahrscheinlich gar nichts darauf gibt, aber ich habe eine Schwäche für Liebesgeschichten. Und deshalb werde ich Ihnen jetzt sagen, wie Sie sich selbst helfen können. Weil Ihre Frau, vorausgesetzt, Sie haben sich wirklich geliebt, bestimmt nicht gewollt hätte, dass Sie die Suppe allein auslöffeln."

Seine Augen flackerten, schlossen sich.

„Sie sollten darüber nachdenken. Wir könnten zum Staatsanwalt gehen und um einen gewissen Strafnachlass bitten, wenn Sie kooperieren. Zeigen Sie aktive Reue, Richard. Das könnte Sie davor bewahren, auf einem Tisch festgeschnallt zu werden."

„Okay, ich rede. Ich bin sowieso schon tot."

Ally warf Hickman einen Blick zu. „Sie werden Personenschutz erhalten."

Fricks hielt die Augen immer noch geschlossen, und jetzt quollen unter seinen Lidern Tränen hervor. „Ich habe meine Frau geliebt."

„Das weiß ich." Ally ließ die Schutzvorrichtung am Bett herunter, sodass sie sich auf die Bettkante setzen konnte. Es war intimer so und signalisierte Mitgefühl. Und sie passte ihre Stimme der Situation an, als sie fortfuhr: „Ich habe Sie beide im ‚Blackhawk' beobachtet. An der Art, wie Sie sich angesehen haben, konnte man erkennen, dass zwischen Ihnen etwas Besonderes ist."

„Sie … sie ist tot."

„Aber Sie haben versucht, sie zu retten, Richard, oder? Sie sind zuerst aus dem Haus gerannt, um ihr Deckung zu geben. Deshalb sind Sie jetzt in diesem Schlamassel. Sie hat Sie geliebt. Sie würde wollen, dass Sie weiterleben, dass Sie alles tun, um weiterzuleben. Richard, Sie wollten Ihre Frau gestern Abend retten, indem Sie die Polizei ablenkten, damit sie entkommen kann. Sie haben getan, was Sie konnten. Jetzt müssen Sie sich selbst retten."

„Niemand sollte verletzt werden. Die Waffen waren nur eine Vorsichtsmaßnahme, wir wollten sie bloß zur Abschreckung, falls irgendwas schiefgeht."

„Richtig, Sie haben das nicht geplant. Das glaube ich Ihnen. Das wird beim Prozess eine nicht unwesentliche Rolle spielen. Die Dinge sind einfach außer Kontrolle geraten."

„Es war das erste Mal, dass etwas schiefgegangen ist. Sie hat einfach Panik bekommen, das ist alles. Sie hat Panik bekommen, deshalb hat sie geschossen. Und ich auch."

„Sie hatten nie vor, irgendwem Gewalt anzutun." Ally sprach immer noch leise und mitfühlend, obwohl sie plötzlich vor ihrem geistigen Auge wieder Dietz blutend auf dem Boden liegen sah. „Sie wollten ihr nur Zeit geben zu entkommen." Sie schwieg einen Moment, während er leise in sich hineinweinte.

„Wie haben Sie die Alarmanlage ausgeschaltet?"

„Mit so was kenne ich mich aus." Er nahm die Papiertücher, die sie ihm reichte, und trocknete sich die Tränen. „Ich habe im Sicherheitsdienst gearbeitet. Davon abgesehen, vergessen die Leute auch oft, ihre Alarmanlagen einzuschalten. Wenn die Anlagen an waren, schaffte ich es normalerweise, sie abzustellen. Und wenn es wider Erwarten doch mal nicht klappte, war es eben Pech, und wir sind wieder gegangen. Wohin hat man Madeline gebracht? Wo ist sie?"

„Dazu kommen wir noch. Wenn Sie mir bei dieser Sache helfen, werde ich mich dafür einsetzen, dass Sie sie sehen können. Wer hat

Sie vom Club aus angerufen, um Ihnen zu sagen, dass bei den Barnes etwas faul ist? War es dieselbe Person, die Madeline vom Auto aus angerufen hat?“

Er atmete schluchzend aus, schüttelte den Kopf. „Ich will Straffreiheit.“

Hickman schnaubte verächtlich und machte einen Schritt auf Ally zu, um sie, seiner Rolle gemäß, ungeduldig vom Bett hochzuziehen. „Straffreiheit, das gibt’s doch nicht! Du tust alles, um ihm zu helfen, und er verlangt, ungeschoren davonzukommen. Gib ihm einen Tritt, mehr hat er nicht verdient.“

„Jetzt sei doch mal still. Siehst du denn nicht, was los ist? Der Mann ist völlig am Ende. Er liegt hier und kann nicht mal Vorbereitungen für das Begräbnis seiner Frau treffen.“

„Sie …“ Fricks wandte den Kopf ab und atmete schwer auf. „Sie wollte unbedingt verbrannt werden. Es war wichtig für sie.“

„Wir können helfen, es zu arrangieren. Wir können helfen, dass sie bekommt, was sie wollte. Aber Sie müssen sich revanchieren.“

„Ich will Straffreiheit.“

„Hören Sie, Richard. Sie können nicht den Mond und die Sterne gleichzeitig verlangen. Ich könnte Ihnen jetzt das Blaue vom Himmel herunter versprechen, aber ich will ehrlich zu Ihnen sein. Das Beste, was ich für Sie erreichen kann, ist Strafmilderung.“

„Wir brauchen ihn nicht, Ally.“ Hickman griff nach der Patientenkartei, die am Fußende des Bettes hing, und studierte sie. „Ich schlage vor, wir vergessen ihn einfach und kümmern uns allein weiter um die Sache. Ich garantiere dir, innerhalb von zwei Tagen haben wir alles, was wir brauchen.“

„Er hat recht.“ Ally stieß einen Seufzer aus und schaute wieder zu Fricks. „Zwei Tage, vielleicht weniger, und wir haben die Antworten. Aber wenn Sie helfen, uns ein bisschen Zeit und ein paar Probleme zu ersparen, verspreche ich Ihnen, dass ich mich für Sie einsetze. Wir wissen, dass noch andere Leute in die Sache verwickelt sind. Es ist nur eine Frage der Zeit, bis wir sie haben. Wenn Sie mir helfen, revanchiere ich mich. Und ich sehe zu, dass Madeline eine würdige Beerdigung bekommt.“

„Es war ihr Bruder“, presste er zwischen zusammengebissenen Zähnen heraus. Als er Ally jetzt anschaute, waren seine Augen staubtrocken und loderten vor Hass. „Er hat sie überredet. Er konnte sie zu allem überreden. Es sollte ein Abenteuer sein, etwas Aufregendes. Er war die treibende Kraft, bei allem. Er ist schuld daran, dass sie tot ist."

„Wo wohnt er?"

„Er hat unten in Littleton ein Haus. Ein großes Haus am See. Sein Name ist Matthew Lyle, er wird sich an mir rächen, wenn er erfährt, was mit Madeline passiert ist. Er ist verrückt. Ich sage Ihnen, er ist wahnsinnig und völlig besessen von ihr. Er wird mich umbringen."

„Okay, machen Sie sich keine Sorgen. Er wird Ihnen nicht zu nahe kommen." Ally zückte ihr Notizbuch. „Erzählen Sie mir noch ein bisschen mehr über Matthew Lyle."

Um vier an diesem Nachmittag saß Jonah an seinem Schreibtisch und versuchte zu arbeiten. Er war wütend auf sich selbst, weil er drei Anrufe gemacht hatte, um Ally zu erreichen, zweimal auf ihrem Handy und einmal auf dem Revier. Und genauso wütend war er auf sie, weil sie nicht zurückgerufen hatte.

Er war mittlerweile zu der Überzeugung gelangt, dass es falsch gewesen war, heute Morgen in aller Herrgottsfrühe von ihr wegzugehen, statt zu bleiben und zu nehmen, was sie ihm angeboten hatte.

Ein Fehler, mit dem er leben musste. Gleichzeitig er war sicher, dass ihm das besser gelingen würde als mit jeder anderen Alternative.

Allerdings erwartete er trotz allem, von ihr wenigstens über ihre nächsten Schritte informiert zu werden. Das war sie ihm schuldig, verdammt noch mal! Er hatte sie in sein Leben, in seinen Club gelassen, hatte erlaubt, dass sie Seite an Seite mit seinen Freunden arbeitete, während sie ihn hintergangen hatte. Während sie alle hintergangen hatte. Während er sie alle hintergangen hatte.

Nein, bei Gott, er wollte Antworten.

Er streckte eben ein weiteres Mal die Hand nach dem Telefonhörer aus, als die Aufzugtüren auseinanderglitten. Und Ally hereingerauscht kam.

„Ich hatte den Code noch."

Schweigend legte er den Hörer zurück. Er sah, dass sie für die

Arbeit angezogen war. Für die Polizeiarbeit. „Ich werde mir vormerken, ihn ändern zu lassen."

Sie zog die Augenbrauen hoch, während sie weiterging und sich ihm gegenüber in einen Sessel setzte. „Das dachte ich mir."

Ihm ist eine Laus über die Leber gelaufen, überlegte sie. Allerdings hatte sie keine Ahnung, welche. Nun, das würden sie später klären. „Fricks hat seinen Schwager verpfiffen", berichtete sie. „Matthew Lyle alias Lyle Matthews alias Lyle Delany. Größtenteils Computerkriminalität, ein paar Überfälle. Er hat ein langes Strafregister, aber die meisten Anklagen wurden abgeschmettert. Wegen unzureichender Beweislage oder weil mit der Staatsanwaltschaft Deals zustande kamen. Er war auch mal in psychiatrischer Behandlung. Jetzt ist er auf der Flucht. Wir sind vor zwei Stunden zu seiner Wohnung gefahren, aber er war schon fort."

Ally machte eine Pause und rieb sich die Augen. „Hatte keine Zeit, irgendwas mitzunehmen. Das Haus war bis obenhin vollgestopft mit Diebesgut. Allem Anschein nach haben sie ganz wenig weiterverkauft, wenn überhaupt. In dem Haus sieht es aus wie in einer Auktionshalle. Ach, übrigens, dir wird heute Abend eine Bedienung fehlen."

„Ich hatte nicht damit gerechnet, dass du heute Abend zur Arbeit erscheinst."

„Ich rede nicht von mir, sondern von Jan. Nach Fricks' Aussage hatte sie mit Lyle ein Verhältnis. Sie war die Verbindungsfrau im Innern. Sie hat die potenziellen Opfer ausspioniert und Lyle über Handy die Kreditkartennummern mitgeteilt. Dann kamen die Fricks ins Spiel und zogen die Nummer mit den Schlüsseln ab. Und wenn die Gäste nach der Rechnung verlangten, alarmierte Jan die beiden. Falls nötig, hat sie alles getan, um die Bezahlung so lange hinauszuzögern, bis die Fricks' es geschafft hatten, das Weite zu suchen. Alles in allem ist die Rechnung jedes Mal aufgegangen."

„Befindet sich Jan in Gewahrsam?"

„Nein, offenbar war sie letzte Nacht überhaupt nicht zu Hause. Ich nehme an, sie ist direkt zu Lyle gegangen, und dann sind sie zusammen untergetaucht. Aber wir schnappen sie schon noch. Alle beide."

„Daran zweifle ich keine Sekunde. Ich nehme an, damit ist deine Zusammenarbeit mit dem ‚Blackhawk' beendet."

„Sieht ganz danach aus." Ally stand auf und ging zum Fenster.

Da die Jalousien heute geschlossen waren, schob sie einen Finger zwischen die Lamellen und drückte sie hinunter, um hinausschauen zu können. „Ich werde deine Angestellten befragen müssen. Hast du etwas dagegen, wenn ich dein Büro benutze?"

„Nein."

„Gut. Ich fange am besten gleich mit dir an. Dann haben wir das schon mal hinter uns." Sie setzte sich wieder und zückte ihr Notizbuch. „Erzähl mir alles, was du über Jan weißt."

„Sie war ungefähr ein Jahr hier. Sie ist zuverlässig, kollegial und tüchtig, viele Stammgäste haben sie ausgesprochen geschätzt. Sie hat außerdem ein ausgezeichnetes Namensgedächtnis."

„Hattest du jemals etwas mit ihr?"

„Nein."

„Aber du wusstest, dass sie mit Frannie in einem Haus wohnt?"

„Ist das verboten?"

„Warum hast du sie eingestellt?"

„Sie hat sich beworben. Frannie hatte nichts damit zu tun."

„Das habe ich auch nicht gesagt." Ally holte ein Foto aus ihrer Tasche. „Hast du diesen Mann jemals hier im Club gesehen?"

Jonah schaute auf das Polizeifoto, das einen etwa dreißigjährigen dunkelhaarigen Mann zeigte. „Nicht dass ich wüsste."

„Hast du ihn sonst schon mal irgendwo gesehen?"

„Nein. Ist das Lyle?"

„Ja. Warum bist du wütend auf mich?"

„Verärgert", korrigierte er kühl. „Ich würde es als verärgert bezeichnen. Ich werde nun mal nicht gern von der Polizei verhört."

„Ich bin Polizistin, Jonah. Das ist eine Tatsache." Ally verstaute das Foto in ihrer Tasche. „Ich muss meine Arbeit machen, das ist eine weitere Tatsache. Und ich habe nicht zurückgerufen, das ist Tatsache Nummer drei. Es mag sein, dass dir das alles nicht passt, aber so ist es nun mal. Und jetzt würde ich gern mit der Vernehmung deiner Angestellten anfangen."

Er stand im selben Moment auf wie sie. „Du hast recht. Es passt mir nicht."

„Dann tut es mir leid. Trotzdem wäre ich dir dankbar, wenn du mir jetzt Will raufschickst. Und bleib in der Nähe. Kann sein, dass ich noch irgendwas von dir brauche."

Er ging um den Schreibtisch herum. Ihre Augen verengten sich warnend, als er auf sie zukam. Und blieben ruhig und kühl, als er sie an den Aufschlägen packte und auf die Zehenspitzen zog.

Ein Dutzend Wünsche schossen ihm durch den Kopf. „Du drückst einfach zu viele Knöpfe bei mir", brummte er, dann ließ er sie los und ging weg.

„Gleichfalls." Sie sagte es leise und erst, nachdem er weg war.

„Aha ..." Frannie zündete sich eine Zigarette an und spähte Ally durch die Rauchwolke hindurch an. „Sie sind also bei der Polizei. Wäre mir gleich aufgefallen, wenn nicht Jonah was mit Ihnen hätte."

Ally nickte. „Schön, dann wissen Sie es jetzt. Wir sollten es für alle Beteiligten möglichst einfach machen. Sie haben von der Diebesbande gehört, die den Club als Angelbecken missbraucht hat, und dass Jan dabei offenbar ebenfalls beteiligt war?"

„Ich habe das gehört, was Sie mir jetzt, da Sie Ihre Dienstmarke zum ersten Mal offen tragen, zu erzählen beschlossen haben."

„Richtig. Mehr brauchen Sie nicht zu wissen. Wie lange kennen Sie Jan schon?"

„Ungefähr anderthalb Jahre. Wir wohnen im selben Haus und sind irgendwann im Keller bei den Waschmaschinen ins Gespräch gekommen. Sie hat in einer Bar gearbeitet und ich auch. Da gab es genug Gesprächsstoff." Frannie zuckte die Schultern. „Ab und zu machen wir was zusammen. Und als Jonah den Club eröffnete, habe ich ihr geraten, sich zu bewerben. Bin ich jetzt eine Komplizin der Einbrecherbande?", fragte sie aufsässig.

„Nein, aber eine dumme Gans, wenn Sie sich weiter so albern benehmen. Hat sie jemals einen Freund erwähnt?"

„Sie mag die Männer, und die Männer mögen sie."

„Frannie." Ally versuchte es anders. „Kann ja sein, dass Sie keine Cops mögen, aber ein Kollege und Freund von mir schwebt in Lebensgefahr. Bis jetzt können die Ärzte noch keine Prognose stellen, ob er es schafft oder nicht. Er hat eine Frau und zwei Kinder, die ihn lieben. Eine andere Frau ist tot. Auch sie wurde von jemandem geliebt. Ich verstehe, dass Sie sich von mir getäuscht fühlen, und das können Sie mir auch gern zeigen. Aber lassen Sie uns erst das hier hinter uns bringen."

Etwas versöhnlicher gestimmt, zuckte Frannie kaum wahrnehmbar die Schultern. „Na ja, ab und zu hat sie von einem Typen gesprochen, aber sie hat nie gesagt, wie er heißt. Auf jeden Fall behauptete sie, bald keine schweren Tabletts mehr schleppen und auf Trinkgelder spekulieren zu müssen." Sie stand auf und ging zu der in die Wand eingelassenen Hausbar hinüber, um sich einen Softdrink herauszuholen, ganz so, als ob sie es schon unzählige Male gemacht hätte. „Ich habe es nie wirklich ernst genommen. Jan hat viel und oft über Männer gesprochen. Eroberungen, verstehen Sie?"

„Haben Sie sie irgendwann mal mit diesem Mann hier gesehen?" Ally schob das Polizeifoto über den Schreibtisch.

Frannie trank einen Schluck, dann kam sie zurück, betrachtete das Foto. „Kann sein. Ja, schon möglich." Sie kratzte sich nachdenklich am Kinn. „Ich hab sie zweimal mit ihm zusammen ins Haus gehen sehen. Aber ich wäre nie auf die Idee gekommen, dass das ihr Freund ist. Er ist nicht besonders groß und leicht dicklich. Wirkt irgendwie spießig. Wo Jan doch eher auf Zuchthengste mit Platinkreditkarte steht."

Nachdem Frannie ihren eigenen Worten kurz nachgelauscht hatte, schüttelte sie den Kopf, dann setzte sie sich. „Das klingt hart. Dabei mag ich sie. Hören Sie, sie ist jung und vielleicht auch ein bisschen töricht. Aber sie ist nicht schlecht."

„Vielleicht sollten Sie nicht vergessen, dass sie Sie, Jonah und dieses Lokal missbraucht hat. Also, hat sie jemals erwähnt, was sie vorhatte? Irgendwelche Pläne?"

„Nein ... na ja, möglich, dass sie irgendwann mal was von einem Haus an einem See gesagt hat. Ich habe nie richtig zugehört, wenn sie loslegte. Weil man das meiste sowieso nicht ernst nehmen konnte."

Ally setzte die Befragung noch zehn Minuten fort, aber mehr erfuhr sie nicht.

„Okay, wenn Ihnen noch was einfällt, würde ich mich über einen Anruf freuen." Ally stand auf und reichte Frannie eine Visitenkarte.

„Klar." Frannie schaute prüfend auf die Visitenkarte. „Detective Fletcher."

„Würden Sie mir jetzt bitte Beth raufschicken?"

„Warum, zum Teufel, lassen Sie sie nicht einfach in Ruhe? Sie weiß nichts."

„Na, weil es mir so viel Spaß macht, Leute zu schikanieren." Ally ging um den Schreibtisch, setzte sich auf die Kante. „Okay, legen Sie los. Sie wollten mir doch noch die Meinung sagen."

„Genau. Weil ich es wirklich das Allerletzte finde, uns alle hier so zu benutzen und zu hintergehen. Ich weiß doch, wie so was läuft. Sie überprüfen die einzelnen Lebensläufe und verschaffen sich Informationen über jeden möglicherweise Beteiligten. Wahrscheinlich sind Sie jetzt enttäuscht, dass es Jan ist und nicht die Exhure."

„Irrtum. Ich mag Sie, auch wenn Sie sich das vielleicht nicht vorstellen können."

Aus dem Gleichgewicht gebracht, setzte Frannie sich wieder. „Quatsch."

„Und wieso sollte ich Sie nicht mögen? Sie haben es geschafft, aus einem Teufelskreis auszubrechen. Sie haben einen ordentlichen Job, und Sie machen ihn gut. Mein einziges Problem mit Ihnen ist Jonah."

„Was soll das denn jetzt heißen?"

„Sie haben eine Beziehung mit ihm, und ich fühle mich von ihm angezogen. Das bedeutet, dass Sie ein Problem für mich sind, ganz einfach."

Frannie zündete sich verblüfft eine neue Zigarette an. „Jetzt kapier ich überhaupt nichts mehr. Meinen Sie das ernst mit Jonah?", fragte sie, nachdem sie einen Moment geschwiegen hatte. „Sind Sie wirklich verliebt in ihn?"

„Kann gut sein, aber das ist mein Problem. Also, wie schon gesagt, ich mag Sie. Genauer gesagt bewundere ich Sie dafür, dass Sie Ihr Leben wieder so gut in den Griff bekommen haben. Ich musste nie solche Sachen machen oder diese Art von Entscheidungen treffen, trotzdem würde ich gerne von mir denken, dass ich meine Sache auch so gut mache wie Sie."

„Verdammt." Frannie stand auf und lief aufgeregt auf und ab. „Verdammt", wiederholte sie. „Okay. Also … erstens habe ich nichts mit Jonah, jedenfalls nicht so, wie Sie denken. Ich habe nie etwas mit ihm gehabt. Er hat mich nie gekauft, als ich noch käuflich war, und auch später hat er mich nie angefasst. Nicht einmal, als ich es ihm anbot."

Obwohl sie Erleichterung in sich aufsteigen spürte, versuchte Ally, sich nichts anmerken zu lassen. „Warum nicht? Ist er blind?"

Frannie hörte auf, hin und her zu laufen. „Ich will Sie nicht mögen, obwohl Sie einem das schwer machen. Ich liebe ihn. Vor langer Zeit habe ich ihn … anders geliebt als jetzt. Wir sind zusammen aufgewachsen … mehr oder weniger. Ich meine, wir kennen uns schon seit unserer Kindheit. Ich und Jonah und Will."

„Ich weiß. Das merkt man."

„Früher, als ich noch auf den Strich ging, kam Jonah manchmal vorbei und hat mir für eine ganze Nacht Geld gegeben. Und dann sind wir einfach nur irgendwo essen gegangen." Frannies Blick wurde zärtlich. „Er war schon immer total lieb. Anders als die ganzen Idioten damals."

„Reden wir von ein und demselben Mann?"

„Wenn er einen mag, ist er das. Er hebt dich auf, selbst wenn du noch so oft hinfällst, und auch wenn du ihn dabei in die Hand beißt. Gegen so viel Freundlichkeit kann man sich nicht lange wehren. Aber ich habe es ihm nie leicht gemacht." Mit einem Aufseufzen setzte sie sich wieder und trank ihren Softdrink aus. „Vor ein paar Jahren war ich am Ende. Ich bin auf den Strich gegangen, seit ich fünfzehn war. Mit zwanzig war ich fertig. Ich konnte einfach nicht mehr und beschloss, mir – so richtig schön dramatisch – die Pulsadern aufzuschneiden." Sie hielt die Linke hoch und zeigte Ally die vernarbte Innenseite ihres Handgelenks. „Aber weiter bin ich nicht gekommen."

„Was hat Sie aufgehalten?"

„Vor allem das viele Blut. Das hat mich echt abgetörnt." Frannie lachte überraschend fröhlich auf. „Da stand ich nun in diesem verdreckten Badezimmer, voll gepumpt mit Drogen, blutüberströmt, und hatte Angst. Todesangst. Da habe ich Jonah angerufen. Ich weiß nicht, was passiert wäre, wenn ich ihn nicht erreicht hätte oder wenn er nicht gekommen wäre. Er hat mich ins Krankenhaus gefahren. Später hat er mich überredet, auf Entzug zu gehen."

Sie lehnte sich zurück und fuhr sich nachdenklich mit einem Finger über die Narbe. „Dann fragte er mich, ob ich ein Leben will, so wie er es mich schon tausendmal vorher gefragt hatte, und dieses Mal sagte ich Ja. Also half er mir, eins aufzubauen."

Frannie schöpfte kurz Atem und fuhr fort: „Irgendwann zu jener Zeit glaubte ich, mich revanchieren zu müssen, und bot ihm an, was ich Männern normalerweise anbot. Es war das einzige Mal, dass ich ihn richtig wütend erlebt habe.“ Sie lächelte schwach. „Er hielt mehr von mir als ich selbst. Niemand hatte bisher so viel von mir gehalten. Wenn ich etwas über Jan oder diese Sache wüsste, würde ich es Ihnen sagen, das können Sie mir glauben. Ich würde es schon deshalb tun, weil es ihm wichtig wäre, und es gibt nichts, was ich nicht für ihn tun würde.“

„Soweit ich es beurteilen kann, profitieren Sie offenbar beide davon.“

„Das einzig Traurige dabei ist, dass mich ein Mann noch nie so angesehen hat, wie er Sie ansieht.“

„Dann sollten Sie schleunigst mal die Augen aufmachen.“ Diesmal war es Ally, die lächelte. „Zum Beispiel, wenn Will sich am Ende der Schicht einen Brandy von Ihnen einschenken lässt.“

„Will? So ein Quatsch. Der will ganz bestimmt nichts von mir.“

„Passen Sie einfach mal auf“, riet Ally. „Sind wir quitt?“

„Ja, doch, ich schätze schon.“ Frannie erhob sich verwirrt.

„Und schicken Sie mir bitte Beth nach oben. Aber geben Sie mir fünf Minuten Zeit, meine Unverfrorenheit wiederzufinden.“

Mit einem leisen Auflachen ging Frannie zum Aufzug. Nachdem sie den Knopf gedrückt hatte, drehte sie sich noch einmal um. „Will weiß aber, was ich früher war.“

„Er weiß auch, was Sie heute sind.“

Die letzte Vernehmung war um sieben beendet. Ally lockerte die verspannten Schultern und überlegte, wann sie wohl etwas zu essen bekommen würde.

Ein Blick auf die Uhr verriet ihr, dass sie offiziell nicht mehr im Dienst war, und da sich nichts Neues ergeben hatten, konnte das Abfassen der Vernehmungsprotokolle auch bis morgen warten.

Trotzdem rief Ally auf dem Revier an, um sich vom Dienst abzumelden und um sich zu erkundigen, ob es Neuigkeiten gab. Als Jonah hereinkam, saß sie noch immer an seinem Schreibtisch.

„Dietz“, berichtete sie. „Der Cop, der letzte Nacht angeschossen wurde. Sein Zustand wird nicht mehr als kritisch, sondern nur noch als ernst bezeichnet.“ Sie schloss die Augen und presste ihre Fingerspitzen gegen die Lider. „Sieht aus, als würde er es schaffen.“

„Freut mich zu hören."

„Ja." Sie löste ihre Haarspange und fuhr sich mit den Fingern durchs Haar. „Mir fällt ein Riesenstein vom Herzen. Danke, dass du mir dein Büro zur Verfügung gestellt hast. Immerhin habe ich für dich die frohe Botschaft, dass derzeit niemand von deinen restlichen Angestellten unter Verdacht steht, etwas mit der Sache zu tun zu haben."

„Derzeit."

„Mehr ist im Moment nicht drin, Blackhawk. Bis jetzt deutet alles darauf hin, dass Jan keine Komplizen innerhalb des Clubs hatte. Mehr kann ich dazu nicht sagen." Sie warf die Haarspange auf den Schreibtisch. „Aber ich möchte etwas anderes sagen."

„Schieß los."

„Ich bin nicht mehr im Dienst. Du hast nicht zufällig etwas zu trinken für mich?"

„Ich habe zufällig im Erdgeschoss einen Club."

„Ich dachte eigentlich eher an einen Drink in privater Atmosphäre. Aus deiner Hausbar. Vielleicht spendierst du mir ja ein Glas Wein." Sie deutete auf seine Bar. „Ich habe da drin einen schönen Sauvignon Blanc gesehen."

Er öffnete die Wandvertäfelung und schaute die Flaschen durch. „Willst du nicht ein Glas mit trinken?"

„Ich arbeite noch. Ich trinke nicht während der Arbeitszeit."

„Ist mir bereits aufgefallen. Du trinkst nicht und rauchst nicht und flirtest nicht mit den weiblichen Gästen. Während der Arbeitszeit", fügte sie hinzu.

Er drehte sich um, in der Hand die Flasche mit dem blassgoldenen Wein. Und sah, dass sie dabei war, ihre Jacke auszuziehen.

„Ich hoffe, du hast nichts dagegen", bemerkte sie, während sie das Schulterhalfter abnahm. „Es ist mir irgendwie unangenehm, einen Mann zu verführen, wenn ich mein Halfter noch trage."

Nachdem sie Pistole und Halfter auf seinem Schreibtisch deponiert hatte, ging sie auf ihn zu.

8. KAPITEL

Jonah hielt Ally keineswegs für unbewaffnet, obwohl sie ihre Pistole abgelegt hatte. Eine Frau mit whiskeyfarbenen Augen und einer betörend rauchigen Stimme war nie unbewaffnet.

Viel schlimmer war, dass sie das auch wusste. Ein kleines süffisantes Lächeln umspielte diesen großen Mund, was Jonah an eine Katze erinnerte, die das offene Türchen des Vogelkäfigs entdeckt hat. Allerdings bedauerte er es nicht besonders, dass ihm in diesem Spiel die Rolle des Opfers zufiel.

„Hier, dein Wein." Um sie nicht zu nah an sich heranzulassen, hielt er ihr das Glas mit ausgestrecktem Arm hin. „Obwohl ich die Idee prinzipiell durchaus zu schätzen weiß, habe ich im Moment leider keine Zeit für erotische Spielereien."

„Oh, diese hier dürften nicht allzu lange dauern."

Sie konnte sich gut vorstellen, dass er mit dieser beiläufigen Ablehnung zahllose Frauen zur Verzweiflung getrieben hatte. Aber für sie war es eine Herausforderung, der sie zuversichtlich entgegensah.

Sie langte nach dem Glas, das er ihr hinhielt, und packte ihn gleichzeitig mit der anderen Hand am Hemdkragen. „Du gefällst mir wirklich, Blackhawk. Heißer Mund, kühler Blick." Sie trank einen Schluck Wein, während sie ihn über den Rand ihres Glases beobachtete. „Ich will mehr sehen."

Alle seine Sinne waren plötzlich hellwach. „Du gehst gleich in die Vollen, was?"

„Du hast gesagt, dass du es eilig hast." Sie stellte sich auf die Zehenspitzen und knabberte an seiner Unterlippe, ein Gefühl, das ihm durch und durch ging. „Deshalb gebe ich ein bisschen Gas."

„Ich mag keine sexuell aggressiven Frauen."

Ihr Lachen klang tief und spöttisch. „Und Cops magst du auch nicht."

„Du sagst es."

„Dann wird das jetzt ein höchst unangenehmes Erlebnis für dich werden. Wie schade." Sie beugte sich vor und leckte ihm mit der Zungenspitze über den Hals. „Ich will, dass du mich anfasst."

Er machte keinerlei Anstalten, ihrer Aufforderung zu folgen, aber in Gedanken zerrten seine Hände bereits an ihrer Bluse. „Wie schon gesagt, es ist ein nettes Angebot, aber …"

„Ich fühle dein Herz klopfen." Als sie ihre Haare zurückwarf, roch er ihren betörenden Duft. „Ich spüre, dass du mich genauso willst wie ich dich."

„Manchmal muss man sich gewisse Wünsche verkneifen, auch wenns schwer fällt."

Seine Augen sind dunkler geworden, ein todsicherer Beweis, dachte sie. „Und manchmal nicht." Sie nippte an ihrem Glas und trat noch näher an ihn heran, wodurch er sich veranlasst sah, zurückzuweichen. „Dann muss ich offenbar zu anderen Mitteln greifen."

Gedemütigt, weil sie ihn zum Rückzug gezwungen hatte, blieb er abrupt stehen und hätte fast laut aufgestöhnt, als sie mit ihm zusammenprallte. „Du wirst dich noch in eine sehr peinliche Situation bringen. Trink deinen Wein aus und geh nach Hause, Detective Fletcher."

Wahrscheinlich glaubt er, das ist Befehlston, überlegte sie. Doch seine Stimme klang einfach nur heiser und gepresst. Und sein Herz hämmerte wild unter ihrer Hand. „Warum sagst du ständig Nein, wo du doch Ja meinst? Los, sag mal Ja." Sie trank ihr Glas in einem Zug leer, damit der Wein seine ganze ungestüme Kraft entfalten konnte. „Es heißt Ja", wiederholte sie, während sie ihr Glas abstellte, um ihre Rechte in seinen Hosenbund schieben zu können.

Erregt und wütend wich er noch einen Schritt zurück. „Hör sofort auf damit."

„Zwing mich doch." Sie warf den Kopf in den Nacken, dann sprang sie an ihm hoch und klammerte sich mit Armen und Beinen an ihm fest. „Na los, mach schon, zwing mich, aufzuhören. Du hast jede Menge Möglichkeiten. Mach mich fertig."

Als sie ihren Mund auf seinen legte, schmeckte sie eine betörende Mischung aus Verlangen und Wut. „Mach mich fertig", wiederholte sie flüsternd, während sie ihm mit der Hand durchs Haar fuhr.

Sein Blut kochte. Ihr Geschmack, heiß und weiblich, vermischt mit Wein, lag ihm auf der Zunge. „Du wirst dich in Schwierigkeiten bringen."

„Nur zu …", sie rieb ihre Lippen an seinen, fast so, als ob sie ihm ihren Geschmack aufprägen wollte, „… mach mir welche."

Etwas in ihm explodierte. Er hörte das Echo wie Donnerhall in seinem Kopf. Er packte Ally bei den Haaren und riss ihren Kopf so heftig zurück, dass sie nach Luft schnappte. „Genug!" Seine Augen waren nicht mehr kühl, sondern sprühten wütende Blitze. „Du wirst mir alles geben, was ich will. Was du mir nicht freiwillig gibst, hole ich mir mit Gewalt. Das ist der Deal."

Ihr Atem ging schnell und unregelmäßig. „Abgemacht, Blackhawk."

Sein Blick landete auf ihrem langen makellosen Hals. Dann schlug er seine Zähne in das weiße Fleisch.

Angesichts der Androhung von Schmerz zuckte sie zusammen, wie durchbohrt von einer Lanze der Lust. Um gleich darauf ins Taumeln zu geraten, zu fallen, sich an Jonah zu klammern, während sie in die Dunkelheit stürzte.

Allys Puls raste, als sie aufs Bett fiel. Sie verlor jeden Bezug zur Realität, als sie seinen Körper schwer auf ihrem spürte. Und als er ihre Bluse so gewaltsam aufriss, dass die Knöpfe in alle Himmelsrichtungen auseinanderspritzten, konnte sie keinen zusammenhängenden Gedanken mehr fassen.

Um ihr Gleichgewicht wiederzufinden, warf sie einen Arm über den Kopf, ihre Finger krallten sich in die Tagesdecke. „Warte."

„Nein."

Sein Mund war auf ihrer Brust und machte sich mit Lippen, Zähnen und Zunge über zartes Fleisch her. Ally rang keuchend nach Atem und versuchte, sich die Macht zurückzuerobern, über die sie eben noch verfügt hatte. Aber sie merkte nur, wie ihr die Kontrolle immer weiter entglitt.

Seine Hände waren auf ihr, genau wie sie verlangt hatte. Hart und schnell förderten sie rücksichtslos Vorlieben und Geheimnisse zutage, von deren Vorhandensein Ally nicht einmal etwas geahnt hatte.

Dann lag sein Mund wieder auf ihrem, heiß und gierig. Der kehlige Laut, den Ally ausstieß, war eine Mischung aus Erschrecken und Triumph. Und gleich darauf sprang sie ohne Rücksicht auf Verluste ins hell auflodernde Feuer, um Forderung mit Forderung zu vergelten.

Jetzt legte sie ihrer Leidenschaft keinerlei Zügel mehr an. Sie wand sich, bäumte sich unter ihm auf, wölbte sich ihm entgegen. Es war genau das, was er hatte erreichen wollen. Wenn er schon sündigte, wollte er es wenigstens richtig tun und bis zur Neige auskosten, bevor er zur Rechenschaft gezogen wurde.

Ihre Haut schien unter seinen Händen, seinem Mund zu brennen. Diese langen klaren Linien ihres Körpers! Diese geballte Kraft und Energie. Diese köstliche Elastizität und Nachgiebigkeit der Kurven.

Er rollte mit ihr über das breite Bett und nahm sich, was und wie er wollte.

Sie riss sein Hemd auf und stieß einen wilden Laut der Verzückung aus, als sich Fleisch an Fleisch rieb. Als er sie auf die Knie zwang, zitterte sie. Aber ihre Angst war gänzlich verflogen.

Das aus dem Nebenzimmer hereinfallende Licht fing das räuberische Glitzern in seinen Augen ein. Ally atmete laut aus, während sie ihm mit den Händen über die Brust, durchs Haar fuhr.

„Ich will mehr", keuchte sie und presste ihren Mund wieder auf seinen.

Und sie bekam, wonach sie so sehr lechzte.

Blitze aus schier unerträglicher Ekstase. Sturmböen aus erschauernder Verzweiflung. Und eine Flut der Begierde, von der sie beide hinweggeschwemmt wurden.

Jonah zerrte ihr die Hose über die Hüften, wobei er dem Pfad freigelegter Haut mit seinem Mund folgte, bis Ally mit dieser heiseren erotischen Stimme, die sich unauslöschlich in seine Erinnerung eingebrannt hatte, erschauernd seinen Namen flüsterte.

Seine Zähne schrammten an der Innenseite ihres Oberschenkels entlang, was die kräftigen Muskeln dort in Schwingungen versetzte. Als sie sich ihm entgegenwölbte, versank er in der köstlichen Weichheit ihres Fleischs am Scheitelpunkt ihrer Schenkel.

Während ihr Körper von immer neuen Wellen der Ekstase überschwemmt wurde, krallte sie ihre Finger in die Tagesdecke.

„Jetzt, Jonah, jetzt."

„Nein."

Er konnte nicht genug von ihr bekommen. Jedes Mal, wenn er fürchtete, von seiner Leidenschaft überwältigt zu werden, entdeckte er etwas Neues an ihr, das seine Tantalusqualen verlängerte. Der Schwung ihrer Hüften, die Einkerbung ihrer Taille. Er wollte spüren, wie ihre Nägel seinen Rücken zerkratzten, wollte ein weiteres

Mal diesen erstickten Schrei der Erlösung hören, wenn er sie über die nächste Klippe zerrte.

Ihr Atem ging stoßweise, sein eigener Atem steckte irgendwo fest, sodass er Angst bekam, seine Lungen könnten jeden Moment bersten. Er legte sich wieder auf sie und kostete es aus zu spüren, wie ihre Hände unablässig über seinen Rücken fuhren, wie Ally sich ihm in ungezügelter Ekstase entgegenwölbte.

Er konnte nur ihre Augen sehen, sonst nichts. Allein das dunkle Glitzern, während sie beobachtete, wie er sich über ihr erhob. Er hielt sich noch einen zitternden Moment zurück, dann drang er kraftvoll in sie ein.

Hier war alles. Dieser Gedanke schoss ihm durch den Kopf und zerstob, sobald sie ihn heiß und fest umschloss.

Sie hob sich ihm entgegen, nahm ihn tief in sich auf. Entließ ihn und hob sich ihm wieder entgegen. Schweißnasse Körper, vereinigt im Liebestaumel, schimmernd vor Lust. Ihr Herz hämmerte an seinem, Schlag um Schlag. Ihr Atem vermischte sich mit seinem, während sie seinen Kopf zu sich hinunterzog.

Als sich das Tempo steigerte, verwandelten sich wollüstige Seufzer in Keuchen und Stöhnen. Ally wölbte Jonah immer wieder verlangend die Hüften entgegen, während er sich in schier blinder Raserei auf ihr bewegte. Kurz vor dem Höhepunkt schlug sie ihm ihre Fingernägel in den Rücken und klammerte sich an seine Hüften. Trieb ihn selbst dann noch zur Eile, als sie bereits vom zweiten und dritten Orgasmus überschwemmt wurde.

Er spürte, wie ihm die Kontrolle restlos entglitt – wie herrlich war es doch, sich zu ergeben –, dann stürzte er ins Bodenlose, das Gesicht vergraben in der wilden Flut ihrer herrlich duftenden Haare.

Es war vorbei. Das wusste er, sobald sich sein Kreislauf stabilisiert hatte und sein Gehirn wieder zu arbeiten begann. Er würde nie über sie hinwegkommen. Er würde sie nie vergessen können. Mit einem einzigen Handstreich hatte sie eine lebenslange und sorgfältige Vermeidungsstrategie zunichte gemacht.

Er hatte sich törichterweise hoffnungslos in sie verliebt.

Nichts war unmöglicher oder gefährlicher.

Er war ihr verfallen, sie konnte ihn in Stücke reißen. Noch nie in seinem ganzen Leben hatte er einem Menschen erlaubt, eine derartige Macht über ihn zu erlangen. Und er würde es auch jetzt nicht zulassen. Wenn er jetzt keine Grenze zog, wäre das fatal.

Er musste sich eine Verteidigungsstrategie aufbauen. Entschlossen, sofort damit zu beginnen, rollte Jonah sich von ihr herunter.

Ally rollte einfach mit, sodass sie jetzt auf ihm lag. Dann streckte sie lasziv diese langen muskulösen Glieder und murmelte träge: „Mmmm."

Zu jedem anderen Zeitpunkt hätte er wahrscheinlich gelacht oder zumindest diese idiotische männliche Genugtuung verspürt. Doch das Einzige, was er im Moment verspürte, war ein Anflug von Panik.

„Du hast nur bekommen, was du unbedingst wolltest, Fletcher."

Statt eingeschnappt zu sein, was ihm ein bisschen Zeit verschafft hätte, knabberte sie hingebungsvoll an seinem Hals. „Stimmt."

Mit gespreizten Beinen setzte sie sich auf seinen Bauch und schüttelte sich das Haar zurück. „Ich mag deinen Körper, Blackhawk. Er ist schön, hart und sehnig und straff." Sie fuhr mit einem Finger über seinen Brustkorb und erfreute sich an dem Kontrast zwischen ihrer eigenen Haut und seiner. „Du hast Indianerblut in den Adern, stimmt's?"

„Apache. Allerdings ziemlich verwässert."

„Es steht dir gut." Das war ein kleines Kompliment, aber immerhin gut versteckt.

Er wickelte sich eine Haarsträhne von ihr um den Finger. „Bleichgesicht", konterte er trocken. „Aber es steht dir gut."

Sie beugte sich zu ihm herunter, bis sie Nase an Nase waren. „Was hältst du davon, wenn du mir einen Gefallen tust, wo wir gerade so schön traut vereint beieinanderliegen?"

„Und was wäre das für einer?"

„Essen. Ich bin am Verhungern."

„Willst du die Speisekarte?"

„Nein." Sie beugte sich über ihn und biss ihn spielerisch. „Nur irgendetwas, das draufsteht. Vielleicht kannst du dir ja was raufbringen lassen." Sie tupfte ihm kleine Küsse auf Kinnpartie und Wange und küsste ihn dann wieder auf den Mund. „Unterdessen können wir uns ein bisschen erholen, finde ich. Hast du etwas dagegen, wenn ich kurz dusche?"

„Grundsätzlich nicht." Er rollte sie auf den Rücken. „Allerdings wirst du schon warten müssen, bis ich mit dir fertig bin."

„Ach ja?" Sie lächelte amüsiert. „Na gut, abgemacht ist abgemacht."

Als er schließlich mit ihr fertig war, konnte sie nur noch ins Bad taumeln. Sie machte die Tür hinter sich zu, lehnte sich mit dem Rücken dagegen und atmete lange und tief aus.

Noch nie in ihrem Leben hatte sie größere Mühe gehabt, von sich ein unbekümmertes, weltgewandtes Bild aufrechtzuerhalten. Andererseits war sie vorher auch noch nie jemandem begegnet, der ihr Inneres nach außen gestülpt hatte. Es kam ihr vor, als würde in dieser Sekunde eine neue Zeitrechnung beginnen.

Nicht dass ich Grund zur Klage hätte, dachte Ally, während sie sich mit dem Handballen die Stelle rieb, wo ihr Herz klopfte. Aber ihre Vorstellung, dass Sex nicht mehr als ein angenehmer Zeitvertreib zwischen zwei gleich gesinnten Erwachsenen war, war wohl für immer dahin.

Angenehm war nicht einmal annähernd das richtige Wort, um zu beschreiben, wie es war, mit Jonah Blackhawk Liebe zu machen.

Während sie darauf wartete, dass sich ihr Kreislauf stabilisierte, schaute Ally sich in dem Bad um. Sie sah, dass Jonah sich einen großen, einladend wirkenden Whirlpool in dem von ihm bevorzugten Schwarz gegönnt hatte, aber sie entschied sich trotzdem für die Dusche.

Das große Waschbecken war in einen schwarz glänzenden, gänzlich leeren Tresen eingelassen, was sie daran erinnerte, dass es auch in seinem Büro und seinem Schlafzimmer weder Andenken noch persönliche Fotos oder Ähnliches gab.

Sie hätte gern einen Blick in das Badezimmerschränkchen und ein paar Schubladen geworfen – welchen Rasierschaum benutzte er? Welche Zahnpastamarke? –, aber das erschien ihr dann doch zu erbärmlich.

Stattdessen lief sie über weiße Fliesen und betrachtete sich im Spiegel. Ihr Blick war weich, die Lippen immer noch geschwollen. Auf ihrer Haut schimmerten schwach ein paar blaue Flecke.

Alles in allem sah sie genauso aus, wie sie sich fühlte. Wie eine Frau, die sich mit allergrößtem Vergnügen hatte benutzen lassen.

Was mochte er wohl sehen, wenn er sie anschaute? Wenn er sie auf diese kühle, distanzierte Art musterte? Daran, dass er sie begehrte, war nicht zu zweifeln. Doch war Begehren alles, was er für sie empfand?

Bildete er sich wirklich ein, sie hätte nicht gemerkt, wie er sich nach jedem Liebesakt von ihr zurückgezogen hatte? Als ob sich bei ihm das Bedürfnis nach Nähe mit einem Bedürfnis nach Distanz die Waage hielte.

Und warum erlaubte sie ihm, sie zu verletzen? Es war so typisch Frau.

„Tja, ich bin eben eine Frau, verdammt", brummte sie und drehte die Dusche auf.

Und dennoch, wenn er glaubte, sie würde ihn damit davonkommen lassen, hatte er sich gehörig verrechnet. Sie war wild entschlossen zu verhindern, dass der Mann sie erst bis in ihre Grundfesten erschütterte und sich dann klammheimlich davonstahl.

In ihre Zwiesprache vertieft, hielt sie ihr Gesicht in den Duschstrahl.

Sie erwartete in einer Beziehung gegenseitiges Geben und Nehmen. Und wenn er es nicht schaffte, ihr außer seiner Leidenschaft auch ein bisschen Liebe zu geben, dann konnte er ihr gestohlen …

Sie zuckte zusammen.

Halt, stopp, das klang verdächtig nach Dennis. Sehr verdächtig sogar.

Nun, wenigstens war es ihr aufgefallen, bevor sie sich in den eigenen Fallstricken verheddert hatte.

Das, was sie mit Jonah verband, war eine rein körperliche Beziehung, welche sie darüber hinaus auch noch selbst initiiert hatte. Sie kannten beide die Grundregeln und waren klug genug, diese nicht laut auszusprechen.

Wenn sie das Bedürfnis hatte, ihr Verlangen mit Gefühlen anzureichern, so war nichts dagegen zu sagen. Allerdings war das dann ganz allein ihre Sache.

Zufrieden damit, dieses Problem für sich geklärt zu haben, drehte Ally das Wasser ab und langte nach einem Badelaken.

Und schrie im nächsten Augenblick erschrocken auf, als sie die Hand sah, die ihr eines hinhielt.

„Ich habe von Leuten gehört, die unter der Dusche singen“, bemerkte er. „Eine Frau, die beim Duschen Selbstgespräche führt, ist mir in meinem ganzen Leben noch nicht untergekommen.“

„Selbstgespräche, so ein Blödsinn“, gab sie zurück und riss ihm das Badetuch aus der Hand.

„Also gut, es war natürlich nur unverständliches Gemurmel.“

„Die meisten Leute klopfen an, bevor sie ein besetztes Badezimmer betreten.“

„Ich habe geklopft, aber du konntest nichts hören, weil du Selbstgespräche geführt hast. Ich dachte mir, das hier würdest du vielleicht brauchen.“ Er hielt einen schwarzen Seidenmorgenrock hoch.

„Ja, danke.“ Sie wickelte sich in das Badelaken und steckte es zwischen ihren Brüsten fest.

„Das Essen kommt in einer Minute.“ Müßig fuhr er ihr mit einer Fingerspitze über den Arm.

„Gut. Meine Pistole liegt immer noch auf deinem Schreibtisch. Ich muss sie wegräumen.“

„Schon passiert.“ Er zeichnete die Linie ihrer Schulter nach. „Ich habe sie mit ins Schlafzimmer genommen. Die Tür ist zu. Sie werden das Tablett auf dem Schreibtisch abstellen.“

„Alles klar.“ Sie ließ das Badelaken fallen. „Suchst du das hier?“

„Ich sollte dich eigentlich nicht schon wieder wollen.“ Während er ihr tief in die Augen schaute, drängte er sie gegen die Wand. „Ich sollte dich eigentlich nicht schon wieder brauchen.“

„Dann geh doch einfach raus.“ Er trug eine Hose, deren Reißverschluss sie jetzt nach unten zog. „Wer hält dich auf?“

Er umschloss mit den Händen ihren Hals. Obwohl sich ihr Puls unter seinen Fingern beschleunigte, hob sie ganz leicht das Kinn und schaute ihn herausfordernd an.

„Sag mir, dass du mich begehrst“, verlangte er. „Sag laut meinen Namen und dass du mich willst.“

„Jonah.“ Ally tat den ersten Schritt auf eine schwankende Brücke, von der sie nicht wusste, ob sie hielt. „Ich habe noch nie jemanden so begehrt wie dich.“ Als sie Luft holen wollte, stockte ihr der Atem, aber ihre Stimme blieb ruhig. „So, jetzt bist du dran.“

„Allison.“ Er lehnte seine Stirn gegen ihre, so erschöpft und ausgelaugt, so süß, dass sie ihn tröstlich streichelte. „Ich kann keinen klaren Gedanken mehr fassen, so sehr will ich dich. Immer nur dich", murmelte er, bevor er erst ihren Mund und anschließend ihren Körper nahm. Verzweifelt.

„Ich muss schon sagen", bemerkte Ally, während sie mit Heißhunger aß, „du hast wirklich eine gute Küche. Ich kenne viele Clubs, in denen es gutes Essen gibt, aber das hier ist …", sie leckte sich Barbecue-Soße vom Daumen, „… vom Feinsten."

Als Jonah ihr Wein nachschenken wollte, schüttelte sie den Kopf. „Nein, ich muss noch fahren."

„Bleib hier." Schon wieder eine Regel gebrochen, schoss es ihm durch den Kopf. Er hatte noch nie eine Frau aufgefordert, bei ihm zu übernachten.

„Ich würde ja gern, aber es geht nicht." Lächelnd zerrte sie am Revers des geliehenen Morgenrocks. „Weil ich keine Kleider zum Wechseln dabei habe und außerdem Dienst von acht bis vier. So wie es aussieht, werde ich mir für den Heimweg von dir ein Hemd borgen müssen. Du hast nämlich meine Bluse ruiniert."

Obwohl er nur die Hand nach seinem Glas ausstreckte, spürte sie, wie er innerlich auf Abstand ging. „Sag, dass ich morgen wiederkommen und bei dir übernachten soll", verlangte sie.

Er schaute sie an. „Ich will, dass du morgen wiederkommst und bei mir übernachtest."

„Gut. Oh nein, das gibt's doch nicht! Hast du das gesehen? Dieser Runner war safe!"

„Nein, out. Mit dem halben Fuß", widersprach Jonah, der amüsiert bemerkt hatte, wie Ally während des Essens kaum den Blick vom Fernseher losreißen konnte.

„Falsch. Schau es dir in der Wiederholung an, da siehst du es ganz genau. Sie waren beide gleichzeitig auf dem Base. Der Punkt geht an den Runner. Siehst du? Da kommt auch schon der Manager. Das wird Ärger geben."

Zufrieden, dass ihn diese Fachsimpelei daran gehindert hatte, seine Einladung doch noch einmal zu überdenken, rieb sie lächelnd ihren Fuß an seiner Hüfte. „Da habe ich heute ja wirklich großes Glück. Guter Sex, gutes Essen und obendrein auch noch ein großartiges Baseballspiel."

„Für manche ist das …“, er streckte die Hand aus und fuhr ihr mit dem Zeigefinger über den Fußspann, „… der Himmel auf Erden.“

„Kann ich dir, da wir im Himmel sind, eine wirklich wichtige Frage stellen?“

„In Ordnung.“

„Hast du vor, deine Pommes alle aufzuessen?“

Er grinste sie an und schob ihr seinen Teller hin. Als in diesem Moment das Telefon klingelte, beugte er sich vor und nahm ab. „Blackhawk. Ja.“ Er hielt ihr das schnurlose Gerät hin. „Für dich, Detective.“

„Ich habe auf dem Revier deine Nummer hinterlassen“, erklärte sie, bevor sie das Gespräch entgegennahm. „Fletcher.“ Sie setzte sich aufrechter hin und schaute ins Leere. „Wo? Bin schon unterwegs.“

Ally war blitzschnell aufgesprungen und legte das Telefon auf die Basisstation zurück. „Sie haben Jan gefunden.“

„Wo ist sie?“

„Auf dem Weg in die Gerichtsmedizin. Ich muss sofort los.“

„Ich komme mit.“

„Das brauchst du nicht.“

„Sie war meine Angestellte.“ Mit diesen Worten ging er ins Schlafzimmer, um sich anzuziehen.

Jonah hatte in seinem Leben bereits vieles gesehen und erlebt. Auch der Tod war ihm schon begegnet, allerdings noch nie so nackt und in einer so kalten, sterilen Umgebung.

Er fühlte sich hundeelend, als er durch die Glasscheibe auf die junge Frau schaute.

„Ich hätte sie notfalls auch identifizieren können“, sagte Ally neben ihm. „Obwohl es so korrekter ist. Also, ist das Janet Norton?“

„Ja.“

Sie nickte dem Laborangestellten hinter der Glasscheibe zu, woraufhin dieser die Jalousien herunterließ. „Ich weiß noch nicht, wie lange ich brauche.“

„Ich warte.“

„Weiter unten links auf dem Flur gibt es Kaffee. Er schmeckt zwar grauenhaft, aber wenigstens ist er heiß und stark.“ Bevor sie den Raum verließ, drehte sie sich noch einmal um und sagte: „Wenn du es dir anders überlegst und gehen willst, geh einfach."

„Nein, ich warte", versicherte er.

Es dauerte nicht lange. Als Ally zurückkam, saß Jonah auf einem der Plastikstühle am Ende des Flurs. Ihre Schritte hallten auf dem Linoleumfußboden.

„Es gibt hier nichts mehr zu tun, bis der Autopsiebericht fertig ist."

„Wie ist sie gestorben?" Als Ally nur stumm den Kopf schüttelte, stand er auf. „Wie? Ich will es wissen. Es kann nicht so ein großes Dienstvergehen sein, es mir zu erzählen."

„Sie wurde erstochen. Sie hat mehrere Stichverletzungen von einem langen Messer mit gezackter Klinge. Ihre Leiche wurde ein paar Meilen südlich von Denver am Straßenrand abgelegt. Zusammen mit ihrer Handtasche. Offenbar wollte der Mörder, dass sie schnell gefunden und identifiziert wird."

„Und das ist alles für dich? Sie einfach nur identifizieren, damit ein weiteres Puzzleteilchen an seinen Platz fällt?", schnauzte er sie an.

Ally schnauzte nicht zurück. Sie sah ihm an, dass er mit den Nerven am Ende war, aber sie selbst war ebenso erschöpft. „Lass uns hier verschwinden." Sie brauchte dringend frische Luft. „Ihren Verletzungen nach zu urteilen, muss der Täter in rasender Wut auf sie eingestochen haben."

„Wo bleibt deine Wut?" Jonah hielt ihr die Tür auf. „Oder bist du nicht wütend? Bist du immer so ruhig, wenn ein Mensch ermordet wird?"

Sie ging an ihm vorbei. „Hör auf, auf mich einzuprügeln."

Er packte sie am Arm und riss sie herum. Daraufhin schoss blitzschnell ihre Faust vor und zischte gefährlich dicht an seinem Kinn vorbei. „Du willst Wut sehen." Sie schob ihn von sich weg. „Ich werde dir einen Grund geben. Es sieht ganz so aus, als ob sie exakt in der Zeitspanne erstochen wurde, in der ich mich mit dir im Bett gewälzt habe. Muss ich dir immer noch sagen, wie ich mich fühle?" Sie stürmte im Laufschritt davon.

Jonah holte sie gerade noch ein, bevor sie in ihr Auto steigen konnte. „Tut mir leid."

Ally versuchte, seine Hand abzuschütteln und ihn wegzustoßen, aber als sie wütend herumwirbelte, nahm er sie einfach in den Arm.

„Es tut mir leid", wiederholte er und drückte seine Lippen in ihr Haar. „Das war voll daneben. Aber wir wissen beide, dass es egal ist, was wir in der Zeitspanne, in der sie ermordet wurde, getan haben. Wir hätten ihr so oder so nicht helfen können."

„Nein, wir hätten ihr nicht helfen können. Trotzdem, mittlerweile sind schon zwei Menschen tot. Ich kann mir Wut nicht leisten, verstehst du?"

„Ja." Er machte ihren Pferdeschwanz auf und massierte ihr den Nacken. „Ich will mit dir fahren. Ich bleibe heute Nacht bei dir."

„Also schön, aber nur, weil ich es auch will."

Ally setzte sich hinters Steuer und wartete, bis Jonah ebenfalls eingestiegen war. Sie wusste, dass sie beide ihre Wut loswerden mussten. Und die Schuldgefühle. „Ich muss morgen früh raus."

Er grinste sie an. „Ich nicht."

„Okay." Sie fuhr aus der Parklücke. „Das bedeutet, dass du das Bett machst und das Geschirr spülst. Das ist die Bedingung."

„Und bedeutet es auch, dass du Kaffee machst?"

„Richtig."

„Gut, einverstanden."

Als sie bei sich zu Hause in die Tiefgarage fuhr, sagte sie: „Morgen werde ich wahrscheinlich einen langen Tag haben. Ist es wichtig, wann ich zu dir komme?"

„Nein." Er stieg aus, ging um das Auto herum und streckte die Hand nach ihren Schlüsseln aus.

„Hast du einen Benimmkursus besucht oder so etwas Ähnliches?"

„Ja, und zwar mit Auszeichnung. Ich war der Beste in meinem Kurs." Er holte den Aufzug. „Manche Frauen fühlen sich stark verunsichert, wenn ich vorgehe, um ihnen die Tür aufzuhalten, oder wenn ich ihnen bei Tisch einen Stuhl herausziehe, obwohl das nur normale Gesten der Höflichkeit sind. Aber du bist natürlich viel zu selbstbewusst, um dich von so etwas nervös machen zu lassen."

„Selbstverständlich", stimmte sie zu und verdrehte die Augen, als er ihr mit einer angedeuteten Verbeugung beim Einsteigen in den Aufzug den Vortritt ließ. Doch als er ihre Hand nahm, lächelte sie.

„Ich mag deinen Stil, Blackhawk. Ich kann zwar immer noch nicht genau sagen, worin er eigentlich besteht, aber ich mag ihn trotzdem." Sie neigte den Kopf und musterte Jonah eingehend. „Du hast früher Baseball gespielt, stimmt's?"

„Baseball war außer deinem Vater das Einzige, was mich auf der Highschool gehalten hat."

„Mein Spiel war immer Basketball. Hast du es schon mal gespielt?"

„Ab und zu."

„Hast du vielleicht Lust, am Sonntag mit mir zu spielen?"

„Schon möglich." Er verließ mit ihr den Aufzug. „Um welche Uhrzeit?"

„Sagen wir, gegen zwei. Ich hole dich ab. Dann können wir ..." Sie hielt abrupt inne, stellte sich blitzschnell vor ihn und zog in der gleichen Sekunde ihren Dienstrevolver. „Bleib hinter mir. Und fass ja nichts an."

Jetzt sah er es auch. An der Wohnungstür waren frische Kratzer und Brecheisenspuren. Ally drehte mit zwei Fingern den Türknauf, schob die Tür mit dem Fuß auf und schlich geduckt in die Wohnung. Nachdem sie Licht gemacht hatte, schaute sie sich, mit der Pistole noch immer im Anschlag, um, als Jonah sich vor sie stellte.

„Zurück! Bist du verrückt?"

„In meinem Benimmkurs habe ich unter anderem gelernt, dass man nie hinter einer Frau in Deckung gehen soll."

„Diese Frau hier ist zufällig eine mit einem Polizeiausweis und einer Pistole."

„Ich weiß. Trotzdem." Er hatte das Chaos in der Wohnung bereits gesehen. „Er ist schon lange weg."

Sie wusste, spürte, dass Jonah recht hatte, aber es gab Vorschriften, die unter allen Umständen eingehalten werden mussten. „Du hältst dich da raus. Und fass ja nichts an", wiederholte sie, während sie über eine zerbrochene Stehlampe stieg, um sich in den übrigen Zimmern umzusehen.

Schließlich ging sie fluchend zum Telefon.

„Dein guter alter Freund Dennis?", erkundigte sich Jonah.

„Kann sein, aber das glaube ich nicht. Lyle hat die Stadt in südlicher Richtung verlassen." Sie gab am Telefon eine Kurzwahl ein.

„Hier Detective Fletcher. Bei mir ist eingebrochen worden."

Noch ehe die Spurensicherung eingetroffen war, streifte sich Ally dünne Einweghandschuhe über und begann mit der Bestandsaufnahme. Fernseher, Videorekorder und Stereoanlage, lauter teure Geräte, waren nicht gestohlen, aber zerschlagen worden. Notebook und ein kleiner Ersatzfernseher hatten dasselbe Schicksal erlitten.

Jede Lampe, einschließlich der antiken Buchhalterlampe auf ihrem Schreibtisch, war kaputt. Die Polsterung der Couch war aufgeschlitzt, die Füllung quoll heraus.

Mitten auf ihrem Bett war ein Eimer Farbe, den sie irgendwann gekauft, aber noch nicht gebraucht hatte, ausgekippt worden.

Über dem Bett an der Wand stand in derselben Farbe:

Hoffentlich kannst du nachts ruhig schlafen.

„Er gibt mir die Schuld am Tod seiner Schwester. Offenbar weiß er, dass ich sie erschossen habe. Aber woher?"

„Von Jan", sagte Jonah hinter ihr. „Wahrscheinlich hat sie die beiden damals gewarnt", fuhr er fort, als Ally sich umdrehte. „Ich nehme an, sie hat trotz unserer Ausrede Verdacht geschöpft, weil die Barnes ungewöhnlich lange von ihrem Tisch weg waren. Und als sie zurückkamen, waren sie nervös und aufgeregt. Das ist Jan aufgefallen."

„Gut möglich." Ally nickte. „Auf jeden Fall ist sie misstrauisch geworden. Erst recht, nachdem sie von Frannie hörte, dass ich in Eile weggegangen bin."

Sie bahnte sich durch das Durcheinander ihren Weg zurück ins Wohnzimmer und in die Küche. „Dann hat sie wahrscheinlich versucht, die ganze Sache abzublasen, aber es war bereits zu spät. Sieht nicht so aus, als ob er sich hier viel Mühe gemacht hätte", fuhr sie fort, während sie sich in der Küche umsah. „Aber da ist auch nicht viel, was sich lohnen würde, kaputt zu ..." Sie unterbrach sich und ging zum Tresen. „Großer Gott."

Mit entsetzt geweiteten Augen drehte sie sich um. „Mein Brotmesser." Sie legte ihren Finger auf den leeren Schlitz im Küchenmesserblock. „Ein Messer mit einer langen gezackten Klinge. Gott, Jonah, er hat sie mit meinem Messer erstochen."

9. KAPITEL

Ally war entschlossen, sich von dieser Erkenntnis nicht aus dem Gleichgewicht bringen zu lassen. Sie durfte es nicht. Die Nerven zu verlieren, konnte sich ein Cop ebenso wenig leisten wie Wut, beides konnte ihm gleich gefährlich werden. Auch wenn die Verwüstung ihrer Wohnung ein direkter persönlicher Angriff war, musste sie darüberstehen und weiterhin objektiv ihrer Arbeit nachgehen.

Nachdem die Spurensicherung das von Lyle hinterlassene Chaos noch vergrößert und sich dann verabschiedet hatte, packte Ally auf Jonahs Aufforderung hin bereitwillig ein paar Sachen zusammen.

Sie hatten kurzerhand entschieden, dass Ally bei ihm wohnen sollte, bis alles vorbei war.

Keiner von ihnen sprach über diesen Riesenschritt; und beide versuchten sich mit großer Hartnäckigkeit einzureden, dass es in einer solchen Situation einfach das Naheliegendste und Vernünftigste war.

Sie gingen sofort ins Bett und schliefen eng umschlungen ein.

„Wir haben die Bewachung für Fricks verdoppelt", berichtete Kiniki beim Briefing am nächsten Morgen. „Lyle wird nicht zu ihm durchkommen, selbst wenn er es versuchen sollte."

„Dafür ist er zu schlau." Die Hände in den Taschen, stand Ally im Büro ihres Lieutenants. Mittlerweile hatte sie sich beruhigt. „Er kann warten, und das wird er auch tun. Er hat keine Eile, Fricks das heimzuzahlen, was er als dessen Schuld am Tod seiner Schwester ansieht."

Ally schaute durch die Glaswand von Kinikis Büro auf das hektische Treiben, das im Großraumbüro herrschte. Ständig läutete auf irgendeinem Schreibtisch ein Telefon, während sich die Detectives auf ihre Tagesaktivitäten vorbereiteten. Sie versuchte, sich vorzustellen, was im Kopf einer Toten vorgegangen sein mochte, die sie nur ein paar Tage gekannt hatte.

„Janet Norton war leichtsinnig. Alles war nur ein spannendes Abenteuer für sie. Sie hat sich bei ihm sicher gefühlt. Zwei meiner Nachbarn haben gesehen, wie ein Paar, auf das die Beschreibung von

Lyle und Jan passt, gegen acht das Gebäude betreten hat. Hand in Hand", fügte sie hinzu. „Sie hat ihm geholfen, meine Wohnung zu verwüsten, und später hat er sie mit meinem Brotmesser getötet. Weil er keine Verwendung mehr für sie hatte."

Darüber hatte sie nachgedacht, während sie in den dunkelsten Stunden der Nacht in Jonahs Bett wach gelegen hatte. „Er tut nichts ohne Absicht. Er hasst Menschen, die er als privilegiert betrachtet. Bei seinen früheren Straftaten gibt es ein immer wiederkehrendes Muster, aus dem ersichtlich wird, dass er es stets auf sogenannte Reiche abgesehen hatte." Sie nahm die Hände aus den Taschen. „Wohlhabende, einflussreiche Leute. Weil er sich für intelligenter hält als sie. Warum sollten sie ein gutes Leben haben?"

In Gedanken ging sie Lyle Matthews Strafakte durch. „Er kommt aus der unteren Mittelschicht. Es ging ihm nie wirklich schlecht, aber auch nie richtig gut. Der Vater war oft arbeitslos. Hat ständig die Jobs gewechselt. Sein Stiefvater war arrogant und herrschsüchtig. Diese Verhaltensmuster hat Lyle übernommen. Seine Vorgesetzten und Kollegen haben alle dasselbe ausgesagt. In technischer Hinsicht ist er brillant, im Umgang allerdings schwierig. Ein aggressiver Einzelgänger. Kommt aus einer desolaten Familie, beide Eltern sind tot. Der einzige Mensch, der ihm je nahestand, war seine Schwester."

Ally trat an die Glaswand, schaute nach draußen. „Seine Schwester war sein Ein und Alles, sie hat seinem aufgeblasenen Ego Zucker gegeben. Sie haben sich gegenseitig gestützt. Und jetzt ist sie tot, und er kann sich nur noch an sich selbst halten."

„Wo mag er stecken?"

„Nicht weit weg jedenfalls", vermutete Ally. „Er ist hier noch nicht fertig. Weder mit mir noch mit den Barnes oder mit Blackhawk."

„Das stimmt wahrscheinlich. Wir werden Mr und Mrs Barnes in ein sicheres Haus bringen. Damit bleiben nur noch Sie und Blackhawk übrig."

Sie drehte sich wieder zu Kiniki um. „Ich habe nicht vor, unnötige Risiken einzugehen. Trotzdem muss ich präsent bleiben und eine bestimmte Routine aufrechterhalten, während er einfach untertauchen und abwarten kann. Er kennt meinen Namen, meine Adresse. Und er wollte, dass ich das weiß. Er will mir Angst machen."

„Wir werden Ihr Haus überwachen."

„Vielleicht stattet er mir ja noch mal einen Besuch ab. Allerdings glaube ich nicht, dass er plant, mir einfach eine Kugel in den Kopf zu schießen. Das ist ihm nicht persönlich genug. Davon abgesehen, bezweifle ich, dass ich sein primäres Ziel bin. Mir wollte er einfach nur eine Warnung zukommen lassen."

„Nein? Wer dann? Blackhawk?"

„Ja, er ist der Nächste. Allerdings wird er, was den Club anbelangt, nicht kooperieren." Es wurmte sie immer noch, dass Jonah die von ihr vorgeschlagenen Sicherheitsmaßnahmen abgelehnt hatte.

„Wir können ihn von zwei Leuten bewachen lassen, die ihn aus der Ferne im Auge behalten."

„Unmöglich. Er würde sie zehn Meilen gegen den Wind riechen. Dann würde er schon aus Prinzip versuchen, sie loszuwerden. Lieutenant, ich ... stehe ihm nah. Er vertraut mir. Ich könnte mich um dieses Problem kümmern."

„Kommt gar nicht infrage. Sie leiten eine Ermittlung, und außerdem müssen Sie auf sich selbst aufpassen, Detective."

„Ich könnte meine Arbeit größtenteils vom Club aus machen. Was ich auch aus anderen Gründen für sinnvoll halte. Ich kann mir vorstellen, dass wir Lyle aus seinem Versteck locken und dazu bringen können, einen Schritt zu machen, wenn er mich regelmäßig im ‚Blackhawk' sieht."

„Er kann nicht mit letzter Sicherheit davon ausgehen, dass Sie seine Schwester getötet haben. Wir haben sofort nach dem Vorfall eine totale Nachrichtensperre verhängt."

„Aber er weiß, dass ich innerhalb des Clubs an der Aktion mitgewirkt habe. Und dass Blackhawk und ich die Dinge ins Rollen gebracht haben, die letztendlich zum Tod seiner Schwester führten."

„Also gut. Ich setze trotzdem für die nächsten zweiundsiebzig Stunden zwei Leute auf Blackhawk an, dann sehen wir weiter."

„In Ordnung, Sir."

„Was diese andere Angelegenheit anbelangt ... Sie sollten wissen, dass Dennis Overtons Fingerabdrücke auf den Radkappen Ihres Wagens gefunden wurden. Bei einer Durchsuchung seines Autos wurde ein erst kürzlich erstandenes Jagdmesser sichergestellt. Ich habe den Laborbericht zwar noch nicht auf dem Schreibtisch, aber die Gummispuren an der Klinge konnte man mit bloßem Auge erkennen. Seinen Job bei der Bezirksstaatsanwaltschaft ist er jedenfalls los. Sie würden gern Anklage gegen ihn erheben."

„Sir …"

„Trainieren Sie Ihr Rückgrat, Fletcher. Wenn Sie keine Anzeige erstatten, lässt man ihn laufen. Aber wenn doch, wird der Bezirksstaatsanwalt eine psychologische Untersuchung empfehlen, und die hat Overton, weiß Gott, dringend nötig. Oder wollen Sie warten, bis sich seine Obsession auf jemand anders verlagert?"

„Nein, nein, ganz bestimmt nicht. Ich werde mich darum kümmern."

„Tun Sie es sofort. Mir reicht ein Verrückter da draußen."

Obwohl sie ihm wohl oder übel recht geben musste, fiel ihr die Entscheidung schwer. Ally verließ Lieutenant Kinikis Büro, setzte sich an ihren Schreibtisch und fand es angemessen, wenigstens noch dreißig Sekunden über das Problem zu brüten.

Sie hatte bei Dennis von Anfang an Fehler gemacht. Hatte nicht genug aufgepasst, Warnsignale übersehen. Auch wenn nichts davon sein Verhalten entschuldigen konnte, wäre es wahrscheinlich gar nicht so weit gekommen, wenn sie anders reagiert hätte.

„Na, was gibt's für Probleme, Fletcher? Hat dich der Boss gefaltet?"

Als sie den Kopf hob, hatte Hickman es sich mit einer Hinterbacke auf ihrer Schreibtischkante bequem gemacht. „Nein. Aber ich bin drauf und dran, jemand anders zu falten."

Er biss in sein Spätvormittags-Blätterteigteilchen. „Das macht Laune."

„So kannst du nur reden, weil du ein herzloser Mistkerl bist."

„Ich liebe es, wenn du mir Honig ums Maul schmierst."

„Wenn ich dir sage, dass du ein total bescheuerter Schwachkopf bist, würdest du mir dann einen großen Gefallen tun?"

Er biss mit Appetit in das Teigstückchen, ohne sich daran zu stören, dass er den ganzen Schreibtisch voll krümelte. „Für dich würde ich alles tun, Baby."

„Ich muss gegen Dennis Overton Anzeige erstatten. Würdest du es vielleicht übernehmen, ihn zum Verhör aufs Revier zu bringen? Dich kennt er, und ich könnte mir vorstellen, dass es dann ein bisschen leichter ist für ihn."

„Alles klar. Hör zu, Ally, er ist es nicht wert, sich seinetwegen so verrückt zu machen."

„Ich weiß." Sie stand auf, nahm ihre Jacke von der Stuhllehne. Und stibitzte sich grinsend ein Stück Blätterteiggebäck. „Und obendrein bist du auch noch oberhässlich."

„Du Frau meiner Träume. Heirate mich!"

Von Hickman aufgemuntert, verließ Ally eilig die Polizeistation.

Kaum zwei Stunden später betrat sie das Büro ihres Vaters.

Diesmal kam ihr der Polizeichef entgegen und umfasste ihre Oberarme, während er sie eingehend musterte. Dann zog er sie stumm an sich.

„Schön, dich zu sehen", sagte er leise.

Sie drückte ihr Gesicht an seinen Hals und kostete es einen Moment aus, sich an seiner starken Schulter geborgen zu fühlen. „Du und Mom, ihr wart immer für mich da. Das wollte ich zuerst einmal sagen."

„Sie hat sich Sorgen um dich gemacht."

„Ich weiß. Es tut mir leid. Hör zu." Sie umarmte ihn noch einmal, bevor sie sich zurücklehnte, um ihm ins Gesicht sehen zu können. „Ich weiß, dass du auf dem Laufenden bist, aber ich wollte dir persönlich sagen, dass mit mir alles okay ist. Und dass ich zurechtkomme. Lyle kann nicht mehr lange warten, er muss bald handeln. Er hat jetzt niemanden mehr, aber soweit wir wissen, braucht er dringend eine Person – vorzugsweise eine Frau –, die ihn aufbaut und seine Spielchen mitspielt. Allein wird er untergehen."

„Stimmt. Hinzu kommt, dass es eine Frau ist, die zu bestrafen er sich am meisten wünscht. Und in diesem Fall bist du die Auserwählte."

„Stimmt ebenfalls. Sein erster großer Fehler war es, in meine Wohnung einzubrechen. Damit hat er sich zu erkennen gegeben. Er hat überall Fingerabdrücke hinterlassen. Seine Trauer und seine Wut haben ihn dazu getrieben, die Karten offen auf den Tisch zu legen. Indem er Jan mit meinem Küchenmesser erstochen hat, wollte er mir mitteilen, dass ich genauso gut das Opfer hätte sein können."

„Immer noch kein Einspruch. Warum hast du niemanden zu deinem Schutz bei dir?"

„Tagsüber wird er mich in Ruhe lassen. Er arbeitet nachts. Aber keine Angst, Dad, ich werde kein Risiko eingehen. Ehrenwort. Ich wollte dir nur sagen, dass ich gegen Dennis Anzeige erstattet habe."

„Das ist gut. Ich will nicht, dass er dir ständig nachstellt, und erst recht will ich nicht, dass du abgelenkt wirst. Ich war heute Morgen in deiner Wohnung."

„Da werde ich wohl einige größere Renovierungsarbeiten vornehmen müssen."

„Du kannst unmöglich dort wohnen. Komm für ein paar Tage nach Hause. Wenigstens bis dieser Fall abgeschlossen ist."

„Ich habe bereits ein Ausweichquartier." Sie schob ihre Hände in die Taschen und wippte unruhig vor und zurück. Was jetzt kam, war heikel. „Ich wohne im ‚Blackhawk'."

„Du kannst dich doch nicht in einem Nachtclub einquartieren", protestierte Boyd. Doch schon eine Sekunde später wurde ihm der Sinn ihrer Worte klar. Es war wie ein hinterhältiger Faustschlag in den Solarplexus. „Oh." Er fuhr sich mit einer Hand durchs Haar, während er zu seinem Schreibtisch ging. Dort angelangt, schüttelte er den Kopf, änderte die Richtung und marschierte konsterniert zur Kaffeemaschine. „Du ... ah ... Teufel."

„Ich schlafe mit Jonah."

Boyd, der immer noch mit dem Rücken zu ihr stand, hob eine Hand und wedelte damit herum. Ally verstand, schwieg und wartete.

„Du bist eine erwachsene Frau. Du kannst tun und lassen, was du willst Ally", brachte er schließlich mühsam heraus, während er die Kaffeekanne auf die Warmhalteplatte zurückstellte. „Verdammt."

„Ist das eine Bemerkung über mein Alter oder über mein Verhältnis zu Blackhawk?"

„Beides." Er drehte sich zu ihr um. Sie war so hübsch, diese Frau, sein Fleisch und Blut.

„Hast du irgendwas gegen ihn?"

„Du bist meine Tochter. Er ist ein Mann. Das ist alles. Und grins gefälligst nicht so, wenn ich eine Vaterkrise habe."

Gehorsam verkniff sie sich ihr Lachen. „Ich bitte um Verzeihung."

„Ich glaube, ich ziehe es vor, mir vorzustellen, wie ihr am Kamin sitzt und euch über die großen Werke der Weltliteratur unterhaltet oder Rommee spielt, wenn du nichts dagegen hast."

„Wenn es dir dann besser geht, Dad. Ich würde ihn gern am Sonntag zum Grillen mitbringen."

„Er wird nicht kommen."

„Oh doch." Ally lächelte dünn. „Er wird."

Den Rest ihrer Schicht ging Ally Hinweisen nach, die den Fall betrafen, und befasste sich mit zwei weiteren Fällen, die man ihr übertragen hatte. Die eine Akte konnte sie schließen, während sie bei einem bewaffneten Raubüberfall noch ganz am Anfang stand.

Nach Feierabend stellte sie ihr Auto auf einem bewachten Parkplatz ab und ging anschließend die anderthalb Häuserblocks bis zum „Blackhawk" zu Fuß.

Den Streifenwagen, in dem die Kollegen saßen, die Jonahs Bewachung übernommen hatten, entdeckte sie schon vom anderen Ende des Häuserblocks aus, und sie zweifelte nicht daran, dass Jonah ihn ebenfalls längst erspäht hatte.

Als Ally den Club betrat, fiel ihr Blick als Erstes auf Hickman, der völlig in sich zusammengesunken an der Bar saß. Und sein blaues Auge hätte sie wahrscheinlich auch schon auf einen Häuserblock Entfernung gesehen.

Sie ging zu ihm, legte ihm einen Finger unters Kinn und studierte eingehend sein beleidigtes Gesicht. „Wer hat dich denn vermöbelt?"

„Dein lieber Freund und Riesenhornochse Dennis Overton."

„Soll das ein Witz sein? Hat er sich geweigert, mit aufs Revier zu kommen?"

„Hat Haken geschlagen wie ein gottverdammter Hase." Er warf Frannie einen Blick zu und signalisierte ihr, dass er noch ein Bier wollte. „Ich musste ihn einfangen. Und bevor ich dazu kam, ihm Handschellen anzulegen, hat er mir das Ding da verpasst." Er langte nach seinem Bierglas, trank verdrießlich den letzten Schluck. „Und jetzt glaubt jeder, er könnte sich über mich lustig machen. Verdammt noch mal, Overton verdient einen gehörigen Denkzettel!"

„Tut mir echt leid, Hickman." Zum Beweis beugte sie sich vor und gab ihm einen Luftkuss auf das blaue Auge. Nachdem sie sich wieder zurückgezogen hatte, sah sie Jonah herankommen. Als er entdeckte, dass sie Hickman einen Arm um die Schultern gelegt hatte, hob er nur ganz leicht die Augenbrauen und winkte Will zu.

„Ich hätte nie geglaubt, dass er einfach abhaut." Hickman stieß einen schweren Seufzer aus und warf sich eine Hand voll Erdnüsse in den Mund. „Und als ich ihn schnappen wollte, habe ich mir noch das hier geholt." Er rutschte mit seinem Barhocker zurück, um ihr den Riss in seiner Hose zu zeigen. „Als ich ihn endlich erwischte, hat er gezappelt wie eine Forelle an der Angel und geheult wie ein Baby."

„Oh Gott."

„Wenn du jetzt auch nur das geringste Mitleid mit ihm hast, verpass ich dir auch so ein Ding, Fletcher, das schwör ich dir." Hickman stopfte sich noch mehr Erdnüsse in den Mund. „Er schwingt zurück, und dabei erwischt er mich mit seinem Ellbogen, genau da, auf dem Backenknochen. So ein Idiot! Na, heute Nacht kann er heulend an seinen Gitterstäben rütteln. Wie, zum Teufel, konntest du bloß jemals was mit ihm haben?"

„Keine Ahnung. Frannie, die Biere hier gehen auf meine Rechnung, okay?"

„Na, dann kann ich ja zu Import übergehen."

Ally lachte und schaute über die Schulter, als Will hinter sie trat.

„Na so was, ist ja eine ganz neue Erfahrung, Cops an der Bar sitzen zu haben." Aber er sagte es mit einem entspannten Lächeln und zwinkerte Frannie dabei zu. „Brauchen Sie vielleicht ein bisschen Eis für dieses Auge, Officer?"

Hickman schüttelte nachdrücklich den Kopf. „Nein." Aus seinem guten Auge musterte er Will eingehend vom Scheitel bis zur Sohle. „Haben Sie Probleme mit Cops?"

„In den letzten fünf Jahren nicht mehr. Sagen Sie, ist Sergeant Maloney immer noch auf dem dreiundsechzigsten? Er hat mich zweimal hopp genommen. Obwohl ich zugeben muss, dass er immer mustergültig war."

Hickman drehte sich belustigt um. „Ja, der ist noch da. Und arbeitet immer noch bei der Sitte."

„Wenn Sie ihn sehen, sagen Sie ihm einen schönen Gruß von Will Sloan. Hat mich immer echt korrekt behandelt."

„Ich sag's ihm."

„Also, der Boss meint, dass ich unseren Freunden da draußen in dem Ford was zu essen rausbringen soll. Er glaubt, dass sie Hunger kriegen, wenn sie die ganze Nacht im Auto sitzen und Däumchen drehen."

„Ich bin sicher, sie wissen das zu schätzen", warf Ally trocken ein.

„Es ist das Mindeste, was wir für die Polizei tun können." Nachdem er Hickman freundlich auf die Schulter geklopft hatte, ging Will in Richtung Küche.

„Ich habe noch ein paar Dinge zu erledigen." Ally betrachtete sich Hickmans blaues Auge noch einmal genauer. „Leg Eis drauf", riet sie ihm, bevor sie sich auf der Suche nach Beth ihren Weg in die Clubebene bahnte.

„Haben Sie einen Moment Zeit?"

Beth fuhr fort, irgendetwas in die Kasse einzutippen, und schaute nicht einmal auf. „Es ist Freitagabend, und das Lokal ist gerammelt voll. Außerdem fehlen uns zwei Kellnerinnen."

Ally war getroffen, aber sie verzichtete darauf, sich zu revanchieren. „Ich kann warten, bis Sie eine Pause machen."

„Keine Ahnung, wann ich dazu komme. Wir haben alle Hände voll zu tun."

„Ich warte hier. Im Übrigen wird es nicht lange dauern."

„Machen Sie, was Sie wollen." Immer noch ohne ihr einen Blick zu gönnen, marschierte Beth an ihr vorbei.

„Das macht ihr ganz schön zu schaffen", bemerkte Will.

Ally drehte sich um. „Sind Sie eigentlich überall?"

Er hob die Schultern. „Das ist mein Job. Sie hat Jan eingearbeitet und Sie auch. Was da passiert ist, macht uns allen zu schaffen, nehm ich mal an."

„Und macht man es mir zum Vorwurf?"

„Ich nicht. Sie erledigen nur Ihre Arbeit. So läuft es eben. Beth wird schon drüber wegkommen. Sie hat eine viel zu hohe Meinung vom Boss, um nicht darüber wegzukommen. Was ist, soll ich zusehen, ob ich noch einen Tisch für Sie finde? In einer Stunde fängt die Band an zu spielen. Sie ist sehr gut, deshalb wird es hier bald keinen Quadratzentimeter freien Platz mehr geben."

„Nein, danke, ich brauche keinen Tisch."

„Melden Sie sich, wenn Sie es sich noch anders überlegen."

„Will." Bevor er weggehen konnte, berührte sie ihn leicht am Arm. „Danke."

Er lächelte sie freundlich an. „Kein Problem. Ich hab echte Hochachtung vor den Cops. Schon seit fünf Jahren."

Beth ließ sie eine geschlagene Stunde warten, und beim zweiten Stück der Band hatte Ally größte Befürchtungen, ihr könnten die Trommelfelle platzen, als die Oberkellnerin mit schnellen Schritten auf sie zukam.

„Ich habe zehn Minuten Zeit, fünf davon können Sie haben. Das wird reichen müssen."

„Prima." Ally musste schreien, um die Musik zu übertönen. „Können wir rüber in den Aufenthaltsraum gehen?"

Beth drehte sich wortlos um und marschierte auf den Aufenthaltsraum zu. Sie schloss die Tür auf, ging schnurstracks zur Couch, setzte sich und zog die Schuhe aus.

„Haben Sie noch irgendwelche Fragen, Detective Fletcher?"

Nachdem Ally die Tür hinter sich zugemacht hatte, wurde es endlich leiser. „Ich will es kurz machen. Sie wissen, was mit Jan passiert ist?"

„Oh ja, das weiß ich sehr gut."

„Wir haben ihre nächsten Angehörigen informiert", fuhr Ally in demselben sachlichen Tonfall fort. „Ihre Eltern werden morgen in Denver ankommen, ich nehme an, dass sie Jans Habseligkeiten mitnehmen wollen. Ich möchte Sie bitten, mir die Sachen aus Jans Spind zu holen, damit ich sie den Eltern übergeben kann."

Beths Lippen zitterten, sie schaute hastig weg. „Ich kenne die Zahlenkombination nicht."

„Aber ich. Sie hat den Code in ihr Adressbuch geschrieben."

„Dann holen Sie sich die Sachen eben. Dazu brauchen Sie mich nicht."

„Doch. Ich brauche noch einen Zeugen und wäre Ihnen sehr dankbar, wenn Sie dabeibleiben, damit nicht später jemand behaupten kann, ich hätte irgendetwas gestohlen."

„Und das war's dann? Heißt das, Sie gehen so einfach wieder zur Tagesordnung über?"

„Je eher ich zu meiner Tagesordnung übergehe, desto schneller finden wir ihren Mörder."

„Sie hat Ihnen nichts bedeutet. Genauso wenig wie wir anderen auch. Sie haben uns belogen."

„Ja, ich habe gelogen. Doch da ich unter denselben Umständen wieder so handeln würde, kann ich mich nicht mal dafür entschuldigen."

Ally ging zu dem Spind und öffnete das Zahlenschloss. „Wissen Sie, ob diese Zahlenkombination außer Janet Norton sonst noch jemand kannte?"

„Nein."

Ally nahm das Schloss ab, öffnete die Tür. Während sie ihren Blick über den Inhalt schweifen ließ, nahm sie eine große Beweismitteltüte aus ihrer Umhängetasche.

„Es riecht nach ihr." Beth' Stimme zitterte, bevor sie brach. „Ich rieche ihr Parfüm. Egal, was sie gemacht hat, auf jeden Fall hat sie es nicht verdient, getötet und wie Abfall an den Straßenrand geworfen zu werden."

„Nein, das hat sie ganz bestimmt nicht. Ich wünsche mir genauso sehr wie Sie, dass ihr Mörder dafür bezahlt. Wahrscheinlich sogar noch mehr als Sie."

„Warum?"

„Weil es Gerechtigkeit geben muss. Weil ihre Eltern sie geliebt haben und ihr Tod ihnen das Herz bricht. Weil ich ihr Parfüm riechen kann. Kosmetiktäschchen." Ally zog die kleine grell pinkfarbene Tasche aus dem Spind, öffnete den Reißverschluss. „Zwei Lippenstifte, Kompaktpuder, Wimperntusche, Eyeliner …"

Sie unterbrach sich, weil Beth sie am Arm berührte. „Warten Sie, ich helfe Ihnen. Sie holen die Sachen raus, und ich schreibe."

Beth zog ein Papiertaschentuch aus ihrer Tasche, trocknete sich die Tränen, dann stopfte sie das Taschentuch wieder weg und zog ihren Block hervor. „Ich habe Sie gemocht, wissen Sie. Ich habe die Frau gemocht, für die ich Sie gehalten habe. Ich bin mir ganz schön blöd vorgekommen, als ich erfahren habe, wer Sie in Wirklichkeit sind."

„Jetzt wissen Sie es. Vielleicht können wir ja noch mal von vorn anfangen."

„Vielleicht." Beth nahm einen Kugelschreiber und begann zu schreiben.

Ohne Jonah aus den Augen zu lassen, bestellte Ally sich ein leichtes Essen an der Bar. Im Club war es so gerammelt voll und laut, dass man sein eigenes Wort nicht verstehen konnte. Und je länger sie so dasaß, beobachtete und ab und zu irgendwelche Gesprächsfetzen aufschnappte, desto schwieriger erschien es ihr, Jonah zu beschützen.

Ebenso schwierig, wie ihn davon zu überzeugen, dass er einige Änderungen an seinen Gewohnheiten vornehmen musste, bis Matthew Lyle in Gewahrsam war.

Da sie im Dienst war, blieb sie bei Kaffee. Und als das Coffein ihren Kreislauf zu belasten begann, ging sie zu Mineralwasser über.

Als die erzwungene Untätigkeit Ally verrückt zu machen drohte, erklärte sie Frannie, dass sie im Barbereich helfen würde, und schnappte sich ein Tablett.

„Wenn ich mich richtig erinnere, habe ich dich gefeuert", sagte Jonah, als sie mit einem voll beladenen Tablett an ihm vorbeikam.

„Irrtum. Ich habe gekündigt. Pete, ein Gezapftes, einen Campari Soda, einen Merlot mit Eis daneben und ein Ginger Ale für den Fahrer."

„Wird sofort erledigt, Blondie."

„Geh rauf und leg die Beine hoch. Du siehst fix und fertig aus."

Ally zuckte mit keiner Wimper. „Pete, dieser Kerl hier macht beleidigende Bemerkungen über mein Äußeres. Außerdem hat er mir eben den Hintern begrabscht."

„Sobald ich eine Hand frei habe, poliere ich ihm die Fresse, Honey."

„Mein neuer Freund hier hat Bizepse so groß wie Öltanker, also sieh dich gut vor, du Sonnyboy", warnte Ally Jonah.

Jonah legte ihr eine Hand unters Kinn und zog sie auf die Zehenspitzen, dann küsste er sie, bis ihr die Luft wegblieb. „Ich bezahle dich nicht", sagte er sanft und schlenderte davon.

„Für diese Art Trinkgeld würde ich jederzeit und überall arbeiten", bemerkte die Frau auf dem Barhocker neben Ally.

„Oh ja." Ally atmete tief und lange aus. „Wer nicht?"

Sie arbeitete bis zur letzten Runde, dann setzte sie sich an einen freien Tisch im Clubbereich und legte die Beine hoch, während Band und Personal zusammenpackten.

Und sobald sie saß, schlief sie ein.

Jonah setzte sich in einen Sessel ihr gegenüber und wartete darauf, dass im Club Ruhe einkehrte.

„Kann ich noch irgendwas für dich tun, bevor ich gehe?"

Jonah schaute zu Will auf. „Nein. Danke."

„Sie scheint ganz schön fertig zu sein."

„Wird sich schon wieder erholen."

„Na gut ..." Will klimperte eine Weile mit dem Kleingeld in seiner Hosentasche. „Ich trinke noch einen Schluck, dann mache ich den Abflug. Ich nehme Frannie mit und schließe ab. Bis morgen dann."

Das gibt's doch nicht, den Boss hat's voll erwischt, war alles, was Will auf dem Weg zur Bar denken konnte. War denn das zu fassen? Der Boss hatte sich bis über beide Ohren verknallt – und dann auch noch in eine Polizistin.

„Eine Polizistin." Will rutschte auf einen Barhocker. Wie auf Stichwort stellte Frannie seinen Feierabendbrandy hin. „Der Chef hat sich in den Cop verknallt."

„Fällt dir das jetzt erst auf?"

„Eigentlich schon." Er strich sich nachdenklich den Bart. „Glaubst du, es klappt mit den beiden?"

„Mit Liebesbeziehungen kenn ich mich nicht so aus. Auf jeden Fall sind sie ein schönes Paar, außerdem kriegt keiner den anderen klein, weil sie beide Betonköpfe haben."

„Sie schläft da drin in einem Sessel." Er deutete mit dem Daumen auf den Clubraum, dann trank er nachdenklich einen Schluck von seinem Brandy. „Sie ist eingeschlafen. Und er sitzt einfach nur da und schaut sie an. Irgendwie glaub ich, das sagt alles."

Und weil er sich dabei ertappte, wie er Frannie beobachtete, während sie die Theke abwischte, wurde er rot und schaute schnell in sein Glas, als ob sich dort die Lösung für ein höchst kompliziertes Problem finden ließe.

Aber Frannie hatte seinen Blick bereits gesehen. Diesmal war er ihr aufgefallen, weil sie darauf geachtet hatte. Sie fuhr fort, die Theke zu wienern, während sie ihre eigene Reaktion genauer untersuchte. Sie verzeichnete ein angenehmes kleines Kribbeln im Unterleib und sogar eine kleine Hitzewallung.

Sie hatte schon sehr, sehr lange nichts mehr für einen Mann empfunden – oder zumindest hatte sie sich schon sehr, sehr lange nicht mehr gestattet, etwas zu empfinden.

„Du gehst jetzt wahrscheinlich nach Hause, nehme ich mal an", bemerkte sie beiläufig.

„Schätze schon. Und du?"

„Ich überlege, ob ich mir nicht eine Pizza bestelle, eine Flasche Rotwein aufmache und einen dieser Horrorfilme auf Kabel anschaue."

Er lächelte sie an. „Da stehst du allen Ernstes drauf, was? Auf Horrorfilme, meine ich."

„Ja, und wie! Es gibt kein besseres Heilmittel gegen Sorgen als Riesenspinnen oder Vampire. Trotzdem ... allein macht es einfach nicht so viel Spaß. Was ist, hast du nicht Lust?"

„Lust ...?" Der Brandy schwappte über den Glasrand auf die Theke, die Frannie eben blank gewienert hatte. „Ah, tut mir leid. Verdammt. Echt zu blöd."

„Gar nicht." Sie fuhr mit dem Lappen über die Pfütze, dann schaute sie ihm ruhig in die Augen. „Willst du dir eine Pizza mit mir teilen, alte Schwarz-Weiß-Horrorfilme mit mir anschauen und ein bisschen auf meinem Sofa kuscheln?"

„Ich ... du ..." Wenn er seine Füße gespürt hätte, wäre er bestimmt aufgesprungen. „Meinst du mich?"

Sie lächelte und breitete ihr Tuch über dem Rand der Spüle zum Trocknen aus. „Ich bin gleich da, ich hole nur schnell meine Jacke."

„Nein, warte, ich hol sie dir." Er stand auf, froh, dass seine Beine ihn trugen. „Frannie?"

„Ja, Will?"

„Ich finde dich wunderbar. Das wollte ich schon mal sagen, nur für den Fall, dass ich es später vor lauter Aufregung vergesse."

„Ich erinnere dich, falls du es vergisst."

„Ja. Okay. Gut. Ich hol deine Jacke", sagte er und ging mit einem breiten Grinsen davon.

Jonah wartete, bis die anderen weg waren, dann stand er auf, um zu überprüfen, ob alles richtig abgeschlossen und die Alarmanlage eingeschaltet war. Seine Schritte hallten auf dem silbernen Boden, als er hinter die Bühne ging, um das passende Licht und die passende Musik auszuwählen.

Anschließend ging er zu Ally zurück und küsste sie wach.

Sie trieb auf seinem Geschmack aus den Tiefen des Schlafs an die

Oberfläche. Warm, ein bisschen rau und sehr bereit. Als sie die Augen öffnete, glaubte sie in einen mit Abermillionen Sternen bestickten Nachthimmel zu schauen.

„Jonah."

„Tanz mit mir." Ohne seine Zärtlichkeiten zu unterbrechen, zog er sie aus ihrem Sessel hoch.

Sie tanzte bereits. Noch ehe ihr Kopf klar war, bewegte sie sich mit ihm, ihre Körper verschmolzen im Takt der Musik.

„Das sind ja die Platters." Sie schmiegte ihre Wange an seine. „Wahnsinn."

„Magst du sie nicht? Ich kann auch etwas anderes auflegen."

„Nein, ich liebe sie." Sie legte den Kopf in den Nacken, damit er leichter ihren Hals liebkosen konnte. „*Only You.* Das ist das Lied meiner Eltern. Du weißt sicher, dass meine Mutter früher nachts bei KHIP als DJ gearbeitet hat. Dieses Lied hat sie in der Nacht gespielt, in der sie den Heiratsantrag meines Vaters angenommen hat. Es ist eine hübsche Geschichte."

„Zum Teil kenne ich sie bereits."

„Du solltest die beiden mal sehen, wie sie sich anhimmeln, wenn sie zu diesem Lied tanzen. Es ist einfach himmlisch."

Ally schob ihre Finger in sein Haar, während sie über die im Boden eingelassenen Sterne schwebten. „Sehr geschmeidig", flüsterte sie. „Du tanzt wirklich sehr geschmeidig, Blackhawk. Das hätte ich mir gleich denken können." Sie wandte das Gesicht ab und schaute ins glitzernde Licht. „Sind alle weg?"

„Ja", sagte er. Alle bis auf dich, dachte er, während er mit den Lippen ihr Haar streifte. Nur du.

10. KAPITEL

Dies war seit Wochen der erste Morgen, an dem Ally aufwachte und nicht sofort aus dem Bett in einen hektischen Tag springen musste.

Gesegneter Sonntag.

Da in der Nacht von Samstag auf Sonntag im „Blackhawk" noch mehr Trubel geherrscht hatte als in der Nacht zuvor, war Ally fast die ganze Zeit auf den Beinen gewesen und in Gedanken die ganze Zeit im Dienst.

Auch wenn Jonah seine Bewacher draußen vor dem Club mit einem Schulterzucken abgetan hatte, würde er es sicherlich nicht so leicht hinnehmen, wenn er wüsste, dass sie zu seinem Schutz hier drin war.

Manche Dinge behielt man einfach besser für sich.

Außerdem taten sie sich auf diese Art gegenseitig einen Gefallen. In ihr Apartment konnte Ally erst zurück, wenn das Chaos beseitigt war. Jonah bot ihr ein komfortables Dach überm Kopf, und sie revanchierte sich dafür, indem sie ihn beschützte. In ihren Augen ein faires und durchaus vernünftiges Geschäft.

Davon abgesehen, hatte die Angelegenheit einen ungeheuer positiven Nebeneffekt. Entschlossen, diesen bis zur Neige auszukosten, fuhr sie ihm mit ihrer Hand über den Brustkorb und begann den Körper zu liebkosen, den sie mehr als gern beschützte.

Jonah fuhr aus dem Schlaf auf, voll erregt, und spürte ihre heißen hungrigen Lippen auf seinen.

„Lass mich, lass mich", flüsterte sie, während sie sich bereits rittlings auf ihn setzte. Sie hatte nicht damit gerechnet, dass ihr Körper so schnell reagieren, dass ihr Blut so heftig in Wallung kommen, dass ihr eigenes Begehren innerhalb eines Herzschlags von träge lasziv in verzweifelt umschlagen würde.

Ally nahm ihn in sich auf, umschloss ihn ganz fest, wobei sie sich erschauernd zurückbog, als die Lust ihre scharfen Krallen in sie schlug.

Jonah hatte das Schlafzimmer verdunkelt. So sah man nur eine schattenhafte Bewegung, als er sich aufbäumte und die Arme um sie schlang. Gegenseitige Besitzergreifung. Davon waren sie beide getrieben. Sein Mund suchte ihre Lippen, ihren Hals, ihre Brüste, um den Hunger zu stillen, den sie in ihm entfacht hatte, noch ehe er dazu gekommen war, auch nur einen einzigen klaren Gedanken zu fassen.

Ihre Erlösung kam wie ein Peitschenhieb, hinterrücks und blitzartig. Und noch während sie mit ihm verschmolz, drückte er sie wieder zurück. Begann sie erneut zu lieben.

Ein Kuss, samtweich wie Schatten in der Dunkelheit. Eine Berührung, zärtlich wie die Nacht. Als Ally die Arme nach ihm ausstreckte, nahm Jonah ihre Hände und führte sie an seine Lippen, eine Geste, der etwas unendlich Reiches, Üppiges innewohnte, das sich durch das wirre Knäuel ihres immer noch sehnsuchtsvollen Verlangens schlängelte.

„Jetzt lass mich."

Dies hier war anders. Dies hier war geduldig und süß und langsam. Ein glimmendes Feuer, schimmernd im Licht.

Sie lieferte sich aus, mit einer Hingabe, die ebenso stark war wie eine Verführung. Er murmelte ihr etwas ins Ohr, leise Worte, die ihre Seele aufwühlten und ihr Blut zum Kochen brachten. Als sich ihre Atemzüge in Keuchen verwandelten, schwebte sie auf den köstlich zarten Lagen seidiger Empfindungen dahin.

Fingerspitzen, die sie streiften, weiches Haar, warme Lippen und eine sanft gleitende Zunge hoben sie höher und höher. Und als Verlangen in glitzerndes Sehnen und schließlich in schmerzhafte Begierde umschlug, stöhnte sie laut seinen Namen.

Da schob er sie über den ersten seidigen Rand.

Er musste sie so berühren, er musste sie so nehmen. Er wollte, zumindest hier in den Schatten, das Recht dazu haben. Hier gehörte sie ganz und gar zu ihm.

Sie schlang ihre Arme um ihn, während er in einem Kuss versank und tiefer, immer tiefer hinabgezogen wurde, bis er sich darin verlor. Und so verloren drang er schließlich in sie ein, verzweifelt und hoffnungslos liebend, um die Verbindung zwischen ihnen nicht abreißen zu lassen.

Als sie anschließend still dalagen, schmiegte sie ihr Gesicht an seinen Hals, begierig, seinen Geruch noch länger auszukosten. „Nein, beweg dich nicht", flüsterte sie. „Noch nicht."

Ihr Körper war Gold, alles war pures schimmerndes Gold. Ally hätte schwören mögen, dass sogar die Dunkelheit goldene Ränder hatte.

„Es ist noch Nacht." Sie fuhr ihm mit den Händen über den Rücken. „Solange wir so beisammen sind, ist es immer noch Nacht."

„Es kann Nacht sein, so lange wir es wollen."

Sie hob ihm ihre Lippen entgegen. „Nur noch ein bisschen." Sie seufzte wieder, glücklich zu halten und gehalten zu werden. „Ich wollte eigentlich aufstehen und deinen Fitnessraum benutzen, aber dann warst du da und … na ja, da erschien es mir einfach eine bessere Idee, dich zu benutzen."

„Recht so." Er schloss die Augen und hielt sie weiterhin fest. Gegen ihre klugen und überaus einleuchtenden Agumente hatte er keinerlei Einwände.

Ally ließ den Morgen vorbeigleiten, genoss es, schnell und hart in seinem Fitnessraum zu trainieren, während sie über die sportlichen Höhepunkte diskutierten, die auf dem transportablen Fernseher an ihnen vorbeiflimmerten.

Anschließend teilten sie sich, wieder träge im Bett ausgestreckt, Bagels, Kaffee und die Sonntagszeitung. Ganz normale, fast häusliche Gewohnheiten, dachte Ally, als sie sich für den Tag fertig machten.

Nicht dass ein Mann wie Blackhawk domestiziert werden könnte oder sollte. Aber ein ruhiger, unkomplizierter Sonntagmorgen war doch eine nette Veränderung der Gangart.

Ally saß auf der Bettkante und band sich die Schnürsenkel ihrer uralten Hightops. Jonah, der sich gerade ein T-Shirt anzog, studierte ihre endlos langen Beine.

„Trägst du diese knappen Shorts, um mich auf dem Spielfeld abzulenken?"

Sie hob die Augenbrauen. „Na hör mal! Mit meinem angeborenen Talent bin ich doch nicht auf solche faulen Tricks angewiesen."

„Gut so, weil ich mich nämlich sowieso durch nichts ablenken lasse, bis mein Gegner am Boden liegt."

Sie stand auf und rollte die muskulösen, von dem ärmellosen Muskelshirt vorteilhaft zur Geltung gebrachten Schultern. „Wir werden schon sehen, wer letztendlich am Boden liegt, Blackhawk. Und jetzt hör auf, hier herumzustehen und große Töne zu spucken. Was ist, bist du bereit?"

„Mehr als bereit, Detective Honey."

Sie wartete, bis sie in seinem Auto saßen. Das war ihrer Meinung nach der beste Zeitpunkt. Da konnte er wenigstens nicht mehr weglaufen.

Sie streckte lässig die Beine aus und stellte sich darauf ein, die Fahrt zu genießen. Und grinste süffisant – nur ein kleines bisschen –, als sie sah, dass sein Blick an ihren Beinen auf und ab glitt.

„Hast du eigentlich vor, mich diesen Schlitten jemals fahren zu lassen?"

Jonah startete. „Nein."

„Ich käme damit zurecht."

„Dann kauf dir selbst einen Jaguar. Wo ist denn das Spielfeld, auf dem du deiner unrühmlichen Niederlage entgegengehen willst?"

„Du meinst das Spielfeld, auf dem ich dich so schlagen werde, dass du am Ende auf Knien liegst und um Gnade winselst?"

Er warf ihr nur flüchtig einen mitleidigen Blick zu, bevor er seine Sonnenbrille aufsetzte. „Also, wo ist das Spielfeld, Fletcher?"

„In der Nähe von Cherry Lake."

„Warum, zum Teufel, willst du unbedingt so weit draußen spielen, wo es hier in der Nähe mindestens ein halbes Dutzend Sporthallen gibt?"

„Das Wetter ist viel zu schön, um in einer Halle zu spielen. Aber wenn du natürlich Angst vor frischer Luft hast ..."

Er stieß zurück und fuhr aus der Parklücke.

„Was machst du eigentlich, wenn du frei hast, außer in diesem tollen Fitnessraum zu trainieren?", erkundigte sie sich.

„Mir irgendein Spiel ansehen, in Ausstellungen gehen." Er warf ihr ein träges Lächeln zu. „Frauen aufreißen."

Sie schob ihre Sonnenbrille ein Stück nach unten, musterte ihn über den Rand. „Was denn für Spiele?"

„Kommt ganz auf die Saison an. Wenn es ein Ballspiel oder Eishockey gibt, schaue ich es mir wahrscheinlich an."

„Ich auch. Da kann ich einfach nicht widerstehen. Und in was für Ausstellungen gehst du?"

„Worauf ich gerade Lust habe."

„Du hast ein paar tolle Bilder und Skulpturen. Unten im Club und oben in deinem Apartment auch."

„Mir gefallen sie jedenfalls."

„Und ... was für Frauen reißt du auf?"

„Die leicht zu handhabende Sorte."

Ally lachte und schob ihre Sonnenbrille wieder hoch. „Würdest du mich als leicht handhabbar bezeichnen?"

„Nein, du bist Arbeit. Aber ab und zu habe ich ganz gern mal ein wenig Abwechslung."

„Glück für mich. Du hast eine Menge Bücher", bemerkte sie. Sie betrachtete sein markantes Profil, das so sexy wirkte, die dunkle Sonnenbrille, hinter der sie die hellgrünen Augen, die in einem faszinierenden Kontrast zu seinen rabenschwarzen Haaren standen, nur erahnen konnte. „Trotzdem schwer vorstellbar, dass du zusammengerollt mit einem guten Buch in der Hand auf der Couch liegst."

„Ausgestreckt", korrigierte er sie. „Frauen rollen sich zusammen, Männer strecken sich aus."

„Oh, ich verstehe. Das ist natürlich etwas ganz anderes. Da vorn musst du raus, auf die 225. Und pass auf wegen der Geschwindigkeitsbegrenzung. Die Verkehrspolizei ist nämlich ganz scharf darauf, hübsche Jungs in ihren heißen Schlitten zu schnappen."

„In diesem Fall müsste ich wohl bei der Polizeibehörde vorstellig werden."

„Du glaubst doch nicht im Ernst, dass ich dich vor einem Strafzettel bewahre, wenn du mich diesen Schlitten nicht mal fahren lässt?"

„Ich kenne zufälligerweise den Polizeichef." Sobald Jonah die Worte ausgesprochen hatte, dämmerte es ihm. „Hast du gesagt, draußen in Cherry Lake?"

„Richtig."

Er fuhr bei der nächsten Ausfahrt raus und hielt auf einem Supermarktparkplatz an.

„Ist irgendwas?"

„In Cherry Lake wohnt deine Familie."

„Stimmt. Und sie haben ein Spielfeld – na ja, ein halbes, genauer gesagt. Zu mehr konnten wir Kinder unsere Eltern damals nicht überreden, obwohl wir mächtig Druck gemacht haben. Außerdem gibt es dort einen Grillplatz, auf dem sich mein Vater mit größter Begeisterung nützlich macht. Wir versuchen, uns immer an zwei Sonntagen im Monat zu treffen."

„Warum hast du mir nicht gesagt, dass wir zu deinen Eltern fahren?"

Sie hörte, dass er wütend war. „Was hätte das denn geändert?"

„Ich dringe nicht in deine Familie ein." Er legte den Rückwärtsgang ein, um aus der Parklücke zu fahren. „Ich setze dich dort ab. Zurückfahren kannst du dann mit jemand anders."

„He, he, immer mit der Ruhe." Sie streckte die Hand aus und schaltete den Motor wieder aus. Na schön, wenn er wütend war, würden sie eben kämpfen. Aber so einfach ausbremsen lassen würde sie sich von ihm nicht. „Was meinst du denn mit eindringen? Wir spielen ein bisschen Ball, essen ein paar leckere Steaks. Dafür braucht man doch keine schriftliche Einladung."

„Ich hatte nie vor, meinen Sonntagnachmittag mit deiner Familie zu verbringen, und daran hat sich auch jetzt nichts geändert."

„Mit der Familie eines Cops."

Er nahm seine Sonnenbrille ab, warf sie vor sich auf die Konsole. „Das hat nichts damit zu."

„Und womit dann? Du schläfst zwar mit mir, aber mit meiner Familie willst du nichts zu tun haben? Ist sie dir nicht gut genug?"

„Lachhaft." Er stieg abrupt aus, stiefelte zum Ende des Parkplatzes und starrte wütend auf eine kleine Rasenfläche.

„Dann sag mir etwas, das nicht lachhaft ist." Sie ging zu ihm, stieß ihm mit dem Zeigefinger in die Schulter. „Was spricht dagegen, ein paar Stunden mit meiner Familie zu verbringen? Was macht dich daran so wütend?"

„Du hast mich getäuscht, Allison. Das ist schon mal das Erste."

„Wieso getäuscht, was meinst du damit? Mich würde vielmehr interessieren, wie es kommt, dass du meinen Vater mehr als ein halbes Leben lang kennst und keine einzige Einladung zu uns nach Hause angenommen hast."

„Weil es sein Zuhause ist, in dem ich nichts zu suchen habe. Weil ich es ihm schuldig bin. Immerhin schlafe ich schon mit seiner Tochter, um Himmels willen. Ich finde wirklich, das reicht."

„Dann ist also mein Vater der Grund. Aber was glaubst du eigentlich von ihm? Dass er dich vom Fleck weg verhaftet, wenn du zur Tür reinspazierst?"

„Hör auf, dich über mich lustig zu machen. Für dich ist das alles ganz einfach, stimmt's?"

Ah, jetzt kommt's, dachte sie und wappnete sich.

„In deiner Welt war immer alles in Ordnung. Du hattest ein behütetes Zuhause, wo alles im Gleichgewicht war. Aber du hast nicht die leiseste Ahnung, wie es in meiner Welt ausgesehen hat, bevor er kam, und wie es jetzt aussähe, wenn er nicht gekommen wäre. So habe ich jedenfalls nie vorgehabt, mich bei ihm zu revanchieren."

„Nein, du revanchierst dich lieber, indem du ihn beleidigst. Du beleidigst ihn nämlich, wenn du dich weigerst, zu dem, was zwischen uns ist, zu stehen. Als wäre es etwas, für das man sich schämen müsste. Glaubst du wirklich, ich wüsste nicht, wie dein Leben früher war? Und dass ich in einer heilen Welt aufgewachsen bin, ist leider ein Trugschluss, Blackhawk. Ich bin die Tochter eines Cops, und es gibt nichts, was ich durch seine Augen noch nicht gesehen hätte. Und inzwischen durch meine eigenen."

Ein erneuter Stich mit dem Zeigefinger, diesmal in die Brust. „Versuch nicht, mir etwas einzureden, und dir auch nicht. Ganz egal, von wo aus jeder von uns gestartet ist, jetzt sind wir auf gleicher Höhe. Und daran solltest du dich besser erinnern."

Er stieß ihre Hand weg. „Hör sofort auf, in mir rumzubohren."

„Ich würde dich am liebsten platt machen."

„Danke gleichfalls."

Nachdem er sich ein Stück von ihr entfernt hatte, wartete er, bis er sich etwas beruhigt hatte. Ihre Behauptung, er würde sich seiner Beziehung zu ihr schämen, hatte ihn schwer getroffen. Er war vielleicht wütend auf sich selbst, weil er sich in sie verliebt hatte, aber schämen würde er sich dafür ganz bestimmt nicht.

„Also gut, ich mache dir einen Vorschlag. Du schickst jetzt erst mal unsere Wachhunde da hinten weg." Er deutete auf die dunkle Limousine, die eine Minute später hinter ihnen eingeparkt hatte. „Und dann fahren wir für zwei Stunden zu deinen Eltern."

„Alles klar. Bin gleich wieder da."

Sie ging zu dem Wagen, beugte sich durchs geöffnete Fenster und redete ein paar Worte mit dem Fahrer. Wenig später kam sie mit den

Händen in den Hosentaschen zurück.

„Ich habe ihnen den restlichen Nachmittag freigegeben. Mehr kann ich nicht tun." Sie rollte die Schultern. Entschuldigungen waren immer etwas Anstrengendes. „Hör zu, es tut mir leid. Ich hätte dir von vornherein reinen Wein einschenken sollen, und dann hätten wir uns gleich bei dir streiten können."

„Du hast nichts gesagt, weil du genau wusstest, dass ich mich nie darauf einlassen würde."

„Okay, du hast recht." Sie gab sich geschlagen und hob die Hände. „Ich bitte hiermit um Entschuldigung. Aber meine Familie ist mir wichtig, und ich habe mit dir etwas angefangen. Da ist es nur verständlich, wenn ich mir wünsche, dass du dich mit ihnen wohl fühlst."

„Wohl fühlen wäre wohl ein bisschen zu viel verlangt. Trotzdem will ich festhalten, dass ich mich für das, was zwischen uns ist, nicht schäme."

„Gut, Jonah. Es würde mir dennoch viel bedeuten, wenn du es heute Nachmittag wenigstens mal versuchst."

„Meinetwegen, aber nur kurz. Man kann sich wirklich leichter mit dir streiten, wenn du rechthaberisch bist und boshaft."

„Genau dasselbe sagt mein Bruder Bryant auch immer. Ihr werdet euch blendend verstehen." Um es ihm ein bisschen leichter zu machen, hängte sie sich bei ihm ein. „Da ist noch etwas", begann sie, während sie zusammen zum Auto zurückgingen.

„Was denn noch?"

„Na ja, dieses Treffen heute ... Es ist nämlich ein bisschen mehr, als ich vielleicht angedeutet habe. Also, es ist so eine Art Familientreffen, aber das heißt eigentlich nur, dass außer meiner unmittelbaren Familie noch ein paar Leute da sind, das ist alles", sprudelte sie heraus. „Nur so ein paar Tanten und Onkels und Cousins aus dem Osten. Und die ehemalige Partnerin meines Vaters mit ihrer Familie. Aber im Grunde ist es sogar besser für dich", beharrte sie, als Jonah ihr eine drohend geballte Faust unter die Nase hielt. „Es ist nämlich ein eher wilder Haufen, und deshalb wird man dich kaum bemerken. He, warum lässt du mich nicht die restliche Strecke fahren?"

„Warum schlage ich dich nicht k.o. und lade dich für den Rest der Fahrt in den Kofferraum?"

„Vergiss es. War nur so eine Idee." Ally umrundete das Auto und streckte die Hand nach der Türklinke aus, aber Jonah war schneller. Als Lachen in ihr aufstieg, drehte sie sich um und nahm sein Gesicht zwischen ihre Hände.

„Du bist wirklich ein schwerer Fall, Blackhawk." Sie gab ihm einen herzhaften Kuss, dann stieg sie ein. Als er sich hinters Steuer gesetzt hatte, beugte sie sich vor und fuhr ihm mit den Knöcheln über die Wange. „Es sind doch auch nur Menschen. Echt liebe Menschen."

„Das bezweifle ich nicht."

„Jonah. Nur eine Stunde, nicht länger. Und wenn du gehen willst, sagst du es mir. Dann werde ich mir eine Ausrede einfallen lassen, und wir fahren. Keine Fragen. Abgemacht?"

„Wenn ich nach einer Stunde fahren will, werde ich fahren. Und du bleibst bei deiner Familie. So gehört es sich, und genau so lautet unsere Abmachung."

„In Ordnung." Sie lehnte sich zurück und schnallte sich an. „Am besten setze ich dich jetzt schon mal kurz ins Bild. Also, da wären zum einen Tante Natalie und ihr Mann Ryan Piasecki. Tante Nat leitet einige der interessantesten Ableger des Fletcher-Konzerns, aber ihr Baby ist *Lady's Choice*."

„Unterwäsche?"

„Dessous. Sei kein Bauer."

„Tolle Kataloge."

„Die du nur studierst, um modisch auf dem Laufenden zu sein."

„Himmel nein! Ich schaue sie mir an, weil halb nackte Frauen drin sind."

Sie lachte, froh darüber, dass sie die kritische Situation fürs Erste gemeistert hatten. „Onkel Ry ist Brandinspektor in Urbana. Sie haben drei Kinder, vierzehn, zwölf und acht, wenn ich richtig gerechnet habe. Dann gibt es da noch die Schwester meiner Mutter, Tante Deborah – Bezirksstaatsanwältin von Urbana –, und ihren Ehemann, Gage Guthrie."

„Der Guthrie, der mehr Geld zur Verfügung hat als der Bundesfinanzminister?"

„Erzählt man sich jedenfalls. Sie haben vier Kinder. Sechzehn, vierzehn, zwölf und zehn. Schön abgestuft." Sie machte eine entsprechende Handbewegung. „Dann wäre da noch Captain Althea Grayson, Dads frühere Partnerin, und ihr Ehemann Colt Nightshade. Privater Ermittler. Eigentlich eher so eine Art Problemlöser. Du wirst ihn mögen. Sie haben zwei Kinder, einen Jungen und ein Mädchen, fünfzehn und zwölf. Nein, dreizehn inzwischen."

„Dann verbringe ich den Nachmittag hauptsächlich mit einer Jugendbasketballmannschaft."

„Sie sind echt lustig", versprach sie. „Oder magst du keine Kinder?"

„Woher soll ich das wissen? Meine Erfahrungen mit dieser Spezies sind äußerst begrenzt."

„Da vorn musst du raus", machte Ally ihn aufmerksam. „Nun, nach dem heutigen Tag werden sie nicht mehr begrenzt sein. Und ich glaube, irgendwann zwischendurch wirst du meine Brüder kennenlernen müssen. Bryant arbeitet bei Fletcher Industries. Er ist wohl auch so eine Art Problemlöser, nehme ich mal an. Reist viel herum. Es macht ihm Spaß. Und Keenan ist Feuerwehrmann. Wir haben Tante Natalie besucht, kurz nachdem sie sich mit Onkel Ry zusammengetan hat, und Keen hat sich unsterblich in das große rote Feuerwehrauto verliebt. Das war's dann für ihn. An der nächsten Ampel biegst du ab. Und diese Liebe ist ihm geblieben."

„Ich habe Kopfschmerzen."

„Nein, hast du nicht. Gleich da vorn an der Ecke links runter, und am Ende des zweiten Blocks ist es dann."

Er hatte sich bereits einen Überblick verschafft. Hier lebten die Reichen, inmitten weitläufiger, akkurat gepflegter Rasenflächen und parkähnlicher Gartenanlagen, in großen geschmackvollen Häusern. Bei dem Anblick verspürte er ein unerklärliches Kribbeln zwischen den Schulterblättern.

Jonah lebte gern in der Stadt, die ihn immer wieder daran erinnerte, dass er triumphiert hatte, umgeben von einem nie abreißenden Strom fremder Gesichter. Hier jedoch, inmitten herrlicher alter Bäume und sanfter Rasenhügel, die jetzt zu Sommeranfang üppig grün leuchteten, inmitten der bunten Farbenpracht und der beeindruckenden Häuser war er nicht nur schlicht ein Fremder.

Hier war er ein Eindringling.

„Das linke da aus Zedernholz und Flussstein ist es, mit den Zickzack-Decks. Und da es hier aussieht wie auf einem Parkplatz, sind wohl schon alle da.“

Die zweispurige Einfahrt war praktisch zugeparkt. Das Haus, umgeben von alten Bäumen und blühenden Büschen und dazwischen ein schiefergrauer Pfad, der sich einen sanften Hügel hinaufschlängelte, war eine einzigartige Studie aus auf mehreren Ebenen verlaufenden Dachkanten, hervorstehenden Decks und riesigen Glasfronten.

„Ich muss den Preis für unseren Handel erhöhen“, bemerkte Jonah. „Es kommen noch ein paar ausgefallene Liebesdienste hinzu. Ich denke, das ist nur angemessen.“

„Den Preis zahle ich gern.“

Ally streckte die Hand nach dem Türgriff aus, aber sein Arm schoss vor und drückte sie auf den Sitz zurück. Sie lachte nur und verdrehte die Augen. „Okay, okay, darüber reden wir später. Es sei denn, du verlangst an Ort und Stelle eine Anzahlung.“

„Ja, das würde dem Ganzen wirklich die Krone aufsetzen.“ In dem Moment, als er seine Tür öffnete, ertönte lautes Kriegsgeheul, und gleich darauf kam ein hübsches junges Mädchen mit einer Kappe aus dunklen Haaren den Hügel hinuntergerannt.

Sobald Ally ausgestiegen war, fiel ihr das Mädchen um den Hals. „Endlich! Die anderen sind schon alle da. Sam hat Mick in den Pool geworfen, und Bing hat den Nachbarkater auf einen Baum gejagt. Keenan ist ihm nach und hat ihn runtergeholt, und jetzt tut ihm meine Mom was auf seine Kratzer. Hallo.“

Das Mädchen schenkte Jonah ein Hundert-Watt-Lächeln. „Ich bin Addy Guthrie, Sie müssen Jonah sein. Tante Cilla hat schon erzählt, dass Ally Sie mitbringt und dass Sie einen Nachtclub haben. Was für Musik gibt's denn da?“

„Sie hält zweimal im Jahr für genau fünf Minuten den Mund. Wir stoppen es.“ Ally umarmte ihre Cousine. „Sam ist vom Piasecki-Zweig, Mick ist Addys Bruder. Und Bing ist unser Hund. Er ist entsetzlich schlecht erzogen, deshalb passt er auch so gut zu uns. Aber mach dir wirklich nicht die Mühe, dir das alles zu merken, sonst bekommst du bloß noch mehr Kopfschmerzen.“

Ally wollte seine Hand nehmen, aber Addy war schneller. „Kann ich in Ihren Club kommen? Wir fahren erst am Mittwoch zurück.

Oder Donnerstag, wenn ich ein bisschen quengele. Ich meine, was macht schon ein Tag mehr aus? Du lieber Himmel, sind Sie groß. Und echt toll sieht er aus", fügte sie etwas leiser an ihre Cousine gewandt hinzu. „Das hast du gut gemacht, Allison."

„Halt den Schnabel, Addy."

„Das höre ich ständig."

Jonah lächelte sie, von ihrem Charme angesteckt, an. „Machst du es denn auch?"

„Ich denk ja gar nicht dran."

Der Geräuschpegel stieg bedenklich – Stimmengewirr und Geschrei wurden immer lauter. Als Jonah den Kopf wandte, sah er zwei schlaksige Teenager, bewaffnet mit überdimensionalen Wasserpistolen, vorbeistürmen. Außerdem eine Blondine, die in eine angeregte Unterhaltung mit einer tollen Rothaarigen vertieft war. Auf einem schwarz geteerten Basketballfeld lieferte sich eine Horde Männer – ein paar davon mit nacktem Oberkörper – eine erbitterte Schlacht, während in einiger Entfernung ein Haufen tropfnasser junger Leute einen voll beladenen Essentisch plünderte.

„Der Pool ist hinterm Haus", erklärte Ally. „Er ist verglast, deshalb können wir ihn das ganze Jahr über benutzen."

Jetzt wirbelte einer der Männer auf dem Basketballfeld herum, durchbrach die Verteidigungslinie und versenkte den Ball im Korb. Als er Ally entdeckte, verließ er das Spielfeld.

Sie ging ihm entgegen und lachte laut auf, als er sie ohne große Umstände hochhob. „He, lass mich sofort runter, du Blödmann. Du bist ja völlig verschwitzt."

„Das wärst du auch, wenn du deine Mannschaft zum zweiten aufeinanderfolgenden Sieg geführt hättest." Aber er ließ sie runter und wischte sich seine Rechte am Hosenbein ab, bevor er sie Jonah reichte. „Ich bin Bryant, Allys weit überlegener Bruder. Freut mich, Sie kennenzulernen. Wie wär's mit einem Bier?"

„Ja, gern."

Bryant taxierte Jonah eingehend. „Spielen Sie auch?"

„Ab und zu."

„Prima. Wir brauchen nämlich dringend frisches Blut. Ally, hol dem Mann ein Bier, während ich diesen Weicheiern endgültig den Garaus mache."

„Komm mit ins Haus.“ Ally tätschelte Jonah tröstlich den Arm. „Da kannst du dich erst mal erholen. Es ist einfach zu anstrengend, alle auf einmal kennenzulernen.“

Sie führte ihn auf ein Deck, wo noch ein weiterer, mit Essen beladener Tisch stand, außerdem gab es eine große, mit Eis gefüllte Wanne, in der gekühlte Getränke lagerten. Ally nahm im Vorbeigehen zwei Bierflaschen heraus und ging mit Jonah durchs Atrium ins Haus.

Die geräumige Küche war in einen Arbeitsbereich und eine Sitzecke mit einem großen Tisch unterteilt. Dort versuchte gerade ein dunkelhaariger junger Mann, sich seiner Haut zu erwehren.

„Ich werde es überleben, Tante Deb. Mom, sag ihr, dass sie mich in Ruhe lassen soll.“

„Stell dich nicht so an.“ Cilla, die den Kopf im Kühlschrank hatte, stieß eine Verwünschung aus. „Uns wird das Eis ausgehen. Ich weiß es. Sage ich nicht schon die ganze Zeit, dass wir viel zu wenig Eis haben?“

„Halt jetzt sofort still, Keenan.“ Deborah bedeckte die Kratzer mit einem Gazetupfer, den sie fein säuberlich mit Pflaster festklebte. „So, und weil du so schön brav warst, bekommst du jetzt einen Lutscher.“

„Hilfe, ich bin von Klugscheißern umzingelt! Ach, und da kommt ja auch noch Ally.“

„Tante Deb.“ Ally umarmte ihre Tante zur Begrüßung, dann streckte sie die Hand aus und fuhr Keenan liebevoll mit den Knöcheln über die Wange. „Hallo, mein Held. Darf ich vorstellen, das ist Jonah Blackhawk. Jonah, das sind meine Tante Deborah und mein Bruder Keenan. Und meine Mutter kennst du ja bereits.“

„Ja. Nett, Sie wieder mal zu sehen, Mrs Fletcher.“

In diesem Moment wurde die Küche von einer schreienden kleinen Horde gestürmt, der ein unglaublich großer, hässlicher Hund auf den Fersen war.

Ally wurde sofort mit Beschlag belegt. Und Jonah, der sich nicht mehr rechtzeitig vor den Überfall retten konnte, ebenfalls.

Jonah hatte wirklich fest vorgehabt, sich nach einer Stunde zu verabschieden. Abgemacht war abgemacht. Er hatte ein bisschen höfliche

Konversation machen und sich ansonsten weitgehend aus allem raushalten wollen, bis er sich unauffällig verdrücken und wieder in die Stadt zurückfahren konnte, wo er die Spielregeln kannte.

Doch dann hatte er irgendwie sein Hemd ausgezogen und sich von Allys Onkels, Cousins und Brüdern in ein tückisches Basketballspiel verwickeln lassen. Und hatte im Eifer des Gefechts alles andere schnell vergessen.

Trotzdem wusste er genau, dass es Ally gewesen war, die ihm auf die Zehen getrampelt war, was ihn einen Punkt gekostet hatte.

Sie ist blitzschnell und hinterhältig, konstatierte er, während er einem Gegner den Ball entriss und ihr dabei einen unversöhnlichen Blick zuwarf. Und dennoch, sie war einfach nicht auf der Straße aufgewachsen, wo ein Treffer einen Dollar bedeuten konnte. Ein Dollar, der für einen Hamburger reichte, um den knurrenden Magen zu beruhigen.

Deshalb war er noch schneller. Und noch hinterhältiger als sie.

„Ich mag ihn." Natalie überhörte den blutrünstigen Racheschrei ihres Sohnes und hängte sich bei Althea ein.

„Er ist ein Dickschädel, aber Boyd hat immer große Stücke auf ihn gehalten. Du meine Güte, er hat aber auch wirklich ein paar echt fiese Tricks drauf!"

„Wie sollte er es anders anstellen? Oje, Ryan wird morgen lahm sein. Na, geschieht ihm ganz recht." Natalie lachte auf. „Sich mit einem Burschen anzulegen, der nur halb so alt ist wie er. Echt knackiger Po."

„Rys? Fand ich schon immer."

„Hör auf, meinen Mann so anzuschauen, Captain. Ich habe von Allys jungem Mann gesprochen."

„Weiß Ryan, dass du so gerne jungen Männern nachguckst?"

„Selbstverständlich. Wir haben eine Abmachung."

„Nun, dann sehe ich mich gezwungen, dem zuzustimmen. Allys junger Mann hat wirklich einen knackigen Po. Autsch, das tat weh!"

„Ich glaube, ich könnte ihn kriegen", murmelte Natalie und lachte, als sie Altheas Blick sah. „Beim Basketball, versteht sich. Hör auf, so schlimme Sachen von mir zu denken." Sie legte ihrer Freundin einen Arm um die Schultern. „Ich schlage vor, wir holen uns ein

Glas Wein, und dann quetschen wir Cilla wegen dieser neuen und höchst interessanten Situation ein bisschen aus."

„Du hast meine Gedanken gelesen."

„Ich weiß nichts, ich sage nichts", wehrte Cilla alle Fragen ab, während sie einen weiteren großen Behälter mit Eiswürfeln in die Wanne schüttete. „Lasst mich in Frieden."

„Das ist der erste Junge, den sie jemals zu einem Familientreffen mitgebracht hat", erinnerte Natalie.

Cilla, die immer noch über die Eiswanne gebeugt dastand, richtete sich halb auf und deutete mit einer Geste an, dass ihre Lippen versiegelt waren.

„Das könnt ihr vergessen", mischte Deborah sich ein. „Ich verhöre sie jetzt seit einer geschlagenen halben Stunde und habe immer noch kein Wort aus ihr herausbekommen."

„Ihr Anwälte seid einfach zu zart besaitet." Althea trat einen Schritt vor und packte Cilla am Kragen. „Aber ein guter Cop weiß, wie er an die Wahrheit kommt. Los, spuck es aus, O'Roarke."

„Mach mit mir, was du willst, Cop, ich bin kein Spitzel. Davon abgesehen weiß ich nichts ... aber ich werde es bald wissen", murmelte sie, als sie Ally mit Jonah im Schlepptau herankommen sah.

„Nur desinfizieren, sonst nichts", versuchte Ally Jonah zu beschwichtigen.

„Aber es ist doch gar nichts", beharrte Jonah.

„Es blutet. Und was blutet, wird desinfiziert, das sind die Regeln des Hauses."

„Ah, noch ein Opfer." Cilla rieb sich die Hände, während sich ihre Freundinnen und Verwandten unauffällig zerstreuten. „Her mit ihm."

„Er ist in irgendwas reingelaufen."

„Ja, in deine Faust", erklärte Jonah erbittert. „Du sollst das Tor bewachen und nicht linke Aufwärtshaken austeilen."

„Bei uns ist das aber so."

„Lassen Sie mal sehen." Cilla war weise genug, ernst zu bleiben, während sie Jonahs blutende Lippe begutachtete. „Halb so schlimm. Ally, geh und hilf deinem Vater."

„Aber ich ..."

„Geh und hilf deinem Vater“, wiederholte Cilla, während sie Jonahs Hand nahm und ihn in die Küche zog. „Dann wollen wir mal sehen. Wo habe ich denn meine Folterinstrumente hingelegt?“

„Mrs Fletcher …“

„Cilla. So, und jetzt setzen Sie sich und halten schön brav den Mund. Winseln wird hier schwer bestraft.“ Sie befeuchtete ein sauberes Geschirrtuch, suchte Eiswürfel und Desinfektionsmittel zusammen. „Sie hat sie also geschlagen?“

„Ja.“

„Kommt ganz nach ihrem Vater, das Mädchen. Hinsetzen“, wiederholte sie und stach ihm den Zeigefinger in den nackten Bauch, bis er gehorchte. „Ich weiß es übrigens zu würdigen, dass Sie nicht zurückgeschlagen haben.“

„Ich schlage keine Frauen.“ Er zuckte zusammen, als sie an der Platzwunde herumtupfte.

„Gut zu wissen. Sie ist eine Plage. Ist Ihnen das eigentlich bewusst?“

„Wie bitte?“

„Ist es nur Sex, oder sind Sie auf das ganze Päckchen aus?“

Er war sich nicht sicher, was ihn mehr schockierte – die Frage oder der plötzliche beißende Schmerz von Desinfektionsmittel. Er fluchte laut, dann biss er die Zähne zusammen. „Entschuldigung.“

„Ist das Ihre Antwort?“

„Mrs Fletcher …“

„Cilla.“ Sie kam näher und schaute ihm lächelnd in die Augen. Gute Augen, dachte sie. Ruhig und klar. „Ich habe Sie in Verlegenheit gebracht. Das hätte ich nicht gedacht. So, wir sind gleich fertig. Halten Sie das Eis noch einen Moment an die Wunde.“

Sie rutschte ihm gegenüber in die Bank und verschränkte die Arme auf dem Tisch. Ihrer Schätzung nach hatte sie maximal noch zwei Minuten, bevor die Küche von irgendwem gestürmt und sie unterbrochen werden würde. „Boyd hat nicht erwartet, dass Sie heute kommen. Ich hingegen schon. Allison ist durch nichts aufzuhalten, wenn sie sich einmal etwas in den Kopf gesetzt hat.“

„Das brauchen Sie mir nicht zu sagen.“

„Ich kann nicht in Sie hineinschauen, Jonah. Aber ich weiß ein wenig von Ihnen, und ich habe Augen im Kopf. Deshalb will ich Ihnen etwas sagen.“

„Ich hatte eigentlich gar nicht vor, so lange zu …“

„Schsch“, sagte sie milde. „Es ist inzwischen eine halbe Ewigkeit her, seit ich diesem Cop begegnet bin. Diesem provozierenden, faszinierenden, sturen Cop. Ich wollte mich nicht für ihn interessieren, und einlassen wollte ich mich erst recht nicht mit ihm. Meine Mutter war Polizistin und hat im Dienst ihr Leben gelassen. Darüber bin ich nie hinweggekommen. Nicht wirklich jedenfalls.“

Um sich zu beruhigen, musste sie erst einmal tief durchatmen. „Mich in einen Cop zu verlieben, war wirklich das Allerletzte, was ich wollte. Ich weiß, wie sie ticken, weiß, was sie riskieren. Gott, damit wollte ich nie mehr etwas zu tun haben. Und hier stehe ich nun, ein ganzes Leben lang später, als Ehefrau eines Polizisten und Mutter einer Polizistin.“

Sie schaute aus dem Fenster, erhaschte erst einen Blick auf ihren Mann, dann auf ihre Tochter. „Schon seltsam, wie sich die Dinge manchmal entwickeln, stimmt's? Es ist nicht leicht, aber ich würde keinen Moment davon hergeben. Nicht einen einzigen.“ Sie tätschelte seine Hand, die auf dem Tisch lag, und stand auf. „Ich freue mich, dass Sie gekommen sind.“

„Warum?“

„Weil ich so Gelegenheit habe, Sie und Ally zusammen zu sehen. Gelegenheit, Sie mir ein bisschen genauer anzusehen. Eine Gelegenheit, die Sie mir in – wie viele Jahre sind es inzwischen, Jonah, siebzehn? – nicht öfter als ganze zwei Mal gegeben haben. Und was ich sehe, gefällt mir.“

Damit drehte sie sich zum Kühlschrank und holte einen Teller mit rohen Hamburgern heraus. „Sind Sie so nett und bringen Sie die Boyd? Wenn wir die Kinder nicht regelmäßig alle zwei Stunden füttern, werden sie unangenehm.“

„In Ordnung.“ Er nahm den Teller und kämpfte mit sich, während die Augen, die sie Ally vererbt hatte, ihn anlächelten. „Sie hat auch viel Ähnlichkeit mit Ihnen.“

„Sie hat von mir und Boyd jeweils die schlechtesten Eigenschaften geerbt. Komisch, wie das funktioniert.“ Cilla erhob sich auf die Zehenspitzen und drückte sanft ihre Lippen auf seinen aufgeplatzten Mundwinkel. „Das gehört zur Behandlung dazu.“

„Danke.“ Er verlagerte die Platte in seiner Hand, während er nach einer Erwiderung suchte. Noch nie in seinem Leben hatte ihn jemand dort geküsst, wo es wehtat. „Ich muss gleich in die Stadt zurück. Danke für alles."

„Nichts zu danken. Sie sind jederzeit willkommen, Jonah."

Als er hinausging, lächelte Cilla in sich hinein. „Jetzt bist du an der Reihe, Boyd", murmelte sie. „Ich hoffe sehr, du machst deine Sache gut."

11. KAPITEL

„Entscheidend ist die Drehung aus dem Handgelenk“, behauptete Boyd, während er einen Burger umdrehte.

„Hast du nicht früher gesagt, das Timing sei entscheidend?“ Die Daumen in die Taschen gehakt, stand Ally neben ihrem Vater, während ihr Bruder Bryant ihr über die Schulter schaute.

„Selbstverständlich kommt es auch auf das Timing an. Das Grillen ist eine äußerst komplizierte Kunst.“

„Und wann gibt’s endlich was zu essen?“, wollte Bryant wissen.

„In zwei Minuten ist ein Hamburger fertig. Und in zehn ein Steak.“ Boyd spähte mit zusammengekniffenen Augen durch die Rauchwolke, als er Jonah mit einer Platte in der Hand durch den Garten kommen sah. „Da kommt Nachschub.“

„Wie wär’s erst mit einem Burger und dann mit einem Steak?“

„Für einen Burger bist du so ungefähr der Zehnte, Sohn. Zieh eine Nummer.“ Boyd drehte wieder einen Hamburger um, sodass es zischte, und runzelte die Stirn, als sein Blick auf seine Frau auf dem Seitendeck fiel.

Cilla hüpfte, die Arme wild schwenkend, auf der Stelle, wobei sie erst auf Jonah, dann auf Boyd deutete und mit den Fingern einen Kreis beschrieb. Nachdem er begriffen hatte, signalisierte er ihr unauffällig sein Einverständnis, obwohl er sich innerlich krümmte.

Okay, okay, ich werde mit ihm reden.

Cilla nickte, dann bewegte sie lächelnd den Zeigefinger hin und her.

Ja, ja, keine Angst, ich werde schon behutsam vorgehen. Still jetzt.

„Stellen Sie den Nachschub einfach irgendwo hin, Jonah.“ Boyd deutete mit einem Daumen auf den Tisch neben dem Grill. „Was macht die Lippe?“

„Ich werde es überleben.“ Jonah warf Ally einen eisigen Blick zu. „Vor allem, weil ich trotz des unsportlichen Verhaltens des Gegners den Treffer gelandet habe.“

„Das war reines Glück. Nach dem Essen gibt’s ein Rückspiel“, warf Ally ein.

„Immer, wenn sie verliert, verlangt sie ein Rückspiel“, beschwerte sich Bryant. „Aber wehe, sie gewinnt, dann reibt sie es uns tagelang unter die Nase."

„Und was willst du damit sagen?", fragte Ally mit unschuldigem Augenaufschlag.

„Mom hat mir früher nie erlaubt, mich mit Ally zu schlagen, weil sie ein Mädchen war." Bryant zog Ally am Ohrläppchen. „Das war in meinen Augen immer extrem unfair. Denn die Kleine weiß sehr wohl, wie man einem Gegner die entscheidenden Schläge versetzt."

„Na und? Dafür hast du dann umso öfter Keenan verprügelt."

„Ja." Bryants Gesicht hellte sich sofort auf. „Stimmt. Deshalb werde ich ihm nachher wieder mal ein paar schöne rechte Haken verpassen, einfach nur um der guten alten Zeiten willen."

„Au ja! Darf ich zuschauen? So wie früher?"

„Selbstverständlich."

„Bitte. Eure Mutter und ich geben uns gern der Hoffnung hin, dass aus unseren Kindern ausgeglichene, vernünftige Erwachsene geworden sind. Zerstört uns nicht unsere Illusionen. Jonah, Sie haben meine Werkstatt noch nicht gesehen." Als seine Tochter verächtlich schnaubte, musterte er sie tadelnd mit einer hochgezogenen Augenbraue. „Ich verbitte mir jeglichen Kommentar. Bryant, dies ist ein besonderer Moment."

„So?"

„Ja. Ein ganz besonderer. Hiermit gebe ich das geheiligte Grillbesteck an dich weiter."

„He, Sekunde mal!" Ally versetzte ihrem Bruder einen kräftigen Rippenstoß. „Warum kann ich es nicht machen?"

„Ah." Boyd legte sich die Hand aufs Herz. „Wie oft habe ich dich in unserem langen und aufregenden Zusammenleben diese Worte schon sagen hören? Wann wirst du endlich vernünftig, meine Tochter?"

In einer Mischung aus Faszination und Belustigung beobachtete Jonah den trotzigen Ausdruck, der sich auf Allys Gesicht breitmachte. „Sag schon, warum nicht?"

„Allison, mein Schatz, es gibt einfach ein paar Dinge, die muss ein Mann an seinen Sohn weitergeben. Sohn." Boyd legte Bryant eine Hand auf die Schulter. „Ich lege den guten Ruf der Fletchers vertrauensvoll in deine Hände und bitte dich inständig, uns keine Schande zu machen."

„Dad." Bryant wischte sich eine imaginäre Träne aus dem Auge. „Ich bin überwältigt. Ich fühle mich geehrt. Ich schwöre, den Familiennamen in Ehren zu halten, was immer auch geschieht."

„Dann nimm dies." Boyd überreichte ihm das Grillbesteck. „Ab heute bist du ein Mann."

„Au, das tut weh", brummte Ally, während Boyd Jonah einen Arm um die Schultern legte.

„Du bist eben ein Mädchen." Süffisant grinsend rieb Bryant das Grillbesteck aneinander. „Finde dich damit ab."

„Das wird er büßen müssen", murmelte Boyd, während er mit Jonah wegging und fortfuhr: „Na, wie steht's?"

„Alles bestens." Wie, zum Teufel, sollte er sich unauffällig verdrücken, wenn ihn ständig irgendwer irgendwohin zerrte? „Ich weiß Ihre Gastfreundschaft wirklich zu schätzen, aber ich muss bald los. Der Club wartet."

„So ein Laden lässt einem nicht viel Freizeit, vor allem nicht in den ersten Jahren." Boyd ging mit Jonah zu einem großen Holzschuppen am äußersten Ende des Grundstücks. „Kennen Sie sich mit Elektrowerkzeugen aus?"

„Ich weiß nur, dass sie einen Höllenlärm machen."

Boyd lachte laut auf und öffnete die Tür der Werkstatt. „Na, was halten Sie davon?"

Der Raum, der die Ausmaße einer großen Garage hatte, war vollgestopft mit Werkbänken, Tischen, Regalen, auf denen allerlei Werkzeuge lagen, kleinen Maschinen und Holzstapel. So wie es aussah, hatte man eine ganze Menge Projekte in Angriff genommen, aber Jonah wusste nicht, was für welche.

„Beeindruckend", bemerkte er diplomatisch. „Was machen Sie hier?"

„In erster Linie einen Höllenlärm. Ansonsten weiß ich es noch nicht so genau. Vor zehn Jahren habe ich Keenan geholfen, ein Vogelhaus zu bauen. Ist wirklich hübsch geworden. Cilla hat dann irgendwann angefangen, mir Werkzeug zu schenken. ‚Jungenspielzeug' nennt sie es süffisant."

Boyd fuhr mit der Hand über das Blatt einer Stichsäge. „Dann brauchte ich einen Platz, um sie aufzubewahren, und ehe ich mich versah, hatte ich eine voll eingerichtete Werkstatt. Ich glaube, es war ein Trick von ihr, um mich loszuwerden."

„Ganz schön clever."

„Ja, das ist sie wirklich." Sie standen einen Moment lang mit den Händen in den Taschen da und musterten mit ernstem Gesichtsausdruck die Werkzeuge. „Okay, bringen wir's hinter uns", fuhr Boyd schließlich fort. „Damit wir uns beide entspannen und in Ruhe essen können. Was geht zwischen Ihnen und meiner Tochter vor?"

Obwohl Jonah die Frage nicht sonderlich überraschte, krampfte sich doch sein Magen zusammen. „Wir haben was miteinander."

Mit einem Nicken ging Boyd zu einem kleinen quadratischen Kühlschrank, nahm zwei Bierdosen heraus und hielt Jonah eine hin. „Und weiter?"

Jonah legte den Kopf in den Nacken und trank einen langen Schluck, dann schaute er Boyd ruhig an. „Was wollen Sie hören?"

„Die Wahrheit. Obwohl mir klar ist, dass Sie jetzt am liebsten sagen würden, dass mich das nichts angeht."

„Natürlich geht es Sie etwas an. Sie ist immerhin Ihre Tochter."

„Dann sind wir ja einer Meinung." Boyd beschloss, es sich ein bisschen bequemer zu machen, und schwang sich auf eine Werkbank. „Es geht hier um Absichten, Jonah, Ich frage Sie, was für Absichten Sie meiner Tochter gegenüber haben."

„Keinerlei Absichten. Ich hätte sie nie anrühren dürfen, das weiß ich."

„Ach ja." Verblüfft legte Boyd den Kopf zur Seite. „Macht es Ihnen etwas aus, mir das ein bisschen näher zu erklären?"

„Was erwarten Sie von mir? Verdammt." Jonah gab seiner Frustration nach und fuhr sich mit einer Hand durchs Haar.

„Als Sie mir diese Frage zum ersten Mal gestellt haben, in fast demselben Ton, waren Sie dreizehn. Damals hat Ihre Lippe auch geblutet."

Jetzt hatte sich Jonah wieder voll unter Kontrolle. „Ich erinnere mich."

„Da ich noch nie erlebt habe, dass Sie etwas vergessen, erinnern Sie sich bestimmt auch noch daran, was ich damals gesagt habe. Und ich werde es jetzt wieder sagen: Was erwarten Sie von sich selbst, Jonah?"

„Ich habe bekommen, was ich wollte. Ich führe ein Leben, das ich respektieren kann und das mir gefällt. Und ich weiß, wem ich dieses Leben zu verdanken habe, Fletch. Wem ich alles zu verdanken habe. Ohne Sie wäre ich mit Sicherheit nicht der, der ich heute bin. Sie haben mir Türen geöffnet, Sie haben mich angenommen, einfach so, ohne Grund."

„He, Moment mal!" Aufrichtig entsetzt hielt Boyd eine Hand hoch. „Stopp."

„Sie haben mein ganzes Leben verändert, Sie haben mir ein neues Leben geschenkt. Ich weiß sehr genau, wo ich ohne Sie heute wäre. Ich hatte kein Recht, aus der Bekanntschaft mit Ihnen noch einen weiteren Vorteil herauszuschinden."

„Jetzt übertreiben Sie's nicht, Jonah", erwiderte Boyd ruhig. „Ich habe in Ihnen nur einen Straßenjungen mit guten Anlagen gesehen. Dem ich erst mal mächtig eingeheizt habe."

In Jonahs Augen spiegelte sich seine ganze Gefühlsbewegung wider. „Sie haben mich zu dem gemacht, der ich heute bin."

„Oh nein, Jonah, nein. Das haben letzten Endes allein Sie gemacht. Obwohl ich natürlich stolz bin, etwas dazu beigetragen zu haben."

Boyd sprang von der Werkbank herunter und begann auf und ab zu gehen. So gewann er etwas Zeit, um genauer herauszufinden, was gerade in ihm vorging. Er wusste nicht genau, was er sich von dieser Unterhaltung erwartet hatte, aber ganz sicher hatte er nicht damit gerechnet, innerlich derart aufgewühlt zu sein. Dass er sich wie ein Vater fühlte, der von seinem Sohn ein ihm sehr wertvolles Geschenk bekommt.

„Wenn Sie glauben, mir etwas schuldig zu sein, dann revanchieren Sie sich jetzt, indem Sie offen zu mir sind." Er drehte sich zu Jonah um. „Haben Sie etwas mit Ally angefangen, weil sie meine Tochter ist?"

„Obwohl sie es ist", stellte Jonah richtig. „Und irgendwann habe ich es wohl einfach vergessen. Andernfalls hätte ich mich nicht mit ihr eingelassen."

Boyd nickte, zufrieden mit der Antwort. Der Junge leidet, dachte er. Obwohl Boyd nicht behaupten konnte, dass er übermäßiges Mitleid mit ihm hatte. „Erklären Sie mir, was Sie mit ‚einlassen' meinen."

„Um Himmels willen, Fletch." Jonah trank erschrocken einen Schluck von seinem Bier.

„Das meine ich nicht", wehrte Boyd eilig ab, bevor er sich selbst einen langen Schluck gönnte. „Darüber sollten wir besser nicht reden, es könnte in eine Schlägerei ausarten."

„Alles klar. Gut."

„Ich meine, was empfinden Sie für sie?"

„Ich mag sie."

Boyd schwieg einen Herzschlag lang, nickte wieder. „Okay."

Jonah fluchte. Obwohl Boyd ihn um Offenheit gebeten hatte, wich er ständig aus. „Also gut, ich liebe sie. Verdammt." Er schloss die Augen, malte sich aus, wie er die Dose gegen die Wand warf. Metall klirrte, Bier spritzte ... Es half nichts. „Es tut mir leid." Jonah öffnete die Augen, fand – zumindest teilweise – sein seelisches Gleichgewicht wieder. „Offener geht's wirklich nicht."

„Ja, das würde ich auch so sehen."

„Sie kennen mich. Sie können unmöglich der Meinung sein, dass ich gut genug für sie bin."

„Das sind Sie natürlich nicht", sagte Boyd, aber Jonah zuckte mit keiner Wimper. „Sie ist mein kleines Mädchen, Jonah. Kein Mann ist gut genug für sie. Doch da ich Sie kenne, würde ich sagen, dass Sie meinem Wunschbild ziemlich nahe kommen. Ich frage mich nur, warum Sie das überrascht."

„Ich stecke bis über beide Ohren in Schwierigkeiten", brummte Jonah. „Und es ist lange her, seit ich zum letzten Mal über beide Ohren in Schwierigkeiten gesteckt habe."

„So etwas kann einem mit Frauen passieren. Und wenn man an die Richtige gerät, geht man unter und taucht nie wieder ganz auf. Sie ist schön, nicht wahr?"

„Ja. So schön, dass sie mich blendet."

„Und darüber hinaus ist sie klug und stark und durchsetzungsfähig, Jonah Blackhawk."

Jonah fuhr sich nachdenklich über seine aufgeplatzte Lippe. „Kein Einspruch."

„Dann rate ich Ihnen dringend, ihr gegenüber ebenfalls mit offenen Karten zu spielen. Mit weniger wird sie Sie nicht davonkommen lassen – nicht auf Dauer jedenfalls."

„Sie will sonst nichts von mir."

„Denken Sie das ruhig weiter, Sohn." Jetzt wieder entspannt, ging Boyd zu Jonah, legte ihm eine Hand auf die Schulter. „Nur noch eins", fuhr er fort, während sie zusammen nach draußen gingen. „Wenn Sie ihr wehtun, bringe ich Sie um. Ihre Leiche wird man nie finden."

„Jetzt geht es mir schon viel besser."

„Gut. Wie mögen Sie Ihr Steak?"

Ally, die gesehen hatte, wie die beiden Männer in die Werkstatt gegangen waren, entspannte sich erst, als sie sie wieder herauskommen sah. Ihr Vater hatte Jonah kameradschaftlich einen Arm um die Schultern gelegt. Sie wirkten, als ob sie da drin nur in aller Freundschaft ein Bier getrunken und sich über ein paar Werkzeuge unterhalten hätten.

Falls ihr Vater versucht hatte, Jonah ihretwegen auszuhorchen, hatte er zumindest keinen bleibenden Schaden angerichtet.

Es gefiel ihr, die beiden zusammen zu sehen und dieses echte Band aus Zuneigung und gegenseitiger Achtung mitzuerleben – es gefiel ihr sogar ausnehmend gut. Obwohl ihre Familie für sie an erster Stelle stand, wäre sie dennoch der Stimme ihres Herzens gefolgt. Aber es wäre ein Wermutstropfen in ihrem Glück gewesen, könnte ihre Familie den Mann nicht lieben, für den ihr Herz sich entschieden hatte.

Die Schüssel mit Kartoffelsalat wäre Ally aus der Hand gerutscht, hätte Cilla nicht geistesgegenwärtig danach gegriffen.

„Das kommt davon, wenn man Fettfinger hat", bemerkte Cilla, während sie die Schüssel auf dem Tisch stellte.

„Mom."

„Hm? Uns geht schon wieder das Eis aus."

„Ich liebe Jonah."

„Ich weiß, Baby. Ich brauche jemanden, der mir mehr Eis holt."

„Woher weißt du das?" Ally packte ihre Mutter am Handgelenk, bevor Cilla an die Brüstung treten konnte, um nach jemandem zu rufen, der Eis besorgte. „Wo es mir doch gerade eben in dieser Sekunde erst klar geworden ist."

„Weil ich dich kenne und weil ich sehe, wie du mit ihm umgehst."

Cilla fuhr Ally liebevoll durchs Haar. „Und was verspürst du tief in deinem Innern? Angst oder Glück? Kannst du mir das sagen?“

„Beides.“

„Gut.“ Cilla gab Ally mit einem leisen Aufseufzen auf jede Wange einen Kuss. „Das ist perfekt.“ Sie schlang einen Arm um Allys Taille und drehte sich zum Geländer um. „Ich mag ihn.“

„Ich auch. Ich mag ihn so, wie er ist.“

Cilla lehnte ihren Kopf näher zu dem ihrer Tochter. „Ist es nicht schön, wenn die Familie so zusammen ist wie heute?“

„Es ist wundervoll. Jonah und ich haben uns gestritten. Er wollte nicht mitkommen.“

„Sieht ganz so aus, als ob du ihn dazu überredet hättest.“

„Ja. Und bestimmt streiten wir uns wieder, wenn ich ihm sage, dass wir heiraten werden.“

„Du bist die Tochter deines Vaters. Das schaffst du.“

„Wetten?“ Ally ging bereits die Treppe hinunter, über den Rasen. Es war ein genau berechneter Schritt. Berechnend zu sein machte ihr nichts aus, nicht, wenn sie ein bestimmtes Ziel vor Augen hatte.

Sie schlenderte zu ihrem Vater und Jonah hinüber, legte ihre Hände an Jonahs Wangen und presste ihre Lippen hart auf seinen Mund. Er zog scharf die Luft ein, wobei ihr einfiel, dass er ja eine aufgeplatzte Lippe hatte. Aber sie lachte nur und schüttelte ihre Haare zurück.

„Steck's weg, harter Junge“, forderte sie ihn auf und küsste ihn gleich noch einmal auf dieselbe Stelle.

Seine Hände legten sich auf ihre Taille, umfassten sie fest und zogen sie auf die Zehenspitzen.

„Dad?“ Sie ging langsam wieder nach unten. „Mom braucht noch Eis.“

„Das behauptet sie nur, damit ich möglichst dumm dastehe.“ Boyd schaute sich suchend um. „Keenan! Geh und hole deiner Mutter Eis.“

„Also …“ Während ihr Vater die Jagd nach ihrem Bruder aufnahm, verschränkte Ally ihre Hände in Jonahs Nacken. „Worüber hast du dich mit meinem Vater unterhalten?“

„Männerkram. Was machst du denn da?“, fragte er, als sie wieder mit ihren Lippen seine streifte.

„Wenn du fragen musst, scheine ich irgendwas nicht richtig zu machen."

„Ausgezählt bin ich sowieso schon, Allison. Versuchst du deine stürmische Familie jetzt auch noch dazu zu bringen, mich in den Staub zu treten, bis ich keine Gegenwehr mehr leiste? Ist es das was du willst?"

„Keine Sorge. In meiner Familie sind wir alle ganz groß im Küssen."

„Das ist mir auch schon aufgefallen. Trotzdem." Er schob sie von sich weg.

„Manchmal bekommst du diese schrecklich sittsamen Anwandlungen. Total süß. Geht es dir gut?"

„Mit Ausnahme von zwei kleineren Vorfällen", gab er zurück, wobei er unmissverständlich seine aufgeplatzte Lippe berührte. „Du hast wirklich eine nette Familie."

„Ja, sie sind wirklich toll. Bei dem ganzen Trubel vergesse ich manchmal, wie beruhigend und tröstlich es ist zu wissen, dass sie da sind. Und wie sehr ich mich in hundert kleinen Dingen auf sie verlassen kann. Meine Cousinen und Cousins werden sich daran erinnern, wie sie früher als Kinder hier rausgekommen sind oder wie wir uns alle in dieser tollen gotischen Festung von Onkel Gage getroffen haben oder wie wir alle losgezogen sind, um ..." Sie unterbrach sich.

„Um was?"

„Warte. Sekunde mal." Sie hielt immer noch seine Hand, während sie die Augen schloss und den Puzzleteilchen erlaubte, an ihren Platz zu fallen. „Man kehrt immer wieder zurück", murmelte sie. „Man kehrt an Orte und zu Menschen zurück, die einem am meisten bedeuten. Aus diesem Grund besuchen die Menschen ihre Heimatstadt oder fahren an dem Haus vorbei, in dem sie aufgewachsen sind." Als ihr ein neuer Gedanke kam, öffnete sie die Augen. „Wo hat er seine Kindheit verbracht?" Sie tippte mit einem Finger auf Jonahs Brust. „Wo sind er und seine Schwester groß geworden? Wie haben sie gelebt? Wo war er glücklich? Er muss irgendwohin, er muss einen Ort finden, an dem er sich verstecken, wo er sein weiteres Vorgehen planen kann. Er ist nach Hause gegangen."

Sie wirbelte auf dem Absatz herum und rannte zum Haus.

Als Jonah sie einholte, war sie bereits in der Küche am Telefon und wählte eine Nummer. „Was machst du?“

„Meinen Job. Warum ist mir das nicht schon längst eingefallen? Carmichael? Hier ist Fletcher. Sie müssen dringend etwas für mich herausfinden. Ich brauche eine Adresse – die alte Adresse von Matthew Lyle, vielleicht auch mehrere Adressen. Gehen Sie zurück bis in seine Kindheit. Er ist ... äh ...“

Sie machte eine Pause, dachte scharf nach. „Er wurde in Iowa geboren, und sie sind ein paarmal umgezogen. Ich kann mich jetzt nicht mehr erinnern, wann er nach Denver kam. Die Eltern sind tot. Ja, Sie können mich unter dieser Nummer erreichen.“ Sie wiederholte sie. „Oder auf meinem Handy. Danke.“

„Du glaubst, er ist nach Hause gegangen?“

„Um sein seelisches Gleichgewicht auch nur einigermaßen wiederzufinden, muss er sich seiner Schwester nahe fühlen.“ Ally ging in der Küche auf und ab, während sie versuchte, sich Einzelheiten aus seiner Akte in Erinnerung zu rufen. „Obwohl er sich als ihr Beschützer fühlte, war er psychisch abhängig von seiner Schwester. Das haben die psychologischen Untersuchungen ergeben. Sie war sein Halt, die einzige Konstante in seinem Leben. Nach der Scheidung der Eltern wurden die Kinder herumgeschubst, was auch nicht besser wurde, als die Mutter zum zweiten Mal heiratete – ganz im Gegenteil. Der Stiefvater war ... verdammt.“

Sie presste ihre Finger an ihre Schläfen, als ob sie sich so besser erinnern könnte. „Ein ehemaliger Mariner. Zwanghaft korrekt. Er hat zu Hause ein straffes Regiment geführt und den pummeligen Jungen wie auch die heiß geliebte Schwester offenbar ziemlich hart rangenommen. Zum Teil rührt Lyles Autoritätskomplex von diesem chaotischen Familienleben her, dem untauglichen Vater, der passiven Mutter, dem übertrieben strengen Stiefvater. Ein sehr instabiles Fundament“, schloss sie, während sie auf und ab ging. „Lyle ist intelligent, er hat einen hohen IQ, aber emotional und sozial ist er vollkommen unfähig. Seine Schwester war der einzige Mensch, dem er Gefühle entgegenbringen konnte. Die größten Probleme mit der Polizei hatte er kurz nach ihrer Heirat.“

Ally schaute auf die Uhr, drängte Carmichael in Gedanken zur Eile. „Aber seine Schwester hielt trotz allem zu ihm, und offenbar gelang es ihnen, die zwischen ihnen entstandene Kluft zu überbrücken."

Als das Telefon klingelte, war sie mit einem Satz dort und hob ab. „Fletcher. Ja, was haben Sie?" Sie schnappte sich einen Stift und begann etwas auf dem Telefonblock zu notieren. „Nein, nicht außerhalb der Staatsgrenzen. Er muss in der Nähe bleiben. Darf nicht loslassen." Sie legte die Hand über die Sprechmuschel. „Tu mir einen Gefallen, Blackhawk. Würdest du meinem Vater sagen, dass ich ihn eine Minute sprechen muss?"

Es dauerte länger als eine Minute. Sie ging ins Büro ihres Vaters und schaltete den Computer ein. Zusammen mit ihrem Vater und Carmichael am Telefon durchforstete sie die Polizeiakten nach Matthew Lyles Vergangenheit.

„Da, vor zehn Jahren hatte er eine Postfachadresse. Er hat sie sechs Jahre lang behalten, obwohl er damals längst das Haus am See hatte. Dieses Haus hat er vor neun Jahren gekauft, in dem Jahr, als seine Schwester Fricks heiratete. Aber die Postfachadresse hat er nicht aufgegeben."

„Seine Schwester hat während dieser Zeit dasselbe Postfach als ihre Adresse angegeben."

„Aber wo haben sie gelebt? Ich werde Fricks fragen müssen." Ally spitzte nachdenklich die Lippen. „Carmichael, können Sie mir noch einen Gefallen tun? Sehen Sie nach, ob im Stadtgebiet von Denver unter dem Namen Madeline Matthews oder Madeline Lyle Grundstücke registriert sind. Oder unter Matthew und Lyle Madeline", ergänzte sie.

„Intelligenter Zug", lobte Boyd. „Gut gedacht."

„Er hat ein ausgeprägtes Besitzdenken. Wenn er sich sechs Jahre lang größtenteils am selben Ort aufgehalten hat, hatte er bestimmt ein eigenes Haus. Oder eins für seine Schwester." Ally straffte die Schultern. „Haben Sie eben Volltreffer gesagt? Carmichael, Sie sind ein Schatz. Ja, ja. In Ordnung. Ich hab's. Ich sage Ihnen Bescheid. Wirklich. Danke."

Sie beendete das Gespräch, sprang auf. „Lyle Madeline besitzt in der Innenstadt von Denver tatsächlich eine Eigentumswohnung."

„Gute Arbeit, Detective. Setz dich mit deinem Lieutenant in Verbindung und ruf dein Team zusammen. Und diesmal will ich mit von der Partie sein, Ally", fügte Boyd hinzu.

„Ich bin sicher, wir finden noch ein Plätzchen für Sie, Commissioner."

Alles klappte wie am Schnürchen. Zwei Stunden später war das Haus umstellt, die Treppen und Ausgänge blockiert. Auf dem Flur vor Matthew Lyles Maisonnettewohnung hatte sich ein Dutzend Cops in kugelsicheren Westen postiert, die sich per Handzeichen verständigten.

Ally hatte den Grundriss der Wohnung im Kopf, jeden Quadratzentimeter davon. Auf ihren stummen Befehl hin brachen die beiden Polizisten neben ihr die Wohnungstür mit dem Stemmeisen auf.

Ally betrat als Erste die Wohnung, die Pistole im Anschlag.

Gleich darauf stürmten ihre Leute an ihr vorbei und die Treppe rechts von ihr hinauf. Weitere Männer schwärmten in die Zimmer zu ihrer Linken aus. In weniger als zehn Minuten stand fest, dass der Vogel ausgeflogen war.

„Aber er wohnt hier." Ally deutete auf die Teller in der Spüle. Sie steckte einen Finger in die Erde eines dekorativen Zitronenbaums, der in einem Topf am Küchenfenster stand. „Feucht. Er kümmert sich um die Wohnung. Er wird zurückkommen."

In einem der Schlafzimmer im ersten Stock fanden sie drei Handfeuerwaffen, ein Sturmgewehr und eine Schachtel Munition. „Wir müssen auf alles vorbereitet sein", murmelte Ally. „Da sind noch weitere Magazine für eine Neun-Millimeter, aber die Pistole selbst sehe ich nicht. Man muss also davon ausgehen, dass er bewaffnet ist."

„Detective Fletcher?" Ein Mitglied ihres Teams kam mit einem langen Küchenmesser zwischen den behandschuhten Fingern aus einem begehbaren Kleiderschrank. „Sieht aus wie unsere Mordwaffe."

„Eintüten." Ally griff nach einem schwarz-silbernen Streichholzheftchen, das auf der Frisierkommode lag. „Aus dem ‚Blackhawk'." Sie schaute zu ihrem Vater. „Ich bin sicher, dass er dort aufkreuzen wird. Fragt sich nur, wann."

Es war bereits Nacht, als Ally Jonah in seinem Büro gegenüberstand. Der Mann ist stur wie ein Maulesel, dachte sie. Außerdem irrte er sich ganz einfach.

„Du machst deinen Club vierundzwanzig Stunden zu. Längstens achtundvierzig."

„Nein."

„Ich kann die Schließung verfügen."

„Nein, kannst du nicht. Und selbst wenn, würde die Prozedur länger als achtundvierzig Stunden dauern, und dann wäre der ganze Aufwand völlig umsonst gewesen."

Sie ließ sich in einen Sessel fallen, zwang sich, ruhig zu bleiben. Es war wichtig, Ruhe zu bewahren. Lebenswichtig, immer den Überblick zu behalten. Sie atmete geräuschvoll aus, bevor sie einen saftigen Fluch ausstieß.

„Ich glaube nicht, dass sich dieser Vorschlag in die Tat umsetzen lässt", bemerkte Jonah trocken.

„Jetzt hör mir doch mal zu!"

„Nein, du hörst mir zu." Er sprach leise, kühl und sachlich. „Ich könnte deinem Vorschlag folgen. Aber was hält ihn davon ab, es einfach auszusitzen? Ich mache den Laden dicht, er taucht unter. Ich öffne, er kommt wieder raus. Dieses Spielchen könnten wir bis in alle Ewigkeit spielen. Ich ziehe es vor, mein eigenes Spiel zu spielen."

„Das will ich gar nicht abstreiten. Trotzdem bin ich sicher, dass wir ihn innerhalb der nächsten zwei Tage schnappen. Also mach deinen Laden zwei Tage dicht und ruh dich ein bisschen aus. Meine Eltern haben ein schönes Haus in den Bergen, da könntest du dich wunderbar erholen."

„Was ist mit dir? Kommst du mit?"

„Selbstverständlich nicht. Ich muss hierbleiben und diesen Fall abschließen."

„Wenn du bleibst, bleibe ich auch."

„Du bist Zivilist."

„Richtig. Und da wir glücklicherweise nicht in einem Polizeistaat leben, habe ich das Recht, jederzeit ungestört meinen Geschäften nachzugehen und zu tun und zu lassen, was mir gefällt."

Ally hätte sich am liebsten vor Verzweiflung die Haare gerauft. „Und mein Job ist es, so auf dich aufzupassen, dass du deinen Geschäften auch weiterhin ungestört nachgehen kannst."

Jonah stand auf. „Siehst du dich so, Ally? Als meine Beschützerin? Ist es dir deshalb wichtig, deine Dienstwaffe jederzeit in Reichweite zu haben, selbst wenn wir hinter verschlossenen Türen sind?" Er ging um den Schreibtisch herum, während sie sich am liebsten die Zunge abgebissen hätte. „Die Schlussfolgerungen, die sich daraus ergeben, gefallen mir nicht."

Sie stellte sich so dicht vor ihn, dass sich ihrer beider Zehenspitzen berührten. „Du bist gefährdet."

„Du auch."

„Ich verschwende hier nur meine Zeit."

Er hielt sie fest, bevor sie weggehen konnte. „Du wirst dich nicht vor mich stellen." Er sagte es langsam, betont, mit einem seltenen Aufflackern von Wut in den Augen. „Das musst du verstehen."

„Sag mir verdammt noch mal nicht, wie ich meinen Job zu machen habe!"

„Sag du mir nicht, wie ich mein Leben zu leben habe!"

Sie warf den Kopf in den Nacken und stieß dann einen leisen wütenden Schrei aus. „Also gut. Okay. Vergiss es. Dann geht es eben nur auf die harte Tour. Hier mein Vorschlag: Rund-um-die-Uhr-Beschattung draußen vor dem Lokal. Während der Öffnungszeiten ständig verdeckte Ermittler im Publikum sowie unter dem Personal."

„Der Vorschlag gefällt mir nicht."

„Verfluchter Dickschädel. Mach, was du willst. Aber wenn du dich weigerst, meinen Vorschlag anzunehmen, ordne ich an, dass man dich in Schutzhaft nimmt. Das Recht dazu habe ich, Blackhawk, und ich werde es nutzen. Mein Vater wird mir dabei helfen, weil er große Stücke auf dich hält. Bitte." Sie packte ihn bei den Jackenaufschlägen. „Tu es für mich."

„Also gut", willigte er schließlich widerstrebend ein. „Für achtundvierzig Stunden. Und in der Zwischenzeit werde ich das Gerücht streuen, dass ich ihn suche."

„Tu das nicht …"

„Das ist Teil unserer kleinen Abmachung. Und nur gerecht."

„Also gut."

„So, und was bist du bereit zu wetten, dass ich dir jeden Cop herausfischen kann, den du mir bereits jetzt heimlich untergeschoben hast?"

Sie blies die Backen auf, dann bleckte sie die Zähne zu einem übertriebenen Lächeln. „Ich wette nicht. Ich nehme nicht an, dass ich dich überzeugen kann, heute Abend hier oben zu bleiben?"

Er fuhr mit einer Fingerspitze zwischen ihren Brüsten nach unten bis zum Bauchnabel. „Ich bleibe, wenn du bleibst."

„Das dachte ich mir." Auch wenn es noch so ärgerlich war, aber manchmal war ein Kompromiss der einzige Ausweg. „Halte diesen Gedanken bis nach Feierabend fest."

„Das dürfte mir nicht schwerfallen." Er ging, um den Aufzug zu rufen. „Dann also heute oder morgen Abend."

„Ja. Allerdings ist es genauso wahrscheinlich, wenn nicht sogar wahrscheinlicher, dass sie ihn bei seiner Wohnung schnappen. Aber wenn er ihnen dort durch die Lappen geht oder irgendetwas spürt, wird er hierherkommen. Und dann wird es bald sein."

„Will hat gute Augen. Er weiß, worauf er achten muss", erklärte Jonah, während sie zusammen den Aufzug betraten.

„Ich will nicht, dass du oder einer deiner Angestellten ein Risiko eingeht. Ich erwarte, dass man es mir sofort sagt, wenn irgendwer ihn entdeckt." Sie ertappte ihn dabei, wie er sie nachdenklich musterte. „Was ist?"

„Nichts." Er fuhr ihr mit dem Finger über die Wange. „Aber kannst du dir ein bisschen Zeit nehmen, wenn du diesen Fall abgeschlossen hast?"

„Was meinst du damit?"

„Lass uns ein paar Tage verreisen. Egal wohin. Einfach nur weg."

„Dazu könnte ich mich unter Umständen breitschlagen lassen. Denkst du dabei vielleicht an irgendetwas Bestimmtes?"

„Nein. Du kannst es dir aussuchen."

„Ganz schön mutig von dir. Gut. Ich werde darüber nachdenken." Sie trat aus dem Aufzug und verlagerte bereits ihre Aufmerksamkeit, aber er nahm ihren Arm.

„Ally?"

„Ja."

Es gab so viel zu sagen. Und noch mehr zu fühlen. Doch jetzt war wirklich nicht der richtige Zeitpunkt dafür. „Später. Dazu kommen wir später."

12. KAPITEL

Sonntagabends war im „Blackhawk" üblicherweise nicht viel los. Es gab keine verlockende Livemusik, und der erste Arbeitstag einer langen Woche ragte düster am Horizont auf.

An diesem Sonntagabend nutzten viele Leute das herrliche Wetter aus, um noch spazieren zu gehen. Die meisten, die in den Club kamen, blieben nur knapp eine Stunde, tranken etwas und knabberten dazu Chips mit Guacamole.

Ally behielt den Eingang im Auge, schaute in Gesichter und zählte Köpfe. Außerdem schlüpfte sie in regelmäßigen Abständen in den Aufenthaltsraum, um sich ungestört mit den Kollegen, die Lyles Wohnung beschatteten, verständigen zu können.

Auch eine Stunde vor Schließung war Lyle immer noch nicht aufgetaucht.

Nervös durchstreifte Ally den Club. Wo steckt er bloß? Wo, zum Teufel, blieb er? Es gab keinen Ort mehr, an dem er sich verstecken konnte.

„Detective." Jonah tippte ihr mit einem Finger auf die Schulter. „Ich dachte, es interessiert dich vielleicht. Ein Mann, auf den Lyles Beschreibung passt, hat sich nach mir erkundigt."

„Erkundigt? Wann?" Alarmiert packte sie ihn am Arm und zog ihn zu einer Nische. „Wo?"

„Heute. In meinem anderen Club."

„Im ‚Fast Break'?" Sie riss fluchend ihr Handy heraus. „Ausgerechnet das wird nicht observiert. Dort haben sie sich bisher noch nie blicken lassen. Das ‚Fast Break' ist nicht sein Stil."

„Da ist was dran." Als sie eine Nummer wählen wollte, legte er eine Hand über ihre. „Der Barmann von dort hat eben angerufen. Offensichtlich ist Lyle – ich nehme jedenfalls an, dass er es ist, obwohl er sich mit Bart und Brille verkleidet hat – vor ein paar Stunden im ‚Fast Break' aufgetaucht. Hat sich erst eine Weile an der Bar herumgedrückt, bevor er sich nach mir erkundigte. Wann ich wieder mal vorbeikäme."

„Warte." Ally schüttelte Jonahs Hand ab und drückte eine Kurzwahl. „Balou? Ziehen Sie zwei Beamte von dem Apartment ab und schicken Sie sie ins ‚Fast Break'. Sie sollen den Barmann dort befragen. Die Adresse lautet …"

Sie schaute Jonah fragend an und wiederholte die Adresse, die er ihr nannte. „Lyle war dort. Er hat sich eine Verkleidung zugelegt und trägt zurzeit Bart und Brille. Geben Sie das weiter."

Nachdem sie die Verbindung getrennt hatte, sah sie Jonah wieder erwartungsvoll an.

„Also, zuerst dachte sich mein Mann nichts dabei", fuhr er fort. „Aber schließlich begann er sich doch zu wundern. Er sagt, Lyle sei nervös gewesen. Er hing noch eine weitere halbe Stunde herum, dann rang er sich dazu durch, mir ausrichten zu lassen, dass wir uns bald sehen würden, und schob ab."

„Seine ganze Welt ist zusammengebrochen. Er hat sich so in seinen Hass hineingesteigert, dass er nur noch um sich schlagen kann." Ally wollte Jonah aus dem Weg haben. „Hör zu, was hältst du davon, wenn du nach oben gehst und versuchst, aus diesem Barmann noch mehr herauszubekommen? Sag ihm, dass zwei meiner Leute auf dem Weg zu ihm sind."

„Sehe ich so aus, als würde ich auf jede lahme Ausrede reinfallen?"

Er ließ sie allein und ging zu einem Tisch hinüber, um ein paar Gäste zu verabschieden.

Die Schreie kamen aus der Küche, gefolgt von einem ohrenbetäubenden Scheppern. Ally zog ihre Waffe und war zur Stelle, als die Küchentür aufflog.

Die Brille hatte er irgendwo unterwegs verloren, und der Bart bestand nur aus ein paar Bartstoppeln. Aber Ally hatte recht gehabt.

Matthew Lyle hatte sich in einen regelrechten Wahn hineingesteigert. Seine Augen waren weit aufgerissen und flackerten wild. Und er hielt Beth im Würgegriff, wobei er die Mündung einer Neun-Millimeter-Pistole gegen die Unterseite ihres Kinns drückte.

„Keine Bewegung! Niemand rührt sich!", schrie er gellend, um das Geschrei zu übertönen, das entstand, als die Gäste panisch die Flucht ergriffen.

„Bitte, bewahren Sie alle Ruhe." Ally wich einen Schritt zur Seite, aber sie zielte auf Lyle und zwang sich, Beth' entsetztes Gesicht zu ignorieren. „Lyle, bleiben Sie ganz ruhig. Sie wollen ihr doch gar nichts tun."

„Ich bringe sie um. Ich schieße ihr eine Kugel in den Kopf."

„Wenn Sie das tun, werde ich Sie töten. Denken Sie nach, Sie müssen nachdenken. Was bringt Ihnen das?"

„Nehmen Sie die Waffe runter. Lassen Sie sie fallen und kicken Sie sie mit dem Fuß zu mir rüber – oder sie stirbt."

„Das werde ich nicht tun. Und auch sonst keiner der anderen Polizisten, die hier in der Bar sind. Wissen Sie, wie viele Pistolenläufe im Moment auf Sie gerichtet sind, Lyle? Schauen Sie sich um. Zählen Sie. Das Spiel ist aus. Geben Sie auf."

„Ich bring sie um." Lyles Blick irrte durch den Raum, prallte an Schusswaffen ab. „Dann bring ich eben sie um. Das reicht."

Irgendwer schluchzte. Aus dem Augenwinkel konnte Ally den Barbereich sehen, wo die noch verbliebenen Gäste von den Cops aufgefordert wurden, den Club sofort zu verlassen.

„Sie wollen doch leben, oder? Madeline würde wollen, dass Sie leben."

„Nehmen Sie ihren Namen nicht in den Mund. Wagen Sie es nicht, ihren Namen nur noch ein einziges Mal in den Mund zu nehmen!" Er stieß so brutal mit dem Pistolenlauf zu, dass Beth aufschrie.

Er kann nicht entkommen, dachte Ally. Aber seine Schwester hatte auch nicht entkommen können und sich trotzdem umgedreht und gefeuert.

„Sie hat Sie geliebt." Ally ging vorsichtig auf ihn zu. Wenn sie ihn bloß irgendwie dazu bringen könnte, die Waffe herunterzunehmen, den Lauf auf sie zu richten und nicht mehr auf Beth. „Sie hat sich für Sie geopfert."

„Sie war mein Leben! Ich habe nichts mehr zu verlieren. Ich will den Cop, der sie getötet hat, und ich will Blackhawk. Jetzt sofort! Oder sie stirbt."

Ally bemerkte Jonah, der langsamen Schrittes nach vorn kam. „Ich war es!", rief sie. „Ich habe Ihre Schwester getötet."

Lyle stieß einen heiseren Schrei aus, während er die Waffe herumriss und auf Ally zielte. Im selben Moment peitschte ein Schuss auf. Mündungsfeuer blitzte. Eine undeutliche Bewegung. Entsetzensschreie. Dann Stille. Eine bedrohliche Stille, die sich über den Raum legte.

Angst schnürte ihr die Kehle zu, als Ally auf Jonah zurannte, der zusammen mit Lyle auf dem Boden lag. Beide Männer waren blutüberströmt.

„Verdammt! Bist du wahnsinnig geworden?“ Mit fliegenden Fingern begann sie Jonah nach Verletzungen abzutasten. Er hatte sich direkt in die Schusslinie geworfen.

Er atmete noch. Gott sei Dank! Er atmete, und sie würde dafür sorgen, dass das auch so blieb. „Jonah. O Gott.“

„Ich bin okay. Hör auf, an mir herumzuzerren.“

„Okay sagst du? Du bist direkt in die Schusslinie gesprungen, du Wahnsinniger! Du hättest dich um ein Haar umgebracht!“

„Du dich auch.“ Er sah, dass nur wenige Zentimeter von der Stelle entfernt, an der sie gestanden hatte, eine Kugel in den rauchgrauen Sternenfußboden eingeschlagen war.

„Ich trage eine kugelsichere Weste.“

„Auch am Kopf, ja?“ Er setzte sich auf, als ein Polizist kam und Lyle umdrehte.

„Er ist tot.“

Jonah warf einen kurzen Blick in Lyles Gesicht, dann schaute er zu Ally. „Ich würde gern meine Gäste beruhigen, wenn du erlaubst.“

„Du beruhigst überhaupt niemanden.“ Ally erhob sich mit ihm. „Du bist voller Blut. Ist das alles von ihm?“

„Das meiste.“

„Was soll das heißen?“

„Ich werde jetzt mit meinen Gästen und meinen Angestellten reden.“ Er hielt sie auf Armeslänge von sich ab. „Mach deine Arbeit und lass mich meine machen.“

Damit wandte er sich ab, um Beth von der Polizistin abzuholen, die sich um sie kümmerte. „Komm mit, Beth, komm. Jetzt ist alles wieder gut.“

Ally presste kurz die Fingerspitzen an die geschlossenen Lider, dann schaute sie auf den toten Matthew Lyle. „Ja, alles bestens.“

„Er hat sich durch die Hintertür in den Club geschlichen“, berichtete Hickman Ally, die mit ihm zusammen an der Bar saß. Kein Gast war mehr anwesend, die Leiche weggebracht worden und die Spurensicherung gerade dabei, einzupacken.

Ally überlegte kurz, wie spät es sein mochte und wann sie wohl endlich ins Bett kommen würde. „Zum Schluss war er nicht mehr intelligent“, sagte sie. „Er hat aufgehört zu denken.“

„Stimmt“, pflichtete Hickman ihr bei. „Eine Kurzschlusshandlung nach der anderen.“

„Er ist gar nicht auf die Idee gekommen, dass er umstellt sein könnte. Ich habe sein Gesicht gesehen, als er unsere Leute entdeckte. Er war völlig fassungslos. Weißt du, was ich glaube? Er hatte vor, Jonah und mich zu erschießen und Geiseln zu nehmen. Er hätte die Übergabe des Cops verlangt, der seine Schwester erschossen hat. Er war fest davon überzeugt, wir würden das tun und er käme irgendwie davon.“

„Vollkommen wahnsinnig. Apropos Wahnsinn ... genauso wahnsinnig war es, ihm zu sagen, dass du es bist, die er sucht.“

„Ich verstehe nicht, warum er mich nicht gleich erkannt hat.“

„Weil du so anders aussiehst.“ Hickman musterte sie vom Scheitel bis zu den Zehenspitzen. „So gar nicht nach Fletcher.“

„Jetzt halt aber mal die Luft an, Hickman. Ich sehe aus wie immer. Ich will dir sagen, wie es war. Er kam wegen Jonah. Als sein Blick auf mich fiel, sah er einfach nur einen Cop. Ihm ist gar nicht in den Sinn gekommen, dass ich es sein könnte.“

„Möglich.“ Hickman stand auf. „Aber das werden wir wohl nie erfahren.“ Er schaute auf den Riss in dem Glasfußboden. „Schade drum, so ein schöner Boden. Ich wette, es kostet Unsummen, ihn ordentlich reparieren zu lassen.“

„Vielleicht lässt Jonah es ja so. Liefert doch permanenten Gesprächsstoff. Lockt Gäste an.“

„Ja.“ Über die Vorstellung musste Hickman lachen. „Wir hätten ihn sofort ausschalten können, aber der Schuss wäre trotzdem noch losgegangen. Auf die Entfernung hin hätte die Weste die Kugel abgehalten. Höchstwahrscheinlich. Aber angenehm wäre es dennoch nicht für dich geworden, wenn Blackhawk sich nicht auf ihn gestürzt hätte.“

Gedankenverloren rieb sie sich über ihr Brustbein, während sie sich einen Schmerz ausmalte, der so heftig war, dass er einem die Luft raubte. „Hast du schon mal einen abgekommen?“

„Nein, aber Deloy. Er hatte einen softballgroßen Bluterguss.“ Hickman hob die Hand, beschrieb mit dem Zeigefinger in der Luft einen Kreis. „Hat ihn glatt umgehauen. Ist durch die Luft geflogen wie eine Lumpenpuppe. Außerdem hatte er eine Gehirnerschütterung, weil er mit dem Kopf auf dem Asphalt aufgeschlagen ist. Muss höllisch wehgetan haben."

„Immer noch besser als eine Kugel zwischen den Rippen."

„Mit Sicherheit. Also, ich verschwinde jetzt." Er stand auf. „Bis morgen dann."

„Ja. Das war gute Arbeit."

„Gleichfalls. Ach übrigens, dein Lover ist in der Küche und lässt sich verarzten."

„Wieso verarzten?"

„Hat ein bisschen was abbekommen. Nichts Schlimmes, nur ein Streifschuss."

„Er wurde angeschossen? *Angeschossen?* Warum sagt mir das keiner!?"

Hickman machte sich nicht die Mühe zu antworten. Weil sie bereits weg war.

Als Ally mit vor Wut blitzenden Augen in die Küche stürmte, sah sie Jonah mit nacktem Oberkörper auf einem Tisch sitzen und seelenruhig einen Brandy trinken, während Will ihm einen Verband anlegte.

„Aufhören. Sofort aufhören. Das will ich mir erst ansehen." Sie schubste Will unsanft beiseite, wickelte die Mullbinde ab und betastete die lange, nicht besonders tiefe Wunde, die sich über Jonahs Oberarm zog.

„Au!", beschwerte sich Jonah.

„Stell sofort dieses Glas ab. Wir fahren auf direktem Weg ins Krankenhaus."

Er hielt ihrem Blick stand, hob den Brandy. Trank noch einen Schluck. „Nein."

„Was heißt hier nein? Was soll das? Kehrst du jetzt den Macho heraus? Man hat auf dich geschossen."

„Nicht wirklich. Es ist nur ein Streifschuss. Und jetzt wäre ich dir dankbar, wenn du Will weitermachen lassen würdest, damit er endlich nach Hause kann. Außerdem ist er wesentlich feinfühliger als du."

„Die Wunde könnte sich entzünden."

„Ich könnte auch von einem Auto überfahren werden, aber das halte ich eigentlich eher für unwahrscheinlich."

„Es ist okay, Ally, wirklich." Will tätschelte Ally beschwichtigend die Schulter, bevor er die Mullbinde wieder aufzuwickeln begann. „Ich habe die Wunde gereinigt. Da sind wir von früher her Schlimmeres gewöhnt, stimmt's, Jonah?"

„Gar kein Vergleich. Das hier wird einfach noch eine weitere Narbe werden, mehr nicht."

„Na, ist das nicht toll?" Ally nahm ihm das Cognacglas aus der Hand und trank einen großen Schluck.

„Ich dachte, du hasst Brandy?"

„So ist es."

„Warum holen Sie sich nicht ein Glas Wein?", schlug Will vor. „Ich bin hier fast fertig."

„Schon gut. Ich habe alles, was ich brauche." Ally atmete tief aus, wobei sie feststellte, dass ihre Hände nun doch noch zu zittern anfingen. „Verdammt, Blackhawk. Dieser Streifschuss ist wahrscheinlich von mir."

„Wahrscheinlich. Auf jeden Fall habe ich beschlossen, es dir in Anbetracht der widrigen Umstände nicht vorzuwerfen."

„Das ist wirklich nobel von dir. Jetzt hör mir zu ..."

Um sie abzulenken, fiel er ihr ins Wort: „Frannie ist mit Beth nach Hause gefahren. Sie ist okay. Noch ein bisschen zittrig, doch sonst ist alles in Ordnung. Sie wollte sich bei dir bedanken, aber du warst gerade beschäftigt."

„Das hätten wir." Will trat einen Schritt zurück. „Dein Arm ist in einem wesentlich besseren Zustand als dein Hemd. Das kannst du vergessen." Er hielt das blutdurchtränkte Leinenhemd hoch, ein Anblick, bei dem sich Ally der Magen umdrehte. „Soll ich dir ein frisches holen, bevor ich gehe?"

„Nein, danke." Jonah hob den Arm, beugte und streckte ihn. „Gut gemacht. Du hast offensichtlich die Bodenhaftung noch nicht verloren."

„Gehört alles zu meiner Arbeit." Will langte nach seinem Jackett, während er zu Ally sagte: „Das hier hätte heute Nacht in einer Katastrophe enden können, aber Sie haben Ihre Sache gut gemacht."

„Gehört alles zu meiner Arbeit."

Will lächelte leicht. „Ich schließe ab. Nun dann, gute Nacht."

Ally setzte sich zu Jonah auf den Tisch und wartete, bis es still geworden war. „Also, du Intelligenzbestie, was hast du dir dabei gedacht? Dich einfach in eine Polizeiaktion einzumischen."

„So genau weiß ich das auch nicht. Vielleicht dachte ich, dieser Irre würde dich umbringen, wenn ich nicht sofort reagiere. Es war ein äußerst beunruhigender Gedanke." Er hielt ihr den Cognacschwenker hin. „Wie wär's, wenn du mir noch mal nachschenkst? Du hast nämlich meinen Brandy ausgetrunken."

„Großartig! Liegt da, lässt sich bedienen und trinkt Brandy, als ob nichts gewesen wäre." Sie riss ihm empört das Glas aus der Hand, doch eine Sekunde später fiel sie ihm um den Hals. „Jage mir nie wieder einen solchen Schrecken ein."

„Nur wenn du mir keinen einjagst. Warte, bleib so." Er drückte sein Gesicht in ihr duftendes Haar und atmete tief ein. „Diesen Moment, als du genau in die Schusslinie liefst, werde ich nie vergessen. Das war hart."

„Ja, ich weiß."

„Ich werde damit zurechtkommen, Ally, weil es so ist, wie es ist." Jonah zog sich etwas zurück und schaute ihr tief in die Augen. „Es gibt da noch ein paar Dinge, die du dir überlegen musst, sobald du wieder Luft hast. Falls du es willst, natürlich nur."

„Welche denn?"

Jonah stand auf und holte sich seinen Brandy selbst. Nachdem er sich nachgeschenkt hatte, stellte er die Flasche auf den Tisch. „Sind immer noch Cops in meinem Haus?"

„Außer mir?"

„Außer dir."

„Nein. Wir sind allein."

„Dann setz dich hin."

„Das klingt ja verdammt ernst." Sie zog sich einen Stuhl heraus. „Ich sitze."

„Meine Mutter hat mich verlassen, als ich sechzehn war." Er hätte nicht sagen können, warum er ausgerechnet an diesem Punkt anfing. „Ich werfe es ihr nicht vor. Mein Vater war ein harter Mann, und sie hatte es einfach satt."

„Sie hat dich bei ihm gelassen?"

„Ich stand schon auf eigenen Beinen."

„Du warst erst sechzehn."

„Ally. Ich war nie so sechzehn, wie du sechzehn warst. Außerdem gab es da noch deinen Vater."

Ihr wurde warm ums Herz. „Schön, wie du das sagst."

„Es ist eine Tatsache. Er verhinderte, dass ich die Schule schmiss. Er stieg mir aufs Dach, wenn es nötig war. Und zu jener Zeit war es ständig nötig. Darüber hinaus war er der erste Mensch in meinem Leben, der mir sagte, ich sei etwas wert. Er ist ... ich kenne niemand Vergleichbaren."

Sie griff nach Jonahs Hand. „Ich liebe ihn auch."

„Ich bin noch nicht fertig." Er drückte ihre Hand kurz, dann ließ er sie los. „Nur das mit dem College hat nicht geklappt, das hat nicht mal Fletch geschafft. Ich habe ein paar Betriebswirtschaftskurse besucht, aber nur, weil ich Lust dazu hatte. Als ich zwanzig war, starb mein Vater. Drei Päckchen Zigaretten am Tag und ein schlechter Charakter holen einen eben irgendwann ein. Ein langer, unschöner Vorgang, und als es schließlich vorbei war, verspürte ich nur eine große Erleichterung."

„Sagst du das, um dich schlecht zu machen?"

„Es gibt Unterschiede zwischen uns, und du siehst sie genauso wie ich."

„Ja, du hattest eine schlimme Kindheit, ich eine wunderschöne. Aber wie das Schicksal manchmal so will, hatten wir beide Glück, weil wir am Ende Boyd Fletcher als Vater bekamen. Sieh mich nicht so an. Genau das ist er für dich."

„Bevor ich weiterrede, möchte ich eines klarstellen: Ich war kein Opfer, Allison. Ich war ein Überlebender und habe mit allen Mitteln gekämpft. Ich habe gestohlen und betrogen und gelogen, und ich entschuldige mich nicht dafür. Ohne deinen Vater wäre für mich wahrscheinlich alles anders ausgegangen. Aber so war es eben nicht."

„Ich dachte, das hätte ich bereits gesagt."

„Unterbrich mich nicht. Heute bin ich ein etablierter Geschäftsmann. Ich stehle und betrüge nicht mehr, weil ich es nicht nötig habe. Aber das heißt noch lange nicht, dass ich das Spiel nicht auf meine Art spiele."

„Du bist ein echt harter Bursche, was? Blackhawk, du bist ein

Schwindler. Abgebrüht, raffiniert, eiskalt. Und dann dieses riesengroße weiche Herz. Ach, was heißt hier weich – butterweich!"

Amüsiert über den schockierten Ausdruck, der über sein Gesicht huschte, stand Ally auf und ging zum Kühlschrank, wo sie eine bereits geöffnete Flasche Weißwein fand.

Sie stellte fest, dass sie nicht müde, sondern aufgekratzt war. „Glaubst du, ich hätte mich nicht schlau über dich gemacht? Glaubst du, ich wüsste nicht, dass du die Kranken und Lahmen eingesammelt hast wie eine Glucke?" Ally begann, die Situation auszukosten. Sie zog den Korken aus der Flasche, suchte sich ein Glas. „Zum Beispiel Frannie ... Du hast sie von der Straße weggeholt, sie auf Entzug geschickt und ihr Arbeit gegeben. Oder Will ... Du hast ihn aufgerichtet, ihm Mut gemacht, seine Schulden abbezahlt, ihn in einen Anzug gesteckt und ihm seine Würde zurückgegeben."

„Das spielt doch im Moment gar keine Rolle."

„Ich bin noch nicht fertig." Sie schenkte sich Wein ein. „Du hast dafür gesorgt, dass Beth in einem Frauenhaus unterkam, und ihren Kindern Nikolausgeschenke gekauft, als Beth weder das Geld noch die Kraft hatte, um sich darum zu kümmern. Jonah Blackhawk hat Barbiepuppen gekauft."

„Ich habe nie Puppen gekauft." Das ging nun doch zu weit. „Das war Frannie. Und es hat nichts damit zu tun."

„Ja, richtig. Was ist mit Maury, einem deiner Sicherheitsleute?" Ally machte es sich in einem Sessel bequem und zog die Beine hoch. „Und dem Geld, das du ihm geliehen hast – ich wähle absichtlich das Wort ‚geliehen' –, um seiner Mutter aus der Klemme zu helfen?"

„Halt den Mund."

Sie lächelte nur schwach, tauchte einen Finger in ihren Wein, leckte daran. „Außerdem sollten wir auf keinen Fall Sherry vergessen, die kleine Bedienung, die sich das Geld für ihr Studium verdient. Wer hat ihr letztes Semester die Studiengebühren bezahlt, als sie es nicht schaffte, das Geld zusammenzukratzen? Wenn mich nicht alles täuscht, warst du das. Wie war das noch letztes Jahr, als Pete ein kleines Problem hatte, weil ihm ein Verrückter, der nicht versichert war, seinen Wagen zu Schrott gefahren hat?"

„Es lohnt sich eben, in Menschen zu investieren."

„Glaub das ruhig weiter."

Verärgerung und Verlegenheit rangen in ihm um die Oberhand. Er wollte unbedingt der Verärgerung zum Sieg verhelfen. „Manchmal kannst du einem wirklich auf die Nerven gehen, Allison, weißt du das?"

„Ach ja?" Sie beugte sich vor, reckte das Kinn. „Na los, dann hau mir eine rein, damit ich endlich still bin. Trau dich."

„Ich warne dich." Das meinte er ernst. „Das ist alles völlig unwichtig und bringt uns nicht weiter."

Sie schlug provozierend ihre Beine an den Knöcheln übereinander, schnalzte mit der Zunge.

„Du willst es offenbar nicht anders."

„Mir zittern schon die Knie vor Angst. Trottel."

Seine Beherrschung erreichte ihre Grenzen, er riss sie aus dem Sessel hoch. „Noch ein Wort. Ich schwöre es dir. Nur ein einziges Wort."

Sie biss ihn – einmal ganz kurz nur – in seine lädierte Lippe. „Weichei."

Er schob sie kurzerhand beiseite und marschierte entschlossen zur Tür.

„Wohin gehst du?"

„Mir ein verdammtes Hemd anziehen. Ich kann so nicht mit dir reden."

„Dann werde ich es dir wohl wieder runterreißen müssen. Ich habe nämlich eine Schwäche für verwundete harte Burschen mit einem riesengroßen, butterweichen Herzen." Und damit sprang sie ihm lachend auf den Rücken, Huckepack. „Ich bin total verrückt nach dir, Blackhawk."

„Geh sofort runter. Verhafte irgendwen. Ich habe für heute genug von Cops."

„Von mir wirst du nie genug haben." Sie biss ihn ins Ohrläppchen, in die Schulter. „Los, schüttle mich ab."

Er hätte es geschafft. Er redete sich ein, dass er sie hätte abschütteln können. Es war einfach nur Pech, dass sein Blick ausgerechnet in diesem Moment auf den Sprung im Fußboden fiel. Von einer Kugel, die für sie bestimmt gewesen war.

Jonah zog Ally nach vorn und riss sie so schnell und so fest an sich, dass sie ihn lauthals verwünschte, weil es wehtat. Und gleich darauf lag sein Mund auf ihrem.

„So ist es schon besser. Viel besser. Jetzt, Jonah. Hier und jetzt. Ich will, dass du mich auf der Stelle liebst. Als ob es um unser Leben ginge."

Eine Sekunde später lag er mit ihr auf dem Boden. Um sich zu beweisen, dass sie wohlbehalten und sicher und lebendig war.

Der harte kalte Fußboden hätte ebenso gut ein warmes weiches Bett sein können oder Wolken oder der schroffe Gipfel eines Berges. Es war unwichtig, nichts mehr war wichtig, außer dass sie ihn mit Armen und Beinen umfing, außer dass ihr heißer Atem seine Haut streifte, dass ihr Herz an seinem hämmerte.

Ihre ganze Angst, die Anspannung, die hässlichen Erlebnisse strömten aus ihr heraus, als er sie berührte. Bei dem Versuch, Stoffbarrieren zu beseitigen, verhedderten sich ihre Hände mit seinen. Doch es dauerte nicht lange, bis sie sich, von allem befreit, daranmachten, gemeinsam den Gipfel zu erstürmen.

Als er in sie eindrang, voller Leidenschaft, die sich mit Wut und Verzweiflung mischte, war es, als käme er nach Hause.

Sein Atem kam in kurzen schnellen Stößen; obwohl er sich bereits völlig verausgabt hatte, bewegte er sich noch immer gegen sie.

„Halte mich, nur noch einen Moment." Sie presste ihr Gesicht gegen seine Schulter. „Halt mich einfach fest." Doch als sie etwas Warmes, Klebriges an ihren Fingern fühlte, machte sie sich von ihm frei. „Oh, Mist. Du blutest wieder. Warte, ich mache dir einen neuen Verband."

„Es ist okay."

„Es dauert nur eine Minute."

„Ally, lass es sein."

Sein scharfer Ton veranlasste sie, ihn aus zusammengekniffenen Augen anzustarren. „Glaub ja nicht, dass du mir entkommst. Glaube nur nicht, dass du damit durchkommst."

„Zieh dich an." Er schob sich das Haar aus der Stirn und begann seinen eigenen Befehl zu befolgen.

„Na schön." Ally raffte ihre Kleider zusammen, zog sich an. „Wenn du unbedingt eine weitere Runde willst, kannst du sie haben. Du sturer Bock."

Er hörte, dass ihre Stimme bebte. Verfluchte sie. Verfluchte sich selbst. „Fang jetzt bloß nicht an zu heulen. Das ist unfair."

„Ich heule ja gar nicht. Glaubst du, ich würde deinetwegen heulen?"

Sein Herz war kurz vor dem Zerspringen, als er ihr mit dem Daumen eine Träne von der Wange wischte. „Tu es nicht."

Sie schniefte, fuhr sich mit den Händen über die Wangen und schnaubte verächtlich. „Idiot."

Seine Augen blitzten wütend auf. Erfreuter hätte sie gar nicht sein können. Sie war vor ihm auf den Beinen, allerdings nur knapp.

„Du liebst mich." Sie schlug ihm mit der Faust gegen die Brust. „Aber du willst es nicht zugeben. Und das heißt, dass du kein harter Bursche bist, sondern nur ein verfluchter Dickschädel."

„Du hast mir vorhin nicht zugehört."

„Du mir auch nicht, und darum sind wir quitt."

„Dann hör mich wenigstens jetzt in aller Ruhe an." Jonah legte die Handflächen an ihre Wangen. „Du hast Verbindungen."

„Wie kommst du dazu, mich so zu beleidigen?" Sie fand es erstaunlich, dass ihr nicht vor Wut der Schädel platzte. „Wie kannst du es wagen, in einem solchen Moment vom Geld meiner Familie zu reden?"

„Ich rede nicht von Geld." Er riss sie auf die Zehenspitzen, dann drückte er sie wieder nach unten. „Wer ist jetzt der Idiot? Geld ist nichts. Deine Brieftasche interessiert mich einen feuchten Dreck. Ich habe selbst eine. Ich rede von emotionalen Verbindungen. Von einem Fundament, Wurzeln, Herrgott noch mal."

„Die hast du auch – Frannie. Will. Beth. Meinen Vater." Ally machte eine wegwerfende Handbewegung, wieder ruhiger geworden. „Im Grunde genommen sagst du doch, dass jemand, der aus einer Familie stammt wie meiner, sich nur mit jemandem zusammentun sollte, der aus einer ähnlichen Familie kommt. Obere Mittelschicht, nehm ich mal an. Der Mann, der zu mir passt, sollte eine gute Bildung haben und einen ganz normalen Job. Einen Beruf, genau gesagt. Wie zum Beispiel Anwalt oder Arzt. Geht es darum?"

„Mehr oder weniger."

„Interessant, wirklich höchst interessant", sagte sie mit einem nachdenklichen Nicken. „Ich kann die Logik darin erkennen. Und weißt du auch, auf wen diese Beschreibung bis aufs i-Tüpfelchen passt? Auf Dennis Overton. Erinnerst du dich an ihn? Aufdringlicher Verfolger, Reifenaufschlitzer, Nervensäge vom Dienst."

Sie hatte den Spieß kurzerhand umgedreht. Jonah kochte vor Wut.

„Und komm mir jetzt bloß nicht mit faulen Ausreden, Blackhawk, nur weil es dir an Mut gefehlt hat, mir zu sagen, was du für mich empfindest und was du dir für uns beide wünschst." Sie warf ihr Haar zurück, steckte ihr Hemd in die Hose. „Meine Arbeit hier ist beendet. Wir sprechen uns noch, Kumpel."

Er war vor ihr an der Tür. Darin war er geübt. Aber diesmal hielt er die Tür zu, während Ally ihn finster anstarrte. „Du kommst hier nicht raus, bevor wir fertig sind."

„Ich habe gesagt, dass ich fertig bin." Sie riss an der Tür.

„Ich aber nicht. Halt den Mund und hör zu."

„Wenn du mir noch einmal sagst, dass ich den Mund halten soll …"

Er brachte sie dazu, den Mund zu halten. Mit einem harten, verzweifelten Kuss. „Ich habe vor dir noch nie eine Frau geliebt. Nicht einmal annähernd. Deshalb sei jetzt endlich einmal still."

Ihr Herz schlug vor Glück einen übermütigen Purzelbaum. Aber sie ließ sich nichts anmerken, sondern nickte nur und trat einen Schritt zurück. „Okay. Spuck's aus."

„Du hast mich in dem Moment, als du damals in das Büro deines Vaters kamst, geblendet. Ich kann bis zum heutigen Tag noch nicht wieder richtig sehen."

„Nun." Ally machte einen Schritt zurück, setzte sich auf einen Barhocker. „Das hört sich bis jetzt ja ganz gut an. Sprich weiter."

„Siehst du? Da ist sie wieder." Er pikste sie mit dem Zeigefinger. „Diese widerliche Arroganz. Jeder andere Mann würde dich deshalb wahrscheinlich auf den Mond schießen."

„Aber du nicht. Du liebst das an mir."

„Offensichtlich." Er trat hinter sie und legte seine Hände rechts und links von ihr auf die Theke. „Ich liebe dich, so ist das."

„Oh, ich glaube nicht. Machen wir einen Deal."

„Du willst einen Deal mit mir? Bitte, hier ist er: Du gibst deine Wohnung auf und ziehst offiziell bei mir ein."

„Habe ich dann das Recht, jederzeit den Fitnessraum und die Sauna zu benutzen?“

Die Hälfte seiner Magenmuskeln entkrampften sich, als er lachte. „Ja.“

„Bis jetzt kann ich damit leben. Was bietest du mir sonst noch?“

„Niemand wird dich jemals so lieben wie ich, das garantiere ich dir. Und niemand wird es je mit dir aufnehmen können.“

„Danke, gleichfalls. Aber das reicht nicht.“

Als er sie anschaute, hatten sich seine wunderschönen Augen verengt. „Was verlangst du?“

Sie lehnte sich mit dem Rücken gegen den Tresen. „Die Ehe.“

Seine Augen verdunkelten sich. „Meinst du das ernst?“

„Ich meine alles ernst, was ich sage. Natürlich könnte ich dir jetzt einen Heiratsantrag machen, aber mir ist klar, dass ein Mann, der die Angewohnheit hat, Frauen die Türen aufzuhalten und für kleine Kinder Weihnachtsgeschenke zu kaufen …“

„Lass diesen Teil gefälligst weg.“

„Okay.“ Ally setzte sich auf und fuhr Jonah zärtlich über die Wange. „Sagen wir einfach, mir ist klar, dass du immer noch traditionell genug bist, um mir einen Heiratsantrag zu machen. Deshalb erlaube ich es dir.“ Sie verschränkte ihre Hände in seinem Nacken. „Ich warte.“

„Ich überlege noch. Es ist mitten in der Nacht. Wir sind in einer Bar, und mein Arm blutet …“

„Deine Lippe auch.“

„Ja.“ Jonah wischte sich den Mund mit dem Handrücken ab. „Ich schätze, das macht es für uns beide fast perfekt.“

„Ich bin zufrieden, ja. Du machst mich zufrieden, Jonah.“

Er löste ihre Haarspange, warf sie auf den Tresen. „Sag mir, dass du mich liebst. Sag meinen Namen.“

„Ich liebe dich, Jonah.“

„Gut, dann heirate mich, und anschließend sehen wir weiter.“

„Abgemacht.“

EPILOG

Ally schoss mit einem Empörungsschrei vom Sofa hoch. „Abseits! Was ist los, sind diese Schiedsrichter blind? Hast du das gesehen?“ Statt dem Fernseher einen Tritt zu versetzen, wonach ihr eigentlich zumute war, begnügte sie sich damit, mit der Faust auf Jonahs Schulter zu trommeln.

„Du bist bloß sauer, weil deine Mannschaft dabei ist zu verlieren und du deine Wette nicht gewinnst.“

„Ich weiß gar nicht, wovon du sprichst.“ Ally schniefte pikiert. „Meine Mannschaft ist *nicht* dabei zu verlieren, trotz dieser korrupten und kurzsichtigen Schiedsrichter!“ Obwohl es für ihre Mannschaft zugegebenermaßen nicht besonders gut aussah. Sie stemmte die Hände in die Hüften. „Davon abgesehen darf ich dich daran erinnern, dass hier nicht gewettet wird. Weil das hier kein Casino ist.“

Jonah ließ seinen Blick über ihren langen schwarzen Bademantel wandern. „Du trägst deine Dienstmarke nicht.“

„In übertragenem Sinne trage ich meine Dienstmarke immer, Blackhawk.“ Ally beugte sich vor und küsste ihn. Eine Sekunde später verengte sie misstrauisch die Augen. „Und du schwörst hoch und heilig, dass du nicht weißt, wer dieses Spiel gewonnen hat? Du bist wirklich genauso ahnungslos wie ich?“

„Absolut.“

Aber die Art, wie er sie anlächelte, gefiel ihr ganz und gar nicht. Sie hatten die Spätnachrichten heute ausnahmsweise ausfallen lassen und schauten sich das auf Video aufgezeichnete Meisterschaftsendspiel an. „Also … irgendwie trau ich dir nicht über den Weg, Blackhawk.“

„Wir haben eine Abmachung.“ Er schob einen Ärmel ihres Bademantels hoch, ließ seine Fingerspitzen über ihre samtige Haut gleiten. „Ich werde nie vertragsbrüchig. Grundsätzlich nicht.“ Er langte nach der Fernbedienung, drückte auf Stopp. „Da du gerade stehst …“ Er hielt sein leeres Glas hoch. „Könntest du mir vielleicht nachschenken?“

„Ich habe schon letztes Mal nachgeschenkt.“

„Da warst du auch eben aufgestanden. Wenn du dich setzen und sitzen bleiben würdest, könnte dir das nicht passieren.“

Sie gab sich geschlagen und streckte die Hand nach seinem Glas aus. „Na schön, aber guck ja nicht weiter, bis ich zurück bin."

„Würde mir nicht im Traum einfallen."

Sie ging nach hinten in die Küche. Manchmal vermisste sie die Wohnung über dem Club. Aber sogar zwei überzeugte Großstadtmenschen wie sie und Jonah brauchten ab und zu Luft zum Atmen. Und dieses Haus hier war genau das Richtige für sie. Ebenso wie die Ehe, überlegte sie mit einem zufriedenen Aufseufzen, während sie Jonah Mineralwasser nachschenkte.

Es hatte sich viel verändert, seit sie vor nunmehr achtzehn Monaten … nun ja … den Deal perfekt gemacht hatten. Zum Guten verändert.

Auf dem Rückweg trank Ally einen Schluck von seinem Wasser. Als sie in dem großen Wohnzimmer ankam und sah, dass Jonah nicht mehr da war, stellte sie mit einem Kopfschütteln das Glas ab. Sie wusste, wo sie ihn suchen musste.

Sie ging leise durchs Haus und blieb auf der Schwelle zum Schlafzimmer stehen.

Der Wintermond schien durch die Fenster ins Zimmer und badete Jonah und das Baby auf seinem Arm in schimmerndem Licht. Ally floss das Herz über vor Liebe, während sie sich gleich darauf in eine wunderbar wohlige Wärme eingehüllt fühlte – ein ganz neuartiges Gefühl.

„Du hast sie aufgeweckt."

„Sie war wach."

„Nein, ich wette, du hast sie aufgeweckt", widersprach Ally und trat neben ihn. „Weil du einfach nicht die Finger von ihr lassen kannst."

„Warum sollte ich?" Er drückte seine Lippen in den schwarzen Haarflaum. „Sie ist meine Tochter."

„Keine Frage." Ally fuhr dem Baby mit einem Finger über das weiche schwarze Haar. „Sie wird deine Augen bekommen."

Diese Vorstellung war atemberaubend. Er schaute in das perfekte kleine Gesicht, in die geheimnisvollen Augen des Neugeborenen. Er sah darin sein ganzes Leben. In Sarahs Augen.

„Das kann man nach zwei Wochen noch nicht sagen. Ich habe gelesen, dass es länger dauert."

„Trotzdem bekommt sie deine Augen“, beharrte Ally. Sie legte ihm einen Arm um die Taille und schaute mit ihm zusammen auf das kleine Wunder hinunter. „Hat sie Hunger?“

„Nein. Sie ist einfach nur ein Nachtmensch.“ Und sie gehörte zu ihm, genau so, wie die Frau neben ihm zu ihm gehörte. Obwohl beide vor zwei Jahren für ihn noch nicht einmal existiert hatten. Jetzt waren sie seine Welt.

Er wandte den Kopf und beugte sich zu Ally, die ihm ihren Mund entgegenhob. Als er den Kuss vertiefte, begann das Baby in seinen Armen zu strampeln, sodass Jonah sich von Ally löste und Sarah geschickt an seine Schulter bettete.

Ally fand, dass er so wunderbar in seiner Vaterrolle aufging, als ob er sich sein ganzes Leben lang darauf vorbereitet hätte. Andererseits hatte er in ihrem Vater ja auch ein leuchtendes Vorbild gehabt.

Sie musterte die beiden mit schräg gelegtem Kopf. „Ich nehme an, sie will jetzt das Spiel sehen.“

Jonah rieb seine Wange an dem weichen Köpfchen seiner Tochter. „Ich glaube, sie hat so was erwähnt.“

„Sie wird dabei einschlafen.“

„Du auch.“

Lachend nahm Ally die Decke aus dem Stubenwagen. „Gib sie mir“, verlangte sie und breitete die Arme aus.

„Nein.“

Ally verdrehte die Augen. „Na schön, bis zur Halbzeit kannst du sie meinetwegen halten, aber dann bin ich dran.“

„Abgemacht.“

Mit dem Baby an der Schulter und Hand in Hand mit der Frau, die er liebte, machte Jonah sich auf, den Abend zu genießen.

– ENDE –

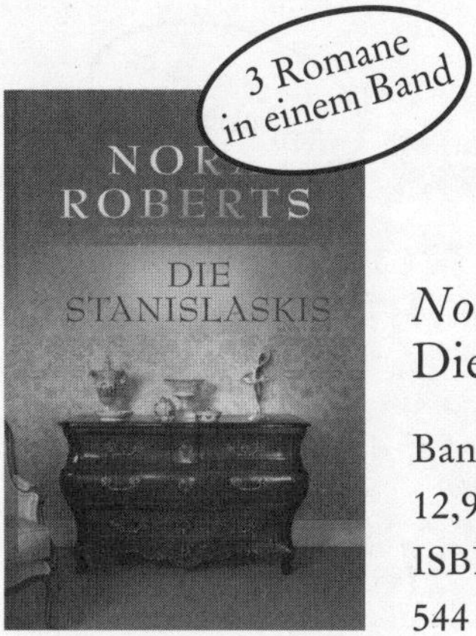

Nora Roberts
Die Stanislaskis 1 – 3

Band-Nr. 95019
12,95 € (D)
ISBN: 978-3-89941-685-5
544 Seiten

Nora Roberts
Die Stanislaskis 4 – 6

Band-Nr. 95020
12,95 € (D)
ISBN: 978-3-89941-713-5
544 Seiten

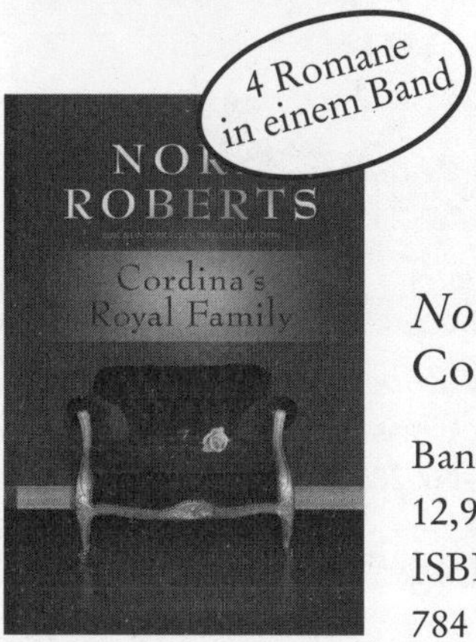

Nora Roberts
Cordina's Royal Family

Band-Nr. 95009
12,95 € (D)
ISBN: 978-3-89941-613-8
784 Seiten